COLLECTION FOLIO

Bernard Lecomte

Jean-Paul II

Nouvelle édition

Gallimard

Après avoir été journaliste à *La Croix* puis grand reporter à *L'Express* et rédacteur en chef du *Figaro Magazine*, Bernard Lecomte, spécialiste du Vatican et des pays de l'Est, s'est intéressé à l'un des personnages les plus marquants de notre histoire moderne : le pape Jean-Paul II.

Cette biographie du souverain pontife s'impose déjà comme une référence.

À mon père

INTRODUCTION

« *Santo ! Santo subito !* » En ce vendredi 8 avril 2005, des cris fusent soudain de la foule massée place Saint-Pierre pour les funérailles du pape Jean-Paul II. Le cardinal Ratzinger, doyen du Sacré Collège, vient de terminer son homélie. Des calicots jaillissent, brandis par des militants de mouvements catholiques — Focolari, San Egidio — qui se sont donné le mot. « Qu'il soit saint, tout de suite ! » La formule est reprise spontanément par une partie des fidèles jusque-là recueillis, émus et silencieux. Plus de deux millions de personnes ont fait le déplacement pour saluer la dépouille du vieux pape slave. Ceux qui sont venus de Pologne ne sont pas les derniers, à la fin de la messe, à reprendre le slogan dans leur langue : « *Swiety ! Swiety !* »

« *Santo ! Santo !* » Les cardinaux présents sont frappés par cette demande imprévue. Certains ne voient pas d'un bon œil cette initiative populaire qui rappelle trop l'antique dicton « *Vox populi, vox Dei* » et ses inévitables dérapages d'antan. On n'est plus au Moyen Âge. Au Vatican, de nos jours, on n'aime pas la précipitation. Il faut désormais cinq ans, selon le droit canon, pour ouvrir un « procès en béatification » et entamer la longue procédure destinée à faire « monter aux autels » un futur saint. Il est vrai que Jean-Paul II lui-même avait transgressé la règle, en ouvrant le procès en béatification de Mère Teresa deux ans seulement après sa mort. Il est vrai aussi que Joseph Ratzinger, dans son homélie, vient de parler du pape défunt comme étant déjà « à la fenêtre de la maison du Père céleste, bénissant l'assemblée et priant pour elle ». Il a même appelé son prédécesseur « Jean-Paul le Grand » ! Faudra-t-il s'étonner que le même Ratzinger, à peine élu pape, annonce l'ouverture du procès en béatification de son prédécesseur, quarante-deux jours après le décès de celui-ci, en bousculant tous les usages ?

L'exceptionnelle ampleur de la cérémonie retransmise par d'innombrables chaînes de télévision, de CNN à Al-Jezira, va dans ce sens. Aux quatre coins du monde, des centaines de millions de croyants et de non-croyants suivent, sur leur écran, le déroulement de ces funérailles à la fois simples et grandioses, auxquelles assistent quatre rois, cinq reines et quelque soixante-dix chefs d'État et de gouvernement. Trois mille cinq cents journalistes ont été accrédités pour couvrir l'événement. Du Mexique à l'Ukraine, du Brésil au Congo, des Philippines à la Côte d'Ivoire en passant, bien sûr, par la Pologne, on a mis les drapeaux en berne, on a proclamé un deuil national, on a multiplié les déclarations officielles, on s'est rassemblé autour d'écrans géants pour un ultime hommage à ce pape qui avait visité presque tous les pays du monde. Un peu comme si la terre entière, devenue un « village planétaire », enterrait en toute simplicité son vieux curé, exposé là, à même le pavé de la Ville éternelle, dans un modeste cercueil en bois de cyprès.

Depuis l'annonce de la mort de Jean-Paul II, le samedi 2 avril à 21 h 37, l'émotion est réelle. La sympathie, générale. Les réactions, dithyrambiques. « Un champion de la liberté humaine » (George Bush). « Un souverain pontife exceptionnel » (Jacques Chirac). « Il a changé notre monde » (Gerhard Schröder). « Le plus grand humaniste de la planète » (Mikhaïl Gorbatchev). « Un référent moral de premier ordre » (José Luis Zapatero). « Peut-être le plus grand homme du XXe siècle » (Henry Kissinger). « Un être humain formidable » (le Dalaï-Lama). Les porte-parole de toutes les grandes religions du monde sont à l'unisson, tout comme les « unes » des grands journaux qui ont si souvent brocardé le chef de l'Église catholique, qui ont tant de fois critiqué ses positions sociales ou familiales, mais qui, à l'instar de *The Observer* à Londres, célèbrent tous « *L'HOMME QUI A CHANGÉ LE MONDE* ».

Il est vrai que Jean-Paul II aura été un pape exceptionnel. Ne serait-ce que par la longévité de son règne : vingt-six ans, cinq mois et dix-sept jours. Sur un total de 264 papes, seuls Pie IX et saint Pierre en personne sont restés plus longtemps que lui à la tête de l'Église. Une seule comparaison : pendant le pontificat de Jean-Paul II se sont succédé cinq présidents des États-Unis et six chefs de la Russie[1]. C'est dire que le monde a changé, depuis son élection au trône de saint Pierre : la mort du communisme, l'Europe élargie à vingt-cinq pays, la montée de l'islamisme, le développement du terrorisme, la mondialisation, tout cela était inconnu, voire inimaginable en 1978. C'est dire aussi que ce pape a accompagné une évolution profonde de l'Église catholique, passée de 757 millions à plus d'un milliard de fidèles[2]. Il a fait face à la déchristianisation accélérée de l'Europe, à la concurrence croissante des sectes, au grand basculement du catholicisme vers le sud de la planète, au rejet général de tout magistère, notamment moral, dans les sociétés nanties.

Exceptionnel, Jean-Paul II l'aura surtout été, bien entendu, par ce qu'il a dit et ce qu'il a fait. On retiendra de lui, à l'heure du bilan, son action « politique » et le rôle qu'il a joué dans la chute du communisme. On retiendra son œuvre doctrinale et théologique — quatorze encycliques, plus de quatre mille homélies et discours — que l'Église mettra des années à méditer. On retiendra de lui son engagement pour les droits de l'homme, mais aussi sa fermeté sur les sujets de la famille et de la sexualité. On retiendra qu'il a « mondialisé » l'institution ecclésiale, qu'il a visité la terre entière, qu'il s'est fait le porteur d'aspirations universelles. On retiendra enfin qu'il a fait entrer l'Église dans le IIIe millénaire en lui imposant « repentance » pour ses fautes passées et en misant sur la jeunesse du monde.

Mais le pontificat de Jean-Paul II ne devra pas faire oublier la vie de Karol Wojtyla. Le but de ce livre est de retracer, non pas le pontificat d'un pape exceptionnel, mais le destin d'un homme hors du commun, qui aura épousé toute l'histoire de son temps, avec ses drames politiques, ses folies idéologiques, ses utopies sanglantes, ses horreurs guerrières et aussi ses progrès démocratiques, ses succès technologiques, ses avancées scientifiques.

Une vie marquée par le sceau de la foi. Un mot là-dessus, qui concerne la méthode. Pour un biographe, le cas d'un homme de foi pose un problème spécifique. Quelle que soit la minutie de l'enquête, quelle que soit la finesse de l'analyse, comment peut-on intégrer dans le récit d'une vie ce qui touche aux convictions les plus intimes et qui est, par définition, irrationnel ? On peut toujours rapporter les expressions, les signes, les symptômes, les témoignages d'une foi prégnante, mais comment aller aux sources de cette inspiration-là ? Dans le cas d'un artiste, l'irrationnel qui préside à la création est aussi indicible, mais il reste toujours une œuvre à décrire, à analyser, à critiquer. Qu'en est-il dans le cas de la foi ? Qui peut sonder les reins et le cœur d'un pape ?

Or, quand il prend une décision, un croyant ne se réfère pas seulement à la conjoncture, à sa connaissance du dossier, à ses objectifs : il puise souvent son inspiration dans la prière. Ce fut le cas, pour Jean-Paul II, quand il alla rendre grâce à Notre-Dame de Fatima après l'attentat du 13 mai 1981, quand il nomma Jean-Marie Lustiger à la tête de l'archevêché de Paris, quand il décida de mobiliser toutes les religions du monde à Assise au service de la paix : comment faire la part de ce dialogue avec Dieu ? L'auteur s'est trouvé, à plusieurs reprises, devant ce « mystère de la foi » qui change la nature des agissements humains et qui, parfois, décide du cours des choses. Le lecteur — celui qui croit au Ciel, celui qui n'y croit pas — est invité, dans les pages qui suivent, à faire à son tour preuve d'imagination, de tolérance et d'ouverture.

Ce livre comprend deux parties. La première retrace le parcours de Karol Wojtyla, de son enfance dans la Pologne profonde jusqu'à son élection par le conclave d'octobre 1978. La seconde raconte les vingt-cinq ans du pontificat de Jean-Paul II. L'une ne va pas sans l'autre : le lecteur constatera notamment que le cardinal Wojtyla, quand il devint pape, avait presque tout pensé, tout dit, tout fait — à propos du communisme, de la morale sexuelle, des rapports avec les juifs, des rapports avec la science, etc. Ce n'est pas le moindre intérêt de mettre en perspective la vie de Karol Wojtyla et l'action de Jean-Paul II. Elles sont indissociables et composent la destinée unique d'un pape extraordinaire.

I

UN PAPE
VENU DE POLOGNE

1

Les racines

« *Droga Lusiu...* » Le 27 octobre 1978, profitant d'un court moment de répit dans le tourbillon qui l'a emporté après son élection par le conclave, Jean-Paul II se met à sa table de travail et rédige une lettre très personnelle à une certaine Felicja Wiadrowska — *Lusiu* est un diminutif affectueux — demeurant 7, rue Florianska, à Cracovie (Pologne). Hormis le secrétaire particulier du nouveau pape, personne, à Rome, ne sait qui est cette mystérieuse correspondante. Personne ne peut imaginer que cette Felicja, institutrice à la retraite, troisième enfant d'une des nombreuses sœurs de la mère de Karol Wojtyla, est la seule famille qui lui reste.

Ce pape venu d'un pays où l'on fait couramment cinq ou six enfants par foyer, ce pape qui va passer plus de vingt-cinq ans à défendre avec acharnement les valeurs familiales, ce pape obsédé par la question du mariage et des enfants, ce pape-là, qui n'a pas soixante ans, n'a ni père, ni mère, ni frère, ni sœur, ni oncle, ni tante ! Et quand il écrit à ses proches, il s'adresse à une lointaine et obscure cousine née dans un gros village de la Pologne du Sud, Czaniec, berceau historique d'une famille qui, en 1978, n'est plus qu'un souvenir.

Deux familles de Galicie

Czaniec, d'où sont originaires les Wojtyla [1], est un modeste bourg de la Pologne profonde peuplé d'environ deux mille âmes, et situé non loin d'une petite ville appelée Kety, en Galicie occidentale. Administrativement, Czaniec dépend de Biala, la ville chef-lieu, qui deviendra plus tard Bielsko-Biala, après regroupement avec la commune voisine. Par un de ces curieux hasards qui jalonneront la vie du futur pape, c'est de Biala, justement, que sont originaires ses ancêtres maternels. Religieusement, Czaniec dépend du *dekanat* [2] d'Oswiecim, un chef-lieu situé à dix-huit kilomètres qui sera connu plus tard, et pour son malheur, sous son nom allemand : *Auschwitz*. La paroisse Saint-Bartlomiej, qu'ont longtemps fréquentée les Wojtyla, comme toutes les paroisses voisines des environs de Biala ou d'Oswiecim, fait donc partie de l'archidiocèse de Cracovie — cet archidiocèse prestigieux que dirigera, pendant près de quinze ans, le plus célèbre de ses enfants.

Le plus ancien porteur du nom dont on ait retrouvé la trace dans les actes paroissiaux de Czaniec est un certain Maciej Wojtyla, né en 1765. Sur le registre de l'église, les Wojtyla de l'époque sont enregistrés, évidemment en latin, sous la rubrique *hortulanus* (« petit agriculteur »). Pour l'anecdote, signalons qu'on trouve aussi des Wojtyla dans les archives paroissiales de Biala, le chef-lieu, sous les rubriques les plus inattendues : « marchand », « vagabond », « mendiant », etc.

Feuilletons les registres de la paroisse Saint-Bartlomiej de Czaniec. Les premières femmes qui portent le nom de Wojtyla, par la naissance ou par le mariage, se prénomment Magdalena, Marianna, Franciszka, etc. Ce n'est pas anodin. Pour les généa-

La famille Wojtyla

- Bartlomiej Wojtyla *ép.* Anna Hudecka
  - Franciska *(née en 1826)* *ép.* Kowalczyk
  - Marianna *ép.* Ciezki
  - Stanislaw *(né en 1830)*
  - Franciszek *ép.* Franciszka Galuszka
    - Jozef *(né en 1845)*
    - Jan *(né en 1854)*
    - Pawel *(né en 1858)*
      - Franciszek *(mort en 1968)*
    - Maciej *ép.* Anna Przeczek - puis *ép.* Maria Zalewska *(1852-1923)*
      - Karol *(1879-1941)* *ép.* Emilia Kaczorowska
        - Edmund *(1906-1932)*
        - Olga *(1914-1914)*
        - Karol *(1920-2005)*
      - Stefania *(1891-1962)*

- Franciszek Przeczek *ép.* Maria Hess
  - (Anna Przeczek, *ép.* Maciej)

La famille Kaczorowski

- Mikolaj Kaczorowski *ép.* Ursula?Malirowska
  - Feliks *(1849-1908) ép.* Maria-Anna Scholz *(1853-1897) - puis ép.* Joanna
    - Helena *(1876-1905)* *ép.* Jozef Kuczmierczyk
    - Olga *(1879-1902)*
    - Maria-Anna *(1880-1959)* *ép.* Wiadrowski
      - Janina
      - Adam
        - Marek Wiadrowski *ép.* Kazimiera Passowicz
          - Anna *(née en 1972)*
          - Maria *(née en 1973)*
      - Felicja *(morte en 1998)*
    - Feliks-Rudolf *(1881-1892)*
    - Emilia *(1884-1929)* *ép.* Wojtyla
      - Edmund *(1906-1932)*
      - Olga *(1914-1914)*
      - Karol *(1920-2005)*
    - Wiktoria *(1885-1886)*
    - Robert *(1887-1962)*
    - Rudolfina *(1889-1948)*
    - Anna *(1891-1962)* *ép.* Sanak
    - Wanda (fille de Joanna)

- Jan Scholz *ép.* Zuzanna Rubicka
  - (Maria-Anna Scholz, *ép.* Feliks)

Source : Adam Boniecki, *Kalendarium zycia Karola Wojtyly*, Znak, 1983.

logistes, la fréquence des mêmes prénoms transmis d'une génération à l'autre confirme, sans aucun doute, que les Wojtyla de Czaniec sont bien les ancêtres du futur pape — dont la famille comprendra, en effet, beaucoup de Bartlomiej, de Marianna, de Franciszek ou de Franciszka. Ainsi, l'arrière-arrière-grand-père du pape s'appelait Bartlomiej, et son quatrième enfant, Franciszek. De ce dernier on sait qu'il fut conseiller municipal et *judex comunitatis* (juge de paix). On sait surtout qu'il épousa une jeune fille nommée Franciszka — décidément ! — dont il eut, entre autres enfants, un petit Maciej, né en 1852 : le grand-père du futur pape.

Les actes paroissiaux de Lipnik, la bourgade voisine où Maciej est allé s'installer, le mentionnent comme « *sartor ex Czaniec* » (« tailleur venu de Czaniec ») et « *agricola* » (agriculteur). Dans le souvenir de la famille, il fut surtout un maître tailleur. C'est à Lipnik qu'il épousa Anna Przeczek (fille de Franciszek Przeczek et de Maria, née Hess) dont il eut un fils, Karol, né le 18 juillet 1879. Ce Karol Wojtyla, c'est le père du futur Jean-Paul II. À noter que, après la mort de sa femme, Maciej se remariera et aura une petite fille, Stefania : cette demi-sœur du père du pape constituera longtemps, avec la cousine Felicja, sa seule « famille ».

Le frère cadet du grand-père Maciej aura lui-même un fils très actif et très pieux, Franciszek, dont le cardinal Wojtyla parlera avec fierté : cet oncle lointain fut en effet chef de chœur à la paroisse Saint-Bartlomiej de Czaniec et conduisit nombre de pèlerinages au sanctuaire voisin de Kalwaria Zebrzydowska. Mort en décembre 1968, il sera conduit en terre par son petit-neveu, alors archevêque de Cracovie. Le grand-père Maciej, lui, est mort le 23 septembre 1923, à Lipnik. Son petit-fils Karol, alors âgé de trois ans, n'en gardera aucun souvenir.

La mère du futur Jean-Paul II, Emilia, est née Kaczorowska. De ce côté, le plus ancien parent dont on ait retrouvé la piste, dans la même ville de Biala — où les archives, on l'a dit, gardent la trace de quelques Wojtyla encore plus anciens — s'appelle Mikolaj Kaczorowski. Le registre paroissial le mentionne comme « *administrator, œconomus* ». Il est l'arrière-grand-père du futur pape. Son fils Feliks, né en 1849, est donc l'autre grand-père du petit Karol. Un personnage, celui-là ! Né à Biala, artisan sellier de profession, Feliks Kaczorowski part pour Cracovie — où il est répertorié à la paroisse de Tous-les-Saints — et se marie une première fois en 1875 avec Maria-Anna Scholz, fille d'un cordonnier nommé Jan Scholz. On constate que Jean-Paul II a eu une grand-mère Scholz du côté maternel, et une arrière-grand-mère Hess du côté paternel. Voilà qui contredit, d'emblée, la vision sommaire d'une Pologne ethniquement homogène qui expliquerait l'attachement du pape à l'idée de nation. On aura l'occasion d'y revenir.

Feliks et Maria-Anna Kaczorowski, les grands-parents maternels du pape, ont eu une ribambelle d'enfants, dont Maria-Anna, la future marraine du pape et Emilia, sa propre mère, qui naît le 26 mars 1884. Un an après la naissance de celle-ci, la famille déménage pour Cracovie et s'installe au 17, Droga nad Rudawa, à l'ouest de la vieille ville. Karol Wojtyla ne connaîtra pas ses grands-parents maternels : Maria-Anna meurt en 1897 et Feliks lui-même — qui s'est remarié et qui a continué à faire des enfants — décède en 1908. D'où, sans doute, l'affection qu'il portera à sa marraine, sa tante Maria-Anna, ainsi qu'à son parrain, Jozef Kuczmierczyk, le mari d'une de ses tantes, Olga, prématurément disparue. Le bon Jozef, veuf, se remariera avec l'aînée des quatre sœurs, Helena, qui mourra à son tour deux ans plus tard.

Mauvais présage. Emilia, la maman du futur pape, vient d'une famille où les femmes meurent tôt.

L'examen rapide de cet ensemble généalogique foisonnant appelle encore deux remarques. Comme beaucoup de leurs contemporains, les ancêtres du pape ont toujours été attirés par la grande ville, Cracovie, où le sort semblait meilleur que dans la campagne polonaise, très pauvre à l'époque ; et ils ont souvent développé leur goût pour l'artisanat, leur habileté à travailler le cuir ou le tissu.

Ainsi, en arrivant à Cracovie, le grand-père Feliks Kaczorowski a fondé un atelier de bourrelier-sellier au 15, rue de Smolensk, non loin du château de Wawel. Son fils Robert a repris l'affaire qu'il installa à deux pas, au coin de la rue Zwierzyniecka et de l'avenue Krasinski — où il y a aujourd'hui un grand magasin Jubilat et un restaurant populaire dominant le pont sur la Vistule et le quartier de Debniki. Mais la Première Guerre mondiale survient, et Robert est fait prisonnier par les Russes. À son retour de captivité, Robert achète un bout de terrain dans le quartier de Debniki, le long de la Vistule, et, avec des moyens modestes et probablement beaucoup de courage, il y bâtit une maison pour lui et ses sœurs Rudolfina et Anna. C'est dans cette maison qu'habitera, à partir de 1938, le futur Jean-Paul II.

Le parrain, Jozef Kuczmierczyk, a ouvert un restaurant sur le *Rynek* (Marché) de Cracovie, au coin des rues Sainte-Anne et Wislna, avant de céder le local à la plus jeune de ses belles-sœurs, Anna Sanak, née Kaczorowska, laquelle tient un magasin d'objets religieux. Il n'en reste rien. Un bâtiment neuf a fait place nette, depuis lors, qui abrite un grand magasin Centrum. À deux pas de là, de l'autre côté de la célèbre place, la marraine du petit Karol, Maria-Anna, et son mari, Leon Wiadrowski, ont monté un magasin-atelier de dorure de tableaux au 7, rue Florianska. Les Wiadrowski ont longtemps habité là, au deuxième étage, avec leurs trois enfants Janina, Adam et Felicja — la fameuse *Lusiu* qui vivra beaucoup plus longtemps que la moyenne familiale. C'est à cette adresse, dans l'appartement n° 14, que Mgr Karol Wojtyla viendra très ponctuellement, le jour de la Sainte-Felicja, apporter un gâteau à sa cousine. Il gardera cette habitude jusqu'à ce qu'il devienne pape. Aujourd'hui, au 7, rue Florianska, se tient un magasin de vêtements à l'enseigne Pierre Cardin.

C'est donc à Felicja que le nouveau successeur de saint Pierre, à peine élu, adresse sa lettre « familiale » du 27 octobre 1978 : « *Droga Lusiu*... » Il y salue la mémoire de ses parents, de son frère Edmund et de sa marraine, morte en 1959, du mari de celle-ci et de ses autres enfants, Janina et Adam[3]. Il se souvient aussi de leurs tantes maternelles communes, Rudolfina et Anna, ainsi que de leur oncle Robert. Il rappelle enfin à Felicja le souvenir de Stefania, sa tante paternelle, morte en 1962. « Je recommande leur âme à Dieu », ajoute le nouveau pape. Et c'est tout.

Voilà qui valait d'être souligné. De cette impressionnante lignée, où l'on n'a jamais cessé de faire énormément d'enfants, seule la cousine Felicja est encore en vie lorsque Karol Wojtyla devient pape, le 16 octobre 1978. Pour des raisons qui touchent souvent à leur santé fragile, tous les autres représentants de la génération de ses grands-parents, de ses parents et même de la sienne propre ont disparu.

Un pape aussi jeune, quasiment seul au monde, ce n'est pas courant : qu'on se rappelle les *Lettres à sa famille* de Jean XXIII[4], le pape aux douze frères et sœurs ; ou les témoignages des proches de Jean-

Paul Ier — son frère, sa sœur, ses neveux — au lendemain de sa mort. Il faudra un peu de temps pour apprendre à quel point les parents du nouveau pape ont contribué, en leur temps, à forger cette personnalité hors du commun. Sa mère, bien entendu. Son père, surtout.

À l'ombre des casernes

Quelques minutes après la fin du conclave romain d'octobre 1978, l'information se répand dans le monde entier : « LE PAPE EST FILS D'OUVRIER. » Fils d'ouvrier ! Sensationnel ! Un pape prolétarien, quelle aubaine pour les gazettes ! Un pape issu de la classe ouvrière va-t-il soudain réconcilier l'Église et le communisme, la réaction et le progrès, la gauche et la droite, le passé et l'avenir ? La réalité mettra quelques jours à l'emporter sur le fantasme médiatique : non, le pape polonais n'est pas fils d'ouvrier, mais *fils de militaire* [5].

Le capitaine Karol Wojtyla — qui porte le même nom et le même prénom que son fils — est né le 18 juillet 1879 à Lipnik, non loin de Biala. Son propre père, Maciej Wojtyla, on l'a vu, exerçait le métier de tailleur, pour lequel le futur pape gardera beaucoup de considération : c'est auprès de ce tailleur-là que son père apprit à découper le drap et le tissu, à coudre vestes et pantalons — il retrouvera ces gestes après la mort de sa femme — avant de partir pour l'armée. Et de passer le reste de sa vie sous l'uniforme.

Karol Wojtyla père — si Jean-Paul II était né aux États-Unis, il se fût appelé Karol Wojtyla Jr — est donc né dans une famille modeste originaire de la Pologne profonde, catholique et patriote. Pas celle des petits nobles libéraux, pas celle des miséreux non plus : celle des commerçants, des petits entrepreneurs et des fonctionnaires. La Pologne banale, sans éclat, provinciale. La Pologne moyenne.

D'après les archives militaires de Vienne, c'est en 1900 que le jeune Karol Wojtyla est appelé sous les drapeaux, à l'âge de vingt et un ans. Il quitte Lipnik pour la ville voisine de Wadowice, où réside le 56e régiment d'infanterie baptisé « Comte Daun[6] ». Bien entendu, le drapeau qu'il sert n'est pas celui de l'armée polonaise — la Pologne est rayée de la carte depuis plus d'un siècle —, mais celui de l'armée impériale autrichienne. Un jour qu'on reprochera à Jean-Paul II d'avoir raccompagné avec un trop grand luxe d'honneurs l'ex-impératrice Zita, la veuve de Charles Ier d'Autriche, le pape polonais aura cette repartie : « Je tenais à saluer la souveraine de mon père ! »

Le soldat Wojtyla fait ses classes à Wadowice. Promu caporal (*Gefreiter*), il est envoyé à Lwow où il sert comme surveillant d'intendance (*Aufsichtcharge*) dans une école de cadets. Au début de 1904, il rempile et se retrouve à Cracovie comme chef de section (*Zugsführer*), employé aux écritures et à la comptabilité auprès du commandement de la réserve. Décidément, le destin du quartier-maître fourrier Wojtyla n'est ni le commando ni le crapahut. Le jeune homme parle et écrit correctement le polonais et l'allemand, il sait compter et, surtout, il tape très vite à la machine : un atout peu commun, à l'époque. Ses supérieurs semblent apprécier particulièrement ce bureaucrate discipliné, minutieux, débonnaire et droit, qu'ils nomment sous-officier.

C'est à cette époque que ce beau militaire à la moustache altière, honnête et cultivé, fait la connaissance d'Emilia Kaczorowska, vingt ans, au très joli visage et aux yeux noirs brillants. Il se sont rencontrés dans une église de Cracovie — où se croisaient alors les jeunes Polonais de bonne éducation, sinon le dimanche matin à la sortie de la messe ? La rencontre a-t-elle eu lieu à l'église Saint-François-de-Sales, qui jouxte le couvent des sœurs de la Visitation, près de la place Biskupia ? Ou chez les carmélites proches, ou bien à l'église de la Résurrection du Christ, ou dans quelque autre église de ce quartier où l'on trouvait autant de casernes que d'institutions de jeunes filles ? Et le mariage lui-même, dans quelle église a-t-il été célébré ? Nul n'en sait rien : on ne trouve trace de cette union dans aucun registre paroissial. Les papiers, sans doute, furent détruits pendant la guerre, ou bien le registre était celui d'une paroisse militaire et il s'est perdu lors de l'invasion allemande de 1939. On sait seulement, par le témoignage d'une parente, que les jeunes mariés ont habité un temps rue Felicjanek, près du château de Wawel, puis rue Mazowiecka, non loin de la caserne où le fringant sous-officier était affecté. On ne trouvera aucune mention, non plus, de la naissance et du baptême de leur premier enfant, Edmund, venu au monde le 28 août 1906.

En 1912, Karol Wojtyla père cumule douze années de service, un enfant de six ans et une femme à la santé fragile. Il demande à devenir fonctionnaire civil. Ses supérieurs sont sur le point d'accepter, mais la mobilisation, en août 1914, interrompt la procédure. Pendant la guerre, la région de Cracovie se retrouve à une portée d'artillerie des armées russes. Le sous-officier Wojtyla se comporte dignement, sans doute, puisqu'il est promu aspirant, et décoré de la croix de fer du mérite.

Il n'aura pas l'occasion de porter ses décorations autrichiennes. En novembre 1918, la Pologne recouvre son indépendance. Comme la plupart de ses camarades, Wojtyla entre sans transition dans l'armée polonaise avec le grade de *porucznik* (lieutenant) et un uniforme neuf. À Wadowice, le changement de régime s'est fait sans heurt : le 56e RI étant bloqué sur le front italien, la caserne était pratiquement vide lorsque quelques unités revenues par le train ont « pris le pouvoir » sans autre forme de procès.

En 1919, les Wojtyla retournent à Wadowice où s'est ainsi constitué le 12e régiment d'infanterie « renforcé », un corps entièrement polonais composé à partir des restes du 56e RI autrichien, et appartenant à la VIe division polonaise. Commandé par le capitaine Oswald Franck, le 12e RI comprend deux bataillons basés rue de Lwow et rue de l'Armée-Polonaise, ainsi qu'un troisième basé à Cracovie. À peine constitué, il va se battre à l'est, contre les bolcheviques. Non sans pertes : 350 soldats du 12e RI tomberont entre 1918 et 1920, dans les combats menés contre la toute jeune Russie soviétique. Dans l'entrée de l'église de Wadowice, une plaque « Dieu, Honneur, Patrie » leur rend un vibrant hommage.

Wojtyla est affecté, comme auparavant, à l'administration militaire : dans les bureaux de la caserne « Général Stanislaw Fischer », il tient les registres de la *powiatowa komenda uzupelnien* (commandement de réserve de district). Il porte de fines lunettes, il a assagi sa petite moustache ; il a le visage doux et le regard sévère. Toujours impeccable, un uniforme pour la semaine, un pour le dimanche, les gens de Wadowice le surnomment bientôt *Pan Kapitan*, « Monsieur le Capitaine ». Ce surnom lui restera après sa retraite, qu'il prend en 1927, à l'âge de quarante-huit ans, pour se consacrer à sa famille. Sur aucune photographie on ne le voit rire ou sourire. Le sourire en coin, sur la plupart des photos de Jean-Paul II, c'est celui de sa mère.

*

Emilia Wojtyla est née le 26 mars 1884. La fille de Feliks Kaczorowski et de Maria-Anna Scholz[7] est encore un bébé lorsque ses parents quittent Biala pour gagner la grande ville, Cracovie. Là, la petite Emilia suit une scolarité secondaire normale — huit années, à l'époque — au couvent des Sœurs de la Miséricorde, rue Pedzichow, non loin du centre.

L'adolescence d'Emilia a été rythmée par la mort des siens. Si elle n'a jamais connu sa petite sœur Wiktoria, morte en bas âge alors qu'elle-même n'a pas deux ans, elle ressent durement, à treize ans, la disparition de sa mère. À dix-huit ans, elle voit mourir sa sœur aînée Olga. À vingt et un ans, son autre grande sœur, Helena. À vingt-quatre ans, enfin, elle perd son père. Cela fait beaucoup pour une gamine fragile, et ne présage rien de bon pour la famille qu'elle entend fonder, à son tour, avec son beau militaire. De fait, le sort n'épargnera pas la douce Emilia : huit ans après la naissance de son premier fils, Edmund, elle aura, vers 1914, une petite fille qu'elle prénommera Olga — comme sa défunte sœur aînée — et qui mourra dès la naissance. La petite ne figurera sur aucun registre de baptême, sur aucune tombe. Elle restera un douloureux mystère dont le pape lui-même n'a jamais voulu parler.

Mais la vie continue, rythmée par les bons et mauvais desseins de la divine Providence. Et bientôt la joie d'Emilia, son bonheur, son espérance, ce sera la naissance de son second fils, le 18 mai 1920. Vers 17 heures, si l'on en croit le pape lui-même qui, le jour de son soixante-dix-septième anniversaire, révéla curieusement à son auditoire romain qu'il était né « pratiquement à la même heure » que celle de son élection au conclave.

Témoignages et légendes se mêlent aujourd'hui dans l'évocation de cet accouchement qui se déroula à domicile, comme c'était l'usage à l'époque. Un rayon de soleil est-il vraiment venu éclairer la pièce ? Des chants religieux s'échappaient-ils vraiment de l'église en face ? Nul ne peut évidemment l'affirmer. Selon la sage-femme, rapporte un des premiers biographes du pape, il n'y eut aucune complication[8].

Un mois plus tard, c'est-à-dire le 20 juin de la même année, le petit Karol Wojtyla est baptisé par un aumônier militaire ami de son père, l'abbé Franciszek Zak. Sur le *liber natorum* (registre d'état civil), à la page 549, le prêtre a inscrit les mentions obligatoires : « *Religio rom-cath. Sexus masculini...* » Ses parrain et marraine sont Jozef Kuczmierczyk, le beau-frère d'Emilia, et la sœur de celle-ci, Maria-Anna Wiadrowska. Les prénoms du bébé, écrits en latin, sont *Carolus Josephus*[9]. Karol (*Carolus*), c'est saint Charles Borromée, et c'est le prénom de son père. Jozef (*Josephus*), c'est évidemment le mari de la Sainte Vierge, c'est aussi le prénom de son parrain présent devant le baptistère, mais c'est surtout celui du maréchal Pilsudski, le héros de l'indépendance polonaise tant admiré du « Capitaine ». Il faudra attendre la remise de son livret militaire pour apprendre que l'enfant a eu un troisième prénom, Hubert, dont il n'est jamais fait mention nulle part — alors que le futur pape ne cessera de célébrer ses deux premiers saints patrons.

« Karol », c'est un peu sévère pour un bébé. Emilia appelle son enfant *Lolus*, un diminutif où coule toute la tendresse du monde. C'est plus tard que ses proches diront *Lolek*. En Pologne, à chaque prénom correspond un ou deux diminutifs affectueux. Tous les Stanislaw sont *Staszek* ; les Lech, *Leszek* ; les Mieczyslaw, *Mietek* ; et le futur pape n'est pas le premier Karol à être appelé *Lolek*.

On sait peu de choses sur les relations entre Lolus et sa maman, dans cette famille où nul ne tenait de journal intime, et dont les protagonistes ont tous disparu. On imagine l'affection qui entoura le petit dernier. On sait aussi la piété qui l'enrobe dès ses premiers pas. Emilia apprend très tôt à son gamin à faire le signe de croix, à s'agenouiller pour faire sa prière. Son rêve est que Lolus devienne prêtre. Cela pourrait aussi tenir de la légende, mais ce n'est pas le cas : « Ma mère voulait deux fils, l'un médecin, l'autre prêtre », assurera Jean-Paul II en personne, un jour, à son ami le journaliste André Frossard [10].

Mais la santé d'Emilia, précaire, donne de l'inquiétude. Elle ne s'améliore pas, bien au contraire. À vie, son petit garçon gardera le souvenir d'une maman malade. Les rares témoignages des voisins de l'époque décrivent Emilia comme une femme calme et fragile, parfois mélancolique. Bientôt, elle comprend que son temps est compté et, préoccupée par l'avenir de ses enfants, elle pousse son mari à prendre une retraite anticipée.

Emilia meurt, en effet, le 13 avril 1929, à l'âge de quarante-cinq ans, dans sa maison de Wadowice. Le certificat de décès rédigé par le médecin de famille mentionne : « *Myocarditis nephritis* » (affection du myocarde et des reins). C'est le nouveau curé de la paroisse, le père Leonard Prochownik, qui célèbre l'enterrement. Lolek n'a pas neuf ans. Son institutrice, Zofia Bernhardt, racontera plus tard que l'événement a fortement influé sur le caractère de l'enfant : Lolek serait devenu moins gai, moins sûr de lui. C'est bien possible. Le souvenir d'Emilia restera très vif, chez le jeune Karol. Dix ans après sa disparition, en 1939, c'est à sa mère qu'il consacrera les premiers vers qu'on connaît de lui :

Sur la pierre blanche de Ta tombe
Fleurissent les fleurs blanches de la vie.
Tant d'années déjà sans Toi.
Et quelles années ?

Sur la pierre blanche de Ta tombe
Refermée depuis tant d'années,
A surgi comme une ombre,
Celle de ta mort incompréhensible.

Sur la pierre blanche de Ta tombe
Ô ma Mère, Amour disparu,
En signe de tendresse filiale
Cette simple prière : Repose éternellement en paix [11].

Pour Karol Wojtyla père, la mort d'Emilia est un drame, mais pas une surprise. Les derniers temps, la faiblesse de sa femme lui laissait peu d'espoir, et cet homme très pieux s'en remettait à la volonté de Dieu. Dès le lendemain de l'enterrement, du reste, il emmène ses deux fils, Edmund et Karol, au sanctuaire voisin de Kalwaria Zebrzydowska, pour demander à la Sainte Vierge de veiller sur leur maman défunte. Le « Capitaine » a un toit, une pension de l'armée, deux garçons prometteurs à élever : la vie continue, sous le regard du Père céleste. Mais, trois ans plus tard, la mort brutale d'Edmund, son fils aîné, va briser cet homme pour la seconde fois.

*

Il n'avait que des qualités, Mundek ! Blond aux yeux bleus, une carrure d'athlète, ce garçon brillant avait tout pour faire le bonheur de ses parents. Et celui de Lolek, de quatorze ans son cadet. Ce grand frère lointain, qui poursuit ses études de médecine à l'université Jagellon de Cracovie, est la fierté et le modèle du petit Karol.

Sportif, Edmund aime entraîner au foot les gamins de Wadowice quand il revient y passer ses vacances.

Sur une photo, on le voit poser au milieu de l'équipe qu'il anime et, dans un coin, tout menu, on aperçoit le petit frère transporté d'admiration. C'est Edmund — surtout après la mort de leur mère — qui initie Lolek aux jeux de ballon, aux baignades dans la Skawa et aux premières courses en montagne.

Le 28 mai 1930 restera un grand jour dans la vie des deux garçons. Lolek accompagne son père à la remise de diplôme d'Edmund Wojtyla — un doctorat de médecine générale — à l'université Jagellon, à Cracovie. Le jeune homme est reçu avec la mention *Magna cum laude* sous les applaudissements de ses professeurs et de ses camarades. Pour le cadet, dont on imagine l'excitation et la fierté, c'est un souvenir très fort. Pour le père, un bonheur immense. En outre, un fils médecin, c'est la garantie d'être moins pauvre.

Le docteur Edmund Wojtyla, vingt-cinq ans, commence à exercer dans une clinique pour enfants à Cracovie, puis, très vite, on l'envoie à l'hôpital de Bielsko, à la limite de la Silésie. Un premier poste qu'il exerce avec passion et abnégation. Et c'est la catastrophe : le jeune médecin contracte la scarlatine auprès d'une patiente qu'il veille toute une nuit malgré le risque de contagion. Dans son enthousiasme, il est hors de question pour lui de ne pas soigner les victimes d'une épidémie, alors que beaucoup de confrères limitent, voire évitent, ces contacts dont ils savent les dangers. Dix jours après, Edmund tombe malade. Quatre jours plus tard, il meurt. Le docteur Brücken, qui l'a soigné sans avoir pu endiguer le mal, a rapporté la pathétique interrogation du jeune homme : « Pourquoi moi ? Pourquoi maintenant ? »

Edmund s'éteint le 5 décembre 1932. Il est aussitôt enterré dans le cimetière de Bielsko. Le père Wojtyla, bien sûr, est effondré. On le serait à moins. Après Emilia, sa petite femme courageuse qu'il aimait tant, voilà que Dieu rappelle à lui son fils aîné, pour lequel il avait une si grande affection, et qui lui causait tellement de bonheur. Ce jeune retraité de cinquante-trois ans a vieilli d'un coup. Il a déjà des cheveux blancs. Rien, dans sa vie, ne sera plus comme avant — même si la foi chrétienne, qu'il a chevillée au corps, l'aide sans doute à accepter l'inacceptable.

Quant à Lolek, qui a douze ans, il n'est plus un petit enfant. Il va déjà au lycée. Il réagit de façon plus consciente qu'à la mort de sa mère. Il est attentif au désarroi et à la piété de son père. Une voisine, Helena Szczepanska, a rapporté avec quelle gravité Lolek avait évoqué devant elle la disparition d'Edmund : « C'est la volonté de Dieu [12]. » À son ami André Frossard, cinquante ans plus tard, il raconte quelle fut sa peine : « La mort d'Edmund est inscrite plus profondément encore dans ma mémoire, à cause des circonstances dramatiques dans lesquelles elle est survenue, et parce que j'étais plus mûr. » Jean-Paul II, qui a conservé, comme une relique, le stéthoscope de son frère, ajoute avec amertume : « Aujourd'hui, les antibiotiques l'auraient sauvé [13]. »

Désormais, dans les rues de Wadowice, on regarde passer le « Capitaine » avec un sentiment de compassion, mais aussi d'admiration. Dans cette société petite-bourgeoise où chacun sait tout sur chacun, où l'on s'observe et où l'on se jalouse volontiers, la dignité et la rigueur de ce militaire accablé par le malheur suscitent un respect unanime.

La ville dont le pape est un enfant

Wadowice. Une grosse bourgade provinciale adossée aux premières pentes de la montagne naissante. Une ville de passage, tranquille et accueillante, entre la grande plaine polonaise et les Beskides, cette longue chaîne de sommets qui couronne les Carpates et culmine, dans les Tatras, à plus de deux mille mètres d'altitude. La cité semble garder l'entrée d'une vallée où la Skawa, de ruisseau tumultueux, se fait rivière au cours capricieux — impétueuse au printemps, elle semble modeste l'été, découvrant un lit caillouteux que les gosses franchissent à gué — avant d'aller se jeter dans la Vistule, à une quinzaine de kilomètres au nord, en amont de Cracovie.

C'est là que le futur Jean-Paul II a grandi, qu'il a joué et étudié. À quelques rares sorties près, pèlerinages ou excursions, Karol Wojtyla a passé les dix-huit premières années de sa vie dans cette petite ville, entre les premières pentes de la montagne et la place du marché, entre l'église paroissiale et le lycée de garçons. C'est à Wadowice qu'il a découvert la vie, le monde, les autres, le malheur et le bonheur, la foi chrétienne, l'Église catholique.

Wadowice, ou la Pologne en miniature. Le passé de la cité, qui remonte au XIe siècle, n'est pas sans rappeler ce qui a fait — et fait encore — la spécificité du pays tout entier. Situé à la limite fluctuante de la Silésie et de la Galicie, dite « Petite-Pologne », ce gros bourg de quelques centaines d'habitants a été tiraillé pendant quatre siècles entre le Saint Empire et le royaume de Pologne, sous la menace permanente d'envahisseurs potentiels : à l'ouest, les conquérants allemands ; au sud, les royaumes de Bohême et de Hongrie ; à l'est, les hordes mongoles.

Wadowice n'est donc pas une bourgade perdue au cœur de la Pologne profonde et coupée du reste du monde. Dès le début de son histoire, c'était une cité ouverte, bien malgré elle, à tous les vents de la grande politique. Il lui est même arrivé, au plus fort de l'influence germanique sur les princes Piast gouvernant la Silésie, de s'appeler *Frauenstadt* — la « ville des femmes ». Et lorsqu'en 1327 la toute nouvelle principauté d'Oswiecim [14] se reconnaîtra vassale du roi de Bohême, Jean de Luxembourg [15], la cité sera régie, et pour longtemps, par les lois allemandes. Il est vrai que la Bohême est alors à son apogée, que Prague, capitale du Saint Empire, est une des plus puissantes villes du monde.

Mais le vent tourne. Cracovie, la nouvelle capitale du royaume de Pologne, brille bientôt de tous ses feux, et son université commence à éclipser celle de Prague. La Pologne, unie au grand-duché de Lituanie, victorieuse des Allemands à Grunwald en 1410, parvient au faîte de sa puissance. En 1454, lorsque la principauté d'Oswiecim se scinde en deux, la nouvelle principauté de Zator — à laquelle Wadowice est rattachée — se rallie à la Couronne polonaise. Un siècle plus tard, un acte de la Diète de Varsovie entérine son incorporation au royaume de Pologne. Wadowice devient une « ville libre royale », sous législation polonaise. Elle reçoit le droit d'organiser un marché (le jeudi) et deux foires par an (pour l'Ascension et la Toussaint). C'est le roi, depuis Cracovie, qui l'aide à se remettre des épidémies et des incendies qui la ravagent périodiquement.

Dès lors, Wadowice connaît le sort des autres villes du royaume : les fastes de la Renaissance et les progrès de la Réforme, d'abord, qui font du XVIIe siècle polonais un « âge d'or » politique, économique et culturel ; puis la dégénérescence de la *Rzeczpospolita*, la République nobiliaire en proie aux divisions intérieures et aux pressions de l'étranger, notamment de la Russie. En 1768, Wadowice, qui compte environ mille cinq cents habitants, doit entretenir des troupes en armes et subvenir aux besoins du fort voisin de Lanckorona, au prix d'une fiscalité asséchante. Quatre ans plus tard, c'est le premier des trois « partages » de la Pologne entre la Russie, la Prusse et l'Autriche-Hongrie. L'armée autrichienne occupe la ville sans coup férir. Elle y restera cent quarante ans.

L'occupation austro-hongroise, au regard de l'Histoire, s'est révélée bien préférable à ce que furent ailleurs l'occupation prussienne ou l'occupation russe. Contrairement à leurs compatriotes du reste du pays, après l'insurrection de 1863, les Polonais de Galicie obtiennent deux faveurs aux conséquences remarquables : le droit d'utiliser la langue polonaise et le droit de créer des associations. Ils ne se priveront pas de les faire valoir. Se multiplient alors les organisations corporatives (pour les artisans, les commerçants, etc.), les associations sportives à discrète consonance patriotique (comme le *Sokol*, fondé en 1887), les salles de lecture (pour les bourgeois, pour les fonctionnaires), les clubs de défense de la nature, et, bien entendu, les nombreux groupes d'action catholique.

Sous la tutelle autrichienne, Wadowice devient un *powiat* (chef-lieu de canton) de l'arrondissement de Myslenice, puis, pendant un demi-siècle, un *cyrkul* (chef-lieu d'arrondissement). Cette promotion administrative, et le stationnement sur son territoire du 56e régiment d'infanterie — où servira, on l'a vu, le père de Karol Wojtyla — lui vaudront bien des avantages : développement du commerce et de l'artisanat, installation de familles de fonctionnaires, multiplication de bâtiments en pierre, construction d'hôpitaux, d'un premier lycée, d'un tribunal, etc.

Si Wadowice fut longtemps une ville de garnison, elle n'a rien d'une fière cité d'estoc et de taille, et n'a conservé aucun souvenir épique de combats ou de massacres. C'est une ville pacifique qui n'a jamais eu ni remparts ni donjon. Son intérêt stratégique s'est limité au cantonnement et à la gestion des soldats — ou, après 1939, quand les nazis l'auront rebaptisée

Wadowitz-ober-Schlesien, des prisonniers de guerre. Et ses habitants n'ont jamais connu de la soldatesque que ses exploits du temps de paix : défilés tranquilles, exercices pacifiques et parties de football.

Cette ville sans fortifications fut, selon une amie d'enfance de Karol Wojtyla, « une ville plutôt cultivée », à la tradition théâtrale solidement établie, aux prêtres plutôt progressistes. Une ville d'où sont sortis tel grand chimiste, telle diva de l'opéra, tel historien connu. Au XVIe siècle, Wadowice avait donné à l'université de Cracovie un de ses plus grands recteurs, Marcin Wadowita, théologien et professeur, fondateur de la première école et de l'hôpital de la ville. Et, au début du XXe, elle abrita l'écrivain poète non conformiste Emil Zegadlowicz, animateur de la revue littéraire *Czartak*, dont le buste surveille l'entrée du lycée où étudia Karol Wojtyla [16] — le troisième « héros » local qui allait supplanter les deux autres.

Ni fier fortin, ni trou perdu, Wadowice aura bien été un carrefour, une ville-étape entre la plaine et la montagne, entre Cracovie et la Silésie germanique. Située à l'écart des principaux courants commerciaux de la région, elle n'a pas connu l'opulence de certaines grandes villes de foire de Silésie, mais sa place du Marché (*Rynek*) montre qu'elle ne fut pas non plus, comme le voudrait la légende, une cité pauvre. Quand le futur pape y vit le jour, en 1920, Wadowice était un actif chef-lieu d'un peu moins de cinq mille habitants, nanti d'un tribunal, d'une prison et de quatre lycées. Son artisanat était actif et prospère. Au marché, on vendait des peaux, des sacs, des meubles, des outils, de la mécanique. Et l'église Notre-Dame ne désemplissait pas.

Ville de fonctionnaires, de militaires, de commerçants, mais aussi de montagnards descendus de leurs forêts ingrates, Wadowice jouit en Pologne d'une réputation flatteuse, faite de courage et de robustesse : « *chlopak z Wadowic* » (un « gars de Wadowice »), encore aujourd'hui, ce n'est pas rien ! Certes, Karol Wojtyla n'est pas le fils d'un robuste charpentier des Tatras. Mais, devenu Jean-Paul II, il étonnera le monde entier par son courage et sa robustesse. Comme pour prouver qu'il est bien un *gars de Wadowice.*

*

Karol Wojtyla naît et grandit dans ce paysage de montagne douce et au cœur de cette cité tranquille : « C'est ici, rappela-t-il lui-même un jour, dans cette ville de Wadowice, que tout a commencé : la vie, l'école, les études, le théâtre... et le sacerdoce [17] ! »

Ses premières sensations, ses premières images, Karol les ressent dans une maison qui borde le Rynek, à l'ombre de l'église Notre-Dame [18]. Cette maison, confortable, appartient à un commerçant juif, Chaïm Balamut, lequel tient un magasin de cristaux au coin de la place du marché, où il vendra plus tard des vélos et même des motocyclettes. Aurait-il pu imaginer, le brave Balamut, que, à la fin d'un siècle qui allait ensevelir les siens dans l'horreur, la vitrine de son magasin offrirait, parmi d'autres bondieuseries, des portraits imprimés du fils de ses modestes locataires ?

La façade de ce bâtiment d'un étage, avec son petit balcon en fer donnant sur la place du marché, est pourvue d'une adresse ronflante : « 2, rue du Rynek », mais c'est par-derrière, au « 7, rue de l'Église », que l'on trouve la cour sombre et l'escalier menant à l'ancien appartement des Wojtyla. Dans la petite cour ombragée, il y a un puits, qui sera démoli plus tard, et quelques maigres arbustes : c'est là que la mère du petit Karol, l'été, vient bercer son bébé dans son landau qu'elle descend par l'escalier, non sans efforts, et ravauder en bavardant avec les voisines. L'escalier de pierre est raide, presque dangereux, avec une rampe sommaire de fer forgé qui court tout au long d'un étroit balcon, au-dessus de la cour, jusqu'à la porte des Wojtyla. Après 1978, un musée sera installé dans cet endroit, dont l'agencement avantageux modifiera la disposition et l'esprit du lieu.

À l'époque, il y a trois pièces en enfilade : d'abord une cuisine, où l'on se signe en entrant, dans une coupe de faïence remplie d'eau bénite, comme à l'église ; puis une petite chambre, avec une épée d'apparat accrochée au mur et un coin pour la prière ; puis un salon où Lolek dormira jusqu'à la disparition de sa mère. Les trois fenêtres donnent directement sur le mur de l'église. En face de la fenêtre du salon, un cadran solaire est illustré d'une inscription sentencieuse : « *Tempus fugit, aeternitas manet* », devenue, en polonais : « *Czas ucieka, wiecznosc czeka.* » Pendant dix-huit ans, le futur pape a pu méditer sur cet aphorisme à la fois naïf et prémonitoire : « Le temps s'en va, l'éternité reste. »

Juste de l'autre côté de l'église, sur la place du Marché, il y a une école. Des pièces basses, des couloirs étroits. Au premier étage, les garçons. Au second, les filles. Les classes sont surchargées, à l'époque, comptant jusqu'à soixante-quatre élèves. C'est là que Lolek est inscrit à l'âge de six ans. Il y passera quatre années, de 1926 à 1930. Les archives de l'école attestent qu'il est déjà un excellent élève.

Au bout de la petite rue où les enfants du quartier jouent au ballon au risque de briser les vitraux de l'église, le curé de l'époque, le bon père Leonard, a construit et aménagé, dans les années 1920, un bâtiment paroissial appelé la « Maison catholique » (*Dom katolicki*), avec une grande salle où l'on enseigne le catéchisme, où l'on répète des spectacles d'enfants — ce que les pouvoirs publics, dans tous les pays, appellent aujourd'hui une salle « polyvalente ». Sauf qu'au fronton de celle-ci un triangle isocèle rappelle, par sa symbolique divine, qu'on vient s'y placer sous le regard de Dieu.

Wojtyla, père et fils

C'est sa foi en Dieu, étonnamment profonde, qui a poussé le « Capitaine », après la mort d'Edmund, à se consacrer entièrement à Karol, son dernier fils. Modeste, son revenu se limite à la pension qu'il reçoit de l'armée, mais lui-même est riche de son temps. Ce qui va lui permettre de fondre bientôt en un seul rôle les tâches domestiques auparavant dévolues au père (l'éducation), à la mère (le ménage) et au grand frère (les jeux).

Dans l'appartement — dont il a à peine modifié l'agencement, et dont les meubles se sont ornés d'anciennes photographies au cadre barré de noir — le voilà qui prépare le petit déjeuner et le dîner, qui s'occupe du ménage, lave le linge, cire les chaussures. Le voilà qui retrouve aussi les gestes que son propre père lui a enseignés naguère à Lipnik : il découpe, il taille, il ravaude, il transforme un vieil uniforme à lui en un costume scolaire pour Lolek, etc.

Le père et le fils vivent des journées réglées avec une minutie quasi militaire et de façon immuable. Réveil à 6 heures, petit déjeuner, messe quotidienne. Puis Lolek suit ses cours, au lycée, de 8 heures à 14 heures. À la sortie des classes, il rejoint son père pour aller déjeuner juste en face de leur maison, au 4 de la rue de l'Église, dans un restaurant populaire tenu par Aloizy et Maria-Anna Banas. Celle-ci était très liée à Emilia Wojtyla. Ses fils sont amis du petit

Karol. Le cadet, Boguslaw, racontera avec effroi qu'un jour il manqua de peu son copain Lolek en jouant avec un pistolet que son père avait rangé dans le tiroir du restaurant : « Mon Dieu, s'est-il cent fois exclamé, j'ai failli tuer le pape[19] ! »

L'après-midi, c'est le temps des jeux, des virées au bord de la Skawa, du football avec les copains ou, les jours de pluie, du ping-pong à la salle paroissiale. Le cinéma, quelquefois, mais c'est encore un événement exceptionnel. En fin de journée, retour à l'église, puis devoirs et leçons à la maison. Lolek est souvent accompagné d'un ou deux copains de sa classe.

Le père est là, prévenant, attentif. Il apprend l'allemand à son fils et va jusqu'à lui confectionner un petit dictionnaire. Il passe de longs moments à feuilleter avec lui un grand atlas — voyager est un rêve, à l'époque — et, surtout, il lui inculque sa passion pour l'histoire de la Pologne. Il lui a offert une boîte de soldats de plomb. Comme bien des Polonais de cette génération, le « Capitaine » est d'un patriotisme inflexible et sourcilleux. Pour Lolek et ses petits copains, il se fait volontiers conteur, expliquera l'un d'eux qui n'a pas oublié la légende du *Dragon du château de Wawel.* Mais c'est surtout de Kosciuszko, de Mickiewicz et de Pilsudski, autres héros de légende, que les gamins l'entendent conter les exploits : Tadeusz Kosciuszko, le premier héros romantique de la résistance à l'oppression russe ; Adam Mickiewicz, le poète exilé qui maintint allumé le flambeau de la culture polonaise ; et Jozef Pilsudski, le militaire socialiste qui ressuscita la Pologne après un siècle et demi d'absence. Puis la leçon se termine, et le père de Karol prépare le dîner, non sans avoir disputé, parfois, une furieuse partie de foot dans le salon, avec un ballon fait de vieux chiffons ! L'été, il entraîne son fils dans une petite promenade vespérale, avant l'heure de la prière du soir, inévitable, avant de se coucher. Les deux hommes dorment dans la même pièce.

Le dimanche, son père emmène souvent Lolek en balade. Pendant les quelques mois où Edmund avait déménagé à Bielsko, le but de la sortie dominicale était tout trouvé : on allait rendre visite au grand frère. Après la mort tragique de Mundek, c'est dans la même région, chez la demi-sœur de son père, Stefania Wojtyla, que le petit Karol va passer des dimanches « en famille » : exactement à Leszczyny, un village en lisière de Biala, où la tante, une sympathique vieille fille, exerce son métier d'institutrice. Parfois, à Pâques ou à Noël, c'est elle, Stefania, qui vient passer quelques vacances avec eux, dans l'appartement de Wadowice. Lors de ces expéditions familiales, le futur archevêque se fera des petits camarades qu'il gardera toute sa vie. Il retournera de temps en temps à Biala, même quand il sera devenu cardinal, pour y dire la messe et participer à des rencontres de vieux copains.

Mais c'est dans la montagne que Wojtyla père, désormais, entraîne son rejeton devenu un adolescent capable d'efforts physiques plus marqués. Notamment au sommet du Leskowiec, la première hauteur digne d'intérêt (918 m) dans les petites Beskides, à une dizaine de kilomètres au sud de Wadowice. Le tourisme n'est pas encore venu altérer la pureté de l'endroit, et il n'est pas rare, à la nuit tombée, d'y rencontrer des loups. Au-delà de la beauté des paysages traversés, la course en montagne est vécue par les deux randonneurs comme une profonde respiration, une méditation active, une intense communion entre les marcheurs.

Karol Wojtyla sera marqué à vie par cette expérience-là. Devenu prêtre, il ne cessera d'entraîner ainsi des centaines de jeunes dans des marches en montagne, et lui-même retournera souvent, en leur compagnie, arpenter les sentes du Leskowiec et, un peu plus loin vers le sud, celles du massif de Madohora (929 m).

Autre excursion de plus en plus fréquente au fil des ans : Kalwaria Zebrzydowska, à dix kilomètres à l'est de Wadowice, sur la grand-route de Cracovie. Le père Wojtyla va faire partager à son fils sa propre vénération pour ce lieu de pèlerinage parmi les plus connus et les plus fréquentés de Pologne. Entre le mont Zar et la bourgade de Lanckorona, dominé par une impressionnante basilique du XVIIe siècle et un monastère de bernardins[20], le « calvaire » (*kalwaria*) est fait d'une suite de quarante-deux petits édifices religieux disséminés à flanc de colline, sous des marronniers immenses, comme un interminable chemin de croix.

À Pâques, à l'Ascension, à l'Assomption, des dizaines de milliers de pèlerins gravissent en procession ces « sentiers de Marie » jusqu'à la basilique, qui renferme, dans la chapelle de Notre-Dame miraculeuse, une icône de la Vierge célèbre pour ses grâces. Depuis des siècles, les offices solennels ont lieu sur un grand autel dressé en plein air, à l'aile gauche de la basilique, avec vue plongeante sur la foule bariolée, aux vêtements de fête et aux bannières brodées agitées par la brise. Karol Wojtyla en présidera plus d'un quand il sera évêque, puis cardinal, et même, en juin 1979, quand il sera pape. C'est par Kalwaria Zebrzydowska que Jean-Paul II achèvera, symboliquement, son huitième pèlerinage dans son pays natal, en août 2002.

Pour l'heure c'est en dehors des grandes cérémonies que le père et le fils Wojtyla viennent à pied, presque en voisins, prier ensemble la Vierge Marie et lui offrir leur solitude. De prière du matin en messe quotidienne, de chemins de croix en pèlerinages (il a emmené Lolek, dès l'âge de dix ans, visiter avec un groupe de pèlerins la Vierge noire de Czestochowa), le « Capitaine » s'est consacré à son fils corps et âme. « Mon père a été admirable, racontera encore Jean-Paul II à André Frossard. La violence des coups qui l'avaient frappé avaient ouvert en lui d'immenses profondeurs spirituelles, son chagrin se faisait prière. Le simple fait de le voir s'agenouiller a eu une influence décisive sur mes jeunes années. »

Éducation et prière, jeux et discipline, morale et dévotions. Lolek n'a pas reçu une éducation banale. D'un côté, il a été particulièrement bien élevé par ce père exigeant et disponible qui lui a offert une éducation stricte, inculqué des principes moraux élevés, transmis une foi profonde. De l'autre, revers des deuils qui l'ont frappé, le petit Karol aura vécu son enfance et son adolescence dans un cadre relativement aisé et surprotégé, presque « stérile » au sens médical du terme. Il n'a connu personnellement ni la misère ni les problèmes familiaux de tous ses petits copains : couples en crise, familles désunies, promiscuité familiale, enfants non désirés. Il faudra y penser en examinant, des années plus tard, sa vision personnelle — un peu idéalisée ? — de la famille, de la sexualité ou de la pauvreté.

2

Le temps des copains

En septembre 1930, Lolek entre au lycée — ou plutôt au « collège » (*gimnazjum*), l'appellation « lycée » étant réservée aux classes supérieures. Il y restera jusqu'en mai 1938, le temps de huit années scolaires [1]. Pour cet orphelin plutôt solitaire, couvé par son père, le temps des copains (et des copines) commence.

La ville de Wadowice compte alors quatre établissements secondaires : le lycée de filles Michalina Moscicka (privé), deux lycées confessionnels — celui des pallotins et celui des carmes — et le lycée d'État de garçons Marcin Wadowita [2] qui accueille le petit Lolek. Si le pieux « Capitaine » inscrit son rejeton au lycée d'État, c'est que les anciens fonctionnaires de l'armée y bénéficient d'une réduction de 50 % sur le prix des études, ce qui n'est pas négligeable.

Le lycée de Lolek, fondé en 1866, est situé au 16 de l'ancienne rue de Vienne, rebaptisée rue Mickiewicz après l'indépendance. L'établissement se dresse à quelque cinq cents mètres de chez les Wojtyla, de l'autre côté du Rynek. Il s'agit d'une vaste bâtisse grise de deux étages, en brique, à l'architecture tristement fonctionnelle. Les salles de classe, numérotées de I à VIII, sont au second, chaque salle comportant trois rangs de bancs doubles, une table surélevée pour le professeur et un poêle pour le chauffage. Les vestiaires sont dans le couloir. Les

W.-C., dans la cour, derrière le bâtiment principal — une cour que le gel transforme, l'hiver, en patinoire.

Karol Wojtyla, dix ans, découvre les lieux en même temps que quarante-huit autres gamins ayant réussi le même examen de polonais et de calcul. C'est un important changement dans sa vie, laquelle se limitait jusque-là aux alentours de l'église. Il côtoie désormais de nouveaux visages, découvre d'autres règles. D'autres vêtements, aussi : au lycée, si les plus jeunes sont en short, les « grands » doivent porter un uniforme bleu marine avec, cousu sur le bras droit, le numéro de l'établissement (« 374 »). Après 1934, le règlement impose en sus le port de la *rogatywka*, une casquette typiquement polonaise, aux bords carrés.

Cinq à six cours par jour, deux cent vingt jours de classe par an : le rythme change, lui aussi. Autre nouveauté : le nombre et la variété des professeurs qui se succèdent, d'heure en heure, de classe en classe. Ce qui ne change pas, en revanche, même dans un lycée « d'État », c'est la présence des ecclésiastiques chargés de l'instruction religieuse — en l'occurrence l'abbé Figlewicz et l'abbé Zacher, qui resteront très proches de leur petit élève — et aussi, à 8 heures du matin, la récitation en commun d'une courte prière.

L'élève Wojtyla fait aussi la connaissance de Zygmunt Damasiewicz, professeur de latin-grec, dont on moque la petite taille mais qui sera pour beaucoup dans la passion de Lolek pour la philologie ; de Czeslaw Panczakiewicz, le professeur de gymnastique, toujours prêt à organiser une excursion ou une compétition interlycée ; de Jan Klimczyk, professeur de latin et de polonais, dont la moustache fait rire les élèves ; de Tadeusz Szeliski, professeur de grec, qui peste contre la moindre odeur de tabac dans les couloirs et que les élèves font parfois tourner en bourrique ; de Sabina Rottenberg, la jeune et jolie professeur d'allemand qui fait rêver les plus grands ; d'Adolf Scheybal, professeur de maths, qui, quelques années plus tard, échappera de peu à la mort à Dachau ; de Jan Gebhardt, professeur d'histoire-géo, surnommé *Gebciu*, un grand type glacial qui affiche ses opinions socialisantes en arborant une cravate rouge le 1er mai ; et d'autres encore : Jozef Titz, Jak Sarnicki, Jozef Heriadin, l'abbé Kazimierz Forys, Bronislaw Babinski...

Les années de lycée

Pour Lolek, confiné dans sa relation avec son père, le temps du lycée est donc celui de la confrontation avec le monde réel, l'ouverture sur la vie des autres. Il découvre le collectif, les activités de groupe — football, hockey, théâtre — et aussi les différences entre les caractères, les générations, les milieux sociaux, les confessions religieuses. Sur les cinquante élèves de sa classe, certains proviennent des petites villes voisines (Andrychow, Kalwaria, Kety, Zator) : quelques-uns sont internes et habitent un bâtiment voisin du lycée ; d'autres viennent quotidiennement en car ou en train ; d'autres enfin, issus de villages isolés, parcourent des kilomètres à pied, matin et soir.

Parmi les plus proches copains de Wojtyla, certains sont aisés, d'autres tirent le diable par la queue. Ainsi Stanislaw Banas, dont les parents sont propriétaires d'une grande écurie, d'une laiterie et de la cantine où Lolek déjeune désormais chaque jour avec son père, fait-il figure de « gosse de riche » : il possède déjà une bicyclette et se fait souvent conduire au lycée en calèche, en compagnie de ses frères Boguslaw et Kazimierz, ou bien, l'hiver, dans une splendide automobile (Wadowice en compte six, à l'époque). Quel contraste avec le petit Jozef Muszynski ou Teofil Bojes, tous deux fils de mineurs, dont l'avenir probable est de retourner vers les puits pour aider la famille à subsister[3] ! Ceux-là portent des vêtements de fortune, de méchants souliers, ils mènent une autre vie familiale, avec un père que la mine accapare toute la journée, une mère épuisée par les grossesses, six ou sept frères et sœurs qu'on peine à nourrir. Encore les plus miséreux des enfants de la région ne fréquentent-ils pas le lycée — soit que leurs parents n'aient pas les moyens de leur payer des études, soit que leur présence soit nécessaire pour faire tourner l'atelier ou la ferme.

Karol se situe dans la moyenne. Il n'est pas riche, mais il habite un appartement de trois pièces relativement confortable ; ses habits de collégien sont retaillés dans les vieux uniformes de son père, et non pas hérités d'un grand frère et plusieurs fois rapiécés. Financièrement, la retraite du « Capitaine » — qui n'est pas un bourgeois, mais dont on respecte le statut de militaire — le préserve de la misère dans laquelle se débattent quelques-uns de ses condisciples. C'est peut-être pour cela que Wojtyla, toute sa vie, sera à l'aise dans tous les milieux.

Le voilà donc parmi tous ces gamins dont il se fera parfois des amis, et qui lui apprendront les choses de la vie, l'amitié et la jalousie, l'honnêteté et le mensonge, les grandes joies et les petites trahisons. Il côtoie ainsi Zbigniew Silkowski, le fils d'un employé des chemins de fer, qui restera longtemps son voisin de banc[4] ; Jan Kus et Tomasz Romanski, deux bons élèves aussi « polars » que lui ; Antoni Bohdanowicz, qui sera un jour évêque, lui aussi ; Tadeusz Czuprinski, le don juan du lycée ; ou les jumeaux Wlodzimierz et Zdzislaw Piotrowski, autres fils de riches (eux aussi possèdent des bicyclettes) que l'on surnomme « Ceux-qui-rient-tout-le-temps » et qui animent le « Cercle des Noceurs ». Wojtyla appartient, lui, au club rival des « Abstinents », soutenu par quelques professeurs attentifs à la bonne moralité de leurs ouailles.

Dans le lot, quelques juifs. Le lycée d'État comprend deux ou trois élèves juifs par classe. Celle de Wojtyla compte ainsi Zigmunt Selinger, le fils du boulanger, Leopold Zweig, le roi du football, et surtout Jerzy Kluger, qui sera pendant de longues années le meilleur ami du futur pape.

Avec son copain Jurek — c'est le diminutif de Jerzy — et avec d'autres, Lolek va barboter dans la Skawa glacée, jouer à la balle au prisonnier, disputer des parties de hockey sur des patinoires improvisées (un jour, il est blessé par un mauvais coup de bâton), escalader les pentes du mont Leskowiec ou se réchauffer au café Wenecja, près de la rivière. Les deux rendez-vous habituels sont la salle paroissiale, à côté de chez les Wojtyla, ou le club Sokol, un local municipal que l'on rallie en empruntant la rue Ogrodowa — devenue aujourd'hui la rue Karol-et-Emilia-Wojtyla. Parfois les gamins se retrouvent pour une excursion organisée par la paroisse ou par le lycée — auquel cas ils portent l'uniforme et la *rogatywka* — qui les emmène à la célèbre mine de sel de Wieliczka, au sanctuaire de Czestochowa ou en promenade à Cracovie.

Mais c'est le football, déjà, qui passionne les collégiens. Après le déjeuner, le plus souvent, on se retrouve en bande sur un terrain vague situé derrière l'église Notre-Dame, en contrebas de chez Banas, on délimite les buts en empilant vestes et cartables, et on constitue les équipes. Pour aller plus vite, on assemble les catholiques d'un côté, les juifs de l'autre. Comme les seconds sont moins nombreux, on doit compléter leur équipe avec quelques cathos.

Et lorsque Poldek Goldberger, le fils du dentiste, n'est pas là, c'est Wojtyla qui le remplace dans les buts juifs. Il n'est pas maladroit, Lolek : on le surnomme Martyna, du nom d'un goal célèbre à l'époque. Le match dure longtemps — jusqu'à l'heure où un détachement militaire vient prendre possession du terrain pour l'exercice du soir — mais Lolek rentre toujours plus tôt que les autres : « Salut, c'est l'heure d'aller étudier ! »

Tous les récits de professeurs ou d'élèves ayant connu Wojtyla concordent : le futur pape était un très bon élève. Les archives du lycée en témoignent : dès les premiers mois, il collectionne les « très bien » (sauf en gym), puis il s'installe durablement parmi les premiers de la classe ; c'est à peine si quelques « bien » (une fois en latin, une fois en histoire-géo) viennent rappeler qu'il est faillible. Il travaille plus et mieux que les autres, il est très concentré pendant les cours, il apprend facilement les langues (l'allemand, le latin, le grec), il fait preuve d'une mémoire exceptionnelle. « Wojtyla nous dépassait tous d'une tête par son intelligence et ses centres d'intérêt », dira son copain Silkowski. « Il était très solide, notamment dans les sciences humaines », racontera le père Forys, son prof de latin. « Un garçon très vivant, très intelligent, à l'esprit vif », complétera son premier catéchiste, l'abbé Figlewicz.

Avait-il donc toutes les qualités, Lolek ? Bon élève, bon camarade, bon fils, bon enfant de chœur, il réussissait à concilier les leçons, le foot et la prière ; il ne manquait ni d'autorité sur ses condisciples ni de bonté à l'égard des plus faibles. Il faut tendre finement l'oreille pour percevoir, çà et là, quelques petites nuances dans ce concert hagiographique : il était « un peu trop sérieux », note l'un ; « très ambitieux », remarque l'autre ; « une mauvaise note pouvait le faire pleurer », selon un troisième. Beaucoup se souviennent que Wojtyla « était toujours à tout calculer, à tout planifier ». Silkowski raconte qu'il participait aux tournois interclasses de football, mais qu'« il n'en faisait pas une obsession, comme beaucoup d'entre nous : il nous expliquait qu'il était dommage de perdre du temps à des futilités ».

Gérer son temps. Ne jamais perdre un moment. Faire plusieurs choses à la fois, déjà : aller se promener, mais avec un livre dans la poche. Se lever aux aurores chaque jour, même en vacances. Se réserver une heure pour ceci, une heure pour cela — y compris pour la prière, la méditation, le repos ou les distractions. Le cardinal Wojtyla et, plus tard, le pape Jean-Paul II auront ainsi le souci d'utiliser au mieux le temps qui passe, comme un bien précieux qui ne vous appartient pas, comme un don de Dieu qu'il revient à l'homme de ne pas gaspiller.

Le 14 mai 1938, Karol Wojtyla passe avec succès son baccalauréat. Ses notes ne laissent aucun doute sur son niveau : « très bien » en religion, langue polonaise, latin, grec, allemand ; « bien » en physique-chimie ; les notes acquises avant l'examen final (en histoire de la Pologne contemporaine, introduction à la philosophie, éducation physique, hygiène) sont toutes des « très bien ». Wojtyla, dix-huit ans, est un élève exceptionnel. C'est lui, du reste, qui prend la parole au nom des bacheliers de l'année lors de la remise des diplômes le 27 mai 1938 pour remercier, comme le veut la tradition, les enseignants du lycée.

Ce soir-là, un bal réunit l'ensemble des nouveaux diplômés au lycée de filles. L'heure n'est plus aux uniformes et à la casquette carrée, mais aux costumes et aux cotillons. On dit qu'à cette soirée Karol Wojtyla — un beau garçon, avec les cheveux mi-longs rejetés en arrière — dansa avec Halina Krolikiewicz, la fille du proviseur de son lycée[5], sa cadette d'un an, qui était aussi, comme on le verra, sa principale partenaire au théâtre amateur. Mais Halina n'en a gardé aucun souvenir[6].

À l'ombre de l'église

Ses dix-huit premières années, Karol Wojtyla les a vécues à l'ombre de l'église. Ce n'est pas une image : les trois fenêtres de l'appartement des Wojtyla donnent sur l'église paroissiale de Wadowice, un bâtiment aux murs ocre — aujourd'hui gris et blanc — à la façade néobaroque et au clocher à bulbe typique de la région.

L'église s'ouvre sur le Rynek, qu'elle domine sans ostentation. Construite à la fin du XVIIIe siècle sur les ruines d'une église plus ancienne, elle a été consacrée à la Très Sainte Vierge Marie. À l'intérieur, au-dessus de l'autel de la chapelle de la Sainte-Croix, figure un tableau de *Notre-Dame-du-Perpétuel-Secours* entourée d'anciens ex-voto en forme de cœurs argentés accrochés aux murs. De l'autre côté, à l'opposé de la nef, trône le baptistère, religieusement conservé, où le petit Karol Jozef fut baptisé. Pour les paroissiens du cru, c'est déjà une relique.

Quand le futur pape est venu au monde, en 1920, le curé de Wadowice s'appelait Andrzej Zajac. C'est lui qui signa le registre de baptême de Karol Wojtyla, même si c'est l'aumônier militaire du 12e régiment d'infanterie, comme on l'a vu, qui baptisa le second fils du « Capitaine ». Après sa mort, en 1928, le père Zajac sera remplacé par son premier vicaire, Leonard Prochownik, quarante-cinq ans, un solide gaillard descendu de ses montagnes quinze ans auparavant, et qui impressionna beaucoup Lolek dans ses premières années. Dans le discours qu'il prononcera à la cathédrale de Wawel en devenant archevêque, le

8 mars 1964, Mgr Karol Wojtyla évoquera avec émotion la mémoire de ce curé énergique qui serait plus tard emprisonné puis banni par les communistes[7], ainsi que celle de son premier catéchiste, l'abbé Pawela, et de deux autres vicaires de la paroisse, les abbés Rozpond et Klodyga, « qui ont insufflé en [lui] le début de [sa] vocation ». Formule banale, sans doute. Et souvenirs un peu flous. Car ce n'est pas aux prêtres de l'église Notre-Dame, pourtant si proche de son domicile, que le jeune Karol doit d'avoir eu une enfance particulièrement pieuse.

Le premier homme d'Église qui a vraiment compté dans la vie de Karol Wojtyla, c'est l'abbé Kazimierz Figlewicz, un jeune vicaire aux lunettes rondes qu'il rencontra en première année de collège : Figlewicz, cette année-là, dispensait les cours d'instruction religieuse au lycée Marcin Wadowita. Peu de gens ont connu Lolek à cet âge-là et peuvent révéler que le petit garçon ressemblait peu, physiquement, au Karol Wojtyla de la maturité :

> À dix ans, Lolek était assez grand, certes, mais plutôt enveloppé. C'était un gamin très vivant, très doué, très rapide et très bon. Il était d'une nature optimiste, quoique nuancée par l'ombre d'un orphelinat précoce. Il était loyal envers ses camarades, et n'avait pas de conflit avec ses maîtres. Il étudiait avec facilité. Et il était un servant de messe fervent[8].

Hélas, Figlewicz est appelé en 1932 à Cracovie comme vicaire à la cathédrale du château de Wawel. Néanmoins, Karol gardera le contact avec lui pendant toute sa scolarité — par des visites, des confessions, etc. — et reprendra une relation étroite avec son maître lorsqu'il aura lui-même déménagé à Cracovie en 1938. Figlewicz restera longtemps son confesseur et, comme il le dira avec tendresse, « le directeur de [sa] jeune et difficile conscience[9] ».

En décembre 1932, l'abbé Edward Zacher, vingt-neuf ans, reprend le flambeau comme catéchiste et préfet des études au lycée Marcin Wadowita. Il vient, lui, du bassin houiller silésien. Épaisses lunettes à montures transparentes, le père Zacher sera responsable de l'éducation religieuse de Karol jusqu'au baccalauréat de celui-ci en 1938. C'est lui qui le poussera à adhérer, en 1935, à la société des Enfants de Marie (*Sodalicja Marianska*), dont le jeune homme sera même élu président lors de ses deux dernières années de lycée, en 1936-1937 et en 1937-1938.

Lorsque le cardinal Wojtyla deviendra pape, en 1978, le même Edward Zacher, devenu curé de la paroisse de Wadowice, recevra et endiguera les vagues de journalistes venus du monde entier pour enquêter sur la jeunesse du nouveau pape. C'est grâce à lui, à ses récits et à ses témoignages, que l'on sait que le petit Lolek, en effet, fut d'une piété supérieure à la moyenne de ses camarades. Qu'il allait à l'église tous les matins et servait souvent plusieurs messes, ce qui impressionnait ses petits copains et, surtout, leurs parents. Enfant de chœur dévoué et recueilli, Karol allait vite se voir confier par le père Zacher la formation des autres servants de messe [10]. C'est au vieux Zacher que l'élu du conclave écrira personnellement, en 1978, le jour de la fête de son saint patron, Charles Borromée. Le pape polonais n'oublie ni ses amis ni les traditions.

Cependant, ce n'est ni à l'église paroissiale Notre-Dame ni au lycée Marcin Wadowita que le jeune Karol trouve son épanouissement spirituel, mais dans un lieu insolite qu'il fréquente de plus en plus régulièrement au fil de sa maturité : la grande chapelle du monastère des carmes déchaux [11]. À Wadowice, on l'appelle le carmel « sur la colline ». C'est un grand bâtiment en brique sombre auquel on accède, à partir du lycée Marcin Wadowita, en gravissant la rue Slowacki — on longe le tribunal et la prison de la ville — et la rue des Carmélites. Fondé en 1892 par quelques moines venus de Cracovie sous la conduite de Raphaël Kalinowski [12], le monastère des carmes déchaux avait été consacré à saint Joseph par Mgr Jan Puzyna, évêque de Cracovie, et s'est enrichi, après l'indépendance du pays, d'un lycée religieux.

Au début des années 1930, le carmel est dirigé par le père Jozef Prus, futur provincial de l'ordre. Celui-ci, intrigué par l'assiduité remarquable de ce jeune garçon si pieux et si discret, entreprend de faire sa connaissance jusqu'à devenir, pendant sa dernière année de lycée, son directeur spirituel. Lors de sa communion solennelle, le petit Karol recevra de l'un des moines, le père Sylvestre, un scapulaire — cette petite pièce de laine portée autour du cou et tombant sur la poitrine et dans le dos, comme un double sautoir [13]. C'est une tradition perpétuée par les carmes (l'un des autels de l'église Saint-Jozef est consacré à Notre-Dame-du-Scapulaire), et à laquelle Karol Wojtyla attachera autant d'importance qu'à celle du rosaire. Évêque, il portera toujours son scapulaire.

En novembre 1958, après avoir dit sa traditionnelle « première messe » d'évêque à l'église paroissiale de Wadowice, le tout jeune prélat tiendra à rendre une visite privée au carmel « sur la colline ». Mgr Wojtyla improvisera ce jour-là un petit discours que prendra fébrilement en note, dans l'assistance, l'un des moines :

> Dans mes jeunes années, il n'y avait pas de vacances organisées comme aujourd'hui, et nous passions nos congés d'été à Wadowice. Jusqu'à mon bac, lors des neuvaines précédant la fête de l'Assomption de la Vierge, je n'ai jamais manqué, ici, la cérémonie de l'après-midi. J'avais du mal à m'arracher à mes camarades de jeu, lors des baignades dans ma chère Skawa, mais la voix mélodieuse des cloches des carmes était si forte et si pénétrante au fond de mon âme que j'y allais !

Et l'orateur d'insister avec émotion : « J'habitais à l'ombre de l'église paroissiale, mais je grandissais ici, à Saint-Jozef. »

Le devant de la scène

Un élève modèle et touché par la grâce : l'histoire du petit Karol aurait pu se limiter à cet appel de Dieu ressenti dès l'enfance et débouchant naturellement sur le sacerdoce. Ce serait trop simple. Une attirance plus forte que la lecture, la prière ou le football allait emporter l'adolescent vers des rivages nouveaux sur lesquels, à vrai dire, il a failli s'installer pour le reste de sa vie.

Peu après son entrée au lycée, vers l'âge de onze ans, Lolek a découvert ce qui sera très vite sa grande passion : le théâtre. Traditionnellement, un professeur du lycée Marcin Wadowita — à cette époque le père Kazimierz Forys — animait alors, avec quelques collègues, une petite troupe théâtrale formée de gamins désireux de s'initier à la comédie. Une affichette de l'époque, religieusement conservée à l'appartement-musée de Wadowice, invite à une représentation donnée par le « Cercle dramatique du lycée de garçons Marcin Wadowita, avec la participation du lycée de filles Michalina Moscicka ». De fait, comme on imaginait difficilement de pratiquer le théâtre seulement entre garçons, cette activité extrascolaire se faisait en coordination avec le lycée de filles — ce qui, en outre, garantissait de la part des plus grands une remarquable assiduité aux répétitions.

C'est la fille de ses voisins, Ginka Beer, de deux ans son aînée, qui initie Lolek à la comédie lors des premières séances auxquelles il participe. Lectures, dialogues, jeux d'acteur, expression en public : Karol se sent à l'aise, il est manifestement doué pour cela. Il a une excellente mémoire. Il a une bonne voix et une très bonne diction. Il adore déclamer textes, tirades et poèmes. Déjà, quand il rend visite à son frère Edmund à l'hôpital municipal de Bielsko, alors qu'il a juste douze ans, il trouve le moyen de se rendre utile en distrayant les malades, et invente pour quelques patients amusés son propre théâtre de poche : le « théâtre à un seul acteur ».

Comment expliquer une telle passion ? La comédie peut être un moyen d'oublier la réalité, d'entrer dans la peau des autres et d'échapper à soi-même, de vivre plusieurs vies. Monter sur scène peut être aussi une façon de se montrer en public, d'exhiber son corps ou son âme devant ceux qu'on n'ose pas aborder dans la vie de tous les jours. Or rien ne permet de penser que Karol fût timide ou replié sur lui-même. Au contraire, tous les témoignages sur lui font état d'un excellent rapport aux autres et décrivent un garçon plutôt expansif, équilibré, bien dans sa peau.

Il semble que, dans son cas, l'amour de la langue ait été déterminant. Est-ce la lecture que lui faisait son père, le soir, à la maison ? Ou lui-même, en classe, a-t-il pris un plaisir particulier aux exercices de récitation ? Karol Wojtyla, très jeune, est passionné par la poésie, et sera vite tenté d'en composer à son tour. En 1933, son livret scolaire précise qu'il porte aux cours de langue polonaise un « intérêt exceptionnel ». Même si son sens artistique et son autorité naturelle le conduiront à participer tantôt à la décoration, tantôt à la mise en scène, c'est la langue — les mots et leur contenu, les sons qu'ils rendent, les rythmes qui les ordonnent — qui l'attire dans le théâtre, et qui lui procure ses premières émotions esthétiques.

C'est dans l'auditorium du lycée, devant leurs petits camarades, que se produisent, le plus souvent, les comédiens en herbe. Mais il arrive à Lolek et à ses partenaires de jouer ou de réciter à la salle paroissiale, ou au club Sokol, ou même, une fois, à la bibliothèque municipale. L'été, ils se produisent parfois en plein air, dans le jardin public de Wadowice où se déroulent, le samedi soir, des soirées folkloriques très animées, autour d'un grand feu allumé pour la circonstance.

Parmi les acteurs de ce petit cercle, Karol Wojtyla se lie bientôt avec Halina Krolikiewicz, la fille du nouveau directeur du lycée de garçons, celle avec laquelle on le verra danser le soir du bachot. Halina est aussi jolie fille que bonne actrice — et elle allait le rester. Tous les deux s'imposent, au fil des ans, comme les « vedettes » de leur petit groupe et collectionnent les premiers rôles.

Les pièces choisies ne sont pas toujours faciles. À treize-quatorze ans, jouer *Kordian* de Juliusz Slowacki ou *Antigone* de Sophocle n'est pas évident. Mais quelle expérience, quelle excitation, et que de satisfactions pour ces adolescents dont le théâtre façonne la personnalité naissante au moins autant que le lycée lui-même ! Et avec quelle ferveur les jeunes de Wadowice, moins de dix ans après l'indépendance de leur pays, se nourrissent-ils des grands romantiques polonais du milieu du XIXe qui ont entretenu et conforté le patriotisme de leur peuple alors opprimé : Mickiewicz, Slowacki, Norwid [14]...

Ainsi, en février 1937, ils montent *Balladyna* de Slowacki, une sorte de conte romantique à l'intrigue compliquée et aux personnages multiples. Karol joue le rôle de Kirkor, le duc, tandis que Halina interprète celui de Balladyna — laquelle tue sa sœur pour épouser Kirkor, qui meurt ensuite à la guerre, laissant sa jeune femme avoir une liaison avec le chef de la garde, von Kostryn. Une histoire à tiroirs pleine de rebondissements. Halina se rappelle : « C'est un élève nommé Pomerianski qui jouait Kostryn. Or, la veille du spectacle, il fut brutalement expulsé du lycée par mon père pour avoir menacé un prof avec un faux revolver ! Panique dans la troupe : son rôle était important. Mais Karol, tranquillement, expliqua qu'il jouerait les deux rôles consécutifs — sans avoir besoin de répéter, et alors que la pièce était en vers [15]. »

Autre anecdote, également racontée par Halina : « Un jour de 1937, l'actrice Kazimiera Ryszter, en tournée, s'arrête à Wadowice, au club Sokol, pour un récital. Karol et moi, évidemment, n'allions pas rater cela ! Bien sûr, nous sommes allés la saluer après le spectacle, mais nous avions une petite idée en tête : pourquoi ne viendrait-elle pas présider le prochain concours interlycée de récitation ? » Les deux jeunes gens sont conscients de leur valeur : « Nous savions, poursuit Halina, que le premier prix se jouerait entre Karol et moi ! » La comédienne est séduite par ces deux adolescents passionnés et flatteurs. Le jour venu, à l'auditorium du lycée, Wojtyla monte sur la scène — magnifiquement svelte, sanglé dans son uniforme, les cheveux toujours en désordre — et se met à réciter « Promethidion », un long et difficile poème de Norwid, un texte compliqué sur l'art et surtout sur le travail, à la fois conséquence du péché originel et moyen de rédemption [16]. Halina se rappelle, admirative : « Karol, sans céder au style de l'époque qui consistait à gonfler les mots outre mesure, récitait simplement, presque trop sagement pour son jeune âge. » Elle-même a choisi un poème de Leopold Staff dans lequel la pluie tombe et touche l'âme, un texte romantique à souhait. C'est elle qui remporte le concours. De justesse. Devant Wojtyla.

L'un des plus grands succès de la petite troupe fut *La promesse des jeunes filles* (*Sluby panienskie*), une comédie très connue d'Aleksander Fredro [17] que les jeunes sont même allés jouer, comme de vrais professionnels, au lycée de la ville voisine d'Andrychow. Dans les rôles principaux : Halina Krolikiewicz (Agniela), Ginka Beer (Klara) et une autre petite juive, Maria Weber (la mère d'Agniela). Le premier rôle, celui de Gucio, était tenu par Karol Wojtyla. Clin d'œil de l'Histoire : le futur pape y interprète un bon vivant qui prend avec le mariage quelques libertés. Mais déjà, assure Halina, « c'était bel et bien un rôle de composition : Karol était un garçon très sérieux, presque trop, qui passait son temps à lire de la philosophie à laquelle, pour notre part, nous ne comprenions rien ! »

Karol joue aussi le rôle du roi dans *Sigismond Auguste* (*Zygmunt August*) de Wyspianski[18]. Cette fois, ce n'est pas Halina, mais la non moins jolie Kazimiera Zak, qui lui donne la réplique. Karol contribue aussi à la mise en scène du professeur, l'abbé Kazimierz Forys. À la salle paroissiale, sous l'égide de l'abbé Edward Zacher, il joue aussi des extraits de la *Non divine comédie* (*Nie-Boska Komedia*) de Zygmunt Krasinski[19], une pièce en prose portée au pinacle par Mickiewicz en personne, une fable pessimiste sur la guerre civile et la fin du monde occidental due à l'irrémédiable folie des hommes.

Toujours pour l'abbé Zacher, il met en scène et interprète *L'Apocalypse selon saint Jean*, où il joue, bien sûr, le rôle de saint Jean. Quelques jours avant la représentation, il monte au carmel pour y chercher, en guise de décor, un fauteuil précieux utilisé par le célébrant, et se fait moucher par le père prieur : « Eh toi, voyou ! Où as-tu pris ce meuble ? »

*

Au début de l'année 1938, Karol pousse, comme d'autres curieux de tous âges, la porte de Mieczyslaw

Kotlarczyk, un jeune enseignant du lycée des carmes dont le père, Stefan Kotlarczyk, ancien fonctionnaire au tribunal de Wadowice et passionné de théâtre, avait fondé une troupe d'amateurs au tout début du siècle, non sans transmettre le virus de la scène à ses trois fils. À la mort du père, Mieczyslaw avait repris le flambeau et était devenu, à son tour, une sorte de célébrité dans cette petite ville où l'on aimait traditionnellement la comédie, et qui comptait aussi un théâtre des armées, un théâtre juif, etc.

De petite taille, Mieczyslaw Kotlarczyk a des cheveux noirs bien coupés, une barbe naissante — qui deviendra « une forte barbe à fleur de peau, presque bleuâtre mais bien rasée[20] » — et, curieusement, une voix fragile, comme « usée », presque un murmure. Mieczyslaw (trente-cinq ans) aurait pu n'être qu'un professeur de théâtre pour Karol (dix-sept ans). Or il devient bien plus que cela : un ami proche, un grand frère de substitution, un véritable maître. En cette année du bac, Karol passe de longues soirées chez les Kotlarczyk, rue Barska, non loin du lycée Marcin Wadowita. Mieczyslaw est marié à une jeune femme, Zofia, qui témoignera plus tard de ces interminables discussions avec Karol « sur le théâtre, la littérature, la philosophie ».

Ce qui fascine ce dernier, c'est la passion que Kotlarczyk nourrit, lui aussi, pour la *langue*, pour ce qu'elle contient au-delà des mots, pour ses pulsations « mystiques ». Kotlarczyk donne un sens, un contenu à ce que Karol éprouve confusément depuis plusieurs années. Il considère que la langue ne communique pas seulement une signification, mais qu'elle véhicule une émotion, et que le rôle de l'acteur est de la servir. Karol boit ses paroles. La langue, que Kotlarczyk qualifie sans cesse de « parole vivante », doit être le personnage principal de l'œuvre dramatique. L'acteur, dans ces conditions, n'est qu'un médium. Son rôle est de transmettre, de communiquer. Un peu comme un prêtre...

Le 6 mai 1938, quelques jours avant le baccalauréat, le lycée Marcin Wadowita en ébullition reçoit la visite de l'archevêque métropolitain de Cracovie, le prince Adam-Stefan Sapieha. Deux discours d'accueil sont prononcés — en latin, évidemment. Du côté enseignant, c'est le professeur Tadeusz Szeliski qui présente l'établissement. Au nom des élèves, c'est le jeune Wojtyla, alors président de la société des Enfants de Marie, qui salue le prélat. L'abbé Edward Zacher, préfet des études, a souvent raconté qu'à l'issue de la petite cérémonie l'archevêque s'est penché vers lui, avisant Karol :

— Ce jeune homme n'entrera-t-il pas au séminaire ?

— Je crois qu'il a d'autres projets...

Et Karol, qui a entendu le dialogue, de confirmer lui-même :

— J'ai l'intention d'étudier la littérature polonaise et la philologie...

Commentaire de Sapieha, en aparté, à l'abbé Zacher :

— Quel dommage !

Les juifs de Wadowice

Ginka Beer, Jerzy Kluger... Il n'y a rien d'étonnant à ce que le jeune Karol, au lycée comme au théâtre, fréquentât un certain nombre de juifs. À l'époque où il vint au monde, en 1920, la petite ville de Wadowice comptait plus de cinq cents juifs, soit près de 15 % de sa population.

La raison en est simple : la région dont Karol Wojtyla est originaire — Czaniec, Biala, Wadowice, Cracovie — est située dans la partie occidentale de la Galicie qui fut, plus que toute autre, à la fois le théâtre et le témoin de l'histoire des juifs européens. Pour le meilleur et pour le pire. Le meilleur, ce fut la longue période d'accueil et de tolérance envers les juifs chassés du reste de l'Europe, lorsque la Pologne était appelée *Paradisus judeorum* (le « paradis des juifs »). Le pire, ce fut le moment où Oswiecim, l'un des chefs-lieux de l'endroit, devint le symbole de l'enfer sous le nom allemand dont ses bourreaux l'avaient rebaptisé : *Auschwitz*.

Les juifs de Wadowice connurent ainsi les hauts et les bas de l'histoire séculaire des juifs de Pologne, qui formèrent pendant des siècles la plus grande communauté israélite au monde. D'abord, à la fin du Moyen Âge, ils ont été accueillis en masse et protégés par les rois de Pologne, qui les ont invités à faire marcher le commerce, la banque, l'artisanat, les impôts et à bénéficier de la prospérité générale, notamment au XVIe siècle — le « siècle d'or » dans la mémoire collective de ce pays. Mais la Pologne est bientôt frappée par différentes invasions (les Cosaques, les Suédois, les Russes) et ravagée par des guerres interminables dont les conséquences sont une terrible récession économique et un tragique affaiblissement de l'État.

Ces événements sont fatals aux juifs, victimes désignées de toutes les périodes de crise. Au milieu du XVIIIe siècle, ils sont interdits d'activité dans les villes. Il n'y aura plus jamais d'« âge d'or » pour les juifs de Pologne — pas plus que pour la Pologne en général. Vient en effet le temps des « partages », qui voit les grandes puissances voisines de la Pologne tailler et retailler le pays à l'envi. Dernier sursaut national, la Constitution du 3 mai 1791, où figure l'égalité des droits entre Polonais juifs et non juifs, ne sera jamais appliquée. Les trois empires prédateurs, pendant tout le XIXe siècle, n'ont pas la même attitude à l'égard des juifs de Pologne. Au nord, la Prusse tente d'assimiler et de convertir la population israélite dont la langue, le yiddish, est restée proche de l'allemand. À l'est, le gouvernement du tsar, quant à lui, réinvente bientôt les ghettos, pratique les pogroms et promeut l'antisémitisme d'État. Au sud, enfin, l'occupant autrichien fait preuve d'une relative humanité : en 1819, François Ier d'Autriche abolit les lois interdisant aux juifs de s'installer dans les villes ; en 1868, son successeur François-Joseph ordonne l'égalité des droits entre tous les sujets de l'Empire. Pour les juifs de Wadowice, qui sont sous la tutelle de Vienne, c'est une période plutôt faste.

Au début du siècle, en Galicie, la population juive est de deux types : d'un côté, une minorité prospère plus ou moins assimilée — commerçants, banquiers, artisans, professions libérales — et, de l'autre, une majorité peuplant des milliers de *shtettl* (villages) pauvres et repliés sur eux-mêmes, où l'on refuse farouchement de parler le polonais, et où l'on souffre moins — notamment dans l'est de la Galicie — de l'absence de liberté que de la misère. Ce milieu rural pauvre et peu cultivé, où l'on rêve bien davantage d'émigration que d'assimilation, où la cohabitation entre « juifs » et « polonais » s'envenime à chaque mauvaise récolte, sera le terreau de tous les intégrismes, de toutes les frustrations et, plus tard, de toutes les horreurs.

En 1920, Wadowice compte une synagogue, un rabbin, un cimetière juif. Nombre de petits commerçants, d'artisans, d'avocats et de banquiers prospères sont de religion juive : Taffet, le quincaillier du Rynek ; Wallner, le bistrotier ; Balamut, le marchand de verrerie et de cristaux, propriétaire de l'appartement des Wojtyla ; Kluger, l'avoué qui préside la communauté israélite, le père du petit Jurek ; Goldberger, le dentiste ; Korn, un autre avocat, très bourgeoisement installé rue Mickiewicz, dans une belle maison devant laquelle le petit Karol passe deux fois par jour.

Des juifs miséreux vivent aussi aux limites de la ville. Des juifs orthodoxes également, qui traversent le Rynek vêtus de leur longue redingote lévite, coiffés de la casquette à courte visière ou du chapeau de feutre noir, d'où pendent parfois les traditionnelles papillotes : « J'ai encore devant les yeux, bien vivante, l'image des juifs qui tous les samedis se rendaient à la synagogue située derrière notre école », racontera Jean-Paul II[21].

Ceux que fréquente le jeune Karol sont, en général, des fils de bourgeois en voie d'intégration : Jerzy (« Jurek ») Kluger, son plus proche copain, est donc le fils de l'avocat Wilhelm Kluger, le puissant président de la communauté juive de la ville, dont la belle maison de trois étages donne, au coin de la rue de Zator, directement sur le Rynek[22] ; quant à Regina (« Ginka ») Beer, sa belle voisine qui guidera ses premiers pas de comédien amateur, elle est la fille d'un directeur de banque.

Grâce à Jurek, Ginka et quelques autres, le futur pape est initié dès l'enfance aux fêtes et usages juifs : Hanoukka, Yom Kippour, etc. Comme beaucoup de « gentils », son père l'emmène pour certaines fêtes à la synagogue afin de lui faire goûter la beauté des chants. Très jeune, le futur pape est plus frappé par ce qui rapproche juifs et chrétiens que par ce qui les oppose : « Les deux groupes religieux, catholiques et juifs, étaient unis, je suppose, par la conscience de prier le même Dieu — bien que l'on n'utilisât pas la même langue, les prières à la synagogue et à l'église se fondaient en grande partie sur les mêmes textes[23]. »

Jerzy Kluger a souvent raconté qu'un jour, à l'âge de dix ans, il était parti à la recherche de son ami

Lolek pour lui annoncer leur admission commune en première année de collège, et qu'il l'avait retrouvé à l'église en train de servir la messe.

— Mais n'es-tu pas le fils Kluger ? lui demanda une brave paroissienne, étonnée de voir, attendant la fin de l'office, assis sur un banc de la nef, le fils du président de la communauté juive de la ville.

Karol, raconte Jerzy Kluger, en rit de bon cœur :

— Ne sommes-nous pas tous fils de Dieu[24] ?

La montée de la tension

La Pologne nouvelle, dans l'enthousiasme de l'indépendance retrouvée, a tenté après 1918 d'instaurer de bonnes relations entre ses différentes communautés ethniques ou confessionnelles : Polonais (69 %), Ukrainiens (14 %), juifs (9 %), Biélorusses (4 %), Allemands (4 %), etc. La Constitution polonaise, adoptée en 1921, stipule l'égalité des droits entre les uns et les autres. Les juifs, comme les autres minorités, profitent largement de ces libertés : ils s'organisent en une « Association religieuse juive », ils créent des centaines d'écoles, développent des dizaines de journaux. À Wadowice, les juifs se sont dotés d'un théâtre, d'une bibliothèque...

Hélas ! Les effets désastreux de la « grande crise » de 1929-1930 vont compromettre ce fragile équilibre ; puis la disparition du maréchal Pilsudski, en 1935, et son remplacement par le régime dictatorial germanophile du colonel Beck achèveront de semer le trouble. Entre les deux communautés, le fossé s'élargit dangereusement. Tandis que dans les campagnes durement frappées par la récession s'exacerbe ce que l'historien Stefan Wilkanowicz appelle « une lutte entre pauvres » qui fait des ravages dans les relations entre communautés, le climat politique s'envenime et l'antisémitisme fait rage. Le Parti de la réunification nationale, à l'extrême droite, réclame le boycott des commerces juifs. Un jour, de jeunes militants de la très radicale Organisation nationale-radicale (ONR) viennent à Wadowice installer des piquets de grève devant certains magasins juifs. La population désapprouve, mais la force prime et le climat se dégrade de plus en plus.

Au lycée, les commentaires vont bon train. Au lendemain d'une esquisse de pogrom, le professeur d'histoire, Jan Gebhardt, entre dans la classe de Karol et se met à lire un texte du poète Mickiewicz — il lit lentement, en pesant chaque mot — où le juif est appelé par l'écrivain « notre frère aîné ». Le pape polonais s'en souviendra cinquante ans plus tard, quand il visitera solennellement la grande synagogue de Rome. Pour l'heure, il s'en tient à une homélie du chanoine Prochownik, le curé de Wadowice, qui explique un jour avec force à ses paroissiens déboussolés que « l'antisémitisme est antichrétien ».

Or, en 1938, l'antisémitisme dans le pays devient quasi officiel. Sur la plaque vissée devant l'entrée de son cabinet d'avocat, Wilhelm Kluger se voit contraint d'ajouter devant son nom la mention « *Zev* » (loup, c'est-à-dire « prédateur »). Des panneaux fleurissent dans certaines vitrines, dont la veulerie le dispute à l'infamie : « *ICI MAGASIN CHRÉTIEN* ». Pour beaucoup de juifs, l'atmosphère devient irrespirable.

Un jour, Ginka Beer frappe à la porte des Wojtyla. Elle vient leur annoncer que son père a décidé d'émigrer avec sa famille en Palestine. Karol et son père sont consternés. Ce dernier s'insurge :

— Mais tous les Polonais ne sont pas antisémites !

Ginka est en pleurs :

— Il n'y a pas beaucoup de Polonais comme vous...

Nous sommes en 1938. Karol Wojtyla a dix-huit ans. C'est à ces péripéties dramatiques qu'il mesure, comme tous les Polonais de son âge, la tension croissante avec l'Allemagne et la montée des menaces qui pèsent sur le pays. Ces souvenirs-là ne s'effaceront jamais de sa mémoire.

Un mois après le baccalauréat, comme tous ses condisciples, il doit participer à un chantier de jeunesse des « Junacy » (*Junackie Hufce Pracy*, ou *JHP*), l'association étatique paramilitaire de la jeunesse polonaise. Du 20 juin au 17 juillet 1938, ainsi enrôlé dans le « 7e bataillon, 9e compagnie » des JHP, Karol part pour Zubrzyca Gorna, dans le sud montagneux du pays. Il va y loger chez l'habitant, aider au ramassage des pommes de terre, et, surtout, manier la pelle et la brouette dans le froid vif, dix heures par jour, pendant plusieurs semaines, en compagnie de quatre cents autres nouveaux bacheliers transformés en apprentis cantonniers. L'objectif est de construire une route de montagne reliant la Haute-Silésie à la route de Zakopane — le futur axe européen E77 — qui serpente entre le mont Polica (1 369 m) et le massif de Babia Gora (1 725 m). Un dur travail, dont l'évêque Wojtyla se rappellera la difficulté, non sans humour, un jour qu'il reviendra à Zubrzyca Gorna donner le sacrement de confirmation aux gamins du village : « Je sais pourquoi la route est si mauvaise, c'est moi qui l'ai construite ! »

Mais les Junacy ne remplacent pas le service militaire. Le 27 septembre 1938, l'appelé Karol Wojtyla est enrôlé, pour cinq jours, dans la Légion académique de l'université Jagellon. Il s'agit, pour les sursitaires que sont les étudiants, d'une « période » réservée à cette élite universitaire choyée par la nation et qui bénéficie, naturellement, d'un régime spécial. Karol y touche son barda réglementaire : la casquette traditionnelle, une vareuse, une veste, un pantalon et des jambières de drap, des souliers en cuir de Russie, deux ceintures, et des chaussettes d'été en lin. Ce jour-là, le jeune « WOJTYLA, Karol, Jozef, Hubert », matricule 10 155, reçoit son livret militaire signé par le commandement en chef de la Légion académique, le major Zdzislaw Szydlowski.

Le lendemain, 28 septembre, premiers exercices. Au moment même où le soldat Wojtyla apprend à marcher au pas, à démonter un fusil, à former les faisceaux avec ses camarades, la radio polonaise annonce que le chancelier allemand Adolf Hitler vient d'accepter la proposition britannique de convoquer *sine die* une conférence internationale sur la question des Sudètes. À Munich, quelques heures plus tard, les « quatre Grands » — l'Allemand Adolf Hitler, l'Italien Benito Mussolini, le Britannique Neville Chamberlain et le Français Édouard Daladier — décident, en présence du représentant de la Tchécoslovaquie, d'entériner l'incorporation des Sudètes à l'Allemagne. À peine six mois après l'assimilation forcée de l'Autriche au IIIe Reich, et avec l'assentiment tacite et peu glorieux des puissances occidentales, Hitler redessine à son profit la carte de l'Europe et, au passage, encercle tranquillement la Pologne.

Parmi les futurs étudiants qui s'entraînent au maniement des armes, à sept cents kilomètres de là, dans une caserne de la région de Cracovie, qui comprend ce soir-là que l'équilibre du monde est définitivement compromis, et que le temps des copains est bel et bien terminé ?

3

Bruits de bottes

Quand il revient à la vie civile, le 2 octobre 1938, Karol Wojtyla n'a guère de temps à consacrer à l'actualité internationale. D'abord, il doit aider son père à achever son déménagement à Cracovie. Le « Capitaine » aura bientôt soixante ans, rien ne le retient plus à Wadowice. Le père et le fils ont décidé que le premier accompagnerait le second dans sa nouvelle vie.

Et les deux hommes de s'installer au sous-sol de la maison bâtie naguère par le frère d'Emilia, Robert Kaczorowski, et où habitent encore, au rez-de-chaussée et au premier, deux des tantes maternelles du futur pape. La maison, d'architecture sommaire, est triste, ses murs sont gris. Elle est située au 10, rue Tyniecka, dans le quartier de Debniki, au bord de la Vistule, non loin d'un pont construit avant guerre par des ouvriers italiens, à deux pas du château de Wawel. On descend chez les Wojtyla par une petite porte sous l'escalier. Le local — on ne peut pas parler d'appartement — mesure environ trente mètres carrés. La lumière du jour filtre avec peine par deux étroites fenêtres. L'endroit est froid et inhospitalier. Les amis de Karol le surnommeront « les catacombes »[1].

Le jeune homme, s'il était déjà venu à Cracovie, en découvre désormais les charmes. C'est la première fois qu'il arpente à l'envi les petites rues de la vieille ville, qu'il visite les dizaines d'églises disséminées dans l'ancienne capitale royale. Il était déjà entré dans la basilique Notre-Dame, il avait déjà traversé le Rynek et visité le château de Wawel. Toutes ces merveilles, qui enchantaient le petit garçon de Wadowice, deviennent son univers quotidien : l'université, les facultés, la bibliothèque, les différents locaux qu'il est appelé à fréquenter, tous sont situés dans un périmètre restreint d'une rare richesse architecturale.

Lors de la rentrée universitaire, en octobre, le sous-sol du 10, rue Tyniecka n'est pas suffisamment aménagé : Karol va loger quelque temps dans un foyer d'étudiants de l'association d'entraide Bratniak avec un de ses camarades, Marian Pankowski. La turne est située à deux pas de l'immense chantier de la toute nouvelle bibliothèque Jagellon, à côté du champ de Blonie[2]. Mais qu'importe le gîte et le couvert, pour un petit provincial de dix-huit ans admis à suivre, à Cracovie, les cours de la prestigieuse université Jagellon !

À la Jagellonne

À elle seule, la « Jagellonne », comme on l'appelle avec respect, est un joyau de culture et d'histoire. Créée en 1364 par le roi Casimir le Grand, elle est une des plus anciennes universités au monde, la deuxième en Europe centrale après celle de Prague. Le petit Karol met ses pas dans ceux de la reine Edwige d'Anjou et du roi Ladislaw Jagellon, mais aussi dans ceux du recteur Pawel Wlodkowic — celui qui fit admettre, au concile de Constance, en 1415, que la conversion des païens par la force était condamnable — et de l'astronome Nicolas Copernic.

Cette université à laquelle Rome avait d'abord interdit l'enseignement de la théologie — c'est la reine Edwige qui obtint la création de la faculté de théologie en 1397 — s'est vite rattrapée, en devenant une rivale de la Sorbonne. Elle a rejeté la Réforme au début du XVIe, mais elle a pleinement vécu la Renaissance — c'est l'« âge d'or » des Jan Kochanowski, des Nicolas Rej et autres grands esprits — et même les Lumières. L'afflux permanent de professeurs étrangers l'a maintenue, parfois malgré elle, dans le cours du temps. Les vicissitudes de l'histoire de la Pologne, de Cracovie en particulier, en ont fait, aussi, au XIXe siècle, un foyer de résistance intellectuelle, culturelle et *linguistique*.

Faut-il s'étonner qu'à l'époque de l'indépendance retrouvée, après 1918, l'une des matières les plus prisées par les premières générations de Polonais libres fût l'étude de leur propre langue, que l'occupant avait tenté d'interdire à plusieurs reprises ? Autant que la foi catholique, la langue polonaise fut un formidable instrument de résistance et un ferment d'unité entre les trois parties de ce pays rayé de la carte : en un peu plus d'un siècle, ni les Autrichiens, ni les Prussiens, ni les Russes ne réussirent à germaniser ou à russifier la population. En revanche, les grands poètes de l'exil — Mickiewicz, Slowacki, Norwid et tant d'autres — portèrent alors la littérature polonaise à son zénith et devinrent tout naturellement, l'indépendance venue, les héros de la jeunesse du pays ressuscité, et notamment des étudiants de Cracovie, Varsovie, Poznan, Lwow et Wilno, les cinq villes universitaires de l'époque.

Karol Wojtyla est de ceux-là. Il connaît par cœur les principales œuvres de ces auteurs et s'inscrit, en juin, en première année de « *polonistika* » (langue, littérature et philologie polonaises), comme il l'avait crânement annoncé, un mois auparavant, dans la cour du lycée de Wadowice, à l'archevêque Sapieha. Au programme des cours : grammaire, étymologie et phonétique, littérature médiévale, théâtre du XVIIIe, poésie lyrique contemporaine, etc. En option, Karol choisit le russe et le slavon.

Qu'il est loin, déjà, le temps du lycée Marcin Wadowita ! Voilà le jeune homme désormais confronté à des enseignants prestigieux, qui sont aussi des savants de réputation mondiale, comme les professeurs Pigon, Klemensiewicz, Kolaczkowski et surtout le philologue Kazimierz Nitsch, soixante-sept ans, célèbre pour ses colères homériques — Karol le verra un jour, pendant un examen, expulser un étudiant hors de son bureau en jetant vers lui, de rage, la craie et l'éponge du tableau noir. Sous l'autorité incontestée de ces sommités universitaires, le jeune Karol va s'atteler avec passion à ses cours, à ses lectures, à ses exposés sur « Mme de Staël, théoricien du romantisme » ou sur les « Conversations de Maître Polycarpe avec la mort ».

Les locaux de la faculté de philologie étaient (et sont toujours) situés au 20, rue Golebia, une petite rue qui longe le bâtiment principal de l'université. C'est là que Wojtyla a débarqué avec Jerzy Bober, un garçon de Cracovie qu'il a connu en juillet aux Junacy, et Halina Krolikiewicz, sa partenaire de Wadowice. C'est là qu'il fait la connaissance de Tadeusz Kwiatkowski, Tadeusz Holuj, Juliusz Kydrynski, Maria Bobrownicka, et de quelques autres[3]. Tous ces nouveaux venus formeront, de conférences en séminaires, de révisions d'examen en soirées dansantes, une bande de potaches fréquentant les mêmes amphithéâtres, les mêmes cafés disséminés autour du Rynek, les mêmes bancs publics à l'ombre des Planty, le célèbre parc circulaire qui cerne la vieille ville de Cracovie et noie l'université dans la frondaison de ses hauts marronniers.

De ce groupe d'amis, les témoignages sur l'étudiant Wojtyla ne manquent pas. Certains, issus de familles bourgeoises, ont gardé le souvenir d'un garçon sympathique, mais sans le sou, fraîchement débarqué de sa province : « Il portait des vêtements grossiers... Il avait peu de savoir-vivre... Il avait un look un peu paysan... » D'autres, celui d'un camarade très absorbé par ses études : « C'était un type talentueux et intelligent, mais qui ne cherchait pas à briller... Il avait l'habitude, en cours, de fixer le prof avec une grande concentration, comme s'il voulait tout absorber de ses propos... » Ni riche ni dandy, Karol Wojtyla s'impose par son caractère, sa volonté, sa grande capacité de travail. Il ne veut rien manquer qui pût nourrir sa soif de poésie, de théâtre et de littérature polonaise[4]. Faisant flèche de tout bois, le jeune homme s'inscrit à la Société des amoureux de la langue polonaise, il suit des cours facultatifs d'élocution, il prend sa carte à la salle de lecture de l'Académie polonaise des connaissances, etc. Surtout, dès la rentrée universitaire, il adhère au Cercle des polonisants, dont le premier « cinq à sept » se tient le 5 novembre 1938, dans une salle du Rynek. Présidé par un certain Tadeusz Ulewicz, ce club a une « section littéraire » qui organise des soirées pour les étudiants de philologie : débats sur l'actualité ou sur la littérature, lecture de poèmes, etc.

Tous ces jeunes gens sont des fanatiques de poésie et, comme il se doit, ils composent tous des vers. Wojtyla aussi, bien entendu. Le plaisir suprême étant de déclamer ses propres poèmes devant un auditoire averti. Un soir, Karol lit des « Ballades dans les Beskides » qu'il a composées en réaction à un livre de Zegadlowicz, son célèbre et sulfureux compatriote de Wadowice. Il ne recueille que des applaudissements polis. D'autres vers de lui, des ballades puisées dans la tradition culturelle polonaise, seront jugés « bons, mais un peu trop classiques » par l'un de ses condisciples. C'est le fond qui manque de maturité.

Pour le reste, c'est-à-dire la déclamation, Wojtyla captive son auditoire. « On voyait tout de suite qu'il avait un don exceptionnel », raconte l'actrice Danuta Michalowska, qui se rappelle avoir écouté avec émotion celui qui allait devenir son partenaire de théâtre, lors d'une soirée organisée à la salle paroissiale de l'université, en octobre 1938.

C'est le théâtre, à nouveau, qui sera le passe-temps principal de Karol et de beaucoup de ses camarades, dont Jerzy Bober, déjà cité, et un nouveau venu, Juliusz Kydrynski, qui va devenir son meilleur ami. D'emblée, les trois garçons, qui ne manquent jamais une première, s'inscrivent dans un club de théâtre, la *Konfraternia Teatralna*, qui va vite s'appeler « Studio 39 », animé par Tadeusz Kudlinski. La jolie Halina enrage de ne pas faire partie de l'équipe : son proviseur de père, qui veille sur ses études, le lui a interdit !

Des interminables discussions théoriques, on passe bientôt à l'acte : le groupe monte une vraie pièce, *Le célibataire du clair de lune* de Marian Nyzinski, qu'il présente, en juin 1939, dans la cour du Collegium Maius, le cœur même de la vénérable université. Kwiatkowski joue le Diable. Wojtyla, le Signe du Taureau. La première, de mémoire de spectateur, fut un succès. Un succès à l'aune d'une première année universitaire qui se termine plutôt bien pour Karol. Il réussit ses examens. Les grondements de la politique n'empêche pas les jeunes de faire des projets pour l'année suivante. À Golebia, un jour de juin 1939, la petite bande — Karol, Juliusz, Tadeusz, etc. — se retrouve une dernière fois avant de partir en vacances. Halina se rappelle Karol regardant méticuleusement le programme des cours de deuxième année, affiché dans le hall : il en suit le détail du doigt et lâche, dépité :

— Non, cela ne va pas !

Cela, c'était la littérature générale. Et, tout bien pesé, ce n'était pas sa voie.

Halina, Regina, Danuta, Irena...

Karol Wojtyla mûrit. Pas seulement sur le plan intellectuel. Comme pour tous les étudiants de première année, l'entrée à l'université a été aussi l'entrée dans un monde mixte, peuplé d'hommes et de femmes en pleine possession de leurs moyens, avec ses mystères, ses découvertes, ses tentations, ses dangers. Pour l'ancien enfant de chœur de Wadowice, cela aussi était nouveau.

Le lycée Marcin Wadowita ayant cessé d'être mixte en 1932, le petit Karol n'avait pu y croiser que quelques « grandes » lors de sa première année de collège, alors qu'il était lui-même un enfant. Il n'a donc côtoyé, dans le strict cadre de ses études secondaires, c'est-à-dire jusqu'à l'âge de dix-huit ans, que des garçons. Pour cet adolescent sans mère ni sœur ni gouvernante, cela aurait pu être un manque aux conséquences psychologiques désastreuses. Certes, il y avait bien quelques cours de danse, organisés dans la pure tradition austro-hongroise, au club Sokol, par des mamans attentionnées qui, au son du gramophone, enseignaient à la jeune classe la polonaise, la mazurka et la valse. Autant dire pas grand-chose. Karol, en outre, était visiblement plus attiré par l'action catholique et les réunions pieuses de la Sodalicja que par les *prywatki* (surprises-parties) qu'il considérait comme une perte de temps. Heureusement, il y avait le théâtre amateur, dont les animateurs, comme on l'a dit, associaient judicieusement les garçons de Marcin Wadowita et les filles de Michalina Moscicka. L'activité théâtrale est toute d'expression, de jeu, de sensibilité, d'émotion. Les textes, les répliques, les gestes cent fois répétés, instaurent entre les apprentis comédiens une complicité parfois plus étroite que dans une salle de classe ou sur un terrain de foot. Et chaque représentation donnée en public est une fête qui unit dans une même exaltation les jeunes des deux sexes.

Ajoutons que Karol, le visage carré, des cheveux toujours ébouriffés, n'est pas mal bâti. Il est honnête, intelligent, attentionné. Il a une voix superbe, un sourire malicieux, un évident charisme. Et il est décidément très doué. Il devient vite une « vedette » de la petite troupe, et, même s'il n'en est pas tout de suite conscient, il attire bientôt le regard des jeunes filles.

À l'époque, de répétitions en spectacles, au club Sokol ou à la salle paroissiale, il en fréquente assidûment trois ou quatre, dont Kazimiera Zak, une adorable brune qui fait chavirer nombre de cœurs de lycéens, et Regina Beer, une juive aux yeux noirs, excellente comédienne, à la fois sa voisine, on l'a vu, et son aînée, dont il est, un temps, très proche. Mais c'est surtout avec Halina Krolikiewicz qu'il sort beaucoup. Halina, la fille du proviseur du lycée de garçons, habite au premier étage du bâtiment. Elle est jolie, elle a du caractère. Comment n'alimenterait-elle pas les rumeurs adolescentes ? Son amitié complice avec Karol fait jaser. Les deux « stars » du groupe théâtral sont toujours ensemble.

En juin 1938, quand Karol s'inscrit en *polonistika* (philologie polonaise) à l'université Jagellon, il est accompagné de Halina — ils sont venus ensemble de Wadowice — qui s'inscrit dans les mêmes matières. Au cours de l'été, le père de Halina lui loue une chambre au 28, rue Pilsudski, à deux pas de l'université, qu'elle habitera avec une copine. Un luxe, pour l'époque. Les deux jeunes gens n'habitent pas le même quartier, mais ils vont continuer à faire du théâtre ensemble et restent très liés. Pourtant, quand on l'interroge aujourd'hui — elle s'en est souvent agacée — Halina est formelle : « Il n'y avait rien entre nous [5]. »

C'est d'ailleurs avec un de leurs nouveaux condisciples, Tadeusz Kwiatkowski, de Cracovie, que la belle commence à sortir, et c'est avec lui qu'elle se mariera quelques années plus tard : le premier baptême célébré par le jeune abbé Wojtyla, le 11 novembre 1946, sera celui de Monika, la fille de Tadeusz et Halina.

Karol a-t-il été jaloux de Tadeusz ? A-t-il été meurtri ? Il est impossible de le savoir, mais il est probable que non. Sa relation avec Halina n'avait cessé d'être amicale, et Karol était resté un solitaire. « Il arrivait seul à la fac, et il repartait seul », raconte Maria Bobrownicka, une des filles du petit groupe auquel il appartenait. Timide ? Complexé, Karol ? Non plus. « Il ne draguait pas, mais il ne craignait pas la compagnie féminine. » Lors d'un des premiers cours du professeur Pigon, il s'assied délibérément au premier rang de l'amphi entre deux filles, Irena Klemensiewicz et Irena Orlewiczowa, dont il restera le voisin de banc — sauf les jours où il ira siéger dans les derniers rangs avec ses copains Jerzy, Tadeusz et Marian.

Le 24 juin 1939, lors de la surprise-partie de fin d'année, toute la bande se retrouve dans l'appartement des parents d'une des filles, Anna Nawrocka, rue Siemiradzkiego. On boit du vin, on branche un phonographe, et l'on danse jusque fort tard. Karol n'était pas le dernier à danser, selon Maria Bobrownicka, « mais il prenait plus de plaisir à la conversation qu'à la danse ». Halina se rappelle :

> Karol était très séduisant, il avait une voix superbe, mais il était vraiment trop sérieux. À l'époque, nous organisions des soirées littéraires payantes, puis nous allions boire de l'hydro-

mel avec l'argent gagné. Karol, lui, prenait sa part (deux zlotys) et rentrait chez lui ! Il n'était pas différent des autres garçons, il était, comment dire... *à part*. Très gai, il riait facilement, il aimait les blagues, il ne faisait la morale à personne. Il tenait toujours, curieusement, sa tête un peu baissée. Par timidité ? Non : plutôt par humilité, je crois. Il était tout sauf hautain. Quand je dis « à part », cela ne veut pas dire qu'il lui manquait quelque chose, bien au contraire : il était plus riche que nous.

Que l'adolescent Karol Wojtyla soit resté chaste pendant les années de lycée, cela n'a rien d'étonnant. Dans l'environnement social, familial et spirituel qui fut le sien, il y avait peu de place pour les aventures. Certains de ses condisciples ont peut-être dérogé à la règle générale, et les expériences sexuelles devaient bien peupler les rêves des plus timides, comme dans tous les lycées du monde, mais professeurs et prêtres veillaient au grain. Et Lolek n'était pas concerné. Même dans le cadre du théâtre amateur, l'émotion était essentiellement esthétique, et les relations restaient pures — outre que les éducateurs et les parents, là aussi, surveillaient de près répétitions et spectacles : « S'il y avait eu la moindre histoire, je l'aurais su », a affirmé le père Edward Zacher, son préfet et confesseur.

Et ensuite ? Entre le moment où il s'installe à Cracovie, à dix-huit ans, et celui où il opte pour la vocation sacerdotale, à vingt et un ans passés ? Tous les témoignages — ceux des camarades de l'époque, ceux des amis auxquels il s'est confié plus tard — rapportent la même chose : il n'y a jamais eu de femme dans la vie de Karol Wojtyla. Halina, celle qui fut sans doute sa plus proche compagne, le confirme. Jean-Paul II en personne a écrit un jour au père Wladyslaw Kluz, un moine carmélite qui avait laissé planer une ambiguïté là-dessus dans son livre *Czas Siewu* : « Qui vous a dit que j'avais commis des péchés graves dans ma jeunesse ? Cela ne s'est jamais produit[6] ! »

Ce qui n'exclut pas que ce jeune homme en parfaite santé, ouvert et équilibré, n'éprouve pas quelque tentation. Alors qu'il est déjà prêtre, à trente-deux ans, il écrira dans le journal *Tygodnik Powszechny* : « Nous savons tous d'expérience [*sic*] que l'instinct sexuel, en l'homme, est fort et vivace... » Et d'ajouter, à propos de la difficulté de trouver l'équilibre entre l'instinct et le plaisir : « Que cette tâche réclame de l'homme un effort réel, chacun le sait parfaitement d'expérience[7] ! » À André Frossard, qui lui posera délicatement la question de l'« amour humain », Jean-Paul II aura cette réponse : « Dans ce domaine, j'ai reçu plus de grâces que je n'ai eu de luttes à mener. Il y eut un jour où j'ai su de toute certitude que ma vie ne se réaliserait pas dans l'amour humain[8]. »

La guerre approche

Quand Karol Wojtyla a débarqué à Cracovie, il n'avait pas seulement tout à apprendre des filles, il était aussi novice en politique. De celle-ci, il n'avait connu que les leçons d'histoire patriotique dispensées par son père et les tensions antisémites des dernières années qui n'ont pas épargné la petite ville de Wadowice. Or, à Cracovie, tout particulièrement dans le milieu estudiantin, la politique est là, omniprésente, quotidienne. Les discussions enflammées et les bagarres de rue sont fréquentes. Impossible, même pour un jeune provincial passionné par ses études, de rester sourd aux vibrations de l'actualité. Celle-ci, en cette fin d'année 1938, tourne autour des intentions d'Adolf Hitler concernant l'Europe centrale. Après avoir réoccupé brutalement la Rhénanie sans que la France n'y trouvât à redire (7 mars 1936), après avoir annexé l'Autriche avec la quasi-bénédiction des Occidentaux pétrifiés (12 mars 1938), le chancelier allemand a jeté son dévolu sur la Tchécoslovaquie, aussitôt lâchée par ses « alliés » britanniques et français lors de la conférence de Munich (29 septembre 1938).

La Pologne des « colonels » — ces militaires qui, sous le prétexte de préserver la politique du maréchal Pilsudski, ont transformé le pays en une semidictature dirigée par l'un d'entre eux, Jozef Beck — assiste à cette montée des périls avec des sentiments contradictoires : inquiétude devant le lâchage de la Tchécoslovaquie par les Occidentaux, volonté obstinée de ne pas choisir entre l'hitlérisme et le stalinisme, éparpillement des énergies politiques en querelles internes à n'en plus finir[9]... Du printemps à l'automne1938, alors que la crise des Sudètes fait l'essentiel de l'actualité internationale, la haine ouverte qui caractérise les relations entre Polonais et Tchécoslovaques s'avère catastrophique. D'abord, elle condamne les derniers espoirs nourris par leurs protecteurs communs, l'Angleterre et la France, de susciter un front uni et solide face aux velléités de conquête du Reich. Ensuite, elle pousse le gouvernement polonais, prompt à satisfaire une vieille revendication nationaliste, à commettre une terrible erreur en profitant de la crise pour exiger de la Tchécoslovaquie la restitution du petit territoire de Cieszyn (Teschen), appelé aussi « au-delà-de-l'Olza », que les vainqueurs de 1919 avaient attribué à la Tchécoslovaquie. Le 2 octobre, le général Rydz-Smigly, ministre polonais de la Défense, envoie ses troupes occuper cette petite région — peuplée majoritairement de Polonais, il est vrai — sous les applaudissements de ses compatriotes.

Cette effervescence patriotique n'aura qu'un

temps. Dès le 24 octobre 1938, Ribbentrop, ministre du Führer, énonce avec cynisme, pour la première fois, les revendications allemandes sur la Pologne : rattachement de Dantzig à la Prusse, ouverture d'un « corridor » extraterritorial, etc. Les dirigeants polonais tombent de haut et commencent à comprendre que la politique proallemande du colonel Beck, en définitive, tourne au désastre.

Le monde dans lequel vit et mûrit Karol est en train de basculer. Déjà, le lycéen de Wadowice a été le témoin de certaines exactions antisémites que son éducation et son environnement affectif l'empêchaient de comprendre. À l'université, il découvre l'agitation politique, les manifestations antiallemandes, les tracts antijuifs. Comme dans toute la Pologne, les bagarres entre étudiants de différents bords sont fréquentes. Wojtyla ne peut ignorer tout cela. Même son très innocent Cercle des polonisants s'est mobilisé, avant l'été, pour participer à une action de protestation contre un projet d'instaurer à l'université un *numerus nullus*. La Jagellonne, interdite aux juifs ! Quel affront, quel scandale ce serait ! Or Karol a du mal à s'insérer dans ces débats et ces polémiques. Comme à Wadowice, il a de nombreux amis juifs : Anna Uhl, Jerzy Lau ou Anna Weber, une condisciple qu'il voit souvent et dont il apparaît même comme le « protecteur » contre les fréquentes provocations d'imbéciles extrémistes. Mais le futur pape ne s'engage pas. Il n'aime pas les discussions politiques, il n'adhère à aucun groupuscule, il n'écrit pas dans les feuilles partisanes. Déjà, il est « ailleurs ».

À quelques années près, au lendemain de l'indépendance, sans doute eût-il suivi l'Église polonaise dans son engagement du côté conservateur et nationaliste. Mais, depuis le début des années trente, la hiérarchie catholique polonaise s'est — sagement —

démarquée des partis politiques. D'abord, l'Église laisse enfin les laïcs militer dans les partis et syndicats de leur choix, à l'exception notable des formations communistes et fascistes. Le pape Pie XI n'a-t-il pas condamné solennellement ces deux voies extrêmes dans ses encycliques *Divini Redemptoris* (contre le communisme) et *Mit brennender Sorge* (contre le nazisme), publiées toutes deux en mars 1937 ? En Pologne, on écoute Pie XI avec d'autant plus de déférence et d'affection qu'il fut naguère nonce apostolique à Varsovie.

En revanche, le nouveau primat August Hlond et l'épiscopat polonais font porter tous leurs efforts, comme le souhaite le Vatican, sur le développement de l'« action catholique » : des centaines de milliers de fidèles, jeunes et moins jeunes, animent des mouvements, associations et groupes divers dans tous les secteurs de la société civile. Il en existe pour les hommes, les femmes, les jeunes, les fonctionnaires, les ouvriers, les paysans, les artistes, etc. En cette période de tension générale, beaucoup préfèrent ce type d'activité sociale à la confusion politicienne ambiante. Ce désengagement « partisan » de l'Église polonaise vaudra d'ailleurs à celle-ci, au fil de ces années troublées, le ralliement d'une grande partie de la jeunesse et, surtout, celui des intellectuels catholiques[10]. Ayant animé les Enfants de Marie du lycée de Wadowice, il n'est pas étonnant que l'étudiant Wojtyla ait rejoint, au bout de quelques mois de vie estudiantine à Cracovie, la Solidacja de l'université Jagellon. Mais on ne retrouvera jamais, ni à droite ni à gauche, la moindre trace d'engagement politique de la part de ce garçon pourtant si patriote, si attentif au destin de son pays.

*

Au lycée de Wadowice, Lolek avait suivi, comme tous ses camarades, quelques séances, très sommaires, de formation militaire. En septembre 1938, on l'a dit, Karol Wojtyla avait dû effectuer une période dans la Légion académique. Au cours de l'année universitaire, en guise de service militaire, il a aussi participé aux séances d'éducation physique obligatoire : le mardi et le vendredi, de 20 heures à 21 heures, il se rendait ainsi rue Loretanska, près du couvent des capucins, à deux pas de l'université.

En juillet 1939, Wojtyla effectue une nouvelle période militaire, toujours dans le cadre de la Légion académique, mais cette fois dans un camp « social » (le mot, en polonais, est synonyme de « politique ») à Ozomla, non loin de la ville de Przemysl. La région est agitée par des tensions nationalistes entre Polonais et Ukrainiens, deux populations irréconciliables dont le seul point commun est la haine des Russes.

Le but du séjour, dans l'esprit des autorités militaires, est de favoriser la compréhension entre les deux peuples, les Polonais qui sont catholiques latins, et les Ukrainiens, qui sont, dans cette région, des « grecs catholiques » ou « uniates ». Ceux-ci, qui furent orthodoxes avant de se rallier à Rome au XVIe siècle, ont toujours défendu leur tradition, à la fois contre les orthodoxes dépendant du Patriarcat de Moscou et contre les catholiques latins qui ne font qu'un, à leurs yeux, avec les occupants polonais. Cette situation inconfortable leur sera fatale après la guerre, lorsque Staline les interdira sous peine de mort. Quarante ans plus tard, le pape polonais révélera au monde l'existence de ces catholiques oubliés et deviendra leur principal défenseur face aux persécutions communistes. Pour l'heure, Wojtyla découvre ces problèmes interethniques compliqués et brûlants, fruits amers des siècles précédents.

Il laisse surtout le souvenir d'un footballeur enthousiaste et d'un bon nageur.

Le 30 août 1939, de retour d'Ozomla, Karol rend son uniforme de la Légion académique. Il a terminé sa formation militaire. Pour lui, le crapahut et la caserne, c'est fini. Il va pouvoir, croit-il, se consacrer à ses chères études. Erreur. Deux jours après son adieu aux armes éclate la Seconde Guerre mondiale.

La croix gammée flotte sur Cracovie

Vendredi 1er septembre 1939. Ce matin-là, rue Tyniecka, Karol s'est levé à l'aube. Il a longé la Vistule, traversé le pont Debniki et, à hauteur du grand séminaire de la rue Podzamcze, il a bifurqué vers la cathédrale du château de Wawel. Comme chaque premier vendredi du mois, il est allé se confesser auprès de son cher abbé Figlewicz, qui habite là, et qui est redevenu son directeur de conscience. Recueilli, avec des gestes lents, il commence à servir la messe à son côté, comme aux premiers temps du lycée, naguère, à Wadowice.

C'est à ce moment précis que tout bascule. Sa vie, le château, Cracovie, la Pologne, le monde entier. D'abord le bruit sourd des explosions, puis le hurlement des moteurs d'avions en piqué, puis des sirènes, des cris. Nul ne peut encore savoir qu'il s'agit d'une attaque-surprise menée contre la caserne de la rue Warszawska par des avions de la IVe Luftflotte du général Löhr, basée en Bohême-Moravie. La confusion est totale. Mais chacun comprend l'essentiel : cette fois, c'est la guerre.

À 4 h 15, cette nuit-là, les premières escadrilles de la Luftwaffe ont franchi les frontières polonaises en direction d'objectifs militaires précis, casernes et aérodromes, dans le double dessein de semer la terreur et de désorganiser la résistance militaire polonaise. À 4 h 45, à Gdansk, le cuirassé allemand *Schleswig-Holstein*, arrivé trois jours plus tôt pour une visite « d'amitié », s'est mis à canonner de façon ininterrompue le fort de la Westerplatte, défendu par une poignée de soldats polonais qui ripostent aussitôt avec héroïsme. Depuis 6 heures, les premières bombes lancées par les stukas fracassent le sol de Varsovie, faisant des centaines de morts.

À 8 heures, non sans difficultés, l'ambassade de France en Pologne contacte enfin, à Paris, l'un des collaborateurs du ministre des Affaires étrangères. Le haut fonctionnaire, au téléphone, s'étonne : « Des bombes ? En êtes-vous bien sûr ? » Sur son bureau, *Le Figaro* titre en une, ce matin-là, sur la finale de la coupe de tennis de Châtelguyon.

Des bombes, il en pleut bientôt sur Gdynia, Puck, Poznan, Lodz, Radom, Katowice, Lwow, Lublin et, naturellement, Cracovie, faisant de nombreuses victimes. Le président de la République polonaise, Ignacy Moscicki, lance un appel à la radio, que des affiches reproduiront l'après-midi sur les murs de Varsovie : « Cette nuit, notre ennemi séculaire a violé nos frontières et ouvert les hostilités contre l'État polonais. Je le constate solennellement devant Dieu et l'Histoire. » Quatre jours plus tard, le chef de l'État, le gouvernement et nombre de hauts fonctionnaires quitteront la capitale pour fuir vers le sud, abandonnant leurs concitoyens à un sort tragique. Il n'y a pas eu de déclaration de guerre. Il n'y en aura jamais.

À Cracovie, le père Figlewicz et son servant de messe achèvent, malgré tout, la liturgie de l'eucharistie. Karol, inquiet pour son père, étreint son confesseur, dévale le chemin du Wawel et file chez lui, alors que l'affolement général a saisi la cité royale. Le jeune homme et son père, sous le choc, font comme tout le monde : ils rassemblent quelques affaires et prennent la direction de l'est, une valise à la main, au milieu d'une foule de gens hagards, de camions et de voitures surchargées et d'innombrables charrettes à chevaux pliant sous le poids de familles entières. Ils vont jusqu'à la ville de Rzeszow. Cent cinquante kilomètres épuisants. Lwow, la capitale orientale du pays, est encore loin. Mais, en s'approchant de la rivière San, les réfugiés comprennent que leur fuite est sans espoir : les Soviétiques, à leur tour, ont attaqué la Pologne. À 6 heures du matin, le 17 septembre, leurs blindés — trente divisions d'infanterie et quatre-vingt-deux divisions mécanisées — ont franchi à leur tour les frontières du pays. Wilno, capitale de la Lituanie, est tombée aussitôt. Lwow est investie par l'Armée rouge le 22 septembre tandis que Varsovie, exsangue, livre ses derniers combats de rue face aux Allemands. La Pologne, à nouveau, disparaît de la carte du monde.

Pour fêter l'événement, dans la ville de Brzesc (qui sera bientôt rebaptisée Brest-Litovsk), le général Heinz Guderian présidera dans quelques jours une parade triomphale, où défileront fraternellement la Wehrmacht et l'Armée rouge. Personne ne connaît, et pour cause, les protocoles secrets du pacte germano-soviétique signé, le 23 août, par Ribbentrop et Molotov, au nom de leurs chefs respectifs Adolf Hitler et Joseph Staline. L'alliance entre le Reich nazi et la patrie du communisme paraît inimaginable à plus d'un. Pourtant, c'est ainsi. La messe est dite.

La nouvelle frontière entre l'Allemagne et l'URSS est fixée sur la San, justement. Pour les Wojtyla, l'exode s'arrête là. À quoi bon aller au-delà ? Quelques-uns des fuyards, juifs pour la plupart, font le choix de continuer, convaincus que le régime des Soviets, comparé à la dictature hitlérienne, est un moindre mal, et qu'il sera moins dangereux d'attendre la fin des hostilités à l'est. Au-delà de la San, d'ailleurs, une grande partie de la population juive de Galicie orientale a applaudi l'arrivée de l'Armée rouge, avec un enthousiasme qui restera gravé dans la mémoire polonaise.

Le père et le fils Wojtyla, épuisés et malheureux, rentrent à Cracovie, occupée depuis le 6 septembre par la XIVe armée de la Wehrmacht, que commande le général Wilhelm List. Depuis le pont de Debniki contrôlé par des soldats allemands, Karol et son père peuvent apercevoir, flottant sur le château de Wawel, le sinistre drapeau rouge et noir au svastika. La croix gammée flottant sur l'ancienne capitale royale ! Pour eux, comme pour des millions de Polonais hébétés, c'est un choc psychologique énorme. La Pologne n'aura pas pu fêter ses vingt et un ans de renaissance. On imagine les sombres pensées du « Capitaine » Karol Wojtyla, soixante ans, ancien sous-officier du 12e régiment d'infanterie de l'armée polonaise ressuscitée en 1918. Quatre décennies plus tard, en 1980-1981, lorsque les chars des armées du Pacte de Varsovie gronderont aux frontières de la Pologne communiste déstabilisée par le syndicat Solidarité, il faudra se rappeler cet épisode pour imaginer les pensées de Karol Wojtyla, devenu le pape Jean-Paul II.

Impossible de savoir de quoi sera fait l'avenir. Déjà, à Cracovie, on fait la queue pour le pain, on manque de sucre, le charbon est introuvable. Aussitôt après son retour, tandis que son père se remet lentement de leur dramatique périple, Karol a repris contact avec le vieux professeur Nitsch, qui anime déjà des travaux pratiques dans un amphithéâtre décimé. Le 2 novembre 1939, il s'inscrit régulièrement en deuxième année de philologie polonaise.

L'université Jagellon, malgré la tragédie, semble fonctionner normalement. Depuis le 11 septembre, une affiche largement diffusée n'engage-t-elle pas tous les Polonais à reprendre leurs anciennes fonctions ? En octobre, le professeur Tadeusz Lehr-Splawinski, recteur de l'université, a pris contact avec le docteur Zorner, porte-parole de la Wehrmacht, et Hans Koch, délégué de l'Abwehr, lesquels n'ont pas émis d'objections à la reprise des cours. Le 4 novembre, une grand-messe de rentrée universitaire aura lieu, comme chaque année, à l'église Sainte-Anne. Pourtant, trois jours avant la reprise officielle des cours, fixée au 6 novembre, un certain Obersturmbannführer Müller annonce qu'il fera ce jour-là une conférence sur « le IIIe Reich et la science », et demande avec insistance d'y convier le plus grand nombre possible d'enseignants de la Jagellonne. Le jour venu, alors que les douze coups de midi sonnent à l'église Sainte-Anne, quelque deux cents invités se pressent en salle 22 pour écouter l'orateur. Le conférencier monte à la tribune. Surprise : il est escorté d'une dizaine d'officiers SS armés jusqu'aux dents. Il accuse tout de go l'université d'être un foyer de « propagande antiallemande », et annonce sa fermeture imminente. Tous les présents sont en état d'arrestation. D'autres soldats SS font irruption, bloquent les issues et déportent aussitôt les cent quatre-vingt-trois présents au camp de concentration de Sachsenhausen-Oranienbourg.

Ces cent quatre-vingt-trois malheureux sont une partie de l'élite intellectuelle du pays. Certains laisseront leur vie dans ce camp meurtrier. D'autres en reviendront, la plupart en piteux état. Une plaque commémore aujourd'hui l'événement dans le Collegium Maius, le « grand collège » de l'université. Près de soixante ans après le drame, dans un discours tenu à Sainte-Anne pour le six centième anniversaire de la Jagellonne, Jean-Paul II, ému, se rappellera avoir discuté quelques instants, ce jour-là, avec le professeur Nitsch, pressé de rejoindre ses éminents collègues dans la salle de conférence[11]. Il ne devait jamais revoir le grand savant. Ni Ignacy Chrzanowski, le célèbre historien de la littérature. Ni Stefan Bednarski, le répétiteur de russe.

Pour les rescapés, le temps n'est plus aux illusions. Il est clair que l'ennemi entend éliminer l'élite culturelle de la nation[12], il importe donc d'en préserver sa substance, à tout prix, dans la clandestinité. Les Polonais, tout au long du XIXe siècle, ont acquis une remarquable expérience des universités « souterraines ». Les huit cents étudiants de la Jagellonne sont autant de conspirateurs-nés.

Quelques mois plus tard, Karol Wojtyla, comme la plupart de ses camarades, suivra régulièrement — et clandestinement — les cours de philologie polonaise et il préparera ses examens de deuxième année au sein d'une cellule secrète dirigée par le professeur Grabowski.

*

Depuis le 1er novembre, le territoire polonais occupé par les Allemands fait l'objet d'un nouveau découpage administratif et politique. Le Reich a annexé directement Gdansk, Varsovie, la Haute-Silésie, en vue d'une germanisation totale de ces régions. Le reste du pays devient un « Gouvernement général » ayant Cracovie pour capitale. Le gouverneur général désigné par Hitler, Hans Frank, qui s'installe orgueilleusement au château de Wawel, a pour mission de transformer cette vaste zone en un réservoir de main-d'œuvre, d'esclaves mis au service de la race supérieure.

La nouvelle frontière entre le Reich et le Gouvernement général isole aussitôt Wadowice de Cracovie[13]. Deux des plus proches amis du jeune Karol se retrouvent pris au piège. Halina Krolikiewicz, d'abord, qui a passé les vacances chez ses parents, voit le lycée fermé par l'occupant, et son père expulsé des lieux. Recueillie par des voisins, la jeune fille va se faire couturière. Courageuse et volontaire, Halina n'hésitera pas à faire des allers-retours à Cracovie, en traversant illégalement la frontière que les Allemands ont installée à l'est du village, au bout du pont qui enjambe la Skawa, cette capricieuse rivière que les enfants du cru ont si souvent franchie à gué ou, l'hiver, sur la glace.

Mieczyslaw Kotlarczyk, lui aussi, se retrouve bloqué à Wadowice, avec sa famille, de l'autre côté de la frontière du Reich. Sa maison devient vite, selon les témoins de l'époque, un « îlot de polonité » où, à la barbe des SS et des délateurs, on parle politique et littérature, on lit avec ferveur les grands auteurs polonais, on évoque sans cesse la fin de la guerre. Karol et Mieczyslaw s'écrivent. C'est Halina — qui s'inscrira, elle aussi, à l'université clandestine à Cracovie — qui fait le « courrier » entre les deux hommes. Dans ses lettres, Kotlarczyk garde le moral, imagine l'avenir et la fin du conflit, et parle longuement du *Teatr Slowa* (« Théâtre de la Parole ») qu'il veut fonder quand la paix sera revenue. Son jeune ami Karol, quant à lui, entre deux plaintes sur la brutale décadence de la *vita cracoviensis* (la qualité de vie qui caractérise Cracovie), y livre ses réflexions désabusées sur le destin d'une Pologne idéale « qui, en réalité, n'existe pas ».

La guerre est d'abord un cimetière d'illusions. La « libération » de la nation, qu'avaient annoncée les grandes voix romantiques de Mickiewicz, Norwid, Wyspianski — que Karol lit et relit sans cesse, entre deux passages de la Bible —, n'était donc pas une

« vraie » libération. Le destin de la Pologne « passe par le Christ », affirme le jeune homme avec exaltation, complétant le rêve romantique par l'exigence de la Révélation : « La Nation est tombée, comme Israël à Babylone, pour n'avoir pas reconnu le Messie[14]. »

« De cette époque, écrira le pape dans ses souvenirs, remontent mes premiers travaux littéraires[15]. » En effet, l'étudiant contraint à l'oisiveté — un état qui lui est tellement étranger ! — n'écrit pas que des lettres. « Alors que certains meurent d'ennui, je suis très, très occupé », écrit-il à Kotlarczyk le 28 novembre. À longueur de journée et de soirée, le futur pape écrit une première pièce, *David*, puis une deuxième, *Job*, puis une adaptation de l'*Œdipe* de Sophocle[16].

C'est dans l'écriture que se réfugie spontanément le jeune homme dépassé par les événements. « Je lis, j'écris, j'apprends, je réfléchis, je prie, je lutte contre moi-même », écrit-il encore. Et, plus loin : « J'éprouve parfois l'oppression, l'abattement, la dépression, le mal. Je me sens comme attendant l'aurore[17]. » Mais, avant que pointe l'aurore tant attendue par Karol, la nuit allait être longue.

4

La Pologne occupée

À la fin de l'année 1939, la Pologne tout entière est sous le choc. Ce qu'on appelle déjà le « quatrième partage » du pays a fait soixante-dix mille morts et cent trente-trois mille blessés dans les rangs de la jeune armée polonaise. Quelque trois cent mille prisonniers ont été déportés en Allemagne, deux cent trente mille ont été expédiés en URSS — dont huit mille officiers qui ne reviendront jamais. À partir de février 1940, dans les territoires occupés par les Soviétiques, plusieurs rafles massives du NKVD (la police politique de Staline) vaudront à *plus d'un million* de civils polonais d'être brutalement expédiés, dans des wagons à bestiaux, en direction des camps sibériens.

Partout la terreur s'installe. Elle s'exerce d'abord à l'encontre des intellectuels, des artistes, des dirigeants politiques et du clergé. Il s'agit clairement de briser la nation polonaise dans ce qu'elle a de plus solide, de plus noble, de plus intime. Des dizaines de milliers de gens cultivés et dynamiques, de ceux qui auraient vocation à préparer un avenir meilleur, à l'instar de leurs aînés du siècle précédent, sont déportés dans des camps de concentration ou fusillés sans autre forme de procès. L'Église catholique elle-même paie au prix du sang son traditionnel statut de foyer de la résistance nationale : près de deux mille prêtres, huit cent cinquante moines et près de trois cents religieuses y laisseront la vie.

À Cracovie, Karol Wojtyla et son père subissent, comme tout le monde, une loi martiale très dure. Le gouverneur Frank, installé au château de Wawel, n'est pas un tendre. La peur, la faim, le froid, la police nazie, les magasins « NUR FÜR DEUTSCHE » (« Réservés aux Allemands ») sont le lot quotidien des habitants de l'ancienne capitale royale soumis aux pénuries alimentaires, au manque de charbon, aux contrôles d'identité, aux fusillades nocturnes, aux arrestations-surprises.

Le 26 octobre 1939, le gouverneur général Hans Frank a ordonné le travail obligatoire pour tous les Polonais âgés de dix-huit à soixante ans. Quoi de plus naturel, concernant un peuple destiné à servir d'esclave à la race aryenne triomphante ? Le 12 décembre, il renforce encore cette législation. À Cracovie, chacun doit impérativement justifier un emploi pour avoir une *Arbeitskarte* (carte de travail), sauf à prendre le risque d'être déporté vers l'Allemagne où l'industrie de guerre manque de bras.

En mars 1940, tandis que son amie Halina trouve un poste de gouvernante à Cracovie, Karol, lui, est garçon de courses chez son parrain Jozef Kuczmerczyk. À la rentrée de septembre, quand il devient clair que l'université ne rouvrira pas, Karol Wojtyla et son ami Juliusz Kydrynski se font engager — sur recommandation — comme ouvriers aux carrières de pierre de Zakrzowek, qui dépendent du groupe chimique Solvay. L'établissement étant classé d'« importance militaire » (*Kriegswichtiger Betrieb*), ses employés bénéficient d'un cachet spécial tamponné sur leur carte d'identité — une chance supplémentaire de ne pas mourir de faim et d'éviter la déportation vers le Reich.

La carrière

Zakrzowek est un endroit lunaire, un immense terrain vague situé en pleine ville, à dix minutes de la rue Tyniecka où habitent les Wojtyla. Aujourd'hui, les jeunes Cracoviens vont encore y pratiquer le VTT ou organiser des *raves* nocturnes autour de feux canailles. La carrière, creusée là depuis des temps immémoriaux, ressemble à une chaîne de ravins aux parois de calcaire, hautes de soixante mètres [1]. Du haut de ces falaises, toutes de noir et blanc, on aperçoit le clocher de l'église paroissiale du quartier de Debniki, Saint-Stanislaw-Kostka, et même, au loin, la flèche de la cathédrale du Wawel. On voit aussi très bien, dominant le quartier de Salvator, le « tertre de Kosciuszko », un impressionnant monticule artificiel élevé à la force des brouettes par les patriotes polonais du siècle précédent, qui rappelle fièrement que la Pologne — récemment qualifiée par le ministre soviétique Viatcheslav Molotov de « vilain bâtard du traité de Versailles » — n'est pas un pays qu'on raye facilement de la carte.

Dans un premier temps, l'ouvrier Wojtyla travaille au fond d'un de ces étranges ravins — aujourd'hui noyé sous une eau limpide — surmontés d'une vague palissade. Le roc est entamé à l'explosif. À l'aide d'une brouette, Karol charrie des blocs de pierre calcaire destinés à être cassés au pic et à la barre à mine. Les rochers sont chargés dans des wagonnets avant d'être enfin expédiés à l'usine, tirés par une petite locomotive à vapeur. Les hommes travaillent huit heures d'affilée par roulement. C'est un travail physiquement dur, auquel Karol n'est aucunement préparé, pas plus que les autres étudiants mêlés discrètement aux véritables ouvriers par l'administrateur de la carrière. Si celle-ci est dirigée de loin par un

Allemand, elle est gérée par un Polonais de Cracovie, Henryk Kulakowski, qui ne manque pas de courage.

Outre son copain Juliusz Kydrynski, il y a là Wojciech Zukrowski, Wieclaw Kaczmarczyk et quelques autres étudiants de première année de philologie. Le directeur polonais et nombre de ses ouvriers éprouvent une sorte de respect affectueux pour ces jeunes intellectuels aux mains fragiles, appelés à diriger, si Dieu le veut, la Pologne d'après guerre. Aider ces prolétaires de pacotille à surmonter l'épreuve est, pour eux, une forme de patriotisme.

Malgré son bleu informe et ses sabots, Karol Wojtyla est vite repéré. Au bout de trois mois, un brave homme de contremaître, Jan Zyla, lui donne « de l'avancement » en le mettant au service de l'artificier de la carrière. Le travail est dangereux — il s'agit de forer des trous dans la paroi et de les bourrer de dynamite — mais il permet surtout à Karol, entre deux séries d'explosions, de se reposer un peu et de lire au calme, dans le petit cabanon du dénommé Franciszek Labus, qui a pris ce « petit jeune » sous sa protection : « Il n'était vraiment bon à rien, racontera Labus plus tard, mais il voulait absolument travailler... Il m'aidait à enrouler du fil de fer et il portait les détonateurs derrière moi [2]. »

En cet hiver glacial, la cabane chauffée du sympathique Labus est une vraie bénédiction — qui suscite même la jalousie de ses camarades de travail. Des années plus tard, dans un roman autobiographique, l'ami Kydrynski parlera de cette « promotion » avec des accents d'envie, ajoutant avec prémonition : « Apparemment, le destin de Karol était de se distinguer de la foule [3]. »

Dans son cabanon, le jeune « pistonné » lit et prie, mais il prend aussi des notes et compose des vers. En 1956, l'abbé Wojtyla publiera sous pseudonyme un long poème, « La carrière », directement issu de cette expérience :

Écoute : le bruit des marteaux, leur cadence égale,
Je les fais retentir dans les hommes
Pour mesurer la force des coups.
Écoute : le courant électrique
Fend un fleuve de pierre.
Une pensée de jour en jour grandit en moi :
La grandeur du travail est dans l'homme. [...]

Regarde : comme l'amour se nourrit
D'une aussi profonde colère
Elle coule dans le souffle des hommes,
Fleuve incliné par le vent. [...]

Par le travail, tout commence :
Ce qui croît dans la pensée et le cœur,
Les grands événements, les multitudes.
L'amour mûrit au rythme égal des marteaux. [...]

Le polonais offre des sons et des allitérations difficiles à rendre en français. Mais la langue est belle et contient parfois quelques accents très personnels, annonciateurs du Wojtyla de demain :

N'aie pas peur ! Les choses humaines ont de vastes rivages,
On ne peut les contenir bien longtemps
Dans un chenal trop étroit. [...]

Il est des mains vouées au travail, d'autres à la croix. [...]

L'homme ne pense pas à la douleur.
La douleur n'est pas grande à elle seule,
Et sa vraie grandeur, il ne sait la nommer. [...]

Les accents les plus émouvants concernent la mort accidentelle d'un ouvrier tué par un éclat de pierre :

Ils prirent le corps, ils marchèrent en file silencieuse.
Le labeur lui rôdait encore autour [...]
Silencieux ils le déposèrent sur le linceul de gravier[4]...

On peut imaginer que le poème a été retravaillé par l'abbé Wojtyla avant sa publication. Mais il ne fait aucun doute que le jeune « planqué » de Zakrzowek ne manquait ni de sensibilité ni de profondeur.

Au début de l'été 1941, Karol est transféré des carrières à la station de purification d'eau de l'usine chimique, laquelle produit du bicarbonate au lieu-dit Borek Falecki, à une heure de marche de Debniki, sur la route nationale qui mène vers Zakopane et Wadowice, une direction doublement chère au cœur du jeune homme[5]. Mais l'heure n'est pas aux courses en montagne ou aux souvenirs d'enfance ! Le travail est épuisant. Toute la journée, Karol transporte des seaux emplis de chaux et de soude caustique, qu'il déverse pour en diluer le contenu dans un immense réservoir : il s'agit de diminuer le taux de calcaire de l'eau qui part dans les chaudières, afin d'éviter toute déperdition de la capacité thermique de celles-ci.

Il lui est plus difficile d'échapper à ses obligations, d'autant que tous ses camarades n'ont pas le même respect pour ce jeune intellectuel qui lit tout le temps et qui s'arrête en plein travail, à midi, pour réciter l'angélus, qui préfère aller prier à l'église des rédemptoristes, sur le chemin du retour, plutôt que d'aller boire un coup ou draguer les filles. Ce n'est pas un boute-en-train, le jeune Karol ! Certains se moquent de sa piété, l'appellent « le petit prêtre », lui jettent parfois de vieux chiffons quand il prie dans un coin.

D'autres, en revanche, lui proposent de faire le guet quand il s'absorbe dans un livre.

Karol Wojtyla va travailler trois ans auprès de ces chaudières, dans la chaleur et la pollution. Il n'oubliera jamais ce long stage involontaire : « Ces quatre années en milieu ouvrier ont été pour moi un bienfait de la Providence, racontera-t-il à son ami André Frossard. L'expérience que j'ai acquise dans cette période de la vie est sans prix[6]. »

De fait, le futur pape reverra certains de ses compagnons de labeur, chaque année, pour Noël. Il correspondra avec eux, il baptisera leurs enfants. Et il rappellera souvent son expérience en usine lors de rencontres avec des ouvriers des quatre coins du monde[7]. À l'automne 1978, lors du conclave, les ouvriers de l'usine Solvay de Livourne, en Italie, lui rendront un hommage humoristique en titrant, en une de leur journal d'entreprise : *UN DES NÔTRES EST ÉLU PAPE !*

La mort du « Capitaine »

C'est en rentrant de la carrière de Zakrzowek, par un glacial après-midi de février 1941, que Karol éprouve le plus grand choc de sa vie. Dans le sous-sol de la maison des bords de la Vistule, son père gît, à moitié affalé sur le lit, inanimé. Mort. Le choc de l'invasion allemande, la fuite avec son fils, le pénible régime d'occupation ont eu raison de cet homme qui n'est pourtant âgé que de soixante-deux ans, mais que la vie, décidément, n'a pas épargné.

Karol est hébété. La sœur de son ami Kydrynski, qui l'accompagne, va chercher du secours. Mais il est trop tard. Karol s'en voudra longtemps de n'avoir pas été là lors des derniers instants du malheureux. Et le jeune homme de rester prostré toute la nuit, en prière, auprès de celui qui fut bien plus qu'un père pour lui. Mort le 18 février, Karol Wojtyla senior sera enterré quatre jours plus tard, au cimetière Rakowice de Cracovie, auprès d'Emilia, dans ce qui sera le caveau familial des Wojtyla.

Pour Karol, c'est tout un monde qui s'écroule. Après l'asservissement de son pays, la mort de son père : certains de ses proches y verront le déclic qui poussera le jeune homme dans la direction du sacerdoce. Lui-même ne dément pas cette thèse : « Cela entraînait objectivement un détachement de mes projets antérieurs ; en quelque sorte, c'était comme être déraciné du sol sur lequel ma personnalité s'était développée[8]. » Lorsque son père disparaît, le futur pape va avoir vingt et un ans. L'ami Frossard résumera ainsi l'accession à la « majorité » de ce jeune homme au destin si particulier : « Ni mère, ni père, ni sœur, ni frère, le soleil de son existence s'est levé sur la dévastation de sa famille et l'écrasement de son pays[9]. »

L'environnement affectif du futur pape, désormais, ce sont des amis, des parents d'amis et des amis d'amis. Au premier rang desquels figure Juliusz Kydrynski. Au fil de sa première année d'université, Karol s'est lié d'amitié avec ce garçon qui lui ressemble et avec lequel il se sent beaucoup d'affinités. Dans une lettre à Kotlarczyk, il décrit son nouveau compagnon comme « quelqu'un qui a le même esprit que nous, un fou de théâtre, une âme sœur ». Juliusz a une histoire proche de celle de Karol. Il a perdu son père très jeune et vit avec sa mère, institutrice de profession, ainsi que sa sœur Maria et son jeune frère Lucian. Karol a pris l'habitude d'aller déjeuner chez eux le dimanche. L'appartement est situé au 10, rue Felicjanek, à deux pas du château de Wawel. C'est chez les Kydrynski qu'il est venu passer la veillée de Noël, en décembre 1940, avec son père. Pouvait-il imaginer alors que ce serait son dernier Noël familial ?

Quand son père fut obligé de s'aliter, Karol se mit à faire un détour par la rue Felicjanek le soir, après le travail, pour prendre un repas préparé par la mère de Juliusz, qu'il appellera affectueusement « *mama* » (maman). Après la mort du « Capitaine », toute la famille Kydrynski se montre attentionnée envers Karol, très éprouvé par cette solitude toute neuve ; pendant quelques mois, Karol habitera même chez Juliusz.

À l'automne 1938, la mère de Juliusz avait poussé son fils à prendre des cours particuliers de français chez une de ses collègues, Jadwiga Lewaj. Toute l'élite polonaise, à l'époque, parle le français. Karol avait décidé d'accompagner son ami. Le courant était passé avec cette dame passionnée de littérature polonaise et disposant de nombreuses relations : c'est par elle que les deux garçons ont trouvé à s'engager comme ouvriers à la Solvay.

Les leçons de français se déroulent dans une superbe villa de trois étages, au toit pointu, appelée « Les Tilleuls » et située au 55A, rue du Prince-Jozef-Poniatowski. Une large terrasse domine le jardin et donne sur la Vistule. On y a une vue directe, de l'autre côté du fleuve, sur l'église des salésiens — bien connue des habitants du quartier de Debniki en général, et de Karol en particulier. Les propriétaires de cette demeure cossue s'appellent Leon et Irena Szkocki. Lui est retraité (il travaillait dans les assurances), elle est une grande bourgeoise très active, à la culture variée et à la personnalité attachante. À l'époque, elle vit avec sa fille aînée Zofia Pozniak, et les trois enfants de celle-ci : Piotr, Tomasz et la petite Maria. Le mari, Wlodzimierz, est prisonnier dans un oflag allemand.

Pianiste de talent, Zofia organise chez elle de véritables concerts à l'intention des amis. Karol et Juliusz sont séduits par cet endroit toujours plein de vie. De leur côté, Irena Szkocka — que Karol appelle bientôt *babcia* (grand-mère) — et sa fille Zofia apprécient ces deux jeunes gens polis, gentils avec les enfants, et aussi passionnés qu'elles par la musique romantique ou la poésie de Slowacki. C'est avec elles que Juliusz et Karol relisent son fameux poème sur le « pape slave », écrit en 1848, l'année où l'Europe enfiévrée célébrait le « printemps des peuples » :

Lorsque les dangers s'accumulent le Dieu tout-puissant
Tire sur la corde d'une grande cloche
Et il offre son trône
À un nouveau pape slave...
[...]
Alors que les nations se couvrent de canons,
Il n'a pour arme que l'amour,
Que les sacrements pour force
Le monde posé au creux de sa main...

En marge du poème, sur le livre qu'ils ont lu ensemble, *babcia* Szkocka a écrit quelques mots : « C'est Karol qui sera ce pape-là. »

Les soirées passées à la villa des Tilleuls feraient presque oublier les horreurs de la guerre. Mais les Allemands sont bien là, qui occupent Cracovie et réquisitionnent pour eux-mêmes les demeures les plus spacieuses de la ville. En 1941, la famille Szkocki est brutalement expulsée de sa superbe maison, dont la beauté n'avait pas échappé aux sbires du gouverneur Frank. Karol, aussitôt, leur propose de s'installer provisoirement chez lui, rue Tyniecka, mais l'endroit est trop petit. Irena Szkocka trouve un appartement à deux rues de là, au 12, rue Szwedzka, et s'installe avec toute la famille[10] au premier étage d'une grande maison en brique, avec un petit jardin, où reprennent très vite les soirées musicales et les séances littéraires.

Quelle étrange période ! Les Allemands occupent le pays, et tout ce que Cracovie compte encore de gens cultivés et courageux ne jure que par la musique, la poésie ou le théâtre.

Le « Teatr Rapsodiczny »

En septembre 1939, Mieczyslaw Kotlarczyk, passionné de théâtre et grand ami du lycéen Karol Wojtyla, s'était retrouvé bloqué avec sa famille à Wadowice, de l'autre côté de la frontière séparant le Reich du Gouvernement général. Lui et les siens, comme tant d'autres en Pologne, enrageaient de voir l'occupant fermer les lycées et les universités, imposer la censure et réduire à néant le dynamisme culturel dont la Pologne faisait preuve depuis sa renaissance. Les Kotlarczyk ont-ils commis une imprudence ? Ont-ils été dénoncés ? Les policiers allemands ont repéré la maison. Au printemps 1941, le frère aîné de Mieczyslaw est arrêté (il mourra dans un camp). Très ému, Karol invite son ami et sa femme Zofia à venir s'abriter chez lui, à Cracovie. Son père vient de mourir, l'appartement est vide.

Ses amis débarquent en août 1941 et s'installent discrètement, en effet, dans le sous-sol du 10, rue Tyniecka. Kotlarczyk a une couverture : un ami de Wadowice, l'abbé Kotowiecki, vicaire à Saint-Stefan, lui a procuré un boulot de traminot. Pendant que son jeune ami Karol transverse des seaux de soude caustique dans les hangars pollués de Borek Falecki, le théoricien du théâtre est aux manettes du tramway n° 4 reliant la basilique Notre-Dame à l'esplanade de Blonie *via* la rue Szewdzka et l'avenue Pilsudski. Difficile, entre deux stations, de réfléchir à une mise en scène originale de *Pan Tadeusz* ! Heureusement, le traminot trouve bientôt un travail d'employé de bureau qui lui permet de s'adonner discrètement à sa vocation théâtrale.

Depuis son retour à Cracovie, Kotlarczyk n'a qu'une idée : ressusciter son « théâtre de la Parole », comme pour faire barrage au plus vite à l'entreprise de « dépolonisation » des esprits — on parlerait aujourd'hui de « génocide culturel » — consciemment et systématiquement menée par l'occupant. Les Allemands, après avoir toléré quelques mois les spectacles de boulevard, ont brutalement fermé les théâtres, notamment le célèbre et talentueux théâtre Slowacki, silencieux depuis le 15 novembre 1939.

Une première séance rassemble les amis communs de Kotlarczyk et Wojtyla dans le modeste sous-sol de la rue Tyniecka — d'où le premier surnom de la petite troupe, baptisée « théâtre des Catacombes ». La référence aux premiers chrétiens persécutés par les Romains n'est évidemment pas fortuite. Pour la petite bande d'amis qui se lance ainsi dans l'aventure — il y a là Kotlarczyk et Wojtyla, bien sûr, ainsi que Danuta Michalowska, Krystyna Dembowska, Halina Krolikiewicz et le futur mari de celle-ci, Tadeusz Kwiatkowski —, il ne s'agit pas de se distraire étourdiment ou de fermer les yeux sur le drame qui se joue quotidiennement dans les rues de Cracovie. Il s'agit bien de mener une lutte, d'opposer une forme de résistance.

La première représentation a lieu dès novembre 1941. Il s'agit d'une adaptation de *Krol Duch* (*Le Roi Esprit*), un long poème historico-épique de Juliusz Slowacki où Karol joue le rôle de Boleslaw, le roi polonais qui assassina, au XIe siècle, l'évêque Stanislaw de Cracovie. Hasard de l'Histoire : c'est précisément le 900e anniversaire de ce martyre qui donnera lieu, au printemps 1979, à la première visite apostolique en Pologne de son lointain successeur devenu le pape Jean-Paul II !

Slowacki avait lui-même divisé son texte (comme le fit, en musique, son contemporain Franz Liszt) en « rapsodies ». Kotlarczyk saisit l'occasion pour qualifier sa façon de faire, cette forme dramatique épurée autant qu'il est possible : la troupe improvisée se nommera le « Théâtre rapsodique » (*Teatr Rapsodiczny*). Halina souligne : « Dans la Grèce antique, les *rapsodes* étaient des poètes qui allaient de maison en maison, dans les périodes difficiles, pour remonter le moral des gens [11]. » Le genre « rapsodique » est très particulier. Kotlarczyk adapte tout naturellement ses expériences de Wadowice à la situation nouvelle, inédite : les Allemands sont là, qui interdisent toute manifestation culturelle, patrouillent dans les rues, opèrent des descentes dans les immeubles, arrêtent, fusillent ou déportent. Pas question de dresser des tréteaux, d'apposer des affiches, de faire de la publicité dans les journaux ! Tout se passe donc clandestinement, dans des appartements amis aux portes calfeutrées. Il n'y a pas de vraie mise en scène, les costumes et les décors sont réduits au minimum symbolique : un chandelier, un livre, un masque, un air de Chopin joué en sourdine. La scène, c'est le tapis du salon. Le « public » est assis sur des chaises, le long des murs.

En considérant la voix comme plus importante que le geste, ce théâtre de la « parole vivante », comme Wojtyla aime l'appeler, vise à redonner la primauté à la pensée sur les mouvements et les gestes des acteurs. Plus de dix ans après cet épisode, dans un article publié par le journal *Tygodnik Powszechny* du 7 avril 1957, un certain Andrzej Jawien racontera toute cette aventure et remarquera, au passage, que cette forme de dramaturgie très épurée, donnant toute l'importance à la langue et non au jeu du comédien, « empêche le jeune acteur de céder à un individualisme pernicieux ». Derrière le pseudonyme de Jawien se cache un prêtre de Cracovie qui participa de près, pendant sa jeunesse, à l'expérience : l'abbé Wojtyla.

*

Dans ses propres mémoires, Mieczyslaw Kotlarczyk raconte les répétitions, qui avaient lieu « malgré la terreur et les arrestations » le mercredi soir et le samedi soir, dans la petite cuisine froide et obscure de la rue Tyniecka, parfois éclairée d'une simple bougie, pour ne pas attirer l'attention des passants [12]. Les représentations elles-mêmes se déroulaient dans des appartements privés dont on avait obturé les fenêtres, devant des invités triés sur le volet, à la fois politiquement sûrs, capables de garder un secret, et passionnés de littérature. « Des initiés, en quelque sorte », racontera avec humour Jean-Paul II en personne.

Parmi ces « initiés », à trois ou quatre reprises, figure un jeune militant du mouvement démocrate-chrétien Renaissance (*Odrodzenie*), Jerzy Turowicz. Mais le futur rédacteur en chef du *Tygodnik Powszechny* ne fait pas la connaissance de ce Wojtyla dont il n'a jamais entendu parler : « C'est Kotlarczyk que je venais voir. Nous discutions après la représentation. Wojtyla, lui, faisait déjà bande à part, il ne restait pas avec les autres pour boire un thé ou une vodka [13]. » Une autre personnalité vient assister aux prestations de Wojtyla et de ses camarades : Zofia Kossak-Szcztuka, présidente d'une des plus importantes organisations catholiques de la résistance, le

Front pour la renaissance polonaise (*Front Odrodzenia Polski*), et l'une des animatrices du réseau d'aide aux juifs de la région. Les uns et les autres fréquentent également, dans les mêmes conditions, un autre fou de théâtre montant lui aussi des spectacles dans la clandestinité, un certain Tadeusz Kantor[14].

Un jour, raconte Halina, la troupe jouait *Pan Tadeusz* chez les Gorecki, place Kleparz. C'était en novembre 1942. Dans la rue, collées sur des poteaux, de petites affiches dressaient la liste des gens du quartier qui devaient être fusillés, et des groupes d'« aboyeurs » de la Wehrmacht diffusaient propagande et menaces au moyen de mégaphones. Mais nous, nous ne prêtions attention qu'à l'un de nos invités, un vieux monsieur assis parmi le « public » : Juliusz Osterwa, l'un des plus grands acteurs de l'époque, un immense théoricien du théâtre ! Audehors, les mégaphones éructaient, mais on n'entendait que la voix de Karol, qui dominait le vacarme de la rue avec un calme et une force incroyables.

C'est au cours de l'hiver 1939-1940 que Kydrynski avait rencontré Osterwa par hasard chez un antiquaire. Il était allé chez lui à l'invitation du grand homme — le maître de Kotlarczyk — en emmenant son ami Karol, le long des Planty. Ils se sont revus, pour le plus grand bonheur des deux jeunes, et Osterwa a fini par accepter d'assister, rue Felicjanek, à une répétition, puis, un soir, à une représentation « publique ». Un événement pour les deux apprentis comédiens ! Est-ce que ces deux-là font du théâtre, d'ailleurs, ou est-ce de la poésie ? Un peu des deux, en vérité. Kotlarczyk n'a pas son pareil pour comprimer et découper les plus grands poètes nationaux en « pièces » d'une heure environ, toutes fondées sur une confrontation plus ou moins artificielle entre deux personnages principaux, en général incarnés par lui-même et Karol, tandis qu'une sorte de chœur antique, joué par les filles, rythme l'affrontement des deux thèses en présence.

Entre 1941 et 1945, toujours en secret, le Théâtre rapsodique organisera ainsi sept premières, vingt-deux représentations et plus de cent répétitions. Outre *Krol Duch*, la troupe a monté *Beniowski*, un long poème lyrique et ironique du même Slowacki ; *Pan Tadeusz*, le chef-d'œuvre d'Adam Mickiewicz ; une « heure » (*godzina*) à partir de Stanislaw Wyspianski ; les *Hymny* de Jan Kasprowicz ; une autre « heure » composée de textes de Cyprian Norwid ; et *Samuel Zborowski*, un drame mystico-révolutionnaire de Slowacki, l'auteur préféré de la petite bande, qu'ils joueront notamment dans l'appartement des Szkocki.

Tous ces auteurs du XIXe siècle sont des romantiques ou des postromantiques qui incarnent la révolte face à l'ordre établi et la résistance de la Pologne à toutes les oppressions. Parfois mystiques, parfois symbolistes avant la lettre, ils ont tous composé, de leur exil, des textes enflammés à la gloire de la nation — celle-ci étant alors l'idéal de résistance à l'ordre « impérialiste », aux puissants, à la tyrannie. La lecture et la relecture de leurs œuvres, la discussion et la déclamation de leurs textes, pendant toutes ces années, marqueront profondément la formation culturelle du futur pape. Autant, peut-être, que la guerre elle-même [15].

À chacun sa résistance

La guerre ne fauche pas seulement la vie de milliers d'hommes. Elle brise un nombre encore plus grand de destinées. En novembre 1939, lorsque le *Blitzkrieg* hitlérien a réussi, que les combats ont cessé et que l'occupation a commencé, Karol s'est retrouvé désemparé. Il avait dix-neuf ans. Son avenir semblait tout tracé : des études évidemment brillantes, puis probablement la littérature et le théâtre, peut-être l'enseignement... Désormais, tout était remis en cause. Que faire ? Où aller ? Qui rejoindre ? L'armée polonaise était anéantie, l'université avait fermé ses portes, les théâtres aussi. Il n'y avait plus d'avenir prévisible.

Déjà quelques-uns de ses camarades ont disparu dans la tourmente. Beaucoup de jeunes Polonais de son âge ont quitté leur domicile : dans les premières semaines, en tentant de rejoindre l'armée en déroute, ou bien, après le désastre, en cherchant à s'engager dans des groupes de maquisards. Pendant l'automne 1939, plus de cent groupes de résistance se sont constitués fébrilement sur le territoire de la Pologne occupée. Cette réaction brouillonne et courageuse, hélas, fut fatale à un grand nombre. Car ces premiers combattants de l'ombre ignoraient qu'à Moscou, le 27 septembre, Ribbentrop et Molotov avaient signé un protocole secret instaurant une collaboration entre la Gestapo, omniprésente dans les territoires de l'ouest, et le NKVD, qui régnait en maître dans la partie occupée par l'URSS.

Karol, lui, n'a pas pris le maquis. D'abord, il a charge d'âme : il n'est pas question pour lui d'abandonner son père, alors en piteux état. Mais surtout, sa foi profonde et sa culture personnelle ne le portent pas à la lutte armée. Le jeune homme abhorre la violence et la force, au point d'être déconcerté par la réalité politique et militaire. Est-il possible que la violence et la force, précisément, l'emportent ainsi ? La guerre se charge d'étouffer toute illusion. Comment, dans ces circonstances extrêmes, appliquer les leçons de l'Évangile ? Comment, à l'image du Christ, répondre au mal par le bien ? Karol, dans son tourment, a deux points d'ancrage : Dieu et la Pologne. Il croit d'abord à la prière — « la seule arme qui compte », dit-il un jour à son ami Zukrowski qui entend, lui, prendre les armes — et n'entend pas riposter à la violence par la violence. Ses amis de l'époque, prompts à imaginer toutes sortes d'actions de résistance plus ou moins réalistes, se rappellent qu'à plusieurs reprises Wojtyla leur conseilla « d'abord de prier ». Au point d'agacer, parfois, ses interlocuteurs. Pour lui, pas de doute, il n'y a que la foi qui sauve. C'est Dieu qui décide des épreuves et des réussites, des défaites et des victoires. Or Dieu ne peut pas laisser le mal triompher. Il s'agit donc de préparer l'avenir.

Peu à peu, une conviction s'affirmera chez lui, que rapporte celui qui deviendra l'un de ses meilleurs amis dans les années 1943-1944, Mieczyslaw Malinski : il faut « préserver la jeunesse polonaise du virus de la haine », afin qu'elle se prépare dignement, c'est-à-dire chrétiennement, à la future et inéluctable résurrection de la nation. Défendre la Pologne, donc, ce n'est pas forcément prendre les armes. Le dessein de Hitler étant de faire disparaître la nation polonaise, d'exterminer ses élites, d'extirper sa culture et son histoire, il faut s'y opposer en faisant vivre, à tout prix, sa langue et sa littérature. D'où l'engagement par le théâtre, si justement baptisé « théâtre des Catacombes », et cette préférence systématique pour les auteurs interdits et les textes patriotiques.

Au sein même de la troupe, les discussions sur le sujet vont bon train. Certains vont concilier cette résistance « culturelle » avec d'autres formes d'engagement. Ainsi Kotlarczyk entraînera Karol à adhérer à UNIA [16], une organisation clandestine chrétienne et patriotique qui entretient des liens étroits avec la résistance armée, en particulier l'*Armja Krajowa* (*AK*). Le jeune Wojtyla est intéressé, il assiste à quelques réunions, il participe même aux débats, mais ne va pas plus loin. « Karol est bien venu à quelques rendez-vous clandestins, confirme Tadeusz Kwiatkowski, le mari de Halina, mais il n'a pas continué.

Il faut dire qu'il risquait déjà de se faire arrêter en participant au séminaire clandestin organisé par l'archevêché : coopérer avec l'AK aurait dangereusement accru les risques d'arrestation. » De fait, comme on le verra, Karol s'est inscrit en secret, en octobre 1942, aux cours clandestins du séminaire monté à la barbe de l'occupant par l'archevêque du cru, Mgr Adam Sapieha. Sans cet engagement-là, par nature exclusif, Wojtyla aurait-il suivi ses amis les plus engagés dans la résistance active ? La question, à jamais, demeurera sans réponse.

Selon le mot d'un de ses successeurs, Mgr Sapieha a montré par son seul exemple qu'« on pouvait être un grand défenseur de la patrie sans s'engager dans la lutte armée[17] ». En l'absence du primat Hlond, en exil, le « prince archevêque » est devenu une figure emblématique de la résistance populaire. Mais Sapieha est aussi un homme très organisé, qui protège ses propres recrues et qui distribue les tâches : à certains, la résistance à l'occupant ; à d'autres, l'avenir du pays.

Comme pour donner raison à l'archevêque, la Gestapo frappe bientôt le petit groupe. Tadeusz Kwiatkowski est arrêté pour éditer et distribuer « sous le manteau » un périodique, *Le Mensuel littéraire*. Enfermé à la sinistre prison de Montelupi, la plus dure de la ville, il échappera de peu à Auschwitz. Libéré par miracle, Kwiatkowski deviendra un des adjoints du grand ethnologue Tadeusz Seweryn, professeur à l'université Jagellon et chef de la résistance civile pour le secteur de Cracovie (nom de code : Socha). Il sera chargé d'alimenter une filière qui, tous les mois, devra subvenir aux besoins des résistants intellectuels et de leurs familles.

*

Jean-Paul II a très souvent évoqué ces années de plomb, sans jamais se parer des plumes du résistant qu'il ne fut pas. Au contraire. Dans *Ma vocation*, il explique : « Je ne fus impliqué directement que dans une faible partie de ce que vécurent mes compatriotes. » Au père Adam Boniecki, son plus proche biographe, qui l'interrogeait sur cet épisode, Jean-Paul II a répondu un jour : « Non, je n'ai pas fait de résistance. Malheureusement, non. » A-t-il aidé, comme on l'a dit, des familles juives ? « Je n'en ai pas eu l'occasion[18]. » À l'écrivain Marek Halter, qui enquêtait sur tous les « justes » polonais qui aidèrent les juifs de l'époque, Jean Paul II répondit : « Je ne peux me prévaloir de cette appellation prestigieuse de "juste"[19]. »

Pourtant une interrogation demeure, cinquante ans après, qui a taraudé plus d'un observateur : pendant les années d'occupation, à Cracovie, que savait-on d'Auschwitz ? Que pouvait bien savoir de l'Holocauste, à l'époque, un jeune homme cultivé et ouvert comme Karol Wojtyla ? Est-il possible qu'il ignorât que la plus systématique entreprise d'extermination du siècle se déroulait impunément à quatre-vingts kilomètres de chez lui ? Les polémiques suscitées par le film *Shoah*, de Claude Lanzmann, ainsi que les débats entre historiens sur les « silences » du pape Pie XII à propos de la « solution finale », obligent à poser la question. Le journaliste Jerzy Turowicz répond :

> Il est exact qu'Auschwitz n'était pas loin de Cracovie. Mais le camp eût-il été situé à deux cents kilomètres que cela n'eût rien changé au problème. En effet, entre Auschwitz et Cracovie, il y avait la frontière du Reich — une bagatelle pour les Allemands, mais une vraie frontière pour nous, les Polonais ! Ajoutez que l'information était rare, les Allemands avaient confisqué les radios, et il fallait lire les feuilles clandestines pour trouver, ici ou là, des informations partielles et des témoignages indignés.

Assez tôt, c'est-à-dire au début de 1943, nous avons su qu'il se passait des choses effroyables à Auschwitz. Mais il nous était impossible de savoir l'ampleur de cette horreur[20].

En 1945, nous avons été sidérés par les photos prises par les Américains après la libération du camp, se souvient l'historien Jacek Wozniakowski. Personne, à Cracovie, n'aurait pu imaginer l'échelle de la tragédie. Du reste, si nous savions que des juifs avaient été déportés vers Auschwitz, nous ne savions pas qu'il en était arrivé un si grand nombre de l'étranger[21].

Karol Wojtyla ignorait, comme tout le monde, la véritable nature du camp d'Auschwitz. Il n'a compris qu'à la fin de la guerre à quel point d'ignominie les nazis avaient porté la folie exterminatrice. « Nous savions qu'il se passait des choses horribles à Auschwitz, confirme son amie Halina, mais nous ne savions pas, par exemple, que les Allemands utilisaient des gaz[22]. » Faut-il rappeler que les Occidentaux eux-mêmes ont longtemps douté du degré d'horreur où les nazis étaient parvenus ? Le « courrier » Jan Karski, un résistant qui avait réussi à quitter la Pologne muni d'informations épouvantables sur le ghetto de Varsovie et sur le camp de Belzec, en 1943, s'était fait répondre, à Washington, par le secrétaire d'État de Roosevelt : « Je ne dis pas que vous mentez, mais je ne peux pas croire que ce soit vrai. »

Ajoutons que, pour les habitants de Cracovie, Auschwitz est d'abord le lieu des premières exécutions massives de résistants polonais, ce qui ne sera pas sans nourrir les polémiques futures opposant la « mémoire juive » et la « mémoire polonaise » sur le sujet[23]. La quasi-totalité des témoignages convergent : les gens n'avaient pas conscience de la Shoah. Les nazis assassinaient des juifs, ils assassinaient des Polonais. Ceux-ci voyaient les juifs disparaître, ils voyaient le ghetto juif brûler, mais ils pensaient : « Ils tuent les juifs, et après ce sera notre tour[24]. »

Juifs, Polonais : c'était, à l'époque, dans la conscience des seconds, le même malheur. Le cardinal Macharski, alors étudiant, témoigne : « Nous étions tous au fond du trou. La mort était partout. Nous craignions tous les camps en Allemagne, la déportation vers l'est ou la prison Montelupi, à Cracovie, d'où s'échappaient des cris affreux. C'était le sort commun. Auschwitz, pour nous, était une menace pour tout le monde, pas seulement pour les juifs[25]. » « C'était l'horreur générale, confirme le professeur Wozniakowski : le problème des juifs était, hélas, un problème horrible parmi d'autres problèmes horribles. »

C'est la raison pour laquelle, dans la Résistance, il y eut des gens courageux pour s'occuper, *entre autres drames*, de celui des juifs. Le professeur Seweryn, dont Tadeusz Kwiatkowski était l'un des adjoints, sera lui-même l'un des dirigeants du Conseil d'aide aux juifs (nom de code Zegota). Créée à l'été 1942, unissant socialistes, démocrates et catholiques, cette organisation allait mener à Varsovie, Cracovie, Lublin, Lwow, etc., une activité de plus en plus dangereuse pour héberger et assister les juifs échappés des ghettos ou des trains de la mort : il s'agit alors de leur trouver des caches, de fabriquer des faux papiers (notamment de faux certificats de baptême), d'assurer des contacts avec les organisations de la résistance juive, ou simplement d'acheminer du courrier et de l'argent[26]. Aider les juifs fut donc le lot d'une poignée de gens particulièrement courageux et, surtout, bien organisés. Turowicz en rappelle la cause : « La Pologne fut le seul pays occupé par les Allemands où le simple fait de donner à boire à un juif valait d'être immédiatement fusillé ou déporté dans un camp. » Héberger des juifs chez soi, « c'était tout simplement irresponsable : c'était les condamner à mort, et sa propre famille avec[27] ».

Pour Wojtyla, comme pour Turowicz, comme pour

beaucoup d'autres, prisonniers de leur ignorance et de leur impuissance, la révélation rétrospective de l'horreur de la Shoah sera d'autant plus douloureuse qu'elle sera tardive, le régime communiste ayant bridé la vérité sur ce dossier pendant plus de quarante ans. Le thème était tabou. Et la manipulation politique, notoire : à Auschwitz, la Pologne « populaire » envoyait tous ses écoliers commémorer le « martyre des Polonais et d'autres nations ». Une vingtaine de nationalités[28] étaient mentionnées, dont les juifs, que leur nom polonais — *Zydy* — vouait alphabétiquement à la dernière place !

La guerre marquera Karol à vie, comme tous ses contemporains. Elle restera un sujet de méditation pour le futur pape. Celui-ci aura plusieurs occasions de mesurer l'ampleur de l'hécatombe — comme en 1948, à Wadowice, lors du dixième anniversaire de son baccalauréat, célébré dans des rangs clairsemés. Ou en 1964, lorsque le tout nouvel archevêque rendra un hommage appuyé « à ceux qui sont devenus des héros et à ceux qui sont morts sur le front », ajoutant, comme pour lui-même : « Cette guerre ne nous a pas détruits, mais construits[29]. » « La génération à laquelle j'appartiens s'est formée en traversant les douloureuses épreuves de la guerre, des camps de concentration, du danger permanent », explique Jean-Paul II[30] qui recense par ailleurs avec émotion, toujours dans *Ma vocation*, tous les prêtres, polonais mais aussi allemands, internés ou morts à cette époque. Et qui s'est tant de fois posé la question : « Il y a tant de camarades qui meurent, pourquoi pas moi ? »

La réponse est nette, cinquante ans plus tard : « La Providence m'a épargné. » Et le pape polonais d'ajouter, péremptoire : « Je sais aujourd'hui que *ce n'était pas dû au hasard*[31]. »

5

La vocation

À cause du couvre-feu, en cette soirée d'octobre 1942, Karol Wojtyla est resté passer la nuit chez Tadeusz Kudlinski, le fondateur du Studio 39 devenu un ami intime. Kudlinski a sympathisé avec Kotlarczyk, il suit les efforts du Teatr Rapsodiczny, il aime beaucoup Karol, dont il est l'aîné, et il est toujours de bon conseil. La conversation se prolonge bien au-delà de minuit. Ce soir-là, Karol lui annonce qu'il a décidé d'entrer au séminaire. Pour lui, le théâtre, c'est fini. À jamais.

Kudlinski tombe des nues. Certes, comme tous les proches de Karol, il sait sa foi profonde. Mais de là à abandonner une carrière d'acteur si prometteuse ! Toute la nuit, Kudlinski tente de dissuader le futur séminariste. En vain. Au moins use-t-il de son ascendant personnel et trouve-t-il des arguments — comme il le racontera à Halina Krolikiewicz avant sa mort — pour faire revenir Karol sur son idée d'aller s'enterrer, comme on le verra, dans un quelconque ordre contemplatif. Un jeune homme aussi dynamique et aussi cultivé peut-il ne pas être actif dans la société ? Peut-il dédaigner le service de ses contemporains, surtout dans une période aussi pénible ?

Pour les Kotlarczyk aussi, c'est une surprise. Habitant chez Karol, ils savent, plus que d'autres, son exceptionnelle piété et sa foi souvent dévorante. Zofia Kotlarczyk raconte :

Combien de fois, en traversant sa chambre la nuit pour réchauffer un biberon ou pour préparer quelque chose dans la cuisine, je le trouvai par terre, à même le sol. Mon mari lui répétait souvent : « Karol, ne fais pas cela, il fait froid ! Sous le plancher il y a du béton, et c'est facile d'attraper une maladie ! » De là à abandonner le théâtre[1]...

Karol ne cède pas : « Ma décision est définitive. » À force de persuasion, Kotlarczyk obtient de lui qu'il ne laisse pas tomber la troupe. Le nerf, le moteur du groupe, c'est lui, Karol, et pas un autre ! Le futur séminariste accepte. Les autres membres du Teatr Rapsodiczny ne seront pas mis dans la confidence. Et, jusqu'en 1944, il accompagnera la petite troupe de répétition en représentation, et il interprétera plusieurs grands rôles, à la fois par plaisir, par discrétion et par amitié.

Nous ne savions rien, mais ce n'était pas anormal, explique une autre actrice amie de Karol, Danuta Michalowska. Sous l'occupation nazie, nous vivions dans une atmosphère de conspiration, et chacun menait sa vie de son côté. Surtout Karol, qui avait toujours l'air d'être ailleurs. Naturellement, il ne disait à personne qu'il fréquentait le séminaire clandestin de Sapieha. À partir du printemps 1944, nous nous préparions déjà à l'après-guerre. Nous caressions le projet de reprendre le théâtre Slowacki, que les Allemands avaient finalement rouvert à leur profit et rebaptisé *Staatstheater*. Dans notre esprit, Juliusz Osterwa devait en être le directeur, assisté de Kudlinski et de Kotlarczyk, et nous-mêmes, Halina, Karol, etc., nous devions intégrer la troupe.

C'est ainsi qu'un jour quelqu'un interroge Karol sur ce qu'il compte faire après la guerre. N'envisage-t-il pas d'entrer au séminaire ? Réponse du futur pape :

— Prêtre, moi ? Allons ! Je vais être engagé au théâtre Slowacki[2] !

À l'égard de Kotlarczyk, Wojtyla tiendra parole. Il ira jusqu'à jouer le premier rôle de *Samuel Zborowski*, de Slowacki, en 1944, avant de révéler à ses proches la vérité sur son engagement sacerdotal. Même si aucun de ses amis ne l'exprime aussi brutalement, tous pensent la même chose : quel gâchis ! Kotlarczyk, surtout, qui n'arrive toujours pas à comprendre comment quelqu'un d'aussi doué peut abandonner un avenir artistique si prometteur. Mais toute la petite bande, bien sûr, respecte ce choix. Sans toujours bien se rendre compte à quel point, pour Karol lui-même, abandonner le théâtre est un sacrifice personnel considérable.

Cette notion de sacrifice, Karol la vit intensément par le biais d'une figure pour laquelle il éprouve alors, dit-il, un « attrait particulier » : celle d'Adam Chmielowski. À l'origine, le futur « frère Albert » était un peintre polonais de grand talent qui participa à l'insurrection de janvier 1863 contre l'occupant russe. Or cet artiste confirmé rompit soudain avec l'art quand il comprit que Dieu l'appelait à travers le visage des miséreux des faubourgs de Cracovie. Chmielowski abandonna alors son chevalet, ses toiles et sa palette pour se fondre dans la masse des pauvres de l'hospice public de la rue Krakowska : « Non pas comme un bienfaiteur — c'est Wojtyla qui précise sa démarche — mais comme quelqu'un qui se donne lui-même pour servir les déshérités. »

Donner sa vie. Donner sa vie pour ceux qu'on aime. Au fil des années de guerre, ce précepte tiré de l'évangile de saint Jean nourrit les méditations de Karol. « L'héroïsme de mes contemporains a constitué un élément décisif dans le discernement de ma vocation personnelle », a dit un jour le pape en évoquant notamment l'épisode tragique de l'insurrection de

Varsovie. Tous ces gens qui « n'hésitèrent pas à jeter leur jeune vie dans le feu du brasier », qui ont donné leur vie pour la Pologne, pour les autres, pour Dieu, voilà qui impressionna durablement le jeune Karol.

Comme les héros de l'occupation nazie, frère Albert « donna sa vie », lui aussi, bien avant de mourir en 1916. Cette grande figure du « radicalisme évangélique » si prégnant dans la Pologne du début du siècle — quand on s'engage, c'est de façon absolue — suscita de nombreux disciples. Dont le futur pape, qui en fit son modèle de sainteté lorsqu'il s'est agi pour lui de renoncer au théâtre et d'obéir, à son tour, à sa « vraie » vocation[3].

Non sans avoir, il est vrai, longtemps hésité.

« Prêtre, certainement pas ! »

Karol Wojtyla, on l'a dit, est né à la fois dans un pays très catholique et au sein d'une famille très pieuse : « Depuis ma plus tendre enfance, expliquera un jour Jean-Paul II à André Frossard, je me suis trouvé dans un climat de foi et dans un milieu social profondément enraciné dans la présence et l'action de l'Église[4]. »

Le « milieu social », comme il l'appelle, c'est naturellement la société polonaise dans laquelle le gamin de Wadowice a vécu ses premières années. Même si la Pologne de l'époque était beaucoup moins homogène qu'aujourd'hui sur le plan religieux (seulement 69 % de la population était alors catholique), l'Église catholique romaine y jouissait d'un prestige immense, parfois même envahissant, pour avoir incarné pendant plus d'un siècle la pérennité et l'unité de la nation. À la sortie des années 1918-1920, l'Église était triomphante, son enseignement moral était omniprésent, ses traditions et ses rites étaient à nouveau en plein essor : processions, pèlerinages et neuvaines rythmaient un calendrier religieux particulièrement chargé en fêtes et en célébrations de toutes sortes.

Les Wojtyla et les Kaczorowski, les deux familles dont le pape est issu, provenaient de ce terreau. Le petit Lolek a été élevé — à l'ombre de l'église paroissiale, comme on l'a vu — dans la tradition chrétienne la plus exhaustive et la plus fervente. Sa mère Emilia, très croyante, lui a inculqué les rudiments d'une foi sans mélange. Après la tragique disparition d'Emilia, son père est devenu à la fois son tuteur et, après la mort soudaine du grand frère Edmund, son unique modèle. Or le « Capitaine » était d'une piété exceptionnelle. Ne manquant jamais une messe matinale, une prière du soir, un office dominical. Ni un pèlerinage ! Combien de fois le gamin est-il allé, la main dans celle de son père, gravir les pentes du sanctuaire voisin de Kalwaria Zebrzydowska ? Dès l'âge de douze ans, son père l'a emmené, avec la paroisse, vénérer la célèbre Vierge noire du monastère de Jasna Gora, à Czestochowa, ce tableau lacéré si cher au cœur de tout Polonais. *Jasna Gora*, la « Montagne claire », peut être considérée comme le principal sanctuaire marial du pays, qui en compte un nombre incalculable. Karol Wojtyla lui vouera une fidélité particulière et y retournera des dizaines de fois au cours de sa vie — comme prêtre, comme évêque et même comme pape.

Enfin, s'il est vrai, comme dit le pape lui-même, que « l'essentiel se joue souvent à la fin de l'adolescence », il faut se rappeler le climat intellectuel dans lequel baignaient les adolescents de ce temps, cet esprit mystico-patriotique véhiculé par les grands poètes polonais du siècle précédent, les Mickiewicz, Slowacki et autres Norwid : « Les traditions romantiques l'emportaient à l'époque », se souvient Jean-

Paul II dans *Entrez dans l'Espérance*. Le pape parle même d'« exaltation » quand il explique à son interlocuteur, le journaliste Vittorio Messori, ce qui animait les jeunes de son époque : « Ces jeunes voyaient dans l'Église et dans l'Évangile les repères d'où pourraient rayonner les forces intérieures qui leur permettraient de bâtir une vie qui ait un sens. » L'enseignement du père du jeune Karol reposait exactement sur ces deux valeurs suprêmes — le Christ et la Pologne — et poussait dans cette direction.

Sans ce père-là, assurément, le destin de Karol Wojtyla eût été différent. Combien de fois le petit garçon, en se levant le matin, a vu son père à même le sol, abîmé en dévotion. « Il m'arrivait de me réveiller la nuit et de trouver mon père à genoux, de même que je le voyais toujours à genoux dans l'église paroissiale. [...] Son exemple fut pour moi, en quelque sorte, le premier séminaire, une sorte de séminaire domestique », notera Jean-Paul II[5]. Soixante ans plus tard, le pape polonais se rappellera encore que son père lui offrit un jour « un livre de prières, qui contenait en particulier une prière de l'Esprit-Saint » qu'il lui conseilla de réciter tous les jours. « Je me suis efforcé de le faire », ajoutera Jean-Paul II, ce qui lui a permis, dira-t-il encore, de comprendre ce qu'était la « véritable adoration » de Dieu[6]. La « véritable adoration » de Dieu, est-ce une simple habitude contractée en famille, à l'âge où un enfant reçoit sans bien comprendre l'héritage culturel et religieux de son entourage ? Précisément, pour expliquer sa propre vocation, Jean-Paul II lui-même refusera toute explication « sociologique » (le milieu, la famille) ou « conformiste » (la tradition, la nation). À l'académicien André Frossard — lui-même issu d'une famille athée et qui « rencontra Dieu » à l'âge de vingt ans d'une façon brutale et totalement inattendue[7] —, le pape polonais expliquera longuement que sa vocation à lui, bien au contraire, était avant tout « le fruit des efforts de son esprit cherchant une réponse aux mystères de l'homme et du monde », que son engagement fut une « réponse personnelle et *libre* [c'est lui qui souligne] à la Parole de Dieu[8] ».

Certes, la piété du petit Karol, son zèle à servir la messe, son goût pour la prière en faisaient un futur prêtre dans l'esprit de beaucoup de ceux qui l'approchaient : sa voisine d'immeuble, ses camarades de classe, l'archevêque venu visiter son lycée... Sa propre mère, lui a-t-on rapporté, ne rêvait-elle pas d'avoir un fils médecin et un autre prêtre ? Le futur pape, semble-t-il, est aussi lucide que réservé. Il expliquera après son élection : « Vers la fin de mes études au lycée, on pensait autour de moi que je choisirais la prêtrise. Moi, je n'y songeais pas. Prêtre, certainement pas[9] ! »

À l'université Jagellon, en 1938-1939, Karol Wojtyla reste un adolescent très pieux. En février 1939, il rejoint la Solidacja universitaire, cette association de dévotion mariale dont il faisait déjà partie au lycée de Wadowice. Étudiant, il ne manque pas une messe, un chemin de croix, un bénédicité en passant à table. En avril 1939, l'après-midi du jeudi saint, il participe à la cérémonie du lavement des pieds présidée par l'archevêque Sapieha dans la cathédrale du Wawel (ses camarades se rappellent qu'il resta longuement en prière devant le saint sacrement). Le 18 mai de cette année-là, il s'inscrit au pèlerinage étudiant de Czestochowa. Pour tous ses proches, Karol est un modèle de piété. Certains l'admirent pour cela. D'autres s'en moquent parfois. Un jour, sur la porte de sa chambre, des copains facétieux épinglent une fausse carte de visite : « *KAROL WOJTYLA, APPRENTI SAINT* ».

Avec le recul du temps, Jean-Paul II admettra qu'il déconcertait parfois son entourage : « Si un jeune homme ayant d'aussi claires dispositions religieuses n'entrait pas au séminaire, c'était le signe qu'étaient en jeu d'autres amours ou d'autres préférences. » Les jeunes filles, peut-être ? « Le problème n'était pas là [10]. » Sa vraie passion — on n'ose pas dire sa « maîtresse » —, c'était le plaisir de la littérature, le goût de la langue, le bonheur de jouer la comédie. Le théâtre !

*

Le brusque décès de son père en février 1941, dont on a dit qu'il fut un choc immense pour le jeune homme, allait tout changer. Un « déclic », selon ses proches. Un événement déterminant, un tournant dans sa vie, sans aucun doute. Le pape lui-même se rappellera que la disparition subite de son père « entraîna, objectivement, un détachement de [ses] projets antérieurs [11] ». Combien d'heures et de jours Karol passa-t-il en prière sur la tombe de son père, au cimetière militaire de Rakowice ? Sa colocataire Zofia Kotlarczyk avouera plus tard qu'elle trouvait même « étrange » une telle assiduité. « Après la mort de mon père, racontera Jean-Paul II à André Frossard, j'ai pris peu à peu conscience de ma véritable voie [...]. L'année suivante, à l'automne, je savais que j'étais appelé. » Le pape n'insiste pas sur ce délai — vingt mois ! — qui sépara la disparition de son père de sa décision finale, mais il ajoute, comme en confession : « Je voyais clairement ce qu'il me fallait quitter [12]. »

Car un nouveau rebondissement faillit compromettre ce choix décisif, qui reporta de plusieurs mois la décision finale. En août 1941, alors que Karol n'est pas encore remis de la mort de son père, les Kotlarczyk reviennent à Cracovie et s'installent chez lui, rue Tyniecka : les soirées enfiévrées, les discussions sans fin, les répétitions passionnées lui font oublier sa peine. Or le théâtre — surtout celui que pratique la petite troupe clandestine — est décidément une activité « pastorale », faite de dialogues, de mots et de silences, qui lui convient bien. Le théâtre ne vise-t-il pas aussi à communiquer du « sens » et à faire passer un message de vérité ? Devenir comédien ne suffirait-il pas, au fond, à répondre à l'appel de Dieu qui, cette année-là, se fait pressant ?

Jan Tyranowski

Peut-être, en effet, le théâtre l'eût-il emporté si, en cette année 1941, un autre personnage n'avait pas fait son entrée dans la vie de Karol. Un bonhomme mystérieux, peu connu de ses autres amis, mais dont l'influence sera déterminante.

En février 1940, pendant le carême, Karol a suivi la retraite des jeunes gens de sa paroisse, animée par des moines salésiens à l'église Saint-Stanislaw-Kostka, au cœur du quartier Debniki. Le bâtiment est récent et plutôt laid, d'un style moderne un peu prétentieux aujourd'hui démodé. Les salésiens — disciples de saint François de Sales — disposent d'une grande résidence en brique et en béton, tout au bout de la rue Tyniecka, au bord de la Vistule. C'est ce bâtiment que Wojtyla et Kydrynski aperçoivent de l'autre côté du fleuve, juste en face, depuis la terrasse de la famille Szkocki.

La retraite des jeunes s'est bien passée. L'un des orateurs, l'abbé Jan Mazarski, bibliste averti, professeur à l'université Jagellon, propose à tous les participants de prolonger cette rencontre par des réunions régulières, chaque dimanche, à Saint-Stanislaw-Kostka. Karol, avide d'engagement et de piété, décide de suivre ces rencontres qui prennent bientôt le nom de « Rosaire vivant » : quinze garçons, autant que de « mystères du rosaire[13] », forment un groupe, puis quinze autres en forment un deuxième, etc. Le tout, bien entendu, dans la clandestinité la plus stricte : quel agent local de la Gestapo n'aurait pas vu, dans ces petites réunions mystérieuses, une entreprise de conspirateurs ?

Le danger n'est pas mince. L'occupant nazi poursuit méthodiquement son entreprise d'éradication des élites polonaises. Le 23 mai 1941, sans rapport avec les rosaires, la police allemande encercle la résidence des salésiens, arrête la quasi-totalité de ses occupants et les emmène pour une destination inconnue. Treize d'entre eux seront déportés, onze mourront dans les camps, parmi lesquels le curé de la paroisse, le père Jan Swierc. Pour pallier l'absence brutale des animateurs de la paroisse, le rosaire vivant est confié à l'un de ses participants les plus assidus, un laïc d'une quarantaine d'années, Jan Tyranowski. Et Karol de se retrouver à discuter théologie dans le groupe de « Monsieur Jan », lequel recrute alors celui qui va devenir l'un des plus proches amis du futur pape, Mieczyslaw Malinski, qui habite tout près de là, rue Madalinskiego. Karol et « Mietek » Malinski animeront bientôt eux-mêmes, à leur tour, deux de ces rosaires vivants.

Un drôle de paroissien, ce Tyranowski ! Prosélyte, envahissant et un peu bizarre... Les cheveux rabattus en arrière et la voix haut perchée, il se dit couturier de formation (son père était tailleur, comme le grand-père de Karol), mais il vit seul avec sa mère dans un petit appartement très sombre au fond d'un couloir miteux du 11, rue Rozana, près de Tyniecka. Avant guerre, il a milité dans les rangs de l'Action catholique. Afin de consacrer davantage de son temps à l'apostolat et la prière, il a abandonné la couture et s'est fait comptable. On chuchote qu'il a séjourné en asile psychiatrique. Ses interlocuteurs sont frappés par son langage archaïque — un langage « poussiéreux », dit Malinski qui, au début, ne le trouve pas sympathique du tout. Mais Karol n'en a cure : « Ce qui est important, c'est tout ce qui se cache derrière ses paroles », rétorque-t-il à son ami Mietek.

Karol Wojtyla, avant et après son accession au trône de saint Pierre, défendra toujours avec fougue celui qui fut pour lui, un temps, une sorte de maître à prier. Il lui consacrera quelques années plus tard — en 1949, alors que Tyranowski est mort depuis deux ans — un long article plein de louange et de respect dans le *Tygodnik Powszechny*, intitulé « L'apôtre ». Un demi-siècle plus tard, dans *Entrez dans l'Espérance*, il parle encore de lui en termes émouvants : « Cet homme que je considère comme un saint... » Il n'est pas banal d'être considéré comme un saint par le pape en personne !

Après la mort de son père, il ne fait aucun doute que le jeune Karol a retrouvé dans l'attitude de ce petit homme modeste et à moitié malade certaines manifestations de la piété paternelle. Quand Tyranowski lui explique cette règle de vie toute simple qui consiste à ce que « chaque instant doive servir à quelque chose », c'est un précepte de son père qui lui revient à la mémoire et rend le tout récent orphelin aussi réceptif. C'est cela, sans aucun doute, qui fait de sa rencontre avec Tyranowski « un autre moment décisif de [sa] vie [14] ».

Pour Wojtyla, Tyranowski est « un vrai mystique », comme il n'en a jamais rencontré. Le jeune Karol est un intellectuel pragmatique, un croyant « raisonnable », et il est fasciné par cette façon qu'a « Monsieur Jan » de mépriser superbement les apparences et le monde extérieur pour se concentrer sur telle ou telle parole d'Évangile jusqu'à « vivre tout près de Dieu » d'une façon étonnamment ordinaire, sans hystérie ni pâmoison. Un « vrai mystique », pour reprendre l'expression de ce pape dont la foi laisse peu de place à l'extase, c'est quelqu'un qui ne se laisse pas submerger par les émotions ou les sentiments. Tout le contraire d'un excité ou d'un fou.

Au fil des rencontres, Tyranowski prête des livres à Wojtyla. Il lui fait connaître ainsi le mystique sulpicien Adophe Alfred Tanquerey — « ennuyeux à mourir », selon l'ami Malinski — et aussi les grands mystiques du Carmel : sainte Thérèse d'Avila, sainte Thérèse de l'Enfant Jésus, et surtout, au-dessus de tous les autres, saint Jean de la Croix. Confidence du pape polyglotte à propos de cette découverte, si importante pour lui, des mystiques espagnols et tout particulièrement de saint Jean de la Croix : « J'ai même appris le castillan pour pouvoir lire ses œuvres, notamment ses poésies, dans l'original[15]. » Ce qu'il ne dit pas, c'est que son manuel d'espagnol était un vieux dictionnaire hispano-allemand. À la guerre comme à la guerre !

Le séminaire clandestin

« L'histoire de ma vocation sacerdotale ? C'est surtout Dieu qui la connaît. » Jean-Paul II commence ainsi le récit autobiographique intitulé *Ma vocation*, qu'il publiera, à Rome, pour le cinquantième anniversaire de son ordination. Il adore ces formules à l'emporte-pièce, mi-sérieuses, mi-ironiques. Dieu, seul détenteur de la clef du mystère ? Non. Quelqu'un d'autre partage ce secret, le plus cher au cœur de ce pape hors normes : l'abbé Figlewicz.

C'est à Kazimierz Figlewicz qu'il a parlé de sa vocation pour la première fois, avant tout autre ami ou confident. À lui qui fut son premier directeur spirituel, au temps du collège, et qu'il avait retrouvé avec tant de joie à Cracovie, après le bachot. Le vicaire de la cathédrale du château de Wawel a pris le temps de lui faire connaître les mille et une richesses de cet endroit extraordinaire où repose, en quelque sorte, l'âme de la Pologne éternelle. C'est pour Figlewicz qu'on l'a vu servir la messe, le premier jour de la guerre, au cœur d'une cathédrale cernée par le bruit des bombes. Quand le gouverneur Hans Frank s'est installé dans les somptueux appartements du château, l'abbé Figlewicz est resté le seul prêtre autorisé à célébrer la messe, deux fois par semaine, dans la cathédrale surveillée par deux policiers allemands. Veiller sur la cathédrale, ses tombeaux royaux et ses autels prestigieux, c'est pour Figlewicz une forme de résistance personnelle, un véritable devoir sacré. Jean-Paul II se rappellera son ancien confesseur avec émotion : « C'est lui qui dans ma prime jeunesse m'a rapproché du Christ par sa bonté et sa simplicité, expliquera-t-il à André Frossard. C'est lui qui a su à quel moment exact il convenait de me dire : le Christ t'appelle au sacerdoce[16]. »

Ce moment, Karol Wojtyla ne l'a pas précipité. Sa décision fut même longtemps différée, on l'a dit, par sa passion du théâtre. Mais nul n'échappe à son destin : « Un jour, racontera-t-il, je le perçus très clairement : ce fut comme une illumination intérieure qui m'apportait la joie et l'assurance d'une autre vocation. » Une *autre* vocation : cette précision sonne comme un aveu. « Ce jour-là, ajoute le Saint-Père, cette prise de conscience me remplit d'une grande paix intérieure[17]. » Terminé, le temps des hésitations déchirantes entre la carrière d'acteur et la vie contemplative, entre la littérature et le sacerdoce, entre Mickiewicz et saint Jean de la Croix. Le choix effectué en cette fin d'été 1942 est un choix conscient, apaisant et définitif.

Un choix d'autant plus responsable que Karol a vingt-deux ans. C'est déjà ce qu'on appelle une « vocation tardive ». Il n'est plus un gamin qui entre au séminaire par exaltation adolescente, par tradition familiale ou par manque d'imagination. Il n'est pas non plus un fils de paysan pauvre à la recherche d'un statut social, comme cela existait encore dans la Pologne du début du siècle. C'est probablement avec un sourire que Karol écoute le vieux Franciszek Labus, dans son cabanon de Zakrzowek, entre deux charges de dynamite, lui expliquer qu'il devrait se faire prêtre, qu'il est fait pour cela et, surtout, que c'est un bon métier... Un bon métier ? Alors que la Pologne est à reconstruire, que l'athéisme progresse partout, et que nul ne sait de quoi demain sera fait ? « Dès ma jeunesse, racontera Jean-Paul II, j'ai pris conscience que l'Évangile ne promet pas de succès faciles. Il ne garantit à personne une vie agréable[18]. »

Sur le conseil de l'abbé Figlewicz, Karol prend contact avec l'archevêque, Mgr Adam Sapieha, qui l'aiguille aussitôt sur le recteur du séminaire, le père Jan Piwowarczyk, lequel le confie à l'abbé Kazimierz Klosak, un ancien de l'Université catholique de Louvain, en Belgique. Ascétique et silencieux, pour ne pas dire taciturne, de petites lunettes d'intellectuel, une voix perpétuellement enrouée, l'abbé Klosak est le préfet des études philosophiques du *Seminarium Clericorum Archidioces Cracoviensis* — une des plus éminentes pépinières sacerdotales de l'Europe d'avant-guerre. Mais la prestigieuse institution en est alors réduite à la discrétion, voire à la clandestinité la plus humiliante : les Allemands ont interdit le recrutement de tout nouveau candidat au séminaire. Ils ont même chassé les étudiants en cours de scolarité en réquisitionnant le bâtiment du 8, rue Podzamcze, un bel immeuble de deux étages en brique foncée, flanqué de deux ailes en style gothique et d'un petit jardin derrière un mur, au pied du château de Wawel : désormais, en ce lieu de culture et de recueillement, siège... l'état-major des SS !

Karol, comme six autres nouveaux séminaristes clandestins, suivra donc une scolarité un peu particulière. En octobre 1942, il s'inscrit à la faculté de théologie — et tant pis pour la littérature — que les professeurs rescapés de la Jagellonne font vivre malgré la fermeture de l'université, les innombrables difficultés matérielles, la pénurie de livres, le couvre-feu et les risques de déportation. Professeurs, prêtres, étudiants : pour chacun des participants, le risque est énorme. L'un des condisciples de Wojtyla, Jerzy Zachuta, du quartier voisin de Ludwinow, avec lequel il sert souvent la messe du matin dans la chapelle privée du palais épiscopal, sera arrêté et fusillé par la Gestapo. Tous, à commencer par l'archevêque, auraient pu finir ainsi.

Comme tous ses condisciples, Karol travaille donc quand et où il peut — chez lui, chez Kydrynski, pendant les pauses à l'usine Solvay — à partir de manuels anciens et de notes personnelles. L'abbé Klosak, qui coordonne secrètement le tout depuis la résidence de l'archevêque, lui a dressé la liste des ouvrages qu'il devra étudier et des examens qu'il aura à passer selon un programme établi. Aussi le jeune homme a-t-il toujours un livre sur lui, mettant à profit le moindre temps libre pour en lire quelques pages.

Le premier livre indiqué par Klosak, le *Théodycée* de l'abbé Wais, lui laissera un souvenir douloureux. Quand il plonge dans ce gros traité de théologie, Karol ne comprend rien. Pendant deux mois, au pied de la chaudière de l'usine Solvay, ou chez lui, la nuit, il va lire et relire les chapitres de cet ouvrage touffu et confus. « J'en ai pleuré », avoue-t-il un jour à Malinski. Quand il en parlera à Frossard, quarante ans plus tard, il qualifiera le manuel de Wais d'« épaisse broussaille de concepts, d'analyses et d'axiomes », mais il racontera aussi comment il en sortit vainqueur et transformé : « Après avoir taillé pendant deux mois dans cette végétation, ce fut l'éclaircie[19]. »

Karol, ancien étudiant en littérature, n'a aucune base théologique, philosophique ou métaphysique. Cette première découverte, si ardue qu'elle fût, est pour lui un éblouissement. « Le monde entier s'est ouvert devant moi », dit-il à Malinski. Au père Klosak, plus tard, il avouera même que la « nouvelle vision du monde » que lui valut ce « corps-à-corps » avec son manuel lui aura été plus précieuse que la note obtenue à l'examen[20]. L'expérience du *Théodycée* est importante. La première démarche « sacerdotale » du futur pape tient dans ce manuel dont il dira lui-même qu'il a été pour lui « une base durable pour la connaissance intellectuelle de Dieu ». Cet « éblouissement » n'a donc rien d'exaltant : c'est bien la raison qui guide Karol vers Dieu.

*

Un jeune qui se destine à la prêtrise ne peut se contenter de lire des livres. Les autres séminaristes de la promotion sont tous originaires de la campagne et passent le plus clair de leur temps à assister tel ou tel curé de village. Karol est le seul qui soit resté à Cracovie et qui n'ait encore aucune expérience pastorale. Aussi, à partir de l'été 1943, l'archevêque l'envoie-t-il comme « stagiaire » à la paroisse de Raciborowice, à quelques kilomètres de Cracovie. En compagnie du curé Jozef Jamroz, de son vicaire Franciszek Szymonek (qui sera condamné à mort à l'époque stalinienne), du jeune abbé Adam Biela (un ancien du lycée de Wadowice), le futur prêtre s'initie ainsi, trois étés durant, aux tâches quotidiennes qui font la vie d'une paroisse : messes, cérémonies, sacrements, action caritative, visite aux malades, administration.

Il découvre le « terrain ». Pourtant, ses souvenirs personnels seront peu « pastoraux ». Dans *Ma vocation*, Jean-Paul II évoque ses fréquentes haltes dans la très vieille église de Raciborowice et ses longues méditations dans le cimetière. Il se rappelle aussi qu'un des quartiers de la commune, appelé Bienczyce, quasi désert à l'époque, deviendra le théâtre d'une des plus gigantesques réalisations du pouvoir socialiste, la ville-dortoir de Nowa Huta. Il se rappelle enfin les livres qu'il avait emportés à Raciborowice : c'est là qu'il se plonge dans l'œuvre de saint Thomas d'Aquin[21]. Et, à l'évidence, ce souvenir-là l'emporte sur tous les autres.

À deux reprises, en 1944, Karol Wojtyla faillit bien ne jamais aller au bout de son chemin. Le 29 février de cette « année de tous les dangers », il frôle la mort. Il est à peine 15 heures, mais la nuit tombe tôt, l'hiver, en Pologne. En bleu de chauffe et en sabots, épuisé par une nuit blanche, le ventre creux, Karol rentre de Borek Falecki à Debniki par la grand-route du sud, celle qui descend vers les Tatras. Dans la pénombre, un camion militaire allemand le heurte violemment à l'entrée de la rue Maria-Konopnicka, près du terminus du tramway n° 3, et le laisse sans connaissance. Le pare-chocs du véhicule l'a touché à la tête. S'il reste là, gisant dans la boue et la neige, il va mourir.

Heureusement, l'endroit est animé. Une passante, Jozefa Florek, a assisté à la scène — elle croit d'abord que l'homme à terre est tombé du camion — et sauve probablement la vie du malheureux en empêchant les autres véhicules de l'écraser. Un officier allemand, interpellé par cette femme courageuse, ordonne à un camion de passage de conduire le blessé jusqu'à l'hôpital le plus proche, rue Kopernik. Diagnostic du service des urgences : « Plaie à la tête et commotion cérébrale. » Il s'en est fallu de peu ! Karol passe douze jours alité — il sort de l'hôpital le 12 mars — puis commence une longue convalescence chez *babcia* Szkocka, rue Szwedzka. La vieille dame lui a laissé son propre lit pour l'occasion. Pour l'administration de l'usine Solvay, il est en « arrêt maladie ». Une aubaine pour le séminariste clandestin qui manque toujours de temps pour lire et étudier !

Karol ne remettra jamais les pieds à l'usine de Borek Falecki. Les circonstances de cette guerre interminable en décideront autrement. En effet, le 1er août, commence l'insurrection de Varsovie — qui durera soixante-trois jours et fera plus de deux cent mille morts. Quelques jours après le début des combats dans la capitale, les Allemands décident, en urgence, de procéder à des rafles gigantesques dans le reste du pays. À Cracovie, ce dimanche ensoleillé du 7 août 1944 est un cauchemar pour quelque huit mille jeunes gens brutalement délogés de chez eux, entassés *manu militari* dans des camions bâchés puis jetés dans des wagons à bestiaux en direction de tel ou tel camp de concentration.

Par un coup de chance inouï, Karol Wojtyla échappe à la rafle. Les policiers motorisés du gouverneur Frank, en uniformes vert-de-gris, mitraillette au poing, ont bien passé au crible le quartier Debniki et les bords de la Vistule, ils ont bien visité le 10 de la rue Tyniecka, mais ils n'ont pas pensé à fouiller le sous-sol de la maison. Là, couché sur le sol, ils auraient trouvé Karol en prière. C'est une sorte de miracle.

Dans sa résidence du 3, rue Franciszkanska, l'archevêque Sapieha suit les événements heure par heure avec inquiétude. Il craint pour la vie de ses séminaristes. Dès le lendemain, il actionne son propre réseau de renseignement — beaucoup plus efficace que celui de la Gestapo locale — et envoie quelques émissaires à travers la ville, à la recherche de ses ouailles. C'est Irena Szkocka qui prévient Karol et qui le mène à la résidence épiscopale, non sans risques : le pont de Debniki est surveillé par des policiers, heureusement affectés à la protection des barrages antichars et non au contrôle des passants pressés. Au premier étage du palais de la rue Franciszkanska l'attendent l'archevêque, son équipe de prêtres et de professeurs, dont l'abbé Klosak, et quelques séminaristes qui habitent et travaillent là depuis que les Allemands les ont chassés de leur bâtiment de la rue Podzamcze, au début de la guerre. Le recrutement de nouveaux candidats à la prêtrise ayant été interdit par le gouverneur général, tous les présents sont censés être en cinquième année.

Quelques heures plus tard, une autre amie de l'archevêque, Zofia Morstin, amène à son tour Mietek Malinski, qui avait été bien inspiré, ce matin-là, d'emmener un groupe d'adolescents du quartier de Debniki passer le dimanche en dehors de Cracovie. Malinski, qui n'a pas encore son bac, voit son destin se précipiter : à lui comme aux autres rescapés, l'archevêque distribue des soutanes, afin de les faire passer pour des prêtres. À partir de ce moment, défense de se promener en vêtements civils ! Au cas où les Allemands investiraient le palais épiscopal, les nouveaux venus auraient une chance de ne pas être pris pour des déserteurs. Wojtyla et Malinski ne peuvent s'empêcher de plaisanter en essayant leur nouvel uniforme, l'un à cause de ses manches trop longues, l'autre de son col trop large.

Bientôt, on fournit aux « nouveaux » de faux papiers d'identité. La *Kennkarte* de Karol, fort utile jusque-là, atteste qu'il travaille dans un établissement prioritaire pour l'industrie de guerre allemande. Il est préférable d'en changer, tout en faisant discrètement rayer le nom de Wojtyla de la liste des ouvriers employés par Solvay. Henryk Kulakowski, le directeur polonais de Solvay, prend un risque énorme : « Pour notre archevêque, explique-t-il à l'abbé Figlewicz, je me jetterais au feu, mais comprenez qu'ici ce sont les Allemands qui commandent[22] ! » Kulakowski réussit. Les fonctionnaires de l'*Arbeitsamt* cessent d'envoyer ces menaçantes lettres recommandées dans la boîte aux lettres du 10, rue Tyniecka, qui inquiétaient tant les Kotlarczyk. Afin de se mettre en règle avec sa nouvelle vie, Karol fait savoir à ses hôtes qu'il leur laisse tous ses biens : quelques meubles, un « christ sur la croix » en bois, de style montagnard, une grande photo-portrait de son frère Edmund en blouse de médecin...

La vie s'organise, précaire et gaie à la fois. Tous ces jeunes qui campent dans les salons de l'archevêque sont plutôt heureux d'être là. Cachés dans les étages de la résidence, ils ont interdiction de sortir, de faire du bruit, d'écarter les rideaux. Seule distraction tolérée : des parties de volley-ball disputées dans la cour intérieure du palais. Toute imprudence serait fatale — fatale aux séminaristes, bien sûr, mais aussi à leurs maîtres et, naturellement, à l'archevêque lui-même.

Il y a là Karol Targosz, un ancien du mouvement Odrodzenie qui mourra en Italie, quelques mois plus tard, comme aumônier militaire ; Stanislaw Koscielny, au nom prédestiné[23] et au visage d'adolescent joufflu ; Wladislaw Majda, reconnaissable à ses grosses lunettes de myope ; et aussi Jan Sidelko, Andrzej Bazinski, Kazimierz Borowy, Kazimierz Suder, Franciszek Konieczny, Ryszard Wilczynski. Aucun d'eux n'oubliera cette époque très particulière.

Quelques nouveaux les rejoindront à la fin de la guerre. Des jeunes, mais aussi plusieurs vocations tardives, plus mûrs, ayant vécu d'autres vies, parfois bardés de diplômes : le médecin Stanislaw Kownacki, qui joue magnifiquement du piano ; le juriste et futur député Stanislaw Stomma, qui débarque de Wilno et ne restera séminariste que six mois ; Andrzej-Maria Deskur, un autre étudiant en droit qui finira membre de la Curie et cardinal. L'année suivante, alors qu'ils sont de retour dans le bâtiment de la rue Podzamcze, les rejoint un certain Franciszek Macharski. Comment ce jeune homme timide pourrait-il imaginer que, trente-cinq ans plus tard, il succéderait à son camarade Karol à la tête de l'archevêché de Cracovie ?

*

Pour l'heure, l'archevêque de l'ancienne capitale royale, à la fois chef spirituel, organisateur de la résistance et *pater familias*, c'est le prince Adam-Stefan Sapieha. Prince, il l'est à la fois par sa généalogie, par sa prestance et par son action. Il est issu d'une des plus grandes et des plus anciennes familles polonaises. Son grand-père Leon Sapieha a pris part à l'insurrection de 1830. Son père Adam, qui participa à celle de 1863, fut aussi sénateur au Parlement de Vienne. Après l'indépendance, un prince Eustache Sapieha fut, un temps, ministre des Affaires étrangères du maréchal Pilsudski. Ce qui n'empêcha pas Mgr Sapieha de s'opposer au même Pilsudski le jour où celui-ci, dans un accès de nationalisme aigu, entreprit de latiniser de force les catholiques « uniates » de l'est du pays, fermement attachés à leur rite gréco-byzantin. Sapieha alla jusqu'à arguer que même l'impératrice d'Autriche, *horresco referens*, n'avait pas commis un tel forfait !

Depuis le début de la guerre, Mgr Sapieha jouit d'une autorité morale d'autant plus grande que le primat de Pologne, le cardinal Hlond, a suivi le gouvernement polonais dans sa fuite, en septembre 1939. L'archevêque de Cracovie, dont le gouverneur général Hans Frank quêtera jusqu'au bout — et en vain — une caution décisive, devient au fil des mois une personnalité de poids. Sa seule présence est, sur le plan moral, un formidable signe d'espérance. Dans le domaine culturel, il se bat pour sauvegarder le patrimoine artistique et spirituel local. Mais surtout, beaucoup plus discrètement, il aide les « politiques » en participant, avec ses administrateurs et ses vicaires, à l'assistance aux persécutés, ou en autorisant la délivrance de faux certificats de baptême aux juifs qui en font la demande.

Paradoxalement, c'est lui qui interdit à ses séminaristes de se mêler de politique. À chacun ses compétences, son statut et sa destinée. Son principal objectif, c'est de préparer la reconstruction d'une Pologne libre et chrétienne, et par conséquent de former des prêtres pour l'après-guerre. C'est-à-dire, croit-il, pour bientôt. L'insurrection de Varsovie, la rafle du 7 août 1944 et l'énervement des forces d'occupation signifient, à ses yeux, que le conflit ne devrait plus durer très longtemps. Pas question de multiplier les risques. D'où l'hébergement de fortune offert — pour ne pas dire imposé — à ses « poulains ».

Hélas ! La libération sera beaucoup moins rapide que ne le prévoyait l'archevêque. Mais qui pouvait imaginer qu'à Varsovie l'Armée rouge attendrait plusieurs mois, cantonnée sur l'autre rive de la Vistule, que les Allemands achèvent d'éliminer physiquement la résistance polonaise (l'insurrection fera plus de deux cent mille morts, dont vingt mille dans les rangs de la résistance) avant d'abandonner la capitale tragiquement réduite à un amas de ruines encore fumantes[24] ?

L'automne arrive bientôt, avec son cortège de nouvelles dramatiques et de réfugiés hagards venus de Varsovie. Mgr Sapieha, dont la réputation s'est étendue à tout le pays, est sollicité par quantité de gens, jour et nuit, pour assister, aider, intercéder, juger, réconforter... Les Allemands, nerveux et imprévisibles, seront encore à Cracovie pour les fêtes de Noël, et les protégés de l'archevêque devront rester hébergés dans les salons de la résidence épiscopale jusqu'à ce que les troupes soviétiques se remettent en marche, enfin, et reprennent l'offensive, à la mi-janvier 1945.

L'Armée rouge à Cracovie

En fin de journée, le 18 janvier 1945, Karol et les autres séminaristes assistent à l'office, dans la chapelle du premier étage du palais épiscopal. Une explosion fait soudain voler en éclats toutes les vitres de la résidence. Les séminaristes comprennent que les Allemands, en quittant la ville, viennent de faire sauter, entre autres exactions vengeresses, le pont de Debniki. Un vent glacial s'engouffre dans les couloirs du palais. Aussitôt, l'archevêque interrompt la célébration et ordonne à tous de gagner l'abri aménagé dans les caves voûtées du bâtiment. En attendant que les soldats de l'Armée rouge prennent définitivement le contrôle de la cité.

Quelques heures plus tard, deux officiers russes entrent dans le palais, accompagnés de soldats bruyants, excités et grossiers. La plupart sont très jeunes. Les « libérateurs » de Cracovie sont hirsutes, épuisés, beaucoup sont en loques. Certains viennent des régions les plus reculées d'Union soviétique. Des cris résonnent, en russe : « Avez-vous de la vodka ? Des montres ? » Nombre d'entre eux sont incultes, ils n'avaient jamais vu ni montres-bracelets ni réveille-matin, et se constituent à la hâte un dérisoire trésor de guerre.

L'un de ces jeunes soldats, qui ne s'intéresse pas qu'aux montres, s'attarde au séminaire et discute longtemps avec Karol — qui avait étudié un peu de russe en première année à la Jagellonne. Il avise le crucifix, les soutanes... Karol n'en revient pas : l'adolescent lui demande s'il pourrait, lui aussi, entrer au séminaire ! Le futur pape restera très marqué par la recherche de ce jeune Russe qui n'avait cessé d'entendre dire, chez lui, que Dieu n'existait pas, mais qui s'était accroché à l'idée qu'il devait y avoir un Dieu, malgré tout. C'est son premier contact avec la Russie soviétique. Et avec l'athéisme érigé en dogme.

À l'époque, pour Karol, URSS et athéisme vont de pair. Le jeune homme, tout entier à sa conception chrétienne et sacerdotale du monde, considère d'abord le communisme comme un régime qui nie l'existence de Dieu et combat la religion. Comment imaginer cela, à quelques kilomètres d'un pays comme la Pologne constellé de calvaires, de chapelles et d'églises, où la religion conditionne massivement la société civile, où Dieu, enfin, est omniprésent à la croisée des chemins, dans les écoles, dans les livres et dans les cœurs ?

Certes, le jeune Wojtyla s'interroge sur la suite des événements. Il voit aussi dans l'Armée rouge une armée d'occupation et, comme la quasi-totalité de ses proches, il éprouve des craintes pour l'indépendance de son pays. On rapporte qu'il fut même interpellé, un soir, pour avoir chanté des chants patriotiques à la barbe des soldats soviétiques. Mais, comme avant la guerre, le jeune homme se méfie de la politique et de ses disputes permanentes, contrairement à la majorité de ses compatriotes.

Encore sous le choc de la guerre, ceux-ci sont partagés entre plusieurs attitudes : le soutien au gouvernement en exil, toujours à Londres ; l'abandon de la principale composante de la Résistance polonaise, l'Armija Krajowa — dont les cinquante mille rescapés vont être systématiquement pourchassés, assassinés ou déportés par les agents du NKVD soviétique ; ou encore, plus rare, le ralliement aux groupuscules communistes directement pilotés depuis Moscou.

Moins de trois semaines après leur « libération » par l'Armée rouge, les habitants de Cracovie, comme tous les Polonais, sont suspendus aux nouvelles venant de Crimée. Dans la station balnéaire de Yalta, le 6 février, Staline, Churchill et Roosevelt ont ouvert des discussions cruciales engageant le monde de l'après-guerre, avec une question clef, qui occupera le plus clair de cette semaine historique : celle de l'avenir de la Pologne, le pays qui fut, bien malgré lui, à l'origine de la tragédie mondiale. Double question, en vérité : quelles frontières aura ce malheureux pays, et quel gouvernement le dirigera ?

Concernant les frontières, les Polonais n'ont plus beaucoup d'illusions depuis qu'à Moscou, le 13 octobre, leur Premier ministre en exil Stanislaw Mikolajczyk s'est fait expliquer par Staline, Churchill et l'ambassadeur américain Harriman que la « ligne Curzon » serait la nouvelle frontière orientale de son pays, et qu'il n'y avait plus rien à négocier : la décision d'amputer la Pologne de ses territoires de l'est (Lituanie, Biélorussie, Ukraine occidentale) avait été prise, en réalité, lors du sommet de Téhéran en novembre 1943, sous la pression de Staline, mais le président Roosevelt avait tenu à garder cette décision secrète pour ne pas mécontenter les six millions d'électeurs américains d'origine polonaise appelés à le réélire en novembre 1944. Quant au gouvernement de la Pologne libérée, les jeux sont faits, mais personne ne le sait encore. En juillet 1944, Staline a mis en place ses hommes, quelques communistes purs et durs amenés à Lublin dans les fourgons de son armée victorieuse et regroupés dans un Comité polonais de libération nationale destiné à prendre le pouvoir. Tout le pouvoir. Et pour toujours. L'URSS a d'ailleurs reconnu officiellement ce « gouvernement provisoire », sans consulter personne, dès le 4 janvier.

Roosevelt et Churchill, pourtant, croient qu'il est encore temps d'imposer à leur hôte un partage du pouvoir polonais entre les communistes venus de Moscou, les exilés de Londres et les résistants de l'intérieur. Le président américain propose même d'instaurer un « conseil présidentiel » chargé de remettre les institutions polonaises en marche, composé de trois personnalités : Boleslaw Bierut, le chef des communistes, Stanislaw Grabski, un des représentants des Polonais de Londres, et... Adam Sapieha, l'archevêque de Cracovie. Staline balaie cette idée avec agacement : il y a déjà un gouvernement à l'œuvre en Pologne, on ne peut que l'élargir à tel ou tel. On sait comment les Occidentaux, quotidiennement bousculés et manipulés par Staline et Molotov, finiront par leur concéder l'essentiel, en échange de la double promesse d'élargir le gouvernement Bierut « à certains dirigeants démocratiques des milieux polonais émigrés » et de convoquer des élections générales « dans les meilleurs délais ». Historiquement, cet accord est un désastre.

La conférence de Yalta s'achève le 11 février. Roosevelt et Churchill ont peut-être sauvé la face pour leurs opinions respectives, mais pour les Polonais, c'est la fin des illusions. À Londres, où les représentants gouvernementaux sont frappés de stupeur, on parle de « cinquième partage de la Pologne ». Trois mois plus tard, dans une lettre au nouveau président américain Harry Truman, Churchill explique la situation en utilisant une comparaison très parlante : « Un rideau de fer a été tiré sur le front de l'est, et nous ne savons pas ce qui se passe derrière ce rideau[25]. » Cette image du « rideau de fer » tiré « de la Baltique à l'Adriatique », le Premier britannique l'a déjà utilisée le 5 mars dans une conférence prononcée au Westminster College de Fulton, dans le Missouri. La comparaison restera dans l'Histoire, pour le malheur des peuples d'Europe centrale et orientale.

*

Cracovie se retrouve donc derrière le « rideau de fer ». La ville a eu la chance de ne pas être rasée par les bombardements des derniers jours, mais elle est encore en état de choc et ressemble à un véritable capharnaüm où se sont réfugiées des cohortes de Polonais venus d'ailleurs. Nombre d'entre eux ont fui Varsovie, la capitale anéantie, et se demandent s'ils pourront y retourner un jour. Beaucoup viennent des territoires de l'Est. À l'université Jagellon affluent ainsi des professeurs et des étudiants originaires de Lwow et Wilno, situées désormais en URSS.

L'archevêque Sapieha se démène sans compter. Chacun célèbre ses mérites, bien au-delà des limites de l'archidiocèse. Le général Koniev, commandant en chef des troupes soviétiques, vient le saluer personnellement dans sa résidence. Mieux : en mars 1945, le pape Pie XII le crée cardinal. Quand il rentre de la cérémonie de remise du chapeau cardinalice, à Rome, les étudiants de Cracovie lui réservent un accueil délirant : lorsque le prélat fait son entrée dans la vieille ville, ils portent sa limousine, à la force des bras, sur le Rynek, jusqu'à la basilique Notre-Dame ! Karol Wojtyla est du nombre, et n'oubliera jamais ce moment de ferveur, qu'il racontera quarante-cinq ans plus tard dans *Ma vocation*, non sans nostalgie[26].

Peu à peu, la vie reprend son cours, alliant le malheur et l'enthousiasme, le bilan meurtrier de la guerre et la nécessité de la reconstruction, l'espoir de lendemains meilleurs et la crainte de nouveaux drames. Le nouveau recteur du séminaire, le père Karol Kozlowski, tout juste arrivé de Wadowice, valide, le 26 mai, les études clandestines des années 1941-1945. Les séminaristes, qui peuvent à nouveau circuler en ville sans craindre d'être arrêtés, goûtent comme tout le monde le bonheur d'être débarrassés des nazis.

L'étudiant Wojtyla ne change pas seulement de recteur. Le cardinal Sapieha lui désigne aussi un nouveau directeur de conscience, l'abbé Stanislaw Smolenski, un jeune prêtre de talent qui, plus tard, devra à son ancien disciple devenu archevêque d'être nommé évêque auxiliaire de Cracovie. En cette époque de renouveau général, le temps semble s'accélérer, et c'est à peine si Karol trouve le temps de fréquenter ses amis du Théâtre rapsodique. Pour lui, cette aventure appartient définitivement au passé. Jamais personne ne l'entendra regretter ce choix.

Le 20 octobre 1945, les séminaristes déménagent enfin de la résidence de l'archevêque pour s'installer dans leur bâtiment de la rue Podzamcze, qui avait encore hébergé, au printemps, des réfugiés français venus d'Odessa, en cours de rapatriement vers la France. Une aile entière de l'immeuble a été restaurée. Bien entendu, cette réinstallation est célébrée, d'emblée, par une messe fervente et chaleureuse, la première depuis l'invasion nazie six ans plus tôt.

Les ministres communistes du gouvernement Bierut, qui savent bien qu'ils doivent affronter une grande impopularité, font preuve de prudence et affichent une apparente ouverture d'esprit. Ils autorisent la réouverture de l'Université catholique de Lublin (la ville où ils ont constitué leur premier gouvernement) et, à Cracovie, celle de la faculté de théologie de l'université Jagellon.

Dès mars 1945, Karol Wojtyla retrouve les amphis de la Jagellonne tout juste rouverte pour y accomplir sa troisième année de théologie en « session réduite ». Ses professeurs s'appellent Konstantin Michalski, Jan Salamucha, Marian Michalski, Kazimierz Klosak, Aleksy Klawek, Wladyslaw Wicher (théologie morale) et Ignacy Rozycki (théologie dogmatique). Il leur rendra un hommage vibrant, un demi-siècle plus tard, dans ses souvenirs. Le professeur Rozycki, surtout, qui était aussi le plus jeune et le plus brillant de tous, deviendra le véritable tuteur intellectuel du futur pape. « C'est lui, dira celui-ci, qui m'a initié à la méthode scientifique en théologie[27]. » C'est aussi le père Rozycki, conscient des qualités exceptionnelles de son disciple, qui lui suggérera bientôt de commencer une thèse sur « La vertu théologale de foi chez saint Jean de la Croix. »

Reprendre les cours, fréquenter à nouveau les couloirs de la Jagellonne, quel bonheur ! Le 9 avril 1945, Karol assiste à une réunion de l'association Bratniak dans le cadre de l'université, en tant que délégué de la faculté de théologie. Cette institution de type mutualiste organise la solidarité entre étudiants, répartit les colis humanitaires envoyés des États-Unis, attribue les rares appartements disponibles aux non-résidents, etc. Sous la tutelle du très respecté professeur Pigon, les étudiants se dotent d'un président, Jozef Trojanowski, et d'un vice-président, Karol Wojtyla.

Jusqu'au 28 mai 1946, tout en poursuivant ses études avec beaucoup de sérieux, Wojtyla assumera ce rôle avec assiduité en faisant preuve, selon les témoins de l'époque, d'une grande autorité naturelle. En ces premiers mois de l'après-guerre, l'activité de Bratniak est débordante. Les réunions se passent à la « rotonde » de l'université, non loin de la cantine. Pour trancher certains conflits, le futur pape se repose souvent sur un autre séminariste qui préside la commission juridique, le futur cardinal Andrzej-Maria Deskur. Le 4 octobre 1945, le recteur de l'université, le professeur Lehr-Splawinski, le nomme assistant junior, chargé, à compter du 1er novembre et jusqu'au 31 août 1946, d'animer un séminaire sur le dogme à raison de quinze vacations d'une heure chaque semaine. L'expérience est si positive qu'au bout de quelques semaines, le 12 décembre, le doyen Jan Krzemieniecki lui propose de passer assistant junior à plein temps. Wojtyla touchera désormais deux cent dix zlotys par mois — son premier salaire[28].

Tous les témoignages de l'époque sont admiratifs : agilité d'esprit, intelligence brillante, grande culture, l'étudiant Wojtyla surpasse ses petits camarades. Sa capacité de travail est exceptionnelle. Son intelligence, aussi. Nul ne s'étonne que, à la fin de sa dernière année d'études, il obtienne la note la plus haute : *eminente.* En sus, il est chaleureux, ouvert, robuste. C'est déjà un type à part. C'est bien l'avis, en tout cas, du cardinal Sapieha.

6

L'abbé Karol

Le 26 octobre 1946, avec six mois d'avance, le cardinal Sapieha pousse Karol Wojtyla à lui adresser sa requête réglementaire sollicitant d'être ordonné prêtre. Pourquoi cette hâte ? Pourquoi l'archevêque brûle-t-il ainsi les étapes ? Parce que le temps presse pour l'Église catholique polonaise, que la guerre et l'occupation hitlérienne ont brisée : il y a tellement à faire pour rattraper le temps perdu !

Depuis l'indépendance, en 1918, l'Église de Pologne n'a connu que deux décennies de liberté, après avoir subi un siècle et demi d'esclavage. Le clergé d'après-guerre, aux habitudes souvent archaïques, avait commencé à réorganiser les paroisses et les diocèses, les publications catholiques formaient leurs premiers cadres, les écoles s'habituaient aux méthodes contemporaines, mais tout restait encore à faire pour moderniser cette Église en pleine résurrection. « Nous étions débutants dans tous les domaines », écrira plus tard le cardinal Wyszynski [1].

La guerre est venue faucher net ce formidable élan. En cinq années d'occupation, de violences et de destructions, tous les efforts réalisés en vingt ans ont été réduits à néant. Et pas seulement à cause des milliers de prêtres victimes de la guerre. Couvents et séminaires, mouvements d'action catholique, maisons d'édition, presse confessionnelle, enseignement, organismes caritatifs : en 1945-1946, tout est à reconstruire. La toute première urgence est de donner au plus vite des pasteurs à une population meurtrie. Wojtyla sera évidemment l'un d'eux. Après six jours de retraite, Karol est ordonné sous-diacre. Une nouvelle retraite de trois jours, et il est ordonné diacre. Encore six jours de recueillement solitaire, et ce n'est plus une soutane mitée destinée à tromper l'ennemi que portera Karol mais bien la sienne propre, insigne de son engagement visible et définitif au service du Christ et de l'Église.

Pourtant, un dernier rebondissement faillit compromettre ce parcours accéléré. Karol Wojtyla, l'intellectuel brillant et chaleureux, était resté pénétré de mysticisme et, s'il ne doutait pas de sa vocation, il ne savait pas encore quelle orientation lui donner. À plusieurs reprises, pendant cette période de vives interrogations personnelles, il a été tenté d'abandonner ses études, de rejoindre la vie monastique et de se consacrer totalement au recueillement et à la contemplation. Le silence plaît décidément à cet homme de théâtre et le dispute à sa passion pour le langage. Une idée avait mûri en lui, qu'il décida de mettre en pratique en 1945 : entrer au carmel.

Ce n'était pas une foucade. À Wadowice, déjà, on se rappelle qu'il éprouvait une irrépressible attirance pour l'église du monastère des carmes déchaux, sur la colline dominant son lycée. Plus récemment, à l'époque où il fréquentait le petit tailleur Jan Tyranowski, ce mystique qui savait si bien lui parler de Dieu, Karol s'était trouvé à nouveau attiré par la vie contemplative. Sa découverte de l'œuvre de saint Jean de la Croix, lui-même poète et moine carmélite, contribua à nourrir cette passion. À Cracovie, il lui arrivait souvent de faire halte dans deux autres couvents de carmes déchaux : celui de la rue Rakowicka, en pleine ville, et, surtout, le monastère de Czerna, un bel ensemble monumental du XVIIe siècle situé à une trentaine de kilomètres de la ville, sur la route de Katowice, à hauteur du village de Krzyszowice. C'est depuis ce monastère, perché au milieu des bois et bercé par le chant du ruisseau Rudawa, que le moine Raphaël Kalinowski et ses compagnons étaient allés fonder celui de Wadowice en 1892.

Un an après la mort de son père, Karol prit un premier contact avec le carmel de Czerna, dont le supérieur, le père Alfons, renvoya gentiment le jeune homme à des temps plus cléments... et à la réouverture du monastère, fermé par les Allemands. L'époque n'était pas à la sérénité. Le père Alfons, de son vrai nom Jozef Mazurek, qui avait connu Raphaël Kalinowski quand il fut lui-même séminariste à Wadowice, trente-cinq ans plus tôt, ne vit pas la fin de la guerre. À la fin du mois d'août 1944, âgé de cinquante-trois ans, il fut abattu par un détachement de SA hitlériens sous les murs de son monastère, pour avoir refusé de contraindre de jeunes novices à travailler pour l'occupant[2].

Dès que les carmes de Czerna eurent rouvert leurs portes, au printemps 1945, Karol Wojtyla s'en fut se confier à l'un des nouveaux responsables du monastère, Leonard Kowalowka. Le père Leonard avait quinze ans de plus que Karol, dont il avait été le confesseur au début de la guerre. Il accueillit sa demande avec sympathie. Encore fallait-il en parler au cardinal Sapieha, dont le *placet* était nécessaire. Mais Sapieha refusa brutalement : « Il faut finir d'abord ce qui a été commencé », expliqua le prélat. D'après l'abbé Julian Groblicki, qui était alors le chapelain de l'archevêque de Cracovie, celui-ci aurait ajouté, en latin : « *Ad majores res tu es !* » Ce qui veut dire : « Tu es appelé à des choses plus importantes[3]. » Le propos paraît trop beau pour être vrai. Dans la bouche de Mgr Sapieha, il est parfaitement plausible.

Karol Wojtyla n'entrera donc jamais dans la vie contemplative. Il restera très attaché au carmel, et, devenu prêtre, il sera l'hôte fréquent du père Jozef Prus, provincial des carmes déchaux. C'est dans les deux premiers numéros du bulletin *Glos Karmelu* (« La voix du carmel ») qu'il publiera ses premiers poèmes, sous le titre « Chant du Dieu caché », en mars 1946. Il les publiera de façon anonyme : à l'époque, un membre du clergé ne pouvait rien publier sous son nom sans une autorisation canonique.

Le futur pape gardera une grande tendresse pour les ordres dépouillés : les franciscains, les albertines, les capucins et, bien entendu, les carmélites. Il évoquera cet épisode dans ses conversations avec son ami Frossard, non sans humour : « Sapieha ne voyait pas d'éléments suffisants pour justifier un changement de direction. En fin de compte, moi non plus[4]. » Rien ne s'oppose plus, alors, à ce que Karol soit ordonné.

*

Ce vendredi 1er novembre 1946, jour de la Toussaint, le temps est à la grisaille. Rue Franciszkanska, dans l'austère chapelle privée des archevêques de Cracovie où il a si souvent servi la messe, Karol est ordonné, seul, par le cardinal Sapieha en personne, en présence de quelques parents et amis — sa marraine, son confesseur, quelques séminaristes — devant lesquels il évoque d'emblée la mémoire de son condisciple Jerzy Zachuta, lequel aurait sans doute été ordonné en même temps que lui si la Gestapo ne l'avait pas fusillé.

Après le *Veni Creator spiritus*, la cérémonie d'ordination se déroule comme le veut la tradition. Karol, en aube, s'allonge en croix, face au sol, le front sur le pavement. Cette attitude, propre à tous les futurs prêtres, est le « symbole d'une totale soumission à Dieu et en même temps d'une totale ouverture à l'Esprit-Saint », comme il l'expliquera lui-même plus tard. Puis le cardinal, solennellement, procède à ce geste aussi vieux que l'Église : l'imposition des mains. Karol Wojtyla, devenu Jean-Paul II, gardera de cet instant un souvenir très fort.

Le lendemain, 2 novembre, fête des Trépassés, l'abbé Wojtyla célèbre ses trois « premières messes » traditionnelles, trois messes basses dites à la suite l'une de l'autre. Il a choisi pour cette célébration la chapelle Saint-Léonard, située au cœur de la crypte du château de Wawel. Un autel dépouillé, de belles voûtes romanes. Le décor est gris-blanc, le sol est glacé, l'endroit est plutôt sinistre. Pourquoi un tel choix ? Karol s'est rappelé les leçons de patriotisme de son père, les soirées chez Kotlarczyk, les séances poétiques célébrant la Pologne éternelle, les longues conversations avec l'abbé Figlewicz, vicaire du lieu. Le futur pape, déjà, a le souci de s'inscrire dans l'histoire des hommes. Il l'expliquera simplement, un demi-siècle plus tard : « Je voulais marquer mes liens spirituels particuliers avec l'histoire de la Pologne, dont la colline du Wawel présentait une sorte de synthèse emblématique[5]. » De fait, du tombeau du roi Ladislaw le Bref à la chapelle funéraire des derniers Jagellons, du mausolée des plus éminents évêques de Cracovie au caveau où reposent les poètes Mickiewicz et Slowacki, de tombeaux grandioses en sarcophages impressionnants, la cathédrale de Wawel est un véritable Panthéon national. Un lieu « extraordinaire », commentera l'abbé Figlewicz[6]. Un lieu ô combien symbolique.

Ces trois messes basses sont dites à l'intention de ses parents et de son frère défunts. Sont présents sa marraine Maria-Anna Wiadrowska, ses camarades séminaristes Mieczyslaw Malinski (qui sert la messe), Andrzej-Maria Deskur et Franciszek Macharski, quelques amis de Wadowice et, bien sûr, le cher abbé Figlewicz, à qui Karol a demandé de jouer le rôle d'« assistant ». Un grand absent : « Monsieur Jan », le tailleur Tyranowski, qui est déjà gravement malade — il mourra après une longue agonie en mars 1947[7].

Le lendemain, dimanche 3 novembre, Karol dit une autre « première messe » dans la cathédrale de Wawel où il a invité Mieczyslaw et Zofia Kotlarczyk ainsi que de nombreux amis du Théâtre rapsodique et du groupe de résistance Unia. Il y a là Halina Krolikiewicz, très émue. Il y a Danuta Michalowska, qui se rappelle ce moment : « Le groupe fêtait justement le cinquième anniversaire de sa première représentation, *Krol Duch*, le 1er novembre 1941. » Le vieil acteur Juliusz Osterwa, leur maître à tous, n'a pas pu venir : il enverra à Karol une chaleureuse lettre de félicitations. Cette fois, le tout jeune abbé a choisi de célébrer l'eucharistie devant la confession de saint Stanislaw, sous le maître-autel de la cathédrale de Wawel. Exactement là où est tombé, au XIIe siècle, l'évêque Stanislaw Szczepanow, sous les coups du roi Boleslaw — dont le jeune Karol avait interprété le rôle dans *Krol Duch*.

Ce même dimanche 3 novembre, Karol célèbre encore une « première messe » à l'église Saint-Stanislaw-Kostka, dans son quartier de Debniki. Cette fois, il a invité les jeunes qu'il a accompagnés dans le cadre du rosaire vivant. Le sermon est prononcé par l'abbé Figlewicz. À midi, une petite réception est organisée chez *babcia* Szkocka, dans sa maison de la rue Szwedzka. Karol a bien pensé recevoir chez sa marraine Maria-Anna Wiadrowska, rue Florianska, mais l'appartement est vraiment trop petit.

Félicitations, discours, projets d'avenir. Sur la

petite carte qu'il distribue à tous ses amis, Karol a choisi de faire figurer un portrait de la Vierge et, au dos, cette devise puisée dans l'Évangile : « *Fecit mihi magna*, Cracovie 1.XI.1946 ». En français : « Il a fait pour moi de grandes choses. » La phrase est tirée de l'évangile de saint Luc (1,49). C'est Marie, après l'Annonciation, qui rend grâce au Seigneur de l'avoir choisie pour « faire de grandes choses ».

Comme il se doit, Karol va dire une autre « première messe », le dimanche suivant, à Wadowice, pour tous ses copains et amis d'antan. Mais surtout, le lendemain, 11 novembre, le destin lui fait un clin d'œil : l'abbé Wojtyla célèbre son premier baptême à l'église Sainte-Anne, la paroisse universitaire de Cracovie. Le bébé, une petite Monika Katarzyna, est la fille de Halina Krolikiewicz. La belle Halina, sa condisciple de Wadowice, sa complice de tant d'années, son amie de scène, mariée à leur ami commun Tadeusz Kwiatkowski, est devenue maman le 20 octobre. Dix jours avant l'ordination de son ancien partenaire.

La découverte de Rome

Quinze jours après son ordination, Karol Wojtyla part pour Rome. Il a vingt-six ans. C'est le cardinal Sapieha qui l'envoie pour deux ans dans la Ville éternelle. Le jeune abbé part en compagnie de son camarade Stanislaw Starowieyski, qui est encore séminariste, et qui va devenir pendant ces deux ans son compagnon le plus proche. « Staszek » Starowieyski, de deux ans son cadet, est un charmant compagnon. Un ami commun aux deux hommes le décrit comme « un garçon très drôle, un peu têtu, mais fort sympathique, qui jouait partout du violon quelles que fussent les circonstances[8] ».

Le vendredi 15 novembre, les deux jeunes gens bouclent leurs valises et se rendent à Katowice, la capitale silésienne, qui est alors la principale gare de départ des trains internationaux à destination de l'Occident. Prague, Nuremberg, Strasbourg : Karol avait découvert ces noms, naguère, sur l'atlas que son père lui commentait dans l'appartement de Wadowice. C'est la première fois qu'il franchit les frontières de son pays, aussi passe-t-il le plus clair de son temps accoudé aux fenêtres du train. Il a ainsi l'occasion d'observer les destructions dues à la guerre : l'Europe mettra longtemps à émerger de ses ruines.

À Paris, les deux hommes éblouis passent quelques jours d'escale — ils sont les hôtes du séminaire polonais qu'héberge alors le Collège des Irlandais, à deux pas du Panthéon — avant de repartir, toujours en train, pour Rome. Ils n'ont pas de temps à perdre s'ils ne veulent pas manquer le début de l'année universitaire. Hélas ! Au lendemain de la guerre, à Rome, il est bien difficile de loger tous ceux qui s'y pressent. Le Collège polonais, qui abrite en permanence prélats et séminaristes de passage, affiche complet. Lolek et Staszek sont hébergés par le père Turowski chez les pallotins, via Pettinari, non loin du palais Farnèse. Mais cet accueil est provisoire. L'archevêque Sapieha demande alors à son ami August Hlond, le cardinal primat, qui séjourne à Rome, d'user de ses relations pour trouver un logement au Collège belge pour ses deux protégés.

C'est la seule fois que Karol Wojtyla rencontrera le malheureux cardinal Hlond, primat de Pologne, qui quitta Varsovie en septembre 1939 en compagnie du gouvernement, et qui se trouva alors rejeté par les circonstances sur les rives de l'Histoire. Dans une lettre, Karol note : « Hlond était d'un commerce d'une grande sincérité et d'une grande cordialité. » À l'évidence, il n'éprouve pas davantage de fascination pour le primat en titre : cet homme-là n'a pas le charisme de son collègue archevêque de Cracovie.

Non sans difficultés, le cardinal Hlond obtient l'accord du recteur du Collège belge, le *Collegio belgo*, que dirige le futur cardinal Maximilien de Furstenberg. Wojtyla et Starowieyski s'y installent un peu avant Noël. Le bâtiment héberge alors une quinzaine d'étudiants (ils seront vingt-deux en 1948), dont une minorité de prêtres. Sur une photographie où la promotion est rassemblée dans le petit jardin intérieur, Karol paraît curieusement plus petit que ses condisciples[9]. L'immeuble, gris et sans grâce, est situé au 26, via del Quirinal. Trois étages donnent sur la rue, mais, de l'autre côté, quatre étages donnent sur le jardin, un petit havre de paix organisé autour d'un modeste palmier. Il comprend aussi une grande chapelle intérieure, toute ronde, dédiée à sainte Anne et saint Joachim, les parents présumés de la Vierge Marie[10].

Comme tant de fois dans la vie de Karol Wojtyla, la Providence est prodigue de « signes » que sa foi lui interdit d'imputer au seul hasard. Ainsi, à deux pas du Collège belge, au 21 de la même via del Quirinal, il y a une grande église dédiée à saint Charles Borromée, cet évêque milanais exemplaire qui vécut au XVIe siècle et qui est aussi... le saint patron de Karol. Plus émouvant : de l'autre côté du bâtiment, sur le même trottoir, se dresse la belle église des jésuites Saint-André-au-Quirinal, une œuvre du Bernin que les touristes visitent pour sa coupole superbe. C'est là que reposent, sous un autel latéral, les reliques de saint Stanislaw Kostka. Au-dessus de l'autel, trois tableaux du peintre Mazzanti résument la vie du saint — qu'il ne faut pas confondre avec le saint évêque Stanislaw de Szczepanow. Ce Stanislaw-là, un jésuite, était un jeune novice polonais venu de

Vienne qui mourut à Rome au milieu du XVIe siècle. Ainsi, tous les matins, quand Karol parcourt à grands pas les cinq cents mètres qui séparent le Collège belge de son université, il passe — et s'arrête souvent — devant les reliques de celui qui donna son nom à la paroisse de Debniki, son ancien quartier de Cracovie. Comment aurait-il pu imaginer que saint Stanislaw Kostka donnerait aussi son nom, à Varsovie, à la paroisse d'un autre jeune prêtre dont l'assassinat bouleversera le monde entier, quarante ans plus tard : l'abbé Jerzy Popieluszko ?

Karol passe aussi, deux fois par jour, devant le palais du Quirinal. Cinquante ans plus tard, le 20 octobre 1998, quand il sera reçu dans ce palais qui abrite le gouvernement italien — une première pour un pape —, il se rappellera avec nostalgie ses premiers pas dans Rome.

*

Dès le 26 novembre 1946, Karol va s'inscrire en licence (« *biennium ad lauream* ») au *Pontificium Institutum Angelicum de Urbe*, la prestigieuse université pontificale des dominicains que chacun appelle, jusqu'à aujourd'hui, l'Angelicum. Le bâtiment, à la façade ocre rouge, se dresse sur le largo Magnanapoli, entre la villa Aldobrandini et la colonne Trajane. Il est dominé par l'antique et grossière tour des Milices. Wojtyla se retrouve plongé en plein cœur de Rome, non loin du Forum, dans un quartier bruyant où déambulent en permanence des milliers de touristes. Mais le périmètre de l'Angelicum est préservé de toute agitation. L'église, à l'escalier circulaire et à la façade curieusement rehaussée de huit chandeliers de pierre, est dédiée à saint Dominique et saint Sixte. Le jardin incite à la méditation et à l'étude.

Lors de son inscription, l'étudiant Wojtyla reçoit

le numéro C-905. Le lendemain, il choisit ses matières et ses professeurs. Karol a l'embarras du choix. Les cours sont dispensés par de brillants intellectuels de réputation internationale. Le doyen de la faculté de théologie, le père Mario Ciappi, est un personnage de tout premier ordre, promis à une grande carrière : il sera théologien de Paul VI et créé cardinal par celui-ci. Autour de lui, l'Irlandais Michael Browne et le Français Pierre-Paul Philippe, tous les deux futurs cardinaux, font figure de « vedettes ». Karol aura plus particulièrement affaire avec le père Raymond Gagnebet — auquel il dira, quarante ans plus tard, lors d'une visite papale à l'Angelicum, qu'il serait capable de lui réciter certains passages de ses cours — et surtout avec le théologien français Réginald Garrigou-Lagrange, autorité indiscutée en matière d'études thomistes classiques et spécialiste mondial de saint Jean de la Croix[11].

Déjà, Karol Wojtyla se révèle très doué pour les langues. Au Collège belge, où presque tous les enseignants sont francophones, il se remet au français et lit beaucoup d'auteurs français contemporains — il découvre Emmanuel Mounier, Étienne Gilson, Jacques Maritain, pour lesquels il se passionne. Il finira par maîtriser le français mieux que l'allemand. Parallèlement, il commence à apprendre l'italien. À l'Angelicum, il étudie en latin. Et pour mieux comprendre les écrits de saint Jean de la Croix, on se rappelle qu'il s'est mis aussi à l'espagnol.

Wojtyla ne se contente pas de bûcher ses manuels de langue et ses examens de théologie. Suivant le conseil du recteur du séminaire de Cracovie, le père Karol Kozlowski, il « apprend Rome elle-même ». Par le biais du Collège belge, il multiplie les visites de groupe conduites par un conférencier et découvre « la Rome des catacombes, la Rome des martyrs, la Rome de Pierre et Paul, la Rome des confesseurs[12] ».

Toujours avec Staszek, il visite aussi les environs de la Ville éternelle, et il profite des congés scolaires pour partir à l'aventure, d'églises en sanctuaires, mais aussi de ruines antiques en musées de peinture : Sienne, Florence, Venise, Capri, Subiaco, ainsi que le monastère de Monte Cassino à moitié détruit par la guerre — où tant de soldats polonais périrent héroïquement deux ans plus tôt. Il visite avec passion les lieux qui furent familiers à saint François d'Assise.

Juste après les fêtes de Pâques, en 1947, les deux amis se rendent au couvent de San Giovanni Rotondo, dans les Pouilles, faire la connaissance de padre Pio, ce capucin stigmatisé qui reçoit des foules de pèlerins au milieu d'une mer d'oliviers [13]. Cette visite a fait l'objet d'une insistante rumeur : « Tu seras pape », aurait annoncé à Karol le saint moine, ajoutant : « Sur ton pontificat je vois du sang. » À deux reprises, en privé, Jean-Paul II a démenti cette prophétie.

Ces voyages le comblent. Et façonnent son jugement. Ce qu'un jeune prêtre polonais découvre à Rome, comme tout jeune prêtre arrivant d'un pays quelconque, c'est la dimension universelle de l'Église. La richesse des sites, la variété des rencontres, la diversité des hommes lui font comprendre, pour la première fois, que la Pologne n'est pas le centre du monde.

France, pays de mission

Le prince archevêque veillait, de loin, à la formation de ses poulains. Au printemps 1947, les deux compères reçoivent du cardinal Sapieha une confortable somme d'argent et l'ordre de « voyager à travers l'Europe » pendant les vacances d'été. Notamment pour « observer les méthodes pastorales [14] ».

À peine Karol a-t-il brillamment passé sa licence de théologie, le 3 juillet, qu'il s'embarque avec Staszek Starowieyski dans un train pour la France [15]. Au Collège belge, les deux compagnons ont fait provision de noms, d'adresses et de conseils. Le père Marcel Eulembroeck, secrétaire de la Jeunesse ouvrière chrétienne (JOC), leur a ouvert les portes de cette organisation alors en plein essor. Après une escale à Marseille et un crochet par Lourdes, où ils découvrent le souvenir de Bernadette Soubirous et se recueillent devant la grotte de Massabielle, ils séjourneront plusieurs semaines à Paris, puis visiteront longuement la Belgique et la Hollande. Un beau programme.

En fait d'« observer les méthodes pastorales » dans ces pays qui sont un peu, à leurs yeux, le berceau du christianisme européen, Lolek et Staszek vont y découvrir un phénomène insoupçonné : le déclin du phénomène religieux dans l'Europe occidentale. Pour ces jeunes chrétiens enthousiastes qui n'ont connu du vaste monde que la très pratiquante Pologne et la Rome apostolique, c'est une révélation. C'est la première fois que Karol Wojtyla rencontre des jeunes qui ne savent rien du christianisme. Personne, en Pologne, n'a jamais demandé : « Qui c'est, le monsieur sur la croix ? » L'ami Malinski, dans son premier livre sur Karol Wojtyla, rapporte différemment l'anecdote : « Tiens, regarde, celui-là, il s'appelait Inri [16]. » Ainsi, ce que leur avait longuement raconté le père Josef Cardjin, le fondateur de la JOC, qui avait plusieurs fois séjourné au Collège belge, était vrai.

À Marseille, déjà, les dominicains ont conseillé à Wojtyla et Starowieyski d'aller étudier les méthodes pastorales mises en pratique par l'un des leurs, le père Jacques Loew, trente-neuf ans, un ancien avocat niçois qui s'est fait « pasteur des dockers » dans les quartiers difficiles de la cité. Immergé au milieu des ouvriers, des immigrés, des marginaux, ce prêtre-ouvrier avant la lettre ne mâche pas ses mots pour décrire la déchristianisation des milieux prolétariens de la métropole phocéenne[17]. Les deux jeunes Cracoviens tombent de haut. Les usines contre les églises. La technique contre la foi. En Pologne, grâce à Dieu, on n'en est pas là !

À Paris, même constat, à la dimension d'une grande métropole. Secouée par quatre ans d'occupation, mal préparée à cette plongée brutale dans les temps modernes, l'Église y est en ébullition. Elle est divisée entre « conservateurs », partisans du retour aux valeurs éternelles d'une Église qui « n'est pas de ce monde », et « progressistes », prônant son adaptation au développement industriel et aux exigences de la modernisation[18]. Parmi les partisans de l'adaptation de l'Église catholique au monde moderne, il en est qui sombreront dans la fascination pour le succès séculier du communisme athée. En cet été 1947, le « prolétariat » a le vent en poupe : jamais le Parti communiste n'aura été aussi près de prendre le pouvoir en France.

Heureusement pour elle, la « fille aînée de l'Église » ne manque pas d'hommes de talent : théologiens chevronnés, pasteurs courageux, évêques inventifs. La qualité intellectuelle de ses porte-parole fait l'admiration des deux jeunes Polonais. Dès 1941, l'archevêque de Paris, le cardinal Suhard, a fondé une institution spécialisée dans la formation des prêtres aux secteurs les plus déchristianisés du pays : la Mission de France. Le cardinal créera lui-même, pour la capitale, une Mission de Paris que Wojtyla aura l'occasion d'étudier de près.

Dans le même temps, deux aumôniers de la JOC, les abbés Henri Godin et Yvan Daniel, ont publié en 1943 un livre qui eut un grand retentissement : *La France, pays de mission ?* Karol a dévoré cet ouvrage.

Qu'un vicaire de paroisse puisse se considérer comme une sorte de « missionnaire » sur son propre sol, voilà qui déconcerte les deux jeunes Polonais de passage : la « mission », pour ceux-ci, c'est l'évangélisation des terres lointaines d'Afrique ou de Papouasie, pas celle de la banlieue parisienne ! Avec la même avidité, Karol lit *Problèmes missionnaires de la France rurale*, de l'abbé Boulard, lequel lui fait prendre conscience que ces « missions de l'intérieur » peuvent exister aussi en milieu rural. Comme l'abbé Godin, le père Boulard découpe la France en trois : les « pays de chrétienté », les « pays non pratiquants de culture chrétienne » et les « pays de mission ». Que ce troisième secteur, encore inconnu en Pologne, puisse être étendu au milieu rural, voilà qui stupéfie le futur pape. Karol se passionne pour le sujet. S'il loge toujours au séminaire polonais de la rue des Irlandais, dans le Quartier latin, il se rend souvent dans la banlieue ouest. Wojtyla adore prendre le métro : comme Pierre, le héros des *Saints vont en enfer* de Gilbert Cesbron, il médite sur la condition ouvrière en voyant défiler les publicités souterraines : *Dubo... Dubon... Dubonnet...* Au Petit-Colombes, il fréquente la paroisse du père Michonneau. Celui-ci vient aussi de publier un livre, où il tente de redéfinir le rôle de la « paroisse », qui a peu de rapports avec le *presbyterium* très hiérarchisé et un peu féodal des paroisses de Cracovie [19].

Loin, très loin de l'apparat et du décorum de l'Église traditionnelle, Karol rencontre des prêtres qui choisissent de « coller au terrain » et de s'investir dans le milieu qu'ils doivent évangéliser : ils travaillent de leurs mains et vivent en communauté (d'habitat, de repas, de travail), de façon quasi démocratique, dans un véritable esprit de pauvreté (en réglant leur niveau de vie sur celui de leur entourage) et de désintéressement (en ne faisant pas payer les services liturgiques).

Wojtyla est déconcerté et passionné par ce qu'il voit. Il regarde, il écoute, il lit, il prend des notes. Il tirera les leçons de cette expérience dans un premier article publié, à son retour, dans le journal *Tygodnik Powszechny* de Cracovie[20]. Dans ce qui tient à la fois de l'analyse et du reportage, Karol Wojtyla fait preuve d'une remarquable curiosité, d'une incontestable intelligence politique et d'une grande modération. Ainsi, avec une certaine audace, le jeune voyageur constate que la tradition n'est pas grand-chose si elle ne repose pas sur des convictions fortes, et souligne que la liturgie traditionnelle est inopérante dans les milieux dépourvus de culture chrétienne. Cette liturgie « doit être compréhensible pour le prolétaire de notre temps, elle doit pouvoir lui parler ». Mais, dans le même temps, il souligne le besoin, pour ces prêtres engagés dans les banlieues, de garder le lien avec la réflexion théologique, philosophique et scientifique de leur temps. Bien vu : c'est pour n'avoir pas suivi ce conseil que nombre de prêtres-ouvriers perdront le contact avec leur base ecclésiale et finiront par s'échouer dans le militantisme marxisant. Le débat est ouvert. Le jeune Wojtyla s'y engouffre. Le lien du prêtre avec sa hiérarchie, l'adaptation de la liturgie, l'apostolat des laïcs : sans le savoir, l'abbé Wojtyla est déjà au cœur de la discussion sur « l'Église dans le monde moderne » qu'ouvrira avec fracas, quatorze ans plus tard, le concile Vatican II.

Il ignore aussi, et pour cause, les remous et polémiques qui vont s'amplifier, en France, sur la question des prêtres-ouvriers : l'expérience soutenue par le cardinal Suhard sous l'œil attentif du nonce apostolique Roncalli, le futur Jean XXIII, va tourner court en 1953, sous Pie XII, avant que Paul VI n'autorise à nouveau les « prêtres au travail », douze ans plus tard, à la fin du concile.

*

La plus grande partie de ces vacances studieuses, Karol Wojtyla la passe en Belgique. Déjà, en juillet, il a visité le nord de la France et les Flandres « avec leur gothique » : Gand, Bruges, etc. Fin août, les deux voyageurs sont à Bruxelles, logés par la JOC. Ils font aussi une escapade d'une dizaine de jours en Hollande, grâce aux parents d'un camarade de Rome, Alfred Delmé : Breda, Rotterdam, La Haye, Amsterdam, puis Hilversum et Maastricht. Ils sont surpris par la discipline et la tenue de l'Église néerlandaise, et aussi... par les prix aux Pays-Bas : quand ils rentrent en Belgique, ils n'ont plus un sou en poche.

En septembre 1947, Karol Wojtyla se met à disposition de la mission catholique polonaise, chez les mineurs de la région de Charleroi, en Wallonie. La Belgique est, depuis les années trente, une des principales terres d'exil pour les Polonais à la recherche d'un travail. « Pour la première fois, racontera le pape, je visitai une mine de charbon ! » C'est l'époque où les communistes polonais, dopés par leurs succès politiques en Pologne, marquent des points dans l'immigration. Fin 1946, un Parti ouvrier polonais (PPR) s'est constitué en Belgique, qui s'oppose aux émigrés restés fidèles au gouvernement de Londres et aux catholiques massivement anticommunistes. Ce parti stalinien pur et dur est animé par un jeune mineur du Limbourg, originaire de Silésie, expulsé de France douze ans plus tôt pour fait de grève. Ce jeune militant convaincu, qui rentrera en Pologne l'année suivante et fera une brillante carrière dans le Parti, s'appelle Edward Gierek[21]. Il vient d'être élu président du Conseil national des Polonais de

Belgique, une structure destinée à coordonner les différents réseaux de l'émigration polonaise et discrètement contrôlée par les communistes. Son slogan : « L'intérêt du pays est le bien suprême de tous les Polonais. » Quel Polonais n'adhérerait pas à un tel objectif ?

*

Sur le chemin du retour, le 25 octobre 1947, dimanche du Christ-Roi, Karol Wojtyla fait étape à Ars, dans les Dombes. Quelle meilleure façon de conclure une telle quête « pastorale » que d'aller visiter la ville de ce curé exemplaire, protecteur et modèle de tous les prêtres du monde ? Mort en 1859, béatifié en 1905 par Pie X, Jean-Marie Vianney fut canonisé en 1924 par Pie XI. Au séminaire de Cracovie, Karol Wojtyla avait lu avec passion sa biographie écrite par Mgr Trochu[22]. Ce pèlerinage à Ars laissera au futur pape un « souvenir inoubliable ».

Jean-Paul II se rappellera ce séjour à Ars quand il reviendra dans la ville du saint curé, en 1986. Autour de lui seront rassemblés six mille prêtres, séminaristes, diacres et évêques, afin de réfléchir à la vocation. Mais, plus intimement, il gardera un souvenir ému de ce saint prêtre qui confessait plus de dix heures par jour, tel un *starets* occidental[23]. Bien avant de devenir pape, l'abbé Wojtyla s'inspirera de cet exemple : « Le prêtre, dit-il un jour, accomplit une part essentielle de sa mission au confessionnal, en étant volontaire pour se faire "prisonnier" du confessionnal[24]. » Karol Wojtyla suivra l'exemple du curé d'Ars bien plus tôt qu'il ne le pense, en ce mois d'octobre 1947 où il visite l'église sans charme dans laquelle le saint curé confessait par centaines les pèlerins venus de toute la France : un an plus tard, à son retour de Rome, il sera envoyé dans une petite paroisse rurale qui n'est pas sans rappeler le village des Dombes, et où il devra confesser, lui aussi, des heures durant, dans une église sans chauffage.

Vicaire à Niegowic

Le 8 juillet 1948, tout juste rentré de Rome, Karol Wojtyla reçoit une *aplikata* (lettre de mission) signée du cardinal Sapieha. Il n'est pas reçu par l'archevêque, à son grand regret, car celui-ci vient de partir à son tour pour la Ville éternelle. Karol apprend ainsi qu'il est nommé vicaire à Niegowic, dans le district de Bochnia, à trente kilomètres à l'est de Cracovie. Le bourg de Niegowic est trop petit pour figurer sur les grandes cartes du pays. Pourtant, la paroisse elle-même compte alors cinq mille âmes réparties en treize villages et hameaux disséminés dans la plaine de la rivière Raba. Ce n'est pas rien.

Le 28 juillet, une valise minable à la main, le nouveau vicaire de Niegowic arrive en vue du village. Il porte un pantalon de grosse toile, un gilet et un béret. Il a pris le bus jusqu'à Gdow où un paysan l'a transporté en charrette à Marzowice. De là il a gagné Niegowic à pied en coupant à travers champs, pour gagner du temps : du hameau de Lasowe Domy, on aperçoit le clocher de l'église en bois se profiler sur la plaine où s'activent, à cette époque, des groupes de moissonneurs. On le voit venir de loin, le nouveau vicaire. Il est vite l'objet de l'attention générale. Il a l'air bien jeune, il semble bien maigre, mais il a le pas décidé d'un homme énergique.

Les témoins de son arrivée l'observent traversant le petit ru pompeusement appelé Krolewski Potok (le « ruisseau royal »), un peu avant l'entrée du village. Le nouveau venu se prosterne soudain devant une petite chapelle aux formes naïves et dédiée à saint

Jean Népomucène, à qui les paysans, depuis des lustres, demandent d'éloigner d'eux la misère. « Je m'agenouillai et je baisai la terre, se rappelle Jean-Paul II dans *Ma vocation*. J'avais appris ce geste chez saint Jean-Marie Vianney. » Le souvenir du curé d'Ars ne quittera pas, tout au long de son séjour, le vicaire de Niegowic.

Puis le jeune pasteur se dirige vers l'église, où il salue le saint sacrement et se présente au curé. Le vieux Kazimierz Buzala l'invite ensuite à s'installer dans l'une des deux pièces de la *wikarowka*, le petit presbytère voisin qu'il partagera avec le plus ancien des vicaires du village, le père Kazimierz Ciuba, puis avec un autre petit nouveau, le père Franciszek Szymonek. Le curé Buzala, lui, habite à Niepolomice, siège du doyenné. Il est en place depuis quarante ans. C'est un battant, un meneur d'hommes, un pasteur exemplaire, et ce n'est pas un hasard si l'archevêque lui envoie certains jeunes abbés encore mal dégrossis.

Karol Wojtyla est de ceux-là. Fils de militaire, rompu au travail en usine, à l'aise dans les milieux artistiques et les cercles intellectuels, il ne s'est jamais frotté à ce qui fait l'essentiel de la réalité polonaise, le milieu rural. Églises bondées à la moindre cérémonie, fêtes religieuses unanimes, processions colorées par tous les temps, événements familiaux calés sur le calendrier romain, édicules et calvaires à chaque croisée de chemins : c'est dans la campagne polonaise que l'on mesure à quel point le temps et l'espace, dans ce pays, sont balisés par une dévotion ancestrale.

C'est là que l'abbé Wojtyla entame sa nouvelle vie. En commençant par les nécessaires corvées quotidiennes. Les vicaires, au village, élèvent quelques vaches, des poules et des lapins, entretiennent un potager, veillent au bois, aident à moissonner et à battre le grain. Ils disposent, il est vrai, d'un peu de personnel : une cuisinière, une femme de ménage, un homme à tout faire[25]. Mais ses deux ans passés en Occident avaient fini par faire oublier à Karol Wojtyla que la majorité de ses concitoyens vivait encore sans électricité ni eau courante.

*

Ses journées, qui commencent à 5 heures du matin, sont épuisantes, tant les tâches dévolues au nouveau vicaire sont nombreuses. Le catéchisme, d'abord : trente heures par semaine, dans les écoles élémentaires de cinq villages alentour. C'est la vocation première du vicaire de base, qu'on appelle d'ailleurs — à cette époque où près de cent pour cent des enfants préparent leur première communion — un *catéchète*. À pied, plus rarement à bicyclette (Karol déteste le vélo), en charrette ou, l'hiver, en traîneau, le jeune abbé court à travers champs et bosquets de Cichawa à Wiatowice, de Niewiarow à Pierzchow, de Nieznamowice à Krakuszowice, profitant des trajets les plus longs pour lire un peu.

Les confessions, ensuite : au moment du carême, en mars, l'abbé Wojtyla passe dix à douze heures par jour dans son confessionnal glacé — l'église, bien sûr, n'est pas chauffée — à écouter patiemment les propos maladroits des paysans du coin. Pas question d'expédier les absolutions à la chaîne, comme le font certains vieux prêtres blasés ! Wojtyla interroge, répond, argumente, encourage... Un jour, le curé Buzala a rassemblé quelques prêtres de la région pour écouter un exposé de son jeune vicaire sur son voyage en France et en Belgique : Wojtyla arrive très en retard, à la colère de tous les présents, car il n'a pas pu s'arracher de son confessionnal. « La confession, dira-t-il plus tard à son ami Malinski, c'est le couronnement de notre travail pastoral[26]. » Pour résister au découragement et garder intact son enthousiasme, il pense au curé d'Ars.

Les traditionnelles « visites de Noël », aussi : c'est une coutume solidement implantée, en Pologne. Le petit Lolek l'a bien connue à Wadowice, quand, enfant de chœur, il accompagnait le curé Prochownik de maison en maison dans les jours qui précèdent la fête de la Nativité. L'abbé Wojtyla découvre que ces contacts-là, chez l'habitant, sont irremplaçables. Les gens sont très différents quand ils sont à l'église, corsetés dans leurs habits du dimanche, et quand ils sont chez eux, détendus, en famille. L'abbé Karol aime particulièrement ces rencontres toujours chaleureuses qui se prolongent souvent au-delà de l'heure prévue. Surtout à Zarabie, le hameau le plus pauvre de la circonscription, où il apporte avec lui ce que d'autres, plus aisés, lui ont offert ailleurs[27]. Mais que d'efforts physiques lui faut-il déployer ! Parler, chanter des *kolendy* (cantiques de Noël), bénir à tour de bras, manger et boire dans chaque demeure visitée, et marcher, marcher jusqu'à épuisement...

Il racontera, trente ans plus tard, à Malinski :

> Tu as ta soutane, ton manteau, ton aube et ton béret, et avec tout ça tu dois te frayer un chemin dans la neige. Le bas de la soutane est plein de neige laquelle fond dans l'appartement, puis, au-dehors, l'étoffe mouillée gèle, et tu as une sorte de cloche rigide autour de tes jambes, qui pèse de plus en plus et qui t'empêche de marcher. Le soir tu traînes les pieds, mais il faut avancer, car les gens t'attendent, et ils attendent cette rencontre toute l'année[28].

Et puis il y a la messe quotidienne, l'accueil des fidèles (la *wikarowka* est toujours ouverte), les vêpres le dimanche, le rosaire en mai, le secours aux malades (parfois en pleine nuit, par –20°), les sacrements (en un an, à Niegowic, il bénit treize mariages et baptise quarante-huit enfants), les récollections, les innombrables réunions de jeunes, celles de l'Association catholique de la jeunesse masculine, entre autres, dont il est spécialement chargé : pour un apprentissage, c'est un apprentissage !

L'intellectuel Karol Wojtyla, qui porte à l'époque des lunettes, peine à se mettre au niveau de ses ouailles. Pour combien d'entre elles la « sainte Trinité » se compose-t-elle de Dieu le Père, de l'Enfant Jésus et de la Vierge Marie ? Ses sermons sont jugés trop compliqués par ces paroissiens-là. Mais ses veillées de prière attirent beaucoup de jeunes, et, quand il propose à ceux-ci de monter une troupe de théâtre, c'est le succès. Et, pour Karol lui-même, un plaisir intense[29]. À deux reprises, il emmène ses petits comédiens amateurs à Cracovie — une aventure, huit kilomètres à pied jusqu'à la gare de Klaj, puis le train jusqu'à la grande ville — pour aller assister à de vraies représentations : une fois au théâtre Slowacki, une autre fois au Teatr Rapsodiczny, à la grande joie de son ami Kotlarczyk[30].

*

Curieusement, Niegowic ne restera pas un bon souvenir pour le futur pape. Il n'y retournera que quatre fois en quarante ans[31]. Et dans le cadre de ses visites papales en Pologne, c'est le seul endroit de son passé qu'il n'ait jamais inscrit à son programme, se contentant d'un rapide survol du village en hélicoptère lors de son septième voyage, en juin 1999. La raison tient à son manque d'intérêt pour ces milieux ruraux, sans doute, mais peut-être aussi à un regret — pour ne pas dire un remords — qui concerne l'église du village.

En mai 1949, à l'approche du cinquantième anniversaire de l'ordination du père Buzala, un groupe de fidèles se réunit autour du vicaire Wojtyla, avec l'idée d'offrir à leur vieux curé un cadeau original : une nouvelle église. L'ancienne, avec sa nef de trente-quatre mètres de long, toute en bois, construite au XVIIe siècle, est jugée trop exiguë : le dimanche, il est vrai, les fidèles se retrouvent plus nombreux à l'extérieur qu'à l'intérieur. Mais, les communistes ayant interdit toute construction de lieux de culte, le seul moyen de bâtir est d'« agrandir » ce qui existe, c'est-à-dire de construire une nouvelle église à l'emplacement même de l'ancienne, laquelle sera ainsi démontée et... vendue. On rasera aussi les tilleuls centenaires qui encadrent l'édifice pour mieux ériger le nouveau bâtiment, et c'est une imposante église paroissiale, toujours dédiée à Notre-Dame de l'Assomption, qui se dressa bientôt, en pierre et en brique, deux fois plus grande que l'autre. Une énorme masse d'un goût discutable, comparé au style montagnard dit « des Carpates », particulièrement émouvant, qui caractérisait l'édifice précédent.

Karol Wojtyla, il est vrai, ne verra pas le résultat de sa décision : le 17 août 1949, au tout début de l'opération, il sera rappelé à Cracovie par le cardinal Sapieha. La plaque vissée sur la façade de la nouvelle église précise bien que celle-ci a été construite « à l'initiative de Karol Wojtyla, vicaire ». Le futur pape, si attaché aux traditions en général et à l'architecture montagnarde en particulier, restera toujours discret sur cette affaire : « Je fus vite éloigné de cette belle communauté », dit-il simplement dans *Ma vocation*.

Ce n'est pas le père Wojtyla qui a béni l'église qui domine aujourd'hui le village de Niegowic. En revanche, c'est l'archevêque Wojtyla qui procéda, le 1er mai 1974, à la consécration de celle de Metkow, une petite cité de résidences secondaires située à cent kilomètres de là, entre Zator et Oswiecim, où la vieille église de Niegowic a été transportée et reconstruite planche après planche, après vingt-cinq ans de tracasseries de la part du pouvoir politique. Les artisans montagnards de Spisz ont même refait, pour l'occasion, un clocher en bois sur le modèle exact de celui resté à Niegowic.

Ce jour-là, tournant le dos au maître-autel consacré à la Vierge de Czestochowa, le cardinal-archevêque de Cracovie ne peut retenir, dans son homélie[32], des accents de nostalgie à propos de ce « monument respectable » aux « parois faites d'un bois trois fois centenaire », dans lequel il avait célébré, un quart de siècle plus tôt, les premières grand-messes de sa vie de prêtre.

7

Les jeunes et l'amour

Le 17 août 1949, Adam Stefan Sapieha met fin à l'expérience « rurale » de l'abbé Wojtyla. Adieu, veaux, vaches, cours de ferme et charrettes à foin. Le jeune homme aura accompli treize mois de stage campagnard. C'est un délai inhabituel ; d'ordinaire, un vicaire reste au moins trois ans dans une paroisse. Est-ce la campagne, ses lourdeurs et ses horizons bouchés, qui pèsent sur le jeune intellectuel ? Certes non. On n'imagine pas Karol Wojtyla, au début de son sacerdoce, se plaindre de la dureté de son ministère.

Mais, dans ses salons de la rue Franciszkanska, le cardinal-archevêque de Cracovie s'inquiète. Il a quatre-vingt-trois ans, le temps lui est compté. Tandis que le pouvoir communiste s'installe et se durcit de mois en mois, Sapieha sait qu'il doit brûler les étapes s'il veut atteindre ses deux objectifs : d'une part, contribuer à remettre l'Église de Pologne, décimée par la guerre, en état de marche ; d'autre part, la doter des moyens de résister au nouveau péril politique et idéologique qui la menace. Ces moyens-là, ce sont les hommes. Ceux de la nouvelle génération, ceux qui incarnent l'avenir.

À l'image de l'épiscopat polonais tout entier qui, à la mort du cardinal Hlond, en novembre 1948, s'est doté d'un nouveau primat de quarante-sept ans, Stefan Wyszynski, le vieil archevêque de Cracovie doit lancer toutes ses forces vives dans la bataille qui s'annonce. Alors tant pis pour les paroissiens de Niegowic ! Des prêtres pour la campagne, il n'en manque pas ; mais des aumôniers pour les étudiants, cela ne se trouve pas si facilement. Surtout en cette période où les idées marxistes intriguent et fascinent nombre d'entre eux. L'archevêque sait bien que le jeune Wojtyla a les qualités nécessaires.

La pastorale étudiante

Le prince Sapieha a décidé de nommer son protégé à l'église Saint-Florian. Ce n'est pas à proprement parler une paroisse estudiantine. La paroisse universitaire, à Cracovie, c'est l'église Sainte-Anne, à quelques centaines de mètres de là, en bordure de la vieille ville. Mais le nombre d'étudiants est tel, en ces années de reconstruction, que la paroisse voisine, Saint-Florian, est largement mise à contribution pour aider à la pastorale des jeunes.

Karol n'aurait pas rêvé meilleure affectation. L'église est située tout près du centre de la cité, de l'autre côté des Planty, à dix minutes à pied de sa chère université Jagellon ! Il n'est pas loin de ses lieux de prédilection : le monastère de Czerna, à l'ouest de la ville, où il avait tant souhaité devenir contemplatif, et aussi le sanctuaire de Kalwaria Zebrzydowska, sur la route de Wadowice, où il conduit son premier pèlerinage à pied le 10 septembre 1950. Enfin, par une étonnante coïncidence, le Teatr Rapsodiczny de son ami Kotlarczyk s'est installé à deux pas, sur le même trottoir, au 5 de la rue Warszawska. Combien de fois lui arrive-t-il de passer, le soir, saluer ses amis les plus chers après le spectacle ! Il ne manque aucune première et participe souvent aux discussions. « Au début, cela nous faisait drôle de le voir en soutane, se rappelle Danuta Michalowska, mais nous nous y sommes habitués. Seul Kotlarczyk, notre directeur, continuait de regretter à haute voix qu'il ne soit plus acteur[1]. »

Le curé de Saint-Florian, le père Tadeusz Kurowski, lui fait bon accueil. Les autres vicaires — Czeslaw Obtulowicz, Marian Jaworski, Jozef Rozwadowski et Mieczyslaw Turek — noueront avec lui des relations amicales durables : les deux premiers le suivront à l'archevêché, et, beaucoup plus tard, lorsque l'Ukraine sera devenue indépendante, Mgr Jaworski sera nommé évêque de Lviv, l'ancienne Lwow, par son ancien collègue devenu Jean-Paul II[2].

Comme à Niegowic, Wojtyla assume sa part du service paroissial. Il célèbre la messe, bénit les mariages, baptise les enfants[3]. Il confesse aussi, des heures durant. Il a toujours le même sentiment de responsabilité quand il reçoit dans son confessionnal. Toujours la même pensée pour le curé d'Ars. Là où d'autres prêtres chuchotent un peu mécaniquement, l'abbé Wojtyla parle doucement, de sa voix grave au timbre chaleureux. Devant son compère Malinski, il utilise un jour une comparaison pleine d'humour : au confessionnal, le prêtre ne doit pas « jouer au pic-vert », il doit engager un vrai dialogue avec les pénitents, notamment les jeunes qui font la queue pour se confier à lui. *Jouer au pic-vert* : quand on se rappelle le volet de bois ajouré des confessionnaux d'antan, on ne peut que trouver l'image savoureuse. Une jeune Cracovienne de l'époque se rappelle, cinquante ans plus tard, que l'abbé Wojtyla ne comptait pas son temps en confession, et n'hésitait pas à recommander, en guise de pénitence, la lecture de saint Jean de la Croix[4].

*

Le vieux Sapieha savait ce qu'il faisait. Wojtyla, chargé de la catéchèse dans les classes supérieures du lycée voisin et de la pastorale des étudiants de l'université Jagellon, est dans son élément. D'abord, il connaît parfaitement le « terrain » : cette vieille ville de Cracovie si fière de ses traditions royales, de sa culture multiséculaire, de son dynamisme artistique. Il connaît aussi cet esprit frondeur, un peu affecté, qui caractérise ses élites. Et il peut concilier à sa guise son métier de pasteur et ses ambitions intellectuelles.

Certes, les paroissiens de ce temps-là se rappellent que ses sermons, « admirablement dits », étaient toujours très longs, d'un niveau philosophique souvent trop élevé « jusqu'à frôler l'incompréhensible ». Autant ses récollections sont passionnantes, parce que adaptées à tel ou tel petit groupe d'étudiants avertis, autant ses homélies dominicales passent largement au-dessus de l'assistance. Karol Wojtyla est — déjà — exigeant à l'égard de ses auditoires. Il ne se départira jamais de cette exigence, même devenu pape.

Les plus cultivés de ses paroissiens, au moins, sont sous le charme. Deux prêtres attirent les intellectuels de la vieille ville, à l'époque : le père Jan Pietraszko, de l'église Sainte-Anne, et le père Karol Wojtyla, de Saint-Florian. On se les arrache, et on se range derrière l'une ou l'autre de ces « vedettes » de la prédication. On parlerait aujourd'hui de « starisation ». Une tendance qui exprime aussi le souci collectif de compenser les pertes humaines de la guerre : que de jeunes prêtres brillants rivalisent d'intelligence et d'érudition, voilà qui rassure. La Pologne a tant besoin de prédicateurs, de formateurs, de philosophes, de théologiens, de savants dans tous les domaines !

Karol Wojtyla en est bien conscient. Il est lui-même tiraillé entre son souci de bien faire son métier de vicaire et sa passion pour les études. Il ne s'agit plus, pour lui, de s'investir dans la littérature ou le théâtre. C'est la philosophie qui l'attire, désormais. Et si le jeune aumônier fait merveille à la Jagellonne ou à Sainte-Anne lors de ses conférences sur saint Thomas d'Aquin, il a de plus en plus de mal à concilier son travail paroissial avec ses lectures, la préparation de ses cours et ses études en général. Son ancien professeur, le père Ignacy Rozycki, resté très proche de lui, s'en préoccupe. C'est lui qui poussera Karol à faire fructifier son cursus universitaire.

Le 19 juin 1948, à l'Angelicum de Rome, Karol Wojtyla avait obtenu brillamment son doctorat de théologie. Difficile d'avoir de meilleures notes : 50/50 à son examen de fin d'études, 9/10 à sa dissertation, et 50/50 à sa soutenance de thèse sur « la foi dans la pensée de saint Jean de la Croix » (*Doctrina de fide apud S. Joannem de Cruce*). Son doctorat, validé en Pologne le 16 décembre 1948 avec la mention « *Magna cum laude* », fait définitivement de lui un docteur en « sainte théologie » (*sic*) [5]. Le diplôme, rédigé en latin, a été solennellement accordé à l'étudiant « *Carolus Wojtyla* » par les professeurs « *Alexius Klawek, Josephus Kaczmarczyk et Ladislaus Wicher* » [6].

Le professeur Rozycki ne veut pas se contenter de ce résultat formel. Son brillantissime élève doit pouvoir enseigner au plus haut niveau, et, pour cela, passer une *habilitacja* (doctorat d'État), le grade le plus élevé de l'université. Or cet objectif est incompatible avec un service en paroisse. Le cardinal Sapieha est du même avis, mais le vieux « prince archevêque » s'éteint le 23 juillet 1951, à quatre-vingt-cinq ans, après cinquante-huit années de sacerdoce. L'émotion et la ferveur qui submergent Cracovie, le jour de ses obsèques, en feront une date mémorable. Une mer humaine, un océan de couronnes accompagneront le cercueil du vieil homme dans sa dernière demeure, de l'église des franciscains — où sa statue sévère se dresse aujourd'hui — à la cathédrale du château de Wawel, en passant par le Rynek noir de monde.

Quelques jours après l'enterrement, le père Rozycki s'ouvre donc de ses intentions à Mgr Eugeniusz Baziak, qui vient d'être élu administrateur intérimaire de l'archidiocèse. Ex-archevêque de Lwow, homme de bon sens, Baziak sait juger les hommes. Il reçoit l'abbé Wojtyla et lui accorde sa dispense — au moins pour un an, on verra pour la suite. Karol va donc quitter Saint-Florian pour s'installer au calme, au premier étage du 19 de la rue Kanonicza, chez le professeur Rozycki.

Même si ses façades ont subi les déprédations de la guerre, la rue Kanonicza — dont les plus beaux immeubles appartiennent à l'Église — est la plus jolie des vieilles artères de Cracovie. Elle aboutit juste au pied de la colline de Wawel. Pour Karol, cet endroit est un havre de paix dans la bourrasque politique des dernières années staliniennes. Son hôte lui cède une pièce sombre, vite encombrée de livres et de dossiers. Parmi ceux-ci, les œuvres complètes — en allemand — du philosophe Max Scheler, auquel Wojtyla va consacrer sa thèse, intitulée : *Étude sur la possibilité de fonder une morale catholique sur la base du système éthique de Max Scheler.*

Pourquoi Max Scheler ? Est-ce le rayonnement d'un des plus brillants professeurs de la Jagellonne, Roman Ingarden, lequel fut lui-même l'élève d'Edmund Husserl, qui provoqua ainsi la rencontre du futur pape et de la phénoménologie ? Max Scheler, qui côtoya Husserl à Göttingen, fonda avec lui, avant la guerre, l'École phénoménologique. Celle-ci, par son approche positive de la notion de conscience — laquelle est toujours conscience *de* quelque chose —, allait influencer nombre de philosophes, de Heidegger à Jean-Paul Sartre. Max Scheler, pour sa part, s'est distingué par ses théories sur la valeur, qui conditionne l'expérience qu'on peut avoir d'un objet philosophique : si celui-ci est une personne, sa dimension éthique, pour objective qu'elle soit, peut influer sur le sujet, qui est une autre personne. Pour les étudiants en philosophie, auxquels on expliquait depuis des lustres que le sujet était immuable, c'était une nouveauté enthousiasmante — surtout pour des catholiques, qui placent l'expérience de la *personne* nécessairement au cœur de la pensée[7].

L'abbé Wojtyla emploie désormais le plus clair de son temps à la philosophie. Ce qui ne l'empêche pas de célébrer la messe à Sainte-Catherine, de l'autre côté du château de Wawel, de confesser régulièrement à la basilique Notre-Dame, de conduire plusieurs années de suite la retraite de carême dans la paroisse de Rabka pour son ami Malinski, ni de continuer à composer de la poésie et à écrire pour le théâtre. Et, surtout, de s'occuper de plus en plus de « ses » jeunes.

Les crocus de Zakopane

Cours d'instruction religieuse, récollections, retraites, homélies, confessions : l'exceptionnel ascendant qu'exerce l'abbé Wojtyla sur les étudiants, filles et garçons, s'est vite affirmé lors de son passage à Saint-Florian. Karol, âgé de trente ans, est lui-même très attaché à ces jeunes dont il est si proche, et il va cultiver cette relation en développant à leur intention deux types d'activités : le chant choral et la balade en montagne.

En février 1951, alors qu'il organise des répétitions de chant à Saint-Florian, l'abbé Wojtyla — pas très musicien lui-même, mais doté d'une belle voix de baryton — a l'idée d'instituer un rendez-vous hebdomadaire dans cette église, chaque mercredi à six heures du matin, où se retrouvent d'abord quelques garçons de l'École polytechnique et quelques filles de la Jagellonne. Objectif : s'entraîner au chant grégorien, former une « petite chorale » mixte et travailler sur des liturgies non conventionnelles en mêlant textes sacrés et poésies profanes. Quelques semaines plus tard, grâce au talent d'un des garçons, Joachim, le chœur est à peu près opérationnel et se produit pour la première fois en public — il exécute la très classique *Missa de Angelis* — lors d'une cérémonie à Saint-Florian. Bientôt, Wojtyla élargit le cercle des participants, et quelques acteurs du Théâtre rapsodique, comme Jan Adamski ou le futur chansonnier Jacek Fedorowicz, mêlent bientôt leurs voix aux récitants amateurs. À l'heure où le pouvoir communiste fait monter la pression sur une Église qualifiée par lui d'« archaïque » et « obscurantiste », ces expériences sont particulièrement attractives.

Ainsi s'affirme aussi la personnalité propre de ce jeune prêtre qui a su tirer le suc de son expérience personnelle du théâtre et de ses récents voyages en des terres catholiques occidentales moins conformistes que la sienne. Karol Wojtyla plaît aux étudiants de Cracovie parce qu'il n'hésite pas à bousculer les règles très figées de la liturgie de l'époque, et mêle déjà, en un cocktail dynamique, tradition et modernité. Avec audace, mais sans jamais céder à la tentation de la démagogie.

Les jeunes filles que Wojtyla a rassemblées autour de lui, habitent pour la plupart en face de Saint-Florian, rue Warszawska, dans le couvent des sœurs de Nazareth. Étudiantes à l'université Jagellon, elles ont découvert le jeune vicaire lors d'une retraite qu'il a prêchée à leur attention : ses propos très personnels sur l'éthique du mariage, sur l'amour et la sexualité les ont étonnées et séduites. Elles continueront de fréquenter le père Wojtyla quand il célébrera à l'église Sainte-Catherine, puis à la basilique Notre-Dame. À vrai dire, celles-là ne le quitteront plus jamais.

C'est avec elles qu'un dimanche d'avril 1952 — le dimanche des Rameaux — il organise une balade avec sa petite chorale à Zakopane, la célèbre station de ski, sous le prétexte malicieux d'aller jeter un coup d'œil sur les crocus perçant les champs de neige. Bien sûr, il s'agit davantage de méditer en pleine nature. Mais il est vrai que le spectacle de ces millions de fleurs éphémères qui bleuissent alors les pentes encore neigeuses des Tatras est absolument magnifique. Malheureusement, le hasard fait que les garçons participant à l'escapade doivent y renoncer pour cause d'examen imprévu. Prévenu à la dernière minute, Wojtyla décide de maintenir le projet. C'est donc avec cinq jeunes filles que le jeune abbé prend gaillardement le train de nuit pour Zakopane. Il n'a pas mis sa soutane, il porte un pantalon de golf, et les filles, au lieu de l'appeler « monsieur l'abbé » ou « père », lui donnent du « *Wujek* » (Oncle) ou du « *Wuj Karol* » (Oncle Karol) dans le train, pour ne pas affoler les autres passagers du compartiment.

C'est le début d'une belle aventure, à la fois humaine, sportive et spirituelle. Après la virée à Zakopane, il y aura une randonnée à pied à Kobierzyn, avec un grand détour par les monastères de Bielany et Tyniec, dans le sud de Cracovie. Puis une autre, toujours à pied, à Bolechowice, sur la route de Czerna. Marche, méditation, plaisanteries, discussions, entretiens personnels, cantiques à plusieurs voix, prières : les jeunes en redemandent !

Bientôt, les buts de balade se font plus lointains. Un samedi de juin 1952, tout le groupe se retrouve le soir à Bielsko-Biala, où les filles ont un gîte prévu tandis que les garçons sont logés au presbytère de Kozy, le bourg voisin, à l'invitation de l'abbé Franciszek Macharski, le copain de séminaire de Wojtyla, alors vicaire dans la région. Souvenir ému de Macharski, devenu, trente ans plus tard, cardinal-archevêque de Cracovie : « Le dimanche matin, à l'aube, tout le monde se retrouva pour une messe chantée en grégorien, c'était superbe ! » Une autre fois, c'est chez un autre ami, le fidèle Malinski, vicaire à Rabka, que se retrouve la petite troupe de marcheurs, pour monter jusqu'au sommet de Turbacz (1 310 m). Ces garçons et filles — une dizaine, d'abord, puis davantage — qui accompagnent leur *wujek* (le surnom lui restera) dans ces premières escapades en montagne formeront peu à peu une *paczka*, une « bande de jeunes » extrêmement soudée. Le groupe aura même son histoire propre puisque certains se marieront entre eux, et que les enfants des uns et des autres, vingt ans plus tard, participeront aux mêmes virées.

En avril 1953, à la suite du premier de ces mariages à l'intérieur du groupe, les jeunes décident de rallier Czestochowa à bicyclette. Distance aller-retour : deux cent quatre-vingts kilomètres. Un succès. Ils referont désormais ce périple chaque année. À deux reprises, l'abbé Karol fera avec eux tout le trajet à vélo — ce qui est fort méritoire quand on sait qu'il a toujours détesté ce moyen de transport. L'ancien lycéen de Wadowice est plus à l'aise quand il retrouve, sac au dos, les sentiers du mont Leskowiec, où son père l'entraînait naguère, ou ceux, plus escarpés, de la Romanka (1 366 m), de la Babia Gora (1 725 m) ou du Kasprowy Wierch (1 909 m).

À partir de l'été 1953, les marches d'un week-end se transforment en vrais séjours de vacances. Ce sont de longues randonnées, de refuge en refuge, que le groupe organise aux quatre coins des Beskides et jusque dans les Bieszczady, à l'extrémité sud-est du pays : le sommet de Halicz (1 333 m) est à un jet de pierre de la frontière de l'URSS. À Ustrzyki Gorne, un soir orageux d'août 1953, le groupe se fait surprendre par une pluie diluvienne, et ce sont des soldats garde-frontières qui abritent les dix-sept garçons et filles et leur mystérieux moniteur.

C'est aussi à cette époque qu'un nouveau venu, Jerzy Ciesielski[8], propose à tout le groupe de se mettre au canoë-kayak. Défi relevé ! En septembre 1953, l'abbé Wojtyla et neuf jeunes de son groupe descendent en canoë la rivière Brda. Ils n'ont encore ni matelas pneumatiques ni sacs de couchage, et dorment sur de vieilles chambres à air. L'année suivante, un peu mieux équipés, les mêmes descendront la Czarna Hancza de lac en lac jusqu'à Augustow et Suwalki, éblouis par la beauté sauvage de la région de Mazurie, à l'extrémité nord-est du pays. Ils recommenceront ensuite sur les lacs de Poméranie occidentale, du côté de Koszalin.

Des habitudes se prennent, des rites s'instaurent. Le père Karol donne le tempo. Il se lève toujours avant l'aube, se baigne vers 6 heures du matin dans le lac, puis tout le monde se retrouve pour la messe en plein air. L'autel est un kayak renversé, deux pagaies attachées servent de crucifix. Puis le camp s'ébranle, on range les tentes, on remplit les gourdes, et c'est la descente. Au début, Karol utilise un kayak biplace : il pagaie à l'arrière, il est « capitaine », et chaque jour il a un « mousse » différent, avec lequel il peut ainsi s'entretenir toute une journée. Quand il sera évêque, il aura son propre kayak et une tente individuelle. Le rythme est soutenu : le groupe parcourt, en moyenne, trois cents kilomètres en quinze jours. On peut voir Wojtyla sur les photos de l'époque, un mouchoir sur la tête pour se protéger du soleil, pagayant sans gants. Ou lisant tranquillement, dans un canoë au repos. En fin de journée, installation du campement, dîner en commun, puis feu de camp. Chansons profanes, cantiques à la Vierge, discussions, prière finale. Et un dernier cantique, dans la nuit commençante, toujours le même : *Idzie noc (Voici la nuit...)*

À partir de l'hiver 1954-1955, Karol Wojtyla devient aussi un skieur averti. Il se lance avec sa petite chorale — qui s'appelle désormais *Srodowisko*, ce qui peut être traduit par « réseau » — dans de grandes randonnées à ski et commence à connaître toutes les vallées de la région de Zakopane. Périmètre de prédilection : la vallée de Chocholowska, près de la frontière tchécoslovaque. Le programme de ces journées très sportives ressemble à celui des grandes virées en kayak : arrêt dans des refuges de montagnards, discussions philosophiques devant l'âtre, cantiques mariaux et prière du soir...

Dans un article émouvant, l'archevêque Wojtyla expliquera un jour que « parcourir ainsi rivières et sentiers dans les montagnes, à pied ou à ski l'hiver » est « un repos nécessaire pour les gens qui font de gros efforts intellectuels. À travers cette communion avec la nature, non seulement la sensibilité humaine acquiert un sens particulier, à la vue des forêts enneigées recouvrant les montagnes, ou bien des profondeurs d'un lac, mais on acquiert aussi une certaine forme physique qui est la condition facilitant ce contact intime avec le "sein" de la nature[9] ».

Repos nécessaire, communion avec la nature, forme physique : ce n'est donc pas un simple défoulement de jeunesse, mais une règle de vie. Il continuera de la respecter quand il sera évêque, archevêque, cardinal, et même quand il sera élu pape. Karol Wojtyla, au départ, n'était pas plus sportif qu'un autre. C'est cette pastorale très particulière qui en a fait un excellent skieur, un pagayeur averti, un remarquable nageur. Un « sportif de Dieu », comme l'appellera à Paris, trente-cinq ans plus tard, le cardinal Marty.

L'abbé Wojtyla a même reçu la médaille du « Randonneur émérite », en novembre 1954, et participé à une compétition, une seule, en mai 1955, avec Jerzy Ciesielski et toute une bande d'amis [10]. Il s'agissait de la Descente internationale en kayak de la Dunajec, une rivière fougueuse qui coule à Nowy Targ, non loin de la station de Zakopane. Ce ne fut pas une réussite : après avoir heurté un rocher, le kayak du couple Karol Wojtyla-Zdzislaw Heydel commença à prendre eau à mi-chemin et c'est dans un bateau coulé, assis dans l'eau jusqu'à la taille, que le futur pape franchit la ligne. « Seul son bréviaire n'était pas trempé », a noté un témoin de cette arrivée peu glorieuse [11].

À la fin de juillet 1978, alors que les jours de Paul VI sont comptés, c'est-à-dire quelques semaines avant le conclave qui va l'élire pape, le cardinal Wojtyla pagaie encore avec ses jeunes sur le lac Krepsko. Une photo le montre sous la tente, en compagnie du professeur Gabriel Turowski. Témoignage d'un des participants à ces huit derniers jours de randonnée : « Il était dans une forme physique extraordinaire, capable de traverser à la nage le lac de huit cents mètres de large, aller-retour, sans s'arrêter [12]. »

Après chaque équipée, la bande du *Srodowisko* a pris l'habitude d'organiser une réunion spéciale, chez Wojtyla, pour en faire le bilan et préparer la prochaine virée : participants, itinéraire, etc. La dernière séance de ce type est prévue le 6 janvier 1979, jour de l'Épiphanie. De Rome, Karol Wojtyla enverra une lettre d'excuse : il est désolé de ne pouvoir venir, on vient de l'élire pape.

Les jeunes et la sexualité

Ces longs entretiens en kayak, ces échanges sur les remonte-pentes, ces discussions pelotonnés dans des refuges de montagne, ces confessions champêtres ont établi entre le père Wojtyla et les jeunes de son entourage une relation très forte et très confiante. Les pèlerinages itinérants et les nombreuses récollections ou veillées de prière qu'il anime pour eux à Cracovie, notamment au couvent des ursulines, contribuent aussi à cette relation unique. C'est au cours d'une de ces récollections, en avril 1955, que l'abbé Wojtyla choisira de commenter la parole du Christ à ses apôtres : « N'ayez pas peur ! »

Pour beaucoup de ces garçons et filles, Karol est à la fois un ami sûr, un grand frère et un directeur spirituel. C'est-à-dire, parfois, un conseiller conjugal. Les étudiants de Cracovie sont comme les jeunes gens de toute la planète : à leur âge, les questions qu'on se pose sont, le plus souvent, d'ordre moral, affectif et sexuel. Ils ont la chance de pouvoir se confier à un prêtre très disponible sur ces affaires délicates, un homme d'Église qui les écoute sans gêne ni réprobation. Un intellectuel, qui plus est, qui a consacré sa réflexion philosophique aux questions d'éthique.

« Quand j'étais jeune prêtre, racontera Jean-Paul II à André Frossard, j'ai appris à aimer l'amour humain. C'est un des thèmes sur lesquels j'ai axé tout mon sacerdoce [13]. » *Aimer l'amour humain* : voilà qui n'est pas si fréquent, à l'époque, chez un homme d'Église. De même que sa façon de s'insurger, parfois, contre le mode archaïque sur lequel est abordée l'éthique sexuelle dans l'Église de son temps, laquelle « ne s'appuie que sur des injonctions et sur des interdits, sur une autorité et sur des sanctions[14] ». Les jeunes de Cracovie ne sont pas habitués à ce qu'un ecclésiastique leur parle de la sexualité en termes positifs, avec confiance et optimisme.

L'Église polonaise est frileuse et démunie, à l'époque, sur ce sujet quasi tabou. Un livre est paru, après la guerre : *L'art d'aimer,* de Michalina Wislocka. Ce livre qui fait couler beaucoup d'encre est jugé « acceptable, mais pas suffisant » par Karol Wojtyla. Quand ce dernier commence à écrire sur le sujet, il fait, lui aussi, sensation. En 1952, il publie un long article dans le *Tygodnik Powszechny*, sous le titre « Instinct, amour, mariage ». Il y expose des idées qui seront à la base de son enseignement, y compris apostolique, et que l'on peut résumer ainsi : l'instinct sexuel, par nature, sert le bien puisqu'il permet la transmission de la vie humaine ; le résultat de la relation sexuelle est de faire exister non seulement un embryon, mais aussi un nouvel être spirituel ; le plaisir des sens, qui procède de l'assouvissement du désir charnel, est donc une bonne chose ; mais le désir, destiné à assouvir les fins de l'instinct, tend aussi à s'assouvir lui-même, sans égard aux autres fins autres que la sienne propre ; l'instinct ne portant pas vers sa finalité objective (la transmission de la vie), mais vers le plaisir lui-même, il y a un équilibre difficile à trouver entre instinct et plaisir ; c'est justement là le rôle de la volonté, nourrie de la réflexion, d'endiguer le désir aveugle. « C'est là, écrit Wojtyla, que se déploie d'un coup le terrain du combat intérieur qui marque tout homme normal[15]. »

L'auteur de l'article dénonce aussi le traitement du « problème de la pureté éthique dans le domaine sexuel » qui consiste à « placer tout ce domaine sous le signe de l'interdit ». Il faut « se libérer » de l'idée que l'exigence de pureté « est l'ennemie de l'amour » et considérer comme « légitime » la « recherche de l'assouvissement du désir par le moyen de la volupté charnelle ». La réflexion finale sur le mariage lui-même est un peu faible, qui affirme que « seul le mariage, institution socio-légale, vient confirmer socialement l'appartenance mutuelle des personnes » et « crée les conditions nécessaires pour que leur rapport charnel ait un caractère de pureté éthique ». Mais Wojtyla n'en est qu'au début de son itinéraire intellectuel et pastoral.

Dans sa forme, ce premier article de fond est un peu tortueux, comme le sont beaucoup de ses écrits de jeunesse. Et son approche du sujet est purement conceptuelle. Mais, en sus de sa réflexion philosophique, l'abbé Wojtyla fait montre d'une connaissance concrète très particulière des choses de l'amour, qui lui vient de ces innombrables discussions et confessions avec des gens à peine plus jeunes que lui. Ce qui n'est pas si fréquent.

*

Quelques années plus tard, en 1960, Karol Wojtyla tentera de synthétiser toute cette expérience, très originale, dans un traité qu'il intitulera *Amour et responsabilité*. Cette « étude éthique » — c'est le sous-titre — sera publiée deux ans plus tard aux éditions Znak, à Cracovie[16].

Ce n'est en rien l'essai d'un philosophe, d'un psychologue ou d'un sexologue. L'auteur est pasteur avant d'être penseur, et il tente d'organiser une réflexion essentiellement empirique sur le mariage, l'amour, le sexe. Mais il apparaît vite, à la lecture de l'ouvrage, qu'il s'est énormément investi dans ces questions, qu'il a consulté nombre de spécialistes, et que son objectif est bien d'écrire une sorte de traité d'éducation sexuelle. Il suffit de voir avec quelle précision il aborde les sujets les plus délicats — au moins pour l'époque — comme la frigidité féminine, la masturbation, l'homosexualité, etc. Le titre du premier chapitre, « Qu'est-ce que jouir ? », illustre cette exceptionnelle liberté de ton qui explique le succès du livre auprès des jeunes. Le propos est aussi simple que séduisant : jouir est parfaitement légitime, dit-il, à la seule condition de ne jamais considérer la personne qu'on aime comme un objet de jouissance.

Sa volonté de dédramatiser tous ces sujets est frappante. En tant que réaction neuro-végétative, écrit-il, le désir sexuel n'a aucune valeur morale. Il faut surtout éviter de faire croire, tout particulièrement aux jeunes, que le sexe est quelque chose de mal. En revanche, il faut bien leur faire comprendre que l'individu n'est pas obligé de subir ses tendances et pulsions diverses, que la volonté existe aussi dans ce domaine, et que c'est elle qui fonde la « responsabilité » de la personne. C'est précisément le point de départ de toute morale sexuelle.

Le futur pape tord le cou, au passage, à l'idée qu'un prêtre n'a pas compétence à traiter des questions sexuelles. Lui, l'aumônier si proche de tant d'étudiants et d'étudiantes, le pasteur passant sa vie de session en récollection, le confesseur à l'écoute de tous ces adolescents tourmentés, le vicaire organisant les préparations au mariage, a une expérience « indirecte, certes, mais beaucoup plus vaste » que n'importe qui [17].

C'est aussi en 1960 que Karol Wojtyla termine sa pièce *La boutique de l'orfèvre.* Le sous-titre est mi-pompeux, mi-naïf : *Méditation sur le sacrement de mariage se transformant de temps à autre en drame* [18]. C'est bien une « méditation » : *La boutique de l'orfè-*

vre ne comporte aucun artifice dramatique, aucun jeu de scène, aucune action. Comme l'avait théorisé Kotlarczyk avec son théâtre « rapsodique », seuls les mots véhiculent des idées, des réflexions et, parfois, quelques émotions. La démarche théâtrale de Karol Wojtyla ne vise donc pas à distraire ni à éblouir, mais à faire réfléchir. L'auteur dramatique est d'abord prêtre et, s'il se fait plaisir en renouant avec sa grande passion de jeunesse, il ne perd pas de vue son objectif pastoral.

La pièce elle-même n'est pas proprement religieuse, même si elle porte davantage sur le « sacrement » de mariage que sur le mariage proprement dit. Mais l'auteur a choisi le registre du drame humain, avec des personnages réels, imparfaits, troubles, et visiblement inspirés d'exemples vécus. On ne peut que sourire quand un des personnages féminins, Thérèse, se rappelle que son fiancé André « draguait » une autre fille qu'elle dans les courses en montagne de leur adolescence. Le propos est parfois naïf, ampoulé, excessivement généreux, toujours romantique, mais il n'est pas bêtement moralisateur. Dieu veut que le couple soit indissociable, certes, mais la vie montre que ce n'est pas facile du tout. Du reste, à la fin de la pièce, alors que l'orfèvre « a fermé sa boutique », les deux jeunes qui s'en vont à la conquête de la vie, Monique et Christophe, ne partent pas du bon pied et rien ne dit qu'ils réussiront leur couple.

Les deux œuvres, le traité de sexologie et la méditation théâtrale, renseignent aussi sur leur auteur. Dans *Amour et responsabilité*, Karol Wojtyla traite avec précision de l'abstinence sexuelle. La continence, écrit-il en substance, est légitime et n'entraîne aucun trouble particulier à condition qu'elle soit vouluc, et non la conséquence d'une « répression » quelconque.

La lecture attentive de *La boutique de l'orfèvre* ajoute une dimension personnelle à ce constat d'ordre général. Certaines répliques donnent l'impression d'avoir échappé à l'auteur, à sa pudeur :

Les hommes ont besoin de tendresse,
Ils ont besoin d'intimité...

Elles semblent annoncer sa *Méditation sur la paternité*, écrite en 1964, où l'on ne sait s'il parle d'Adam, le premier homme, ou de lui-même. Elles confirment que Karol Wojtyla n'était pas taillé dans le roc. Le célibat, pour lui, n'est pas toujours allé de soi. Non pas sur le plan de la chasteté, qu'il a parfaitement assumée, mais sur un terrain inattendu, plus intime encore : le regret diffus de ne pas être père [19].

8

Poète et professeur

C'est un véritable salon littéraire que tient périodiquement, chez elle, Zofia Morstin : à l'ancienne, avec du thé, des petits gâteaux, des invités cultivés et beaucoup d'élégance dans les propos tenus. Dans son grand appartement situé au premier étage du 4, place Jablonowski (aujourd'hui place Sikorski), la tante de Stanislaw Starowieyski adore organiser des rencontres entre telle ou telle personnalité de passage et quelques intellectuels appartenant à la bonne société cracovienne. À commencer par les animateurs du journal où elle travaille, un modeste hebdomadaire catholique récemment créé, au titre ambitieux : *Tygodnik Powszechny* (L'hebdomadaire universel). Il y a là Jerzy Turowicz, Stanislaw Stomma, Jacek Wozniakowski et d'autres amis journalistes ou publicistes dont la notoriété est encore limitée à quelques cercles cracoviens.

En cette soirée de juillet 1948, elle a invité son neveu Stanislaw, accompagné par son ami Karol, à raconter le séjour que les deux jeunes gens viennent d'effectuer en Occident. L'abbé Wojtyla, dans l'ombre de son camarade, semble très jeune. Il porte une soutane râpée, des souliers usés, il détonne un peu dans ce milieu bourgeois et un peu précieux, mais il n'est pas gêné : cette ambiance lui rappelle les soirées que donnait *babcia* Szkocka pendant la guerre. D'ailleurs, dès qu'il prend la parole, il captive son auditoire. De sa voix posée, il raconte Rome et l'Italie, mais surtout la France et la Belgique, la déchristianisation de ces vieilles terres chrétiennes, la reconquête des banlieues et la pastorale ouvrière...

La soirée est un succès.

— Il faudrait publier tout cela dans le journal, dit quelqu'un.

Wojtyla retient l'idée. Sans imaginer qu'il va se lier, pour longtemps, à cette équipe de gens ouverts, cultivés, enthousiastes et courageux.

Le Tygodnik Powszechny

Le « journal ». Les hommes et les femmes qui font le *Tygodnik Powszechny* vivent une véritable aventure journalistique, politique et intellectuelle depuis que Mgr Jan Piwowarczyk, à la libération de Cracovie, a eu l'idée de lancer une nouvelle publication catholique. Âgé de cinquante-six ans, le père Piwowarczyk a le journalisme dans le sang. Il a débuté en 1922 comme rédacteur au quotidien *Glos Narodu* (« La voix du peuple »), organe de la Démocratie chrétienne et propriété de l'archevêché. Il en est devenu le rédacteur en chef en mars 1936, avant d'être nommé curé de Saint-Florian en juin 1939, puis recteur du séminaire pendant l'occupation allemande.

L'archevêque Adam Stefan Sapieha apprécie ce prélat entreprenant et peu conformiste, qui allie un anticommunisme virulent et des idées sociales très avancées : il est même qualifié de « prélat rouge » — un comble — par ceux qu'il horrifie en se disant partisan de la réforme agraire. Le prince Sapieha n'en a cure, qui passe, lui aussi, pour « progressiste » auprès d'une partie de l'épiscopat. L'important, à ses yeux, c'est que les catholiques polonais se donnent au plus vite les moyens de s'informer, de s'exprimer, de débattre, à l'heure où le nouveau pouvoir stalinien représente une menace mortelle pour l'Église de Pologne. Aussi l'archevêché de Cracovie, qui est éditeur du nouveau journal, lui prête-t-il des locaux : un étage complet du 12, de la rue Wislna, quatre grandes pièces dont les doubles fenêtres intérieures donnent sur la cour du palais épiscopal.

En mars 1945, Mgr Piwowarczyk sort le premier numéro du *Tygodnik Powszechny*. Il a constitué une petite équipe de laïcs — ce qui est nouveau en Pologne — autour d'un de ses anciens journalistes de *Glos Narodu*, Jerzy Turowicz, trente-trois ans, bombardé rédacteur en chef. « Être rédacteur en chef, racontera plus tard celui-ci, cela consistait à tout faire ! » Turowicz a déjà trois petites filles — sa femme, Anna, est la filleule du maréchal Pilsudski — et ses journées n'ont que vingt-quatre heures. L'avenir, pourtant, montrera que c'était un bon choix.

Mgr Piwowarczyk, qui est une personnalité écoutée, ne cache pas ses amitiés pour les politiciens libéraux et autres dirigeants anticommunistes, à commencer par Stanislaw Mikolajczyk, le chef du parti paysan, qui sera forcé de quitter le pays après les élections de 1947. Une telle figure ne pouvait que se retrouver dans le collimateur du nouveau pouvoir. À Varsovie, les militants démocrates-chrétiens qui, sur le même modèle, ont lancé le *Tygodnik Warszawski*, sont jetés en prison. En 1951, sur le conseil du cardinal Sapieha, Piwowarczyk quitte Cracovie pour aller ronger son frein à la campagne en attendant des jours meilleurs.

Jerzy Turowicz se retrouve seul maître à bord du journal. Il y fait venir l'un de ses camarades d'avant-guerre, Stanislaw Stomma, qui militait avec lui — et avec le futur primat Stefan Wyszynski — dans le mouvement démocrate-chrétien Odrodzenie.

Stomma était entré au séminaire de Cracovie mais n'avait pas donné suite à ce qu'il croyait être la vocation sacerdotale. Par ailleurs, depuis 1946, le *Tygodnik* a désormais un « cousin », une revue mensuelle baptisée *Znak* (« Le signe »), dirigée par un jeune historien de l'art, Jacek Wozniakowski. Afin de compenser la perte du responsable « religieux » du journal, Turowicz engagera en mai 1951 un jeune prêtre proche de la rédaction, Andrzej Bardecki.

Bardecki est encore aumônier dans les « territoires de l'ouest » — ces problématiques diocèses récupérés sur l'Allemagne après Yalta — lorsque au cours d'une visite à Cracovie, en février 1949, il passe saluer ses amis du journal, rue Wislna. Dans la première pièce affectée à la rédaction, il surprend Turowicz en conversation animée avec un jeune homme en soutane noire. Il ne connaît pas Karol Wojtyla. L'abbé, qui est vicaire à Niegowic, sort de sa serviette un long article au titre en français, soigneusement tapé à la machine : « Mission de France »[1].

Le papier est intéressant et bien écrit. Wojtyla y analyse avec perspicacité le divorce entre les intellectuels catholiques français, d'une qualité alors exceptionnelle, et d'immenses couches de la population qui ignorent tout de l'Évangile. Passé ce surprenant constat, qui a poussé certains prêtres à qualifier la France de « pays de mission », comment articuler cette extraordinaire richesse culturelle et cet inquiétant déficit pastoral ? Et l'auteur de raconter ses lectures, ses rencontres, ses impressions et les leçons méthodologiques qu'il en retire. L'article passera en première page dans le numéro du 6 mars 1949.

« J'écris aussi des poèmes », confie Wojtyla à Turowicz. Celui-ci est perplexe. Un compte rendu de voyage, passe encore, mais des poèmes ! Pas question, pour un prêtre, de les signer de son nom. Sa première œuvre publiée, *Chant du Dieu caché*, l'avait été dans une petite revue, *La Voix du Carmel*, en 1946, de façon parfaitement anonyme. Wojtyla signera donc d'un pseudonyme, *Andrzej Jawien*. Personne ne devra savoir qu'il s'agit d'un homme d'Église. « La publication de ces poèmes était toujours environnée de mystère, se rappelle Jacek Wozniakowski, qui remplaçait parfois Turowicz à la tête de la rédaction. Il ne fallait surtout pas dire quel en était l'auteur. Ils étaient bons, un peu intellectuels, assez claudéliens. »

Wojtyla se lie bientôt d'amitié avec Turowicz. Quand il est nommé à Saint-Florian, il devient un collaborateur régulier du journal et un ami de la rédaction. Sa nouvelle paroisse est à deux pas de la rue Wislna. Dans la veine de « Mission de France », il publie plusieurs articles de fond, notamment : « Le mystère et l'homme » (1951), « Instinct, amour, mariage » (1952), « L'expérience religieuse de la pureté » (1953). Sous pseudonyme, il publie aussi quelques poèmes : « Chant de la splendeur de l'eau » (1950), « La mère » (1950), « La pensée est un espace étrange » (1952)[2].

*

Le 5 mars 1953, les journalistes du *Tygodnik* apprennent, comme tout le monde, la mort du « camarade Staline ». Ils décident d'y consacrer quelques lignes dans l'édition en cours, mais en aucun cas l'éloge funèbre que toutes les publications de l'Europe de l'Est sont invitées à publier. Scandale ! Les censeurs du journal confisquent aussitôt les morasses et exigent, pour l'édition suivante, une nécrologie encadrée de noir. Turowicz refuse : un cadre noir serait signe de compassion, il n'en est pas question. Nouvelle confiscation des épreuves du journal. C'est l'épreuve de force. Elle ne peut que finir mal. Les rédacteurs se serrent les coudes : ils savent qu'ils risquent la prison.

Pour le numéro de la semaine suivante, Turowicz prépare une longue interview du primat, le cardinal Wyszynski. Nouveau barrage de la censure. Le gouvernement, qui n'en est plus à une provocation près, exige désormais le renvoi de Turowicz et de Stomma, qu'il entend remplacer par deux sbires du mouvement pseudo-catholique et procommuniste Pax. Mais la rédaction unanime annonce qu'elle préférera se saborder. Trois mois d'âpres négociations s'ensuivent, entre Cracovie et Varsovie, avec les représentants du gouvernement. En vain. Le 22 juin, à 16 h 15, à Varsovie, le ministre des Cultes Antoni Bida met brutalement un terme aux discussions. Rue Wislna, au même moment, la police vide les lieux et ferme les bureaux du journal. Deux jours plus tard, une nouvelle équipe, entièrement composée de prétendus « journalistes catholiques » sélectionnés par la police politique, vient prendre possession des dossiers et des machines, avec une mission toute simple : sortir un *Tygodnik Powszechny* plus docile. Le même journal, avec le même titre, le même graphisme, la même numérotation, mais... aux ordres !

Bien entendu, Karol Wojtyla cesse d'y envoyer des papiers. Il se consacre alors à son livre *Amour et responsabilité* et à sa thèse de doctorat d'État. Mais il n'abandonne pas ses nouveaux amis contraints au chômage et dont certains, comme Turowicz, se débattent dans de graves ennuis financiers. Dès le mois d'août 1953, le père Wojtyla et le curé de l'église Notre-Dame, le père Mahaj, font régulièrement porter de discrètes enveloppes aux « rédacteurs ayant charge de famille ». Turowicz apprendra beaucoup plus tard l'origine de cet argent[3].

Il faudra attendre trois ans et demi, il faudra qu'intervienne la période de dégel idéologique qui restera dans les livres d'histoire comme étant l'« Octobre polonais », pour que le nouveau chef du Parti, Wladislaw Gomulka, désireux de se concilier les faveurs des catholiques, accepte de restituer à Turowicz et à son équipe la direction du *Tygodnik* et lui permette de le sortir « normalement ». Tout étant relatif, bien entendu : la censure restera vigilante jusqu'à la chute du régime, en 1989, et le combat permanent contre les censeurs balancera, pendant plusieurs décennies, entre le tragique et le comique. Ainsi, pendant la période de l'« état de guerre », en 1981-1986, lorsque le général Jaruzelski interdira de citer le nom de Lech Walesa dans la presse polonaise, le *Tygodnik* remplacera systématiquement le nom du chef de Solidarnosc par le long intitulé de l'article de loi interdisant de le citer, avec force crochets et points de suspension, provoquant à chaque ligne le rire des lecteurs.

*

Au début de l'été 1953, au moment de la fermeture brutale du *Tygodnik*, Karol est sur le point de terminer son travail de doctorat sur Max Scheler et cherche des recenseurs en vue de sa soutenance de thèse. C'est une étape importante dans un début de carrière universitaire. Pour l'ancien collégien de Wadowice, cette formalité intellectuelle et administrative est une consécration.

À l'université Jagellon, à cette époque, la philosophie est un simple département de la prestigieuse faculté pontificale de théologie, entièrement dirigée et encadrée par l'Église. Il n'est donc pas étonnant que des ecclésiastiques règnent alors sur la discipline, à commencer par le doyen, le père Wladislaw Wicher, et le professeur Konstantin Michalski, de grande réputation. Pourtant Karol, que le travail sur

Max Scheler a éloigné des canons de l'Église, émet le souhait qu'un universitaire laïc siège dans la commission d'habilitation. Il écrit d'abord au professeur Roman Ingarden, un ancien disciple de Husserl enseignant à Cracovie où il avait introduit la phénoménologie, et qui connaissait bien l'œuvre de Max Scheler. Mais Ingarden refuse. C'est alors que Wojtyla se rappelle une soirée organisée, quelques mois plus tôt, chez le père Czeslaw Obtulowicz, premier vicaire à Saint-Florian, au cours de laquelle il a entendu un exposé prononcé par un thomiste réputé, professeur à l'Université catholique de Lublin et chargé de cours à la Jagellonne, qui l'a beaucoup impressionné. Le conférencier, âgé de quarante-six ans, s'appelait Stefan Swiezawski.

Le professeur Swiezawski reçoit donc une lettre « très révérencieuse » de ce jeune prêtre qu'il se souvient avoir rencontré, en effet, lors de cette soirée. « J'ai accueilli sa demande sans grand enthousiasme, raconte-t-il, car je me demandais ce qu'un spécialiste du XIVe siècle comme moi allait faire chez Max Scheler ! Mais Karol Wojtyla m'avait plu. Il avait aussi séduit ma femme lors d'une retraite prêchée à Saint-Florian. J'ai donc accepté. Je ne l'ai pas regretté[4]. » L'appréciation du professeur Swiezawski sur le travail de Wojtyla, comme celui des autres membres du jury, est très favorable. Il est surtout sensible à la conclusion de la thèse de Wojtyla, qui ne heurte pas ses propres convictions thomistes. En substance : Max Scheler ne peut pas être le fondement d'une théologie morale chrétienne, mais il peut apporter des éléments précieux pour une synthèse à venir.

À la fin du mois de novembre 1953, la thèse est validée. Les professeurs Swiezawski, Usowicz et Wicher ont donné un avis très favorable. Mais Karol n'a pas encore droit au titre de « professeur docteur », car le règlement administratif des universités polonaises le lui interdit : un établissement universitaire ne peut accorder le titre de *docent* (professeur agrégé) qu'à des enseignants salariés, ce qui n'est pas le cas de l'abbé Wojtyla[5].

Cela aurait dû n'être qu'une question de quelques mois — au maximum jusqu'à l'ouverture de l'année universitaire 1954-1955. Mais les événements vont se précipiter sur le plan politique, et Karol devra attendre encore trois ans pour atteindre enfin, en novembre 1957, à Lublin, son objectif : être professeur à part entière. Néanmoins, Karol Wojtyla franchit la barrière invisible qui sépare les étudiants des enseignants. Et s'il est à peine plus âgé que les garçons et les filles qui s'y pressent — il a trente-trois ans —, c'est avec une aura nouvelle qu'il arpente désormais le hall de l'université Jagellon, ce hall qu'il avait traversé tant de fois comme simple potache, avant la guerre.

Il est vrai que l'endroit n'est plus tout à fait le même : il est dominé, dorénavant, par un énorme buste de Joseph Staline.

*

Précisément, en cette fin d'année 1953, de Moscou à Varsovie, les successeurs de Staline se disputent âprement son héritage politique, et la situation se tend à l'extrême dans tous les pays de l'Europe de l'Est. En Pologne, ce pays si croyant, les précautions avec lesquelles le pouvoir communiste maniait les questions religieuses appartiennent désormais au passé. Le patron du diocèse, Mgr Eugeniusz Baziak, qui a succédé à Sapieha, est arrêté, et tout le monde s'attend qu'à Varsovie le cardinal primat soit arrêté à son tour. En Hongrie, le primat d'Esztergom, l'irréductible cardinal Mindszenty, n'a-t-il pas été condamné à la prison, en 1949, pour « conspiration » ?

De fait, le 25 septembre 1953, un groupe d'hommes armés force la grille du palais épiscopal, rue Miodowa, dans la vieille ville de Varsovie. Les envoyés du gouvernement font irruption dans la salle des Papes et, sous l'image de la Vierge de Czestochowa, arrêtent le primat qu'ils emmènent bientôt, en pleine nuit, pour une destination inconnue. Le malheureux cardinal passera trois ans en détention forcée[6]. L'émotion est grande au sein de la population polonaise. Le pouvoir n'en a cure. Pour les croyants, le signal est clair : le Parti communiste se sent suffisamment fort, désormais, pour attaquer de front son plus important adversaire, celui qui rassemble la grande majorité de la société civile de ce pays, l'Église catholique.

À Cracovie, les autorités s'en prennent bientôt à la plus ancienne institution de l'université, la faculté « pontificale » de théologie — laquelle, comme son nom l'indique depuis sa fondation en 1397, dépend directement du pape. Les hiérarques communistes de Varsovie ont fait leur la célèbre et méprisante boutade de Staline : « Le pape, combien de divisions ? » La vénérable faculté est brutalement fermée en octobre 1954. Hasard de l'histoire : la validation de l'*habilitacja* de Karol Wojtyla aura été le dernier acte officiel de la faculté de théologie de l'université Jagellon avant sa fermeture.

Or les professeurs et les étudiants — catholiques et anticommunistes, pour la quasi-totalité d'entre eux — ne s'avouent pas vaincus. En cet automne 1954, les cours reprennent dans la clandestinité, dans des appartements privés, dans des couvents, comme sous l'Occupation. La Pologne est la Pologne. Karol Wojtyla, pour sa part, donne des cours d'éthique sociale aux séminaristes de Cracovie, Katowice et Czestochowa[7], auxquels les grandes congrégations (dominicains, jésuites, etc.) fournissent des locaux et un minimum de moyens matériels.

En Pologne, cette perpétuation de l'enseignement et de la culture est une sorte de réflexe collectif, de nature patriotique. Face à l'oppression, d'où qu'elle vienne, la nation continue de vivre « *pod ziemia* », c'est-à-dire « sous terre ». Dans ce pays si chrétien, c'est toujours le temps des catacombes. Le général Jaruzelski en fera la dure expérience, plus tard, lorsqu'il croira mater l'opposition ouvrière et démocratique incarnée par le syndicat Solidarnosc en proclamant l'« état de guerre », un certain 13 décembre 1981.

Les amphis de Lublin

En 1954, les communistes ont commencé à s'en prendre aussi à la prestigieuse Université catholique de Lublin (KUL) : ils arrêtent le recteur, déposent quelques vieux professeurs, menacent les étudiants, liquident la faculté de droit. Une astuce administrative — le recours aux statuts d'avant-guerre, toujours en vigueur — permet au corps enseignant de créer *in extremis* une faculté de philosophie. Ces professeurs-là ne manquent pas de courage. L'un des plus jeunes membres du corps professoral, Jerzy Kalinowski, quarante ans, en est élu doyen. L'un de ses adjoints est Stefan Swiezawski : une vieille connaissance.

Depuis l'épisode de l'*habilitacja* de Karol, un an plus tôt, les deux hommes sont devenus des amis. Ils se fréquentent bien au-delà des cercles universitaires. À la mi-septembre 1954, Swiezawski et sa femme accompagnent Wojtyla dans une longue course en montagne du côté de Nowy Targ, dans les monts Gorce. Programme classique : messe à 5 heures du matin dans la pittoresque église en bois de Debno, départ en promenade à 6 heures, puis halte, un peu après midi, chez un ami curé, le père Wojciech Zygmund. Celui-ci, un ancien résistant de l'Armja Krajowa, est connu pour son anticommunisme. Même à cette altitude, les représentants du pouvoir veillent au grain : Swiezawski se rappelle qu'à peine arrivés les trois marcheurs ont vu débarquer des agents de l'UB, la police politique, qui se mirent à interroger leur hôte, pendant une heure d'horloge, sur ses mystérieux visiteurs. « C'est ce jour-là, en redescendant de la montagne, que j'ai proposé à Karol de postuler pour la chaire de théologie morale à Lublin, se rappelle Swiezawski. Il est venu faire une première conférence à la KUL, et il a accepté [8]. » Le sénat de la KUL entérine la proposition de Swiezawski le 9 octobre 1954. Le futur pape aura le titre de « professeur adjoint » et devra assurer trois heures hebdomadaires, payées en vacations, dans le département d'éthique et philosophie dirigé par le professeur Bednarski [9]. Thème de son cours, durant cette première année : « l'acte et l'épreuve éthique ». L'année suivante, dans des conditions comparables, on viendra l'écouter sur « le bien et la valeur » [10].

La KUL, un endroit unique, une exception, une sorte de miracle en cet après-guerre si tourmenté ! Certes, il existe d'autres universités catholiques sur le Vieux Continent, comme à Louvain, en Belgique, mais, pendant toute la période « socialiste », l'Université catholique de Lublin aura été le dernier bastion de l'enseignement supérieur confessionnel à l'Est.

Fondée en 1918, l'institution est très respectée. Le nouveau chef de l'Église polonaise, Stefan Wyszynski, y a lui-même obtenu son doctorat en sciences sociales de l'Église, sans savoir qu'il deviendrait, en 1946, archevêque de Lublin, puis primat de Pologne. Un demi-siècle plus tard, le souvenir des deux plus célèbres personnalités ayant fréquenté la KUL trônera, dans la cour de l'université, sous la forme d'une statue de bronze représentant le cardinal Wyszynski et le pape Jean-Paul II le jour de l'intronisation de celui-ci, en octobre 1978 : il n'y a pas un Polonais qui ne se rappelle cette scène extraordinaire où le nouveau chef de l'Église releva, de ses bras vigoureux, le vieux primat tombé à genoux devant son ancien adjoint [11].

La cour n'a pas changé, à l'exception d'une façade moderne qui s'intègre au style XIXe des deux étages de galeries et de salles de cours. Au deuxième étage, sur l'aile gauche, la salle 208 est dédiée à Pie XI. Dans les années cinquante, c'était la salle 33, celle où le professeur Wojtyla donnait ses cours — la pièce était pleine à craquer, avec des étudiants venus d'autres facultés qui s'alignaient en rangs serrés le long des murs — avant d'aller retrouver tel ou tel thésard, au rez-de-chaussée, dans l'une des petites salles de philo encombrées de livres.

Le professeur Wojtyla n'est pas de ceux qui s'assoient et déclinent doctement les mêmes fiches d'une année sur l'autre. Il a l'habitude de marcher sur l'estrade en parlant, la tête basse, le bras dans le dos, sans notes [12]. Il a la manie de répéter les choses de différentes façons, sous plusieurs angles, en revenant aux mêmes éléments essentiels, et semble n'émettre une synthèse qu'après avoir fait passer son message à coup sûr. Combien de fois utilisera-t-il cette technique d'exposé — habituelle chez les intellectuels allemands mais parfois déconcertante pour les Français trop cartésiens — dans ses homélies apostoliques !

Encore aujourd'hui, des doubles vitrages protègent partout du froid les couloirs et les amphis. Lublin est au cœur de l'Europe centrale... et pas seulement sur le plan climatique. L'église de la KUL, dans l'enceinte de l'université, rappelle que l'histoire et la géographie se mêlent, ici, au fil des affrontements entre l'est et l'ouest de l'Europe. Elle a été construite en 1920, après la guerre contre les bolcheviques, avec les matériaux de la grande église orthodoxe qui se dressait au centre de la vieille ville : l'église « russe » fut alors dynamitée, tout comme la cathédrale orthodoxe qui dominait la place de la Victoire à Varsovie. Dure époque. Le ressentiment entre la Russie orthodoxe et la Pologne catholique coïncidait, jusque dans ses excès, avec le contentieux opposant l'Église d'Orient et l'Église d'Occident. Mille ans de conflits armés, de conversions forcées, d'amalgames meurtriers. Seul témoignage de communion entre les deux Églises sœurs : la chapelle de la Sainte-Trinité du château royal de Lublin, un chef-d'œuvre gothique entièrement décoré — le cas est unique — de splendides peintures russo-byzantines.

À chaque pas, la visite de la KUL rappelle que rien n'est simple dans cette région. Ainsi le bâtiment de l'Université catholique, qui avait d'abord été un monastère dominicain, fut transformé en hôpital militaire par l'occupant nazi, en 1939-1944. Mais lorsque l'armée de la Pologne « populaire » récupéra les bâtiments d'en face, elle installa, à l'entrée des bâtiments de la IIIe division d'infanterie, deux mitrailleuses d'apparat pointées sur la KUL — tout un symbole — provoquant les sarcasmes des étudiants.

Plus récemment encore, une plaque a été apposée, dans l'église aujourd'hui décorée de fresques modernes, à la mémoire des victimes de Katyn[13].

L'endroit où a été perpétré en 1940 l'un des massacres les plus abominables du siècle, ce lieu-dit qui résume à lui seul l'immensité du contentieux polono-soviétique, n'est qu'à sept cents kilomètres de Lublin. À l'époque où Wojtyla enseignait, le drame de Katyn était présent au cœur de chaque Polonais, mais il n'était pas question d'apposer une plaque à la mémoire de ses victimes, ni même d'en évoquer le souvenir en public.

*

En vingt ans d'enseignement, Karol Wojtyla n'ira jamais habiter Lublin, dont les charmes, il est vrai, ne sont pas ceux de Cracovie : coincée contre la frontière de l'URSS, Lublin est une ville provinciale, un peu morne, où les nouveaux quartiers sont autant de chantiers boueux et malcommodes. Comme beaucoup d'enseignants de la KUL et de l'université Marie-Curie, un établissement public également situé dans cette ville excentrée, Karol préfère donc rester basé à Cracovie, quitte à faire de fréquents allers-retours en train pour dispenser son enseignement, en groupant ses heures de cours afin de limiter les déplacements.

Toutes les deux semaines, au début, il prend le train de nuit et débarque en gare de Lublin vers 5 heures du matin. À l'époque, il faut compter huit heures de voyage pour parcourir les trois cent quarante kilomètres qui séparent les deux villes. La formule la moins pénible consiste à voyager de nuit, en wagon-couchette. Wojtyla partage un compartiment avec tel ou tel autre enseignant — avec l'ami Swiezawski, par exemple, ou avec le professeur Franciszek Tokarz, spécialiste réputé de l'hindouisme et grand bavard devant l'éternel, qui se désespère de voir son compagnon de voyage, à peine le train s'est-il ébranlé, s'agenouiller sur le sol du compartiment pour y prier en silence jusqu'au milieu de la nuit.

Il ne faut pas s'étonner que, après des nuits aussi courtes, le professeur Wojtyla tombe parfois de sommeil lors des amphis de métaphysique ! D'autant que ce « fou de Dieu » n'utilise pas les pauses pour aller se détendre avec ses collègues en bavardant tranquillement devant un verre de thé : on le voit plus souvent en prière à la chapelle ou lisant son bréviaire avec assiduité. Le succès universitaire, qui fait tourner bien des têtes ecclésiastiques, n'a pas fait dévier le futur pape de l'essentiel. Une de ses anciennes élèves se rappelle, dans un témoignage, qu'elle fut chargée d'offrir un bouquet de tulipes au professeur Wojtyla, à la fin de l'année, pour le remercier au nom de tous les élèves : ému, le professeur lui demanda gentiment d'aller porter ces fleurs en offrande à la Vierge, à la chapelle.

Au printemps 1955, les étudiantes de la KUL sont stupéfaites lorsque le professeur Wojtyla leur propose d'organiser une récollection de deux jours dans la montagne de Pewla, près de Zywiec, dans les Tatras, au lieu de l'habituelle retraite de fin d'année scolaire à la chapelle de l'université. La plupart n'oublieront jamais le commentaire de l'encyclique *Mystici Corporis Christi* effectué en commun en pleine nature, sous le ciel étoilé des Carpates.

*

Au début, à Lublin, Wojtyla a dormi plusieurs fois dans le *konwikt*, l'ancien couvent transformé en dortoir dans l'enceinte même de la KUL, en face de l'église. « Bondé, surchargé de prêtres venus de tous les coins de Pologne, de toutes les congrégations, se rappelle l'ami Malinski, qui y préparera bientôt un doctorat de philosophie. Trop petit pour un trop grand nombre de candidats, des chambres exiguës et peu accueillantes, une salle de bains commune, froide et obscure[14]. » C'est moins l'inconfort que redoute Wojtyla que la promiscuité. Épris de solitude, avide de lecture et de prière, il n'aime pas devoir partager une chambre avec un, deux, voire trois autres professeurs : que de temps perdu en bavardages futiles ! Aussi préfère-t-il bientôt se faire héberger, à l'occasion, au couvent des dominicains, dans la vieille ville, où le reçoit volontiers son collègue Albert Krapiec, lui-même membre de cette congrégation.

Puis, en 1957, il élit domicile dans un autre couvent, celui des ursulines « noires », au centre de la ville moderne. Une arche, une porte dérobée, un escalier de bois de chêne menant, au premier étage, à un long couloir sentant l'encaustique. Dans ce couloir, le père Wojtyla, à peine arrivé de la gare de Lublin, récite souvent le chemin de croix avec les sœurs présentes. Il prend toujours le temps de prier la Vierge de Czestochowa dans une chapelle attenante avant de s'enfermer pour travailler, de l'autre côté du corridor, dans une petite chambre donnant sur le vieux cloître.

Teresa Bartnicka, qui était alors une jeune religieuse ursuline, se rappelle avec émotion cet homme peu ordinaire, « qui portait une vareuse couleur kaki par-dessus sa soutane et une *pilotka* sur la tête, une casquette fourrée avec des oreillettes jamais nouées ». Les religieuses qui s'occupent de lui s'appelaient Chryzanta Nowak et Wanda Kurpisz. Cette dernière, qui a connu l'abbé Wojtyla quand il était aumônier universitaire à Cracovie, l'invite un jour à faire des conférences pour les ursulines, le soir, avant de dîner sur le pouce et d'aller reprendre son train. C'est ainsi que le père Wojtyla leur parle du sens de la vie consacrée : un thème qu'il devait amplement développer après son élection à Rome.

Quand il doit rester pour la nuit, les sœurs lui servent souvent à manger dans sa chambre — toujours ce souci de gagner du temps — et lui préparent du thé. Tous les témoignages rapportent sa simplicité et sa cordialité à l'égard des sœurs, y compris les plus humbles : jamais un regard hautain, toujours un petit compliment à la bouche, parfois une plaisanterie — toute sa vie, Wojtyla aimera taquiner les religieuses. « S'occuper de ce jeune prof n'était pas forcément très valorisant, raconte sœur Teresa, mais lorsqu'il fut nommé archevêque, les sœurs se disputaient l'honneur de faire son ménage et parfumer son linge [15]. »

À la KUL, outre son ami et complice Stefan Swiezawski, Karol Wojtyla fréquente une équipe de jeunes philosophes brillants, qui vont bientôt se constituer en un groupe informel. En font partie Jerzy Kalinowski, le jeune doyen de la fac de philo [16], le père Albert Krapiec, un dominicain spécialiste de métaphysique, fin connaisseur d'Aristote, qui deviendra recteur de la KUL [17], le père Marian Kurdzialek, un médiéviste, et le père Stanislaw Kaminski, logicien, épistémologue et méthodologue, dont la puissance intellectuelle et le sens de l'humour séduisent le jeune Wojtyla [18]. Ces six-là se réunissent de plus en plus souvent — de façon clandestine, bien entendu. Ils partagent les mêmes idées sur la philosophie, sur le rôle de la KUL, etc. Ils sont intellectuellement et fraternellement unis : « Je n'ai jamais retrouvé une telle amitié de toute ma vie », raconte Swiezawski [19].

On parle aujourd'hui, à leur propos, de l'« École philosophique de Lublin ». C'est peut-être exagérer l'importance de ce petit groupe de philosophes néothomistes perdus au cœur de l'Europe socialiste, auxquels le régime en place interdit toute communication avec le reste du monde, et qui s'expriment, en outre, dans une langue polonaise inconnue au-delà des frontières. Le petit cercle se réunit aussi sur le thème de la résistance au communisme. Il s'agit, pour ses membres, d'utiliser des moyens spécifiques et culturels de résistance : l'étude de la philosophie thomiste, la réfutation intellectuelle de l'athéisme, etc. Combien de fois entendront-ils Wojtyla expliquer que le marxisme n'a pas de réponse sur l'homme *en tant que tel*, et qu'il présente seulement une *idée* de l'homme ! Pas question, pour eux, de fonder un parti clandestin ou un club d'opposants : la politique concrète leur paraît à tous un gaspillage de temps. À Karol, tout particulièrement. L'année 1956 va en apporter une étonnante illustration.

L'année 1956

Cette année historique — le rapport Khrouchtchev, la mort du chef du Parti communiste Boleslaw Bierut, l'insurrection ouvrière de Poznan, l'arrivée de Wladislaw Gomulka au pouvoir, la libération du primat Wyszynski, l'« Octobre polonais », l'insurrection de Budapest — est une année cruciale pour la Pologne et, au-delà, pour l'ensemble de l'Europe. Pas pour Karol Wojtyla. Dans toutes les biographies retraçant la vie du pape Jean-Paul II, on saute allégrement la période qui va de 1954 (quand il commence à enseigner à Lublin) à 1958 (quand il est nommé évêque). Curieux silence.

Il est vrai qu'il ne se produit rien de spectaculaire, cette année-là, dans la vie du futur pape. Mais cette lacune s'explique aussi, peut-être, par le fait que cette période ne « colle » pas avec l'image qu'on a ensuite façonnée d'un Jean-Paul II éminemment politique, résistant courageux, anticommuniste farouche, etc. Ce n'est pas un mince paradoxe que ce tournant dramatique de l'histoire de la Pologne contemporaine ne comporte *aucune* trace d'intervention du père Wojtyla. Est-il possible que cette série de tremblements de terre idéologiques et géopolitiques n'ait pas préoccupé ce jeune prêtre si dynamique et si proche des jeunes ? Qu'un homme si passionné d'écriture n'ait pas écrit un seul article sur tout cela ? La réponse est surprenante : jusqu'aux années soixante, en effet, Karol Wojtyla n'a jamais fait de politique. Comme s'il vivait en marge de l'actualité.

Depuis son arrivée à Cracovie, en 1938, Karol s'est gardé de tout engagement partisan, qu'il considère comme du temps perdu. Le seul terrain sur lequel il est viscéralement « engagé », comme la majorité des Polonais, c'est l'amour de sa patrie — mais il préfère en confier la garde à la Vierge Marie. Sa foi chevillée au corps lui fait penser que les luttes et les calculs des politiciens sont vains : pour lui, les hommes proposent, mais l'Esprit-Saint dispose. Et la prière est plus efficace que toutes les formes de militantisme. À ses yeux, le communisme qui régit désormais son pays est d'abord une entreprise athéiste dont le but est de construire une société sans Dieu. Avant de considérer le nouveau régime politique polonais comme « totalitaire », il en voit les fondements « matérialistes ». Si les communistes sont dangereux, selon lui, c'est parce qu'ils proposent une alternative à la conception chrétienne du monde. Et c'est sur ce terrain qu'il faut les combattre, c'est-à-dire en réfutant leurs thèses par des arguments philosophiques. C'est cette idée qui le porte à s'intéresser à l'économie dans les années cinquante.

Naïveté ? Au début, peut-être. Mais Wojtyla n'était pas seul en Pologne à s'interroger de bonne foi, dans les années 1946-1950, sur les objectifs du nouveau régime. La Pologne est sortie dévastée de la guerre. L'heure est à la reconstruction du pays, à la mise en place d'une société nouvelle, et il n'est pas absurde de prôner, comme le font évidemment les communistes, des changements radicaux sur le plan social.

Dans ce contexte, le nouveau primat lui-même n'a-t-il pas tenu à négocier un *modus vivendi* avec les dirigeants du pays, le 14 avril 1950, au risque de décourager la résistance populaire au nouveau régime et aussi de choquer le Vatican — à commencer par Pie XII qui, à l'époque, considère le communisme comme le pire ennemi de la chrétienté ? C'est un peu plus tard, lorsque le régime se révélera décidément inique et brutal — notamment quand il fera arrêter Wyszynski —, que la majorité de la population entrera en résistance passive. À commencer par les prêtres, qui soutiendront massivement le soulèvement de 1956[20].

Aux événements sanglants de Poznan, en juin, il semble que Wojtyla n'assiste qu'en spectateur. Aucune trace d'une quelconque prise de position ! À Poznan même, le 1er mars 1959, il conclura une récollection par un discours devant les étudiants de la ville, dans l'église des dominicains : c'est à peine s'il y fait une allusion à la « révolte » qui doit être fondée sur les « vraies valeurs », et son texte ne contient aucune mention des événements de 1956, que tous les jeunes présents ont encore en tête[21].

C'est d'autant plus remarquable que tout est politique, à l'époque, à commencer par le séjour en prison du primat de Pologne. Au niveau de Karol, c'est la même chose : s'il fait de la pastorale dans les bois, c'est parce qu'il n'a pas le droit d'en faire au grand jour. Plus politique encore : en décembre 1957, alors qu'il projette avec exaltation un voyage à Louvain assorti d'escales en France et en Suisse, il a beau avoir l'autorisation des milieux universitaires officiels, il se voit privé de passeport et obligé de renoncer à ses retrouvailles avec l'Occident.

Le paradoxe est frappant. Selon tous les témoignages, Wojtyla « déteste » la politique, en cette époque troublée, et se garde bien de s'en mêler. L'enseignement, les jeunes, l'écriture, le sport suffisent à son bonheur. Le mot n'est pas trop fort : Wojtyla ne sera sans doute jamais plus heureux, de toute sa vie, qu'en cette dramatique année 1956.

*

En effet, pendant que la tension monte ainsi en Europe de l'Est en général et en Pologne en particulier, le père Karol s'épanouit tranquillement dans sa vocation et développe ses qualités en vase clos, dans un environnement qui, il faut bien le dire, lui convient parfaitement. À commencer par les balades avec « ses » jeunes, les excursions au grand air, les virées sportives aux quatre coins du pays. Jamais, de sa vie, Karol Wojtyla ne s'est autant adonné au sport : ski, kayak, vélo, marche en montagne.

Chaque mois, l'hiver, il part avec des jeunes à l'assaut de ses montagnes préférées, skis sur l'épaule et bréviaire en poche. En janvier, il skie à Zakopane et à Krynica (au sud de Nowy Sacz, près de la frontière slovaque). En février, on le trouve du côté de Mszana et Kasinka, dans le Wielki Lubon (1 022 m). En avril, il dévale les pistes de la vallée de Chocholowska, près de Zakopane.

Quand les beaux jours reviennent, il remise ses skis et se livre à d'autres plaisirs. En mai, sac au dos, il escalade les sentiers de Turbacz, un de ses havres de prédilection. Du 15 juillet au 1er août, avec un groupe de vingt-deux jeunes enthousiastes, il descend en kayak la Czarna Woda et le lac Wieprznickie, de

Skorzewo jusqu'à la ville de Grudziadz, sur la Vistule. Dans les sacs, avec les toiles de tente, une pile de livres à discuter lors des haltes : Maxence Van der Meersch, Gilbert Cesbron, etc. En septembre, c'est à vélo qu'il rallie Swieradow à Swidnica, soit cent vingt kilomètres à travers la Silésie, en compagnie de quelques amis — parmi lesquels Janina et Jerzy Janik, un couple de jeunes enseignants, des jeunes mariés dont il baptisera la petite fille et qui resteront des proches jusqu'à la fin de sa vie [22].

*

Entre ces nombreuses escapades sportives, le professeur Wojtyla assure ses cours à la KUL, à Lublin, où son emploi du temps s'est vite alourdi. D'abord, il participe à des séminaires de plus en plus nombreux et multiplie les conférences spécialisées : devant la Société scientifique de la KUL, il intervient sur « Deux conceptions de la liberté » (en avril) et sur « Les fondements du perfectionnisme éthique » (en octobre) ; à l'Institut de la culture religieuse supérieure (IWKR), il prononce une série d'exposés sur « L'éthique du mariage ». Mais il se voit aussi attribuer, pour la rentrée universitaire 1956-1957, l'essentiel de l'enseignement de théologie morale. C'est l'année où le professeur Bednarski part pour Rome, laissant son poulain reprendre tout le département. Wojtyla assurera donc chaque semaine huit heures de cours et de travaux dirigés [23].

C'est beaucoup. Il est temps, d'ailleurs, de régulariser la situation administrative de ce jeune professeur qui ne fonctionne qu'en vacations. Le 27 novembre, le sénat de la KUL approuve à l'unanimité une motion du doyen de la faculté de philosophie, Jerzy Kalinowski, proposant la nomination de Karol Wojtyla comme professeur suppléant pour la chaire d'éthique. La demande est transmise quelques jours plus tard à la commission centrale de qualification pour les travailleurs scientifiques, à Varsovie. Celle-ci — bureaucratie oblige — donnera son avis favorable au bout d'un an, en novembre 1957. Ce n'est qu'à partir de cette date que Wojtyla troquera son statut de vacataire pour celui de salarié, qu'il pourra prétendre au titre de *docent* (professeur agrégé) et hériter enfin, sans ambiguïtés, de la prestigieuse chaire d'éthique, qu'il détiendra jusqu'à son élection apostolique en octobre 1978 [24].

Comme si cela ne suffisait pas à remplir l'emploi du temps d'un honnête homme, Wojtyla donne des cours « privés », en appartement, aux anglicistes de la KUL — il les fait parler de saint Thomas — et, à Cracovie, il dispense aux séminaristes une première série de cours sur l'éthique économique, qu'il poursuivra en 1957-1958. C'est la première fois que Wojtyla touche aux problèmes « sociaux ».

L'un de ses étudiants cracoviens de l'époque, le séminariste Romuald Walder, alors âgé de vingt ans, se rappelle que Wojtyla arrivait au séminaire, 3, rue Mickiewicz, dans une tenue peu conforme à la tradition un peu guindée des professeurs cracoviens : en guise de chapeau noir, il portait toujours sur la tête cette *pilotka* de cuir qui avait frappé les sœurs ursulines de Lublin, et la même vareuse en grossière étoffe sur sa soutane élimée. « Dans la salle de cours, quand il jetait son manteau sur la chaise, chacun pouvait constater qu'il s'habillait plus pauvrement que la plupart des étudiants [25]. »

*

Les étudiants, les séminaristes, les jeunes en général : l'abbé Wojtyla prend un grand plaisir à écouter, former, réunir tous ces adolescents, garçons et filles, qui sont sa joie et sa raison de vivre.

En février, pour le carême, il a promis de conduire une retraite pour les pupilles des sœurs de l'Immaculée Conception à Szymanow, entre Lublin et Radom. Dur moment ! Le froid et la neige ayant perturbé toutes les communications, le train de Cracovie arrive avec un grand retard dans ce bourg perdu, alors que personne ne l'attend plus et que les voitures à chevaux sont déjà rentrées dans les fermes alentour. À 2 heures du matin, par — 25° , le père Wojtyla frigorifié doit marcher plusieurs kilomètres dans la nuit glacée, escalader la grille du couvent et se faire ouvrir, en tambourinant contre les fenêtres du bâtiment, par des petites sœurs aussi effrayées que confuses.

À Pâques, c'est à Saint-Florian, où il a gardé ses amis et ses réseaux, qu'il anime la Semaine sainte avec la petite chorale qu'il a montée naguère et dont il connaît personnellement chaque membre. Chaque matin, avant l'aube, devant le maître-autel, la petite troupe emplit l'église de chants grégoriens, composant une liturgie très belle et très émouvante. Ces moments-là, quand ils sont bien vécus, marquent pour la vie entière. De même, en décembre, pendant le temps de l'Avent, Wojtyla anime quelques soirées de recueillement pour des groupes de jeunes, pour des fiancés se préparant au mariage, et aussi pour trois couples de ses amis (les Deskur, les Rybicki et les Ciesielski) en attente d'enfants. La pastorale des jeunes, la réflexion sur l'amour humain, la fidélité en amitié : Wojtyla est en pleine cohérence avec lui-même.

Enfin, en plus des étudiants, l'abbé Karol consacre de plus en plus de temps à son rôle d'aumônier des services de santé de Cracovie. En décembre, il anime un premier pèlerinage de médecins catholiques — en autobus, cette fois — à Czestochowa. Il y en aura d'autres. C'est en pensant à son frère Edmund, évidemment, qu'il a accepté cette tâche. Au fil de l'année 1957, et plus encore en 1958, l'abbé Wojtyla multipliera les conférences pour les milieux médicaux, en général dispensées chez les sœurs de la rue Felicjanek, et les discussions avec les médecins. Il y trouve une richesse d'informations et de réflexions sur ses thèmes philosophiques favoris : peut-on parler de l'éthique sexuelle sans évoquer ses aspects biologiques et psychologiques ?

Le jeune Wojtyla prend ainsi la mesure de la confrontation avec des scientifiques. Il y trouve un vif intérêt et multipliera, dans l'avenir, ces contacts. Évêque, puis archevêque, il s'attachera toujours à associer des médecins à ses travaux sur l'éthique, de même qu'il conviera souvent des hommes de science à des sessions théologiques ou à des colloques sur l'Église. Lorsque Jean-Paul II, plus tard, associera à sa réflexion apostolique médecins et chercheurs, il ne fera que renouer avec une vieille habitude.

9

Le concile Vatican II

Au début du mois d'août 1958, l'abbé Wojtyla est en vacances avec son groupe de jeunes à faire du canoë-kayak sur la Lyna, à l'extrême nord de la Pologne. C'est l'époque où, comme on l'a vu, il multiplie les virées sportives aux quatre coins du pays, conciliant sa passion pour la pastorale des jeunes et son goût des vacances au grand air. Déjà, en juillet, il était allé pagayer sur le San, entre Przemysl, à la frontière ukrainienne, et la ville de Lezajsk. Cette fois, il descend la Lyna qui, après avoir traversé Olsztyn et quelques-uns des plus beaux lacs polonais, franchit la frontière de l'URSS et continue sa course, sous le nom de Lava, dans l'enclave russe de Kaliningrad. Le futur pape polonais, dirait-on, a une prédilection pour les régions frontalières.

Chaque soir, à la veillée, il fait discuter et méditer les uns et les autres sur les différents chapitres d'un projet de livre qu'il concocte et qui ne s'appelle pas encore *Amour et responsabilité*. L'amour, le couple, le mariage, la sexualité : les thèmes abordés par « Oncle Karol » correspondent aux préoccupations intimes de tous ces jeunes gens qui, pour être très croyants, n'en sont pas moins taraudés par les mêmes questions existentielles. Ces débats en commun, les longues conversations personnelles en kayak, ainsi que les confessions individuelles permettent à Wojtyla de corriger tel a priori, d'affiner telle réflexion, de nuancer telle conclusion. En fait de philosophie, c'est à un véritable grand reportage psychologique et sociologique que se livre le futur pape !

Un jour, le groupe a fait étape à Swieta Lipka, au nord de Mragowo. La région est un paradis terrestre pour tout amateur de beaux paysages. La Mazurie, qu'on appelle le « pays des mille lacs », est un chef-d'œuvre du Créateur. Là, caché par un vallon, un sanctuaire datant du XIIIe siècle accueille les pagayeurs, qui visitent en pèlerins cet endroit enchanteur où se produisirent, dit-on, de nombreux miracles. À la sortie de ce sanctuaire, entre prière et bivouac, on apporte un télégramme à l'abbé. Le cardinal Wyszynski a cherché à le joindre, il l'attend de toute urgence à Varsovie : Karol Wojtyla est nommé évêque !

Le père Wojtyla abandonne son sac, son kayak, ses pagaies et ses piquets de tente. Sous les encouragements et les chants de ses ouailles, il gagne la petite gare d'Olsztynek dans un camion chargé de sacs de farine, puis parcourt en train de nuit les deux cent trente kilomètres qui le séparent de la capitale. Direction : le couvent des ursulines, au bord de la Vistule, où il a pris l'habitude de résider lorsqu'il séjourne à Varsovie. Là, il enfile une soutane, saute dans un taxi et pénètre enfin dans la cour du palais épiscopal, rue Miodowa. C'est là que le cardinal primat lui confirme officiellement la nouvelle : le pape Pie XII l'a créé évêque.

Évêque à trente-huit ans

C'est le pape, en effet, qui nomme les évêques. Sur proposition de l'épiscopat local, bien entendu. Or l'abbé Wojtyla, tout à sa surprise, ne peut pas imaginer que le cardinal Wyszynski, en réalité, n'est pour rien dans sa nomination. Car c'est à la demande de Mgr Eugeniusz Baziak, le successeur du cardinal Sapieha à la tête de l'archidiocèse de Cracovie, que Pie XII a nommé le jeune Wojtyla pour remplacer un autre évêque en poste depuis trente ans, Mgr Stanislaw Rospond, décédé en février. L'âge et la vocation universitaire du père Karol n'en faisaient pas un candidat évident. Baziak, sans en référer à personne, a fait sa demande écrite auprès du Saint-Siège le 12 mars 1958. Originaire de Lwow, cet homme difficile, sorti de prison en 1956, est un « évêque d'autrefois », aux idées bien arrêtées. C'est lui, et lui seul, qui a décidé de promouvoir Wojtyla [1].

Personne ne peut l'affirmer, mais tout laisse à penser que le primat n'a pas apprécié d'être mis devant le fait accompli. Le processus élaboré avec le pape, en cette période d'âpre lutte avec le pouvoir communiste — lequel entend bien « verrouiller » peu à peu, à son unique profit, les nominations d'évêques —, est que Wyszynski fasse discrètement passer au souverain pontife une liste de noms parmi lesquels le pape choisissait tel ou tel nouvel évêque polonais. Or Wojtyla n'a jamais figuré sur ces listes-là. Cela ne facilitera pas les relations futures entre les deux hommes.

Le cardinal Wyszynski attend le 7 août, en tout cas, pour rendre la chose publique et convoquer l'impétrant. Première surprise pour le primat : le nouvel évêque, s'étonne-t-il, n'est « ni chanoine ni prélat ». En revanche, il est très jeune, il est maigre, il est bronzé — avec sa mèche en arrière et ses pantalons de golf, Karol Wojtyla ressemble un peu à Tintin — et, s'il revendique la qualité de professeur adjoint à la KUL, il n'est « que » prêtre. Deuxième surprise : alors que la plupart des prêtres à qui le primat annonce la même nouvelle réagissent en bredouillant un *Domine non sum dignus* (« Seigneur, je ne suis pas digne ») et demandent un temps de réflexion, ou de prière, avant d'accepter la qualité qui leur est conférée, l'abbé Wojtyla, lui, accepte sans barguigner : « Dois-je signer quelque chose[2] ? »

Enfin, troisième motif d'étonnement pour le cardinal, le nouveau monseigneur, très respectueusement, lui demande l'autorisation de retourner auprès de ses jeunes randonneurs dès le dimanche suivant pour célébrer la messe avec eux, devant l'habituel autel de fortune dressé, sur un kayak renversé, au bord de la rivière Lyna !

*

À trente-huit ans[3], Karol Wojtyla est donc nommé évêque auxiliaire auprès de l'archevêque de Cracovie, Mgr Eugeniusz Baziak, lui-même administrateur apostolique de cet archidiocèse depuis le décès du cardinal Sapieha en 1951.

La tradition veut qu'un évêque en activité soit attaché à un siège épiscopal ; lorsque ce n'est pas le cas, qu'il soit fonctionnaire à la Curie ou, comme dans le cas de Wojtyla, évêque auxiliaire auprès d'un évêque diocésain, il se voit alors affecter un des nombreux évêchés de l'Église primitive qui ont disparu à la suite de diverses circonstances politiques, notamment de l'islamisation de la Méditerranée après le VIIe siècle. D'où ce titre d'évêque *in partibus infidelium* (« dans les contrées des infidèles »), qui est resté en vigueur jusqu'au milieu du XIXe siècle[4]. Karol Wojtyla est ainsi nommé évêque titulaire d'Ombi — Ombi est un site de l'ancienne province romaine de la Thébaïde seconde, près de Thèbes, en Haute-Égypte. Un endroit où il n'ira jamais[5].

Le mois d'août, en Pologne, est traditionnellement celui de la principale réunion de la conférence épiscopale. Aussi Mgr Wojtyla ne tarde-t-il pas à se jeter à l'eau, avant même d'être officiellement consacré : le 1er septembre, à Czestochowa, il participe à une récollection de l'ensemble de l'épiscopat polonais. La session dure quatre jours et se prolonge, toujours dans le couvent de Jasna Gora, par la réunion plénière de la conférence des évêques. À l'ouverture de celle-ci, le 5 septembre, le primat souhaite la bienvenue aux nouveaux évêques, les pères Wronka, Pluta, Drzazga, Blecharczyk et Wojtyla. Ce dernier est versé dans la commission pour la pastorale générale. Il est le benjamin de l'assemblée. Il en sera vite l'un des animateurs.

Quelques jours plus tard, Karol Wojtyla regagne Cracovie et va s'enfermer pendant quatre jours au monastère bénédictin de Tyniec, à douze kilomètres de la ville, pour y faire retraite avant sa consécration solennelle. L'abbaye de Tyniec, fondée au XIe siècle sur un rocher surplombant la Vistule, a épousé toutes les vicissitudes de l'histoire agitée du pays. L'Histoire, toujours l'Histoire...

Le 28 septembre 1958, le nouvel évêque est consacré à la cathédrale du château de Wawel. C'est le jour de la Saint-Waclaw, qui est justement le saint patron de la cathédrale. « Une journée sombre et humide, avec un ciel gris et couvert », se rappelle Malinski. La grisaille ambiante contraste avec la munificence de la cérémonie, qui est particulièrement solennelle, contrairement au vœu exprimé par Karol — un vœu que son mentor, Mgr Baziak, a refusé d'exaucer.

« Depuis trente et un ans on n'avait pas vu une cérémonie aussi belle », notera un des prêtres dans les *Notificationes a Curia Metropolitana Cracoviensi*, les archives du diocèse. Au pied du maître-autel, comme le veut une tradition très ancienne, trois prélats concélèbrent l'office : Mgr Eugeniusz Baziak, l'archevêque métropolitain, assisté de Mgr Franciszek Jop (évêque d'Opole) et Mgr Boleslaw Kominek (évêque de Wroclaw). Dans l'assistance, une quinzaine de membres des familles Wojtyla et Kaczorowski. Certains sont venus de Czaniec. On les devine très émus. Il y a là le vieux Franciszek Wojtyla, son grand-oncle, Stefania, sa tante paternelle, et quelques représentants de la jeune génération, petits-enfants et lointains cousins, comme Marek Wiadrowski, le neveu de sa marraine. Celle-ci, gravement malade, n'a pas pu se déplacer. Après la cérémonie, Karol se rendra en grande tenue au 7 de la rue Florianska, pour une visite qui devait être une des dernières joies de cette femme qui compta tant pour lui : elle mourra quelques mois plus tard.

Curieusement, le nouvel évêque est coiffé d'une mitre atypique, plus petite que la moyenne, que lui ont offerte les moines bénédictins de Tyniec. Son aube provient d'un lot de robes épiscopales arrivé par la poste de Chicago : un jésuite originaire de Cracovie, exilé depuis longtemps aux États-Unis, ami de la famille de Juliusz Kydrinski, a tenu à faire ce drôle de cadeau à son nouvel et lointain évêque[6].

La cérémonie de consécration est superbe, majestueuse. Mgr Baziak remet à Karol ses pouvoirs canoniques, ceux qui lui donnent désormais autorité sur tous les prêtres du diocèse, qui le rendent responsable de la vie spirituelle des laïcs eux-mêmes. Le nouvel évêque pourra dorénavant confirmer les enfants, et même ordonner prêtres et diacres. La crosse et l'anneau qui lui sont remis par Mgr Jop symbolisent cette autorité nouvelle. Pour la première fois, Mgr Wojtyla bénit lentement l'assistance.

Puis, à la fin de la cérémonie, comme il le fera plus tard, à Rome, à chaque audience générale, le futur pape redescend lentement l'allée centrale et salue nombre d'assistants. Que de sourires, de regards, de mains qui se tendent ! D'anciens camarades du lycée de Wadowice, Mieczyslaw Kotlarczyk et toute la troupe du Teatr Rapsodiczny, les journalistes du *Tygodnik Powszechny* et de *Znak* au grand complet, des paroissiens venus de Niegowic... Beaucoup de médecins cracoviens sont là, qui se demandent si Wojtyla restera leur aumônier. En pleine cathédrale, un ouvrier de Solvay lui crie de « ne pas se laisser abattre. » Et quand il arrive à la hauteur de « ses » jeunes, les pagayeurs du *Srodowisko*, les choristes de Saint-Florian, les étudiants du séminaire, un enthousiasme débridé se mêle à l'émotion générale. Le héros de la fête, tout sourire, embrasse sur le front les garçons... et aussi les jeunes filles ! Le geste, en ce lieu, est quasiment déplacé. Dans le chœur, quelques vieux ecclésiastiques, habitués à plus de retenue, s'en trouvent carrément offusqués.

Ce jour-là, le jeune prélat a choisi une devise, comme le veut la tradition. Deux mots latins : « *Totus tuus.* » La formule est empruntée à Louis-Marie Grignion de Montfort, un prédicateur français du XVIIIe siècle, auteur d'un *Traité de la vraie dévotion à la Sainte Vierge* que Wojtyla a lu pendant la guerre. Elle s'adresse à la Vierge Marie et signifie : « Tout à toi. » Elle souligne le don extraordinaire que Wojtyla fait de sa personne à la Mère de Dieu, à laquelle il voue — et vouera toute sa vie — une profonde affection. Qui pouvait penser que cette formule serait appelée à une exceptionnelle fortune, à travers le monde entier, vingt ans plus tard ?

*

Le destin de Karol Wojtyla vient de basculer. Pas seulement parce qu'il est devenu évêque, mais surtout parce que l'histoire de l'Église, à ce moment précis, s'accélère. Le 9 octobre, soit onze jours après sa consécration, le pape Pie XII rend l'âme, au Vatican, à l'âge de quatre-vingt-deux ans. Le tout nouvel évêque concélèbre d'ailleurs une « messe pontificale », le 13 octobre, en cette même cathédrale de Wawel.

Le 28 octobre 1958, le cardinal Angelo Giuseppe Roncalli, soixante-dix-sept ans, patriarche de Venise, est élu pape. Certes, rien ne permet d'affirmer que Jean XXIII n'aurait pas créé évêque Wojtyla comme l'avait fait Pie XII, mais il est facile d'imaginer que la mort de celui-ci, si elle était intervenue quelques mois plus tôt, eût gelé la procédure de nomination des nouveaux évêques. Peut-être la promotion de Wojtyla aurait-elle été remise à plus tard. Or, quatre mois après son élection par le conclave, Jean XXIII convoque tous les évêques du monde à préparer le concile Vatican II. La Providence a donc voulu que Karol Wojtyla soit invité, de justesse, à participer à la plus formidable aventure de l'Église catholique au XXe siècle.

À l'automne 1958, personne ne s'attend à ce gigantesque tremblement de terre qui va ébranler l'Église, depuis le trône pontifical jusqu'à la plus modeste paroisse du diocèse de Cracovie. Pour l'heure, Karol Wojtyla inaugure ses fonctions épiscopales par quelques « premières messes » symboliques : à Saint-Stanislaw-Kostka, dans le quartier de Debniki où il a tant de souvenirs ; et aussi, naturellement, à Wadowice, sa ville natale, où, le 23 novembre, le bon curé Edward Zacher, les paroissiens du centre-ville et les moines du carmel « sur la colline » lui réservent un accueil plein de chaleur et d'émotion.

Mais sa toute première sortie officielle, si l'on excepte la rentrée universitaire et la série de cérémonies traditionnelles auxquelles elle donne lieu, Wojtyla la réserve aux habitants de Bienczyce, dans le nouveau quartier ouvrier de Nowa Huta où le pouvoir communiste a l'intention, dit-il, d'éradiquer toute trace de religion. Dès 1952, Mgr Baziak y a institué une paroisse à part entière, mais les autorités interdisent, depuis, qu'on y construise une église. À cet endroit précis, la lutte entre l'Église catholique et l'État marxiste ne fait que commencer. Elle sera longue, acharnée, spectaculaire. En envoyant Wojtyla dans ces rues boueuses et ces chantiers insalubres, Baziak sait ce qu'il fait. Le nouvel évêque, si peu politisé jusqu'alors, prendra ce combat à cœur jusqu'à s'y investir personnellement : il en fera un exemple pour tout le pays et un symbole valable pour tout le monde communiste.

Karol Wojtyla, devenu évêque, ne change rien à ses habitudes. Les témoignages les plus divers attestent qu'il reste aussi simple, aussi ouvert, aussi spontané qu'auparavant. Combien de fois fixe-t-il sa calotte épiscopale à la dernière minute, en arrivant à un rendez-vous, quand il n'oublie pas de la mettre !

Il déménage en quelques heures de son petit appartement d'intellectuel du 19 rue Kanonicza, chez le vieux professeur Rozycki, pour s'installer... au numéro 21 de la même rue, dans un immeuble ancien appartenant au doyenné de Cracovie[7]. Il ne renonce pas non plus à ses activités passées. Il poursuit la pastorale des étudiants, ainsi que celle des médecins. Pas question d'abandonner son enseignement à la KUL, même s'il est obligé de réduire le nombre de ses allers-retours à Lublin.

Enfin, il ne renonce pas davantage à la montagne : à Katowice, le 4 novembre, il suggère même à ses collègues de la commission épiscopale pour la pastorale de tenir leur prochaine réunion, prévue pour la fête de l'Épiphanie, à Zakopane. Ce n'est pas un mince travail que de siéger dans cette instance. En effet, quelques mois après son retour de relégation, le cardinal primat a lancé un extraordinaire programme de célébrations destinées à préparer le millénaire de la Pologne, prévu en 1966. Ce plan, appelé « Grande Neuvaine », exige de ses responsables un énorme travail. Notamment dans la commission où siège Wojtyla.

Le nouvel évêque ne renonce à rien. Simplement, son emploi du temps ne lui laisse plus une minute de répit. D'autant plus que Mgr Baziak est en mauvaise santé : c'est une des raisons, à l'évidence, pour lesquelles l'archevêque a choisi un jeune homme dynamique et sportif pour l'aider. Wojtyla se partage, se disperse, se dépense sans compter. Au point de tomber malade en mars 1959. Rien de très grave, semble-t-il, « une mononucléose » d'après son médecin et ami Stanislaw Kownacki, mais celui-ci prescrit néanmoins du repos — à renouveler chaque année pendant les vacances[8].

Le 15 juin 1962, l'archevêque de Cracovie, Mgr Eugeniusz Baziak, meurt d'une crise cardiaque, pendant une conférence épiscopale, alors qu'il séjourne à l'hôtel Roma, à Varsovie. Une longue vacance commence, qui durera plus d'un an. En attendant la désignation du nouvel archevêque, Mgr Wojtyla est nommé vicaire capitulaire, c'est-à-dire chargé temporairement de l'administration du diocèse. À quarante-deux ans, il est le plus jeune administrateur de diocèse en Pologne.

Les choses sont allées très vite : quand arrive l'ouverture solennelle du concile, Mgr Wojtyla n'est déjà plus un débutant.

L'ouverture du concile

Rome, le 11 octobre 1962. C'est le grand jour. Tôt le matin, Karol Wojtyla a traversé la ville endormie pour aller se fondre dans la foule des évêques du monde entier qu'il a retrouvés, avant l'aube, égaillés dans le dédale des musées du Vatican. Il a revêtu ses habits épiscopaux, sa mitre blanche, et pris sa place dans le cortège qui, à 8 h 30, commence à s'écouler lentement depuis l'interminable galerie lapidaire : les cardinaux en tête, deux mille cinq cent quarante pères conciliaires, venus des quatre coins du monde, descendent les marches de la Scala regia, passent sous les colonnes du Bernin, traversent la place Saint-Pierre noire de monde et pénètrent solennellement dans la plus grande basilique du monde, dont la nef est transformée en gigantesque salle de réunion. Le pape Jean XXIII arrive à son tour, sur la *sedia gestatoria*, la traditionnelle chaise à porteurs, sous les acclamations des fidèles. Le vingt et unième concile général de l'Église catholique va commencer.

Quatre mois après avoir été désigné par le conclave, le cardinal Roncalli devenu Jean XXIII avait prononcé un discours historique à Saint-Paul-hors-les-Murs, devant les cardinaux. En ce 25 janvier 1959, ce vieux pape que l'on disait « de transition » annonça soudain trois décisions : la réunion d'un synode pour le diocèse de Rome, la révision du Code de droit canon, et, surtout, la convocation d'un concile œcuménique. La « stupeur » des cardinaux de la Curie (le mot est de Jean XXIII en personne) n'a eu d'égale que leur inquiétude, vite muée en hostilité. Ils savent, eux, qu'une telle initiative risque de provoquer des débats virulents et des dérives dangereuses.

Fallait-il vraiment prendre le risque de la division et de la confusion, pensent-ils, à une époque où l'Église devrait montrer, au contraire, un visage uni et déterminé ? Le dernier concile en date, Vatican I, en 1870, en proclamant la primauté de l'évêque de Rome et le dogme de l'infaillibilité pontificale, n'avait-il pas clos le temps des grandes réformes ? Déjà, en 1951, sous Pie XII, un projet de concile avait été promptement enterré par l'entourage pontifical, et beaucoup de prélats romains n'imaginaient pas que l'on pût relancer cette idée folle.

Et pourtant, « par une soudaine inspiration de Dieu », le bon pape Jean se lança dans l'aventure, précisant son projet par une encyclique *Ad Petri Cathedram* du 29 juin 1959. Une première commission fut mise en place, une vaste consultation fut lancée auprès de tous les responsables de l'Église : évêques, supérieurs religieux, recteurs de facultés catholiques, etc. À Cracovie, Mgr Wojtyla reçut le questionnaire et fut l'un des deux mille cent cinquante destinataires à répondre — par un mémoire de sept pages daté du 30 décembre 1959[9] — à cette longue liste d'interrogations plus ou moins fondamentales. Ses réponses sont sages, parfois naïves, mais personnelles. Le jeune évêque y exprime déjà, en latin, ses choix en faveur de l'œcuménisme (il souhaite « mettre l'accent moins sur ce qui divise que sur ce qui réconcilie »), de la modernité (il suggère de « réformer » le bréviaire et de « réanimer » la liturgie) et de l'éthique (qu'il conviendrait de « fonder sur le personnalisme chrétien »). Rien de révolutionnaire, mais on sent déjà percer le futur pape de la réconciliation, de l'adaptation de l'Église au monde moderne et de la primauté de l'homme.

Au cours des deux années de préparation, l'effervescence a ainsi gagné les milliers de prélats promus responsables, bon gré mal gré, de cette entreprise insensée. Jusqu'en haut de la hiérarchie de l'Église, les plus réticents (comme les cardinaux Siri et Ottaviani) tentent de freiner l'enthousiasme des plus optimistes (parmi lesquels les cardinaux Confalonieri et Cicognani) et d'éviter les excès de zèle. Treize commissions préparatoires établissent soixante-dix documents de synthèse appelés « schémas », destinés à être discutés par plus de deux mille évêques. La sagesse commandera d'en réduire le nombre à seize. Mais c'est tout de même une somme de deux mille cent pages imprimées que les futurs pères conciliaires, en fin de parcours, auront à étudier attentivement avant l'ouverture des débats.

*

Toutes ces étapes de préparation ont été suivies avec intérêt en Pologne, mais sans passion. L'Église polonaise, unie autour de son cardinal primat, se trouve confrontée à bien d'autres problèmes, souvent cruciaux, parfois vitaux, et ses évêques ont d'autres chats à fouetter que la préparation d'un concile. Ne serait-ce que sur le plan politique.

À l'heure où la décolonisation fait exploser les anciens empires, où John Kennedy ouvre l'Amérique à de « nouvelles frontières », où le tout nouveau Marché commun ragaillardit soudain la vieille Europe, la Pologne, quant à elle, se désole : elle fait partie d'un bloc de pays qui, en vertu des accords de Yalta, se retrouvent peu à peu coupés du reste de la planète. Coïncidence symbolique : au moment même où commence la phase préparatoire officielle du concile Vatican II, le pouvoir communiste est-allemand fait ériger, dans la nuit du 13 août 1961, le mur de Berlin.

À ceux qui nient ou minimisent cette réalité-là — le mythe de la glorieuse Union soviétique, patrie de la paix et du socialisme, est encore vivace, y compris dans les rangs de l'Église — l'actualité vient apporter un démenti flagrant et terrible. Quatre jours après l'ouverture du concile, à la mi-octobre 1962, éclate la crise des missiles de Cuba, qui provoque une tension sans précédent entre Moscou et Washington : jamais le monde n'a frôlé la guerre nucléaire d'aussi près qu'au moment précis où s'est ouvert Vatican II[10].

Les vociférations de Nikita Khrouchtchev rappellent qu'un tiers de l'humanité vit dorénavant sous différentes formes de régime marxiste. Et, si l'on assassine moins d'évêques et de prêtres que dans les premières années du communisme, les dirigeants de ces régimes n'ont pas renoncé, loin de là, à éradiquer la religion. Nombre d'évêques de l'Est brillent par leur absence, en cette cérémonie d'ouverture du concile : le Tchèque Beran, archevêque de Prague, est détenu on ne sait où ; le métropolite ukrainien Slipyi, cardinal *in pectore* depuis quelques mois, est gardé au secret en Mordovie soviétique ; le cardinal hongrois Mindszenty est toujours réfugié dans l'ambassade américaine de Budapest ; les évêques lituaniens Sladkevicius et Steponavicius croupissent en prison, de même que leurs collègues roumains Hossu et Boros[11].

Les Polonais, à l'époque, voient donc leur malheureux pays s'éloigner du « monde libre ». Le dégel observé en 1956 est bien terminé. La guerre froide bat son plein. De plus en plus isolé, l'épiscopat polonais est plus mobilisé pour sa propre survie que pour le sort de l'Église universelle. Certaines initiatives prises alors par Jean XXIII, comme la création d'un Secrétariat pour l'unité des chrétiens, sont accueillies dans l'indifférence : en quoi la Pologne est-elle concernée par ce sujet, elle qui offre le visage d'une communauté confessionnelle homogène serrant les rangs face à l'adversité ?

Il n'y a pas que la politique. Il y a aussi les habitudes, et la tradition très centralisatrice de l'Église moderne qui confère au pape une primauté sans doute excessive. Sur ce plan, les Polonais sont à l'image de la majorité des épiscopats du monde entier : s'ils se tiennent éloignés du brouhaha préconciliaire, c'est aussi parce qu'ils pensent que c'est naturellement au pape et à la Curie, à Rome, que revient le traitement des grandes questions concernant l'avenir de l'Église — et pas aux épiscopats locaux. En réalité, la plupart des évêques du monde viendront au concile parce qu'ils y ont été invités par le pape — la convocation officielle date du 25 décembre 1961 — sans s'imaginer qu'ils vont réellement influer sur la vie de l'Église.

Il faut aussi rappeler que, au début des années soixante, bien peu d'évêques ont une culture personnelle « démocratique » : ni les Africains, ni les Sud-Américains, ni les Asiatiques, ni même la majorité des Européens — que ceux-ci se remettent difficilement d'expériences dictatoriales (comme les Allemands et les Italiens) ou qu'ils soient encore confrontés à des régimes autoritaires (comme les Espagnols et les Portugais). Sans parler, évidemment, des évêques de l'Est.

*

Quand il a débarqué à Rome avec la délégation polonaise, par le train, le dimanche 7 octobre au matin, Karol Wojtyla — qui avait rejoint ses collègues à la gare de Katowice — n'avait donc pas le sentiment de participer à un événement capital, dont personne ne savait, du reste, combien de temps il allait durer. Dans l'autocar qui emmenait le groupe de la gare au quartier de l'Aventin, l'ancien étudiant de l'Angelicum était surtout heureux de retrouver la Ville éternelle, qu'il n'avait pas revue depuis quatorze ans. Le matin du 10 octobre, via della Conciliazione, lorsqu'il a fait la queue devant le secrétariat général du concile pour retirer son accréditation et sa documentation, il a simplement été surpris par la bousculade et l'excitation qui donnaient à l'événement un petit air de folie.

Le lendemain, en ce 11 octobre solennel, baignée par la lumière irréelle qui filtre des vitraux de la basilique Saint-Pierre, débute la cérémonie d'ouverture du concile. La liturgie est grandiose. La cérémonie est d'ailleurs relayée en mondiovision par la TV italienne, ce qui est déjà exceptionnel. Pour la première fois, nombre de prélats ont le sentiment de vivre un moment historique. Après avoir chanté le *Veni Creator* et participé à la messe célébrée par le cardinal Tisserant, doyen du Sacré Collège, Karol Wojtyla, comme tous les autres pères conciliaires, écoute attentivement le discours de Jean XXIII. Un discours très personnel, dans le fond comme dans la forme, où le souverain pontife explique tranquillement les deux objectifs du concile : procéder à un *aggiornamento* de l'Église — l'expression italienne restera dans l'Histoire — et favoriser l'unité des chrétiens.

Jean XXIII surprend surtout par sa formulation résolument optimiste de l'enjeu conciliaire. Il condamne le catastrophisme et la peur auxquels s'abandonnent trop de prélats, y compris dans son entourage, et fustige même les « prophètes de malheur » qui pensent que le monde va de mal en pis. Pas question, pour ce pape inspiré, d'admettre que l'Église a connu naguère une sorte d'« âge d'or » qu'il conviendrait de restaurer ! Enfin, le souverain pontife donne le ton : l'Église a vocation à la « miséricorde » plus qu'à la sévérité, elle est là « pour mettre davantage en valeur les richesses de sa doctrine », et non pour condamner les erreurs. Par rapport aux conciles de Trente et de Vatican I, voilà qui est nouveau.

Très vite, il apparaît que les choses ne vont pas se dérouler sans heurts. À enjeux planétaires, risques planétaires. Le 13 octobre, c'est la surprise. À peine la première « congrégation générale » (réunion plénière) a-t-elle commencé, dans la basilique battue par une pluie diluvienne, que surgit l'imprévu : le vieux cardinal Achille Liénart, archevêque de Lille, prend d'autorité la parole que le président de séance, le cardinal Tisserant, lui a refusée au nom du règlement, et propose tout de go de reporter de quelques jours le vote constituant les diverses commissions. Cette incartade déclenche un tonnerre d'applaudissements auquel les voûtes de Saint-Pierre n'ont pas été habituées. La motion est acceptée. En quelques minutes historiques, l'ordre du jour est aboli. Le concile plonge dans l'imprévisible. Nombre de participants, médusés, sont effrayés par leur propre audace. Quant aux gardiens du dogme, ils commencent à s'inquiéter pour de bon.

En réalité, de nombreux évêques étaient mécontents d'avoir à sélectionner de longues listes de noms inconnus : « Des noms et des noms, comment les connaître et comment les choisir ? » bougonnait lui-même le cardinal Giovanni Battista Montini, futur Paul VI. Beaucoup craignaient surtout une manœuvre de la Curie pour garder le contrôle des débats : en l'absence de listes alternatives, les pères allaient élire, naturellement, les membres connus des commissions préconciliaires, et le concile n'aurait été, par la force des choses, qu'une formidable chambre d'enregistrement.

Le « scandale » déclenché par le cardinal Liénart aura au moins deux conséquences : un renouvellement à 50 % de la composition des commissions, d'abord, mais aussi l'utilisation inédite du truchement des conférences épiscopales nationales pour élaborer des listes cohérentes. L'omnipotence de la Curie, c'est fini : un monde bascule.

*

Devant le psychodrame inattendu auquel il assiste le 13 octobre 1962, Karol Wojtyla est stupéfait. Il n'a aucune expérience des couloirs du Vatican, et le peu qu'il en connaît ne l'a pas préparé à ces remous internes. Il est novice. Le jeune évêque capitulaire de Cracovie est enthousiaste — c'est dans sa nature — mais il n'est absolument pas conscient de l'énormité de cette affaire d'*aggiornamento* : dans sa réponse au fameux questionnaire envoyé par le pape Jean XXIII à tous les évêques, il souhaitait, par exemple, que le concile aborde la place des activités sportives et théâtrales dans la pastorale [12].

Timide, modeste, impressionné par le faste de la cérémonie solennelle et par la qualité de l'assistance, Wojtyla siège au beau milieu de la jeune génération — à l'arrière de la nef, près de l'entrée principale — d'où partent, en général, les salves d'applaudissements contestataires. Il est secrètement choqué de cette révolte de l'assemblée, en pleine basilique Saint-Pierre, remettant en cause l'ordre du jour établi par la hiérarchie de l'Église. Tout ce travail préparatoire ainsi fichu en l'air ! Et ce manque de respect envers la Curie ! Ce n'est pas en Pologne qu'on verrait des choses pareilles...

Mgr Wojtyla ne s'attendait pas non plus à une telle violence — feutrée mais réelle — dans les débats publics. Il n'en revient pas de voir, en réunion plénière, le 30 octobre, le très digne cardinal Alfredo Ottaviani, secrétaire de la Suprême Congrégation du Saint-Office [13], un des personnages les plus importants de la Curie, se faire rabrouer comme un cancre par le cardinal hollandais Alfrink, président de séance, pour avoir dépassé son temps de parole, sous une tempête d'applaudissements. Ottaviani, humilié, ne remettra plus les pieds à Saint-Pierre pendant quinze jours.

Cette première session du concile s'achève le 7 décembre. Pendant ces deux mois, Karol Wojtyla a observé, écouté, il s'est imprégné, il a fait son apprentissage. « Comme je n'avais guère d'expérience, je suivais et j'apprenais », racontera-t-il lui-même [14]. En réalité, le Polonais est passablement perplexe. Tout ce qu'il a découvert en deux mois lui laisse des impressions contradictoires.

Ainsi, Karol est stupéfait de voir à quel point la *presse* — en particulier les journaux italiens — est parfaitement informée des débats, prétendument secrets, qui se déroulent en réunion plénière ou en commission, alors que les sept cents journalistes assurant la couverture de l'événement n'ont pas accès aux séances. Pour un homme de l'Est, le processus de l'information « démocratique » est à la fois fascinant et déstabilisant. Wojtyla constate d'abord que, sur les quatre cent cinquante et un pères conciliaires italiens, beaucoup adorent bavarder avec des amis journalistes. Il note, ensuite, que les envoyés spéciaux venus du monde entier ont tôt fait de se ménager des contacts privilégiés avec les évêques de leurs pays respectifs. C'est humain. N'a-t-il pas lui-même une relation directe et amicale avec Jerzy Turowicz, le rédacteur en chef du *Tygodnik Powszechny*, qui couvre l'événement ?

Malgré un verrouillage officiel, tout ce qui se passe au concile est plus ou moins sur la place publique, et les pères devront s'habituer, souvent contre leur gré, à apprendre parfois par la presse ce qui se déroule dans les coulisses de leur propre théâtre. S'il a de la sympathie pour le monde de la presse et des journalistes, Wojtyla, au fond de lui-même, désapprouve ces indiscrétions et cette publicité parfois brouillonne : en Pologne, rien ne filtre jamais des conférences épiscopales.

L'autre surprise de Karol concerne l'importance des *théologiens.* Dès le début de Vatican II, nombre de cardinaux et d'évêques font appel à des « experts » (*periti*) plus ou moins personnels, plus ou moins officiels, qui connaissent parfois les sujets mieux que les pères eux-mêmes et influent d'emblée sur la conduite des débats : les théologiens français Yves Congar, Henri de Lubac et Jean Daniélou, leurs confrères germaniques Karl Rahner, Hans Küng et Joseph Ratzinger — d'autres allongeront la liste plus tard, comme Urs von Balthasar — font preuve de compétence et d'activisme, et, en cheville avec leurs compatriotes mitrés, vite qualifiés de « réformistes », contribueront largement à ce que l'appareil de la Curie soit rapidement dépossédé de son magistère sur les débats.

Wojtyla enregistre ce rôle capital joué par les théologiens. Lui, le professeur de la KUL, se félicite de cet apport intellectuel particulièrement enrichissant. Ces gens-là, qui l'attirent, sont d'une autre génération que les bons pères au discours péremptoire qu'il a connus à Rome après la guerre, à commencer par son ancien maître Garrigou-Lagrange. Ils sont aussi différents des théologiens polonais, lesquels n'ont pas la même audace vis-à-vis de leur hiérarchie. Mais Wojtyla note aussi les aspects négatifs de ces interférences d'experts : certains, qui n'avaient pas été consultés dans la phase de préparation de l'événement, prennent un peu leur revanche ; d'autres, parfois, jouent de leur « irresponsabilité » d'experts pour se faire valoir aux yeux du public. À chaque médaille, son revers.

Un événement comme le concile est enfin, pour un jeune évêque polonais, une formidable *leçon de politique*. Ainsi le futur Jean-Paul II est-il frappé par l'attitude de Jean XXIII, ce vieux pontife génial qui tient à laisser le concile se dérouler dans la liberté. Contrairement à son austère prédécesseur Pie XII, qui régissait tout lui-même, le pape Roncalli attend ostensiblement que les affrontements se résolvent par la discussion, il fait confiance à l'Esprit-Saint, il se tient délibérément « au-dessus des partis ». Le mot n'est pas trop fort puisque le clan des conservateurs — les cardinaux Ottaviani, Ruffini, Siri, Browne, etc. — sera bientôt appelé le « parti romain » et qualifiera lui-même de « bloc d'opposition » la tendance réformiste française et allemande.

Wojtyla aurait pu être tenté, au début, de sympathiser avec ce « parti » pour lequel le qualificatif d'« intégriste » était encore un terme positif : quand il est arrivé à Rome, à l'automne 1962, Mgr Wojtyla était aussi conservateur que tous les évêques polonais, notamment sur la tradition doctrinale ou liturgique, sur la prépondérance de Rome sur les autres Églises chrétiennes ou sur le célibat des prêtres. Non seulement les prélats venus de Pologne sont, par nature, profondément attachés à la tradition — les premières interventions du cardinal Wyszynski, lors du débat sur la liturgie, seront pour s'indigner que l'on puisse remettre en question la lecture du bréviaire et l'emploi de la langue latine [15] —, mais leur situation politique originale bride l'imagination et oblige à la discipline.

Pourtant, Wojtyla prend vite ses distances avec cette ligne conservatrice. Jeune, il est plus sensible aux exigences de réforme. Intellectuel, il se passionne vite pour les débats les plus audacieux. Pasteur, il est attentif à l'impact de l'Église « dans le monde ». Polonais, enfin, il se sent plus proche des Allemands et des Français, dont il admire la culture, que des Romains.

Ni conservateur ni réformiste, Karol Wojtyla est déjà inclassable.

À Rome, pendant le concile

À Rome, la délégation des dix-sept prélats polonais s'est scindée en deux[16]. Le cardinal primat Stefan Wyszynski s'est installé à l'Institut polonais, au 38, via Pietro Cavallini, avec sa suite personnelle (son secrétaire et son chapelain) et le secrétaire de l'épiscopat, Mgr Zygmund Choromanski. De cette base opérationnelle, Wyszynski règne sur tout son monde comme un monarque. Ou, plus exactement, comme un général en temps de guerre.

Chaque semaine, le primat réunit ses troupes pour un briefing, afin de répartir les tâches et les sujets — certains craignaient de se voir attribuer tel ou tel thème difficile[17] — et surtout pour fixer la ligne. Pas question de laisser paraître la moindre divergence au sein du groupe ! Les Polonais seront parmi les premiers à s'organiser en tant que groupe national, déléguant à tel ou tel le soin de les représenter collectivement dans les débats.

Stefan Wyszynski n'est pas aussi sensible que le sera son jeune collègue cracovien à la nécessité d'adapter l'Église au monde moderne. D'abord parce que, dans son esprit, ce serait plutôt au monde moderne de s'adapter à l'Église ; ensuite parce que le primat est obnubilé par les éventuelles conséquences du concile sur l'avenir de ses relations avec les autorités communistes. Pour Wyszynski, la préparation du *Millenium*, le millième anniversaire du baptême de la Pologne, prévu en 1966, revêt une bien plus grande importance que les débats conciliaires sur la liturgie en latin.

Ce qui renforce la position du primat, c'est

l'immense curiosité que provoquent les évêques de l'Est. La guerre froide et la coupure de l'Europe en deux ont suscité une très intense solidarité, en Occident, envers les chrétiens d'Europe de l'Est. Comment vit cette « Église du silence », comme on l'appelle ? Les informations sont rares, à l'époque, sur les catholiques est-européens dont Wyszynski, le seul cardinal de l'Est présent au concile, est sans conteste la « vedette » : il est applaudi à chacun de ses déplacements, il est sollicité tout le temps par les journalistes — il bougonne quand les gens prononcent mal son nom — et par les évêques du monde entier.

Karol Wojtyla, quant à lui, est logé avec dix autres évêques au Collège polonais, un bâtiment très agréable de la piazza Remuria, dans le quartier de l'Aventin, qui sera plus tard le port d'attache du cardinal Wojtyla. Au début du concile, il habite dans une des petites chambres des étages ; à la fin, quand il sera archevêque, il aura droit à une grande pièce au rez-de-chaussée. C'est l'abbé Wladyslaw Rubin, un prêtre charmant, originaire de Lwow, qui dirige cette institution plus habituée à héberger des séminaristes que des *eccellenze*. Rubin deviendra un des plus proches compagnons du futur pape.

La vie s'organise, au *Collegio*, d'une session à l'autre. Le matin, Mgr Wojtyla se lève très tôt, à son habitude, et participe à la messe de 6 h 45, avant de prendre le petit déjeuner en commun : thé, café, petits pains ronds — cette spécialité romaine qui, la première fois, déconcerte celui qui constate que l'intérieur du pain est vide. À 8 heures, un autocar spécial emmène les participants au concile de la piazza Remuria jusqu'à la place Saint-Pierre.

Une messe est dite à 9 heures, en introduction à la journée, dans la basilique qui s'égaie ainsi des multiples couleurs des différentes tenues sacerdotales — le violet des évêques, le rouge écarlate des cardinaux, le noir des prélats orientaux — ornées du traditionnel rochet de dentelle recouvert de la *manteletta* de même couleur que la soutane. Certaines éminences (le cardinal belge Suenens et son collègue allemand Döpfner) avaient bien proposé de supprimer cette sainte habitude, qui écourtait d'une heure précieuse les débats de la journée. En vain. Renoncer à la sainte messe ! Trop de gens — notamment les Polonais — eussent été choqués d'une telle licence.

En général, comme il arrive avec un peu d'avance, Karol Wojtyla va d'abord s'agenouiller devant un des autels latéraux de la basilique. Il prendra l'habitude d'aller prier et lire son bréviaire au calme, dans la chapelle du Saint-Sacrement, devant le tabernacle de bronze doré dessiné par le Bernin. Il y côtoiera un sympathique moine protestant qui, lui aussi, vient prier dans ce sanctuaire avant le début des sessions. C'est ainsi que Roger Schutz, prieur du monastère de Taizé, un des rares « hôtes » non catholiques invités au concile à titre personnel, deviendra l'ami du futur pape.

Quand il gagne sa place, Wojtyla sort tranquillement papier et stylo et se met aussitôt à écrire. Cette habitude, qu'il a contractée avant d'être évêque et qui ne le quittera plus, frappe ses collègues du concile — surtout les plus désinvoltes. Ce Polonais est un « bosseur », un intellectuel jamais en repos, toujours en train de préparer quelque chose : sa prochaine intervention, une allocution pour Radio Vatican, son prochain cours pour la KUL, le chapitre d'un nouveau livre, etc.

Après la messe, chaque matin, l'ordre *Extra omnes* prononcé par Mgr Felici, secrétaire du concile, invite les personnes non admises à quitter l'*aula*, cette partie de la nef convertie en salle de congrès, afin que s'ouvre la « congrégation ». À chaque séance, environ vingt à vingt-cinq participants prononcent leurs interventions au micro — en latin, avec des accents fort différents selon l'origine géographique, au point de rendre certains échanges incompréhensibles. Bientôt, pour gagner du temps, de nombreuses interventions se feront par écrit : il faut dire qu'entre un point soulevé par l'un et la réponse apportée par un autre il pouvait se passer plusieurs jours, ce qui, parfois, frôlait le ridicule.

À 11 heures, les pères conciliaires ont droit à une courte pause. Lorsque Wojtyla a le temps de se rendre au bar, dans la foule des évêques, il prend un *cappuccino*, quelquefois un Coca-Cola. Puis il retourne à sa place sur les travées de bois, ou bien, comme de nombreux participants, il multiplie les contacts informels lors de conversations chuchotées dans les coins et recoins de la basilique.

À 12 h 15, la séance se termine. Pendant que le flot des sortants s'écoule lentement de la nef, il se réfugie dans un endroit tranquille — souvent la même chapelle du Saint-Sacrement — pour prier de nouveau avant de reprendre l'autocar pour aller déjeuner au *Collegio*. Là, à l'occasion du déjeuner, il fait à nouveau connaissance avec des personnalités intéressantes : un évêque du bout du monde, un théologien savant, un prélat proche du Saint-Père, etc.

Parfois Wojtyla provoque lui-même la rencontre : son ancien condisciple Andrzej-Maria Deskur, très au fait des mœurs vaticanes, lui ménagera des déjeuners particuliers, chez lui, au *palazzetto* de Santa Marta[18], avec tel ou tel personnage influent ou original. Deskur a fait toute sa carrière à Rome, dans la sphère de la presse et du spectacle, depuis qu'en 1952 Pie XII a nommé ce jeune Polonais en exil au secrétariat de la Commission pontificale « pour la cinématographie didactique et religieuse », un obscur organisme qui allait devenir, en 1964, le Conseil pontifical pour les communications sociales. Deskur, à la fois cultivé et bavard, n'a pas son pareil pour jouer les entremetteurs : « Connais-tu Karol Wojtyla ? demande-t-il un jour au jeune chef de la section française de la Secrétairerie d'État, Paul Poupard, lequel répond par la négative. Cela manque à ta culture, viens donc faire sa connaissance devant une pizza[19]. »

Si, l'après-midi, Karol Wojtyla vaque à ses travaux personnels ou se rend à une des innombrables réunions ou conférences organisées aux quatre coins de la ville, le dîner est, ensuite, une nouvelle occasion de rencontres : soit au *Collegio*, avec des invités occasionnels, soit qu'il fût invité lui-même. À partir de la troisième session, on s'arrachera parfois cet évêque polonais aussi intéressant que chaleureux. Mgr Wojtyla, en effet, laissera le souvenir d'un être disponible, décontracté, à l'humour constant et au sourire égal.

De session en session, il sympathise donc avec de nombreuses figures de l'Église, connues ou inconnues. Notamment, se rappelle l'ami Malinski, avec beaucoup d'évêques africains : ils sont une centaine au concile, pour la plupart délégués de nations indépendantes de fraîche date. La majorité d'entre eux s'exprime en français, ce qui simplifie le contact. Le concile est l'occasion d'un extraordinaire brassage de caractères, de cultures, d'expériences. Malinski souligne cette dimension capitale, pour son ami Karol : « Conversations, contacts, rencontres personnelles : un échange ininterrompu d'idées, de pensées, d'opinions, de convictions... Le concile représentait une sorte de retraite ou de séminaire de l'épiscopat du monde entier[20]. »

Le Polonais côtoie tout particulièrement certains de ses collègues de l'Angelicum ou du Collège belge de 1946-1948, comme le futur archevêque argentin Jorge Mejia. Il fréquente aussi certains évêques étrangers d'origine polonaise comme Adam Kozlowiecki, archevêque de Lusaka (Zambie), ou l'Américain John Krol, archevêque de Philadelphie, lequel vient d'être nommé par Jean XXIII sous-secrétaire du concile. Krol, dont le prénom est en réalité Jan-Jozef, est originaire du village de Siekierczyna, près de Limanowa, diocèse de... Cracovie. Lorsqu'il sera élevé à la pourpre en même temps que Wojtyla, en 1967, celui-ci se félicitera que la Pologne ait « deux cardinaux de plus », et c'est le cardinal-archevêque de Cracovie en personne qui ira saluer les paroissiens de Siekierczyna à la place de l'Américain, selon la coutume. Cette amitié-là aura une grande importance lors du conclave d'octobre 1978, lorsque Krol sera devenu président de la conférence épiscopale américaine.

*

Pour jeune et inexpérimenté qu'il soit — encore n'est-il pas le plus jeune, et de loin[21] —, Mgr Karol Wojtyla a le même droit de vote que les cardinaux les plus chenus, et il peut intervenir dans les débats. Il ne s'en privera pas. Sur le total des quatre sessions conciliaires, il prononcera huit discours en séance plénière et remettra treize interventions écrites.

Dès la première session (11 octobre-8 décembre 1962), il intervient dans le débat sur la liturgie. Ce n'est pas si facile de prendre la parole dans cette *aula* impressionnante. Certains participants, peu habitués à cet exercice, font durer inutilement les débats en ânonnant des textes écrits qui ne tiennent pas compte des interventions précédant la leur. En outre, beaucoup d'évêques ne maîtrisent pas suffisamment le latin, au point que certains échanges passent largement au-dessus de la tête d'une grande partie de l'assemblée. Aussi les séances commencent-elles en général par les exposés de « ténors » très écoutés, les Spellman, Ruffini, Léger, etc.

Précisément, lorsque vient son tour de parler pour la première fois, le 7 novembre, lors de la quatorzième séance plénière, le Néerlandais Bekkers, évêque de Bois-le-Duc, vient de se rasseoir, et chacun attend l'intervention de l'Indien D'Souza, évêque de Nagpur. Les deux hommes sont connus, l'un et l'autre, pour leurs options réformistes. L'exposé du Polonais Wojtyla sur le rituel comparé du baptême des enfants et des catéchumènes adultes passe quasiment inaperçu[22]. On prêtera davantage d'attention à la diatribe prononcée quelques heures plus tard par le cardinal Wyszynski contre les fossoyeurs du latin et les réformateurs du bréviaire[23].

Wojtyla aurait pu rester dans l'ombre. Mais il est poussé par la curiosité, par le désir de ne pas être simple spectateur de cet événement majeur. C'est aussi pour lui une façon d'engager indirectement le contact avec ses collègues du monde entier : chaque intervention attire l'attention de l'assemblée et suscite des réactions personnelles lors des pauses.

*

La première session s'achève. Mgr Wojtyla rentre le 14 décembre en Pologne. Dès le 16, il prononce une première conférence sur le concile au grand séminaire de Cracovie. Désormais, il s'y référera constamment dans ses homélies et ses rencontres — toujours avec optimisme et enthousiasme. Si les débats romains laissent perplexes le cardinal Wyszynski et la plupart des évêques polonais, ce n'est pas le cas de Wojtyla : dès le début, celui-ci est un ardent partisan de Vatican II — et le restera toute sa vie.

Alors que l'on digère à peine la première session du concile et que l'on prépare déjà la deuxième, prévue pour l'automne, la mort de Jean XXIII, le 3 juin 1963, vient ébranler le monde catholique. Si l'élection du cardinal Giovanni Battista Montini, archevêque de Milan, qui devient Paul VI le 21 juin 1963, rassure un peu les pères conciliaires (le nouveau pape incarne à la fois la continuité et la mesure), les responsables catholiques vivent néanmoins des temps agités.

Mais ces événements dramatiques ne changent rien, au fond, pour Mgr Wojtyla. Celui-ci ne connaissait pas personnellement Jean XXIII. C'est à peine s'il avait échangé quelques mots avec lui, lors d'une audience de pèlerins, place Saint-Pierre : le vieux Roncalli avait évoqué le souvenir d'une messe célébrée par lui lors d'un voyage à Cracovie, au château de Wawel, en 1912. Quant à l'homme qui lui succède, il ne le connaît pas davantage. Pas encore.

Ce qui le frappe, comme tout le monde, c'est la détermination et l'habileté dont fait preuve le nouveau pape, quand il succède à Jean XXIII. D'abord, Paul VI entend bien poursuivre l'œuvre de son prédécesseur. Le conclave l'a élu pour cela, et les cardinaux lui savent gré d'avoir donné au concile, dès son ouverture à l'automne 1962, l'axe conceptuel qui lui manquait : c'est Montini, dans la foulée du cardinal Suenens, qui avait suggéré d'orienter cette immense entreprise vers un thème unificateur — le rôle de l'Église — pour éviter que ce gigantesque *happening* ne tourne à l'anarchie intellectuelle.

Par ailleurs, Montini a bien vu les risques d'enlisement, de blocage ou de conflit qui menacent l'entreprise conciliaire. Au grand dam de certains théologiens « progressistes », il préférera, en octobre 1964, supprimer de l'ordre du jour deux sujets qu'il considère comme trop explosifs : le contrôle des naissances et le célibat des prêtres. Mgr Wojtyla observe, de loin, cette audacieuse manœuvre qui, certes, ne règle pas le fond des problèmes — il retrouvera ces deux dossiers sur son bureau de pape, en 1978 — mais qui permet d'avancer. Le nouveau pape allie une intelligence politique certaine, qui fait l'admiration des jeunes évêques, à une ferme conviction, qui plaît au Polonais, concernant la nécessité de maintenir la primauté et l'autorité papales.

À l'ouverture de la deuxième session, le 29 septembre, la demande de pardon de Paul VI adressée aux « frères séparés » de l'Église catholique frappe beaucoup Wojtyla[24]. C'est une idée nouvelle, une démarche inédite. Et scandaleuse pour beaucoup. Demander pardon ? Mais de quoi ? De nombreux évêques se cabrent, notamment quelques Polonais comme Mgr Pawlowski, évêque auxiliaire de Wroclaw : Allons ! l'Église est sainte, elle ne peut pas se tromper, ce sont ses enfants qui pèchent ! Faudrait-il accabler l'Église catholique pour la division des chrétiens, alors que ce sont les autres, les orientaux, les schismatiques, qui l'ont quittée ?

Wojtyla, lui, est impressionné par la démarche. Quand Paul VI cite curieusement le poète Horace (« *Veniam damus petimusque vicissim* »), il note la phrase, bien peu religieuse, tirée de *L'art poétique*. C'est la formule que les évêques polonais emploieront, en 1965, dans leur lettre aux évêques allemands : « Ce pardon, nous le réclamons pour nous et nous l'accordons aux autres. »

Lors de la deuxième session (29 septembre-4 décembre 1963), Mgr Wojtyla intervient à nouveau, notamment, le 21 octobre, sur le schéma *De Ecclesia*, qui porte sur la nature et le fonctionnement de l'Église[25]. Au nom de la délégation polonaise, il demande aussi, par écrit, que le rôle de la Vierge

Marie ne soit pas relégué à la fin du texte. Le jeune prélat se passionne, il prend de l'assurance.

Son ami Mieczyslaw Malinski, qui prépare alors son propre doctorat à Rome, raconte que le jeune évêque improvisa un soir une conférence-débat sur le thème du concile à l'attention des autres Polonais logeant au *Collegio* : l'Église, disait-il, ne pouvait pas regarder le monde passer d'une civilisation (primitive et rurale) à une autre (urbaine et technique) sans s'adapter, sauf à voir s'approfondir la rupture entre elle et le monde ; et cet *aggiornamento* passait par une « mondialisation » de la chrétienté. N'était-il pas encourageant, expliquait Wojtyla, que, pour la première fois, le concile ait amené l'Église de Pologne à prier pour le reste du monde[26] ?

Un triple apport personnel

« Jeune évêque, racontera Karol Wojtyla vingt ans après le concile, ma place était située près de l'entrée de la basilique Saint-Pierre. À partir de la troisième session, lorsque j'ai été nommé archevêque, je me suis un peu rapproché de l'autel[27]. » Jusque-là, il est vrai, Mgr Wojtyla n'a pas dit grand-chose d'essentiel. Il est intervenu sur des points techniques, ou de détail, au même titre que des dizaines d'autres prélats. C'est pendant la troisième session du concile (14 septembre-21 novembre 1964) qu'il commence à se faire remarquer. Pas seulement parce qu'il est devenu — on y reviendra — archevêque de Cracovie, mais parce que sur trois sujets déterminants, bien que de façon inégale, son apport personnel est notable[28].

Sur l'Église, d'abord. Mgr Wojtyla, lors du débat d'octobre 1963, avait été de ceux qui ont amené le concile à faire la distinction, à son propos, entre le « peuple de Dieu » et la structure ecclésiale elle-même, celle-ci n'étant pas prioritaire, aux yeux des réformateurs, dans cette définition globale. La position de Wojtyla n'est pas originale. Elle s'inscrit à mi-chemin entre ceux qui défendent, bec et ongles, la conception « juridique » d'une Église-institution, contre ceux qui lui préfèrent la conception « pastorale » d'une Église-communauté. L'évêque de Cracovie — que son expérience porte à promouvoir l'apostolat des laïcs — penche vers la seconde définition, celle d'une Église fondée, avant tout, sur les hommes qui la composent.

Un an plus tard, il intervient à nouveau sur ce sujet en développant un thème propre aux chrétiens de l'Est : l'apostolat des laïcs (et notamment des jeunes, précise Wojtyla) étant une nécessité vitale de l'Église, il confère des droits à ceux-ci, à commencer par le droit à la « vérité » et à la diffusion de celle-ci. Cette exigence, seuls les évêques de l'Est, à l'époque, en comprennent la portée politique : revendiquer pour les laïcs la liberté d'information et la liberté d'expression, c'est déjà une façon de revendiquer les droits de l'homme dans les pays où ils sont systématiquement bafoués.

Rien de bouleversant, pour le moment. L'un des meilleurs analystes de ces débats, le chroniqueur et historien Jan Grootaers, considère même que Wojtyla fait encore preuve, dans ces interventions sur l'Église qui donneront lieu à la constitution *Lumen gentium*, d'une certaine « naïveté »[29]. Il n'intervient pas, du reste, dans le débat capital sur la « collégialité », où s'opposent avec fougue les partisans d'un pouvoir absolu du pape sur la communauté des chrétiens et ceux qui voulaient redonner aux évêques la coresponsabilité du gouvernement de l'Église. Ajoutons, enfin, que, dans ses interventions, le jeune évêque de Cracovie apparaît aux yeux de beaucoup comme l'un des porte-parole, désignés par le cardinal Wyszynski, de l'épiscopat polonais.

Plus importante est sa contribution au débat *sur la liberté religieuse*. Il fallait, là aussi, un évêque venu de l'autre côté du rideau de fer pour « remettre les pendules à l'heure » sur un sujet aussi capital. Pour les Occidentaux, qui ont tranquillement inséré ce thème dans le schéma *De œcumenismo*, la liberté religieuse est un simple préalable au dialogue interreligieux. Si elle pose problème — au point de déclencher les tensions les plus vives de toute l'aventure conciliaire —, c'est qu'elle remet en cause la vieille conception, symbolisée depuis 1864 par le *Syllabus* de Pie IX, d'une Église catholique seule détentrice de la vérité.

L'importance de ce débat — historique, en effet — n'échappe pas à Karol Wojtyla, mais celui-ci, dans une intervention du 25 septembre 1964, souligne que la liberté religieuse implique aussi, au sens civil du terme, la tolérance des pouvoirs publics à l'égard des croyants de toutes les confessions. La liberté religieuse, c'est *aussi* le droit à l'enseignement religieux, le droit de pratiquer sa religion en communauté, c'est sans doute le plus intime des droits de la personne humaine. Est-il hors sujet ? Mgr Wojtyla a-t-il voulu trop en dire, en trop peu de mots ? Le père Malinski, qui a écouté l'intervention dans l'*aula*, note que son ami est à peine applaudi, sinon par politesse, et que beaucoup ne l'ont pas compris. En fait, le futur pape a fait un « bide » ! Il lui faudra revenir là-dessus l'année suivante, lors de la clôture de ce débat passionné, pour être enfin entendu.

Le 22 septembre 1965, au nom de tous les évêques polonais, Wojtyla met d'abord en garde le concile, avec force, contre une liberté religieuse qui ne serait pas fondée sur la responsabilité de la personne, et qui ferait la part belle à l'« indifférentisme ». Non, dit-il en substance, ce n'est pas parce que l'homme est « libre » que toutes les religions se valent ! D'autres que lui, notamment dans le camp conservateur, ont souligné ce risque. Puis il revient sur le thème qui le préoccupe depuis l'année précédente :

> Le droit à la liberté religieuse en tant que loi naturelle, dit-il, ne supporte pas de limitations sauf au nom de la loi morale. Le droit positif d'origine humaine ne peut ici imposer aucune limitation qui ne soit compatible avec la loi morale [...] Par conséquent, je propose qu'en matière religieuse personne ne puisse être contraint d'agir contre sa conscience, ni ne puisse être empêché d'agir en privé et en public suivant sa conscience.

C'est déjà du Jean-Paul II. L'archevêque de Cracovie, qui se réclame expressément du « personnalisme », affirme l'absolue dignité de la personne humaine, fondement de toute liberté, et la soumission du droit public à la loi naturelle, dans les termes mêmes de sa future encyclique *Veritatis splendor*, qui fera couler tant d'encre en 1993. En outre, dans l'affirmation que personne ne doit être forcé d'agir contre sa conscience y compris en matière religieuse, on reconnaît la référence — dont le futur pape usera si souvent — au concile de Constance, en 1414, au cours duquel le recteur cracovien Pawel Wlodkowic affirma, seul contre tous, que personne ne pouvait être amené à embrasser la foi chrétienne par la contrainte.

Derrière l'affirmation répétée des principes, il y a l'inquiétude réelle, ressentie par tous les évêques des pays de l'Est, que le souci de prévenir les abus de la liberté religieuse amène le concile à en limiter l'exercice aux impératifs d'« ordre public ». Or c'est justement au nom de l'« ordre public » que les partis communistes au pouvoir empêchent la construction d'églises, interdisent les processions, condamnent les catéchistes.

Deux jours avant Wojtyla, le cardinal Wyszynski a déjà prononcé un discours virulent sur ce thème, implorant ses collègues de ne pas donner aux États totalitaires une arme de plus pour lutter contre les croyants. Mais le ton du primat est bien différent de celui de son jeune collègue : Wyszynski s'emporte contre tous « ces écrivains et journalistes » qui, en Occident, font fausse route à propos du communisme[30]. Il peste contre l'image qu'on colle aux Polonais d'être « rétrogrades, obscurantistes et attachés à des privilèges féodaux ». Il tonne, il invective.

À chacun son style. Wojtyla, lui, ne hausse pas le ton. En revanche, et au mépris de tous les usages, à la veille de la révision définitive du texte conciliaire, il se rend personnellement chez Mgr De Smedt, évêque de Bruges, qui est le *relator* (rapporteur) de la déclaration préparée sous l'égide du Secrétariat pour l'unité des chrétiens, pour le convaincre de certaines améliorations textuelles — sauf à ce que les évêques de l'Est, prévient-il, se prononcent contre la déclaration conciliaire le jour du vote.

Mgr Wojtyla obtiendra, en effet, que les textes finalement soumis au vote des pères conciliaires précisent qu'« une paix publique, cela veut dire une société ordonnée dans la vraie justice », et que l'« ordre public » auquel la liberté religieuse doit se conformer doit être aussi « en conformité avec l'ordre moral objectif ». Les rédacteurs de la déclaration finale, intitulée *Dignitatis humanae*, n'ont pas été, comme le voulaient les Polonais, jusqu'à « exclure tout ordre public qui serait le produit d'une idéologie erronée », mais ils ont systématiquement apposé l'épithète « juste » à toute référence à cet « ordre public » qui faisait craindre le pire aux évêques de l'Est.

*

Mais c'est à propos du projet de constitution sur « l'Église et le monde moderne » — qu'on appelle encore le schéma XIII et qui donnera lieu au texte fondamental nommé, en latin, *Gaudium et spes* — que Mgr Wojtyla laissera une véritable empreinte sur Vatican II. Ce thème du rapport de l'Église au monde contemporain le passionne. En deux ans de débats conciliaires, il a pris la mesure du formidable décalage qui existe entre une certaine Église « romaine », aussi rigide dans ses certitudes qu'archaïque dans son fonctionnement, et l'évolution des techniques, des cultures, des mœurs. En outre, pour lui comme pour tous les évêques de l'Est, le schéma XIII apparaît comme une occasion cruciale de montrer un visage de l'Église plus adapté à son époque, face aux attaques persistantes du communisme athée. L'enjeu lui paraît en valoir la peine. C'est donc sur ce thème, plus sociologique qu'ecclésiologique, que Karol Wojtyla va montrer à la fois ses capacités intellectuelles hors du commun, mais aussi ses convictions de pasteur engagé dans la vie concrète de l'Église.

En réalité, deux prélats polonais ont pris des initiatives sur ce sujet : Mgr Boleslav Kominek, archevêque de Wroclaw, membre de la commission mixte chargée de rédiger l'avant-projet de schéma XIII de janvier à avril 1963 ; et Mgr Wojtyla, auquel l'épiscopat polonais a confié la rédaction d'une longue note (un « contre-projet », diront certains) sur ce texte au printemps 1964. Mais le fait que Mgr Kominek ait été privé de passeport par les autorités polonaises à deux reprises — à l'automne 1963 et à l'automne 1964 — a finalement laissé Wojtyla seul en piste.

Le 21 octobre 1964, Mgr Wojtyla intervient donc une nouvelle fois, sous la voûte de Saint-Pierre.

« Enfin on écoutait Karol ! se rappelle Malinski. Sa voix forte, nette, distincte, fit taire le brouhaha. » C'est le « contre-projet » polonais élaboré au printemps que Wojtyla défend avec passion dans l'*aula*, ce jour-là. Six semaines plus tôt, le Cracovien a eu l'occasion de « roder » son intervention devant un groupe informel — comme il s'en constitua beaucoup pendant le concile — appelé « Signes des temps », où on l'avait invité au titre de représentant du « monde communiste », parmi des représentants d'autres « mondes » (asiatique, africain, etc.). C'est justement en raison de cette « pluralité des mondes » que Wojtyla, dans son discours, considère le schéma XIII comme un peu trop « occidental » à son goût[31]. L'orateur, en termes choisis, reproche à ses rédacteurs de placer l'Église « au-dessus du monde », auquel elle semble « donner des leçons » et dont elle attend « obéissance », au lieu de la montrer « cheminant avec le monde vers la vraie solution aux questions difficiles de la destinée humaine ». Mieux vaudrait convaincre par des arguments, et non s'abriter derrière des exhortations moralisantes, explique en substance le Polonais qui dénonce, au passage, la vanité de toute « mentalité cléricale[32] ».

Dans ce discours, Wojtyla prône à nouveau la méthode « heuristique » qui consiste à ne pas imposer autoritairement une vérité à un élève, mais à l'amener, avec ses propres arguments et ses propres connaissances, à reconnaître cette vérité. Cette conception de l'enseignement de la Parole sera, en de nombreuses occasions, celle du cardinal Wojtyla puis celle du pape Jean-Paul II : le dialogue est une nécessité, certes, mais il ne doit pas s'opérer au détriment de la vérité.

Wojtyla, la tête baissée, remonte lentement vers sa place. « Avec des paroles très mesurées, commente Malinski, Karol a fait comprendre que le projet était tout juste bon à être jeté au panier ! » Les observations de l'archevêque de Cracovie sur la « pluralité des mondes » font mouche : sept nouveaux évêques du tiers-monde et du monde communiste sont aussitôt associés au travail des commissions. Quoi d'étonnant à ce que Mgr Wojtyla lui-même soit invité, quelques jours plus tard, à participer aux travaux de la sous-commission doctrinale chargée de réorganiser tout le texte en vue de la session suivante ?

Le travail en commission, sur lequel Paul VI fonde beaucoup d'espoirs, commence le 31 janvier 1965 dans une maison religieuse d'Ariccia, un charmant bourg ancien, au viaduc élancé, situé à quelques kilomètres de Castel Gandolfo. Il y a là une vingtaine d'évêques et une cinquantaine d'« experts » parmi lesquels quelques théologiens français (le dominicain Yves Congar, les jésuites Henri de Lubac et Jean Daniélou), qui vont se côtoyer avec assiduité, par sessions de quinze jours, jusqu'en avril. De durables amitiés naissent, à Ariccia, qui ne seront pas sans conséquences par la suite.

Mgr Wojtyla s'est installé au *Collegio polacco*. C'est l'abbé Cader qui le conduit à Ariccia, dans sa petite Renault. L'archevêque est détendu, il s'est offert quelques jours de ski à Zakopane, chez les ursulines de Jaszczurowka, il est heureux d'être là. Il a retrouvé, parmi les experts, le sympathique professeur Swiezawski, celui qui l'accueillit naguère à Lublin. Pour les deux hommes, cette session d'Ariccia restera un « souvenir inoubliable ». Les deux amis, qui ne siègent pas dans la même sous-commission (Swiezawski planche dans le groupe « culture ») mais se côtoient dans le même bâtiment, prennent un grand plaisir à faire de longues marches tout en discutant de l'avenir de l'Église et de la nature de l'homme[33].

Dès le 1er février, on invite Wojtyla à présenter le texte qu'il a refondu à Cracovie, pendant le courant du mois de janvier. Le souci général est que le schéma XIII tienne compte expressément « de la situation de l'Église dans les pays communistes ». L'archevêque de Cracovie, prudent, a pris soin d'aller recueillir le soutien de la conférence épiscopale polonaise, à Varsovie, avant de s'envoler pour Rome. Pour lui, comme pour ses pairs, il n'y a pas de doute : le « monde actuel » auquel est confrontée l'Église, c'est d'abord le communisme athée. Mais son texte, malgré quelques retouches opérées avec l'aide du père Daniélou, est refusé par la sous-commission, qui n'accepte pas que le projet soit entièrement revu sous cet angle — très polonais, en effet[34] — du rapport à l'athéisme. Wojtyla fulmine. Il s'en ouvre à ses amis du *Collegio* venus le chercher, les Malinski, les Pieronek, qui l'emmènent dîner dans une trattoria du côté du lac d'Albano, avant de rentrer à Rome.

Le Polonais désespère de transmettre à ces « Occidentaux » l'expérience des Églises de l'Est. À plusieurs reprises, il revient sur le sujet, affine ses arguments, travaille ses démonstrations. C'est la première fois qu'il croise le fer avec ces hommes qu'il admire tant. Les membres de son groupe l'invitent finalement à rédiger, avec l'aide du père Congar, un chapitre spécial sur ce thème — qui deviendra, non sans péripéties, le chapitre IV de la future « constitution pastorale sur l'Église dans le monde de ce temps », aussi appelée *Gaudium et spes*.

À l'ouverture de la quatrième et dernière session, le 28 septembre 1965, Karol Wojtyla intervient à nouveau en séance plénière — la cent trente-septième — pour regretter le manque de « réalisme » du concile sur le sujet de l'athéisme, et pour rappeler que celui-ci peut revêtir deux formes bien différentes : quand il provient d'une conviction personnelle, mais aussi quand il est imposé à la société par le pouvoir politique. Si Wojtyla prône avec insistance le « dialogue » avec le monde « sécularisé », il n'a de sens, à ses yeux, que dans le premier cas de figure[35].

Ce distinguo, repris deux jours plus tard par le cardinal-archevêque de Vienne, Franz König, président du Secrétariat pour les non-croyants, nourrira les débats de la sous-commission spéciale *De atheismo* créée quelques jours plus tard et présidée par l'Autrichien. Celui-ci est, aux yeux de Wojtyla, un « Occidental » pas comme les autres. Qui, mieux que l'archevêque de Vienne, peut être sensible à la réalité de la coupure de l'Europe en deux ? Les Autrichiens n'ont-ils pas vu avec soulagement les chars soviétiques quitter leur pays sans heurt, neuf ans auparavant ? N'ont-ils pas recueilli par centaines de milliers les réfugiés hongrois à l'automne 1956 ?

Il faut dire que König et Wojtyla se connaissent bien : le 29 mai 1963, lorsque Jean XXIII a envoyé König en éclaireur dans les « terres inconnues » d'au-delà du rideau de fer, Mgr Wyszynski n'avait pas voulu cautionner cette intrusion du Saint-Siège dans l'affaire cruciale des territoires polonais récupérés sur l'Allemagne nazie après la guerre. À Cieszyn, la frontière tchécoslovaque, c'est donc le vicaire général de Cracovie qui accueillit, en voisin, le légat du pape. Ce fut le début d'une amitié très forte, appuyée sur une réelle admiration mutuelle, qui, plus que toute autre, influera sur le cours des choses, notamment au conclave de 1978.

Il ne faudrait pas croire que Wojtyla, dans ses interventions, incarne le combat contre le communisme en tant que tel. D'abord parce que ses propositions, ses avertissements, ses arguments se situent davantage sur le terrain philosophique (contre le matérialisme), ecclésiologique (contre l'athéisme), voire idéologique (contre le marxisme), plutôt que sur le plan proprement politique (contre le communisme). D'autres pères conciliaires, parmi les plus conservateurs, incarnent, eux, au sein même du concile, le courant proprement « anticommuniste ».

Le principal apport de Mgr Wojtyla à Vatican II est, peut-être, d'avoir suffisamment nourri et animé la réflexion de fond sur le matérialisme athée pour désamorcer les propositions de condamnation solennelle du communisme que cette fraction maximaliste s'évertuait à promouvoir dans le texte *Gaudium et spes*. Ni Wyszynski, ni Wojtyla, ni aucun évêque polonais n'a donné son appui à cette idée que l'on eût qualifiée, en d'autres temps, de « politicienne » : entrer dans ce jeu stérile aurait fait le miel des journaux officiels polonais, qui dénonçaient alors à longueur de colonnes le « conservatisme borné » de leurs évêques.

Au fil de tous ces débats, Wojtyla aura lui-même nourri et conforté ce qui sera longtemps, en quelque sorte, son credo politique : « Alors que le système communiste prétend faire le bonheur de l'homme, unique finalité d'un univers sans Dieu, c'est l'homme, justement, qui en est la principale victime ! » Conclusion du futur pape : c'est en parlant sans relâche de la personne humaine, de sa dignité, de ses droits, que l'on touche le principal « point faible » du communisme[36]. À bon entendeur...

10

Archevêque de Cracovie

Le 30 décembre 1963, à Cracovie, Mgr Wojtyla vient de prononcer une conférence sur son voyage en Terre sainte à l'attention des sœurs de la Miséricorde, chez les ursulines, lorsqu'il reçoit un étonnant coup de téléphone. C'est le pape Paul VI en personne qui l'appelle, de Rome, pour lui annoncer la nouvelle : il est nommé archevêque « métropolitain » de Cracovie.

À vrai dire, ce n'est pas totalement une surprise. Au début de l'automne, son ancien condisciple Stanislaw Stomma, de passage à Cracovie, était passé à la rédaction du *Tygodnik* et, un sourire mystérieux aux lèvres, a entraîné le père Bardecki en dehors des locaux du journal — dont les murs, évidemment, sont truffés de micros. Stomma, qui est alors député du groupe parlementaire Znak, vient d'avoir une entrevue avec le responsable des affaires religieuses au comité central du Parti, Zenon Kliszko, lequel lui a expliqué pourquoi l'archevêché de Cracovie n'avait toujours pas de titulaire depuis la mort de Mgr Baziak, le 15 juin 1962. Selon la méthode convenue entre l'Église et l'État, le cardinal Wyszynski avait d'abord proposé trois noms que lui, Kliszko, avait refusés. En bloc. Puis une nouvelle liste de trois noms. Nouveau refus du représentant du Parti. Trop ceci, trop cela... « Trouvez-nous un candidat acceptable, dit à Stomma le haut dignitaire du POUP[1]. Quelqu'un qui sache parler avec nous ! Proposez-nous un homme de dialogue, comme ce jeune évêque auxiliaire avec lequel nous avons réglé en deux semaines l'affaire du séminaire de Cracovie, et dont j'ai oublié le nom... »

L'*affaire du séminaire* de Cracovie avait éclaté au lendemain de la mort de Mgr Baziak, en juin 1962, lorsque le comité régional du Parti communiste eut décidé de mettre la main sur l'immeuble du séminaire de la rue Wolska — alors « rue du Manifeste-du-4-avril » — pour en faire une école publique. Or le jeune évêque en question, un certain Karol Wojtyla, était bien décidé à ne pas se laisser faire : « Un séminaire, dit-il à l'un de ses collaborateurs, c'est la prunelle des yeux d'un évêque ! » Et le fougueux administrateur du diocèse de convoquer le ban et l'arrière-ban des séminaristes alors en vacances pour organiser la résistance, à commencer par la tenue d'une cérémonie de consécration solennelle de l'immeuble à la Vierge Marie.

À l'époque, aucun dirigeant de l'Église n'aurait eu l'audace de négocier directement avec le Parti : trop risqué, trop compromettant. Wojtyla, lui, s'était rendu personnellement dans les bureaux du secrétaire local du POUP, Lucjan Motyka : « Cet immeuble est un bâtiment historique, avait plaidé l'évêque. Il a toujours appartenu à l'Église, vous n'avez aucun droit dessus ! » Motyka en référa par téléphone à Kliszko, à Varsovie, qui s'étonna : un évêque dans les locaux du Parti, prêt à discuter avec le pouvoir ? Voilà qui était nouveau ! « Laissez-lui son séminaire », ordonna Kliszko. Un compromis fut trouvé : le quatrième et dernier étage de l'immeuble fut affecté à la fameuse école « pédagogique » créée par le Parti, tout le reste fut laissé aux séminaristes.

L'évêque dont Kliszko disait avoir « oublié le

nom » n'était pas encore connu du comité central. Pour les dirigeants du Parti, et pour Wladyslaw Gomulka en personne, ce Wojtyla était davantage un intellectuel, un philosophe, un poète, qu'un « politique ». Quand il s'était rendu dans les locaux du secrétaire Motyka, il s'était habillé en civil — en col romain, tout de même ! — pour marquer sa bonne volonté. Cet homme-là devrait être plus facile à « gérer » que tous ces anticommunistes militants, voire fanatiques, qui composaient l'épiscopat polonais. Le message fut passé à Wyszynski, qui choisit de s'incliner. Après tout, en effet, pourquoi pas Wojtyla ? Le cardinal primat avait pu apprécier les qualités de ce jeune évêque à Rome, pendant les deux premières sessions du concile. La seule question qui le chiffonnait était d'un autre ordre : ce prélat inexpérimenté, cet intellectuel passionné de discussions philosophiques, cet homme qui ne cachait pas son désintérêt pour la politique, saurait-il résister à la pression constante exercée sur les dirigeants de l'Église polonaise par le pouvoir communiste ?

Le successeur de saint Stanislaw

Dans son homélie de fin d'année, prononcée le jour de la Saint-Sylvestre dans l'église des franciscains, en face du palais épiscopal, Mgr Wojtyla ébauche un bilan des événements de cette année 1963 : la mort de Jean XXIII, les débats du concile, les journées mariales (qui préparent au millénaire du baptême de la Pologne), la désignation du père Jan Pietraszko — son ancien rival dans le cœur des paroissiens de la vieille ville — comme évêque auxiliaire, et l'attente de la désignation d'un nouvel archevêque métropolitain « pour lequel nous prions tous ». Sans dévoiler le grand secret qui lui pèse alors, depuis la veille, sur le cœur : ce nouvel archevêque, c'est lui.

La nomination n'est rendue publique que le 18 janvier 1964[2]. Elle fait l'effet d'une bombe dans les milieux catholiques. Au lendemain de la mort de l'archevêque Baziak, personne ne pensait que Karol Wojtyla allait le remplacer. Ses qualités personnelles n'étaient pas en cause, certes, mais il semblait, tout simplement, beaucoup trop jeune pour accéder à une telle responsabilité. En outre, les règles strictes de l'Église l'en empêchaient : d'abord, Mgr Wojtyla était seulement évêque « auxiliaire » et non « coadjuteur » (c'est-à-dire appelé à remplacer l'évêque en titre) ; ensuite, il était déjà en poste dans le diocèse, et la tradition voulait qu'on fît appel à quelqu'un ayant eu d'autres expériences locales, surtout pour un poste d'envergure archiépiscopale, à vocation cardinalice. Enfin, s'il ne l'est pas *de jure*, le titulaire du siège de Cracovie est *de facto* le numéro deux de l'Église de Pologne, un successeur possible du primat Stefan Wyszynski, et personne n'aurait imaginé que Wojtyla pourrait être celui-là. À commencer par Wyszynski lui-même.

Malice de l'Histoire : c'est donc à la satisfaction — sinon à l'initiative — du Parti communiste que Karol Wojtyla, à quarante-trois ans, est hissé sur le trône de son maître spirituel, le défunt cardinal Adam Stefan Sapieha. Il en est d'ailleurs le véritable successeur sur le plan juridique, Mgr Baziak n'ayant pas eu le temps de recevoir les insignes de sa propre nomination avant de décéder. Pour les dirigeants de la Pologne « populaire », avoir imposé un nom à Wyszynski est déjà une sorte de victoire. Ils auront vite l'occasion de déchanter.

Dans une lettre adressée à ses diocésains, datée du mercredi des Cendres, le nouvel archevêque évoque un « grave sentiment de responsabilité » que sa

« totale confiance au Christ et à sa Mère » empêche de « se muer en sentiment d'angoisse[3] ». Il ne sait pas, personne ne sait à ce moment, qu'il s'agit d'une répétition générale : la même confiance « au Christ et à sa Mère » lui feront accepter, en octobre 1978, une responsabilité autrement plus « grave ».

Le 8 mars 1964, Karol Wojtyla prend solennellement possession de « sa » cathédrale. Il fait un froid polaire, ce jour-là, sur les flancs du château de Wawel, mais des milliers de Cracoviens ont bravé les intempéries pour assister à la cérémonie. Celle-ci commence, à 9 h 45, par l'accueil du nouvel archevêque sous le portail d'entrée, au pied des murailles de la forteresse. Dans un geste symbolique, il embrasse d'abord les reliques de saint Stanislaw, son lointain prédécesseur, avant de se rendre à pas lents jusqu'au seuil de l'église pleine à craquer. Dans le chœur, alors que la chorale du Wawel entonne le cantique *Ecce sacerdos magnus* (« Voici le grand prêtre »), le doyen du chapitre métropolitain, le père Bogdan Niemczewski, lui remet les clefs de la cathédrale, puis le chancelier du chapitre, le père Mikolaj Kuczkowski, lit la bulle de nomination de Paul VI — en latin, puis en polonais.

Les lourds habits que Mgr Wojtyla a revêtus pour la cérémonie font sensation. Chacun des participants à l'office sait déchiffrer cet ensemble éminemment symbolique évoquant mille ans d'histoire nationale : la chasuble damassée qu'avait offerte la reine Anne, sœur du dernier Jagellon, à l'archevêque de Cracovie ; la mitre que portait déjà son lointain prédécesseur, Mgr Andrzej Lipski, au XVIIe siècle ; la crosse d'un autre évêque de l'époque, Mgr Jan Malachowski, témoin de la victoire sur les Turcs ; l'anneau épiscopal, serti d'émeraude, de Mgr Maurus, évêque de Cracovie au XIIe siècle, et l'étole brodée ornée de perles de la reine Edwige[4].

Le texte de l'homélie prononcée par Wojtyla confirme ce souci de s'inscrire, sans réserve, dans l'histoire de son pays :

Nous nous rendons tous bien compte, dit-il de sa voix théâtrale, qu'on ne peut pas entrer dans cette cathédrale sans émotion. Je dirais même qu'on ne peut pas y pénétrer sans tremblement intérieur, sans peur, car elle contient, comme peu de cathédrales dans le monde, une immense grandeur majestueuse, à travers laquelle notre histoire et notre passé nous parlent. Ils dialoguent avec l'ensemble des statues, des sarcophages, des autels, des sculptures. Avant tout, c'est notre passé qui surgit à travers les prénoms et les noms. Tous ces prénoms et ces noms sont la preuve, individuellement et collectivement, du grand chemin millénaire de notre histoire.

Autant cette symbolique patriotique est affirmée avec force, autant le « programme » proposé par Wojtyla à ses ouailles s'inscrit dans la continuité. Continuité de l'histoire de l'Église et, au-delà, permanence de la Révélation :

Les choses éternelles, les choses de Dieu sont les plus simples et les plus profondes, explique le nouvel archevêque. Il ne faut pas créer de programmes nouveaux. Il faut seulement, d'une manière nouvelle, avec une ferveur nouvelle et une disponibilité nouvelle, nous engager dans ce programme éternel de Dieu, du Christ, et l'accomplir en tenant compte de notre époque.

Voilà qui lui ressemble bien, et qui annonce le Wojtyla de beaucoup plus tard. Pour l'heure, une tâche énorme l'attend. L'archidiocèse « métropolitain » de Cracovie a la tutelle de trois autres diocèses importants : Katowice, Kielce et Tarnow[5]. Certes, ils sont largement pourvus, en évêques et en prêtres, mais l'archevêque Wojtyla tiendra à exercer sa primauté sur l'ensemble de sa « province » ecclésiastique, c'est-à-dire à en visiter régulièrement les trois cent vingt-neuf paroisses.

*

Il manquait encore un rituel pour que Karol Wojtyla fût définitivement intronisé dans sa nouvelle charge : la remise du *pallium*. Le pallium, c'est une sorte d'étole, un bandeau de tissu symbolisant le pouvoir du pape et des archevêques, qui obéit à une tradition byzantine remontant au premier millénaire. Chaque pallium est tissé par les sœurs bénédictines de Sainte-Cécile-du-Trastévère, qui utilisent de la laine de deux agneaux bénis le jour de la Sainte-Agnès, le 21 janvier, dans la basilique de Sainte-Agnès-hors-les-Murs. Ces morceaux de tissu reposent, jusqu'à la cérémonie, dans une urne reposant sur la tombe même de saint Pierre. C'est le pape, et lui seul, qui procède à la remise du pallium. Et c'est effectivement le pape Paul VI, en plein concile, le 10 octobre 1964, qui remet solennellement à Karol Wojtyla le pallium, ainsi qu'à quarante nouveaux archevêques du monde entier[6].

Le nouveau pape, qui a succédé à Jean XXIII l'année précédente, n'est pas un novice. Il sait bien que Mgr Wojtyla n'était pas le candidat souhaité par le primat Wyszynski pour le poste d'archevêque de Cracovie. Paul VI — qui n'a pas oublié son bref passage à la nonciature de Varsovie en 1923 — est particulièrement attentif à cette Église de Pologne si vivante, si fervente, si puissante, et en même temps si difficile à comprendre.

La première rencontre entre les deux hommes date de la première session du concile, à l'automne 1962 : le vicaire capitulaire de Cracovie avait une demande à transmettre au cardinal-archevêque de Milan de la part du curé de Saint-Florian, lequel cherchait à se faire offrir une cloche pour son église. Montini avait raconté alors à Wojtyla qu'en 1923 il avait justement assisté à la restauration d'une cloche disparue pendant la guerre russo-polonaise, quelque part en Pologne. Mais depuis qu'il est pape, s'il a remarqué ce vigoureux prélat de quarante-quatre ans s'exprimant sans crainte devant d'impressionnantes assemblées, l'ex-archevêque de Milan n'a jamais eu de rapport direct, personnel, avec lui. Pas plus qu'avec aucun autre évêque polonais : tout contact « papal » avec la Pologne, avec son Église, passe obligatoirement par le primat Wyszynski.

À partir de la troisième session conciliaire, à l'automne 1964, une véritable relation va se nouer entre Montini et Wojtyla. Le 30 novembre, l'archevêque de Cracovie est reçu en audience privée par Paul VI. C'est la première fois que les deux hommes se retrouvent en tête à tête. Il ne fait pas de doute que le courant passe entre eux. Paul VI, s'il éprouve un grand respect pour Wyszynski, entretient avec le primat de Pologne une relation difficile. Wojtyla lui fait découvrir un autre visage de l'Église polonaise — plus ouvert, plus intellectuel, plus adapté aux temps nouveaux.

Il est vrai que Stefan Wyszynski apparaît hautain, intraitable, ombrageux. Il est méfiant envers la papauté — qui a « trahi » son pays au moins deux fois : après l'insurrection de 1830, lorsque le pape Grégoire XVI ordonna aux catholiques polonais, pour ménager ses relations avec les empires, de se soumettre au tsar qui les opprimait ; et lors de l'invasion nazie en 1939, au lendemain de laquelle le pape Pie XII n'a pas beaucoup défendu ses coreligionnaires polonais. Ce ressentiment est sans doute fondé. De même que sa méfiance ironique, voire blessante, à l'égard des idées à la mode chez ses collègues occidentaux si prompts à « dialoguer » avec les marxistes. Pas commode, le primat de Pologne. Et obstiné, avec ccla. Combien de fois aura-t-il fait ostensiblement passer ses préoccupations « nationales » avant les objectifs universels du concile !

Précisément, le 13 décembre 1965, après la clôture du concile, le pape accorde une audience d'adieu à la délégation des évêques polonais. Ce jour-là, une fois de plus, avec une insistance difficilement supportable, le cardinal Wyszynski fait observer à la cantonade que le souverain pontife ne peut prétendre juger, de Rome, la situation de l'Église en Pologne. Et le primat d'ajouter, en sus, qu'il sera bien difficile d'appliquer les décisions de Vatican II dans son pays. Il est aisé d'en tirer une conséquence toute simple, mais aux prolongements historiques imprévisibles : à partir de ce jour-là, dans son for intérieur, Paul VI va miser sur Wojtyla.

Une journée dans la vie de Mgr Wojtyla

Rue Franciszkanska, numéro 3. Une façade sans prétention, jaune ocre, de deux étages, comme la vieille ville de Cracovie en compte des dizaines. Une lourde porte noire. Sous le porche, à gauche, une entrée conduit à la curie métropolitaine. À droite, une galerie voûtée aboutit à une porte à deux battants ouvrant sur un large escalier de pierre aux marches usées. Les murs, immenses, sont couverts de portraits de prélats — tous les prédécesseurs de Karol Wojtyla — dont le sévère cardinal Zbigniew Olesnicki, qui occupa les lieux au XIVe siècle.

Le nouvel archevêque n'ignore rien de ces grandes figures du passé. Il n'est pas perdu dans cet endroit imposant. D'abord parce qu'il en a bien connu les coins et les recoins en 1944-1945, pendant l'Occupation. Ensuite, il a eu maintes fois l'occasion d'arpenter ces couloirs et ces salons comme simple évêque, depuis 1958. Il connaît les lieux, comme il connaît déjà le personnel qui est désormais à son service : Mme Maria, la concierge ; Jozef Mucha, le chauffeur ; M. Franciszek, le valet de chambre ; les sœurs Jadwiga et Eufrozyna, chargées du secrétariat particulier ; sœur Faustyna, la cuisinière.

Il connaît aussi les deux hommes qui seront ses plus proches collaborateurs pour l'administration du diocèse : le chancelier du chapitre, Mikolaj Kuczkowski, et le doyen Bogdan Niemczewski. En 1966, un jeune prêtre de Zakopane viendra bientôt les rejoindre, comme secrétaire de l'archevêque. Cet homme aussi fidèle qu'efficace n'imagine pas, alors, le tour que prendra sa vie : il s'appelle Stanislaw Dziwisz.

Au total, les gens qui travaillent à la Curie et à l'Officialité (le tribunal épiscopal), soit une quinzaine de personnes, forment « une sorte de famille » — selon le mot de Wojtyla lui-même. Ce dernier, lors de ses voyages, envoie à l'un ou l'autre une carte postale, une carte de vœux, etc. Jozef, Franciszek, Jadwiga et les autres seront tous invités à Rome pour la cérémonie papale du 22 octobre 1978 — le nouveau pape voudra absolument les saluer un par un. Et lors des obsèques de sœur Jadwiga, en 1996, Jean-Paul II prendra la peine d'écrire et d'envoyer à Cracovie un hommage aussi personnel qu'émouvant.

Au premier étage, en face de l'escalier, la chapelle. Les murs seront recouverts plus tard d'un faux marbre ivoire. De l'époque de Wojtyla, seul subsistera le plafond, aux caissons rouge sombre, vert foncé, bleu nuit. C'est là que l'archevêque a son prie-Dieu, là qu'il commence invariablement ses journées, vers 5 h 30, à l'heure où, au-dehors, les premiers tramways réveillent le quartier de leurs grincements métalliques.

L'archevêque Wojtyla est resté — et restera — un homme de prière. Il passe plusieurs heures par jour dans cette chapelle. C'est là, avant l'aube, qu'il puise ses forces, qu'il cherche l'inspiration, qu'il prépare sa journée. C'est là qu'à 7 heures il dit la messe, en présence de quelques religieuses et de tel ou tel de ses collaborateurs. Quand il est prévu qu'il célèbre l'office ailleurs l'après-midi, il traverse la rue et va poursuivre sa prière chez les franciscains d'en face.

Karol Wojtyla aime tout particulièrement ce couvent où Maximilien Kolbe[7], qu'il vénère tant, a vécu de 1919 à 1922, et dont il aperçoit, de ses fenêtres, la basilique en brique rouge sang. Le bâtiment est typique du style gothique de l'Europe centrale. En soutane noire, Wojtyla traverse le cloître, magnifique, orné de très anciennes fresques murales de toute beauté, il entre dans la basilique et va prier, à droite de la nef, dans la chapelle de Notre-Dame-des-Sept-Douleurs, où figure une grande icône de la Vierge datant du XVe siècle. Souvent, le vendredi après-midi, il choisit la chapelle de la Passion, sur la gauche, pour réciter le chemin de croix. Combien de fois, quand il sera pape, expliquera-t-il par ce souvenir-là son attachement personnel à la tradition de saint François d'Assise !

À 8 heures, retour au palais pour un petit déjeuner dans la cuisine, préparé par les sœurs (fromage blanc, œufs brouillés, lait). L'archevêque ne s'attarde pas : il retourne aussitôt s'enfermer dans la chapelle. À gauche de l'autel, il a fait aménager un pupitre spécial avec une tablette pliante, en bois, entre un siège et son prie-Dieu, où il peut aussi bien s'agenouiller, méditer, s'asseoir pour lire ou pour écrire. Il y a un radiateur juste à côté, et une lampe sur pied : tout est prévu. Un peu maniaque, l'archevêque : pour s'assurer de ne pas être dérangé, il ferme à clef la chapelle, de l'intérieur.

C'est là qu'il écrit, dans le silence, et devant le saint sacrement. Il ne rédige pas seulement des homélies ou des lettres pastorales, mais aussi des textes profanes, des plans de philo, des poèmes, de la correspondance administrative, etc. Wojtyla est un bourreau de travail. Quand il sera devenu pape, son secrétariat rassemblera quelque sept cent soixante-dix pages de textes archivés (lettres pastorales, communiqués épiscopaux, etc.) avant son élection. Il a déjà cette habitude qui ne le quittera jamais de marquer ses pages, dans le coin supérieur, d'une formule de prière, invocation ou début de psaume : « *Veni sanctu spiritu* », « *Adoro te devote* », « *Magnificat anima mea Dominum* », etc.

À 11 heures, l'archevêque sort de la chapelle et gagne, sur la gauche, les salons et son bureau officiel, celui où il reçoit. Dans ces fameux salons qu'habitaient les séminaristes clandestins sous l'occupation nazie, en 1944-1945, il n'y a plus les lits en fer, les rideaux de fortune, les cuvettes et les tabourets. La pièce où dormait le jeune Karol est devenue une salle de réunion donnant sur le couvent des franciscains. Pendant la guerre, on l'a vu, Mgr Sapieha avait obturé les fenêtres, et les séminaristes avaient interdiction formelle de faire bouger les rideaux : la police du gouverneur Frank avait installé un dépôt, gardé jour et nuit, dans la cour du couvent voisin. C'est de cette même fenêtre, raconte son successeur Franciszek Macharski, que le pape Jean-Paul II manquera tomber en saluant les étudiants, lors de son premier voyage pastoral en Pologne. En juin 1979, on n'avait pas encore imposé au pape de vitrages antiballes, et celui-ci s'appuyait sur une simple rambarde en fer dont personne n'avait vérifié la solidité.

La porte du salon de l'archevêque Wojtyla, elle, est

grande ouverte. Il reçoit tous ceux qui le souhaitent. On fait la queue dans le hall, pendant deux heures et demie, pour le voir. Chaque paroissien de Cracovie sait qu'il peut aller rencontrer l'archevêque sans rendez-vous et lui soumettre n'importe quel problème personnel. Et qu'il sera écouté par lui avec une attention, une bienveillance, qui font vite sa réputation. Parfois, c'est un groupe ou les représentants d'une collectivité qui sont ainsi reçus en audience.

Le secrétariat, dirigé par sœur Jadwiga, met un peu d'ordre dans ce joyeux et respectueux concert de visiteurs. À l'époque de Noël, on assiste à un véritable défilé des corps constitués, des professions, des communautés du diocèse : les représentants des médecins, les délégués des jardiniers, les mineurs de telle région, les étudiants, les prêtres ordonnés en telle année, les anciens lycéens de Wadowice viennent adresser leurs vœux à celui qui n'est pas seulement leur pasteur, mais aussi la plus haute autorité religieuse de la région.

À 13 h 30, le défilé cesse, et l'archevêque passe à table, non sans avoir invité, parfois, son dernier visiteur à partager son repas. Ses prédécesseurs Sapieha et Baziak déjeunaient seuls, le plus souvent, en compagnie de leur confesseur. Wojtyla, lui, ouvre sa salle à manger à deux battants. Il siège en bout de table, entouré des abbés Jaworski et Obtulowicz, et bientôt du père Dziwisz. En face, les chanceliers Kuczkowski et Marszowski. Au milieu, les invités les plus divers — un évêque de passage, un journaliste du *Tygodnik Powszechny*, un visiteur étranger, un curé de la région, un responsable de congrégation, etc. S'il prend plaisir à converser avec des invités, Wojtyla n'attache, en revanche, aucune attention à ce qu'il a sur sa table. Il mange de tout, sans caprice et avec modération. Il boit plutôt de la bière, rarement du vin, jamais de vodka. Il jeûne les jours prescrits, notamment pendant le carême : « Si l'évêque ne donne pas l'exemple, dit-il un jour à un visiteur, qui le donnera[8] ? »

Après le repas, dix minutes de sieste — dans un fauteuil, pour ne pas s'assoupir trop profondément — et un « point » rapide avec le chancelier sur les affaires du jour, puis Wojtyla s'accorde une courte promenade, souvent dans tel ou tel bois voisin : Wolski, Ojcowo, Sikornik — des bosquets délicieux qui n'ont pas encore été transformés en squares urbains. Ensuite commence le marathon quotidien des visites de paroisses et des cérémonies diverses aux quatre coins de la région.

Wojtyla n'a jamais appris à conduire — pour ne pas perdre de temps, dit-il. Dans la vieille Chevrolet héritée de Mgr Sapieha, il a fait installer une sorte de petit lutrin en bois rabattable, avec une petite lampe pour lire à la nuit tombée. Un jour, il ordonna de déranger l'électricien à une heure indue pour réparer la lampe de toute urgence, car il ne voulait pas perdre quatre heures sur la route. Dans les voitures qui succéderont à celle-là — une Opel, puis une Volga —, le même dispositif lui permettra de travailler sans cesse. Son auto ainsi aménagée est un véritable bureau, qu'il charge toujours de plusieurs serviettes, le plus souvent pleines de livres. Son ancien professeur Stefan Swiezawski le comparera un jour au philosophe arabe Avicenne, qui avait aménagé son « atelier » sur une chaise portée par quatre chameaux, ou au savant allemand Leibniz, qui avait transformé son carrosse en laboratoire de recherche mathématique.

En fait, l'emploi du temps de l'archevêque Wojtyla préfigure très exactement ce que sera celui du pape Jean-Paul II. Principe général, hérité de son père : le temps est un don, il ne faut pas en gaspiller la moindre miette. Conséquence : ses journées sont incroyablement planifiées, parfois à la minute près. Un jour, la sœur de son ami Juliusz Kydrynski lui avait demandé : « Mais pourquoi êtes-vous toujours si pressé, Karol ? Quel travail faites-vous qui soit si urgent ? » Il s'était contenté de sourire.

Comme il est souvent retenu à dîner, c'est à une heure tardive qu'il regagne, au premier étage du palais épiscopal, son appartement privé. Celui-ci se compose d'une petite entrée, d'un cabinet de travail et d'une chambre minuscule : un petit lit couvert d'une courtepointe en laine usée, un oreiller décoré de motifs folkloriques, une lampe en plastique au-dessus de la tête, avec un fil pour interrupteur manuel. Sur la table de chevet, un chapelet, une thermos, un verre. En dessous, sur le parquet en lattes de bois, une paire de chaussures noires et des pantoufles vieillottes sans couleurs. Au mur, une Vierge de la Renaissance et un paysage hivernal polonais, aussi banal que les moutons qui ornaient son ancien appartement, rue Kanonicza.

Le bureau, simple, au vernis écaillé, ne comprend rien qu'une lampe avec un pauvre abat-jour, une photo de Paul VI et un plumier avec un gros stylo à encre (noire), un gros crayon à mine (verte), une gomme ronde et plate, des trombones, et une petite boîte en carton contenant des cartes de visite « *Ks. Karol Wojtyla* ». Enfin, dans l'entrée, des skis et des pagaies. Les skis sont des Head élégants, bleu et blanc : rien à voir avec les premières paires de « planches » de l'abbé Karol, aux vieilles spatules grenat et aux fixations préhistoriques.

Voilà tout ce que possède le successeur du prince Sapieha, lequel n'aurait pas imaginé dormir ailleurs, dans le palais, que dans la grande chambre d'apparat : autres temps, autres mœurs. Autre personnalité, aussi. Pauvre était l'abbé Wojtyla, pauvre sera l'archevêque, le cardinal, et même le pape Wojtyla.

Des soutanes râpées, un vieux chapeau, un manteau usé, etc. Pas plus qu'avant il ne se soucie de son confort personnel. Déménager ses affaires, ses papiers, sa bibliothèque ? Il n'en a pas trouvé le temps. Il faudra que Mikolaj Kuczkowski, le chancelier, profite des vacances de l'archevêque pour transporter, en son absence, ses livres et ses effets personnels de son ancien appartement de la rue Kanonicza jusqu'au palais épiscopal.

Tous le constatent. Certains le lui reprochent. Des anecdotes circulent, qui nourriront plus tard une hagiographie digne du curé d'Ars. On raconte qu'un jour, alors qu'il habite encore rue Kanonicza, un miséreux vient demander l'aumône. Les sœurs Marysia et Emilia, qui tiennent la maison, le renvoient :

— Nous n'avons plus rien.

Colère de l'évêque :

— Plus rien ?

Il ouvre l'armoire et montre ses chemises :

— Et cela ! Et cela !

Et les sœurs, en grommelant, de donner deux chemises au pauvre hère.

Le contraste est spectaculaire, en tout cas, entre la simplicité de la vie menée par le nouvel archevêque de Cracovie et les fastes et les ors de « sa » cathédrale du château de Wawel. Même le palais épiscopal, entièrement restauré depuis les malheurs de la guerre, recèle des trésors artistiques dont le nouveau maître des lieux, à l'évidence, se fiche complètement. Il n'a jamais été — et ne sera jamais — porté sur l'art. Karol Wojtyla, philosophe et poète à ses heures, est décidément un pasteur, pas un esthète[9].

Un pasteur et un modèle de piété. Après 23 heures, rue Franciszkanska, la vie semble s'arrêter totalement. Les couloirs sont déserts, le grand escalier silencieux. Seule une lumière filtre, le plus souvent, derrière la porte de la chapelle : l'archevêque est en prière.

Rattrapé par la politique

Lorsque Karol Wojtyla est promu archevêque, en 1964, le pouvoir politique en Pologne est détenu par Wladislaw Gomulka. Âgé de cinquante-neuf ans, marxiste convaincu mais partisan d'un régime communiste spécifiquement polonais, Gomulka revient de loin : il était vice-Premier ministre lorsqu'en 1949 il fut limogé, exclu du Parti, jeté en prison, puis réhabilité à la faveur des événements de 1956 qui le portèrent au pouvoir contre l'avis des dirigeants soviétiques.

Le nouveau chef du Parti, habile et pragmatique, a commencé par se concilier les faveurs de l'Église catholique, rejetant sur ses prédécesseurs staliniens la responsabilité des « erreurs et gauchissements » du passé. Notamment de ce fameux décret du 9 février 1953 qui avait provoqué l'irrémédiable rupture entre l'Église et l'État. Le pouvoir ne prétend plus nommer lui-même les responsables ecclésiastiques : une simple consultation sur la nomination des évêques sera désormais la règle.

Dès le 26 octobre 1956, Gomulka dépêche auprès du primat Stefan Wyszynski, toujours en relégation au couvent de Komancza, deux de ses principaux hommes de confiance : Zenon Kliszko et Wladyslaw Bienkowski. Ces deux envoyés spéciaux annoncent au cardinal sa libération immédiate et mettent aussitôt au point, en quelques heures, un nouveau *modus vivendi* entre l'État et l'Église, qui aboutira à un nouvel accord solennel signé avec l'épiscopat le 7 décembre 1956.

Le plus spectaculaire, dans ce nouveau protocole,

c'est le rétablissement de l'enseignement de la religion dans les écoles polonaises. Pour l'Église, il s'agit d'un point crucial. Certes, les communistes exigent que son application soit soumise à la demande expresse des parents, afin d'atténuer l'hérésie idéologique que représente une telle concession en terre « socialiste ». Mais 95 % des familles polonaises vont aussitôt demander l'inscription de leurs enfants à l'instruction religieuse : seule une vingtaine d'écoles (sur un total de vingt-trois mille établissements) refuseront de se prêter à cette restauration.

En contrepartie de cette incontestable libéralisation, les autorités de l'Église s'engageront à « soutenir les efforts du gouvernement pour renforcer et développer la Pologne populaire », ce qui peut passer pour une reconnaissance implicite du régime. Pour le Parti polonais, qui cherche à donner des gages à son tuteur soviétique, c'est un argument de poids. À la veille des élections de février 1957, le primat accepte même une rencontre avec Gomulka et lance un appel aux catholiques afin qu'ils se rendent aux urnes.

Sur le plan politique, précisément, le pouvoir autorise l'ouverture officielle de cinq Clubs d'intellectuels catholiques (KIK), dont un à Cracovie. Il permet la reparution régulière du *Tygodnik Powszechny*, de la revue *Znak*, ainsi que d'un nouveau mensuel à Varsovie intitulé *Wiez* (« le lien »), dont le jeune rédacteur en chef est un transfuge du mouvement Pax au nom encore inconnu : Tadeusz Mazowiecki. Enfin, des députés catholiques issus de la mouvance de Znak sont élus à la Diète le 17 février 1957 et constituent, avec quelques « sans parti », un groupe parlementaire de onze députés.

Ce « dégel » est pourtant de courte durée. Gomulka, athée convaincu et communiste réaliste, comprend vite qu'il lui faut reprendre les choses en main en voyant qu'en août 1957, déjà, et malgré l'absence du primat, un million de Polonais participent au premier pèlerinage de Czestochowa après les événements d'octobre : c'est le plus grand rassemblement populaire dans ce pays depuis la guerre. Le Parti est bien obligé de reconnaître, dès cette année-là, que l'Église catholique est sortie renforcée des épreuves du stalinisme et que ses dirigeants ne vont pas hésiter, sous couvert de pastorale, à exploiter leur avantage.

Au bout de quelques mois, le Parti et le gouvernement commencent à reprendre d'une main discrète ce qu'ils ont ostensiblement accordé de l'autre. L'enseignement de la religion se voit expulsé des écoles, sous la pression des autorités régionales, et doit se réfugier, quand ils existent, dans des « points de catéchisation » plus ou moins contrôlés par la police. La censure s'abat à nouveau sur la presse catholique. On suspend les autorisations de construire de nouvelles églises. Une guerre non déclarée reprend de plus belle, quoique plus insidieuse, entre l'État et l'Église de Pologne.

La Pologne n'est décidément pas un pays socialiste comme les autres. Ses dirigeants envient souvent, en secret, leurs collègues des pays voisins, qui n'ont pas eu autant de mal à instaurer des rapports de domination avec les Églises de leurs pays. En terre orthodoxe (URSS, Bulgarie, Roumanie), les Églises autocéphales ont fini par accepter un dialogue inégal avec les autorités. En Allemagne de l'Est, le parti au pouvoir (SED) a su trouver un *modus vivendi* avec les Églises protestantes. Même dans les pays catholiques de la région, en Hongrie et en Tchécoslovaquie, après les épreuves de force dont les cardinaux Mindszenty et Beran furent les victimes, les responsables communistes sont parvenus à mettre au pas les hiérarchies locales : évêques nommés par le Parti, mouvements subventionnés de « prêtres pour la paix », etc.

En Pologne, cette stratégie n'a pas abouti. Les dirigeants mis en prison, comme le cardinal Wyszynski ou Mgr Baziak, en sont sortis auréolés de la gloire des martyrs, encore plus fermes qu'avant et bien décidés à poursuivre le combat. Et le mouvement catholique progouvernemental Pax, créé de toutes pièces après la guerre par le Parti pour entamer la toute-puissance de l'Église, n'a pas réussi à s'implanter dans les paroisses.

Si l'abbé Wojtyla, comme on l'a vu, n'a jamais voulu s'intéresser à la chose publique, l'évêque Wojtyla, lui, va bien devoir s'y frotter. Ses responsabilités le poussent, qu'il le veuille ou non, à entrer dans l'arène. Certes, il ne s'occupe pas de la « grande » politique, au niveau national : la stratégie à l'égard du pouvoir, le mélange détonant de dialogue et de confrontation avec les autorités communistes, le bras de fer permanent avec Gomulka, c'est le « domaine réservé » du primat Wyszynski. Aucun évêque polonais n'aurait jamais pensé enfreindre ce principe, Wojtyla moins que tout autre. Mais, au niveau local, Mgr Wojtyla ne peut s'abriter derrière sa propre loyauté envers le chef de l'épiscopat polonais. Il ne peut non plus ignorer la spécificité politique de Cracovie, qui n'est pas une ville polonaise comme les autres — et dont le chef spirituel, par conséquent, n'est pas un archevêque comme les autres. En tout cas, pas pour le Parti.

*

L'ancienne capitale de la Pologne, fière de ses traditions royales, est à elle seule, depuis 1945, une sorte de défi au régime communiste. De même que Gdansk-la-Rouge, ville au sang mêlé ouverte sur la mer, devait logiquement incarner la résistance ouvrière, il était écrit que Cracovie-la-Fronde, au passé prestigieux, resterait le foyer de la contestation intellectuelle — moins violente, mais ô combien sournoise. Au pied du Wawel ou à l'ombre des arbres des Planty, depuis plus de six siècles, le pouvoir ici n'est pas au bout du fusil, mais dans les livres et dans les mémoires, aux mains d'étudiants frondeurs et de professeurs humanistes aux manières raffinées.

Aussi le Parti communiste polonais, à peine installé au pouvoir à Varsovie, a-t-il entrepris de « prolétariser » cet îlot de résistance bourgeoise cramponnée à son château orgueilleux, aux arcades de ses halles et à tous ses souvenirs d'antan. L'Avenir radieux contre le Temps jadis : l'enjeu est symbolique. Cracovie est bientôt encerclée par les complexes chimiques et cent autres usines qui, des hauts-fourneaux de Huta Lenina, à l'est, aux aciéries géantes de Huta Katowice, à l'ouest, transforment la campagne alentour en une morne périphérie industrielle hérissée d'innombrables HLM gris sale.

Au terme de ce projet éminemment idéologique, l'« homme nouveau » devait se révéler dans la ville nouvelle de Nowa Huta, modèle d'urbanisme prolétarien conçu en 1949, emblème architectural et social de la Pologne « populaire ». Dans le décor cauchemardesque de ce gigantesque chantier vivent déjà, au milieu des années soixante, quelque cent vingt mille habitants. Athéisme oblige : il n'est évidemment pas question de prévoir l'érection d'une église dans ce qui doit être la première « ville sans Dieu » (*sic*) de la Pologne nouvelle.

Mais les ouvriers de Nowa Huta, souvent originaires de la campagne, ne voient pas les choses ainsi. En 1952, l'archevêque métropolitain de Cracovie, Mgr Baziak, a érigé le quartier prolétarien de Bienczyce en paroisse et demandé officiellement, à plusieurs reprises, l'autorisation d'y bâtir une église. En vain. Le Plan n'a pas prévu d'église, il n'y aura pas d'église ! Alors, un jour de 1960, une croix de bois est plantée à la va-vite, nuitamment, au milieu des immeubles qui poussent comme champignons le long des rues « Karl-Marx », « du Grand-Prolétariat » et « de la Révolution ».

Cette croix est un défi au régime. Pendant plusieurs années, au mépris des gaz lacrymogènes et des menaces policières, des centaines de croyants courageux, jeunes ouvriers ou vieilles femmes, vont la « garder », jour et nuit, par tous les temps [10]. À Bienczyce, désormais, plusieurs messes sont dites à la file, chaque dimanche, en plein air, qui rassemblent cinq à six mille fidèles obstinés. Les prêtres qui célèbrent ces offices ne sont pas là par hasard : ils sont envoyés par la curie de Cracovie.

Le soir de Noël 1963, à la fureur des autorités régionales, Mgr Wojtyla en personne vient y célébrer la messe de minuit à la lueur des cierges, devant une foule immense qui entonne, debout sous une pluie glacée, cantique sur cantique. C'est avec une joie inexprimable que les fidèles en prière, transis de froid, entendent leur évêque — il sera nommé archevêque quelques jours plus tard — expliquer dans son sermon que ce lieu de Bienczyce est comme une « nouvelle grotte de Bethléem ».

Karol Wojtyla retournera chaque année, à Noël, soutenir ostensiblement la lutte des paroissiens de Bienczyce. Le combat pour l'édification d'églises nouvelles, à coup de manifestations et de pétitions, devient un enjeu exemplaire et s'étend aux quartiers de Krowodrza, Azory, Debniki, ainsi qu'à certaines paroisses montagnardes comme Kamasznica. Il concerne aussi des dizaines de salles pour la catéchèse — puisque le catéchisme a été de nouveau expulsé des écoles. Qu'un groupe de parents construise une cabane en bois dans un terrain vague, le pouvoir envoie aussitôt ses sbires détruire la cabane !

Obstination pacifique contre harcèlement policier : cette incroyable partie de bras de fer durera dix-sept ans — jusqu'à la première normalisation des relations entre l'Église et l'État. En attendant, Wojtyla ne ménage pas ses efforts. Il apprend à jouer avec le rapport de force et à utiliser ses relations. Au moment où l'État polonais cherche le contact direct avec le Saint-Siège, il fait visiter Nowa Huta — en février 1967 — à l'envoyé spécial du pape, Mgr Casaroli en personne.

Mieux, alors que l'autorisation a enfin été accordée, le cardinal Wojtyla vient lui-même, le 18 mai 1969, poser la première pierre de l'église de Bienczyce. Cette pierre lui a été offerte personnellement par le pape Paul VI, quatre ans plus tôt, qui a ordonné de l'extraire des ruines de la première basilique Saint-Pierre, celle que fit construire l'empereur Constantin au IVe siècle, lorsque le christianisme eut enfin acquis droit de cité dans l'Empire romain. Paul VI, dont on se rappelle qu'il fut naguère nonce apostolique à Varsovie, s'était passionné pour l'affaire de Nowa Huta. Un jour que Wojtyla lui racontait — en italien — que les paroissiens tenaient bon, dans le froid et le gel, le pape l'avait interrompu avec un sourire : « *Mroz !* » (« le gel », en polonais). Comme pour montrer à son interlocuteur qu'il n'avait pas tout oublié de son lointain séjour en Pologne[11].

Après avoir solennellement scellé cette première pierre, le cardinal improvise un sermon qui va droit au cœur des nombreux fidèles présents. C'est la première fois que Karol Wojtyla tire lui-même les enseignements d'un combat proprement « politique », et son propos n'est pas innocent. À son échelle, il préfigure, dans le fond et dans la forme, toute la philosophie du combat que mènera le futur pape Jean-Paul II contre le communisme. Cela vaut la peine de s'y arrêter.

D'abord, toute cette affaire d'église construite à la barbe du pouvoir communiste se situe, pour l'orateur, sur le seul plan « de la foi, de l'espoir et de l'amour ». « Je ne fais pas de politique, dit en substance l'orateur, je reste sur le plan spirituel » — et c'est à coup de références spirituelles qu'il fait passer trois idées fortes, dont le poids politique n'échappe à aucun de ses interlocuteurs :

— En rappelant l'« époque héroïque du martyre des premiers chrétiens », Wojtyla célèbre l'héroïsme des « premiers chrétiens » de Nowa Huta, dont il inscrit le combat dans une histoire de deux mille ans. Sous-entendu : dans quelle histoire s'inscrit, pour sa part, le régime communiste ? Quelle est sa légitimité historique ?

— En soulignant que « la pierre a été bénie par Paul VI, successeur de saint Pierre », il montre que l'église de Bienczyce est reliée directement au Christ et à tous les papes qui se sont succédé à la tête de l'Église. Sous-entendu : quel pouvoir politique pourrait sérieusement prétendre briser un tel lien ?

— En expliquant que le pape Paul VI, par ce geste, entend « participer lui-même à la construction de cette église », il fait comprendre que les bâtisseurs de celle-ci font partie de l'Église universelle, et que les entraves bureaucratiques ou policières mises par le régime à cette appartenance n'y pourront rien changer.

Et l'archevêque, devant son auditoire fasciné, de conclure tranquillement sur la révélation de l'empereur Constantin, l'ex-persécuteur de chrétiens qui imposa le principe du « respect des chrétiens par le pouvoir laïc » après avoir eu une vision de la croix du Christ portant cette inscription : « Par ce signe, tu vaincras ! » Tous ces symboles, toutes ces références sont autant de clins d'œil à ses ouailles. Le plus humble des prolétaires de Nowa Huta sait décrypter ces paraboles qui, derrière leur aspect historique, spirituel ou théologique, sont de véritables provocations politiques [12].

Lorsque le 15 mai 1977, sous une méchante pluie de printemps, le cardinal Wojtyla consacrera à Bienczyce la première église nouvelle de Nowa Huta — un bâtiment ultra-moderne, magnifique, de bois et de béton mêlés, que les paroissiens ont déjà surnommé *Arka* (« l'arche ») — accompagné du curé Jozef Gorzelan et de l'architecte Wojciech Pietrzyk, aucun dirigeant du Parti ne pourra ignorer son cri lancé devant quelque cinquante mille fidèles pleurant d'émotion : « Nowa Huta a été conçue comme une cité sans Dieu. Mais la volonté de Dieu et de ceux qui ont travaillé ici a prévalu. Que cela constitue une leçon ! »

La « leçon » est explicitée dans une lettre pastorale du 18 octobre suivant, dans laquelle Mgr Wojtyla souligne, avec force, que la liberté de construire des églises est un critère du véritable respect des droits de l'homme et du citoyen. Deux ans après la signature des accords d'Helsinki, dont les dirigeants polonais prétendent — à la face du monde entier — avoir fait leur bible, l'argument est efficace.

Le millénaire de l'Église polonaise

Lorsque le concile s'achève solennellement, à Rome, le 8 décembre 1965, Wyszynski et Wojtyla ont déjà, pour leur part, un autre grand événement en tête : le *Millenium* (millénaire) de la Pologne, prévu quelques mois plus tard, en mai 1966.

Cela fait presque dix ans que le clergé polonais se prépare à ce rendez-vous historique. Profitant de la présence à Rome de tous les évêques du monde, les Polonais lancent leurs invitations : cinquante-six lettres sont adressées à différents épiscopats pour les inciter à participer à la fête. Dont une, aux évêques allemands, qui va faire scandale.

Datée du 18 novembre 1965, la lettre est rédigée par Mgr Boleslaw Kominek, évêque de Wroclaw (l'ex-Breslau), ce qui n'est pas un hasard. Deux prélats, Mgr Stroba (Poznan) et Mgr Wojtyla (Cracovie), ont participé à sa rédaction, qui n'a pas été facile. Le cardinal Wyszynski, notamment, s'est longtemps interrogé sur son opportunité : plus sensible au patriotisme « basique » du peuple polonais, il appréhendait la réaction populaire, davantage que ses collègues (notamment Kominek qui, à Wroclaw, régnait sur une population de gens déplacés, moins attachée à ses racines). Mais le primat a évolué en fréquentant les Allemands au concile, notamment son homologue de Munich, le cardinal primat Julius Döpfner[13]. En outre, le texte fondamental du concile, *Gaudium et spes*, n'appelle-t-il pas au dialogue entre les chrétiens eux-mêmes ?

La lettre, un long document plein de références historiques, rappelle d'abord que deux mille prêtres et cinq évêques — soit le quart des effectifs de l'Église polonaise — sont morts dans les camps nazis. Le rappel est sans doute utile, eu égard aux destinataires de la missive, mais il n'a rien à apprendre aux catholiques polonais. Vingt ans seulement ont passé depuis la fin de la guerre, et il n'y a pas une famille en Pologne qui n'ait souffert des atrocités de l'occupation nazie. Qu'ils aient enduré davantage de la Seconde Guerre mondiale que les autres peuples, les

Polonais sont bien placés pour le savoir[14]. La surprise vient de ce que les évêques signataires de la lettre, qui veulent ainsi « tendre la main » à leurs collègues « assis sur les bancs de ce concile », mentionnent également les « souffrances des milliers de fuyards et d'expropriés allemands » et leur lancent cet appel inouï : « Nous vous pardonnons et nous vous demandons de nous pardonner[15]. »

Le scandale est énorme. Y compris chez les plus fervents des catholiques polonais. Que peuvent bien avoir à se faire pardonner les Polonais ? S'agit-il de l'occupation des « terres de l'ouest », ces régions allemandes situées à l'est de la ligne Oder-Neisse ? Mais ils ne sont pour rien dans cette décision géopolitique, fruit d'un arrangement boiteux entre Staline, Truman et Churchill : c'est la conférence de Potsdam, en juillet 1945, qui a décidé de placer ces territoires sous administration polonaise en contrepartie de l'annexion par l'URSS de tout l'est de la Pologne ! S'agit-il du départ des Allemands de ces territoires, en application de cette décision ? Mais la plupart d'entre eux n'ont pas été expulsés, ils ont simplement fui, à l'époque, devant la progression de l'Armée rouge.

Pour le pouvoir, la lettre est une incroyable gifle. D'abord parce qu'à l'heure où Gomulka tente de retrouver la confiance de Moscou les évêques indiquent soudain à leurs ouailles la direction de l'Occident, et, qui plus est, invitent à la réconciliation avec les « revanchards allemands ». C'est ainsi que les Allemands de l'Ouest sont qualifiés en URSS et dans les pays satellites, pour bien souligner d'où vient le danger... Ensuite, l'épiscopat viole manifestement le monopole absolu du Parti en matière de politique étrangère. Dans tous les pays « socialistes », les relations avec l'extérieur sont le domaine réservé du Parti. Surtout à Varsovie, depuis dix ans, qui s'enorgueillit d'être la capitale du Pacte « de Varsovie », l'organisation militaire du bloc de l'Est. Enfin, c'est la légitimité du pouvoir qui est en jeu, sur un sujet aussi crucial, et celui-ci ne se prive pas de dénoncer avec furie l'ingérence des évêques dans les affaires du gouvernement. Le Premier ministre Cyrankiewicz et le premier secrétaire Gomulka ne sont pas les derniers à nourrir la campagne d'invectives contre l'épiscopat — alors que les deux hommes, trois ans plus tard, iront négocier la réconciliation polono-allemande avec Willy Brandt.

Il n'est pas difficile, pour les autorités, de susciter protestations publiques et manifestations indignées — d'autant que la censure a empêché le texte des évêques d'être diffusé dans son intégralité. Pendant les semaines qui suivent, les députés se succèdent à la tribune du Parlement, rivalisant d'insultes et de bassesses dans une incroyable surenchère anticléricale. La presse se déchaîne, à l'unisson : « Qui a autorisé l'épiscopat à se mêler de nos problèmes de frontières ? Au nom de qui parlent les évêques ? » La campagne du Parti répond à l'appel des évêques par un slogan aussi simple qu'efficace : « Nous n'oublions pas, nous ne pardonnons pas ! »

À Cracovie, le comité régional de propagande du Parti a vite compris que Karol Wojtyla était un des auteurs de la lettre et se déchaîne contre l'archevêque — qui, il y a peu, était pourtant considéré comme un allié potentiel. Mais l'affront est trop fort. Tout doit être mis en œuvre pour contrer l'impudent. Et la police politique de susciter, parmi d'autres réactions, une « lettre ouverte » des ouvriers de Solvay « indignés et stupéfaits », publiée le 22 décembre dans *Gazeta Krakowska*, le plus grand journal de la région. L'entreprise ayant été nationalisée par les communistes, et le journal dépendant directement du comité central du Parti, l'opération était un jeu d'enfant.

Les signataires, manifestement outrés, y rappellent à leur ancien camarade son propre passé sous l'Occupation : « Son Excellence a-t-elle pu oublier Auschwitz, où des milliers de prêtres polonais ont péri ? » (*sic*). Wojtyla, à les en croire, serait coupable d'une « insulte à la conscience de la nation ». Comme d'habitude — ce n'est pas le moindre paradoxe de l'histoire du bloc de l'Est — quand les communistes veulent se rapprocher du peuple, ils invoquent toujours la nation. Mais qu'importe le flacon ? « Quelle faute les Polonais ont-ils à se reprocher à l'égard des Allemands ? » Cet argument-là fait mouche.

Karol Wojtyla, l'ancien ouvrier de Zakrzowek et de Borek Falecki, accuse le coup. Il répond à ce texte par une longue lettre écrite la veille de Noël : « Je réponds à votre missive comme un homme blessé... » Mais la plume ne tremble pas, le ton reste ferme, l'auteur avance ses arguments, sans polémique ni passion. Un vrai débat aurait même pu s'engager, si *Gazeta Krakowska* n'avait pas refusé de publier cette réponse, à l'instar de toute la presse. Le combat idéologique se déroule décidément à armes inégales. Le *Millenium* s'annonce mouvementé [16].

*

En août 1956, alors qu'il était encore en prison, Wyszynski avait « virtuellement » présidé à Czestochowa une cérémonie grandiose de renouvellement de la consécration de la Pologne à la Vierge, comme l'avait déjà fait, quatre cents ans plus tôt, le roi Jan Kazimierz [17]. Des centaines de milliers de Polonais s'étaient rassemblés pour prononcer les *Serments de Jasna Gora* écrits par le primat dans sa prison de Komancza. Son fauteuil vide, au centre des cérémonies, était comme un défi. Le primat était absent, et on ne voyait que lui.

En mai 1957, rendu à la liberté, Wyszynski avait renouvelé solennellement son geste et lancé la « Grande Neuvaine », une période de neuf années consacrées à la préparation du millénaire de 1966. Entre autres festivités et manifestations diverses, un pèlerinage itinérant de la Vierge noire — une reproduction de l'icône de Czestochowa, bénie par Paul VI — devait mobiliser les forces vives de la catholicité dans chacune des onze mille paroisses du pays. Un projet d'une exceptionnelle ambition.

La Vierge Marie a donc entrepris un voyage de neuf ans à travers le pays. Des processions, des prières, des récollections, des fêtes villageoises, des messes, des cantiques ont salué et rythmé sa progression. Des milliers et des milliers de fois, à travers diocèses et paroisses, à la ville comme dans les campagnes les plus reculées, des foules ont entonné le cantique *Marie, reine de Pologne* et, les larmes aux yeux, ont demandé à la Mère de Dieu d'adoucir leurs épreuves, d'améliorer leur sort, de les aider à vivre.

Le 3 mai 1966, à Czestochowa, un million de fidèles célèbrent la fin de la Grande Neuvaine. Le pouvoir a pourtant tout essayé pour réduire l'impact de cette manifestation, en multipliant les événements profanes — cinéma, spectacles, matches de football — sous le prétexte de fêter à sa façon le « millénaire de l'État polonais ». En vain. Le bureau politique du Parti a pris la décision d'interdire au pape Paul VI de venir présider les cérémonies : à nouveau, un fauteuil vide domine, ostensiblement, la célébration. Et dans toutes celles qui suivront, aux quatre coins du pays, un fauteuil vide viendra souligner aux fidèles, chaque fois, l'hostilité du pouvoir communiste à leur égard.

Trois jours plus tard, à Cracovie, le 6 mai, l'archevêque Karol Wojtyla accueille à son tour l'icône sacrée à la cathédrale du château de Wawel, pour une nuit d'adoration qui verra des milliers de paroissiens se relayer jusqu'au matin devant l'image de la Mère de Dieu. Sous des trombes d'eau, une foule immense et impassible a attendu la Vierge tout au long de son parcours dans la ville. Cérémonie, veille, prières, messes, longs silences. Toute la nuit, des foules égaient les rues menant au château. Le lendemain, le primat prononce une homélie solennelle : « Je te confie, ô mère, cette Église polonaise comme ta propriété... »

Tout est solennel, en ce jour : le vieux père Figlewicz a même ressorti pour l'office la lance de saint Maurice — le cadeau qu'Otton III avait fait à Boleslaw le Vaillant en l'an 1000 sur la tombe de saint Adalbert — pour montrer que la Pologne, décidément, n'est pas née avec le communisme. C'est aussi le but d'une session scientifique, organisée ce jour-là par Wojtyla, en présence de la conférence épiscopale au grand complet. Thème : « L'histoire de l'Église à Cracovie depuis dix siècles ». Karol Wojtyla en personne clôture la session en prononçant une communication sur l'attitude « inflexible » de Mgr Sapieha, son prédécesseur, pendant l'occupation nazie. Comme pour mieux souligner la légitimité de l'Église polonaise face au régime[18].

Au début, les intellectuels catholiques — à commencer par les amis de Karol Wojtyla à Cracovie — avaient émis des réserves sur l'initiative du primat. Ce projet de Grande Neuvaine, ces innombrables processions, ces manifestations géantes, tout cela n'était-il pas un peu trop « populaire », justement, à l'heure où le concile invitait plutôt à réconcilier l'Église et la modernité ? Mais, peu à peu, tous furent obligés de convenir que le plan de Wyszynski était une idée de génie. Toutes ces cérémonies et fêtes populaires ont formidablement rapproché l'Église et la société civile — que dix ans de communisme avaient commencé à déboussoler — jusqu'à en confondre les réseaux, en mêler les aspirations et, aussi, en conforter l'aversion pour le régime en place.

Karol Wojtyla lui-même — que personne ne se rappelle avoir jamais entendu critiquer l'idée du primat — célébrera personnellement, cette année-là, cinquante-trois « messes du millénaire » à Gdansk, Piekary, Lublin, Varsovie, Stary Sacz, Lomza, Opole, Przemysl, Torun, etc. En consacrant la plupart de ses homélies à l'histoire de la Pologne — pas celle des manuels scolaires en vigueur, évidemment ! L'archevêque organise aussi, souvent, des colloques scientifiques adaptés à chaque diocèse, par exemple sur l'apport du christianisme dans la culture de la région concernée. Cette quête des « racines » en terre polonaise met chaque fois en lumière, sans le dire, le manque de légitimité et la précarité du pouvoir communiste.

Ainsi Wojtyla a-t-il largement contribué à contourner le piège du populisme en associant les historiens, les écrivains, les intellectuels à la célébration du *Millenium*. Mieux : l'archevêque de Cracovie en a profité pour organiser, à cette occasion, des « veillées conciliaires » dans un maximum de paroisses, afin d'élargir la réflexion des fidèles et de faire le lien entre ces mille ans d'histoire polonaise et l'avenir de l'Église.

Le 4 septembre, une manifestation « spontanée » — organisée par la police politique — bloque l'arrivée de l'icône sacrée à l'entrée du diocèse de Katowice. La voiture de l'archevêque ne peut plus avancer. Le cardinal Wojtyla en sort, tente de parlementer, en vain. La foule des « manifestants » vocifère, menace. Sauf à faire le coup de poing, ce qui est inimaginable, il faut reculer. L'icône retournera à Czestochowa. Mais la parade est aussitôt trouvée :

désormais, les processions se feront derrière un cadre vide, avec, au milieu, un cierge allumé. Et, autour, un nombre encore plus grand de participants. Ces catholiques polonais sont décidément incontrôlables.

11

Le cardinal Wojtyla

Le 21 juin 1967, Karol apprend qu'il a été promu cardinal par Paul VI. À quarante-sept ans, il devient le deuxième personnage de l'Église en Pologne, immédiatement après le cardinal Stefan Wyszynski. Dans l'entourage de celui-ci, lorsqu'on évoquait à mots couverts la succession du primat, on tablait plutôt sur tel ou tel prélat plus expérimenté, comme Mgr Baraniak, archevêque de Poznan, ami de longue date de celui qu'on surnomme le « vieux lion » : Baraniak était l'adjoint du primat à Varsovie lors de son arrestation en 1953. Tous les pronostics sont donc à revoir.

À la veille de son départ pour Rome, comme il l'avait fait au monastère de Tyniec lors de sa nomination archiépiscopale, trois ans plus tôt, Karol Wojtyla va faire retraite au sanctuaire de Kalwaria Zebrzydowska. Puis il prend le train pour le Vatican, accompagné de son ancien chef de cabinet, l'abbé Tadeusz Pieronek[1]. Lorsqu'il avait envoyé son protégé poursuivre ses études de droit canon, en 1961, celui-ci lui avait arraché une promesse, en forme de boutade : « Le jour où vous deviendrez cardinal, j'aimerais être à vos côtés quand le pape vous remettra le chapeau ! » Wojtyla a tenu parole[2].

Les deux hommes passent par Vienne, où ils s'arrêtent quelques heures. C'est devenu une tradition : le train-couchette en provenance de Katowice — un *spalnyi wagon* soviétique — arrivant tôt le matin, et le train pour Rome partant en début d'après-midi de Vienne, Mgr Wojtyla a pris l'habitude de s'arrêter chez le nonce apostolique, Mgr Rossi, d'assister à la messe à Rennweg, chez les résurrectionnistes polonais, ou, le plus souvent, de concélébrer la messe matinale de Mgr König dans la cathédrale Saint-Étienne, avant le petit déjeuner.

L'accueil du cardinal-archevêque de Vienne, ce jour-là, est chaleureux. Du reste, lors des traditionnelles visites de courtoisie — appelées visites « de chaleur » — qu'il recevra à Rome le lendemain, Wojtyla pourra mesurer son début de popularité au sein du Sacré Collège. Certes, quelques-uns des cardinaux en place, comme le Yougoslave Seper, ou son ancien professeur Furstenberg, sont déjà des amis. Mais le cardinal Bengsch, archevêque de Berlin, fera lui-même le déplacement au Collège polonais, contrairement à tous les usages, pour le féliciter. Pieronek se souvient : « Ces visites de politesse avaient été programmées de façon très serrée, de demi-heure en demi-heure, en général au Vatican mais parfois en des endroits différents de Rome. Nous avons vu Cody, Felici, Villot, Renard, Willebrands... Dans la petite Dauphine bleue du père Alojs Cader, du *Collegio polacco*, qui nous faisait le taxi, ce fut une course effrénée ! »

À cette occasion, le nouveau cardinal rencontre aussi la presse pour la première fois. Il ne s'agit plus des envoyés spéciaux du monde entier, comme au temps du concile, mais des « vaticanistes », en général accrédités auprès du Saint-Siège. Ces journalistes-là sont des spécialistes de la chose religieuse, que leur métier oblige à faire systématiquement connaissance avec les nouveaux cardinaux. C'est une simple prise de contact. Pourtant, en répondant aux questions de ces chroniqueurs avertis, sur l'escalier d'entrée du bâtiment du Collège polonais, Wojtyla se montre très prudent. Le concile lui a appris à être attentif dans ses réponses aux interviews.

Le matin du 26 juin, c'est le grand jour. Ou plutôt le premier épisode d'une cérémonie qui va durer quatre jours. Lors d'un premier consistoire dit « secret » — qui n'a de secret que le nom —, le pape demande d'abord l'accord symbolique des cardinaux en place. En fait, il leur lit une liste qu'ils connaissent tous déjà. Puis, devant trois mille invités réunis dans le grand auditorium Pie XII, le vieux cardinal Cigognani, secrétaire d'État, lit à son tour les noms des promus — ils sont vingt-sept ce jour-là — et remet à chacun le décret de sa nomination. Le doyen des nouveaux cardinaux, Mgr Fasolino, quatre-vingts ans, répond ensuite au nom de tous.

Le 28 juin, le consistoire « semi-public » se réunit, en fin de journée, à la chapelle Sixtine. Dans ce cadre somptueux, les nouveaux cardinaux en soutane rouge écoutent un exposé du doyen du Sacré Collège, le cardinal Tisserant, puis, avant l'arrivée du pape, ils passent le *rochet* (sorte d'aube courte en dentelle) et le cordon avec la croix pectorale, ainsi que la *mozette* (par-dessus le rochet, une courte pèlerine arrivant à mi-bras). Wojtyla, en réalité, est distrait par un autre détail vestimentaire qui l'a contrarié en arrivant : impossible de trouver, au *Collegio*, une paire de chaussettes de couleur rouge ! À la dernière minute, il a tenté d'en emprunter une chez son ami Deskur, qui habite le quartier Sainte-Marthe, tout à côté de la Sixtine — en vain. Le voilà donc avec des chaussettes noires, peu conformes à la tenue exigée par le protocole. Mais il se console en regardant discrètement les chevilles de ses collègues, et en constatant que trois d'entre eux sont, visiblement, aussi mal lotis que lui.

À 18 heures, dans la salle des Parements, qui sert de sacristie à la Sixtine, Paul VI remet à chacun la barrette rouge. La *barrette* est la coiffure à quatre côtés que portent notamment les dignitaires de l'Église. La couleur rouge propre à la dignité cardinalice signifie que celui qui la porte accepte de défendre sa foi et son Église « jusqu'à l'effusion de sang ». En outre, le pape attribue à chacun un titre cardinalice, c'est-à-dire la tutelle d'une église romaine. Mgr Wojtyla reçoit ainsi San Cesareo in Palatio. L'église est située près des thermes de Caracalla, au début de la via Appia Antica — à dix minutes à pied du Collège polonais[3].

Enfin, le 29 juin, fête de saint Pierre et saint Paul, patrons de la ville de Rome, se tient le consistoire « public ». À 18 heures, sur la place Saint-Pierre, les vingt-sept nouveaux cardinaux concélèbrent la messe avec le pape qui leur remet, à l'issue de la cérémonie, l'anneau cardinalice[4]. Cent mille personnes sont venues assister à cette célébration. C'est la première fois qu'une messe de consistoire a lieu en plein air.

Parmi les promus, autre nouveauté, figurent deux Polonais : Karol Wojtyla et John Krol, son compatriote d'Amérique, devenu archevêque de Philadelphie. « C'est un grand jour pour la Pologne », dira le Cracovien.

*

Contrairement à la plupart de ses collègues, le nouveau cardinal polonais n'est pas fêté, lui, par son ambassade à Rome. Pour un État communiste, la promotion d'un de ses administrés au rang de cardinal n'est pas un événement. Wojtyla peut donc rentrer tranquillement à Cracovie en empruntant le chemin des écoliers, mi-touriste, mi-pèlerin. Le 6 juillet, il fait d'abord un saut en avion à Venise, la ville dont Jean XXIII fut le patriarche, puis, le lendemain, repart en voiture en direction du Frioul et de la Carinthie, en compagnie du père Lubowiecki, vicaire général des Polonais en Allemagne, fin connaisseur de l'Autriche.

Comme toujours, Wojtyla ne fait rien au hasard, et son itinéraire autrichien est chargé de symboles. D'abord, il s'arrête à Ossiach où il célèbre la messe dans une petite église dominant le lac du même nom, là même où le roi Boleslaw le Hardi, l'assassin du saint évêque Stanislaw de Szczepanow, se repentit jusqu'à devenir lui-même un saint moine, vénéré dans la région. Et l'archevêque de Cracovie de se recueillir sur la tombe présumée du meurtrier de son lointain prédécesseur. Puis il visite le sanctuaire marial de Mariazell et sa chapelle dite « des miracles » (*Gnadenkapelle*), aux innombrables ex-voto. Le lieu est historique, car la Vierge en personne, dit-on, y aida Louis Ier, roi de Hongrie, à repousser les Turcs au XVe siècle. Dans le même esprit, le lendemain, il fera halte à Kahlenberg, la « Montagne chauve » qui domine le Danube, au nord de Vienne, là où le roi polonais Jean Sobieski assista à la messe avant de briser le siège des Turcs en 1683. Autant de références au passé, autant de façons d'insérer son nouveau parcours personnel dans une continuité nationale.

Entre les deux sites, du reste, Wojtyla a fait un crochet par le camp de concentration de Mauthausen, au bord du Danube, où des milliers de Polonais faits prisonniers après l'invasion de leur pays par les nazis ont trouvé la mort. Le Premier ministre de l'époque, Jozef Cyrankiewicz, est un rescapé de ce camp monstrueux, célèbre par ses carrières de granit où nombre de déportés ont connu une fin atroce.

Rentré le 9 juillet par le rapide Vienne-Varsovie,

accueilli en gare de Katowice à l'aube par la curie cracovienne au grand complet, le nouveau cardinal va directement effectuer son « entrée solennelle » à la cathédrale de Wawel, où il prononce sa première homélie de cardinal : « Loué soit Jésus-Christ !... Ce don ne m'est pas accordé à moi, mais à toute l'Église du Christ en Pologne, et surtout à l'Église de Cracovie... » La cathédrale retentit d'applaudissements enthousiastes. Mgr Wojtyla se pose en héritier, il se réfère explicitement à ses neuf prédécesseurs, et tout particulièrement à deux d'entre eux : Stanislaw de Szczepanow, qui le premier a « versé son sang pour l'Église », et au prince Adam Sapieha, à qui il doit, en effet, son entrée dans la carrière ecclésiastique. Comme à chaque étape de sa vie, le futur pape s'inscrit, symboliquement et profondément, dans l'Histoire.

Le rival de Wyszynski ?

Le 1er août, après avoir passé quelques jours de vacances à pagayer sur la rivière Drawa, en Mazurie, Karol Wojtyla va fêter sa nomination avec Stefan Wyszynski à Bachledowka, un hameau perdu de la paroisse de Nowe Bystre, non loin de Zakopane, où le primat a pris l'habitude de passer ses vacances d'été.

Wojtyla connaît la route qui mène à la maison de repos des frères paulins, en pleine montagne. Il arrive tard, à l'heure du dîner, pour célébrer la Saint-Stefan. En Pologne, traditionnellement, la fête du saint patron est plus importante que l'anniversaire. Un bon repas, des chants : la soirée prend aussitôt une tournure familiale. L'atmosphère est à l'amitié. Wyszynski et Wojtyla, depuis le concile, ont appris à se connaître.

Pourtant, sans qu'il y ait jamais eu d'inimitié entre les deux hommes, Wyszynski n'a jamais été un partisan de Wojtyla. Celui-ci ne lui doit aucunement sa carrière ecclésiastique, bien plus favorisée par un Sapieha, un Baziak ou... un Paul VI. On peut même dire : au contraire. S'il n'avait tenu qu'à Wyszynski, il ne fait aucun doute que Karol Wojtyla n'aurait pas été nommé évêque si tôt, qu'il n'aurait pas succédé à Mgr Baziak comme archevêque de Cracovie et qu'il n'aurait pas été « élevé à la pourpre » aussi jeune. Nombre de détails montrent que la promotion de son jeune collègue de Cracovie n'était pas le souci majeur du primat. Ainsi, dans une lettre adressée en octobre 1962 à Mgr Felici, secrétaire général du concile, le primat de Pologne proposait une première liste de treize évêques polonais pour siéger dans les commissions conciliaires : le nom de Wojtyla n'y figurait pas. Et dans une autre lettre du 30 mars 1963, dans laquelle le primat transmettait la liste des quarante-quatre évêques polonais dont il faudrait prévoir l'hébergement à Rome pour la deuxième session du concile, il « oublia » le nom de Wojtyla — qu'il devait rétablir dans une autre lettre, trois semaines plus tard.

Dès l'époque du concile, il était évident que le jeune archevêque de Cracovie comptait parmi les chauds partisans de l'*aggiornamento* prôné par Vatican II, qu'il s'efforcerait de mettre en pratique jusque dans les plus petites paroisses de son diocèse, tandis que le cardinal primat, lui, ne cachait pas ses réticences à l'égard de toute réforme, arguant de la spécificité polonaise pour éluder ou différer l'application de certaines orientations novatrices du concile : « On ne restructure pas une armée en pleine bataille », aimait dire le primat.

Quand ils apprirent que Karol Wojtyla était nommé cardinal, en 1967, les séminaristes et les prêtres polonais de Rome ne cachèrent pas leur enthousiasme : eux, de loin, regrettaient le conservatisme de Wyszynski, pour lequel ils avaient d'ailleurs le plus grand respect. Mais Wojtyla était jeune, il se situait, lui, dans la ligne du concile, c'était un réformateur qui donnait à l'étranger une image moins archaïque de la Pologne. « Wojtyla était le produit du concile Vatican II, Wyszynski était plutôt celui du concile de Trente », plaisante le futur ambassadeur Krzysztof Sliwinski, qui était alors jeune journaliste[5].

Mais s'ils n'avaient pas la même sensibilité, les deux hommes ont pourtant opposé un front uni à tous leurs détracteurs éventuels. D'abord, Wojtyla était « tenu », pour l'essentiel, par sa fonction de porte-parole des évêques polonais. « Ce n'est que dans les textes prononcés par l'un et par l'autre à leur retour en Pologne qu'on pouvait percevoir des différences », explique Mgr Pieronek[6]. En outre, l'obéissance à l'Église — donc au primat — était une vertu pour tous les évêques polonais, à commencer par le jeune Wojtyla pour qui Wyszynski, au début, était une sorte de monstre sacré.

Il est vrai que tout sépare, *a priori*, Stefan Wyszynski et Karol Wojtyla, comme le résume le vaticaniste Marco Politi : « Wyszynski était un sociologue, Wojtyla, un philosophe. Wyszynski avait des origines paysannes, Wojtyla était un enfant de la petite bourgeoisie. Wyszynski avait mené une active résistance en tant qu'aumônier des partisans ; Wojtyla s'était tenu, au mieux, en marge de ce mouvement. Le primat était plus à l'aise avec les masses ; l'évêque de Cracovie plus en phase avec les intellectuels[7]. » Comment s'étonner qu'ils ne se soient jamais bien compris ?

S'ils eussent été de même origine, de même caractère, s'ils avaient été d'accord sur tout, la différence de génération les aurait encore distingués : Wyszynski, né en 1901 dans une région occupée par les Russes, a assisté adolescent au rétablissement de la souveraineté de la Pologne ; Wojtyla, né dix-huit mois après l'indépendance recouvrée, a été surtout marqué par les horreurs nazies puis par l'installation du régime marxiste-léniniste. Certes le premier a fait de la prison sous les communistes, mais la question centrale, pour lui, est la pérennité de la nation. Certes le second a mesuré en 1939 la fragilité de la nation, mais il a tout de même grandi dans une Pologne « normale », et il est plus préoccupé, lui, par l'évolution du catholicisme universel.

Cette différence-là est majeure. Elle implique bien des différences de sensibilité, y compris en matière politique ou théologique : « Wyszynski était pour une démocratie sociale proche de la théocratie, explique le professeur Swiezawski, qui les a bien connus tous les deux. Wojtyla, lui, était partisan d'une éthique sociale dans le cadre de la démocratie, il prônait un engagement plus moral que politique. Wyszynski encourageait une dévotion mariale très "nationale-polonaise" ; Wojtyla prônait la même dévotion, mais sans le nationalisme[8]. »

Le séjour en prison du cardinal primat avait accentué la tendance « monarchique » et « populiste » de Wyszynski, qui n'attirait nullement Wojtyla. Pour Stefan Wilkanowicz, journaliste au *Tygodnik*, « Wyszynski avait gardé des réserves contre les évêques, qu'il trouvait trop faibles, et contre les intellectuels, qu'il trouvait trop près des pouvoirs publics. Il ne croyait qu'au peuple[9] ».

*

Le pouvoir communiste a perçu très vite ce décalage entre les deux hommes. Quitte à prendre ses désirs pour des réalités. Il faut dire que, par nature, les régimes communistes ont toujours joué sur les divisions de leurs adversaires, au nom du vieux principe « diviser pour régner ». L'arrivée de tout nouveau venu sur la scène publique, Wojtyla ou un autre, est d'abord examinée sous cet angle utilitaire.

Au moment même où Wojtyla fut créé évêque, en 1958, tout était bon, pour le Parti, qui contribuât à entamer le formidable crédit du cardinal primat, considéré comme le général en chef d'une armée ennemie, et dont l'ascendant sur la population avait été encore accru par ses trois années de détention. N'était-il pas possible d'opposer à cet interlocuteur inébranlable une personnalité plus « compréhensive » ? Wojtyla, ce jeune et brillant évêque venu du Sud — il y avait toujours une rivalité séculaire entre Varsovie et Cracovie — ne pourrait-il pas être celui-là ? Six ans plus tard, lorsque Wojtyla fut nommé archevêque de Cracovie — on se rappelle que le gouvernement a écarté six noms proposés par Wyszynski avant de « souffler » celui de Wojtyla —, l'idée d'opposer les deux hommes n'était plus un simple réflexe politique, mais une stratégie. Un jeune prélat « progressiste » et « réformiste » contre un vieux primat « conservateur » et « traditionaliste » : le Parti n'allait pas manquer une telle aubaine ! D'autant que le dossier constitué sur lui par le département IV de la police politique (SB) ne pouvait ignorer quelques éléments « positifs » plaidant en faveur du Cracovien : ascendants patriotiques, origines populaires, expérience ouvrière, goût pour le dialogue, etc. [10].

Karol Wojtyla, très tôt, a senti le danger. Il est parfaitement conscient que le pouvoir compte bien l'utiliser, et il ne veut lui donner aucune occasion, même la plus petite, de le mettre en contradiction avec le primat. Y compris dans les plus discrètes de ses homélies. En Europe de l'Est, à l'époque, les murs ont des oreilles, et toute parole prononcée en public peut donner lieu à exploitation malveillante. C'est la raison pour laquelle Wojtyla a tendance à « couvrir » systématiquement tout ce que dit ou fait Wyszynski. « Il ne faut pas compliquer la tâche du primat », dit-il à qui veut l'entendre.

Cela ne l'empêche pas de défendre ses prérogatives cracoviennes face à un primat parfois « envahissant ». En 1964, à la demande de Wyszynski, le pape, vicaire de Rome, nomme Wladislaw Rubin recteur de l'église polonaise de la Ville éternelle. Wojtyla ne conteste pas ce choix — Rubin deviendra d'ailleurs un de ses meilleurs amis —, mais le tout nouvel archevêque de Cracovie tient à entériner officiellement la décision en rappelant au vicariat de Rome que la tutelle de l'église Saint-Stanislaw appartient, depuis des lustres, à l'archevêché de Cracovie[11].

La situation se complique en 1967, lors de son élévation à la pourpre. À l'évidence, cette promotion en fait un successeur possible du primat, donc un rival potentiel. À plus forte raison Wojtyla tient-il à manifester à la fois sa solidarité avec Wyszynski et, sur un plan plus personnel, sa loyauté envers lui. Il va en donner rapidement deux preuves spectaculaires.

La première occasion lui est fournie lors du voyage officiel du général de Gaulle en Pologne, en septembre 1967. La visite est d'importance : Charles de Gaulle est le premier chef d'État français à se rendre dans ce pays où lui-même fut officier instructeur de 1919 à 1921. C'est dire si chaque geste compte. Or le président français n'a pas rencontré Mgr Wyszynski à son arrivée à Varsovie — son hôte, Wladislaw Gomulka, s'étant contenté de convier le primat à un cocktail mondain rassemblant le Tout-Varsovie communiste, celui-ci n'est évidemment pas venu. Son

« second » peut-il, dans ces conditions, recevoir l'illustre visiteur lors de son étape cracovienne ? Le 8 septembre, contrairement à ce qui était prévu, c'est un sous-fifre qui accueille de Gaulle lors de sa visite du château de Wawel, le cardinal Wojtyla ayant été brusquement appelé à Wroclaw pour une cérémonie urgente[12].

Quelques mois plus tard, recevant dans son bureau le consul général de France, Patrice de Beauvais, Mgr Wojtyla confirmera qu'il venait d'être nommé cardinal et qu'il ne tenait pas « à donner l'illusion qu'il se substituait à quiconque » : « Si je m'étais trouvé dans la cathédrale ce jour-là, le général de Gaulle n'aurait pas apprécié une telle décision, compte tenu de l'impossibilité où il se trouvait de rencontrer le primat[13]. » Devenu pape, il s'en expliquera de nouveau au ministre Alain Peyrefitte — qui avait accompagné le général de Gaulle en Pologne — à l'occasion d'une audience à Rome, douze ans après l'incident : « Depuis des siècles, lui dit Jean-Paul II, quand il n'y a pas de roi légitime en Pologne, c'est le primat qui est l'*interrex* — le souverain intérimaire. Si j'avais reçu le général de Gaulle, on aurait dit que je désavouais le primat. » Commentaire de Peyrefitte : « Dommage ! On aurait eu la photo historique, devant la cathédrale de Wawel, de la poignée de main de deux des héros de ce siècle[14]. »

Quelques jours plus tard, Mgr Wyszynski se voit privé de passeport juste avant la tenue du premier synode des évêques organisé à Rome par Paul VI. Son cadet — qui a obtenu sans difficulté son autorisation de sortie — renonce aussitôt à se rendre au synode, alors qu'il brûle de retrouver le climat de discussion et de réflexion qui lui a tant plu pendant le concile. « Nous avions bien reçu nos passeports, raconte Mgr Pieronek, mais Wojtyla n'a pas hésité une seconde : pas question de partir[15] ! »

Quelles que fussent les différences de ton entre ces deux personnalités exceptionnelles, leur objectif était le même, rappelle Adam Boniecki, principal biographe de l'archevêque de Cracovie : « Au fond, on opposait Wyszynski et Wojtyla à tort : tandis que le premier multipliait les diatribes sulfureuses, tapait du poing sur la table, menaçait de lever ses fidèles en masse, le second, en intellectuel avisé, préférait saper les bases du système, d'homélies en colloques, de récollections en lettres épiscopales, à coup d'arguments imparables [16]. »

Ce qui n'excluait pas de sa part les coups de gueule, voire les coups de force. Comme ses sermons assassins lorsque le pouvoir interdisait de célébrer la traditionnelle Fête-Dieu sur la place du Vieux-Marché, « alors que même les éleveurs de chiens avaient le droit d'y parader ». Ou, comme on l'a vu, son arrivée à l'improviste, tel soir de Noël, à l'endroit où les paroissiens de Nowa Huta désespéraient d'obtenir le droit de construire leur église, pour y célébrer personnellement la messe de minuit. « À Cracovie, raconte le journaliste Stefan Wilkanowicz, lorsque tel ou tel prêtre était arrêté, l'archevêque Wojtyla allait dès le lendemain, sans un mot, le remplacer derrière l'autel et dans le confessionnal. Ce genre de gestes avait un impact considérable [17]. »

Quand Wojtyla avait été promu cardinal, en 1967, on avait fait mine de se féliciter du côté du pouvoir. La Pologne « populaire » jouait à fond la carte de la détente, et tout était bon qui pût attester, aux yeux du monde entier, sa vocation de passerelle entre l'Est et l'Ouest. Les responsables du Parti communiste, qui pratiquaient volontiers la méthode Coué, interprétèrent la nomination de Wojtyla comme une heureuse conséquence de l'*Ostpolitik* menée par le Vatican. L'envoyé spécial du pape, Mgr Casaroli, accompagné de Mgr Deskur, n'avait-il pas longuement visité la Pologne quatre mois auparavant[18] ? Cette intrusion du Vatican dans les affaires intérieures de l'Église polonaise, dont la promotion de Wojtyla semblait une conséquence, n'était-elle pas une pierre jetée dans le jardin du primat, notoirement hostile au dialogue Est-Ouest ?

Le nouveau cardinal, qui apparaissait soudain comme un futur chef de l'Église polonaise, serait-il vraiment plus « facile » que son vieux collègue ? L'affaire polono-allemande et la bataille du millénaire avaient rendu les autorités prudentes sur ce point. Quelques jours avant la nouvelle de sa promotion cardinalice, le ministre de la Culture Lucjan Motyka — une vieille connaissance — recevait de Wojtyla une lettre de protestation contre la fermeture brutale du *Teatr Rapsodiczny*. Dans sa lettre, l'archevêque de Cracovie usait, à deux reprises, d'un argument gênant pour un pouvoir prompt à parer toutes ses actions des couleurs de l'« antifascisme » : ce théâtre n'avait-il pas été fondé par son directeur, Mieczyslaw Kotlarczyk, en réaction à l'occupation hitlérienne ? Non, décidément, Wojtyla ne serait pas un interlocuteur « facile ».

« À la fin des années soixante-dix, explique l'ex-communiste Jerzy Waszczuk, alors chef de la chancellerie du comité central du Parti, les différences d'accent entre le primat et le cardinal-archevêque de Cracovie étaient évidentes. Pour Wyszynski, le système socialiste était appelé à durer, aussi importait-il d'améliorer la situation de l'Église dans ce cadre imposé. Alors que pour Wojtyla, l'Église devait contribuer à changer le système — d'où ses contacts avec les dissidents de l'époque. Wojtyla était pour nous, naturellement, le plus dangereux des deux[19]. »

Aussi le pouvoir, au fil du temps, finit-il par déchanter. Opposer Wojtyla à Wyszynski ? Une gageure. Vouloir précipiter le remplacement du second par le premier ? Un mauvais calcul. En prévision de la succession du vieux cardinal primat, qui aura soixante-quinze ans en 1976, le pouvoir envisage avec une inquiétude croissante l'hypothèse de son remplacement. Un événement important, à quelques mois de l'échéance, vient renforcer cette inquiétude : à la surprise des dirigeants du pays, l'épiscopat exprime soudain, dans une lettre solennelle, son opposition à la modification de la Constitution polonaise stipulant le « rôle dirigeant du Parti » et les « relations privilégiées avec l'URSS ». Cette position est unanime, comme toujours. Mais chacun sait que le cardinal Wojtyla et « ses » intellectuels cracoviens sont à la pointe de cette obstruction radicale.

Les dirigeants du pays ne peuvent pas savoir que Wyszynski considère Wojtyla comme son futur dauphin — comme il l'a confié, en 1974, à son assistant Romuald Kukolowicz — mais ils s'en doutent. Et ils redoutent désormais cette éventualité. Lorsque le primat atteindra la limite d'âge fatidique, en cette année 1976, le gouvernement polonais écrira à Paul VI pour que le Saint-Siège prolonge exceptionnellement son mandat. Un comble !

Quelques années plus tard, c'est le pape Jean-Paul II lui-même qui démontrera, *a posteriori*, qu'il était vain de vouloir l'opposer à son primat. Le 25 mai 1981, à midi, de la clinique Gemelli où il se remet à peine de l'attentat de la place Saint-Pierre, le Saint-Père parle une dernière fois, au téléphone, avec un Wyszynski qui se meurt à Varsovie, et qui implore sa bénédiction : Jean-Paul II bénit alors « sa bouche et ses mains », façon de ratifier toutes les paroles et tous les gestes passés du primat.

Un cardinal de terrain

Karol Wojtyla aura « régné » quatorze années sur l'archidiocèse de Cracovie — sans compter ses premières années d'évêque auxiliaire. De cette période, les témoins semblent ne garder que des souvenirs positifs, merveilleux, voire dithyrambiques. « Il n'y avait pas en Pologne de diocèse mieux administré que celui de Cracovie[20] », s'enflamme ainsi son ami Malinski. Difficile, là encore, de faire la part de la réalité historique et de l'hagiographie. Que le diocèse fût magnifiquement « administré » par Wojtyla, voilà qui paraît surprenant quand on sait le manque d'intérêt porté par le futur pape à toutes les questions d'intendance, de gestion, de finances — auxquelles il n'a jamais entendu grand-chose. Par ailleurs, ce cardinal est un voyageur, aussi avide de connaître le reste du monde que d'assumer ses multiples responsabilités « romaines », et il est souvent absent. On le lui reproche.

Heureusement, le cardinal-archevêque est bien entouré. Le chancelier Kuczkowski, notamment, est un organisateur remarquable et s'occupe avec efficacité de la curie métropolitaine. Il habite dans le palais épiscopal, lui aussi, et l'archevêque peut compter sur lui en permanence. Quand Wojtyla obtient de Rome deux postes supplémentaires d'évêques auxiliaires, en avril 1970, il réorganise le diocèse et répartit les tâches entre les quatre auxiliaires : Julian Groblicki, Jan Pietraszko et les deux nouveaux venus, Stanislaw Smolenski et Albin Malysiak.

Mieux vaudrait donc en effet parler d'un archidiocèse « dirigé » par Wojtyla. D'autant que la capacité de travail du cardinal est exceptionnelle, tout comme sa faculté — déjà évoquée et relatée par tant de témoins — de faire plusieurs choses à la fois : écouter un rapport dans une assemblée, relire un texte, signer du courrier, etc.[21]. Pendant toutes ces années, il ne cesse de visiter les paroisses et les institutions religieuses de son territoire, multipliant les réunions de travail. Son autorité personnelle, très grande, lui permet de faire avancer les choses : un mot jeté dans une conversation suffit parfois à lancer une initiative importante. Wojtyla a le chic pour attribuer des missions aux uns et aux autres. Jamais une minute de perdue : chaque idée débouche sur une proposition d'action, puis sur un calendrier. Et, comme l'archevêque invente constamment de nouvelles tâches — comme la création d'un institut de la catéchèse ou la mise en place d'un institut de la famille —, il ne cesse d'en confier la réalisation aux gens qui lui paraissent le plus aptes à la mener à bien. Des membres du clergé, prêtres ou religieuses, mais aussi des laïcs en grand nombre : l'« apostolat des laïcs », pour lui, n'est pas un vain mot. Y compris quand il s'agit de pousser des laïcs polonais à assumer des responsabilités à Rome — c'est-à-dire à sortir du cadre national où l'Église polonaise a été trop longtemps confinée.

Impressionné par le recul du religieux dans la vie sociale du Polonais moyen, Karol Wojtyla redoute les progrès de la déchristianisation dans son propre pays. Celle-ci, il le sait, est due à une double influence : celle de la propagande athéiste assénée par un régime communiste qui n'a cessé de perfectionner ses moyens de pression, mais aussi celle du mythe de l'Eldorado riche et facile, ce paradis virtuel où chaque famille polonaise compte quelque cousin éloigné — l'Occident. Déjà, le futur pape agit dans une perspective de reconquête, ce qu'il continuera de faire quand il sera devenu pape et qu'il lancera notamment le concept de « nouvelle évangélisation ».

Ainsi le cardinal entretient-il soigneusement le goût de certaines fêtes religieuses, comme la Fête-Dieu, et le respect de traditions désuètes ou déclinantes : entre Noël et l'Épiphanie, il continue de recevoir les vœux des médecins, des avocats, des infirmières, des mineurs, des étudiants, au cours de réceptions très formelles, comme cela se faisait autrefois. Les uns et les autres viennent au palais en « corps constitués » pour cette audience annuelle, vêtus des costumes traditionnels de leur métier ou de leur région. D'année en année, on se bouscule à ces audiences aussi sympathiques que solennelles — et il semble qu'au fil des ans il soit devenu très « chic » d'en être.

C'est dans le même esprit que Wojtyla a invité les Cracoviens à redonner vie à la cathédrale de Wawel, un peu désertée et endormie sous ses fastes d'antan, et à assister aux offices solennels qui y sont célébrés pour les fêtes de Noël, de Pâques ou de la Saint-Stanislaw.

*

C'est sur le plan pastoral que le souvenir du cardinal Wojtyla restera dans toutes les mémoires. Malgré ses fonctions, il continue de marier, de baptiser, de visiter les malades. Il lui arrive souvent de laisser au palais le *galero* (large chapeau rouge) et la *cappa magna* (grande cape écarlate) et d'aller confesser incognito, à la basilique de l'Assomption dite *Marjacki*, sur la place du Marché, ou à Sainte-Anne, près de l'université, ou même en face du palais épiscopal, chez les franciscains. Surtout pendant la semaine sainte. Le souvenir du curé d'Ars ne l'a pas quitté.

Son attention pour les jeunes, non plus. La jeunesse, c'est décidément son terrain de prédilection. C'est en compagnie des adolescents ou des étudiants qu'il mesure à quel point l'intuition conciliaire du vieux Jean XXIII fut géniale. Les jeunes sont les premiers à apprécier, unanimement, le renouveau de l'Église opéré par Vatican II. Surtout à la fin de ces années soixante si agitées, qui voient la jeunesse, dans l'ensemble du monde industrialisé, exprimer un malaise existentiel par des formes plus ou moins violentes. Le jean, la pilule, le rock, le *no future* ébranlent aussi la société polonaise, qui connaît, comme en Occident, un conflit de générations. Ce fut d'ailleurs un des premiers sujets abordés au concile par le jeune évêque Wojtyla, qui prônait le « dialogue » entre les jeunes nés après la guerre et leurs aînés. Devenu cardinal, toujours à l'écoute des jeunes de son entourage, des récollections universitaires aux habituelles virées en kayak, l'*oncle* Karol offre au « mal-être » des jeunesses du monde en général, et des jeunes catholiques polonais en particulier, des réponses très concrètes. Au lieu de se lamenter sur le laxisme sexuel comme beaucoup de responsables catholiques, il met en œuvre, sans complexe, des cours de préparation au mariage qui n'hésitent pas à aborder de front les aspects médicaux et sexuels de la vie à deux. C'est une innovation en Pologne, où la jeunesse, mal informée sur ces sujets, subit à la fois le poids du vieux puritanisme catholique et les méfaits de la censure exercée par un Parti communiste pusillanime.

De même, n'écoutant pas les réserves de certains de ses collègues évêques effrayés par la moindre dérive « charismatique », le cardinal n'éprouve aucune difficulté à encourager les mouvements les plus « en pointe » chez les jeunes catholiques, voire à y participer personnellement. C'est le cas des groupes Oasis créés et animés par le père Franciszek Blachnicki, qu'il part rencontrer un jour inopinément à Blyszcz, sur la rivière Dunajec, à deux pas de la frontière tchécoslovaque, pour mener avec eux une récollection en pleine montagne. Trente ans plus tard, lors de son voyage en Pologne d'août 2002, Jean-Paul II rappellera cet épisode et le soutien qu'il apporta à ces groupes : « Et je n'ai jamais changé d'avis », insistera le vieux pape, non sans émotion, à l'adresse de ses « bien-aimés membres de l'Oasis ».

Par ailleurs, sur le plan musical, le cardinal encourage d'emblée le père Jan Palusinski qui s'est lancé dans l'organisation de festivals de chants religieux modernes, où dominent les guitares, les basses et la batterie. Le premier de ces *sacrosongs* a eu lieu à Lodz en 1969. Chaque année, le festival se tient dans une nouvelle ville et rassemble de plus en plus de monde. À Cracovie, c'est sous la tutelle personnelle du cardinal que se déroule la manifestation.

Le 17 septembre 1978, à quelques semaines du conclave qui va l'élire, le cardinal Wojtyla préside l'ouverture du festival *Sacrosong 78*, à Czestochowa. Dans son discours, il salue chaleureusement les participants à ce dixième festival et se rappelle qu'il avait « osé » (*sic*) assister au premier dans une église recouverte de fils électriques, de câbles pour la sono et de matériels modernes. Le lendemain, comme pour le remercier, le jury du festival attribuera le deuxième prix de son palmarès à une chanson religieuse intitulée *Ta chwila calego zycia* (« L'instant de toute une vie »). Musique : Edward Bury. Paroles : un certain Andrzej Jawien — le pseudonyme sous lequel on a vu se cacher, naguère, le futur cardinal Wojtyla.

Feuilleter le « journal d'évêque » que tenait Wojtyla à l'époque — pour l'essentiel, de simples indications de lieux de rendez-vous, d'horaires, de réunions de travail [22] — laisse rêveur, tant le cardinal paraît avoir un programme chargé. Aux anciennes « sections » des œuvres du diocèse (charité, catéchèse, etc.), Wojtyla a substitué des « pastorales » particulières : pastorales des jeunes, des familles, des vieillards, des étudiants, des aveugles, des médecins, des malades, des personnes seules, et beaucoup d'autres, qu'il anime régulièrement. En veillant à ce que chaque « segment » de cette action pastorale soit vivant et efficace. Sans oublier les enfants, de cérémonies de Noël en visites d'écoles maternelles, pour lesquels le futur pape déborde de tendresse. Les enfants, du reste, le lui rendent bien. Rarement une personne de cet âge, habillée de façon aussi impressionnante, aura eu un contact aussi direct et chaleureux avec les tout-petits. Ce sera aussi frappant quand il sera pape. Des dizaines d'anecdotes circulent, sur tel petit garçon lui faisant bénir son nounours ou telle petite fille l'invitant à partir en vacances avec elle.

Il faut dire que le cardinal Wojtyla est d'un caractère étonnamment bienveillant, ouvert et souriant, et pas seulement avec les enfants. Malgré la tension inévitable qu'impliquent de telles responsabilités, personne ne se rappelle l'avoir jamais entendu jurer ou s'emporter. « Une fois en quinze ans, raconte un collaborateur, il s'est étonné à haute voix qu'un prêtre, prétextant un "gros travail", quitte une réunion : "Nous aussi, nous travaillons", fit remarquer sèchement le cardinal. »

Parmi les principales qualités qui font l'unanimité des témoins de l'époque — une mémoire « inimaginable », un charisme « exceptionnel », une volonté « d'acier » — figure, sans doute, son goût de la discussion et sa grande capacité d'écoute qui tranchent, alors, avec la parole solitaire et compassée de beaucoup de prélats polonais.

Il faut bien chercher pour nuancer ce concert de louanges et, au détour de quelques témoignages, noter que cet homme réfléchi était « rarement spontané », qu'il avait tendance à « faire confiance à n'importe qui », que dans les controverses il avait parfois tendance à « mettre des étiquettes aux gens », que sa « grande confiance en lui-même » tournait quelquefois à un « orgueil intense »[23].

*

Mais le plus important, c'est sans doute ce que le cardinal Wojtyla a accompli pour appliquer méthodiquement, concrètement, le concile Vatican II dans son propre diocèse de Cracovie. Et sa grande œuvre restera sans doute le synode diocésain qu'il a organisé chez lui, dans son archidiocèse.

Déjà, à la fin du concile, l'archevêque avait multiplié les conférences, réuni des groupes de travail, intégré une première réflexion postconciliaire dans la préparation du *Millenium*. Le sujet le plus facile à débattre étant, naturellement, celui de la réforme liturgique et de ses premières applications : l'abandon du maître-autel pour que le prêtre puisse célébrer face à l'assemblée, la communion donnée prosaïquement « dans la main », la quasi-disparition du latin au risque d'altérer l'homogénéité de l'enseignement de l'Église, voilà des sujets qui, pour être relativement mineurs, exacerbaient les passions des catholiques — et pas seulement en Pologne.

Les synodes « romains » organisés par Paul VI en 1967, 1969 et 1971 — Wojtyla a participé activement aux deux derniers — ont encore renforcé le futur pape dans sa volonté d'associer le plus de gens possible à la mise en œuvre des décisions prises au sommet de l'Église, au concile ou aux synodes. Il s'en ouvre un jour, à Rome, à Malinski : « On ne peut imaginer que les évêques, quelque part là-haut, votent quelque chose, et que les fidèles les observent d'en bas[24]. »

En 1971, Karol Wojtyla écrit une lettre au cardinal Wyszynski — il est alors vice-président de la conférence épiscopale — dans laquelle il suggère au primat de lancer des synodes « nationaux », ce qui ne pose aucun problème, mais aussi des synodes « diocésains », au niveau provincial, puis un synode « plénier » pour tout le pays. Le primat n'a jamais répondu à cette lettre[25]. Stefan Wyszynski ne poussait pas ses troupes à réformer son Église. D'abord pour ne pas déstabiliser une institution en pleine bagarre politique, et parce qu'il savait bien que la plupart des évêques polonais n'étaient pas disposés à se remettre en question : « Ils avaient peur des laïcs, ils avaient peur d'être mis en difficulté, peur d'être dépassés », explique le journaliste Stefan Wilkanowicz[26]. Tous les clercs polonais sont alors prêts à se mobiliser pour défendre leur Église, pas pour l'ouvrir au grand vent de la modernité. L'originalité de Wojtyla est là, qui assure que *c'est l'Homme qu'il faut défendre, avant tout, et non l'Église*. Voilà la clef de la révolution copernicienne dont il sera le prophète et le promoteur : si l'Église se contente de défendre l'Église, elle ne remplit pas sa mission, qui est de défendre l'Homme. Plus tard, ce postulat changera, sinon la face du monde, du moins celle du monde communiste.

Finalement, il n'y aura qu'un seul synode diocésain : celui de Cracovie. L'évêque de Katowice, Mgr Bednorz, essaiera bien de faire la même chose qu'à Cracovie, en plus sommaire, et en activant les traditionnels conseils de paroisse. Rien à voir avec l'ambition mobilisatrice, rénovatrice, pastorale et pédagogique du cardinal Wojtyla. Le concile, en Pologne, c'est bien à Cracovie qu'on l'applique.

Le dimanche 9 avril 1972, après une année « préparatoire » au cours de laquelle il a confié à des commissions spéciales l'étude des textes conciliaires, l'archevêque de Cracovie fait lire une lettre solennelle dans toutes les églises du diocèse, dans laquelle il annonce le lancement imminent d'un « synode pastoral archidiocésain » devant durer sept ans. Même si certains le brocardent pour cette manie de réunir constamment des commissions, le message passe bien, et l'opération se met en place.

Ce qui frappe, c'est la méthode. D'abord, Wojtyla invite tous les paroissiens à participer à cette large entreprise, sans exception, mais il met deux conditions : il faudra fonctionner en groupe et s'engager à travailler pendant les sept années. Individualistes et velléitaires s'abstenir. L'exigence est payante : alors qu'il comptait sur la constitution d'une cinquantaine de groupes, plus de trois cents groupes se réunissent, soit onze mille personnes, qui travailleront en effet, pour la plupart, pendant sept ans, sous la direction d'une commission centrale, elle-même présidée par un évêque, Mgr Smolenski, et animée par un secrétaire général, le dévoué Tadeusz Pieronek.

Tous ces groupes vont plancher sur des textes préparatoires élaborés par des petits comités désignés par une commission centrale réunie le 25 mai 1972. Ces textes doivent éviter soigneusement toute analyse définitive, toute conclusion prématurée, et avancer un maximum de suggestions. Les groupes émettent des « recommandations » qui sont présentées et commentées par leurs délégués respectifs devant la commission centrale. Les groupes travaillent à nouveau sur les observations qui leur ont été faites, puis renvoient leurs textes à la commission qui vote sur le texte final : *placet* (pour), *non placet* (contre), *placet juxta modum* (abstention).

« C'est exactement la méthode qui fut utilisée au concile Vatican II », fait remarquer Stefan Wilkanowicz, qui fut membre de la commission centrale[27]. Avec ses bons côtés (une vraie discussion) et ses ambiguïtés (un contrôle strict). Pourtant, à la différence du concile, le principal résultat obtenu par le synode diocésain de Cracovie n'est pas dans les textes qu'il a produits, mais bien davantage dans la participation active, massive, responsable — et inédite — de milliers de laïcs à la vie de leur Église. Un peu comme le fut la Grande Neuvaine à l'échelle de toute une nation, le synode de Cracovie fut un extraordinaire investissement pour l'avenir.

En 1972, en outre, Karol Wojtyla publie un livre à la couverture blanche et rouge intitulé *Aux sources du renouveau*, au sous-titre évocateur : *Étude sur la mise en œuvre du concile de Vatican II*. L'ouvrage est préfacé en Pologne par la théologienne Halina Bortnowska, qui faisait partie du groupe des jeunes professeurs à la KUL de Lublin. Il est une sorte de manuel postconciliaire, un guide pour aider les groupes de laïcs mobilisés dans toutes les paroisses à traduire les décisions de Vatican II dans la vie de tous les jours [28].

Cette mobilisation des laïcs, si originale pour la Pologne de l'époque, fut « un vrai événement », se rappelle Wilkanowicz. Un événement qui, curieusement, se heurta moins aux résistances internes d'un clergé parfois traditionaliste qu'à celles... du pouvoir communiste. Le Parti voyait évidemment d'un mauvais œil cet engagement massif de la société civile au service de l'Église, qui contrariait la stratégie d'isolement qu'il menait contre la religion : comme dans tous les pays du « bloc socialiste », la religion devait être cantonnée à la sphère de la vie privée, or c'est exactement le contraire qui se produisait dans le diocèse de Cracovie.

Cette attitude du pouvoir fut à l'origine d'un paradoxe aux conséquences non négligeables : si la Pologne est restée si « cléricale », dans les années postconciliaires, c'est d'abord la faute des communistes. En effet, comme il n'était pas question pour les évêques d'exposer les laïcs aux représailles éventuelles de la police politique, ce sont les prêtres — seuls à être « reconnus » sur le plan juridique — qui ont été bêtement absorbés par toutes les tâches dont les laïcs, normalement, auraient pu les soulager : aide sociale, éducation religieuse, etc. Sauf à Cracovie, grâce à cette expérience synodale qui, pendant sept années, fit des laïcs le moteur de la vie religieuse.

Mais, au fait, pourquoi un synode de sept ans ? Parce que cette réflexion postconciliaire, pour n'être pas théorique, devait impérativement s'inscrire dans l'histoire locale — c'est un des dadas du futur pape — et que celle-ci, à Cracovie, est dominée par le personnage de saint Stanislaw, ancien évêque du cru, canonisé en 1253, et second patron, après saint Adalbert, de l'Église polonaise. D'un symbole, l'autre : le synode s'ouvrit donc le 8 mai 1972, anniversaire de la nomination de Stanislaw comme évêque de Cracovie, et se terminera le 6 mai 1979, pour le neuf centième anniversaire de son assassinat par le roi Boleslaw. Qui pouvait imaginer qu'à quelques mois de cette échéance solennelle, le cardinal Wojtyla serait élu pape, et qu'il viendrait clôturer personnellement, malgré ce contretemps original, le synode diocésain de Cracovie ?

12

Les années Gierek

Qu'est devenu, pendant ce temps, le *professeur* Wojtyla ? L'archevêque, à la fois gestionnaire, pasteur, responsable prestigieux aux devoirs multiples, a-t-il mis fin à sa carrière de philosophe, d'enseignant, de chercheur ? Non. Pas plus qu'il n'a renoncé au kayak et au ski, Karol Wojtyla n'a abandonné la philosophie ou l'enseignement. Mais il a dû modifier ses habitudes, déléguer ses responsabilités, se cantonner à l'essentiel.

Au confluent de son rôle pastoral et de sa vocation d'enseignant, c'est d'abord aux séminaristes que le cardinal Wojtyla consacre beaucoup de temps, à commencer par ceux du grand séminaire de Cracovie. Il n'a pas oublié le soin qu'apportait naguère Mgr Sapieha, en toutes circonstances, à la formation des futurs prêtres. Dans le contexte polonais des années soixante-dix, Wojtyla pense, dans les mêmes termes que son lointain prédécesseur, que les séminaristes sont l'avenir de l'Église.

Il faut dire que les vocations, à l'époque, sont en pleine croissance. Ce n'est pas le moindre paradoxe de cette Pologne communiste où le régime a démontré son impéritie : trois mille cent candidats au sacerdoce en 1971, quatre mille sept cents en 1981 [1]. En sa qualité de président de la commission épiscopale nationale « pour les sciences », le cardinal Wojtyla s'emploie à ce que toutes ces recrues bénéficient, dans tout le pays, de la meilleure formation possible. Il est fini, le temps où quelques années de culture générale, de latin et de théologie suffisaient à préparer un prêtre à diriger une paroisse !

À Cracovie, comme Sapieha trente ans plus tôt, l'archevêque Wojtyla veille personnellement à la formation de « ses » candidats à la prêtrise. Il les connaît tous par leur prénom ; il les reçoit en privé, individuellement, deux fois par an ; il fête Noël en leur compagnie, lors de veillées chaleureuses et bruyantes où, assis par terre, le cardinal n'est pas le dernier à entonner des chants à plusieurs voix. Souvent, le cardinal invite tel ou tel séminariste à sa table, au palais épiscopal, en compagnie de prélats de passage, polonais ou étrangers, en faisant mine de ne pas remarquer la mine contrite, voire scandalisée, de certains de ses hôtes : des novices assistant aux échanges entre dignitaires de l'Église ! Il fera de même après leur ordination : le souvenir de ses propres débuts le pousse à accorder une attention extrême à tous ces jeunes ordonnés qui formeront plus tard, au sein du clergé polonais, une véritable « génération Wojtyla ».

En sus de son enseignement professoral à la KUL, à Lublin, où beaucoup d'entre eux reçoivent une formation de haut niveau, Wojtyla continue de dispenser aux séminaristes cracoviens des conférences régulières de morale sociale et de théologie morale. Mieux, il les pousse à voyager et à poursuivre des études supérieures à Rome ou à Paris. Et cela, malgré les difficultés pour obtenir des visas — il n'est pas simple de quitter la Pologne, à l'époque — et le manque d'argent, que pallie discrètement la diaspora polonaise aux États-Unis.

L'ambition philosophique

Devenu cardinal, Karol Wojtyla n'a plus le temps de poursuivre ses allers-retours à Lublin. Déjà, depuis qu'il est archevêque, on le voit moins souvent dans les amphis de la KUL. Il a renoncé aux voyages en train de nuit ; désormais, il préfère se rendre à Lublin en voiture avec chauffeur, afin de n'être pas tributaire des horaires de chemin de fer. Dans sa Volga aménagée pour cela, il se plonge dans la lecture, un livre à l'aller, un autre au retour, plus que jamais fidèle à sa règle d'or : le temps est un bien précieux, un don que l'homme ne doit pas gaspiller.

À partir de 1967, il ne va plus à Lublin que pour les fêtes majeures, Noël, Pâques, ou quelques grandes occasions. Mais il ne renonce pas à l'enseignement : s'il ne peut se rendre à la KUL, c'est la KUL qui viendra à lui. Son séminaire de troisième cycle, qui se tient désormais chez lui, rue Franciszkanska, à Cracovie, est « bloqué » sur deux demi-journées par semaine : de 15 heures à 22 heures, dîner de travail compris, puis, le lendemain, de 15 heures jusqu'au train de nuit qui part pour Lublin vers 21 heures. Le professeur Wojtyla consacre désormais son salaire d'enseignant à... financer des allers-retours réguliers entre Lublin et Cracovie à ses propres étudiants.

« On dépassait largement les deux heures réglementaires, mais on s'en moquait », commente l'ancien thésard Andrzej Szostek, aujourd'hui recteur de la KUL. Tadeusz Styczen, autre ancien thésard et futur successeur de Wojtyla à la chaire de théologie morale, s'occupait de l'organisation du séminaire, laquelle relevait de la quadrature du cercle : Styczen se rappelle avoir accompagné un jour l'archevêque dans sa voiture en direction de la ville de Kielce, pour évaluer longuement le travail de doctorat d'un étudiant, avant de descendre à mi-chemin, devant une gare, afin de rentrer à Cracovie par le train[2].

Dans les années soixante-dix, le professeur Wojtyla organise encore des réunions dans les bois ou dans des chalets de montagne pour discuter les thèses de doctorat. Mais il s'agit moins, désormais, d'échapper aux oreilles indiscrètes de la police politique que de concilier travail et détente — son médecin lui ayant répété qu'il devait obligatoirement prendre des jours de repos. Szostek raconte : « Un jour, j'ai été convoqué par Wojtyla pour faire le point sur ma thèse de doctorat, en compagnie de Styczen. Rendez-vous au hameau de Jaszczurowka, près de Zakopane, en plein milieu des Tatras. Je suis arrivé au pied du téléphérique du Kasprowy Wiech, intimidé, en cravate et béret : le cardinal me proposa de monter avec lui et Styczen par le téléphérique pour continuer la discussion. Je n'avais évidemment pas pris mes affaires de ski, et j'ai dû rentrer seul par la benne tandis qu'ils descendaient à ski[3] ! »

Le cardinal en impose, certes, mais le professeur n'est pas conformiste. Passionné par son sujet, il est ouvert à toute discussion et délaisse facilement le cours qu'il a préparé pour un débat avec ses élèves. À Lublin, les relations sont plus faciles, plus détendues. Au séminaire de Cracovie, il ne cache pas son agacement quand un de ses collaborateurs de la curie vient lui soumettre, en plein amphi, une affaire urgente. Un jour, face à l'un d'eux, venu, devant les étudiants, s'agenouiller très bas et baiser son anneau épiscopal, il s'agenouille à son tour, sur l'estrade, au milieu des rires.

Parmi ses élèves, un certain nombre de jeunes gens inconnus feront ensuite carrière dans l'enseignement, comme religieux ou comme laïcs, et prendront part aux affrontements intellectuels et politiques des années quatre-vingt : Bogdan Cywinski, Adam Boniecki, Jozef Tischner, Jozef Zycinski et beaucoup d'autres formeront une vraie pépinière de talents. La plupart d'entre eux contesteront les dérives nationalistes ou cléricales de l'Église polonaise après la chute du communisme. Ils constitueront notamment, dans les années 2001-2003, l'aile la plus « européenne » d'une Église déchirée entre partisans et adversaires de l'entrée de la Pologne dans l'Union européenne.

En décembre 1969, à Cracovie, paraît en polonais un ouvrage intitulé *Osoba i czyn* (« La personne et l'acte »), sous la signature du cardinal Karol Wojtyla. Le livre est publié par les éditions de la Société polonaise de théologie. Pour son auteur, c'est une étape importante dans son parcours universitaire, et aussi un aboutissement intellectuel : Wojtyla, sans trop le montrer, guette avidement réactions et commentaires. Quelques mois plus tard, le 16 octobre 1970, le livre est discuté à Lublin au cours d'une séance réunissant tous les professeurs et chargés de cours du département de philosophie de la KUL. Le débat est public, et le cardinal-professeur a exigé la plus grande franchise de la part des participants. Quelques jeunes enseignants admiratifs saluent avec enthousiasme l'opus de leur maître, mais ils ne sont pas les seuls à s'exprimer. Encouragés par l'auteur, le professeur Albert Krapiec et d'autres représentants éminents de l'« école de Lublin » émettent des critiques plutôt fermes. Quelques-uns, comme le professeur Jerzy Kalinowski, mettent en doute le caractère « philosophique » de son travail. « Pas assez explicatif, trop descriptif », renchérit son collègue Stanislaw Kaminski[4]. Certains des participants au débat affirment que Karol Wojtyla en a été quelque peu vexé. Pis, ses textes philosophiques sont si compliqués, et son polonais, si alambiqué, qu'une blague court bientôt dans les rangs de ses propres élèves, que le futur pape ne peut ignorer : la pénitence la plus redoutée des fidèles en confession, raconte un témoin, était alors de « se voir infliger la lecture du livre du professeur Wojtyla ».

*

Le cardinal a-t-il besoin d'être rassuré ? Toujours est-il qu'il reçoit à bras ouverts, le 29 juillet 1973, une femme professeur de philosophie de l'université Saint-Jean de New York, qui lui a écrit quelques mois plus tôt, dans une longue lettre, tout le bien qu'elle pensait de son livre. Ce professeur, une Américaine, s'appelle Anna-Teresa Tymienicka. Comme son nom l'indique, elle est d'origine polonaise. Mieux : elle fut étudiante en philo à la Jagellonne en 1945, quatre ans après le jeune Karol Wojtyla. Elle a poursuivi l'étude de la phénoménologie et dirige, aux États-Unis, la Société internationale de recherches sur Husserl et la phénoménologie.

Que cette petite femme blonde aux cheveux mi-longs, aussi énergique que sympathique, soit venue d'Amérique pour faire sa connaissance intrigue et flatte le cardinal. Quand elle demande à son hôte de participer à un futur colloque scientifique sur Thomas d'Aquin, organisé en Italie à l'occasion du 700e anniversaire de la mort du saint, comment pourrait-il refuser la proposition ? « J'avais déjà un juif et un protestant, expliquera Anna-Teresa Tymienicka, elle-même libre-penseur : il me fallait un intervenant catholique[5] ! »

La proposition tombe à pic. La fréquentation des synodes romains, notamment, a convaincu Wojtyla qu'il lui fallait briser l'isolement de la KUL et développer une véritable stratégie pour « entrer sur le marché mondial », comme il dit à ses collègues. Ainsi, il s'efforce de faire traduire quelques travaux de tel ou tel philosophe de la KUL en anglais et en allemand, notamment ceux de la jeune génération : Styczen, Szostek, ou Zofia Zdybicka, une sœur ursuline spécialiste de la phénoménologie des religions.

Lorsque s'ouvre le VIIe congrès international saint Thomas d'Aquin, à Naples, le 17 avril 1974, le cardinal Karol Wojtyla est inscrit au programme. En compagnie de l'ami Swiezawski, thomiste réputé, il a participé avec plaisir au périple organisé pour les congressistes sur les traces de saint Thomas : Fossanuova, Aquino, Roccaserra, Naples. Et il prononce, comme convenu, une conférence sur le thème « L'autodétermination en tant que structure constitutive de la personne », dont le texte paraîtra dans les *Analecta Husserliana*, la revue de référence des phénoménologues du monde entier.

Le cardinal Wojtyla prend goût aux congrès internationaux. Le 27 février 1975, à Fribourg (Suisse), toujours sous la pression bienveillante d'Anna-Teresa Tymienicka, il participe au colloque international de phénoménologie centré sur le thème « Soi et autrui — la crise de l'irréductible dans l'homme ». Le futur pape prononce un exposé intitulé « Participation ou aliénation ». Il prononcera la même conférence, en anglais, à Harvard, quelques mois plus tard, lors de son voyage aux États-Unis. Auparavant, les 27 et 28 mars, à Rome, il a participé à une conférence-débat animée par l'infatigable Anna-Teresa à la prestigieuse Université grégorienne, la *Gregorianum*, consacrée au philosophe Roman Ingarden. Le second jour, Wojtyla est intervenu, en italien, dans un débat sur le thème « Les degrés de l'être dans la phénoménologie et dans la métaphysique classique[6] ». Début juin 1976, invité au VIe congrès international de philosophie d'Arezzo-Sienne, il parle de

« L'autotéléologie de l'homme et la transcendance de la personne dans l'acte ». Sa communication — qu'il prononcera aussi en anglais quelques semaines plus tard à Washington — sera également publiée dans les *Analecta Husserliana*. Enfin, participant au Congrès philosophique de Gênes, Wojtyla prononce le 10 septembre 1976 un exposé intitulé « *Teoria-praxis : un tema umano e cristiano* ». Au premier rang de l'assistance figure le cardinal Giuseppe Siri, archevêque de Gênes et hôte du colloque. Qui pouvait s'attendre, alors, que la déconfiture de celui-ci provoquerait l'élection de celui-là au trône de saint Pierre ?

Le cardinal Wojtyla aime ces rencontres internationales où il met un point d'honneur à s'adresser aux participants dans leur langue. Il n'est pas mécontent quand on le présente, devant les sommités de sa discipline, comme « le meilleur phénoménologue parmi les cardinaux, et le meilleur cardinal parmi les phénoménologues ». Karol Wojtyla ne déteste pas ce genre de compliment. L'ancien collégien de Wadowice n'a pas renoncé à être toujours le premier de sa classe. Son père aurait été fier de lui.

La passion de l'écriture

Le concile Vatican II, on l'a vu, a puissamment contribué à la formation de Karol Wojtyla en matière de presse. Le Polonais, qui n'avait pas été préparé à cela dans son pays, a découvert le journalisme à l'occidentale, cette course à l'information qui ne s'embarrasse d'aucune censure. À la fois choqué et fasciné, il a découvert que la quête du scoop n'était pas l'apanage des grands magazines comme *Life, Paris Match* ou *Epoca*, mais que les journalistes catholiques du quotidien français *La Croix*, par exemple, rivalisaient aussi d'ingéniosité pour savoir ce qui se disait dans les réunions à huis clos.

Quel contraste avec les journaux polonais qui, comme tous les médias de l'Est, avaient reçu la consigne d'ignorer le sujet ! Sauf, bien sûr, à y trouver prétexte à dénigrer les évêques de leur pays, régulièrement et grossièrement qualifiés de « réactionnaires » ou d'« obscurantistes ». Seule la presse confessionnelle catholique — c'est-à-dire le *Tygodnik Powszechny* et quelques bulletins diocésains — était présente à Rome pour rendre compte de l'événement auprès du public polonais.

Le rédacteur en chef du *Tygodnik*, Jerzy Turowicz, avait décidé de couvrir lui-même le concile[7]. Pour lui comme pour toute l'équipe d'intellectuels cracoviens gravitant autour du journal, il ne faisait aucun doute que Vatican II devait aller le plus loin possible dans la tentative d'*aggiornamento* entreprise par Jean XXIII. Turowicz et Wojtyla — aussi passionnés par l'entreprise conciliaire, même si le second était plus réservé sur l'ampleur des changements à attendre — se retrouvaient souvent pour confronter leurs impressions et leurs points de vue.

Wojtyla savait où trouver son ami Jerzy, qui passait le plus clair de son temps dans la salle de presse mise à disposition des journalistes par le Saint-Siège, via della Conziliazone. Ou bien, le soir, chez son amie Wanda Gawronska, qui l'hébergeait dans son appartement de Santa Maria de Trastevere. Ces amitiés « romaines » devaient avoir des suites inattendues : Jerzy Turowicz et le frère de Wanda, Jas Gawronski[8], un quart de siècle plus tard, seront les deux premiers journalistes de l'Histoire auxquels un pape accordera des interviews en bonne et due forme.

Les Polonais adorent la discussion, le débat, la confrontation. Les catholiques comme les autres. Mais tous n'étaient pas, loin de là, partisans de l'ouverture de l'Église prônée par Vatican II, et leurs débats internes tournèrent parfois au pugilat intellectuel. En pleine fougue conciliaire, à l'automne 1964, Karol Wojtyla dut même intervenir pour calmer les ardeurs des uns et des autres. Un jour, il invita au Collège polonais la journaliste Maria Winowska, très proche du primat Wyszynski, et bête noire des gens du *Tygodnik* qu'elle considérait, dans ses écrits, comme des gauchistes irresponsables. La réconciliation se fit autour d'une bouteille de vodka Strzyga, ce qui fit franchement rire Wojtyla : en polonais, *strzyga* veut dire « sorcière »[9].

Mais s'il a découvert ainsi les coulisses de la presse, Karol Wojtyla n'a cessé de prendre lui-même la plume chaque fois qu'il l'a pu. Pas plus qu'il n'a renoncé à l'enseignement en montant en grade, l'évêque Wojtyla a continué de rédiger des articles, de composer des poèmes, de collaborer aux publications du groupe Znak. Cet homme-là était un passionné d'écriture. Il devait le rester toute sa vie[10].

Dès la réouverture de l'hebdomadaire *Tygodnik Powszechny*, en 1956, il a entamé une série de longs articles doctrinaux sous le titre générique « Abécédaire éthique » (*Elementarz etyczny*). Il en publia vingt et un, qui portaient sur le mariage, le couple, l'amour, la personne — autant de thèmes sur lesquels il continua de réfléchir assidûment. Devenu évêque, ses premières réflexions d'ensemble sur la pastorale lui inspirèrent aussi, en 1961, des « Considérations sur le laïcat » qui le préparèrent, sans qu'il s'en doute, aux houleuses discussions conciliaires sur l'apostolat des laïcs.

Parfois, le professeur d'éthique se fit portraitiste, lorsqu'il entreprit de raconter tel ou tel personnage ayant marqué sa propre vie : Jan Tyranowski, le petit tailleur mystique qui l'avait tant marqué pendant la guerre, ou Jerzy Ciesielski, le compagnon de kayak dont le décès brutal l'avait beaucoup affecté. Ces articles-là sont à mi-chemin entre « reportages » et « vies de saints ». Ils sont très personnels, et l'on sent que leur auteur, non sans se départir d'une grande pudeur, s'y investit totalement.

Par ailleurs, Wojtyla a continué de publier des poèmes — toujours sous le pseudonyme d'Andrzej Jawien. C'est une forme d'expression toute particulière, pour cet homme de foi et de raison : il y concilie son amour de la langue, des mots, des phrases qui émeuvent quand on les récite à haute voix, et sa sensibilité irrationnelle, romantique, mystique. « Au début, son style était très compliqué, commente un de ses anciens éditeurs, sa langue était pesante, un peu trop élaborée. Et puis, d'année en année, il a gagné en clarté[11]. »

Enfin, Mgr Wojtyla inaugura, en 1962, un type d'articles qui lui parurent plus adaptés à sa volonté de raconter, d'expliquer, de commenter les événements exceptionnels qu'il avait la chance de vivre : les « Lettres du concile ». Mais, cette fois, il usa d'un ton quasi officiel, celui d'un responsable dont les écrits étaient, pour ses ouailles, parole d'Évangile. Ces « Lettres » furent les seuls articles que son emploi du temps « romain » lui permit de rédiger. Encore a-t-il cédé, pour les écrire, à la pression insistante de son ami Jerzy Turowicz qu'il côtoyait régulièrement à Rome.

Karol Wojtyla, au total, a donné cinq « Lettres du concile » au *Tygodnik Powszechny* : deux en 1962, une en 1964, deux en 1965. Il ne fut pas le seul, à Rome, à se livrer à cet exercice. Nombre d'évêques, surtout français et italiens, ont ainsi publié des lettres ou des chroniques dans leur bulletin diocésain, à commencer par le cardinal Montini, futur Paul VI, qui publia ses propres *Lettere dal concilio* dès l'automne 1962. Les deux hommes avaient décidément bien des affinités.

Pour être complet, il faudrait encore mentionner les interventions radiophoniques de Mgr Wojtyla. Pas sur les ondes de la Pologne communiste, certes, où les dirigeants de l'Église étaient tous interdits d'antenne, mais sur Radio Vatican, dont les émissions en langue polonaise étaient très suivies — déjà — derrière le rideau de fer. C'est encore pendant le concile que Karol Wojtyla, jeune évêque, fit l'apprentissage de cette discipline très spécifique qu'est la radio : sa première émission, le 24 novembre 1962, fut une réaction enthousiaste à l'introduction de saint Joseph dans le canon de la messe. Il allait revenir, chaque année, à l'automne, au premier étage du bâtiment que Radio Vatican possédait alors dans les jardins du Vatican, pour commenter le concile sur les ondes, à propos de l'apostolat des laïcs ou de la dignité de la personne.

À la radio, il « passe » bien. Il n'improvise pas — à l'époque, cela ne se fait pas — mais lit des notes prérédigées : « Reconnaître la dignité de la personne humaine signifie qu'il faut placer l'Homme plus haut que tout ce qui a été conçu par lui dans le monde visible... La dignité de la personne humaine doit être préservée, sauf à entrer en conflit avec la raison d'être de l'Homme, et alors toute cette course infernale à la poursuite des biens terrestres ne mène à rien ! » Le style est un peu ampoulé, mais la voix est superbe[12].

*

Dans son petit appartement de la rue Kanonicza, cet homme passionné par la communication ne possède ni télé ni radio. En outre, il ne lit pas les journaux. Ce n'est pas qu'il soit hostile à la presse, comme on l'a compris, mais dix ans de propagande communiste ont rendu les médias polonais insipides, voire franchement illisibles. Le principal quotidien polonais, *Trybuna Ludu*, est une pâle copie de la *Pravda* soviétique. Jusqu'au concile, à part le *Tygodnik* et la revue *Znak*, on peut dire que Wojtyla ne lit que des livres. À quoi bon lire la presse communiste, si ce n'est, à la rigueur, pour jauger l'attitude du pouvoir face à l'Église ? C'est à l'occasion de ses premiers séjours à Rome, on l'a vu, que le Polonais commence à s'intéresser à la presse internationale — quasi introuvable à Cracovie — et aux médias en général.

À Varsovie, au début des années soixante, le cardinal Stefan Wyszynski avait pris l'habitude de réunir un petit groupe d'hommes de presse en qui il avait placé sa confiance. Ils étaient presque tous de Cracovie, et la plupart étaient de vieux complices du primat, qu'ils avaient côtoyé avant guerre dans le mouvement d'action catholique Odrodzenie : Jerzy Turowicz, Stanislaw Stomma et Antoni Golubiew l'appelaient affectueusement « père », et le primat les tutoyait. C'est avec eux qu'il examinait régulièrement les questions d'actualité.

En 1964, lorsque Karol Wojtyla devient archevêque métropolitain, il institue à son tour un petit « comité de presse » personnel, autour de Turowicz et du père Andrzej Bardecki, avec lequel il aborde l'actualité tous les quinze jours. Bientôt, il instaure un autre rendez-vous régulier (tous les deux mois) avec l'ensemble des rédactions du *Tygodnik* et de *Znak* — d'abord dans son ancien appartement de la rue Kanonicza, ou, parfois, dans un couvent proche de la ville, puis, après 1967, dans le palais épiscopal. Outre Turowicz, il y a là les piliers du groupe Znak, quelques collaborateurs plus récents et quelques « plumes » extérieures, pas forcément catholiques (comme Stefan Kisielewski) [13]. Certains noms s'effaceront des tablettes pour cause d'exil ou de mort prématurée, mais la plupart se retrouveront au cœur du tourbillon politique provoqué par les grèves d'août 1980. Après la chute du communisme, en 1989, le rédacteur en chef de la revue *Znak*, Jacek Wozniakowski, sera élu maire de Cracovie, et celui du *Tygodnik*, Krzysztof Kozlowski, deviendra ministre de l'Intérieur.

Ces séances sont restées gravées dans le souvenir des uns et des autres. Rendez-vous à 19 heures, dans la chapelle — puisque la séance commence inévitablement par une messe. Puis discussion générale autour d'un repas frugal servi dans la grande salle à manger du palais. Enfin, dans un petit salon du premier étage, suite de la conversation jusque tard dans la nuit. L'échange d'informations et d'idées tourne parfois, au fil des heures, à l'affrontement des arguments, parfois même à l'invective. Et c'est toujours Wojtyla qui, avec le sourire, tire la conclusion des débats.

En plus de ces soirées, pour son information propre, le cardinal a demandé au père Bardecki de lui faire une synthèse, une sorte de revue de presse, notamment sur tout ce qui concerne les relations entre l'Église et l'État. Andrzej Bardecki se prend au jeu — il continuera d'envoyer des « revues de presse » à Wojtyla lorsque celui-ci sera devenu pape. Dans les années soixante-dix, il devient le représentant personnel du cardinal au sein de la rédaction : certains, très attachés à l'indépendance du journal, le qualifient affectueusement d'« œil de Moscou » ; d'autres se réjouissent que ce système dispense le *Tygodnik* de passer par les procédures compliquées de l'*imprimatur* et du *nihil obstat* que certains évêques souhaiteraient le voir respecter.

Représenter le cardinal ne va pas sans quelques risques. Un jour de décembre 1977, Bardecki rentre chez lui, à minuit passé, après une de ces réunions générales tenues chez l'archevêque, rue Franciszkanska. Devant son domicile, place Sikorski, deux types s'approchent dans l'ombre, l'insultent et le passent à tabac. Le prêtre s'effondre, évanoui. Il a le nez et plusieurs dents cassés et doit être emmené à l'hôpital. Le lendemain, à peine est-il rentré chez lui que le cardinal débarque, très ému : « Tu as payé pour moi », dit-il à son ami.

Le combat pour les droits de l'homme

Les ennuis du père Bardecki sont le reflet de l'époque. Intimidations et violences policières montrent que la situation s'est tendue, en Pologne, depuis le temps où Karol Wojtyla a accédé au cardinalat. Même si le futur pape, décidément, n'a aucune attirance pour la politique politicienne — on se rappelle son silence lors des événements de 1956 — et si ses réactions à l'actualité sont toujours des rappels aux principes ou des gestes symboliques, il va se trouver dans l'obligation d'intervenir de plus en plus souvent dans l'affrontement qui oppose, par-delà les changements d'équipe au pouvoir, les dirigeants communistes et la société polonaise [14].

Déjà, en mars 1968, lorsque les étudiants sont descendus dans la rue pour protester contre l'interdiction de la pièce de Mickiewicz *Les aïeux* (dont quelques reparties « patriotiques » enchantant les spectateurs ont fortement déplu à l'ambassadeur soviétique), Wojtyla s'est naturellement retrouvé du côté des étudiants. Sans avoir besoin d'étudier le dossier : l'ancien acteur du Teatr Rapsodiczny connaissait la pièce incriminée par cœur. De même, le 6 avril 1968, face à la campagne antisémite lancée par le Parti en réaction à ces troubles estudiantins, Mgr Wojtyla invite ostensiblement à l'archevêché de

Cracovie son ancien maître, le philosophe Roman Ingarden, d'origine juive, pour une conférence sur... la philosophe Edith Stein, morte à Auschwitz.

Lors de la première révolte des ouvriers de la Baltique, en décembre 1970, il explique, dans son sermon de Noël, que si l'Église vient en aide à tous ces ouvriers réprimés par le pouvoir, c'est « parce qu'ils sont blessés et qu'ils souffrent », mais « sans la moindre motivation politique ». C'est après ces événements qu'il confie au journaliste français Jean Offredo, venu l'interviewer pour un livre : « Je ne fais pas de politique. Je ne parle que de l'Évangile. Mais si parler de la justice, de la dignité humaine, des droits de l'homme, c'est faire de la politique, alors... »

*

Les événements sanglants de décembre 1970, qui ont vu les forces anti-émeutes tirer sur la foule des ouvriers de la Baltique en colère, ont été fatals à Gomulka et à son équipe. Comme à chaque sortie de crise, un nouveau chef du Parti, Edward Gierek, tente de calmer le mécontentement social en se lançant, à son tour, dans une politique de séduction à l'égard des catholiques. Il a au moins trois bonnes raisons de le faire.

D'abord il sait qu'il ne retrouvera pas le contact avec la société de son pays s'il n'obtient pas au moins la neutralité de l'Église catholique. Ainsi, en octobre 1971, le gouvernement de Varsovie accorde un nombre inhabituel de visas de sortie aux pèlerins désireux de se rendre à Rome pour la cérémonie de béatification du père Maximilien Kolbe. C'est à ce genre de détails que se mesure, en Pologne, la bonne volonté du pouvoir.

Ensuite l'épineux dossier des « territoires de l'ouest » — ces régions allemandes que l'URSS a fait attribuer à la Pologne en 1945 pour compenser l'annexion de la partie orientale du pays — est enfin réglé par un traité germano-polonais qui officialise, en 1972, la frontière occidentale de la Pologne (la fameuse frontière Oder-Neisse) et qui permet donc au pape, comme le souhaitait l'épiscopat polonais depuis un quart de siècle, de nommer dans les « diocèses de l'ouest » des évêques à part entière. Il y a vingt-sept ans que l'Église attendait ce moment.

Troisième raison, et non la moindre : la Pologne « populaire », dont la survie économique dépend de crédits occidentaux sans cesse renouvelés, entend jouer désormais un rôle de pionnier dans le processus diplomatique complexe qui va amener trente-cinq États de l'Est et de l'Ouest à mettre fin à la guerre froide. Le 1er août 1975, les accords d'Helsinki entérinent la « détente » en Europe. Edward Gierek ne pouvait s'impliquer à fond dans ce projet et se poser comme un pilier de la « détente » sans multiplier les gestes de libéralisation interne. C'est d'autant plus vrai que le pape Paul VI, non sans avoir longuement hésité, a engagé personnellement le Saint-Siège dans cette grande négociation qui offre aux Soviétiques la reconnaissance officielle des frontières de Yalta tout en contraignant les États signataires — au moins sur le papier — à d'importantes obligations en matière de droits de l'homme. Nombre de gens d'Église, notamment en Europe de l'Est, contestent ce choix diplomatique, considérant que c'est faire peu de cas des « Églises du silence » qui continuent d'être persécutées derrière le rideau de fer.

*

C'est justement au moment où la « détente » bat son plein que la situation se tend à nouveau en

Pologne. Ce n'est pas un hasard. Les accords d'Helsinki, finalement, contiennent nombre de dispositions sur le respect des droits de l'homme, que les dissidents de l'Est ont bien l'intention d'utiliser à leur profit. Le cardinal Wojtyla lui-même, dans un article publié par *L'Osservatore romano* en février 1976, va s'appuyer sur les accords d'Helsinki pour exiger une authentique liberté de conscience pour ses compatriotes. En Pologne comme dans les pays voisins, une sorte d'alliance se constitue ici et là, regroupant les différents acteurs de la contestation politique, nationale et aussi, bien sûr, religieuse.

À Varsovie, un projet de réforme de la Constitution, publié par le gouvernement, met le feu aux poudres au début de 1976. Largement inspiré par le Kremlin, il prévoit d'inscrire dans le texte fondamental du pays le « rôle dirigeant » du Parti communiste au pouvoir, ainsi que le caractère « privilégié » des relations entre la Pologne et l'URSS. Trop, c'est trop. Ces deux revendications sont inacceptables pour les représentants de la société civile, notamment les intellectuels catholiques. Le groupe Znak, à Cracovie, est au premier rang de la contestation. L'épiscopat — on l'a vu — s'engage massivement contre le projet de nouvelle Constitution dans une lettre lue dans toutes les églises. Les évêques s'y prononcent pour le principe d'élections libres, de syndicats libres, pour la liberté des agriculteurs individuels, etc. « Ce n'est pas Wojtyla qui a rédigé ce texte, raconte le militant catholique Andrzej Wielowiejski, mais il lui fut généralement attribué [15]. » Or ce texte est une provocation pour le pouvoir. Un vrai *casus belli*.

C'est à partir de cette époque que Mgr Wojtyla devient un véritable ennemi pour le pouvoir, qui n'imagine pas sans frisson ce cardinal de combat — qui fait ériger en plein centre de Cracovie, en mai

1976, une statue à la mémoire du cardinal Sapieha, sans la moindre autorisation, à l'esbroufe — succéder un jour au primat Wyszynski. C'est cette année-là que le gouvernement adresse une lettre au Vatican pour que Wyszynski, cet « éminent patriote polonais » (*sic*), puisse rester primat de Pologne malgré ses soixante-quinze ans passés.

C'est aussi à partir de cette époque que les sermons du cardinal Wojtyla deviennent délibérément plus « politiques ». Les événements de juin 1976 — les émeutes ouvrières d'Ursus et Radom — vont lui en donner maintes occasions. Certes, jamais le futur pape ne soutient explicitement tel ou tel groupe de dissidents, telle ou telle revendication politicienne, mais il condamne sans ambages la répression qui frappe les ouvriers ou leurs porte-parole, et rappelle avec force le droit à la liberté d'expression, à la liberté de réunion, à l'égalité de tous les citoyens devant la loi : « L'État doit être au service de la nation, et non l'inverse ! » clame Wojtyla lors d'un sermon prononcé au soir du 31 décembre 1976. Dans cette homélie de la Saint-Sylvestre, il montre aussi qu'il tient compte des réalités politiques : « Nous ne pouvons nous permettre d'agir de façon irresponsable, car nous nous trouvons dans une situation géographique très difficile[16]. »

Soupir rétrospectif de celui qui n'était pas encore le premier secrétaire du Parti communiste, Stanislaw Kania : « En réalité, l'Église polonaise avait déjà dépassé le terrain spirituel et s'employait à répondre aux interrogations sociales de la société, notamment des ouvriers. Le résultat, ce sera le portrait du pape accroché aux grilles des chantiers Lénine en grève, à Gdansk, en août 1980[17]. »

*

Au printemps 1977, la tension monte à Cracovie, comme dans toute la Pologne. L'aumônerie étudiante, animée par les dominicains, s'est ouverte aux non-croyants, intéressés par les conférences qui s'y donnent, peu conformes aux canons du marxisme-léninisme. Il est notoire que le cardinal Wojtyla soutient les « universités volantes » qui se sont constituées autour de professeurs courageux, dans la clandestinité. Certains jeunes ont commencé à aider systématiquement le KOR (Comité d'aide aux ouvriers) dans son soutien aux contestataires persécutés par la police depuis les événements de juin 1976.

Le samedi 7 mai, c'est le drame : l'un de ces étudiants, Stanislaw Pyjas, vingt-trois ans, est tabassé à mort, devant chez lui, par des inconnus. Pour ses amis venus le voir à la morgue, il ne fait aucun doute qu'il a été battu. Par la police politique, évidemment. Il est des signes qui ne trompent pas : le lendemain, aucun journal n'accepte de publier le faire-part de décès. Et la police se met à arrêter les jeunes qui se dirigent vers Cracovie pour la messe dite en mémoire de leur camarade.

À la veille des « Juvénales », ces trois jours de fête qui auraient dû clôturer traditionnellement l'année scolaire avant le départ en vacances, une marche pacifique s'improvise au pied de l'immeuble où Pyjas est mort. Des milliers de jeunes défilent lentement, un lumignon allumé à la main, jusqu'au château de Wawel. Certains distribuent des tracts appelant au boycott des Juvénales. Tous chantent *Dieu sauve la Pologne*. L'atmosphère est pesante et électrique. Mais la foule se disperse sans incident. Étonnés eux-mêmes de cet extraordinaire élan de solidarité, les amis de Pyjas décident, ce soir-là, de créer un mouvement non officiel concurrent de la très conformiste Union socialiste étudiante, fermement encadrée par le Parti communiste. Ils se baptisent « Comité étudiant de solidarité ». En polonais : *Solidarnosc*. Le terme choisi, qui n'est pas neutre, aura un bel avenir.

Trois des fondateurs de ce « SKS » qui est encore un groupuscule, dont Liljana et Boguslaw Sonik, ont l'idée d'aller voir le cardinal Wojtyla, au palais de la rue Franciszkanska. Sa porte est toujours ouverte le matin, et le secrétaire, Stanislaw Dziwisz, les fait passer devant tous ceux qui attendent une audience — et qui en seront quittes pour revenir plus tard : Wojtyla garde le trio une heure durant. Une question le préoccupe : « Vous et vos amis, vous n'avez pas peur ? » Le cardinal sait que la plupart des étudiants viennent de milieux modestes, souvent des campagnes alentour ; en défilant ainsi au grand jour, ils risquent d'être exclus de la faculté, ce qui serait pour eux une catastrophe[18].

Le 8 mai, dans une lettre pastorale consacrée au martyre de saint Stanislaw, Mgr Wojtyla donne en exemple ce « défenseur de la liberté qui avait osé dire au roi en personne que celui-ci était tenu de respecter la loi de Dieu ». « Toute atteinte à la liberté de la part de l'État constitue une violation de l'ordre moral et social », explique le cardinal dans des propos qui annoncent déjà le Jean-Paul II de la grande époque : « La loi morale est le fondement de l'ordre social[19]. » Les Cracoviens boivent ces paroles, qui sont autant de flèches décochées en direction d'un pouvoir de plus en plus paralysé.

Le 9 juin, pour la Fête-Dieu, la procession annuelle — qui donne lieu, chaque année, à un bras de fer homérique entre le pouvoir civil et l'Église locale — rassemble une foule plus nombreuse qu'à l'habitude. On s'attend que le cardinal évoque les événements à l'occasion de la cérémonie. De fait, Wojtyla s'arrête, comme le veut la coutume, devant quatre reposoirs ct prononce, chaque fois, une petite homélie. Au troisième autel, il lance d'une voix forte :

> Nous demandons avec insistance que les droits de l'homme et les droits du citoyen soient respectés ! Ces droits sont indispensables ! Ils ne peuvent être accordés sous forme de concessions. L'homme est né nanti de ces droits et il cherche à les réaliser au cours de son existence. S'ils ne peuvent être ni réalisés ni mis en application, alors l'homme se rebelle ! Et il ne peut en être autrement, parce qu'il est homme. Son sens de l'honneur l'exige ! [...] L'homme qui se sent brimé est capable de tout. La police et les prisons ne fournissent aucune réponse. Elles augmentent simplement le prix qu'il faudra finalement payer. Une seule route conduit à la paix et à l'unité nationale : celle qui passe par un respect absolu des droits de l'homme, des droits des citoyens et des Polonais[20] !

Les étudiants du SKS rencontreront régulièrement le cardinal — environ une fois par mois — jusqu'au conclave de 1978. Ostensiblement, l'abbé Dziwisz les accueille au palais épiscopal d'un sonore « Comment allez-vous ? » afin de bien montrer aux policiers en civil attachés à leurs basques qu'il vaut mieux ne pas s'en prendre à eux : le cardinal les a pris, en quelque sorte, sous sa protection. Dans leurs conversations téléphoniques, qu'ils savent écoutées par la police, les étudiants ont pris l'habitude de l'appeler « Charly ».

Au dernier rendez-vous du cardinal et des délégués du SKS, en octobre 1978, les jeunes ont décidé de s'adjoindre un invité exceptionnel : leur ami et complice varsovien Adam Michnik. Ancien « scout rouge » devenu l'un des phares de la contestation, le dissident a publié en 1976 un livre étincelant d'intelligence, *Lewica, Kosciol, Dialog*[21], où il théorise l'idée d'un « front antitotalitaire » réconciliant l'Église et les opposants laïcs, y compris les anticommunistes de gauche — qu'une partie de l'épiscopat, jusqu'alors, considère comme des gauchistes irresponsables. Le rendez-vous n'aura pas lieu : le cardinal, qui devait rentrer de Rome quelques jours avant cette rencontre, sera élu pape, entre-temps, par le conclave.

13

Sur les pas de Paul VI

Jusqu'au concile, Karol Wojtyla n'avait jamais vraiment voyagé. À l'exception de son périple « estudiantin » en France et en Belgique au cours de l'été 1947, il n'avait jamais connu que la Pologne et la campagne romaine du temps de ses études. C'est par les contacts avec les évêques venus des quatre coins du monde pour participer au concile que l'ancien collégien de Wadowice a peu à peu découvert, de témoignages en récits amicaux, que la terre était ronde — et pas toujours aussi « catholique » que son cher diocèse de Cracovie.

L'ouverture sur le monde

Son premier voyage important commence le 5 décembre 1963, au lendemain de la clôture de la deuxième session du concile. Ce jour-là, le jeune évêque s'embarque, avec quelques dizaines de collègues de toutes nationalités, pour un pèlerinage de deux semaines en Terre sainte. Dans le groupe figure une dizaine de compatriotes, avec lesquels le futur pape aura toujours à cœur, en Palestine, de repérer et célébrer les moindres témoignages de pèlerins ou de missionnaires polonais — et Dieu sait qu'il n'en manque pas.

Outre le plaisir que procure une telle expédition à un homme qui a encore si peu couru le vaste monde, Karol Wojtyla y trouve un double intérêt : d'abord, ce « retour aux sources » sur les pas de Jésus, en plein concile, est d'une belle cohérence ; ensuite, le pape Paul VI lui-même vient tout juste d'annoncer qu'il allait se rendre personnellement en Terre sainte, et son propre pèlerinage est aussi une façon de communier avec le chef de l'Église.

Le temps est beau lorsque l'avion, après une escale au Caire, met le cap sur Jérusalem. Karol et ses compagnons de voyage peuvent ainsi, du ciel, repérer avec ravissement « le trajet du peuple hébreu : le désert, la mer Rouge, le mont Sinaï, de nouveau le désert ». D'emblée, au-delà de son aspect touristique, le voyage prend l'allure d'un véritable pèlerinage spirituel. Ainsi à Bethléem, dans la nuit du 8 au 9 décembre, Wojtyla participe à une messe dans le sanctuaire de la Nativité, avec ferveur et émotion. Un franciscain polonais, qui officie dans les lieux depuis dix ans, invite ses compatriotes pèlerins à chanter quelques *kolendy* (cantiques de Noël) devant la grotte sacrée, avant d'aller visiter la *Grotta Lactis*, cette surprenante église qui commémore la Mère de Dieu donnant le sein à son Fils.

Pour Wojtyla et ses compagnons, le simple fait de toucher du doigt tous ces lieux mystérieux qu'ils connaissent par cœur grâce aux Écritures procure une sensation extraordinaire, l'impression de parcourir un « cinquième Évangile » — comme il l'explique dans une lettre [1] — en grandeur réelle. Le lac de Génésareth et ses pêcheurs tirant leurs filets au large de Tibériade, les ruines de Capharnaüm et les rives du Jourdain où il ramasse, en souvenir, quelques cailloux épars. La Galilée verte et vallonnée, la Judée pierreuse et désertique. Betsaïde, Nazareth, le mont Thabor, la Samarie et le puits de Jacob, Béthanie et le mont des Oliviers. Jérusalem, enfin : la chapelle des sœurs de Sion, les stations du chemin de Croix, la montée du Golgotha, le Saint-Sépulcre... Que de références bibliques, que de citations latines, que d'évocations théologiques, que d'émotions spirituelles ! C'est ici que Jésus a rencontré la Samaritaine, c'est là qu'habitaient Marthe et Marie, c'est de ce balcon que Pilate a dit : « *Ecce homo* », c'est sur ce chemin que le Christ est tombé pendant la montée au calvaire...

Un revers à cette médaille : Wojtyla découvre, à cette occasion, la réalité sordide de la désolante « guéguerre » que se livrent les représentants des différentes confessions chrétiennes (latins, grecs orthodoxes, arméniens, etc.) autour des lieux saints : course aux horaires, minutage des cérémonies, partage des autels, concurrence des guides, etc. « Que tous soient un », avait pourtant souhaité le Christ. Une déception, aussi : le mauvais temps lui interdit de pousser jusqu'à Qumran, le lieu où furent découverts les manuscrits de la mer Morte. Mais, globalement, ce voyage de dix jours fut un choc pour Wojtyla — « une grâce », dit-il — seulement comparable à celui qu'il éprouvera, quelques années plus tard, en découvrant une autre sorte de « terre promise » : l'Amérique[2].

*

Montréal, jeudi 28 août 1969. Le vol 871 d'Air Canada, en provenance de Rome *via* Paris, se pose à 15 h 35 sur l'aéroport international de Dorval. À bord, le cardinal Wojtyla, archevêque de Cracovie, est accompagné de trois autres ecclésiastiques : Mgr Szczepan Wesoly, aumônier de la diaspora polonaise, le père Franciszek Macharski, directeur du séminaire de Cracovie, et l'abbé Stanislaw Dziwisz, son chapelain. Les quatre hommes en soutane sont accueillis à l'aéroport par des représentants de l'épiscopat canadien, de la mairie de Montréal et, surtout, de la *Polonia* canadienne, l'organisation qui rassemble la diaspora polonaise en ce pays et qui fête son vingt-cinquième anniversaire. Une fête dont le cardinal Wojtyla est l'invité d'honneur. Limousine interminable et escorte de motards : ses hôtes, visiblement, ont mis les petits plats dans les grands.

En réalité, c'est le cardinal Wyszynski que ses hôtes polono-canadiens auraient souhaité recevoir, mais celui-ci a décliné l'invitation. Officiellement, il s'est dit trop âgé pour entreprendre de si grands voyages. En fait, Wyszynski redoute ces contacts parce que, ne parlant aucune langue étrangère, il a une phobie : il redoute qu'on déforme ses propos, conscient que le moindre écart de langage dans la bouche du primat de Pologne pourrait être utilisé par le pouvoir communiste. À plus forte raison s'il s'exprime sur le continent américain !

Pour Karol Wojtyla, c'est une occasion inespérée de découvrir le Nouveau Monde, comme on continue de l'appeler en Pologne. Trois semaines au Canada et six jours aux États-Unis, le tout « à l'américaine », c'est-à-dire au pas de charge, en voiture, en avion et même en hélicoptère : ce premier voyage outre-Atlantique est une révélation. Et pas seulement à cause du gigantisme, des gratte-ciel de Chicago et de la circulation sur la Ve Avenue. La culture nord-américaine le fascine. Même s'il s'agace parfois de l'habitude qu'ont ses hôtes d'organiser des *drinks* à la sortie des messes ou d'entraîner leurs invités, le soir, dans d'interminables *shows* bien éloignés des doctes conférences-débats à l'ancienne qu'on pratique en Pologne[3].

Montréal, Edmonton, Winnipeg, Toronto... Au Canada, Karol Wojtyla découvre la réalité de l'émigration polonaise, qui se compose de deux vagues. La première, forte de trois cent mille personnes, s'est installée un siècle plus tôt dans l'Alberta et au Saskatchewan, où elle a donné des ouvriers agricoles puis des fermiers. La seconde, après 1945, s'est regroupée dans les grandes villes de l'Ontario industriel, et notamment à Toronto, dans le quartier de Port-Crédit. C'est là, dans l'après-midi du 14 septembre, que Wojtyla célèbre une messe devant huit mille compatriotes. Dans son sermon, il tire les premières leçons de son voyage : lorsque les Polonais déménagent, constate-t-il, ils emportent avec eux leur culture, c'est-à-dire qu'ils créent d'abord des églises et des paroisses. C'est le « vécu religieux » qui fait la spécificité de ce peuple. Cette idée nourrira longtemps sa réflexion : quand il sera pape, il dira la même chose de l'Europe.

Deux jours plus tard, non sans être allé visiter les chutes du Niagara avec ses compagnons de voyage, il passe en voiture aux États-Unis et arrive à Buffalo. Peuplée de trois cent mille Polonais, Buffalo était encore, quelques années plus tôt, la première ville polonaise du monde, avant Varsovie, Chicago et, loin derrière, Cracovie ! Cleveland, Pittsburgh, Detroit, Boston, Washington, Baltimore, Saint Louis, Chicago : comme au Canada, Wojtyla ne compte plus les églises polonaises dédiées à Notre-Dame de Czestochowa, à sainte Edwige, à saint Stanislaw Kostka ou à saint Jan Kety. Toutes ces communautés sont heureuses de recevoir des mains du cardinal des reliques de leurs saints patrons[4]. À Washington, le cardinal visite le cimetière d'Arlington où il s'incline sur les tombes du président Kennedy — très aimé des Polonais — et du premier chef du gouvernement de la Pologne indépendante, le musicien Ignacy Paderewski.

Respectueux des usages et ravi de retrouver quelques-uns de ses compagnons de concile, Wojtyla rencontre, partout où il passe, les cardinaux de l'Église américaine : Wright (Pittsburgh), le futur chef de la Congrégation pour le clergé, avec qui il a travaillé sur *Gaudium et spes* ; Dearden (Detroit), le primat des États-Unis ; Cushing (Boston), Carberry (Saint Louis) ; et, bien sûr, son demi-compatriote John Krol (Philadelphie), qui lui fait découvrir Doylestown, la « Czestochowa américaine », qui est aussi le siège des moines paulins américains — une réplique de Jasna Gora, au cœur de la Pennsylvanie[5].

Au total, Karol Wojtyla a rencontré des milliers de Polonais — à l'exception d'une catégorie d'entre eux : les représentants du pouvoir, ambassadeurs ou consuls, lesquels avaient d'ailleurs peu de relations avec toutes ces communautés d'émigrés, en général très anticommunistes. Il faudra attendre la signature des accords d'Helsinki et la normalisation des rapports entre l'Église et l'État polonais, au milieu des années soixante-dix, pour que la venue du cardinal de Cracovie mérite l'organisation d'un cocktail par l'ambassade de son propre pays.

*

Mercredi 7 février 1973, 19 heures. Quand il débarque à Manille, en provenance de Rome, après seize heures de voyage dans un Boeing de la KLM, Karol Wojtyla note deux choses dans son journal : d'abord que pour aller participer, en bateau, au congrès eucharistique de Manille en 1937, son prédécesseur Mgr Sapieha avait dû consacrer six mois ; ensuite qu'il est bien content d'arriver ainsi en fin de journée car il a juste le temps de dire la messe du mercredi chez les rédemptoristes polonais de l'endroit, avant de repartir à 23 h 55. Wojtyla note aussi, avec bonheur, la ferveur religieuse des Philippins : des fidèles, à la messe, allant communier à genoux, il n'avait vu cela qu'à Czestochowa ou à Piekary ! Peut-il s'imaginer qu'au même endroit, vingt ans plus tard, lorsqu'il reviendra dire la messe en tant que pape, ils seront quatre millions — un des plus grands rassemblements de l'histoire des hommes — à assister à l'office ?

Le 9 février, après une nouvelle nuit d'avion, Wojtyla et ses habituels compagnons de route Wesoly et Dziwisz — Rubin n'a pas pu se dégager de ses obligations synodales — font étape à Port-Moresby, capitale de la Papouasie-Nouvelle-Guinée[6]. Ils ont répondu à une invitation de trois missionnaires de la congrégation du Verbe incarné (dont un Polonais) et sont reçus par trois petites sœurs des Servantes du Saint-Esprit (polonaises) qui animent, dans la région de Goroka, une communauté de soixante mille catholiques pratiquant leur foi loin, très loin de toute civilisation moderne.

Au cœur de la forêt vierge, dans des îles où les gens vivent presque nus, toutes les rencontres sont possibles : à Namta, un petit village perdu, Wojtyla est accueilli par un prêtre allemand originaire de Bielsko, la ville de ses propres ancêtres. Une messe — dans la chapelle d'une école — et des discussions, des films, des chants, des danses, des pantomimes : l'archevêque de Cracovie, émerveillé, prend soudain conscience, pour la première fois de sa vie, de ce que peut recouvrir la réalité missionnaire.

Il constate aussi que ses compatriotes, décidément, sont partout. Et depuis longtemps. À Wellington, en Nouvelle-Zélande, il visite des descendants de Polonais du Nord qui ont fui le *Kuturkampf* de Bismarck vers 1875, et rend un hommage appuyé, lors d'un bénédicité, aux milliers de petits orphelins polonais transférés bien malgré eux dans la région en 1945. C'est toute l'histoire moderne de la Pologne, de ses tragédies et de ses errances, que racontent ces communautés. Sur la côte est de l'Australie, il rencontre longuement des familles de réfugiés polonais ayant fui la Sibérie en 1943. Et, un peu partout, les enfants des cent mille anciens prisonniers polonais du Reich, qui, après 1945, ont profité de l'hospitalité des colonies britanniques. Encore un clin d'œil de l'Histoire : toute cette région est dominée par le mont Kosciusko [7], point culminant de l'Australie (2 228 m). Pourquoi ce nom qui fait vibrer le cœur de tout Polonais, surtout s'il est lui-même en exil ? Parce que, en 1840, un certain Paul-Edmund Strzelecki, explorateur polonais, baptisa ainsi cette montagne dont la forme lui rappelait le fameux tertre élevé à la gloire de Tadeusz Kosciuszko, le héros de la première insurrection polonaise contre la Russie en 1794, par les habitants de Cracovie.

À Brisbane, Bankstone, Sidney, Canberra, Hobart, Geelong, Adélaïde, Perth, les réceptions qui lui sont faites obéissent à un rituel immuable : l'accueil avec le pain et le sel, les petites filles en costumes folkloriques de Mazurie ou de Silésie chantant *Coule, ma Vistule*, les scouts entonnant *Dieu sauve la Pologne*, les images de la Vierge de Czestochowa, les discours sur la Pologne qui a triomphé de tant de périls... Dans tous les endroits qu'il visite, Wojtyla fait un « tabac ». C'est la première fois qu'un cardinal polonais se rend aux antipodes. À Sidney, une dame centenaire se met à lui raconter la Pologne de 1900. À Canberra, des vétérans de la Résistance polonaise lui offrent une statue de la Vierge réalisée avec des éclats d'obus retirés de leurs blessures, destinée à une des nouvelles églises en chantier à Nowa Huta. À Hobart, en Tasmanie, il confirme une trentaine d'adolescents. À Richmond, il ordonne deux nouveaux prêtres. À Essendon, il consacre un sanctuaire dédié à la Vierge, reine de Pologne [8].

C'est tout juste s'il n'oublie pas le but de son voyage : assister au congrès eucharistique de Melbourne ! Du 18 au 25 février, Wojtyla participe à de nombreuses et somptueuses cérémonies à la cathédrale Saint-Patrick ou sur l'esplanade de Cricket Ground. Outre les nombreux cardinaux qu'il retrouve ainsi loin de Rome, notamment le cardinal Willebrands, l'une des « stars » de la Curie, il rencontre deux personnalités hors du commun : un vieil évêque ukrainien, arraché aux geôles soviétiques où il a croupi pendant des années, et une religieuse aux traits déjà ridés, qui entend bien rappeler aux riches Australiens qu'ils côtoient, pas si loin de chez eux, une misère noire. Le premier est Mgr Slipyi ; la seconde, mère Teresa.

Le discours de Harvard

C'est encore pour assister à un congrès eucharistique que le cardinal Wojtyla s'envole à nouveau pour New York, le 23 juillet 1976. En réalité, le futur pape va passer la plus grande partie de son été aux États-Unis. Si l'occasion de ce voyage lui a été fournie, en effet, par la tenue du congrès eucharistique de Philadelphie, le Polonais a deux autres buts : renouer avec la diaspora polonaise les liens qu'il a tissés sept ans plus tôt et prononcer une conférence philosophique dans un des creusets intellectuels les plus prestigieux au monde : l'université Harvard.

Le hasard fait bien les choses : le quarante et unième congrès eucharistique est organisé à Philadelphie, du 1er au 8 août, par le cardinal John Krol, nouveau primat de l'Église américaine. L'Américano-Polonais réserve à Wojtyla et à la délégation qu'il dirige — dix-huit prélats venus de Varsovie — un accueil particulièrement chaleureux, presque fraternel. Un concert de musique polonaise, donné à l'Académie de musique de Philadelphie, a d'ailleurs été inscrit au programme des festivités. Wojtyla bénéficie également d'une place de choix dans la « distribution » du show philadelphien — où Ella Fitzgerald dispute la vedette à don Helder Camara — placé sous le thème général « L'Eucharistie et les différentes formes de faim de l'humanité ». Excellences et éminences plancheront ainsi sur la « faim de vérité », la « faim de compréhension », la « faim de paix ». Le 3 août, à la messe du stade des Vétérans, Wojtyla prêche, en anglais, sur un sujet qui lui va comme un gant : la « faim de liberté ». Sur un tel thème, et devant un public majoritairement américain, Wojtyla ne pouvait pas manquer son effet.

Baltimore, Washington, Orchard Lake, Detroit, Boston, Plymouth, Buffalo, Hamilton, Toronto, Chicago, Stevens Point, San Francisco, Los Angeles... Son interminable tournée auprès des communautés polonaises d'Amérique est encore plus chaleureuse que celle de 1969. Il y a environ dix millions de Polonais exilés ou descendants d'exilés en Amérique du Nord, majoritairement des catholiques pratiquants, et le cardinal de Cracovie bénéficie désormais, auprès d'eux, d'une réputation flatteuse. Messes en polonais, fêtes patriotiques, conférences diverses, soirées nostalgiques, réceptions officielles : c'est un vrai marathon auquel se livre le cardinal Wojtyla. Si ce dernier avait été un homme politique, on aurait parlé de tournée électorale ! L'image n'est pas déplacée car le périple n'est pas tout à fait désintéressé : ici et là, notamment à la Fondation Kosciuszko de New York, le 4 septembre, le but du voyage est aussi d'encourager la générosité des Polonais d'Amérique en direction de l'Église de Pologne.

À l'occasion de cette étonnante tournée, Wojtyla renforce ses liens personnels avec quelques cardinaux nord-américains, futurs électeurs au conclave, notamment Cody (Chicago), Medeiros (Boston), Dearden (Detroit) et surtout Baum (Washington). Ce dernier, à la veille du congrès eucharistique, l'a invité à la Catholic University of America de Washington où il l'a entendu prononcer, en anglais, une conférence devant les étudiants en philo sur « l'autotéléologie de l'homme et la transcendance de la personne dans l'acte ». Impressionné, Baum !

William Baum répondra positivement à l'invitation de Wojtyla à venir, en retour, visiter Cracovie. En mai 1978, il éprouvera là-bas une des plus grandes surprises de sa vie le jour où son collègue et ami l'emmènera au pèlerinage annuel des hommes de Piekary, en Silésie. Sous un dais à l'ancienne, salué par cent cinquante mille mineurs dans un enthousiasme et une ferveur indescriptibles, William Baum devra ce jour-là réviser sa vision simpliste des pays communistes. Et il ne cachera pas sa vive considération pour Wojtyla, qu'il qualifiera de « leader de niveau mondial[9] ».

*

Le 24 juillet, après avoir célébré une messe à l'église Saint-Wojciech, Wojtyla et son secrétaire quittent Boston en voiture et s'évanouissent dans la nature. Escapade secrète ? Séjour privé, en tout cas. Le cardinal et son chapelain sont attendus à Pomfret, dans le Vermont, par Anna-Teresa Tymienicka, afin de se détendre avant la conférence que l'archevêque de Cracovie doit prononcer à Harvard.

Le surlendemain, après avoir nagé dans un lac glacé et travaillé un peu son anglais loin de la grande ville, Wojtyla s'installe à la Palmer House de Harvard, où il est accueilli officiellement par Anna-Teresa Tymienicka et son mari Hendrick Houthakker, un économiste très introduit à la Maison-Blanche. Appuyé par eux, le professeur George Hunston Williams — qui connut Wojtyla quand il assistait au concile en tant qu'auditeur protestant — a invité le Polonais à prononcer une conférence dans l'Emerson Hall de la célèbre université, sur le thème « *Participation or alienation* ».

C'est, en gros, l'intervention qu'il a « rodée » à Fribourg en 1975 : « Une société sans participation, c'est une société où domine l'aliénation. » En soutane noire, très à l'aise, le cardinal Wojtyla surprend son auditoire par sa culture et ses références à l'actualité : ainsi, un prélat polonais peut être aussi *up to date* ? Lors du dîner chic de deux cent cinquante couverts, donné en son honneur à la Divinity School, le charme opère à nouveau. Le *New York Times* en fait un écho. La gazette universitaire de Cambridge, *The Harvard Crimson*, quant à elle, fait déjà de cet hôte inhabituel « un successeur possible de Paul VI ».

Profitant de l'occasion, Wojtyla a aussi voulu visiter la bibliothèque de l'institut ukrainien de l'université : une photo de l'époque le représente, toujours en soutane noire, assis sans façons à une table de dix places, un verre de vin rouge à la main, avec un groupe de personnes aussi excitées que fascinées. Ces Ukrainiens-là sont des grecs catholiques, des uniates très anticommunistes (leur Église est interdite en URSS depuis trente ans), et, pour eux, la venue d'un cardinal polonais est un événement.

Un mois plus tard, Wojtyla et Dziwisz retourneront à Pomfret passer trois jours chez Anna-Teresa Tymienicka : messe tôt le matin sous un *plum tree* au bord de l'étang, natation, promenade. Anna-Teresa lui offre du Quaker Oats au petit déjeuner, le slip de son mari pour la baignade et un petit concert de piano donné par un Polonais exilé. C'est une fête pour elle d'accueillir celui qu'elle considère comme un philosophe plein d'avenir et qu'elle entend bien faire connaître aux États-Unis en éditant la version anglaise de son livre *Osoba i Czyn*, paru en polonais en 1969.

Le livre, intitulé *The Acting Person*, paraîtra en effet, non sans profonds remaniements dûment discutés par l'auteur et son *coach* aux cheveux blonds — laquelle, au passage, lui a demandé l'exclusivité des droits pour cette nouvelle version de l'œuvre. Wojtyla ayant imprudemment accepté que cette seconde mouture devienne la base des traductions ultérieures du livre, *The Acting Person* fera scandale lors de l'accession de son auteur sur le trône de saint Pierre. La commission pontificale chargée de faire l'inventaire des écrits passés du nouveau pape ira même jusqu'à vouloir censurer cette nouvelle version — devenue beaucoup plus « phénoménologique » que « thomiste » par rapport au texte initial — de l'ouvrage le plus élaboré de ce pape philosophe.

Anna-Teresa aura eu également une influence *par défaut* sur l'image que le futur pape se sera forgée aux yeux des Américains. En effet, elle et son mari ont beaucoup insisté auprès de leur invité pour qu'il modère, en public, ses remarques critiques sur la civilisation occidentale « décadente » et « dénuée de sens moral ». On ne peut s'empêcher de penser au discours prononcé au même endroit, deux ans plus tard, par une autre grande conscience venue de l'Est, l'écrivain Alexandre Soljenitsyne. Dans des termes très proches de la pensée du futur pape — sur la supériorité de la morale par rapport au droit, sur le relativisme éthique, sur les méfaits de l'humanisme rationaliste —, le dissident russe ne s'est pas privé, lui, de dire aux Occidentaux leurs quatre vérités.

Contrairement à Wojtyla, Soljenitsyne n'a pas écouté son entourage qui lui conseillait, de la même façon, de modérer son propos. Le résultat, comme on sait, fut catastrophique pour le dissident russe, accusé par les médias de « cracher dans la soupe » [10]. Ce que les Américains attendent des personnalités venues du monde communiste, c'est qu'elles les confortent dans leur certitude d'être un modèle pour le monde. Rétrospectivement, on se demande quel aurait été l'impact du cardinal Wojtyla aux États-Unis si le futur pape avait dit, sans réserves, son aversion pour les dérives consuméristes du régime de ses hôtes.

*

« *A possible successor to pope Paul VI* » : la gazette de Harvard avait fait du cardinal de Cracovie un *papabile.* En Europe, on n'en est pas encore là, comme le montre le dernier grand voyage de Karol Wojtyla, effectué en Allemagne fédérale du 20 au 25 septembre 1978 — c'est-à-dire juste avant la mort de Jean-Paul Ier. Cette tournée historique des évêques polonais chez leurs homologues allemands, treize ans après la fameuse lettre qui fit tant de remous, n'a eu qu'une « vedette » : Stefan Wyszynski, lequel a décidé de faire une entorse à sa règle de ne pas effectuer de voyage — le Vatican mis à part — en dehors des frontières de son pays.

C'est sous la direction sans partage du primat que la délégation polonaise — Wojtyla, Rubin, Stroba, etc. [11] — est reçue par le nouveau primat ouest-allemand, le cardinal Joseph Höffner. Et si Wojtyla prononce l'un des deux grands sermons, celui de la cathédrale de Cologne, Wyszynski, lui, s'est réservé le grand discours de Fulda, siège de la conférence épiscopale allemande : « Nous sommes des voisins ayant une vieille histoire commune... Avec la haine, on ne peut rien construire... » Ces fortes paroles resteront dans l'histoire des deux peuples. Y compris l'appel du primat polonais à préparer, déjà, le IIIe millénaire.

À Neviges, un important sanctuaire marial près de Wuppertal, en Westphalie, c'est Wyszynski qui fait l'événement devant la communauté polonaise. Comme à Munich, où il va prier sur la tombe de son homologue, le cardinal Döpfner, récemment décédé. Comme à Dachau, où le primat rend hommage aux trente-cinq mille Polonais qui ont été emprisonnés dans ce camp de la mort : dix mille hommes, dont huit cent cinquante prêtres, y ont perdu la vie — parmi lesquels quelques amis de Wyszynski et notamment son ancien évêque, Mgr Michal Kozal, l'homme qui l'a poussé à quitter Wloclawek où il eût été arrêté à son tour — et qui lui a sauvé la vie[12].

Si Wyszynski est au centre de la curiosité allemande lors de ce voyage historique, et si son jeune collègue de Cracovie prend bien garde, une fois de plus, à ne jamais empiéter sur les prérogatives de son primat, la personnalité de Karol Wojtyla suscite aussi un vif intérêt chez ses hôtes. L'année passée, en juin 1977, il avait fait le voyage « précurseur » en se rendant à Mayence (à l'invitation du professeur Joseph Ziegler, grand spécialiste de théologie morale, lui-même venu à Cracovie en novembre 1975) en compagnie du recteur de la KUL, le père Krapiec, et des deux futurs évêques Franciszek Macharski et Marian Jaworski. Avec le cardinal Höffner, il était allé s'incliner sur la tombe d'Albert le Grand, le « maître » de saint Thomas d'Aquin. Et, en compagnie du cardinal Volk, le 23 juin 1977, Wojtyla avait surtout reçu un diplôme *honoris causa* de l'université Gutenberg de Mayence, où il avait prononcé une conférence.

Le Wojtyla « médiatique » avait charmé les Américains. Le Wojtyla intellectuel, homme de dialogue, de mémoire, de culture, impressionne encore davantage les prélats allemands, qui ont, plus que d'autres, le respect des choses universitaires. « Wojtyla est un homme modeste, d'une profonde piété, d'une foi ardente, d'un grand dévouement pastoral et d'une confiance inébranlable », résume le cardinal Höffner. Qui pouvait prévoir que, trois semaines plus tard, Karol Wojtyla serait élu pape ?

Dans l'ombre de Paul VI

À la veille de sa mort, au printemps 1963, Jean XXIII avait convoqué une commission de théologiens et de laïcs chargée de faire le point sur les nouvelles méthodes de contraception et de contrôle des naissances. Jusque-là, pour l'Église, la continence était le seul moyen de contrôler les naissances. L'invention de la pilule anticonceptionnelle, en 1960, a obligé la papauté à revenir sur le sujet.

Or celui-ci va faire couler plus d'encre que tous les autres débats impliquant l'Église au XXe siècle. La polémique, très vite, tourne à l'aigre. Lors de la troisième session du concile, en octobre 1964, Paul VI prend même la décision de retirer le sujet de l'ordre du jour après que le débat s'est envenimé : « Je vous en conjure, mes frères, évitons un nouveau procès de Galilée ! » s'était écrié publiquement le cardinal belge Léon-Joseph Suenens.

Au groupe de réflexion constitué par Jean XXIII, son successeur adjoint en 1965 des médecins, des psychologues, des experts. Au total, c'est une commission de cinquante-huit membres dont l'Église attend des « indications sans ambiguïté ». Aucune ambiguïté ne pèsera, en effet, sur les travaux de cette instance « laïque » : par cinquante-deux voix contre quatre, celle-ci se prononce carrément pour un net assouplissement de la position de l'Église sur le sujet.

Paul VI n'avait pas prévu un tel résultat. A-t-il été effrayé de sa propre audace ? En 1966, le pape nomme, en parallèle, une « super-commission » sur le même sujet, composée d'évêques et de cardinaux, et animée par le cardinal Döpfner, de Munich. Parmi ses membres figure le cardinal Ottaviani, patron du Saint-Office, notoirement hostile à toute libéralisation sur ce point : le vieux prélat répète à l'envi qu'il est lui-même le onzième enfant d'une famille de douze, et qu'il ne serait pas là si l'Église avait autorisé la contraception. Y siège aussi le cardinal Wojtyla. Le 18 juin 1966, cette commission rend son rapport, clairement favorable, lui aussi, à un assouplissement de l'attitude de l'Église. La contraception n'est pas « intrinsèquement condamnable », estime-t-elle dans ses conclusions adoptées par neuf voix « pour », deux « contre » et trois abstentions. Cette fois, c'est toute l'Église qui est en train de basculer.

Le jour où la commission des prélats a rendu son verdict, Wojtyla, à son grand regret, était en Pologne en train de battre la campagne du *Millenium* du côté d'Olsztyn, en Mazurie. Le Polonais aurait voté « contre ». Il s'en est expliqué en avril dans un entretien en tête à tête avec Paul VI : il continue de penser ce qu'il a développé dans *Amour et responsabilité*, à savoir que l'usage de contraceptifs est, *in fine*, contraire à la dignité de la personne. Or Paul VI, secrètement, partage cet avis. Dans son for intérieur, le pape réprouve cette évolution. Hésitant, il déclare finalement que toutes ces conclusions ne sont pas définitives et qu'elles ne lui fournissent pas la matière d'une lettre encyclique. À Rome comme dans tout le monde catholique, c'est la stupéfaction générale.

Devant les tergiversations publiques du Saint-Père, Wojtyla réunit aussitôt une commission sur le sujet à Cracovie, à sa façon : il y invite des prêtres, mais aussi des laïcs, des médecins, etc., et il en confie la présidence à un évêque, Mgr Smolenski, qui est l'un de ses hommes de confiance. Quatre mois plus tard, les conclusions du groupe sont envoyées directement au pape. Elles infirment point par point celles de la commission officielle.

Le 25 juillet 1968, le pape signe finalement l'encyclique *Humanae vitae*. Le texte papal reprend l'essentiel de l'argumentation « cracovienne », à la satisfaction non dissimulée de Karol Wojtyla. « Au moins soixante pour cent » de l'encyclique vient du texte élaboré à Cracovie, estime le père Bardecki, qui a fait partie de la commission cracovienne, et qui a comparé attentivement les deux textes. « Nous avons aidé le pape », aurait dit, faussement modeste, le cardinal Wojtyla.

Le texte fait scandale — et d'abord chez les catholiques eux-mêmes. En Allemagne, nombre d'entre eux iront jusqu'à demander la démission du pape ! Deux mois après la folle explosion libertaire de mai 1968, s'opposer à la pilule est, sinon une sorte de provocation, au moins une erreur de *timing*. Une régression, aux yeux de beaucoup, par rapport à l'esprit de Vatican II. Pourquoi l'Église prête-t-elle ainsi le flanc à ses détracteurs qui l'accusent d'un regrettable retour au temps de la lutte contre le modernisme ?

Wojtyla voit bien le danger. Très vite il prépare, avec quelques amis cracoviens, un commentaire théologique et pastoral d'*Humanae vitae*. Le texte est publié sans délai dans *L'Osservatore romano* du 5 janvier 1969. Trois semaines plus tard, il réunit des théologiens à Cracovie lors d'une nouvelle session scientifique qu'il introduit, où il intervient longuement et dont il tire la synthèse. Ces conclusions-là auront, elles aussi, les honneurs de *L'Osservatore romano*.

La question n'est pas ici celle du bien-fondé des thèses de Wojtyla et de ses amis cracoviens. Ce qui fait date, c'est la montée au créneau du Polonais sur un sujet de toute première importance, et le rapprochement qui s'est opéré entre le cardinal-archevêque de Cracovie et Paul VI. Ce pape déchiré, aux convictions mal assurées, au moins sur ce thème, avait besoin de se reposer sur quelqu'un. Ce quelqu'un, ce fut Karol Wojtyla.

*

À quelques semaines de la fin du concile, à l'automne 1965, Paul VI avait annoncé l'institution d'un « synode des évêques » assurant le principe de *collégialité* dont tant de pères conciliaires avaient souhaité la mise en œuvre [13]. Le pape, habilement, avait pris les devants. Le but de cette nouvelle assemblée consultative, plus facile à réunir qu'un concile, est d'informer et de conseiller le pape sur tel ou tel sujet. La périodicité de ces réunions doit être, en principe, bisannuelle. Neuf synodes seront convoqués pendant le pontificat de Paul VI.

La participation de Karol Wojtyla à ces réunions se révèle en tout point, comme le dira le secrétaire général du synode, Mgr Rubin, « incomparablement plus importante » que lors du concile [14]. Si l'on a souligné plus haut le rôle joué par le futur pape au concile Vatican II, il ne faudrait pas l'exagérer : Wojtyla fut surtout, pendant les trois premières sessions, le porte-parole d'un épiscopat dirigé de main de fer par le cardinal Wyszynski, et ce n'est qu'à la dernière session qu'il a commencé à s'affirmer devant ses pairs. Devant des auditoires plus resserrés, et sur des thèmes de réflexion plus précis, le jeune cardinal polonais va pouvoir donner libre cours à son talent et se tailler peu à peu sa propre réputation, en sortant de l'ombre portée de son hiératique « patron » — lequel imposait un immense respect à chacun, sans conteste, mais ne brillait, lui, ni par sa profondeur intellectuelle ni par ses prouesses linguistiques.

Passons sur le premier synode épiscopal, réuni à Rome en septembre 1967, qui s'est tenu sans Karol Wojtyla. On se rappelle que le gouvernement polonais, dans le dessein manifeste de fomenter la division à la tête de l'Église polonaise, a donné un passeport au tout nouveau cardinal Wojtyla, tout en privant le primat Wyszynski de visa pour Rome. Pas question, pour l'archevêque de Cracovie, de tomber dans le piège ! La loyauté de Wojtyla à l'égard de son aîné ne passe pas inaperçue — ni en Pologne ni à Rome où le pape lui-même déplore cet incident en public.

En octobre 1969, Paul VI décide de réunir un synode « extraordinaire » consacré aux rapports entre le pape, les épiscopats et le gouvernement des Églises locales. Pourquoi « extraordinaire » ? Parce que cette instance, contrairement aux synodes « ordinaires », concerne seulement les présidents de conférences épiscopales — parmi lesquels, naturellement, le primat Stefan Wyszynski. Or le cardinal Wojtyla y est aussi invité, mais directement par le pape, comme celui-ci en a le droit. Ce qui ne passe pas inaperçu non plus.

Le synode porte sur la *collégialité* dans le gouvernement de l'Église et le rôle qu'y doivent jouer les épiscopats. Le thème a été rebattu au concile, il est temps de lui donner forme. Karol Wojtyla intervient notamment, le 15 octobre 1969, sur le pluralisme des cultures dans l'Église. Celle-ci est fondamentalement une *communion*, dit en substance le Polonais, pas un *rassemblement* monolithique, mais un *échange* de biens et de dons qui justifie qu'on dialogue entre évêques, avant de coopérer au gouvernement de l'Église avec le pape lui-même. Cette coopération est à double sens : elle implique une participation réelle des évêques dans la préparation des décisions papales ; et elle implique, en retour, l'acceptation par tous les évêques des décisions prises par le pape.

Notons, au passage, un paradoxe distrayant. Wojtyla, sans le vouloir, réinvente une forme de « centralisme démocratique » qui n'est pas sans rappeler le fondement de l'autorité du parti unique en régime marxiste-léniniste : participation de la base aux délibérations du pouvoir, mais acceptation par tous des décisions prises par le sommet. À la différence, notable, que l'idée ne serait jamais venue à aucun prélat de qualifier le système de gouvernement de l'Église de « démocratique ». Toujours est-il que son intervention est remarquée. Signe de sa popularité naissante, Mgr Wojtyla est délégué par ses pairs au comité de rédaction de la déclaration finale.

Le 30 septembre 1971, un troisième synode s'ouvre à Rome en grande pompe, sur le double thème du *sacerdoce* et de la *justice dans le monde*. Sur le premier sujet, un certain nombre de cardinaux de la Curie sont horrifiés par les statistiques : l'hémorragie de prêtres, même si elle concerne essentiellement l'Europe occidentale, est manifeste : vingt-cinq mille « défroqués » en sept ans, soit 7 % de l'effectif total de l'Église catholique, c'est énorme ! Est-ce une conséquence du concile ? En grande part, oui. Fallait-il aller plus loin dans le sens de l'adaptation de l'Église au monde moderne, de cet *aggiornamento* qui a déclenché pareille tempête ? Le pape Paul VI ne cesse de se poser la question et ne cache pas, en privé, son inquiétude.

Le cardinal Wojtyla ne cède pas à la panique ambiante. En se référant à son pays, qui déconcerte décidément nombre de prélats romains, il rappelle tranquillement les principes, la tradition, le sens du sacerdoce. Il souligne que l'Église, signe vivant du Christ, doit être visible et *lisible.* À l'encontre de la pensée commune de l'époque, il invite à ne surtout pas confondre le sacerdoce des prêtres et l'apostolat des laïcs : « laïciser » le service des prêtres serait minimiser encore l'impact du prêtre dans la société, dit, déjà, le futur pape, qui se prononce, sans ambiguïté, et non sans courage, en faveur du célibat des prêtres. Et qui ne comprend pas l'acharnement de certains « modernistes » à vouloir remiser la soutane au grenier du presbytère. Son intervention, note le père Malinski, fait forte impression. Certes, les participants écoutent aussi avec intérêt les propos tenus par Wojtyla sur l'autre thème abordé par le synode, celui de la justice — et notamment cette idée, fondamentale à ses yeux, *qu'il ne peut y avoir de justice, dans une société, sans liberté de conscience.* Mais ce qui frappe ses auditeurs, et qui « rassure » le pape en personne, c'est son calme, son assurance, sa puissance de conviction sur les sujets les plus épineux. En d'autres temps et en d'autres lieux, on aurait parlé de « force tranquille ».

Le 5 novembre, juste avant que l'assemblée ne se sépare, les prélats procèdent à l'élection du conseil permanent du secrétariat du synode. Wojtyla est élu membre de cette instance très importante par cent quinze voix sur cent quatre-vingt-quatre. Il fait partie des trois élus européens (sur les douze membres du conseil), avec ses collègues cardinaux Tarancon, de Tolède, et Höffner, de Cologne. Cette élection, ce jour-là, est la première marche de la longue et discrète ascension qui, loin de la fébrilité des médias, va conduire l'archevêque de Cracovie jusqu'au sommet de la hiérarchie de l'Église.

Le IVe synode des évêques, qui s'ouvre le 27 septembre 1974, porte sur l'*évangélisation* dans le monde contemporain[15]. Wojtyla, qui renoue avec certains débats conciliaires ayant conduit à *Gaudium et spes*, dix ans plus tôt, se sent à l'aise sur ce sujet qui le passionne. Pour lui, les choses sont claires : l'Église ne doit pas seulement préparer l'homme à la vie éternelle, elle doit aussi contribuer à améliorer son existence terrestre — et donc l'aider à se « libérer » sur les plans politique et économique, au nom de la dignité de la personne humaine.

Nommé rapporteur de la deuxième partie des débats, le cardinal Wojtyla séduit à nouveau son auditoire[16]. Il se voit confier la tête de la commission chargée de rédiger le document final — lequel, selon certains observateurs, aura été « l'un des meilleurs documents ayant jamais émané du Saint-Siège[17] ». Et il compte à nouveau, contrairement aux usages, parmi les trois Européens élus au conseil permanent du synode (avec le Français Etchegaray et l'Allemand Döpfner). Pour Bruno Bartoloni, correspondant de l'Agence France Presse à Rome, c'est un signe : ce jour-là, Wojtyla entre dans la liste des cardinaux que les vaticanistes vont surveiller de près dans la perspective de la disparition de Paul VI.

*

Si Karol Wojtyla avait été italien, il aurait nourri dès cette époque d'interminables spéculations chez les observateurs. D'autant qu'au début de l'année 1976 Paul VI invite le cardinal-archevêque de Cracovie à diriger les traditionnels « exercices spirituels de carême » organisés au Vatican à l'intention des membres de la Curie et de la « maison » du pape. C'est à la fois une tradition et un choix très personnel du souverain pontife — Jean-Paul II fera de même, plus tard, et l'on commentera, chaque année, le choix de l'élu. La décision de Paul VI ne tient pas seulement à son admiration pour Wojtyla : quelques mois après la ratification par le Saint-Siège des accords d'Helsinki entre l'Est et l'Ouest, Paul VI veut marquer le souci constant du pape, par-delà les aléas diplomatiques, pour les Églises martyres de l'autre côté du rideau de fer.

Karol Wojtyla est pris au dépourvu par cette invitation papale. L'exercice est redoutable et demande une préparation intense. Début février, il va s'isoler pendant quelques jours chez ses chères sœurs ursulines de Zakopane — non sans s'offrir, à l'occasion, quelques revigorantes descentes à ski avec son assistant de la KUL, Tadeusz Styczen. Puis il reprend ses activités archiépiscopales : un plénum de l'épiscopat à Varsovie, son séminaire de la KUL, des conférences au séminaire de Silésie, une réunion pastorale des cinq diocèses placés sous la coupe du métropolite de Cracovie, une réunion avec l'équipe du *Tygodnik Powszechny*, etc. On se demande comment il parvient, malgré tout, à préparer son texte d'arrache-pied : le matin dans sa chapelle, le soir, dès qu'il a un peu de temps. Comme le pape lui a fait savoir qu'il devrait parler en italien plutôt qu'en latin, le cardinal Wojtyla fait venir d'urgence à Cracovie son ancien élève Stanislaw Rylko — qu'il a accueilli naguère au grand séminaire de Cracovie et qui termine alors ses études à l'Université grégorienne de Rome. Le jeune homme est parfaitement italianophone. Wojtyla l'installe à demeure dans un des salons de la rue Franciszkanska et, pendant un mois, il lui fait passer, feuillet après feuillet, ses sermons écrits en polonais. « Il en a écrit bien plus qu'il n'en a prononcé devant son auditoire », confiera le traducteur[18].

Du 2 au 6 mars, Wojtyla termine son pensum au Collège polonais, à Rome, toujours assisté du père Rylko. La veille du grand jour, il va se recueillir au petit monastère de la Mentorella, à quarante kilomètres de la Ville éternelle. C'est un de ses lieux de retraite préférés. Il y retournera en action de grâces après l'exercice.

Le 7 mars, à 18 h 30, s'ouvre la première séance dans la chapelle Sainte-Mathilde du palais apostolique. Vêtu d'une soutane noire à boutons rouges, assis à une petite table dressée à côté de l'autel, Mgr Wojtyla se retrouve ainsi face aux principaux responsables de l'Église catholique : les cardinaux Villot, Benelli, Casaroli, Seper, Wright, Baggio, Gantin, le gratin de la curie, et aussi, dans la nef, une centaine de *prefetti, notari, segretarii, sotto-segretarii, aiutanti, archivisti-bibliotecarii, addetti technici* et autres *scrittori* qui peuplent les différentes administrations pontificales. Dans une sorte d'alcôve, à droite de l'autel, discret, son plus illustre auditeur et fervent supporter : le pape Paul VI en personne.

Chaque jour, après la messe commune, le cardinal Wojtyla anime trois séances — à 9 heures, 11 heures et 17 heures — avant d'ouvrir un temps de méditation. Du 7 au 13 mars, il prononce ainsi vingt-deux sermons auxquels il a donné un titre générique : « Le Christ, signe de contradiction ». Une longue méditation généreuse, authentique, mais sévère, qui impressionne tous ses auditeurs [19]. Deux ans avant le conclave — Paul VI est déjà malade, et tout le monde le sait —, c'est un tournant : pour la première fois, le « gouvernement » de l'Église au grand complet a l'occasion de constater, ou de vérifier, que le Polonais est vraiment un prélat exceptionnel. Un *papabile.*

*

Lors du synode de 1977 sur la catéchèse et l'éducation religieuse, en l'absence de Wyszynski, c'est Wojtyla qui dirige la délégation polonaise. Nul ne s'en étonne. De même, on n'est pas surpris de l'entendre dénoncer avec virulence l'athéisme qui règne à l'Est, « imposé comme une nouvelle religion ». La liberté religieuse est décidément le thème de prédilection du Polonais. L'intervention a un grand écho. Pas seulement sur le fond. L'ami Rubin, qui est aussi son mentor, peut être satisfait : son ancien protégé a fait de grands progrès dans l'art oratoire, ses déclarations sont beaucoup plus claires et plus percutantes. Dans les coulisses du synode, Wojtyla est devenu une « vedette » que l'on remarque pour sa capacité à passer d'une langue à l'autre, pour son énergie un peu juvénile, pour son optimisme, aussi. « Avec brio, humour, calme et clarté », comme le dit alors Wladislaw Rubin, le cardinal Wojtyla n'a pas son pareil pour expliquer que la crise de l'Église est d'abord une crise de croissance.

Étant le plus ancien du secrétariat du conseil du synode, cette année-là, il en devient le président. Déjà, par la grâce de Paul VI, il est membre de plusieurs congrégations importantes : membre de la Congrégation pour le culte divin depuis 1970, il entre en 1976 à la Congrégation pour les Églises orientales, à la Congrégation pour le clergé, à la Congrégation pour l'éducation catholique, et fait aussi partie, désormais, de l'important Conseil pontifical pour l'apostolat des laïcs.

Wojtyla n'est pas un pilier de la Curie, mais il est maintenant une figure connue à Rome. Sa silhouette légèrement voûtée et son pas de montagnard sont devenus familiers dans les multiples cénacles de la Cité du Vatican. Pendant toutes ces années, il s'y fait des amis, des admirateurs, des partisans. Sans le savoir, il se constitue un réseau qui lui servira plus tard. Chaque synode lui permet de fréquenter quelque deux cent cinquante personnes, dont une soixantaine d'évêques et d'archevêques souvent promis à la pourpre cardinalice. Nombre d'entre eux sont charmés par lui. « C'est un des cerveaux les plus brillants que j'aie jamais rencontrés », déclare un jour Mgr Derek Worlock, archevêque de Liverpool[20]. Opinion partagée par beaucoup.

En outre, Wojtyla voit souvent le pape, en audience privée, ou lors des audiences accordées au secrétariat du synode ou au Conseil pour les laïcs, ainsi qu'à celles organisées pour des délégations d'évêques polonais. Paul VI aime décidément cet homme à la fois cultivé et pieux, ni de gauche ni de droite, et qui a l'optimisme chevillé au corps. De même que Pie XII avait poussé Roncalli en avant en le faisant patriarche de Venise, de même que Jean XXIII avait promu Montini dans le cadre du concile, Paul VI aura largement contribué à faire de Wojtyla, au minimum, l'un des futurs piliers de l'Église universelle.

L'archevêque de Cracovie en est-il conscient ? Il sait qu'il a fait du chemin, que son statut a changé. Au Collège polonais, désormais dirigé par le père Jozef Michalik, Karol Wojtyla ne dort plus dans une chambre anonyme, au hasard de ses allées et venues, mais jouit d'un petit salon au rez-de-chaussée. On s'empresse autour de lui. On respecte aussi sa méditation, lorsqu'il s'isole dans le jardin, entre les cyprès odoriférants et quelques pins immenses, derrière le fronton qui donne sur la piazza Remuria et qui annonce fièrement en caractère romain : *PONTIFICIVM COLLEGIVM POLONORVM*. Une Vierge banale, une petite fontaine, un étrange saint Christophe en pierre portant un tout petit Enfant Jésus sur son épaule. L'endroit est tout simple. Le bâtiment, sans grâce. Mais, en haut de l'immeuble aux volets clos à la romaine en raison du soleil trop ardent, il y a une terrasse où le cardinal prie souvent. Le soir, la vue porte sur la coupole illuminée de la basilique Saint-Pierre.

14

« *Habemus papam !* »

Le 6 août 1978, à 21 h 40, Paul VI s'éteint doucement, à Castel Gandolfo, à près de quatre-vingt-un ans. Cet intellectuel réservé, presque timide, au visage émacié, au regard à la fois doux et inquiet, aura régné quinze ans et quarante-six jours. Il aura été le pape de la clôture du concile, des premiers voyages apostoliques — jamais un pape n'avait pris l'avion avant lui — et d'une certaine raideur doctrinale, symbolisée par l'encyclique si contestée *Humanae vitae* et par la réaffirmation du principe du célibat des prêtres.

La nouvelle surprend Karol Wojtyla pendant ses vacances. Le cardinal vient d'achever la lecture de la thèse de doctorat du père Andrzej Szostek, son jeune collègue de la KUL, dans laquelle celui-ci tente d'établir quelques passerelles originales entre la philosophie et la théologie. Le professeur Wojtyla va devoir partir pour Rome et se dépêche d'écrire au futur docteur tout le bien qu'il a pensé de son travail. Par acquit de conscience — ou mû par un quelconque pressentiment ? — il envoie un double de son appréciation au doyen de la faculté de philosophie de Lublin, son vieil ami le père Kaminski. Bien lui en prend : lorsque le jury se réunira, à Lublin, en novembre, pour discuter de la thèse de Szostek, le plus illustre de ses membres sera retenu à Rome pour cause d'élection au trône de saint Pierre.

De Paul VI à Jean-Paul Ier

Le 11 août au matin, Karol Wojtyla prend l'avion pour Rome. Il n'est pas seul. Le primat, Stefan Wyszynski, voyage avec lui, ainsi que leurs secrétaires respectifs et... la délégation gouvernementale de la République populaire de Pologne, composée du vice-président du Conseil d'État, du ministre des Cultes et d'un écrivain catholique proche du pouvoir, Jan Dobraczynski. Il s'agit, pour le pouvoir communiste, de profiter de l'événement pour célébrer la « détente » inaugurée, un an plus tôt, par le sommet Paul VI-Edward Gierek. Plus de cent dix pays et organisations internationales, pas toujours très catholiques, seront ainsi représentés place Saint-Pierre, le jour des funérailles.

Chaque fois qu'un pape meurt, l'émotion est grande dans le monde. Pourtant, le 12 août, place Saint-Pierre, autour du cercueil de Jean-Baptiste Montini — une simple caisse en bois d'érable — la cérémonie des obsèques, présidée par le cardinal Siri, ne rassemble que cent mille fidèles, ce qui n'est pas énorme. Il faut dire qu'à Rome il fait une chaleur torride. Au mois d'août, les Romains partent chercher de la fraîcheur au bord de la mer ou vers le nord. La Ville éternelle, à cette époque, est abandonnée aux touristes.

Dans les rangs des cardinaux qui tiennent dorénavant leurs « congrégations » tous les matins à 11 heures, les conversations vont bon train sur la succession du défunt. Il n'est pas bien vu de citer des noms lors de ces réunions générales : on se contente d'y tracer le profil de l'homme le plus à même de faire face aux problèmes de l'Église. En revanche, l'après-midi, au sein des petits groupes qui se retrouvent de façon informelle, les échanges sont plus explicites. De véritables assemblées de comploteurs non italiens se réunissent ainsi, discrètement, pour tourner et retourner l'hypothèse — encore audacieuse — d'une candidature échappant à l'Italie. Comme au collège Pio Americano Latino, via Aurelia Antica, le 11 août, où le cardinal König a réuni un grand nombre de prélats du tiers-monde. Ou le lendemain, au séminaire français, via Santa Chiara, autour des cardinaux Marty et Gouyon. Au risque de provoquer quelques sifflements pas toujours très charitables aux oreilles des grands électeurs italiens.

La réunion la plus intéressante est peut-être cette rencontre amicale organisée via della Conciliazione, dans la fraîcheur d'un salon haut et cossu de l'hôtel Colombus, où les cardinaux américains ont invité leurs collègues allemands à boire un verre. Les Allemands et les Américains représentent une faible partie de l'assemblée des cardinaux, certes, mais leurs voix comptent : à eux seuls, ces deux épiscopats financent plus de la moitié du budget du Saint-Siège. La conversation, en anglais, est discrètement écoutée par un serveur zélé et polyglotte[1]. Elle tourne autour de l'hypothèse, souhaitée par la majorité des présents, d'un pape non italien :

— Nos collègues italiens, dit un Américain, sont trop liés aux déboires de la Démocratie chrétienne, qui est en pleine déconfiture ; il n'est pas sain que le succès du référendum sur le divorce en Italie soit interprété comme un échec personnel du Vatican ; et Paul VI s'est beaucoup trop impliqué dans l'enlèvement et l'assassinat de son ami Aldo Moro par les Brigades rouges...

— Un pape non italien ? Pourquoi pas vous,

Bengsch ? lance quelqu'un en direction de l'archevêque de Berlin.

— Pas question ! D'abord je n'en suis pas digne. Et surtout, j'ai un très mauvais caractère !

— Pie XI aussi avait mauvais caractère, cela ne l'a pas empêché d'être un grand pape !

— Trente-cinq ans après la Seconde Guerre mondiale, croyez-vous qu'un Allemand serait le bienvenu à la tête de l'Église ?

L'argument jette un froid dans l'assistance. D'autres noms sont évoqués :

— Ce serait moins gênant d'élire König, qui est autrichien !

— Trop âgé, hélas !

— Alors Wojtyla, le Polonais ?

L'archevêque de Cracovie est apprécié des Américains, surtout depuis le congrès eucharistique de Philadelphie. Le cardinal Krol le considère comme un compatriote tandis que son collègue Baum, de Washington, est encore sous le charme de son séjour en Pologne au mois de mai, chez les mineurs de Silésie. Son nom est salué avec chaleur par la plupart des prélats allemands : Wojtyla, qui fut l'un des artisans du rapprochement germano-polonais en 1965, s'est rendu en Allemagne quelques mois plus tôt pour préparer l'importante tournée que l'épiscopat polonais doit y effectuer en septembre 1978. Si le pape n'est pas italien, en effet, pourquoi pas lui ? L'idée ne va pas plus loin, mais le nom reviendra régulièrement, désormais, dans les pronostics. « Il y a au moins un Italien qui pense comme nous, ajoute un Allemand, c'est Luciani, le patriarche de Venise. Il a dit qu'il voterait pour Lorscheider, le Brésilien ! »

Coïncidence ? Karol Wojtyla, qui réside au Collège polonais, piazza Remuria, a invité à dîner le cardinal Albino Luciani. L'un des sujets de conversation entre les deux hommes est, justement, de savoir si le nouveau pape doit être italien ou non. Paradoxalement, le patriarche de Venise penche personnellement pour Aloiso Lorscheider tandis que le Polonais, lui, s'en tient à la tradition et préférerait un Italien : « Notamment parce qu'il doit être l'évêque de Rome ! »

D'ailleurs, à lire la presse internationale de ce mois d'août, tous les *papabili* sont italiens : Baggio, Bertoli, Colombo, Siri, Benelli, etc. Alors que sur les cent onze cardinaux qui composent le Sacré Collège, venant de quarante-huit pays, vingt-six seulement sont originaires de la péninsule. Alors que la Curie, déjà, compte un grand nombre de non italiens : le Français Villot, le Yougoslave Seper, le Brésilien Rossi, l'Argentin Pironio, le Hollandais Willebrands... La raison tient à ce que beaucoup de cardinaux pensent comme Wojtyla : pour être en conformité avec l'esprit du concile, pour se donner un maximum de chances de réussir les avancées œcuméniques prônées à Vatican II, il faut que le pape soit évêque de Rome avant d'être le chef d'une institution mondiale plus ou moins contestée.

Le père Malinski, qui couvre le conclave pour le *Tygodnik Powszechny*, est d'un autre avis. Il rêve que son ami Karol devienne pape. Il échafaude des hypothèses. Selon lui, le conclave élira un « centriste », rassurant les uns et les autres sur la mise en œuvre du concile, un homme qui ne soit pas originaire d'un trop grand pays, un prélat qui ne soit pas trop « du sérail ». Il suffit que les Italiens se divisent entre deux candidats, calcule Malinski, pour qu'un troisième nom surgisse et s'impose. Son raisonnement est juste. Il est simplement en avance d'un scrutin.

Le 24 août, quelques heures avant l'ouverture du conclave, lors de la messe du matin à la chapelle du *Collegio*, Malinski provoque un mini-scandale en ajoutant inopinément une intention personnelle à l'offrande : « Pour que le successeur de saint Pierre soit l'archevêque de Cracovie ! » Stupeur. La boutade choque tout le monde — elle n'est pas du meilleur goût — mais l'assemblée répond machinalement : « Seigneur, nous t'en prions ! » Karol Wojtyla, qui célèbre l'office, ne bronche pas. Il est tout à sa prière. À la fin de la messe, pourtant, il réagit :

Prions. Rappelons-nous la parole de Pierre : « Éloigne-toi de moi, Seigneur, parce que je suis un pécheur. » Prions pour que le successeur de Pierre soit à l'image de cette piété. Si on élit pape un homme qui ne se sent pas capable, donne-lui le courage de dire, comme saint Pierre : « Éloigne-toi de moi, Seigneur, parce que je suis un pécheur. » Mais s'il accepte, donne-lui assez de foi, d'espérance et d'amour pour qu'il puisse porter cette croix que tu mettras sur ses épaules... Seigneur, nous t'en prions[2] !

Samedi 25 août, à 16 h 30, débute la cérémonie d'ouverture solennelle du conclave. La chaleur est étouffante : il fait 34° dans les boxes mis à disposition des électeurs dans la chapelle Sixtine. Le tirage au sort ayant attribué à Wojtyla une cellule plus confortable — tout est relatif dans cette étuve — que celle de Wyszynski, il a voulu faire l'échange, mais le primat a refusé. Quant à son secrétaire, Stanislaw Dziwisz, auquel son « patron » a assuré que le conclave serait long, il est à la plage.

Surprise ! Dès le dimanche, les cardinaux font leur choix. Le cardinal Albino Luciani, soixante-sept ans, est élu au quatrième tour de scrutin. Deux de ses collègues parmi les plus écoutés, le vieux Confalonieri et le jeune Benelli, ont proposé le nom du patriarche de Venise, qui a fait quasiment l'unanimité (quatre-vingt-dix-huit voix sur cent onze) en un temps record. Au sortir de la Sixtine, les cardinaux en sont eux-mêmes tout étonnés. La joie est générale. On oublie vite la réaction de Luciani lui-même, juste après la proclamation du résultat : « Puisse Dieu vous pardonner ce que vous avez fait... »

Wojtyla, qui sort parmi les derniers, est heureux, presque euphorique. À l'évidence, il est soulagé. On le serait à moins : au premier tour de scrutin, neuf voix se sont spontanément portées sur son nom[3].

*

La brièveté inattendue du conclave offre à Wojtyla quelques jours de liberté. Après avoir été reçu par Jean-Paul Ier, le 30 août, le Polonais décide d'aller visiter, accompagné de l'abbé Rylko, le saint suaire de Turin. Il est accueilli là-bas par le vieux cardinal Anastasio Ballestrero, ancien préposé général des carmes, qui l'emmène vénérer le linceul sacré dans la cathédrale. Puis il rentre à Rome. Wojtyla ne veut pas manquer le vingt-cinquième anniversaire de la consécration de son « compatriote » le cardinal américain John Krol, à la villa Stritch. Ni la cérémonie d'inauguration du pontificat de Jean-Paul Ier, le 3 septembre. À 16 heures, ce jour-là, a lieu une réception à l'ambassade de Pologne : Wyszynski et Wojtyla s'y rendent tous les deux, ainsi que le secrétaire général de l'épiscopat, Mgr Dabrowski. Ils sont accueillis avec force égards. Les temps ont changé. La Pologne officielle multiplie les gestes d'ouverture en direction de l'Occident. L'heure est, plus que jamais, à la « détente ».

« Nous avons élu un pape magnifique ! » L'exclamation de Karol Wojtyla, en arrivant à Varsovie, le 5 septembre[4], trahit sa joie de rentrer en Pologne. Il est vrai que le choix du conclave satisfait pleinement ses espoirs : Luciani est d'abord un homme de foi, un pasteur qui parle simplement, sans notes, et qui sait admirablement toucher le cœur des enfants et des braves gens. D'emblée, il a refusé de porter la tiare et de prendre place sur la *sedia gestatoria*. Un pape pieux et modeste, c'est ce que Wojtyla souhaitait pour l'Église.

En réalité, Albino Luciani a le même profil que Karol Wojtyla, mais personne ne l'a encore remarqué, pas même lui : l'ex-archevêque de Venise est un pasteur aimant écrire, à la foi profonde et simple, ferme sur la doctrine morale de l'Église, qui n'est sorti de son terroir que sur le tard, pour aller étudier à Rome, mais qui a fait toute sa carrière dans sa chère région, allant de nomination en promotion, au même rythme et presque aux mêmes dates que son collègue de Cracovie.

Rassuré au plus profond de lui-même sur son propre sort, Wojtyla reprend une vie normale. S'il avait été élu pape, aurait-il pu effectuer une escapade « pastorale » à Stara Wies, dans ses chères montagnes des Bieszczady, aurait-il pu aller faire une virée en kayak dans la région de Koszalin, aurait-il pu assister au dixième festival de musique Sacrosong 78 qui a lieu, cette année, à Czestochowa ? Il ne cesse de penser à Jean-Paul Ier, qu'il n'oublie pas dans ses prières. À Mogila, le 17 septembre, il prononce une homélie sur « la papauté, cette très lourde croix, la croix de toute l'Église, la croix de l'humanité tout entière, de toutes ses tensions et ses périls[5] ».

Le 28, à peine remis de l'extraordinaire tournée des évêques polonais en Allemagne fédérale[6], Karol Wojtyla fête le vingtième anniversaire de son sacre d'évêque. Vingt ans d'épiscopat, et après ? Comment ne penserait-il pas à son propre destin ? L'homélie qu'il prononce en fin d'après-midi dans la cathédrale de Wawel est entièrement inspirée par le destin tragique de son lointain prédécesseur cracovien, l'évêque Stanislaw. Thème du propos : le martyre, ferment d'unité pour la nation et pour l'Église. Le soir, après avoir assisté à une petite fête avec les membres du *Srodowisko*, son « réseau » d'amis et de compagnons de kayak, il s'assoit à son bureau et rédige un poème. Il y salue le sacrifice de cet évêque « dont le roi Boleslaw écrivit le nom, de son épée, sur les dalles de la cathédrale ». Il y célèbre, fondé sur l'« alliance du sang et de la parole », le miracle de l'unité de la Pologne, « pays déchiré pendant près de six générations, déchiré sur les cartes du monde, et bien plus encore dans le sort de ses fils[7] ». Le poème est sobrement intitulé « *Stanislaw* ». Comment son auteur pourrait-il savoir que son destin est sur le point de basculer ?

« *Le pape est mort* »

Au matin du 29 septembre, le cardinal prend son petit déjeuner à la cuisine du rez-de-chaussée du palais épiscopal lorsque Jozef Mucha, le chauffeur, fait irruption. Il vient d'entendre la nouvelle à la radio : Jean-Paul Ier est mort. Wojtyla pâlit, se lève et va aussitôt s'enfermer dans sa chapelle, au premier étage.

Au fronton du 3, rue Franciszkanska, les drapeaux du Vatican sont mis en berne. Les passants interrogent : « Que se passe-t-il ? Mais on sait bien que le pape est mort ! » Le décès de Paul VI est encore dans toutes les mémoires. Mais il ne s'agit pas de Paul VI ! Les gens sont incrédules. La nouvelle est insensée. Jean-Paul Ier, le « pape au sourire », aura régné trente-trois jours. Jamais un pontificat n'avait duré aussi peu de temps depuis Pie III, mort au bout de vingt-six jours, en 1503.

« Mais comment est-ce possible ? De quoi est-il mort ? » La question, légitime, aurait dû appeler une réponse simple : « Mort subite, infarctus du myocarde aigu », précise le certificat de décès, signé par le docteur Renato Buzzonetti. Mais la mort de Jean-Paul Ier suscite très vite des rumeurs bizarres : sa mort ne serait pas naturelle, elle serait le fruit d'un complot. La maladresse du secrétaire d'État, le cardinal Villot, est à l'origine de ces bruits de couloir qui se transformeront bientôt en ragots infamants : la mort de Jean-Paul Ier ayant été constatée au petit matin par une religieuse, Villot a pensé qu'il serait plus correct de parler de son secrétaire, John Magee, et qu'il serait plus élégant de représenter le pape mort en lisant non pas un brouillon de discours, mais *L'Imitation de Jésus-Christ* ! Deux pieux mensonges, vite éventés, ajoutés au fait que personne ne songea à pratiquer une autopsie : il n'en fallait pas davantage pour nourrir les élucubrations de quelques commentateurs inventifs.

L'écrivain britannique David Yallop, quelques années plus tard, en fera même un best-seller, en mettant astucieusement en perspective ces mystères anodins — la famille ayant refusé toute nouvelle autopsie, on ne peut réfuter facilement l'hypothèse d'un empoisonnement — avec quelques grosses « affaires » défrayant la chronique : le scandale de l'IOR, la banque du Vatican dirigée par Mgr Marcinkus, et le dossier malsain et meurtrier du scandale de la loge maçonnique P2 [8]. D'autres hypothèses circuleront, notamment celle d'un complot monté par la CIA, laquelle aurait préféré un pape franchement anticommuniste [9]. Des sornettes.

En réalité, la mort du malheureux Luciani, comme l'écrit le cardinal français Jacques Martin, est sans doute le résultat d'« une soudaine prise de conscience de la lourdeur de sa charge [10] ». Une contre-enquête menée avec beaucoup de sérieux par l'écrivain britannique John Cornwell [11], dix ans après ces événements, achèvera de confondre les élucubrateurs : Mgr Luciani, malade du cœur, a été submergé par le sentiment de n'être pas à la hauteur. Cornwell a révélé qu'il avait cessé de prendre les médicaments prescrits par son médecin — et qu'il s'en serait remis à la Providence. Une sorte de suicide.

Le vrai mystère, comme l'écrira Mgr Martin, ce n'est pas la mort de Jean-Paul Ier, mais *son élection*. Comment les cardinaux ont-ils pu ignorer qu'il était malade à ce point ? L'auraient-ils élu s'ils avaient su ses ennuis de santé ? Certainement pas. Hommes de foi, les cardinaux ne peuvent admettre que l'événement soit sans signification. Ils ont voté pour Luciani poussés par l'Esprit-Saint : quel « signe » celui-ci a-t-il voulu envoyer à l'Église ? La question n'est pas gratuite : de la réponse dépendra en partie l'élection de son successeur.

Les témoignages de l'époque laissent penser que le cardinal Wojtyla fut profondément troublé par la mort de Jean-Paul Ier. Difficile de ne pas remarquer la nervosité chez un homme habituellement aussi calme et équilibré. Ses proches, du chauffeur Mucha à la supérieure des ursulines de Varsovie, sœur Gorska, en passant par le journaliste Jerzy Turowicz, l'ont trouvé « tendu », « distrait », voire « déprimé », pendant ces quelques jours. C'est avec émotion qu'il prononce son homélie, le 1er octobre, à la messe dite en mémoire de Jean-Paul Ier dans la basilique Notre-Dame bondée[12]. Le dos au fameux rétable de Witt Swosz, devant une assemblée fort nombreuse, Wojtyla raconte longuement comment, à la question du cardinal camerlingue : « Acceptes-tu ton élection ? », Albino Luciani a répondu : « J'accepte ! » A-t-il le pressentiment de son élection ? Ou a-t-il peur, tout simplement, d'être choisi ?

L'histoire se répète. Le 3 octobre, Wojtyla s'envole

pour Rome — Wyszynski le rejoindra après la réunion de la conférence épiscopale polonaise — où il s'installe au Collège polonais après être allé se recueillir devant la dépouille du pape défunt. Le lendemain, à 15 h 30, il rejoint les cardinaux dans la chapelle Saint-Sébastien pour revêtir les ornements pontificaux avant la cérémonie des funérailles. Chasuble rouge et dorée, mitre blanche, le Polonais concélèbre, comme tous les prélats présents, autour du cardinal Carlo Confalonieri, doyen du Sacré Collège, qui prononcera l'homélie à la mémoire du défunt. La routine, en quelque sorte. Seule petite innovation pour Wojtyla : il est élu, lors de la première congrégation des cardinaux, à la commission d'organisation du conclave. Ce n'est pas une grande tâche : il suffit de renouveler ce que le cardinal camerlingue, Jean Villot, avait coordonné au mois d'août. Cela ne l'empêche pas de participer aux conversations de la petite communauté polonaise qui bruisse, elle aussi, de toutes les rumeurs romaines.

Lors des *novendiales*, ces neuf jours de deuil et de réflexion au cours desquels les cardinaux se réunissent tous les matins, les prélats parlent, parlent... Comment s'étonner que les conversations soient plus animées encore qu'en août ? L'Église est en crise. Et si la mort de Paul VI était attendue, celle de Jean-Paul Ier laisse ses responsables désemparés. L'un des futurs secrétaires de Jean-Paul II, Mgr Thu, se rappelle que certains propos trahissaient une quasi-panique : « Le départ de beaucoup de prêtres, la question du sacerdoce des femmes, celle de l'avortement, toutes ces questions s'accumulaient. L'Église avait besoin d'être rassurée[13]. »

Au cœur des discussions revient, sans cesse, la mise en œuvre de Vatican II : la messe en langue vernaculaire, l'ouverture au monde, l'œcuménisme, la collégialité, le choc de la modernité, comment gérer tout cela ? L'année précédente, en France, a eu lieu la scission intégriste de Mgr Lefebvre : et si les chrétiens protestataires occupant l'église Saint-Nicolas-du-Chardonnet avaient raison ? Comment poursuivre la ligne du concile sans provoquer d'autres réactions de rejet ? Ne faut-il pas revenir sur les avancées de Vatican II pour réduire la fracture entre les uns et les autres ? Une évidence commence à poindre. D'abord, pour éviter une nouvelle mésaventure, il faut choisir un pape jeune et en bonne santé. Mais surtout, il faut un pape aux convictions inébranlables, confiant dans l'avenir. Un pape *fort*.

Le 8 octobre, au cours de l'homélie qu'il prononce à l'église polonaise de Rome, lors d'une messe concélébrée avec le cardinal Wyszynski, le cardinal Wojtyla commente l'évangile de saint Jean :

> Chaque fois que le Christ dit à un homme : « Viens, suis-moi », il lui demande ce qu'il demandait à Pierre après sa Résurrection : « Est-ce que tu m'aimes plus que tu n'aimes ceux-ci ? » Alors l'homme ne peut que trembler en son for intérieur. Pierre tremblait dans son cœur, tout comme Albino Luciani avant de prendre le nom de Jean-Paul Ier. Tout homme tremble nécessairement à cette question en forme de sommation.

Comme s'il réfléchissait à haute voix, Wojtyla poursuit :

> Et le Christ dit à Pierre : « Quand tu étais plus jeune, tu te ceignais toi-même et tu allais où tu voulais. Mais quand tu seras vieux, tu tendras les mains et quelqu'un d'autre te ceindra, et te mènera où tu ne voudras pas aller. » Paroles mystérieuses, énigmatiques ! Dans ses injonctions à Pierre, le commandement du Christ : « Viens et suis-moi » possède une double signification : c'est une invitation à servir et une invitation à mourir.

Le conclave d'octobre

Le conclave s'ouvre solennellement le 14 octobre, à 16 h 30. Karol Wojtyla se présente à l'entrée de Saint-Pierre à la toute dernière minute : il revient en catastrophe de l'hôpital Gemelli où il est allé rendre visite à son ami Deskur, terrassé la veille par une attaque cardiaque. Essoufflé, le Polonais rejoint les autres cardinaux dans la salle ducale. Derrière le maître des cérémonies, Mgr Noe, et le camerlingue, le cardinal Villot, les prélats entrent lentement dans la chapelle Sixtine, aux accents du *Veni Creator*. Comme les autres, sur la soutane rouge, Wojtyla a revêtu le rochet et la mozette, et porte la barrette.

Le cérémonial est parfaitement rodé. Mais l'enthousiasme qui suivit l'élection de Jean-Paul Ier, au mois d'août, est retombé. La mort du malheureux Luciani a causé un vrai choc. L'atmosphère est grave. Les visages sont fermés. Les caméras de la RAI, qui couvre l'événement, s'attardent sur les cardinaux les plus connus : Siri, Benelli, Felici, Bertoli, Poletti... À l'entrée du conclave, un reporter-photographe du *Times* qui mitraille tous les *papabili* entend Wojtyla lui lancer en plaisantant : « Pas moi, c'est inutile ! » C'est la dernière fois que le Polonais passe quasiment inaperçu[14].

À quelques mètres de là, le cardinal König glisse à son collègue et ami Wyszynski :

— Pourquoi pas un Polonais ?

— Impossible, répond le primat, trop d'obligations m'attendent à Varsovie !

L'homme qui verrouille alors, en grande pompe, la porte de la chapelle Sixtine où les cardinaux seront isolés jusqu'au vote final, est Mgr Jacques Martin, préfet de la Maison pontificale. Quelques heures plus tôt, il a griffonné dans le carnet où il prend parfois des notes : « Noms mis en avant : Ursi, Colombo, Siri, Pappalardo. Et parmi les non-Italiens : Wojtyla (polonais), Villot, Pironio. » Cette parenthèse précisant la nationalité de Wojtyla en dit long sur le statut d'outsider de celui-ci.

Le cardinal Wojtyla va s'installer, avec sa petite valise, dans la cellule n° 91. Ce n'est pas l'ordre alphabétique, mais le tirage au sort qui lui a attribué ce numéro. Puis il se rend à sa place, dans la nef, où le cardinal Villot va rappeler les règles de l'élection et procéder à l'appel des cent onze électeurs. La main droite levée sur l'Évangile, Wojtyla répète à son tour, en latin, la formule par laquelle il s'engage à garder le secret sur cet extraordinaire huis clos. Villot insiste sur le caractère sacré de cette promesse : lors du conclave d'août, beaucoup d'indiscrétions ont été commises, et le secrétaire d'État s'en est ému.

Après la cérémonie d'ouverture, un dîner réunit les cardinaux autour d'un plat de *fettucini*, de *gelati* et de fruits dans la salle des Pontifes des appartements Borgia. Avant d'aller se coucher, les cardinaux ont, à nouveau, des discussions à n'en plus finir. Pas question, en cette circonstance, de « faire campagne » — la tradition interdit à quiconque d'être explicitement candidat. Pas question, non plus, de comploter dans un couloir en chuchotant. La règle est simple : tout propos doit être tenu à haute et intelligible voix. Pas de « messes basses » pendant le conclave !

Le lendemain, à 8 heures, après une toilette rendue sommaire par l'exiguïté des lieux, chacun regagne sa place dans la chapelle pour la messe, puis pour le premier tour de scrutin. Wojtyla a emprunté à la bibliothèque une revue d'études marxistes pour « meubler » les longs moments d'attente lors des dépouillements, suscitant quelques sourires chez ses voisins.

— N'est-ce pas sacrilège de lire une telle revue en ce lieu ? plaisante un cardinal.

— J'ai la conscience tranquille, répond Wojtyla en souriant [15].

Surprise : dans le porte-documents rouge posé devant lui, comme devant chaque cardinal électeur, une main mystérieuse a glissé la photocopie d'une interview accordée la veille par le vieux cardinal Siri à la *Gazzetta del Popolo* de Turin. Ses critiques acerbes à l'égard du synode et de la collégialité en général sont à la limite de la provocation. Siri lui-même est furieux : il avait fait promettre au journaliste de ne diffuser son interview qu'après l'ouverture du conclave.

Giuseppe Siri, archevêque de Gênes depuis trente ans, est un des deux ou trois cardinaux italiens ayant vraiment la taille du poste. Il est soutenu par la Curie. Il avait obtenu le deuxième meilleur score, derrière Luciani, au conclave d'août. Mais les cardinaux peuvent-ils élire un pape à ce point convaincu que le concile a été inutile, voire néfaste ? Un pape qui tenterait, à coup sûr, de revenir sur tout ce qui s'est fait dans l'Église depuis Vatican II ? Quel tremblement de terre ce serait !

L'autre figure qui se détache de l'assemblée, c'est celle de Giovanni Benelli, archevêque de Florence, mais surtout ancien substitut de la Secrétairerie d'État. Âgé de cinquante-sept ans, il a été nommé cardinal quelques mois plus tôt par Paul VI. Ce n'est pas un handicap : Pie XI, déjà, avait été élu pape juste après avoir reçu le chapeau. Benelli, on le sait, n'est pas un réformateur. Il n'a pas que des amis, mais il est intelligent, puissant et respecté. Enfin, c'est un stratège : c'est lui, en grande part, qui a poussé la candidature de Luciani en août. Et on chuchote que c'est lui, aussi, qui pousse l'ultraconservateur Siri

— pour mieux apparaître comme un recours « modéré ».

Bon calcul. Au premier tour, Benelli arrive largement en tête devant Siri et Poletti, le vicaire de Rome, considéré comme un réformateur, puis d'autres Italiens : Pappalardo, Ursi, Felici. Mais l'archevêque de Florence est loin d'obtenir les « deux tiers des voix plus une » (soit 75 voix) requises par la constitution *De Romano pontifici eligendo* du 1er octobre 1975, qui détermine les conditions de la vacance et de l'élection du pape.

Au deuxième tour — il n'y a pas de discussion entre les deux premiers tours —, le clivage s'installe : Benelli obtient environ quarante voix et Siri environ vingt-cinq. Le déjeuner, suivi d'une petite sieste, ne change rien à cette première donne. Au troisième tour, Benelli augmente son score, distance définitivement Siri (dont un certain nombre de partisans se sont reportés, pour éviter une tierce éventualité, sur le nom de Benelli), mais il n'atteint pas le nombre de voix requis. Si l'archevêque de Florence devait devenir pape, c'eût été à ce tour de la compétition ou jamais. Au tour suivant, comme on pouvait s'y attendre, Benelli perd du terrain, tandis que d'autres voies, visiblement, sont explorées : Pellegrino, Colombo, Baggio...

Au soir du 15 octobre, la situation semble bloquée. La candidature Benelli, massivement rejetée par les représentants du tiers-monde, a fait long feu. Celle de Poletti n'a pas rassemblé assez de réformateurs. Les partisans d'un pape non italien, pour la première fois, pensent qu'ils ont une chance. Le traumatisme causé par la mort prématurée de Jean-Paul Ier permet cette audace. Pendant le dîner, l'Autrichien König, explicitement pressenti, suggère de voter pour Wojtyla. Par la voix de John Krol, les Américains réagissent positivement à cette audacieuse proposition.

Mais plusieurs autres noms sont encore avancés : Pironio, Willebrands, Hume...

Le dimanche matin, cinquième tour de scrutin. À nouveau, Wojtyla, comme tous ses collègues, marche jusqu'à l'autel à l'appel de son nom, prête serment, se recueille un instant et pose son bulletin sur la patène d'un calice qui sert d'urne. Les voix, cette fois, s'éparpillent. Les partisans de Siri poussent désormais la candidature de Pericle Felici, un des piliers de la conférence épiscopale italienne. Mais Wojtyla, König et Ursi recueillent aussi un nombre significatif de suffrages. Au tour suivant, Felici ne progresse pas. Son profil de grand commis de l'Église — certains diraient : d'« apparatchik » — ne correspond pas au souhait général d'élire un pape qui soit un pasteur, un homme ayant l'expérience du « terrain ».

Le déjeuner va débloquer cette situation critique. Le cardinal Narciso Arnau, de Barcelone, célèbre à haute voix — en espagnol — les mérites de l'archevêque de Cracovie, en lui assurant le soutien de ses confrères d'Amérique latine. L'intervention est déterminante. Maximilien de Furstenberg, l'ancien recteur du Collège belge, se penche alors vers son ancien élève et lui cite un verset de saint Jean (11,28) : « *Dominus adest et vocat te !* » Ce qui veut dire : « Le Seigneur vient et t'appelle ! » Wojtyla l'écoute en silence : il rappellera cette phrase — et seulement cette phrase — quand il racontera son élection, non sans émotion, dans *Ma vocation*.

König pousse une dernière fois la candidature du Polonais mais, ainsi qu'il le racontera plus tard, il craint alors que Wojtyla ne refuse. Le Cracovien s'est retiré dans sa petite cellule, les larmes aux yeux. C'est le primat de Pologne, Stefan Wyszynski, qui va le réconforter et le dissuade de toute dérobade : « Si tu es choisi, il faudra accepter[16]. »

Le septième tour confirme ce tournant. Beaucoup

d'électeurs de Benelli reportent leurs suffrages sur Wojtyla. L'Italien ne recueille plus que trente-huit voix tandis que le Polonais, avec soixante-treize voix, frôle l'élection. Les jeux sont faits. L'issue du huitième tour de scrutin ne fait aucun doute. Wojtyla s'enferme dans la prière, le visage enfoui dans les mains, tandis que le premier scrutateur retire un à un les bulletins du calice, les déplie, les lit silencieusement, puis les passe au deuxième puis au troisième scrutateur, lequel lit les noms à haute voix : « Wojtyla... Wojtyla... »

Les cardinaux suivent attentivement le scrutin, stylo en main, et c'est bien avant la fin du décompte officiel, lorsque le nom de Wojtyla dépasse les soixante-quinze citations, qu'ils savent que l'Église a un nouveau chef. Lorsque le cardinal camerlingue proclame enfin le nom de l'élu, la chapelle éclate en applaudissements interminables. Il est 17 h 20. Le visage de Wojtyla est baigné de larmes. Mais c'est d'une voix ferme qu'il répond — en latin — à Villot qui lui demande s'il accepte son élection : « Fidèle à ma foi en Notre Seigneur Jésus-Christ, faisant le don de moi-même à Marie, Mère du Christ, et à l'Église, et conscient des difficultés, j'accepte ! »

Nouveau tonnerre d'applaudissements.

Puis Villot lui pose la question, traditionnelle, de savoir quel serait son nom de pape. Après un long silence, Wojtyla répond — toujours en latin — que par fidélité à l'égard de ses trois prédécesseurs, il prendra le nom de *Jean-Paul II*. La voix ne tremble pas, le ton est posé. L'idée plaît à beaucoup, qui saluent ce sens de l'à-propos par une nouvelle salve d'applaudissements. Puis Wojtyla est emmené vers la sacristie où l'attend le tailleur du pape, Annibale Gammarelli, avec trois aubes blanches de tailles différentes. Le nouveau pape se prête au jeu de l'essayage, des retouches. Il a maîtrisé son émotion.

Homme de prière, il s'en est remis, déjà, à la volonté de Dieu. Dialoguant avec André Frossard, plus tard, il aura ce mot d'explication : « Il est étonnant de voir à quel point Dieu nous aide intérieurement, comme Il nous accorde à une nouvelle longueur d'onde[17]. »

À 18 h 18, la foule massée place Saint-Pierre aperçoit enfin quelques volutes de fumée s'échapper de la cheminée de la Sixtine : « *Bianca ! Bianca !* » Oui, cette fois, la fumée est blanche. Pour dissiper tout malentendu, un haut-parleur le confirme : « *E bianco, il fumo è bianco, è veramente bianco !* » (« Elle est blanche, la fumée est blanche, elle est vraiment blanche »). Le soir de l'élection de Jean-Paul Ier, pour une raison technique inexpliquée, on n'avait réussi qu'à faire de la fumée grise.

Les premiers pas

— *Bianca ! Bianca !*

Un immense brouhaha a envahi la place Saint-Pierre. La foule s'agite. Bruno Bartoloni, le correspondant de l'Agence France Presse, rédige et envoie son premier « urgent ». Il est daté de 18 h 22. Dans ses prévisions, Bartoloni a bien cité Karol Wojtyla, en queue de liste, parmi les cardinaux susceptibles d'être élus — les *papabili* — mais lui-même est persuadé que le pape sera italien. À cet instant, il ne pense pas au Polonais.

Dans les locaux de la presse, installée dans cette partie des colonnades du Bernin qu'on appelle le « bras de Charlemagne » (parce qu'il est dans le prolongement de la statue de l'empereur), les spéculations vont bon train. La tension monte. Les envoyés spéciaux de NBC, de CBS trient et retrient leurs fiches biographiques. Benelli ? Siri ? « Ce serait une catastrophe ! » dit quelqu'un. Qui d'autre ? Un non-

Italien ? König ? La panique gagne certains commentateurs. L'évêque canadien Bernard Hubert s'écrie : « Préparez Arns ! Préparez Arns ! »

Arns, le Brésilien ? De longues minutes s'écoulent. La nuit tombe sur Saint-Pierre. Une lune orange semble surplomber la via della Conciliazionne. Des projecteurs sont bientôt braqués sur la façade de la basilique. Les lumières de la salle des Bénédictions s'allument. À 18 h 40, enfin, le cardinal Felici apparaît. On sait déjà qu'il n'est pas l'élu, puisque c'est lui qui s'approche du micro pour prononcer — en latin — la formule traditionnelle : « Je vous annonce une grande joie... *Habemus papam !* »

Clameur de la foule. Felici répète, savourant son effet : « *Habemus papam !* » et poursuit : « ... *ementissimum ac reverendissimum... Carolum* [on entend : *Carlum*]... *cardinalem...* » Stupeur et incompréhension. *Carlum* ? Ils n'ont quand même pas choisi le vieux Carlo Confalonieri ! Felici hausse le ton : « ... Wojtyla ! »

Qui ? Un Africain ? Juste avant de pénétrer sur le balcon, Felici s'est fait confirmer par König la prononciation de ce nom polonais, et il insiste sur le « l » de Wojtyla, ce « l » très spécifique qu'un certain Walesa achèvera de populariser deux ans plus tard, sur les bords de la Baltique. Un « l » qui se prononce « ou » et qui fait un peu africain, en effet. Il faut une quinzaine de secondes pour que la foule comprenne qu'il s'agit d'un Polonais, « du » Polonais... « *E il Polacco !* »

Felici poursuit, toujours en latin : « ... qui a pris le nom de Jean-Paul... »

Applaudissements nourris de la foule. Panique chez les journalistes. La plupart n'ont rien à dire sur l'heureux élu. Ceux qui sont en direct avec leurs rédactions ne peuvent cacher leur confusion. Alors qu'il commente l'élection pour la radio française

RTL, Joseph Vandrisse compulse fébrilement ses notes et y retrouve un petit papier : « Wojtyla... 58 ans... assez conservateur... remarquable théologien... » Vandrisse développe, au moins, ces maigres éléments : le deux cent soixante-quatrième pape de l'histoire de la chrétienté est jeune, il est « étranger », il est polonais.

*

À 19 h 35, Jean-Paul II apparaît enfin au-dessus de l'immense tapisserie encore frappée des armes de Paul VI qu'on a tendue sous la loggia des Bénédictions. Étole rouge, calotte blanche, il écarte les bras. Il semble détendu, il arbore un large sourire, un sourire presque malicieux. Chacun attend ses premiers mots. Va-t-il se contenter de bénir la foule ? Va-t-il parler en polonais ? En latin ?

— *Sia lodato Gesu Cristo ! Carissimi fratelli e sorelle...*

Divine surprise : le Polonais parle en italien, et plutôt bien !

Loué soit Jésus-Christ ! Chers frères et sœurs... Nous sommes encore tous plongés dans la douleur par la mort de notre bien-aimé pape Jean-Paul Ier... Et voilà que les vénérables cardinaux ont appelé un nouvel évêque de Rome... Ils l'ont appelé d'un pays... [*il cherche le mot juste*] lointain... [*Applaudissements de la foule*] ... lointain, mais toujours proche par la communion dans la foi et la tradition chrétienne...

À Frossard, plus tard, il dira qu'en évoquant ce pays « lointain », le nouveau pape pensait aussi à Pierre, son premier prédécesseur venu de la lointaine Galilée.

J'ai eu peur d'accepter cette nomination [*voilà qui n'est pas banal : un pape qui avoue avoir eu peur !*] mais je l'ai fait en esprit d'obéissance à Jésus-Christ et de confiance absolue envers sa Mère, la très sainte Madone... Me comprenez-vous bien ? Je ne sais pas si je pourrai m'exprimer dans votre langue... [*il se reprend*] ... dans *notre* langue italienne... *Se mi sbaglio, mi corrigerete !* (Si je me trompe, vous me corrigerez).

Ce *corrigerete* est un latinisme, une faute d'italien délicieuse. La foule s'égaie : « Nous te corrigerons ! »

Puis le pape passe au latin pour sa première bénédiction :

— ... *Patris et Filii et Spiritus sancti... descendat super vos et magnat semper !*

La foule :

— *Amen !*

C'est la première bénédiction *urbi et orbi* du nouveau pape. Sa voix est forte, le ton est assuré. Ce Wojtyla semble décidément à l'aise. Il salue la foule, les deux bras levés.

La petite réception qui suit, dans la salle des Pontifes, réunit tous les cardinaux. Les « polonais », Wyszynski, Krol, sont à la fête. Le nouvel élu est détendu, chaleureux, il a un mot pour chacun, il passe d'une langue à l'autre. Très vite, l'ambiance devient extraordinaire. Le cardinal Krol en oublie qu'il est américain et retrouve ses racines : il entonne le chant polonais traditionnel *Sto lat* (« Qu'il vive cent ans ! ») et enchaîne avec le chant du *Montagnard* (« Montagnard, n'as-tu pas la nostalgie... ? ») connu de tous ses ex-compatriotes, tandis que Jean-Paul II saisit une bouteille de champagne et sert lui-même les sœurs qui sont là, ébahies [18].

Mardi 17 octobre. Lendemain de fête. Non seulement Jean-Paul II a gardé les cardinaux à dîner, la veille au soir, mais il a passé la nuit avec eux, dans le cadre formel du conclave, à la discipline un peu relâchée, il est vrai, en regagnant sa cellule 91.

Le matin, après avoir présidé la messe clôturant le conclave, Jean-Paul II lit un message devant les cardinaux enfin détendus. C'est son premier discours de pape. Il expose, à grands traits, les principales lignes de son pontificat : fidélité au concile Vatican II, affirmation de la collégialité et du rôle des évêques, valeur « objective » de la doctrine, rappel de la discipline, importance de l'œcuménisme... Au passage, il dit aussi qu'il ne fera pas de politique, mais qu'il dénoncera toutes les formes d'injustice et de discrimination, qu'il défendra la liberté de conscience et la liberté religieuse, etc. Ni banalités ni langue de bois. Entre les lignes, c'est un vrai programme qui déjà se dessine.

En fin de matinée, il visite ses appartements, guidé par Mgr Jacques Martin, le préfet de la Maison pontificale. Quand il découvre sa chambre, il s'agenouille au pied du lit et récite, à haute voix, un *Salve Regina*. Tout en inspectant les autres pièces, non sans une halte dans la chapelle, Wojtyla écoute Martin évoquer toute une série de questions urgentes : le service, le blason du nouveau pape, la date de l'inauguration du pontificat, etc. Le nouveau pape s'inquiète : combien de temps lui faudra-t-il consacrer aux audiences ? Pourra-t-il garder ses matinées pour travailler ? Son réflexe est de reproduire son emploi du temps de Cracovie : lever avant 6 heures, messe à 7 heures, etc. Mgr Martin notera dans ses carnets : « Il voudrait bien faire du canot, du ski... Il est plus résigné qu'enthousiaste[19]. »

Dès cette première prise de contact, Jean-Paul II s'affirme. Il ne se coulera dans aucun moule. Il vivra sa vie. Après le déjeuner, il provoque un début de panique chez ses accompagnateurs en décidant de retourner au chevet de son ami Andrzej-Maria Deskur, toujours alité au dixième étage de l'hôpital Gemelli, sans se préoccuper des embouteillages romains. Dans cet établissement qui l'hébergera si souvent pendant son long pontificat, le pape s'arrête pour saluer d'autres malades. Avec humour, il remercie ceux qui l'ont amené jusque-là et « sauvé » de l'enthousiasme de la foule romaine. Puis... il oublie de donner sa bénédiction. Repris par l'un des membres de la suite, l'illustre visiteur déclenche alors un éclat de rire en s'excusant auprès du personnel médical : « Ils m'apprennent à faire le pape ! »

« N'ayez pas peur ! »

Dimanche 22 octobre. « Au début de la cérémonie d'inauguration, se rappelle Mgr Renato Boccardo, tout était normal[20]. » Le jeune abbé Boccardo vient de passer un an comme stagiaire au service des liturgies pontificales : c'est dire qu'en cette année 1978 il aura servi trois papes. L'ouverture solennelle du pontificat, le dimanche 22 octobre, doit lui permettre de terminer son stage en beauté. Devant un parterre de trois cent mille personnes rassemblées place Saint-Pierre, Boccardo assiste le cardinal-diacre Felici dans la remise au nouveau pape du *pallium* — cette étole de laine, symbole de l'autorité du pape et des archevêques —, puis dans le rituel traditionnel et pompeux du serment des cardinaux, qui viennent en file indienne, tout en haut des marches du parvis, assurer le souverain pontife de leur obéissance.

Boccardo est surpris et ému, comme des millions de téléspectateurs, quand le deuxième cardinal de cette longue file de prélats, Mgr Wyszynski, s'agenouille brusquement devant son jeune compatriote pour baiser son anneau papal, et lorsque Wojtyla, par respect, veut aussitôt le relever en une étreinte maladroite et baiser la main du primat. La scène se reproduira le lendemain, lors de l'audience accordée au clergé polonais, et restera dans l'Histoire.

Puis la messe s'engage, solennelle, et personne ne s'étonne que le nouveau pape commence son allocution, de façon traditionnelle, par le rappel de l'obéissance de Simon Pierre, lequel aurait préféré, bien sûr, rester chez lui, à Génésareth, plutôt que de gagner Rome où la mort l'attendait. Personne ne s'étonne d'entendre le pape polonais se dire « fils d'une nation restée toujours fidèle à cet évêché de Rome », et demander à Dieu de faire de lui « le serviteur de [ses] serviteurs ». Ceux qui n'ont jamais entendu parler Wojtyla apprécient la profondeur du discours, le rythme des phrases, dites de cette voix pas encore familière.

« Et soudain, c'est l'événement », se rappelle Boccardo. Citant le Christ interpellant ses disciples, Jean-Paul II lance alors ce cri qui restera dans l'Histoire : « *Non abbiate paura !* »

> N'ayez pas peur, dit exactement le pape, d'accueillir le Christ et d'accepter son pouvoir ! [...] N'ayez pas peur ! Ouvrez toutes grandes les portes pour le Christ ! À son pouvoir salvateur, ouvrez les frontières des États, les systèmes économiques et politiques, les vastes champs de la culture, de la civilisation et du développement ! *N'ayez pas peur !...*

Personne n'a jamais parlé comme cela. Ce pape, pensent déjà nombre de ses auditeurs, va réellement donner de l'Église une nouvelle image. À la fin de la messe, à l'issue du *Te Deum*, Jean-Paul II s'avance vers les premiers rangs de l'assemblée. Sous les acclamations, il bénit quelques malades, salue gaiement des amis situés au premier rang, embrasse un petit garçon... Cet épisode n'était pas prévu par les ordonnateurs de la liturgie. Pas plus que la scène finale : seul au milieu de cette immense tribune, voilà que le pape saisit à deux mains sa crosse en argent

— qu'il a héritée de Paul VI — et la brandit longuement en direction de la foule. On dirait une rock star — on ne sait pas encore que Karol Wojtyla a failli être acteur — ou Moïse fendant de son bourdon les flots de la mer Rouge. Le père Boccardo n'est pas le seul à penser, à cette minute, que le conclave a fait le bon choix.

Juste après la cérémonie, Jean-Paul II apparaît à la fenêtre de son appartement et explique tranquillement à la foule qu'il récitera l'angélus en public tous les dimanches, à midi, comme son prédécesseur. Il s'adresse aux jeunes : « ... l'avenir du monde, l'avenir de l'Église, mon espérance ! » Puis il conclut : « Il faut en finir. C'est l'heure d'aller manger, pour le pape comme pour tout le monde ! »

Un éclat de rire bienveillant secoue la place Saint-Pierre. Humour, bonhomie, simplicité. Le nouveau pape rompt avec la solennité compassée qui s'attache aux lieux et à la fonction. Il n'y a pas si longtemps, Pie XII prononçait encore ses discours de façon déclamatoire, théâtrale, en levant les bras comme un automate. Ce pape-là va montrer, d'emblée, qu'on peut allier le naturel et le fondamental.

Déjà, le vendredi, lors de la réception solennelle organisée dans la salle du Consistoire, il avait séduit le corps diplomatique par sa simplicité, son assurance et sa facilité à passer d'une langue à l'autre, mais il ne s'était pas privé d'asséner à ses auditeurs quelques vérités premières. Par exemple, le nouveau pape a expliqué à cette digne assemblée qu'elle n'était pas composée seulement de « représentants de gouvernements » mais « de peuples et de nations », qui, de surcroît, avaient droit à la liberté religieuse. Certains ambassadeurs présents se sont sentis directement visés. Il faudra qu'ils s'y habituent.

Le lundi 23, le pape a décidé de consacrer sa journée à ses compatriotes. Le matin, il reçoit en audience le chef de l'État polonais, Henryk Jablonski, puis il déjeune à l'hospice Sainte-Marthe avec les évêques polonais présents à Rome. À 16 heures, enfin, une audience spéciale a été prévue pour les Polonais dans la salle Nervi, pour ceux qui sont de passage à Rome, et pour ceux qui sont venus, par centaines, en charters. Il y a là, au premier rang, la concierge du palais épiscopal, Mme Maria, le chauffeur du cardinal, M. Mucha, le valet de chambre, M. Franciszek, beaucoup de proches et d'amis de Cracovie, de Varsovie, de Wadowice, de Lublin... Quelques amis, qui n'ont pas reçu leur visa, brillent par leur absence : Jacek Wozniakowski, Tadeusz Mazowiecki, et quelques grandes figures de la contestation polonaise qui n'ont pas les faveurs du régime. Tout ce monde-là chante, spontanément, des chants polonais : « *Qu'il vive cent ans* » ou « *Nous voulons Dieu* ». Quand le primat Wyszynski prend la parole, le silence se fait. Le pape, lui, se lève — au mépris de tout protocole. Mais, en Pologne, on se lève pour écouter le primat. La salle, du coup, se lève aussi pour écouter « son » primat : « Nous savons bien combien cette décision vous a coûté... »

Le primat sait de quoi il parle. Quand il a terminé, il s'approche du pape, s'agenouille en lui embrassant l'anneau. Mais, comme la veille, Jean-Paul II ne le laisse pas faire, il se met lui-même à genoux, embrasse l'anneau du primat, le serre dans ses bras, l'empêche de se relever. L'émotion est à son comble. Dans l'assistance, des milliers de gens pleurent et applaudissent tout à la fois. La scène a été sculptée et figure, comme on sait, sous la forme d'une imposante statue, dans la cour de la KUL à Lublin et, en reproduction en bronze, dans le bureau du cardinal Macharski à Cracovie.

Ému, le nouveau pape rend un hommage vibrant à son ancien supérieur : « Sans vous, vénérable et bien-aimé cardinal primat, sans votre foi qui n'a pas reculé devant la prison et la souffrance, sans votre espérance héroïque, il n'y aurait pas eu non plus de pape polonais[21]... »

Wyszynski est bouleversé. Jean-Paul II lui confie une lettre ouverte adressée aux évêques de Pologne, dans laquelle il écrit : « Sans le témoignage spécifique de la Pologne chrétienne, on ne peut pas comprendre pourquoi l'Église se retrouve avec un pape polonais à sa tête... » Pour le nouveau pape, il ne fait pas de doute que la Providence, en le plaçant à la tête de l'Église, a un dessein précis. Il reviendra souvent sur cette intuition. Puis il confie une autre lettre à son ex-évêque auxiliaire, Mgr Groblicki, à destination des chrétiens de l'archidiocèse de Cracovie. Seuls quelques Polonais attentifs remarquent que la lettre comporte un vœu étrange : le nouveau pape y émet l'espoir de retourner les voir, à Cracovie, pour le jubilé de saint Stanislaw, qui sera clôturé au printemps 1979.

La cérémonie se transforme en une fête inouïe. Toujours sobre, Mgr Martin note dans ses carnets : « Bain de foule indescriptible, sans aucun souci de la soutane blanche chiffonnée ou souillée par le rouge à lèvres sur les manches[22]. » Au bout d'une heure de ce bain de foule exceptionnel, le pape, en pleine forme, remonte sur le podium et s'excuse : « Nous devons nous quitter, car le primat n'a pas que cela à faire, et il me dit d'abréger ! » Éclat de rire général. Décidément, *Wujek* n'a pas perdu son sens de l'humour.

*

Parmi les cent et une surprises qui jalonnent les premiers pas du nouveau pape, il en est une, moins spectaculaire, qui en dit long sur sa personnalité. Le dimanche 29 octobre, après avoir récité l'angélus devant quelque cent cinquante mille fidèles, le pape annonce qu'il ira faire un saut, dans l'après-midi, au sanctuaire marial de la Mentorella : « *Voi, Romani...* Et vous, Romains, connaissez-vous le chemin de la Mentorella ? »

Non, les Romains, dans leur immense majorité, ne connaissent pas ce petit monastère juché sur un piton escarpé, à quarante kilomètres de Rome. Il faut se rendre en voiture jusqu'à Capranica Prenestina, puis marcher pendant douze kilomètres jusqu'au sommet du Guadagnolo (1 218 m) et là, gagner une petite église datant du XIIe siècle, adossée à un éperon rocheux au milieu d'une mer de verdure. Un minuscule couvent y a été bâti en 1857 par des moines résurrectionnistes polonais. L'électricité y a été installée tout récemment et la route, aujourd'hui, va jusqu'au couvent. C'est sans doute l'endroit préféré de Karol Wojtyla. Prêtre, évêque, puis archevêque, il y est venu une trentaine de fois, restant parfois pour la nuit, dans une cellule au lit en tubes métalliques, sur un vieux matelas, sous un plafond craquelé. Il est capable d'y prier sans s'interrompre pendant toute une journée. Quand le pape « disparaîtra » parfois, tel ou tel après-midi, à la barbe des paparazzi, il ne faudra pas chercher loin le but de son escapade. C'est à la Mentorella que Jean-Paul II aimera le plus s'isoler. Il faudra du temps pour l'admettre : le nouveau pape est d'abord un homme de prière.

II

LE PAPE DE L'AN 2000

15

Une journée dans la vie d'un pape

Karol Wojtyla semble s'être glissé sans difficultés dans les habits de Jean-Paul II. Notamment dans sa vie quotidienne, où il a reproduit, tout naturellement, les habitudes, le rythme et l'emploi du temps de l'archevêque de Cracovie. Si l'administration de la Curie est là pour « baliser » l'activité de tout nouveau pape, son emploi du temps, ses rendez-vous, ses visites, celui-ci peut aussi imposer son propre style, aidé en cela par son entourage : personnel de service, secrétaires, etc. Jean-Paul II, qui est davantage un pasteur qu'un administrateur, a vite compris que l'encadrement des activités du pape par la Curie présentait le danger d'étouffer celui-ci à force de vouloir le soulager. De surcroît, un pape venu de l'Est connaissait mieux que personne les dérives bureaucratiques de toute administration centralisée. Opacité des rouages, soumission à une raison collective, multiplication des règlements : le mode de gouvernement du Vatican n'est pas sans rappeler, parfois, les régimes de parti unique. Non seulement ce pape polonais de cinquante-huit ans a veillé à préserver ses habitudes et son rythme personnels, mais il a même imposé à son entourage le risque de bouleverser son programme sans prévenir, de mépriser les horaires trop serrés, voire, jusque dans les derniers temps, la fantaisie de « fugues » plus ou moins prévisibles. Son escapade improvisée au chevet de son ami Deskur à l'hôpital Gemelli, le premier jour, était comme un signal.

Les petits matins de Saint-Pierre

Dès octobre 1978, le Vatican se met donc à l'heure de Cracovie. À 5 h 30, les rares passants qui traversent la place Saint-Pierre d'un pas pressé voient s'allumer, aux trois fenêtres d'angle du palais apostolique, au-dessus des célèbres colonnes du Bernin, la lumière de la chambre du pape. Contrairement à Paul VI, tard couché, tard levé, Jean-Paul II se lève tôt. « Pas très facilement », avouera-t-il un jour à son ami Frossard. Pure coquetterie apostolique : le nouveau pape s'est levé tôt toute sa vie. Lorsque, au milieu des années quatre-vingt-dix, ses médecins lui ordonneront de se ménager, il décalera son horaire matinal de... quinze minutes.

La chambre du pape est une petite pièce d'à peine trente mètres carrés partagée en deux par un paravent vieillot. Le cadre est austère. D'un côté, un grand lit, un fauteuil, une table, un petit crucifix en bois et le portrait de la Vierge. De l'autre côté, une longue table avec des albums de photos, deux chaises. Sur le mur du fond, une carte du diocèse de Rome où son évêque marquera, une à une, les paroisses auxquelles il rendra visite. Deux modestes photos encadrées, en noir et blanc : la première représente ses parents, Karol et Emilia ; l'autre, son vieux maître, le cardinal Sapieha.

Pendant longtemps, Jean-Paul II s'habillera et se rasera seul, sans cérémonial, comme il l'avait toujours fait avant son élection. Après ses accidents à la clavicule et au col du fémur, en 1994, il devra se faire aider par son camérier Angelo Gugel, un valet de chambre vénitien au dévouement et à la discrétion irréprochables. Gugel, un ancien gendarme à l'allure militaire et à la démarche sportive, est le dernier détenteur d'une de ces charges naguère attachées à la personne du souverain pontife, et qui ont été, pour la plupart d'entre elles, supprimées par Paul VI : l'écuyer (alors que les écuries du palais apostolique avaient disparu depuis Pie X), le « porteur de la rose d'or » (quand le pape envoyait un message à une reine catholique), le sacristain, le majordome, l'échanson, le « grand fourrier », etc. Le pape enfile donc une chemise à col romain fermée par des boutons de manchette et une simarre (soutane) immaculée en laine fine, serrée à la taille par une large ceinture de moire blanche décorée aux armes papales. Sa garde-robe en comprend une vingtaine, toutes fournies par Annibale Gammarelli, couturier des papes de père en fils depuis... deux siècles. Sur sa soutane, il porte un camail (pèlerine) de couleur blanche et une croix pectorale en or. Sur la tête, une calotte, blanche elle aussi. Au doigt, un anneau d'or en forme de croix. Aux pieds, des mocassins de cuir bordeaux, taille 43. L'hiver, enfin, Gugel lui prépare un large manteau, rouge ou crème, aussi sobre que le reste de cette garde-robe d'une grande simplicité.

Dès qu'il est prêt, vers 6 h 15, le pape traverse le couloir et entre dans sa chapelle pour un temps de prière. « Pour savoir qui est réellement Jean-Paul II, il faut le voir prier, surtout dans l'intimité de sa chapelle privée », expliquera un jour le journaliste Vittorio Messori [1], faisant écho à tous ceux qui ont été les témoins de cette scène : le pape à genoux, penché en avant, sa tête appuyée sur une main collée au visage, ou bien enfouie dans les deux mains ouvertes. André Frossard, l'ami français, le décrit, dans cette attitude, comme un « bloc de prière ». Dans l'accoudoir de son prie-Dieu, le pape sait qu'il va trouver tout un lot de petits papiers préparés par son secrétaire : il s'agit de requêtes personnelles, la plupart arrivées par courrier de tous les coins du monde, qui deviennent autant d'intentions de prière. En un quart de siècle, pour combien de milliers de défunts anonymes, de mères indignes, de fils drogués ou d'enfants malades le pape aura-t-il ainsi imploré personnellement la miséricorde divine[2] ?

Jean-Paul II s'arrache ensuite à sa prière, non sans mal, et quitte la chapelle pour aller faire sa gymnastique. Après le réveil de l'âme, l'exercice du corps. Un pape se doit d'être en bonne forme physique. Pie XII, qui n'était pourtant pas un fantaisiste, fut le premier pape à installer au Vatican un équipement adéquat. Jean-Paul II, amateur d'exercices physiques, a hérité d'un équipement sommaire : haltères et vélo d'appartement. Mais, dès le retour des beaux jours, il préférera marcher sur la terrasse du palais[3] ou même, au début, faire un footing dans les jardins du Vatican, déserts à cette heure matinale. Bien entendu, ces exercices se réduiront peu à peu avec l'âge. À la fin de sa vie, Karol Wojtyla limitera le moindre de ses déplacements. Et prolongera d'autant la durée de ses méditations. Un jour que son porte-parole Joaquin Navarro-Valls, après une cérémonie dans la basilique Saint-Pierre, s'inquiétait de le voir rejoindre la sacristie très lentement, mettant plus de dix minutes pour faire le trajet depuis l'autel central, le pape lui a répondu qu'il n'était pas particulièrement fatigué : « Mais cela me donne le temps de faire mon action de grâces[4]. »

À 7 heures, retour à la chapelle privée pour la messe du matin. Retour au plus intime de la foi pour cet homme qui faillit devenir un contemplatif et qui définit un jour la messe comme « le moment le plus important et le plus sacré » de son emploi du temps.

« La messe est d'une façon absolue le centre de ma vie et de mes journées », dit-il lors d'un symposium sur le sacerdoce, en 1995. Il faudra des circonstances vraiment exceptionnelles — l'attentat du 13 mai 1981 — pour qu'il renonce à dire sa messe ; encore célébrera-t-il l'eucharistie dès le surlendemain du drame, avec l'aide de son secrétaire, dans son lit de l'hôpital Gemelli.

La chapelle privée du pape est la pièce qu'il préfère. Il passe rarement devant sans y faire une halte, même très brève. De taille moyenne, rectangulaire, sans fenêtres, elle a été entièrement refaite en « moderne » dans les années soixante par Paul VI. On y entre par une lourde porte en bronze à deux battants, où figurent la multiplication des pains, la descente de croix, etc. Au centre, attirant tous les regards, le prie-Dieu du pape, dont Frossard disait que « le large accoudoir avait les dimensions d'un pupitre », et son fauteuil en bronze doré, en style médiéval, large et enveloppant, sur le dos duquel l'artiste a dessiné les paroles du *Pater noster*. Il y a une douzaine de chaises et deux bancs pour les invités. Les autres prie-Dieu, modernes, sont recouverts de velours gris. Quand le pape lève enfin les yeux, son regard rencontre un Christ crucifié en bronze et le portrait d'une Vierge byzantine surplombant l'autel en marbre blanc. À gauche et à droite de celui-ci, deux bas-reliefs en mosaïque représentent le martyre de saint Pierre et celui de saint Paul. Enserrés entre des piliers, des vitraux montent au mur jusqu'à la verrière du plafond, particulièrement lumineux, tandis que, dans un décroché, seize panneaux en bronze représentent les scènes de la Passion [5].

C'est là, à la messe du matin, que le rejoint sa « famille », à commencer par les cinq religieuses polonaises qu'il a fait venir de Cracovie et qui le servent en permanence. Ces cinq « anges gardiens », le plus souvent en habit noir et ceinture blanche, voile noir à coiffe blanche, un cœur brodé sur la poitrine, appartiennent à la congrégation des Servantes du Sacré-Cœur de Jésus[6]. Sous la férule maternelle de Tobiana, la supérieure de cette petite communauté qui est aussi infirmière (elle est médecin de formation), il y a là Fernanda (responsable des provisions), Matylda (chargée de la garde-robe), la polyglotte Eufrozyna (pour le courrier privé) et Germana, l'ancienne servante de Mgr Deskur que celui-ci a recommandée au pape pour... ses talents culinaires.

Ses secrétaires sont là aussi. Le pape a toujours deux secrétaires personnels, dont l'un — qui eût porté naguère le titre de « chapelain secret » — est à la fois son ami et son confident : Stanislaw Dziwisz. Une vieille complicité unit les deux hommes. Né en 1939 à Raba Wyzna, une station de ski située dans les Tatras, le jeune Dziwisz avait été ordonné en 1963 par un dynamique évêque amateur de glisse nommé Karol Wojtyla. Devenu prêtre dans une paroisse du sud de Cracovie, il est entré au service de l'archevêque Wojtyla comme chapelain (*kapelusz*) en 1966, puis comme secrétaire personnel. Bon skieur — une qualité indispensable auprès d'un tel patron —, il poursuivit, en parallèle, des études de théologie qui ne devaient pas lui nuire.

Depuis 1978, Dziwisz habite un petit appartement au quatrième étage du palais apostolique, relié à celui du pape par un escalier en colimaçon. Son bureau est juste à côté de celui du Saint-Père. Dans son ombre dès le premier jour, et pour cause, nommé officiellement « second vicaire » le 18 juin 1979, il devait le servir pendant tout le pontificat. Non sans heurts, quelquefois, avec le reste de l'entourage. En effet, fût-il courtois, zélé et désintéressé, l'homme qui tient l'agenda du Saint-Père suscite inévitablement jalousies et rancœurs — notamment quand il dit « non » à tous ceux qui sollicitent un entretien avec le pape. Sans déclencher autant de railleries que naguère sœur Pasqualina Lehnert qui protégeait tant Pie XII qu'on l'accusait de gouverner l'Église à sa place, Dziwisz s'est retrouvé dans la même situation délicate que Loris Capovilla sous Jean XXIII et Pasquale Macchi sous Paul VI[7].

La situation de Dziwisz, qui ne connaissait rien de la Curie romaine, était d'autant plus délicate que son mentor, qui ne la connaissait pas non plus, s'est empressé de briser le mur virtuel qui sépare le domaine privé du pape, géré par son secrétariat personnel, et sa vie publique, gérée par l'administration du Vatican. Comment le secrétaire personnel du pape, par exemple, aurait-il pu ne pas court-circuiter le préfet de la Maison pontificale, Mgr Martin, puis Mgr Monduzzi, chargé d'organiser les activités quotidiennes du Saint-Père dans les moindres détails ? Il faudra vingt ans pour que s'impose la bonne formule : en 1998, lorsque le pape désigne à ce poste l'Américain James Harvey, Stanislaw Dziwisz est nommé préfet adjoint de la Maison pontificale, ce qui officialise l'inextricable imbrication des deux fonctions, celle qui touche au privé et celle qui touche au public. Harvey et Dziwisz seront d'ailleurs nommés évêques ensemble, le 19 mars 1998, en même temps que le « troisième homme » de l'entourage immédiat du pape, le maître des cérémonies liturgiques Piero Marini, attentif et impassible, dont les téléspectateurs du monde entier ont vu blanchir les cheveux au fil des années, de grand-messes spectaculaires en bénédictions *urbi et orbi*, de béatifications solennelles en audiences générales.

C'est Marini qui veille au choix des ornements liturgiques, à la préparation des lectures, au bon respect du protocole, et à tout ce qui peut arriver au pape pendant ces interminables cérémonies qui composent son quotidien, surtout en voyage. Avec doigté et discrétion, c'est lui qui lui passe un mouchoir quand il souffre d'un rhume ou de la chaleur, c'est aussi lui qui essuiera délicatement la bouche du vieil homme, dans les dernières années, lorsque sa paralysie faciale le fera buter sur une trop longue homélie. Gugel est chargé des vêtements et de la canne. Marini s'occupe des cérémonies. Dziwisz, quant à lui, veille à tout et tout le temps : le verre d'eau pendant un sermon, la chaussure enlevée sous la table pendant un entretien, la tasse de thé quand il fait soif, etc. Pendant un quart de siècle, Dziwisz aura été à la fois le chef de cabinet, le factotum, l'ami, le confident du Saint-Père qu'il aura servi avec un dévouement filial [8].

Très vite, Jean-Paul II élargit les rangs de sa « famille » et invite à sa messe matinale certains amis ou des personnalités de passage : archevêques ou évêques en visite *ad limina* [9], supérieurs d'ordres monastiques, hauts responsables politiques notoirement catholiques, etc. Il n'y a aucun exhibitionnisme dans ces invitations. C'est une façon, pour le pape, de *partager* l'eucharistie. Si la chapelle avait la taille d'une basilique, il inviterait quotidiennement plusieurs centaines de personnes ! Bientôt, il transformera en un véritable rite ce privilège très couru d'être « invité à la messe du pape », dont toutes les personnes bénéficiaires garderont les mêmes souvenirs émus : la joie de recevoir le carton magique, la veille, à leur hôtel ou à leur résidence ; la fébrilité quand il s'agit de s'habiller — mantille ou pas mantille [10] ? — et d'apprêter les enfants endormis ; l'excitation de se rendre, très en avance, au rendez-vous matutinal fixé à la porte de bronze où un garde suisse les invite à emprunter la *Scala regia*, construite par le Bernin ;

puis l'émotion ressentie en traversant la cour Saint-Damase, cet espace fermé entouré de verrières [11] où ils s'attarderont au retour, comme pour prolonger la magie de la rencontre ; enfin, en haut de l'interminable escalier Pie IX, au troisième étage du palais, en entrant dans la chapelle, la vision soudaine du pape de dos, massif, immobile, figé sur son prie-Dieu.

La messe, sans homélie, dure environ cinquante minutes. Après avoir salué ses hôtes et béni leurs enfants dans la bibliothèque attenante sous l'objectif bienveillant et fébrile du photographe Arturo Mari, le pape va prendre son petit déjeuner auquel il a convié quelques-uns de ces invités privilégiés par le truchement de Stanislaw Dziwisz. En 1979, le très catholique Baudouin Ier, roi des Belges, fut la première personnalité à être ainsi invitée, sans façons, par le souverain pontife. Le journaliste André Frossard fut sans doute la deuxième, qui salua dans un article la grande simplicité de son hôte : « Encore sous Pie XI, racontait-il, il fallait être en habit, cravate noire et souliers vernis, puis se mettre à genoux quand le pape apparaissait au coin d'un corridor ! » Des milliers d'autres personnes, au fil des ans, auront droit à cette faveur insigne et au même menu : petits pains ronds, beurre et confiture, jambon cru, œufs au plat ou brouillés, café avec ou sans lait. La vaisselle, en porcelaine ivoire à filet d'or, porte les armoiries du pape. La conversation est libre, informelle. Le pape met à l'aise ses hôtes. Il est simple et détendu. D'ailleurs, il parle peu, préférant écouter : le petit déjeuner est sa première source d'information sur les événements du monde.

À 9 heures, dans le corridor qui mène à son bureau, Jean-Paul II jette un coup d'œil rapide sur les titres de la presse du matin — les principaux quotidiens italiens et quelques journaux étrangers : *Die Welt*,

Le Monde, *Le Figaro*, l'*International Herald Tribune*, disposés sur une table en marbre. Il se s'attarde pas à les lire, il sait qu'une revue de presse complète lui sera apportée dans la matinée, et que ses secrétaires l'attendent déjà dans son bureau pour fixer le programme de la journée, les textes à préparer, etc. Puis, dans cette pièce toute simple qui sent le vieux bois et l'encaustique, où l'une des religieuses a disposé un bouquet de fleurs aux couleurs de la Pologne, le pape se retrouve seul pour une heure et demie. C'est une plage horaire pendant laquelle, comme naguère à Cracovie, il ne veut pas être dérangé : correspondance, lecture, méditation, le tout entrecoupé de courts séjours à la chapelle. C'est là, notamment, qu'il écrit nombre de ses homélies, dont les feuillets comportent toujours, en haut et à gauche, quelques mystérieuses lettres. Le pape a gardé l'habitude pieuse de commencer toute page blanche par l'inscription d'initiales familières : *J + M* (Jésus + Marie) ou *AMDG* (*Ad majorem Dei gloriam*), ou encore *TT* (*Totus tuus*). Il lui arrive aussi d'écrire en toutes lettres, sur la première page : *Totus tuus ego sum*, puis sur la deuxième : *Et omnia mea tua sunt*, puis sur la suivante : *Accipio te in mea omnia*, etc. Quand le texte est plus long, il utilise parfois, vers par vers, les hymnes du bréviaire.

Les audiences du pape

À 11 heures, changement de décor. Du troisième étage du palais apostolique, où il réside, le pape descend au deuxième, où il reçoit. Autant les appartements du troisième sont modestes — jusqu'à Paul VI, personne n'y montait jamais, à l'exception du pape, de ses secrétaires et du personnel de maison —, autant ceux du deuxième sont somptueux. Ils comportent une vingtaine de pièces.

Dans sa bibliothèque privée (qui n'est pas vraiment une bibliothèque et qui n'est en rien « privée ») ont lieu les audiences « particulières » qu'on appelle aussi « privées ». Le pape s'y entretient prioritairement avec ses collaborateurs immédiats (secrétaire d'État, substitut, secrétaire pour les rapports avec les États) ou les responsables de dicastères (préfet de congrégation, président de telle ou telle institution pontificale). Certaines de ces audiences se déroulent en tête à tête, avec ou sans interprète, de part et d'autre d'un bureau de chêne, à côté d'une Vierge sur bois d'Antoniazzo Romano ; d'autres, lorsque le nombre l'exige, sur des fauteuils beiges, sous une *Résurrection* du Pérugin. C'est là que le pape reçoit aussi, introduits par le chef du protocole, les chefs d'État et les personnalités politiques importantes — comme Mikhaïl Gorbatchev, Nelson Mandela, Fidel Castro, Ronald Reagan, Boris Eltsine, Élisabeth d'Angleterre ou le général Jaruzelski : combien de rois, de présidents, de chefs de gouvernement pas toujours très pieux ont été ainsi reçus par le chef de l'Église catholique ? Jean-Paul II accorde audience à tout responsable de haut rang qui le lui demande — même s'il s'appelle Andreï Gromyko, Kurt Waldheim ou Yasser Arafat, comme on le verra. Le pape, qui croit aux relations personnelles, parle sans fard et sans protocole. Lorsqu'un roi ou un président est en habit, lorsqu'une reine ou une épouse de chef d'État porte la mantille, ils se conforment en réalité à des règles inusitées. C'est dans cette pièce que Jean-Paul II accueille également, un par un, les évêques de passage à Rome en visite *ad limina*. C'est là, enfin, que, parfois, les ambassadeurs lui présentent leurs lettres de créance. Pour un diplomate, c'est un grand moment que d'être reçu en tête à tête par le Saint-

Père. Mais ces séances protocolaires seront peu à peu regroupées, le plus souvent, et les tête-à-tête se feront rarissimes. Autant le pape aime les conversations ouvertes avec toutes sortes d'interlocuteurs, autant il se prête sans plaisir à ces cérémonies formelles, d'ailleurs très simplifiées par rapport au protocole ampoulé de jadis : on se contente aujourd'hui d'échanger sans les lire les discours écrits, que l'on transmettra pour publication à *L'Osservatore romano* — ce qui fait, en effet, gagner un temps précieux.

En fin de matinée, le pape reçoit aussi des groupes de pèlerins numériquement plus importants dans les salles d'apparat réservées à cet usage, toutes plus somptueuses les unes que les autres. Outre l'antichambre, qui fut jusqu'à Jean-Paul Ier la salle des *Sediarii* [12] et la chapelle *Redemptoris Mater* (l'ancienne chapelle Mathilde), proche de l'ascenseur, le pape se tient de préférence dans la salle Clémentine, baptisée du nom du pape Clément XIII, une sorte de majestueux vestibule de vingt-trois mètres de long qui constitue le plus solennel de ces appartements de réception réservés à l'accueil des groupes. Dans cette pièce se trouvait naguère le trône pontifical, où le pape en majesté recevait chaque année, pour les vœux, le patriciat et la noblesse de Rome. Elle est restée la salle des grandes occasions.

Mais les audiences peuvent aussi se dérouler dans les salles suivantes, dont l'agencement date des réformes de Paul VI : salle du Consistoire, salle Saint-Ambroise (ancienne salle du Gendarme), salle des Sculpteurs (ancienne salle d'Angle), salle des Peintres (ancienne salle de la Garde-Noble), salle des Papes, salle des saints-Pierre-et-Paul (ancienne salle du Petit-Trône), salle du Rédempteur (ancienne antichambre secrète), salle Sainte-Catherine, etc. Combien de confréries religieuses, de groupes de prière, de communautés paroissiales, d'associations humanitaires, de mouvements d'action catholique et de colloques savants le pape a-t-il ainsi accueillis, en un quart de siècle ? Environ cinq cents par an, a-t-on calculé. Ce qui fait quelque douze mille audiences, toutes ponctuées par une photo de groupe prise en compagnie du Saint-Père, exercice auquel celui-ci se prête volontiers et qui donne régulièrement lieu à quelques plaisanteries : « Faisons une photo d'une qualité égale à celle de la diplomatie vaticane », dira-t-il, par exemple, aux organisateurs d'un colloque sur la diplomatie vaticane.

Le mercredi est le jour de l'audience générale. Chaque semaine, à 11 heures, le Saint-Père traverse en voiture un dédale de ruelles intérieures pour gagner l'auditorium construit par l'architecte Pier-Luigi Nervi et inauguré par Paul VI en juin 1971. Sur le podium de cette immense salle, il prend place au pied d'une monumentale sculpture de bronze représentant une *Résurrection*, qui a remplacé la tapisserie du XVIe siècle devant laquelle prêchait Paul VI et qui représentait, elle aussi, un *Christ ressuscité*. C'est dans cette *aula* que le pape reçoit les pèlerins venus le voir de tous les coins du monde : entre six et dix mille personnes y saluent, acclament et écoutent le Saint-Père dans une ambiance bon enfant — comme dans une réunion de famille où se retrouveraient de lointains parents venus de tous les horizons, parlant sans retenue toutes les langues de la terre. Jean-Paul II, homme de scène, a fait de ces audiences de véritables shows où alternent chants, cris, agitations de foulards, prêches, catéchèse et temps de méditation. Mais la bonhomie du pape polonais ne doit pas faire illusion : comme naguère à Cracovie, Jean-Paul II est exigeant à l'égard de ses ouailles et leur dispense des homélies parfois très difficiles. Dès la rentrée de septembre 1979, le pape inaugura une première série d'allocutions catéchétiques thématiques — sur l'amour et la sexualité — qui passèrent bien au-dessus des groupes exubérants qui lui faisaient fête.

Qu'elles se déroulent à l'intérieur de l'auditorium ou, à la belle saison, sur la place Saint-Pierre, en plein air, la mécanique de ces rencontres est parfaitement réglée. À la fin, le pape va saluer les malades et les jeunes mariés, au pied de la tribune, il remonte les travées de pèlerins qui se pressent pour le voir et le toucher, puis il retrouve, au premier rang, les personnalités présentes. Les dernières années, celles-ci étaient invitées à monter sur la tribune pour éviter au pape toute fatigue. La plupart des photos prises avec le Saint-Père viennent de ces courts échanges du premier rang des audiences générales — la *prima fila* — qui permettent à maints hommes publics, parlementaires ou stars du show business, de dire fièrement qu'ils « ont été reçus par le pape ». Nombre de politiciens sont là en pensant à l'affiche de leur prochaine campagne électorale, et il n'est pas rare qu'un chef d'entreprise brandisse à ce moment, pour la photo, un échantillon de sa production. Jean-Paul II n'est pas dupe. Mais le pape se doit à tous ceux qui veulent le voir. Cela fait partie, comme il dit, de son « métier de pape ».

Tout au long de son pontificat, il tiendra beaucoup à revenir de voyage le mardi ou à prendre ses vacances à partir du mercredi soir, pour manquer le moins possible l'audience générale hebdomadaire. Et si, sur la fin de sa vie, il semblait parfois somnoler lors de ces interminables séances de présentation de groupes dans toutes les langues de la terre, le vieil homme affalé dans son fauteuil ne cessa jamais d'alterner les moments de prière intense et les éclairs de lucidité joyeuse à l'évocation de tel groupe de pèlerins venus de sa chère Pologne.

Le dimanche matin, le programme respecte le jour du Seigneur. Quand il est au Vatican, le pape dit la messe dans « sa » basilique. Il gagne le grand baldaquin torsadé du Bernin, au centre de Saint-Pierre, par un discret et antique ascenseur qui le fait descendre, depuis la sacristie de la chapelle Pauline, derrière la *Pietà* de Michel-Ange. Par beau temps, il dit la messe de préférence à l'extérieur de la basilique, pour les dizaines de milliers de pèlerins rassemblés place Saint-Pierre :

Quand il entre dans la sacristie, raconte Mgr Boccardo qui l'a souvent assisté, le pape salue tout le monde, puis il se laisse vêtir de la chasuble aux couleurs liturgiques assortie des ornements rituels, il échange quelques mots, puis, dès le dernier détail vestimentaire en place, il est ailleurs ! Il est dans sa prière, d'ailleurs on l'entend prier, il marmonne. Tout le temps de la messe, il est plongé dans la prière. Souvent il ferme les yeux, il les ouvre sur un texte, il appuie tel ou tel mot avec le doigt. À la fin de l'office, il ôte sa mitre, son aube, il salue les gens qui sont là, puis il s'agenouille, en général devant la table où domine une croix, pour une action de grâces — même s'il est très en retard, comme cela lui arrive souvent en voyage[13].

Parfois, le pape, qui est aussi évêque de Rome, va célébrer l'eucharistie, en voiture, dans une des innombrables églises de la ville. Dans ce cas, le chauffeur Orlando Santinelli l'emmène dans la limousine noire immatriculée SCV 1 (*Stato della Citta del Vaticano 1*) en lettres rouges sur fond blanc. La marque et le modèle de la voiture ont souvent changé. La première, en 1978, était une Mercedes, mais le pape a aussi utilisé des modèles Fiat, Toyota, etc. Le magnat automobile Giovanni Agnelli lui offrit un jour une Lancia — dans laquelle il s'est pincé deux doigts en 1995.

Après l'office, à midi, le pape apparaît traditionnellement à la fenêtre du bureau qui jouxte sa chambre pour réciter l'angélus. Ce n'est pas lui qui a inventé cette tradition, qu'il a héritée de ses prédécesseurs, mais lui-même y tient beaucoup. Ne serait-ce que pour que les pèlerins qui ne viennent à Rome que le temps d'un week-end puissent avoir un contact avec le pape. Souvent, à l'occasion de cet angélus dominical, le pape tire les leçons de tel voyage ou lance tel message politique ou spirituel.

Les amis et le travail

Le déjeuner du pape a lieu à 13 h 30. Ou plutôt *vers* 13 h 30 : Jean-Paul II n'est pas un maniaque de l'heure exacte, et il lui arrive souvent de prolonger un entretien sans regarder l'horloge. C'est son secrétaire qui le rappelle à l'ordre. Sans illusion : Stanislaw Dziwisz sait bien que le pape n'en fera qu'à sa tête. Combien de fois a-t-il invité quelqu'un à continuer la conversation à table, à la toute dernière minute, bousculant à la fois le protocole et le service ? Les petites sœurs qui le servent se rappelleront longtemps le jour où le vieux président italien Sandro Pertini, ainsi convié par le pape à partager son déjeuner, leur avoua en passant à table qu'il était végétarien !

Comme autrefois à Cracovie, le pape Wojtyla allie l'utile à la détente. Naguère, la tradition voulait que le pape déjeunât seul. Benoît XV, Pie XI, Pie XII mangeaient en solitaires ou en compagnie de leur confesseur. Jean XXIII, malade, mangeait peu. Paul VI partageait parfois son déjeuner. Jean-Paul II, lui, a toujours du monde dans sa salle à manger. Jusqu'à seize convives, pas davantage : c'est la règle imposée par les dimensions de la table. S'il faut faire de la place pour une délégation de plus de treize membres, les secrétaires, sans broncher, vont manger dans la pièce à côté [14].

Tous les témoignages concordent sur un point : cet homme de prière n'est pas un ascète, et sa piété indiscutable ne l'empêche pas d'aimer la vie et d'aimer les gens. Le cardinal Poupard résume ainsi l'impression générale : à table, le pape est à la fois « un joyeux convive, qui alterne les taquineries et les méditations à voix haute » et un hôte « pétri de culture, de bon sens et d'humour ». Au menu, sœur Germana alterne savamment les plats italiens — *antipasti* et *pasta* sous de multiples formes — et les spécialités polonaises : les *pirojki*, le *sernik*, le poisson en gelée. À boire, le pape préfère généralement du thé. Souvent, il boit un verre de vin blanc de la région des *Castelli romani*, coupé d'eau. Parfois, il opte pour la bière *Zywiec* : Zywiec, ce n'est pas seulement la bière la plus bue en Pologne, c'est aussi la ville où on la brasse, non loin de Wadowice, sa ville natale. Enfin, si le pape polonais sert volontiers de la vodka à ses compatriotes de passage, lui-même n'en boit jamais. À vrai dire, le pape n'est pas un gastronome, il pourrait manger n'importe quoi. Le cardinal français Decourtray l'expliquait un jour d'un trait savoureux : « Si on demande au pape s'il a bien déjeuné, il répondra oui. Mais si on le questionne sur ce qu'il a mangé, il ne s'en souviendra plus. » En devenant pape, Jean-Paul II n'a pas renoncé à quelques petits plaisirs et ne dédaigne pas terminer son repas par un gâteau — souvent une *kremowka*, la spécialité de Cracovie.

Le déjeuner du dimanche, qui suit l'angélus, est plutôt réservé aux amis et aux proches. Rituellement, le vieux cardinal Deskur fait partie des invités. Le plus vieil ami du pape arrive dans son fauteuil roulant, parfois affublé d'un chapeau à large bord. Dès la fin du bénédicité, il prend la parole et ne la lâche plus — au grand dam des autres convives qui espéraient avoir un échange de vues avec le pape, et non pas avec son fantasque ami à l'égard duquel, visiblement, le Saint-Père fait preuve d'une indulgence affectueuse sans limites.

Même en semaine, le repas ne se termine pas, lui non plus, à une heure très précise. Selon l'horaire, selon le temps, le pape s'abandonne à une courte sieste — dix minutes, pas davantage — ou il va directement se détendre sur la terrasse dominant la cour Saint-Damase, ou bien arpenter les allées des jardins. Tout en marchant, il récite son chapelet ou lit son bréviaire. Ou encore, à l'approche de tel ou tel voyage, il se livre à des exercices de langue. Vers 15 h 30, de retour à son bureau, il s'en remet au travail préparé par l'administration du Vatican : une heure plus tôt, une mallette cadenassée est arrivée de la Secrétairerie d'État, dont le contenu a été aussitôt trié par les secrétaires. Le chef de l'Église s'adonne alors à la lecture de notes, à la correction de textes, à la signature de documents. Comme n'importe quel chef d'État.

À 18 h 30 ont lieu les séances de travail régulières avec tel ou tel responsable de la Curie, des audiences que le pape aime transformer, autant que faire se peut, en échanges intellectuels de haute tenue. Il n'y parvient pas toujours et ne cache pas sa prédilection pour certains de ses proches avec lesquels il peut être en contradiction, mais dont la repartie le stimule, comme ce sera longtemps le cas avec le cardinal Ratzinger.

À 20 heures, le pape regagne la salle à manger et regarde, en général, le début du journal télévisé de la RAI, avant de passer à table pour dîner — il dit « souper », à la mode polonaise — avec ses secrétaires. S'il y a longtemps invité de vieux amis ou des collaborateurs de confiance, comme Joaquin Navarro-Valls, le directeur de la salle de presse, il a fini par dîner de plus en plus fréquemment seul avec

Dziwisz, pour ne pas ajouter aux fatigues de la journée. De toute façon, le repas du soir, servi par une religieuse, a toujours été frugal. Pas question de s'attarder : à 21 heures, une nouvelle mallette de documents urgents attend le Saint-Père dans son bureau.

Exceptionnellement, il arrive que le pape regarde un match de football — ah, cette rencontre de Coupe du monde entre la Pologne et l'Italie en juin 1982, qui s'est opportunément conclue par un match nul ! — ou qu'il décide de regarder un film qu'on lui a conseillé et qu'il se fait alors projeter dans une salle aménagée en studio privé. Il a ainsi aimé *Gandhi*, de Richard Attenborough, et aussi *Danse avec les loups*, avec Kevin Costner. Il a vu *La vie est belle* de Roberto Begnini, qu'il a adoré. Il avait beaucoup apprécié aussi le film de Louis Malle *Au revoir les enfants*. Mention spéciale pour les œuvres de ses compatriotes, les Krzysztof Zanussi et autres Andrzej Wajda — de celui-ci, il n'aurait manqué le *Pan Tadeusz* pour rien au monde. De même le pape s'est-il fait projeter *Le primat*, de la réalisatrice Teresa Kotlarczyk, qui raconte les années d'emprisonnement du cardinal Wyszynski. Ces indications sont fragmentaires. Il serait bien délicat d'établir un hit-parade des films appréciés par le Saint-Père car la règle, solidement établie, est que le pape ne se prononce jamais sur une œuvre — de peur que son avis soit utilisé à des fins imprévues. Jamais il ne félicite publiquement ou officiellement quelqu'un pour un livre ou une œuvre artistique : c'est le substitut — longtemps Mgr Re — qui remercie en son nom. Encore le pape ne se prive-t-il pas de quelque compliment quand il rencontre l'auteur d'un livre qui lui a plu.

Le plus souvent, pendant près de deux heures, le pape travaille au calme : courrier personnel, revue de presse, élaboration de documents doctrinaux, etc. Penché sur sa table de chêne entre une lampe de cuivre et un petit crucifix en bois, il écrit avec un stylo à plume noir, de préférence en langue polonaise. Derrière lui, sur un guéridon, il y a un téléphone blanc. Le pape s'en sert pour appeler directement tel ou tel collaborateur. Il dispose, comme tous les prélats romains, de l'annuaire téléphonique de la Cité du Vatican, ainsi que du gros annuaire général, l'*Annuario pontificio* à la célèbre couverture rouge. Mais c'est plutôt Dziwisz qui appelle le correspondant souhaité. C'est aussi son secrétaire qui lui transmet, après un filtrage sévère, les appels. Peu de gens peuvent se vanter, comme le faisait le cardinal Deskur, de pouvoir appeler le pape sur sa ligne directe !

À 22 h 45, il entre dans la chapelle pour une dernière prière — les complies, selon la « liturgie des heures » qui rythme, depuis le XIIe siècle, la journée des prêtres et des moines. À 23 heures, ou davantage si sa prière se prolonge, le Saint-Père va prendre une douche, puis se coucher, toujours avec un livre — les premières années, il ouvrait souvent un ouvrage de philo, pour se détendre sans perdre son temps. Avant de s'endormir enfin vers 23 h 30. En bas, sur la place Saint-Pierre, les derniers badauds qui traversent la place en sortant des restaurants du Borgo voient la lumière s'éteindre aux trois fenêtres d'angle du palais apostolique.

16

Le « sportif de Dieu »

L'été, quand il fait quarante degrés à Rome, la chaleur est étouffante : la Ville éternelle, désertée par ses habitants, est abandonnée aux cohortes de touristes. Parmi ceux-ci, il en est qui regardent, en traversant la place Saint-Pierre, guide en main, les fenêtres des appartements du pape. En vain : celui-ci n'est pas à Rome. Jusqu'à la mi-septembre, il séjourne à Castel Gandolfo, un ensemble compact de villas et de jardins de cinquante-cinq hectares — davantage que la Cité du Vatican — dominant le village qui porte ce nom et surplombant le lac d'Albano, dans un splendide environnement de collines boisées, de vignobles et de châteaux. Bien que l'endroit ne soit qu'à vingt-sept kilomètres de Rome, le climat est beaucoup plus clément dans cette région des *Castelli romani*.

À Castel Gandolfo

En ce lieu délicieux, l'empereur Domitien, grand persécuteur de chrétiens, avait jadis fixé sa résidence. Les cardinaux de la Renaissance y firent bâtir maintes villas où s'invitaient parfois, en grand équipage, les pontifes de l'époque. Au XVIIe siècle, le pape florentin Urbain VIII Barberini — celui-là même qui laissa condamner Galilée — y fit construire un palais où il prit l'habitude de séjourner deux fois par an. L'endroit n'a rien d'austère. On dit qu'Alexandre VII, au XVIIe siècle, organisait à Castel Gandolfo des feux d'artifice et, sur le lac en contrebas, des batailles navales en grandeur réelle. Qu'au siècle suivant Clément XI y pêchait, tandis que Clément XIV y montait à cheval et que Pie VII, plus tard, y jouait au billard. La tradition des vacances papales ne date donc pas, loin de là, de Jean-Paul II. « Deux fois l'an, au temps prescrit, le pontife prend ses vacances — *si purga* — et s'éloigne de ses affaires », disait-on joliment dans l'entourage du pape Urbain VIII.

C'est Pie XI qui aménagea la résidence d'aujourd'hui, après que le traité du Latran, en 1929, eut rendu au pape sa liberté de circuler. D'énormes travaux ont été alors effectués pour rendre harmonieux cet ensemble de bâtiments et de jardins. C'est aussi Pie XI qui décora le palais à la mode polonaise — il avait été nonce à Varsovie — jusqu'à accrocher au-dessus de l'autel, dans la chapelle, une grande reproduction de la Vierge noire de Czestochowa. Par un étonnant hasard, l'auteur du tableau est le père Augustin Jendrzejczyk, un moine de Czestochowa qui peignait des « Vierges noires » à la chaîne, et qui était le grand-oncle de Stefan Wilkanowicz, un des proches amis cracoviens du cardinal Wojtyla ! C'est également Pie XI qui, en 1936, établit sur le domaine une ferme modèle qui produit encore aujourd'hui de la viande, du poisson, des légumes, des fruits et du lait destinés à la table papale ainsi qu'à quelques hôpitaux confessionnels de Rome. Pie XI surnomma l'endroit le « Vatican rural ». Pendant la Seconde Guerre mondiale, cette production agricole très particulière permit d'alimenter les divers réfugiés politiques et juifs cachés dans la résidence.

Chaque pape ajouta sa pierre à l'aménagement de Castel Gandolfo. Paul VI, en 1976, y fit construire un héliport : plutôt que de se perdre dans les embouteillages romains — aussi célèbres que pénibles —, le pape met désormais douze minutes pour relier Saint-Pierre à Castel Gandolfo. Cela permet à Jean-Paul II, le mercredi, d'aller présider l'audience générale de la place Saint-Pierre, en un aller-retour rapide, même au cœur de l'été.

Jean-Paul II aura aussi innové, mais à sa manière. Peu après son élection, le nouveau pape a suscité un petit scandale en décidant de creuser une piscine dans les jardins. Des catholiques américains d'origine polonaise se mobilisèrent alors pour financer cette construction qui n'était ni un luxe ni un caprice : ce pape de cinquante-huit ans, solide comme un chêne et habitué à faire du sport, n'avait pas l'intention de se laisser rouiller. À ceux qui critiquèrent ce projet, il répondit par une boutade : « Cela coûtera toujours moins cher qu'un nouveau conclave ! » L'argument était d'une efficacité certaine auprès de cardinaux épuisés qui venaient d'enterrer deux papes en trois mois.

Il faut dire que Karol Wojtyla était un excellent nageur. Lors de ses virées estivales en Pologne, on l'a vu nager à l'indienne très longtemps, dans l'eau froide des lacs de Mazurie et des Bieszczady. À Rome, entre deux réunions synodales, il allait souvent nager à Palidoro, la « plage des cardinaux », au nord de la ville — il a même failli manquer l'ouverture du conclave d'août 1978, ayant laissé passer le car du retour ! Située au fond du parc, près de l'exploitation agricole, la piscine est chauffée et couverte. Un bassin de seize mètres sur huit, deux traits de céramique bleue pour nager en ligne, un vestiaire et quelques fauteuils blancs : la piscine papale n'a rien d'exceptionnel. Jean-Paul II n'a pas voulu, du reste, qu'elle lui soit réservée. Le cardinal Martin, préfet de la Maison pontificale, l'utilisa parfois, et les gardes suisses ont l'autorisation d'y plonger quand le Saint-Père est absent. Enfin, en vertu du principe selon lequel « le pape ne doit jamais rester tout seul », les secrétaires ont fait installer à côté de la piscine un petit bureau équipé du téléphone [1].

La résidence papale de Castel Gandolfo comprend aussi un observatoire, des chambres d'hôtes pour les invités de passage, des salles de réception, des logements pour les gardes suisses. C'est un petit univers où l'on peut vivre en autarcie, où l'on pourrait facilement oublier le monde extérieur, un univers aussi clos que le Vatican. Le pape habite au deuxième étage du palais. Les locaux sont exigus. Le bureau, la salle à manger sont modestes. Un ascenseur lui permet de descendre jusqu'à une allée ombragée qui conduit, six cents mètres plus loin, à une grande villa construite par le neveu du fameux Urbain VIII — et qu'on appelle pour cela la villa Barberini — où logent les principaux collaborateurs du maître des lieux : le secrétaire d'État, le substitut, le préfet de la Maison pontificale, etc. Aucun d'eux ne s'est jamais plaint de passer l'été en ces lieux enchanteurs, même si le rythme de travail y est aussi soutenu qu'à Rome.

Car l'emploi du temps de Jean-Paul II à Castel Gandolfo ressemble fort à celui du reste de l'année : séances de travail, audiences, prière, déjeuner avec des invités, etc. Le très austère Pie XII avait montré l'exemple. Son emploi du temps estival était, à quelque chose près, le même que celui de Rome. Seuls quelques détails — pas toujours négligeables — embellissent, l'été, la vie de Jean-Paul II. D'abord, le matin, la messe se déroule plus souvent à l'ombre des arbres du parc que dans la chapelle du palais. Ensuite, sa gymnastique matinale comprend, au moins au début du pontificat, quelques vigoureuses longueurs de piscine, qu'il renouvelle volontiers en fin de matinée, juste avant le déjeuner. Enfin, ses méditations ont lieu sous les pins, les oliviers, les cyprès et les magnolias, dans un silence qu'ignore, même à l'aube, la capitale italienne.

Ce qui lui rappelle tristement la Cité du Vatican, en revanche, c'est la même sensation d'être prisonnier des hauts murs qui entourent le « Castel » — comme on l'appelle à Rome. Dès son premier séjour à Castel Gandolfo, Jean-Paul II avait confié au curé du village qu'il se sentait bien seul à dire la messe dans sa chapelle privée. Le lendemain, à l'initiative du prêtre, quelques jeunes du coin sont venus prier avec le Saint-Père, qui, la messe terminée, les a invités à partager son déjeuner. Depuis cette liberté prise à la fois avec les usages et la sécurité, une tradition s'est instituée à Castel Gandolfo : trois fois par semaine, le soir, des groupes de jeunes sont introduits dans les jardins et veillent, de 22 à 23 heures, avec le Saint-Père. Chants, mimes, danses, le tout sans protocole et en présence d'un pape heureux de ces contacts détendus et chaleureux.

En août 1980, le pape décide de s'échapper de sa forteresse pour aller célébrer la messe dominicale en voisin, à l'église Saint-Thomas de Villanova — comme l'ont fait nombre de ses prédécesseurs. Mais cette sainte escapade déclenche une véritable émeute parmi les touristes, particulièrement nombreux à visiter le village à cette époque de l'année. L'expérience ne sera pas renouvelée. En revanche, de façon moins improvisée, Jean-Paul II ira souvent dire la messe dans les paroisses alentour : Nettuno, Grottaferrata, Pomezia, Velletri, Frascati, et surtout Albano, où il se rendra plus d'une dizaine de fois. Le dimanche, c'est aussi devant une foule décontractée de pèlerins et de touristes que le pape récite l'angélus, depuis la fenêtre centrale donnant sur la cour intérieure du palais, puis de celle qui donne sur la petite place du village, pour qu'un maximum de gens puissent en profiter.

Jean-Paul II, décidément, n'aime pas la solitude. Très vite, il trouve un autre moyen pour lutter contre l'isolement : ouvrir la résidence papale à ses amis de Pologne. Deux ou trois appartements sont aménagés dans ce dessein dès la première année du pontificat. Combien d'entre eux, comme le physicien Jerzy Janik et sa femme Janina au cours de l'été 1979, seront surpris de la simplicité avec laquelle le pape les convie en amis à passer quelques jours en sa compagnie estivale. Non pas à bavarder toute la journée, un whisky à la main, au bord de la piscine, certes ! Mais retrouver un tel hôte aux heures des repas, dans ce cadre exceptionnel, ce n'est déjà pas si mal.

L'appel de la montagne

Castel Gandolfo n'est pas une villégiature, c'est une seconde adresse professionnelle. Le site a beau être enchanteur, le pape continue d'y travailler, d'y recevoir, d'animer des réunions, de rédiger et relire des textes. Au « Castel », le pape respire mieux mais il ne se repose pas vraiment. Il est vrai que le service de Dieu paraît peu conciliable avec la notion de congés. Et pourtant ! Quelques années après son élection, Jean-Paul II prend une décision, en apparence anodine, qui va contribuer à changer l'image du souverain pontife aux yeux du monde extérieur : il décrète que le « métier de pape », tout bien réfléchi, nécessite aussi de vraies vacances.

Une fois de plus, il ne fait que renouer avec sa vie précédente. À Cracovie, même après avoir été nommé archevêque, il passait régulièrement deux semaines de vacances d'hiver pour aller skier dans les Tatras, et un plein mois de vacances d'été qu'il occupait, sac au dos, en descentes de rivière et en courses en montagne. Ces périodes de détente, qui ont pu étonner, lui avaient été recommandées, on l'a vu, à la fin des années cinquante par un ami médecin, le docteur Stanislaw Kownacki, qui l'avait soigné d'une sorte de mononucléose. Et Karol Wojtyla, généralement si peu attentif à lui-même, ne s'était pas privé de suivre cette prescription-là.

Pourtant, au début de son pontificat, Jean-Paul II n'ose pas renouer avec ces saines habitudes. A-t-on jamais vu un pape en canoë-kayak ? Déjà, la construction de la piscine de Castel Gandolfo a tant fait jaser ! Ce sacrifice, pense-t-il, fait partie de son destin hors normes, scellé lors du conclave d'octobre 1978 : « Faisant le don de moi-même à Marie et à l'Église... » Un de ses prédécesseurs a connu le même déchirement : le père Achile Ratti, passionné d'alpinisme, qui avait réussi l'ascension du pic Dufour (4 633 m) en 1889, dut renoncer à l'ivresse des glaciers en devenant Pie XI par la grâce du conclave en 1922. Jean-Paul II peut-il imaginer, alors, que l'appel de la montagne l'emportera bientôt, à la fois sur ses bonnes résolutions et sur la bienséance vaticane ?

Ce qui manque le plus au nouveau pape, ce jeune sexagénaire en excellente forme physique, c'est le ski. Pendant vingt ans, Mgr Wojtyla s'est offert descentes et balades en altitude, profitant des moindres *dniowki* (jours de congé) pour aller se griser de vitesse et d'oxygène. D'une traite en voiture, il quittait Cracovie pour le couvent des ursulines de Zakopane et skiait sans trêve de 11 à 16 heures. Il ne prenait même pas le temps d'entrer dans les restaurants de bois jalonnant les pistes : « Je reste dehors, disait-il à ses compagnons de ski, apportez-moi quelque chose à manger ! » Il n'était pas toujours facile de pratiquer le ski, à l'époque, en Pologne. Certes, l'archevêque avait un équipement de première qualité — des skis polonais Hickory avec des fixations Marker[2] — mais le pays était notoirement sous-équipé, et il fallait parfois monter à pied le long des pentes dépourvues d'installations adéquates. Combien de fois, depuis le parking de Jaszczurowka, à Zakopane, l'évêque Wojtyla s'était-il fait remonter, accroché à un traîneau tiré par des chevaux, jusqu'aux remonte-pentes du Kasprowy Wierch ! Combien de fois, le soir du nouvel an, avait-il redescendu la piste, de nuit, après la messe célébrée, là-haut, avec les montagnards ! Un jour qu'il était déjà cardinal — l'anecdote a été si souvent rapportée qu'elle fait partie de la légende —, il s'est égaré à skis dans le brouillard. Or le mont Kasprowy Wierch est exactement à la frontière polono-tchécoslovaque. Voilà que le futur pape se fait arrêter par des garde-frontières tchèques qui lui demandent ses papiers et, incrédules, le menacent bientôt de l'arrêter pour... usurpation d'identité.

Lors d'un synode romain, il s'était étonné qu'aucun cardinal italien ne skiât :

— Chez nous, en Pologne, quarante pour cent des cardinaux font du ski !

— Pourquoi quarante pour cent ? Vous êtes deux !

— Parce que le primat Wyszynski compte pour soixante pour cent !

Une autre fois, un de ses collègues romains lui avait demandé :

— Est-ce bien convenable, pour un cardinal, de faire du ski ?

— Ce ne serait pas convenable s'il skiait comme un pied[3] ! »

Pour être pape, on n'en est pas moins homme. La première tentation alpestre de Jean-Paul II date du 26 août 1979. Ce jour-là, pour l'anniversaire de l'élection de son prédécesseur, le nouveau pape dit une messe à Canale d'Agordo, le village natal de Jean-Paul Ier, avant d'aller bénir une statue en bronze de la Vierge des Dolomites, tout en haut du pic de la Marmolada (3 342 m). Là, dans un brouillard glacial, vêtu en montagnard — anorak blanc, chapeau de lapin et chaussures de montagne —, Jean-Paul II prononce une homélie devant un auditoire frigorifié. Le pape, lui, ne sent pas le froid : il est ravi. Après la cérémonie, pour le féliciter d'avoir ainsi bravé les éléments, les responsables des associations de sports de montagne lui offrent une paire de skis blancs, en bois, fabriqués par un artisan de Cortina d'Ampezzo. S'il avait été seul, aucun doute, il serait redescendu à skis. Mais la conception qu'il a de son « métier de pape » l'en dissuade : « J'aimerais bien m'en servir, répond aimablement Jean-Paul II, mais je prie Dieu chaque jour pour ne pas succomber à la tentation ! Dieu bénisse tous les skieurs... et leurs jambes [4] ! » Pendant la descente, dans le téléphérique ramenant tout ce petit monde dans la vallée, il confie au président du Conseil italien, Francesco Cossiga, son regret d'avoir abandonné le ski. Sa dernière descente, se rappelle-t-il, remonte à presque deux ans. C'était en Italie, pendant l'hiver précédant le conclave. Nostalgie, nostalgie...

Quatre mois plus tard, en visite dans une école professionnelle, Jean-Paul II tombe sur la retransmission télévisée des championnats du monde de ski de Val Gardenna. Spontanément, il se livre à un commentaire désolé : « Je ne pourrais en faire autant, surtout maintenant : je suis rouillé. Il me faudrait des jambes neuves. » Et d'ajouter, en guise de pirouette : « C'est un sport qui convient aux gens petits, car ils tombent de moins haut que les grands [5] ! »

Pourtant, un beau jour, il craque. L'appel de la montagne est décidément trop fort. Le 17 juillet

1984, dans la plus grande discrétion, le pape se fait déposer par un hélicoptère de l'armée italienne sur le magnifique glacier de l'Adamello (3 554 m), au-dessus du lac de Garde. Aussitôt, le président de la République, Sandro Pertini, prévenu de cette escapade, ordonne à ses services de l'emmener retrouver son illustre ami en plein exercice. Sans entraînement — et pour cause — Jean-Paul II enchaîne alors huit descentes de trois à quatre kilomètres chacune. Admiratif, le vieux Pertini (quatre-vingt-huit ans) s'exclame : « Très Saint Père, vous skiez comme une hirondelle ! »

En réalité, selon les témoins, le Saint-Père skia fort prudemment ce jour-là. Jean-Paul II n'avait aucune envie d'offrir *urbi et orbi* l'image inédite d'un pape avec une jambe dans le plâtre et des béquilles ! Pourtant, les quelques photos prises lors de cette séance, sur fond de glacier, montrent un pape décontracté : en appui sur la jambe droite, ferme sur les carres, des lunettes fines et un bonnet de laine sur la tête, Jean-Paul II dégage une impression de force, au milieu de jeunes moniteurs aussi musclés que bronzés. Cet après-midi-là, après avoir déjeuné en compagnie du sympathique Pertini au refuge Caduti dell'Adamello, le pape répond à l'inévitable objection de la bienséance apostolique : « On trouvera peut-être scandaleux qu'un pape aille faire du ski, mais il n'y a pas de scandale là où il y a de l'amitié, de la simplicité et des valeurs humaines véritables[6]. »

L'été 1985, nouvelle fugue : le pape sème ses suiveurs pour aller skier durant toute une journée au Grand Sasso (2 194 m), dans les Abruzzes. Ce n'est plus tout à fait un scandale. Le pape n'a-t-il pas imposé l'idée que même le chef de l'Église catholique a droit à une vie privée ? Un an plus tard, il part incognito, toujours dans les Abruzzes, pour une journée de randonnée à pied dans la Majella. Les quelques photos prises ce jour-là feront le tour du monde : le pape en train de pique-niquer, le pape endormi sous un arbre...

*

Les 6 et 7 septembre 1986, sous le prétexte d'un appel à l'unité de l'Europe, Jean-Paul II se rend à Courmayeur, dans le Val d'Aoste, et se fait déposer en hélicoptère au sommet du mont Blanc. L'expérience lui plaît beaucoup. La région, aussi. Il décide de revenir passer plusieurs jours, chaque été, dans ce paysage qu'il affectionne plus que tout autre. À partir de juillet 1987, il ira régulièrement s'aérer à la montagne, alternant deux lieux de repos, à l'est et à l'ouest des Alpes italiennes.

Le premier est situé dans les Dolomites, à Lorenzago di Cadore, non loin de la célèbre station de Cortina d'Ampezzo. Là, il est hébergé dans un chalet traditionnel appartenant à l'évêque du cru, à la lisière d'un bois de mélèzes et de sapins, à neuf cents mètres d'altitude, juste à côté de l'ancien château de Mirabello. Sur la table de noyer de la grande salle du chalet, trois de ses religieuses lui préparent des repas appropriés : goulasch, poisson bouilli, fromage fort, yaourt. À l'étage, une chambre avec un lit de bois sombre, un prie-Dieu et un petit bureau où il continue d'écrire. Et, bien sûr, une petite chapelle pour la messe du matin.

L'autre villégiature estivale du pape est située aux Combes, un hameau près d'Introd, dans le Val d'Aoste, où le pape séjourne dans un chalet de pierre et de bois niché dans les sapins à quatorze cents mètres d'altitude, d'où on a vue sur le mont Blanc. Non loin de là commence le parc naturel du Grand Paradis — le bien nommé. L'endroit est magnifique.

À Lorenzago di Cadore comme dans le Val d'Aoste,

l'illustre vacancier est seulement accompagné de quelques personnes — Dziwisz, Gugel, son médecin personnel, le docteur Buzzonetti, le directeur de la *Sala stampa* Joaquin Navarro-Valls — qui logent dans tel ou tel bâtiment voisin. C'est Stanislaw Dziwisz, en général, qui le suit dans de longues randonnées d'altitude, au cours desquelles il lui arrive de croiser des randonneurs stupéfaits qu'il salue au passage, de son bâton de marcheur. Des policiers locaux, conduits par le chef de la police vaticane, Camillo Cibin, veillent discrètement — autant qu'il est possible pour des fonctionnaires équipés de voitures banalisées, de jumelles et de talkies-walkies — sur ce promeneur pas comme les autres, qu'ils protègent davantage des paparazzi en maraude que des terroristes éventuels. Le pape vacancier ne sort de son isolement et de ses lectures que le dimanche, pour l'angélus qu'il va réciter dans un village voisin — par exemple à Lorenzago, pour le plus grand bonheur du vieux curé local, le père Adalardo da Pra, qui est un peu son hôte et que le pape fera *monsignor* en guise de remerciement. À chaque déplacement, les habitants du cru lui font fête. Un accueil très prisé par le Saint-Père qui n'a jamais caché sa passion pour les montagnards.

Les séquelles de l'attentat de 1981 et les atteintes de l'âge n'entameront pas la passion physique de Jean-Paul II pour la montagne. Jusqu'à un âge avancé, il s'offrira même de discrètes escapades, les skis dans le coffre de la limousine papale, avec une suite policière réduite au minimum. Comme ce mardi 30 décembre 1992 où, accompagné de Dziwisz, il va profiter des premières chutes de neige pour faire un peu de ski dans les Abruzzes, du côté de Campofelice, à une centaine de kilomètres de Rome, avant de rentrer sagement, à 19 heures, au

Vatican. À l'âge de soixante-douze ans ! Le poids des ans ne le fera pas renoncer à ces escapades furtives du mardi, au cours desquelles il continuera d'aller méditer incognito à la lisière d'une forêt ou dans un couvent isolé, pour mieux se préparer à l'audience générale du mercredi. Plus de vingt fois, il partira ainsi sans prévenir pour une petite virée dans les montagnes du Latium ou des Abruzzes. Le service de presse appellera cela des journées « absolument privées et réservées ».

Ce n'est qu'en 1994, après son opération du fémur, à plus de soixante-treize ans, que Jean-Paul II devra renoncer au ski et aux grandes randonnées. Sans abandonner pour autant la montagne. Certes, après cette date, il ne skie plus. Mais il marche encore, avec une canne, le long des torrents et des lacs d'altitude, de pique-nique en pique-nique. Béret fiché sur le côté, godillots aux pieds, un bâton dans une main et un chapelet dans la poche de sa soutane, le vieux monsieur qu'il est devenu goûte avec délectation le bonheur juvénile de piquer des sardines dans une boîte de conserve avec un couteau scout. La montagne, dit-il, est « le plus efficace des médecins, qui soigne sans avoir de diplôme ». Au fil de ses ennuis de santé, les longues marches seront peu à peu remplacées par de petites promenades. Bientôt il marchera à petits pas et c'est en Land Rover qu'il se fera emmener sur les glaciers. Le plus souvent, il restera assis près du chalet, dans le jardin, face à la montagne, à lire et à méditer. « Chaque fois que j'ai la possibilité de me rendre à la montagne et de contempler ces paysages, dit-il un jour de l'été 1999, je rends grâce à Dieu pour la beauté majestueuse de la Création[7]. »

La santé du pape

Quand il est élu pape, Karol Wojtyla mesure 1,74 m, il pèse environ 80 kg. C'est un gaillard solide, taillé en force, bénéficiant d'une résistance physique hors du commun. Même s'il est toujours légèrement voûté, il a une démarche dynamique. Il « attaque le sol avec le talon », observe un de ses proches. Un à un, ses interlocuteurs font l'expérience de la bonne santé du nouveau pape, notamment au cours de ses voyages. Déjà, en 1979, ses voyages en Pologne ou aux États-Unis sont vécus comme de vrais marathons. Les prélats qui l'entouraient à l'époque se rappellent avec émotion son premier périple en Afrique, en mai 1980 : en une seule traite, le Saint-Père a visité six pays d'affilée, du Zaïre à la Côte-d'Ivoire, et prononcé plus de cinquante discours en dix jours. Les journalistes de la suite, pourtant rompus à ce genre d'exercice, terminent le voyage à bout de souffle. Avisant une équipe de télévision ouest-allemande, le pape se moque gentiment de leur fatigue : « Alors, les gars, toujours en vie ? » Aux cardinaux de l'entourage qui n'en peuvent mais, il lance : « Ne vous en faites pas, pour nous reposer, nous irons skier à Terminillo, dans les Abruzzes ! »

Un mois plus tard, accueillant le pape à Paris, le cardinal François Marty le qualifie de « sportif de Dieu ». L'expression est adaptée au lieu de la rencontre — le stade du Parc des Princes — mais elle fera florès. Combien de sportifs rappelleront cette citation lors d'audiences détendues, où le pape se laissera aller à la nostalgie, comme le jour où l'ancien champion cycliste Eddy Merckx offrira au Saint-Père... un vélo de course flambant neuf.

Le pontificat promettait d'être sportif, en effet. Mais l'attentat du 13 mai 1981 — sur lequel on reviendra[8] — faillit y mettre un terme définitif. Opéré en urgence pour de multiples lésions internes, puis infecté d'un cytomégalovirus lors de l'intervention salvatrice, Jean-Paul II ne se remettra jamais complètement de ce terrible choc. Mais il surmontera l'épreuve et, à l'exception d'une méchante grippe asiatique qui le cloue au lit pendant deux jours en janvier 1990, il fera oublier pendant plus de dix ans ses problèmes de santé.

Jusqu'à l'été 1992. Cette année funeste restera, pour le pape et pour le pontificat, un tournant important car elle marquera le début d'une longue série d'ennuis physiques qui changeront irrémédiablement son image publique. Le « sportif de Dieu » va devenir, en deux ans, un vieillard déclinant, dont les médias du monde entier annonceront obstinément — pendant plus d'une décennie — la fin imminente.

Le 12 juillet de cette année-là, Jean-Paul II annonce lui-même à la foule de la place Saint-Pierre qu'il doit aller à l'hôpital pour y subir des tests. Nul ne s'en étonne dans son entourage : depuis l'attentat de 1981, le pape éprouve parfois quelques malaises intestinaux. Pourtant, la surprise est grande quand les médecins de Gemelli annoncent, trois jours plus tard, qu'on a retiré de l'intestin du pape, après une opération de quatre heures, une tumeur grosse comme une orange. L'intervention est un succès, la tumeur est « bénigne » : le pape en sera quitte pour quinze jours de convalescence dans les Dolomites.

Mais les rares informations diffusées sur la santé du pape satisfont de moins en moins les journalistes. Le nouveau secrétaire d'État, Mgr Angelo Sodano, ne pratique pas la transparence comme l'avait fait son prédécesseur, Mgr Agostino Casaroli, au moment de l'attentat de 1981. À son retour de vacances, il suffit que Jean-Paul II ait un trou de mémoire en récitant l'angélus pour que soient relancées les spéculations de la presse mondiale. Le *Sunday Times* titre : « *LES DERNIERS JOURS DE JEAN-PAUL II* ». L'information, c'est le moins qu'on puisse dire, est largement prématurée. Cet hiver-là, à soixante-douze ans, le pape skie encore à deux reprises. Les contrôles médicaux donnent lieu à des communiqués explicites : « Tous les paramètres de laboratoire sont bons » (18 janvier 1993), « résultats normaux » (2 juillet 1993), etc. Un an après l'ablation de sa tumeur à l'intestin, nouveau contrôle, nouveau communiqué rassurant : tout va bien. Et pourtant, rien ne va plus.

D'abord, c'est à cette époque que l'on décèle chez lui un léger tremblement de la main gauche et un début de rigidité des muscles faciaux. Le pape, désormais, a tendance à marcher un peu trop penché en avant, risquant la chute à tout moment. C'est exactement ce qui se produit le 11 novembre 1993 à la fin d'une audience des experts de la FAO, dans la longue salle des Bénédictions — celle qui longe la façade de la basilique Saint-Pierre — où l'on a récemment installé un nouveau tapis. Un faux pas, une hésitation, le pape butte sur sa soutane et tombe lourdement sur le sol. Resté quelques secondes inanimé, il se relève avec l'aide des gardes suisses qui l'emmènent à l'hôpital Gemelli, où on le plâtre dans la nuit. Le diagnostic est sévère : fracture et déboîtement de l'épaule droite. Le pape a beau plaisanter, comme à son habitude, il est réellement handicapé. Il ne peut plus bénir normalement pendant quatre semaines (tant pis, il bénit de la main gauche !) et, surtout, il ne peut plus écrire. Dès lors, son jeune collaborateur Stanislaw Rylko est prié de le rejoindre chaque jour avec son ordinateur portable afin de prendre sous la dictée la future *Lettre aux familles*. À la fin de chaque séance, Rylko repart avec le texte brut et revient, le lendemain, lui soumettre le texte corrigé et affiné. La technique plaît à Jean-Paul II qui l'adoptera dorénavant pour tous ses écrits.

À peine le pape est-il remis de ces déboires qu'un nouveau coup dur se produit le 28 avril 1994 : en sortant de sa douche vespérale, avant d'aller se mettre au lit, le Saint-Père glisse et se fracture le fémur droit. Le lendemain, dans cet hôpital Gemelli qu'il baptisera bientôt, par dérision, « Vatican III », les médecins lui posent une prothèse à la hanche. Mais l'opération n'est pas parfaite, et cette prothèse le fera boiter longtemps. De cette chute-là, Jean-Paul II ne se remettra jamais. Cette fois, le ski et la natation, c'est bien fini. Pendant ses vacances alpestres, l'été suivant, il gravit avec peine les marches du chalet et se contente de faire quelques courtes promenades. Il doit désormais marcher avec une canne. Il mettra du temps à s'y habituer : « Voyez, plaisante son porte-parole Navarro-Valls, il a été opéré de la jambe droite et tient sa canne de la main gauche ! » Les pèlerins du monde entier se mettent à offrir au pape des cannes de marche. Jean-Paul II ne comptera bientôt plus celles qu'il reçoit en cadeau. Il s'amuse lui-même en public de son infirmité : il pousse ses amis du bout de sa canne, ou il la brandit et vise comme avec un fusil, ou bien il la fait tournoyer à la manière de Charlie Chaplin... L'humour est une façon de masquer sa gêne, voire sa détresse. Privé d'efforts physiques, Karol Wojtyla voit sa silhouette s'épaissir peu à peu, et s'en désole : « Vous savez, le pape était un sportif ! » dit-il parfois en privé, avec un pauvre sourire. « Alors qu'il ne s'énerve jamais, raconte Mgr Boccardo, je l'ai vu manquer de tomber un jour, en descendant une marche, et maudire son corps malade : de rage, il a fait sursauter tout le monde en frappant le sol en bois avec le manche de sa crosse[9]. » En août 1994, on le voit sur une photo grimaçant de douleur, la crosse à la main. En septembre, il doit renoncer à se rendre à New York et surtout, la mort dans l'âme, à Sarajevo. À Zagreb, quelques jours plus tard, la télévision le montre fatigué, le pas incertain, la main tremblante, la voix lasse. En octobre, lors du synode, il peine à gagner la table d'honneur, puis il se retourne et lance aux évêques présents : « *Eppur' si muove !* » (Et pourtant il marche !) Le jeu de mots à partir de la citation de Galilée cache un réel désarroi chez cet homme obligé d'admettre, pour la première fois, que son corps ne lui obéit plus.

En janvier 1995, la grande tournée du pape en Asie-Océanie se passe mal. Ses médecins ont ordonné une réduction drastique du nombre de discours et de manifestations, et la suppression totale des bains de foule. À la fin du périple, à Colombo, il s'évanouit dans sa papamobile sans air conditionné. Le jour de Noël, cette année-là, il est pris d'une violente nausée pendant la bénédiction *urbi et orbi*, qu'il doit suspendre brusquement devant les téléspectateurs du monde entier. Désormais, il faudra s'habituer à ce que le pape annule telle audience (avec les évêques albanais, le 23 février 1996) ou telle visite prévue de longue date (à Sienne, le 19 mars 1996).

Comme toujours quand il y a opacité, la confusion règne entre les informations véridiques sur la santé du pape et les innombrables rumeurs qui circulent entre les travées de Saint-Pierre et les ruelles du Borgo Pio. On dit que le pape se fatigue plus vite qu'avant, on dit qu'il se couche plus tôt, on dit qu'il entend mal de l'oreille gauche. La chaîne italienne Canale 5 révèle un jour que le pape a été affaibli par un cytomégalovirus inoculé lors de transfusions de sang, ce qui est la stricte vérité, mais ce qui fait dire à quelques mauvaises langues que le pape pourrait bien être atteint du sida — le cytomégalovirus étant proche du virus HIV. Dans un florilège de propos pessimistes, souvent catastrophistes, parfois désobligeants, les journaux du monde entier ne parlent plus du pape que pour commenter ses ennuis de santé. « *LE PAPE SE MEURT* », titre crûment le magazine *Courrier international* en octobre 1994. Même ton alarmiste, mêmes dossiers impitoyables dans *Stern*, *Panorama*, *L'Express*, etc. En mars 1996, tous les journaux du monde reprennent une « indiscrétion » publiée dans *Diario 16* par le jésuite espagnol Pedro Miguel Lamet, qui affirme que le pape souffre d'un « cancer ». Le cinglant démenti de Navarro-Valls, lui, est peu repris.

Il est de plus en plus évident que le Saint-Père est atteint de la maladie de Parkinson, mais aucune confirmation officielle ne vient étayer ce constat[10]. Pourtant, qui ne remarque à chaque messe, à chaque voyage, à chaque discours, que le tremblement du bras et de la main gauches du pape se fait plus pénible ? Que le pape souffre d'une rigidité manifeste, de troubles de la parole et de la déglutition ? Que le visage devient inexpressif, que le regard se fige ? Même si les spécialistes de la maladie expliquent qu'il existe des traitements pour corriger les effets de cette « paralysie agitante », laquelle ne menace en rien les facultés intellectuelles du malade, ce tremblement obsédant qui agite les feuillets de ses homélies est une gêne croissante pour le pape. À la télévision, on ne voit plus que cela.

Jean-Paul II est conscient que son mal est visible. À partir de cette époque, cet homme de foi va *donner un sens à sa souffrance*, qu'il prend comme une « épreuve divine » et un « don nécessaire » : « J'ai médité sur tout cela durant mon hospitalisation, dit-il à l'angélus du 29 mai 1994. J'ai compris que mon rôle est de conduire l'Église du Christ vers son troisième millénaire par la prière, par des initiatives variées, *mais aussi par la souffrance*, par l'attentat d'il y a treize ans et par ce nouveau sacrifice[11]. » Cette image poignante d'un homme qui vieillit et qui souffre, c'est aussi une image de vérité. C'est aussi, pour le pape, une façon de célébrer la grandeur de l'homme.

Un Jean-Paul II succède à un autre Jean-Paul II. Au pape jeune et sportif, vigoureux et plein d'assurance, marchant au pas du montagnard, skieur émérite, succède en peu de temps un pape souffrant et fragile, handicapé par ses douleurs, tremblant sans cesse, parfois inaudible, avançant péniblement à petits pas. Ce n'est plus le même homme. Une génération de chrétiens, de 1978 à 1994, avait découvert et aimé le *pape de la confiance*. Une autre, la moins âgée, n'aura ensuite connu et vénéré que le *pape de la souffrance*. C'est sans doute sur les jeunes, curieusement, que le second Jean-Paul II, le vieux pape luttant contre la maladie, fera la plus grande impression. Un jour de 1996, visitant la paroisse romaine de Santa Bibiana, il confie aux jeunes venus l'écouter : « Même si on devient vieux comme je le suis aujourd'hui, on continue à garder quelque chose de sa jeunesse en esprit. Je me sens jeune malgré toutes les années que je porte en moi. » À la veillée de Longchamp, lors des Journées mondiales de la jeunesse de 1997, alors qu'on s'était demandé si sa santé lui permettrait de venir, le voilà qui tousse une fois, puis deux fois... À la quatrième fois, les centaines de milliers de jeunes présents se mettent à applaudir à chaque toux, comme pour l'encourager.

*

L'été 1996 est agité. Dans la nuit du 12 au 13 août, le pape est pris de violentes douleurs intestinales à Castel Gandolfo. Afin de ne pas dramatiser cette nouvelle crise, le secrétaire d'État Angelo Sodano décide de ne pas hospitaliser Jean-Paul II à Gemelli, mais de l'envoyer, en grand secret, à la clinique Regina Apostolorum d'Albano, à quatre kilomètres de là, pour un examen au scanner. Un examen « de routine », dit un communiqué de la *Sala stampa* qui ne convainc personne. « Le pape va bien », explique Navarro-Valls le 16 août, précisant que les douleurs intestinales étaient dues à un « syndrome fébrile de nature digestive » et que si le pape paraît fatigué, c'est la faute aux antibiotiques. Pourtant, l'intestin fragile de Jean-Paul II continue de lui jouer de mauvais tours. Ses médecins — les professeurs Buzzonetti, Crucitti, Ribotta, Mariano et Colagrande — décident de l'hospitaliser à Gemelli, le 8 octobre, pour « appendicite récurrente ». L'opération dure cinquante minutes. Les médecins sont formels : ils n'ont décelé aucune tumeur. Quelques mois plus tard, le docteur Francesco Crucitti, le chirurgien qui l'avait opéré en mai 1981, confie au journal *Il Tempo* que le « pape est solide comme un chêne ». Ironie du sort : un an plus tard, le 26 août 1998, le pape ira se recueillir sur la tombe de Crucitti, mort d'un cancer foudroyant.

Les médias du monde entier, plus ou moins pudiquement, parlent de « fin de règne » et spéculent sur sa démission possible[12]. Un pape qui démissionne, cela s'est déjà vu dans le passé, mais ce serait évidemment un événement extraordinaire. À la veille de son soixante-quinzième anniversaire, lors de l'audience générale du 17 mai 1995, Jean-Paul II dément cette hypothèse : « Je renouvelle devant le Christ l'offrande de ma disponibilité à servir l'Église aussi longtemps qu'Il le voudra, en m'abandonnant complètement à sa sainte volonté. Je Lui laisse le soin de décider comment et quand Il voudra me relever de cette charge. »

*

Les dernières années du pontificat seront tout autant rythmées par des alertes, des rumeurs, des spéculations, mais les médias finiront par se méfier d'eux-mêmes, et par saluer rémissions et performances. On ne s'étonne plus de voir à chaque déplacement son médecin personnel — le vieux Renato Buzzonetti [13] n'a pas voulu entendre parler de retraite — porter son éternelle mallette de premiers soins et tuer le temps en prenant des photos. Le protocole subit correctif sur correctif, tous destinés à soulager le célébrant dans les cérémonies pontificales. Lors des audiences générales et des messes en plein air, il est amené par un coupé Mercedes qui le dépose au pied même de l'autel. « On lui simplifie la vie », explique Boccardo, l'assistant fidèle. Le célébrant n'encense plus, il laisse faire ses acolytes. Il ne descend plus donner la communion, on vient jusqu'à lui. En décembre 1999, on lui construit une petite estrade mobile pour les audiences à Saint-Pierre : un engin qui l'élève à cinquante centimètres de hauteur pour être visible, avec des balustrades discrètes, et poussé par des gardes du corps. En voyage, il ne baise plus le sol des pays qu'il visite : des enfants lui apportent désormais une coupe avec de la terre du lieu, qu'il embrasse.

Lui-même a toujours une volonté de fer. C'est Jean-Paul II en personne qui a tenu à imposer un programme surchargé lors de son septième voyage en Pologne, en 1999. C'est lui qui a imposé un rythme insensé à la tournée en Terre sainte en 2000. Ses médecins, ses proches s'en émeuvent chaque fois. Parfois, lors d'un voyage, on veut lui aménager une journée de repos : « Pourquoi ? Cela va rallonger la durée du périple ! » En Pologne, il obtempère et prend, en effet, une journée de détente. Mais à sa façon : « En guise de jour de repos, dit un prochc, il dit une messe à 7 h 30 devant cinq cents personnes au lieu de cinq cent mille les autres jours ! »

Au fil des années, plus personne ne se risque à pronostiquer sa disparition. Alors que le programme du traditionnel chemin de croix au Colisée, en avril 2001, prévoyait que le pape ne porterait plus la croix, comme d'habitude, Jean-Paul II a tenu à le faire, lors de la dernière station, au prix d'un effort surhumain. À peine remis des fatigues du Jubilé, au printemps 2001, il préparait toute une série de voyages à Malte, en Grèce, en Ukraine, au Kazakhstan, etc. Qui aurait pensé, alors, qu'il présiderait triomphalement les Journées mondiales de la jeunesse à Toronto, au Canada, en juillet 2002, et que tous les cardinaux seraient invités à célébrer, à Rome, le vingt-cinquième anniversaire du pontificat, en octobre 2003 ? Qui aurait pensé que le vieux pape invalide se rendrait encore à Lourdes, en août 2004, pour le cent cinquantième anniversaire du dogme de l'Immaculée Conception ?

Ainsi, le « sportif de Dieu » n'aura pas été seulement le premier pape dont on n'a rien ignoré des exploits sportifs, il aura aussi été celui dont on n'a rien ignoré des ennuis de santé. Lui-même s'est qualifié, un jour, de « pauvre diable ». Dans sa lettre aux personnes âgées, le 1er octobre 1999, il parlait des « limites qui surviennent avec l'âge », mais pour conclure : « Il est beau de pouvoir se dépenser jusqu'à la fin pour la cause du royaume de Dieu. » Lors des vêpres du 31 décembre 2001, il déclarait : « Je demande à Dieu la force de poursuivre, tant qu'Il lui plaira, le service fidèle à l'Église de Rome et au monde entier. » Démentant ainsi toutes les rumeurs de démission. N'eût-il pas préféré pourtant se retirer dans un carmel ? N'offrait-il pas de l'Église une image désolante ? N'avait-il pas déjà tout donné à son Église ?

En mai 2002, au palais présidentiel de Bakou, capitale de l'Azerbaïdjan, il fallait entendre ce vieil homme épuisé, porté sur son estrade roulante, hausser péniblement la voix dans son micro : « Tant que je pourrai parler, je crierai : la paix, au nom de Dieu ! » Jean-Paul II était bien décidé à aller jusqu'au bout de ses forces, comme il l'a exprimé d'une façon poignante trois mois plus tard, au sanctuaire de Kalwaria Zebrzydowska, en Pologne, en s'adressant directement à la Vierge Marie :

Très Sainte Mère
Notre Dame de Kalwaria,
obtiens pour moi les forces
du corps et de l'esprit,
afin que je puisse
accomplir jusqu'à son terme
la mission
que m'a confiée le Ressuscité.
À Toi, je remets tous les fruits
de ma vie et de mon ministère ;
à Toi, je confie le sort de l'Église ;
à Toi, je confie ma nation ;
en Toi, j'ai confiance
et à Toi encore une fois je déclare :

Totus Tuus, Maria !
Totus Tuus. Amen.

17

L'épopée polonaise

Dès son élection, Jean-Paul II envisage de se rendre en Pologne. Il en parle à son entourage, il l'écrit dans une lettre à ses fidèles diocésains. Le 21 octobre 1978, lors de sa première rencontre avec la presse, un journaliste lui pose la question, s'attirant une réponse ambiguë : « J'irai en Pologne... à condition qu'*ils* me le permettent... » Personne n'ose lui demander s'il parle de la Curie, du gouvernement polonais ou du Kremlin.

L'occasion de ce retour au pays natal est toute trouvée : au printemps suivant doit être célébré le neuf centième anniversaire du martyre de saint Stanislaw, évêque de Cracovie, lors de la clôture du synode diocésain lancé sept ans plus tôt, le 8 mai 1972, par le cardinal Wojtyla en personne. Lorsque le Saint-Père, tout juste élu, confie son projet à son secrétaire d'État, le cardinal Villot, celui-ci se renseigne discrètement auprès d'amis polonais : « Cet anniversaire, est-ce un événement si important [1] ? »

Sur le moment, le projet passe presque inaperçu. D'abord, il faut être polonais, de Cracovie, et de préférence historien, pour savoir que l'évêque Stanislaw de Szczepanow fut assassiné de la main même du roi Boleslaw II, le 11 avril 1079, alors qu'il célébrait la messe dans l'église Saint-Michel de Skalka. Comme Thomas Becket, un siècle plus tard, tombera assassiné sous les coups d'Henri II Plantagenêt dans la cathédrale de Canterbury. Dans les mêmes conditions et pour la même raison : l'évêque Stanislaw ne voulait pas, lui non plus, que l'Église devînt un instrument aux mains de l'État. Quelques *monsignori* mis dans la confidence attribuent à un caprice affectif cette idée de romantiques retrouvailles du pape polonais avec son peuple : ils se trompent. Il s'agit bien, pour Jean-Paul II, d'ouvrir une brèche dans le mur du totalitarisme, sur des bases historiques et culturelles fortes. Ce n'est pas une démarche politique — le pape n'a jamais lancé et ne lancera jamais de « croisade » contre le communisme — mais une démarche de *vérité*. C'est un projet autrement plus fort, plus ambitieux. Plus subversif.

L'eau a coulé sous les ponts de la Vistule depuis que le chef du parti communiste, Wladislaw Gomulka, au printemps 1966, s'était opposé au désir de Mgr Wyszynski d'inviter le pape Paul VI à présider les cérémonies du millénaire de la Pologne. En cet automne 1978, quand Edward Gierek, le successeur de Gomulka à la tête du POUP, est confronté à la même demande, la situation a changé : les relations Église-État sont au beau fixe, et le pape est de nationalité polonaise — il a même tenu à garder son passeport. Difficile de lui interdire de rendre visite à son propre pays, surtout à un moment où la Pologne se targue d'être le plus « libéral » des pays du bloc socialiste. Et puis, sur le plan politique, ne vaut-il pas mieux se faire un allié de ce compatriote si prestigieux ? Dès son élection, le responsable de l'armée, de la police et des questions religieuses au comité central, Stanislaw Kania, tentait de rassurer le premier secrétaire du Parti : « Ne juge-t-on pas mieux les affaires de la Pologne depuis Saint-Pierre de Rome plutôt que du château de Wawel[2] ? »

Le POUP a donc choisi d'afficher sa bonne volonté. Le ministre Kazimierz Kakol, délégué par son gouvernement à la cérémonie d'intronisation du nouveau pape — laquelle fut retransmise en direct par la télévision polonaise, un événement ! —, a été prié de faire, à Rome, une déclaration très ouverte, soulignant même que le souverain pontife serait accueilli avec plaisir, un jour, en Pologne. À la seule condition, bien sûr, qu'une date en soit fixée d'un commun accord. Las ! Quelques jours plus tard, le pape en personne, sans aucun pourparler avec le pouvoir polonais, annonce son intention de se rendre à Cracovie en mai, pour célébrer, comme prévu, le martyre de saint Stanislaw. Plus qu'une déconvenue, c'est un défi inadmissible pour le pouvoir, comme l'expliquera plus tard Stanislaw Kania : « La première visite d'un pape en Pologne, pour célébrer le plus violent conflit entre l'Église et l'État dans toute l'histoire polonaise ! Ce n'était pas acceptable ! »

À l'issue d'une intense partie de bras de fer engagée entre les dirigeants communistes et les représentants de l'Église, un compromis boiteux est trouvé : Jean-Paul II ne viendra pas en mai, mais... en juin. La décision est entérinée par le bureau politique du POUP dans les derniers jours de janvier. « À l'unanimité », bien sûr, alors qu'on sait que la frange des « durs » du Parti, minoritaire, s'est résolument prononcée contre ce voyage. Le 2 mars, le chef de l'État, Henryk Jablonski, invite officiellement Jean-Paul II à se rendre en Pologne du 2 juin au 10 juin. L'épiscopat, quant à lui, repousse tranquillement d'un mois la durée de la commémoration prévue[3].

À Moscou, on observe cet étrange ballet avec inquiétude. Stanislaw Kania se rappelle : « Les dirigeants soviétiques, à commencer par Mikhaïl Souslov, n'ont pas montré d'enthousiasme, c'est le moins qu'on puisse dire. Mais personne, à Moscou, ne savait comment s'opposer à notre choix[4]. » Leonid Brejnev a bien téléphoné personnellement à Gierek pour le pousser à revenir sur sa décision : « Suggérez au pape, qui est un homme avisé, de renoncer au voyage en prétextant des ennuis de santé[5]. » Trop tard. La suggestion est grossière, et Gierek ne peut plus revenir en arrière.

*

2 juin 1979. Ce jour-là, la Pologne s'est habillée de fleurs multicolores, de fanions jaune et blanc (couleurs du Vatican), de drapeaux rouge et blanc (couleurs de la Pologne) et de centaines de milliers de portraits du Saint-Père qui flottent à tous les balcons. À Varsovie, les seules taches grises, sur le parcours du pape, sont les bâtiments du Parti et du gouvernement. Lorsque Jean-Paul II, à l'aéroport d'Okecie, baise le sol de sa terre natale, de ce geste qui deviendra si familier, personne ne sait comment va se passer la visite. La curiosité est à son comble. L'atmosphère, électrique. Les rumeurs, innombrables : le Premier ministre Jaroszewicz serait mort d'une crise cardiaque ; les Russes auraient fermé, Dieu sait dans quel noir dessein, la frontière avec la Pologne...

Étrangement, l'accueil des Varsoviens est mitigé. Comme si ces dizaines de milliers de gens massés sur le premier parcours du cortège n'osaient clamer leur enthousiasme et se contentaient de sourire aux anges ou, souvent, de pleurer d'émotion. Les journalistes occidentaux eux-mêmes hésitent dans leurs premiers commentaires. L'éditorialiste du *New York Times* observe que, finalement, « le voyage du pape ne menace en rien l'ordre politique en Pologne ». Ayant à « boucler » avant le début de la première messe, place de la Victoire, l'envoyé spécial de *France-Soir* expédie son télex. Sur le thème : le pape a fait un « bide ». Son confrère du *Figaro* le convainc de changer son titre. Juste à temps : une heure plus tard, quelque trois cent mille Varsoviens sont là, fervents, heureux, stupéfaits d'être aussi nombreux. Ils n'en reviennent pas d'être au centre de Varsovie, sur cette place devenue, pour quelques heures, un incroyable espace de liberté. Surtout quand ils entendent cet homme en blanc au sourire malicieux lancer à la face du régime : « Nul ne peut exclure le Christ de l'histoire de l'Homme, en quelque partie du globe ! » C'est la première vague d'applaudissements de la journée. Immense, prolongée, irrépressible. Comme un cri libératoire, un signal que tout est devenu possible. Le lendemain, aux cent mille étudiants de Varsovie rassemblés devant l'église Sainte-Anne, le pape dira : « Depuis hier, je me demande ce que signifient ces applaudissements. Je crois que c'est le Saint-Esprit qui m'a dit : "Ce qui est important, ce n'est pas qu'ils applaudissent, mais *quand* ils applaudissent..." »

Pour un peuple entier, c'est la révélation que le régime n'a tué ni sa foi, ni son identité, ni son unité. Un véritable électrochoc. Le futur dissident Zbigniew Bujak, alors tout jeune ouvrier des usines d'Ursus, témoigne : « Je suis arrivé sur la place de la Victoire et j'ai compris, comme beaucoup d'autres, la force immense dont ce pays disposait. Toute l'idéologie officielle n'était plus que ruines ! Je me disais : si quelqu'un réussit à rassembler cette force-là une nouvelle fois, personne ne pourra s'y opposer[6]. »

La roue de l'Histoire s'est mise à tourner. De jour en jour, les foules sont plus grandes, notamment à Gniezno, berceau du christianisme polonais, Czestochowa, capitale du culte marial, et Auschwitz, que le pape qualifie de « Golgotha du monde moderne ». Le téléphone n'a jamais tant fonctionné à travers le pays, compensant l'indigence de la presse officielle :

quelques lignes rédigées en langue de bois, tirées de l'agence officielle PAP, dans la plupart des quotidiens ; de méchants coups de ciseaux opérés par la censure dans le *Tygodnik Powszechny* de Cracovie, seul journal à couvrir honnêtement le voyage ; des comptes rendus faméliques à la télévision, où les réalisateurs ont reçu l'ordre de ne diffuser aucun plan de foule — ce qui constitue un véritable exploit technique.

Le 10 juin, un million et demi de fidèles se pressent sur la prairie de Blonie, à Cracovie. Une foule immense qui entend, comme dans un rêve, le pape s'exclamer, dans cette dernière homélie, à deux reprises : « Il faut ouvrir les frontières ! » Sur l'immense podium de six cents mètres carrés où l'on a dressé l'autel, quelques-uns des nombreux célébrants — Mgr Bengsch (Berlin), Mgr Tomasek (Prague), tel évêque hongrois ou roumain — n'en croient ni leurs yeux ni leurs oreilles. Depuis une semaine, de messe en messe, un peuple s'ébroue. Des millions de gens, habitués depuis trente ans à « parler vrai » en famille ou entre amis, mais à se taire en public, prennent conscience de leur nombre, de leur force. Combien de petits magnétophones aperçoit-on, brandis par des mains anonymes au-dessus de la foule, qui enregistrent les précieux sermons que l'on reproduira sur des cassettes — non censurées, cette fois — et que l'on discutera, pendant des mois, dans les églises, les cercles religieux, les associations confessionnelles, et tant d'autres « espaces de liberté » que seule l'Église offre, alors, à tous ceux qui refusent le communisme ?

Ailleurs, de Prague à Moscou, c'est la perplexité. Les dirigeants hongrois, tchèques, bulgares ne réagissent pas. Ils constatent, avec soulagement, que la foule des fidèles polonais n'a pas tenté de renverser le pouvoir en place. Ils n'ont jamais compris, pour la plupart, ce « pays frère » si imprévisible et si jaloux de son identité nationale. Allons ! Tout ce tohu-bohu est une affaire intérieure à la Pologne. Aucun d'entre eux n'envisage, alors, que Jean-Paul II pourrait visiter un jour un autre pays que le sien propre.

Gdansk, août 1980

Castel Gandolfo, dimanche 17 août 1980. En compagnie de son secrétaire, Stanisław Dziwisz, Jean-Paul II regarde le journal télévisé de la RAI. Depuis trois jours, la grève bat son plein aux bords de la Baltique. Le monde entier reçoit en plein visage ces images de prolétaires en bleu de chauffe communiant, le matin, à genoux devant les autels de fortune installés sous l'enseigne géante des chantiers navals Lénine : *STOCZNIA GDANSKA IM. LENINA*. La caméra s'étend sur ces étranges révolutionnaires, sur ce décor insolite, et découvre, accroché aux grilles du portail n° 2, aux côtés de l'icône de la Vierge noire de Czestochowa, le portrait de Jean-Paul II.

À Rome, le regard du Saint-Père se fige soudain sur sa propre effigie, apposée ainsi, comme un défi, sur les murs des chantiers. Le pape baisse la tête et, un long moment, reste plongé dans ses pensées. Il sait, mieux que personne, le sens de ce mouvement. Il en mesure l'enjeu. Et les risques. Ce n'est pas Jean-Paul II, évidemment, qui a déclenché cette vague de grèves. La détérioration de la situation économique en est la première cause. « C'est d'ailleurs sur ce terrain que nous avons réagi, explique l'ex-dirigeant Jerzy Waszczuk : par des augmentations de salaires. Cela n'a servi à rien. Comment ne pas voir surtout, dans le développement de la grève, les fruits du voyage du pape de 1979[7] ? » Avec plus ou moins de nuances, l'avis est général : ce n'est pas un hasard si, un an après le voyage triomphal de Jean-Paul II dans sa patrie, les grèves de la Baltique sont si massives, si confiantes, si joyeuses. Si elles sont aussi marquées du sceau de la foi chrétienne, ce qui est une nouveauté par rapport aux précédents soulèvements ouvriers, de Budapest à Prague, de Poznan à Ursus et Radom. Si elles sont aussi *solidaires*, enfin : les grévistes de Gdansk refusant un premier accord avec le pouvoir pour ne pas laisser tomber leurs camarades des autres régions ; les ouvriers et les intellectuels s'organisant en un réseau d'opposants unis sur tout le territoire polonais... Du jamais vu, même en Pologne. Il ne fait aucun doute que les immenses rassemblements de l'an dernier ont marqué les esprits, et que les homélies de Jean-Paul II sont encore dans toutes les têtes.

L'Occident observe l'événement, fasciné et perplexe : voilà une classe ouvrière, une vraie de vraie, au cœur d'une révolution parfaitement authentique, qui a troqué l'*Internationale* contre des cantiques à la gloire du Bon Dieu. Et qui tire sa force de sermons pontificaux, voire de la communion matinale, pour mieux se battre contre un pouvoir « socialiste ». Difficile, pour un Occidental, d'admettre que ce diable de Lech Walesa, le petit électricien aux moustaches en guidon de vélo qui conduit les négociations avec les délégués du pouvoir, a pour talisman, accroché à son pull, un badge de la Vierge noire de Czestochowa. Qu'un ouvrier polonais inclue dans ses revendications l'accès de l'Église aux mass media, passe encore, mais faut-il qu'il explique, à longueur d'interviews, que « c'est la foi qui [le] guide » ? Qu'importe le flacon ! À quelques exceptions près, l'Ouest s'enflamme pour les grévistes de Gdansk, y compris à gauche : en France, *Témoignage chrétien* exalte en couverture « *L'ÉTÉ POLONAIS* » tandis que *Le*

Nouvel Observateur titre, enthousiaste : « *VIVE LA POLOGNE !* »

Jean-Paul II, lui, est soucieux. Il sait que les Polonais jouent avec le feu. Durant les premiers jours de la crise polonaise, à Rome, la consigne est simple : prudence et discrétion. Radio Vatican ne change pas le ton de ses bulletins d'information : pas d'enthousiasme déplacé, pas de surenchère facile. Chacun se rappelle les excès irresponsables de la radio américaine basée à Munich, Radio Free Europe, en 1956, pendant la crise hongroise. *L'Osservatore romano*, pour sa part, se borne à publier quelques dépêches d'agence — notamment un appel de Mgr Wyszynski en faveur de la liberté d'expression, inclus dans son homélie du 17 août au sanctuaire marial silésien de Wambierzyce. Sans commentaire.

Le 20 août, Stanislaw Dziwisz, qui a quitté Rome pour prendre quelques « vacances » dans son pays natal, circule, incognito, du côté des chantiers Lénine. Ce jour-là, Jean-Paul II sort du silence où il se mure à Castel Gandolfo et, d'un saut en hélicoptère, va demander aux vingt mille pèlerins rassemblés place Saint-Pierre pour l'audience générale, de prier pour la Pologne, invoquant lui-même « la liberté pour l'Église, la paix pour la patrie » et « la protection du peuple contre tout danger[8] ». L'allusion est claire. Le pape redoute, par-dessus tout, une intervention soviétique. Lui-même expliquait un jour, dans un sermon, après les émeutes d'Ursus et Radom : « Nous ne pouvons nous permettre d'être irresponsables, car nous sommes dans une position géographique difficile[9]. » Le plus humble paysan de Pologne sait que son pays est une grande plaine située entre l'Allemagne de l'Est et l'Union soviétique. De Rome, c'est encore plus flagrant. Le soir, le Saint-Père n'y tient plus et rédige, à l'attention de

Mgr Wyszynski, une lettre de soutien dans laquelle il évoque « la dure lutte de la nation polonaise pour son pain quotidien », pour « la justice sociale », pour « assurer son droit inaliénable à une vie et à un développement qui lui soient propres[10] ». Le primat, à Varsovie, vit un cruel dilemme : certes, l'Église ne peut trahir ces ouvriers si pieux qui sont aussi ses ouailles, mais elle doit tout faire pour ne pas risquer l'intervention tant redoutée. Depuis l'écrasement du Printemps de Prague, en août 1968, les pays socialistes vivent sous un statut clairement défini par Leonid Brejnev en personne, appelé « souveraineté limitée ». Concrètement : tout dérapage politique à l'intérieur d'un des « pays frères » est une menace pour tous les autres et doit être réprimé comme tel.

Le parti communiste polonais, désemparé, tente précisément de jouer la carte de l'Église catholique, seule institution capable de se faire entendre de la société. Ses dirigeants savent bien qu'au sommet de l'épiscopat on craint une intervention soviétique. Et qu'on n'aime pas le désordre. Par des intermédiaires, le premier secrétaire du POUP, Edward Gierek, propose une rencontre à Mgr Wyszynski. Après hésitation, le cardinal primat refuse l'entretien : il prépare son traditionnel sermon du 26 août, fête de la Vierge de Jasna Gora, à Czestochowa, qui est un des grands rendez-vous annuels de l'Église polonaise, et il craint qu'on aille imaginer quelque lien entre son homélie, qu'il souhaite modérée, et un tel tête-à-tête avec le numéro un du Parti. Mgr Wyszynski préfère rencontrer quelqu'un de moins compromettant : Stanislaw Kania, l'homme chargé ès qualités, au bureau politique, des questions religieuses. Pour lui poser une question, la seule qui importe, de son point de vue : « Qu'en est-il du côté de Moscou[11] ? » Kania lui confirme ce que chacun sait déjà : quarante mille soldats hongrois, est-allemands et soviétiques, à grand fracas, se préparent pour les grandes manœuvres annuelles du Pacte de Varsovie, prévues pour le 8 septembre, juste de l'autre côté de l'Oder, dans le nord-est de la RDA.

Le 26 août, à Czestochowa, devant quelque cent mille pèlerins, le primat prononce son homélie. Le sermon, très balancé, souligne sans ambiguïté la justesse des revendications des grévistes, mais comprend, avec force réserves ampoulées, ce que le pouvoir espérait : une invitation à reprendre le travail. Gierek et Kania se frottent les mains : venant de Wyszynski en personne, c'est du pain bénit. Et le Parti de diffuser les extraits les plus conciliants de ce sermon inespéré : dans toute la Pologne, par le canal de l'agence PAP, mais aussi vers les grands médias occidentaux, par le télex de l'agence Interpress. La télévision polonaise elle-même diffuse trente-cinq minutes de l'homélie du primat, ce qui ne s'était jamais vu dans toute l'histoire de la Pologne communiste. Mais le Parti en fait trop. Le texte du primat a été soigneusement expurgé de toutes ses critiques envers le pouvoir. Au point que les ouvriers, incrédules, pensent qu'il s'agit d'un faux. « Ce fut une énorme erreur, reconnaît Jerzy Waszczuk, le texte n'était plus vraisemblable, alors qu'il était authentique. Et les grévistes ont ignoré l'appel de Wyszynski à cesser le mouvement [12]. »

L'homélie du primat fait couler beaucoup d'encre. Au point d'occulter un détail : trois jours auparavant, le chef des grévistes, Lech Walesa, s'est doté d'une petite équipe de conseillers, recrutés parmi les plus grands intellectuels du pays. Y figurent notamment Tadeusz Mazowiecki, rédacteur en chef de la revue *Wiez* ; Bohdan Cywinski, ancien rédacteur en chef de *Znak* ; Andrzej Wielowiejski, secrétaire général du Club d'intellectuels catholiques (KIK) de Varsovie. Trois personnalités proches du Saint-Père.

Les accords de Gdansk, signés le 31 août sous les caméras du monde entier, sont une incroyable victoire, qui dépasse largement le cadre d'une négociation difficile entre des ouvriers et leur gouvernement. Nombre d'observateurs notent ainsi qu'en quinze jours d'extrême tension, sur le littoral et dans les grandes cités industrielles, il n'y a pas eu un mort, pas un blessé, pas un coup de poing échangé. On avait souri en apprenant que le comité de grève des chantiers avait interdit d'introduire la moindre bouteille dans l'entreprise. Dérisoire ? Certes non. C'est la détermination et le calme de ces ouvriers, le courage et la solidarité de leurs familles, qui ont fait reculer le pouvoir — ses chars, ses miliciens, ses persécutions, ses chantages divers. Les ouvriers de Gdansk ont montré qu'ils avaient entendu et compris l'injonction du pape, dès son intronisation, en octobre 1978 : « N'ayez pas peur ! »

Six mois plus tard, dans sa bibliothèque privée, le pape félicitera Walesa et les représentants de Solidarité venus le voir à Rome, pour avoir usé de « cette manière d'agir dépourvue de violence et de force, recherchant les solutions par le dialogue réciproque [13] ». Un des meilleurs amis de l'ex-cardinal Wojtyla, le théologien Jozef Tischner, en fera un livre qu'il intitulera *Éthique de Solidarité* [14].

*

Le pape sait parfaitement que le Kremlin ne peut pas accepter les accords de Gdansk sans réagir tôt ou tard : un parti communiste, bon gré mal gré, peut tolérer bien des choses — une agriculture privée, la liberté du culte — mais pas la remise en cause de son « rôle dirigeant » dans l'organisation de la société. Or l'indépendance syndicale, accordée par les accords de Gdansk, constitue bel et bien une lézarde dans le sacro-saint monopole du POUP dans la gestion des affaires polonaises. Dès le lendemain de la signature des accords, Jean-Paul II évoque, en pleine audience générale, le « droit moral de la Pologne à la souveraineté et à l'indépendance » et fait savoir qu'il prie pour que son pays ne soit « victime d'aucune agression d'où qu'elle vienne ».

Ses appréhensions sont confirmées par le télégramme de « félicitations » qu'envoie Leonid Brejnev à son « cher camarade Kania », lequel remplace Gierek à la tête du Parti polonais le 5 septembre : « Les communistes soviétiques vous considèrent comme un combattant courageux pour les véritables intérêts du peuple [...], pour le renforcement du rôle dirigeant du Parti et la consolidation des positions du socialisme en Pologne [...], comme une personnalité qui s'en tient fermement à l'internationalisme prolétarien. » En d'autres termes : en arrière toute, « cher camarade », et « dans un bref délai », sinon, gare ! Jean-Paul II sait lire ce discours mieux qu'aucun kremlinologue occidental : il sait que l'avenir, sous ces auspices, ne se présente pas bien. Il n'a pas tort. Autour de Leonid Brejnev, on s'affole. Le 5 décembre, les chefs du Pacte de Varsovie se réunissent à Moscou et il s'en faut de peu — un vibrant plaidoyer de Stanislaw Kania, précisément — que la décision soit prise d'intervenir militairement en Pologne pour y imposer la loi martiale[15].

Si Kania a évité le pire, il n'a pas désamorcé les rumeurs d'invasion qui courent dans les milieux informés. Le principal informateur de la CIA en Pologne, le colonel Ryszard Kuklinski, fait savoir à ses contacts que l'intervention des chars soviétiques est imminente. Le conseiller du président Carter pour la sécurité, Zbigniew Brzezinski, catholique et polonais d'origine, prévient aussitôt Jean-Paul II, qui prend alors une initiative inédite : il écrit personnellement à Leonid Brejnev pour lui dire qu'une telle décision serait fatale à la « détente » en Europe et que l'URSS devait respecter, ici comme ailleurs, les accords d'Helsinki, à commencer par le « principe de non-intervention dans les affaires intérieures des États[16] ».

1981 : l'état de guerre

Rome, le 13 décembre 1981. Depuis le matin, le monde entier sait que le général Wojciech Jaruzelski a instauré la loi martiale — baptisée « état de guerre » — sur tout le territoire polonais, et que des milliers de militants du syndicat Solidarité ont été arrêtés et internés dans la nuit. Toutes les communications avec la Pologne sont coupées. On n'a aucune nouvelle de Lech Walesa. À midi précis, devant trente mille pèlerins rassemblés place Saint-Pierre pour l'angélus, le pape, visiblement ému, répète à l'attention des Polonais présents dans la foule ses paroles du mois de septembre : « Il y a déjà eu trop de sang versé en Pologne[17] ! » Le pape, à vrai dire, est sous le choc et ne sait comment réagir. Sa crainte, son angoisse, c'est que la remise au pas de la Pologne entraîne une vague de résistance désespérée débouchant sur une sorte de guerre civile. Jean-Paul II, d'habitude si bien informé, par mille et un canaux, de la situation polonaise, sait peu de chose sur ce qui s'est vraiment passé pendant la nuit tragique : il n'y a plus ni télex, ni téléphone, ni avions pour relier la Pologne au reste du monde, et l'on n'a d'autres informations que celles qui viennent des gens quittant le pays par bateau, par train ou en voiture.

L'émotion est grande en Occident. Notamment en Italie. À Rome, alors que le pape visite, comme chaque dimanche, une paroisse romaine, il a l'agréable surprise d'apercevoir dans l'assistance le ministre italien des Affaires étrangères, Emilio Colombo, venu lui manifester sa « solidarité ». C'est peu, et c'est beaucoup. Son collègue français, Claude Cheysson, exprime ce jour-là le sentiment général des responsables occidentaux en déclarant sur les ondes d'Europe 1 : « Naturellement, nous ne ferons rien ! »

Du côté américain, aucune nouvelle. Le nouveau président, Ronald Reagan, qui s'est récemment lié d'amitié avec le cardinal Krol, lui-même ami personnel de Jean-Paul II, avait demandé à William Casey, directeur de la CIA, d'informer régulièrement le pape de la situation dans son pays, en particulier des risques d'intervention soviétique. Le 30 novembre, le général Vernon Walters, ex-directeur de la CIA et ambassadeur extraordinaire du président Reagan, avait montré au pape, dans sa bibliothèque privée, un jeu de photos satellite révélant les concentrations de troupes aux frontières de la Pologne[18]. Mais, depuis la proclamation de la loi martiale, plus rien : la neige et les nuages rendent inopérants les satellites espions les plus performants.

Le pape enrage d'être ainsi coupé de sa terre natale. Le mercredi 16 décembre, lors de l'audience générale hebdomadaire, il ne peut que se référer au tout premier discours télévisé du nouveau primat de Pologne, dans lequel le peu médiatique Mgr Glemp a fait preuve d'une modération frisant le fatalisme. Partagé entre l'inquiétude et la prudence, le pape exprime « sa sollicitude envers la patrie, la nation dont il est le fils » et se contente de regretter que le pouvoir polonais ait abandonné la « voie du dialogue[19] ». Le samedi 19, il envoie à Varsovie un vieux routier des affaires de l'Est, le nonce itinérant Luigi Poggi, accompagné de Mgr Janusz Polonec, un Polonais travaillant à la Curie, pour s'informer officiellement de la situation. Mgr Poggi connaît bien le dossier polonais, qu'il suit depuis 1973. Le pape l'a reçu la veille au soir, en privé, et lui a confié une missive personnelle, adressée au général Jaruzelski, qu'il emporte dans les plis de sa soutane — une copie est destinée au primat de Pologne, une autre à « M. Lech Walesa, président de Solidarité ». La lettre, qui se réfère à une mortelle échauffourée survenue dans la mine Wujek, en Silésie, le 16 décembre, est un appel vibrant à l'arrêt des « effusions de sang ». Le pape conclut, loin du langage diplomatique : « J'en appelle à votre conscience, général. » Malheureusement, Mgr Poggi n'évitera pas le piège que lui tend Jaruzelski : après l'avoir fait attendre plusieurs jours, le général aux lunettes noires reçoit enfin le nonce... devant les caméras de la télévision, qui retransmettront en boucle la souriante poignée de main échangée par le général et l'envoyé spécial du pape.

Le dimanche 20, s'adressant aux vingt-cinq mille fidèles réunis pour l'angélus, Jean-Paul II invite à prier notamment pour tous ceux qui vont passer Noël « en prison ou en camp de détention », et réaffirme le droit de la Pologne à « vivre sa propre vie dans la paix et le respect des droits de l'homme [20] ». Le lendemain, un peu avant minuit, il accueille sur le pas de son appartement Mgr Bronislaw Dabrowski, évêque auxiliaire de Varsovie et secrétaire général de la conférence épiscopale polonaise, qu'il embrasse et qu'il entraîne dans son bureau pour une longue conversation privée.

Cette conversation avec Mgr Dabrowski est capitale. Le prélat, en grand secret, a pu rencontrer Lech Walesa dans la villa où il est détenu, près de Varsovie : il sait que le président de Solidarité, malgré les offres de collaboration et les pressions dont il est l'objet, ne cédera pas. Il explique que, face aux propositions d'« entente » de Jaruzelski, la conférence épiscopale polonaise a choisi une attitude beaucoup plus ferme que celle du primat Jozef Glemp : pas question pour l'Église d'accepter de « dialoguer » avec le pouvoir militaire tant que durera l'état de guerre. C'est après cet échange que Jean-Paul II, en toute connaissance du sujet, prend une décision capitale : il n'abandonnera pas Solidarité. Le signe de la résistance sera donné au soir du 24 décembre, lorsqu'il allumera lui-même un cierge à sa fenêtre, qui brûlera toute la nuit de Noël, comme des dizaines de milliers d'autres bougies brûleront ainsi aux quatre coins du monde. Le président Ronald Reagan lui-même a invité tous les Américains à accomplir le même geste, cette nuit-là, en témoignage de solidarité.

En décidant de soutenir Walesa et ses amis, malgré le coup terrible qui leur est porté, et qui a toutes les apparences d'être définitif, le Saint-Père fait un choix personnel difficile. Certes, il est pape, et non simple curé d'une paroisse de Gdansk ou même archevêque de Cracovie ! Mais l'enjeu est trop grand, à ses yeux, et dépasse la conjoncture polonaise. Si le pouvoir communiste règle son compte à la société polonaise comme il l'a fait à Berlin-Est en 1953, à Budapest en 1956, à Prague en 1968, c'en est fini des espoirs de sortir du cauchemar totalitaire. Solidarité, ce n'est pas seulement un syndicat de dix millions de membres, un mouvement social exceptionnellement puissant, c'est la forme la plus sophistiquée qu'a pu prendre une opposition de masse dans un système communiste, la preuve que la victoire est possible sans contre-révolution armée, sans effusion de sang. Si cette forme d'action non violente, « légaliste », est vouée à l'échec, alors on ne peut plus concevoir, dans l'avenir proche, que des gestes de désespoir, de terrorisme, de mort. L'enjeu est donc moral, ou éthique, autant que politique, et il dépasse largement le cadre de la Pologne.

La dimension morale, Jean-Paul II la répète avec vigueur dans son message de Noël : « Que la force du bien triomphe sur les forces du mal ! Que la force de la justice, du respect de l'homme, de l'amour de la patrie, triomphe sur les forces adverses que sont la haine et la destruction aussi bien physique que morale ! » Le pape voit plus loin. En se lançant dans la lutte, il ne se contente pas de défendre les valeurs morales, universelles, qu'incarnait le syndicat interdit : non-violence, solidarité, liberté, etc. Il entend aussi sauver l'organisation Solidarité elle-même, comme partenaire d'un futur dialogue avec le pouvoir. La ligne politique est tracée et ne changera plus : il faut revenir au dialogue entre le pouvoir et la société, il faut retrouver le chemin d'une entente nationale qui ne soit pas, bien sûr, un marché de dupe. Dialogue, entente nationale : cet objectif, alors peu compris, va résister au temps, et triompher, finalement, plus de sept années plus tard.

Dès le 1er janvier 1982, Jean-Paul II confirme sa position, solennellement, lors de l'angélus, devant plusieurs dizaines de milliers de pèlerins, parmi lesquels flotte, ici ou là, une banderole « *SOLIDARNOSC* ». Le pape les salue et s'appuie sur cette démonstration très militante pour rappeler avec force le droit des travailleurs à constituer des syndicats indépendants, à jouir de leurs droits familiaux et individuels : « Il s'agit d'une question importante ! Pas seulement pour un pays précis, mais pour l'histoire de l'Homme ! » La foule applaudit chaleureusement le pape qui ajoute, pour que nul ne s'y trompe : « *Solidarnosc* appartient, à ce titre, au patrimoine de toutes les nations[21]. »

Dès lors, il ne se passe pas un seul mercredi sans

que Jean-Paul II n'évoque publiquement, en audience générale, l'« état de guerre » en Pologne. Ces « petites phrases » régulières, fortes, obstinées, ont un impact considérable à l'Est. Elles sont systématiquement reprises par Radio Vatican, la BBC, et surtout par Radio Free Europe, la radio américaine basée à Munich, assidûment écoutée dans tout le monde socialiste.

Le pape ne néglige pas pour autant la grande politique. À la mi-janvier 1982, il s'adresse, comme tous les ans, au corps diplomatique, dans un discours d'une grande tenue. Il rappelle que l'Église a fait de la défense des droits « inviolables » de l'homme, mais aussi des droits « non moins sacrés » des nations, une priorité de son action diplomatique. Il dénonce, solennellement, les séquelles de Yalta : « Le fait des répartitions en sphères d'hégémonie, qui ont pu avoir leur origine dans des situations particulières et contingentes, ne devrait pas justifier leur persistance, à plus forte raison si elles tendent à limiter la souveraineté d'autrui. » Un mois plus tard, le 12 février, à Madrid, le représentant du Saint-Siège à la Conférence sur la sécurité et la coopération en Europe (CSCE), Mgr Silvio Luoni, enfonce ainsi le clou : le Vatican est « décidé à ne pas renoncer à son action [en faveur des revendications du peuple polonais] même *si la solidarité des autres peuples d'Europe devait, pour une raison ou une autre, s'atténuer* ». S'il n'en reste qu'un...

Enfin, le pape invitera aussi clairement l'épiscopat polonais, et notamment son nouveau primat Jozef Glemp, à ne pas céder sur les principes. Alors que séjournent à Rome Mgr Glemp, mais aussi Mgr Macharski (Cracovie) et Mgr Gulbinowicz (Wroclaw), tous les deux très proches de Solidarité, Jean-Paul II lance, le 9 février, un spectaculaire appel public à ne transiger en rien sur les conquêtes de l'après-août 1980, notamment la légalisation du syndicat indépendant : il n'y aura pas de dialogue au prix d'un retour en arrière, tonne le pape, ce jour-là. Que ceux qui ont des oreilles pour entendre, entendent !

1983-1987 : sortir de la « guerre »

Noël 1981. Au plus fort de l'état de guerre, Mgr Glemp ne doute de rien. Ou peut-être veut-il conjurer le sort. Alors que des milliers de responsables de Solidarité sont en prison, alors que l'armée quadrille toutes les grandes villes du pays, le primat évoque sereinement le voyage que le pape envisage d'entreprendre en Pologne en 1982, pour le six centième anniversaire de la fondation du couvent de Jasna Gora, à Czestochowa, par le prince Ladislaw d'Opole. Dans son sermon de la messe de la Nativité, Mgr Glemp exprime son espoir que, l'« état de guerre » devant cesser au plus vite, le pape pourra effectuer la visite, prévue pour le mois d'août, dans son pays natal. C'est exactement ce qu'on appelle un vœu pieux.

Bien sûr, l'Église de Pologne se prépare à cette commémoration depuis six ans, et Karol Wojtyla lui-même, qui vénère tant la Vierge de Czestochowa, se fait depuis longtemps une joie d'y assister. Bien sûr, le général Jaruzelski rêve, cette fois, d'accueillir le Saint-Père, en grande pompe : il voudrait tant effacer la détestable impression que la Pologne a donnée au monde, après l'opération coup-de-poing du 13 décembre ! Une visite papale briserait spectaculairement l'isolement du pays et permettrait de renouer le contact avec la communauté internationale. Le 19 janvier 1982, le vice-Premier ministre Mieczyslaw Rakowski — l'un des artisans de l'« état de guerre », bien placé pour savoir que celui-ci ne sera pas levé de sitôt — indique que le pape sera le bienvenu dans son pays. Trop aimable. La partie de poker menteur durera encore un an.

Le 16 juin 1983, à 17 heures, lorsque le Saint-Père atterrit enfin à l'aéroport de Varsovie-Okecie, les commentateurs sont partagés : le pape a-t-il raison de venir alors que l'état de guerre n'est pas levé, que le gouvernement polonais ne lui a pas permis d'aller à Gdansk, que la plupart des dirigeants de l'opposition, dont Bronislaw Geremek, Wladyslaw Frasyniuk, Jacek Kuron et sept cents autres cadres de Solidarité sont encore en prison ? La réponse est donnée par l'un de ceux-ci, Adam Michnik, qui écrit de la prison Rakowiecka, à la veille de la venue de Jean-Paul II : « Cette visite signera la faillite morale du pouvoir. » Le pape, à peine arrivé, déclare qu'il ne peut lui-même « visiter tous les malades et les prisonniers » et leur demande « d'être proches de lui en esprit ». Et, comme si cela ne suffisait pas, il évoque les endroits « où il ne lui est pas possible d'aller cette fois-ci [22] ». Allusion transparente à la ville de Gdansk, où Lech Walesa, « personne privée » aux yeux du gouvernement, bloqué dans son appartement par des dizaines de miliciens, doit regarder l'arrivée du Saint-Père à la télévision. Pour Michnik, comme pour Walesa, le pape a d'ores et déjà marqué un point. Car la préparation du voyage de 1983 aura été aussi importante que la visite elle-même. Alors que la société polonaise n'a jamais été si menacée par le découragement, la perspective de retrouver l'atmosphère du voyage miracle de 1979 aura été un facteur de ressaisissement général. Les innombrables réunions pratiques, les multiples rencontres de réflexion spirituelle aux quatre coins du pays ont été, pour tous, une façon de ne pas baisser pavillon : pour l'Église, de mettre du baume au cœur des fidèles ; pour Solidarité, d'affirmer que le syndicat existe encore ; pour tous, d'entretenir la flamme de l'espérance.

Lorsque le pape, dans sa papamobile au vitrage blindé, arrive dans le centre de Varsovie, un cri jaillit, ici et là, malgré les consignes de modération, et malgré les risques personnels : « *Solidarnosc !* » Elle se contient, la foule ; les larmes aux yeux, elle sait l'enjeu de ce voyage. Les évêques et les prêtres, sur ordre, n'ont cessé d'expliquer qu'il s'agissait d'un pèlerinage religieux, pas d'une manifestation politique. Mais lorsque le Saint-Père, en arrivant à la cathédrale Saint-Jean, dans la vieille ville de Varsovie, évoque « l'amertume de la déception, de l'humiliation, de la souffrance, de la privation de liberté, du préjudice, de la dignité de l'homme foulée aux pieds », c'est plus fort qu'elle, voilà cinq cents jours qu'elle a envie de crier, de hurler : « *So-li-dar-nosc !* » De même, au soir du 18 juin, à Czestochowa, où un service d'ordre ahurissant, en rangs serrés, filtre l'esplanade et confisque la moindre pancarte, alors qu'une foule de centaines de milliers de jeunes émus aux larmes accueille le pape dans une formidable ovation, le Saint-Père voit soudain se déployer des dizaines de banderoles, parfois immenses, ayant échappé aux fouilles policières, faisant flamboyer dans le crépuscule le nom interdit : *SOLIDARNOSC !*

Le pape va répondre à cette longue plainte de tout un peuple — étudiants, agriculteurs, ouvriers, intellectuels — par un discours très ciblé, tournant autour de trois valeurs : la *vérité*, d'abord ; la *solidarité*, ensuite (il joue avec le mot *solidarnosc*, avec ou sans majuscule, durant tout le voyage) ; surtout, le pape insiste sur le thème de la *victoire*. En plein état de guerre ! Le paradoxe n'est qu'apparent : « Il n'y a de victoire que morale », lance-t-il au stade du Dixième Anniversaire, le 17 juin. À Czestochowa, le

1
1. Karol Wojtyla, né à Wadowice (Pologne) le 18 mai 1920, va avoir un an.

2

3

4

2. Emilia et Karol Wojtyla, les parents du futur pape, avec leur premier fils, Edmund.

3. Le petit Karol, surnommé « Lolek », fréquente l'école primaire de Wadowice.

4. Karol Wojtyla père (au centre) est sous-officier dans le 56e régiment d'infanterie de l'armée autrichienne.

5. Excursion des élèves de l'école de Wadowice, le 26 mai 1930, aux mines de sel de Wieliczka, près de Cracovie. Karol est au second rang (deuxième à droite). Son père (premier adulte en partant de la droite) fait partie des accompagnateurs.

6. Karol, à 11 ans, (premier rang, deuxième à partir de la gauche) est un enfant de chœur modèle aux yeux du père Kazimierz Figlewicz (au centre), qui restera longtemps son confesseur.

5

7. Karol Wojtyla le jour de sa première communion, le 25 mai 1929.

8. Le petit Karol accompagné de son père (au centre) lors d'un pèlerinage au sanctuaire de Kalwaria Zebrzydowska, à 10 km de Wadowice.

6

7

8

9. Adolescent, Karol est un jeune homme romantique passionné de théâtre et de poésie.

10. Dans le cadre du lycée Marcin Wadowita, Karol Wojtyla joue dans de nombreuses pièces (ici en 1937). Les rôles féminins sont tenus par les élèves du lycée de filles Michalina Moscicka.

11. Lors d'une soirée de récitation théâtrale, le 15 octobre 1938, à Cracovie, Karol Wojtyla figure sur le même programme que son amie Halina Krolikiewicz.

9

10

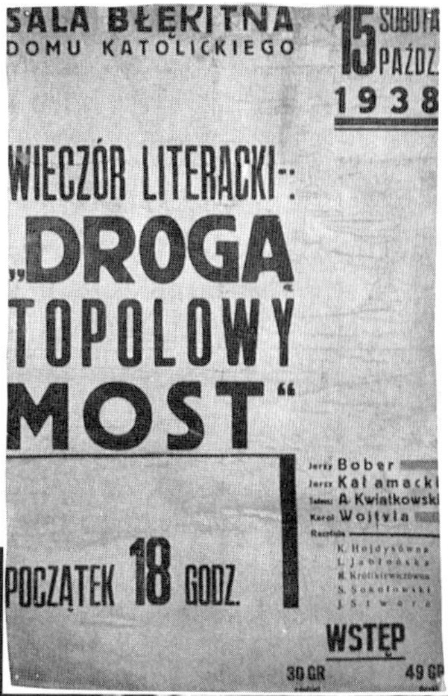
SALA BŁĘKITNA
DOMU KATOLICKIEGO
15 SOBOTA PAŹDZ.
1938
WIECZÓR LITERACKI:
„DROGĄ TOPOLOWY MOST"
Bober
Kał amacki
A. Kwiatkowski
Wojtyła
K. Hojdysówna
I. Jabłońska
S. Sokołowski
J. Stwora
POCZĄTEK 18 GODZ.
WSTĘP
30 GR
49 GR

11

12

12. Juillet 1938 : après avoir passé son baccalauréat, Karol effectue un séjour d'été dans un chantier de jeunesse à Zubrzyca Gorna, dans le sud montagneux du pays.

13. Septembre 1938 : Karol Wojtyla en promenade à Cracovie avec sa marraine Maria Wiadrowska.

13

14

14. En juillet 1939, l'étudiant Wojtyla (à droite en train de prier) effectue une nouvelle « période » militaire dans le cadre de la Légion académique à Ozomla, non loin de la ville de Przemysl, dans l'est du pays.

15. Cette période militaire s'achèvera juste avant le déclenchement de la guerre, le 1er septembre 1939, lors de l'invasion des troupes allemandes (Wojtyla est le deuxième à partir de la droite).

15

16 

16. Pendant la guerre, dans le palais épiscopal, l'archevêque Sapieha ordonnait aux séminaristes clandestins de porter la soutane afin d'éviter les représailles allemandes (Wojtyla est au centre).

17. L'abbé Karol Wojtyla, âgé de 26 ans, après son ordination sacerdotale le 1er novembre 1946, au château de Wawel, à Cracovie.

18. Niegowic, à l'est de Cracovie : le père Karol Wojtyla, dont c'est le premier poste en paroisse, n'y restera qu'une année (juillet 1948–juillet 1949).

19. À l'église Saint-Florian de Cracovie, le jeune aumônier universitaire multiplie les initiatives en direction des jeunes, garçons et filles : chant choral, théâtre, balades en montagne, etc.

17 

18

19

20

20. Karol Wojtyla a appris à skier en 1949. Il ne cessera de se perfectionner dans ce sport qu'il pratiquera, même après le conclave, jusqu'à l'âge de 72 ans.

21. Le futur pape n'a jamais vraiment aimé le vélo, mais il a souvent accompagné des jeunes, dans les années cinquante, dans des excursions ou des pèlerinages à bicyclette.

21

22

23

22. Prêtre puis évêque, Karol Wojtyla a pratiqué le kayak pendant les années cinquante et soixante, partageant avec des groupes de jeunes l'effort physique et le goût pour la méditation.

23. Le père Wojtyla, que chacun appelle « Wujek » (« oncle »), a laissé un souvenir profond chez des centaines d'étudiants qui l'ont accompagné dans des excursions et des récollections en pleine nature.

24

24. Février 1973 : voyage aux Philippines, en Nouvelle-Zélande, en Papouasie-Nouvelle-Guinée, puis en Australie. C'est la première fois qu'un cardinal polonais se rend aux antipodes.

25. Le cardinal Wojtyla est une «star» à Cracovie, et ne se fait pas prier pour signer des autographes.

26. Un an avant le conclave : le cardinal Wojtyla en compagnie du cardinal Stefan Wyszynski, primat de Pologne et figure marquante de la résistance au communisme.

27. Karol Wojtyla, cardinal-archevêque de Cracovie, en compagnie du pape Paul VI, pour lequel il éprouvait une profonde vénération.

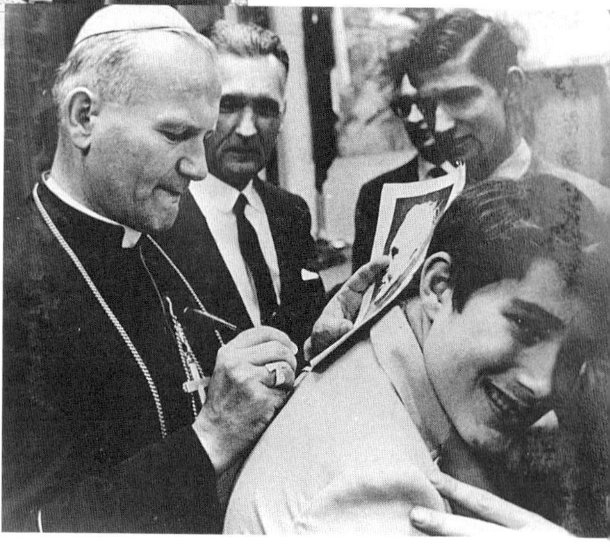

25

26

27

28. 16 octobre 1978 : *Habemus papam!* Le cardinal Wojtyla vient d'être élu par le conclave. Il s'appelle désormais Jean-Paul II. Le monde entier découvre ce pape polonais, souriant, dynamique, séducteur, qui procède avec décontraction à sa première bénédiction apostolique.

Crédits photographiques :

1, 2, 3, 4, 5, 6, 9, 13, 15, 18, 19, 20, 21, 22, 23, 26 : Sipa Press/Laski. 7, 8 : Sipa Press/Viviane Rivière. 10 : Roger-Viollet. 11 : droits réservés. 12, 14 : Sipa Press/APF. 16, 17, 28 : Sipa Press. 24 : Sipa Press/Jerzy Dobrostanski. 25, 27 : Corbis-Sygma.

29. Le pape Jean-Paul II en méditation, pendant ses vacances, quelque part à la montagne.

30

31

30. Chaque jour de son pontificat, à l'exception de ses voyages, Jean-Paul II célèbre la messe, tôt le matin, dans sa chapelle privée. Y être convié est considéré comme un privilège.

31. 27 octobre 1978 : c'est la première fois que le nouveau pape se rend à sa résidence de Castel Gandolfo. Les fidèles des *castelli romani*, les villages qui bordent le lac d'Albano, lui réservent un accueil chaleureux.

32

32. Un pape énergique qui a le sens de la communication.

33. Massif des Dolomites, 1986 : chaque année, le pape prend des vacances à la montagne.

33

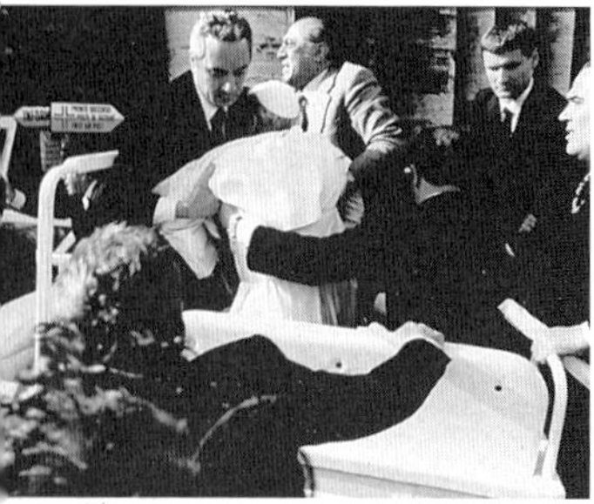

34

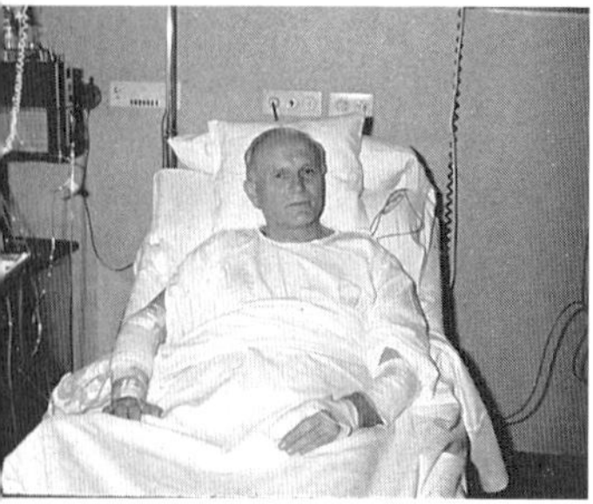

35

34. 13 mai 1981, 17 h 17 : le terroriste turc Mehmet Ali Agça tire sur le Saint-Père lors d'une audience générale, place Saint-Pierre.

35. 18 mai 1981 : Jean-Paul II a échappé de peu à la mort, mais il se rétablit très vite dans sa chambre de la clinique Gemelli, à Rome.

36. 12 juin 1987 : l'« état de guerre » est toujours en vigueur en Pologne, mais le pape, qui en est à son troisième voyage dans sa patrie, célèbre une messe spectaculaire dans le quartier de Zaspa, à Gdansk, là où habite Lech Walesa…

37. 15 janvier 1981 : le pape reçoit au Vatican une délégation polonaise emmenée par Lech Walesa, leader du syndicat *Solidarnosc*, qui déclare être venu « voir son père ».

38. 13 janvier 1987 : le pape reçoit à Rome le général Wojciech Jaruzelski, chef de l'État polonais, qu'il va convaincre d'ouvrir le dialogue avec la société polonaise.

36

37

38

39. 28 janvier 1979 : Jean-Paul II arrive à Puebla, au Mexique, où il reçoit un accueil chaleureux et populaire. C'est le premier d'une longue série de voyages qui lui feront sillonner la terre entière.

40. 1er septembre 1990 : les chrétiens du Burundi attendent le passage de Jean-Paul II.

41. 25 janvier 1998 : sous le regard du « Che » Guevara, le pape dit la messe à Cuba, place de la Révolution, en présence de Fidel Castro.

42. 1er juin 1980 : Jean-Paul II descend les Champs-Élysées en papamobile, accompagné du président français Valéry Giscard d'Estaing.

40

41

42

43 

44 

43. 15 septembre 1982 : le pape reçoit Yasser Arafat, dirigeant de l'Organisation de Libération de la Palestine (OLP). La rencontre fera couler beaucoup d'encre.

44. 3 février 1986 : lors de sa visite à Calcutta, Jean-Paul II rencontre Mère Teresa.

45. 1er décembre 1989 : un mois après la chute du mur de Berlin, Jean-Paul II, chef de l'Église catholique, reçoit au Vatican Mikhaïl Gorbatchev, chef du parti communiste de l'URSS et principal dirigeant du mouvement communiste international.

46

47

48

46. 9 juin 1979 : au cours de sa première tournée en Pologne, Jean-Paul II visite le camp d'Auschwitz, où il dira une messe particulièrement émouvante.

47. 13 avril 1986 : Jean-Paul II rend visite à la grande synagogue de Rome. La séance est historique.

48. 11 octobre 1998 : Edith Stein, une intellectuelle juive convertie au catholicisme, morte à Auschwitz, est canonisée par Jean-Paul II.

49. 26 mars 2000 : le pape se recueille devant le Mur des Lamentations, à Jérusalem, à l'issue d'un voyage en Terre sainte chargé de symboles et de gestes de paix. 49

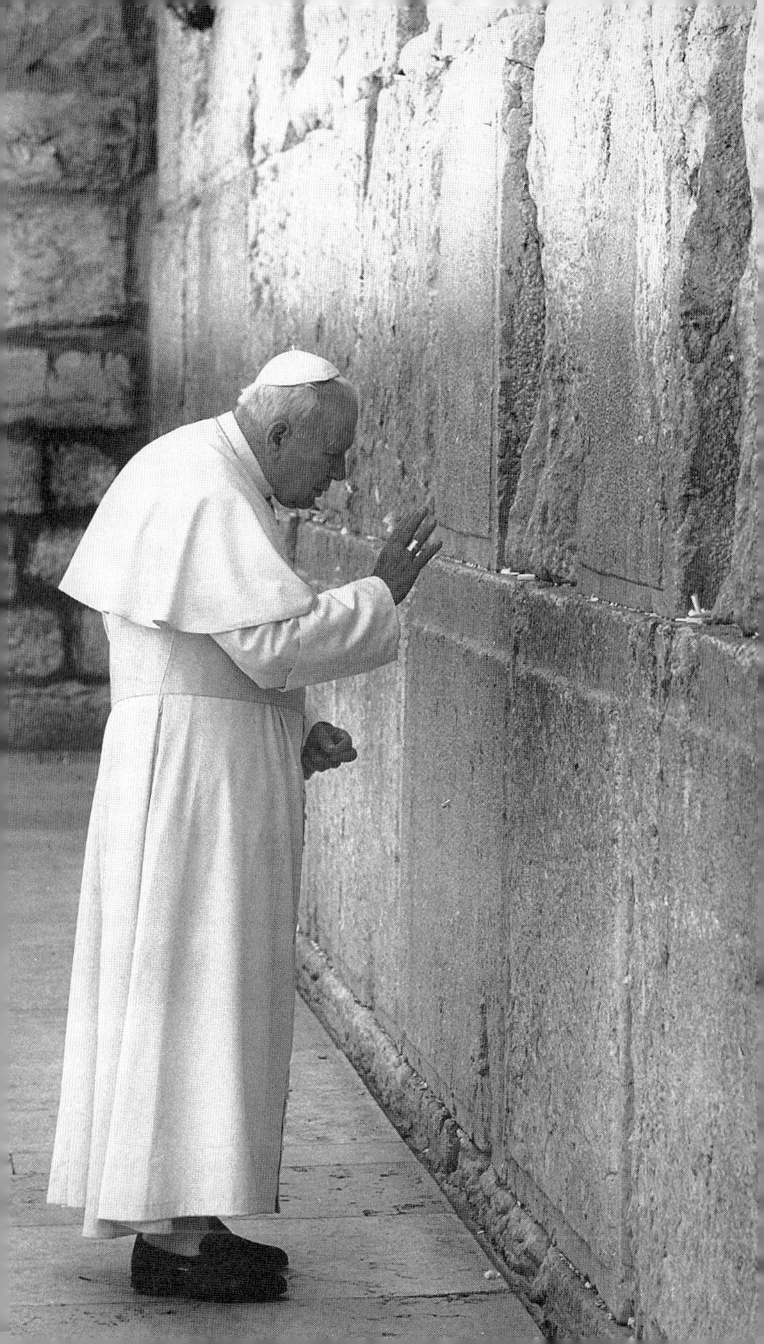

50

50. 27 octobre 1986 : à Assise, Jean-Paul II a invité les représentants de toutes les religions du monde à venir prier avec lui pour la paix.

51. 7 mai 1999 : le pape rencontre le patriarche orthodoxe roumain Teoctist, un des rares dirigeants de l'Église orthodoxe à l'avoir reçu chez lui.

52. 7 septembre 1993 : Jean-Paul II visite la très catholique Lituanie (ici, au «mont des Croix», à Siaulai), qui est aussi le premier pays de l'ex-URSS où se rend le pape depuis la chute du communisme.

53. 12 avril 1997 : le voyage du pape à Sarajevo (Bosnie), qui avait été reporté, se déroule dans un climat de tension et de tristesse.

51

52

53

54. 24 août 1997 : à l'occasion des JMJ (Journées mondiales de la jeunesse) de Paris, le pape préside sur l'hippodrome de Longchamp, dans le bois de Boulogne, une veillée qui rassemble un million de jeunes venus de cent soixante pays différents.

55. 23 août 1997 : accueilli au Champ-de-Mars, devant la tour Eiffel, par 400 000 jeunes, le pape assiste au lâcher d'une colombe.

56. Pour les quinzièmes JMJ, à Rome, en août 2000, des drapeaux de tous les pays sont accrochés aux colonnades de la place Saint-Pierre.

57. 24 mai 1998 : Jean-Paul II visite Turin, au nord de l'Italie, et va vénérer le saint suaire.

55

56

57

58 

58. 24 décembre 1999 : le pape inaugure l'année du « Grand Jubilé de l'an 2000 » en ouvrant la Porte sainte à l'entrée de la basilique Saint-Pierre.

59. 16 mars 2003. Jean-Paul II à propos de l'Irak : « La guerre est toujours une défaite de l'humanité ! »

59 

Crédits photographiques :

29, 36 : Corbis-Sygma/G. Giansanti. 30 : Osservatore Romano/Servizio fotografico. 31, 43 : Sipa Press/Boccon-Gibod. 32, 33, 35 : Sipa Press. 34, 42, 46 : Corbis-Sygma. 37 : Osservatore Romano/Sipa Press. 38 : Sipa Press/Marinelli. 39 : Sipa Press/Bojesen. 40 : Sipa Press/Witt. 41 : Corbis-Sygma/Les Stone. 44 : AFP/Michel Scotto. 45 : Sipa Press/Laski-Malanca. 47 : Sipa Press/Rubingen. 48,57:SipaPress/Galazka. 49 : AFP/ Menahem Kahana. 50 : STF/AFP. 51 : AFP-Attila Kisbenedek-STF.52 : Sipa Press/Andy Hernandez. 53 : Sipa Press/Alexandra Boulat. 54 : Sipa Press/Meigneux. 55 : Corbis-Sygma/Ph. Durand. 56 : Corbis-Sygma/Alberto Pizzoli. 58 : Corbis-Sygma/Pool Pizzoli-Origlia. 59 : AFP/Maurizio Brambatti-STF.

dimanche 19, ils sont un million à faire le V de la victoire, tandis que l'illustre visiteur dépose aux pieds de la Vierge noire de Jasna Gora, en guise d'ex-voto, la ceinture blanche, trouée de balles, qu'il portait le jour de l'attentat dont il a été victime le 13 mai 1981. Victoire sur le mal, victoire sur la mort aussi. Comme l'illustre le souvenir du père Maximilien Kolbe, mort à Auschwitz : « Ne te laisse pas vaincre par le mal, sois vainqueur du mal par le bien ! » rappelle le pape, citant saint Paul[23].

Moins spectaculaire, et moins bien compris à l'époque, le pape pose aussi les jalons pour une résolution de la crise, appelant à l'instauration du « dialogue social ». Mais pas de n'importe quel dialogue. Le Saint-Père fait preuve d'une précision remarquable :

> Tout en tenant compte des intérêts des différents groupes, la concertation pacifique doit se faire constamment par le dialogue, dans l'exercice des libertés et des devoirs démocratiques pour tous, grâce aux structures de participation et aux multiples instances de conciliation.

À quel prix, le dialogue ? C'est toute la question. Pour le pouvoir, rien de plus clair : il « suffit » de tirer un trait sur les accords de Gdansk. Église et État, tout patriotisme dehors, se retrouveraient dans une « entente » institutionnelle à la fois nouvelle et « constructive ». Sur le dos de Solidarité, certes, mais le passé est le passé. Le Saint-Père est-il prêt à cette concession-là ? Une première réponse est donnée le 22 juin, dans la grande salle du château royal, lorsque le général Jaruzelski teste le soutien du pape à Walesa :

— Est-ce vraiment la volonté de Votre Sainteté de voir cet homme ?

Jean-Paul II ne cille pas :

— C'est ma volonté.

Un silence, et Jaruzelski cède :

— Alors qu'il en soit ainsi.

Mais à tous ceux qui en douteraient encore, un grave incident vient apporter une réponse spectaculaire, juste après le retour du pape à Rome. Commentant la rencontre « privée » et un peu acrobatique du Saint-Père avec Lech Walesa dans un chalet de la vallée de Chocholowska, au cœur des Tatras, le vice-président de *L'Osservatore romano*, don Virgilio Levi, publie un éditorial, dans l'édition du 24 juin, où il explique que le pape, au fond, a sacrifié le leader de Solidarité aux impératifs supérieurs du dialogue. Simple bourde ? Opération de désinformation ? L'article est intitulé : « Honneur au sacrifice ». Le Saint-Père, furieux, réagit aussitôt : Levi est « démissionné » quelques heures après la publication de l'article.

En novembre 1984, l'odieux assassinat d'un jeune abbé de Varsovie, le père Jerzy Popieluszko[24], lequel citait Jean-Paul II à longueur de sermons lors de « messes pour la patrie » qui étaient autant de manifestations silencieuses, et auquel le pape avait fait discrètement connaître son soutien amical, ne changera rien à la position du Saint-Père : il faut retrouver les conditions du dialogue social, et cela ne pourra se faire sans la société elle-même. C'est-à-dire sans Solidarité.

*

Juin 1987. Varsovie, Poznan, Lodz... L'histoire semble se répéter. Ces milliers de fidèles de tous âges se pressant contre les mêmes barrières métalliques, entonnant les mêmes cantiques au passage du Saint-Père debout dans sa papamobile. Ces paroisses entières ayant marché toute la nuit derrière leurs curés, bannières et crucifix tenus haut et ferme, les sacs à dos remplis de provisions et, parfois, de quelque banderole soigneusement cachée. Ces forêts de bras tendus, les doigts formant le V de la victoire à la barbe de la milice, et ces slogans qui fusent aussi vite qu'ils s'éteignent dans l'anonymat de la foule : « *So-li-dar-nosc ! Lech Wa-le-sa !* » À nouveau ces immenses rassemblements autour d'autels démesurés, ces régiments d'aubes et de cornettes, de soutanes et d'uniformes de police. À nouveau ces homélies dites d'une voix familière, sonore et théâtrale, invitant les Polonais à garder l'espérance, et leurs dirigeants à respecter les droits de l'homme.

Et pourtant, l'histoire a basculé, quelques mois auparavant. Le 13 janvier 1987, en effet, le général Jaruzelski a été reçu par le pape, au Vatican, pendant soixante-dix minutes. « Une visite assurément historique », selon le pape lui-même. Historique, au moins, par le seul fait qu'elle a eu lieu, à peine plus de cinq ans après l'instauration de l'« état de guerre », et alors que les principaux pays occidentaux continuent de bouder le général aux lunettes noires. Les deux hommes commencent à se connaître. L'ancien élève des pères marianistes porte toujours ses lunettes fumées, mais il ne tremble plus d'émotion devant le souverain pontife, comme lors de leur première rencontre, en juin 1983. On parle désormais « entre Polonais » responsables de l'avenir de la « patrie » et convaincus, l'un comme l'autre, que la situation ne peut durer, qu'il est obligatoire de débloquer le jeu. Or le pape et son hôte sont bien placés, l'un et l'autre, pour avoir remarqué qu'il se passe quelque chose du côté de Moscou, que le nouveau maître du Kremlin, Mikhaïl Gorbatchev, semble décidé à changer la donne, en URSS comme en Europe. Trois mois auparavant, ils ont lu, tous les deux, un étonnant article d'Andrzej Drawicz, spécialiste de l'URSS, dans le

Tygodnik Powszechny de Cracovie, sur l'espoir de changement à Moscou[25]. Le moment est peut-être venu de prendre quelques risques. D'abord, le pape, qui en faisait une condition de son voyage de juin, obtient de se rendre à Gdansk, où habite Lech Walesa, que le pouvoir s'obstine à considérer comme une simple « personne privée ». C'est Gdansk ou pas de voyage du tout, fait savoir Jean-Paul II[26]. Jaruzelski est piégé : pas de voyage, ce serait l'aveu, signé par les dirigeants eux-mêmes, que la Pologne n'est toujours pas « normalisée ». Va pour Gdansk ! Mais le Parti ne s'avoue pas vaincu : pas question de laisser le pape s'approcher des chantiers Lénine ! Il faudra encore ruser, argumenter, menacer, pour que le Saint-Père puisse aller se recueillir, entre deux rangs de miliciens, au pied de ces trois ancres crucifiées de quarante-deux mètres de haut érigées en hommage aux victimes ouvrières de décembre 1970.

Puisque l'étiolement de Solidarité laisse l'État et l'Église face à face, il appartient aux deux institutions, dans l'optique d'une future « réconciliation nationale », de faire des concessions. Le général promet que « si la visite se passe bien », il engagera effectivement un début de pluralisme politique et de vraies discussions auxquelles la « société » sera associée. Quant au pape, il cède un peu de terrain — ce n'est pas si fréquent — et donne des assurances que le Vatican pourra reconnaître diplomatiquement le régime polonais. On l'entendra même vanter, au cours de son périple, « le respect de la raison d'État, l'acceptation des principes socialistes de l'État ». La grande réconciliation à laquelle rêvent l'équipe dirigeante du Parti et une grande partie de l'épiscopat est peut-être, enfin, en marche.

Pourtant, lors du voyage lui-même, les choses tournent différemment. Notamment le 12 juin, à Gdansk, lors de la messe dite dans le quartier de

Zaspa. Déjà, à Tarnow, le pape a fait du père Popieluszko un « modèle pour les prêtres du XXIe siècle » et exigé le rétablissement du syndicat Solidarité rurale. À Gdynia, il s'est livré à une longue exégèse du mot *solidarité* : « Les mers parlent aux peuples du besoin de *solidarité* liant aussi bien les êtres humains que les nations... » Tout au long du périple, il a martelé l'exigence des droits de l'homme. Le matin même, au fort de Westerplatte, là où furent tirés les premiers coups de canon de la Seconde Guerre mondiale, Jean-Paul II a appelé les jeunes à la *résistance.* Au grand dam d'un pouvoir qui s'attendait, en cet endroit symbolique, à un discours consensuel sur le thème de la *paix.* À Gdansk, le pape lâche la bonde. Un million et demi de personnes sont rassemblées sur cet ancien aéroport devenu une cité HLM où habite justement Lech Walesa, rue des Pilotes. Une marée humaine qui, au milieu de la messe, se met à scander : « *So-li-dar-nosc !* »

Impressionnant, même pour le pape lui-même, dominant la mer des fidèles, sur la proue d'un autel géant de trente-six mètres de haut, en forme de navire dont il « se sent un peu le capitaine ». La prudence n'est plus de mise : « C'est en votre nom que je parle ! » Sans retenue, sans arguties théologiques, le pape exige l'application des accords de Gdansk et la restauration de Solidarité : « Les travailleurs du monde entier vous remercient pour avoir commencé cette noble lutte », s'exclame Jean-Paul II du haut de son étonnant vaisseau surmonté de trois croix, à quelques encablures des trois ancres crucifiées qui dominent les chantiers navals. Lech Walesa, qui a pu rencontrer le pape en tête à tête avant la messe, et qui a communié de sa main pendant cet office extraordinaire, déclare aux journalistes qui l'assaillent : « J'ai rechargé mes accus ! »

Au départ du Saint-Père, le 14 juin, l'attente des

personnalités se prolonge, sous une pluie battante. Le matin même, le pape est allé se recueillir sur la tombe de Jerzy Popieluszko, dans le jardin entouré de banderoles de l'église Saint-Stanislaw-Kostka. Mais ce n'est pas l'explication du retard. En fait, à la dernière minute, le général Jaruzelski a souhaité un nouvel entretien avec son hôte, à l'aéroport même. Le général explique au pape qu'il a traité le régime avec une sévérité excessive. Qu'il est allé trop fort sur les accords de Gdansk et la défense de Solidarité. Qu'il n'a pas respecté le contrat. Cinquante-cinq minutes de tête-à-tête agité, conclu par un Jean-Paul II aussi suave que déterminé : « Je n'ai fait que citer les articles de votre propre Constitution[27]. »

Il faudra près de deux ans — et l'aval de Gorbatchev — pour mettre en application cette « réconciliation nationale » si peu conforme au dogme communiste. Le 6 février 1989, la « table ronde » historique qui s'ouvre dans la grande salle du palais Radziwill de Varsovie, sous les caméras des télévisions du monde entier, est coprésidée par le bras droit de Jaruzelski, le ministre Kiszczak et par... Lech Walesa, porte-parole enfin reconnu de l'opposition polonaise. Enjeu de ces négociations inédites à l'Est : la participation du syndicat Solidarité à une « entente nationale » seule capable de sortir le pays de l'ornière politique, économique et sociale. C'est exactement ce que le pape propose depuis plus de six ans.

La relégalisation de Solidarité est définitivement acquise le 17 avril. Les responsables du syndicat sont massivement candidats aux élections législatives des 4 et 18 juin. À l'issue du triomphe électoral de Solidarité, le 24 août, l'un des dirigeants du syndicat est appelé à constituer, à Varsovie, un gouvernement non communiste. Il s'agit de Tadeusz Mazowiecki. C'est un des plus proches amis polonais de Jean-Paul II.

18

La fin du communisme

L'affaire polonaise, spectaculaire, parfois dramatique, a duré dix ans. Elle a été, sans aucun doute, le principal facteur de désagrégation du régime est-européen. Certes, elle ne saurait suffire, à elle seule, à expliquer la chute du mur de Berlin. Mais elle ne saurait résumer non plus l'action multiforme du pape en direction du bloc communiste. Dès son élection par le conclave, par mille et un signaux lancés en direction de tous les peuples d'Europe de l'Est, le pape slave a posé des jalons, envoyé des messages, rassuré les fidèles, conforté leurs porte-parole et commencé à distiller les idées, les valeurs, les principes, les encouragements qui allaient réveiller ces communautés et précipiter l'effondrement de l'empire soviétique.

« *L'odeur de la poudre* »

Rome, dimanche 22 octobre 1978. À la fin de la messe d'inauguration du pontificat, après le fameux « N'ayez pas peur ! », la foule massée sur la place Saint-Pierre et les millions de téléspectateurs qui regardent la cérémonie entendent pour la première fois le pape exprimer des salutations particulières en une dizaine de langues — dont le russe, le tchèque, le slovaque, l'ukrainien et le lituanien. Des langues « incompréhensibles », note l'ami Malinski, perdu dans l'assistance, qui remarque autour de lui « des visages ruisselant de larmes[1] ».

Quelques jours plus tard, le 5 novembre, à Assise, où Jean-Paul II effectue son premier déplacement officiel en Italie, une femme s'écrie, sur son passage :

— Très Saint Père, n'oublie pas l'Église du silence !

Réponse du pape, du tac au tac :

— Il n'y a plus d'Église du silence, puisqu'elle parle par ma voix.

« Il n'y a plus d'Église du silence. » Cette petite phrase lâchée au cœur de la foule d'Assise, Joseph Vandrisse, l'envoyé spécial du *Figaro*, la recueille comme un trésor. Elle est, de fait, un tournant dans l'histoire de l'Église. Pour les catholiques de ces pays, elle signifie que le pape les connaît, qu'il pense à eux, qu'il s'adresse à eux, qu'il ne les laissera pas tomber. Par tous les moyens — pour la plupart, les émissions en ondes courtes de Radio Vatican, de Radio Free Europe ou de Radio France international —, les catholiques hongrois, lituaniens ou slovaques suivent avec passion, en juin 1979, le formidable périple du pape dans son pays natal. Le 3 juin, ils l'entendent lancer, de Gniezno, un appel inhabituel :

Le premier pape slave de l'histoire de l'Église ne peut pas, ici, ne pas entendre les autres langues slaves et les langues voisines ! C'est peut-être pour cela que Dieu l'a choisi, que l'Esprit-Saint l'a guidé. Dieu ne veut-Il pas que ce pape polonais, ce pape slave manifeste maintenant, justement, l'unité spirituelle de l'Europe chrétienne, débitrice des deux grandes traditions de l'Est et de l'Ouest ?

Dans la masse des déclarations et des surprises de ce voyage historique, le propos ne retient pas l'attention. Pourtant, ce jour-là, le pape polonais pose solennellement les fondements d'une « maison européenne commune » au profil bien différent de celle que prôneront plus tard Leonid Brejnev, puis Mikhaïl Gorbatchev. À sa manière, Karol Wojtyla décide d'ignorer le « rideau de fer » qui partage l'Europe en deux depuis quarante ans. Sans demander l'autorisation de personne, il étend délibérément la portée de son discours aux communautés d'Europe de l'Est. Dans l'esprit du pape, l'Europe est déjà réunifiée.

Or, à cette époque, défier ainsi l'ordre de Yalta n'est pas bien vu. Les Occidentaux avaient entériné la coupure en deux de l'Europe lorsqu'ils avaient signé les accords d'Helsinki en 1975, préférant négocier avec cet ensemble de pays hostiles plutôt que perpétuer la guerre froide. Le communisme n'était-il pas là pour longtemps ? N'avait-il pas récemment étendu son emprise sur l'Angola, le Mozambique, le Laos, le Cambodge, l'Éthiopie et même, quelques mois avant le conclave, l'Afghanistan ?

Ce point de vue était partagé par le Saint-Siège, qui avait ratifié les accords d'Helsinki. Le diplomate Agostino Casaroli, secondé par Achille Silvestrini, poursuivait à l'époque le dessein de Paul VI : établir un *modus vivendi* — ou plutôt un *modus non moriendi*, comme l'avait dit un jour le cardinal Villot — entre les dirigeants de ces pays et les catholiques locaux, quitte à discuter avec le diable. Car ce « dialogue » inégal établi avec l'ennemi impliquait de reconnaître la légitimité de celui-ci et d'éviter tout conflit avec lui. Ce qui explique que l'*Ostpolitik* du Saint-Siège ait été si contestée par les chrétiens polonais, slovaques ou lituaniens, pour lesquels la reconnaissance du statu quo en Europe constituait une sorte de trahison. Ce qui explique aussi que les premières initiatives de Jean-Paul II aient rempli d'inquiétude les responsables de la Curie. Le premier d'entre eux, le cardinat Villot, s'en ouvrit à son ami Antoine Wenger : « Le pape a un style très personnel.

Il n'a pas peur d'affronter les problèmes et les hommes. Nous finirons par sentir l'odeur de la poudre[2]. »

À la mort de Villot, en mars 1979, chacun s'étonne de voir Jean-Paul II choisir Casaroli comme nouveau secrétaire d'État. Personne ne sait encore que le nouveau pape a une conception très personnelle de la politique vaticane : aux experts, la gestion et la diplomatie ; au pape, les grandes orientations, les gestes prophétiques. Et le Verbe. Les mots, les phrases, les idées, le sens, l'émotion. Le pouvoir du pape, c'est son discours. Jean-Paul II entend bien l'utiliser au maximum, quitte à perturber ses propres diplomates.

Ainsi, le 2 octobre 1979, dans l'avion qui le mène à New York, Jean-Paul II fait relire par Casaroli le discours qu'il entend prononcer devant l'Assemblée générale des Nations unies. C'est la première fois que le pape polonais s'adresse à l'ONU. Le nouveau secrétaire d'État, attentif à ne pas choquer cette assistance prestigieuse, biffe soigneusement tous les passages concernant la liberté religieuse et les droits de l'homme, qui sont autant de reproches implicites lancés en direction du bloc soviétique, largement représenté dans l'assemblée. Alerté par l'un des rédacteurs du discours, le pape rétablit tranquillement les passages litigieux.

Un an plus tard, à Paris, Jean-Paul II prononce un discours devant une autre organisation internationale : l'Unesco. Ce 2 juin 1980, devant un parterre exceptionnel composé de diplomates, d'intellectuels et d'hommes de science, le pape choisit de délivrer — dans un français impeccable — un véritable programme éthique et politique pour le monde libre. En substance, il souligne que la crise du monde moderne est celle de l'humanisme, et que c'est dans la *culture* qu'on trouvera la réponse à cette crise. Or la culture n'est pas le produit des forces économiques, comme l'affirment les marxistes, mais de l'esprit humain. L'homme, seul acteur de la culture, son unique objet aussi, ne peut être considéré « comme la résultante des relations de production qui prévalent à un moment donné ». Et l'orateur d'insister : « En pensant à toutes les cultures, je veux dire à haute voix : *Voici l'homme !* » Le pape polonais souligne que la communauté naturelle des hommes, la nation, est d'abord une réalité culturelle. La Pologne, occupée pendant un siècle et demi, a bien « survécu uniquement en s'appuyant sur sa culture ». C'est dans la culture d'une nation que se manifeste sa souveraineté fondamentale, même si elle est parfois victime « des totalitarismes, impérialismes et hégémonies pour lesquels l'homme ne compte que comme objet de domination ». « Oui, insiste-t-il, l'avenir de l'homme repose sur la culture ! Oui, la paix du monde repose sur la primauté de l'esprit ! » Et le pape d'appeler chacun de ses auditeurs, dans la salle, à adopter personnellement une « approche correcte » de toutes ces questions. Étonnante injonction. Les personnalités présentes n'ont jamais entendu une telle charge contre le marxisme ambiant. Sur son siège, bouleversé, le cardinal Lustiger se prend à rêver : « À présent, le communisme est fini ! » Quelques fauteuils plus loin, le ministre Jean-Bernard Raimond, futur ambassadeur de France à Moscou, note de son côté : « Nous assistons au début de la déstabilisation de l'idéologie communiste[3]. »

Ceux qui ont écouté attentivement le discours de l'Unesco ne s'étonneront pas, ensuite, de l'opiniâtreté mise par Jean-Paul II à exalter les racines culturelles de l'Europe d'avant le communisme et à ressusciter l'histoire confisquée de tous les peuples de l'Est. Le pape invitera ceux-ci à célébrer systématiquement les anniversaires que le pouvoir communiste a rayés des calendriers — notamment les anniversaires religieux : en Hongrie, le sept cent cinquantième anniversaire de la mort de sainte Élisabeth (1981) ; en Lituanie, le cinq centième anniversaire de la mort de saint Casimir (1984) ; en Bulgarie, le onze centième anniversaire de la mort de saint Méthode (1985) ; en Ukraine, le millénaire du baptême de saint Vladimir (1988).

L'histoire, c'est la matrice de la nation, laquelle est plus fortement ancrée dans les consciences que les classes sociales ou les luttes partisanes. Ce n'est pas un hasard si un grand nombre de dissidents de l'Est sont des historiens : Bronislaw Geremek et Karol Modzelewski en Pologne, Janos Kis et Jozsef Antall en Hongrie, Iouri Afanassiev et ses amis du groupe Memorial en Russie, Vytautas Landsbergis en Lituanie, et tant d'autres. Toute l'œuvre de Soljenitsyne ne vise-t-elle pas à réhabiliter la véritable histoire de la Russie du début du siècle ? Combien de manifestations courageuses, à l'Est, ont pour simple but de célébrer le souvenir du pacte germano-soviétique, la mémoire des victimes de Katyn ou le rappel du Printemps de Prague ?

Cette façon de valoriser l'histoire a deux objectifs. Il s'agit d'abord d'inviter chaque peuple à retrouver la vérité sur lui-même, fondement de son identité et de sa dignité. Cette vérité-là, qui n'a rien à voir avec l'histoire remodelée des manuels officiels, est la condition de leur liberté : « La vérité vous rendra libre ! » rappelle souvent le pape, citant l'évangile de saint Jean[4]. Il s'agit ensuite de faire comprendre que le communisme n'est qu'une parenthèse dans l'histoire multiséculaire de tous ces peuples : « Moi, Jean-Paul II, fils de la nation polonaise, successeur de Pierre sur le siège de Rome, je t'en conjure, vieille Europe : retrouve-toi, sois toi-même, découvre tes origines, fais revivre les valeurs authentiques qui rendirent glorieuse ton histoire ! » lance-t-il à Compostelle en novembre 1982.

Que vaut le communisme, que pèse le mur de Berlin dans l'histoire millénaire de ce qu'il appelle, comme naguère le général de Gaulle, « l'Europe de l'Atlantique à l'Oural » ? Devant les représentants des institutions européennes à Bruxelles (mai 1985), au cours de sa visite en Allemagne de l'Ouest (mai 1987), devant le Parlement européen à Strasbourg (octobre 1988), il martèle sa conviction que la coupure de l'Europe en deux n'est qu'un accident. Jean-Paul II est le seul dirigeant de ce niveau à dire, dès le début des années quatre-vingt, que le communisme aura une fin. Mais que, l'homme étant sujet et non objet de son histoire, c'est de lui qu'il dépend d'en précipiter l'échéance.

Europe de l'Est : la contagion

À Gniezno, en Pologne, le 3 juin 1979, alors qu'il prononce son premier grand discours sur l'Europe, Jean-Paul II aperçoit soudain une banderole dans la foule des pèlerins : « PÈRE ! N'OUBLIE PAS TES ENFANTS TCHÈQUES ! » Il répond aussitôt, en s'écartant de son texte : « Comment le pape slave pourrait-il oublier ses enfants tchèques ? » Cinq jours plus tard, au cœur des Tatras, une région qu'il connaît comme sa poche, il salue « ceux qui ont pu franchir la frontière ». À Cracovie, le dernier jour, il fait un signe à « ceux qui sont venus d'au-delà des Carpates ». Jean-Paul II est bien informé : il sait que les Tchécoslovaques présents ne sont pas seulement venus en voisins, mais qu'ils ont réussi à contourner les interdictions de visas et les pressions de la police politique.

Le jour même de la messe d'inauguration de son

pontificat, le 22 octobre 1978, Jean-Paul II avait reçu symboliquement Mgr Franciszek Tomasek, soixante-dix-neuf ans, archevêque de Prague, qu'il connaissait depuis longtemps : « Nous sommes très proches l'un de l'autre, et nous le serons plus encore... » Le vieux Tomasek, qui avait purgé trois ans de prison en 1949 pour avoir été créé évêque clandestinement, était devenu un modèle de prudence depuis qu'il avait remplacé Mgr Beran à Prague en 1965. Après l'écrasement du Printemps de Prague, en 1968, le découragement l'avait gagné peu à peu. En 1977, il s'était prononcé explicitement contre la Charte 77, ce regroupement des dissidents tchécoslovaques de toutes tendances parmi lesquels figuraient, pourtant, nombre de catholiques. Et voilà que son jeune collègue polonais, devenu pape, lui redonne peu à peu l'espoir. Qui peut comprendre le dialogue qui se noue entre les deux hommes ? Même dans l'entourage du pape, on ne sait pas toujours décrypter certains mots, certains gestes : par exemple, le 2 mars 1979, Jean-Paul II a adressé une lettre personnelle à Tomasek pour le deux cent cinquantième anniversaire de la canonisation de Jean Népomucène. Personne ne se rappelle que l'abbé Karol Wojtyla avait vénéré ce saint, naguère, avec les paysans de Niegowic. Saint Népomucène fut supplicié au XIVe siècle par le roi de Bohême Wenceslas IV, lequel est, en quelque sorte, le lointain prédécesseur du chef du Parti communiste tchécoslovaque. Qui comprend — à part Mgr Tomasek — l'invitation à suivre l'exemple de ce saint rendu « sans peur » par la pratique de sa religion ?

À force de lettres personnelles et d'audiences privées, Jean-Paul II va « retourner » le cardinal[5]. En 1984, audacieusement, celui-ci invite le pape à venir présider à Velehrad le onze centième anniversaire de la mort de saint Méthode, l'un des deux évangélisateurs des peuples slaves. La cérémonie est prévue pour l'année suivante. Une pétition circule bientôt dans la population tchèque et slovaque, qui réclame la venue du pape pour l'occasion. Bien entendu, le gouvernement refuse et s'emploie à réprimer toutes les manifestations de jeunes en faveur de cet improbable voyage pontifical. De même le pouvoir refusera-t-il d'accorder des visas aux cardinaux Lustiger, Hume, König et Glemp. Les dirigeants communistes tchèques n'ont pas oublié ce qui s'est passé à leurs frontières en 1979-1980. Ils n'ont pas l'intention de prendre le moindre risque. Mais Jean-Paul II fait flèche de tout bois. Le 19 mars 1984, il rédige une lettre destinée à tous les prêtres tchécoslovaques — parmi lesquels les prêtres proches du régime, regroupés dans l'association progouvernementale Pacem in Terris — que le cardinal Tomasek lira publiquement, en présence de plus de mille prêtres, à Velehrad, trois semaines plus tard. Le 2 juin, jour de la Sainte-Trinité, le pape publie *Slavorum Apostoli*, sa quatrième encyclique, sur les frères Cyrille et Méthode, auxquels les Slaves doivent d'avoir été évangélisés au IXe siècle. Il rappelle au passage que les deux apôtres avaient accompli leur mission avec la double bénédiction de Constantinople et de Rome : c'était avant la rupture entre catholiques et orthodoxes.

Le 5 juillet 1985, enfin, près de deux cent mille pèlerins se retrouvent à Velehrad. Le pouvoir tente *in extremis* de détourner l'événement en en faisant un festival « pour la paix ». Dépêché sur place, le ministre de la Culture, Milan Klusak, esquisse une comparaison entre les évangélisateurs Cyrille et Méthode et l'Armée rouge « libérant » le pays en 1945 : il se fait huer. Furieuse, la foule ne se retient plus : « Nous sommes en pèlerinage ! Nous voulons une messe ! Nous voulons le pape ! » On n'avait jamais vu cela, dans le pays, depuis le Printemps de

Prague. À Velehrad, ce jour-là, la résistance de masse commence, qui considère désormais Tomasek, quatre-vingt-six ans, comme une sorte de guide spirituel et moral. En 1987, sur le conseil du pape, le vieux cardinal proclame une « décennie de renaissance spirituelle » pour préparer le millénaire du décès d'Adalbert, le saint patron du pays. Le référence au modèle polonais — la préparation du millénaire de 1966, mais aussi le neuf centième anniversaire de saint Stanislaw — est transparente.

Faudra-t-il s'étonner qu'au lendemain de la « révolution de velours », en novembre 1989, Vaclav Havel rende un hommage appuyé au cardinal Tomasek ? Et que le premier geste du nouveau président tchécoslovaque, élu le mois suivant, soit de décrocher son téléphone pour inviter personnellement le pape à venir à Prague ?

Jean-Paul II va multiplier ainsi les initiatives en direction des chrétiens de l'Est[6]. Ce sont souvent des gestes de sympathie et d'encouragement, comme l'envoi de sa calotte rouge de cardinal, au lendemain de son élection, au sanctuaire marial de la Porte de l'Aube (*Ostrabrama*) qui domine la vieille ville de Vilnius, capitale de la Lituanie. Vilnius s'appelait Wilno avant guerre, quand elle était encore polonaise. En 1978, c'est la capitale d'une des quinze républiques de l'URSS. Ce sont aussi, parfois, des actes de discipline, comme cette lettre acerbe qu'il adresse en décembre 1978 aux évêques hongrois pour leur reprocher de goûter un peu trop les charmes de la collaboration avec le pouvoir communiste. Le cardinal Laszlo Lekaï, qui dirige l'Église hongroise, n'est pas de la même trempe que son collègue Tomasek. Le primat de Hongrie, que Wyszynski détestait pour cette raison, incarne plutôt le « compromis » intervenu entre le leader communiste Janos Kadar et une Église officielle qui ne manque pas une occasion de soutenir la politique « réformiste » menée par celui-ci. On prête à Jean-Paul II cette réplique, à propos d'un éventuel voyage à Budapest : « Le pape ira en Hongrie quand le cardinal Lekaï aura appris à taper du poing sur la table[7]. »

*

Au Vatican, les représentants des Églises de l'Est envahissent bientôt les couloirs du palais apostolique. Parmi eux figurent beaucoup de Polonais, bien sûr : une quarantaine de permanents, prêtres et laïcs, se trouvent répartis dans les différents services de la Curie. La réalisation d'une édition polonaise de *L'Osservatore romano* est même confiée au père Adam Boniecki, un ancien du groupe Znak et du *Tygodnik Powszechny*, tandis qu'une section polonaise est créée au sein de la Secrétairerie d'État. Mais de nouvelles excellences parlant des langues inhabituelles font aussi leur apparition sous les colonnades du Bernin et à la tête des dicastères, comme Mgr Jozef Tomko (Slovaquie), Mgr Franjo Seper (Croatie), Mgr Lajos Kada (Hongrie), Mgr Trajan Crisan (Roumanie), Mgr John Bukowski (Tchécoslovaquie), Mgr Miroslav Marusyn (Ukraine) ou Mgr Audrys Backis (Lituanie). Est-il vraiment innocent de la part du pape de nommer un prélat lituanien sous-secrétaire du Conseil pour les affaires publiques, c'est-à-dire numéro 2 de la diplomatie vaticane ?

L'attention portée par Jean-Paul II à l'Europe de l'Est est constante. À Rome, le *bollettino* quotidien édité à l'attention des journalistes par la *Sala stampa* fait état de nombreuses audiences papales concernant cette région — encore ne mentionne-t-il pas les rencontres privées ou secrètes. Radio Vatican, qui émet en trente-quatre langues, dont seize à destination de l'Est, voit son rôle grandir dans le cadre de la « communication » du pape. Toutes ses sections, notamment, suivront avec passion et répercuteront fidèlement l'aventure polonaise de Solidarité. « Aujourd'hui, le mot *solidarité* se répand autour du monde ! » lance le pape à Gdynia, au bord de la Baltique, le 11 juin 1987. Ce n'est pas une figure de style.

Le pape et la Russie

Rome, 24 janvier 1979. À la veille de son départ pour l'Amérique latine, Jean-Paul II reçoit dans sa bibliothèque privée un visiteur pas comme les autres. Andreï Gromyko, soixante-dix ans, est ministre des Affaires étrangères et membre du *politburo* du Parti communiste de l'URSS. C'est une des voix les plus écoutées au Kremlin. L'homme qu'on avait surnommé naguère « Monsieur Niet », célèbre pour son visage éternellement renfrogné, vient en reconnaissance. Cela fait plus de vingt ans qu'il dirige la diplomatie soviétique. Il a connu Jean XXIII et Paul VI. Il entend bien poursuivre le dialogue avec l'Église catholique, dont les positions sur la paix, le désarmement en général et la réduction des arsenaux nucléaires sont particulièrement « appréciées », comme dit l'agence Tass, par l'Union soviétique et ses alliés. La conversation s'engage donc, par le truchement des interprètes, sur ce thème. Mais si Jean-Paul II ne parle pas couramment le russe, il connaît par cœur les propos « assommants » (le mot est de lui) tenus par les dirigeants soviétiques. Il a baigné dans la phraséologie pacifiste des dirigeants de l'Est et n'entend pas se contenter de ces échanges de banalités formelles. Rapidement, il change de sujet pour interroger son interlocuteur, qui est aussi député de Biélorussie, sur les violations de la liberté religieuse en URSS : « C'est de la désinformation occidentale ! réplique Gromyko sans sourciller. Depuis le premier jour de son existence, l'État soviétique garantit la liberté de croyance religieuse[8]. » La conversation tourne court. Jean-Paul II n'a pas la prétention de convaincre son visiteur. Mais le ton est donné. Gromyko repart avec au moins une information : les dirigeants du Kremlin savent désormais qu'ils ont, à Rome, un interlocuteur difficile. Trois jours plus tard, confirmation sera donnée au ministre quand il prendra connaissance des propos tenus au Mexique par Jean-Paul II sur la « théologie de la libération », considérée comme une dangereuse concession faite au marxisme.

À dire vrai, Andreï Gromyko est un des rares Soviétiques à savoir qui est le pape. La culture religieuse, dans la Russie des Soviets, tend vers zéro. Les médias, dans une désolante unanimité, occultent tout sujet religieux depuis soixante-dix ans. En outre, les rares chrétiens cultivés sont des orthodoxes qui considèrent l'Église catholique comme un ennemi atavique. L'élection d'un Polonais à Rome, en octobre 1978, n'a donc suscité aucun frisson populaire en Russie. Dans la population, seuls quelques dissidents ont dressé l'oreille en écoutant Radio Free Europe ou la BBC annoncer la nouvelle. Comme Vladimir Zelinski, un opposant orthodoxe qui téléphona le soir même à Gleb Yakounine, le pope animateur du Comité de défense des droits des croyants, et qui clama dans l'appareil : « Père Gleb ! *Habemus papam*[9] *!* » Peu de chose, en vérité. De même l'information n'a-t-elle entraîné aucune réaction officielle. Dans les coulisses du pouvoir, seuls quelques experts du département international du comité central, dirigé par Boris Ponomarev, ont prêté attention à l'événement. La Russie soviétique pourrait reprendre à son compte la fameuse boutade de Staline : « Le pape, combien de divisions ? » Dans un rapport commandé juste après le conclave par le bureau politique du PCUS, l'académicien Oleg Bogomolov, directeur de l'Institut pour le système socialiste mondial, n'a pas caché que le pape Wojtyla serait sans doute un dur adversaire pour la patrie du socialisme, notamment sur le plan de la défense des droits de l'homme. Mais il avait aussi montré en Pologne, comme cardinal, qu'il n'était pas partisan des « attaques frontales » contre le pouvoir communiste : selon Bogomolov, le Kremlin pourrait s'entendre avec lui, par exemple sur la défense de la paix. Rien de bouleversant [10].

C'est plus tard, après le voyage en Pologne de juin 1979, que le secrétariat du comité central du PCUS s'inquiétera de la nouvelle attitude du Vatican en matière de « lutte idéologique contre les pays communistes » et ira jusqu'à adopter, le 13 novembre 1979, une « Résolution contre la politique du Vatican à l'égard des États socialistes », préparée par une commission spéciale ayant à sa tête Viktor Tchebrikov, le numéro 2 du KGB. Au bas de ce véritable plan de campagne [11], à côté de la signature des hiérarques comme Souslov ou Tchernenko, figure celle du benjamin de cette instance, un certain Mikhaïl Gorbatchev.

*

Si la Russie ne sait rien du pape, le pape, lui, ne sait pas grand-chose de la Russie. Contrairement à ce qu'on pourrait penser, Karol Wojtyla est loin de connaître ce pays. Au moins au début de son pontificat. Il l'a reconnu lui-même : « Je provenais de la partie autrichienne de la Pologne, de culture allemande, où l'on savait moins qu'ailleurs ce qu'étaient les Russes. » Il a souvent raconté son premier contact avec un citoyen russe, lors de la libération de Cracovie en janvier 1945[12]. Mais le jeune homme avec lequel il discuta des heures entières, si avide d'en savoir plus sur Dieu et la religion, fit surtout découvrir au jeune Karol l'athéisme d'État, la « négation systématique de Dieu », et non la Russie en tant que telle.

De même le futur pape, au fil de son sacerdoce, est devenu un fin connaisseur du marxisme et du communisme soviétique, tout en gardant sur la Russie des idées fort générales et peu réalistes. Pour l'intellectuel Wojtyla, la Russie est d'abord le pays des écrivains en exil Berdiaiev et Boulgakov, des théologiens Florenski et Florovski, c'est un pays de vieille souche chrétienne, dont la culture est européenne, même si la révolution d'Octobre l'a coupé de ses racines. La vocation de la Russie, pour le pape slave, est de constituer le second « poumon », oriental, du christianisme européen. Dès son élection, Jean-Paul II a la conviction qu'il doit tout faire pour réconcilier les chrétiens de l'Ouest et de l'Est, et que cette réconciliation passe par la Russie.

Un voyage du pape en Russie ? Jean-Paul II en rêve dès les premiers jours. Il confie à l'un de ses visiteurs qu'il souhaiterait symboliquement se rendre aux îles Solovki, cet ancien monastère sibérien qui fut, de par la volonté de Lénine en 1919, le premier goulag soviétique. Sans illusions, bien sûr : quel Leonid Brejnev, quel Iouri Andropov laisserait le « pape de Rome » effectuer pareil pèlerinage ?

En mai 1984, le téléphone sonne dans les bureaux du journal *La Pensée russe*, rue du Faubourg-Saint-Honoré, à Paris. Liza Alexeïeva, la belle-fille du physicien Andreï Sakharov, cherche des soutiens à la grève de la faim entamée par le savant, en relégation dans la ville de Gorki depuis quatre ans. Dans la conversation, une idée fuse :

— Et si on alertait le pape ?

La directrice du journal, Irina Alberti-Ilovoïskaïa, n'a vu le pape qu'une fois dans sa vie, lors d'une audience générale, mais elle retient la suggestion :

— On peut toujours essayer !

Irina, une exilée russe qui s'est convertie naguère au catholicisme, connaît un évêque croate en poste à Rome, Mgr Hnilica, qui veut bien poser la question au Saint-Père. Lequel accepte aussitôt de recevoir Liza et son mari. À l'issue de cette audience improvisée, Jean-Paul II prend à part la directrice de *La Pensée russe* : « Venez me voir quand vous repasserez par Rome[13] ! » Irina viendra le voir à Castel Gandolfo, en août 1985. Ils parleront plusieurs heures de la Russie. Ce sera le début d'une longue complicité entre le pape et cette femme de grande culture, ancienne collaboratrice de Soljenitsyne, devenue la référence de tout ce que l'URSS compte de dissidents et de contestataires. En décembre de cette année-là, elle organise une rencontre entre le pape et la femme de Sakharov, Elena Bonner, de passage à Rome. Une visite absolument secrète — les deux femmes ont dû ruser pour semer les journalistes — car le KGB avait accordé un passeport à l'épouse du Prix Nobel à la stricte condition qu'elle ne rencontre aucun personnage public. « C'est l'homme le plus remarquable que j'aie jamais rencontré », confiera Elena Bonner après deux heures d'entretien passionné.

En février 1989, enfin, quand Andreï Sakharov reçoit l'autorisation de sortir d'URSS, sa première visite est pour le pape, qui le reçoit longuement et chaleureusement. Poussé par sa femme et son amie Irina, le physicien confie à Jean-Paul II l'étonnante proposition que lui a faite Gorbatchev, quelques jours plus tôt, de se présenter aux futures élections en URSS. Le secrétaire général du PCUS ne veut-il pas simplement crédibiliser ainsi sa perestroïka aux yeux du monde entier ?

— Si j'entre dans son jeu, dit Sakharov, pourrai-je faire évoluer les choses en bien, ou risquerai-je de me compromettre ?

— Votre conscience est claire et solide, répond Jean-Paul II. Je suis sûr que vous ne commettrez pas d'erreur. Je pense que vous pourrez être utile [14].

Sakharov se présentera aux élections. Et il jouera, en effet, un rôle capital dans l'abandon du « rôle dirigeant du Parti » comme pilier des institutions de l'URSS — avant de mourir d'une crise cardiaque en décembre 1989.

L'arrivée de Mikhaïl Gorbatchev au pouvoir, en URSS, en mars 1985, n'a pas suscité d'espoir particulier au Vatican. En quoi un simple changement d'homme au Kremlin modifierait-il les choses dans un système où les individus comptent si peu ? Quelques semaines plus tôt, la deuxième visite d'Andreï Gromyko au Vatican avait été glaciale. Or Gromyko n'a-t-il pas été le principal artisan de la promotion de Gorbatchev, cet homme « dont le sourire, dit-il, cache des dents d'acier » ? C'est à partir de 1987, lorsque le nouveau maître du Kremlin développe ses deux slogans — la *perestroïka* (réforme) et la *glasnost* (publicité) — que Jean-Paul II commence à croire qu'il se passe quelque chose en URSS. Il bénéficie de quelques informations provenant de contacts discrets [15]. Il a lu les articles très documentés du publiciste Andrzej Drawicz dans son ancien journal, le *Tygodnik Powszechny*. Il a eu aussi la primeur de l'analyse du général Jaruzelski — un homme particulièrement bien informé — qu'il a reçu en audience en janvier 1987. Jean-Paul II ne sombre pas pour autant dans la « gorbymania » qui frappe alors la quasi-totalité des dirigeants occidentaux. Il résume ainsi son scepticisme, dans une confidence à André Frossard : « Comment Gorbatchev peut-il changer LE système sans changer DE système[16] ? »

Comme pour illustrer cette impasse, les autorités opposent un nouveau refus à la demande du pape de se rendre en URSS : Jean-Paul II souhaite aller fêter, au printemps 1987, le six centième anniversaire de la conversion de la Lituanie au christianisme. Impossible. Un voyage de Jean-Paul II dans cette petite république où la foi catholique n'a d'égale que la ferveur nationale serait une véritable folie aux yeux du Kremlin. Pourquoi ne pas envisager une étape à Moscou ? suggère prudemment l'entourage de Gorbatchev. Une visite du pape au Kremlin, bien encadrée, cela ne dérangerait personne et contribuerait de façon spectaculaire à la nouvelle image de l'URSS en Occident. Mais, pour sa part, le pape ne saurait se rendre en URSS sans rencontrer ses ouailles, lesquelles sont essentiellement en Lituanie et en Ukraine occidentale. De la Pologne voisine, le 14 juin 1987, Jean-Paul II adresse un salut vibrant aux populations de ces deux régions limitrophes. Vilnius et Lwow devront se contenter, cette année-là, de la visite du cardinal philippin Jaime Sin et de mère Teresa : un signe que la détente, malgré tout, est amorcée.

Ce qui complique le jeu, c'est l'hostilité constante des responsables orthodoxes russes à l'égard du Saint-Père. Le patriarcat de Moscou, que soixante-dix ans de communisme ont rendu docile, a gardé des réflexes politiques à tout le moins ambigus. Ainsi le patriarche de toutes les Russies, Mgr Pimène, justifiera le refus opposé à Jean-Paul II de visiter les régions catholiques de l'URSS, en 1987, en invoquant « les affirmations peu objectives du pape sur notre pays et sur le système socialiste que nos peuples ont choisi[17] ».

À cette époque, les uns et les autres s'apprêtent à célébrer un anniversaire exceptionnel : le millénaire du baptême de saint Vladimir, qui eut lieu à Kiev en 988, à une époque où la Russie et l'Ukraine n'existaient pas encore en tant qu'États constitués, où catholiques et orthodoxes n'étaient pas encore deux confessions séparées. La christianisation de ce qu'on appelle la *Rus'*, berceau de la nation russe, est donc légitimement revendiquée *aussi* par les Ukrainiens — les orthodoxes, mais aussi les catholiques. Pour les Occidentaux, ces finesses historiques sont incompréhensibles. Pour Jean-Paul II, qui a l'intention de commémorer cette date exceptionnelle avec le maximum de retentissement, elles tiennent de la quadrature du cercle. Comment célébrer le baptême de la Russie sans mécontenter les Ukrainiens ? Comment fêter la conversion des catholiques ukrainiens sans choquer le Patriarcat de Moscou ? Le pape n'étant invité ni à Moscou ni à Kiev, il adresse successivement une lettre aux orthodoxes (*Euntes in Mundum Universum*) en mars 1988, puis une lettre aux grecs catholiques d'Ukraine (*Magnim Baptismi Donum*) en avril. Pas question de renoncer au rapprochement avec le Patriarcat de Moscou, surtout en ces temps de relâchement idéologique. Mais pas question, non plus, d'oublier les uniates. Au contraire, le pape entend bien profiter de la perestroïka pour forcer la levée de l'interdiction qui pèse depuis plus de quarante ans sur ces quatre ou cinq millions de catholiques de rite oriental, interdits depuis 1948, qui continuent à célébrer leur foi dans les appartements ou dans les forêts, en risquant la prison à chaque séance de catéchisme clandestin.

Le pape envoie deux délégations aux fêtes du millénaire, en juin, à Moscou : l'une est composée des représentants des épiscopats du monde entier, l'autre, qui le représente directement, des cardinaux

Casaroli et Willebrands. C'est donc au nom du pape en personne que le vieux Casaroli prononce une allocution lors de la cérémonie solennelle au théâtre Bolchoï, le 10 juin 1988, où il défend, imperturbable, le principe de la liberté religieuse. C'est encore en son nom que Casaroli va remettre en main propre, au Kremlin, le 13 juin, une lettre à Mikhaïl Gorbatchev assortie d'un mémorandum sur les relations entre le Kremlin et le Vatican. Dans sa missive, le pape dit à Gorbatchev qu'il serait heureux de le recevoir à l'occasion d'un de ses prochains déplacements en Italie, et de lui parler notamment de trois sujets : le rétablissement de relations diplomatiques entre le Saint-Siège et l'URSS ; la liberté de conscience pour l'ensemble des croyants d'URSS ; la légalisation des catholiques uniates en Ukraine[18]. Il sait que, pour Gorbatchev, le premier point est symbolique. Que le pape accorde ainsi sa bénédiction à la perestroïka, cela ne peut qu'aider son promoteur, engagé dans une partie politique particulièrement délicate !

À la fin de cette année pleine de rebondissements, le 22 décembre 1988, Jean-Paul II tire les enseignements du millénaire de la Russie devant les cardinaux :

> En remerciant encore une fois Dieu, Seigneur de l'Histoire, pour la joie de ce millénaire, je Lui demande instamment de soutenir *l'engagement de tous en faveur de la liberté religieuse* comme présupposé et fondement d'une solution juste aux problèmes qui affligent encore ces populations.

En d'autre termes : pas question de relâcher la pression sur le Kremlin. Rien n'est acquis. Jean-Paul II sait bien que Mikhaïl Gorbatchev est désireux de montrer sa bonne volonté en levant l'interdiction qui pèse sur l'Église catholique ukrainienne, mais qu'il n'ira pas jusqu'à se brouiller avec le Patriarcat de Moscou, farouchement opposé à cette légalisation.

Rome, le 1er décembre 1989. À 10 h 50, la Zil blindée de Mikhaïl et Raïssa Gorbatchev franchit à petite allure la porte Sainte-Anne et pénètre dans la cour Saint-Damase, au cœur de la Cité du Vatican. Trente gardes suisses portant hallebarde lui rendent les honneurs sous les flashs des photographes tandis que Mgr Monduzzi, préfet de la Maison pontificale, accueille les visiteurs et les fait entrer dans le palais apostolique. Jean-Paul II attend ses hôtes dans la salle du Trône — c'est une marque d'honneur particulière — avant d'entraîner Gorbatchev, visiblement ému, dans sa bibliothèque privée.

Un demi-milliard de téléspectateurs assistent en direct à l'événement. La rencontre entre le chef du mouvement communiste international et le chef de l'Église catholique est vraiment historique. Les deux hommes échangent quelques mots en russe — le pape slave n'allait pas manquer cette occasion ! — mais leurs interprètes [19] prennent vite place auprès d'eux, de part et d'autre de la célèbre table en chêne, pour une conversation de plus d'une heure et demie. Le dialogue est d'un haut niveau. Aucun des deux interlocuteurs ne pratique la « langue de bois ». S'il salue chaleureusement les acquis de la perestroïka, Jean-Paul II ne se prive pas d'insister sur ses trois thèmes favoris : le principe de la liberté religieuse, l'intérêt d'une loi sur la liberté de conscience et la légalisation des uniates d'Ukraine, sur laquelle il s'étend longuement [20], avant de proposer l'établissement de relations diplomatiques entre le Saint-Siège et la Russie. De son côté, Gorbatchev souligne que la « nouvelle pensée » est une vraie révolution pour l'URSS : « On ne saurait prétendre détenir la vérité absolue, ni tenter de l'imposer aux autres », explique

Gorbatchev, reniant ainsi, une fois pour toutes, la doctrine marxiste-léniniste. Mais le Soviétique a une idée derrière la tête. À écouter certains milieux à l'Ouest, dit-il, la « rénovation » du communisme devrait se faire « uniquement sur la base des valeurs occidentales ». Or, explique-t-il, c'est le meilleur moyen pour faire échouer la perestroïka ! Les Américains ne pourraient-ils pas « respecter les intérêts et les traditions » de l'URSS et laisser aux Soviétiques « le choix de tel ou tel système politique » ?

— Personne ne doit prétendre que les changements en Europe [de l'Est] devraient se faire selon le modèle occidental, répond Jean-Paul II, c'est contraire à mes convictions les plus profondes !

Gorbatchev n'en espérait pas tant. Pour le reste, il confirme son accord pour la loi sur la liberté de conscience, tout en évitant le piège uniate : « Nous accepterons tout accord que vous réaliserez avec l'Église orthodoxe[21]. » Que les chefs religieux s'arrangent entre eux, et le pouvoir politique suivra. C'est habile. Et c'est à cette condition qu'en sortant de la bibliothèque privée Gorbatchev invitera Jean-Paul II en URSS, ce qui n'était pas prévu. « Un événement vraiment extraordinaire vient de se produire », souligne le Soviétique, un large sourire aux lèvres.

Que Gorbatchev soit venu au Vatican pour faire le point avec le pape sur l'Europe débarrassée du communisme à la veille de se rendre à Malte, où l'attend le président américain Bush, est en effet un « événement vraiment extraordinaire ». Car ce sommet historique intervient après qu'un certain nombre d'événements aussi « extraordinaires » se sont produits depuis l'été. En Pologne, le 24 août, le catholique Tadeusz Mazowiecki, vieil ami du pape, est devenu chef du gouvernement. En Allemagne de l'Est, en septembre, les manifestations parties des églises de

Leipzig et de Berlin ont poussé le vieux leader communiste Erich Honecker à prendre une retraite anticipée. En Hongrie, le réformateur Imre Poszgay — que le pape avait reçu le 20 mars — a déclaré que son pays n'était plus « socialiste ». En Tchécoslovaquie, le 12 novembre, la canonisation d'Agnès de Bohême a déclenché la « révolution de velours » dont Vaclav Havel est sorti vainqueur. En Roumanie, un pasteur obstiné de Timisoara est sur le point de provoquer la chute du régime incarné par le couple Ceausescu. Et surtout, le 9 novembre, le mur de Berlin s'est effondré. C'est comme si cette rencontre venait ponctuer ce que Jean-Paul II appellera un mois plus tard, devant le corps diplomatique, en énumérant chacune des capitales concernées, « les étapes d'un long pèlerinage vers la liberté ».

En attendant que Gorbatchev et Jean-Paul II aient terminé leur tête-à-tête, le nouveau ministre soviétique des Affaires étrangères, Edouard Chevardnadze, s'est penché vers le cardinal Casaroli : « Sans vous [le Vatican] il n'y aurait pas eu tout cela ! » C'est exactement ce que Mikhaïl Gorbatchev exprimera lui-même, deux ans plus tard, dans un article de *La Stampa* : « Nous pouvons affirmer aujourd'hui que tout ce qui s'est passé en Europe de l'Est au cours de ces dernières années n'aurait pas été possible sans la présence de ce pape, sans le rôle éminent — y compris sur le plan politique — qu'il a joué sur la scène mondiale[22]. » Pour l'heure, en raccompagnant son hôte après ce sommet extraordinaire, Jean-Paul II donne une explication modeste des événements : « La Providence a préparé le chemin. »

*

Ce n'est pas la Providence qui, neuf ans plus tard, permet à Jean-Paul II de se rendre à Cuba. Ce voyage, très attendu par les médias[23], est, lui aussi, le fruit d'une véritable stratégie, concoctée de longue date. En janvier 1979, Cuba avait failli être le premier pays visité par le nouveau pape. Fidel Castro, apprenant que le Saint-Père allait se rendre à Puebla, au Mexique, lui avait proposé de faire escale à La Havane. Le Vatican, un peu décontenancé, avait décliné cette invitation : pas question d'improviser une visite mal préparée dans un pays, communiste de surcroît, où les chrétiens n'ont pas de droits ! Castro, selon ses propres dires, s'en trouva durablement vexé[24]. Il faudra des années de négociations plus ou moins secrètes, à commencer par la visite du cardinal Etchegaray à Cuba en 1992, pour qu'un voyage papal soit envisagé, discuté, préparé, qu'il donne lieu à des gestes significatifs de la part du pouvoir — comme le rétablissement de la fête de Noël en décembre 1997 — et pour qu'il ait finalement lieu.

C'est Jean-Paul II, personnellement, qui donna le ton du voyage à son arrivée à La Havane, le 21 janvier 1998 : « Que Cuba s'ouvre au monde, et que le monde s'ouvre à Cuba ! » La première partie du slogan rappelle évidemment l'approche que le pape avait imposée en Europe de l'Est : ouverture des frontières politiques, ouverture de la société aux influences extérieures, ouverture du pouvoir à l'idée que l'Église peut jouer un rôle dans la société. Les tractations menées avant le voyage par Roberto Tucci (responsable des voyages) et Pasquale Borgomeo (directeur de Radio Vatican) pour obliger Castro à laisser les médias de l'île couvrir la visite sont l'exacte réplique de ce qui s'était passé avec la Pologne en juin 1979 : « Il faut ouvrir les frontières ! » avait lancé le nouveau pape à Cracovie, lors de son premier voyage en terre communiste.

Mais il ne suffit pas de réclamer la liberté, que le pape ne considère pas comme une fin en soi. Il ne suffit pas que Cuba s'ouvre au monde : « Que le monde s'ouvre à Cuba », répète le Saint-Père. Le *Líder máximo* ne cache pas sa satisfaction : il y a quatre ans, déjà, que Jean-Paul II a condamné l'embargo imposé à Cuba depuis trente-cinq ans par les États-Unis. Que le chef des catholiques vienne lui-même répéter cette condamnation sur place, à quelques encablures de la Floride toute proche, voilà qui contente le vieux révolutionnaire qui a fait de l'antiaméricanisme le pilier de son régime. Or, pour le pape, il s'agit de bien autre chose. Si l'embargo doit être condamné, ce n'est évidemment pas pour conforter un pouvoir exsangue, mais pour donner à la population cubaine une chance de construire librement son avenir.

Certes, l'histoire retiendra les images étonnantes de la messe solennelle de la place de la Révolution, le 25 janvier, et la double condamnation papale des « systèmes athéistes » et du « néolibéralisme capitaliste ». Mais c'est l'avant-veille, à Camagüey, que Jean-Paul II avait défini son projet pour Cuba, qui entendait bien dépasser « les embargos économiques et les systèmes politiques ». Devant une assemblée de jeunes, le pape avait tracé la voie des générations à venir : « Ne cherchez pas ailleurs ce que vous pouvez trouver en vous ! N'attendez pas des autres ce dont vous êtes capables ! Vous pouvez être les protagonistes de votre histoire ! » Ce message, où le pape appelait les jeunes Cubains à construire un « monde nouveau », c'est exactement le même qu'il délivra naguère à ses compatriotes polonais. C'est le message le plus subversif que l'on pût tenir en terre communiste.

19

« *Une main a tiré...* »

Place Saint-Pierre, le 13 mai 1981. Il est presque 17 heures. Comme tous les mercredis de printemps, la foule a envahi l'espace compris entre les colonnes du Bernin pour assister à l'audience générale en plein air. À gauche de la basilique, derrière l'arc des Cloches, le pape monte dans sa grosse Jeep découverte, flanqué de son secrétaire Stanislaw Dziwisz, de son majordome Angelo Gugel et de quelques policiers en civil chargés de la sécurité rapprochée du Saint-Père. La routine. Jean-Paul II aime ce rendez-vous hebdomadaire avec les pèlerins du monde entier. Il en a fait un moment de catéchèse important qui vient régulièrement ponctuer un programme toujours aussi chargé : à midi, il a déjeuné avec son ami Jérôme Lejeune, le célèbre généticien français ; la veille, il a reçu une délégation de l'université Jagellon, avec laquelle il a évoqué la crise polonaise ; tout à l'heure, il va inaugurer une série de méditations sur la doctrine sociale de l'Église, à l'occasion du quatre-vingt-dixième anniversaire de l'encyclique *Rerum novarum.*

Environ vingt-cinq mille personnes sont rassemblées sur la place. À 17 heures, la Jeep blanche apparaît à gauche de la façade de Saint-Pierre, sous les vivats d'une foule enthousiaste qui agite foulards et chapeaux. Le véhicule parcourt lentement les rangs des fidèles, selon un trajet circulaire très élaboré et balisé par des barrières en bois. Le pape veut être vu du plus grand nombre. S'il le pouvait, il saluerait personnellement chacun des pèlerins présents ! Des cris de joie, des exclamations dans toutes les langues, des cantiques aussi. Debout, l'homme en blanc se tient solidement à la rambarde de la papamobile et, de la main droite, bénit l'assistance. Il se penche en souriant, touche des mains tendues, fait un signe de la tête. Parfois il attrape à pleins bras un enfant en bas âge, l'embrasse et le rend à sa mère. Ce pape sportif, qui ne semble pas souffrir de la chaleur, a du ressort et de l'endurance. Les gardes suisses et les policiers italiens affectés à la sécurité papale scrutent les visages comme ils peuvent, tant bien que mal. Ils ne peuvent pas imaginer qu'à quelques mètres de la Jeep, perdus dans la foule en liesse, deux hommes armés attendent tranquillement le moment de tirer sur le Saint-Père. Mehmet Ali Agça, veste grise et chemise blanche, s'est posté près d'une barrière, au deuxième rang des pèlerins, la main crispée sur un Browning 9 mm glissé dans une sacoche qu'il porte en bandoulière. Vingt mètres derrière lui, près d'une fontaine, Oral Celik, un petit homme en blouson de cuir, jean et baskets, serre contre lui un 7,65 Beretta et, dans un petit sac, une grenade offensive. Les deux hommes ont longuement reconnu le terrain, ils savent ce qu'ils ont à faire. Ils ont garé une Ford Taunus sur la via di Porta Angelica qu'ils n'auront pas de mal à rallier dans la panique qui suivra immanquablement leur forfait.

17 h 17. Le pape arrive à la hauteur des deux tueurs, du côté de la porte de Bronze. Agça lève posément son pistolet et tire deux fois sur sa cible, à trois mètres de lui. Celik, de plus loin, tire une fois. Des centaines de pigeons s'envolent d'un coup. Dans la Jeep, Jean-Paul II s'est effondré dans les bras de son

secrétaire qui ne comprend qu'une chose : le pape a été touché !

— Où ? crie Dziwisz en polonais.

— Au ventre ! répond le pape en grimaçant.

— Vous avez mal ?

— Oui !

En fait, le Saint-Père est touché à l'abdomen, au coude droit et à l'index de la main gauche. Dans les cris et la bousculade, le chauffeur de la Jeep accélère brutalement afin de rejoindre une ambulance de la Croix-Rouge garée derrière la colonnade. Mais la voiture n'est pas équipée pour la réanimation, il faut transférer le pape dans une seconde ambulance qui part en trombe en direction de la clinique Gemelli : c'est le pape lui-même qui avait souhaité, le cas échéant, être hospitalisé comme tout le monde, à l'hôpital, et non dans le palais pontifical. La polyclinique Gemelli [1], un établissement privé de dix-huit cents lits, est à six kilomètres de la place Saint-Pierre, et l'heure est celle de la sortie des bureaux. Malgré les embouteillages, l'ambulance ne mettra que huit minutes — un exploit — pour faire le trajet. Le médecin personnel du pape, le docteur Buzzonetti, est du voyage, ainsi qu'un infirmier. Penché sur le Saint-Père, Stanislaw Dziwisz l'entend proférer quelques paroles qui ressemblent à des prières : « Marie ma Mère », « Marie ma Mère » et « Jésus ». La légende ajoutera plusieurs paroles que le pape, en réalité, n'a pas prononcées : « Pourquoi m'ont-ils fait cela ? » et « Pourquoi moi ? »

À la clinique, après un court moment de pagaille générale, on fait monter le patient inanimé — il vient de perdre conscience — au dixième étage. La tension baisse dangereusement, le pouls est presque imperceptible. Son état est désespéré. Dziwisz lui administre les derniers sacrements pendant son transfert en salle d'opération, à l'étage en dessous, pour une intervention urgente. Le docteur Francesco Crucitti, l'un des trois chirurgiens en chef de Gemelli, qui a entendu l'incroyable nouvelle à la radio, vient d'arriver en catastrophe. On anesthésie l'illustre patient — dans la précipitation, on lui brise une incisive — tandis que le médecin, auquel on enfile une blouse, se lave les mains en vitesse.

Sur la place Saint-Pierre, la stupeur a succédé à l'affolement. De l'autre côté des barrières, deux touristes américaines, Rose Hall et Ann Odre, ont été blessées par une des balles meurtrières. Des ambulances les ont emmenées à leur tour. Celik, l'homme au blouson, s'est enfui ; un Américain travaillant pour la chaîne de télévision ABC, Lowell Newton, l'a vu distinctement, tenant encore son pistolet à la main, disparaître dans la foule. Mais Agça n'a pas pu rejoindre son complice : une petite religieuse tout en noir, qui s'appelle sœur Letizia, s'est furieusement agrippée à son bras, faisant tomber son arme à terre en hurlant : « C'est vous ! C'est vous ! » Un policier en civil, de la suite du pape, l'a alors plaqué au sol, annihilant tous ses plans de fuite.

Au centre de la place où règne désormais un lourd silence à peine rompu par des sanglots de fidèles en prière, sur le grand fauteuil vide où le pape allait prendre place, des pèlerins polonais vont déposer une image de la Vierge de Czestochowa au dos de laquelle quelqu'un avait calligraphié une inscription prémonitoire : « *Notre-Dame, protège le Saint-Père du Mal.* »

À Gemelli, l'opération a commencé un peu avant 18 heures sous la direction du professeur Crucitti, assisté par le docteur Manni, réanimateur, le docteur Manzoni, cardiologue, et quelques autres médecins. Le médecin-chef de Gemelli, le professeur Castiglione, était à Milan quand le drame s'est produit. Il arrivera à la fin de l'opération. L'incision pratiquée, il y a « du sang partout », comme le racontera Crucitti. Il faut en éponger trois litres pour localiser l'hémorragie et constater, alors, qu'aucun organe vital n'est touché. Ni l'aorte centrale, ni l'artère iliaque, ni l'épine dorsale. Un vrai miracle. L'émotion fait place, peu à peu, à l'espoir : le pire n'est pas sûr. C'est ce message qu'on fait passer, dans l'antichambre, à la foule des personnalités venues aux nouvelles. Plusieurs cardinaux de la Curie sont là, très émus, ainsi que des archevêques, le président italien Pertini, le Premier ministre Forlani, le communiste Berlinguer, le socialiste Craxi, et une nuée de photographes que les vigiles tentent de canaliser.

Stanislaw Dziwisz, lui, est présent dans la salle d'opération. Il racontera, lui aussi, la terrible séance : « Il fallut épurer l'abdomen, couper cinquante-cinq centimètres d'intestin, coudre le côlon en plusieurs endroits et compenser l'hémorragie : le Saint-Père avait perdu les trois quarts de son sang ! » Le groupe sanguin du pape, A négatif, n'est pas très répandu, mais ne cause pas de souci particulier. C'est pourtant ce sang transfusé qui posera, plus tard, un problème inattendu. « S'ajoute, poursuit Dziwisz avec délicatesse, la mise en place d'un système de dérivation, qui sauve les malades en leur laissant un fort pénible souvenir[2]. »

À 20 heures, un premier communiqué médical est lu par le professeur Tresalti à la meute des journalistes qui font le siège de la clinique. Il est diffusé à la foule des fidèles qui attendent des nouvelles, place Saint-Pierre, en récitant le chapelet. Le texte n'est ni optimiste ni pessimiste. Au moins confirme-t-il que le pape n'est pas mort. Partout dans le monde, des chrétiens se rassemblent dans les églises et prient pour la santé du pape. L'opération s'achève après cinq heures et vingt minutes d'efforts. Un peu après minuit, un deuxième bulletin de santé est diffusé : l'opération s'est bien déroulée, le patient est dans un état satisfaisant. Le pape est transporté dans la salle de réanimation, au troisième étage, où il restera quatre jours, surveillé par le docteur Manni et plusieurs chirurgiens. Personne n'ose encore se prononcer, mais le pape est probablement sauvé.

Le jeudi matin, un nouveau bulletin de santé rassure les sceptiques : « Le pape a passé une nuit tranquille et il a toute sa conscience. » Fréquence respiratoire : 22/mn. Pression artérielle : 13/9. Fréquence cardiaque : 105 battements/mn. Température du corps : 37,3. La robuste constitution du pape polonais a pris le dessus. Lui-même, quand il se réveille, vers midi, interroge son secrétaire, qui n'a pas quitté son chevet : « Avons-nous dit complies ? » Le pape n'oublie pas l'essentiel et, pour lui, l'essentiel, c'est Dieu. Le dimanche 17, au réveil, il célèbre la messe, couché dans son lit, et récite dans un micro le *Regina Coeli* pour les fidèles massés sur la place Saint-Pierre. Ses quelques mots, prononcés d'une voix faible, stupéfient les auditeurs : le pape explique qu'il « se sent très proche des deux personnes blessées en même temps que lui » et qu'il « prie pour le frère qui lui a tiré dessus et à qui il a sincèrement pardonné ». Avant de conclure : « À toi, Marie, *Totus tuus ego sum...* » L'émotion est grande sur la place. Dans la chambre du Saint-Père, Stanislaw Dziwisz ne peut s'empêcher de penser que ce « frère » aurait pu trouver un autre moyen d'entrer dans la famille.

Le lundi 18, à 13 h 30, le pape quitte le service de réanimation pour une suite spécialement aménagée à son attention au dixième étage du bâtiment, dans une aile qui abritait auparavant les gardes de nuit. La chambre n'est pas grande, le lit est étroit, mais il y a une immense salle de bains, une chambre pour Dziwisz et une salle dans laquelle se réuniront les médecins chargés de suivre l'évolution du malade. Un aréopage international se réunit, à l'initiative du cardinal Casaroli, afin d'assister l'équipe en place. Parmi les sommités invitées figure le professeur Gabriel Turowski, chef du service de transplantation et d'immunologie à l'académie de médecine Copernic de Cracovie, un vieil ami de l'illustre patient. Par jeu, le pape surnomme ce conseil de sages le « sanhédrin », du nom du tribunal suprême des juifs du temps du Christ. Le malade, d'ailleurs, n'est pas des plus dociles. Il demande des détails sur ses blessures, se fait expliquer sa colostomie qui le gêne tant.

Le 20 mai, on arrête les perfusions et Jean-Paul II prend son premier vrai repas — de la soupe et un œuf — presque normalement. Les médecins constatent que le pape est un homme solide et qu'il se remet très vite. Chaque jour, il concélèbre la messe dans son lit et lit son bréviaire — ou, s'il est fatigué, en écoute la lecture. Ce soir-là, il récite même un *Te Deum*. L'optimisme serait de rigueur si les spécialistes n'observaient quelques difficultés respiratoires, des douleurs dans la poitrine et, surtout, une fièvre persistante incompréhensible.

En sus, le pape subit un nouveau choc. À Varsovie, le cardinal Wyszynski meurt le 28 mai. La nouvelle de l'attentat, qui avait provoqué une émotion considérable en Pologne, avait contribué à l'affaiblissement du « vieux lion », déjà très malade. Le 25 mai, à 12 h 25, le primat de Pologne avait demandé par téléphone au pape alité de le bénir. Jean-Paul II avait béni « sa bouche et ses mains », pour marquer sa solidarité avec toute l'action passée du primat, dont la succession s'annonçait problématique, alors que la Pologne de Solidarité se débat dans une crise sans précédent. Pour les compatriotes du pape, c'est le temps des épreuves. Beaucoup pensent, en cette période agitée, qu'elles ne sont pas dues au hasard.

Malgré leurs réserves, les médecins laissent Jean-Paul II revenir au palais le 3 juin. Le pape n'est pas raisonnable et se remet aussitôt au travail. Le 6, il commence un discours à la loggia de Saint-Pierre, mais s'arrête au bout de cinq minutes, incapable de respirer normalement. Le 10, une violente poussée de fièvre sème l'inquiétude. Le pape ne reprend pas de forces, au contraire. Les antibiotiques n'y font rien. Son teint est grisâtre, son visage a maigri, et il faut le placer à nouveau sous perfusion. Quelque chose ne va pas. Le 20, il retourne à Gemelli où il est examiné par un spécialiste des affections virales, le docteur Sanna, microbiologiste de grande réputation, qui procède à trois examens : pour l'hépatite, la mononucléose et le cytomégalovirus. Le troisième test est positif : les transfusions sanguines opérées en catastrophe au soir du 13 mai sont, à l'évidence, la cause de cette infection qui a suscité une terrible angoisse dans l'entourage du Saint-Père.

Quelques jours plus tard, celui-ci va déjà mieux. À la mi-juillet, l'alerte est passée, sa santé s'améliore sensiblement. Au point qu'à la fin du mois le pape demande au « sanhédrin » qu'on mette fin à sa colostomie. Mais les médecins doutent qu'il soit opportun de procéder à une telle intervention, assez délicate, avant la fin de l'été. Le pape les écoute, puis plaide en souriant — mais fermement — pour les « droits de l'homme malade ». Il ne veut retourner au Vatican qu'après qu'on lui aura ôté cette dérivation qui le gêne tant. S'il va mieux, pourquoi attendre ? Et le patient de proposer lui-même, pour l'opération, la date du 5 août, fête de Notre-Dame des Neiges, chère aux montagnards. L'intervention, qui dure une heure, réussit parfaitement. Après qu'on lui a ôté ses derniers points de suture, le pape rentre au Vatican le 14 août, et célèbre, le lendemain, la messe de l'Assomption sur la place Saint-Pierre, en présence de cinquante mille fidèles, avant de partir pour Castel Gandolfo en hélicoptère pour une longue convalescence qui durera jusqu'au 18 octobre. Rarement la fameuse piscine aura démontré à ce point son utilité que dans cette période de rétablissement.

Ali Mehmet Agça

Quelques heures après l'attentat de la place Saint-Pierre, au siège central de la police romaine, commissaires et inspecteurs de la Digos (la police antiterroriste) se succèdent auprès du tireur amené de la place Saint-Pierre, encadré par deux policiers en uniforme. L'homme, âgé de vingt-trois ans, a d'abord prétendu être chilien, puis apatride, puis a admis sa nationalité turque au vu de son passeport : « Je suis Mehmet Ali Agça, le plus grand terroriste turc ! » Des interprètes sont convoqués pour aider à débrouiller ses propos déconcertants, souvent décousus, mais dénotant aussi, parfois, une intelligence réelle : « Mon terrorisme n'est pas rouge ou noir, il est rouge et noir ! » Ou bien : « Je ne suis pas un terroriste comme les autres, j'appartiens à une nouvelle race internationale, je suis au-dessus des idéologies. » Le tout entrecoupé de proclamations incohérentes.

Les tests psychiatriques révéleront, en effet, que l'homme est peut-être un exalté, mais pas un déséquilibré mental. Simule-t-il la folie pour mieux brouiller les pistes ? Il y réussit, en tout cas, puisqu'à l'issue du premier interrogatoire, vingt-quatre heures après son arrestation, le juge d'instruction Luciano Infelisi déclare avoir « des preuves que Mehmet Ali Agça n'a pas agi seul », tandis que le correspondant du *New York Times* à Rome obtient « de sources gouvernementales » l'assurance que « Ali Agça a agi seul », ce que le directeur de la Digos, la police secrète italienne, confirme aux journalistes : « Nous n'avons pas de preuves, pas de pistes, pas d'indices, pas la moindre pièce à conviction démontrant l'existence d'un complot international. » C'est bien à cela, pourtant, que tout le monde pense. Qui a armé le bras du terroriste, alors inculpé de « tentative d'assassinat d'un chef d'État en complicité avec des personnes encore inconnues » ? Y a-t-il ou non complot ? Et, dans l'affirmative, peut-on imaginer que le KGB, directement ou non, soit à l'origine de ce crime ? Avec toutes les conséquences diplomatiques et politiques qu'entraînerait une aussi sensationnelle révélation ?

À l'Est, c'est à peine si on se pose la question. Surtout en Pologne. Si le Kremlin est impliqué ? Mais c'est évident ! Faut-il rappeler les circonstances dans lesquelles le pape a déclenché et soutenu le soulèvement populaire incarné par Solidarité en Pologne ? Faut-il souligner que le mouvement a commencé, en ce printemps 1981, à essaimer dans quelques autres pays du bloc socialiste ? Une campagne antipolonaise et antipapiste est d'ailleurs menée depuis quelques mois par les organes d'information soviétiques. Que le Kremlin ait voulu se débarrasser d'un tel gêneur paraît parfaitement logique.

À l'Ouest aussi, naturellement, beaucoup pensent au KGB. Mais les premières investigations conduisent les journalistes et les juges vers d'autres horizons. Ali Agça, dont les déclarations contradictoires ne facilitent pas le travail des enquêteurs, n'est pas un inconnu, au moins en Turquie. Il est né en 1958 dans une famille pauvre de Malatya, à l'est du pays. Militant fanatique du très fascisant *Milliyetçi Hareket Partisi*, le Parti de l'action nationaliste (MHP) d'Alparslan Turkès, il a été recruté, avec son ami Celik, par le groupe terroriste des « Loups gris », le bras armé de l'extrême droite turque qui s'illustre depuis quelques années par des dizaines d'attentats souvent meurtriers. Son dossier est loin d'être vierge. Agça a été arrêté le 25 juin 1979 à Istanbul, cinq mois après avoir froidement assassiné Abdi Ipecki, directeur du *Milliyet*, le plus grand quotidien de Turquie. Sur ordre, bien entendu. Condamné à mort, Agça s'est évadé le 25 novembre 1979 de la prison militaire de Kartal-Maltepe, grâce à la complicité de fonctionnaires des forces de sécurité. Dès le lendemain, il a adressé une lettre au même journal *Milliyet* annonçant qu'il allait « tuer le pape » : la visite en Turquie du Saint-Père était prévue pour le 28 novembre. Le chef de l'Église catholique, qu'Agça qualifie dans son communiqué de « nouveau commandeur des Croisés » expédié par les impérialistes occidentaux pour empêcher la Turquie de devenir une grande puissance islamiste, est une figure emblématique pour tous les fanatiques du MHP et autres nationalistes turcs qui considèrent comme leurs ennemis mortels les « faux musulmans » (les alaouites, minoritaires dans le pays), les juifs et, bien sûr, les chrétiens.

Le voyage de Jean-Paul II en Turquie avait donné lieu, cette semaine-là, à d'exceptionnelles mesures de sécurité. Villes en état de siège, interdiction des bains de foule, énorme déploiement de policiers. Aucun attentat n'avait eu lieu. Le pape était rentré à Rome sain et sauf. Un an plus tard, un coup d'État militaire avait mis fin aux dérives terroristes. Et on avait fini par oublier Mehmet Ali Agça, parti se fondre dans les réseaux compliqués que les fascistes turcs entretenaient en Occident. Les liens étaient nombreux et serrés entre les extrémistes turcs et les animateurs du gigantesque trafic d'armes et de drogue qui s'était développé, au fil des dernières années, entre l'Allemagne fédérale et la Turquie, *via* la Bulgarie. Pays communiste, la Bulgarie était devenue, moyennant d'énormes bakchichs, la plaque tournante de ces réseaux mafieux. Avec la complicité, incontournable, des services secrets locaux, la Darjava Sigournost, qui prétendait contribuer ainsi, non sans hypocrisie, à la « déstabilisation » de la Turquie, principal allié de l'OTAN dans la région.

Il était inévitable que les journalistes menant l'enquête sur Ali Agça débarquent, tôt ou tard, à Sofia. Le journaliste britannique indépendant Julian Manyon sera le premier, au cours de l'été 1981, à remonter ce qu'on appellera bientôt la « filière bulgare ». N'était-il pas étrange, en effet, que la trace de l'homme qui avait voulu tuer le pape polonais remontât à une suite de l'hôtel Vitosa, un établissement de Sofia connu pour ses liens avec les « services », où Agça séjourna en juillet 1980 ? En outre, les services secrets bulgares n'étaient-ils pas notoirement aux ordres du KGB soviétique ?

La « piste bulgare »

D'autres journalistes — dont Paul Henze, un ancien informateur de la CIA, et Claire Sterling, la correspondante à Rome du *Washington Post* — vont creuser cette piste, et mettre au jour les liens entre les groupes fascistes turcs et les services secrets bulgares. Notamment le rôle de l'entreprise bulgare d'import-export Kintex, une société d'État devenue un important maillon dans la chaîne des trafics mafieux entre l'Europe de l'Ouest et le Moyen-Orient, dans lesquels les « parrains » turcs jouent les premiers rôles. Mais il n'est pas question, pour les autorités communistes bulgares, de reconnaître cette collusion mafieuse — même pour se défendre de l'accusation d'avoir voulu tuer le pape. Les organes de la propagande bulgare, l'agence officielle de presse BTA en tête, préféreront multiplier invectives et mensonges plutôt que d'admettre les révélations faites sur ces gigantesques trafics contre nature couverts par le régime.

Pourtant, les juges italiens font progresser le dossier. L'exposé des motifs de la première condamnation d'Ali Agça par le président de la cour d'assise de Rome, Severino Santiapichi, le 24 septembre 1981, puis la longue et minutieuse enquête du juge Illario Martella ouverte le 6 novembre 1981 mettent en pièces l'hypothèse d'un fanatique solitaire : Agça était bien lié à des réseaux internationaux, notamment aux extrémistes turcs exilés en Allemagne, et il avait bien effectué un mystérieux séjour en Bulgarie, pendant cinquante jours, au cours de l'été 1980. Or, depuis son procès, qui s'est déroulé à la mi-juillet 1981 dans la grande salle Vittorio Occorsio du palais de justice de Rome en présence de centaines de journalistes, Agça n'a cessé d'affirmer qu'il a agi seul. Contre l'évidence. Condamné à la détention à vie, isolé pour un an dans la prison d'Ascoli Piceno, il est clair que le terroriste compte sur ses « amis » pour le faire libérer, comme cela s'est passé à Istanbul deux ans plus tôt, au bout de cinq mois d'enfermement. Mais les mois passent, et le prisonnier ne voit rien venir.

Et c'est le coup de théâtre. À partir de mai 1982, Agça « parle ». Transféré chaque jour de sa nouvelle prison de Rebibbia dans le bureau du juge Martella, il donne des noms, des dates, des faits. En réalité, il est convaincu que personne ne viendra plus le tirer de sa geôle. Et surtout, il a écouté l'aumônier de sa première prison, le père Santini, lui expliquer qu'il pouvait bénéficier de la future loi sur les terroristes « repentis ». Après quelques mois d'hésitation, il est prêt à déballer tout ce qu'on attend de lui. Le vrai et le faux. Ses premières révélations impliquent des ressortissants turcs : Omer Mersan, trafiquant international et contrebandier de haut vol ; Musa Cerdar Celebi, président de la Fédération européenne des idéalistes turcs ; Bekir Celenk, un des « parrains » de la mafia turque, l'homme qui lui aurait promis, ainsi qu'à son ami et complice Oral Celik, une grosse somme d'argent pour assassiner le pape. Des extrémistes, des chefs mafieux, des tueurs : rien qui confirme, jusque-là, l'hypothèse d'un réseau manipulé par le KGB.

Et soudain, le 29 octobre 1982, dans le bureau de Martella, Agça lâche la bonde. Il révèle spontanément qu'il a bien été le bras armé des services secrets de l'Est. Que c'est bien à Sofia qu'on lui a donné passeport et instructions. Et qu'il a bien été préparé à son forfait par des agents bulgares : il les reconnaît sur photos, il en décrit longuement les habitudes et les appartements, il connaît leurs noms d'agents, il donne même leurs numéros de téléphone. Le jeudi 25 novembre, après quelques discrètes investigations, le juge Martella fait arrêter à son domicile Sergueï Antonov, trente-cinq ans, chef d'escale de la compagnie aérienne bulgare Balkan Air. Les deux autres suspects, Teodor Aivazov, caissier de l'ambassade bulgare à Rome, et Zelio Vasiliev, adjoint de l'attaché militaire bulgare, sont en vacances à Sofia. Aivazov est même sur le point de rentrer à Rome ; averti à la dernière minute, il décide de différer son retour.

L'arrestation fait sensation. La filière bulgare enfin mise au jour ! Une photo présumée d'Antonov, qu'on voit à quelques mètres d'Agça au moment de la tentative d'attentat, place Saint-Pierre, le 13 mai 1981, fait la une de tous les journaux du monde. La ressemblance est troublante, en effet. Sauf qu'il s'agit d'un pèlerin américain d'origine hongroise, qui en avertit aussitôt, par lettre, le juge Martella. Mais le coup est parti. Tant d'autres éléments semblent accuser Antonov et ses présumés « complices ». Les bureaux des compagnies de transport est-européennes ne sont-ils pas, traditionnellement, des nids d'espions ? Les accusations d'Agça ne sont-elles pas d'une précision irréfutable ? Le gouvernement italien est en ébullition. La Bulgarie proteste et rappelle son ambassadeur. Aux États-Unis, une partie de l'establishment triomphe et accuse nommément l'ancien patron du KGB Iouri Andropov, qui est devenu entre-temps le nouveau chef de l'URSS. La guerre froide bat son plein.

Pourtant, des doutes sérieux viennent altérer cette apparente unanimité. Si Antonov est vraiment l'agent opérationnel que prétend Agça, comment expliquer que ses supérieurs l'aient maintenu en poste à Rome pendant dix-huit mois ? Si les trois Bulgares ont monté cette opération peu banale, comment expliquer qu'ils aient commis autant de fautes grossières (rendez-vous à leurs domiciles, vrais numéros de téléphone, couvertures transparentes, etc.) au mépris des règles les plus élémentaires de l'espionnage contemporain [3] ? Étrange aussi, l'attitude des Américains, très réservés sur cette affaire, à l'exception d'anciens responsables comme Henry Kissinger ou Zbigniew Brzezinski, à l'anticommunisme chevillé au corps. Ni le président Reagan, pourtant peu suspect d'affection pour ce qu'il a appelé l'« empire du mal », ni le gouvernement américain, ni aucun officiel ne s'est engouffré dans cette large brèche pour faire le procès de l'URSS et de son satellite bulgare.

La gêne de la CIA et des services secrets occidentaux est surprenante. Et pour cause : à force de recouper les déclarations des uns et des autres, il devient clair qu'Ali Agça a reçu d'étranges visiteurs dans sa prison, à plusieurs reprises, et que ceux-ci lui ont « soufflé » nombre de ses révélations sensationnelles. Plusieurs détails relevés dans les accusations du Turc confirment cette hypothèse[4]. Quant à Agça lui-même, il ne cessera jamais de se contredire, voire de se rétracter, et multipliera les déclarations les plus folles — lors de son procès, il va jusqu'à affirmer qu'il est le Messie — qui ôtent à ses « aveux » toute crédibilité, malgré l'obstination des juges instructeurs Martella, Piore et Imposimato.

Ce qui complique encore l'affaire, c'est le malaise qui a envahi, depuis plusieurs années, toutes les sphères de la politique et de la justice en Italie : l'affaire de la loge maçonnique P2, qui a fait chuter le gouvernement Forlani en juin 1981, a jeté le discrédit sur la police, l'armée et les services secrets, et ne cesse de provoquer des remous dans la haute administration. Au même moment, le scandale du Banco Ambrosiano a créé le trouble sur les rapports occultes entre certains *monsignori* chargés des finances du Vatican et la pègre internationale. De même le mystérieux enlèvement d'Emanuela Orlandi, la fille d'un employé du Saint-Siège, en juin 1983, dont les présumés ravisseurs exigent bientôt la libération d'Ali Agça, vient encore accroître la confusion générale.

Il faudra plus de quatre ans d'enquête, et trois procès interminables, pour que l'on abandonne la thèse de la « filière bulgare » en mars 1986 pour « insuffisance de preuves », non sans mettre au jour les agissements tortueux de certains ex-fonctionnaires des services secrets occidentaux[5]. Non sans disculper, au passage, les trois Bulgares, dont le falot Antonov, un homme aux nerfs fragiles qui ne se remettra jamais de cette terrible aventure. Le dernier mot sur cette piste bulgare reviendra au pape lui-même, lors du voyage qu'il effectuera en Bulgarie, le 24 mai 2002 : « Le pape n'a jamais cru à la prétendue "filière bulgare", dira Jean-Paul II au président bulgare Georgi

Pavdonov, en raison de son affection, de son estime et de son respect pour le peuple bulgare. »

Reste, évidemment, la question principale : qui a eu l'idée de tuer le pape ? Et pourquoi ? Car il y a bien eu quelqu'un pour demander au trafiquant Bekir Celenk de promettre trois millions de marks à Agça et Celik, tueurs chevronnés, pour assassiner le Saint-Père. Or seul Celenk — qui ne pouvait rien refuser aux services secrets bulgares — aurait pu dévoiler l'identité de ce mystérieux commanditaire. Mais le « parrain » de la mafia turque, après avoir longtemps évité de nombreuses inculpations, finira par mourir dans une prison d'Ankara, le 14 octobre 1985, d'un infarctus du myocarde. En emportant son secret dans la tombe. Quinze ans après la chute du communisme, le mystère demeure. Pourtant, plusieurs commissions d'experts ont été réunies, des rapports ont été établis, de nouveaux transfuges ont parlé, des tonnes d'archives secrètes ont été explorées. Mais rien — aucune note confidentielle, aucun témoignage probant — n'est venu confirmer l'hypothèse d'une manipulation du KGB ou de ses affidés dans ce qui restera une des grandes énigmes de ce siècle, comparable à l'attentat contre le président Kennedy en 1963.

On a bien cru, pourtant, que le mystère serait levé le 27 décembre 1983, lorsque Jean-Paul II est allé rencontrer personnellement Mehmet Ali Agça dans sa cellule de la prison de Rebibbia. Des centaines de journalistes ont regardé de près les images de cette rencontre. Certains, en repassant cent fois la bande au ralenti, ont tenté de lire sur les lèvres des deux hommes les propos échangés. On a même loué les services d'un sourd-muet rompu à cet exercice. Sans trop l'avouer, chacun s'attendait à des révélations fracassantes sur les commanditaires de l'attentat : Agça allait-il enfin reconnaître qu'il travaillait pour le

KGB ? On en était loin. Le lendemain de cette rencontre extraordinaire, le pape a raconté sa conversation avec Agça à son vieil ami le père Bardecki, qu'il recevait à son petit déjeuner. Le Turc, en réalité, confia au pape sa terreur d'être châtié pour ce qu'il avait fait par la « déesse de Fatima », dont il avait entendu dire, à la télévision et dans les journaux, que le pape lui devait la vie. Qu'il manquât sa cible, de si près, lui avait paru impossible. Qu'il se fût retrouvé en prison, incompréhensible. Et le jeune Turc de voir dans ces mystères quelque chose de surnaturel. Cette divinité chrétienne, plus puissante qu'Allah, allait naturellement le châtier. La main gauche levée comme au confessionnal, le pape consacra une grande partie de l'entretien à rassurer son « frère » sur la miséricorde et la bonté de la Vierge de Fatima. « Normalement, vous devriez être mort », aurait dit Agça à son illustre visiteur[6]. Sur ce point, au moins, le pape était d'accord avec son agresseur[7].

Notre-Dame de Fatima

Retour aux heures dramatiques de mai 1981. À Gemelli, le 14 mai, il est plus de midi quand Karol Wojtyla émerge de son inconscience. Bientôt, il écoute son secrétaire Stanislaw Dziwisz lui raconter tout ce qui s'est passé depuis l'attentat de la veille, place Saint-Pierre. Au passage, Dziwisz lui fait observer que le jour de l'attentat coïncide avec la date de la première apparition de Fatima. Fatima ? Le pape s'étonne. La remarque l'intéresse. Il veut en savoir plus et demande qu'on lui prépare un dossier sur le sujet. Malgré sa faiblesse, il va se plonger dans l'histoire de ces révélations très particulières. Certains de ses proches autorisés à lui rendre visite dans sa chambre, comme son vieil ami le cardinal argentin

Eduardo Pironio, le trouvent entouré de documents concernant l'histoire du sanctuaire portugais. Visiblement, ce dossier le passionne.

C'est le 13 mai 1917 que Francisco Marto (9 ans), sa sœur Jacinta (7 ans) et sa cousine Lucia dos Santos (10 ans), trois petits bergers portugais, ont vu apparaître au-dessus d'un chêne vert de la Cova da Iria, près du village de Fatima, une « dame vêtue de soleil ». À six reprises, la Vierge a tenu aux enfants des propos compliqués et effrayants, mêlant exigences catéchétiques et prophéties apocalyptiques, jusqu'à provoquer un « miracle » collectif, le 13 octobre, où quelque soixante-dix mille personnes ont vu « danser le soleil ». Le contexte politique dans lequel le Portugal se débat à l'époque explique le scepticisme qui a longtemps entouré le phénomène : alors que la guerre fait rage en Europe, la République vient d'être proclamée au Portugal, au grand dam d'une Église hier toute-puissante et brutalement confrontée à un anticléricalisme triomphant. Quoi de plus efficace qu'un miracle pour rasséréner les fidèles ? Les autorités ecclésiastiques locales, elles-mêmes partagées sur ces apparitions, ne les déclareront dignes de foi qu'en octobre 1930. Ce n'est d'ailleurs qu'en août 1941, sur ordre de son évêque, que Lucia, devenue carmélite, couche sur le papier les révélations que la Vierge lui avait demandé de tenir secrètes : qu'une deuxième guerre mondiale, pire que la première, éclaterait « si on ne cessait d'offenser le Seigneur » ; que la Russie perdrait la foi et « répandrait ses erreurs dans le monde, provoquant des guerres et des persécutions contre l'Église » ; que « le Saint-Père aurait beaucoup à souffrir » et que « plusieurs nations seraient anéanties », etc.[8]. Les sceptiques ont beau jeu de souligner que l'essentiel de ces « prophéties » a été rendu public *après* que les événements se sont produits. Beaucoup de catholiques, du reste, n'y voient que superstition suspecte. Il faut rappeler que le dogme chrétien se limite, et pour toujours, à la Révélation telle qu'en fait foi l'Écriture sainte (Ancien et Nouveau Testament), laissant ainsi chacun libre de croire ou non aux apparitions mariales et autres phénomènes surnaturels (miracles, visions, stigmates, etc.). Encore n'est-il pas indifférent que le pape entérine ou non ces événements comme des « signes » de la Providence divine.

Dans le cas très discuté de Fatima, les papes ont été prudents, mais tous vont vénérer, tôt ou tard, la Madone de la Cova da Iria : Pie XI, qui autorise officiellement les pèlerinages à Fatima dès 1927 ; Pie XII (très marqué par le fait qu'il fut sacré évêque le jour même de la première apparition), qui qualifie Fatima d'« autel du monde » en 1950 ; Jean XXIII, qui a présidé le pèlerinage de 1956 quand il était patriarche de Venise ; Paul VI, enfin, qui est le premier pape à se rendre sur place, pour le cinquantenaire des apparitions, le 13 mai 1967. Et Jean-Paul II ? « En mai 1981, avouera-t-il plus tard au journaliste Vittorio Messori, je ne savais pas grand-chose sur Fatima [9]. » Peu de temps après son élection, alors qu'il recevait en audience l'évêque du lieu, Mgr Alberto Cosme do Amaral, le pape avait demandé à celui-ci de lui montrer sur une carte où se trouvait Fatima. Mais il n'avait pas donné suite à l'invitation de l'évêque à rendre visite au sanctuaire. Ce pape polonais si attaché au culte de la Vierge Marie, qui s'était rendu tant de fois au sanctuaire polonais de Czestochowa, qui avait visité Lourdes avec ferveur dans sa jeunesse, qui s'était rendu au sanctuaire mexicain de la Guadalupe dès son premier voyage papal, puis, très vite, à celui de Notre-Dame de Lorette, en Italie, ne s'était jamais intéressé à Fatima.

Il va se rattraper. Dans son lit, à Gemelli, Jean-

Paul II est ébranlé par l'observation de son secrétaire sur la date de l'attentat. Il est d'autant plus frappé par cette coïncidence, qui n'est alors qu'un détail (il n'est pas encore tiré d'affaire), que sa survie tient, pense-t-il, du miracle. D'emblée, confiera Dziwisz à la journaliste portugaise Aura Miguel[10], Jean-Paul II voit dans sa propre survie « un signe céleste ». Il n'est pas le seul. Sans l'avouer, les médecins qui ont opéré le Saint-Père ne sont pas loin de croire au miracle. Non seulement dans l'extraordinaire série de coups de chance qui a permis son hospitalisation *in extremis*, mais surtout dans l'analyse des dégâts causés par la balle meurtrière : le projectile a traversé le sacrum, détruit une partie du côlon et de l'intestin grêle, et semble bien avoir dévié à quelques millimètres de l'artère iliaque, sans atteindre ni l'uretère ni aucun centre nerveux. Sans oublier qu'Ali Agça lui-même, terroriste entraîné et assassin chevronné, s'est étonné que son tir ait raté une cible aussi facile.

Tous les proches du pape, dans les mois qui suivent l'attentat, sont témoins de son intérêt passionné pour l'histoire de Fatima. Son ancien professeur Stefan Swiezawski se rappelle que Jean-Paul II, lors d'un petit déjeuner pris à Castel Gandolfo pendant sa convalescence, avait « un visage triste, presque tragique », mais qu'il s'est animé lorsqu'il lui fit remarquer, à son tour, la coïncidence avec l'anniversaire de la première apparition de Fatima. Le Saint-Père prit alors le bras de Swiezawski et lui dit :

— C'était le jour, l'heure, et les minutes !

Il lui répète, en lui serrant le bras avec insistance :

— ... *et les minutes*[11] !

Pour le pape, très vite, il n'y a aucun doute : la Vierge lui a sauvé la vie. Lorsqu'il reprend, après cinq mois d'interruption, la tradition des audiences générales du mercredi, il revient sur son aventure :

Comment pourrais-je oublier que l'événement a eu lieu le jour et à l'heure où, depuis plus de soixante ans, on commémore à Fatima, au Portugal, la première apparition de la Mère du Christ aux pauvres petits paysans ? Car vraiment, ce jour-là, j'ai ressenti dans tout ce qui est arrivé cette extraordinaire protection maternelle qui s'est montrée plus forte que le projectile de mort [12].

À son ami Frossard, il résumera sa conviction d'une formule : « Une main a tiré, une autre a dévié la balle [13]. » Encore le pape veut-il savoir pourquoi il a été sauvé. Pour quoi faire ? Quel est le *sens* profond de ce qui pourrait n'être qu'une circonstance historique ? Sa conviction est simple : « Il n'est pas de pure coïncidence dans les desseins de la Providence divine [14] ». La question qu'il se pose si souvent à propos des événements qui viennent nourrir l'histoire des hommes, il se la pose aussi à son propre sujet : dans quel mystérieux dessein la Providence a-t-elle porté un pape de l'Est sur le trône de saint Pierre et l'a-t-elle sauvé d'une mort certaine ?

Le « troisième secret » de Fatima

« Le pape aura beaucoup à souffrir », avait rapporté Lucia, avant de suspendre son récit, en 1941, avançant que la suite des « prophéties » de la Vierge ne devait pas être révélée. La réponse figurerait-elle dans le fameux « troisième secret » de Fatima ? Cette partie du texte — une vingtaine de lignes rédigées par la voyante en 1944 et confiées à son évêque — ne sera lue qu'en 1960 par Jean XXIII, lequel l'enfouira au plus profond des archives du Vatican, donnant lieu à de multiples spéculations plus ou moins sensationnelles : la Vierge aurait annoncé la fin du monde, ou bien une guerre nucléaire, ou bien une crise terrible dans l'Église[15].

Le 18 juillet 1981, toujours à Gemelli, Jean-Paul II prend connaissance du texte exact du « troisième secret » de Fatima. Le cardinal Seper, préfet de la Congrégation pour la doctrine de la foi, laquelle en est le dépositaire formel depuis 1957, transmet au pape, par le truchement du substitut Martinez Somalo, la précieuse enveloppe blanche. Ainsi qu'une enveloppe de couleur orange renfermant la traduction du texte en italien. Les deux documents retourneront aux archives le 11 août. Ce que lit alors le pape le confirme dans son intuition. Le texte, à la façon des prophéties imagées de la Bible, fait mention d'un « évêque en blanc » (« nous avons eu le pressentiment que c'était le pape », précise par écrit la voyante) qui traverse une grande ville en ruine « à moitié tremblant, d'un pas vacillant, affligé de souffrance et de peine », et qui tombe finalement sous les balles[16].

Comme Paul VI en 1967, le pape est particulièrement sensible à l'idée que la paix est de plus en plus menacée, en raison de la course aux armements (on est en pleine surenchère nucléaire opposant les missiles Pershing américains et les fusées SS-20 soviétiques). Plus encore que Paul VI, le pape polonais croit à l'intervention de la Vierge dans les affaires du monde — son expérience de Czestochowa, sur ce point, est déterminante — et au rôle malfaisant du communisme athée dans la politique internationale.

En janvier 1982, deux ans après sa première démarche infructueuse, l'évêque de Leira, Mgr Alberto Cosme do Amaral, profite d'une audience générale pour inviter à nouveau le pape : sans protocole, Jean-Paul II lui confie qu'il se rendra à Fatima le 13 mai. Le voyage est annoncé officiellement en février. Au Portugal, c'est l'enthousiasme. À Rome, le pape demande à Mgr Silveira Ribeiro, membre de la Secrétairerie d'État, de lui enseigner la langue portugaise à marche forcée : chaque jour, il dit sa messe du matin en portugais et profite du déjeuner pour faire des exercices de conversation.

Le dimanche 21 mars, dans la plus grande discrétion, une délégation conduite par le nonce apostolique, Mgr Sante Portalupi, se rend auprès de Lucia, au carmel Sainte-Thérèse de Coimbra, pour sonder la religieuse sur la volonté papale. Le compte rendu du nonce achève de décider Jean-Paul II : il accédera, sur place, à la « demande » de la Vierge de « consacrer la Russie à son Cœur immaculé ». L'opération se fait en deux temps. Le 20 avril 1982, le secrétaire d'État Agostino Casaroli envoie une lettre à tous les évêques annonçant que Jean-Paul II va se rendre à Fatima pour « remercier Notre-Dame de lui avoir sauvé la vie » et « renouveler, en union spirituelle avec tous les évêques du monde, les deux actes de dévotion effectués par Pie XII ». Pie XII, en effet, avait déjà consacré le monde et la Russie à la Vierge, une première fois au plus fort de la guerre mondiale, en 1942, puis en pleine guerre froide, en 1952, dans une lettre *Sacro Vergente Anno* où il nommait explicitement « tous les peuples de Russie ».

Jean-Paul II sait que cet acte n'a pas été validé — selon Lucia — car Pie XII n'a pas associé l'ensemble des évêques à son geste. C'est donc « uni à tous les prêtres de l'Église » et en « union collégiale avec tous les évêques du monde » qu'il préside une cérémonie solennelle à Fatima, devant plus d'un million de personnes agitant régulièrement des mouchoirs blancs. Au plus fort de la cérémonie, le pape agitera, lui aussi, un mouchoir blanc, joignant son geste à celui de la foule. C'est « en tant que témoin des immenses souffrances de l'homme, en tant que témoin des menaces presque apocalyptiques qui pèsent sur les nations et sur l'humanité », qu'il vient confier à la Vierge le destin de « ce monde du second millénaire en train de s'achever » et qu'il lui lance un appel déchirant, d'une voix émue qui vibre dans le silence du sanctuaire : « Délivrez-nous de la faim et de la guerre ! Délivrez-nous de la guerre nucléaire ! » Une référence à la guerre des Malouines, qui bat alors son plein, rappelle que tout cela n'a rien de théorique.

Quel n'est pas l'étonnement de Jean-Paul II, en recevant Lucia juste avant de repartir pour Rome, d'apprendre de sa bouche que la consécration n'est pas valide ! La voyante affirme, comme pour Pie XII, que le pape s'est contenté d'« informer » les évêques du monde entier alors qu'il aurait dû les « convoquer ». Il faut tout recommencer. Dans les couloirs de la Curie, nombre de prélats estiment, en privé, que la carmélite de Coimbra y va un peu fort. Ce n'est pas le cas de Jean-Paul II, qui multiplie les gestes de dévotion à l'égard de Fatima — en mars 1983, contre l'avis de tout son entourage, il fait escale à Lisbonne sur la route de l'Amérique du Sud pour y rencontrer les évêques portugais, qu'il vient pourtant de recevoir au Vatican en visite *ad limina* — et profite du synode sur la réconciliation et la pénitence, à l'automne, pour renouveler avec les évêques l'acte de consécration du monde à la Vierge, le 16 octobre 1983. Puis il invite tous les évêques, par lettre, à renouveler ce « témoignage commun » à la date du 25 mars 1984, fête de l'Annonciation.

Certains cardinaux s'inquiètent de cette opiniâtreté. Surtout quand le pape, lors d'une réunion de la Curie, sonde les principaux dignitaires de l'Église sur l'opportunité de faire venir à Rome, pour la cérémonie, la statue de la Vierge de Fatima. Malgré tous les avis contraires, Jean-Paul II accueillera à Rome la fameuse statue, en grande pompe, le 24 mars 1984.

Ayant demandé à l'installer d'abord dans sa chapelle privée, il y passe la nuit à prier, dans un tête-à-tête extraordinaire, comme si une relation personnelle s'était peu à peu nouée entre lui et la Madone. Le lendemain, à l'issue de la messe dans la basilique Saint-Pierre, où la statue a pris place, Jean-Paul II renouvelle solennellement l'acte de consécration « des hommes et de ces nations qui en ont particulièrement besoin » au Cœur immaculé de Marie. Il aurait voulu citer explicitement la Russie, mais a fini par céder à la pression de la Secrétairerie d'État pour laquelle nommer la Russie eût été considéré, sur la scène internationale, comme une provocation politique.

Le lendemain de la cérémonie, Jean-Paul II a invité à déjeuner l'évêque de Leiria, le recteur du sanctuaire et le prêtre portugais chargé du dossier de béatification des deux premiers voyants de Fatima, Francisco et Jacinta. En sortant de table, il confie personnellement à l'évêque « un présent pour Notre-Dame » : une petite boîte aux armes du pape contenant... la balle qui a failli le tuer. Quelques mois plus tôt, on l'a vu, à l'occasion de son voyage en Pologne, Jean-Paul II avait déjà offert à la Vierge de Czestochowa la ceinture, trouée par la balle, de la soutane qu'il portait le jour de l'attentat. De retour au sanctuaire de Fatima, le recteur, Mgr Luciano Guerra, ouvre le coffre-fort où repose la couronne de la statue, qu'il examine avec une certaine réticence : comment placer un vulgaire morceau de métal dans ce chef-d'œuvre de joaillerie précieuse ? Sceptique, le prêtre tourne et retourne le joyau entre ses mains. Il aperçoit bien un petit trou, entre les tiges et la croix : il y loge la balle et constate, stupéfait, qu'elle s'y adapte à la perfection. Au millimètre près.

De son carmel, Lucia a fait savoir au nonce apostolique que, cette fois, la consécration de la Russie au Cœur immaculé de Marie était valide. Elle le confirmera publiquement par lettre le 8 novembre 1989. La date, une fois encore, laisse songeur : le lendemain soir, à la stupéfaction de la planète entière, le mur de Berlin s'ouvre dans une explosion de joie historique.

La chute du communisme va modifier le discours papal sur Fatima. En 1981-1982, toutes les allusions à la « conversion de la Russie » paraissaient irréelles. Que Mikhaïl Gorbatchev parvînt au pouvoir à Moscou juste un an après la consécration de la Russie pouvait passer pour une coïncidence fortuite. Mais, dix ans plus tard, l'écroulement du communisme est patent. Comment ne pas faire le rapprochement entre la prophétie sur les « nations qui vont disparaître » et la renaissance de la Lituanie ou de l'Ukraine ? « Ce qui se vit en ce moment en Russie et en Europe orientale va dans le sens d'un plus grand respect des droits de l'homme et de la personne humaine, dit le pape aux journalistes qui l'accompagnent en Afrique le 25 janvier 1990. Nous pouvons donc attribuer cette sollicitude à la Madone. » Lors de son deuxième pèlerinage à Fatima, le 13 mai 1991, le pape a cette prière : « Merci, Mère céleste, d'avoir conduit les peuples à la liberté. »

Jean-Paul II reviendra souvent sur le sujet. Ainsi, au consistoire réuni à Rome le 13 juin 1994, explique-t-il aux cardinaux :

> Personnellement, il m'a été donné de comprendre d'une manière très particulière le message de la Vierge de Fatima : la première fois, le 13 mai 1981, au moment de l'attentat contre la vie du pape, puis encore vers la fin des années quatre-vingt, à l'occasion de l'écroulement du communisme dans les pays du bloc soviétique. Je pense qu'il s'agit là d'une expérience assez transparente pour tous.

Pour tous, peut-être pas. Pour Jean-Paul II, cela ne fait aucun doute. Sept ans plus tôt, lors d'un angélus consacré à l'année mariale, il déclarait aux pèlerins : « Les apparitions de la Très Sainte Vierge Marie à Fatima, prouvées par les signes extraordinaires qui sont survenus en 1917, forment *un point de référence et de rayonnement pour notre siècle* [17]. » Pour lui, les révélations de Fatima et l'attentat du 13 mai 1981 s'inscrivent sur la même toile de fond, qui est l'histoire tragique du XXe siècle, lequel a commencé en 1917 et fini en 1989. C'est pourquoi il intégrera Fatima à la célébration du Jubilé de l'an 2000 : d'abord en décidant d'aller sur place, le 13 mai 2000, quitte à bousculer son programme déjà très chargé ; ensuite en organisant le retour de la statue de la Madone à Rome, le 7 octobre, pour une consécration du IIIe millénaire à Marie [18].

D'autres tentatives d'attentat

La tentative d'assassinat du 13 mai 1981 ne fut ni la première ni la dernière du pontificat. La plus grave eut lieu, sans doute, le 12 mai 1982 à... Fatima, où le pape était allé remercier la Vierge de lui avoir sauvé la vie un an plus tôt. « En aucun lieu du monde vous ne serez aimé comme ici », lui lance ce jour-là l'évêque du cru, Mgr Alberto Cosme do Amaral, que des centaines de milliers de pèlerins applaudissent à tout rompre lorsqu'il se réfère à la « soutane blanche tachée de sang » de son hôte. Alors que la procession s'ébranle de la chapelle des Apparitions vers le grand autel de la basilique, alors que Jean-Paul II en descend lentement l'escalier, un homme jeune, vêtu d'une soutane noire, fend la foule et s'élance, un poignard à la main, pour frapper le pape en plein cœur. Heureusement, les agents de la sécurité neutralisent aussitôt l'exalté. Jean-Paul II s'approche de l'homme et le bénit. Réponse de l'individu, rageur : « Je t'accuse de détruire l'Église ! À mort Vatican II ! » L'homme s'appelle Juan Fernandez Krohn. Il a été ordonné prêtre au sein de la Fraternité Saint-Pie X, fondée par Mgr Lefebvre, puis a adhéré au courant schismatique des *sedevacantistes* (qui considèrent que les papes élus après Pie XII sont illégitimes). Dans l'agitation, personne ne comprend ce qui se passe. La scène échappe d'ailleurs à la grande majorité des fidèles, qui poursuivent la célébration et écoutent bientôt la bénédiction du pape en latin, comme si rien ne s'était passé. Le lendemain soir, quand les cérémonies sont terminées, le pape a convié à sa table une dizaine de prélats. Le cardinal Casaroli explique qu'en prenant connaissance de l'incident de la veille la Secrétairerie d'État a prié toute la nuit pour le pape. Jean-Paul II, avec un air provocateur : « Dois-je comprendre que, finalement, on prie à la Secrétairerie d'État ? »

Au total, une quinzaine de tentatives allaient se succéder pendant le pontificat, toujours vaines[19]. Déjà, le 16 février précédant l'attentat de 1981, au Pakistan, une explosion avait déchiqueté un mystérieux poseur de bombe, dans le stade de Karachi, vingt minutes avant l'arrivée de la papamobile. À Toronto, en 1984, on arrête dans une réception un homme muni d'une fausse invitation et d'un couteau. À Manille, en 1995, des pompiers découvrent, dans un appartement situé près de la nonciature où le pape devait séjourner, une véritable cache d'armes, d'explosifs et de plans à faire froid dans le dos : la chambre a été louée par Ramzi Youssef, un des auteurs de l'attentat du World Trade Center de New York deux ans auparavant. À Saint-Laurent-sur-Sèvre, en 1996, un curé découvre six bâtons de dynamite dans la crypte de la basilique où le pape doit vénérer le tombeau de saint Louis-Marie Grignion de Montfort. À Sarajevo, en 1997, la police désamorce une grosse bombe sous un pont que doit traverser le Saint-Père. À Jérusalem, en mars 2000, des juifs ultra-orthodoxes prononcent contre Jean-Paul II la même malédiction rituelle que celle prononcée contre Yitzhak Rabin en 1995.

Toutes ces menaces font frémir les fidèles. Elles terrorisent l'entourage du Saint-Père. Elles déclenchent parfois une véritable hystérie parmi les forces de sécurité des pays concernés. Mais elles n'ont aucun effet sur Jean-Paul II lui-même : « Ma sécurité est assurée par Dieu », explique-t-il au Nigeria en 1982. À vrai dire, le pape y voit surtout un inconvénient majeur : le renforcement des mesures de sécurité le concernant, qui sont autant de restrictions à sa propre liberté. Rondes nocturnes de policiers avec chiens, réseau électrique le long des cinq kilomètres de murs d'enceinte de la Cité du Vatican, installation d'une vitre pare-balles sur le balcon extérieur du palais apostolique. Ni les gardes suisses ni les cent vingt agents du corps de surveillance de l'État de la Cité du Vatican, l'ancienne « gendarmerie pontificale », n'entendent rien laisser au hasard. Désormais, des barrières ferment toute la place Saint-Pierre lors des audiences générales en plein air, seules quelques chicanes permettent le passage et les sacs sont contrôlés. Lors des déplacements du pape, la papamobile avance plus rapidement, et les policiers font face à la foule, à laquelle ils tournaient le dos. De même, au cours de ses voyages, l'étau de la sécurité se resserre autour du malheureux pape. Au Canada, en 1984, où un dispositif de plus de cinq mille policiers est mis en place sur le trajet de l'illustre visiteur, lequel se voit privé de tout contact avec les gens, on l'entend soudain s'écrier : « Laissez-moi respirer un peu ! » Pour cet homme si attentif aux relations directes avec les fidèles, pour ce pasteur si friand de contacts personnels, pour ce pape qui souhaitera jusqu'au bout se laisser toucher par les pèlerins, embrasser les enfants qu'on lui tend, bénir de la main les hommes et les femmes venus le voir, ces contraintes sont pénibles.

En octobre 1986, avant sa venue à Lyon, le cardinal Decourtray lui fait part de bruits alarmants quant à sa sécurité. Une prophétie de Nostradamus, avancée par quelques amateurs de sensationnalisme et largement reprise par les médias, « annonce » un attentat contre le pape. Dix mille hommes environ sont mis en place pour assurer la sécurité du visiteur. Le pape s'en inquiète et dit au cardinal : « Je vous assure, Éminence, qu'aucun lieu n'est plus dangereux que la place Saint-Pierre ! »

20

Politiquement inclassable

Le « pape qui a vaincu le communisme » — en tout cas, qui a sérieusement contribué à sa chute — restera-t-il dans les mémoires comme un pape « politique » ? La réponse n'est pas si simple, même si son rôle dans l'effondrement du système soviétique sera sans doute, pour l'Histoire, l'élément le plus spectaculaire de son bilan.

Quand le pape rappelle inlassablement le droit à la liberté religieuse, quand il plaide partout pour le droit à l'enseignement confessionnel, sa démarche dépasse naturellement les bornes du spirituel ou de l'« éthique ». Mieux : quand il prononce ses grands discours sur la paix et la justice (devant l'ONU ou le Conseil de l'Europe), quand il s'interpose entre des pays en guerre (à propos du canal de Beagle ou pendant la guerre des Malouines), quand il fait délibérément pression sur certains régimes pour changer les choses (à Haïti, aux Philippines, en Pologne), quand il plaide pour une charte des droits des nations qui viendrait compléter la Déclaration universelle des droits de l'homme, Jean-Paul II fait évidemment de la politique. Comment qualifier autrement ses attaques contre la « théologie de la libération » en Amérique latine, ses coups de boutoir portés au système communiste est-européen, ses interventions en faveur de la réunification européenne ou ses critiques cinglantes du libéralisme aveugle ?

Pourtant, il faut rappeler dans quel esprit le pape, pasteur universel, se transforme parfois en acteur politique : c'est parce qu'il place *l'homme au centre de tout* qu'il se mêle de tout ce qui le concerne en ce bas monde. Toute politique légitime « est issue de l'homme, exercée par l'homme et faite pour l'homme », dit-il du haut de la tribune des Nations unies le 2 octobre 1979. Peut-on défendre la primauté de l'homme, aujourd'hui, sans s'engager sur le terrain des libertés civiques et de la justice sociale ? On se rappelle ce que disait naguère un certain cardinal Wojtyla, à Cracovie : « Je ne fais pas de politique. Je ne parle que de l'Évangile. Mais si parler de la justice, de la dignité humaine, des droits de l'homme, c'est faire de la politique, alors[1]... »

Priorité aux droits de l'homme

Qu'un pape se fasse le promoteur des droits de l'homme peut sembler banal. C'est oublier que les papes d'antan, trop liés aux pouvoirs monarchiques ou impériaux de leur époque pour en admettre la contestation chronique, ont réfuté les différentes doctrines des droits de l'homme, depuis leurs premières formulations (*Virginian Bill of Rights* et Déclaration d'indépendance en Amérique en 1776, Déclaration des droits de l'homme et du citoyen en France en 1789) jusqu'à leur généralisation après la Seconde Guerre mondiale (Déclaration universelle des droits de l'homme des Nations unies en 1948, Convention européenne pour la protection des droits de l'homme et des libertés fondamentales du Conseil de l'Europe en 1950). Cet aveuglement historique, de nature plus politique que théologique, restera une des plus grosses erreurs de l'Église.

Il faut attendre Jean XXIII et son encyclique *Pacem in terris*, en avril 1963, pour que la papauté s'aligne enfin sur le sens commun international. Pour nombre de chrétiens disciples des philosophes Emmanuel Mounier et Jacques Maritain — le jeune Karol Wojtyla fut de ceux-là — il y a longtemps que les droits de l'homme et la primauté de la personne humaine ont été réinscrits au cœur de la démarche évangélique. Mais l'encyclique de Jean XXIII est une ouverture capitale qui va profondément influencer les conclusions du concile Vatican II, notamment les textes *Dignitatis humanae* (sur la liberté religieuse) et *Gaudium et spes* (sur l'Église et le monde moderne), ces deux textes fondamentaux auxquels a contribué avec passion, précisément, le cardinal-archevêque de Cracovie[2].

Le futur pape va totalement s'investir dans ce combat pour les droits de l'homme, d'autant plus fondamental à ses yeux que, dans son propre pays, les libertés élémentaires sont régulièrement violées. En Pologne, expliquera Jean-Paul II dans *Entrez dans l'Espérance*, « l'homme était devenu le centre de la confrontation avec le marxisme », et c'est pour cela que « les droits de l'homme ont fini par devenir le centre de mes préoccupations ». Le synode des évêques de 1971, qui porte sur « la justice dans le monde », lui permet d'approfondir ses convictions à ce sujet et d'inviter notamment l'Église à assurer la promotion des droits de l'homme en son sein. On a vu aussi comment le futur pape, à partir de 1976-1977, va jusqu'à s'engager personnellement, à visage découvert, dans la défense concrète des droits de l'homme à Cracovie[3].

Il n'est donc pas étonnant qu'à peine élu, il revienne sur ce thème et en fasse, d'emblée, la trame de son enseignement. Dès ses premiers pas de pape, il clame son attachement à la liberté religieuse, « fondement de toutes les autres libertés », notamment dans le discours qu'il prononce pour le trentième anniversaire de la Déclaration universelle des droits de l'homme, le 11 décembre 1978. Le pape y prône aussi « le droit à la naissance, le droit à la vie, le droit à une procréation responsable, le droit au travail, à la paix, à la liberté et à la justice sociale ». Il défend le droit de vote et dénonce tout ce qui est discrimination raciale, usage de la torture, séquestrations et enlèvements. Mais ce texte, qui montre que la papauté s'aligne sans ambiguïté sur les grands principes des Nations unies, n'est qu'un brouillon. Car, à cette date, Jean-Paul II a déjà commencé à rédiger personnellement, en langue polonaise, ce qui sera, en quelque sorte, sa propre charte apostolique : l'encyclique *Redemptor hominis*.

Les lettres « encycliques », autrefois simples circulaires aux évêques, sont devenues les textes majeurs des pontificats modernes. Depuis Léon XIII, à la fin du XIXe siècle, les papes ont pris l'habitude de publier une lettre fondamentale dans la première année qui suit leur élection. Cette première encyclique de Jean-Paul II, publiée le 4 mars 1979, est une sorte de profession de foi engageant tout le pontificat à venir. Elle tient en une idée : *priorité à l'homme.* À l'homme *réel*, c'est-à-dire à chacun d'entre nous. À l'homme « dans son être personnel, dans son être communautaire et social », qui n'est donc pas un quelconque concept virtuel, un homme désincarné, éthéré ou théorique. Cet homme-là, concret, vivant, contemporain, Jean-Paul II indique, dans une image qu'il utilisera souvent, qu'il est « la route de l'Église ».

C'est un tournant pour l'Église, qui a été davantage habituée, dans son histoire, à défendre... l'Église elle-même. Voici qu'un pape lui propose de se préoccuper en priorité de l'homme, de tous les hommes. À l'Est, notamment, la différence est essentielle : là où l'Église se préoccupait surtout de son pouvoir de nommer les évêques, de la défense des communautés chrétiennes martyrisées, quitte à faire des concessions aux pouvoirs en place, elle va défendre désormais les droits de l'homme, ce qui est beaucoup plus subversif.

Il fallait sans doute un pape venu de l'Est pour imposer cette correction de trajectoire. À Vittorio Messori, Jean-Paul II confiera, à propos de *Redemptor hominis*, qu'il n'a pas eu de difficulté pour l'écrire aussi rapidement : « En réalité, je portais son contenu en moi. Il m'a suffi d'"activer", pour ainsi dire, la mémoire et l'expérience de ce que je vivais déjà au seuil de mon pontificat[4]. » Pour lui, les droits de l'homme ont leur source dans la dignité de l'être humain, ce qui concerne donc tous les hommes, croyants ou non croyants. La valeur « christologique » de l'homme, créé à l'image de Dieu et sanctifié par son Rédempteur, est au cœur de la réflexion du pape, mais il la met rarement en avant pour justifier la défense des droits et libertés fondamentales.

En cette première année de pontificat, une bonne dizaine de textes du nouveau pape portent prioritairement sur les droits de l'homme[5]. Un peu comme si le pape voulait « annoncer la couleur » : Jean-Paul II, jusqu'à la fin de sa vie, ne cessera de promouvoir les droits de l'homme, la dignité de l'homme, la grandeur de l'homme. Il serait vain de vouloir répertorier toutes ses interventions sur ce sujet, au long de son pontificat, tant elles sont fréquentes.

Certes, le pape polonais ne prétend pas faire la révolution et souligne à l'envi qu'il se situe dans la droite ligne de ses deux prédécesseurs, Jean XXIII et

Paul VI. La nouveauté, c'est que ce pape-là place les droits de l'homme au cœur de son magistère. Au point qu'il en fera un objectif interne pour l'Église catholique, ce qui entraînera celle-ci assez loin : l'idée selon laquelle l'Église doit rejeter pour elle-même toute violation des droits de l'homme — comme il l'explique aux représentants du monde juif dès le 12 mars 1979 — va la conduire à un examen de conscience dont personne, pas même le pape, n'imagine qu'il aboutira à la formidable « repentance » de l'an 2000. Par ailleurs, Jean-Paul II va promouvoir deux libertés fondamentales qui n'étaient pas citées, jusqu'alors, dans le catalogue des droits naturels : le « droit à la naissance », complément du « droit à la vie », qu'il va développer au fil des années, dont il fera le fondement de toute son action contre l'avortement et sur lequel on reviendra largement ; et aussi le « droit des nations », leur droit à l'existence et à l'autodétermination.

Dès *Redemptor hominis*, Jean-Paul II souligne qu'il n'y a pas de droits de l'homme là où les droits de la nation sont violés. Toute l'histoire du XXe siècle — en particulier la Seconde Guerre mondiale, née de l'invasion de son propre pays par un État qui se croyait supérieur — confirme à ses yeux que les deux catégories, l'homme et la nation, sont indissociablement liées. Il le redira trois mois après la sortie de l'encyclique, le 7 juin 1979, dans son homélie d'Auschwitz. Il le redira à la tribune de l'ONU, le 2 octobre suivant, en assurant qu'on ne peut faire progresser la paix « qu'en assurant le respect des droits inaliénables des individus et des peuples ». Il le redira surtout, solennellement, dans le second discours qu'il prononcera à la tribune des Nations unies le 5 octobre 1995, où il suggérera de concevoir, sur le modèle de la Déclaration universelle des droits de l'homme, une sorte de charte internationale des droits des nations : « Personne, aucun État, aucune nation, aucune organisation internationale, n'a le droit de déclarer que telle ou telle nation ne mérite pas d'exister. » Cette proposition aura droit à des applaudissements polis. C'est à peine si les médias occidentaux reprendront ce discours. Quand il plaide pour la nation, le pape n'est pas dans le vent de l'histoire. C'est l'image d'un pape « de droite » qui revient alors, image née au temps où il condamnait la « théologie de la libération » et l'engagement des chrétiens dans les mouvements marxistes d'Amérique latine.

La théologie de la libération

Puebla, au cœur du Mexique, le 28 janvier 1979. Dans l'ancien séminaire de Palafox, Jean-Paul II inaugure en grande pompe l'assemblée de la conférence épiscopale latino-américaine. C'est un rendez-vous important, qui rassemble trente-deux cardinaux, soixante-six archevêques, cent trente et un évêques et une centaine d'ecclésiastiques, prêtres, ou religieux, originaires de tout le continent. Beaucoup d'entre eux étaient déjà à Medellín, en Colombie, en 1968, lors de la précédente assemblée générale qui avait décrété, sous l'égide de Paul VI, l'« option préférentielle pour les pauvres » inspirée par le concile Vatican II.

Dix ans plus tard, le contexte politique s'est tendu. Les dictatures se sont durcies. Et les évêques du continent se sont profondément divisés. Il y a ceux qui défendent le clergé engagé, parfois les armes à la main, dans la voie de la théologie de la libération — l'expression a été popularisée par le théologien péruvien Gustavo Gutiérrez — et ceux qui tentent d'endiguer ce qu'ils considèrent comme une dérive idéologique et politique, quitte à collaborer parfois avec des pouvoirs iniques et brutaux. Les uns et les autres attendent avec impatience ce que va dire le nouveau chef de l'Église catholique. La situation politique et sociale est si grave, dans toute l'Amérique latine, qu'il semble exclu de réconcilier les deux camps. À la Curie, on avait carrément recommandé au nouveau pape de ne pas se rendre sur place, mais Jean-Paul II a personnellement pris la décision de faire le voyage.

Le pape venu de l'Est sait ce qu'il va dire à tous ces prêtres généreux et populaires, plongés au cœur d'une injustice sociale flagrante, mais qui entraînent peu à peu leur Église sur une ligne politique marxiste et révolutionnaire. Fort de trente années de confrontation avec le communisme, l'ancien archevêque de Cracovie n'a pas l'intention de garder sa langue dans sa poche. Quelques semaines avant le voyage, l'archevêque mexicain Menez Arceo, de Cuernavaca, avait demandé audience au pape. Le cardinal Villot, secrétaire d'État, avait mis en garde Jean-Paul II sur son appartenance aux « Prêtres pour le socialisme ». Le Saint-Père avait répondu avec humeur : « Le socialisme, je connais [6] ! »

À Puebla, sans fioritures, Jean-Paul II condamne la vision familière et excessive d'un « Jésus politiquement engagé, combattant les puissants, partisan de la lutte des classes ». L'orateur ne mâche pas ses mots : « Cette notion d'un Christ politicien, révolutionnaire et dissident n'est pas conforme à l'enseignement de l'Église ! » Dans un silence pesant, Jean-Paul II rappelle que le Christ condamnait le recours à la violence. La solution marxiste n'est pas la bonne, souligne-t-il, car elle réduit l'humanisme à un matérialisme « anthropologiquement erroné ». La doctrine sociale de l'Église, en revanche, fait de l'homme non pas un rouage des structures et des contradictions sociales, mais un artisan de son destin économique et politique. L'Église, en mettant la dignité humaine audessus de tout, n'a pas besoin de se référer à tel système ou telle idéologie pour prôner la « libération authentique » de l'homme. Qu'on se le dise !

Naturellement, les médias diffusent aussitôt cette condamnation sans ambages de la théologie de la libération, qui occultera, le jour suivant, ce qui devait être le second rendez-vous important du voyage. En effet, le 29 janvier, le pape se rend à Cuilapan, au sud du pays, où l'attendent, sur fond de montagne aride, des dizaines de milliers de *campesinos* et d'*indios* venus à pied des quatre coins de l'Oaxaca et du Chiapas, à la frontière guatémaltèque. La veille, on a transmis au pape le salut que les Indiens lui ont préparé : « Le bétail est mieux traité que nous », a écrit l'auteur du texte, au nom de tous ses frères depuis si longtemps humiliés et opprimés. Profondément ému par cette exhortation brève et pathétique, le pape a corrigé dans la nuit le discours qu'il avait prévu de prononcer. Devant une foule immense, colorée et silencieuse, le Saint-Père lance :

> Le pape actuel veut être solidaire de votre cause, qui est la cause des humbles, la cause des pauvres ! Le pape est aux côtés de ces masses populaires presque toujours abandonnées à un niveau de vie indigne et parfois traitées et exploitées durement.

Puis l'orateur rompt nettement avec le langage policé qui sied à un responsable de l'Église, pour se faire plus personnel :

> Le pape veut être votre voix, la voix de ceux qui ne peuvent pas parler, ou qui sont contraints au silence ! [...] Le monde rural en désarroi, le travailleur dont la sueur arrose même son propre accablement ne peuvent attendre davantage la reconnaissance pleine et entière de leur dignité, qui n'est pas inférieure à celle de toute autre catégorie sociale. [Ces travailleurs ruraux] ont le droit de ne pas être dépossédés de leurs maigres

biens par suite de machinations qui sont parfois du vol pur et simple ! [...] Et maintenant, à vous, responsables des peuples, classes dirigeantes, la conscience humaine, la conscience des peuples, le cri de l'abandonné, la voix de Dieu surtout, la voix de l'Église, vous répètent avec moi : ce n'est pas juste, ce n'est pas humain, ce n'est pas chrétien de perpétuer ainsi certaines situations aussi évidemment injustes !

En deux discours complémentaires, à Puebla et Cuilapan, tout est dit. Jean-Paul II s'engage sans ambiguïté du côté des pauvres, contre l'injustice, tout en condamnant fermement la théologie de la libération. Cette dualité, qui est évidemment plus facile à exposer au cours d'une homélie qu'à vivre quotidiennement sur le terrain, va réguler et animer pendant plus de dix ans toute la vie de l'Église dans cette Amérique latine dont 90 % des habitants se disent catholiques, et qui représente, à elle seule, 40 % de la catholicité.

L'année suivante, en juin 1980, Jean-Paul II parcourt le Brésil en expliquant à nouveau que la solution à l'injustice n'est pas dans la lutte des classes, mais dans la doctrine sociale de l'Église. C'est ce qu'il explique tout au long d'un périple qui le mène de Brasilia à São Paulo, où il dénonce l'« abîme » existant entre les riches et la « majorité pauvre » du pays. Il se rend ensuite à Rio de Janeiro, où il prêche devant les habitants de la favella Vidigal :

Ne dites jamais que c'est la volonté de Dieu de rester dans une situation de dépendance, de maladie, de conditions de vie insalubres, contraires à votre dignité d'homme. Ne dites pas : « Dieu le veut. » Je sais que tout ne dépend pas de vous, mais vous devez être en première ligne quand il s'agit de lutter pour l'amélioration de votre sort !

À Recife, il serre dans ses bras l'archevêque des pauvres, don Helder Camara : « La terre, dit le pape, est un don de Dieu et ce don ne saurait être réparti de façon telle que ceux qui en profitent soient une minorité, cn excluant les autres, l'immense majorité ! » Le pape veut convaincre avant tout les évêques, auxquels il demande notamment de préserver l'unité de l'Église. Si celle-ci intègre la lutte des classes à son programme, estime-t-il, elle éclatera tôt ou tard : les chrétiens les plus engagés, embrigadés dans des mouvements marxistes, finiront par rompre définitivement avec leurs pasteurs compromis avec les régimes qu'ils contestent, à tort ou à raison. Impossible, à cette époque, de nier ou de résorber le clivage entre « progressistes » et « conservateurs », lequel provoque aussi de vives polémiques chez les chrétiens de certains pays nantis comme la France ou les États-Unis. Chaque nomination d'évêque en Amérique latine, pendant des années, en rappellera l'acuité. Pourtant le pape se tient à sa ligne « unitaire », avec une obstination qui lui vaut nombre de critiques et quelques moments difficiles. Notamment lors de deux voyages houleux au Nicaragua et au Chili.

*

« Les autorités feront tout pour nous manipuler, de toute façon. Annuler la visite serait pire que la maintenir. » À Rome, le 22 février 1983, Mgr di Montezemolo, nonce apostolique en poste au Nicaragua, a convaincu le pape de ne pas renoncer au voyage qu'il doit effectuer quelques jours plus tard, mais il a prévenu : la visite papale risque d'être mouvementée.

Quand son avion s'immobilise sur l'aéroport de Managua, le 4 mars, Jean-Paul II se penche vers le hublot. Le commandant Ortega et ses ministres sandinistes, au pouvoir depuis juillet 1979, l'attendent sur le tarmac. Le pape cherche des yeux deux personnages, deux prêtres ayant accepté de participer à ce gouvernement d'obédience marxiste malgré l'opposition de leur hiérarchie : le père Miguel d'Escoto, ministre des Affaires étrangères, et le père Ernesto Cardenal, ministre de la Culture. Le premier est absent : il a été brusquement envoyé représenter son pays à l'autre bout du monde par le chef de la junte ; mais le père Cardenal, aisément reconnaissable à ses longs cheveux blancs et à son éternel béret noir, figure bien dans la file des personnalités attendant de saluer le pape au pied de l'avion.

— Très Saint-Père, dit le nonce, si vous ne lui adressez pas la parole, personne ne sera surpris.

— Non, répond le pape en s'extirpant de son fauteuil : j'ai des choses à lui dire !

Le pape descend la passerelle, baise le sol, écoute les quelques mots de bienvenue prononcés par le commandant Ortega, puis se dirige vers le comité d'accueil. Les journalistes retiennent leur souffle. Ils n'entendent pas le chef révolutionnaire, soudain embarrassé, chuchoter à son hôte : « Nous ne sommes pas obligés de dire un mot aux ministres, nous pouvons simplement passer devant eux. » Le pape ne bronche pas. Au moment où il arrive à la hauteur de Cardenal, celui-ci ôte son béret et met un genou en terre. Jean-Paul II agite alors son doigt levé, comme un vieil instituteur sermonnant un mauvais élève : « Régularisez votre situation vis-à-vis de l'Église ! » On ne peut être prêtre catholique et participer à un gouvernement, à plus forte raison dans un régime marxiste qui viole les droits de l'homme. Il faut choisir. Cardenal le sait bien. Le pape répète, l'index toujours réprobateur : « Régularisez votre situation vis-à-vis de l'Église ! » La scène fera le tour du monde — seule la télévision nicaragayenne la censurera — et l'image restera dans les livres d'histoire.

Les sandinistes vont rendre au pape la monnaie de

sa pièce. En arrivant à l'esplanade où il doit dire la messe devant quelque huit cent mille personnes, le pape découvre, tout comme le nonce Montezemolo au comble de la fureur, d'immenses portraits repeints à neuf de Marx, Lénine, Sandino et autres révolutionnaires mythiques. « Ne vous en faites pas, dit tranquillement le pape : quand je serai sur le podium, personne ne regardera ces panneaux. » L'organisateur du voyage, le père Tucci, s'aperçoit aussi avec inquiétude que le gouvernement a garni tous les premiers rangs de sympathisants sandinistes prêts à vociférer sur ordre de leur chef et que les fonctionnaires du Parti « tiennent » la sono. La suite n'est pas difficile à prévoir : pendant l'homélie, à l'instigation d'Ortega qui brandit lui-même le poing en criant des slogans révolutionnaires, tous ces militants dociles se mettent à couvrir la voix du pape :

— *Poder popular ! Poder popular !*

— *Silencio !* crie le Saint-Père, excédé, en direction des premiers rangs.

Sans succès. Son micro ne marche plus. Le pape brandit alors sa crosse au-dessus de sa tête pour saluer ostensiblement tous les fidèles relégués derrière cette meute braillarde. Et, pour la première fois, craignant une profanation des hosties, il décide de ne pas distribuer la communion à la foule. La messe s'achève par une dernière avanie : en guise de chant de sortie, les fidèles ont la surprise d'entendre les haut-parleurs diffuser à tue-tête l'hymne sandiniste.

*

Dans l'avion d'Alitalia qui l'emmène au Chili, le 1er avril 1987, le pape profite d'une escale à Montevideo pour faire son apparition dans la cabine des journalistes, qu'il arpente, de rang en rang, pendant trois quarts d'heure, en répondant aux questions qu'on lui pose dans toutes les langues : « L'Église au Chili peut-elle jouer le même rôle que l'Église aux Philippines ? » Le journaliste évoque, évidemment, les pressions exercées par le pape, les évêques et tous les catholiques, qui ont contribué à renverser le dictateur Marcos. Jean-Paul II répond : « Non seulement elle le peut, mais elle le doit ! Cela fait partie de sa mission pastorale. »

L'allusion est claire. L'Église n'est pas neutre. Le général Pinochet ne vient-il pas de déclarer que les évêques chiliens, au lieu de faire de la politique, feraient mieux de « passer 90 % de leur temps à prier » ? À un autre journaliste qui lui demande s'il entend contribuer à restaurer la démocratie au Chili, Jean-Paul II explique : « Je ne prêche pas la démocratie, je prêche l'Évangile. Si l'on admet que la démocratie est une autre façon de désigner les droits de l'homme, alors elle entre aussi dans le message de l'Église. »

Le lendemain, lors de la rencontre privée entre le pape et le général Pinochet, au palais présidentiel de Santiago, un étrange dialogue s'instaure :

— Très Saint-Père, pourquoi l'Église parle-t-elle sans cesse de démocratie ? Toutes les méthodes de gouvernement se valent !

— Non, le peuple a le droit de jouir des libertés fondamentales, même s'il commet des erreurs dans l'exercice de celles-ci[7].

À l'issue de cet échange plutôt tendu, Pinochet entraîne habilement le pape sur le balcon présidentiel : la photo des deux hommes souriants sera largement diffusée, et diversement commentée.

Le lendemain, au parc Bernardo O'Higgins de Santiago, un million de personnes sont rassemblées pour la grand-messe. Une ambiance électrique règne dans la foule, qui inquiète le père Tucci, lequel s'en ouvre au nonce Angelo Sodano. Prévenu, le pape décide de ne rien changer au programme : « Faisons tout comme c'était prévu. » À la fin de la liturgie de la parole, une émeute éclate dans l'assistance, loin de l'autel. Un début de panique saisit la foule, des pneus commencent à brûler, puis les forces de l'ordre chargent brutalement. En pleine messe ! Tucci est sur le point de faire évacuer le Saint-Père. Mais la fumée des gaz lacrymogènes se dissipe lentement et le calme revient. Jean-Paul II, les yeux pleins de larmes, comme tout le monde, reprend le cours de la messe. À la fin, il reste ostensiblement à genoux, tourné vers le parc où ont eu lieu les échauffourées. On saura plus tard que ces heurts ont fait six cents blessés. Le cardinal Fresno, archevêque de Santiago, s'avance timidement :

— Très Saint-Père, pardonnez-nous...

— De quoi ? Votre peuple est resté et a célébré. La seule chose à ne pas faire eût été de laisser le champ libre aux émeutiers.

Qui étaient-ils, ces mystérieux émeutiers ? Qui a pu amener des pneus et des bidons d'essence dans un endroit aussi surveillé ? Comment se fait-il qu'il n'y eut ensuite aucune arrestation ? Le gouvernement du général Pinochet n'a-t-il pas voulu montrer au pape que la « réconciliation » était impossible dans un pays où la contestation est aussi violente, et que la répression est justifiée ? Au plus fort de la bagarre, l'un des représentants du pouvoir s'est tourné vers le père Tucci : « Ainsi, le pape verra comment sont ces gens [8]. » Ces gens, c'est-à-dire les représentants de l'opposition chilienne, non reconnue par le pouvoir, le pape les reçoit un peu plus tard à la nonciature de Santiago, malgré les pressions gouvernementales. Le discours que leur tient Jean-Paul II est clair : « Oui à la défense des droits de l'homme, non à la violence. » L'objectif, considéré comme illusoire par les plus radicaux d'entre eux, c'est bel et bien la réconciliation de la société chilienne.

Dix-huit mois plus tard, un plébiscite rejettera la dictature militaire et, le 14 décembre 1989, le chrétien-démocrate Patricio Aylwin sera élu à la tête du pays — le général Pinochet restant provisoirement à la tête des armées. Qui aurait pu penser que la transition chilienne, dans des conditions aussi dramatiques, serait pacifique[9] ? Qui croyait à la stratégie du pape ? Qui pensait que la plupart des dictatures sud-américaines s'écrouleraient sans effusion de sang, ou presque, comme allaient s'affaisser les régimes totalitaires est-européens[10] ?

Le 6 août 1984, un texte de la Curie intitulé *Instructions sur certains aspects de la théologie de la libération* viendra appuyer — tardivement — la défiance exprimée par le pape vis-à-vis de la théologie de la libération. Une *Instruction sur la liberté et la libération chrétiennes*, vingt mois plus tard, viendra le compléter en rappelant surtout les vertus de l'humanisme chrétien et de la démocratie en matière de lutte contre l'injustice et l'oppression. Sept ans après le voyage à Puebla, Jean-Paul II n'est plus aussi péremptoire à l'égard des prêtres politiquement engagés en Amérique latine, mais il continue de considérer que la vraie libération de l'homme passe par l'Évangile, et que c'est bien sa nature évangélique qui fait que l'Église est, par nature, antidictatoriale et antitotalitaire.

Pourtant, la grande affaire de la théologie de la libération aura eu pour conséquence de faire passer Jean-Paul II pour un conservateur, voire un réactionnaire. Au moins jusqu'à la chute du communisme en 1989-1991 — laquelle règle définitivement, aux yeux du pape, le cas de la théologie de la libération, comme il le dira un jour au Salvador. Dès lors que l'enjeu n'est plus la suprématie de l'URSS sur le tiers-monde, dès lors que cesse le grand affrontement idéologique entre l'Est et l'Ouest, le pape relâche la pression sur ces épiscopats qu'il a veillé à encadrer — avec plus ou moins de succès — de responsables capables de dépasser ces clivages d'un autre temps.

Un pape « de gauche » ?

Quelques mois après la chute du mur de Berlin, Jean-Paul II visite le Mexique. Le 9 mai 1990, à Durango, dans la Sierra Madre, il s'exprime devant un parterre de chefs d'entreprise, qu'il invite à ne pas voir dans la fin du communisme « le triomphe ou l'échec d'un système sur l'autre ». À l'heure où les intellectuels du monde entier dissertent sur la « fin de l'Histoire » — l'expression est du philosophe américain Francis Fukuyama, qui prétend que le libéralisme a définitivement gagné la partie —, le pape, pour sa part, affirme que la défaite du communisme « n'est pas le triomphe du système capitaliste libéral ».

Toujours à contretemps des modes et des idées reçues, l'homme qui a tant combattu le « socialisme réel » va rappeler, de petite phrase en petite phrase, que le capitalisme est loin d'être un idéal. Surtout à l'Est, où le mythe de la libre entreprise et de l'argent facile est particulièrement corrupteur. Dans son discours de Noël, cette année-là, il explique que « sur les murs abattus des oppositions idéologiques et politiques se présentent pour les croyants des défis et des perspectives qui les stimulent », citant nommément les dangers que la fin du communisme fait resurgir : le « nationalisme exacerbé », d'une part ; « l'hédonisme et le matérialisme », de l'autre.

Le danger nationaliste, d'abord. Jean-Paul II a été

probablement le premier dirigeant « occidental » à en percevoir l'acuité. Dès le 13 janvier 1990, dans son discours annuel au corps diplomatique, il met en garde contre les « nationalismes exacerbés » dont il sait, mieux que personne, la force et le danger. Lui, le défenseur des droits de la nation, ne cessera de dénoncer tout ce qui conduit à « idolâtrer une nation, une race, un parti, justifiant en leur nom la haine et la violence ». Que ces mots très forts aient été prononcés en Croatie en 1992, en pleine guerre des Balkans, ne doit rien au hasard. Devant le corps diplomatique, le 15 janvier 1994, il n'aura pas d'expression assez dure pour fustiger « la déification de la nation, ce nouveau paganisme ». Mais Jean-Paul II a trop vanté les mérites de la nation et le rôle du Vatican a été trop critiqué — à tort ou à raison, on y reviendra — dans l'explosion de la Yougoslavie, pour que sa dénonciation du danger nationaliste soit entendue.

En revanche, sa critique du capitalisme est écoutée. Sur ce plan, Jean-Paul II surprend. Il développe, au fil des discours, une critique de plus en plus fine des travers et des inconvénients du libéralisme. Il s'insurge notamment contre la dérive morale de la société de consommation lors de son voyage en Pologne, en juin 1991. Ce discours, il ne cessera désormais de le tenir, surtout à l'Est — comme à Lviv, exactement dix ans plus tard, où il adjurera cinq cent mille jeunes Ukrainiens de résister au chant des sirènes capitalistes : « Ne passez pas de l'esclavage du régime communiste à celui de la consommation, qui est une autre forme de matérialisme ! »

Jean-Paul II met surtout les choses au point au cours de son premier voyage en ex-URSS, devant un parterre d'intellectuels lettons rassemblés dans le grand amphi de l'université de Riga, en septembre 1993 : « Moi-même, dit-il, après l'écroulement historique du communisme, je n'ai pas hésité à émettre des doutes sérieux sur la validité du capitalisme. » Et le pape d'expliquer :

> Tout en condamnant fermement le « socialisme », l'Église, depuis *Rerum novarum* de Léon XIII, a toujours pris ses distances d'avec l'idéologie capitaliste [...]. En réalité, les exigences dont le système socialiste était historiquement parti étaient réelles et graves. La situation d'exploitation, à laquelle un capitalisme inhumain avait soumis le prolétaire dès le début de la société industrielle, représentait en effet une iniquité que la doctrine sociale de l'Église condamnait ouvertement, elle aussi.

Le capitalisme pur et dur, non merci. Quelques semaines plus tard, dans l'interview qu'il accorde au journaliste Jas Gawronski, Jean-Paul II enfonce le clou : « Le succès du communisme dans notre siècle a été une réaction contre une certaine forme de capitalisme sauvage, avec ses excès que nous connaissons tous. » Et le pape d'affirmer qu'il y avait « des graines de vérité » dans le programme socialiste : « Ces graines ne doivent être ni détruites ni perdues. Les défenseurs du capitalisme à outrance ont tendance à fermer les yeux sur les bonnes choses réalisées par le communisme. »

Jean-Paul II aurait-il tourné casaque ? Évidemment non. D'abord, c'est le capitalisme « ultralibéral », « débridé », qu'il voue aux gémonies, et non le principe de l'économie de marché. Ensuite, le pape est le produit d'une culture est-européenne qui a toujours cherché à dépasser l'alternative classique communisme-capitalisme. Déjà, dans les couloirs du concile Vatican II, le cardinal Wyszynski étonnait quand il critiquait à la fois le communisme marxiste et le matérialisme capitaliste. Son disciple cracovien, bien avant d'être pape, a pris, lui aussi, de notables distances à l'égard des deux systèmes politiques et idéologiques concurrents. En 1976, par exemple, lorsqu'il prêchait le carême devant Paul VI, à Rome, ou bien quand il s'exprimait à l'université de Harvard, le cardinal Wojtyla fustigeait — déjà — les systèmes libéraux où les valeurs chrétiennes, à ses yeux, sont sapées par l'hédonisme et le matérialisme. Déjà, le futur pape décontenançait les amateurs de catégories binaires simplistes (conservateur, progressiste / de droite, de gauche) et décevait ceux pour lesquels le monde est inéluctablement divisé en deux camps irréductibles.

Le choix des pauvres, qui nourrira l'image d'un pape « de gauche », est, lui aussi, bien antérieur à la chute du communisme. On a vu comment Jean-Paul II en a fait l'axe principal de sa prédication dès son premier voyage en Amérique latine, devant les Indiens d'Oaxaca. Au fil des années, il ne cessera de hausser la voix pour dénoncer le sort des plus pauvres, notamment dans les deux autres continents comptant des centaines de millions de déshérités, comme au Burkina Faso en mai 1980 : « Je me fais ici la voix de ceux qui n'ont pas de voix, la voix des innocents qui sont morts parce que l'eau et le pain leur manquaient. » Ou à Calcutta, en février 1986, après avoir visité le trop célèbre « mouroir » de mère Teresa où il a donné l'extrême-onction à quatre malheureux : « Laissez parler les pauvres de mère Teresa et tous les pauvres du monde. Laissez enfin parler les sans-voix ! »

Sur le plan strictement économique et social, Jean-Paul II dénoncera souvent — des centaines de fois — les excès du capitalisme sous toutes ses formes sauvages ou oppressives. Comme en Argentine, le 6 avril 1987, quand il rend visite à la cité portuaire de Bahia Blanca, où il fustige « cette version moderne de l'avidité qu'est le consumérisme », et l'oppose à « cette belle vertu du monde rural qu'est la solidarité ». Ou devant l'Académie pontificale des sciences sociales, le 6 mars 1999, lorsqu'il réaffirme qu'« un écart trop important entre les salaires est injuste », qu'il « n'est pas normal que des catégories sociales aient avant tout le souci de préserver des avantages acquis » et que « l'économie, le travail, l'entreprise, sont avant tout au service des personnes ».

Et si le vœu du pape est resté quasiment lettre morte, qui ne l'a pas entendu, à l'occasion du Jubilé de l'an 2000, exiger de toutes ses forces l'effacement de la dette des pays les plus pauvres du tiers-monde[11] ? Et combien de fois a-t-il tenu à souligner, comme devant la même Académie en avril 2001, que « la mondialisation ne doit pas être une nouvelle forme de colonisation et doit respecter la diversité des cultures », et qu'il ne faut pas « qu'un seul système socio-économique dominant impose ses valeurs et ses critères » ?

Ses réflexions, du reste, ne portent pas seulement sur les pays pauvres. En Allemagne, en novembre 1980, il dit à des retraités que « le sens de la vie ne se réduit pas à gagner et à dépenser de l'argent ». En Suisse, en juin 1984, il surprend en plaidant pour l'objection de conscience et en appelant à une plus grande ouverture à l'égard de l'immigration. À Paris, le 22 août 1997, il prêche à nouveau contre l'injustice sociale : « Aucune société ne peut accepter la misère comme une fatalité sans que son honneur n'en soit atteint », lance-t-il à Notre-Dame lors de la cérémonie de béatification de Frédéric Ozanam — un intellectuel laïc qui, dès 1830, vingt ans avant Karl Marx, avait dénoncé l'« exploitation de l'homme par l'homme ».

Pendant un quart de siècle, avec une obstination remarquable, Jean-Paul II n'a cessé de dénoncer les inégalités entre le Nord et le Sud, l'impasse dans laquelle sont tant de pays en faillite, l'exploitation de populations exsangues, le sort injuste fait aux immigrés, le manque de respect dû à la femme au travail, le scandale du travail des enfants, la santé considérée comme un business et non comme un service, la méconnaissance du droit au logement, mais aussi « l'exploitation sans frein de l'environnement et des ressources naturelles selon la mentalité des sociétés capitalistes modernes[12] », etc. Ces interventions-là, fort nombreuses, ont rarement fait la une des journaux, mais elles ont poussé un Mikhaïl Gorbatchev à s'exclamer maintes fois que « le pape est le socialiste le plus important du monde », car « partout où il va, il parle des pauvres et de la solidarité[13] ». En réalité, n'en déplaise à Gorbatchev, le pape n'est pas socialiste. Mais il n'est pas libéral pour autant. « La thèse selon laquelle, une fois tombé le mythe du collectivisme, il ne resterait plus qu'à suivre le libre marché montre toujours davantage ses limites », a souvent déclaré le pape, insistant, en revanche, sur la valeur de la doctrine sociale de l'Église, « qui enseigne qu'à la base de l'action politique, de la pensée juridique, des programmes économiques et des théories sociales, il faut toujours mettre la dignité de la personne[14] ».

Deux textes resteront les piliers de l'enseignement « politique » de Jean-Paul II : l'encyclique *Sollicitudo rei socialis* (« La question sociale »), sortie en 1988, et surtout l'encyclique *Centesimus annus* (« La centième année »), sortie en 1991. Dans les deux cas, comme d'habitude, le pape joue avec les dates pour mieux souligner la continuité de l'Église : le premier texte correspond au vingtième anniversaire de *Populorum progressio*, où Paul VI exposait sa vision de la doctrine sociale de l'Église ; le second, au centenaire de *Rerum novarum*, où Léon XIII prit position, pour la première fois dans l'histoire de l'Église, face aux transformations sociales et au socialisme balbutiant. Mais la date la plus symbolique est ailleurs : c'est dix-huit mois après la chute du mur de Berlin que paraît *Centesimus annus*, le texte où Jean-Paul II tire personnellement les leçons de la chute du communisme — à l'époque, l'URSS reste encore « communiste », mais sa transformation, encore inimaginable pour nombre d'observateurs occidentaux, n'est plus, pour le pape polonais, qu'une question de temps [15]. Les deux textes n'ont pas le même intérêt aux yeux du biographe. Autant *Sollicitudo rei socialis* est un texte laborieux, ménageant les extrêmes jusqu'à en être contradictoire, traduisant les différences de vues existant au sein de la Curie, autant *Centesimus annus* est un texte clair qui reflète exactement la pensée de Jean-Paul II.

L'occasion était belle, pour le pape, de montrer que l'Église avait eu raison de condamner, dès 1891, le socialisme naissant. Bien avant Lénine, Staline, Pol Pot et les autres. Doctrine « souverainement injuste » dans sa volonté de supprimer la propriété privée et « fondamentalement erronée » pour avoir considéré l'homme comme « une molécule de l'organisme social », « un rouage dans la machine de l'État », le socialisme s'est fourvoyé en prônant l'athéisme, la lutte des classes, l'étatisation des moyens de production. Jean-Paul II souligne à l'envi « l'impossible compromis entre marxisme et christianisme ». Une pierre de plus dans le jardin des théologiens de la libération et de leurs émules occidentaux.

Le système communiste s'est effondré, explique Jean-Paul II dans un chapitre spécialement intitulé « L'année 1989 », à cause de tous les péchés qu'il a commis envers l'homme, valeur suprême et seul critère permettant de juger une politique économique et sociale. Est-ce à dire que l'échec du marxisme signifie la victoire du capitalisme ? Le libéralisme est-il, *a contrario*, la panacée aux maux dont souffre l'humanité ? La réponse, dit prudemment Jean-Paul II, est « complexe ». Sur le principe, aucun doute : l'Église ne condamne pas l'économie de marché, la propriété de la terre ou la notion de profit. Mais à une condition essentielle, virulente, presque menaçante : que le but de tout cela soit le bien de l'homme, sa liberté, sa vérité, sa dignité. Et Jean-Paul II de dénoncer avec force les travers du système libéral, tant dans le tiers-monde que dans les sociétés développées. Ici la marginalisation d'une majorité d'hommes « culturellement déracinés », « sans possibilité d'intégration ». Là, la course aux biens matériels, le désintérêt des citoyens pour la chose publique et l'effacement des valeurs morales. « L'Église n'a pas de modèle à proposer », explique le Saint-Père. La foi chrétienne « n'est pas une idéologie » qui « enfermerait la réalité sociale et politique dans le cadre d'un modèle rigide ». En revanche, elle exige de tout système politique et économique qu'il favorise entre les hommes un lien nommé « solidarité ». Allusion transparente au mouvement qui, en Pologne, a sapé les fondements du régime communiste.

Après l'effondrement du marxisme, avertit Jean-Paul II, le libéralisme est ce qu'il y a de moins détestable. Mais s'il oublie l'homme, il sera, à son tour, condamné. Jean-Paul II est décidément inclassable [16]. Mais si son message échappe aux catégories politiques classiques, il faut admettre qu'il est d'une grande clarté.

21

Le monde est sa paroisse

Le 25 janvier 1979, à 7 h 20, Jean-Paul II monte dans l'hélicoptère, prêté par l'État italien, qui le mène à l'aéroport de Fiumicino. À 8 heures, à bord du *Dante Alighieri* affrété par la compagnie Alitalia, le pape s'envole en direction du Mexique, accompagné d'une suite nombreuse et froufroutante de cardinaux, de journalistes et de policiers. C'est son premier voyage, et nul ne sait comment va se dérouler ce pèlerinage papal, dans un pays qui, de surcroît, affiche une laïcité sourcilleuse, au point que l'État mexicain a refusé d'accueillir l'illustre visiteur en tant que chef religieux.

À l'arrivée à Mexico, après une escale à Saint-Domingue, le pape s'agenouille et baise la terre mexicaine. C'est la première fois qu'il effectue ce geste qui va devenir si familier. Sur le tarmac, l'accueil du président López Portillo, tout de froideur et de sobriété, frise l'impolitesse : « Bienvenue au Mexique, *señor* ! » Anticléricalisme oblige. Mais, quelques minutes plus tard, la surprise est grande de voir des millions de gens surgis d'on ne sait où, massés sur le trajet qu'effectue le Saint-Père entre l'aéroport et le Zocalo, le centre de la capitale mexicaine, où se dresse la cathédrale. Laïc, le Mexique ? Voire ! La foule est chaleureuse, sympathique, colorée, fervente, passionnée, comme elle le sera tout au long du voyage :

le lendemain, sur la route qui mène au sanctuaire de Notre-Dame de Guadalupe ; le surlendemain, sur le trajet qui mène à Puebla par la vallée de Mexico ; les jours suivants, chez les Indiens d'Oaxaca, dans le bidonville de Santa Cecilia à Guadalajara, ou devant un million d'ouvriers à Monterrey...

Partout des cloches sonnant à toute volée, des petits drapeaux agités par la foule, des cris et des pleurs au passage du Saint-Père radieux. Partout des messes recueillies, des sermons riches d'espérance, des bénédictions ferventes, des échanges directs avec la population. Pour les cent quarante journalistes qui suivent cet incroyable périple, les médias mexicains qui rivalisent soudain de manchettes dithyrambiques, les catholiques du monde entier qui regardent le voyage à la télévision, le pape polonais a d'ores et déjà imposé, loin de Rome, une nouvelle image de la papauté. Cette image, inaugurée au Mexique, va devenir familière.

« *Le pape voyage trop* »

Jean-Paul II n'est pas le premier pape à avoir voyagé. Si les successeurs de saint Pierre ont longtemps limité leurs sorties à la basilique Saint-Jean-de-Latran et à la résidence de Castel Gandolfo, si Jean XXIII poussa, en train, jusqu'à Lorette et Assise, il faut rappeler que Paul VI — le premier pape à prendre l'avion — effectua une dizaine de voyages lointains, de la Terre sainte à Medellín, de Kampala à Manille, de New York à Fatima. Mais Jean-Paul II aura été le premier pape à déployer concrètement l'activité du Saint-Siège à l'échelle de la planète et à faire des voyages un véritable mode de gouvernement de l'Église. Il est même paradoxal qu'un pape polonais aussi amoureux de sa patrie, au point d'être parfois suspecté de nationalisme, ait été celui qui fit exploser les frontières du Vatican et qui étendit l'exercice de la papauté au monde entier.

Les voyages de Jean-Paul II sont la forme la plus visible de cette extension planétaire du « métier » de pape. Les chiffres régulièrement mis à jour par Radio Vatican sont significatifs. En vingt-six ans, Jean-Paul II avait effectué cent quatre voyages hors d'Italie. Il s'était rendu, toutes destinations cumulées : douze fois en Amérique centrale ; huit fois en Amérique du Sud ; onze fois en Amérique du Nord (dont sept fois aux États-Unis) ; cinquante-sept fois en Europe (dont huit fois en Pologne et sept fois en France) ; neuf fois en Asie ; quatre fois en Océanie et quinze fois en Afrique.

En un quart de siècle, il a donc visité cent vingt-neuf pays différents. À la fin du pontificat, plutôt que d'en donner la liste, il était plus simple de mentionner les pays où le pape n'avait pas pu se rendre : la Russie, la Chine, l'Arabie saoudite, l'Iran... Il faut ajouter à cette liste cent quarante-six voyages en Italie, ce qui fait un total de deux cent cinquante et un voyages en dehors de Rome [1]. Les calculs des statisticiens amateurs de Radio Vatican révèlent que Jean-Paul II a parcouru au total 1,2 million de km, soit trois fois la distance de la Terre à la Lune, ou, si l'on préfère, vingt-huit fois le tour de la planète [2]. De tous ces chiffres spectaculaires, il en est deux qui comptent davantage que les autres : d'abord, au cours de son pontificat, Jean-Paul II a rencontré la quasi-totalité des catholiques, soit un milliard de personnes ; ensuite, en vingt-six ans, le pape a passé près de mille jours hors du Vatican, soit plus d'un dixième de son temps. Le « pasteur universel » a vraiment étendu sa paroisse aux dimensions de l'humanité.

Dès 1980, certains prélats de la Curie ne se privent pas d'exprimer, en privé, leur réprobation. « Le pape voyage trop », entend-on dans les couloirs du palais apostolique et dans les restaurants du Borgo. En mai de cette année-là, au Zaïre, Jean-Paul II répond à ces critiques : « Il est temps pour les évêques de Rome de devenir les successeurs non seulement de Pierre mais aussi de Paul. » À l'époque, au cours d'une de ces conférences de presse improvisées, dans l'avion qui le ramène d'Abidjan, un journaliste lui demande :

— Certains pensent que vous voyagez trop...

— C'est vrai !

— Vous le pensez vraiment ?

— Oui, dit le pape. Humainement parlant, ils ont raison.

Le pape se détourne, puis revient brusquement à l'homme qui lui a posé la question :

— Mais la Providence, parfois, nous suggère de faire aussi des choses excessives !

*

Chaque voyage papal obéit à un rite quasiment immuable. Tout commence un après-midi, très longtemps à l'avance — parfois dix-huit mois avant l'échéance. Au troisième étage du palais apostolique, le pape convoque dans son bureau ses collaborateurs les plus proches : « Alors, l'année prochaine, nous irons en France (ou en Corée, ou au Brésil)... » Il y a là le cardinal secrétaire d'État (Casaroli, puis Sodano), le substitut (Re, puis Sandri), le responsable des relations avec les États (Silvestrini, puis Tauran) flanqué du chef de la section nationale concernée à la Secrétairerie d'État. Ce dernier, en principe, est considéré comme l'expert local, il est le premier destinataire des notes du nonce apostolique du pays en cause et surveillera attentivement tous les problèmes linguistiques. Il y a aussi, le cas échéant, quelques cardinaux : certains parce qu'ils sont concernés par les thèmes qui seront traités (par exemple le développement ou la famille), d'autres parce qu'ils sont originaires des pays qui seront traversés. Au centre de ce cénacle figure le père Tucci. C'est lui qui prend le plus de notes. Roberto Tucci, un jésuite italien qui dirigea longtemps Radio Vatican, aura été, pendant vingt ans, le grand organisateur des voyages du pape. Il a le même âge que Wojtyla. C'est lui qui supervise tous les dossiers et tranche les principales questions qui se posent, à la fois avec les autorités du pays et avec le pape lui-même. Tucci sera nommé cardinal à quatre-vingts ans, en 2001, et remplacé par Mgr Renato Boccardo, un Piémontais polyglotte au physique de play-boy, qui fut longtemps « cérémoniaire » pontifical auprès de Mgr Marini et qui s'occupait principalement, jusque-là, des jeunes au Conseil pontifical pour les laïcs, c'est-à-dire des Journées mondiales de la jeunesse.

À partir de cette première réunion commencent les prises de contact, les démarches diplomatiques, les visites d'évêques locaux, les voyages « précurseurs » de tel ou tel responsable. La Secrétairerie d'État prépare notes et ébauches de discours, le père Tucci et les nonces apostoliques vont repérer tous les endroits à visiter. Le pape lui-même se fait conseiller des lectures, consulte des experts, invite à sa table, se familiarise avec la langue locale. La machine, une extraordinaire mécanique rodée au fil des ans, est en marche.

Le jour venu, un peu avant 8 heures du matin, le Saint-Père se rend en hélicoptère à l'aéroport de Fiumicino où il est salué par un représentant du gouvernement italien — au début, c'était le président de la République en personne — et deux ou trois prélats romains : le cardinal camerlingue, le vicaire du diocèse de Rome, etc. Au départ, c'est toujours la compagnie italienne Alitalia qui met un avion à disposition du Saint-Père, le plus souvent un DC-9 ou un Airbus 300. La compagnie ne fait pas payer le Vatican, puisqu'elle reverse systématiquement, sous forme de don, le chèque versé par le Saint-Siège pour solde du voyage. Mais aucun dirigeant d'Alitalia ne sous-estime l'exceptionnelle publicité dont bénéficie ainsi la compagnie : l'image familière du pape débarquant de ses appareils sur tous les aéroports de la terre, depuis vingt-cinq ans, vaut bien tous les spots télévisés du monde !

Le pape voyage dans la cabine des premières classes, où sont aménagés pour la circonstance un petit bureau et une couchette, séparés du reste de la cabine par un simple rideau, en plus d'une table où il peut consulter la presse internationale. Rien à voir avec le luxe du Boeing *Air Force One* que le président des États-Unis lui prêta un jour pour rentrer à Rome après un de ses pèlerinages américains : chambre à coucher, salle de bains, infirmerie, salle de briefing, etc.

Le plus souvent, le pape est assis au premier rang de l'avion, à gauche, côté hublot. Son secrétaire, Stanislaw Dziwisz, est installé à côté de lui et laisse régulièrement son siège à tous les invités et autres journalistes qui veulent être pris en photo en compagnie du Saint-Père. Les dernières années, ce défilé de gens s'asseyant quelques secondes à côté du vieux pape immobile, le temps d'un flash, frôlera l'impudeur. Non loin derrière, on retrouve les participants à la toute première réunion préparatoire : le secrétaire d'État, le substitut, le père Tucci, quelques cardinaux. À quelques mètres, la sœur Germana, qui surveille ses repas, et Angelo Gugel, le valet de chambre, l'homme des cadeaux, des chapelets et de la précieuse canne à pommeau sur laquelle s'appuiera le pape vieillissant dès la fin des offices. Il y a là, aussi, le maître des cérémonies (Marini), chef d'orchestre de toutes les célébrations liturgiques qui jalonnent le périple ; le médecin personnel du pape (Buzzonetti), toujours tiré à quatre épingles, passionné de photographie, et souvent accompagné d'un médecin réanimateur ; le préfet de la Maison pontificale (Monduzzi), chargé des questions protocolaires ; le directeur de la salle de presse (Navarro-Valls), à la fois porte-parole et chargé de la communication. Non loin de Navarro-Valls figurent aussi le directeur de *L'Osservatore romano* (Mario Agnes), le directeur de Radio Vatican (le père Borgomeo) et, naturellement, le photographe officiel (Arturo Mari), toujours armé de trois appareils dûment chargés. Derrière, en classe touriste, plusieurs dizaines de journalistes et techniciens, moins compassés que les éminences du *seguito* (la « suite »), attendent avec impatience le moment où le Saint-Père se lèvera de son siège et viendra les saluer : chacun sait qu'il répondra, en toute simplicité, à leurs questions. Avant d'aller se rasseoir, le pape aura toujours un mot pour l'équipage, qu'il bénit, et ira saluer le commandant de bord en lui posant la question rituelle : « Alors, quel temps aurons-nous à l'arrivée ? »

Au fond de la cabine, enfin, il y a une demi-douzaine d'hommes inconnus chargés de la sécurité : quelques policiers, dirigés par Camillo Cibin, commandant de la Sécurité vaticane (*Vigilanza*), qu'on verra courir, jusqu'à soixante-quinze ans, le long de la papamobile, et quelques gardes suisses emmenés par leur commandant, Aloïs Estermann, qui finira assassiné par l'un d'eux dans un tragique geste de folie en mai 1998. Ces deux hommes et leur petite escouade ne suffiront pas, bien sûr, à assurer la sécurité du pape : ils travailleront en étroite relation avec leurs collègues des pays visités. Sous leurs pieds, dans la soute, au milieu des bagages, figurent quelques cantines très spéciales. Il y a celles qui contiennent les médailles et les chapelets que le pape distribuera à tour de bras, tout au long de ses rencontres, ainsi que les soutanes blanches de rechange. Certaines contiennent aussi les exemplaires photocopiés de ses discours destinés aux médias, ce qui représente une impressionnante masse de papier : d'abord à cause des multiples traductions, mais surtout en raison du nombre d'interventions du Saint-Père à chaque voyage. Selon Radio Vatican, Jean-Paul II aurait prononcé en vingt-six ans, hors du Vatican, trois mille deux cents quatre-vingt-huit discours (le record datant de son troisième voyage, en 1979, quand le pape enchaîna soixante-seize discours différents en un seul périple en Irlande et aux États-Unis). Toujours dans la soute, on a embarqué les innombrables valises techniques de Radio Vatican et de la Compagnie de télévision vaticane (CTV), ainsi que des bonbonnes d'oxygène et des petits containers où sont rangées des poches de sang A négatif. Ce groupe sanguin est assez rare, et les médecins du pape ont mesuré les dangers d'une transfusion précipitée lors de l'attentat de la place Saint-Pierre en mai 1981. Il n'est pas question, en cas d'incident, de prendre le risque d'une nouvelle contamination.

Au retour, dans l'avion que le dernier État visité met traditionnellement à la disposition du pape, il faudra parfois déménager *in extremis* quelques rangs de sièges pour entreposer les cadeaux reçus — comme ces dizaines de caisses de champagne français offertes à Jean-Paul II lors de sa venue à Reims en 1996 — et que la Secrétairerie d'État, en règle générale, fera distribuer plus tard aux Églises pauvres.

Dans l'avion, le plus souvent, le pape lit. Il ne s'intéresse pas à ce qu'il mange, et c'est à Dziwisz et Gugel de veiller à ce qu'on lui sert, surtout dans les dernières années. Ils savent que les médecins lui recommandent instamment de ne rien manger « de glacé ni d'épicé », mais les menus des compagnies aériennes ne tiennent pas toujours compte des besoins diététiques de leur hôte. Certaines compagnies, lors du voyage du retour, ne lésinent pas sur les mets et les vins les plus fins, que le pape refuse, en général, au profit d'une soupe, d'une salade, de fruits frais, arrosés d'une tasse de tilleul au citron sans sucre[3].

L'un des objets symboliques des voyages du pape, la papamobile, n'est pas dans l'avion. Ce véhicule décapotable a été acheminé quelques jours plus tôt et attend le Saint-Père, moteur allumé, soit à l'aéroport, soit à son premier rendez-vous avec la population. En réalité, comme les chefs d'État américain ou russe, le pape est « accompagné » de deux ou trois papamobiles, selon les besoins et les risques de panne. Quelques semaines avant le voyage, les chauffeurs locaux destinés à piloter la voiture sont venus effectuer un petit stage de conduite à Rome. On n'est jamais trop prudent. Depuis l'attentat de 1981, la papamobile est systématiquement pourvue d'une cage de verre à l'épreuve des balles. Il s'agit d'être vu de tous — le pape y tient beaucoup — mais de ne pas offrir une cible trop facile à un éventuel tireur d'élite. Lorsque l'engin doit parcourir sur plusieurs kilomètres un circuit compliqué entre les rangs de fidèles survoltés criant leur joie, agitant des foulards et brandissant des caméscopes, les agents de la sécurité ne sont pas à la fête. La question se pose avec plus d'acuité encore pour tous les podiums géants, souvent immenses, parfois excentriques, du haut desquels Jean-Paul II va dire la messe, prononcer une homélie ou animer une veillée. Impossible d'installer des vitres pare-balles de la taille d'un immeuble — encore les Américains l'ont-ils tenté à Denver en 1993, de même que les Israéliens au lac de Tibériade en 2000. Quelle cible facile constitue, des heures durant, cet homme en blanc presque immobile qui officie au centre de la tribune !

Ce qui complique encore davantage le travail de Camillo Cibin, c'est la propension du Saint-Père à ne pas respecter les horaires, voire à modifier son programme à la dernière minute. En mars 2000, à Jérusalem, quelle ne fut pas la stupéfaction des agents de sécurité israéliens — dix-huit mille policiers et quatre mille militaires mobilisés pour le voyage en Terre sainte — quand le pape, le dernier jour, a voulu retourner prier, seul, au Saint-Sépulcre !

*

De son premier voyage au Mexique, en janvier 1979, à ses plus récents déplacements, un quart de siècle plus tard, les innombrables périples du pape obéissent à une stratégie globale et font partie d'un tout. On ne comprend pas les voyages de Jean-Paul II si on les isole du reste de son action : les rassemblements spectaculaires (comme les Journées mondiales de la jeunesse), les grands textes (notamment les encycliques), les lettres aux grandes institutions internationales, les visites régulières des quatre mille évêques venus à Rome *ad limina*, les audiences accordées à des centaines de chefs d'État, les synodes continentaux ou régionaux, les béatifications et canonisations qui jalonnent ses rencontres avec les peuples. Jean-Paul II, en étendant systématiquement à la planète son action apostolique, aura été le pape de la « mondialisation » d'une papauté devenue caisse de résonance de tous les soucis de l'humanité. Ce qui illustre et humanise ce souci planétaire, c'est son obstination à pratiquer un maximum de langues étrangères.

Un pape polyglotte

Quand il est élu pape, Karol Wojtyla parle correctement cinq langues vivantes : le polonais, sa langue maternelle ; l'allemand, que son père lui a enseigné dès l'enfance ; l'anglais, appris pendant ses études ; le français, qu'il commença à étudier pendant la guerre, et qu'il pratiqua au Collège belge pendant ses études romaines ; l'italien, qu'il a appris à cette époque, mais qu'il maîtrise vraiment depuis le concile. Sans compter le latin, qu'il a étudié au séminaire.

On a longtemps dit que le pape parlait le russe. À vrai dire, Karol Wojtyla avait appris un peu de russe en première année de fac, à l'université Jagellon, à Cracovie. Le répétiteur lisait à haute voix les fables de Krylov. « Karol avait une bonne oreille et un bon accent », a raconté une camarade de classe[4]. Mais il n'est pas exact de dire que Jean-Paul II parlait couramment cette langue. S'il a pu échanger quelques mots en russe avec Mikhaïl Gorbatchev, lors de leur fameuse entrevue de décembre 1989, il n'est pas vrai que les deux hommes se sont longuement parlé en tête à tête : deux interprètes, comme on l'a dit, ont traduit leurs échanges.

Jean-Paul II, en revanche, a de bonnes bases d'espagnol. On l'a vu lire dans le texte les écrits de saint Jean de la Croix et de sainte Thérèse d'Avila. Quelques semaines après le conclave de 1978, alors qu'il prépare son premier voyage au Mexique, il pose la question à Mgr Abril y Castello Santos, de la Curie :

— Combien de catholiques parlent espagnol ?

— Peut-être deux cents millions.

— Alors il faut que je m'y mette !

Mgr Abril devient aussitôt son professeur. Jusqu'à son départ pour Puebla en janvier 1979, le nouveau pape pratique quotidiennement l'espagnol — une à deux heures par jour, ce qui est beaucoup. Au même rythme intense, il se mettra au portugais un mois avant son premier voyage au Brésil en juin 1980. Exactement comme il préparera la plupart de ses voyages en se familiarisant avec la langue des pays visités : « C'est à moi de faire l'effort de parler la langue des fidèles, et non à eux de parler la mienne. »

Pour ces exercices linguistiques, et notamment quand il se frotte à des langues difficiles, Jean-Paul II utilise une grammaire très particulière : le texte de la messe, dont il connaît évidemment la moindre formule. Il arrive même qu'on lui imprime un missel spécial, qu'il annote au crayon, indiquant l'accent tonique, marquant les coupes, soulignant les difficultés de prononciation. Ainsi à Nairobi (Kenya), en mai 1980, le pape polyglotte prononce son sermon en anglais, mais conclut en swahili, au grand bonheur de l'assemblée. Avant de se rendre en Asie, *via* les Philippines, en février 1981, il prend des cours intensifs de japonais et de tagalog. Au printemps 1984, il prend des leçons de coréen. Cette année-là, en Papouasie-Nouvelle-Guinée, il prononce un sermon en pidgin. Il prend des cours de suédois avant son voyage de juin 1989 et se met au hongrois trois mois avant son séjour à Budapest d'août 1991 : l'ancien nonce Lajos Kada, un Hongrois de la Curie, vient deux fois par semaine au palais apostolique pour parler sa langue maternelle avec le pape, qui peine à entrer dans la logique de cette langue non slave — le hongrois appartient à la famille des langues fino-ougriennes — qu'il trouve « vraiment difficile ». Au Nigeria, en mars 1998, il célèbre la messe en anglais, mais y glisse quelques passages en igbo, efik, tiv, hausa, edo et yorouba.

À Pâques et à Noël, Jean-Paul II tient à saluer les téléspectateurs du monde entier dans un maximum de langues. Comme un jeu, au fil des années, il a fini par dépasser le chiffre de soixante langucs, parmi lesquelles le malaydam et l'espéranto.

Le matin, dans sa chapelle privée, Jean-Paul II a pris l'habitude de célébrer la messe dans la langue la plus familière à son auditoire : polonais ou latin de préférence, mais aussi français, allemand ou espagnol. Ce n'est pas seulement par respect pour ses hôtes : il s'agit aussi, pour lui, d'une sorte de gymnastique intellectuelle quotidienne. De même accueille-t-il souvent ses invités au déjeuner ou au dîner par la question rituelle : « Alors, en quelle langue parlons-nous aujourd'hui ? » Petite poussée d'adrénaline chez certains de ses interlocuteurs, craignant de devoir se débrouiller dans une langue qu'ils ne maîtrisent pas parfaitement. Mais chacun admet aussi que la conversation serait moins détendue si elle était systématiquement relayée par des interprètes.

Jean-Paul II n'a jamais oublié un épisode auquel il a assisté au concile : le cardinal américain Cody, de Chicago, avait offert au Vatican des installations de traduction simultanée — encore rares à l'époque et fort chères — en cinq ou six langues. Or l'idée a été vite abandonnée : les traducteurs peinaient à transmettre les nuances, les précisions, les finesses des débats. C'est pourquoi, au grand dam des évêques américains, les pères conciliaires sont vite revenus au latin.

Au quotidien, avec les religieuses qui le servent ou avec son secrétaire Dziwisz, le pape parle spontanément en polonais. De même écrit-il de préférence dans cette langue, au risque de poser des problèmes infinis aux traducteurs de la Secrétairerie d'État. Aucune langue n'est idéale pour exprimer le droit canon ou la théologie morale. Chaque langue a sa structure, et aucune ne ressemble exactement à une autre.

Géoreligion et géopolitique

Jean-Paul II a donc poussé délibérément à la « mondialisation » de l'activité apostolique. Encore faut-il distinguer deux types d'interventions papales en dehors du Vatican : celles qui s'inscrivent dans le cadre de la conduite des affaires de l'Église et celles qui touchent à la politique internationale. On pourrait qualifier les premières de « géoreligieuses », les autres étant d'ordre « géopolitique ».

Sur le plan religieux, le pape voyageur est d'abord un pèlerin de l'Évangile. Il ne cesse de le répéter, surtout quand les médias insistent trop à son goût sur les aspects politiques de tel ou tel déplacement. Jean-Paul II a toujours organisé ses voyages autour des grands centres de pèlerinage et des lieux emblématiques de la catholicité. Ainsi, pour « politique » que soit son rapport avec la France, on doit remarquer qu'il a visité nombre de sanctuaires et lieux spirituels : la chapelle de la Médaille miraculeuse de la rue du Bac, la basilique de Saint-Denis, la basilique du Sacré-Cœur de Montmartre et Notre-Dame de Lisieux (en 1980), la grotte de Lourdes (en 1983 et en 2004), Notre-Dame de Fourvière, Paray-le-Monial, la communauté de Taizé, le village d'Ars et Annecy, la ville natale de saint François de Sales (en 1986), sans oublier le sanctuaire de Sainte-Anne-d'Auray et, à Tours, le tombeau de saint Martin (en 1996).

Le pape aura été aussi un *missionnaire.* « Allez et évangélisez toutes les nations », a dit le Christ. Les voyages apostoliques en terre non chrétienne, notamment en Afrique, en Asie et en Océanie, mais aussi dans certains pays d'Europe déchristianisés, ont un but « missionnaire », au sens traditionnel de l'Église. Par l'encyclique *Redemptoris missio* du 7 décembre 1990, Jean-Paul II est intervenu personnellement dans le grand débat qui, depuis le concile, vise à démêler la « mission » chrétienne de l'impérialisme et du colonialisme auxquels elle était naguère attachée. « L'Église propose, elle n'impose rien », explique-t-il sans ambages. Mais cela ne veut pas dire qu'il faille considérer l'évangélisation des non-chrétiens comme inutile, comme si toutes les religions se valaient plus ou moins. « L'Église est missionnaire de par sa propre nature », souligne Jean-Paul II, et cela l'oblige à adapter sa mission aux critères de l'époque, c'est-à-dire à privilégier des « cibles » qui ne sont pas forcément géographiques : les grandes villes et leurs masses de jeunes, d'immigrés et de déracinés ; les médias, les associations, les cercles scientifiques et autres « équivalents modernes de l'aréopage [5] ». C'est dans ces nouvelles directions qu'il faut annoncer le Christ, en gardant comme horizon le IIIe millénaire, lequel, affirme le pape avec dix ans d'avance, verra « un grand renouveau pour la chrétienté ».

En termes historiques, c'est l'Europe, la vieille Europe chrétienne, qui inquiète le Saint-Père, témoin de sa déchristianisation accélérée. À Compostelle, en 1982, il lance un appel spectaculaire à une « nouvelle évangélisation » du Vieux Continent, un projet au goût de « reconquête » qui va provoquer quelques vives polémiques au sein même de l'Église [6] et aussi, après la chute du mur de Berlin, bien des déceptions au cœur du vieux pontife.

Mais en termes géographiques, c'est l'Asie orientale qui fascine le pape, notamment par le décalage flagrant qui existe entre son expansion démographique et son pourcentage infime de chrétiens baptisés

(1 % de la population). En février 1981, Jean-Paul II décide de se rendre lui-même au Japon, un pays quasiment imperméable au catholicisme. Outre qu'il béatifie, en passant à Manille, le missionnaire philippin Lorenzo Ruiz, l'un des évangélisateurs du Japon au XVIIe siècle, il tient à rencontrer sur place un très vieux missionnaire franciscain, un Polonais arrivé dans les années trente en même temps que saint Maximilien Kolbe. Frère Zenon, devenu une sorte de mère Teresa des faubourgs de Tokyo, a plus de quatre-vingt-dix ans. Il est quasiment aveugle. Quand le Saint-Père lui confirme qu'il est bien le « pape polonais », le vieux missionnaire se met à pleurer doucement.

Dans ses voyages, Jean-Paul II voit aussi le moyen d'« affermir dans la foi » les Églises locales sujettes à toutes les dérives d'un monde en plein bouleversement. Il entend leur redonner confiance, leur offrir une « catéchèse itinérante », tout en gardant à l'esprit le souci permanent de l'unité de l'Église. En Amérique latine, il ne cesse de vouloir réconcilier des communautés profondément divisées par l'essor de la théologie de la libération. En Afrique, il cherche à faire coïncider l'« inculturation » d'un catholicisme composant avec les traditions locales, avec les exigences d'une théologie morale valable pour tous — ce qui, en matière familiale et sexuelle, ne va pas de soi. Mais c'est paradoxalement en Occident (aux États-Unis, en Hollande ou en Autriche) que le pape aura eu à réduire les oppositions « internes » les plus virulentes et les plus dangereuses.

Jean-Paul II aura sans doute maintenu, tant bien que mal, l'unité d'une Église dont les grands équilibres, en ce début du IIIe millénaire, sont en pleine mutation. Mais pourra-t-on continuer à imaginer, demain, un christianisme centré autour des trois cités méditerranéennes de Jérusalem, Constantinople et Rome alors que la Terre sainte ne compte plus que quelques centaines de milliers de chrétiens, que le Phanar byzantin n'est plus qu'un réduit en terre d'islam et que l'Europe occidentale est en voie de déchristianisation ? Déjà 87 % des catholiques habitent désormais le sud de la planète. Le pape n'ignore pas les enjeux de ce glissement du centre de gravité de l'Église vers l'Amérique latine gagnée par les sectes et l'Afrique travaillée par l'islam. Ce ne sera pas le moindre mérite de ce pape d'avoir, au fil de ses voyages, préparé l'Église aux vertiges de cet avenir imprévisible.

*

Dès les premiers mois de son pontificat, Jean-Paul II a donné à l'activité « géopolitique » de la papauté, dont l'Europe de l'Est n'aura été que le volet le plus spectaculaire, un double objectif : le souci de la paix et la promotion des droits de l'homme — l'un n'allant pas sans l'autre, à ses yeux, comme il ne cessera de le répéter pendant un quart de siècle[7]. L'actualité va rapidement lui donner l'occasion de montrer que l'Église, sous sa tutelle, ne restera pas inerte face à la multiplication des conflits dans le monde et qu'elle assumera pleinement son rôle d'« experte en humanité » que lui avait joliment assigné Paul VI, naguère, devant les Nations unies[8].

En décembre 1978, le nouveau pape se tient informé de la tension qui règne entre l'Argentine et le Chili, deux pays catholiques en conflit à propos du canal de Beagle, lequel leur sert de frontière dans l'extrême sud du continent sud-américain. Les deux protagonistes ont envisagé de faire appel à la médiation d'un pays tiers, et les Argentins ont suggéré d'en appeler au Saint-Siège. Mais le projet a tourné court. Deux jours avant la fête de Noël, très inquiet de la tournure que prend la dispute, le pape envoie discrètement le cardinal Antonio Samoré à Santiago et Buenos Aires pour tenter de relancer cette idée originale[9]. La démarche ne manque pas d'audace, si l'on tient compte des risques courus par le Saint-Siège dans une aventure politique et militaire aussi imprévisible[10]. « Après avoir accepté d'être pape, dira Jean-Paul II, pouvais-je rester là, à regarder deux pays catholiques entrer en guerre l'un contre l'autre[11] ? » Aidé par les deux nonces sur place, Angelo Sodano (au Chili) et Pio Laghi (en Argentine), Samoré mène à bien sa mission. Le 9 janvier, les deux pays demandent officiellement l'arbitrage du Saint-Siège. Cette mission de la dernière chance aboutira, non sans efforts, à un traité de paix le 29 novembre 1983, et à la ratification solennelle du traité par les deux États le 2 mai 1985, dans la Salle royale du palais apostolique, en présence du pape.

Dans la même région du monde, le conflit des Malouines entre l'Argentine et l'Angleterre, qui se disputent quelques îlots perdus dans l'Atlantique sud, éclate en mars 1982, à la veille d'un voyage du pape — historique — au Royaume-Uni. C'est une catastrophe pour la papauté. Dans un tel climat guerrier, comment renouer des liens avec l'Angleterre sans choquer les pays du tiers-monde solidaires de l'Argentine ? Comment remonter le moral des catholiques britanniques tout en restant solidaire des évêques argentins ? Comment renforcer les liens avec les anglicans tout en sauvegardant la neutralité du Saint-Siège ? Le problème politique est inextricable. À la Curie, l'avis général est qu'il vaut mieux reporter le voyage et attendre des jours meilleurs. Pourtant, non sans audace, Jean-Paul II prend la décision inverse. Il ira visiter les deux pays belligérants, l'Angleterre (le 2 juin) et l'Argentine (le 11 juin), avec un seul objectif, un seul discours, un seul drapeau :

la paix ! Jamais l'expression « souverain pontife » n'aura autant mérité son étymologie : *pontifex*, en latin, c'est d'abord le « bâtisseur de ponts ».

En deux crises, Jean-Paul II fixe définitivement les choses. La force du Saint-Siège, seule « puissance morale » reconnue par la communauté des nations [12], est de poursuivre uniquement des buts moraux, et jamais des intérêts nationaux, territoriaux, économiques ou de prestige. Certes, les arguments moraux pèsent peu, dans la *realpolitik* des États modernes, mais ceux-ci ne s'abritent-ils pas systématiquement derrière la morale pour justifier leurs choix politiques ou militaires ? C'est dans cet esprit que Jean-Paul II fait la part de la diplomatie traditionnelle, concrète, avec ses règles et ses techniques, qu'il laisse aux professionnels de la Secrétairerie d'État — qui gère les relations diplomatiques établies par le Saint-Siège avec cent soixante-douze États —, et l'expression prophétique du chef de l'Église, avec ses références morales, ses contacts personnels, ses appels à la conscience, qui constituent les éléments d'une diplomatie parallèle, personnelle, non officielle. « La diplomatie, c'était très bien, mais ce n'était qu'un outil dont l'objectif était d'ouvrir les portes au Christ », rapportera Achille Silvestrini, le premier chef de la diplomatie vaticane du pontificat de Jean-Paul II [13].

En 1985, le pape envoie le cardinal français Roger Etchegaray, président de la commission pontificale Justice et Paix, à Téhéran et à Bagdad, comme « représentant du pape » auprès de ces deux pays, et non comme délégué officiel du Saint-Siège. Ce moyen de dépasser les clivages partisans, les règles diplomatiques, les obstacles conventionnels, il l'utilisera très souvent dans les années suivantes. Quant à Etchegaray, il sera bientôt rompu à l'exercice délicat de faire avancer les dossiers — ceux de l'Église ou ceux de la paix — là où la diplomatie classique se révèle inopérante : à Cuba, en Chine, au Rwanda, au Vietnam, et encore, en février 2003, à plus de quatre-vingts ans, en Irak, pour tenter d'enrayer une guerre devenue inévitable.

Jean-Paul II et la guerre

Jean-Paul II, qui n'a rien oublié de son passé polonais, déteste la guerre. Le souvenir de l'attaque allemande sur Cracovie, de la fuite vers l'est avec son père, des atrocités de l'occupation, de la découverte de l'horreur des camps ne le quittera jamais. Mais, comme tout Polonais, il considère l'amour de la patrie comme une valeur essentielle — le patriotisme, qui est une vertu, n'ayant évidemment rien à voir à ses yeux avec le nationalisme, qui est une pathologie. Un jour de juin 1991, sur l'aéroport de Koszalin où il rencontre quarante mille militaires polonais en présence du nouveau président Lech Walesa, il célèbre les hauts faits des armes polonaises à Grunwald, Vienne, Legnica, Narvik, Monte Cassino, comme autant de services rendus « à la liberté des peuples ». Karol Wojtyla n'a pas oublié non plus, bien sûr, que son père fut militaire de carrière et que cet engagement guerrier ne l'a pas empêché de vivre une foi profonde et fervente. « Le cœur de la vocation militaire n'est rien d'autre que la défense des siens », explique le pape à des militaires italiens qu'il reçoit le 2 avril 1989. « L'action des militaires s'exerce essentiellement au service de la paix et de l'entente entre les peuples », expliquera-t-il plus tard à l'aumônier de l'armée française[14].

Quand il devient pape, en 1978, il hérite sans difficulté d'un principe qui guide depuis des siècles l'attitude de l'Église : celui de la « guerre juste ». Le texte conciliaire *Gaudium et spes* a adapté cette notion aux temps modernes, en quelques mots simples : « Aussi longtemps que le risque de guerre subsistera, qu'il n'y aura pas d'autorité internationale compétente et disposant de forces suffisantes, on ne saurait dénier aux gouvernements, une fois épuisées toutes les possibilités de règlement pacifique, le droit de légitime défense. » On comprend que Jean-Paul II ne soit pas un grand adepte du pacifisme qui connaît pourtant, en 1978, en Occident, ses plus beaux jours. Le pape de l'Est vient d'une région où la « défense de la paix » n'a pas le même sens qu'à l'Ouest. Depuis le début de la course nucléaire, dans les années cinquante, l'URSS en a fait un pilier de sa propagande. Les Alexandre Soljenitsyne, Andreï Sakharov, Vladimir Boukovski, Adam Michnik et autres Vaclav Havel, à l'époque, dénoncent à l'unisson le « pacifisme » qui anime une partie croissante de la jeunesse occidentale, notamment en Allemagne de l'Ouest, et qui mine peu à peu les partisans d'un renforcement de la défense occidentale face aux velléités expansionnistes de l'URSS. Karol Wojtyla partage totalement ce point de vue.

Le 25 janvier 1990, dans l'avion qui l'emmène en Afrique, le pape polonais répond tranquillement à un journaliste soviétique, Pavel Negoïtsa, qui couvre le voyage pour le journal *Troud* : « Le rôle de l'Église est de privilégier les solutions pacifiques, dit le pape. Mais tout peuple a le droit de se défendre quand il subit une violence. » Déjà, au printemps 1983, cette conviction lui a valu une sérieuse altercation avec les évêques américains, désireux de publier une « lettre sur la guerre et la paix » fortement influencée par les tendances pacifistes de l'époque. Rien ne justifie la course aux armements, estime l'épiscopat américain. La réduction des arsenaux nucléaires est un objectif louable, réplique en substance le pape, mais à condition qu'elle ne compromette pas la protection des droits de l'homme. En octobre 1995, en pleine affaire bosniaque, Jean-Paul II le redira devant un groupe d'aumôniers militaires : « La culture de paix ne peut exclure l'usage de la force — en certaines situations et en dernier recours — si cela est requis par la défense des justes droits d'un peuple[15]. »

On ne parle pas encore, à l'époque, du « devoir d'ingérence ». Pourtant, dès le 5 décembre 1992, alors qu'il évoque le drame somalien devant la FAO, Jean-Paul II pose le principe qui, plusieurs années plus tard, justifiera l'intervention occidentale au Kosovo : « La conscience de l'humanité, soutenue par le droit international, exige que l'intervention humanitaire devienne obligatoire lorsque la survie de populations et de groupes ethniques est sérieusement compromise. C'est un devoir pour les nations et pour la communauté internationale. »

*

Le 2 août 1990, l'Irak envahit le Koweït. Dans le branle-bas de combat qui s'empare de la communauté internationale, la voix du pape va passer inaperçue. Pourtant, Jean-Paul II va tout mettre en œuvre pour imposer sa position, qu'il exprime dès le dimanche 26 août, à l'angélus, et qui tient en deux points : l'Irak est bien coupable d'une grave violation du droit international, mais il faut tout faire pour régler l'affaire par des moyens pacifiques. Plus la tension monte, plus le recours à la guerre semble inéluctable, et plus le Saint-Père met en garde contre la solution militaire : « La guerre est une aventure sans retour ! » prévient-il dans son discours de Noël.

Le 4 janvier 1991, il s'adresse aux ministres européens réunis à Luxembourg et les implore de ne pas recourir à l'emploi d'« instruments de mort dévastateurs et terrifiants ». Appels à Saddam Hussein, à George Bush, au secrétaire général de l'ONU, réunion des évêques et patriarches des pays impliqués : rien n'y fait. Le 17 janvier, les Américains, maîtres d'œuvre de la riposte internationale, lancent leurs attaques aériennes contre l'Irak sans prêter la moindre attention aux appels réitérés du Saint-Père [16]. À aucun moment, le Saint-Siège ne revient sur sa condamnation de la politique agressive de Saddam Hussein. Mais Jean-Paul II — qui tient ses informations des chrétiens d'Irak — sait que les bombardements affectent la population civile de façon dramatique, de même que l'embargo décrété contre le pays frappera d'abord les civils, les innocents, les enfants, les pauvres. Jusqu'au bout, le pape exigera la fin de cet embargo meurtrier. En vain. Les dirigeants irakiens ne paieront pas Jean-Paul II de retour, puisqu'ils s'opposeront, à la mi-décembre 1999, à son projet de visiter Ur, la terre natale d'Abraham, située à trois cent soixante-quinze kilomètres au sud de Bagdad. Pas question, pour Saddam Hussein, de s'entendre reprocher, sur son propre territoire, devant les caméras du monde entier, ses responsabilités dans le conflit. Pas question d'entendre le pape évoquer la question kurde ou les droits de l'homme.

La position « morale » du Saint-Père, à l'époque, aura finalement indisposé tous les belligérants. La première guerre du Golfe restera, pour Jean-Paul II, un fort mauvais souvenir. La seconde, en 2003, lui vaudra les mêmes déconvenues.

Pendant des mois, malgré sa maladie, Jean-Paul II s'est dépensé sans compter pour éviter ce nouveau conflit. À Noël 2002, déjà, il avait l'Irak au cœur en appelant à tout faire pour « éteindre les sinistres aveuglements d'un conflit qui peut encore être évité ». Le 13 janvier, devant l'ensemble des ambassadeurs accrédités à Rome, il a presque crié : « La guerre n'est jamais une fatalité ! Elle est toujours une défaite de l'humanité ! » Dans sa bibliothèque privée, au deuxième étage du palais apostolique, il a reçu en audience l'Espagnole Aznar, l'Allemand Fischer, l'Irakien Tarek Aziz, Kofi Annan, Tony Blair et quelques autres protagonistes du drame en cours. Auprès de George W. Bush, à Washington, il a dépêché le cardinal Pio Laghi, quatre-vingt-un ans, un diplomate ami du père du président américain ; à Saddam Hussein, il a envoyé son vieux complice le cardinal Roger Etchegaray, quatre-vingts ans, un habitué des missions les plus délicates.

Pendant quelques mois, tous azimuts, il en appelle à l'éthique et à la responsabilité. Tout en mobilisant les évêques américains contre une « guerre d'agression » qui n'est pas « légitime », il fait dire à Saddam, sans ambages : « Si vous voulez vraiment la paix, ne donnez pas à vos adversaires de raisons de vous faire la guerre ! [17] »

Sans succès. Le dimanche 20 avril 2003, un mois après l'entrée des troupes américaines et britanniques en Irak, cinquante mille pèlerins sont rassemblés place Saint-Pierre pour écouter Jean-Paul II lire son message pascal, lequel est relayé *urbi et orbi* par quatre-vingts chaînes de télévision : « Paix sur la terre ! » La voix du pape malade, si familière, résonne entre les colonnes du Bernin. « Paix en Irak ! » La foule applaudit longuement. « Avec le soutien de la communauté internationale, puisse les Irakiens devenir les acteurs d'une reconstruction solidaire de leur pays ! » La foule applaudit à nouveau. Sous le dais qui l'abrite du soleil, le vieux lutteur en chasuble dorée lève les yeux vers l'assistance. La maladie le ronge, mais il n'en a cure. Cet homme-là, contre vents et marées, continue de s'adresser à la conscience des hommes. Il n'a ni chars, ni missiles, ni pétrole. Ses armes, ces fameuses « divisions » qui suscitaient naguère l'ironie de Staline, ce sont les mots. Et tant pis si ces mots, trop souvent, sont noyés dans le fracas des armées, des intérêts, des calculs et des passions.

Le drame yougoslave

Autre mauvais souvenir : le drame yougoslave. Ce drame-là va se jouer en trois actes : l'éclatement de la Yougoslavie (1991-1992), la guerre en Bosnie (1993-1995) et la tragédie du Kosovo (1999) ; mais c'est surtout dans le premier que Jean-Paul II va jouer un rôle d'importance, qui lui vaudra, ici et là, de vives critiques.

Au départ, les choses sont claires. La Slovénie et la Croatie, qui font partie de la Yougoslavie depuis 1918, sont majoritairement catholiques et culturellement tournées vers l'Europe. Rien d'étonnant à ce que ces deux républiques, après la chute du mur de Berlin en 1989, expriment de sérieuses velléités d'autonomie, voire d'indépendance. La Fédération yougoslave, dominée par les communistes serbes, ne peut que s'opposer à ce projet et se montrer hostile à tous ceux qui le soutiennent. À commencer par le Vatican, que l'Église orthodoxe serbe considère comme un véritable ennemi depuis que certains dirigeants catholiques se sont compromis avec les fascistes d'Ante Pavelic pendant la guerre. Ce n'est pas le nouveau leader populiste de la Serbie, le national-communiste Slobodan Milosevic, qui va l'en dissuader.

Pour le pape slave, qui suit de près ce dossier auquel les Occidentaux ne comprennent pas encore grand-chose, la Slovénie et la Croatie réclament légitimement le droit à des élections libres et à un système politique pluraliste. Que ce soit par l'indépendance ou, plus probablement, par un nouveau statut autonome à l'intérieur de la Yougoslavie, ces deux pays veulent « sortir du communisme ». Aux yeux du pape, les Slovènes et les Croates mènent un combat comparable à celui que livrent en URSS les Lituaniens, les Lettons et les Estoniens. Ceux-ci ont proclamé unilatéralement leur souveraineté, eux aussi, au printemps 1990. La tension qui règne entre les pays Baltes et le Kremlin — en janvier 1991, des violences se sont produites aux frontières de la Lituanie et de la Lettonie — est d'ailleurs aussi menaçante que celle qui règne en Yougoslavie.

D'où la prudence de Jean-Paul II. C'est en termes très généraux qu'il salue des pèlerins croates lors de l'audience générale du 30 janvier 1991, invitant à « prier pour la paix, pour que soit rejetée la tentation de la méfiance et de la rivalité, pour le respect des droits humains fondamentaux et de la dignité et des droits de tous les peuples ». La veille, à Vienne, le représentant du pape à la CSCE avait déclaré que l'« Europe nouvelle » devrait se construire sur la base d'une « collaboration entre tous les peuples et toutes les nations et non plus par l'imposition de la volonté d'un peuple sur l'autre[18] ». Lorsque la Croatie et la Slovénie déclarent leur indépendance, en juin 1991, Jean-Paul II se garde bien d'applaudir. L'éclatement de l'État yougoslave n'est souhaité par personne. Mais il est évident, pour le Saint-Père, que des changements politiques sont devenus nécessaires. « Il n'y aura pas de retour en arrière », lui confie Jean-Louis Tauran, secrétaire pour les relations avec les États, à son retour de Belgrade le 7 août 1991. Jean-Paul II, qui entend les doléances croissantes des évêques croates, sait que les passions sont exacerbées et que ce pays est au bord du gouffre. Il en appelle, à de multiples reprises, à l'Europe et au respect des accords d'Helsinki — lesquels prévoient le droit à l'autodétermination des peuples et excluent catégoriquement le recours à la force pour résoudre toute crise. En vain. Les Européens de l'Ouest, à quelques rares exceptions près, sont fascinés par l'évolution politique de l'URSS — le putsch de Moscou a lieu le 19 août 1991 — et n'ont pas encore compris qu'une guerre va éclater dans les Balkans. C'est-à-dire à leur porte.

« Je supplie encore une fois les responsables du gouvernement yougoslave de bien vouloir mettre fin à ce conflit tragique et absurde, lance Jean-Paul II avant de réciter l'angélus, le 15 septembre. Non, ce n'est pas avec les armes que les dissensions entre les peuples se résolvent ! » Il est trop tard. Le déclenchement des hostilités par les minorités serbes de Croatie, en ce mois de septembre 1991, et la paralysie évidente de la communauté internationale face « aux massacres et aux destructions » poussent le Saint-Siège à modifier sa position, considérant qu'une solution interne à la Fédération yougoslave est désormais impossible. Exiger un règlement interne négocié sur la base de la charte d'Helsinki n'est plus qu'un leurre. Seule la reconnaissance solennelle de la Slovénie et de la Croatie par la communauté internationale, qui les placerait automatiquement sous le régime de la charte des Nations unies, peut permettre d'enrayer la guerre civile généralisée. Jean-Paul II sait qu'en adoptant cette position audacieuse, il perd tout espoir de réconciliation avec les orthodoxes serbes. Le patriarche de Belgrade, Mgr Pavle, dans une lettre aux autres patriarches orthodoxes, n'a-t-il pas accusé « l'Allemagne et le Vatican » d'avoir fomenté la crise ? Le pape lui écrit le 10 octobre : « Par une coïncidence qui est le fruit de l'héritage de l'histoire, il se trouve que l'affrontement a lieu principalement entre deux peuples appartenant en grande majorité l'un à l'Église catholique et l'autre à l'Église orthodoxe serbe. Cependant nous savons bien que le motif de la guerre n'est pas de nature religieuse mais politique[19]. »

Un autre souci du Saint-Siège, exprimé dès la fin du mois de septembre, est que cette reconnaissance soit soumise à la condition que les nouveaux États s'engagent à respecter les principes d'Helsinki concernant le respect des droits des minorités nationales. Il s'agit bien d'une reconnaissance « concertée » et « conditionnelle » — contrairement à celle que prône l'Allemagne depuis l'été, de toutes ses forces — destinée à mettre un fin à l'« agression » dont ces deux États sont victimes[20].

Au cours de l'automne, la destruction de Vukovar et les bombardements sur Dubrovnik, en Croatie, frappent enfin l'attention des opinions publiques européennes. Même si la France, traditionnellement pro-serbe et hostile au démembrement de la Yougoslavie, freine des quatre fers, la Communauté européenne annonce le 16 décembre, par la voix de ses ministres des Affaires étrangères, qu'elle reconnaîtra officiellement les nouveaux États qui en feront la demande le 15 janvier 1992. Deux jours avant la date prévue, le 13 janvier, le Saint-Siège reconnaît l'indépendance de la Slovénie et de la Croatie — cette anticipation symbolique lui sera beaucoup reprochée — et c'est avec un enthousiasme non dissimulé que *L'Osservatore romano* titre, le 16 janvier : « *LA SLOVÉNIE ET LA CROATIE ACCUEILLIES PARMI LES NATIONS LIBRES D'EUROPE !* » Un titre qui ressemble bien à un communiqué de victoire.

La suite est moins glorieuse. Jean-Paul II n'a pas prévu que l'indépendance de la Croatie et de la Slovénie serait forcément suivie de celle de la Bosnie-Herzégovine, une république sans cohérence nationale que sa faiblesse allait entraîner dans une guerre interethnique inéluctable. Certains proches du pape l'entendront se demander, des années plus tard, si le dénouement du dossier slovène et croate, qu'il avait lui-même tant soutenu, n'avait pas condamné la Bosnie au martyre[21].

Jean-Paul II, toujours, se situe au niveau des principes. Il est d'ailleurs le seul, dans le contexte international de l'époque, qui professe les mêmes principes pour les Balkans, l'Europe centrale et le golfe Persique : respect des droits de l'homme, refus du droit du plus fort sur le plus faible, droit des peuples à disposer d'eux-mêmes, non recours à la force, devoir d'ingérence, dialogue et réconciliation. En juin 2003, à Osijek (Croatie) puis à Banja Luka (Bosnie), où les blessures de la guerre sont loin d'être refermées, le souverain pontife n'en finit pas de prêcher « la réconciliation, la solidarité, la justice » : « J'implore le Seigneur qu'Il pardonne les coups commis contre l'homme, sa dignité et sa liberté, parfois donnés aussi par des fils de l'Église catholique... » Applaudissements mitigés. Les foules croates et bosniaques, à l'évidence, ne sont pas encore prêtes à entendre ce discours. Le seront-elles jamais ?

Cette référence obstinée aux principes est à la fois une faiblesse et une force. Sur le plan de la *realpolitik*, le pape est décidément un « prophète désarmé ». Les États l'écoutent quand ses appels vont dans le sens de leurs intérêts et l'ignorent dans le cas inverse. Au fond, c'est le seul dirigeant du monde qui n'a qu'une parole.

22

Une certaine idée de la France

Paul VI était de grande culture française. Disciple et traducteur de Jacques Maritain, ami intime du philosophe Jean Guitton, Giovanni Battista Montini s'était entouré de prélats français : Jean Villot, Pierre-Paul Philippe, Gabriel Garonne, Paul Poupard, etc. Pour ce pontife très francophile, la France était « la nation où se cuit le pain de la chrétienté ». Il eût été surprenant que son successeur venu d'Europe centrale, où les influences culturelles sont davantage germaniques ou austro-hongroises, fût bardé des mêmes références. Pourtant, le cardinal Wojtyla était issu d'un réseau intellectuel très particulier : celui de la Cracovie d'après-guerre, rebelle et francophone, accrochée à ses références occidentales comme si son destin en dépendait. Jean-Paul II, lui aussi, avait une certaine idée de la France.

Pour un jeune catholique polonais découvrant le monde au milieu du XXe siècle, la France était d'abord le creuset d'une exceptionnelle tradition mystique : de Louis-Marie Grignion de Montfort au curé d'Ars en passant par François de Sales, Thérèse de Lisieux et Charles de Foucauld. Elle était aussi un des carrefours de la pensée chrétienne contemporaine, de Claudel à Bernanos, de Mounier à Maritain — autant d'auteurs que l'on dévorait, dans les années cinquante, à Cracovie, dans les couloirs du journal

Tygodnik Powszechny. Mais la France était également l'un des plus féconds viviers de la théologie moderne, celle des Daniélou, de Lubac, Congar, que Mgr Wojtyla allait voir personnellement stimuler les « pères » du concile Vatican II et dont les audaces, parfois, allaient causer bien des déboires à leurs auteurs. Enfin, à ses yeux de jeune intellectuel, la France était le lieu de tous les débats, le champ où s'affrontaient depuis la révolution de 1789 la tradition chrétienne et l'élan moderniste, dont l'improbable convergence — le souci commun pour les droits de l'homme — allait passionner le futur pape au fil de ses années de formation.

Pour Karol Wojtyla, la France avait une âme. En juillet 1947, lors de son premier voyage en Occident, il avait visité Lourdes, où la ferveur mariale lui avait rappelé, évidemment, celle de Czestochowa. Mais il avait aussi découvert la déchristianisation urbaine et la pastorale ouvrière[1]. En septembre 1965, répondant à plusieurs invitations qui lui avaient été lancées dans les couloirs du concile, il avait visité le sanctuaire bourguignon de Paray-le-Monial, symbole de la puissance de l'Église des temps anciens, et, non loin de là, la communauté de Taizé, haut lieu de la spiritualité contemporaine, jeune et œcuménique. En une seule traite symbolique, le jeune évêque avait rencontré le passé et l'avenir du christianisme.

La France, celle des saints et des cathédrales, mais aussi celle de Mgr Lefebvre, des prêtres-ouvriers et de l'ouverture charismatique, n'était donc pas, aux yeux de l'ancien archevêque de Cracovie, un pays comme les autres. Combien de fois dira-t-il que ce « grand pays à l'histoire prestigieuse » est, pour lui, une nation d'exception qui doit « assumer au mieux le grand destin qu'elle a hérité de l'Histoire[2] ». De Gaulle n'aurait pas dit mieux.

« France, fille aînée de l'Église... »

Devenu pape, Jean-Paul II est troublé par les divers comptes rendus, rapports et témoignages qui lui viennent de ce pays qu'il aime et qui le fascine : chute vertigineuse des vocations sacerdotales, différence spectaculaire entre le taux de Français qui se disent baptisés (82 %) et le taux de fréquentation des églises le dimanche (12 %), etc. Le pape polonais s'interroge : la France est-elle encore un pays catholique ? C'est la question qu'il va poser, sans ambages, dès son premier voyage au pays de Pascal et de Voltaire. Lors de la messe dite sur l'aéroport du Bourget, le 1er juin 1980, devant trois cent cinquante mille personnes (un chiffre très bas par rapport à toutes les prévisions), le pape ne mâche pas ses mots :

> Permettez-moi de poser la question... France, fille aînée de l'Église, es-tu fidèle aux promesses de ton baptême ? France, fille de l'Église et éducatrice des peuples, es-tu fidèle, pour le bien de l'homme, à ton alliance avec la sagesse éternelle ?

Son appel est à la limite de l'affront, pour les évêques présents, à la fois gênés et transis. C'est surtout un cri de dépit amoureux adressé à l'ensemble des Français, chrétiens ou non, responsables ou simples fidèles : « Le christianisme, interroge-t-il encore, n'appartient-il pas, de façon immanente, au génie de votre nation ? »

Ce texte, Jean-Paul II l'a écrit lui-même, en polonais, bien avant le voyage. Il en a pesé chaque mot. Y compris cette allusion à la « fille aînée de l'Église » : l'expression, dont l'origine se perd quelque part entre Pépin le Bref et Catherine de Médicis, rappelle le lien privilégié unissant la France à la papauté depuis le baptême de Clovis. Cette référence correspond bien peu, alors, à l'état d'esprit des évêques français. Ceux-ci garderont un fort mauvais souvenir de l'épisode du Bourget. Et pas seulement à cause de la pluie tombant sur l'immense champ de boue, si clairsemé, de la grand-messe. Chacun sait, à l'époque, qu'une partie du clergé français a sciemment boudé la cérémonie, et que ce manque d'enthousiasme a été la cause première de l'échec de la manifestation — le premier « flop » mondial du nouveau pape.

Voilà bien une chose incompréhensible pour un chrétien polonais : pourquoi une telle réserve du clergé envers l'illustre visiteur ? Pourquoi cette méfiance sourde, qui vire parfois à l'hostilité ? Est-ce parce qu'il est polonais ? Non : tant qu'il était archevêque de Cracovie, les évêques français nourrissaient envers Karol Wojtyla un intérêt bienveillant, voire, pour certains, une haute estime. C'est quand il est devenu pape qu'un rapport nouveau s'est instauré. Il est convenu, pour expliquer cette réticence française à l'égard de la papauté moderne, de parler de *gallicanisme*. Cette tradition très spécifique date de l'époque où la monarchie capétienne, clergé compris, se mit à réfréner l'influence temporelle et spirituelle du pape sur le plus grand pays catholique de l'époque. C'était il y a mille ans. Or, après la révolution de 1789, une autre « tradition » s'est instaurée dans le clergé français, qui a largement compensé la première : l'*ultramontanisme*. À l'époque, l'Église de France cherchait désespérément l'aide du pape — notamment de Pie IX [3] — pour résister aux courants politiques postrévolutionnaires, républicains et radicaux, qui voulaient sa perte. Y compris sur le plan militaire. Certes, la seconde tradition n'a pas effacé le souvenir de la première, mais le gallicanisme a bon dos.

La réalité est que l'épiscopat français vit mal ces années postconciliaires, qui sont aussi des années de déclin spectaculaire. Est-ce d'ailleurs de la fin du concile (1965) ou des événements de Mai (1968) que date le début de cette régression accélérée ? Toujours est-il que les évêques de France, à la tête d'une Église en crise, amputée d'un huitième de ses prêtres en dix ans et paralysée par ses clivages internes, n'ont plus le cœur à organiser de grands rassemblements festifs vite taxés de « triomphalistes ». C'est bien à leur tiédeur que s'en prend le Saint-Père ce jour-là, au-delà de l'événement, en leur rappelant la « responsabilité » que leur confère le passé intellectuel et missionnaire de la France, et dont les évêques français « ne peuvent pas s'affranchir ». Si les évêques sont si peu coopératifs, pense Jean-Paul II, n'est-ce pas par manque de confiance dans la puissance et la sagesse du message évangélique ? Paul VI, déjà, un an avant sa mort, avait sermonné les évêques français. Jean-Paul II ne fait que hausser le ton. Que reproche-t-il à l'Église de France ? D'être arrogante dans sa façon de donner des leçons à l'Église universelle, de cultiver en même temps un fort complexe d'infériorité — ou de « marginalité » — dans l'une des sociétés les plus modernes du monde, et d'entretenir en son sein des divisions politiciennes aussi dévastatrices que franco-françaises : « chrétiens de droite » et « chrétiens de gauche », quel sens cela a-t-il à l'aube du IIIe millénaire ? Les évêques se fourvoient, pense-t-il, s'ils croient que l'Église se partage entre « progressistes » et « intégristes ». S'il y a une ligne « juste », partagée par une grande majorité du peuple chrétien, c'est celle du concile. La question étant que Jean-Paul II n'a qu'une interprétation du concile, la sienne, et qu'il admet difficilement que certains prêtres puissent ne pas la partager.

Le premier voyage en France du pape ne se résume évidemment pas à la grand-messe du Bourget. Son discours à l'Unesco, sa visite au sanctuaire de Lisieux, sa rencontre avec les travailleurs à Saint-Denis, et surtout sa veillée avec les jeunes au Parc des Princes ont aussi marqué cette première visite pastorale. Mais l'histoire retiendra surtout le rassemblement raté du Bourget, lequel n'a d'ailleurs en rien modifié le discours admiratif du pape sur ce pays. Ainsi, de retour à Rome, dans une déclaration impromptue reprise sur les ondes de Radio Vatican, il parlera du « poids objectif » que représente encore l'Église de France au sein de la catholicité, « et de la France comme nation, comme pays, comme tradition, comme culture, comme influence dans la vie internationale, comme influence spéciale dans la vie de l'Église ».

L'adresse du Bourget restera comme un tournant dans les rapports entre le pape et la France. Interrogé quelques années plus tard, le président de la conférence épiscopale française, Mgr Vilnet, parlera d'une « onde de choc » provoquée par ce voyage de 1980, laquelle va amorcer une lente, une laborieuse « reprise de conscience, pour l'Église de France, de ses possibilités et de ses obligations [4] ».

Quelques mois plus tard, une stupéfiante nomination survient, qui montre aux évêques de France que l'attention portée par Jean-Paul II à leur Église n'est pas feinte, et que les choses pourraient bien commencer à changer. Le 2 février 1981, Mgr Jean-Marie Lustiger est nommé archevêque de Paris. À l'étonnement général.

La succession du cardinal François Marty, ouverte dès 1979, était particulièrement délicate. L'archevêque de Paris n'est pas le chef de l'Église de France, certes, mais il en est une des figures les plus représentatives et les plus exposées. Le pape a longtemps hésité et « beaucoup prié [5] » avant de prendre sa décision. Pendant ce temps, de multiples noms ont circulé — dont celui de Mgr Etchegaray — mais pas celui de Mgr Lustiger. D'abord parce que celui-ci venait d'être nommé à la tête du diocèse d'Orléans. Ensuite parce que personne n'imaginait qu'on pût nommer un juif à la tête du diocèse de Paris. En soufflant au pape le nom de son ami Lustiger, en juin 1980, le recteur de la basilique du Sacré-Cœur de Montmartre, Mgr Maxime Charles, savait parfaitement ce qu'une telle nomination aurait d'audacieux. Cela plut, justement, à Jean-Paul II.

Mais ce n'est pas en raison de ses origines juives — ni parce que sa famille était d'origine polonaise — que Jean-Paul II a promu Jean-Marie Lustiger. C'est d'abord parce qu'il a été impressionné par son analyse de la situation des catholiques français, exposée dans un récent mémorandum[6]. Selon lui, l'Église de France court à sa perte si elle reste écartelée entre son aile « droite » et son aile « gauche », entre ceux de ses membres qui regrettent confusément l'Ancien Régime et les partisans du ralliement à l'idéologie marxiste dominante. En substance, Lustiger invite à marginaliser d'urgence ces deux tendances politiques centrifuges — les intégristes et les progressistes — et à recentrer toute l'action de l'Église sur la fidélité à l'Évangile. À se distancier au plus tôt de tous les pouvoirs civils, passés et présents, et à redonner fondamentalement la priorité à la culture sur la politique. C'est exactement ce que pense Jean-Paul II.

Lyon, octobre 1986. Six ans après le choc du Bourget, Jean-Paul II effectue son troisième voyage en France (il est venu prier à Lourdes en 1983). Trois visites, autant qu'en Pologne, c'est beaucoup et le pape se plaît à le faire remarquer. Les tensions sont toujours perceptibles au sein de la communauté catholique française. Les traditionalistes partisans de Mgr Lefebvre sont devenus virulents, tandis que les « chrétiens de gauche » se mobilisent régulièrement contre ce qu'ils appellent le « raidissement » de la hiérarchie ecclésiale, par exemple à l'occasion du synode sur l'application de Vatican II, en 1985, ou de l'élaboration du *Catéchisme des évêques de France*, qui connaîtra neuf rédactions successives avant sa publication en 1991.

C'est ainsi qu'à quelques mois de la visite du pape dans leur région, une assemblée de deux cent cinquante prêtres lyonnais réunis à Francheville, près de l'ancienne capitale des Gaules, a émis publiquement des « réserves » sur la venue du Saint-Père : sur les modèles « du siècle passé » qu'il aurait choisi de célébrer, en la personne du curé d'Ars et du père Chevrier[7] ; sur le coût d'un tel voyage en regard de l'exigence de pauvreté de l'Église ; et plus généralement sur les « mots d'ordre » du Vatican qui traduisent bien, selon eux, l'« autoritarisme » de l'Église catholique romaine. Jean-Paul II, averti, ne cache pas son agacement. La critique de l'argent dépensé dans ses voyages l'exaspère, mais c'est la contestation des modèles du siècle passé qui le chagrine le plus. Archaïque, le sacerdoce du curé d'Ars ? À Mgr Jacques Martin, préfet de la Maison pontificale, il confie : « Ils ne veulent pas l'identité du prêtre telle que l'a voulue Jésus-Christ : ils veulent y substituer la leur[8] ! »

Pas question, pour Jean-Paul II, de céder à ce genre de pression. Ce n'est pas dans son tempérament. En revanche, il cite, comme il le fait souvent, l'injonction rapportée par l'évangéliste Luc : « Affermis tes frères ! » Au président Mitterrand qui l'accueille à son arrivée, il explique que l'évêque de Rome a d'abord pour mission de « confirmer ses frères dans leur foi ». À bon entendeur... À Lyon, dans l'amphithéâtre des Trois-Gaules, à contre-courant de tous les débats politiciens qui agitent ses interlocuteurs, le pape souligne qu'il est venu rendre hommage aux saints et aux martyrs de ce qui fut, au

IIe siècle, l'une des premières Églises chrétiennes de l'histoire. Aucun prélat français, sans doute, n'avait jamais souligné à quel point la région lyonnaise était riche de son passé religieux. Et le pape de s'exclamer, dans la ligne de son admonestation du Bourget : « Chrétiens de Lyon, de Vienne, de France, que faites-vous de vos glorieux martyrs ? »

À Ars, la ville du saint curé, le pape a une bonne surprise : prêtres et séminaristes sont venus massivement, cette fois, à son rendez-vous. Au cours d'une longue et intense récollection, avec ce mélange de chaleur et de fermeté qui lui est propre, Jean-Paul II leur rappelle qu'ils ont à annoncer la Bonne Nouvelle « sans l'altérer ni l'amoindrir », qu'ils ne sont pas là « seulement pour exercer des fonctions, fût-ce pour présider à l'eucharistie ». Il souligne qu'ils sont « sanctifiés par le Christ à un titre spécifique », qu'ils ne doivent pas se résigner à être moins nombreux « sous le prétexte qu'on a mieux redécouvert et mis en pratique le rôle des laïcs » et qu'il serait « ambigu d'organiser des communautés chrétiennes comme si elles pouvaient se passer en grande partie du ministère sacerdotal ». À ceux qui prônent de façon insistante, au nom de la modernité, la défense des pauvres et des exclus, Jean-Paul II donne une véritable leçon de choses quand il béatifie le père Chevrier, apôtre des quartiers miséreux de Lyon au milieu du XIXe siècle. Certes, les pauvres et les exclus ont besoin d'être alphabétisés, dit-il en substance, mais ils ont aussi besoin d'être évangélisés.

Au-delà de la critique, Jean-Paul II propose, suggère, incite. Comme naguère à Cracovie, il donne des indications, des rendez-vous, des objectifs : « Vous devez avoir un plan précis... » Ce pape est un meneur d'hommes, les évêques français vont en faire l'expérience. Il leur propose une stratégie. À eux de décider s'ils l'adoptent ou non. Lors des visites *ad limina* des évêques français, en 1982 et en 1987, Jean-Paul II développe une véritable pédagogie du redressement : favoriser la catéchèse, promouvoir la théologie, réhabiliter la culture chrétienne, consolider les communautés « visibles » (famille, paroisse), développer le diaconat chez les laïcs, exercer une vraie pastorale des jeunes, créer des séminaires diocésains de premier cycle, etc.

Peu à peu, les évêques se laisseront convaincre. Cela ne veut pas dire qu'ils n'auront plus de divergences avec le pape : sur le désarmement, sur les « nouveaux modes de vie », sur le dossier des divorcés-remariés ou même sur les moyens de contraception, nombre d'entre eux garderont leurs distances, ou exprimeront des nuances. Mais après les deux séries de visites romaines, en 1982 et 1987, chacun peut mesurer le chemin parcouru : « Les récentes visites *ad limina* ont été l'occasion de manifester une communion vraie et profonde de l'évêque de Rome avec l'ensemble des évêques de France », explique le pape à des pèlerins français le 11 mai 1987 en insistant sur le rôle des évêques, « ministres de l'unité chargés de mettre en œuvre les orientations doctrinales et pastorales de tout le magistère, notamment celles du concile Vatican II ». Au fil des ans, la méthode paie : les évêques français se mobilisent ici et là. Notamment les nouveaux[9], poussés par une génération de jeunes prêtres peu nombreux — une centaine par an — mais actifs et moins marqués par les débats idéologiques du passé. Beaucoup de diocèses suivent la stratégie de reconquête proposée par le Saint-Père. Seule une minorité regimbe, composée d'intégristes anticonciliaires partisans de Mgr Lefebvre et de progressistes sécularistes hostiles à l'idée, fondamentale pour le pape, d'une « nouvelle évangélisation »[10].

Les premiers finiront par sombrer dans le schisme. Les seconds, échaudés par la déconfiture du modèle socialiste à l'est de l'Europe, continueront à critiquer l'Église de l'intérieur en éditant des pamphlets (contre la restauration d'une Europe chrétienne), à publier des pétitions (contre l'autoritarisme romain) ou à éditer des brûlots contestataires (comme la revue lyonnaise *Golias*). Mais sans engager davantage qu'eux-mêmes. Les extrêmes, en dix ans, ont bel et bien été marginalisés. Ce pape, qui ne cesse de dire qu'il ne fait pas de politique, aura été un tacticien de tout premier ordre. Il fera preuve des mêmes qualités sur le second front de ses rapports avec la France : celui des relations avec l'État.

Les rapports avec la République

Après le séisme historique de 1789, la France en tant qu'État avait mis près de deux siècles à renouer des relations normales avec la papauté. Deux dates symboliques illustrent ce long hiatus : quand Jean-Paul II arrive à Paris, en 1980, il est le premier pape à faire le voyage depuis Pie VII, le pape qui sacra Napoléon ; de même, le président René Coty avait été, en 1956, le premier chef d'État français à rendre visite au Vatican depuis... Charlemagne ! L'homme qui a changé la donne, c'est le général de Gaulle. Croyant et pratiquant, l'ancien chef de la France libre nourrissait un grand respect pour Pie XII, auquel il avait dédicacé le premier exemplaire de chaque tome de ses *Mémoires de guerre* — un geste personnel qui, naturellement, n'engageait que lui. Mais un an après son retour au pouvoir, le 27 juin 1959, c'est bien en tant que président de la République que le Général, en grande tenue d'apparat et revêtu du collier de l'Ordre suprême du Christ, est venu s'agenouiller devant Jean XXIII et a baisé son anneau. Le fondateur de la Ve République énonça ce soir-là, à voix haute, devant la colonie française du Vatican, quelques vérités qui feraient aujourd'hui grincer les médias :

> Le rôle de la France se confond avec un rôle chrétien. Notre pays ne serait pas ce qu'il est, c'est presque banal de le dire, s'il n'était d'abord un pays catholique. [...] Si Dieu avait voulu que la France mourût, ce serait fait. Il ne l'a pas voulu, elle vit, l'avenir est à elle !

Cette visite « d'État », avec son déploiement de fastes surannés, a marqué les mémoires. De Gaulle rendit une autre visite au Vatican, le 31 mai 1967, en marge de la célébration du dixième anniversaire de la signature du traité de Rome. Cette visite à Paul VI, seulement qualifiée d'« officielle », ne donna pas lieu à tous les fastes de la précédente. Mais dans un discours tenu à la villa Bonaparte, toujours devant la colonie française, le chef de l'État échappa à nouveau, ostensiblement, au carcan étroit de la laïcité :

> La France, qui est la fille aînée de l'Église, voit l'avenir avec sérénité, avec fermeté, avec confiance. L'Église est éternelle et la France ne mourra pas. L'essentiel est qu'elle reste fidèle à ce qu'elle est et, par conséquent, fidèle à tous les liens qui l'attachent à notre Église.

Quand Karol Wojtyla devient pape, le général de Gaulle est mort depuis longtemps, tout comme son successeur, Georges Pompidou. Depuis quatre ans, le président de la République s'appelle Valéry Giscard d'Estaing. Après le conclave d'août 1978, celui-ci a sollicité une audience avec Jean-Paul Ier par l'intermédiaire de son « pays » le cardinal secrétaire d'État Jean Villot, comme lui originaire du Puy-de-Dôme. La mort brutale du pape Luciani fait que l'audience aura lieu, finalement, avec son successeur polonais, dix jours après le conclave d'octobre. Valéry Giscard d'Estaing est le premier chef d'État étranger à être reçu par le nouveau pape [11]. Son premier objectif est d'effacer l'impression désastreuse laissée par sa visite à Paul VI, en 1975 : la loi libéralisant l'avortement, promulguée en janvier de cette année-là, avait « gelé » l'entretien. Le président français, en outre, n'avait pas éprouvé une grande sympathie pour Paul VI : « Il avait de la peine à réussir à être ce qu'on attendait qu'il fût », raconte-t-il dans ses mémoires avec un rien de méchanceté [12].

Lorsqu'il rencontre Jean-Paul II, ce jeudi 26 octobre 1978, Giscard est « ému » — c'est lui qui le dit — par sa propre perception « du caractère impossible de sa tâche ». La légalisation de l'avortement reste un sujet à fleur de peau, mais le Français entend bien dépasser ce contentieux. « Je suis catholique, explique-t-il au nouveau pape, mais je suis président de la République d'un État laïque. Je n'ai pas à imposer mes convictions personnelles à mes concitoyens, mais à veiller à ce que la loi corresponde à l'état réel de la société française... » Jean-Paul II écoute ce discours avec attention. Mais peut-il oublier qu'il vient, pour sa part, d'un pays où le parti au pouvoir cherche justement à imposer ses convictions aux citoyens, veillant surtout à ce que la société corresponde à la loi ? Le pape enregistre l'explication, qu'il réprouve en son for intérieur, surtout venant d'un président qui se dit « catholique » : depuis quand les convictions fondamentales d'un catholique doivent-elles « correspondre » à l'état « réel » d'une société donnée ? Le courant ne passera jamais entre les deux hommes.

*

En mai 1981, l'élection de François Mitterrand à l'Élysée est ressentie au Vatican avec une certaine crispation. D'abord, l'accession de quatre ministres communistes au gouvernement de la France stupéfie

Jean-Paul II et son entourage. Au moment même où, en Pologne, la nation tout entière prend les plus grands risques — le syndicat Solidarité est au faîte de sa popularité et les chars soviétiques grondent aux frontières du pays — pour se libérer de la tutelle communiste, comment le pape pourrait-il comprendre qu'accède au pouvoir, à Paris, l'un des partis les plus proches du Kremlin ? Un parti dont le chef approuvait spectaculairement, un an plus tôt, l'invasion de l'Afghanistan par l'Armée rouge ?

Pourtant, curieusement, ce n'est pas cela qui va changer les rapports entre le pape et la France. L'arrivée de la gauche au pouvoir entraîne une nouvelle donne culturelle, qui désigne comme interlocuteurs du pape les héritiers de ce qu'on appelle l'« autre France », celle des Lumières et des révolutionnaires de 1789, celle des républicains, des radicaux, des enseignants laïcs et des anticléricaux de tout poil. Il y a peu de catholiques dans l'entourage du nouveau président, et la plupart de ses conseillers ignorent tout des affaires religieuses. Un détail piquant donne la mesure de l'abîme qui se creuse soudain entre la Cité du Vatican et le palais de l'Élysée. Comme chacun de ses prédécesseurs, le nouvel élu de la République reçoit les félicitations du chapitre de la basilique Saint-Jean-de-Latran, dont le chef de l'État français est « chanoine d'honneur » selon une tradition qui remonte à Henri IV. À l'invitation qui lui est faite de venir prendre possession de cette charge symbolique, François Mitterrand ne répondra jamais : à l'Élysée, la lettre a été classée dans le courrier adressé par des fous. Et que dire de cet envoyé spécial du président français délégué à une cérémonie romaine — la béatification d'un Français — qui fut si déconcerté qu'on lui proposât la communion qu'il mit l'hostie dans sa poche !

En deux septennats, François Mitterrand ne rendra visite au pape qu'une seule fois, presque en catimini, à l'occasion d'un sommet franco-italien, le 27 février 1982. Foin de tous les formalismes : au grand dam de l'ambassadeur Louis Dauge, Mitterrand ignore la coutume symbolique qui fait obligation au visiteur de ne pas venir directement de l'Italie, mais, pour souligner l'indépendance de l'État du Vatican, de la représentation française auprès du Saint-Siège. Point de réception, non plus, à la villa Bonaparte : le président se contente d'inviter quelques vieux cardinaux au cocktail qu'il donne au palais Farnèse, le bâtiment qui abrite l'ambassade de France auprès de l'État italien.

Pourtant, à titre personnel, le contact entre les deux hommes est positif. François Mitterrand, qui n'a pas oublié qu'il fut naguère l'élève des maristes, trouve en Jean-Paul II un interlocuteur de qualité : l'entretien, qui dure soixante-cinq minutes au lieu des quarante-cinq prévues, réunit deux hommes de culture. Après coup, Mitterrand louera la « sensibilité » et la « finesse » du pape, lequel se dira « fasciné » par son interlocuteur. On dit que les évêques français, en visite *ad limina*, devront même tempérer l'enthousiasme du pape envers son séduisant visiteur [13].

Les évêques savent, eux, que le feu couve sous la cendre. La menace de suppression de l'école libre, explicitement contenue dans le programme électoral du candidat socialiste, n'est pas une idée en l'air. Autour de François Mitterrand et de son très anticlérical Premier ministre Pierre Mauroy, les lointains épigones du petit père Combes, farouches tenants de la république laïque, ne tarderont pas à mettre la promesse scolaire à exécution, déclenchant un des plus grands conflits franco-français de l'après-guerre. Or le projet d'intégration forcée des établissements scolaires privés (qui sont à 95 % catholiques) au service public se heurte à une résistance populaire insoupçonnée à laquelle, du reste, les évêques participent avec une timidité remarquée. Une manifestation monstre rassemble, le 24 juin 1984, quelque 1,8 million de participants, ce qui constitue un record historique. Impressionné et réaliste, Mitterrand ordonne le repli général. La bataille de l'école libre s'achève par la défaite peu glorieuse du gouvernement — le ministre Savary est limogé et le projet de loi rangé aux oubliettes.

Quelques jours après cette manifestation, le 30 juin, Pierre Mauroy se rend auprès du pape — qui n'a pas caché, dans un discours virulent prononcé la veille de cette visite, son soutien aux défenseurs de l'école catholique. Le chef du gouvernement, qui sait que la partie est perdue, met les petits plats dans les grands et organise un grand dîner à la villa Bonaparte auquel il invite en grande pompe le secrétaire d'État Agostino Casaroli — ce que son ambassadeur, le très gaulliste Daufresne de La Chevalerie, lui déconseillait, de peur que ce geste soit pris comme une provocation.

La hache de guerre est vite enterrée. Les autorités françaises veulent minimiser le contentieux avec le Vatican et insistent désormais sur les « convergences sérieuses » qui existent entre la France et le Saint-Siège en matière de politique étrangère, qui sont effectives sur nombre de sujets : les relations Est-Ouest, le désarmement, le Proche-Orient et notamment l'intégrité du Liban, le tiers-monde, etc. De son côté, Jean-Paul II tient aux dirigeants français, avec obstination, un discours immuable, assorti de quelques variantes selon les circonstances : défense de l'école libre, défense du catéchisme, condamnation de l'avortement, solidarité envers les exclus et les immigrés, solidarité avec l'Afrique noire. Un thème viendra s'ajouter, quelques années plus tard, à la liste : la responsabilité des médias.

Le leitmotiv que le pape introduit désormais dans

tous ses discours, c'est la devise de la République : « Liberté, égalité, fraternité. » Cette maxime révolutionnaire, que Jean-Paul II prend à la lettre, lui permet de décliner toutes ses recommandations d'ordre politique. Ainsi le pape ne se prive-t-il pas de rappeler aux représentants de l'État que la « liberté », pour un citoyen français, ce doit être *aussi* celle d'éduquer ses enfants selon les principes de l'Évangile. Le pape ne combat pas le principe de laïcité, auquel se réfèrent avec insistance les dirigeants de l'Union de la gauche, mais il lui donne un sens positif. Pour lui, le temps n'est plus où l'État pouvait se dire « chrétien », mais il n'est pas question qu'il se dise « athée » : l'État laïc, au sens moderne, c'est un État qui respecte et défend la pluralité des croyances et des religions, qui reconnaît le fait religieux comme une composante sociale, et pas seulement comme un simple aspect de la vie privée [14].

Les choses vont mieux, mais l'antipathie demeure, au cœur de l'État, envers tout ce qui concerne le pape [15]. Bien avant que les dirigeants français ne considèrent publiquement Jean-Paul II comme un fauteur de troubles dans les Balkans ou comme un empêcheur d'avorter en rond, l'incident de Radom est révélateur de l'hostilité qui règne, au sein des dirigeants français, envers le chef de l'Église catholique. Le 2 juin 1991, dans une homélie prononcée à Radom, en Pologne, le pape met en garde contre les violations du cinquième commandement de la Bible : « Tu ne tueras point. » Il cite, entre autres exemples, la tragédie de l'Holocauste et la banalisation de l'avortement. Sur la foi du titre un peu rapide d'une dépêche de l'Agence France-Presse, le ministre français des Droits des femmes, Véronique Neiertz, s'indigne qu'on puisse « insulter les femmes et la communauté juive » en comparant la Shoah et l'IVG. Scandale ! Mais personne, à commencer par la ministre, n'a lu le texte exact du pape, qu'aucun journal français n'a jugé bon de publier. Aussitôt le porte-parole du Vatican, Navarro-Valls, dans un communiqué, conseille délicatement à Véronique Neiertz « une lecture attentive de l'homélie du Saint-Père ». Lorsque le texte du sermon incriminé sera enfin publié en français, le 13 juin, dans *Tribune juive*, le doute sera dissipé : le pape, en effet, n'a jamais mis sur le même plan les femmes qui avortent et les responsables de l'Holocauste. Mais on attend toujours, à Rome, les excuses du gouvernement de la France.

Le retour de la droite aux affaires va détendre l'atmosphère. En 1993, lorsque le nouveau Premier ministre Édouard Balladur, lui-même chrétien pratiquant, constitue son équipe ministérielle, peu d'observateurs remarquent que son gouvernement est le plus « catholique », en nombre, de tous ceux qui se sont succédé depuis le Second Empire. Deux ans plus tard, le 7 mai 1995, Jacques Chirac est élu président de la République. Surprise : sa première lettre officielle envoyée de l'Élysée, le soir même de son entrée en fonction, le 17 mai, est pour féliciter « très chaleureusement » Jean-Paul II, qui fête, le lendemain, ses soixante-quinze ans. Le geste est très remarqué à Rome. Jacques Chirac a déjà rencontré Jean-Paul II à cinq reprises : à Paris en tant que maire de la capitale (1980), à Lyon en tant que Premier ministre (1986) et trois fois en visite privée au Vatican (1982, 1983 et 1994). Il voue au pape une réelle admiration. En 1988, il confiait que celui-ci lui en imposait « plus que de Gaulle » : « J'ai eu avec lui un certain nombre d'entretiens en tête à tête, dit-il, et je suis chaque fois impressionné. Au point de n'être pas tout à fait libre, ce qui, chez moi, est rare. Je crois même n'avoir jamais éprouvé ce sentiment[16]. »

Le 20 janvier 1996, Jacques Chirac se rend au Vatican pour une « visite d'État » en bonne et due forme, c'est-à-dire en grande pompe, sur le modèle de celle que de Gaulle effectua en 1959. Comme son illustre prédécesseur, il répète plusieurs fois qu'il souhaite « témoigner de la fidélité de la France à son héritage chrétien », notamment à Saint-Jean-de-Latran où il se rend, lui, en tant que « chanoine d'honneur », conformément à la tradition. Dans son adresse au pape, il répond explicitement à la fameuse question posée par Jean-Paul II au Bourget en 1980 : « Oui, Très Saint Père, la France veut être fidèle à son héritage, à sa vocation spirituelle et humaine ! » L'heure est à la délicatesse. Dans son discours, Jean-Paul II développe le thème chiraquien de la « fracture sociale » et s'abstient de toute allusion à la reprise, décidée par lui, des essais nucléaires. Toute pudibonderie mise à part, il le prie aussi de saluer sa fille Claude, qui attend un enfant sans être mariée, et félicite même Bernadette Chirac — aussi pieuse que Danièle Mitterrand était anticléricale — d'être bientôt grand-mère.

Entre la France et le Vatican, c'est donc l'« apaisement », commente le journal *La Croix*. Avec le retour de la gauche au gouvernement, en 1997, ce sera l'indifférence : Lionel Jospin, dont la culture est tout sauf catholique, se désintéresse totalement du sujet et mettra trois ans à envoyer son ministre des Affaires étrangères, Hubert Védrine, au Vatican, pour y rencontrer son homologue, le Français Jean-Louis Tauran.

De Clovis aux JMJ

Le 15 décembre 1995, Jean-Paul II a adressé une *Lettre aux catholiques de France*, un document original où il rappelle à ses destinataires, une fois de plus, la richesse de leur héritage, incarné par tant de saints, de missionnaires et de théologiens, depuis les premiers temps du christianisme jusqu'au concile Vatican II. Mais quinze ans ont passé depuis l'homélie du Bourget, et le ton a changé. Désormais, le pape s'adresse sans aigreur, presque paternellement, à des catholiques dont il sait qu'ils sont minoritaires dans leur pays, entourés d'indifférence et parfois d'hostilité, et dont il comprend l'« inquiétude ». Aussi les incite-t-il à « dialoguer avec ceux qui ne partagent pas la même foi » et, surtout, à « témoigner du bonheur de vivre l'Évangile ». Toujours positif, toujours tourné vers l'avenir, Jean-Paul II rappelle aux jeunes que les Journées mondiales de la jeunesse auront lieu à Paris en 1997 — c'est lui, et personne d'autre, qui a choisi la ville — et donne à tous rendez-vous en l'an 2000 pour le Grand Jubilé. Mais surtout, à court terme, il se réjouit de venir quelques mois plus tard, en septembre 1996, faire mémoire du baptême de la France lors du quinze centième anniversaire de la conversion au catholicisme de Clovis, roi des Francs et premier artisan de l'unité du pays.

Pour Jean-Paul II, le « pape aux anniversaires », il n'y a pas de doute : la date de 496 symbolise autant le baptême de la France (par le roi Clovis) que celle de 966 évoque le baptême de la Pologne (par Mieszko Ier), 988 celui de la Russie (par le prince Vladimir) ou l'an 1000 celui de la Hongrie (par le roi Étienne). Certes, Clovis est loin d'être un saint — à tous égards — mais sa démarche s'appuie délibérément sur le témoignage de saint Martin de Tours et s'inscrit dans un véritable réseau hagiologique, composé de saint Vaast, saint Remi, sainte Clotilde, sainte Geneviève, etc. Le pape polonais adore ce genre de configuration à la fois historique et nationale. Pourtant le « baptême de la France » ne va pas de soi pour les dirigeants et les intellectuels de ce pays féru d'histoire et d'idéologie, aussi susceptible que contradictoire dans ses principes.

Certes, le débat n'aurait intéressé personne si la commémoration de l'événement, décidée par le président François Mitterrand en 1994, était restée une affaire civile. Mais le pape ayant accepté l'invitation de Mgr Balland, alors archevêque de Reims, à célébrer aussi cet anniversaire, les vieilles querelles franco-françaises se sont vite réveillées. Anticléricaux professionnels, francs-maçons, socialistes laïcs, communistes, trotskistes, militants homosexuels se sont rapidement concertés pour faire échec à cette tentative d'appropriation de l'histoire de France assortie d'un manifeste « retour en force de l'ordre moral ». La presse leur a fait largement écho. Le directeur de *L'Événement du Jeudi*, Jean-François Kahn, explique dans un éditorial virulent que le voyage du pape en France est « une tournée touristico-propagandiste » à la « tonalité ouvertement monarchiste », une « clownesque entreprise », une « ridicule arnaque obscurantiste » et un « véritable complot contre-révolutionnaire [17] ».

Beaucoup de bruit pour rien. Finalement, la campagne antipapiste fait un flop. La visite de Jean-Paul II suscite sympathie et ferveur à Saint-Laurent-sur-Sèvre, en Vendée, où le pape célèbre saint Louis-Marie Grignion de Montfort, le fameux prédicateur du XVIIIe siècle auquel il doit sa devise « *Totus tuus* », comme à Sainte-Anne-d'Auray, en Bretagne, où il évoque en breton, devant cent vingt mille fidèles, le souvenir de sainte Anne, la mère de la Vierge Marie. À Tours, la ville dont saint Martin fut l'évêque, quelque cent dix mille fidèles — dont l'ancien président Giscard d'Estaing — lui réservent un accueil chaleureux et bon enfant. En mémoire de celui qui partagea son manteau en deux, Jean-Paul II rencontre à la basilique de la ville, en une cérémonie inédite et émouvante, les « blessés de la vie » : handicapés, chômeurs, SDF, immigrés, malades du sida, accidentés, etc. C'est au regard qu'elle porte sur ses exclus, dit Jean-Paul II, qu'on juge une société.

Enfin, à Reims, une foule de deux cent vingt mille personnes — ainsi que cent cinq évêques, un chiffre record — accueille paisiblement le Saint-Père, qui a habilement désamorcé dès son arrivée en France la polémique sur le baptême de Clovis par une invitation au dialogue et à la tolérance : « C'est tout à l'honneur de la France que de surmonter les différences légitimes d'opinion pour rappeler que le baptême de Clovis fait partie des événements qui l'ont façonnée ! » En fait, Jean-Paul II n'en pense pas moins, mais il a écouté les recommandations du nouvel archevêque de Reims, Mgr Gérard Defois, qui a largement contribué à l'élaboration de l'homélie rémoise du pape. Celle-ci est un modèle d'habileté politique. Le pape commence par associer à l'événement les protestants et les juifs de France, évidemment peu concernés par une affaire qui remonte au Ve siècle. Puis il se livre à une méditation toute spirituelle sur le sens du baptême, sacrement individuel mais aussi adhésion collective au Christ d'une communauté. Sans jamais tomber dans les travers nationalistes que tant de bons esprits lui avaient, d'avance, reprochés. Ni dans l'excès de passéisme que redoutaient nombre de chrétiens : « L'Église, souligne-t-il avec force, est toujours une Église du temps présent ! »

L'audimat ne trompe pas. À la fin de cette cérémonie, 3,5 millions de téléspectateurs regardaient la retransmission de l'événement sur France 2. Soit, dans le jargon de la communication, environ 40 % de « parts de marché » : un score auquel personne ne se serait attendu deux ou trois semaines plus tôt.

*

Un processus comparable se reproduira un an plus tard, à l'approche des Journées mondiales de la jeunesse (JMJ) prévues à Paris en 1997 : protestations des cercles anticléricaux, distance ironique des médias, inquiétude à peine voilée des évêques, etc. Une fois encore, les pronostics pessimistes des responsables de l'Église, répercutés par une presse mal disposée, contribuent au scepticisme général.

Le succès papal de l'année passée a refroidi les ardeurs antipapistes, mais deux nouveaux thèmes viennent alimenter la contestation. D'abord, hasard malheureux, la date choisie pour le grand rassemblement final, le 24 août, coïncide avec l'anniversaire du massacre de la Saint-Barthélemy, ce qui indispose, à juste titre, la communauté protestante. Ensuite, le pape a émis le souhait d'aller se recueillir « en privé » sur la tombe de son ami Jérôme Lejeune, récemment décédé, ce qui donne l'occasion aux médias d'agiter frénétiquement le spectre de l'« ordre moral » : le professeur Lejeune, généticien de renommée mondiale, fut l'un de ceux qui découvrirent l'anomalie chromosomique à l'origine du mongolisme (trisomie 21), mais il fut aussi un farouche adversaire de l'avortement. L'argument vient à point pour tous les porte-parole patentés du « politiquement correct » et autres groupuscules « antifascistes » qui n'imaginent pas que les « jeunes » puissent être plus nombreux à se rassembler autour du pape opposé au préservatif qu'à défiler au cours d'une *Gay Pride* à la gloire du plaisir individuel et de la licence sexuelle [18].

Peine perdue, encore une fois. Quelques jours avant le rendez-vous, les Parisiens voient leur ville envahie et égayée par des milliers de groupes de jeunes venus des cinq continents, décontractés et heureux d'être là. Beaucoup d'entre eux ont d'abord été accueillis en province. Un frémissement parcourt le pays : sympas, tous ces jeunes ! Et quand, le 21 août 1997, les téléspectateurs français découvrent avec quelle ferveur joyeuse le pape, ce vieil homme voûté à la parole si exigeante, est accueilli au Champ-de-Mars, au pied de la tour Eiffel, par trois cent cinquante mille jeunes garçons et filles enthousiastes et sans complexes, les critiques sont définitivement noyées dans le brouhaha de cette fête hors normes, colorée et multiculturelle, qui permettra au pape d'improviser, dans un français hésitant, une de ces plaisanteries dont il a le secret : « On se demandait depuis longtemps dans quel dessein l'ingénieur Eiffel avait construit sa tour. Maintenant, on sait ! »

Le matin même, en face de la célèbre tour, le pape s'est rendu sur le parvis des Droits de l'homme, au Trocadéro, pour un rassemblement dédié aux jeunes défavorisés du monde entier et au fondateur de l'association ATD Quart Monde, le père Wresinski. La cérémonie, émouvante, dément spectaculairement la critique « politique » faite à l'Église d'oublier les pauvres. Le lendemain, à Notre-Dame, Jean-Paul II préside la cérémonie de béatification de Frédéric Ozanam, un des grands noms du catholicisme social, penseur laïc très engagé « à gauche », qui fonda en 1823 les Conférences Saint-Vincent-de-Paul. Prononcer la sainteté de celui qui fut le premier, sans doute, à expliquer que la devise de la République « Liberté, Égalité, Fraternité » était une forme d'« avènement temporel de l'Évangile » n'est pas gratuit dans l'esprit du Saint-Père. Réconcilier la France des saints et celle des droits de l'homme est bien son principal souci depuis presque vingt ans.

Le samedi soir, enfin, des millions de Français étonnés, parfois fascinés, souvent émus, découvrent sur leur écran de télévision que sept cent cinquante mille jeunes venus de cent soixante pays sont rassemblés sur l'hippodrome de Longchamp, au bois de Boulogne, dans la joie et l'enthousiasme bientôt mués en recueillement et en prière commune. Une révélation pour beaucoup : d'où sortent tous ces jeunes, que l'on ne montre jamais ni au cinéma ni à la télévision ? Corollaire anecdotique : alors que le moindre regroupement de jeunes, aujourd'hui, finit par des débordements et des bris de vitrines, comment se peut-il qu'un rassemblement aussi gigantesque n'ait pas provoqué le moindre incident ? « Vous êtes l'espérance du monde ! » leur lance Jean-Paul II, fourbu et heureux. Les sept cent cinquante mille jeunes passeront la nuit sur place, avant d'être rejoints par d'autres jeunes et de nombreux adultes pour une messe finale rassemblant 1,2 million de personnes. Un record dans l'histoire de ce pays prompt aux manifestations populaires. Les JMJ de Paris, commencées en « divine surprise », s'achèvent en apothéose : « Un triomphe », « Une déferlante », « Un séisme », titreront les journaux — les mêmes qui voyaient venir l'événement avec, au mieux, un dédain narquois.

*

La France n'est pas devenue papiste pour autant. Entre Paris et le Vatican, les relations ne seront jamais cordiales. En témoigneront nombre d'incidents plus ou moins significatifs : d'un côté, la ferveur avec laquelle Jean-Paul II célébrera en août 1999 l'anniversaire de la mort de Pie VI, victime de l'anticléricalisme révolutionnaire des héritiers de 1789, qui l'emprisonnèrent à Valence où il mourut dans des conditions indignes [19] ; de l'autre, la mauvaise volonté dont fera preuve le ministre de la Défense, Alain Richard, en mai 2000, pour accréditer le nouvel évêque aux armées, Mgr Le Gal, jugé trop « conservateur » [20].

Cette année-là, l'événement que constitue le Grand Jubilé de l'an 2000 est largement ignoré par les médias français, à l'exception du voyage papal en Terre sainte. Les échos parvenus de Rome se heurtent à l'indifférence, voire à l'incompréhension des journaux parisiens : que les syndicats italiens au grand complet célèbrent le jubilé des travailleurs avec le pape, le 1er mai, ou que les trois plus hauts représentants de l'État polonais — à commencer par l'ex-communiste Alexandre Kwasniewski — se fassent pèlerins romains pour le jubilé, en juillet, voilà qui ne suscite qu'ironie en France, où l'on observe une sorte de suffisance face à ces excentricités anachroniques [21].

Lorsque l'Union européenne se dotera d'une Charte des droits fondamentaux, à l'automne 2000, la France laïque fera à nouveau le désespoir du Vatican. Dans le projet de convention publié le 14 septembre, le rédacteur du texte, l'ancien président allemand Roman Herzog, avait fait mention de l'« héritage culturel, humaniste et religieux » commun aux nations européennes. Que l'Europe, souvent qualifiée de « judéo-chrétienne », tire aussi ses valeurs d'un long et riche passé religieux, c'est une évidence pour tout le monde... sauf pour le gouvernement français dont le chef, Lionel Jospin, téléphone personnellement à Roman Herzog, le 22 septembre, pour lui signifier que le mot « religieux » est, aux yeux de la France, « inacceptable ». La France préside alors l'Union européenne, et le sommet de Nice, où le texte doit être adopté, s'annonce délicat. Satisfaction est donc donnée à ces Français si déconcertants : l'« héritage culturel, humaniste et religieux » devient « patrimoine spirituel et moral ». C'est à peine si quelques intellectuels parisiens, majoritairement athées, s'élèvent contre cette « crispation laïcarde » aussi absurde que ridicule, aux antipodes de l'Europe aux racines chrétiennes que célèbre Jean-Paul II depuis vingt ans. Quant aux Allemands, interloqués, ils ont discrètement gardé le mot « religieux » dans la version germanique de la Charte [22].

23

Le gouvernement de l'Église

16 octobre 1978. Dès sa première sortie papale, lorsqu'il va rendre visite à son ami Andrzej-Maria Deskur à la polyclinique Gemelli, Jean-Paul II brocarde gentiment la préfecture de la Maison pontificale et tous les collaborateurs empressés qui le guident dans ses premiers pas de chef de l'Église : « Ils m'apprennent à faire le pape ! » dit-il en s'excusant auprès des médecins et des personnels de l'hôpital de n'avoir pas pensé à les bénir avant de quitter les lieux. Le ton est donné. Le nouveau pape se prêtera avec gentillesse aux conseils de ceux dont le métier est de lui faciliter la tâche, mais la pointe d'humour qu'il y met montre qu'il n'est pas dupe et qu'il gardera son quant-à-soi.

Le lendemain matin, au palais apostolique, le préfet de la Maison pontificale, Mgr Jacques Martin, flanqué de son adjoint, Mgr Monduzzi, et du substitut, Mgr Caprio, lui demande de régler la question de son blason. L'affaire ne saurait attendre, insiste Martin, puisque le blason du nouveau pape doit figurer sur les cartons d'invitation à la messe d'inauguration du pontificat. Et le nouveau pape, attentif au respect des traditions, de se pencher sur ce sujet crucial. Pas pour longtemps : après qu'un spécialiste en héraldique lui eut soumis six propositions de croquis assorties de commentaires très savants, Jean-Paul II décide qu'il gardera finalement ses armoiries de Cracovie : le « M » de Marie sous une croix sommaire et décentrée. De même gardera-t-il la devise « *Totus tuus* » qu'il emprunta naguère à Grignion de Montfort. Consternation chez ses interlocuteurs ! Le prélat spécialiste, choqué, estime du bout des lèvres que ce dessin fait un peu « publicité commerciale ». Soit, dit le pape, qui accepte que la couleur bleue de la croix soit changée en or, mais rien de plus. Même *L'Osservatore romano* notera, d'un ton pincé, que le dessin « n'obéit pas au modèle traditionnel ». Jean-Paul II n'en a cure. Il veut montrer que le nouveau pape et l'ancien archevêque de Cracovie ne font qu'un, qu'il y a continuité entre les deux fonctions. Tant pis pour les canons de l'héraldique et les subtiles coutumes vaticanes.

Trois jours plus tard, lors de sa toute première conférence de presse, Jean-Paul II enfreint toutes les règles du protocole en répondant directement aux questions les plus saugrenues dans les différentes langues de ses bruyants interlocuteurs. À un journaliste qui lui demande s'il entend continuer à faire du ski, il réplique gaiement, en désignant un entourage fictif : « S'*ils* me le permettent ! » Éclat de rire dans l'assistance. Or la boutade, qu'il utilisera à nouveau, quelques minutes plus tard, à propos d'un éventuel voyage en Pologne, dépasse largement la question posée.

Faire le pape « autrement »

Trois anecdotes, trois manières de prendre ses distances avec cette énorme machine qu'est l'administration de l'Église et qui menace, dès les premiers jours, d'étouffer son nouveau capitaine. Trois façons de faire passer le même message : non, le pape polonais n'a pas l'intention de se glisser tranquillement dans les habits de ses prédécesseurs et de calquer sa conduite sur les conventions et habitudes passées. Il apprendra, certes, à « faire le pape », mais il ne faudra pas s'étonner de le voir, au fil des mois et des années, faire le pape *autrement*.

Le nouveau pape sait aussi qu'il ne peut se passer de ce gigantesque appareil — la Curie, les cardinaux, les évêques — qui lui fait peur. L'Église catholique compte un milliard de fidèles, huit cent mille religieux et quatre cent mille prêtres répartis en deux mille cinq cents diocèses. Elle est la plus vaste institution du monde. N'en faire qu'à sa guise, vouloir tout réinventer, seulement conseillé par quelques amis polonais venus de Cracovie, serait se condamner à multiplier les impairs, voire à commettre quelques graves erreurs dans la conduite des affaires.

Le choc est rude. Pour Karol Wojtyla, mais aussi pour la Curie romaine, qui est le gouvernement central de l'Église. Cet archevêque polonais qui atterrit dans un monde largement dominé par les Italiens, s'il en parle la langue, n'en partage pas la mentalité et n'en connaît pas tous les usages. Surtout, il n'est aucunement préparé à son rôle. Le cardinal Pacelli avait travaillé plus de trente ans à la Curie avant de devenir Pie XII. Le cardinal Roncalli y avait exercé ses talents pendant dix ans, sans compter ses années de nonciature, avant de devenir Jean XXIII. Le cardinal Montini avait été le bras droit de Pie XII et le principal artisan du concile Vatican II avant de devenir Paul VI. Rien de tout cela ne figure dans le curriculum vitae de Jean-Paul II. Contrairement à ses prédécesseurs et à beaucoup de ses collègues cardinaux, Karol Wojtyla n'a jamais vraiment travaillé au Vatican. Ses nombreux séjours à Rome, où il vivait au sein de la communauté polonaise, lui ont permis de connaître beaucoup de prélats de la Curie, mais il se gardait bien de s'attarder dans les couloirs et les bureaux. L'enfant de Wadowice, le montagnard habitué à respirer l'air des sommets n'a jamais été attiré par le travail administratif. À Cracovie, déjà, il s'appuyait entièrement sur le chancelier et ses collaborateurs pour la gestion quotidienne de l'archidiocèse.

Or diriger l'Église catholique est autrement plus compliqué que gérer l'archevêché de Cracovie. Et son « appareil » central est autrement plus lourd. Rien qu'à Rome, en 1978, l'ensemble des organismes de la Curie emploie plus de mille personnes. Environ cent trente personnes travaillent à la Secrétairerie d'État, dont une quarantaine à la section chargée des relations avec les États — non compris les personnels en poste à l'étranger, dans les nonciatures et délégations apostoliques. Ces chiffres ne comprennent pas non plus les postes subalternes (concierges, huissiers, etc.) et les salariés de l'administration civile (poste, musées, imprimerie, magasins, Radio Vatican, gardes suisses, etc.) qui sont, pour leur part, au nombre de deux mille.

Le nouveau pape mesure le double danger qui le guette. D'abord, il risque d'être vite asphyxié par l'ampleur des tâches : audiences à accorder, réunions à présider, notes à lire, signatures à apposer, etc. Il se rappelle que Paul VI passait une partie de ses nuits à parapher des papiers. Et que Jean-Paul Ier est probablement mort de l'angoisse de ne pas suffire à cette responsabilité proprement surhumaine. Ensuite, il sait que le Vatican, lui aussi, a ses « apparatchiks ». Le pape venu de l'Est n'est pas un débutant en politique. Il sait qu'il n'échappera pas aux bisbilles institutionnelles, aux petites intrigues de couloir et aux inévitables conflits de personnes qui sont, au même titre que les tâches administratives, autant de temps perdu pour l'essentiel. Or, l'essentiel, aux yeux de

Jean-Paul II, ce n'est ni le gouvernement de l'Église ni même la dignité de pape. Il n'accorde d'ailleurs qu'une importance relative aux expressions « Souverain Pontife », « Sainteté » ou « Saint-Père », comme il le dit un jour au journaliste Vittorio Messori. L'essentiel, c'est la mission de « serviteur des serviteurs de Dieu » (« *servus servorum Dei* ») assignée naguère au pape par saint Grégoire le Grand, et qui figure, dans le très officiel *Annuario pontificio* édité par le Vatican, à la fin d'une série de titres plus ou moins ronflants : *Évêque de Rome, Vicaire de Jésus-Christ, Successeur du Prince des Apôtres, Souverain Pontife de l'Église universelle, Patriarche d'Occident, Primat d'Italie, Archevêque métropolitain de la Province de Rome, Souverain de l'État de la Cité du Vatican...*

Dès la messe d'inauguration du pontificat, le 22 octobre 1978, Jean-Paul II met les choses au point : « Christ, fais-moi devenir et demeurer le serviteur de ton pouvoir sans égal [...], fais de moi un serviteur, le serviteur de tes serviteurs ! » Cette idée de « service » est fondamentale. Le nouveau pape va l'appliquer au fondement même de son autorité, qui est la traditionnelle « primauté de juridiction » apostolique que lui confère la succession de Pierre, le premier disciple de Jésus : c'est une primauté « de service » qu'il entendra proposer aux autres confessions chrétiennes, à mille lieues d'une quelconque supériorité hiérarchique, organique ou institutionnelle [1]. Pour Jean-Paul II, il n'y a qu'un seul détenteur du « pouvoir » dans l'Église, c'est le Christ lui-même.

*

Serviteur des serviteurs, pasteur universel, témoin de la Résurrection : pour accomplir sa vraie vocation, le successeur de saint Pierre ne doit pas s'évertuer à gérer l'institution qu'il préside. Ni s'escrimer à la réformer. Pour éviter l'engourdissement bureaucratique et la paralysie politique, Jean-Paul II décide de prendre le Vatican comme il est, de faire confiance à ceux qui l'administrent, et, surtout, de déléguer ses pouvoirs. Jamais un pape n'aura autant délégué ses responsabilités que celui-là — lui que tant de médias, pendant vingt-cinq ans, ont décrit comme un autocrate.

Dès octobre 1978, le cardinal Jean Villot, qui avait été le secrétaire d'État de Paul VI puis de Jean-Paul Ier, le constate à ses dépens. Fatigué, le cardinal camerlingue, qui vient de porter à bout de bras la responsabilité de deux conclaves successifs, aspire surtout à prendre du repos. Or le voilà confirmé dans sa fonction de secrétaire d'État par le nouveau pape. C'est une surprise : d'abord, Wojtyla n'a aucune affinité particulière avec ce Français qui est, en outre, la « bête noire » du cardinal Wyszynski, lequel l'accuse depuis longtemps de ne rien comprendre aux Églises d'Europe de l'Est ; ensuite, ne serait-ce que pour rassurer la Curie, un pape « étranger » aurait intérêt à prendre un adjoint italien, et non un Français ! Mais Jean-Paul II insiste : « Éminence, nous ne pouvons pas ne pas tenir compte de votre expérience. » Villot s'incline. Il est vrai qu'il est le plus à même de guider Karol Wojtyla dans ses premiers pas de pape. Il obtient seulement d'être nommé « *donec aliter provideatur* », c'est-à-dire « en attendant qu'il en soit autrement ». Las ! Jean-Paul II a-t-il présumé des forces du malheureux prélat ? Le 9 mars 1979, épuisé par la tâche, le cardinal Villot meurt d'un refroidissement, à soixante-quatorze ans, sans avoir eu le temps de prendre la retraite à laquelle il aspirait dans son Auvergne natale. Il n'aura pas tenu cinq mois.

Pour lui succéder, nouvelle surprise : Jean-Paul II

choisit ostensiblement la continuité, et nomme Mgr Agostino Casaroli, soixante-cinq ans, qui était jusqu'alors secrétaire du Conseil pour les affaires publiques. Le « super-diplomate » qui a conduit personnellement, pendant treize ans, l'*Ostpolitik* vaticane si critiquée par les Polonais ! En octobre 1978, Villot avait lui-même suggéré cette succession, en pensant au défi que représentait pour les régimes est-européens l'élection d'un pape polonais : « L'URSS et les dirigeants de l'Est seraient rassurés par la nomination de Casaroli », avait-il confié à son ami et confident, le père Antoine Wenger[2]. Comme pour dissiper toute arrière-pensée, Jean-Paul II fait applaudir son nouveau secrétaire d'État par un million de fidèles polonais rassemblés à Czestochowa, en juin 1979, soit un mois après sa nomination. Très vite, Casaroli dirige réellement l'appareil de l'Église pour le compte et à la place du pape, lequel va entériner officiellement, par une lettre du 6 avril 1984, ce pouvoir plus étendu que jamais. Désormais, le « numéro deux » du Vatican devient chef d'État par délégation et assume tous les pouvoirs temporels du souverain pontife : rencontres diplomatiques avec les personnalités civiles, rapports avec l'État italien, questions d'intendance, etc.[3].

Installé au premier étage du palais pontifical, le cardinal secrétaire d'État est bientôt surnommé, dans les couloirs du Vatican, le « vice-pape ». Le 5 juin 1988, en visite à Castel San Giovanni, dans le « fief » de Casaroli, Jean-Paul II plaisante et fait rougir de plaisir son collaborateur : « On dit que le pape travaille beaucoup, mais celui qui travaille vraiment, c'est le secrétaire d'État. » Le compliment, en forme de boutade, comporte une bonne part de vérité. Jean-Paul II a instauré un rapport de pouvoir entre lui et son secrétaire d'État qui n'est pas sans rappeler le rapport qui existe, en France, entre le président de la République et son Premier ministre. La notion de « cohabitation » n'est d'ailleurs pas exclue de la comparaison : par exemple lorsqu'en juin 1983, lors du deuxième voyage en Pologne, Mgr Casaroli ne cache pas à son entourage qu'il désapprouve fortement les gestes « provocateurs » de Jean-Paul II à l'égard du pouvoir communiste.

Au départ en retraite de Casaroli, le 1er décembre 1990, Jean-Paul II choisira à nouveau la continuité en nommant à sa place Mgr Angelo Sodano, un Piémontais de soixante-trois ans qui s'était illustré comme nonce au Chili, notamment dans l'affaire du canal de Beagle. Sodano était l'archevêque secrétaire de la Section des relations avec les États (le Conseil pour les affaires publiques a changé de nom en 1988), comme ses deux prédécesseurs. Certes, Jean-Paul II explique qu'il a choisi Sodano « après mûre réflexion, et non sans invoquer les lumières d'en haut ». En réalité, il a fait le choix, habituel chez lui, de faire confiance aux hommes en place et ne pas bousculer la hiérarchie. « Comme si cela n'avait pas d'importance », commente un témoin de l'époque. Alors qu'il s'agit de confier à un homme rien de moins que la mission de gouverner l'appareil de l'Église : les finances, les nominations, la Curie, etc.

Telle est la stratégie. Déléguer, déléguer encore pour mieux se consacrer à l'« essentiel »[4]. Mais la réalité n'est pas si simple, et Jean-Paul II, contre son gré, devra intervenir plusieurs fois dans la « cuisine » des affaires de l'Église, dans ces domaines qui l'ennuient, qui lui mangent son temps, ou dans lesquels il est notoirement incompétent. À commencer par un dossier urgent, délicat, pour ne pas dire explosif : celui des finances du Vatican.

Les finances du Vatican

Rome, le 9 novembre 1979. Devant l'assemblée plénière des cardinaux, qu'il a réunie pour la première fois, Jean-Paul II fait sensation : il a décidé de « poser la question des ressources économiques ». Or, au Vatican, on ne parle jamais d'argent. Bien peu de *monsignori*, du reste, seraient capables de le faire : si le sujet est tabou, c'est qu'il est aussi occulte qu'inextricable. Pourtant, explique le Saint-Père, il ne sert à rien de se voiler la face : « Le Siège apostolique a besoin de moyens financiers. »

Jean-Paul II n'a pas l'intention de traiter lui-même ce dossier brûlant et complexe. Il déteste ce sujet. De toute sa vie, il n'a jamais fait attention à l'argent : il n'a jamais eu de biens et s'en est toujours remis à la Providence pour ses besoins personnels. Il n'est pas du tout préparé à cette tâche de gestionnaire. Son expérience d'archevêque de Cracovie, sur ce terrain, ne lui sert à rien : dans la Pologne à la fois catholique et communiste, la générosité des fidèles vis-à-vis de l'Église est d'autant plus grande que celle-ci est en lutte contre un État qui ne lui fait pas de cadeaux ; en outre, derrière le rideau de fer, la débrouillardise est de rigueur, et l'on vit très bien quand on peut compter sur quelques apports extérieurs — à l'époque, le taux de change imposé par les autorités polonaises fait qu'un dollar discrètement apporté par un émissaire venu d'Amérique du Nord ou anonymement glissé dans le tronc d'une église vaut cinq fois plus qu'un dollar acheté au cours officiel.

Devant les cardinaux, Jean-Paul II cède donc la parole à Mgr Giuseppe Caprio, l'ex-substitut qu'il vient de nommer cardinal et qui préside désormais la Préfecture des affaires économiques du Saint-

Siège. Cet organisme avait été créé par Paul VI en 1967 pour mettre un peu d'ordre dans les comptes du Siège apostolique. On ne parlait pas encore de « gestion », à l'époque, mais de « prévisions » et de « contrôle » — ce qui était déjà un grand progrès quand on sait que le budget pontifical équivaut à celui d'une ville moyenne[5].

Il y a peu, c'est-à-dire jusqu'au début des années soixante, les dépenses du Saint-Siège étaient couvertes par les revenus de son patrimoine, et tout allait bien. La raison de cette dérive, c'est le concile. Ou plutôt ses conséquences : depuis Vatican II, de nouvelles structures permanentes ont été établies, comme le Conseil pour les laïcs ou le Conseil *Cor Unum* ; d'autre part, une nouvelle salle d'audience a été construite à grands frais, les effectifs de la Curie ont doublé, de nouvelles nonciatures ont été créées aux quatre coins du monde, Radio Vatican s'est développée ; enfin, les synodes des évêques ont coûté très cher, sans parler des deux conclaves de l'année 1978.

Le constat établi par Caprio est simple et désespérant. En substance : la situation financière de l'Église est devenue malsaine, les revenus de son patrimoine ne couvrent désormais que la moitié des dépenses, le déficit s'accroît au fil des ans, on ne peut pas continuer comme cela. Ces toutes dernières années, le déficit était comblé par le « denier de Saint-Pierre », cette cassette personnelle du pape alimentée tous les ans par la générosité des fidèles et qui rapporte entre cinquante et soixante millions de dollars par an. Mais cette somme ne suffit plus, et les réserves constituées dans le passé sont épuisées.

Jean-Paul II a écouté les experts. « Il comprend tout ce qu'on lui dit, mais il a horreur de se perdre dans les détails de ces questions », commente l'un d'eux[6]. Le pape lui-même n'a préconisé aucune solution, mais il a compris qu'entretenir le mystère autour de ces questions délicates était le plus sûr moyen de multiplier les expédients ambigus et les rumeurs malsaines. Les prélats de la Curie ne peuvent continuer à invoquer onctueusement « notre façon à nous de faire » (*sic*) pour justifier cette irresponsabilité générale digne d'un autre temps. En juillet 1981, le pape annonce la constitution d'un Conseil pour les problèmes économiques et d'organisation du Saint-Siège, composé de quinze cardinaux « résidentiels », c'est-à-dire choisis en dehors de la Curie romaine — en sus du cardinal secrétaire d'État qui la préside. Parmi les membres de ce qu'on appelle aussitôt le « conseil des quinze », on trouve des gens comme Krol et Höffner, respectivement responsables des épiscopats américain et allemand. Ce n'est pas un hasard : ces deux communautés sont les plus riches de toute la chrétienté. Un diocèse comme celui de Philadelphie ou de Cologne gère un budget à lui seul supérieur à celui du Vatican. Ce nouveau conseil a pour mission de proposer des mesures destinées à rationaliser la gestion (cette année-là, le déficit atteint 87 millions de dollars[7]) et aussi de réfléchir aux moyens d'assurer la transparence de ce dossier épineux : un communiqué annuel sera bientôt publié sur l'état des finances, à la fois pour mettre fin aux rumeurs les plus folles sur la présumée richesse de l'Église et pour obliger la Curie à mettre au clair l'ensemble de ses comptes. Hélas ! Au moment où le pape s'imagine qu'il est définitivement déchargé de ces soucis-là, éclate en 1982 une des « affaires » les plus graves qui aient éclaboussé l'Église en cette fin de siècle : le scandale de l'IOR.

L'Institut pour les œuvres de religion (IOR), fondé en 1887, est une sorte de banque spéciale chargée d'administrer des biens mobiliers ou immobiliers pour le compte du Saint-Siège[8]. En 1969, le substitut Giuseppe Benelli avait nommé à sa tête un évêque américain d'origine lituanienne, Mgr Marcinkus, que sa taille de colosse prédisposait plutôt au rôle de « gorille » qu'il jouait pendant les voyages du pape. Marcinkus, bientôt surnommé le « banquier de Dieu », tranforma peu à peu l'IOR en une banque d'affaires et décida de diversifier ses placements — des centaines de millions de dollars — sur les places internationales. En 1974, la faillite d'un banquier véreux, Michele Sindona, lui coûta très cher. Mais l'erreur est humaine. Ce qui précipita la catastrophe, ce sont les « lettres de patronage » que Marcinkus signa imprudemment en faveur de son ami Roberto Calvi, président de la banque Ambrosiano de Milan, lequel emprunta des sommes colossales que personne n'a jamais revues. L'Ambrosiano fit faillite, on retrouva Calvi pendu sous un pont de Londres, et, en 1983, Marcinkus fut inculpé par la justice italienne pour coresponsabilité dans ce krach retentissant qui spolia nombre de petits épargnants. Mais le Saint-Siège refusa de le livrer à la justice, arguant de l'extraterritorialité de l'IOR et s'abritant derrière la thèse de la « naïveté » de Marcinkus.

Finalement, le cardinal Casaroli et ses conseillers épureront la situation vis-à-vis des créanciers de l'Ambrosiano (l'IOR leur versera 244 millions de dollars) et réformeront les statuts de l'institution en 1989, confiant sa gestion à une commission d'experts laïcs. Le pape attendra encore un an pour accepter la démission de son sulfureux banquier, lequel retournera discrètement dans sa paroisse d'origine, aux États-Unis. Pourquoi Jean-Paul II a-t-il ainsi couvert son grand argentier ? Pour éviter de le jeter en pâture aux médias, sans doute. Mais il faut se rappeler quel rapport Karol Wojtyla entretient avec l'argent. Combien de fois, lors de visites d'évêques africains ou est-européens à Rome, le pape demanda soudain à son secrétaire d'appeler Marcinkus, pour que l'on apporte au plus vite quelques « enveloppes » de vingt mille ou cinquante mille dollars ! Combien de fois, lors de voyages, notamment en Afrique, il a distribué autant de liasses de billets que de chapelets !

Jean-Paul II ne simplifie pas la tâche de ses intendants. Faussement ingénu, il ne se prive jamais de demander l'impossible. D'un côté, il refuse que l'Église réduise ses moyens d'action, surtout depuis que les Églises de l'Est se sont ajoutées à celles du tiers-monde sur la liste des communautés qu'il faut absolument aider. En même temps, il invite l'Église à redevenir « mendiante[9] ». « Regardez les oiseaux du ciel, ils ne sèment ni ne moissonnent... », disait déjà Jésus à ses disciples. S'il n'avait tenu qu'à Jean-Paul II, le Vatican aurait liquidé son patrimoine financier et immobilier — évalué par Mgr Caprio à 560 millions de dollars — et n'aurait compté dans l'avenir que sur la générosité des fidèles. Impossible, ont répondu les experts : comment assurer les rémunérations des deux mille salariés du Saint-Siège avec des revenus structurellement aléatoires ?

En 1990, le pape nomme le cardinal Edmund-Kasimir Szoka[10] à la tête de la Préfecture des affaires économiques du Saint-Siège. Le choix de l'archevêque de Detroit — un Américain d'origine polonaise — est excellent. Le nouveau grand argentier du pape fait le tour du propriétaire et constate au moins deux choses : il est urgent de moderniser cette administration archaïque qui, à l'époque, ne possède encore aucun ordinateur ; il sera difficile de faire des économies, les dépenses de prestige ayant été déjà réduites au maximum, le gaspillage étant rare, et les salaires ne pouvant être comprimés sans déclencher des grèves. Des grèves au Vatican ! Jamais les précédents papes n'auraient imaginé qu'un jour les employés des divers services du Vatican cesseraient spectaculairement le travail pour exiger des hausses de salaires. C'est à ce genre de détails que les *monsignori* de la Curie peuvent mesurer l'évolution de la société moderne.

Le Saint-Siège doit donc faire preuve de réalisme financier et trouver de nouvelles ressources. Une solution consisterait bien, en théorie, à vendre à l'encan les « trésors » des musées du Vatican, dont la valeur est absolument inestimable. Mais qui oserait imaginer brader un jour les dizaines de Raphaël, Botticelli, Rubens et autre Giotto qui peuplent la Pinacothèque, ou vendre à quelque collectionneur américain la *Pièta* de Michel-Ange ! Du reste, la tradition papale l'interdit formellement : ces chefs-d'œuvre appartiennent à l'humanité tout entière, et le Vatican estime n'en être que le dépositaire.

En 1988, une négociation mal ficelée, concernant le patrimoine du Vatican, a mis le pape en colère. Pour financer l'informatisation de la Bibliothèque vaticane, ses responsables avaient passé un accord avec une femme d'affaires américaine, Elaine Peconi, la chargeant d'exploiter commercialement ce fonds unique au monde, en lui cédant en retour la propriété des droits sur les images de la bibliothèque jusqu'en 2024. Le pape obligea ses auteurs à dénoncer le contrat, non sans mettre les points sur les i : « Vous devez défendre cet important patrimoine constitué au cours des siècles par les pontifes romains. Il s'agit de biens précieux et inaliénables du Saint-Siège qu'il faut protéger jalousement. Personne d'autre que le pape ne peut en disposer ! »

Avec l'aide de fondations catholiques américaines (dont la puissante Papal Fundation fondée à Philadelphie en 1987), le cardinal Szoka informatise l'Administration du patrimoine du Siège apostolique (APSA), engage quelques experts-comptables, limite toute augmentation budgétaire au montant de l'inflation, et... convainc Jean-Paul II de réunir les présidents des conférences épiscopales, à Rome, les 8 et 9 avril 1991, pour leur demander de participer, eux aussi, à l'effort de redressement. Cette initiative audacieuse, sans précédent, est déterminante. Les Églises locales ont chacune leur mode de financement, lequel dépend du régime politique en place, de la tradition économique locale et, bien sûr, du nombre de fidèles. Toutes n'ont pas les moyens des épiscopats ouest-allemands et américains, mais beaucoup disposent de précieuses réserves. Lors du consistoire du 13 juin 1994, le cardinal Szoka peut annoncer que le Siège apostolique affiche, pour la première fois depuis vingt-trois ans, un budget en équilibre. Le pape lui-même l'en félicite publiquement :

> Il me semble que dans tout ce secteur administratif et économique, après une période où sont apparues quelques inquiétudes, utilisées parfois d'une manière arbitraire par des milieux mal disposés à l'égard de l'Église, une certaine tranquillité soit maintenant revenue. [...] De même, en ce qui regarde l'Institut pour les œuvres de religion, j'ai l'impression que, après l'introduction d'opportunes modifications structurelles, une plus grande compréhension de son activité se manifeste dans l'opinion publique.

Jean-Paul II se réjouit un peu tôt. En 1996, le « conseil des quinze » en appelle à nouveau à la générosité des conférences épiscopales pour équilibrer *in extremis* le budget de cette année-là. L'année 1997, en revanche, se terminera par un solde largement positif, mais le pape et la Curie devront s'habituer, dans les années suivantes, aux aléas du marché et à la mondialisation.

Ce qui agace aussi Jean-Paul II, c'est le mythe de la fortune vaticane : « Il faut en finir avec cette légende ! » suggérait-il aux cardinaux en 1994. Il est vrai que le budget du Saint-Siège gagne à être comparé à celui des organisations internationales de même échelle, comme le secrétariat de l'ONU ou l'Unesco. À Bruxelles, la seule Commission européenne emploie huit fois plus de monde que le Saint-Siège, et son budget de fonctionnement lui est presque cinq fois supérieur.

Réformer la Curie ?

18 h 30. Salle des Congrégations, au troisième étage du palais apostolique. C'est là que le pape préside la réunion des « éminentissimes cardinaux, chefs des dicastères de la Curie romaine », ainsi que les nomme le *Bollettino*, le petit bulletin jaune et blanc de la salle de presse du Vatican. C'est, en quelque sorte, le « conseil des ministres » du Saint-Siège. Un peu comme dans l'usage constitutionnel français, le pape est là, qui préside, mais c'est le secrétaire d'État, véritable chef du gouvernement de l'Église, qui dirige les travaux. Le cardinal secrétaire d'État — qu'il se nomme Villot, Casaroli ou Sodano — rappelle l'ordre du jour, cadre les interventions, puis donne la parole aux vingt-sept chefs de dicastères (congrégations, conseils pontificaux, tribunaux ecclésiastiques) qui exposent tour à tour leur point de vue, préparé longtemps à l'avance, souvent par écrit. À la fin de la réunion, le secrétaire d'État conclut et le pape lève la séance. Sauf exception, il n'y a pas de véritable débat.

LA CURIE ROMAINE
(au 1er avril 2003)

SECRÉTAIRERIE D'ÉTAT

Secrétaire d'État — Card. Angelo Sodano

1° SECTION (AFFAIRES GÉNÉRALES)
Substitut — Mgr Leonardo Sandri

2° SECTION (RELATIONS AVEC LES ÉTATS)
Secrétaire — Mgr Jean-Louis Tauran

CONGRÉGATIONS

DOCTRINE DE LA FOI
Préfet — Card. Joseph Ratzinger
Secrétaire — Mgr Angelo Amato

ÉGLISES ORIENTALES
Préfet — Card. Ignace Moussa Daoud
Secrétaire — Mgr Maria Antonio Veglio

CULTE DIVIN ET DISCIPLINE DES SACREMENTS
Préfet — Card. Francis Arinze
Secrétaire — Mgr Francesco Tamburrino

CAUSES DES SAINTS
Préfet — Card. José Saraiva Martins
Secrétaire — Mgr Edward Nowak

ÉVÊQUES
Préfet — Card. Giovanni Battista Re
Secrétaire — Mgr Francesco Monterisi

ÉVANGÉLISATION DES PEUPLES
Préfet — Card. Crescenzio Sepe
Secrétaire — Mgr Robert Sarah

CLERGÉ
Préfet — Card. Dario Castrillon Hoyos
Secrétaire — Mgr Csaba Ternyàk

INSTITUTS DE VIE CONSACRÉE ET SOCIÉTES DE VIE APOSTOLIQUE
Préfet — Card. Eduardo Martinez Somalo
Secrétaire — Mgr Piergiorgio Silvano Nesti

ÉDUCATION CATHOLIQUE
Préfet — Card. Zenon Grocholewski
Secrétaire — Mgr Giuseppe Pittau

CONSEILS PONTIFICAUX

LAÏCS	
Président	Card. James Francis Stafford
Secrétaire	Mgr Stanislaw Rylko
PROMOTION DE L'UNITÉ DES CHRÉTIENS	
Président	Card. Walter Kasper
Secrétaire	Mgr Brian Farrell
FAMILLE	
Président	Card. Alfonso Lopez Trujillo
Secrétaire	Mgr Karl Jozef Romer
JUSTICE ET PAIX	
Président	Card. Renato Martino
Secrétaie	Mgr Gianpaolo Crepaldi
COR UNUM	
Président	Mgr Paul Joseph Cordès
Secrétaire	Mgr Karel Kasteel
PASTORALE DES MIGRANTS	
Président	Mgr Stephen Fumio Hamao
Secrétaire	Mgr Agostino Marchetto
PASTORALE DES SERVICES DE LA SANTÉ	
Président	Mgr Javier Lozano Barragan
Secrétaire	Mgr José Luis Redrado
TEXTES LÉGISLATIFS	
Président	Mgr Julian Herranz
Secrétaire	Mgr Bruno Bertagna
DIALOGUE INTERRELIGIEUX	
Président	Mgr Michael Fitzgerald
Secrétaire	Mgr Pier Luigi Celata
CULTURE	
Président	Card. Paul Poupard
Secrétaire	P. Bernard Ardura
COMMUNICATIONS SOCIALES	
Président	Mgr John Patrick Foley
Secrétaire	Mgr Pierfranco Pastore

TRIBUNAUX, BUREAUX ET AUTRES ORGANISMES

Ainsi va l'administration des affaires de l'Église, laquelle ne ressemble décidément ni à un État moderne ni à une multinationale performante. Le dossier des finances en général et le scandale de l'IOR en particulier ont montré que ce mode de gestion péchait par archaïsme. Beaucoup d'observateurs, y compris nombre d'évêques, en sont venus à poser une question indicible et pourtant cruciale : n'est-ce pas l'ensemble des dossiers gérés par le Saint-Siège qui souffrent ainsi d'être traités au fil de multiples *combinazioni* occultes et souvent irresponsables ?

La Curie romaine, composée de la secrétairerie d'État et des dicastères, existe en tant que telle depuis le XVIe siècle. Elle n'a jamais eu bonne presse au sein même de l'Église. Mgr Wojtyla avait personnellement constaté, lors du concile Vatican II, que la Curie disposait d'un formidable pouvoir de blocage des initiatives locales, et qu'une large majorité d'évêques souhaitait en proposer la réforme. Au fil des synodes, il avait aussi entendu nombre de représentants d'Églises locales se plaindre de la bureaucratie vaticane, de son conservatisme et de son opacité. Mais qu'il est difficile à saisir, ce petit monde feutré aux manières ampoulées, très attaché aux traditions, jaloux de ses secrets, où l'on « compte en siècles » pour mieux s'affranchir des problèmes de son époque ! Un monde où l'on a abandonné à contrecœur l'emploi du latin, mais où l'on cultive encore un vocabulaire propre dont les mots — *congrégation, bulle, bref, rescrit, préfet, dicastère, consulteur*, etc. — n'ont pas le même sens qu'ailleurs, comme s'il importait de bien garder ses distances avec le monde réel. Ces mauvaises habitudes, souvent anciennes, n'enlèvent rien à la qualité et à la piété de nombreux prélats en poste à Rome. Ni à l'utilité objective du travail effectué par les différents bureaux. Mais elles suscitent régulièrement les ragots les plus sordides et les « révélations » les plus malveillantes — comme le brûlot intitulé *Via col vento in Vaticano*, un ramassis sulfureux de vieilles rumeurs invérifiables publié en plein Jubilé de l'an 2000 [11]. Infamie ? Ou inévitable rançon d'un système excessivement opaque ?

Ce microcosme qui, à force de gouverner la papauté, est tenté de croire qu'il gouverne l'Église, fut stupéfait — « tétanisé », selon certains témoignages — de voir que le pape élu le 16 octobre 1978 n'était pas italien. Pour les fonctionnaires de la Curie, la nouvelle était impensable. Certes, le nouveau pape semblait énergique, il allait donner une meilleure image de l'Église, et tout cela était probablement positif. Mais *il papa Wojtyla* était un *straniero*, un « étranger ». Mauvais présage : le dernier pape non italien, le fameux Adrien VI, au XVIe siècle, ne s'était-il pas illustré en voulant réformer la Curie ?

L'« étranger », en retour, n'a jamais aimé la Cité du Vatican. Et pas seulement à cause de ses hautes murailles de brique rose qui lui donnent l'aspect d'une forteresse — après tout, le château de Wawel, à Cracovie, est aussi entouré de hauts murs fortifiés. Mais il ne s'est jamais habitué aux méthodes de travail inextricables, aux conciliabules de couloirs, au ton péremptoire et compassé qui caractérisent la Curie romaine. Moins d'un an après son élection, le 19 juin 1979, alors qu'il effectue une visite dans les bureaux curiaux situés dans le vieux quartier de Trastevere, un prélat lui dit :

— Nous sommes loin du Vatican, hélas !

Et le pape de murmurer :

— Mais de quoi se plaignent-ils ?

Nul ne s'est donc étonné que Jean-Paul II, dès la première assemblée plénière des cardinaux, le 5 novembre 1979, aborde le sujet de l'indispensable réforme de l'administration de l'Église. La Curie, dit-il ce jour-là devant les principaux responsables de l'Église, doit être « un *service* toujours plus qualifié et utile aux évêques et aux conférences épiscopales du monde ». Et le pape de confier au cardinal secrétaire d'État un rapport sur le sujet. Initiative méritoire, certes, mais condamnée à l'enlisement : fallait-il attendre du prudent cardinal Casaroli, entré à la Curie à l'âge de vingt-cinq ans, un bouleversement de l'institution dont il était lui-même issu, comme en étaient issus avant lui deux des papes les plus prestigieux de ce siècle, Pie XII et Paul VI ?

Entre le pape polonais et la Curie romaine, le risque était grand de voir s'engager une lutte d'influence permanente. Redoutant d'avoir à perdre son temps dans de multiples manœuvres quotidiennes aussi subtiles que stériles, Jean-Paul II imposa une répartition des tâches simple : la Curie gère, le pape règne. Pas question pour lui de s'immiscer dans les affaires administratives. Mais s'il délègue volontiers ses pouvoirs, tous ses pouvoirs, au-delà de ce qu'aucun pape n'avait fait, il entend bien garder *l'autorité*.

L'autorité, il va l'exercer ailleurs, et à sa façon. Sans se préoccuper de l'intendance ou du protocole. Notamment au cours de ses multiples voyages, quand il est loin de Rome ; ou lors de ses innombrables audiences, au cours desquelles il improvise souvent, sans notes et sans interprète ; ou par le biais de certains hommes de confiance chargés de missions très personnelles, parfois secrètes ; ou encore dans ses textes fondamentaux, notamment ses quatorze encycliques — que Jean-Paul II, le plus souvent, écrit lui-même. Une encyclique a échappé à la règle et offre un contre-exemple spectaculaire. En 1986, le pape a tenu à associer largement la Curie à l'élaboration de *Sollicitudo rei socialis* (« La préoccupation pour la question sociale »), en y associant un maximum de responsables concernés au sein de la direction de l'Église. Mal lui en a pris ! À force de passer de commissions en conseils, le brouillon cent fois remanié de l'encyclique revint sur le bureau du pape avec onze mois de retard (elle était prévue pour le 26 mars 1987, date du vingtième anniversaire de l'encyclique sociale de Paul VI *Populorum progressio*). Datée symboliquement de l'extrême fin de l'année anniversaire (30 décembre 1987), elle ne sortit en réalité que le 19 février 1988. Pendant tout ce temps, le pape n'a pas voyagé, ce qui ne manqua pas d'attirer l'attention de certains journalistes, auxquels le porte-parole Navarro-Valls répondit par une boutade significative : « Le pape est parti en voyage pour la Curie. » Plus grave : les deux tiers du texte sont écrits sur un ton si administratif, presque technique, que toute l'intuition prophétique du pape — sur la notion de « solidarité » étendue au monde entier — en est absente. Au fond, commente un expert, cette encyclique mi-libérale, mi-gauchiste, dit tout et son contraire [12].

*

Pour se protéger de l'empiétement irrépressible des diverses administrations de la Curie sur son activité, Jean-Paul II a vite constitué son propre cabinet privé, comme jadis les papes avaient une *camera segreta*. Personnage clef, à la fois secrétaire personnel, fils spirituel et animateur de la petite « famille » qui entoure le pape au quotidien : Stanislaw Dziwisz. Nul ne peut approcher le Saint-Père si ce n'est par le truchement de celui qu'on appelle, à Rome, *don Stanislao*. Lequel, en revanche, permet à certaines personnes, notamment polonaises, d'accéder au pape sans passer par les filières habituelles — au point qu'on a pu parler, dans les premières années du pontificat, d'un « réseau polonais ».

Au début du pontificat, maints vieux amis de l'ancien archevêque de Cracovie sont invités par celui-ci à participer aux travaux de tel ou tel dicastère. Ainsi Jacek Wozniakowski entre-t-il au Conseil pontifical pour la culture. De même Stefan Wilkanowicz rejoint-il le Conseil pontifical pour les laïcs. Ces deux-là et quelques autres ne se contentent pas de participer à quelques réunions annuelles au palazzo San Calisto, sous la présidence de telle ou telle éminence : à l'occasion de leurs séjours à Rome, ils voient systématiquement le pape lors de petits déjeuners, échangeant réflexions et informations en dehors de tout protocole. Une anecdote illustre l'efficacité de ces « réseaux » parallèles : un jour, au tout début du pontificat, une très vieille dame de Cracovie, Karla Lanckoronska, qui avait décidé de consacrer le reste de sa fortune aux archives diplomatiques vaticanes, constate que Jean-Paul II confond toujours le chef des archives et le chef de la bibliothèque du Vatican, et que ce dernier s'en est vexé. À peine a-t-elle prévenu l'historien Jacek Wozniakowski que celui-ci alerte Stanislaw Dziwisz. Le lendemain, court-circuitant le protocole, Jean-Paul II reçoit personnellement le chef de la bibliothèque [13].

Il ne faudrait pas en conclure que Jean-Paul II a passé son temps à contourner la Curie pendant un quart de siècle. Un pape disposant d'une telle puissance de travail a besoin, plus qu'un autre, de collaborateurs, ne serait-ce qu'en matière linguistique : combien de milliers de textes auront dû être traduits dans de multiples langues, chaque année de ce très long pontificat ! Et combien de fois le pape se sera-t-il appuyé sur plusieurs chefs de dicastères — comme l'Allemand Ratzinger ou le Français

Etchegaray — pour faire aboutir telle ou telle idée importante, telle ou telle intuition fondamentale !

Mais Jean-Paul II n'a pu éviter que s'instaure une réelle dualité entre un pape jaloux de sa liberté, multipliant les initiatives pastorales et spirituelles, et une Curie gardienne des procédures et des traditions, rebelle aux changements et sceptique quant à l'avenir. Les exemples pullulent. Ainsi, à son retour de Calcutta, en 1986, le Saint-Père a l'idée de créer une « maison de charité » au Vatican et de la confier aux petites sœurs de mère Teresa. Tollé chez les administrateurs du Vatican. Une maison ouverte aux sans-logis ? Des SDF incontrôlés au Vatican ? Comment assurer la sécurité du pape dans ces conditions ? Jean-Paul II tient bon : créée à la limite de l'État du Vatican, près des bureaux de la Congrégation pour la doctrine de la foi, la *Casa di Accoglienza per i Piu Poveri* sera inaugurée le 20 mai 1988.

Le plus grand danger venant de la Curie est qu'elle étouffe sous son poids de traditions et de règlements non seulement le pape, mais l'Église elle-même, dont la vitalité vient, en bonne part, de la liberté de ses communautés les plus diverses. Ainsi Jean-Paul II n'a cessé d'encourager les « charismatiques ». Il avait connu le problème quand il était archevêque en Pologne : combien de dignes prélats considéraient avec méfiance ces groupes anticonformistes, qui prient le Bon Dieu à leur manière, sans s'inquiéter de ce qu'en pensent les fonctionnaires de l'Église ! Jean-Paul II protégea tous ces groupes — comme la communauté romaine Sant' Egidio — des foudres de l'institution et les encouragea à préparer l'avenir. Le 30 mai 1998, il invita cinq cent mille charismatiques à Saint-Pierre, pour rappeler que « toute innovation est perturbatrice », et qu'il vaut mieux s'en remettre à l'Esprit-Saint qu'à l'institution ecclésiale. Plus grave, cette dualité entre le pape et la Curie aura été à l'origine de contradictions sur des sujets de fond, notamment ces dernières années : sur les divorcés-remariés, sur le pouvoir des évêques, sur l'œcuménisme, certains textes émanant de tel ou tel dicastère ont jeté le trouble sur les véritables intentions du pape. Inévitable ? Sans doute. « Le pape, explique un membre de la Curie, est soumis à tant de pressions contradictoires[14] ! » Mais l'affaiblissement physique du pape, l'atmosphère de « fin de règne » qui en a résulté ont sans doute accentué le phénomène.

En fait de réforme de la Curie, Jean-Paul II se sera contenté d'entériner une réorganisation très formelle des multiples conseils, secrétariats, commissions et autres services divers créés par Paul VI dans la foulée du concile. La constitution *Pastor bonus* du 28 juin 1988, à cet égard, est une « réformette » comparée à celle que Paul VI avait promulguée le 15 août 1967 sous l'intitulé *Regimini Ecclesiae universae*. Les changements ratifiés par Jean-Paul II constituent un simple toilettage institutionnel pour lequel, ici comme ailleurs, le pape a laissé faire son secrétaire d'État. Selon les témoins de l'époque, le Saint-Père est intervenu seulement sur deux points qui touchaient, à ses yeux, à des choses essentielles :

— Il s'est d'abord opposé à la fusion des secrétariats chargés du dialogue œcuménique, des non-chrétiens et des non-croyants, estimant qu'il ne fallait pas fusionner les questions relevant globalement des « non-catholiques » ; c'est ainsi que le Secrétariat pour les non-chrétiens est devenu le Conseil pour le dialogue interreligieux.

— Il s'est ensuite opposé à la création d'une Congrégation chargée des laïcs, lui préférant un Conseil pontifical, sans pouvoir de juridiction, afin de ne pas laisser penser que les laïcs sont soumis à la hiérarchie ecclésiale au même titre que les évêques, les prêtres, les religieux ou les théologiens.

C'est ce conseil qui coordonnait, en toute liberté, les Journées mondiales de la jeunesse.

Pour le reste, Jean-Paul II a laissé faire les experts. Curieusement, ce pape à la vision lointaine, aux gestes amples, aux initiatives souvent prophétiques, n'a pas donné la moindre impulsion sur ce sujet délicat mais nécessaire du gouvernement de l'Église. Comme s'il avait plus urgent à faire, laissant ce chantier complexe à son successeur. « Le pape est prisonnier des cercles qui sont autour de lui et qui le coupent de la base. Jean-Paul II a fait beaucoup d'efforts pour changer les choses mais il n'y est pas parvenu. C'est à son successeur qu'il appartiendra de se libérer d'une organisation trop *ecclésiastique* et pas assez *ecclésiale* », dira le vieux cardinal brésilien Lorscheider, non sans dépit, en marge du consistoire extraordinaire convoqué par Jean-Paul II à Rome en mai 2001 [15]. Aloiso Lorscheider, en octobre 1978, avait entraîné les « réformistes » du Sacré Collège à voter pour le cardinal de Cracovie.

Si Jean-Paul II a laissé une empreinte profonde, il faut la chercher du côté de l'incontestable « internationalisation » de la Curie et, partant, de la papauté. Il est vrai qu'il n'a pas été le premier pape à nommer des éminences « étrangères ». Pie XII avait élevé à la pourpre un Chinois et un Indien, Jean XXIII avait créé le premier cardinal africain. Il est vrai aussi que Paul VI avait exigé que la Curie recrutât des hommes « de terrain » et des prélats choisis en dehors de la sphère italienne. Mais c'est sous le pontificat de Jean-Paul II que l'on a assisté à une spectaculaire « mondialisation » du cœur de l'Église. Déjà, six ou sept ans après le conclave de 1978, le bilan est édifiant : le fameux « conseil des quinze » chargé d'assainir les finances ne comprend pas un seul cardinal italien, hormis, ès qualités, le secrétaire d'État Casaroli ; le substitut de la Secrétairerie d'État est un Espagnol (Martinez Somalo) ; l'administration du patrimoine a été confiée à un Brésilien (Rossi) ; les « laïcs » à un Argentin (Pironio) ; les missions à un Irlandais (Ryan) puis à un Slovaque (Tomko) ; la Congrégation pour les évêques et les rapports avec les non-chrétiens à deux Africains (Gantin et Arinze) ; les droits de l'homme et la culture à des Français (Etchegaray et Poupard) ; les communications sociales à un Américain (Foley) ; la presse à un laïc espagnol (Navarro-Valls) ; etc. En mai 1984, un prélat italien glisse au préfet de la Maison pontificale, Mgr Jacques Martin : « Si le pape veut réellement que la Curie soit internationale, il faudrait qu'il pense à nommer aussi quelques Italiens [16] ! »

La boutade est significative, mais elle élude la question de fond : parce qu'elle s'est ouverte à des prélats étrangers, la Curie a-t-elle été pour autant ébranlée dans son conservatisme, bousculée dans ses prérogatives, réformée dans ses habitudes ? En réalité, si les services de la Curie se sont un peu simplifiés, si son recrutement s'est diversifié, son organigramme restera quasiment inchangé pendant ce pontificat, et Jean-Paul II n'interviendra presque jamais dans le processus de nomination et de promotion des hommes. Comme à Cracovie, il fait systématiquement confiance aux gens en place, ce qui lui vaut, de temps en temps, quelques déconvenues. Pendant son règne, la grande majorité des promotions s'est donc faite à l'ancienneté, le numéro 2 d'un service remplaçant le numéro 1 lorsque celui-ci est appelé à d'autres fonctions — c'est-à-dire tous les cinq ans, comme le veut la règle instaurée par Paul VI. « Jean-Paul II a choisi de laisser tourner la machine », résume un ancien fonctionnaire de la Secrétairerie d'État [17].

Ainsi en fut-il, sauf exceptions, pour les nominations d'évêques. Le pape nomme entre cent et cent cinquante évêques par an. Bien entendu, il ne peut maîtriser un tel nombre de dossiers, et c'est la Congrégation pour les évêques — successivement dirigée par les cardinaux Gantin, Moreira Neves et Re — qui gère tout le processus. La tradition veut que, dans chaque pays concerné, le nonce apostolique en place consulte les évêques locaux et avance trois noms, en plaçant en tête de la liste celui qui a sa préférence. La Congrégation pour les évêques — une quarantaine de prélats — discute ce choix et tranche. Il est rare que le pape intervienne. En général, il entérine. D'abord parce qu'il ne veut pas contester le travail de la Congrégation. Ensuite, explique un ancien responsable curial, « Jean-Paul II n'aime pas humilier les hommes. Parfois, il donne son accord sur un nom en sachant très bien qu'il prend un risque. Il savait très bien, par exemple, que le choix de Mgr Monduzzi pour remplacer le cardinal Martin à la tête de la Maison papale n'était pas idéal, l'homme n'étant pas au niveau de cette tâche, mais il a laissé faire. » Cela est vrai aussi, comme on l'a vu, au plus haut niveau du gouvernement de l'Église. Quand il a pris ses fonctions, Jean-Paul II a gardé Villot à la tête de la Secrétairerie d'État. À sa mort, il a promu Casaroli, qui était l'adjoint de Villot pour les affaires internationales. Puis il a remplacé Casaroli par Sodano, qui était dans la même position d'adjoint. Du coup, il a promu le Français Jean-Louis Tauran, quarante-sept ans, à la tête de la diplomatie vaticane, puisque ce diplomate discret et timide était l'adjoint de Sodano.

Pendant l'année du Jubilé, préoccupé par sa propre succession, le pape a voulu intervenir à ce niveau pour proposer que l'ancien substitut, Mgr Re, auquel le liaient une grande considération et une vive amitié, devienne officiellement secrétaire d'État adjoint. Le cardinal Sodano, secrétaire d'État en titre, menaça aussitôt de démissionner : le pape renonça à son projet, et le cardinal Re se retrouva à la tête de la Congrégation pour les évêques.

*

La seule catégorie de dignitaires qui dépende personnellement du pape, ce sont les cardinaux. Il en annonce en général la « création » lors de la prière de l'angélus, à quelques semaines d'un consistoire solennel. Chaque fois, les observateurs en profitent pour faire le point sur la composition du Sacré Collège — combien d'Italiens, d'Européens, de Sud-Américains ? — dans la perspective du futur conclave qui devra, tôt ou tard, élire le pape suivant.

Dans cette optique, le privilège de nommer les cardinaux est capital. Mais Jean-Paul II, par son exceptionnelle longévité, a brouillé les pistes menant à sa propre succession. Combien de *papabili* — les Martini, Gantin, Moreira Neves, Piovanelli et autres Etchegaray — ont vieilli, au fil des ans, jusqu'à n'être plus des candidats crédibles ? Combien sont morts avant celui auquel ils devaient succéder ? En vingt-six ans et neuf consistoires, le pape polonais a nommé quelque deux cents cardinaux. En avril 2005, seuls deux cardinaux électeurs au conclave (c'est-à-dire âgés de moins de quatre-vingts ans, selon la règle instaurée par Paul VI) n'avaient pas été nommés par lui, mais par ses prédécesseurs.

Et pourtant, là aussi, le poids des traditions est grand. Ainsi, certaines présidences de dicastères et certains sièges archidiocésains sont présumés « cardinalices » : cela explique la majorité des créations de nouveaux cardinaux. Lorsque Jean-Paul II nomme le président du Conseil Justice et Paix ou le préfet de la Congrégation pour le clergé, lorsqu'il promeut les archevêques de Turin, Boston, São Paulo, Lyon, Naples, Gênes, Madrid ou Chicago, il ne fait que consacrer une habitude[18]. Il est vrai que c'est sur sa seule initiative personnelle que certains jeunes évêques d'Europe centrale ont rapidement été élevés à la pourpre, comme Christoph Schönborn (Vienne), Miroslav Vlk (Prague) ou Vinko Puljic (Sarajevo). Karol Wojtyla n'a pas oublié qu'il est devenu cardinal à l'âge de quarante-sept ans.

Son autre latitude, c'est de nommer « au mérite » des ecclésiastiques en fin de carrière, dont la barrette cardinalice est un dernier hommage papal reçu au crépuscule de leur vie. De son propre chef, le pape a ainsi consacré des théologiens très âgés comme Henri de Lubac, Urs von Balthasar, Alois Grillmeier, Yves Congar ou Avery Dulles ; quelques vieux missionnaires comme le jésuite polono-zambien Adam Kozlowiecki ; d'anciens combattants de la liberté comme le Vietnamien Paul-Joseph Pham Dinh Tung, l'Albanais Mikel Koliqi ou le Lituanien Vincentas Sladkevicius ; ou encore des prélats en retraite qui lui ont rendu des services particuliers, comme son ami Andrzej-Maria Deskur, le jésuite Paolo Dezza, l'organisateur de ses voyages Roberto Tucci, ou Mgr Jean Honoré, l'ancien archevêque de Tours. Tous avaient au moins quatre-vingts ans — parfois bien davantage — lors de leur promotion, et nul ne pouvait donc accuser le pape de « placer » ces hommes-là en vue de sa succession.

Sa marge de manœuvre, en résumé, est étroite. D'autant plus que Paul VI avait fixé à cent vingt le nombre maximal de cardinaux électeurs. À deux reprises, du reste, en 1998 et en 2001, Jean-Paul II a enfreint cette disposition — comme pour montrer qu'un règlement n'est qu'un règlement et qu'il peut toujours être contourné sous l'inspiration du Saint-Esprit. Lors de l'annonce de son huitième consistoire, en janvier 2001, Jean-Paul II a d'ailleurs regretté publiquement ce carcan, en déclarant : « D'autres personnes qui me sont très chères mériteraient, en raison de leur dévouement, d'être élevées à la dignité cardinalice. » La confidence est d'autant plus remarquable qu'en nommant ce jour-là trente-sept cardinaux d'un coup, puis, rompant avec tous les usages, cinq autres le dimanche suivant, Jean-Paul II venait d'établir un record difficile à battre.

La « collégialité »

C'est à un autre niveau, bien au-delà de la gestion des affaires administratives, que Jean-Paul II a cherché à innover. En tentant de résoudre la quadrature du cercle : instaurer une « collégialité » dans le gouvernement de l'Église, comme l'avaient souhaité les pères du concile, sans amoindrir pour autant l'autorité du pape.

Karol Wojtyla a vécu intensément les débats conciliaires. Il a ensuite participé avec passion aux synodes des évêques convoqués par Paul VI. Quand il est élu par le conclave, en 1978, il ne découvre pas le sujet. Il sait parfaitement que le pape n'est pas « au-dessus » de l'Église et qu'il n'est qu'un évêque parmi d'autres, bénéficiant du même pouvoir « sacramentel » que ses pairs. Il sait que le mot *pape* (qui signifie « père ») était donné jusqu'au VIIe siècle à d'autres évêques [19]. C'est parce qu'il est évêque de Rome, donc le successeur de Pierre, l'apôtre que Jésus a choisi pour « bâtir son Église », que le pape est le *primus inter pares*, le primat du collège des évêques, jouissant du pouvoir de « juridiction », lequel ne concerne que le « gouvernement » de l'Église. Ce pouvoir, dont il dispose « librement », selon le droit canon, est un

« pouvoir ordinaire, suprême, plénier, immédiat et universel[20] ».

Ce pouvoir quasi absolu et cette primauté, au fil des siècles, ont provoqué une dérive centralisatrice et autoritaire de l'Église qui a choqué un nombre croissant de catholiques peu enclins à obéir à une mystérieuse et lointaine instance romaine. C'est d'abord pour mettre fin à cette dérive que Jean XXIII a convoqué le concile Vatican II, à la satisfaction — au soulagement, parfois — d'une grande majorité de fidèles. Mais cette prééminence hiérarchique et cette personnalisation du pouvoir ont surtout scandalisé les autres confessions chrétiennes, en particulier les chrétiens orthodoxes pour qui l'évêque de Rome n'est qu'un patriarche parmi d'autres, au même titre que ceux de Constantinople, d'Antioche ou d'Alexandrie. C'est pour cette raison que Jean-Paul II convoqua, en décembre 1996, un symposium réunissant des experts catholiques et non catholiques, afin d'examiner publiquement les fondements de sa propre primauté. Le seul fait de poser cette question — au grand dam de certains dirigeants de la Curie — fut une première dans l'histoire de la papauté.

Même si le successeur de Pierre assume une responsabilité toute particulière, à nulle autre pareille, même si son lien avec Dieu est personnel et indicible, il serait fou de sa part de prétendre gouverner seul une institution aussi vaste et complexe que l'Église catholique, fût-il flanqué d'un secrétaire d'État omniscient et d'une Curie irréprochable. C'est pour montrer qu'il n'entend pas gouverner en monarque absolu que Jean-Paul II décide, quelques mois après son élection, d'associer d'abord les cardinaux à sa responsabilité apostolique. Les dernières années du règne de Paul VI avaient donné lieu à d'interminables discussions de couloir sur la responsabilité de ces

« princes de l'Église » composant ce qu'on a appelé le Sacré Collège : ne sont-ils vraiment responsables que de l'élection du pape ? Ne peut-on les associer davantage à la conduite des affaires de l'Église ? Le cardinal-archevêque de Cracovie, en son temps, avait participé à ces réflexions. À ses yeux, la qualité de cardinal est une responsabilité plus qu'un privilège ou une dignité formelle. Il sait que le titre de « cardinal » vient du mot latin *cardo,* qui signifie le « gond d'une porte », c'est-à-dire qu'il est à la fois le soutien et le pivot de l'institution.

Le 5 novembre 1979, soit un an après son élection, Jean-Paul II institue, à côté et au-dessus du synode des évêques, un consistoire spécial rassemblant tous les cardinaux en une assemblée plénière non permanente, une sorte de haut conseil consultatif — il l'appellera un jour le « Sénat » de l'Église — auquel il entend soumettre les grandes questions qui agitent la communauté des chrétiens. C'est la première fois en quatre cents ans que ce collège se réunit solennellement autrement que pour élire le pape. Lors de cette première assemblée plénière, minutieusement organisée à partir des affinités linguistiques des uns et des autres, le pape expose à ses « frères » le problème de la réforme de la Curie et des finances du Vatican. Quatre autres réunions seront convoquées entre 1982 et 1994 : sur la culture, la défense de la vie, la prolifération des sectes et, six ans avant l'échéance, sur la préparation du Jubilé de l'an 2000. Une autre encore rassemblera les cardinaux à Rome en mai 2001 pour tirer les enseignements du Jubilé de l'an 2000.

L'initiative surprend agréablement. L'idée de Jean-Paul II est de rétablir cette liberté de parole qui lui avait tant plu pendant le concile. Mais ce souci d'inventivité fera long feu. Après vingt-cinq ans de pontificat, rien n'a vraiment changé. Ni au niveau des structures : dans la constitution *Universi dominici gregis*, en février 1996, le pape confirme les cardinaux dans leur unique privilège d'élire le pape tout en gardant la règle de la limite d'âge des électeurs à quatre-vingts ans. Ni dans les faits : ici comme dans toutes les assemblées qu'il aura à présider, le pape laisse parler les uns et les autres, il écoute attentivement, puis il décide seul. *Ex cathedra*.

Cette collégialité cardinalice, pour sympathique qu'elle fût, n'a pas apporté grand-chose. Elle a associé au gouvernement de l'Église des personnalités d'expérience, ce qui est évidemment une bonne chose, mais elle a aussi « parasité » l'autre partage des responsabilités, que Paul VI, dans le sillage de Vatican II, avait inauguré sous la forme de synodes : celui où le pape partage le pouvoir avec les évêques.

En effet, c'est au collège des évêques, et à lui seul, que le droit canon confère également le pouvoir « suprême et plénier » dans l'Église — à la condition expresse que ce ne soit jamais « en dehors de son chef, le pontife romain ». Ce dernier critère est peu cité par les partisans d'un « rééquilibrage » entre le pouvoir du pape et celui des évêques. Or il est essentiel[21].

Pour Jean-Paul II, les choses sont claires : la primauté de juridiction du pape n'est pas contestable, la responsabilité collégiale des évêques non plus, les deux vont de pair et il ne faut voir ni rivalité ni équilibre factice entre l'une et l'autre. Dans la ligne de la constitution conciliaire *Lumen gentium*, qui indique que les évêques et le pape « forment un tout », Jean-Paul II parle d'une « communion » qui les unit dans une même responsabilité : le pape doit s'occuper *aussi* des Églises locales, ne serait-ce qu'en vertu de son pouvoir de juridiction universelle, de même que chaque évêque est *aussi* en charge de l'Église universelle, au moins sur le plan pastoral. Ce rapport dialectique, dont le concile fut l'application concrète la plus spectaculaire, ne se compare avec aucune dualité de pouvoir dans d'autres organisations humaines.

Jean-Paul II donnera corps à cette « communion » le plus souvent possible, en associant au maximum les évêques à la conduite des affaires de l'Église. Ainsi, poursuivant sur la voie de Paul VI, il convoquera régulièrement les évêques à Rome pour y tenir des synodes, dont il va varier la géométrie en fonction de l'objectif : ordinaire, extraordinaire, national, spécial ou partiel.

Les synodes ordinaires, qui se tenaient environ tous les trois ans sous Paul VI, étaient devenus un genre si bien rodé qu'ils risquaient l'enlisement bureaucratique. Préparé par les quinze membres de sa commission permanente, convoqué par le pape qui en définit le sujet, sanctionné par un simple vote consultatif, le synode des évêques a vite perdu son caractère créatif et autonome. Le 14 juillet 1979, Jean-Paul II fait de son ami slovaque Jozef Tomko le secrétaire général du synode, avec mission de revigorer l'institution. En novembre 1980, un premier synode ordinaire se réunit sur le thème de la famille, qui va servir de modèle pour l'avenir. Comme il l'avait fait à Cracovie, Jean-Paul II a préparé les esprits à cette réunion en développant une véritable catéchèse, chaque semaine, lors de l'audience générale. Durant le synode proprement dit, il préside les messes d'ouverture et de clôture, assiste à toutes les réunions — sans intervenir, mais en prenant des notes — et, en marge des sessions, invite à sa table des petits groupes de participants. Disponible et omniprésent, le pape anime réellement chaque session, dont il se réserve d'ailleurs la conclusion.

Naguère, le cardinal Wojtyla avait pu mesurer la

difficulté de synthétiser ce genre de travaux, notamment lorsqu'il fut lui-même, en 1974, le principal rapporteur des débats synodaux sur le thème controversé de la mission. Paul VI attendit plusieurs mois avant de tirer les enseignements du synode en publiant une exhortation postsynodale intitulée *Evangelii nuntiandi*. Jean-Paul II va reprendre à son compte cette méthode qui permet à la fois de laisser retomber les passions, d'affiner encore la réflexion et de laisser une trace doctrinale autorisée. C'est ainsi qu'un an après le premier synode de son pontificat, consacré à la famille, il publie une lettre sur le sujet, *Familiaris consortio*, en 1981, pour fixer les enseignements de cet échange. De même, il publiera un texte intitulé *Reconciliatio et poenitentia* quatorze mois après le synode d'octobre 1983 sur la pénitence et la réconciliation. En octobre 1987, Jean-Paul II entame un cycle de trois synodes ordinaires consacrés à la vie de l'Église. Pendant un mois, deux cent trente-deux évêques et une soixantaine d'auditeurs laïcs débattent librement de la mission du laïcat. C'est après avoir personnellement écouté quelque trois cents interventions ayant débouché sur cinquante-quatre « propositions » que le pape rédigera l'exhortation postsynodale *Christi fideles laici* qui sera publiée plus d'un an après. Il en sera de même pour le synode sur les prêtres en 1990 (le texte *Pastores dabo vobis* paraîtra en avril 1991), pour le synode sur la vie religieuse en 1994 (l'exhortation *Vita consacrata* sortira en mars 1996) et pour le synode sur l'Europe en 1999 (le document *Ecclesia in Europa* sera publié en juin 2003)[22].

Tous ces textes, qui viennent encore enrichir le legs doctrinal de ce pape exceptionnellement prolifique, ont aussi pour fonction de rappeler une vérité qui, pour Jean-Paul II, frise l'évidence : entre les évêques et le pape, c'est toujours celui-ci qui a le dernier mot.

*

Au début de l'automne 1979, les appartements pontificaux sont en rénovation, c'est donc dans la tour San Giovanni, habituellement réservée aux invités de marque, que Jean-Paul II réunit autour de lui quelques éminences pour évoquer la situation tendue au sein de l'Église des Pays-Bas. C'est au cours de cette réunion que le pape lance une idée : « Et si on organisait un synode ? » La proposition papale d'un synode qui ne soit pas mondial est une première. Les sept évêques néerlandais sont donc convoqués à Rome à la mi-janvier 1980, pour vider leur querelle en famille. Certains vivent leurs désaccords avec tant de passion qu'ils ne se parlent plus. Au bout de douze jours de vie, de prière et de réflexion communes autour du Saint-Père, le dialogue pourra reprendre au sein de cette hiérarchie en crise. Deux des évêques concernés diront au père Jan Schotte, auquel Jean-Paul II a confié l'animation de l'ensemble : « Mais pourquoi n'avons-nous pas fait cela plus tôt[23] ? »

La méthode sera reprise, dix ans plus tard, pour d'autres synodes spéciaux destinés à confronter des points de vue divergents au sein d'un même ensemble géographique. Le pape convoquera ainsi à Rome les évêques ukrainiens (1990), les évêques européens de l'Ouest et de l'Est (1991), les évêques africains (1994), les évêques américains du Nord et du Sud (1997), les évêques asiatiques (1998), les évêques européens de nouveau (1998). Enfin, Jean-Paul II n'hésita pas à convoquer des mini-synodes, informels ou partiels, réunissant tous les évêques concernés par un sujet précis : sur l'Amérique centrale (1981), sur la paix et le désarmement (1983), sur la théologie de la libération au Pérou (1984), sur les tensions dans l'Église au Brésil (1986) et dans celle des États-Unis (1987), sur les problèmes de l'épiscopat suisse (1991), sur la guerre du Golfe (1991) ou le conflit en ex-Yougoslavie (1995).

Par ailleurs, on l'a vu, le pape a profondément modifié les habitudes des évêques en systématisant les visites *ad limina apostolorum* (sur la « tombe des apôtres » Pierre et Paul), auxquelles il a donné un rythme quinquennal. Au cours de ces séjours romains, les évêques répartis en petits groupes ont peu de temps libre. Non seulement ils discutent beaucoup avec les représentants des dicastères, mais ils sont aussi invités à la messe matinale du pape, puis à un repas au palais apostolique — petit déjeuner ou déjeuner — en compagnie du Saint-Père, puis à une audience collective où le pape prononce un « discours *ad limina* ». Ce propos synthétique et argumenté est une nouveauté très importante pour chaque Église locale, qui reçoit, en quelque sorte, sa « feuille de route » pour les cinq ans à venir. Enfin, chaque évêque a droit à un entretien personnel avec le Saint-Père de quinze à trente minutes, le plus souvent sans interprète. Pour Jean-Paul II lui-même, ces entretiens individuels sont un excellent moyen pour compléter — et parfois contourner — les rapports des nonces apostoliques, souvent trop diplomatiques à son goût, et de se faire une idée personnelle, concrète, de chacun des deux mille quatre cents diocèses composant l'Église mondiale. Chaque évêque ayant vécu ce rite se rappelle la façon dont le pape l'a accueilli la première fois, en avisant un atlas : « Alors, Monseigneur, où est situé votre diocèse ? »

D'où vient, dans ces conditions, que Jean-Paul II a été accusé de ne pas faire assez participer les évêques à la conduite des affaires de l'Église ? Est-ce seulement parce que la règle, dans toutes ces assemblées, est que le pape ait le dernier mot ? Lors du synode d'octobre 2001, nombre d'évêques exprimaient encore le souhait que cette institution consultative devienne enfin délibérative. Ou bien est-ce que l'Église n'a jamais acquis cette « culture du débat » que beaucoup de responsables locaux, y compris des cardinaux, appellent désormais de leurs vœux ?

Pas seulement. Il faut aussi souligner que le pape a veillé personnellement à ce que les conférences épiscopales, réunissant tous les évêques d'un même pays dans une structure « nationale », ne s'attribuent pas le pouvoir que le droit canon confère individuellement à chaque évêque dans son diocèse. Le danger est grand, en effet, qu'une Église locale, sous couvert de collégialité, prenne son autonomie sur des critères spécifiquement nationaux, alors que le simple concept d'Église « nationale » est contraire à la fois à la tradition, au droit canon et au bon sens.

L'ancien archevêque de Cracovie, qui fut le numéro deux de la conférence épiscopale polonaise, en sait quelque chose. Dans les années soixante et soixante-dix, celle-ci disposait d'une structure « nationale » originale qui permettait un vrai partage des tâches, d'efficaces délégations de pouvoir et de vrais débats internes. Lesquels n'empêchaient pas, bien au contraire, une indéfectible solidarité des évêques polonais vis-à-vis de l'extérieur, y compris... de la papauté ! Devenu pape, il est arrivé à Karol Wojtyla de dénoncer avec virulence certaines tendances à des « définitions emphatiques, unilatérales et insoutenables » de telle ou telle Église locale[24]. En 1986, à Lyon, où une partie du clergé local conteste publiquement son autorité, il explique : « On ne peut dissocier Jésus-Christ de son Église, on ne peut dissocier la communauté diocésaine de son évêque ni de l'évêque de Rome ! » Pis, en juillet 1998, Jean-Paul II publie un *motu proprio*[25] intitulé *Apostolos suos* sur le rôle et l'autorité des conférences épiscopales nationales qui se sont multipliées après le concile Vatican II (on en compte désormais plus de cent) et qui abordent de plus en plus souvent des problèmes de doctrine. Dans ce texte — dont la réalisation a nécessité treize ans de concertation tous azimuts — le pape rappelle que les conférences épiscopales ne sont pas au-dessus des évêques locaux, qu'elles ne peuvent pas se substituer à eux, et encore moins au souverain pontife, dont le magistère s'impose à tous.

Comment s'étonner que Jean-Paul II se soit parfois heurté à telle ou telle conférence épiscopale, et notamment aux plus puissantes de la chrétienté : au Brésil (contre la théologie de la libération), aux États-Unis (contre la liberté des fidèles), en Italie (sur l'engagement politique), en Allemagne de l'Ouest (sur l'avortement) ? Le 8 mars 1989, une réunion entre les archevêques américains, emmenés par Mgr John May, archevêque de Saint Louis, et les dirigeants de la Curie a montré à la fois la liberté des échanges et la vanité du dialogue entre les évêques et le pape. Les prélats nord-américains ayant avancé qu'ils avaient de plus en plus de mal à affirmer l'existence d'une Église « enseignant avec autorité le bien et le mal » dans une société où ce type de manichéisme est de moins en moins accepté, le pape s'est trouvé seul contre tous. « Pleinement conscient du défi », comme il assura ses interlocuteurs, Jean-Paul II leur dit avec force qu'il n'était pas question de laisser les évêques devenir peu à peu de simples éléments « modérateurs » entre les factions mouvantes d'une société moderne. Et que le débat était clos[26].

Combien de fois Jean-Paul II rappellera que l'Église n'est ni une démocratie ni un parti politique, mais une « communion » transcendant les modes et les pratiques de l'époque ! Aux évêques autrichiens, le 20 novembre 1998, qui lui font part d'un souhait croissant, chez les fidèles, de voir « démocratiser l'Église », il ne mâche pas ses mots : « Démocratiser l'Église ne correspond ni aux données bibliques ni à la tradition de l'Église de l'époque des apôtres. » Le propos est clair. Le pape est gardien de la Révélation, ce n'est pas à lui qu'il faut demander de sacrifier à l'air du temps. Ce n'est surtout pas de lui qu'il faut attendre la moindre initiative qui pourrait porter atteinte à ce qu'il a de plus cher : l'unité de l'Église.

24

L'unité du troupeau

« Puisque le pape ne peut tout faire, dit un jour Jean-Paul II à son ami André Frossard, que doit-il faire en premier lieu ? J'estime que sa première tâche est de rassembler le peuple de Dieu dans l'unité[1]. » Le souci premier d'un pasteur, c'est la cohésion de son troupeau. Cette responsabilité-là, il ne peut la partager avec personne. Certes, dans l'Église, on l'a vu, le seul véritable « pouvoir » est détenu par les évêques. Mais ceux-ci, par nature, sont soumis à des pressions centrifuges et deviennent souvent les porte-parole de leurs diocèses. Le seul évêque dont la mission est « universelle », c'est l'évêque de Rome. Qu'il le veuille ou non.

L'Église a toujours été divisée. En deux mille ans, la plus ancienne institution mondiale a connu des polémiques, des hérésies, des désagrégations, des schismes. Depuis les premiers conciles jusqu'aux temps modernes, elle a surmonté tant de crises internes ! Et si elle s'est ressaisie face aux épreuves qu'elle a traversées au XIXe siècle, elle s'est à nouveau fracturée depuis Vatican II. Moins à cause du concile en tant que tel, du reste, qu'en raison de l'évolution du monde. Dans les dernières décennies du XXe siècle, la « mondialisation » a mis en lumière, comme jamais, la diversité historique, spirituelle, culturelle des chrétiens. Au temps de Vatican II, qui, en

Europe, s'intéressait à la spécificité des catholiques américains ? Qui, en Occident, savait distinguer un catholique uniate d'un chrétien orthodoxe ? Qui pensait, à Rome, que les petits baptisés africains ou chinois pourraient un jour vivre leur foi dans leurs propres langues et selon des références culturelles originales ?

Jean XXIII avait placé l'unité des chrétiens en tête des préoccupations du concile. Paul VI avait souffert des nouvelles divisions de l'Église tout en s'efforçant de faire progresser, à petits pas, l'idée œcuménique. Jean-Paul II, pour sa part, fera de l'unité son thème prioritaire : unité des chrétiens, notamment dans la perspective du Jubilé de l'an 2000, mais aussi unité des catholiques eux-mêmes, sans laquelle la première serait vaine. Ce souci d'unité, pour fondé qu'il soit, entraînera deux attitudes qui donneront une image négative de la papauté, y compris chez les chrétiens : un renforcement de la *discipline* et un retour au *centralisme*. Le premier est dû au souci de réduire les facteurs objectifs de division en matière de dogme ou de règlement interne ; le second, à la tentative de remettre dans la ligne certains acteurs « centrifuges » considérés comme des fauteurs de désunion — comme Mgr Lefebvre, le chef de file des intégristes, Mgr Gaillot, le jeune évêque d'Évreux, ou le père Arrupe, le général des jésuites.

La dérive de Mgr Lefebvre

Lorsqu'il est élu pape, Karol Wojtyla sait très bien qui est Marcel Lefebvre. Jeune évêque, il a fait sa connaissance au concile, alors que le prélat français était encore archevêque de Dakar et qu'il bataillait, dans les couloirs de Vatican II, pour la défense du latin, de la soutane et de la liturgie de saint Pie V. Il sait que le vieux militant anticonciliaire a créé en 1969 la Fraternité Saint-Pie X (du nom du pape ayant condamné le « modernisme ») et qu'il a commencé à ordonner des prêtres à Écône, en Suisse, depuis 1976. Il sait aussi que, pour cette raison, Paul VI l'a suspendu *a divinis* (c'est-à-dire que le prélat est interdit de tout ministère). Il a suivi, comme tout le monde, l'occupation brutale de l'église Saint-Nicolas-du-Chardonnet à Paris, en février 1977, par des prêtres traditionalistes se réclamant de Mgr Lefebvre. L'entreprise de l'ancien archevêque de Dakar ne crée pas seulement un trouble fâcheux dans une Église divisée par l'application des décisions du concile, elle mène droit au schisme.

À peine élu, Jean-Paul II reçoit Mgr Lefebvre en audience. La rencontre se passe mal. Le chef des traditionalistes s'attendait-il à ce que le pape lui donne raison d'emblée ? Qu'il lui annonce, tout de go, un franc retour en arrière ? Qu'il désavoue Paul VI, dont il fut si proche ? S'est-il trompé sur l'attachement profond de Karol Wojtyla au concile Vatican II ? Toujours est-il que l'archevêque dissident déclare ensuite avec aigreur, devant des journalistes, que ce pape « n'a pas de personnalité ». On ne peut être moins diplomate. Pourtant son interlocuteur avait de quoi le rassurer sur bien des points. Le latin ? Le débat sur la langue liturgique n'a jamais posé de problèmes aux catholiques polonais, et Wojtyla lui-même aime beaucoup prier et chanter en latin. La soutane ? Le nouveau pape désapprouve le rejet des signes sacerdotaux par les prêtres new-look et plaiderait plutôt, quant à lui, pour le retour au port de la soutane. La liturgie ? Certes, le concile a engendré une réforme liturgique importante, sous Paul VI, mais pourquoi ne pas tolérer plusieurs modes de célébration de la messe ? « On aurait dû laisser célébrer les deux », dit un jour le père Congar.

C'est l'avis de Jean-Paul II. La concurrence entre plusieurs liturgies ne va pas dans le sens de l'unité de l'Église, certes, mais est-ce si grave ? Comme en beaucoup d'autres occasions, le nouveau pape a vite adopté une attitude, à la fois ferme et nuancée, dont il ne déviera plus jamais : l'Église peut parfaitement assouplir sa position sur ces questions qui ne touchent pas à l'essentiel, mais il n'est pas question de revenir sur les orientations du concile Vatican II.

Ainsi, en 1984, Jean-Paul II autorise-t-il à nouveau l'usage du rite « tridentin » (du concile de Trente), appelé aussi « de saint Pie V ». C'est le rite qui a façonné l'ordinaire de la messe jusqu'à ce que le pape Paul VI réforme celui-ci en application des recommandations du concile. La décision n'est pas facile, le risque de conforter un courant traditionaliste au sein de l'Église n'est pas à écarter. Mais Mgr Lefebvre refuse cette ébauche de compromis. Ne plus rejeter les conclusions du concile, en échange de cette tardive ouverture « liturgique » ? Il y a trop longtemps que lui et ses ouailles estiment que Vatican II a fait fausse route et que la déclaration sur la liberté religieuse, *Dignitatis humanae,* est « hérétique ». Le retour en arrière, sur ce sujet beaucoup plus fondamental que la réforme liturgique, paraît désormais impossible.

En mars 1986, Jean-Paul II reçoit une lettre acerbe de Mgr Lefebvre où celui-ci l'accuse d'« entraîner le clergé et les fidèles dans l'hérésie et dans le schisme ». Deux événements vont conforter Mgr Lefebvre dans sa « résistance » et faire définitivement basculer les hommes d'Écône dans l'opposition : la visite historique du pape à la synagogue de Rome, le 13 avril, qui confirme aux yeux des intégristes que le pape « est inspiré par le diable et au service de la maçonnerie », et la rencontre interreligieuse d'Assise, le 27 octobre, que Mgr Lefebvre, dans une lettre à la revue *Itiné-*

raires, considère comme « le comble de l'imposture et de l'insulte à Notre Seigneur ». Le cardinal Ratzinger, préfet de la Congrégation pour la doctrine de la foi, a beau répondre au nom du pape et « avec la plus extrême gravité » que Lefebvre et ses disciples ne devraient pas aller jusqu'à « rompre définitivement avec la communion de l'Église », la fracture semble irrémédiable. Reste-t-il une ultime chance d'éviter le schisme ?

Le 5 mai 1988, Mgr Lefebvre et le cardinal Ratzinger se rencontrent dans les locaux de la Congrégation pour la doctrine de la foi, à Rome, et parviennent finalement à un accord. L'archevêque dissident renonce à ordonner des évêques en dehors de l'Église, en échange de quoi le pape accédera au vœu le plus cher du prélat vieillissant : qu'il le laisse désigner son successeur pour perpétuer son œuvre. Las ! Le soir même, dans sa résidence d'Albano, d'où l'on aperçoit les murs et la coupole de Castel Gandolfo, Mgr Lefebvre réfléchit, hésite et revient sur son acceptation. Il en informe Ratzinger le lendemain. Celui-ci, dépité, se précipite chez le pape : l'évêque d'Écône lui a confirmé qu'il allait ordonner des évêques à la fin de juin. Le 15 du mois, il s'en prend violemment au pape devant des journalistes : « Rome nous a menés en bateau. On nous menace d'excommunication, mais excommunication par qui ? Par une Rome qui n'a plus la foi catholique ! On nous parle de schisme, mais schisme avec qui, avec le pape moderniste ? Avec le pape qui répand partout les idées de la Révolution ? »

Le 2 juin, Mgr Lefebvre confirme dans une lettre au pape qu'il va ordonner quatre nouveaux évêques en spécifiant qu'il s'agit bien de perpétuer un mouvement qui « nous protège de l'esprit de Vatican II et d'Assise » en attendant « une période plus propice où Rome, aujourd'hui infestée par le modernisme, rentrera dans la Tradition ». La réponse de Jean-Paul II, le 9 juin, qui confirme qu'un tel acte sera « schismatique », n'a aucun effet. La crise paraît irrémédiable. Le philosophe parisien Jean Guitton, alors âgé de quatre-vingt-cinq ans, tente une médiation de dernière minute et vient confier à Mgr Lefebvre « ses dernières volontés » — il parle, bien sûr, d'une réconciliation. En vain. La cérémonie fatale est programmée pour le 30 juin.

Pourtant, le 29 juin au soir, Jean-Paul II et Mgr Ratzinger risquent un dernier coup de poker. À Écône, alors que le prélat s'est déjà retiré dans ses appartements, une Mercedes venant de Berne se gare devant le séminaire. C'est le secrétaire du nonce apostolique qui vient porter un pli. En fait, une injonction de Ratzinger à rejoindre Rome *sine die*, à l'invitation personnelle du pape. La voiture est là pour l'emmener. Lefebvre refuse. L'émissaire repart seul. Les dés sont jetés. Le jeudi 30 juin, protégé du soleil par un dais à l'ancienne, courbé sous le poids de sa chasuble tissée d'or fin, coiffé de sa mitre d'archevêque, l'évêque d'Écône pose ses mains gantées de velours sur la tête de quatre de « ses » prêtres : un Français, un Anglais, un Espagnol et un Suisse. Il les oint solennellement et, dans une atmosphère à la fois recueillie et grave, sous les flashes des photographes de presse conviés à la cérémonie, il leur remet à chacun la crosse et l'anneau, symboles de leur nouvelle dignité épiscopale.

Au moment même, à Rome, le pape excommunie son ancien collègue *latae sententiae*, c'est-à-dire « du fait même de la faute commise », ainsi que les quatre évêques consacrés par lui. Le lendemain, 1er juillet, le cardinal Gantin, préfet de la Congrégation pour les évêques, signe un décret selon lequel l'acte de consécration est bel et bien « schismatique ». Tout catholique suivant la voie de Mgr Lefebvre encourt désormais, lui aussi, l'excommunication. Une telle sentence est extrêmement rare.

Mais Jean-Paul II ne se satisfait pas de cette condamnation. Dès le 2 juillet, il publie un *motu proprio* intitulé *Ecclesia Dei adflicta*. Il y souligne l'importance de cette affaire pour l'unité de l'Église, confirme que la désobéissance de l'évêque d'Écône constitue bien un « acte schismatique » et, créant une commission spéciale pour discuter avec les lefebvristes qui ne voudraient pas le suivre, leur propose de « conserver leurs traditions spirituelles et liturgiques ». Dès le 18 octobre, il suscite la mise en place, en Allemagne, d'un premier « institut de vie apostolique » de droit pontifical, intitulé la Fraternité Saint-Pierre et destiné à « récupérer » tous ceux qui hésitent à se couper de l'Église romaine. Jean-Paul II sait qu'en tendant ainsi la main aux traditionalistes, il se heurtera, notamment en France, à la mauvaise volonté de nombreux évêques, excédés par les orgueilleuses exigences de ces « fidèles » qui le sont si peu. Mais le pape n'a pas varié, et sa position paraît bien la seule possible : d'accord pour qu'un courant traditionaliste se constitue au sein de l'Église catholique, avec le droit d'organiser ses propres célébrations, à titre exceptionnel, à la condition que ses membres acceptent d'officier dans le cadre de Vatican II.

Dix ans plus tard, le lundi 26 octobre 1998, Jean-Paul II ira jusqu'à recevoir à Saint-Pierre quelque deux mille traditionalistes ayant rompu avec les lefebvristes (Mgr Lefebvre lui-même est mort en 1991), pour célébrer le dixième anniversaire de cette triste affaire. Ce n'est pas sans grincer des dents que certains évêques français entendront le pape, à nouveau, leur demander d'effectuer, à l'égard de ces brebis perdues, des « gestes d'unité ».

L'affaire Gaillot

18 janvier 1992. Au troisième étage du palais apostolique, le pape reçoit un à un les treize évêques français de la région apostolique nord venus à Rome en visite *ad limina*. Emmenés par Mgr Bardonne, évêque de Châlons-en-Champagne, il y a là les responsables des diocèses de Lille, Reims, Rouen, Troyes, tous en soutane filetée, œillets violets, boutons noirs, heureux et parfois émus de rencontrer le Saint-Père en une série de tête-à-tête individuels. Le groupe attend dans le salon pontifical. Chacun sait que le pape l'interrogera d'abord, penché sur un atlas, sur la situation géographique de son diocèse. Quand c'est le tour de Mgr Jacques Gaillot, évêque d'Évreux, le pape lui pose la même question qu'en 1982 et 1987, lors des précédentes visites *ad limina* :

— Notre-Dame de Lisieux, c'est chez vous ?

Et Mgr Gaillot de répondre en souriant :

— Eh non, toujours pas, Très Saint Père : c'est le diocèse voisin !

Puis le frêle visiteur redevient grave et tient à son hôte illustre un discours amer sur les misères que lui fait la Curie. Le prélat n'a pas digéré que le cardinal Bernardin Gantin, préfet de la Congrégation pour les évêques, ait diligenté une enquête sur lui dans son propre diocèse, sans l'en avertir. La veille, en petit comité, il avait explosé devant le cardinal béninois en comparant ses méthodes à celle de la Stasi, la sinistre police politique est-allemande.

— Vous êtes au courant, Très Saint Père, de mes ennuis avec Rome...

Le pape, malicieusement, détourne la plainte :

— Mais il n'y a pas qu'avec Rome ! Il y a aussi la France, l'épiscopat français ! Le président de la conférence épiscopale lui-même a fait une démarche auprès de vous...

Et le Saint-Père de conclure l'entretien, selon le témoignage de Gaillot, d'un ton sympathique et paternel :

— Je vous conseille de ne pas simplement *cantare extra chorum* [chanter hors du chœur], mais aussi de *cantare in choro* [chanter dans le chœur]. Vous ne devez pas oublier de chanter avec vos frères évêques[2] !

Le pape sait parfaitement ce qu'on reproche au turbulent responsable du diocèse d'Évreux. Lors de la même visite, en 1987, il en avait même plaisanté au cours du déjeuner offert aux évêques français : « Servez l'évêque rouge ! » avait-il lancé en riant à ses voisins de table. Cinq années ont passé. Les propos dissonants tenus par Mgr Gaillot dans le cadre de la conférence épiscopale sur l'école libre ou sur l'ordination d'hommes mariés, ses déclarations en faveur du préservatif ou sur l'homosexualité, sa participation aux manifestations contre les essais nucléaires français, ses interviews accordées à des publications licencieuses comme *Lui* ou *Le Gai Pied*, ont fini par exaspérer beaucoup de monde — surtout au sein de l'épiscopat français.

La main sur le cœur, de bonnes âmes rapportent régulièrement au pape les frasques de ce prélat hors normes qui a réussi à se mettre à dos aussi bien le cardinal Gantin, préfet de la Congrégation pour les évêques, que Mgr Antonetti, le nonce apostolique en poste à Paris, sans parler de quelques Français influents au sein de la Curie, comme le cardinal Poupard ou Mgr Tauran, le nouveau « ministre des Affaires étrangères » du Vatican, qui le déteste cordialement. Les principaux responsables de l'Église de France, notamment les cardinaux Decourtray et Lustiger, ainsi que le nouveau président de la conférence épiscopale, Mgr Duval, ont tout fait pour que l'affaire soit réglée sans que Rome intervienne et tranche. En vain : à chaque avertissement prodigué au contestataire, celui-ci répondait par telle déclaration fracassante contraire à la ligne des évêques, ou en participant ostensiblement à telle émission de télévision plus ou moins scandaleuse. Pour Jacques Gaillot, l'affaire est entendue : la hiérarchie de l'Église voudrait imposer le silence à quelqu'un qui transgresse les formes habituelles d'engagement ecclésial, qui fait passer la lutte pour les « exclus » avant la gestion de son diocèse, et qui ne craint pas de représenter l'Église là où on ne l'attend pas, notamment devant les micros de l'actualité et sur les plateaux de télévision. Qu'un évêque s'en prenne nommément au ministre de l'Intérieur — qui est aussi, en France, le ministre des Cultes — pour protester contre sa politique à l'égard des immigrés, voilà qui contrarie évidemment les relations policées qu'entretiennent la conférence des évêques et le nonce apostolique avec le gouvernement de la République.

Mgr Gaillot se voit conforté dans son opinion par la réception glacée que lui réserve le nonce apostolique à Paris, Mgr Lorenzo Antonetti, le 21 mai 1994. Le représentant du pape, péremptoire, lui lance : « Ne faites plus rien dans les médias ! Taisez-vous ! » En guise de réponse, il va participer à deux émissions de divertissement sur France Inter : le *Pop Club* de José Artur et *Rien à cirer* de Laurent Ruquier, où le pape est souvent brocardé, voire ridiculisé. Ce prélat ne respecte donc rien ? Quand le nonce l'informe qu'il est convoqué à Rome le 9 janvier 1995, l'évêque d'Évreux répond qu'il n'est pas libre ce jour-là, il a promis de participer à une manifestation contre l'embargo américain en Irak. Mgr Antonetti, qui suffoque d'indignation devant un pareil sans-gêne, reporte le rendez-vous au 12 janvier. Du coup,

Mgr Gaillot ne peut espérer être reçu par le pape : la veille, Jean-Paul II part pour les Philippines où il présidera, deux jours plus tard, à Manille, au plus grand rassemblement de l'histoire de l'Église. L'« affaire Gaillot » pèse peu au regard d'un tel événement — même si la quasi-totalité des médias français, passionnés par le « combat » du petit évêque contestataire contre la Curie romaine, occultera complètement la grand-messe historique de Manille.

À 9 h 30 précises, ce jeudi-là, au Vatican, l'évêque d'Évreux pénètre dans le bureau du préfet de la Congrégation pour les évêques. Jacques Gaillot, cinquante-neuf ans, est habillé comme à son habitude : un polo et une veste, sans calotte, ni col romain, ni soutane, ni croix pectorale. Le cardinal Gantin, soixante-treize ans, soutane filetée, ceinture et calotte rouges, est solennel, comme il sied à l'un des plus hauts dignitaires de l'Église. Il est flanqué de deux autres prélats : le cardinal argentin Mejia, secrétaire de la congrégation, et l'archevêque français Tauran, qui a posé devant lui un volumineux dossier. Gantin n'aime pas Gaillot, qui le lui rend bien. Le premier a déjà sermonné le second en octobre 1988, dans un petit salon de l'évêché de Nancy, en marge du voyage que le pape effectuait dans l'est de la France. Le cardinal africain a de vieux amis dans le diocèse d'Évreux, qui lui disent pis que pendre de leur turbulent évêque. En retour, celui-ci a beau jeu de s'étonner que le cardinal Gantin, si prompt à lui reprocher de ne pas s'annoncer auprès de ses confrères quand il va à Haïti ou Mururoa, rende lui-même visite à ses amis normands sans l'informer, lui, l'évêque du cru, de sa présence. Commentaire d'un prêtre d'Évreux : « Quand un vieux Noir se sent humilié par un jeune Blanc, ce n'est jamais bon. »

En cette froide matinée de janvier, l'entrevue est

glaciale. À la fin de ce qui ressemble à un procès — un procès dont la défense serait absente — le cardinal Gantin tranche :

— À partir de demain midi, votre charge d'Évreux vous sera retirée.

Stupéfaction de Mgr Gaillot, qui ne s'attendait pas à une telle sanction :

— Avez-vous pensé aux réactions en France ?

Mais Gantin riposte sèchement :

— Il ne s'agit pas de la France, mais de l'Église !

Le prélat traduit-il fidèlement la pensée du pape ? Est-il possible que le Saint-Père couvre cette parodie de procès ? Jean-Paul II, à cet instant précis, préside les JMJ de Manille, qui rassemblent près de trois millions de participants, et il est loin, très loin de penser aux déboires de l'évêque d'Évreux. Que la Congrégation pour les évêques, dont c'est la mission, règle les problèmes de discipline !

Mgr Gaillot ayant refusé de donner sa démission, la procédure prévoit de le « transférer » d'autorité dans un diocèse fictif[3]. En effet, s'il n'est pas question de retirer sa dignité à un évêque parce qu'il est indiscipliné, on ne peut concevoir, canoniquement, un évêque sans diocèse. N'a-t-on pas vu le jeune Mgr Wojtyla, comme tout évêque auxiliaire, affecté à l'évêché d'Ombi, en haute Égypte ? Le communiqué publié le 13 janvier par la *Sala stampa* annonce donc que l'évêque d'Évreux est « transféré » dans le diocèse de Parthenia, un ancien évêché d'Afrique du Nord dont personne ne connaît l'emplacement exact.

« Il s'agit de l'Église ! » Sur ce point, au moins, le cardinal Gantin a bien exprimé la pensée du pape. Comme le mentionne le communiqué curial, Mgr Gaillot « ne s'est pas montré apte à exercer le ministère d'unité qui est le premier devoir d'un évêque ». Tout le reste, pour Jean-Paul II, est secondaire : un évêque qui se préoccupe des exclus, qui engage le dialogue avec les musulmans, qui annonce l'Évangile dans les médias les plus éloignés de lui, qui dénonce l'injustice économique et l'oppression étatique, cela ne choque pas l'ancien archevêque de Cracovie. Mais que cet évêque ne respecte pas la solidarité épiscopale en général, qu'il ne joue pas « collectif » dans un pays où l'Église a un profond besoin de retrouver un visage uni, qu'il laisse copieusement insulter son prédécesseur dans un livre[4], qu'il critique en permanence les décisions de sa propre hiérarchie, voilà qui ne peut être toléré. Un évêque doit avoir pour souci premier la cohérence et l'unité de l'Église dont il est un pilier — le principal, même, selon la tradition canonique. Le cardinal Decourtray, personnalité incontestée au sein de l'Église de France, avait averti l'évêque d'Évreux en 1989 : « Cher Jacques, tes déclarations contredisent publiquement la discipline de l'Église dont tu es évêque. » Même le très populaire abbé Pierre, qui est, lui aussi, un ecclésiastique français hors normes et adulé par les médias, lui avait dit un jour : « Moi, si on ne me reproche rien, c'est que je ne suis pas évêque. »

Les réactions en France sont houleuses : excitation des médias, qui ne manquent pas une occasion de dénoncer l'autoritarisme désuet du Vatican ; agacement de la quasi-totalité des évêques français, qui ont appris la nouvelle par la presse ; émotion d'une partie des fidèles, qui ne comprennent pas qu'on sanctionne un évêque pour sa façon — même peu conformiste — d'annoncer l'Évangile. Les quarante mille lettres reçues par Mgr Gaillot, qui sont le plus souvent des copies de lettres adressées au pape, montrent que la sanction, sans doute, n'était pas adaptée.

Le 3 mars 1995, le pape reçoit dans sa bibliothèque privée Mgr Duval et Mgr Marcus, président et vice-président de la conférence épiscopale française, qui lui rapportent ces réactions à la fois consternées et consternantes. Le pape ayant exprimé son souhait de rencontrer Gaillot, les deux hommes invitent celui-ci à écrire au Saint-Père, mais le nonce Antonetti met de telles conditions à l'audience que Gaillot renonce. La nomination d'un nouveau nonce à Paris, Mgr Mario Tagliaferi, débloque la situation en octobre 1995. Gaillot écrit à nouveau au pape, qui le reçoit, enfin, le jeudi 21 décembre[5]. Ce jour-là, le pape, d'habitude si jovial, semble un peu tendu. Il vient de lire le petit billet que son secrétaire lui a glissé avant la rencontre. « Un billet pas très évangélique », dira un prêtre de la Secrétairerie d'État qui en a eu connaissance. Le dialogue s'engage, sur un ton un peu crispé :

— Les gens d'Évreux ne doivent pas aimer le pape !

— Ce n'est pas vrai, Très Saint Père : les gens d'Évreux se disent que tout cela n'est pas de votre fait, mais de celui de la Curie.

— Mais j'entends les évêques de France, ils disent que vous pratiquez trop les médias.

— Pas plus que vous-même, Saint-Père.

— Moi, je ne me regarde pas à la télévision !

— Moi non plus.

— Dites-moi comment vous vivez maintenant...

Et Mgr Gaillot de lui décrire le squat parisien où il a trouvé refuge au milieu des sans-papiers et d'en conclure qu'« être évêque de Parthenia, ce n'est pas si mal ».

— Mais Parthenia n'existe pas !

— Justement, Parthenia, ce peut être partout.

— Vous n'êtes vraiment pas un évêque comme les autres.

Le pape s'est déridé. Gaillot assure qu'il l'a même qualifié de « sympathique », avant de mettre fin à l'entretien en lui suggérant de rencontrer Mgr Gantin. Le lendemain, de fait, l'évêque revoit le cardinal qui l'invite, au terme d'un entretien plutôt sec, à régler son cas avec le président de la conférence épiscopale de son pays, Mgr Duval. Lequel aura à son tour un entretien avec Gaillot dans ses locaux de la rue du Bac, à Paris, pour suggérer trois missions à ce « frère » si turbulent, qui, buté, refusera les trois propositions.

Mgr Gaillot est resté une sorte d'évêque sans domicile fixe. Il n'a jamais reçu de notification officielle sur son nouveau statut. Il a participé, parfois, à telle ou telle réunion d'évêques français, non sans créer chaque fois quelques remous dans les rangs épiscopaux. Il n'a plus jamais revu le pape.

Le cas Gaillot n'est pas comparable au dossier Lefebvre. L'évêque d'Évreux ne s'est jamais situé en dehors du dogme, il n'a jamais ordonné de prêtres dissidents, il n'a jamais poussé au schisme. Cette affaire Gaillot restera un problème de discipline maladroitement géré par une institution trop rigide. Le problème posé n'a rien de théologique. Il est politique. Il est de savoir comment maintenir l'unité d'une Église deux fois millénaire et représentant le sixième de l'humanité, à une époque où, dans un environnement démocratique qui ne cesse de progresser, ses membres eux-mêmes n'acceptent plus de se soumettre aux oukazes de quelque autorité que ce soit.

Les jésuites

« Je tiens à vous dire que vous avez été un motif de préoccupation pour mes prédécesseurs et que vous l'êtes toujours pour le pape qui vous parle. » Pour les supérieurs provinciaux de la Compagnie de Jésus, qui viennent de clore leur assemblée annuelle, à Rome, en ce 21 septembre 1979, ce premier contact avec le nouveau pape est une véritable douche froide.

Dix mois plus tôt, le général de l'ordre — Pedro Arrupe, à la tête des jésuites depuis 1965 — avait officiellement invité le Saint-Père à cette réunion lors de la brève audience que celui-ci lui accorda après son élection, le 11 décembre 1978, et au cours de laquelle il avait renouvelé, traditionnellement, le vœu d'obéissance de la Compagnie de Jésus au nouveau pape. Ce premier contact avait été protocolaire. Rien d'émouvant, rien d'affectif n'était passé entre ces deux hommes que l'Histoire allait opposer, alors que de nombreux points communs auraient pu en faire des amis.

De treize ans plus âgé que Karol Wojtyla, Pedro Arrupe est à la fois une forte personnalité et un homme de prière, comme le nouveau pontife. L'un est basque, l'autre polonais — ils savent ce que sentiment national veut dire — mais le destin les a arrachés l'un et l'autre à leur patrie. Un destin qui les dépasse. En 1945, alors que le jeune Karol découvrait avec horreur ce qui s'était vraiment passé à Auschwitz, à trente kilomètres de sa ville natale, le père Arrupe était, quant à lui, maître des novices à Yamatsuka, à cinq kilomètres d'Hiroshima, où il assista *de visu* à l'explosion de la bombe atomique qui anéantit la ville en quelques minutes. Wojtyla avait échappé de peu à la déportation, Arrupe est passé à deux doigts de la mort nucléaire. Avoir été confronté de si près aux deux plus grandes tragédies du siècle aurait pu les rapprocher. Faut-il ajouter que le général a perdu sa mère dès l'enfance, lui aussi ? Qu'il fut également un grand amateur de théâtre ? Et qu'il avait rêvé, à peine élu, de s'installer parmi les pauvres de Rome, un peu comme frère Albert Chmielowski, la référence cracovienne de Jean-Paul II ?

Et pourtant ! Le nouveau pape, qui ne connaît des

jésuites que leur rassurante et docile province polonaise, a un indéniable *a priori* contre Arrupe. Il est peu concerné par les affaires de la Compagnie de Jésus, mais il n'a pas oublié les mauvaises relations qu'elle a entretenues avec Paul VI, lequel avait confié aux jésuites le « combat contre l'athéisme ». L'homme de l'Est, peu averti des débats autour de la théologie de la libération, voit les choses avec un certain simplisme : est-ce combattre l'athéisme que de flirter avec le marxisme en Amérique latine ?

Le cardinal Wojtyla a aussi été très choqué de voir que les jésuites ont failli « parasiter » le conclave romain d'octobre 1978. Le pape Jean-Paul Ier, élu en août, avait préparé un texte très critique envers la Compagnie, un véritable réquisitoire que sa mort prématurée l'a empêché de rendre public. Une audience avec les responsables régionaux de l'ordre était prévue le 30 septembre, mais Albino Luciani est mort le 29. Les cardinaux avaient appris l'existence de ce texte, et le général Arrupe avait insisté auprès du cardinal camerlingue, Jean Villot, pour que le sujet soit débattu par le Sacré Collège en marge du conclave. Karol Wojtyla avait été stupéfié par le procédé. Élu pape, il a pris connaissance de ce fameux texte où Jean-Paul Ier déplore que les jésuites puissent être source « de confusion et de désorientation » auprès de leurs fidèles. Après réflexion, il en a adressé une copie au père Arrupe en lui faisant savoir qu'il était lui-même d'accord avec son contenu.

Que reprochaient donc ces trois papes — Paul VI, Jean-Paul Ier et Jean-Paul II — à la Compagnie de Jésus ? D'abord, de ne pas tenir ses troupes. Plusieurs jésuites étaient célèbres pour enfreindre impunément les consignes papales, surtout sur le plan politique, comme le père Cardenal, au Nicaragua, qui était devenu ministre de l'Éducation dans un gouvernement marxiste, ou le père Drinan, aux

États-Unis, député du Massachusetts, qui avait gardé le silence dans un débat sur l'avortement à la Chambre des représentants. Ensuite, la Compagnie semblait accepter comme une fatalité la baisse spectaculaire de ses effectifs — il y avait 36 000 jésuites en 1965, il n'y en avait plus que 29 000 en 1975[6] — ainsi que la déconfessionnalisation de certaines de ses universités les plus prestigieuses, notamment aux États-Unis. Mais, surtout, Rome observait avec inquiétude la nouvelle orientation de la Compagnie de Jésus dans le sens de la justice sociale, du soulagement de la misère, de l'inculturation de ses effectifs dans le tiers-monde et son implication dans le processus de la théologie de la libération en Amérique latine, notamment depuis la trente-deuxième congrégation, qui s'était tenue en 1974. Cette réunion générale avait profondément affecté Paul VI, qui avait adjuré la Compagnie de ne pas perdre son « identité » en sombrant dans le relativisme ou le sécularisme[7]. Beaucoup de cardinaux romains craignaient que la prochaine congrégation générale n'accélérât encore ce qu'ils considéraient comme une dérive dangereuse, voire mortelle.

En septembre 1979, Arrupe sait donc à quoi s'en tenir. Pourtant le discours du pape, ce jour-là, le surprend par sa virulence. Or il n'est pas question pour un général de l'ordre de s'opposer à la volonté du Saint-Père. Depuis leur fondation par Ignace de Loyola, les jésuites prononcent, en sus des trois vœux habituels de chasteté, de pauvreté et d'obéissance, une sorte de « quatrième vœu » très spécial : celui d'obéir au souverain pontife !

Le 3 janvier 1980, le jésuite propose donc au pape d'organiser une réunion de travail pour mettre les choses au point et pallier les « déficiences déplorables » reprochées par Jean-Paul II à la Compagnie de Jésus. Mais le pape ne répond pas. Le vieux général, bouleversé par cette crise dont il n'avait pas mesuré l'acuité, envisage alors de donner sa démission. Même si le général des jésuites est élu à vie, personne ne s'offusquerait de le voir passer la main à soixante-treize ans. Consultés en grand secret pendant le mois de février, les quatre-vingt-cinq provinciaux de l'ordre donnent leur accord, à une très large majorité. Fort de ce consensus, Arrupe se rend au palais apostolique, le 18 avril 1980, pour informer le pape de sa décision, laquelle doit être entérinée par une congrégation générale. Nouvelle douche froide : « Et quelle est la place du pape dans ce processus ? » interroge Jean-Paul II. Arrupe, selon les confidences qu'il a faites à son futur vicaire général, le père O'Keefe, a alors « les jambes en coton » et se sent « comme un petit enfant ». Jean-Paul II insiste : « Quelle serait votre réaction si je vous disais de ne pas démissionner ? »

La constitution de l'ordre ne prévoit aucune place pour le pape dans ce processus, répond en substance Arrupe, mais il est vrai que le pape reste « son supérieur » et qu'il se conformera à sa décision, quelle qu'elle soit. Jean-Paul II, rassuré, promet de lui écrire. Quinze jours plus tard, par lettre, il demande explicitement à Arrupe de ne pas démissionner et de ne pas réunir de congrégation générale. On verra plus tard.

Le temps passe. Le 30 décembre 1980, les assistants d'Arrupe « coincent » le pape venu dire sa messe annuelle à l'église du Gesu, le centre spirituel des jésuites de Rome :

— Saint-Père, nous sommes dans une grande incertitude !

— Ce sera pour bientôt, répond Jean-Paul II, gêné.

Le 13 avril 1981, un nouveau tête-à-tête a lieu entre les deux hommes. Le pape réitère ses critiques sur l'excessive autonomie de la Compagnie, tandis que le jésuite se justifie en rappelant que la dernière congrégation générale de l'ordre, en décembre 1974, avait clairement privilégié la justice sociale, et qu'il lui incombait d'aller dans ce sens. À l'obstination tranquille d'un Jean-Paul II, Pedro Arrupe oppose une « rigidité tout espagnole, une sorte de mystique du tout ou rien [8] » qui n'incite pas, elle non plus, au compromis.

Un double coup du sort va interrompre ce dialogue musclé entre le « pape blanc » et le « pape noir » : le 13 mai, le premier tombe sous les balles du tueur Ali Agça, place Saint-Pierre, et entame une longue et douloureuse convalescence ; le 7 août, le second s'effondre à l'aéroport de Rome-Fiumicino, en arrivant de Bangkok, victime d'une thrombose cérébrale entraînant une hémiplégie partielle et une perte presque totale de la parole.

Le 10 août, sur son lit d'hôpital, Arrupe désigne le père Vincent O'Keefe, le prêtre américain qui tenait déjà lieu de dauphin, comme vicaire général chargé de le remplacer pendant sa maladie. C'est une façon de préparer sa succession. Mais le pape n'entend pas se laisser dicter sa conduite. Le 6 octobre, le cardinal Casaroli en personne va porter une lettre personnelle du pape à Arrupe, dans sa chambre de l'infirmerie de la Curie généralice. Casaroli donne la lettre au vieux général et se fait aussitôt raccompagner, sans adresser la parole au malheureux O'Keefe. La lettre, gentiment adressée « par un convalescent à un convalescent », est en réalité une instruction comminatoire. Le père Paolo Dezza, quatre-vingts ans, intellectuel libéral et confesseur des trois papes précédents — en son temps, il n'avait pas caché à Paul VI ses inquiétudes sur les orientations de la Compagnie —, est nommé « représentant personnel » du Saint-Père à la tête de l'ordre. Le père Giuseppe Pittau, cinquante-trois ans, réputé conservateur, alors en poste au Japon, est nommé « délégué adjoint ». Le gouvernement normal de la Compagnie est suspendu. Et pas question de convoquer la trente-troisième congrégation générale tant attendue.

Publiée quelques jours plus tard dans un journal espagnol, la lettre fait l'effet d'une bombe. En quatre cent cinquante ans, si l'on excepte l'interdiction pure et simple des jésuites par Clément XIV en 1773 [9], une telle intervention du pape dans les affaires de la Compagnie est sans précédent. Beaucoup de jésuites, dans le monde, en éprouvent de l'humiliation. Certains le disent à haute voix, comme le théologien allemand Karl Rahner qui explique qu'un pape aussi peut commettre « des erreurs ». Pourtant, globalement, la Compagnie surmonte l'affront. Dans une lettre largement diffusée dans les rangs des jésuites, le provincial français, Henri Madelin, parle de « mise à l'épreuve de notre foi ». Aucun provincial ne démissionne. Et lorsque le pape se rend au chevet d'Arrupe, en décembre 1981, celui-ci l'accueille par des propos qui impressionnent l'illustre visiteur :

— Très Saint Père, je vous renouvelle mon obéissance et l'obéissance de toute la Compagnie de Jésus.

— Père général, soutenez-moi par vos prières et vos souffrances, répond Jean-Paul II, qui se dit alors « édifié » par ces démonstrations d'obéissance.

Est-ce la fin de la crise ? Le 23 février 1982, à Frascati, près de Rome, une conférence réunit les quatre-vingt-six supérieurs provinciaux autour du vieux Paolo Dezza. Le 27, les participants sont conviés en audience au palais apostolique. Le pape leur tient un long discours, très positif pour la Compagnie, à laquelle il fixe quatre tâches : la promotion de l'œcuménisme, le dialogue interreligieux, le dialogue avec les athées, et aussi — c'est une sorte de concession — la « justice sociale ». Ce jour-là, Jean-Paul II révèle le fond de ses préoccupations : il ne faut tomber « ni dans le progressisme ni dans l'intégrisme », dit-il aux jésuites, et se référer toujours au concile Vatican II. Tout le concile, mais rien que le concile. La question, comme toujours, étant de savoir ce que chacun met sous cette référence conciliaire si fondamentale et si consensuelle. Car il est une différence globale d'interprétation entre le pape et les jésuites. Le premier considère Vatican II comme une œuvre aboutie qui n'est pas encore entrée dans les faits, alors que les seconds en font une plate-forme d'action pour l'avenir.

Autre geste de réconciliation : Jean-Paul II annonce que l'assemblée générale tant attendue pourrait finalement se tenir « dans l'année » et la Compagnie se donner un nouveau chef. La trente-troisième congrégation sera convoquée, en fait, pour le 2 septembre 1983. Mieux vaut tard que jamais. L'heure est à la mesure. L'assemblée enfin réunie élit le Néerlandais Pieter-Hans Kolvenbach, alors provincial au Liban. Intellectuel réputé, diplomate modéré, Kolvenbach ne passe ni pour « papiste » ni pour « antipapiste ». À la Curie, où l'on exagère souvent les divisions internes de la Compagnie, on s'étonne : Kolvenbach est très largement et très vite élu, par une majorité aussi claire qu'inattendue. Un détail illustre cette surprise : juste après le vote, un message est adressé au pape, qui survole alors l'Autriche en hélicoptère, mais le résultat lui provient « en clair » de la Curie, c'est-à-dire que le nouveau général est cité sous son vrai nom — dans un souci de confidentialité, les collaborateurs du pape avaient donné des noms de code aux *papabili* les plus souvent cités, mais ils n'en avaient pas donné à Kolvenbach... Afin de ne pas provoquer de crispation supplémentaire, le vieux Paolo Dezza n'est pas proposé comme adjoint. En revanche, le père Pittau devient conseiller général. Comme pour bien montrer que la bagarre est terminée, et qu'il n'y a ni vainqueur ni vaincu.

Il serait excessif d'en conclure que le contentieux entre les jésuites et le pape a brusquement disparu en 1983. Les problèmes demeurent. Jean-Paul II a-t-il cru réellement que les jésuites allaient revenir à de meilleures conceptions et rentrer dans le rang ? Ou bien a-t-il pris son parti de l'évolution de la Compagnie en poussant d'autres mouvements plus favorables à ses vues comme l'Opus Dei ? Il est vrai que l'œuvre fondée par José María Escrivá de Balaguer, qui suscite elle aussi critiques et polémiques, n'est pas sans rappeler ce que fut historiquement la Compagnie de Jésus, par son élitisme, son goût du secret, son conservatisme, son orgueil et... sa fidélité au pape.

Ce que Jean-Paul II attendait par-dessus tout de la Compagnie de Jésus, c'est qu'elle retrouve son dynamisme et sa puissance en matière d'enseignement. Qui, mieux que les jésuites, pourrait former les futures générations de prêtres, de théologiens, de laïcs ? Qui, mieux qu'un système unifié d'enseignement religieux, pourrait préparer l'Église à faire face aux menaces qui pèseront, tôt ou tard, sur son unité ?

La valse des théologiens

Même si, étudiant, Karol Wojtyla avait été davantage attiré par la philosophie que par la théologie, il a toujours eu de l'admiration et du respect pour les théologiens. Quand il est devenu professeur à Lublin, c'était pour enseigner la théologie morale. Archevêque, il a contribué à l'organisation régulière de congrès de théologiens polonais. Dans les coulisses du concile, il a fait la connaissance des plus stimulants théologiens de l'époque — Yves Congar, Karl

Rahner, Hans Küng, Edward Schillebeeckx, Henri de Lubac, Urs von Balthasar, etc. Aux plus prestigieux d'entre eux, il conférera plus tard la barrette de cardinal, comme pour rendre un ostensible hommage personnel à ces intellectuels méritants qui ne furent pas sans rencontrer, de leur temps, de sérieuses difficultés avec la hiérarchie de l'Église [10].

Ce n'est pas un hasard s'il appelle auprès de lui, dès 1980, un théologien allemand très brillant, rencontré pendant Vatican II, avec lequel il ne cessera jamais d'échanger des idées : Mgr Joseph Ratzinger. À l'époque du concile, l'abbé Ratzinger faisait partie des réformistes qui plaidaient pour la collégialité dans l'Église. Le paradoxe est que le même Ratzinger, devenu pour plus de vingt ans le président de la Congrégation pour la doctrine de la foi (CDF) — l'ancien Saint-Office qui avait justement été si critiqué par les réformateurs pendant Vatican II —, sera à ce poste le principal pourfendeur des théologiens « déviants ».

Juste avant l'arrivée de Ratzinger à la tête de la CDF, le pape vient d'entériner des sanctions prises à l'encontre d'un théologien suisse, professeur à Tübingen : Hans Küng. Celui-ci s'était fait remarquer, lors du concile, sur le thème du rapprochement avec les protestants. Devenu une vedette en Allemagne, notamment après la publication de son livre *Être chrétien* (1976), il est intervenu sur des sujets de plus en plus critiques, jusqu'à se tailler un franc succès médiatique en dénonçant le principe de l'infaillibilité pontificale. Dans un communiqué retentissant [11], le Vatican estimait que Hans Küng ne pouvait pas « être considéré comme un théologien catholique » et se voyait donc privé de son mandat de « professeur de théologie catholique » — sans être pour autant excommunié, ni même relevé de sa prêtrise [12].

Ce sera le cas de la plupart des théologiens considérés par Jean-Paul II comme ayant failli à leur mission d'Église. Pour le pape, un théologien n'a pas le même statut qu'un philosophe ou un sociologue laïc, dont les recherches n'engagent que lui-même, il doit servir l'Église et savoir faire preuve d'obéissance envers le magistère — à moins, tout simplement, de ne plus être « théologien catholique ». Libre à ceux qui ne veulent pas se soumettre de continuer leurs recherches, mais pas sous l'égide de l'Église !

Autre exemple : Charles Curran, professeur à l'Université catholique d'Amérique, à Washington, avait naguère été, à trente-quatre ans, un des fers de lance de l'opposition à l'encyclique *Humanae vitae*, le fameux texte de Paul VI interdisant la pilule anticonceptionnelle. Lui aussi, tout en gardant sa chaire, s'est raidi dans la contestation, de livres en articles, notamment sur les questions sexuelles. Le 25 juillet 1986, après plusieurs avertissements, Ratzinger — avec l'aval de Jean-Paul II — l'avertit qu'il n'était plus « apte à exercer la fonction de professeur de théologie catholique ». Comme Küng, Curran gardait son statut de prêtre, il n'était pas mis à l'Index et pouvait librement enseigner ailleurs. Finalement suspendu dans son enseignement à Washington, il engagea des poursuites pour rupture abusive de contrat, perdit son procès en février 1989 et s'en fut enseigner chez les protestants méthodistes.

Le cas de Leonardo Boff est différent. Ce franciscain brésilien incarna les dérives de la théologie de la libération, qui fit couler tant d'encre de part et d'autre de l'océan Atlantique. Boff, ancien étudiant de Ratzinger, a appliqué une analyse délibérément « marxiste » à une Église coupable, à ses yeux, de représenter une structure hiérarchique nocive. Fidèle à sa méthode, la CDF l'a d'abord convoqué à Rome, puis a publié un « avertissement » concernant son livre *Église, charisme et pouvoir*, sorti en mars 1985, avant de le prier de s'abstenir de toute déclaration publique pendant un an. Boff accepta d'abord cette façon de calmer les passions, souvent exacerbées sur le continent sud-américain, puis il quitta et l'ordre des franciscains, et l'Église. Il se maria en 1990.

Dernier exemple : Eugen Drewermann, théologien allemand de la faculté catholique de Paderborn, à force de passer l'Évangile au crible de la psychanalyse, s'est trouvé lui aussi en porte à faux par rapport à la doctrine de l'Église, notamment sur la virginité de Marie et sur la résurrection du Christ. Son livre *Fonctionnaires de Dieu* a été un best-seller en Allemagne et en France [13]. Il a été privé, lui aussi, de ses fonctions d'enseignant par son évêque.

*

Jean-Paul II n'a jamais souhaité humilier, exclure ou faire taire tel ou tel théologien [14]. Ce pape si attaché à la « vérité » ne s'en est jamais pris, pour autant, à la liberté de pensée. L'ancien archevêque de Cracovie déteste l'idée de censure. Mais son souci de l'unité l'a amené à faire preuve de discipline, à l'égard des théologiens, mais aussi des établissements où ils enseignent. Il fallait s'attendre à ce que l'un des soucis premiers du nouveau pape, ex-professeur de théologie morale à l'Université catholique de Lublin, concernât les universités et facultés « pontificales ».

Moins d'un an après son élection, en avril 1979, Jean-Paul II publie la constitution apostolique *Sapientia christiana* sur ces établissements d'enseignement dépendant de Rome et dans lesquels il voit le moyen privilégié d'assurer à la fois l'unité et la continuité de l'Église. En 1990, poussé par le cardinal Baum, président de la Congrégation pour l'éducation catholique, il en publie une autre, *Ex corde Ecclesiae*, sur l'ensemble des institutions catholiques d'enseignement supérieur, pontificales ou non. Jean-Paul II s'est personnellement engagé dans la discussion et la rédaction de ce document, qui vise à remettre les pendules à l'heure : si ces institutions veulent être « catholiques », il leur faut se conformer à leur vocation d'Église et, pour cela, fonctionner en lien avec leurs évêques respectifs. Au passage, le pape rappelle aux théologiens « catholiques » qu'ils « remplissent un mandat conféré par l'Église » et doivent donc « rester fidèles au magistère ». Au risque de déclencher de violentes réactions, notamment aux États-Unis, où les universités considèrent que l'« indépendance » intellectuelle et doctrinale est un des gages du succès, le pape approuve l'idée de la Congrégation pour la doctrine de la foi, émise en 1989, d'exiger dorénavant des théologiens catholiques qu'ils fassent une « profession de foi ».

Je crois en Dieu... en l'Esprit-Saint... à la Sainte Église catholique... Rien n'a davantage soudé l'Église universelle pendant treize siècles que l'affirmation des fondements de toute foi personnelle, récitée ou chantée dans les mêmes termes par tous les catholiques de la planète. « *Credo in unum Deum...* » Qu'est-ce qui pouvait mieux réunir les chrétiens de toute origine et de toute race que de chanter cette prière — surtout en latin, la langue commune à tous les fidèles ? Jean-Paul II raisonne simplement : les théologiens catholiques doivent dire le *Credo* dans les mêmes termes que toute l'Église.

C'est le même souci d'unité qui préside à l'encyclique *Veritatis splendor*, publiée au milieu de l'été 1993. Les évêques y sont priés de faire preuve de discipline envers les séminaires, les universités, les hôpitaux catholiques — pour ces derniers, c'est évidemment de l'avortement qu'il est question. Le pape, chef d'une Église en pleine agitation, invite à « serrer les rangs » : « Le dissentiment, écrit-il, fait de contestation délibérée et de polémiques exprimées dans les moyens de communication sociale, est contraire à la communion ecclésiale, à la droite compréhension de la constitution hiérarchique du peuple de Dieu. » Que ceux qui ont des oreilles pour entendre...

*

L'initiative la plus spectaculaire, concernant l'unité de l'Église, a été prise lors du synode extraordinaire célébrant les vingt ans du concile, à l'automne 1985. Le cardinal Bernard Law, de Boston, a proposé devant ses pairs l'élaboration d'un catéchisme universel faisant le point sur la doctrine, la foi et la morale. Que cette idée émanât d'un Américain n'était pas fortuit. Elle fut aussitôt adoptée par Jean-Paul II, qui la développa dans son adresse de clôture le 7 décembre 1985. But de l'entreprise, pour le pape : doter l'Église d'un projet global, clair, précis, qui l'aide à entrer de plain-pied dans le IIIe millénaire.

Aussitôt, une commission de douze membres fut mise en place. Elle était présidée par Mgr Ratzinger, et le secrétaire de rédaction en était un jeune prêtre autrichien appelé Christoph Schönborn. Il n'a pas fallu moins de neuf ébauches et une multitude de consultations, toutes suivies de près par Jean-Paul II, pour que soit enfin publié solennellement, le 7 décembre 1992, le nouveau *Catéchisme de l'Église catholique*[15]. Un an plus tard, huit millions d'exemplaires de ce texte fondamental étaient déjà vendus, en quarante-deux langues différentes. Imposer ainsi une charte unique à l'ensemble des catholiques de la planète, voilà qui n'était pas dans l'air du temps. Nombre de communautés — aux États-Unis, en Allemagne, en France — ont d'ailleurs critiqué la méthode. Mais quel meilleur moyen aurait pu trouver le pasteur universel pour réunir son troupeau ?

25

Hors de l'Église...

« Dans la dynamique du mouvement vers l'unité, il faut purifier notre mémoire personnelle et collective du souvenir de tous les heurts, injustices, haines du passé. » C'est Jean-Paul II qui parle. La scène se passe à Paris, le 31 mai 1980. Pour son premier voyage en France, le nouveau pape a tenu à s'adresser aux représentants des autres confessions chrétiennes. Le propos est attentivement écouté par l'assistance, mais les journaux, submergés par les innombrables discours et homélies prononcés par ce visiteur exceptionnel, ne s'en feront pas l'écho. Pourtant, l'idée exprimée par le nouveau pape constituera un des axes majeurs de son pontificat, et, vingt ans plus tard, l'un des « fondamentaux » du Jubilé de l'an 2000.

Il est vrai que le nouveau pape n'a pas une grande expérience œcuménique et qu'on ne l'attend pas sur ce terrain-là. Un ancien archevêque polonais, par hypothèse, est peu porté sur l'œcuménisme. La société polonaise, depuis 1945, est particulièrement homogène sur le plan religieux (elle compte 95 % de catholiques latins), et la stratégie défensive de l'Église polonaise face au pouvoir communiste la porte davantage au repli sur ses propres forces qu'à l'ouverture aux autres confessions. Nombre de curés polonais en sont restés à l'antique précepte : « Hors de l'Église, point de salut ! » En Pologne, depuis la guerre, les protestants sont très peu nombreux et appartiennent souvent à la minorité allemande de Silésie. Les orthodoxes, au nombre de six cent cinquante mille fidèles, sont souvent considérés comme une minorité proche des « Russes », c'est-à-dire des communistes [1]. Ajoutons que les juifs, décimés par la guerre, ne sont plus qu'une dizaine de milliers, et que les musulmans sont réduits à deux ou trois hameaux peuplés de descendants des Tatars ainsi qu'à quelques centaines d'étudiants étrangers venus de pays « amis ».

En 1978, Karol Wojtyla n'est pas très connu en dehors de son pays. Peu d'observateurs étrangers savent que cet archevêque-là est atypique. Peu connaissent son parcours depuis ses premiers pas d'évêque à l'époque du concile Vatican II. Peu se rappellent deux événements qui prennent soudain une importance notable. À commencer par la rencontre entre le pape Paul VI et le patriarche orthodoxe Athênagoras, le 5 janvier 1964, au mont des Oliviers, à Jérusalem. Karol Wojtyla n'oubliera jamais cette image, qui a précédé la levée réciproque des anathèmes que s'étaient jetés jadis les deux confessions. Il voudra d'ailleurs reproduire l'événement à sa manière, trente-six ans plus tard, à l'occasion du Jubilé de l'an 2000 — sans succès.

Le second souvenir de Mgr Wojtyla date du concile. Il pourrait être anecdotique, mais il est beaucoup plus important que cela. Un jour qu'il prie comme tous les matins devant l'autel du Saint-Sacrement, à Saint-Pierre, avant que la session ne commence, il est approché par son voisin, un moine en robe de bure blanche, observateur protestant au concile, qui l'invite à dîner dans son appartement de la via del Plebiscito, près de la piazza Venezia. Le moine s'appelle Roger Schutz. Depuis 1940, dans un petit village du sud de la Bourgogne, il anime une communauté ouverte aux différentes confessions chrétiennes. Le village s'appelle Taizé. Une réelle sympathie naît entre les deux hommes. Wojtyla, qui va visiter la communauté de Taizé en septembre 1965, se prend de passion pour l'entreprise de « frère Roger », participe à des veillées de prière œcuménique organisées par sa communauté à Rome, et contribue largement au rayonnement de Taizé en Pologne. Il y retournera en octobre 1968 et, beaucoup plus tard, quand il sera pape, en octobre 1986[2]. Lors de cette dernière visite, il rappellera que Jean XXIII, bien avant lui, avait salué Taizé comme un « petit printemps ». Vingt-cinq ans plus tôt, Taizé était regardé avec une certaine suspicion dans les milieux catholiques officiels, et Jean-Paul II veut dissiper, à son tour, ces réserves : « Séjourner à Taizé, c'est comme s'arrêter un instant près d'une source vive : le voyageur fait halte, étanche sa soif et poursuit son chemin. »

En Pologne même, en matière d'œcuménisme, l'archevêque Wojtyla était aussi en avance sur son temps. D'abord, l'archevêque n'a jamais oublié sa rencontre fortuite avec un soldat russe, à la libération de Cracovie[3]. Il n'a jamais cessé de s'intéresser à la Russie soviétique et il se sent proche des chrétiens orthodoxes persécutés par le régime communiste. À Cracovie, personne n'oublie que la ville sœur, l'ancienne Lwow, l'autre capitale de la Galicie, est désormais en territoire soviétique. Par ailleurs, dans cette région de Galicie marquée par la culture austro-hongroise, les orthodoxes sont moins méprisés que dans le reste de la Pologne. Le plus grand peintre de Cracovie, Jerzy Nowosielski, auteur de nombreux vitraux d'église, est un orthodoxe. À Lublin, où il enseigne, Mgr Wojtyla a visité la chapelle de la Trinité, unique exemple européen de construction gothique décorée de peintures murales byzantines, magnifique symbole de tolérance et de fusion entre les deux cultures.

Peu de personnalités catholiques sont aussi convaincues que Jean-Paul II, en octobre 1978, que l'Europe doit s'inspirer à nouveau de ses deux traditions, l'occidentale et l'orientale, et respirer, comme il le dira si souvent, « avec ses deux poumons ».

La déconvenue orthodoxe

Aussitôt après son élection, Jean-Paul II convoque le vieux cardinal Willebrands, président du Secrétariat pour l'unité des chrétiens, qu'il connaît bien, et lui demande d'arranger une rencontre avec Dimitrios Ier, le nouveau patriarche œcuménique de Constantinople, la plus haute autorité du monde orthodoxe. Quelle date proposer ? Traditionnellement, depuis que Vatican II a renoué le contact entre Rome et Constantinople, la solennité de Saint-Pierre et Saint-Paul (29 juin) voit des représentants orthodoxes rendre visite à Rome, tandis que la fête de saint André (30 novembre) est l'occasion d'une visite d'une délégation catholique au Phanar, la résidence du patriarche à Istanbul. Hélas ! la Saint-André est une date trop rapprochée pour pouvoir envisager une rencontre aussi délicate. Rendez-vous est pris, par conséquent, pour le 30 novembre 1979.

Un an plus tard, à la veille du jour tant attendu, Dimitrios Ier est là, qui attend le pape à l'aéroport d'Istanbul. Le patriarche embrasse un Jean-Paul II qui ne cache pas son bonheur — il arbore un large sourire — et l'emmène jusqu'au Phanar :

— Béni soit le nom de Dieu qui vous a conduit ici, dit en grec Dimitrios Ier.

— Cette rencontre est déjà un don divin, répond en français Jean-Paul II.

Le soir, Dimitrios Ier assiste à la messe que le pape dit à l'église catholique du Saint-Esprit. Le lendemain, en retour, le Saint-Père prend part à la cérémonie de la Saint-André à la cathédrale Saint-Georges. Les deux hommes se donnent le baiser de paix et procèdent à une bénédiction commune. L'état des relations entre les deux confessions ne leur permet pas de s'engager davantage : « J'ose espérer, dit le pape, que nous pourrons bientôt concélébrer. Personnellement j'aimerais que ce soit très bientôt. »

« Très bientôt... » Le pape a une idée en tête, qui ne le quittera plus pendant vingt ans : il pense à l'an 2000. Cet homme qui a le goût des dates, des anniversaires, des repères historiques est convaincu que l'entrée dans le IIIe millénaire est une échéance symbolique forte : « Puisse l'aube de ce nouveau millénaire se lever sur une Église qui aurait retrouvé sa pleine unité ! » À vingt et un ans de la fin du siècle, ce vœu semble très formel aux observateurs. Mais pour le pape, c'est un véritable objectif. Réaliser l'unité des chrétiens avant l'an 2000 — une gageure ! — est une pièce maîtresse, peut-être la plus importante, de son programme pontifical. C'est pourquoi il ne pourra cacher son impatience en voyant les années passer sans que son projet progresse. En octobre 1986, à Lyon, dans l'amphithéâtre des Trois-Gaules où l'écoutent les représentants français des autres confessions chrétiennes, il a ce cri : « La marche de nos Églises vers l'unité est lente, trop lente ! »

En décembre 1987, Dimitrios Ier passe cinq jours à Rome. Sa visite est riche de manifestations œcuméniques, mais les deux dirigeants — qui se retrouvent à Saint-Pierre pour une célébration commune à l'exception de l'eucharistie — ne sont pas dupes :

« Nous nous réunissons près de la Table du Seigneur sans pouvoir encore y servir ensemble », déplore Dimitrios. Le pape partage la même tristesse et confesse « une souffrance amère ». Si cela ne tenait qu'à lui, la « pleine communion » qu'il souhaite rétablir entre les deux confessions serait déjà acquise ! Au niveau de la foi apostolique, de la fraternité eucharistique, du témoignage évangélique, qu'est-ce qui sépare encore catholiques et orthodoxes dont le contentieux théologique, en outre, n'a jamais été si mince ?

Pourtant, Jean-Paul II doit tenir compte de multiples contraintes. D'abord, l'entourage du patriarche de Constantinople ne ressent pas la même fascination que lui pour l'an 2000 et raisonne à un autre rythme. Pour les orthodoxes, il est vain de vouloir réduire en quelques années une fracture de mille ans. Ensuite, la Curie romaine traîne les pieds, comme elle vient de le montrer en 1985 en critiquant vivement un livre des théologiens allemands Karl Rahner et Henrich Fries qui pousse à faire fi des derniers blocages théologiques pour faire avancer le projet œcuménique. Le 28 juin de cette année-là, à l'occasion du vingt-cinquième anniversaire du Secrétariat pour l'unité des chrétiens, Jean-Paul II a estimé nécessaire de redire le caractère « irrévocable » du mouvement œcuménique, qui reste une de ses « priorités pastorales ».

Mais surtout Dimitrios Ier n'est pas le seul patriarche orthodoxe : il doit jouer le jeu du consensus avec tous ses homologues, notamment ceux des Églises russe, bulgare, roumaine, etc. Or ceux-ci, qui constituent les « gros bataillons » de la communauté orthodoxe, n'ont aucune tradition œcuménique. En outre, ils sont occupés, à l'époque, à jauger le véritable degré d'ouverture que représente, dans tous ces pays, la perestroïka du nouveau maître du Kremlin, Mikhaïl

Gorbatchev : celui-ci n'a-t-il pas donné son feu vert pour la célébration du millénaire de l'Église russe, prévu pour juin 1988 ?

C'est de ce côté, précisément, que viendra la plus mauvaise surprise du pontificat de Jean-Paul II. Jamais celui-ci n'aurait imaginé, en effet, que la chute du mur de Berlin, en 1989, puis l'effondrement de l'URSS et, partant, la restauration des libertés religieuses à l'Est auraient pour effet de déclencher la plus grande crise enregistrée entre catholiques et orthodoxes depuis neuf siècles. À cause du dossier uniate, d'abord ; puis en raison de graves maladresses de la part du Vatican ; enfin pour des raisons plus profondes, qui touchent au réveil des nationalismes dans cette partie du monde.

Les uniates, d'abord. Alors qu'il séjourne à Castel Gandolfo, en août 1987, Jean-Paul II apprend qu'une lettre lui a été adressée (ainsi qu'à Mikhaïl Gorbatchev) par un mystérieux collectif formé de deux évêques, vingt-trois prêtres, onze religieux et cent soixante-quatorze laïcs appartenant à l'Église « grecque catholique » d'Ukraine. À l'étonnement des milieux religieux occidentaux, voilà une Église de plusieurs millions de croyants encadrés par huit évêques et près de sept cents prêtres, tous clandestins, qui sort peu à peu des catacombes, à la faveur du dégel gorbatchévien. Ces chrétiens de rite byzantin, majoritairement ukrainiens et biélorusses, héritiers directs du baptême de saint Vladimir en 988, s'« unirent » à Rome en 1596 (d'où leur nom d'« uniates ») parce qu'ils ne voulaient pas dépendre du patriarcat de Moscou, créé quelques années plus tôt. Pendant quatre siècles d'une histoire mouvementée, ils n'ont cessé de défendre leur identité, à l'est, contre les orthodoxes russes, et, à l'ouest, contre les catholiques latins. En avril 1945, Staline en personne leur porte apparemment le coup de grâce — il vient d'annexer l'Ukraine occidentale — en expédiant au goulag tous les évêques et la quasi-totalité des prêtres de la région, puis en décidant le rattachement forcé des catholiques ukrainiens à l'Église orthodoxe russe lors d'un « synode » monté de toutes pièces en mars 1946.

Pour Jean-Paul II, la lettre de ce mystérieux collectif est une formidable nouvelle. Le pape polonais ne s'est-il pas battu, dès son élection, pour qu'on n'oublie pas ces millions de fidèles tragiquement persécutés ? N'a-t-il pas honoré, dès le 20 novembre 1978, le malheureux métropolite en exil Jozef Slipyi, celui-là même que Paul VI avait réussi à sortir naguère des griffes du KGB ? N'a-t-il pas convoqué à Rome un synode spécial des uniates de la diaspora — majoritairement canadienne — en mars 1980 ? N'a-t-il pas suivi personnellement l'élection par ses pairs du successeur du vieux Slipyi, Mgr Myroslav Lubachivsky ?

Toutes ces attentions papales ont été critiquées de toutes parts. Du côté russe, bien sûr, où l'on ne s'attendait pas à ce qu'un pape polonais défendît cette cause empoisonnée. Du côté polonais, où les uniates, assimilés aux Ukrainiens, n'ont jamais eu bonne presse chez les catholiques latins. Du côté de la Curie, enfin, où l'on estime à mi-voix, dans les rangs du Secrétariat pour l'unité des chrétiens, qu'un soutien trop marqué aux uniates est le meilleur moyen de compromettre le dialogue avec les orthodoxes. Mais Jean-Paul II n'a pas l'intention de « lâcher » une communauté aussi courageuse et aussi fidèle. Il rappellera un jour, avec une admiration non feinte, qu'aucun dirigeant de cette Église martyre n'a jamais renié sa fidélité à Rome malgré les persécutions, les séjours en prison et les années de goulag[4]. En avril 1988, le pape publie une lettre aux catholiques ukrainiens de dix-sept pages, *Magnum baptismi donum*, où il rappelle que le millénaire du baptême du prince Vladimir en l'an 988 est aussi, historiquement, celui des catholiques ukrainiens. En juin, il ordonne à ses deux représentants personnels aux festivités de Moscou, les cardinaux Casaroli et Willebrands, de rencontrer dans un hôtel les deux évêques sortis de l'ombre, Fylmon Kurchaba et Pavlo Vasylyk — alors qu'ils sont toujours officiellement clandestins. Le 9 juillet, au cours d'une cérémonie à l'église ukrainienne de Rome, Santa Sophia, il prêche en ukrainien, avant de célébrer à Saint-Pierre, le lendemain, un office solennel dans le rite byzantin.

Cette insistance à défendre les uniates ne pouvait que provoquer l'hostilité durable du Patriarcat de Moscou. Celui-ci est alors représenté à Kiev, capitale de l'Ukraine, par le métropolite Filarète, lequel n'entend aucunement « rendre » aux uniates leurs églises et leurs biens confisqués un demi-siècle plus tôt. Jean-Paul II a beau assortir tous ses encouragements aux uniates de propos insistants sur l'exigence de rapprochement avec leurs « frères orthodoxes », ce langage-là ne passe ni auprès des orthodoxes ni auprès des uniates, lesquels se réjouissent du soutien papal, mais n'ont pas l'intention de gâcher leur résurrection inespérée par quelque compromis que ce soit avec les orthodoxes.

Le dossier uniate sera désormais la principale pomme de discorde entre le pape et le monde orthodoxe. Mais un deuxième front va s'ouvrir entre le Vatican et le Patriarcat de Moscou : celui du « prosélytisme ». Dès le vote de la nouvelle loi sur la liberté religieuse que Gorbatchev avait promise à Jean-Paul II lors de leur rencontre historique du 1er décembre 1989, le pape ordonne à son délégué, le nonce Francesco Colasuonno, de nommer enfin des pasteurs auprès de tous les catholiques qui peuplent l'URSS — en Biélorussie, certes, mais aussi à Moscou, en Sibérie, au Kazakhstan. Dans les trois derniers cas, pour ne pas donner l'impression d'entrer en concurrence avec les orthodoxes, on nommera des « administrateurs apostoliques », et non des évêques[5]. Las ! Encore eût-il fallu consulter le Patriarcat de Moscou. Et, au minimum, informer les responsables orthodoxes russes du résultat des négociations secrètes menées avec le Kremlin. L'indélicatesse du Vatican est flagrante : à la fin de mars 1991, Mgr Kirill de Smolensk, en charge des relations extérieures au Patriarcat de Moscou, vient à Rome sur l'invitation de Mgr Edward Cassidy, président du Conseil pour l'unité des chrétiens. Le Russe est chaleureusement accueilli par son hôte, par le pape en personne, par le secrétaire d'État Angelo Sodano... et repart sans que personne ne lui ait dit un mot sur le sujet, à quinze jours de l'annonce officielle de la création de ces fameux diocèses. Selon certaines sources, le pape avait prié Sodano de « s'assurer que le patriarcat soit tenu informé bien à l'avance de l'annonce de ces mesures », mais « l'ordre ne fut pas exécuté[6] ». Quant au nonce Colasuonno, il aurait cherché à joindre le patriarche Alexis II, dix jours avant l'échéance, sans y parvenir. Bien entendu, lorsque le Vatican rend publiques ses nouvelles structures à l'intérieur de l'URSS, le 13 avril, le patriarche Alexis II est furieux — il crie au « prosélytisme » — et son adjoint Kirill de Smolensk, humilié et trahi. Et comme si une maladresse devait en entraîner une autre, les deux principaux acteurs de ce pataquès, Sodano et Cassidy, au lieu d'être plus ou moins désavoués par le pape, sont nommés cardinaux le 28 juin, veille de la Saint-Pierre-et-Saint-Paul.

En novembre 1991, le monde entier découvre l'ampleur des dégâts. Lors du synode européen convoqué à Rome par Jean-Paul II pour tirer les leçons de la réunification de l'Europe, les fauteuils des invités orthodoxes restent vides. Russes, Bulgares, Grecs, Roumains et Serbes ont boycotté l'événement. Leur unique représentant, délégué par le nouveau patriarche de Constantinople Bartholomée Ier[7], est l'obscur métropolite de Venise, Spyridon Papagheorghiou, en charge des orthodoxes de la péninsule Italienne. Le 2 décembre, dans la salle du Synode, celui-ci prend la parole et se lance dans une diatribe effrénée contre les catholiques uniates et l'« agression romaine » à l'est de l'Europe. Un silence de plomb se fait dans l'assistance. Devant l'assemblée stupéfaite, Jean-Paul II se lève et, d'un pas lent, se dirige vers le métropolite qu'il serre contre sa poitrine, pour lui donner le baiser de paix. Sans un mot. Pour lui, ce synode qui devait célébrer la fin du totalitarisme en Europe est d'ores et déjà la plus grande déception de son pontificat.

À partir de 1992, la guerre dans les Balkans achève de dresser le monde orthodoxe contre le Vatican. La rapide reconnaissance par le Saint-Siège de la Slovénie et de la Croatie — les deux républiques de l'ex-Yougoslavie ayant franchi les étapes démocratiques menant à l'indépendance sont aussi les deux États catholiques de la mosaïque yougoslave — provoque une réaction violente des Serbes, de culture orthodoxe, et la solidarité ostensible de leurs « frères » russes. Sans parler de l'hostilité affichée des Grecs. L'intervention militaire occidentale en Serbie et les bombardements de Belgrade, au printemps 1999, achèveront d'exacerber le ressentiment anticatholique des Serbes, des Russes, des Grecs et, par solidarité, de l'ensemble du monde orthodoxe. Que le Vatican condamne l'usage de la force contre la Serbie n'y change rien.

Le pape polonais avait bien mis en garde, au lendemain de la chute du mur de Berlin, contre la résurgence des « nationalismes exacerbés » ; jamais il n'aurait pensé que les crispations identitaires de l'Europe postcommuniste prendraient une telle ampleur et réduiraient à si peu de chose sa propre ambition œcuménique.

Pourtant, Jean-Paul II ne renonce pas. Le 25 mai 1995, il publie une encyclique intitulée *Ut unum sint* (« Qu'ils soient un »), qu'il a écrite de sa main. À tous ceux qui seraient gagnés par le découragement, le pape souligne que l'objectif du rapprochement des chrétiens, annoncé par le concile Vatican II, est bel et bien « irréversible ». Certes, le pape n'ignore pas les circonstances défavorables — il cite pêle-mêle « les atavismes, l'incompréhension héritée du passé, les malentendus, les préjugés, l'inertie, l'indifférence, l'insuffisance de la connaissance mutuelle » — qui ont freiné, voire enrayé le processus. Mais il rappelle que les Églises orthodoxes restent à ses yeux des Églises « sœurs[8] », qu'un disciple du Christ doit se sentir chez lui dans n'importe quelle église, et qu'il ne tient qu'aux chrétiens occidentaux et orientaux de revenir à l'« unité dans la diversité » qui était la leur au temps des premiers conciles. Et Jean-Paul II, non sans audace, propose aux autres confessions chrétiennes de réfléchir à ce que la papauté pourrait devenir, dans l'avenir, pour répondre aux besoins de toutes les confessions chrétiennes. La vocation du successeur de Pierre, dont l'histoire a fait le principal obstacle à l'unité, n'est-elle pas de servir celle-ci ? Ne faudra-t-il pas, quoi qu'il arrive, un ministère unitaire au service de l'Église universelle ?

Symboliquement, en 1994, le pape avait confié les méditations du traditionnel chemin de croix du vendredi saint, à Rome, au patriarche Bartholomée, lequel s'est penché, au détour de son texte, sur la vocation de Pierre, chef des apôtres et référence suprême pour le pape catholique, qui « ne sera le premier que comme pécheur pardonné, pour présider non à la gloire mais à l'amour[9] ». L'année suivante, c'est à sœur Monke de Vries, une religieuse calviniste, que revient cet honneur. En 1997, au catholicos arménien Karékine Ier. En 1998, au théologien orthodoxe français Olivier Clément. Autant de signes destinés à montrer que l'unité des chrétiens se fera dans la vérité de l'Évangile, *in vivo*, et non dans d'obscures tractations théologiques entre experts désignés par des institutions toutes convaincues de leur juste cause.

Mais les efforts obstinés de Jean-Paul II seront vains. La rencontre tant espérée avec le patriarche moscovite n'aura jamais lieu, malgré plusieurs tentatives avortées en 1996 (en Hongrie) et 1997 (en Autriche). Le pape n'ira donc pas à Moscou, où il a pourtant été officiellement invité à plusieurs reprises par Mikhaïl Gorbatchev puis par Boris Eltsine. Celui-ci, reçu en audience le 10 février 1998, l'avait même assuré, d'un fier mouvement de menton, sans tenir compte de la note rédigée par son cabinet, qu'il « faisait son affaire » des orthodoxes[10]. Sans succès : « Les temps ne sont pas mûrs », dira le patriarche Alexis II à Mgr Jean-Louis Tauran venu le voir dans sa résidence moscovite en juin 1998.

Le rêve du pape s'est évanoui. Depuis longtemps Jean-Paul II imaginait de voir se réconcilier, à l'occasion du Jubilé de l'an 2000, les représentants des trois grandes religions du Livre, au cours d'une prière commune au mont Sinaï — là où Dieu a donné à Moïse ses commandements. Même sa propre visite au mont Sinaï, au monastère Sainte-Catherine, cette année-là, fut un échec : les moines orthodoxes qui occupent le site ne daignèrent même pas participer à la cérémonie.

C'est de Bucarest, la capitale de la Roumanie, qu'est venue une tardive consolation, en mai 1999. Après deux ans de négociations délicates, le pape est enfin allé visiter un pays majoritairement orthodoxe. Tant pis si son hôte, le vieux patriarche Teoctist, quatre-vingt-quatre ans, fut en son temps l'un des plus fidèles soutiens du dictateur Ceausescu. Et tant pis s'il fut impossible au pape d'aller visiter les uniates roumains en Transylvanie, dans le nord du pays. Jean-Paul II ne voulait pas qu'on puisse dire qu'il n'avait jamais visité un pays orthodoxe. En octobre 2002, le vieux patriarche se rendra à son tour à Rome, où Jean-Paul II lui réservera un accueil particulièrement chaleureux.

La Providence a permis que le pape visite plusieurs autres pays orthodoxes avant sa mort, et notamment, en 2001, deux des plus importants : la Grèce, malgré les invectives des moines du mont Athos, particulièrement agressifs envers le Saint-Père, et l'Ukraine, malgré l'opposition officielle et péremptoire du Patriarcat de Moscou. À Athènes comme à Kiev, Jean-Paul II plaide pour la paix, demande pardon, appelle à l'unité : « Je ne suis pas venu avec des intentions de prosélytisme », assure le pape, le 23 juin 2001, en débarquant à Kiev. À Moscou, les dirigeants orthodoxes ne cachent pas leur colère. Le pape catholique, le défenseur des uniates, sur les lieux mêmes du baptême de saint Vladimir ! Cela ressemble à une provocation. Jamais, sans doute, l'hostilité n'a été aussi vive à l'égard des catholiques depuis mille ans.

Les incursions suivantes de Jean-Paul II en d'autres terres orthodoxes, comme l'Arménie ou la Bulgarie, ou dans d'anciennes républiques soviétiques limitrophes, comme le Kazakhstan ou l'Azerbaïdjan, ne feront pas illusion : il faudra beaucoup,

beaucoup de temps encore pour qu'un pape visite un jour la capitale de la Sainte Russie.

Avec les protestants

À l'égard du protestantisme, le pape a également multiplié les initiatives spectaculaires. Ainsi en novembre 1980, quand il effectue sa première visite en Allemagne. Le public n'est pas encore habitué à l'intensité de ces voyages — trois mille kilomètres parcourus en quatre jours, vingt-quatre discours prononcés — ni à la façon qu'a le pape d'y multiplier démonstrations symboliques et gestes prophétiques. Non seulement ce Polonais sans complexe, à son arrivée à Cologne, rend hommage « à la grande nation allemande », mais voilà que le chef de l'Église catholique déclare à Mayence, le 17 novembre, qu'il est venu en pèlerin visiter « les héritiers spirituels de Martin Luther ».

Luther, ce moine augustin allemand qui s'en prit d'abord aux excès de la papauté, n'est-il pas la principale figure de la scission entre protestants et catholiques, au XVIe siècle ? Or, voilà que le pape salue, à l'étonnement général, le quatre cent cinquantième anniversaire de la Confession d'Augsbourg, cette synthèse des idées de Luther, établie par son ami Melanchthon et considérée par les protestants comme le point de départ de la Réforme : « Nous avons tous péché ! » dit Jean-Paul II à propos de ces quatre siècles de divisions entre chrétiens se réclamant du même Évangile. Le lendemain, à Munich, le pape préside une séance œcuménique où le représentant de l'Église luthérienne et l'archevêque catholique local sont interrogés conjointement sur la levée des anathèmes et autres condamnations réciproques que leurs Églises se sont lancés depuis le XVIe siècle.

La réponse sera confiée à une commission mixte de théologiens allemands, catholiques et luthériens. C'est une première. Est-ce le début d'un processus ? Est-il possible qu'un rapprochement s'opère un jour ? L'archevêque de Munich, que le pape a associé de près à sa démarche, n'ose y croire. Il s'appelle Joseph Ratzinger.

Et pourtant ! Le 5 novembre 1983, à l'occasion du cinquième centenaire de la naissance de Luther, Jean-Paul II reprend l'initiative dans une lettre adressée au cardinal Willebrands, président du Secrétariat pour l'unité des chrétiens, où il souligne le « profond sentiment religieux » de Martin Luther, suggérant de mener une recherche historique pour déterminer, « si elle existe », la faute commise par l'Église à l'égard de Luther.

Quelques semaines plus tard, le 11 décembre 1983, Jean-Paul II accepte une invitation faite à l'« évêque de Rome » de participer à un office œcuménique à la Christuskirche, l'église de la communauté luthérienne de Rome. Une simple étole rouge sur sa soutane blanche, le pape salue ce cinq centième anniversaire comme l'« aube de la reconstruction de notre unité » et fait réciter une émouvante prière pour l'unité :

Nous te prions et te supplions, Seigneur, [...]
De rendre son unité à ce qui a été brisé
De réunir ce qui a été séparé et en faire une seule chose.
Fais que nous nous tournions vers ta seule vérité éternelle
En renonçant à toutes les divisions.

Le texte n'est pas de Jean-Paul II. Il est de Martin Luther[11]. C'est une vraie réhabilitation, par le pape en personne, de celui qui fut excommunié par

Léon X en 1521. Un jour, à Copenhague, où le conduit sa tournée scandinave de juin 1989, Jean-Paul II est interrogé sur la sanction papale ayant frappé le moine frondeur de Wittenberg. Le Saint-Père explique alors tranquillement que « toute excommunication prend fin avec la mort de l'homme ».

*

Rome, décembre 1985. Un peu avant Noël, au troisième étage du palais apostolique, Jean-Paul II partage son petit déjeuner avec son ancien professeur et ami Stefan Swiezawski, thomiste réputé et spécialiste de la philosophie au XVe siècle. La conversation se déroule en polonais. Les deux hommes se rappellent quelques souvenirs, à commencer par la « révélation » qu'avait eue le vieil homme lors d'un colloque sur saint Thomas d'Aquin à Fossanuova, en avril 1974. Après que Mgr Wojtyla eut prononcé un sermon particulièrement remarquable, Swiezawski l'avait pris soudain à part, comme sujet à une illumination : « Tu sais, Karol, je crois que tu seras pape[12] ! » Entre le café et les petits pains ronds, le pape interroge son ancien maître sur ses travaux. Swiezawski lui raconte qu'il étudie le procès de Jan Hus, le principal réformateur tchèque précurseur du protestantisme qui fut excommunié et brûlé vif par les catholiques lors du concile de Constance en 1415. Le vieil homme s'échauffe :

— Sais-tu que la vision de Jan Hus était assez proche de celle de Vatican II ?

Jean-Paul II est passionné. Il saisit le bras de Swiezawski et lance :

— Il faut dire cela !

Stanislaw Dziwisz, le secrétaire, qui connaît par cœur les deux hommes, se penche vers le vieux professeur :

— Et si vous commenciez par écrire quelque chose là-dessus dans le *Tygodnik Powszechny* ?

L'article paraîtra dans le numéro du 9 février 1986 de l'hebdomadaire cracovien sous le titre « Jan Hus, hérétique ou précurseur de Vatican II ? ». Il fait sensation dans les milieux dissidents tchèques. À l'époque, qui pouvait imaginer que Jean-Paul II se rendrait un jour à Prague, à l'invitation de l'ex-dissident Vaclav Havel devenu président de la République, et qu'il aurait ainsi l'occasion de demander publiquement pardon aux protestants tchèques pour ce crime odieux qui a fait de la Bohême le pays le plus « anticatholique » et « antipapiste » d'Europe ? « Alors que Jan Hus était un saint, un martyr, un précurseur des changements de l'Église ! » insiste Swiezawski.

En mai 1995, lors de son deuxième voyage en République tchèque, Jean-Paul II participera à un service œcuménique à la cathédrale Saint-Guy de Prague, en compagnie de Pavel Czerny, héritier de Jan Hus et chef de l'Église évangélique des Frères de Bohême. Une façon de refermer spectaculairement cette blessure historique.

Telle est la manière de Jean-Paul II. La démarche œcuménique, pour lui, c'est d'abord une série de gestes, de rencontres, de paroles, de signes. Ainsi procède-t-il à l'égard des calvinistes. En juin 1984, en visite en Suisse, à Kehrsatz, Jean-Paul II rend un hommage appuyé au théologien réformé Jean Calvin, à l'occasion du quatre cent soixante-quinzième anniversaire de sa naissance, et suggère de travailler à une histoire commune de la Réforme. Onze ans plus tard, en juillet 1995, au cours d'un voyage en Slovaquie, il va se recueillir au pied d'un monument commémorant le martyre de fidèles calvinistes ayant refusé d'être convertis de force au catholicisme. Il est vrai que, quelques semaines auparavant, en République tchèque, il avait rendu hommage à Jan Sarkander, un martyr catholique de la région morave, ce qui avait fortement déplu aux protestants locaux.

Le processus œcuménique, aux yeux du pape, ne doit rien sacrifier à la vérité. Ce n'est pas en renonçant à leur histoire, si douloureuse soit-elle, que les différentes confessions chrétiennes progresseront vers l'unité. Ou alors celle-ci sera factice. Jean-Paul II est homme de compromis, mais refuse toute compromission. C'est ce qui fait la valeur prophétique — certains diront pathétique — de sa démarche.

*

C'est avec les anglicans, sans doute, que le rapprochement promettait d'être le plus facile. La rupture entre l'Église d'Angleterre et l'Église catholique, au XVIe siècle, avait été le fruit d'un conflit personnel entre le roi Henri VIII et le pape de l'époque, puis d'une longue rivalité politique entre les Anglais et la monarchie catholique espagnole. Même si l'anglicanisme fut influencé quelque temps par la Réforme de Calvin, peu de divergences doctrinales ont opposé anglicans et catholiques. En 1966, à la suite du concile Vatican II, le pape Paul VI avait rencontré pour la première fois le primat de l'Église anglicane de l'époque, Michael Ramsey, chef spirituel d'environ soixante-dix millions de fidèles répartis en vingt-sept Églises. En 1970, une commission mixte internationale catholique-anglicane (Arcic) s'était réunie, qui s'était employée, pendant des années, à examiner et réduire les divergences entre les deux confessions, à la satisfaction générale.

Quelques mois après son élection, en mai 1980, Jean-Paul II profite de sa première tournée africaine pour rencontrer à Accra, au Ghana, l'archevêque de Canterbury, Robert Runcie, qui a remplacé Ramsey.

Un communiqué commun est publié à l'issue de leur entretien, où les deux hommes abordent le problème de la concurrence désuète, voire stupide, entre missionnaires des deux confessions : « Le temps est trop court et le besoin trop pressant pour gaspiller les énergies chrétiennes dans la poursuite de vieilles rivalités. »

Deux ans après cet épisode, le 29 mai 1982, Jean-Paul II se rend à Canterbury, capitale religieuse de l'anglicanisme, pour une cérémonie inédite en compagnie de l'archevêque Runcie dans la célèbre cathédrale fondée au VIIe siècle par Augustin de Canterbury, légat du pape Grégoire le Grand. À l'issue de la séance, le pape, Mgr Runcie et plusieurs représentants d'autres confessions chrétiennes vont rendre hommage, dans une chapelle, aux « saints et martyrs du XXe siècle » — une idée que Jean-Paul II reprendra à son compte pour le Jubilé de l'an 2000. Pourtant, ce « sommet » n'aura pas de suite. Sept ans plus tard, à la fin du mois de septembre 1989, lorsque l'archevêque de Canterbury passe plusieurs jours à Rome, les deux hommes sont bien obligés de déchanter en reconnaissant, dans une déclaration conjointe publiée le 2 octobre, qu'ils « ne voient pas de solution » aux problèmes posés à leurs Églises.

Que s'est-il passé ? L'espoir de rapprochement entre anglicans et catholiques a paradoxalement exacerbé les derniers points de désaccord opposant les deux confessions :

— Du côté catholique, la Curie croit bon de rappeler, dès 1982, que le pape Léon XIII avait durement condamné le rejet de la « primauté » du pape par les anglicans, et qu'il serait difficile de revenir sur cette condamnation. En outre, Rome ne peut oublier que l'Église d'Angleterre, par son schisme, a rompu la « succession apostolique » qui permet aux évêques de se dire les successeurs des apôtres. Pas question de les considérer comme des évêques à part entière.

— Du côté anglican, il paraît exclu de suivre Rome dans son refus réitéré d'ordonner des femmes prêtres[13]. Ne serait-ce que parce que certaines Églises anglicanes, notamment aux États-Unis, depuis 1974, ordonnent déjà des femmes. Et qu'en Angleterre le principe de l'ordination des femmes, même s'il n'est pas encore acquis, ne choque plus grand monde.

Jean-Paul II sent le danger. En janvier 1985, il adresse une lettre à Runcie pour l'alerter « en toute franchise fraternelle » sur la gravité d'une éventuelle ordination de femmes. Runcie ne répond pas tout de suite. Mais en novembre, après consultation des primats anglicans aux quatre coins du monde, il explique au Saint-Père que son avertissement est vain. Le Vatican publiera tous ces échanges de textes le 30 juin 1986, comme pour entériner le constat d'échec. En 1994, lorsque le synode de l'Église anglicane autorisera plusieurs ordinations de femmes à Bristol et à Londres, la Curie qualifiera ce geste de « grave obstacle sur la voie de la réconciliation ». Certes, d'autres rencontres auront lieu entre l'archevêque George Carey et Jean-Paul II, mais les deux hommes ne pourront désormais que déplorer ces deux pommes de discorde.

Deux textes émanant de la Curie vont verrouiller à double tour la position catholique face aux anglicans ainsi qu'à toutes les autres Églises protestantes :

— En mai 1994, la lettre *Ordinatio sacerdotalis* rappelle fermement que le sacerdoce est et restera interdit aux femmes, ajoutant sans nuances que cette interdiction doit être considérée comme « définitive ». Comme on le verra plus loin[14], les protestants ne sont pas les seuls à s'étonner de ce recours au dogme de l'infaillibilité du pape pour un sujet apparemment secondaire. Joseph Ratzinger confiera lui-même que la discussion avec Jean-Paul II, sur ce point, fut « délicate ».

— Le 5 septembre 2000, en plein Jubilé, dans la déclaration *Dominus Iesus*, le même Ratzinger réaffirme notamment que les protestants — contrairement aux orthodoxes — ont bel et bien rompu la « succession apostolique » et que leurs Églises ne sont donc pas « valides », ni leur foi « authentique », ni leur salut « intégral ». Les protestants sont stupéfaits et le font savoir. Là encore, ils ne sont pas les seuls à s'interroger sur l'opportunité de cette réaction. À quoi bon ce texte ?

Déjà, les luthériens s'étaient posé la question du primat de la Curie sur les affaires œcuméniques lorsque leurs experts ont eu l'impression d'avoir enfin résolu, avec leurs collègues catholiques, l'antique et primordiale querelle théologique sur la « justification » — laquelle veut que l'homme devienne « juste » par sa seule foi, qui est un don de Dieu, et non pas par sa bonne conduite entérinée par l'institution ecclésiale. Le jour où les représentants de la Fédération luthérienne mondiale et du Conseil pontifical pour l'unité des chrétiens publiaient solennellement une *Déclaration commune sur la doctrine de la justification*, le 25 juin 1998, un autre texte était publié par la Congrégation pour la doctrine de la foi, intitulé *Réponse de l'Église catholique à la déclaration commune*, invoquant encore un « besoin d'éclaircissement [15] ». Ce cafouillage désolant n'a pas accru le prestige de la Curie chez les représentants des confessions non catholiques.

Y a-t-il eu, dans ces cas-là, répartition des tâches entre le pape et la Curie ? Au premier, le prophétisme, à la seconde, le respect du droit ? Ce serait trop simple. En réalité, comme la préparation du concile l'avait montré à plusieurs reprises, l'Église en tant qu'institution est davantage ouverte aux juristes qu'aux prophètes, et l'appareil qui l'administre est conçu, en bonne part, pour protéger la Tradition contre toutes les tentations du changement. Y compris quand elles sont le fait du pape.

C'est d'ailleurs en dehors de la Curie — pour ne pas dire contre elle — que Jean-Paul II va développer un autre thème d'ouverture, à Assise, en 1986, en direction de toutes les autres religions du globe. Une entreprise dépassant délibérément le cadre de l'œcuménisme.

La réunion d'Assise

Le 25 janvier 1986, alors qu'il s'apprête à partir pour l'Inde où il va rencontrer les plus hauts dignitaires hindous, musulmans, sikhs et bouddhistes, le pape crée la stupeur au Vatican en annonçant une initiative aussi inédite que déconcertante : il invite solennellement tous les chefs religieux de la planète, chrétiens ou non chrétiens, à participer, en octobre, à une journée mondiale de prière pour la paix. L'idée, qui lui est propre, est simple : pourquoi ne pas tenter de mettre en commun les « profondes ressources » dont dispose l'ensemble des croyants de par le monde — il pense à la prière et au jeûne — face aux tensions qui menacent la paix entre les hommes ? Et le pape de proposer Assise, la cité du bon saint François, pour accueillir cette expérience.

Jean-Paul II s'est bien gardé de mettre la Curie dans la confidence. Il sait que les différents dicastères concernés auraient trouvé mille raisons de s'opposer à un projet aussi peu conventionnel. Une courte semaine avant d'annoncer son projet, le pape réunit discrètement dans son bureau le cardinal Roger Etchegaray, alors président de Justice et Paix, ainsi que le père Pierre Duprey, secrétaire du Secrétariat pour l'unité des chrétiens, et le père Marcello Zago, secrétaire du Secrétariat pour les non-chrétiens. Objet de la réunion : l'idée est-elle réaliste, peut-elle intéresser les autres religions, et, surtout, comment la mettre en pratique sans provoquer un tollé théologique ? Duprey et Zago sautent dans le premier avion pour Genève afin de tester le projet auprès du Conseil œcuménique des Églises, qui réunit plus de trois cents Églises chrétiennes (à l'exception des catholiques) et qui réfléchit déjà, à l'époque, à un projet de « conférence mondiale des religions pour la paix ». Le COE ne voit pas d'objection et donne son feu vert. Pendant ce temps, Etchegaray tente de résoudre la principale difficulté théologique, qui s'apparente à la quadrature du cercle : comment faire en sorte que chaque invité prie « avec les autres » sans que tous prient « ensemble », puisqu'ils ne prient pas le même dieu [16] ?

L'appréhension du pape était justifiée. Dès que le projet est connu, nombre de prélats de la Curie s'insurgent contre ce « syncrétisme » fort peu catholique et s'interrogent, parfois à haute voix : comment le pape pourrait-il prier avec des gens qui adorent des divinités étrangères au christianisme ? Qui s'agit-il de prier ? Comment peut-on mettre le catholicisme sur le même plan que le bouddhisme ou l'animisme ? Le successeur de Pierre peut-il se fondre, par respect pour ses invités, dans un groupe indistinct de chefs religieux dont la majorité, en outre, n'est pas de son niveau ? Toutes ces questions sont fondées. C'est Etchegaray qui va y apporter patiemment des réponses, avec plus ou moins de succès. Mais le coup est parti. La méthode du pape est décidément efficace : résoudre les difficultés en marchant, c'est le meilleur moyen de ne pas sacrifier d'emblée l'essentiel, qu'il rappelle quelques jours plus tard à Delhi : « Toutes les religions doivent collaborer à la cause de l'humanité. » À la Curie, on n'en est pas tout à fait convaincu. L'initiative papale bouleverse tant d'habitudes. Et puis, le cardinal Ratzinger ne vient-il pas, dans un livre à succès, de déplorer la tendance à encenser « exagérément les valeurs des religions non chrétiennes[17] » ? Nombre de prélats romains s'étonnent même qu'à Assise les dignitaires de l'Église catholique ne soient pas invités, comme il se doit, à occuper le premier rang de la cérémonie de clôture.

Le 27 octobre 1986, la pittoresque cité de saint François est donc le théâtre d'un rassemblement unique dans l'histoire des religions. La photo de Jean-Paul II en veste blanche, assis au milieu de ce groupe insolite de musulmans, d'orthodoxes, de protestants, de sikhs, d'hindous, de bonzes tibétains, de shintoïstes, de zoroastriens — au total, trente-deux délégations chrétiennes et vingt-huit délégations non chrétiennes — alignés sur la place de la basilique inférieure de Saint-François, restera comme une des plus fortes images du pontificat. Elle fut d'ailleurs relayée en mondovision dans un grand nombre de pays.

— Cessons de nous juger les uns les autres ! proposa en russe le métropolite Filarète de Kiev.

— Aimez vos ennemis ! leur dit Jean-Paul II, citant le discours des Béatitudes.

Un discours nouveau pour nombre des invités à cette réunion extraordinaire. Certes, l'appel à la « trêve universelle » lancé ce jour-là par le pape ne fut pas entendu partout, loin de là. Mais, tout de même, le grand rabbin de Rome priant de conserve avec un imam saoudien, voilà qui ne s'était jamais vu.

Un an plus tard, un débat opposa la Curie et la communauté Sant'Egidio, à qui Jean-Paul II avait confié l'organisation de cet événement hors normes :

pourquoi ne pas aller plus loin et prolonger l'esprit d'Assise dans d'autres réunions, sur d'autres thèmes touchant à la paix ? La Curie, échaudée, voyait d'un fort mauvais œil la reconduction de cette expérience, quelles qu'en fussent les formes. Jean-Paul II trancha en faveur de Sant'Egidio. Au chapelain de la communauté, Mgr Vincenzo Paglia, le pape eut ce mot : « Don Vincenzo, aujourd'hui je me suis battu pour vous... et nous avons gagné [18] ! »

Une bien petite victoire, en vérité. Certes, la communauté Sant'Egidio, menée avec intelligence et passion par son président Andrea Riccardi, devait organiser plus de dix réunions interreligieuses intitulées modestement « Hommes et religions », notamment une assemblée de prière pour la paix en Bosnie, à Assise, en janvier 1993, et une autre en terre orthodoxe, à Bucarest, en août 1998. Mais le premier sommet d'Assise, avec sa bonne volonté générale et ses chefs indiens fumant le calumet de la paix, devait rester un événement unique : la grande « assemblée interreligieuse » organisée à Rome à la mi-octobre 1999, c'est-à-dire à la veille du Jubilé de l'an 2000, sur le modèle de celle d'Assise, fut un échec. À nouveau, le pape était victime d'une de ces contradictions dont il aura été porteur pendant tout son pontificat : comment combattre le « relativisme religieux », comme il allait le faire régulièrement pendant toutes ces années, et prôner en même temps la convergence, même fortuite, de toutes les religions du monde ?

Obstinément, Jean-Paul II se défendra jusqu'au bout contre toute tentative de « syncrétisme religieux ». C'est parce que « la paix est un don de Dieu » que l'expérience conjointe des différentes religions, à ses yeux, est utile. Surtout quand il s'agit d'affirmer avec force que « jamais les religions ne peuvent justifier la guerre », ce que le pape répétera à l'envi au lendemain de l'attentat du 11 septembre 2001 à New York. En dépit des critiques, Jean-Paul II appellera de nouveau les religions du monde à Assise pour une journée de « prière pour la paix ». À ce nouveau rassemblement fervent et chaleureux participeront, le 24 janvier 2002, trente dignitaires musulmans — dont le frère du roi Hussein de Jordanie. Au moment même où le monde civilisé se liguait contre le « terrorisme islamiste », ce geste de paix n'était pas seulement spectaculaire, il était aussi courageux.

Les silences de l'islam

Les imams présents à Assise en 1986 n'ont pas été les premiers représentants de l'islam à rencontrer le Saint-Père. Un premier séjour en Turquie, à l'occasion de sa rencontre avec le patriarche Dimitrios Ier, en novembre 1979, puis quelques tentatives lors de voyages — notamment dans le nord du Nigeria en avril 1982, où les dignitaires musulmans locaux refusèrent de le rencontrer à la dernière minute —, lui ont rappelé son premier contact avec la religion islamique, qui eut lieu pendant ses études romaines, et qu'il raconte ainsi dans *Entrez dans l'Espérance* :

> Nous visitions à Florence le couvent Saint-Marc, où nous admirions les fresques de Fra Angelico. Un homme se joignit à nous, partageant notre émerveillement, mais il ne tarda pas à ajouter :
> — Mais il n'y a rien qui atteigne la beauté de notre monothéisme musulman !

Et le pape, fataliste, d'y voir « un avant-goût de ce que serait ce dialogue entre le christianisme et l'islam ». Pour Jean-Paul II, comme toujours, les choses sont simples : les disciples du prophète Mahomet, qui se réclament d'Abraham, sont des « frères ».

Quelques semaines après son élection, il prononce le mot lors d'un appel pour la paix au Liban, le 10 décembre 1978. Il le redira cinq ans plus tard, dans un contexte dramatique, en qualifiant de « frère » l'auteur de l'attentat contre lui, le terroriste turc Ali Agça, qu'il était allé visiter dans sa prison.

Une scène restera gravée dans sa mémoire et dans celle de toute l'Église. Elle se passe à Casablanca le 19 août 1985. Le matin, le pape avait décollé de Nairobi, au Kenya, en direction de Rome, et avait prévu de faire escale au Maroc. C'est le roi Hassan II en personne qui l'avait invité deux ans plus tôt, lors d'une audience au Vatican. Jean-Paul II avait été sceptique :

— Que pourrait faire le pape dans votre royaume qui est officiellement islamique ?

— Votre Sainteté, avait répondu le roi, votre mission n'est pas seulement religieuse, mais aussi éducative et morale. Je suis sûr que des dizaines de milliers de mes compatriotes, surtout des jeunes, seraient heureux de vous entendre parler des normes éthiques dans les relations entre individus, communautés, nations et religions...

Et le souverain marocain, à peine rentré dans son pays, de donner des gages : dans les semaines qui suivirent, il reconnut l'existence de l'Église catholique, qui se voyait permettre le culte, le catéchisme, l'action caritative, et décida d'exonérer fiscalement les paroisses et les écoles religieuses.

Quand le pape arrive dans le grand stade de Casablanca, en cette fin de journée d'août 1985, il se retrouve face à quatre-vingt mille jeunes musulmans rassemblés à l'occasion des jeux Panarabiques. Cinq mille adolescents en tenue de sport occupent et animent la pelouse centrale. Présenté par le roi comme « un défenseur de valeurs communes à l'islam et au christianisme », le petit homme en blanc commence, en français, par évoquer ce dieu auquel croient chrétiens et musulmans : « Nous adorons le même Dieu ! » Et le pape d'expliquer tranquillement qui il est, en quoi il croit, ce qu'est un chrétien. Pas de syncrétisme facile, le pape ne passe pas sous silence les différences entre les deux religions, et il en appelle au respect mutuel, ainsi qu'à la liberté religieuse :

> Chrétiens et musulmans ont presque toujours connu des incompréhensions réciproques. Quelquefois, dans le passé, nous nous sommes trouvés dans des positions opposées et nous avons gaspillé nos énergies en polémiques et en guerres. Je crois que Dieu nous appelle, aujourd'hui, à changer nos habitudes !

Le respect et la ferveur avec laquelle tous ces jeunes Marocains écoutent le pape, ce jour-là, évoquer « Dieu bon et infiniment miséricordieux », selon une formule identique dans la Bible et le Coran, ne montrent-il pas que le dialogue avec l'islam n'est pas complètement illusoire ? Dans l'avion, un journaliste lui demande s'il entend se rendre un jour en Libye ou en Arabie saoudite :

— Comme l'a dit Pie XI, je serais disposé à parler même avec le diable s'il s'agissait de la vérité, de la religion et des droits de l'homme.

— Très Saint Père, insiste un autre journaliste, irez-vous un jour à La Mecque ?

— Si je me fie à ma sensibilité, oui. Mais la leur est peut-être différente [19].

Cette précaution oratoire se révélera tristement prémonitoire. L'exemple marocain restera isolé. Jean-Paul II aura beau appeler au rapprochement des deux religions en Indonésie (1989), au Mali (1990), en Guinée et au Sénégal (1992), ses appels se heurteront, au mieux, à un silence poli. Parfois, comme au Kenya en 1995, à un boycott pur et simple. Le pape n'est pas dupe des difficultés de l'exercice. Dans *Entrez dans l'Espérance*, en 1994, il constate que le fondamentalisme islamique et les souffrances « dramatiques » de trop nombreuses communautés chrétiennes persécutées par des régimes musulmans rendent le rapprochement « difficile ». La suite — de la visite papale au Soudan en février 1993 à l'assassinat des sept moines de Tibérine en mars 1996 — montrera que le mot est faible[20].

Avec l'islam, comme avec les autres religions non chrétiennes, comme avec toutes les autres confessions chrétiennes, le pape aura multiplié les signes, les gestes, les initiatives, les rencontres qui resteront dans l'histoire. Mais son bilan n'est pas à la mesure de ces efforts. Objectivement, tant en matière d'œcuménisme que sur le plan du dialogue interreligieux, Jean-Paul II a rencontré plus d'échecs que de réussites.

26

L'ami des juifs

Dimanche 13 avril 1986. Pour la foule des juifs rassemblés dans la cour de la grande synagogue de Rome, au cœur de l'ancien ghetto de la Ville éternelle, ce jour-là est le 4 Nisan de l'an 5746. Un peu avant 17 heures, le pape est là, qui gravit lentement les marches du bâtiment dominant le Tibre, au milieu d'une foule de rabbins en costume de fête — manteau blanc, châle aux rayures sombres et kippa blanche. On reconnaît, parmi eux, le président de l'Union israélite de Rome, Giacomo Saban, et le grand rabbin Elio Toaff, visiblement très ému. Dans le sillage de Jean-Paul II, on remarque le cardinal Ugo Poletti, vicaire de Rome, le cardinal Johannes Willebrands, qui préside le Secrétariat pour l'unité des chrétiens, ainsi que Mgr Jorge Mejia, secrétaire de la Commission pour les relations avec le judaïsme et ancien condisciple de l'étudiant Karol Wojtyla.

Sur le seuil du bâtiment, le pape et le grand rabbin s'embrassent. Dans les travées de la synagogue, l'assemblée éclate en applaudissements tandis que le chœur entonne le psaume *Alleluia, louez le Seigneur*. Lentement, les deux hommes remontent ensemble l'allée centrale et vont s'asseoir dans des fauteuils jumeaux pour écouter les lectures tirées du livre qu'ils vénèrent l'un et l'autre : la Bible. Certains, dans la foule, sont venus spécialement des États-Unis pour assister à l'événement. Ils n'en croient pas leurs yeux.

Sans doute cet instant a-t-il été précédé de signes dans l'histoire récente de l'Église. Faut-il rappeler cette halte symbolique du pape Jean XXIII devant la même synagogue de Rome, le temps de bénir les fidèles juifs sortant du bâtiment, un jour de sabbat ? Ou cette courte rencontre entre Jean-Paul II et Elio Toaff, le 8 février 1981, à l'occasion d'une visite de l'évêque de Rome à la paroisse Saint-Charles-aux-Liens, située sur le territoire de l'ancien ghetto ? « Il y a longtemps que je pensais à cette visite », explique gravement le pape. En réalité, Jean-Paul II avait d'abord eu l'idée d'inscrire une visite à une synagogue locale au cours d'un de ses voyages à venir. Il s'en était ouvert lors d'un dîner, au début de 1986 : « Mais, lui avait suggéré son ami Jorge Mejia, c'est par celle de Rome qu'il convient de commencer. » Objection retenue. Et le pape de confier à Mejia la mission de contacter discrètement le grand rabbin de Rome. Elio Toaff, au téléphone, avait aussitôt répondu en hébreu : « Béni soit celui qui vient au nom du Seigneur ! »

Cette cérémonie du 13 avril 1986 est, pour tous, un moment exceptionnel. Un vrai tournant de l'Histoire. Jamais un pape n'était entré dans une synagogue, depuis deux mille ans. Vingt siècles d'hostilité, de mépris, d'incompréhension et de persécutions sont ainsi rejetés dans le passé par cette image d'un pape récitant, en hébreu, le psaume *Hodu ladonai ki tob* :

Rendez grâce au Seigneur car Il est bon
Car éternel est Son amour !
Qu'elle le dise, la maison d'Israël :
Éternel est Son amour.

Dans son discours, Jean-Paul II rappelle les conditions pour que la réconciliation entre chrétiens et juifs soit possible et durable. Il faut, dit-il, que l'Église redécouvre d'abord la nature de ce lien particulier qui l'unit aux juifs :

> Avec le judaïsme, nous avons une relation que nous n'avons avec aucune autre religion. Vous êtes nos frères préférés et, d'une certaine manière, on peut dire que vous êtes nos frères aînés...

Ensuite, le pape rappelle que les chrétiens ne doivent pas imputer aux juifs la passion du Christ, qu'il n'est « pas licite de dire que les juifs sont un peuple répudié et maudit », reprenant à son compte ce que le concile Vatican II avait établi, en 1965, dans la déclaration *Nostra aetate*. Jean-Paul II emploie des mots simples, comme pour mieux les faire entrer dans l'Histoire : « L'Église déplore la haine, les manifestations d'antisémitisme, les persécutions dirigées contre les juifs, quelle que soit l'époque et par qui que ce soit. » Le Saint-Père s'arrête, lève un instant le regard et répète : « Par qui que ce soit ! »

L'évêque d'Auschwitz

Que l'ancien cardinal de Cracovie ait été le premier chef de l'Église à franchir le Tibre et à briser ainsi le mur d'incompréhension et d'hostilité qui se dresse entre juifs et chrétiens, voilà qui touche au paradoxe. En effet, un pape polonais est doublement suspect aux yeux des juifs. Parce qu'il est pape, mais aussi parce qu'il est polonais. Le fait que le chef de l'Église catholique soit d'origine polonaise n'est pas un atout aux yeux de la communauté juive. Au moins pour ceux des descendants de juifs ashkénazes, majoritairement originaires d'Europe centrale, pour lesquels la Pologne, l'ancien « paradis des juifs », est devenu, au XXe siècle, un enfer antisémite où Auschwitz n'a pas été installé par hasard. Cette opinion est évidemment discutable, mais elle est très répandue dans certaines communautés (États-Unis, France, Belgique) et souvent teintée de dépit, de rancœur, voire de haine. « Tout Polonais a tété l'antisémitisme au sein de sa mère », a dit un jour Yitzhak Shamir, chef du gouvernement d'Israël. « Son origine nationale seule suffit, pour beaucoup de juifs, à discréditer Jean-Paul II », résume le journaliste Henri Tincq, qui a consacré un livre aux rapports entre le pape et les juifs [1].

On ne développera pas le sujet ici, sinon pour dénoncer les deux poncifs qui le caricaturent trop souvent. Le premier, au sein de la diaspora israélite, consiste à dire que « les Polonais sont antisémites ». Le second, en Pologne même, consiste à dire que « les Polonais ne sont pas antisémites ». Ni l'un ni l'autre ne traduisent la vérité. Disons que, s'il existe un antisémitisme spécifiquement polonais, Karol Wojtyla n'en aura été, en tout cas, ni l'exemple ni l'écho. On se rappelle le modèle de droiture et de tolérance que lui offrit son père pendant ses années à Wadowice, les matchs de foot avec les petits copains juifs. On se rappelle aussi le précepte du vieux chanoine Prochownik, curé de l'église Sainte-Marie, pour qui l'antisémitisme était « antichrétien ». Ou bien, au lycée, en pleine montée de l'antisémitisme, le professeur d'histoire Gebhardt lisant le passage du poète Mickiewicz où celui-ci parle du juif comme d'un « frère aîné » auquel le Polonais doit aide, assistance et égalité des droits [2] — l'expression *frère aîné*, restée dans le souvenir de Wojtyla, allait faire florès. « Le meilleur ami qui me reste de mon enfance est un juif, a souvent raconté le pape, parlant de son ancien camarade d'école Jerzy Kluger. C'est grâce à lui que depuis toujours je considère que les juifs et les chrétiens sont des amis plutôt que des rivaux[3]. »

L'ami Kluger, que les hasards de la vie ont mené à Rome où il est devenu ingénieur, prendra contact en novembre 1965 avec un certain cardinal Wojtyla, de Cracovie, dont il a lu le nom dans les journaux et qui pourrait bien être le petit Karol qu'il a fréquenté à Wadowice[4]. Tout juste ! Très émus, les deux hommes, qui se tutoient aussitôt, resteront longtemps en contact étroit. Kluger, c'est aussi le souvenir des angoisses du jeune Karol lors de la montée des périls, des explosions de haine, des humiliations entre étudiants à Cracovie, avant la plongée dans le drame absolu : les magasins « interdits aux juifs », les ghettos, les brimades, les disparitions de familles entières et, bientôt, les atroces révélations sur le camp d'Auschwitz.

Devenu prêtre, puis évêque, Karol Wojtyla n'a pas changé son comportement vis-à-vis des juifs, même s'il n'a pas fait du sujet une préoccupation prioritaire. Au concile, il ne participe pas au débat houleux sur la question juive — il est sur d'autres chantiers intellectuels — mais on peut penser qu'il a beaucoup appris, comme de nombreux autres évêques, en assistant à la mise en pièces du texte préparatoire *De judaeis* du très réformiste cardinal Béa, à l'opposition virulente des patriarches orientaux hostiles à tout ce qui peut être favorable à l'État d'Israël, puis à la discussion agitée ayant abouti, non sans mal, au texte *Nostra aetate*. Comme pour les autres acquis conciliaires, l'archevêque de Cracovie a voulu appliquer les leçons de Vatican II dans son propre diocèse. À sa façon. Le vendredi 22 février 1969, il a prévu de visiter la paroisse du Saint-Corps-de-Dieu, dans le vieux quartier juif de Kazimierz. Quelques jours auparavant, il envoie le curé de la paroisse « tester » le président de la communauté juive, Maciej Jakubowicz : quelle serait sa réaction si l'archevêque rendait visite à la grande synagogue de Cracovie, rue Szeroka, au cœur de ce quartier encore meurtri par la guerre ? Le dignitaire juif accepte aussitôt, à une seule condition : que le visiteur entre dans la synagogue la tête couverte. Le cardinal portera donc une kippa. La visite, chaleureuse, fait sensation. Avec le recul, on ne peut s'empêcher d'y voir une sorte de répétition générale.

À de nombreuses reprises, souvent à l'occasion de la Toussaint, Mgr Wojtyla s'est rendu à Auschwitz. La ville, qui a retrouvé son nom d'Oswiecim à la libération, est située dans son archidiocèse. Il n'y va pas seulement parce que c'est une grande cité, avec de nombreuses paroisses, mais bien pour visiter le camp d'Auschwitz-Birkenau, transformé en musée par le gouvernement polonais. Au fil des années, l'archevêque de Cracovie emmènera à Oswiecim nombre de cardinaux étrangers, notamment américains (Krol, Cody, Baum) et allemands (Volk, Schröffer, Döpfner), mais aussi quelques prélats romains, comme l'envoyé spécial du pape, Mgr Luigi Poggi, en 1975.

Une figure attire irrésistiblement Wojtyla dans ce lieu d'abomination : celle du père Maximilien Kolbe, franciscain et prêtre catholique, mort au camp d'Auschwitz en août 1941. Kolbe, matricule 16670, offrit sa vie à la place d'un père de famille condamné à mourir de faim dans un bunker, et finit dans un four crématoire[5]. Grâce au soutien actif des évêques allemands, très sensibles à cette histoire, le franciscain sera béatifié par Paul VI en 1971. Wojtyla, à l'époque, ne cache pas sa joie[6]. C'est en présence de trois cardinaux de la Curie (Seper, Wright et Bertoli) qu'il célèbre, le 15 octobre 1972, sur le territoire du camp noyé sous un crachin de circonstance, une messe solennelle devant deux cent mille personnes, pour le premier anniversaire de la béatification de Maximilien Kolbe. Qui pouvait alors imaginer que cette messe serait elle aussi, d'une certaine façon, une répétition générale ?

On aurait tort de voir dans cette vénération d'Auschwitz un hommage au peuple juif. En Pologne, pendant les années communistes, la question juive est un sujet tabou. Le musée d'Auschwitz, que l'on fait visiter aux enfants des écoles, est d'abord un mémorial de la résistance polonaise antifasciste, où les juifs sont cités parmi de nombreuses autres nationalités. Exactement comme à Buchenwald, en Allemagne de l'Est, où la propagande communiste exalte essentiellement la résistance allemande antinazie et le sacrifice de cinq mille prisonniers de guerre soviétiques. En mars 1968, la propagande ouvertement antisémite du pouvoir provoque l'exil de nombreuses personnalités juives polonaises et contribue à maintenir un silence frileux sur le sujet. Ce qui arrange plutôt l'Église de Pologne, peu à l'aise sur ces questions qui n'ont jamais fait l'objet, dans ses rangs, d'une réflexion de fond. Jusqu'alors, quand les Polonais se souviennent de leurs six millions de victimes de la guerre (un sixième de la population), ils ne font pas la différence entre juifs et non-juifs. Auschwitz, à l'époque, est déjà le lieu symbolique de la haine et de l'inhumanité. Ce n'est pas encore celui de l'Holocauste.

C'est le *Tygodnik Powszechny* qui va s'emparer courageusement de la question des relations entre juifs et chrétiens, au risque de faire scandale, dans les années soixante-dix, avec le feu vert de son protecteur, l'archevêque de Cracovie[7]. L'hebdomadaire catholique, qui va ouvrir ses colonnes à de nombreux auteurs intéressés, sera souvent censuré pour cela. Il sera même un jour traité par le gouvernement communiste de « journal idolâtriquement philosémite ». En juin 1978, quelques semaines avant la mort de Paul VI, le dernier dîner du comité de presse réunissant les dirigeants du groupe Znak et le cardinal Wojtyla portait encore là-dessus.

Le pape Jean-Paul II va-t-il suivre la voie du cardinal Wojtyla ? Ses prédécesseurs romains n'avaient pas mis la question juive au cœur de leurs priorités. Seuls Pie X, en 1905, et surtout Pie XI, en 1928, condamnèrent clairement l'antisémitisme. Ce dernier, en pleine montée du péril hitlérien, le 6 septembre 1938, avait impressionné un groupe de pèlerins belges en leur criant presque : « L'antisémitisme est inadmissible ! Nous sommes spirituellement des sémites ! »

Le long règne de Pie XII n'a pas fait avancer la cause. Il a fallu attendre Jean XXIII, en 1959, pour qu'un pape aille au-delà de la dénonciation de l'antisémitisme et se lance dans un processus de réhabilitation des « juifs perfides », comme disait encore, dans les années cinquante, la liturgie du vendredi saint. Encore la déclaration conciliaire *Nostra aetate* promulguée par Paul VI en 1965, et considérée unanimement comme un progrès considérable, ne mentionne-t-elle pas la Shoah, ni la permanence historique du judaïsme, ni la nécessité d'un repentir chrétien face à des siècles d'« enseignement du mépris[8] », ni la question de l'État d'Israël.

La Shoah, quarante ans après...

Quand il est élu pape, Karol Wojtyla est donc, sur ce sujet, un homme de bonne volonté, mais à la culture limitée, tant par la pusillanimité de l'Église catholique sur ce terrain délicat que par l'occultation de la question juive dans son propre pays. Jean-Paul II va pourtant engager résolument une double démarche : en direction des juifs, sur le plan religieux ; en direction de l'État d'Israël, sur le plan politique. Et comme il en a pris l'habitude, c'est au cours de ses voyages qu'il va faire avancer les choses.

Le 7 juin 1979, il profite de son voyage en Pologne pour aller dire une messe à Auschwitz, « ce Golgotha du monde moderne », devant un million de fidèles parqués au milieu des barbelés et des miradors, sous un soleil de plomb. Autour de l'autel, à ses côtés, deux cents prêtres, tous anciens déportés, sont habillés du costume rayé qui fut celui de leur calvaire. Jean-Paul II évoque les larges dalles du mémorial, gravées dans toutes les langues, et, pour la première fois, il évoque le sort des juifs : « Je m'arrête avec vous, chers fidèles, devant la pierre portant une inscription en hébreu. Cette inscription évoque le souvenir du peuple dont les fils et les filles étaient voués à l'extermination absolue... » C'est la première fois qu'une foule d'un million de Polonais applaudit ainsi à l'évocation de l'Holocauste. Mais surtout, c'est la première fois qu'un pape y fait publiquement allusion. Jean-Paul II fait lui-même remarquer que ce n'est plus l'évêque du diocèse où est situé Oswiecim qui s'exprime, mais le chef de l'Église catholique : « Comme pape, dit-il, je ne pouvais pas ne pas venir ici. »

L'année suivante, c'est au cours de son premier voyage en Allemagne qu'il crée la surprise. Le 17 novembre 1980, à Mayence, devant la communauté juive locale, il parle du peuple de « l'ancienne Alliance *qui n'a jamais été révoquée* ». Il répète ces mots, comme pour les souligner, comme pour mieux dénoncer cette vieille idée selon laquelle la venue du

Christ sur la terre aurait rendu caduque l'élection du peuple juif. Déjà, lors de sa première rencontre avec la communauté juive de Rome, quelques mois après son élection, il avait tenu un langage peu banal, en disant que si les catholiques et les juifs devaient se rapprocher, c'était pour des raisons *religieuses*[9]. À Mayence, il développe cette idée capitale, explique qu'« on ne peut pas s'approcher du Christ sans rencontrer le judaïsme » et précise : « Jésus était et restera toujours un juif. » Devant les dirigeants de la ligue antidiffamation du B'nai B'rith, en 1984, il reprendra ce thème : le dialogue entre juifs et chrétiens ne vise pas à favoriser « une rencontre entre deux religions suivant chacune son chemin », mais à renouer un « mystérieux lien spirituel », un « lien unique » qui unit les catholiques et le « peuple d'Abraham ».

En 1985, pour le vingtième anniversaire de la fameuse déclaration conciliaire *Nostra aetate*, le Vatican publie un texte qui reprend, à l'initiative du pape, les éléments de son discours de Mayence. *Les Notes sur la manière correcte de présenter les juifs et le judaïsme dans la prédication et la catéchèse de l'Église catholique romaine* sont surtout destinées à reprendre une réflexion théologique interrompue au Ier siècle sur l'alliance « irrévocable » passée entre Dieu et la « descendance d'Abraham ». Mais elles invitent aussi à « comprendre la signification pour les juifs de l'extermination des années 1939-1945 et ses conséquences ». C'est la première fois, en quarante ans, qu'un texte de la Curie fait allusion à la Shoah. À partir de cette époque, on n'en finirait pas d'énumérer les propos tenus par le pape sur ce thème. À chaque voyage, Jean-Paul II cherche le contact avec la communauté juive locale. La plus intense de ces rencontres se déroulera dans son propre pays, en marge de sa visite très politique de juin 1987. Un an a passé depuis sa spectaculaire visite à la synagogue de Rome. À Varsovie, s'adressant aux représentants de la communauté juive polonaise, le pape lève sciemment une ambiguïté propre à son pays natal :

Soyez sûrs, chers frères, que l'Église polonaise est profondément solidaire avec vous quand elle considère la mise en œuvre de l'extermination systématique de votre nation, accomplie avec préméditation. *Nous aussi étions l'objet d'une menace, mais bien moindre*, et qui n'eut pas le temps de s'accomplir. *Vous fûtes les victimes* de ce terrible sacrifice que fut l'extermination.

Ce qui va sans dire va mieux en le disant. Karol Wojtyla a évolué, depuis son élection par le conclave de 1978. Les Polonais, beaucoup moins, comme le montrera bientôt l'affaire du carmel d'Auschwitz. À l'évidence, Jean-Paul II s'adresse autant à ses compatriotes catholiques qu'à ses hôtes juifs quand il précise :

Cette terrible expérience a fait de vous [les juifs] des messagers mettant en garde toute l'humanité, nations, pouvoirs, systèmes et individus. Plus que quiconque vous êtes devenus ce cri d'alarme salvateur. Dans ce sens vous continuez, selon moi, à remplir la vocation qui vous est propre, montrant que vous êtes toujours les héritiers du peuple élu de Dieu.

La Shoah, signe de la permanence du peuple élu : on est loin des vieilles accusations chrétiennes contre le peuple « déicide ». Cet été-là, à Castel Gandolfo, le pape annonce à des visiteurs juifs la sortie prochaine d'un texte spécifique sur la Shoah. Est-il possible que l'entourage du pape ne le suive pas sur ce sujet ? Toujours est-il que ce fameux texte mettra onze ans à sortir, alors que la réflexion du pape est désormais aboutie. Le 24 juin 1988, en visite au camp de Mauthausen, en Autriche, il lance :

Le fardeau du doute continue de peser sur nos consciences. Comment avons-nous pu tolérer ce système concentrationnaire ? N'avons-nous pas, homme de Mauthausen, oublié trop rapidement ton enfer ? N'effaçons-nous pas de nos mémoires et de nos conciences les traces des crimes passés ?

Au printemps de 1989, une lettre marquée du sceau pontifical arrive à Rome, au domicile de « Monsieur l'ingénieur Jerzy Kluger ». Elle est signée de Jean-Paul II. Ayant appris qu'une cérémonie aurait lieu dans sa ville natale de Wadowice, le 9 mai 1989, pour le cinquantième anniversaire de la destruction par les nazis de la synagogue locale, le pape demande à son vieux camarade Jurek, dont le père présidait alors la communauté juive de la ville, de transmettre à ses « compatriotes et coreligionnaires », ce jour-là, le souvenir de Karol Wojtyla. Le message, qui sera lu à Wadowice, se termine par les mots que le Saint-Père avait déjà employés à Varsovie, trois ans auparavant : « Le pape polonais a un lien particulier avec tous ces faits pour les avoir vécus, dans un certain sens, en union avec vous, ici, sur cette terre de Pologne. »

Jean-Paul II reviendra sur cette idée quatre ans plus tard, en répondant aux questions du journaliste Messori, à propos de l'expérience d'Auschwitz : « Je l'ai, moi aussi, ressentie pour ma part, et c'est une expérience qu'encore aujourd'hui je porte en moi. » Il aura donc fallu plusieurs dizaines d'années pour qu'un pape ose déclarer, noir sur blanc : « Les fils et les filles du peuple d'Israël furent les premiers à être exterminés pour le seul motif qu'ils étaient juifs [10]. »

Jean-Paul II a fait du chemin en quinze ans. Mais sa reconnaissance de la Shoah, pour être entière, ne suffit pas à satisfaire tous ses interlocuteurs juifs. D'abord, le pape rappelle, dans le même entretien avec Vittorio Messori, que beaucoup de non-juifs qui vivaient en Pologne durent aussi « affronter cette atroce réalité, même si ce ne fut qu'indirectement ». Il pense évidemment à lui-même, à ses amis de l'époque, à tous ceux qui se sont engagés dans la lutte à mort contre le nazisme. Même si les chiffres ne sont pas comparables, trop de Polonais non juifs sont morts à Auschwitz — le père Maximilien Kolbe entre autres — pour abandonner ce lieu symbolique aux seuls survivants de la Shoah. Le 29 janvier 1995, pour le cinquantième anniversaire de la libération du camp, Jean-Paul II précise à nouveau qu'« à Auschwitz, comme en tant d'autres camps de concentration, moururent tant d'innocents de nationalités » diverses, mais que les juifs furent bien les principales victimes de cette horreur : « Les fils du peuple hébreux, dont le régime nazi avait provoqué l'extermination systématique, subirent l'expérience de l'holocauste. » Et le pape de s'écrier, ce jour-là, place Saint-Pierre : « Plus jamais l'antisémitisme ! Plus jamais l'arrogance des nationalismes ! Plus jamais les génocides ! »

Par ailleurs, Jean-Paul II ne renonce pas, au fond de lui-même, à sa vocation missionnaire. Dialoguer, oui, mais jamais au prix de la *vérité*. Si le pape a largement œuvré pour dissiper les malentendus entre juifs et catholiques, il n'a jamais pensé concilier l'inconciliable, il sait que la différence originelle opposant les uns et les autres est historiquement et théologiquement indépassable. Toujours dans *Entrez dans l'Espérance*, il a ces mots : « La Nouvelle Alliance trouve ses racines dans la première. Quand le peuple de l'Ancienne Alliance pourra-t-il se reconnaître dans l'Alliance Nouvelle ? La réponse appartient à l'Esprit-Saint. » Pour un juif, cette réponse est inacceptable. Cette suspicion, fondamentale, ne sera jamais totalement levée. Elle rejaillira à chaque incident opposant le pape et les juifs. C'est ainsi que plusieurs affaires, pendant toutes ces années, ont assombri ce lent processus de rapprochement judéo-chrétien.

Le carmel et autres « scandales »

Le 2 février 1981, le pape annonce la nomination de Mgr Jean-Marie Lustiger, cinquante-quatre ans, à la tête du diocèse de Paris [11]. Un juif à Notre-Dame ! La nouvelle étonne les catholiques, mais c'est auprès des juifs qu'elle fait scandale. Il ne fait aucun doute que les origines juives ashkénazes du nouvel archevêque — dont la mère est morte à Auschwitz — ont compté dans le choix du pape. Or une telle promotion n'est-elle pas une façon de montrer qu'un bon juif est un juif converti ? « En embrassant le christianisme, je n'ai pas renié mon judaïsme, mais au contraire je l'ai accompli », dira Jean-Marie Lustiger à la télévision israélienne, paraphrasant Bergson, quelques jours après sa nomination [12]. C'est bien ce qui indispose nombre de juifs, pour qui, n'en déplaise à Jean-Paul II, on ne peut être à la fois juif et chrétien.

La canonisation solennelle du père Maximilien Kolbe, place Saint-Pierre, le 10 octobre 1982, vaut au pape d'être accusé, à nouveau, de vouloir « christianiser la Shoah ». Certes, le chef de l'Église rappelle que ce lieu « édifié pour la négation de la foi, de la foi en Dieu et de la foi en l'homme » est et restera le « symbole de l'extermination de l'homme innocent ». Mais cette logique-là échappe à ses détracteurs. Fallait-il absolument, demande-t-on du côté juif, que le premier prêtre canonisé par l'Église depuis la guerre fût justement mort à Auschwitz [13] ?

Le même soupçon accompagnera, cinq ans plus tard, la béatification d'Edith Stein. Née dans une famille juive pratiquante, cette philosophe allemande convertie au christianisme, entrée au carmel sous le nom de Bénédicte de la Croix, est morte gazée à Auschwitz le 9 août 1942. Dans son homélie du 1er mai 1987, à Cologne, Jean-Paul II a beau expliquer que recevoir le baptême ne signifiait aucunement, pour Edith, rompre avec le peuple juif, qu'elle est morte « en fille d'Israël », « en tant que fille d'un peuple lui-même martyrisé » et « en même temps en sœur Bénédicte de la Croix, c'est-à-dire bénie par la Croix », il ne parvient pas à réduire l'irritation des milieux juifs, pour lesquels Edith Stein est morte en tant que juive, et non en tant que religieuse chrétienne, en raison de sa race et non de sa foi [14]. Expliquer qu'elle a vu à Auschwitz l'« approche inexorable de la croix » est aussi tendancieux pour les juifs que faire du camp maudit un « Golgotha du monde contemporain » : la croix, symbole sacré pour les chrétiens, est devenue un signe honni pour les juifs. Mais peut-on imaginer qu'un pape, même dans un souci d'apaisement et de réconciliation, renonce à vénérer la croix du Christ ? Évidemment non. Jean-Paul II a bien porté une kippa en entrant dans la synagogue de Rome, mais il n'a pas ôté sa croix pectorale.

L'affaire du carmel d'Auschwitz vient confirmer cette contradiction irréductible. À la fin de 1984, sans bruit, huit carmélites déchaussées de Poznan sont venues s'installer dans l'ancien théâtre du camp d'Auschwitz, un bâtiment abandonné à la limite du camp de concentration que leur a alloué le gouvernement communiste de l'époque. En mai 1985, à l'occasion d'un voyage de Jean-Paul II en Belgique, une association habituée à financer des œuvres religieuses derrière le rideau de fer, Aide à l'Église en détresse (AED), mène une étrange collecte de fonds intitulée : « Votre don au pape : un couvent à Auschwitz ! » La réaction des responsables juifs mondiaux ne se fait pas attendre, qui exigent « ni synagogue, ni église, ni temple, ni couvent, seulement le silence », et qui en appellent au pape.

Jean-Paul II ne veut pas trancher une affaire qui n'est pas de son ressort. C'est à son successeur à Cracovie, Mgr Macharski, de traiter le dossier. Or celui-ci ne peut ignorer la réaction de la population polonaise à la campagne mondiale menée contre le carmel d'Auschwitz, qui est, pour elle, une « ingérence étrangère incompréhensible ». En 1986 et 1987, à Genève, deux négociations sur le sujet rassemblent responsables juifs et chrétiens, parmi lesquels les cardinaux Macharski et Lustiger, tous les deux très proches du Saint-Père, ainsi que l'ami Jerzy Turowicz, le patron du *Tygodnik Powszechny*, très engagé dans la résolution du conflit. Il est décidé d'arrêter les travaux de construction du couvent et de construire, à bonne distance du camp, un « centre d'information, d'éducation, de rencontres et de prières » au sein duquel sera transféré le carmel. Des deux côtés, on respire. Mais les carmélites font la sourde oreille, le projet de centre judéo-chrétien n'avance pas, et la polémique s'envenime. Pis : en 1988, des catholiques locaux viennent dresser nuitamment une croix de sept mètres — celle-là même qui dominait la messe papale à Auschwitz en 1979 — dans le jardin des carmélites, à l'endroit où les nazis, en 1940-1941, fusillaient par centaines les résistants polonais. Terrible défi : l'endroit qui devrait être un lieu de prière pour les uns, de silence pour les autres, devient une foire d'empoigne où s'opposent physiquement, le 14 juillet 1989, rabbins new-yorkais et manifestants locaux. L'irritation de la communauté juive mondiale, le raidissement de l'Église polonaise et les maladresses de son chef, le cardinal Glemp[15], font que tous les regards — et tous les éditorialistes de la presse européenne — se tournent à nouveau vers Rome.

L'ancien évêque d'Oswiecim peut-il désavouer son successeur, coupable de n'avoir pas respecté les engagements de Genève ? En a-t-il même le pouvoir ? C'est par le truchement du cardinal Willebrands, chargé des relations avec le judaïsme, que Jean-Paul II exige de ses ouailles l'application des accords passés. En 1990, le cardinal Macharski pose finalement la première pierre du nouveau centre où les carmélites sont bientôt invitées à déménager... sur injonction de Jean-Paul II en personne : « Par la volonté de l'Église, vous devez vous déplacer vers un autre endroit », écrit le pape le 14 avril 1993, juste avant le cinquantième anniversaire du soulèvement du ghetto de Varsovie. « Ce n'est pas un ordre », affirme le porte-parole du Vatican, inquiet que l'on puisse penser que le pape a le pouvoir de déplacer des religieuses contre l'avis de leur évêque, ou sans l'aval de leur communauté. Les formes seront respectées jusqu'au bout. Mais personne n'est dupe : si les religieuses quittent enfin le lieu du scandale, c'est bel et bien parce que le Saint-Père s'est personnellement engagé dans cette triste affaire qui faillit compromettre quinze années de patience et d'opiniâtreté, de la part de Jean-Paul II, pour rapprocher juifs et chrétiens.

Pourquoi le pape a-t-il fini par trancher ainsi en dernier recours, de son propre chef, en prenant le double risque de violer le droit canonique et de mécontenter fortement ses compatriotes ? À son ami André Frossard, qu'il reçoit au plus fort de la crise du carmel, il donne, avec deux ans d'avance, la réponse :

> Auschwitz est un entonnoir de douleurs où a disparu toute humanité, celle des martyrs, par la violence qui leur fut faite,

celle de leurs bourreaux, par l'ignominie de leur conduite. Les juifs, qui sont, avec les tziganes, seuls à avoir été jetés dans ce brasier avec leurs femmes et leurs enfants en bas âge, refusent que l'on élève sur ce lieu quelque monument ou construction, même religieuse, que ce soit. Ils veulent que ce soit un lieu de silence. Cela, nous pouvons le comprendre. Ils veulent, de plus, que ce silence ait le sens d'un reproche à Dieu. Et cela aussi, nous pouvons le comprendre, car parmi les dernières paroles du Christ crucifié, il y a celle-ci : « *Mon Dieu, pourquoi m'as-tu abandonné ?* » Comment ne comprendrions-nous pas les sentiments des juifs quand ils rejoignent le mystère de la Croix[16] ?

À l'écrivain Marek Halter, il ajoutera un commentaire personnel plutôt ironique : « Chez les chrétiens, c'est comme chez les juifs : ce ne sont pas ceux qui affirment leur conviction le plus fort qui sont le plus près de Dieu[17]. »

L'affaire du carmel d'Auschwitz, très médiatisée, aura été la plus violente crise ayant opposé depuis longtemps les juifs et le pape polonais, accusé de passivité, voire de complicité. Mais d'autres incidents ont animé cette période. Notamment deux audiences accordées par le pape : celle de Yasser Arafat, chef de l'Organisation de libération de la Palestine, qui fait son entrée au palais apostolique en keffieh et vareuse kaki le mercredi 15 septembre 1982 ; et celle de Kurt Waldheim, ancien secrétaire général de l'ONU et président élu de la très catholique Autriche, qui visite officiellement l'État du Vatican le 25 juin 1987. Que le premier fût considéré comme le chef d'une organisation terroriste par Israël, qu'il fût cornaqué par le très sulfureux archevêque Hilarion Capucci, vicaire du patriarche grec melkite de Jérusalem, bête noire des Israéliens qui l'avaient naguère condamné à douze ans de prison, n'a pas empêché le pape de le recevoir[18], par égard pour le peuple palestinien, non sans dénoncer en sa présence

« le recours aux armes et la violence sous toutes ses formes et, avant tout, le terrorisme et les représailles ». Que le second fût convaincu, un an plus tôt, d'avoir été naguère un officier de la Wehrmacht, qu'il ait été mis pour cela au ban de la communauté internationale, n'a pas poussé le pape à violer sa propre règle, qui est de recevoir tous les chefs d'État légitimes qui en font la demande. À la colère des juifs — les commerçants du quartier juif de Rome, ce jour-là, ont baissé leurs rideaux — et au désarroi de beaucoup de chrétiens[19].

*

D'autres accrocs viendront relancer régulièrement la tension entre le Vatican et les juifs, du projet de béatification de la reine Isabelle la Catholique, en 1991, vite enterré, à la poignée de main furtive donnée au leader extrémiste autrichien Jorg Haider, en 2000[20]. Mais le dossier le plus lourd, celui qui restera jusqu'au bout un motif de polémique et de friction, c'est celui de Pie XII.

Depuis que l'écrivain allemand Rolf Hochhuth a monté sa pièce *Le vicaire*, en 1963, dans laquelle il dénonce les silences du pape lors des déportations de juifs pendant la guerre, le personnage de Pie XII est devenu sulfureux. Paul VI, l'ex-cardinal Montini qui en fut le confident, n'avait pas cessé de défendre la mémoire de son prédécesseur ainsi vilipendé, parfois sans nuances. À l'issue de son voyage en Terre sainte, en 1964, il s'était soudain lancé dans un panégyrique de Pie XII qui avait profondément choqué les Israéliens ; et, quelques jours après la publication de l'importante déclaration *Nostra aetate* réhabilitant les juifs dans la conscience catholique, il avait lancé, le 18 novembre 1965, le procès en béatification de Pie XII — sous les applaudissements frénétiques des pères conciliaires. Nul doute que le jeune évêque Wojtyla applaudit comme les autres.

On ne refera pas ici le procès de Pie XII. Beaucoup de livres et plusieurs films[21] ont été consacrés à la défense ou à l'accusation de cet ancien nonce à Munich et à Berlin, devenu secrétaire d'État du pape Pie XI, et qui remplaça celui-ci à la veille de la guerre en 1939. Le pape Pacelli n'était pas antisémite — l'accusation est absurde — et tous les historiens sont d'accord pour rappeler qu'il a même sauvé nombre de juifs pendant la guerre en leur ouvrant largement les portes des couvents romains. La controverse — tardive — porte sur ses « silences » en tant que pape. Des silences incontestables, qui s'expliquent par la crainte viscérale, chez Pie XII, de provoquer par des protestations trop virulentes des représailles massives de la part des nazis. Edith Stein elle-même n'a-t-elle pas été expédiée à Auschwitz, avec de nombreux congénères, au lendemain d'une ferme protestation antinazie des évêques néerlandais ? Pourtant, avec le recul du temps, le reproche est sans doute fondé. Ni Roosevelt ni Churchill, qui étaient aussi bien informés sur les camps d'extermination, n'ont réagi à l'époque. Mais ils n'étaient, si l'on ose dire, que des chefs de guerre. Nombre de chrétiens regrettent aujourd'hui que le pape de l'époque ait été davantage diplomate que prophète et qu'il n'ait pas condamné solennellement le nazisme, par un quelconque geste spectaculaire.

Cependant, les attaques portées de plus en plus souvent contre Pie XII, par leur virulence et leur manichéisme, révoltent beaucoup d'hommes d'Église, à commencer par Jean-Paul II qui déclare, devant des juifs de Miami, le 11 septembre 1987 : « L'histoire révélera combien Pie XII a ressenti en profondeur la tragédie du peuple juif et, de manière effective, a travaillé à l'assister durant la Seconde

Guerre mondiale. » Le sentiment de Jean-Paul II est que les historiens rendront un jour justice à son lointain prédécesseur. C'était déjà l'idée de Paul VI qui, en 1964, avait ouvert les archives à quatre historiens, lesquels ont publié, en onze volumes, les *Actes et documents du Saint-Siège relatifs à la Seconde Guerre mondiale*. Jean-Paul II, en octobre 1999, confiera à une commission paritaire d'historiens chrétiens et juifs la critique de ces premiers travaux, qui débouchera en octobre 2000 sur un texte intitulé *Le Vatican et l'Holocauste : un rapport préliminaire*. Mais la pusillanimité des services de la Curie finira par exaspérer les chercheurs juifs, qui mettront fin avec éclat, quelques mois plus tard, à cette recherche commune.

Toutes ces polémiques, tous ces travaux confirment surtout que l'histoire n'est pas simple, ce que beaucoup de juifs admettent volontiers. Golda Meir, quand elle était ministre des Affaires étrangères d'Israël, n'avait-elle pas rendu un hommage vibrant à Pie XII pour avoir justement « élevé la voix pour les victimes des nazis » ? Ce qui inquiète les juifs les plus modérés, c'est qu'un pape aussi controversé fasse toujours l'objet d'une procédure de canonisation. En novembre 1998, l'ambassadeur d'Israël près le Saint-Siège, Aharon Lopez, a demandé expressément qu'un moratoire de cinquante ans soit observé dans le procès en béatification de Pie XII, afin d'attendre que toutes les archives du Vatican soient rendues publiques et qu'elles permettent de lever tous les doutes pesant sur le futur saint. En octobre 2000, c'est une sorte d'avertissement sans frais que reçoivent les membres de la Curie lorsqu'ils font aboutir le procès en béatification d'un pape bien antérieur, Pie IX (1846-1878). Ce pape-là peut être critiqué sur bien des sujets — sa condamnation du modernisme, sa lutte armée contre la jeune république romaine, sa promotion du dogme de l'infaillibilité pontificale, etc. — mais il fait l'objet, *in extremis*, à la surprise générale, d'un procès médiatique pour... antisémitisme[22]. On n'ose penser à ce qui se passera si un jour Pie XII vient à être élevé, à son tour, aux autels.

Il reste que le plus gros reproche fait au pape par les juifs, pendant de longues années, aura porté sur la non-reconnaissance de l'État d'Israël.

La reconnaissance d'Israël

En 1978, quand Karol Wojtyla devient pape, les choses sont simples : pour l'Église catholique, Israël n'existe pas. Trente ans après la création de l'État hébreu, cela peut paraître absurde. Mais les événements de 1948 — la guerre israélo-arabe et ses suites — ont figé pour longtemps la position du Vatican, viscéralement hostile au retour du peuple juif sur sa « terre promise[23] ». Le soutien aux réfugiés palestiniens (dont les dirigeants sont souvent des chrétiens), les pressions des Églises orientales (solidaires des populations arabes) et les résolutions de l'ONU condamnant Israël (pour l'annexion forcée de Jérusalem) ont poussé les papes Pie XII, Jean XXIII et Paul VI à maintenir fermement leur refus de reconnaître l'État d'Israël.

Le nouveau pape vient de Pologne, un pays « socialiste » où les Arabes sont présumés « progressistes » et Israël, un « jouet de l'impérialisme américain ». Il ne connaît pas bien ce dossier, particulièrement complexe. Aussitôt après son élection, le 11 novembre 1978, Jean-Paul II convoque son « ministre des Affaires étrangères », le cardinal Casaroli : pourrait-il aller passer son premier Noël de pape à Bethléem, « en simple pèlerin » ? Stupeur des diplomates de la Curie. Voilà bien une idée incongrue ! Depuis la guerre des Six-Jours, en 1967, Bethléem se trouve en Cisjordanie occupée, et le Saint-Siège n'entretient de relations diplomatiques ni avec la Jordanie ni avec Israël.

Ne pas être du sérail conduit le nouveau pape à quelque naïveté aux yeux des fonctionnaires curiaux rompus à toutes les arguties, mais cela peut être aussi un avantage : sans idées préconçues, il risque moins de s'embourber dans les subtilités de la diplomatie vaticane. De fait, au bout de deux ans, Jean-Paul II va donner un sérieux coup de pouce à l'Histoire. Le 5 octobre 1980, à Otrante, dans les Pouilles, il énonce les trois conditions de la paix au Proche-Orient : pour Israël, le droit à l'existence et à la sécurité ; pour les Palestiniens, le droit à retrouver une terre « dont ils ont été exclus », et pour le Liban, cher au cœur du pape, le droit à la souveraineté dans ses frontières. Le propos est équilibré, mais c'est la première fois qu'un pape cite explicitement l'État d'Israël. Six semaines plus tard, dans son discours de Mayence, il insiste aussi sur cette terre d'Israël « que tous les juifs regardent avec une particulière vénération ». L'État d'Israël, la terre d'Israël : deux mots nouveaux dans le vocabulaire de l'Église, qui sont aussi deux petits pas en avant.

Mais le Parlement israélien, cette année-là, réédite son coup de force de 1949 et proclame solennellement que Jérusalem est la « capitale réunie et éternelle » d'Israël, ce que l'ONU condamne le 20 août. Comme en 1949, le Vatican fait de cette résolution des Nations unies sa référence diplomatique et juridique. La situation est à nouveau bloquée — au grand dam du pape pour lequel cette reconnaissance est inéluctable. Jean-Paul II sait que les dirigeants israéliens et ceux de la diaspora juive internationale font de la non-reconnaissance d'Israël une preuve flagrante de la mauvaise volonté — pour ne pas dire plus — de l'Église à l'égard de l'État hébreu et des juifs en général. Si le Vatican a cette attitude, dit-on du côté juif, n'est-ce pas qu'il estime que le peuple juif, puni par le Tout-Puissant, est bel et bien voué à l'exil[24] ? D'autre part, le sort des Lieux saints préoccupe tout particulièrement l'Église, qui prône depuis longtemps leur protection par un « statut internationalement reconnu ». Or le Saint-Siège ne pourra pas prétendre s'immiscer dans le traitement du dossier tant qu'il n'aura pas reconnu l'État d'Israël, condition préalable absolue des responsables israéliens.

Malgré les difficultés, Jean-Paul II garde le cap. En 1984, dans sa lettre apostolique *Redemptionis anno* sur Jérusalem, il mentionne pour la première fois le « droit à la sécurité de l'État d'Israël ». L'année suivante, il reçoit en audience le Premier ministre israélien Shimon Peres, comme il avait reçu Yitzhak Shamir, qui n'était alors que ministre des Affaires étrangères, en 1982. Mais une audience n'est pas une reconnaissance diplomatique : Paul VI, en son temps, n'avait-il pas reçu Golda Meir et Moshe Dayan ? D'ailleurs, Jean-Paul II ne reçoit-il pas Yasser Arafat, cette même année 1982, comme on l'a vu, à la fureur des juifs du monde entier ?

Ce qui contribue à exaspérer les juifs, c'est qu'en quelques années Jean-Paul II aura fait passer de quatre-vingt-neuf à cent trente le nombre d'États avec lesquels le Saint-Siège entretient des relations diplomatiques. Il y a de quoi être humilié, en effet. À l'inverse, cent cinquante pays ont déjà reconnu officiellement l'État hébreu. Ne restera-t-il bientôt que le Saint-Siège et les pays musulmans les plus irréductibles — la Syrie, la Libye, l'Irak et l'Iran ? En 1991, une longue et laborieuse note du porte-parole du pape, Joaquin Navarro-Valls, explique que l'absence de relations diplomatiques ne veut pas dire qu'on ne « reconnaît » pas ; qu'il y a déjà eu reconnaissance implicite d'Israël, comme de la Jordanie, de la Pologne ou des États-Unis ; et que les difficultés ne sont pas théologiques, mais seulement juridiques : territoires occupés, annexion de Jérusalem, statut de l'Église catholique en Israël, etc.

Il faut dire que les chrétiens orientaux veillent au grain. Les « byzantins », gardiens de la tradition depuis près de deux mille ans, mais aussi les « latins », depuis qu'en 1988, brisant la tradition qui veut qu'un Italien dirige le patriarcat latin de Palestine, Jean-Paul II a nommé à sa tête un évêque palestinien, Mgr Sabbah. À Jérusalem, il ne reste plus que dix mille chrétiens (contre trente mille en 1948) alors que la population totale de la ville a quadruplé en quarante ans. En Israël même, les chrétiens ne représentent plus que 2,9 % des habitants. Pour ces petites communautés chères au cœur du Saint-Père — dont le cauchemar est une Terre sainte désertée par les chrétiens —, toute concession faite à l'État d'Israël est considérée comme une trahison.

La situation se débloque le 30 octobre 1991, à Madrid, lorsqu'un processus de paix s'enclenche entre Israël et l'Organisation de libération de la Palestine (OLP). Le Saint-Siège, d'habitude moins prompt à réagir à l'actualité, propose aussitôt une « normalisation » de ses relations avec Israël : « Si l'OLP elle-même négocie avec Israël, explique Mgr Jean-Louis Tauran, pourquoi pas nous ? » Le chef de la diplomatie vaticane prêche surtout en direction des Arabes. Non sans une arrière-pensée toute simple : si le processus de paix aboutit, il est vital pour le Vatican de pouvoir participer, le jour venu, aux négociations sur les Lieux saints.

Les choses, désormais, vont aller très vite. Sur un terrain discrètement et opinâtrement défriché par le délégué du pape à Jérusalem, Mgr Andrea di Montezemolo[25], des conversations officielles s'ouvrent le

29 juillet 1992 dans un esprit soudain chaleureux. Le 23 octobre, à Rome, Shimon Peres, qui a retrouvé son poste de Premier ministre, va effectuer une visite « très cordiale » au pape, qu'il invite avec empressement à venir en Terre sainte. Jean-Paul II, dira Peres aux journalistes, en était « ému aux larmes », avouant à son hôte qu'il voulait faire son pèlerinage en Israël « avant qu'il ne soit trop tard ». Le 30 décembre 1993, un « Accord fondamental » est signé entre Israël et le Saint-Siège, prélude à l'établissement de relations diplomatiques, le 29 juin 1994. Il faudra encore trois ans d'âpres négociations pour qu'un « Accord sur la personnalité légale » des institutions catholiques d'Israël soit signé par le nonce Montezemolo et le ministre Daniel Levy, le 10 novembre 1997, et encore deux ans de plus pour que ce concordat entre en application, le 3 février 1999.

Mais déjà, le but est atteint : la voie qui mène à la Terre sainte est dégagée. Le 3 février 1997, le Premier ministre israélien Benyamin Netanyahou a rencontré le pape à Rome :

— Nous vous attendons à Jérusalem !

Le pape, aimablement, se tourne vers l'épouse de son visiteur :

— Vous ressemblez à une jeune fille polonaise...

— Mais je suis polonaise !

*

Le 7 décembre 1991, à Saint-Pierre de Rome, lors de la cérémonie œcuménique clôturant le synode des évêques européens, Jean-Paul II surprend l'assistance en demandant pardon à Dieu « pour [notre] passivité face aux persécutions et à l'holocauste des juifs ». L'idée n'est pas vraiment nouvelle, elle a déjà été énoncée par quelques-uns de ses hommes de confiance — comme le Néerlandais Willebrands ou le Français Etchegaray — mais elle n'avait jamais été publiquement exposée par le pape. Pourquoi avoir attendu ? « Une déclaration de repentir n'a de sens que dans un climat de confiance mutuelle entre les chrétiens et les juifs », expliquait en toute franchise, en 1985, le cardinal Willebrands.

Il fallait laisser du temps au temps. Le rendez-vous du Jubilé allait relancer le processus. En octobre 1997, un important colloque a lieu, à Rome, sur « les racines de l'antijudaïsme en milieu chrétien ». Conclusion générale : le nazisme — dont l'antisémitisme d'essence païenne était aussi antichrétien — n'est pas le fait des chrétiens, mais l'antijudaïsme des catholiques a contribué à endormir les consciences chez ces peuples de vieille culture chrétienne. Cette rencontre sera la dernière avant la publication, le 16 mars 1998, d'un document intitulé *Nous nous souvenons. Une réflexion sur la Shoah*, dans lequel l'Église catholique « désire exprimer sa profonde douleur pour les fautes de ses fils et filles, à toute époque ». Le document stipule qu'« il s'agit d'un acte de repentir (*teshuva*, en hébreu) » et développe ce double thème : l'Église n'est pas responsable de l'idéologie nazie, qui était aussi antichrétienne, et contre laquelle nombre de chrétiens européens se sont justement élevés ; mais la Shoah a été facilitée par les préjugés antijuifs au sein de ces peuples majoritairement chrétiens, dont la riposte au nazisme a manqué de vigueur morale. Le texte du document, dont Jean-Paul II avait annoncé la mise en chantier le 31 août 1987, n'est pas du pape. Celui-ci s'est contenté de rédiger une lettre à Mgr Cassidy, président de la Commission pour les relations avec le judaïsme, qui lui tient lieu de préface. C'est bien à la Curie que l'on doit le ton particulièrement prudent de ce texte, ainsi qu'une note de bas de page qui va en détourner l'impact. Fallait-il vraiment, dans un tel document, ajouter une longue note défendant la mémoire de Pie XII, le pape auquel la communauté juive reproche, comme on l'a vu, ses silences pendant la guerre[26] ?

Un pape à Yad Vashem

À l'occasion du Grand Jubilé de l'an 2000, Jean-Paul II va couronner ces vingt années de rapprochement entre chrétiens et juifs par un voyage exceptionnel en Terre sainte. L'inquiétude des premiers et le scepticisme des seconds, à la veille d'un voyage politiquement délicat et physiquement éprouvant, allaient être balayés par deux épisodes de ce pèlerinage, deux scènes dont personne n'avait prévu l'intensité et qui resteront dans l'Histoire.

Jérusalem, jeudi 23 mars. À 13 heures, le pape entre à petits pas dans la salle du Souvenir du mémorial de Yad Vashem, dédié aux six millions de juifs disparus dans l'horreur de la « solution finale ». Il est accompagné par le Premier ministre israélien Ehud Barak, dont les grands-parents maternels sont morts à Treblinka. Lourdement appuyé sur sa canne, Jean-Paul II entre dans la crypte sinistre dont le plafond en béton armé évoque les chambres à gaz. Deux cents invités, rescapés de l'Holocauste, se lèvent en silence. Le pape, le visage tendu, va raviver la flamme éternelle à la mémoire des victimes de la Shoah, tandis que deux cardinaux déposent une gerbe de fleurs aux couleurs du Vatican. Un cantique, une prière, un psaume. Le pape est bouleversé, et il n'est pas le seul. Il prononce son discours — en anglais — dans un silence total :

En ce lieu de mémoire, l'esprit, le cœur et l'âme éprouvent un extrême besoin de silence. Un silence qui invite au souvenir.

[...] Un silence, car il n'existe pas de mots assez forts pour déplorer la tragédie terrible de la Shoah. J'ai moi-même des souvenirs personnels de tout ce qu'il s'est produit lorsque les nazis occupèrent la Pologne au cours de la guerre. [...] Je suis venu à Yad Vashem pour rendre hommage aux millions de juifs qui, privés de tout, en particulier de leur dignité humaine, furent tués au cours de l'Holocauste.

Dans la crypte, les mots du pape résonnent. Chacun se demande si le visiteur va répondre à toutes ces voix qui se sont élevées, depuis quelques jours, notamment celle du grand rabbin Israël Meir Lau, pour l'inciter à demander pardon, au nom des chrétiens, pour l'Holocauste. Mais le pape répète ce qui fait sa conviction profonde :

Comment l'homme put-il éprouver un tel mépris pour l'homme ? Parce qu'il était arrivé au point de mépriser Dieu. Seule une idéologie sans Dieu pouvait programmer et mener à bien l'extermination de tout un peuple.

Non, la « solution finale » ne fut pas le fait des chrétiens, mais celui d'une idéologie athée. Ce qui n'excuse pas, répète le pape, la passivité ou la lâcheté dont parfois les chrétiens ont fait preuve en face de cette tragédie. Si Jean-Paul II évoque, à quelques mètres de là, l'hommage rendu par l'État d'Israël aux dix-sept mille « justes » — dont cinq mille Polonais — qui ont sauvé des juifs à cette époque, il n'exonère pas les chrétiens de leurs responsabilités :

J'assure le peuple juif que l'Église catholique, motivée par la loi évangélique de la vérité et de l'amour, et non par des considérations politiques, est profondément attristée par la haine, les actes de persécution menés contre les juifs et les manifestations d'antisémitisme par des chrétiens en tous temps et en tous lieux.

Dans sa conclusion, le pape fait montre d'un équilibre remarqué : « Construisons un avenir nouveau dans lequel il n'y ait plus de sentiments antijuifs parmi les chrétiens ou de sentiments antichrétiens parmi les juifs. » Quelques minutes auparavant, Ehud Barak a rendu un hommage vibrant à son hôte, qui, selon lui, a « fait plus que quiconque pour amener le changement historique dans l'attitude de l'Église vis-à-vis du peuple juif [...] et pour refermer les plaies béantes qui avaient suppuré durant de longs siècles pleins d'amertume ». Très ému, le chef du gouvernement aide le pape à se lever de sa chaise et lui tend lui-même sa canne afin qu'il aille à la rencontre des personnes présentes. Une femme de soixante-neuf ans, juive polonaise, rappelle en pleurant qu'elle a eu la vie sauve, en 1945, grâce à un certain abbé Karol Wojtyla qui l'a aidée à monter dans un train alors qu'elle était blessée. Le pape n'a aucun souvenir de cet épisode, probablement imaginaire, mais il tapote gentiment le bras de la femme. L'émotion submerge beaucoup de présents. C'est un moment fort, c'est aussi un tournant dans l'esprit de nombreux Israéliens qui n'avaient pas porté, jusqu'alors, un grand intérêt à cette visite et à ce pape. Mais celui-ci va encore les surprendre, trois jours plus tard, en allant se recueillir sur le lieu le plus sacré du judaïsme, dans un geste symbolique plus émouvant encore.

Le dimanche 26 mars, au cœur de la vieille ville, il est un peu plus de 10 heures quand le pape, toujours voûté, s'approche doucement du mur des Lamentations, ce mur « occidental » sur lequel reposait jadis le Temple de Jérusalem. Les cardinaux de la Curie et les responsables israéliens qui l'accompagnent s'arrêtent pour le laisser seul. Jean-Paul II baisse la tête et commence à prier. Il tient un papier à la main, qu'il place bientôt dans une anfractuosité du mur sacré[27]. Comme le font souvent les juifs qui viennent ici se recueillir, le pape a composé une prière :

Dieu de nos pères, Tu as choisi Abraham et ses descendants pour amener Ton nom aux nations. Nous sommes profondément attristés par le comportement de ceux qui, au cours de l'Histoire, ont fait souffrir Tes enfants, et nous demandons Ton pardon. Nous souhaitons nous engager dans une fraternité authentique avec le peuple du Livre.
Jérusalem, le 26 mars 2000.
Johannes Paulus II

Un signe de croix, une hésitation, et le pape se rapproche encore du mur, sur lequel il pose longuement sa main gauche. S'il ne devait rester qu'une photo du pontificat de Jean-Paul II, ce serait peut-être celle-là.

27

La lutte pour la vie

Kielce, le 3 juin 1991. Il pleut des cordes sur cette petite ville de la Pologne profonde où le pape préside à l'une de ses messes géantes, sur une immense tribune battue par le vent, devant quelque deux cent mille fidèles dont les parapluies semblent recouvrir entièrement le petit terrain d'aviation où a lieu la célébration. Debout dans la bourrasque, Jean-Paul II lit son texte, malgré les rafales qui agitent les feuillets serrés entre ses doigts. Le corps légèrement penché en avant, la mèche en bataille, l'orateur ressemble à la figure de proue d'un navire affrontant la tempête. C'est le quatrième voyage de Jean-Paul II dans son pays natal, le premier depuis la chute du régime communiste. Le pape a choisi de consacrer ses homélies, jour après jour, aux dix commandements de Dieu. C'est le lendemain, à Radom, qu'il a prévu de parler de l'avortement, à propos du cinquième commandement : *Tu ne tueras point*. Mais le thème lui tient à cœur, et, à Kielce, il aborde déjà le sujet. Et de quelle façon ! Les participants à cette messe orageuse, tout comme les Polonais qui suivent le voyage à la télévision, n'en croient pas leurs oreilles :

Frères et sœurs ! Il faut que vous changiez votre comportement à l'égard de l'enfant qui vient d'être conçu ! Même s'il survient sans qu'on l'attende, celui-ci n'est jamais un intrus ! Il n'est jamais un agresseur !

Le pape se fâche. Cet homme qui sait si bien se contrôler, poser sa voix, maîtriser ses effets de scène, le voilà aujourd'hui qui s'emporte. C'est en brandissant le poing et en haussant la voix qu'il s'en prend à ses ouailles :

Je dis cela parce que cette terre est ma mère, cette terre est la mère de mes frères et sœurs ! Cette terre est la mienne, et c'est pour cela que je me permets de parler ainsi ! [...] Vous devez tous comprendre que vous traitez ces questions sans réfléchir ! Ces choses ne peuvent que me faire de la peine, et elles devraient vous en faire aussi !

On n'entend plus que le bourdonnement sourd de l'eau sur les parapluies. La foule se tait. Elle est médusée. Elle n'a jamais vu « son » pape comme cela. Peut-elle comprendre, la foule, ce que Jean-Paul II lui reproche ? Après tout, la Pologne postcommuniste ressemble désormais aux autres nations européennes, et il n'est pas anormal que le taux d'avortements y soit comparable aux pays voisins. Certes. Mais la Pologne, c'est son diocèse. Les Polonais, ce sont ses paroissiens. Et il n'arrive pas à admettre, le pape, qu'entre quinze cents et deux mille femmes avortent chaque jour en Pologne, et que 80 % d'entre elles soient des catholiques pratiquantes.

Le 7 juin, à Wloclawek, la ville natale de feu le cardinal Wyszynski, lors d'un office célébré également sous la pluie, le Saint-Père haussera à nouveau la voix en parlant de l'Europe : « ... et quel devrait être le critère de l'entrée dans l'Europe ? La liberté ? Mais quelle sorte de liberté ? La liberté *d'ôter la vie à un enfant à naître* ? » Puis il se reprendra, baissant le ton : « Pardonnez-moi pour ces propos enflammés. Mais il fallait que je le dise ! »

Pour Jean-Paul II, l'avortement est absolument et définitivement condamnable. Cette condamnation ne peut faire l'objet d'aucune réserve, d'aucun compromis. Il s'en explique sans fioritures dans *Entrez dans l'Espérance* : « Il n'y a pas, pour l'homme, de droit plus fondamental que le droit à la vie. Or le droit à la vie implique d'abord le droit de naître et celui de vivre jusqu'à sa mort naturelle. » D'emblée, pour lui, si l'avortement est une question qui touche à la morale sexuelle ou à la politique démographique, il constitue, plus fondamentalement, un problème de *droits de l'homme.* La légalisation de l'avortement, dit-il, n'est « rien d'autre que l'autorisation donnée à des adultes de priver de sa vie, avant qu'il ne voie le jour, un être humain qui ne peut pas se défendre ». Cette idée que l'enfant « non né » ne peut pas se défendre, le pape l'a développée après avoir vu un film scientifique montrant, de façon saisissante, qu'un fœtus qu'on va éliminer a un réflexe de défense. Lors de son sermon de Radom, le 4 juin 1991, il raconte cette expérience : « La caméra a pu enregistrer cette défense désespérée face à l'agression d'un petit enfant avant sa naissance, dans le sein de sa mère. J'ai eu l'occasion de voir un tel film — et aujourd'hui encore, je ne puis me libérer de son souvenir. » Le pape répète : « Je ne puis m'en libérer ! »

À ceux qui posent le problème en termes de liberté de la femme, le pape réplique aussitôt : « La femme devrait donc avoir le droit de choisir entre mettre l'enfant au monde ou retirer la vie à l'enfant qu'elle a conçu. Mais on ne peut parler de liberté de choix quand l'une des options est un mal moral aussi incontestable ! » Il n'y a pas d'exception à la règle. Même en cas de risque pour la femme enceinte ? « L'hypothèse de la légitime défense ne s'applique jamais à un innocent. » Face aux nombreux cas de détresse féminine — il ne nie pas qu'ils puissent être de véritables « tragédies humaines » — y a-t-il une alternative ? Oui, dit le pape, qui prône la « solidarité radicale avec la femme enceinte ». Concrètement : une pastorale des familles, davantage de conseil conjugal, des organismes d'accueil, des centres d'aide à la vie, des institutions spécialisées... Voilà, sans doute, ce qui choque nombre d'observateurs. L'interruption de grossesse ne peut-elle être parfois un « moindre mal » ? Jamais, dit le pape. En guise de réponse, le 24 avril 1994, il béatifiera deux mères de famille « héroïques » : la première, au début du siècle, est morte à trente-neuf ans pour avoir voulu enfanter malgré un fibrome dont l'ablation eût supprimé le fœtus ; la seconde, qui vécut à la fin du XVIIIe siècle, est restée fidèle toute sa vie à un mari volage qui l'avait ruinée et abandonnée : « Nous vous remercions pour votre confiance intrépide en Dieu et en son amour. Nous vous remercions pour le sacrifice de votre vie [1] ! » Des « remerciements » dérangeants, incompréhensibles pour qui n'a pas la foi.

Le pape contre l'ONU

Justement, cette année 1994 a été déclarée par l'ONU « année de la famille ». Or, s'il y a une valeur que le pape entend célébrer, c'est bien la famille. La famille traditionnelle, bien sûr : quand on parle au pape de familles éclatées, monoparentales, recomposées, homosexuelles, etc., il ne voit que dévoiements et menaces sur la vraie famille, celle qui se compose d'un père, d'une mère et des enfants de ceux-ci. Sur le sujet, une conférence mondiale sur la population et le développement doit se tenir au Caire en septembre 1994, à l'initiative des Nations unies. Les rapports qui parviennent à Jean-Paul II à propos de la préparation de l'événement sont alarmistes : non seulement la « famille » dont il y sera question ne ressemble guère à celle dont parle le pape, mais la commission préparatoire, très influencée par les libéraux américains, suggérera au Caire de reconnaître universellement le « droit à l'avortement ».

Le 18 mars 1994, il reçoit la Pakistanaise Nafis Sadik, sous-secrétaire du Fonds des Nations unies pour la population et le développement, cheville ouvrière de la conférence du Caire. Gynécologue de profession, Nafis Sadik porte bien sa soixantaine. Vêtue en sari et pantalon, cheveux noir de jais, cette femme habituée aux contacts les plus divers se trouve prise de cours par l'attaque frontale du pape : « C'est donc l'année de la famille... Mais je crois, madame, que c'est plutôt l'année de la désintégration de la famille ! » Un dialogue très tendu s'engage entre cette femme énergique, étonnée de voir que ses arguments humanitaires sur la « détresse » des femmes sont systématiquement balayés par son interlocuteur, et le pape, convaincu d'avoir affaire à la représentante des États-Unis et des lobbies féministes américains, qui sont à ses yeux l'ennemi à abattre. Pour le Saint-Père, il faut « éduquer, éduquer, éduquer » tandis que son interlocutrice veut « aider, soigner, soulager » sans se référer à une morale quelconque :

— Deux cent mille femmes meurent chaque année en s'avortant elles-mêmes, avance Nafis Sadik.

— Ce qui est en cause, c'est l'avenir de l'humanité ! riposte le pape.

Un vrai dialogue de sourds. L'affrontement dure quarante minutes. Nafis Sadik est stupéfaite de l'obstination passionnée et « dogmatique » du pape ; et ce dernier, qui ne s'attendait pas à un dialogue aussi dur, se rend compte que la partie qui va se jouer au Caire est quasiment perdue[2].

Jean-Paul II n'est pas homme à baisser les bras. Le lendemain de cette confrontation exceptionnelle, il prend la plume et, de sa main, rédige une lettre à l'attention des chefs d'État du monde entier pour leur faire part de sa « mauvaise surprise » à la lecture des textes préparés par les Nations unies, et de son désaccord profond avec la proposition de légalisation de l'avortement au niveau mondial. Puis il demande au chef de la diplomatie vaticane, Angelo Sodano, de convoquer l'ensemble des nonces apostoliques à Rome le 25 mars — c'est-à-dire dans la semaine ! — pour inciter ces cent quarante ambassadeurs ou chargés d'affaires à faire du lobbying auprès des gouvernements catholiques ou simplement favorables aux thèses de l'Église. Non sans quelques succès ponctuels : les passages entre crochets — c'est-à-dire soumis à une discussion contradictoire — vont se multiplier dans le fameux document préparatoire.

Le 8 juin, une réunion a lieu à Rome, qui montre que le pape jouera décidément sur tous les terrains pour parvenir à ses fins : des représentants de la Curie reçoivent des délégués de l'Organisation de la conférence islamique, de la Ligue mondiale musulmane et de la Conférence musulmane mondiale. Un communiqué sort de la rencontre, dénonçant le document des Nations unies comme empreint d'un « individualisme agressif et exacerbé » qui risque de « conduire à la destruction de la société en provoquant la décadence morale, le libertinage et la disparition des valeurs sociales ». L'argument du pape, qui s'inquiète d'une nouvelle forme d'« impérialisme » moral, a porté. Cette « sainte alliance » entre le Vatican et l'islam fera couler beaucoup d'encre. Le pape n'en a cure. L'avortement, voilà l'ennemi ! Le 6 avril, pendant l'audience générale, il fait référence à la conférence du Caire et sort à nouveau de ses gonds : « Nous protestons ! Nous ne pouvons marcher vers l'avenir avec un tel projet de mort systématique des enfants non nés ! » Le 17, lors d'une visite paroissiale dans Rome, il s'emporte à nouveau : « Je suis revenu au Vatican pour combattre un projet des Nations unies qui veut détruire la famille. Je dis simplement : non, non ! Repensez votre projet ! Convertissez-vous ! Si vous êtes les "nations unies", vous ne devez pas prôner la destruction ! »

Interrompu dans sa croisade par une chute qui l'oblige à un mois de repos forcé, le pape reprend son combat dès sa sortie de l'hôpital Gemelli. Le 2 juin 1994, encore affaibli, il reçoit Bill Clinton au palais apostolique, mais le président américain esquive les reproches du pape, et l'entretien tourne court. « Clinton est le seul chef d'État avec lequel je n'ai pas réussi à dialoguer, confiera Jean-Paul II à l'un de ses médecins, le professeur Gianfranco Fineschi. Je lui parlais, mais il regardait dans l'autre direction, admirant fresques et tableaux. Il ne m'a pas paru très patient[3]. » Tout l'été, d'angélus en angélus, d'audience générale en audience générale, le pape dénonce la « permissivité éthique, si répandue dans les sociétés matériellement les plus riches », et le « colonialisme démographique » dont font preuve les États-Unis et leurs alliés à l'égard du tiers-monde. On ne pense plus qu'à cela, au Vatican, où tous les services sont mobilisés sur le sujet.

L'obstination papale est payante. Lorsque s'ouvre la conférence, le 5 septembre 1994, ce n'est pas le représentant du Saint-Siège qui défend le « caractère sacré de la vie » et condamne toute tentative d'« imposer l'adultère, l'éducation sexuelle et l'avortement » à tous les pays, mais... Benazir Bhutto, la présidente du Pakistan. Les pays du tiers-monde s'opposeront avec succès, du reste, au projet de « contrôle des populations » fomenté par l'ONU et les pays nantis. Ce sera la seule satisfaction du Saint-

Siège, accusé de conservatisme par une majorité de délégués et la quasi-unanimité des grands médias de la planète.

Le pape tirera de l'aventure quelques leçons pour l'avenir. Il en résumera aussi les enseignements doctrinaux — sur l'avortement, mais aussi sur tout ce qui constitue à ses yeux la « culture de mort » insidieusement répandue dans la société contemporaine — dans une encyclique très personnelle et très polémique, *Evangelium vitae*, publiée le 25 mars 1995. Dans ce texte au ton pessimiste et parfois désespéré, le pape dénonce ce qu'il appelle « une conjuration contre la vie » dont les institutions internationales et les médias sont les complices. Il y confirme aussi que le combat « pour la vie » continue, et qu'il ne faut pas hésiter à le porter sur le terrain politique ; que la lutte contre la légalisation de l'avortement est un impératif pour tout catholique ; enfin, qu'une loi qui viole ainsi l'ordre naturel n'est pas une loi licite et qu'on ne doit pas lui obéir. Ce dernier point — qui n'est pourtant pas une nouveauté — va occulter le débat en provoquant de nombreuses polémiques dans les milieux politiques et journalistiques occidentaux.

*

Dans ce combat pour le respect de la vie, Jean-Paul II fait flèche de tout bois, il ne manque pas une occasion de plaider sa cause, quitte à prendre de nombreux risques. Le premier est d'encourager malgré lui les groupuscules décidés à employer la violence pour s'opposer aux avortements, comme les groupes *pro-choice* aux États-Unis ou les commandos anti-IVG en France. Le deuxième risque, plus large, est d'annihiler des années d'efforts pour moderniser l'image de l'Église, que cette croisade renvoie, à tort ou à raison, à des relents de conservatisme, d'intolérance, voire d'obscurantisme. Enfin, par sa rigueur, le pape prend le risque de perturber certaines communautés catholiques en prise directe avec le problème de l'avortement, sur le terrain, dans les paroisses. Ainsi, en Allemagne, les catholiques engagés dans l'accueil des femmes désireuses d'avorter vont-ils se trouver en porte à faux par rapport au magistère papal, et provoquer, bien malgré eux, une crise très dure entre le pape et l'épiscopat allemand.

Un simple formulaire administratif est au centre de l'affaire : depuis 1995, la loi allemande n'autorise l'avortement (jusqu'à la douzième semaine) que si la femme a eu un entretien dans un centre de conseil spécialisé et obtenu de ce centre un certificat. Sur les mille six cents centres habilités à délivrer le fameux certificat, deux cent soixante-neuf sont animés par l'Église catholique. Or c'est parce qu'ils délivrent ce certificat que ces centres reçoivent des subventions. D'où, en 1996, la colère du pape. Si c'est l'obtention du certificat qui permet à la femme d'aller se faire avorter, comment l'Église peut-elle délivrer ce qui est, qu'on le veuille ou non, une sorte de « permis de tuer » ? Et si l'exemple allemand venait à faire tache d'huile ? Et si l'Église catholique venait à cautionner indirectement des centaines de milliers d'avortements de par le monde ? Le problème n'est pas simple. Si un centre d'accueil ne délivre pas le certificat, il perd ses subventions, donc il ferme ses portes. Or l'engagement des catholiques dans ces lieux de dialogue est le meilleur moyen de parler avec les femmes désireuses d'interrompre leur grossesse, et de les faire revenir sur leur décision. En 1996, un quart des femmes ainsi accueillies dans les centres « catholiques » sont revenues sur leur choix. Ce qui fait quatre mille avortements évités, sur un total national de cent trente et un mille[4]. Le pape devrait-il s'en plaindre ? Faudrait-il abandonner cette action, et laisser le terrain libre aux partisans de l'avortement ?

Une première lettre de Jean-Paul II, en janvier 1998, provoque une réaction mitigée de la conférence épiscopale allemande, et un tollé chez les catholiques eux-mêmes. Une seconde, en juin 1999, rappelle que « l'engagement absolu de l'Église en faveur de toute vie à naître ne permet aucun compromis ni aucune équivoque ». Il convient donc, explique Jean-Paul II, d'ajouter au certificat honni une simple phrase disant que « *cette attestation ne peut être utilisée pour que soit pratiqué un avortement légal*[5] ». Les évêques allemands, par la bouche de leur président Karl Lehmann, annoncent qu'ils acceptent la formule. Mais elle est quasiment inapplicable : pas de certificat en bonne et due forme, pas de subvention. Les catholiques laïcs lancent de nouveaux centres appelés *Donum vitae*, indépendants de l'épiscopat. Les médias, les partis politiques s'en mêlent. C'est une catastrophe pour l'Église allemande, qui se retrouve coupée d'une société incrédule, notamment des jeunes. C'est aussi une catastrophe pour l'image du pape dans ce pays, laquelle n'a jamais été si négative.

L'intransigeance du pape, décidément, aura été payée au prix fort. Ce sera aussi vrai de la polémique sur le préservatif.

La querelle du préservatif

Les polémiques sur l'avortement et le « combat pour la vie » mené par Jean-Paul II ont presque fait oublier la question de la contraception — plus ancienne et plus rebattue, il est vrai. C'est en 1968 que Paul VI la déclara « illicite » dans l'encyclique

Humanae vitae. On se rappelle que Mgr Karol Wojtyla contribua personnellement au raidissement doctrinal du pape de l'époque, lequel devait cantonner l'Église — et pour longtemps — dans une position défensive d'autant plus difficile à tenir que les catholiques eux-mêmes, en grande majorité, n'en ont pas tenu compte.

Dans les années soixante-dix, à Cracovie, le cardinal Wojtyla n'avait pas ménagé sa peine pour faire passer le message papal. Il avait créé, on l'a vu, dans son propre diocèse, un institut de la famille, regroupant pasteurs, théologiens et médecins, et fit porter sa première session d'études en février 1975 sur l'avortement ; la deuxième, en février 1976, porta sur la contraception. Dans le livre qu'il allait tirer de toutes ses expériences sur l'éthique sexuelle, *Amour et responsabilité*[6], le futur pape expliquait clairement que l'usage de contraceptifs chimiques (la pilule) ou prophylactiques (le préservatif) était « contraire à la dignité de l'acte conjugal », parce qu'il faisait obstacle à la transmission de la vie et retirait tout son sens au don total et réciproque qu'implique l'acte sexuel. Il n'en démordrait jamais.

Devenu pape, il devait confirmer le caractère « illicite » et « injustifiable » de la contraception par laquelle l'homme et la femme « s'attribuent un pouvoir qui n'appartient qu'à Dieu, celui de décider en dernière instance la venue au monde d'une personne humaine[7] ». Certes, comme il l'a rappelé dans *Evangelium vitae*, « la contraception et l'avortement sont des maux spécifiquement différents », puisque l'une « altère le sens de l'acte sexuel » alors que l'autre « détruit la vie d'un être humain ». Mais les deux sont condamnables. Le fossé a beau se creuser entre le Vatican et les catholiques sur le sujet, la pilule peut se banaliser dans les sociétés industrialisées, le pape maintient le cap : l'homme, dit-il, ne peut « s'attribuer la qualité de dépositaire ultime de la source de la vie humaine ».

L'avis de Jean-Paul II n'a pas évolué depuis *Humanae vitae*. La société, si. Les temps ont changé. Trente ans après le coup d'éclat de Paul VI, ce n'est plus la pilule qui pose le plus grand problème en matière de contraception — mais le préservatif. À cause de l'apparition d'une maladie terrible, que nul n'avait vue venir, le sida.

« Le pape est un assassin ! » C'est un des plus grands professeurs de médecine français, le professeur Léon Schwartzenberg, qui s'exprime ainsi en février 1993. Le propos est excessif, certes, et son outrance discréditerait plutôt son auteur. Mais il traduit le profond ressentiment éprouvé par une partie de l'opinion publique — notamment les milieux homosexuels — face au dogmatisme du pape concernant le préservatif, seul moyen, aux yeux de ceux-ci, d'enrayer le fléau. Une précision, néanmoins : le pape n'a jamais parlé explicitement du préservatif. Il n'a jamais évoqué l'objet, il n'a jamais prononcé le mot. « Le pape se situe au niveau des principes, pas des techniques », dit-on souvent dans son entourage. Et le principe, sur ce sujet, est clair. Il a été répété dans un message adressé le 1er novembre 1989 aux participants d'une conférence internationale sur le sida, où le pape souligna la vanité d'une prévention purement technique qui ne tiendrait pas compte du sens de la sexualité humaine : « Il apparaît blessant pour la dignité humaine, et donc moralement illicite, de développer la prévention du sida en la fondant sur le recours à des moyens qui violent le sens authentiquement humain de la sexualité. » Ces « moyens », évidemment, c'est le préservatif.

Kampala, le 6 février 1993. Au cœur de la capitale ougandaise, le pape dit une messe au stade Nakivubo, sanctuaire des martyrs ougandais canonisés en 1964 par Paul VI, devant soixante mille jeunes. Dans ce pays durement frappé par le sida, le pape parle — une fois encore — de la sexualité. L'acte sexuel, rappelle-t-il, est le langage de l'amour. Il est un don total entre deux personnes, et non la satisfaction égoïste d'un instinct. Se donner sans se donner totalement est une hypocrisie, d'où le lien sacré du mariage, sans lequel « les rapports sexuels sont un mensonge ». Et puis, au détour d'un paragraphe, Jean-Paul II aborde la question du sida : « La chasteté est l'unique façon sûre et vertueuse de mettre fin à la plaie tragique du sida. » C'est tout. C'est banal. La chasteté, c'est-à-dire « l'abstention de tout rapport sexuel en dehors du mariage », est incontestablement le moyen le plus sûr de ne pas être contaminé et de ne pas transmettre la maladie. Bien sûr, l'appel à la chasteté ne réglera pas en un jour le problème du sida en Afrique, mais le propos du pape est frappé au coin du bon sens. « Soyez forts et tenez bon ! » lance le pape aux jeunes Ougandais qui l'écoutent et, à travers eux, à tous les Africains menacés par la maladie. Le lendemain, Jean-Paul II visite les malades du sida au Nsambya Hospital de Kampala. Là, il rappelle que la souffrance n'est pas vaine, qu'elle est aussi un moyen de participer à la Rédemption (comme il l'a dit dans la lettre *Salvifici doloris*). Il explique que seul le Christ peut leur redonner l'espérance et la confiance devant la souffrance, la peur et la mort. Aux jeunes du stade Nakivubo, la veille, il avait cité saint Jacques : « Quelqu'un parmi vous souffre-t-il ? Qu'il prie ! »

Le propos est aux antipodes des modes culturelles contemporaines. En Occident, les associations de lutte contre le sida et les communautés homosexuelles s'insurgent bientôt contre ce qu'elles considèrent comme une provocation. Certains journaux traînent

Jean-Paul II dans la boue[8]. Ce pape qui « interdit le préservatif » (*sic*) n'a-t-il pas déjà condamné l'homosexualité comme un « comportement intrinsèquement mauvais du point de vue moral[9] » ? Les attaques contre Jean-Paul II, sur ce thème, ne cesseront plus. On ne l'écoute pas quand, de Kampala, il lance un appel aux médecins et aux laboratoires pour qu'ils « trouvent une réponse scientifique efficace au sida », et surtout « qu'ils ne permettent pas que des considérations commerciales viennent les détourner de leurs généreux efforts ». De même, on ne lui rendra pas justice d'engager fermement l'Église à multiplier les initiatives pour assister les victimes du sida, homosexuels ou non. À plusieurs reprises — comme à Tours, en juin 1996, quand il visitera les « blessés de la vie » — Jean-Paul II exprimera sa profonde compassion pour les malades du sida.

Au sein même de l'Église, certaines voix lui reprochent ce silence réprobateur sur le préservatif. Il est vrai que pour nombre de pasteurs, notamment en Afrique, la position de l'Église tient de la quadrature du cercle : conseiller le préservatif, ce serait prôner implicitement les relations plurielles qui sont justement la première cause de la maladie ; l'interdire, c'est risquer la contamination quand la personne ne peut se contenir, et « ajouter un crime à une faute ». Dans le doute, c'est la théorie du « moindre mal » qui va l'emporter. Dès 1988, le cardinal parisien Lustiger, qui ne passe pas pour un progressiste, donne le ton : « Si vous ne pouvez pas vivre dans la chasteté, alors qu'importent les moyens, vous ne devez pas donner la mort. » Ses collègues Decourtray et Eyt, puis d'autres prélats français iront dans ce sens, jusqu'à ce que la commission sociale de l'épiscopat français, le 12 février 1996, l'exprime par écrit. Entre-temps, nombre de responsables de l'Église — Mgr Rixen au Brésil, Mgr Agree en Côte d'Ivoire, etc. — ont adopté, eux aussi, une attitude d'ouverture : quand on ne peut faire autrement, il vaut mieux utiliser le préservatif, tout en sachant que la morale le réprouve. Même *L'Osservatore romano* a publié un jour un article où Mgr Suaudeau, l'un des responsables du Conseil pontifical pour la famille, écrit qu'« entre deux maux », il faut « choisir le moindre [10] ».

Cette « compréhension pastorale » pour une attitude « moralement illicite » a fait réagir certains cardinaux conservateurs, notamment du côté de la Curie romaine [11], mais le pape n'a jamais voulu la réprimander. L'homme qu'on appelle le « théologien du pape », le père Georges Cottier, a même expliqué au journal *Le Monde*, à propos de la fameuse déclaration des évêques français de 1996 : « On ne peut dire en aucune façon que ce texte des évêques français est contre la pensée du pape. » Ce n'est pas au pape de se faire le champion du « moindre mal ». Lui, il fixe l'idéal à atteindre. Et, comme le rappelle un des conseillers de l'Église sur le sujet, le psychiatre français Tony Anatrella : « Ce n'est pas parce que l'individu ne parvient pas à vivre les valeurs objectives de l'amour que celles-ci sont caduques [12]. »

Non à la peine de mort

« La vie de l'homme vient de Dieu, c'est son don, son image et son empreinte, la participation à son souffle vital. Dieu est donc l'unique seigneur de cette vie : l'homme ne peut en disposer. » Dans l'encyclique *Evangelium vitae*, en mars 1995, Jean-Paul II multiplie les citations et les sentences sur la « valeur sacrée de la vie humaine depuis son commencement jusqu'à son terme » et invite les hommes, avec passion, à préférer une « culture de la vie » à la « culture de mort » qu'il voit gagner dangereusement toutes les sphères de la société contemporaine. Seulement, il y a un hic. Une contradiction dramatique. Une absurdité qui déconcerte aussi les catholiques. Comment l'Église peut-elle condamner aussi absolument l'avortement, le suicide, l'euthanasie et, en même temps, tolérer la peine de mort ?

Certes, la tradition catholique ne prône pas le châtiment suprême, elle se contente de « ne pas l'exclure » et ne le justifie que dans certains cas extrêmes, liés au vieux principe de « légitime défense ». La peine de mort n'est licite que si elle s'avère être « l'unique moyen praticable pour protéger efficacement d'une injuste agression la vie d'êtres humains ». C'est dans ces termes que le *Catéchisme de l'Église catholique*, en 1992, a justifié officiellement le maintien de la peine de mort dans la doctrine de l'Église [13]. Non sans heurts : il a fallu quatre rédactions successives, dans les diverses instances de la Curie, pour arriver à cette formulation. Or cette rédaction tarabiscotée et ces réserves ampoulées ne satisfont pas Jean-Paul II. Comme en bien d'autres sujets, le pape ne peut rayer d'un trait de plume, de sa seule autorité, une tradition millénaire. Mais Jean-Paul II est conscient de l'impasse où l'Église se fourvoie en s'arc-boutant à un tel principe. Comment la vie humaine, dont il ne cesse de proclamer le caractère « sacré », peut-elle, dans le cas de la peine de mort, dépendre du jugement des hommes ? Comment justifier, alors, que l'avortement, pour sa part, soit *toujours* condamnable ? Que l'on supprime la vie d'un être innocent (dans le cas de l'avortement) ou d'un être coupable (dans le cas de la peine de mort), quelle différence si la vie elle-même est sacrée ?

Le pape, comme il l'a fait dans d'autres domaines, va donc contourner les arguties du droit canonique et forcer la main aux experts de la Curie. Dans *Evangelium vitae*, qu'il écrit lui-même en 1995, il nuance singulièrement le principe réaffirmé dans le *Catéchisme* en 1992. La peine de mort, rappelle-t-il, n'est licite « qu'en cas de nécessité absolue, lorsque la défense de la société n'est pas possible autrement ». Mais il ajoute : « Aujourd'hui, grâce à une organisation toujours plus efficace de l'institution pénale, ces cas sont devenus assez rares, sinon même pratiquement inexistants. » Et le Saint-Père de se féliciter qu'on enregistre, « dans l'Église comme dans la société civile, une tendance croissante à en réclamer une application très limitée, voire une totale abolition ». En quelques mots, le pape a rendu obsolète le nouveau *Catéchisme*. Impossible de ne pas en tenir compte dans l'édition définitive de celui-ci. Le fameux article 2267, qui faisait scandale, devra être réécrit. Ce sera fait en 1998 [14]. À la fin de cette année-là, le pape va imposer définitivement son point de vue en deux actes majeurs.

Le jour de Noël, d'abord. Du balcon de la basilique Saint-Pierre où il prononce son message *urbi et orbi*, le pape peut apercevoir, mêlé à la foule des fidèles qui l'écoutent, un cortège de plusieurs milliers de manifestants « abolitionnistes » venus du Campo dei Fiori. Parmi eux figurent le maire de Rome, Francesco Rutelli, et la commissaire européenne Emma Bonino. Tout à l'heure, au début de son discours, Jean-Paul II a demandé que soit « mis un terme » à la peine de mort. S'adressant aux manifestants, il va plus loin en demandant que soit « bannie » la peine capitale [15]. Le pape a une idée en tête. Dans un mois, au retour d'un voyage au Mexique, il doit effectuer une escale importante à Saint Louis (Missouri). Or les États-Unis sont devenus les champions de la peine de mort dans le monde occidental, au moins dans les trente-huit États qui l'ont rétablie en 1976. Le pape a appris que la cinq centième exécution depuis cette date vient justement d'être effectuée, le

18 décembre, et que 3 517 condamnés attendent leur tour dans les couloirs de la mort.

Le 27 janvier, à Saint Louis, Jean-Paul II célèbre donc une grand-messe au Trans World Dome, un des plus grands stades couverts du monde. Dix cardinaux, deux cents évêques et mille prêtres concélèbrent l'office. Environ cent mille fidèles agitent mouchoirs de couleur et petits drapeaux. Tee-shirts à l'effigie du pape, flashes éblouissants, chœurs d'enfants, chorales d'émigrés polonais et vietnamiens : la fête est joyeuse, colorée, réussie. Et c'est devant ces Américains enthousiastes qui, pour être catholiques, n'en sont pas moins favorables à la peine capitale, que le pape s'écrie : « Je renouvelle mon appel, lancé à Noël, pour qu'on abolisse la peine de mort qui est cruelle et inutile ! » On entend quelques sifflets pendant les applaudissements. Le matin même, à Huntsville, au Texas, un certain Martin Sauceda Vega, quarante-deux ans, condamné à mort pour meurtre, a été exécuté. Le pape était pourtant intervenu en sa faveur. En vain. Selon son porte-parole Joaquin Navarro-Valls, il en a été très affecté. Il en a fait part à Bill Clinton, qui l'accueillait sur l'aéroport de Saint Louis, mais le président américain n'a pas répondu. Maigre consolation : la Cour suprême de l'État du Missouri ayant « reporté » une autre exécution prévue le jour même de l'arrivée de Jean-Paul II, le même Navarro-Valls avait fait savoir au gouverneur local, Mel Carnahan, de la part du pape, que ce simple report était « dérisoire ». Ébranlé, le gouverneur a finalement commué la peine de cet homme, Darrel Mease, quarante-deux ans, en réclusion à perpétuité. C'est la première fois que le pape sauve personnellement la vie d'un homme. Il ne se privera pas, dorénavant, d'intervenir chaque fois qu'une nouvelle exécution sera annoncée[16].

Le 29 mars 1999, recevant à Rome le bureau de l'assemblée parlementaire du Conseil de l'Europe, Jean-Paul II demande « que le droit le plus fondamental, le droit à la vie pour toute personne, soit reconnu dans tout l'espace européen, et *que soit abolie la peine de mort* ». Le pape s'est définitivement rangé du côté des abolitionnistes. Et désormais, plus personne ne peut arguer des contradictions du Vatican.

28

Une Église à l'ancienne ?

Saint-Pierre de Rome, dimanche 15 avril 1979. La célébration pascale vient de s'achever. Jean-Paul II, à la sacristie, se défait de ses habits de cérémonie en compagnie de Mgr Jacques Martin, préfet de la Maison pontificale. Il commente la cérémonie, qui a été suivie par une foule immense, et confie à son acolyte ses réserves sur la réforme liturgique. Depuis le concile, on a souvent appauvri, à force de les simplifier, les rites et les traditions par lesquels la foi s'exprime quotidiennement, fête après fête, cérémonie après cérémonie. Le pape déplore notamment la réforme du calendrier liturgique, qui a eu pour conséquence de déplacer nombre de fêtes religieuses : « Le 2 juillet, par exemple, lors de la fête de la Visitation, tous les villages de Pologne fêtaient la Vierge ! » Et le pape de confier à Mgr Martin : « Il faudra remédier à cela par des décrets [1]. »

Combien de fois Jean-Paul II laissera-t-il ainsi poindre des accents de nostalgie pour l'Église d'antan, celle qu'il a connue dans ses premières années de sacerdoce ? Ce pape si contemporain, si tourné vers le IIIe millénaire, si passionné par l'avenir de l'humanité, n'a jamais fait un idéal de la modernité et n'a jamais caché qu'il regrettait, par bien des aspects, l'Église de sa jeunesse, celle des processions festives, des pèlerinages de masse, des fêtes de famille partagées, celle des enfants de chœur en aube, des taloches au patronage ou au catéchisme, des cantiques en latin accompagnés à l'harmonium, mais surtout celle de la confiance en soi, de la cohérence intellectuelle et sociale, de la discipline acceptée.

Marie, reine du monde

« Tous les villages de Pologne fêtaient la Vierge ! » Jean-Paul II n'a jamais caché sa vénération très spéciale pour Marie, laquelle, en effet, date de sa plus tendre enfance. N'est-il pas né à l'ombre de l'église Notre-Dame ? La légende, on l'a vu, veut qu'à la naissance du petit Karol, la sage-femme aurait demandé qu'on ouvrît la fenêtre, et que des cantiques à la Vierge venant de l'église en face — c'était l'heure des vêpres — aient accompagné les premiers cris du bébé. De ses longues prières d'enfant devant la chapelle dédiée à Notre-Dame-du-Perpétuel-Secours à la dévotion au scapulaire de Notre-Dame-du Mont-Carmel, de la présidence des Enfants de Marie au lycée de Wadowice à l'animation du « Rosaire vivant » dans le quartier de Debniki, de ses premiers pèlerinages au sanctuaire marial de Kalwaria Zebrzydowska à la fréquentation assidue de l'icône de la Vierge noire à Czestochowa, toute la vie de Karol Wojtyla s'est déroulée dans la dévotion de Marie, Mère de Dieu et reine de Pologne.

Faut-il rappeler que la clef de la piété mariale polonaise se trouve, précisément, à Czestochowa ? Dans ce monastère fortifié que les pères paulins ont jadis édifié au sommet d'une colline appelée Jasna Gora, repose le célèbre tableau byzantin représentant la Vierge « noire » — parce que très obscurcie au fil des siècles — dont le visage garde la trace de deux coups de sabre portés, dit-on, par un soldat ennemi en 1430. La tradition veut que l'icône ait été peinte par l'apôtre Luc en personne. Et que ce soit grâce à l'intercession de cette Vierge-là que les envahisseurs suédois, en 1655, à quelques portées de canon du monastère, aient été miraculeusement défaits. Le roi Jan Kazimierz proclama pour cela la Vierge Marie « reine de Pologne ».

Prêtre puis évêque, Karol Wojtyla est allé des dizaines de fois à Czestochowa. Devenu pape, il s'y rend dès son premier voyage en Pologne, en juin 1979, pour y relancer le mot d'ordre inventé par le cardinal Wyszynski à l'occasion du Millenium de la Pologne : « Tout à travers Marie ! » Ce n'est pas sans émotion que Jean-Paul II, ce jour-là, explique à une foule énorme que derrière l'élection du premier pape polonais dans l'histoire de l'Église se cache la sollicitude de la Mère de Dieu : « L'appel d'un fils de la nation polonaise à la chaire de Pierre contient un lien évident et fort avec ce lieu saint, avec ce sanctuaire de grande espérance. » Applaudissements fervents dans l'assistance. Les Polonais, dans leur majorité, ne doutent pas que la Vierge ait fait de leur pays une terre d'élection. C'est pour répondre à l'insistante pression des évêques polonais que le pape Paul VI, le 21 novembre 1964, proclama Marie « Mère de l'Église ». Contre l'avis de la commission doctrinale du concile (qui craignait d'approfondir le fossé avec les protestants en surestimant le rôle de la Mère de Dieu), mais au grand bonheur d'un jeune évêque nommé Karol Wojtyla pour qui le concile Vatican II fit faire un « prodigieux bond en avant » — ce sont ses propres paroles — à la dévotion mariale.

En réalité, le culte marial est loin d'être une spécificité polonaise. D'abord, il est le fruit d'une antique tradition chrétienne, dont Bernard de Clairvaux ou Louis-Marie Grignion de Montfort furent les figures les plus connues. Ensuite, il ne faudrait pas oublier qu'au milieu du XVIIe siècle, tout comme en Pologne, le roi français Louis XIII voua le Royaume de France à Marie, tandis que le roi portugais Jean IV proclama la Vierge, lui aussi, « patronne et reine du Portugal », déposant à ses pieds la couronne du royaume. Le risque, dans ces pays qui vénèrent la Vierge, c'est que celle-ci finisse par être davantage célébrée que le Christ lui-même. C'est l'impression que donne parfois la fréquentation de Czestochowa, de Lourdes ou de Fatima. La piété mariale est sans doute la plus populaire des expressions religieuses, elle en est aussi la plus simpliste. La relation quasi maternelle qui s'établit avec la Vierge Marie est plus affective, plus chaleureuse, que celle, plus exigeante, plus raisonnée, qui lie le croyant à Jésus le Crucifié.

Karol Wojtyla n'ignore pas ce danger « piétiste ». Il l'a lui-même ressenti en Pologne, à l'âge de l'adolescence : « Jusqu'à la guerre, il m'avait semblé préférable de prendre quelque distance avec la piété mariale de mon enfance », dit-il dans *Entrez dans l'Espérance*. À l'époque, notamment dans les campagnes, la Vierge était une sorte de divinité. Néanmoins, le jeune Karol constata, lors de ses pèlerinages à Kalwaria Zebrzydowska, que « l'authentique dévotion à la Mère de Dieu [était] véritablement christocentrique ». En termes simples : que c'est bien le Christ qu'on adore quand on vénère Sa mère. Pendant la guerre, Karol Wojtyla trouva la réponse définitive à ce genre de « doutes » — le mot est de lui — pendant son stage forcé à l'usine Solvay, quand il découvrit le *Traité de la vraie dévotion à la Sainte Vierge* de saint Louis-Marie Grignion de Montfort[2].

L'intérêt que Wojtyla trouva dans les écrits de ce prédicateur français mérite qu'on s'y arrête. Les deux hommes, d'époques et de régions pourtant bien lointaines, ont plus d'un point commun. Ordonné prêtre en l'an 1700, le prédicateur breton était originaire de Montfort-la-Cane, un bourg situé à vingt kilomètres de Rennes, la métropole bretonne. Il venait d'une famille de petite noblesse désargentée et grandit dans un environnement catholique ardent[3]. Très pieux dès l'adolescence, il fonda un petit cercle pour honorer la Vierge dans son collège, à Rennes, et, comme le jeune Wojtyla, il ne manquait jamais une occasion d'aller prier dans l'église des carmes. Deux siècles avant Charles Péguy, il fit l'expérience du pèlerinage de Chartres. Très tôt, il constata que sa ferveur et sa voix atteignaient le cœur de ses auditeurs. Passionné par le service auprès des pauvres, Grignion aurait pu s'entendre avec « frère Albert » Chmielowski, le modèle de piété auquel Wojtyla consacrera une pièce. Ayant choisi d'être pauvre parmi les pauvres, comme Chmielowski dans le « chauffoir » de la rue Krakowska à Cracovie, Grignion de Montfort fonda, lui aussi, plusieurs congrégations, dont la Compagnie de Marie (dont on appellera les disciples les « montfortains ») et les Filles de la Sagesse. Pourquoi la sagesse ? Parce que « la sagesse de Dieu est folie pour les hommes », expliqua Grignion, citant saint Paul, dans son principal ouvrage, *L'Amour de la Sagesse* (1703).

La comparaison s'arrête là. Grignion de Montfort était un personnage exalté, qui mettait mal à l'aise la plupart de ses interlocuteurs et nombre de ses supérieurs. Personne n'a jamais considéré Karol Wojtyla comme un « dingue » ou un « fanatique ». Grignion ressemblerait plutôt, sur ce point, à Jan Tyranowski, le petit tailleur mystique de la paroisse Saint-Stanislaw-Kostka. Mais le futur pape, alors séminariste, se passionna pour ce qu'avait écrit Montfort, lequel signait ses lettres d'une formule significative : « Montfort, prêtre esclave indigne de Jésus vivant en Marie ». Comme pour spécifier que le culte de Marie, l'abandon total à la Mère de Dieu, si intense qu'il fût, n'étaient jamais qu'un moyen pour parvenir à Jésus. Dans son *Traité de la vraie dévotion* (1712), Louis-Marie Grignion de Montfort reprit avec insistance une formule qu'il avait lui-même trouvée dans *Le petit psautier de la Vierge*, un livre attribué à saint Bonaventure[4] : « *Totus tuus* » (« Tout à toi ») — la citation exacte étant : « *Totus tuus ego sum et omnia mea tua sunt* » (« Je suis tout à toi, et tout ce que j'ai est à toi »)[5].

Le 17 octobre 1978, dans son tout premier message *urbi et orbi*, Jean-Paul II proclame au monde entier son abandon filial à Marie « qui vit toujours et agit comme mère au sein du mystère du Christ et de l'Église », et annonce qu'il gardera, comme pape, la devise qu'il a choisie naguère en devenant évêque, à savoir « les douces paroles *Totus tuus* que nous avons gravées il y a vingt ans dans notre cœur et nos armoiries, au moment de notre consécration épiscopale ». La devise continuera de figurer sous le « M » de Marie. Elle accompagnera le pape et toute la papauté pendant tout le pontificat.

*

Rome, 8 décembre 1981. Fête de l'Immaculée Conception. À l'heure de l'angélus, depuis la fenêtre du palais apostolique, Jean-Paul II bénit une représentation murale en mosaïque figurant le visage de Marie, Mère de l'Église (« *Maria, Mater Ecclesiae* »), peinte à droite de la basilique, à l'angle du palais, dans une fenêtre en trompe l'œil visible depuis son appartement et de la place Saint-Pierre : « Dans le cadre de cette place merveilleuse, il manquait une image qui rappelât, de façon visible, la présence de Marie ! » Le pape, dans son propos, cite par deux fois la constitution conciliaire *Lumen gentium*, pour montrer que c'est Vatican II — et non la fantaisie d'un pape polonais – qui a invité l'Église à vénérer la Vierge Marie avec une grande affection filiale, comme une « mère très aimante ». L'après-midi même, à la basilique Sainte-Marie-Majeure (qui fut le premier sanctuaire d'Occident dédié à la Vierge), il renouvelle l'« acte de consécration du monde et de l'Église à Marie » du concile d'Éphèse, dont c'est, ce jour-là, le mille cinq cent cinquantième anniversaire. Aucune fête, aucune célébration, aucune occasion ne sera manquée par Jean-Paul II pour vénérer la Mère de Dieu. Le pontificat sera jalonné d'actes, de gestes, de prières diverses, toutes marquées par la dévotion à Marie. On se rappelle notamment l'attention portée par le pape, après l'attentat qui faillit lui coûter la vie, à Notre-Dame de Fatima, et l'obstination qui le conduisit à procéder, en 1984, à une nouvelle consécration du monde au « Cœur de Marie »[6].

Trois ans plus tard, Jean-Paul II proclame une année jubilaire, dite « année de Marie[7] », destinée à célébrer le deux millième anniversaire de la naissance de la Vierge[8], qu'il entend marquer à sa façon en publiant, le 25 mars 1987, une encyclique spéciale intitulée *Redemptoris Mater*. Non sans choquer une partie de la Curie : prétendre que Marie a eu une place « plus éminente », a joué un rôle « plus fondamental » que saint Pierre dans les débuts de l'Église, voilà qui ne donne pas une image très moderne de la catholicité, qui ne manque pas de susciter quelques controverses théologiques d'un autre temps et qui risque enfin de déplaire aux protestants.

Dès la première année de son pontificat, le pape s'est rendu à Guadalupe (Mexique), à Lorette (Italie) et à Czestochowa (Pologne). En un quart de siècle, Jean-Paul II effectuera plus de cent visites dans des sanctuaires consacrés à Marie. Il ne cessera, jusqu'à la fin, de rendre hommage à la Vierge partout où on la vénère, sans paraître se soucier de la part de légende et de l'authenticité des apparitions ou des miracles qui ont attiré les foules à Knock (Irlande), à Mariapocs (Hongrie), à Banneux (Belgique), à Covadonga (Espagne), etc. Jean-Paul II aime le principe même du pèlerinage marial, qu'il est bien le dernier à considérer comme un archaïsme [9].

De même le pape n'a cessé d'encourager la pratique du rosaire, qui consiste à réciter des *Je vous salue, Marie* en série à l'aide d'un chapelet, une prière très ancienne qu'il qualifie de « simple et efficace ». « C'est ma prière préférée », dit-il le 29 octobre 1978, quelques jours après son élection. À Lyon, en 1986, il exprime une dévotion toute particulière pour Pauline-Marie Jaricot, une laïque qui lança les « rosaires vivants » au XIXe siècle, ces groupes de prière dont Wojtyla fut lui-même un maillon, en Pologne, avant la Seconde Guerre mondiale, au temps de son cher Jan Tyranowski. Chaque premier samedi du mois, à 20 h 30, il a institué un rosaire régulier, relayé dans le monde entier par le truchement de Radio Vatican et de nombreuses radios chrétiennes : pendant toute la durée du pontificat, de nombreux auditeurs de tous pays seront fidèles à cette pratique alliant tradition et modernité. Enfin, le 16 octobre 2002, pour marquer l'entrée dans sa vingt-cinquième année de pontificat, Jean-Paul II a publié une lettre apostolique, *Rosarium Virginis Mariae*, destinée à réhabiliter le rosaire, notamment auprès des jeunes.

Rites, traditions et prière

Au-delà du culte de la Vierge, le pape ne cessera de porter une grande attention aux rites. À ceux de l'Église catholique romaine, qui ont bercé son enfance et qu'il a retrouvés dans les cérémonies vaticanes pleines de fastes et de solennité. Mais aussi à ceux des liturgies orientales, plus majestueux encore, dont il n'a cessé de considérer la diversité comme une richesse. Chaque fois qu'il le pourra, lors de ses voyages, Jean-Paul II utilisera le rite local, ou bien, lors de cérémonies œcuméniques, celui d'une autre confession. Ainsi, le 5 octobre 1991, pour le sixième centenaire de la canonisation de sainte Brigitte, le pape a célébré dans le rite luthérien à Saint-Pierre de Rome. Encore une première.

Ni intégriste ni fétichiste, le pape croit à la valeur des signes et des symboles, dès lors qu'ils donnent du sens aux lieux, aux gestes, aux événements. Une anecdote significative illustre la maîtrise dont fait preuve Jean-Paul II en la matière. Lors de son voyage en Terre sainte, en mars 2000, il est invité simultanément par les Palestiniens d'Israël et par les Jordaniens sur les deux lieux présumés du baptême du Christ, Wadi al-Kharrar et Al-Maghtas, situés sur les deux rives du Jourdain. Comment éviter l'incident diplomatique ? Le pape ne tranche pas : laissant aux archéologues la responsabilité scientifique de l'authenticité du lieu où Jésus rencontra Jean le Baptiste, il se rend successivement sur les deux sites. Lui, c'est la foi qui l'intéresse. Mieux, il profite de l'ambiguïté politique de cette rivalité géographique pour faire du Jourdain un symbole de rapprochement entre les uns et les autres.

Cette priorité donnée à la foi sur la raison, ce sens du symbole pousseront le pape à raviver avec fastes la tradition du *chemin de croix*. Cette prière qui va de station en station, il la récitait chaque vendredi, à Cracovie, chez les franciscains voisins du palais épiscopal. Devenu pape, il l'animera chaque année, le vendredi saint, dans l'amphithéâtre du Colisée romain, sous les spots d'une dizaine de caméras de télévision, non sans confier à des personnalités très diverses — et en toute liberté — le texte des méditations. Le journaliste André Frossard, le poète Mario Luzi, le théologien orthodoxe Olivier Clément et bien d'autres auront droit à cette insigne faveur.

De même, s'il est un culte auquel tient le pape tout particulièrement, c'est celui du *saint sacrement*. Ce culte ancestral, fondé sur la présence réelle du Christ dans l'eucharistie, devrait à ses yeux « remplir nos sanctuaires même hors des heures de messe ». Dans sa deuxième lettre du jeudi saint, en 1980, il en a donné lui-même le mode d'emploi, c'est-à-dire ses diverses formes : « prières personnelles devant le saint sacrement, heures d'adoration, expositions brèves, prolongées, annuelles (quarante heures), bénédictions eucharistiques, congrès eucharistiques [10] ». Lui-même s'abandonne souvent à de longues adorations dans sa chapelle privée et plaide avec force pour le retour de la Fête-Dieu, où l'on promène justement le saint sacrement dans les rues des villes et des villages. En Pologne, c'était une des fêtes les plus spectaculaires, et la procession de la Fête-Dieu rassemblait partout des foules immenses. À Rome, Jean-Paul II renoue avec la tradition de la procession annuelle qui va de Saint-Jean-de-Latran à Sainte-Marie-Majeure et qu'il conduit solennellement, en tant qu'évêque de Rome.

*

Turin, dimanche 24 mai 1998. Fête de l'Ascension. Depuis le 19 avril, des centaines de milliers de fidèles défilent quotidiennement devant l'autel central de la cathédrale où est exposé le *saint suaire*, cette pièce de tissu censée être le linceul du Christ, mais dont les datations au carbone 14 situent la confection vers le XIIIe siècle. Abus d'interprétation ? Faux pur et simple ? Miracle de conservation ? La polémique n'a jamais cessé sur l'authenticité de cette pièce de lin de 4,36 m sur 1,11 maculée de traces humaines évoquant la Passion du Christ.

Un peu après 17 heures, ce dimanche-là, un pèlerin pas comme les autres pénètre à petits pas dans la cathédrale. Jean-Paul II, qui avait lui-même découvert le saint suaire de Turin juste avant son élection, a décidé de profiter d'une visite pastorale dans le Piémont pour aller se recueillir devant le tissu sacré. Pour la majorité des commentateurs, il ne fait aucun doute que le pape tient à cautionner ce qui n'est probablement qu'une légende. Dérapage vers la superstition ? Goût immodéré des traditions ? Encouragement à la piété populaire ? Ou bien manifestation de naïveté mystique ? Ou encore, tout simplement, occasion privilégiée de prière et de méditation ?

Comme toujours, pour comprendre l'attitude du pape, il faut le suivre dans ses gestes et ses paroles, qui sont porteurs de sens. La vénération du saint suaire, dit-il ce jour-là, n'a rien d'un « problème de foi », et l'Église n'a « pas de compétence spécifique » pour se prononcer sur l'authenticité du linceul. Aux savants de continuer leurs recherches sur l'origine de l'objet. Si le pape s'agenouille devant une image, il ne la prend pas pour une relique. Il n'adore pas un quelconque linge sacré, il vénère l'« icône de la souffrance d'un innocent », qui, vraie ou fausse, présente une coïncidence « frappante » avec le récit évangélique de la Passion. Ce jour-là, toujours pédagogue, Jean-Paul II n'est pas allé directement contempler le linceul accroché au grand autel central, enchâssé dans une cage de verre à l'épreuve des balles : à son entrée dans la cathédrale, l'illustre visiteur est d'abord allé prier devant l'autel du saint sacrement pendant cinq bonnes minutes. Comme pour bien marquer la différence entre *image* et *relique*. Mais sans se priver, ensuite, d'une occasion d'éveiller le

« désir de rechercher le visage du Seigneur ». Tout est bon qui rapproche de Dieu. Que telle ou telle pratique paraisse faire fi de l'évolution du monde, cela est indifférent à Jean-Paul II, qui se moque totalement de passer pour un passéiste, un réactionnaire ou un obscurantiste. L'essentiel est ailleurs.

Dans un monde où le rationnel constitue l'essence de la modernité, Jean-Paul II pratique lui-même une religion « à l'ancienne ». Par exemple, il n'effectue jamais un déplacement sans son chapelet et son bréviaire. Mais surtout, il ne réfrène jamais ses pulsions « mystiques » : « Il y a eu dans ma vie une période où l'intellectuel dominait, dit-il un jour à André Frossard. Mais il s'est comme effacé pour céder de plus en plus de place à ce qui est mystère [11]. » Combien de fois ses proches l'ont affirmé : on ne comprend cet homme que si on l'a vu en prière. De sa messe matinale aux multiples occasions qui se présentent pendant ses voyages, Jean-Paul II s'abîme très souvent dans la méditation, la contemplation, la prière. C'est-à-dire dans une prière vivante, fervente, souffrante, dans un vrai dialogue avec Dieu qui le met dans un état second : son visage pâlit, ou resplendit, lui-même gémit parfois, des larmes perlent quelquefois à ses yeux. « Il est capable de prier partout, dit un de ses acolytes, où que ce soit, même au milieu d'un million de gens, il se met soudain à genoux comme s'il était tout seul [12] ! »

Sa vénération pour les reliques est intense et générale. Dans sa propre chapelle, il lui arrive de faire le tour de l'autel pour se rapprocher des reliques de saint Pierre qui y sont enchâssées [13]. Il vénère aussi les statues, sans complexes. Dans certains offices, au moment de l'encensement, il va de lui-même vers certaines statues ou tel reliquaire alors que ce n'était pas prévu par le protocole. Quand il a accueilli dans sa chapelle la statue de la Vierge de Fatima, des proches ont remarqué qu'il avait l'air « amoureux » de la statue. Ce pape aurait-il frôlé la superstition ou l'hérésie ? Non. D'abord, c'est toujours le Christ qu'il va rejoindre, par le truchement de tel ou tel artifice liturgique ou traditionnel. Ensuite, Jean-Paul II connaît ses classiques : dans *Redemptoris Mater*, en 1987, il célèbre le douzième centenaire du concile de Nicée, qui mit fin à la fameuse querelle des iconoclastes et incita les fidèles à vénérer, « en même temps que la Croix, les images de la Mère de Dieu, des Anges et des Saints, dans les églises, dans les maisons ou le long des rues ».

Les saints, notamment, seront au cœur de sa foi et de son témoignage. Jamais un pape n'a autant béatifié et canonisé que celui-là.

Le culte des saints

Plus de mille trois cents béatifications, près de cinq cents canonisations : Jean-Paul II, en son long pontificat, a battu tous les records. Un tiers des hommes et des femmes ainsi honorés par l'Église depuis le concile de Trente, il y a quatre siècles, l'auront été pendant le seul mandat de ce pape qui restera le « grand canonisateur » de cette fin de millénaire. À titre de comparaison, rappelons que Pie XII avait procédé, en dix-neuf ans, à vingt-trois béatifications et trente-trois canonisations, et Paul VI, en quinze ans, à trente et une béatifications et vingt et une canonisations. Et notons, pour en finir avec les statistiques, que pendant ses douze premières années de mandat Jean-Paul II n'avait célébré « que » cent vingt-trois béatifications[14] et vingt-trois canonisations : le rythme s'est donc sensiblement accéléré à l'approche de l'an 2000. D'où vient cet amour immodéré des saints, cette volonté affichée de doter les chrétiens d'un maximum de modèles exemplaires, de figures émérites qui leur montrent le chemin de Dieu ? Le petit Wojtyla, à Wadowice, avait-il été particulièrement bercé par le culte des saints ? S'agit-il d'une réminiscence proprement polonaise ?

Il est vrai que le jeune Karol n'a pas vénéré que la Sainte Vierge, mais bien d'autres figures édifiantes, comme saint Joseph, auquel était dédié le monastère des carmes où il allait prier en sortant du lycée, ou saint Charles Borromée, son saint patron qui était aussi celui de son père. Étudiant, il a fondé son propre engagement sur les écrits de saint Jean de la Croix, saint Thomas d'Aquin, saint Louis-Marie Grignion de Montfort, sans parler de sainte Thérèse d'Avila et quelques autres. Il est vrai, aussi, que l'omniprésence des symboles religieux dans la très catholique Pologne a marqué le futur pape : ces innombrables statues de saints abritées par de minuscules chapelles à chaque carrefour, cette religiosité parfois méticuleuse à l'égard des saints protecteurs de ceci ou de cela, ces rues Saint-Marc, Saint-Jean ou Sainte-Anne qui quadrillent la vieille ville de Cracovie, et cette habitude polonaise — toujours en vigueur — de fêter davantage le jour du saint patron que l'anniversaire de la naissance. Tout cela pourrait n'être qu'anecdote. C'est pourtant à travers ces souvenirs qu'il faut discerner les trois fonctions que Jean-Paul II va conférer aux multiples saints qu'il honore. À commencer par celle-ci : les saints constituent, aux yeux du pape slave, les jalons spirituels de l'histoire des hommes et des nations, dans laquelle Dieu s'inscrit par leur truchement comme par celui de son Fils incarné.

Quand Karol Wojtyla devient pape, en octobre 1978, sa première sortie est pour aller prier François d'Assise et Catherine de Sienne, les deux saints patrons de l'Italie, comme s'il voulait signifier sa nouvelle identité. Combien de fois, notamment au cours de ses voyages, et tout particulièrement en Europe de l'Est, le pape utilisera-t-il le souvenir de tel ou tel saint pour valoriser ou ressusciter une histoire spirituelle, culturelle ou politique : saint Stanislaw (en Pologne), saint Étienne (en Hongrie), saint Casimir (en Lituanie), sans parler de Vladimir de Kiev, d'Agnès de Bohême ou des frères Cyrille et Méthode ! On aurait tort d'y voir une sorte de leitmotiv « nationaliste ». De cette démarche didactique procède aussi la béatification d'un nombre significatif de victimes du nazisme et du communisme, de même que l'on verra tôt ou tard « monter aux autels », comme on dit, certains « pères » de l'Europe comme Robert Schuman ou Alcide De Gasperi.

D'autre part, à l'époque des prix Nobel, des oscars d'Hollywood, des concours de beauté et des couvertures de la presse *people*, un pape aussi médiatique que Jean-Paul II n'a aucun scrupule à proposer aux hommes un nombre croissant de personnalités dignes d'admiration et de vénération — notamment aux gens simples, que le manque de culture religieuse porte aujourd'hui au fétichisme télévisuel, à l'astrologie de bazar ou au *new age* plus ou moins fantasmagorique. Même dans un pays aussi déchristianisé que la France, la mode des biographies de saints, la vogue pour la quête des racines ou le regain des pèlerinages prouvent que son intuition n'est ni absurde ni archaïque. Que fait le pape, sinon offrir des exemples choisis, des figures qui donnent du sens, des points de repère aux hommes de ce temps — qui en ont tellement plus besoin, dans ce monde éclaté, que leurs ancêtres ? Que restera-t-il, comme modèles de vie, aux hommes du IIIe millénaire : Elvis Presley ou Che Guevara ? Lady Di ou Bill Gates ? Ou bien... mère Teresa ?

Enfin, Jean-Paul II, le pape voyageur, poursuit son œuvre de dynamisation des églises locales en célébrant partout martyrs et missionnaires, et en proposant des saints « locaux » à la vénération des fidèles [15]. Non pas pour qu'ils se replient sur leurs propres mérites nationaux mais, bien au contraire, pour les intégrer à la grande communauté des chrétiens. L'universalité des saints ougandais, mexicains ou slovènes, dans un monde qui se rétrécit, est une démarche proprement catholique, au sens littéral du terme, et qui s'inscrit directement dans la ligne de Vatican II.

Car cette inflation de bienheureux et de saints, dans l'esprit de Jean-Paul II, est encore une façon d'appliquer le concile. Le pape polonais aura d'ailleurs clos, très souvent, des procédures lancées du temps de ses prédécesseurs (y compris pour des saints dont il est particulièrement proche comme frère Albert Chmielowski, Raphaël Kalinowski, Maximilien Kolbe, Edith Stein ou le cardinal Stepinac). Rappelons aussi que c'est toujours à l'initiative des hiérarchies locales que le Vatican ouvre un procès en béatification [16]. Le pape se contente de donner un coup de pouce, ici ou là, et c'est lui qui clôt la procédure. Il peut aussi chercher à concilier, à l'occasion, toutes les sensibilités de l'Église. C'est dans un esprit d'équilibre et d'unité qu'il a fait coïncider dans le temps les canonisations de Pie IX et Jean XXIII (un pape antimoderniste et l'initiateur de Vatican II) en 2000, ou celles de padre Pio et d'Escrivá de Balaguer (un pauvre capucin mystique et le fondateur de l'Opus Dei) en 2002 [17].

L'important, pour Jean-Paul II, est de donner des modèles de vie aux fidèles et d'enrichir la mémoire de l'Église. Lors du consistoire de juin 1994, aux cardinaux qui s'inquiètent de cette inflation hagiologique et qui n'hésitent pas à considérer qu'« il y a aujourd'hui trop de béatifications », le pape répond par une étonnante boutade : « C'est la faute au Saint-Esprit ! »

Le célibat des prêtres

Quand Karol Wojtyla devient pape, en 1978, l'Église catholique connaît une grave crise des vocations. En huit ans, le nombre de prêtres vient de passer de 448 000 à 421 000. Des dizaines de livres et de rapports ont été consacrés aux raisons de ce phénomène : crainte du célibat, remise en cause générale de l'autorité, mise en œuvre brouillonne du concile, etc. Pour le nouveau pape, le problème est global : c'est la société moderne, avec son offre accrue d'hédonisme et d'individualisme, de consommation et d'égoïsme, de sexe et de plaisir, de rationalisme et de relativisme, qui décourage les vocations. Jean-Paul II, contrairement à son prédécesseur, décide de prendre le problème à bras-le-corps. Quelques mois après le conclave, le nouveau chef de l'Église met un frein aux « décrets de laïcisation » qui libèrent de leur engagement les prêtres désireux de retourner à la vie civile. Paul VI avait autorisé trente-deux mille prêtres à renoncer à leurs vœux — un chiffre inédit depuis la Réforme. Cela n'empêchera pas de nombreux prêtres de jeter leur soutane aux orties, mais cela rendra la démarche plus exigeante, moins facile, plus responsable.

Jean-Paul II va beaucoup écrire sur la question. Dès le printemps 1979, il décide de s'adresser aux prêtres du monde entier dans une lettre personnelle, datée du jeudi saint. Le jeudi saint, qui précède la mort et la résurrection du Christ, c'est le jour où l'Église célèbre l'institution du sacerdoce par Jésus lors de la Cène. Il renouvellera cette pratique chaque année, abordant un à un tous les sujets touchant à la prêtrise — y compris, en 1995, le délicat problème de la place des femmes dans la vie du prêtre.

En 1986, lors de son voyage au pays du curé d'Ars, Jean-Paul II développe une véritable stratégie de reconquête sacerdotale, qu'il affinera lors d'un synode tenu sur le sujet, à Rome, à l'automne 1990[18]. Cette stratégie vise notamment à revaloriser le rôle du prêtre et à enrayer certaines dérives plus ou moins désolantes. Revaloriser le rôle du prêtre, Jean-Paul II s'y emploie avec passion en citant le curé d'Ars, dont il est familier depuis ses études en Pologne : « Oh ! Que le prêtre est quelque chose de grand ! S'il le comprenait, il en mourrait ! » Jean-Paul II aime se référer au saint homme, qui illustre parfaitement, à ses yeux, le modèle sacerdotal. C'est en magnifiant les vertus de ce curé si attachant qu'il tente de combattre explicitement le « découragement » qui menace les prêtres de cette fin du XXe siècle. « N'ayez pas peur ! » lance-t-il aux séminaristes qui l'écoutent lors de cette réunion originale d'Ars en 1986. Puis il insiste sur le besoin de formation spirituelle, théologique et philosophique de plus en plus nécessaire pour œuvrer dans des sociétés laïques elles-mêmes de plus en plus instruites. Jean-Paul II sait de quoi il parle. D'abord, il a toujours veillé, naguère, à la bonne tenue intellectuelle des séminaires dans son diocèse de Cracovie. Ensuite, dans la perspective du synode de 1990, il a commandé à la Congrégation pour le clergé une vaste enquête auprès des séminaires du monde entier. La formation des prêtres, à ses yeux, c'est la clef de l'avenir de l'Église[19].

Jean-Paul II ne va pas hésiter à se mettre lui-même en avant. Le 27 octobre 1995, à l'occasion du trentième anniversaire du décret conciliaire *Presbytorium ordinis* sur le sacerdoce, il raconte longuement, devant une assemblée de prêtres, les débuts de sa propre vocation. Le propos fait sensation, au point que le pape convoque le journaliste italien Gian Franco Svidercoschi pour l'aider à publier un petit livre original qui sortira en novembre 1996 à l'occasion du cinquantenaire de son ordination sacerdotale. Quelque mille six cents prêtres et quatre-vingt-dix évêques ordonnés la même année que lui seront invités à Rome, ce jour-là, pour une session chaleureuse et quasi familiale. Le livre, on l'a déjà cité, s'appelle *Ma vocation, don et mystère*. Il est la preuve vivante que l'engagement sacerdotal peut être une façon de réussir sa vie.

Mais Jean-Paul II entend bien remettre aussi quelques pendules à l'heure. D'abord, il n'est pas question, pour lui, de laisser croire que l'Église pourrait un jour se passer de prêtres. Il balaie d'un mot cette hypothèse née dans les débats postconciliaires. Quelle que soit la part prise par les laïcs dans les paroisses, ceux-ci ne pourront « jamais » consacrer l'hostie et remettre les péchés. Rien que pour dispenser ces deux sacrements-là — eucharistie et réconciliation — le prêtre sera indispensable. Par ailleurs, appuyé sur le souvenir du curé d'Ars et sur son expérience personnelle, Jean-Paul II tentera de remettre au goût du jour certaines traditions, sans que l'on sache quelle part tient dans cette tentation restauratrice la conviction théologique et la nostalgie personnelle. Il plaide ainsi pour un retour à la pratique de la confession, en montrant l'exemple lui-même chaque vendredi saint à Saint-Pierre de Rome, où il prend place dans un confessionnal et confesse une quinzaine de pèlerins dans une demi-douzaine de langues[20]. Il plaide aussi pour le respect du « jour du Seigneur », qui doit être « jour de culte, de loisir, de repos et de récréation » dans une société qui n'a plus de repères. Le 31 mai 1998, il publie même une lettre apostolique intitulée précisément *Dies Domini* (« Le jour du Seigneur »), en forme d'admonestation, pour rappeler l'importance de la messe du dimanche, « élément indispensable de notre identité chrétienne ».

Un pape « vieux jeu » ? Quand il célèbre la messe, Jean-Paul II préfère donner la communion dans la bouche (et non dans la main), avec la patène au-dessous. Il ne supporte pas que les prêtres manquent de respect envers les saintes espèces — l'hostie et le vin de messe, qui représentent le corps et le sang du Christ. Il prône le vieux rite de l'onction des mains pour le prêtre qui va consacrer le pain et le vin. Il perpétue celui du lavement des pieds, qu'il observe en personne chaque jeudi saint. Il plaide enfin pour le maintien d'un principe essentiel, qui reste un des principaux sujets de polémique dans l'Église : le célibat des prêtres.

Pourquoi devient-on prêtre ? Parce qu'on répond à un appel, explique Jean-Paul II, et non pour obtenir un statut social, comme ce fut le cas dans un passé pas si lointain et comme c'est toujours le cas dans certaines régions du tiers-monde. Dans *Ma vocation*, il rappelle ce que lui avait dit le brave contremaître Labus, dans l'usine où il travaillait sous l'occupation : « Toi, Karol, tu seras prêtre ; tu chantes bien, tu vivras bien ! » On ne choisit pas non plus le sacerdoce par prurit humanitaire, comme c'est la tendance aujourd'hui. Le sacerdoce n'est pas un métier, ni un « droit », ni un pouvoir. Il est un service. Le prêtre, rappelle le pape, citant le curé d'Ars, est un « médiateur » entre Dieu et les hommes, ainsi que l'était Jésus lui-même. Il est donc un *alter Christus*, un « autre Christ » qui, quand il choisit le sacerdoce, fait don total de lui-même. Le célibat est justement « le signe de notre disponibilité sans limite au Christ et aux autres », et il n'est pas question de revenir là-dessus. À ceux, de plus en plus nombreux, qui avancent que l'abandon du célibat des prêtres serait le meilleur moyen d'endiguer la crise des vocations, le pape réplique que « les difficultés à observer la chasteté ne constituent pas une raison suffisante pour renverser la loi du célibat [21] ». Point final.

Malgré cette fermeture au changement, les efforts de Jean-Paul II en direction des prêtres sont payants, au moins à court terme. Quelques éminences, comme le cardinal William Baum, ont même exprimé le sentiment qu'une « génération Jean-Paul II » est venue frapper, ces dernières années, aux portes des séminaires — notamment dans les pays les plus touchés par la crise des vocations (États-Unis, Pays-Bas, etc.). Les chiffres en témoignent : dans les huit ans qui ont précédé son élection, l'Église avait perdu vingt-huit mille prêtres ; or, dans les vingt-deux années suivantes (1978-2000), elle en a seulement perdu seize mille, tout en enregistrant quelque vingt-deux mille diacres et quarante-six mille séminaristes de plus [22].

Ces nouveaux prêtres seront-ils sensibles aux appels du pape à renouer notamment avec le port de la soutane ? Plusieurs jésuites en visite au Vatican ont eu droit à une remarque sarcastique du Saint-Père : « J'avais deviné que vous étiez de la Compagnie de Jésus... à votre cravate ! » Jean-Paul II, sur ce plan, n'a jamais compris pourquoi certains prêtres tenaient tant à se fondre dans l'anonymat du troupeau dont ils sont pourtant les bergers. En Pologne communiste, naguère, chaque procession était une façon d'affirmer sa foi face à un régime hostile, et la soutane encore bien davantage. Le communisme est mort, les choses ont changé à l'Est, mais le pape n'a pas renoncé pour autant à une Église qui soit *visible* [23].

La place des femmes

La scène se passe à Gênes, dans le nord de l'Italie, en septembre 1985. Ce soir-là, treize mille jeunes ont envahi le palais des sports. À la tribune, une jeune Italienne salue Jean-Paul II au nom de tous ces adolescents enthousiastes qu'il est venu rencontrer. D'un geste naturel, le pape prend entre ses mains le visage de la jeune fille et l'embrasse sur le front. Surprise dans l'entourage du Saint-Père : a-t-on jamais vu un pape être aussi familier avec une personne du sexe opposé ? Lorsque la jeune femme passe ensuite devant le vieux cardinal-archevêque de Gênes, le très conservateur Giuseppe Siri, celui-ci lève ostensiblement la main et, d'un air sévère, lui tend son anneau à baiser.

Simple conflit de générations ou choc culturel plus profond ? Jamais un pape n'avait eu une attitude aussi décontractée et chaleureuse vis-à-vis des femmes. Et pas seulement avec les religieuses qui se bousculent pour le toucher en poussant des cris lors des audiences générales. Combien de fois se sera-t-il laissé approcher par des jeunes femmes enthousiastes et émues aux larmes, comme à la nonciature de San José au Costa Rica, en 1983, quand une femme jouant de la guitare, surprenant les gardes du corps, saute la balustrade pour se serrer contre lui. Ou quand il se trouve pris dans une « chaîne » de jeunes, comme dans le stade de Sydney, en 1986, donnant la main à deux jeunes filles australiennes et chantant avec elles. Un matin de janvier 1997, il se montre à la fenêtre de son appartement privé en compagnie d'une jeune fille porteuse d'un message aux jeunes de l'Action catholique du diocèse de Rome, ajoutant en guise de boutade : « C'est sans doute la première fois qu'une jeune femme prend la parole de cette fenêtre[24] ! »

Jean-Paul II est un cas : il n'a pas peur des femmes. Dans l'Église, ce n'est pas si fréquent. Karol Wojtyla, élu pape en pleine force de l'âge, est bel homme, il n'a pas de complexes. Mieux, il est attiré par les femmes, dont il apprécie le charme, la finesse et l'intelligence spécifique. C'est à l'écrivain Maria Antonietta Macciocchi, venue l'interroger pour un projet de livre sur l'Europe, qu'il dit un jour : « Je crois au génie des femmes. » Elle n'en croit pas ses oreilles. Est-ce là ce pape misogyne qu'on décrit si complaisamment dans les médias ? Le pape répète : « Je crois au génie des femmes. Même dans les périodes les plus sombres, on retrouve ce génie qui est le levier du progrès humain et de l'histoire[25]. »

De sa jeunesse, marquée par la mort brutale de sa mère quand il avait neuf ans, Karol Wojtyla a gardé la conviction que la femme, par nature, par sa vocation de mère, est le pivot de la famille. « Dans mon enfance, on respectait au plus haut point la femme », dit-il un jour, nostalgique, au journaliste Vittorio Messori. De ses années d'aumônier, au fil des conversations avec les jeunes de Cracovie, il a retenu que la femme est trop souvent considérée par l'homme comme un instrument de plaisir. Enfin, depuis sa longue fréquentation des régimes collectivistes, il se méfie de toutes les idéologies qui prétendent « libérer » la femme en la poussant, au nom de l'égalité, à travailler comme un homme. La famille avant le travail ! Ainsi pourrait se résumer la conviction profonde de Jean-Paul II. Que la femme soit l'égale de l'homme « en dignité et en responsabilité », le pape polonais ne le conteste pas, bien au contraire, mais il précise — dans sa lettre *Familiaris consortio* de novembre 1981 — que « la véritable émancipation des femmes exige que soit clairement reconnue la valeur de leur rôle maternel et familial, par opposition à tous les autres rôles de la vie publique et professionnelle ». Beaucoup de commentateurs vont réduire la pensée du pape en l'accusant de prôner le retour de « la femme au foyer ». En réalité, si Jean-

Paul II milite pour la libération de la femme, c'est bien dans sa spécificité féminine, et non comme un être asexué. Il reviendra cent fois sur ce thème, toujours avec la même conviction. En cette même année 1981, dans l'encyclique *Laborem exercens* consacrée au monde du travail, il plaide en faveur d'« allocations ou gratifications pour les mères qui se consacrent entièrement à leur famille ». Le salaire maternel, est-ce une proposition si réactionnaire ?

Le 15 août 1988, dans le cadre de l'année mariale, le pape publie une lettre apostolique intitulée *Mulieris dignitatem* (« La dignité de la femme »), dans laquelle il va très loin dans la dénonciation de toutes les formes de domination de l'homme sur la femme, qui est « contraire au dessein de Dieu ». Sa réflexion, très concrète, remonte aux expériences pastorales de l'abbé Karol Wojtyla, à ses courses en montagne et ses virées en kayak, lorsque garçons et filles n'avaient rien à cacher à leur « oncle » qui était aussi leur confesseur[26]. Jean-Paul II a toujours été sévère vis-à-vis des hommes. Bouleversant l'enseignement traditionnel de l'Église sur la question, il se réfère souvent à l'épisode évangélique de la femme adultère : si Jésus s'en prend aux hommes qui accusent la malheureuse (« Que celui qui n'a jamais péché lui jette la première pierre »), c'est pour montrer que le « crime » de la femme adultère n'est jamais que le reflet des péchés des hommes qui justement l'accusent. Quelques années plus tard, le pape illustrera cette idée à propos de l'avortement, qui « reste toujours un péché grave » mais qui, bien souvent, « avant même d'être une responsabilité à faire endosser par les femmes, est un crime qu'il faut mettre au compte de l'homme[27] ». L'homme lâche, l'homme irresponsable, l'homme qui considère si souvent la femme comme un objet...

Par ailleurs, à l'encontre d'une interprétation millénaire de la fameuse injonction de saint Paul qui demande aux femmes, dans sa lettre aux Éphésiens, de « se soumettre à leurs maris », Jean-Paul II explique tranquillement qu'il s'agit d'une « soumission mutuelle » car il ne peut y avoir, dans le projet de Dieu, de soumission unilatérale. En revanche, pas question de céder au féminisme « monosexiste » qui cherche à réduire toute différence entre l'homme et la femme. On naît homme ou femme, cela fait partie de la condition humaine. Les femmes doivent se libérer, oui, mais pas en tentant de « s'approprier les particularismes masculins contraires à leur spécificité féminine ». C'est ce hiatus qui va opposer jusqu'au bout le pape et la plupart des mouvements féministes[28].

Le 29 juin 1995, à l'occasion de l'année de la femme décrétée par les Nations unies, le pape publie une *Lettre aux femmes*, à l'écriture très personnelle, parfois même poétique (« Merci à toi, femme, pour le seul fait d'être femme ! »). L'auteur y formule un véritable programme féministe, dénonçant notamment le machisme en termes étonnamment concrets : « Combien de femmes ont été et sont encore jugées sur leur aspect physique plus que sur leur compétence, leur valeur professionnelle, leur activité intellectuelle, la richesse de leur sensibilité et, en définitive, sur la dignité même de leur être ! » Dans un langage sans fioritures évangéliques, il prône l'égalité effective des droits des hommes et des femmes en matière politique, économique et sociale (égalité des salaires, avancement équitable, droit de vote) et rappelle longuement « la longue et humiliante histoire, souvent cachée, des abus commis contre les femmes sur le plan sexuel ». Jamais un pape n'avait abordé aussi crûment ces questions. Et ce n'est pas sans étonnement que les mouvements féministes découvrent dans ce texte un vibrant hommage à toutes ces militantes qui se sont battues « courageusement » pour l'émancipation de la femme « en des temps où cet engagement de leur part était considéré comme un acte de transgression, un signe de manque de féminité, une manifestation d'exhibitionnisme, voire un péché ! ». C'est dans cette lettre que le pape exprime les *regrets* de l'Église pour avoir contribué à la marginalisation de la femme dans la société : « Si, dans ce domaine, on ne peut nier, surtout dans certains contextes historiques, la responsabilité objective de nombreux fils de l'Église, je le regrette sincèrement. »

Un mois avant la publication de sa *Lettre aux femmes*, le 26 mai 1995, Jean-Paul II a reçu à Rome la Tanzanienne Gertrude Mongella, secrétaire générale de la IVe conférence mondiale des Nations unies sur les femmes, dont la tenue est prévue à Pékin en septembre. Jean-Paul II attache à cette conférence une grande importance. Il déplore que la vocation maternelle de la femme moderne soit « plus souvent pénalisée qu'estimée », alors que, somme toute, « l'humanité lui doit sa propre survie ». Le pape s'inquiète de la vision « individualiste » qui risque de primer à Pékin, qui fait de la femme un être asexué, occultant sa différence avec l'homme et prônant une « égalité » qui ne correspond pas aux besoins réels des femmes d'aujourd'hui. Commentaire de Gertrude Mongella, dans une interview au journal *L'Avvenire* : « Si tout le monde raisonnait comme lui, des réunions comme celle de Pékin n'auraient peut-être plus lieu d'être ! »

Jean-Paul II s'implique personnellement dans cette affaire. Le 29 août, il réunit autour de lui la délégation du Saint-Siège, qu'il a voulu majoritairement féminine : quatorze femmes sur vingt-deux délégués porteront à Pékin le badge *Holy See*, dont la présidente du groupe, Mary Ann Glendon, professeur de droit à Harvard, flanquée de l'universitaire norvégienne Janne Haaland Matlary et de l'ancienne ministre nigérienne Kathryn Hawa Hoomkamp. Toutes les trois sont mères de famille. Quelques jours plus tôt, examinant les différents documents préparatoires à la conférence, le pape n'a pas caché son inquiétude. Nombre d'États ont délégué à Pékin des féministes engagées bien au-delà de leurs opinions publiques. La tendance générale est radicale, souvent militante, parfois sectaire. Il y a même une pétition qui circule, soutenue par le socialiste français Jack Lang, demandant ce que fait le Vatican dans une telle assemblée. « Nous sommes mal partis », résume Joaquin Navarro-Valls. Et le pape d'élaborer une double stratégie : sur le fond, mettre l'accent sur la défense des jeunes filles et des jeunes femmes, tant il est vrai que « dans le monde d'aujourd'hui, le simple fait d'être une femme plutôt qu'un homme peut réduire les chances de naître ou de survivre » ; sur la forme, passer par-dessus les ténors ultraféministes de la conférence de Pékin, presque tous délégués de pays nantis, et s'adresser directement aux opinions publiques du monde entier, notamment du tiers-monde : « Si vous êtes en difficulté, adressez-vous aux peuples ! » Navarro-Valls, qui sait ce que communiquer veut dire, ne se privera pas de le faire. Par fax, il informera directement les principaux organes de presse européens sur certaines dérives de la conférence, ce qui incitera nombre de députés catholiques à interpeller leurs gouvernements, élargissant le débat bien au-delà des couloirs de la grande Salle du peuple de la capitale chinoise. La délégation du Vatican luttera jusqu'au bout contre la volonté, majoritaire à Pékin, de dissocier le sort des femmes et le sort de la famille : que la femme puisse élever ses enfants dans la dignité, cela ne correspond décidément pas à l'air du temps. Pis, les représentants du pape devront ferrailler pour qu'on n'ajoute pas aux deux « genres » biologiques qui existent déjà, *masculin* et *féminin*, les « genres » *lesbien, homosexuel* et *bisexuel*. Comme si le sexe n'était pas une réalité naturelle, mais une orientation imposée par le contexte social !

Mary Ann Glendon et ses acolytes se seront bien battues. D'ailleurs, plus de quarante États membres de l'ONU émettront des réserves sur le document final de cette conférence. Mais le Saint-Siège, à nouveau, sortira de cette aventure avec une image négative, exagérément conservatrice. Cette mauvaise image recoupe l'impression négative laissée par l'obstination du pape, sur un autre plan, à refuser le principe de l'ordination des femmes.

*

Washington, 7 octobre 1979. Devant quelques milliers de religieuses rassemblées dans la basilique de l'Immaculée Conception, Jean-Paul II est soudain apostrophé par la présidente de la conférence générale des religieuses, sœur Teresa Kane, qui affirme sans fioritures que les femmes devraient pouvoir être ordonnées. La religieuse, connue pour ses positions féministes, est habillée en complet veston. Des remous dans l'assistance laissent penser que son opinion n'est pas partagée par toutes les sœurs présentes. Jean-Paul II, dans un discours sans concession, répond indirectement à sœur Teresa : « La vie d'une religieuse doit être caractérisée par une disponibilité complète : un empressement à servir comme le requièrent les besoins de l'Église... » Aucune ouverture. Même si le pape sait bien que l'idée de l'ordination des femmes progresse aux États-Unis. Même si le statu quo est un motif de profonde divergence avec les anglicans. Même si de nombreuses voix expliquent que l'ordination des femmes est le meilleur moyen de compenser la baisse des vocations sacerdotales. Le pape, décidément, ne mélange pas sociologie et théologie, tactique et stratégie, conjoncture et tradition. Et tant pis si cette rigidité conforte l'image archaïque de la papauté.

Certes, le temps a passé depuis que Marie-Louise Monnet, sœur de l'Européen Jean Monnet, fit son entrée comme auditrice au concile en 1964 sous les applaudissements de deux mille évêques. À l'époque, les *monsignori* de la Curie n'avaient pas de collaboratrices de l'autre sexe et tapaient eux-mêmes à la machine. Lorsque les premières dactylos — des religieuses oblates missionnaires de Marie-Immaculée — firent leur entrée dans les bureaux du Vatican, elles furent priées, pendant des années, de ne révéler à personne où elles travaillaient. Aujourd'hui, environ 20 % des employés de la Curie sont des femmes, les laïques étant largement plus nombreuses que les religieuses[29]. Certaines ont même représenté le Saint-Siège dans des conférences internationales, et pas seulement sur des sujets dits « féminins » comme la famille ou les droits de l'enfant : en 1996, à la conférence organisée au Canada sur les mines antipersonnel, c'est une femme qui représenta l'Église catholique ; en 2003, c'est une femme, Letizia Pani Ermini, qui fut nommée présidente de l'Académie pontificale d'archéologie. Alors, pourquoi ne pas admettre que les femmes pourraient à leur tour baptiser des enfants ou dire la messe du dimanche ? Ne sont-ce pas les femmes qui, déjà, sans l'onction du sacerdoce, assurent la plupart du temps l'enseignement du catéchisme, l'entretien des lieux de culte, l'animation des œuvres charitables, l'accueil des personnes âgées et des migrants ?

Pour Jean-Paul II, cette hypothèse est exclue. Sans réserve. Le pape est dépositaire d'une tradition constante — d'ailleurs partagée par les orthodoxes —

qui part du constat que le Christ était un homme et que le prêtre doit représenter la *persona Christi*. Paul VI avait réaffirmé l'impossibilité d'ordonner des femmes en 1976[30]. Jean-Paul II ne se sent pas le droit de modifier ce principe. Pour lui, les choses sont claires : la femme a un rôle capital dans l'Église[31], mais pourquoi devrait-elle avoir le même rôle que l'homme ? Marie, au début de l'aventure évangélique, a-t-elle eu la même fonction que les apôtres ? Comme si le sacerdoce était un « pouvoir » que la femme devrait disputer à l'homme ! C'est à partir du moment où l'Église s'est « cléricalisée », après la Réforme, que les femmes ont été *de facto* marginalisées, puisque écartées des structures du pouvoir ecclésial. Mais, aujourd'hui, le sacerdoce est bel et bien un « service », et ne peut être assimilé à une sorte de droit civil comme le droit de vote ou le droit à un salaire égal : on ne postule pas à la prêtrise comme à la députation.

Le 22 mai 1994, dans une lettre intitulée *Ordinatio sacerdotalis*, Jean-Paul II réaffirme ce refus : « Je déclare que l'Église n'a pas autorité à conférer la prêtrise aux femmes et que ce jugement doit être considéré comme *définitif*. » Définitif ! Invité à s'expliquer sur ce point, le cardinal Ratzinger confirme qu'il ne s'agit là « ni d'un avis, ni d'une opinion, ni d'une question de discipline, mais d'une *vérité* catégorique ». Tollé chez les chrétiens américains, allemands, irlandais ou australiens ! Est-ce un retour au dogme contesté de l'infaillibilité pontificale, appliqué, qui plus est, à ce qui n'est qu'un point de discipline ? Même l'encyclique *Humanae vitae* sur la régulation des naissances ne relève pas de cette doctrine. Les centaines de milliers de catholiques allemands qui ont signé la pétition du groupe *Wir sind die Kirche* (« Nous sommes l'Église »), en faveur de l'ordination des femmes, devraient-ils être excommuniés ? L'erreur tactique du pape est patente. En portant le débat sur l'infaillibilité papale, il a exacerbé la polémique et sensiblement renforcé l'image d'une papauté « réactionnaire », nostalgique d'un passé révolu.

29

De Galilée à Internet

« En 1978, avec Jean-Paul II, la modernité entrait dans l'Église. » Le propos, tenu au micro d'une radio à l'occasion du vingtième anniversaire du conclave, est du cardinal Lustiger [1]. Il correspond au sentiment de tous ceux qui ont connu les débuts du pontificat de Jean-Paul II. Il peut étonner les plus jeunes, qui n'ont connu de ce pape que ces dernières années, son attention portée à l'unité et à la tradition de l'Église, sans parler de la crispation médiatique qui s'est faite autour de son enseignement moral ou sexuel. Pourtant, le jeune pape sportif et sans complexes qu'ont élu les cardinaux, en octobre 1978, a bel et bien modifié l'image de l'Église.

Sur la forme, c'est évident. Ce pape qui se fait construire une piscine et qui « skie comme une hirondelle » est aussi celui qui remplace la *sedia gestatoria* (chaise à porteurs) de ses prédécesseurs, avec ses sculptures dorées et son velours grenat, par une jeep Toyota ; qui applaudit volontiers Adriano Celentano, Dee Dee Bridgewater, Myriam Makeba et Bob Dylan ; qui porte une chasuble signée par le couturier Castelbajac pour les JMJ de Paris ; qui invite des trompettistes nigérians au Vatican pour célébrer l'an 2000, etc. Sur le fond, Jean-Paul II aura aussi mené son Église au cœur du « monde moderne », comme l'y avait invité naguère la constitution conciliaire

Gaudium et spes. « Jean-Paul II est le premier pape qui soit fils du concile, les autres en étaient les pères », a écrit un jour le quotidien *Le Monde*. Son projet de conduire la chrétienté jusqu'au IIIe millénaire, mûrement réfléchi, l'a poussé à forcer les verrous d'une institution inquiète, voire terrorisée, par l'évolution du monde.

Les deux domaines qui illustrent le mieux les avancées « modernistes » de Jean-Paul II sont sans doute la science, avec laquelle il a noué de nouvelles relations, et les médias, dont il a usé avec confiance et, pourquoi ne pas le dire, avec talent.

Des savants au Vatican

10 novembre 1979. Un an s'est écoulé depuis l'élection de Jean-Paul II. Dans la Salle royale, au deuxième étage du palais apostolique, le nouveau pape reçoit l'Académie pontificale des sciences à l'occasion du centenaire de la naissance d'Albert Einstein. L'Académie, qui compte quatre-vingts membres éminents dont une trentaine de prix Nobel, n'est pas un organisme interne à l'Église — les catholiques y sont d'ailleurs minoritaires — mais dépend directement du pape, dont elle est une sorte de grand conseil scientifique. Devant les savants et les cardinaux qui l'écoutent, Jean-Paul II dévie soudain de son sujet, comparant la « grandeur d'Einstein » à « celle de Galilée, qui est connue de tous ». Dans l'assistance, on dresse soudain l'oreille : « Galilée, ajoute le pape, eut beaucoup à souffrir, nous ne saurions le cacher, de la part d'hommes et d'organismes de l'Église. » Étonnement parmi les invités. C'est la première fois que le pape appelle à faire repentance — le mot n'est pas encore employé — sur un sujet qui engage la responsabilité de l'Église. Mais les plus avertis des prélats qui l'écoutent ont au moins deux

raisons supplémentaires de s'étonner de ce *mea culpa* inattendu.

D'abord, Jean-Paul II sait parfaitement qu'en réalité, pour l'Église, l'affaire Galilée est réglée depuis longtemps. En 1741, le pape Benoît XIV ne donna-t-il pas son *imprimatur* à la première édition des œuvres complètes de Galilée, annulant ainsi la fameuse condamnation du savant par le Saint-Office en 1633 ? Et les pères du concile Vatican II, en rédigeant la constitution *Gaudium et spes*, n'ont-ils pas « déploré certaines attitudes qui ont existé parmi les chrétiens eux-mêmes, insuffisamment avertis de la légitime autonomie de la science » ? Le pape cite lui-même, dans son propre texte, la note qui accompagne ce paragraphe conciliaire et qui se réfère explicitement à Galilée. En second lieu, sur ce terrain, un pape polonais aurait plutôt moins à se faire pardonner que le reste de la chrétienté. L'Église de Pologne, un siècle avant Galilée, n'avait pas condamné Nicolas Copernic quand il avait publié ses travaux sur la révolution des astres, le *De revolutionibus orbium coelestium*, en 1543. Personne, alors, n'y trouva à redire[2]. Parmi les dignes membres de l'Académie pontificale des sciences, aucun ne sait, probablement, que Mgr Wojtyla, treize ans auparavant, a exalté Copernic, ancien étudiant à l'université Jagellon de Cracovie, dans un de ses poèmes :

Nous marchons sur les sutures.
Autrefois la Terre semblait lisse, plane.
On crut longtemps que son disque plat
Était posé sur l'eau, le soleil au-dessus.
Vint Copernic : la Terre perdit ses charnières fixes,
Le mouvement devint sa charnière.
Nous marchons sur les sutures mais non comme jadis.
Copernic arrêtant le Soleil donna l'élan à la Terre[3].

Copernic « arrêtant le Soleil », comme le Josué de la Bible ? C'est justement ce genre de libertés prises avec l'Écriture qui faisait le miel des inquisiteurs d'antan. En 1633, il ne fait aucun doute que Mgr Wojtyla aurait été condamné par le Saint-Office ! Or, précisément, à l'occasion du cinq centième anniversaire de Copernic, en 1973, le cardinal Wojtyla donna une leçon inaugurale à la faculté de théologie de Cracovie, intitulée « La science comme bien commun de la nation, de l'Église et de l'humanité », en y revendiquant le cas Copernic comme une gloire de l'Église.

Pour Jean-Paul II, c'est une affaire entendue depuis longtemps : la condamnation de Galilée, qui ne fit que reprendre les travaux de Copernic, est évidemment regrettable. Pourquoi donc, en 1979, revenir sur ce dossier peu glorieux ? Pourquoi prendre le risque de remettre en lumière l'attitude à la fois arrogante, intolérante et meurtrière du pape Urbain VIII et de certains cardinaux de cette époque troublée où l'Église ne pouvait admettre, pour des raisons largement politiques, que l'on s'opposât à son enseignement séculaire ? Pourquoi rappeler qu'en pleine Renaissance la papauté a condamné un des plus grands savants de l'époque pour avoir osé dire que la Terre n'était pas immobile au centre de l'Univers ? Jean-Paul II veut que le cas Galilée soit définitivement réglé et appelle « les théologiens, les savants et les historiens » à reprendre le dossier. Quoi qu'il en coûte. Treize ans plus tard, le 31 octobre 1992, à l'occasion du trois cent cinquantième anniversaire de la mort du savant, une commission interdisciplinaire présidée par le cardinal Poupard conclura, sans ambages, à l'« erreur » de l'Église d'alors. Rien de nouveau sous le soleil. Mais il fallait vider l'abcès[4].

La démarche du pape, qui agace certains cardinaux, est stratégique. À ses yeux, le timide *mea culpa* du concile n'a pas empêché cette vieille affaire de devenir « une sorte de mythe », confortant l'idée d'une opposition fondamentale, dogmatique et péremptoire entre la science et la foi. Le cas Galilée continuait, malgré tout, d'empoisonner les relations entre le monde scientifique et l'Église. Or celle-ci, à l'aube du XXIe siècle, devait impérativement se défaire d'une image archaïque et obscurantiste achevant de la décrédibiliser auprès des générations montantes.

*

Jean-Paul II n'a pas peur des savants, bien au contraire. Plus généralement, il n'a pas peur de la science. Ni de la *raison*. Si Karol Wojtyla a toujours aimé saint Thomas d'Aquin, c'est à cause de l'importance que celui-ci accorde à l'intelligence dans la foi en Dieu[5]. S'il est fasciné par les mystiques — sa première référence restant saint Jean de la Croix — cet intellectuel rationnel veut apprendre, comprendre, expliquer ce qui relève du « mystère » de la foi. C'est pourquoi il s'est tourné vers la philosophie plutôt que vers la théologie. C'est pourquoi il sera toujours passionné par toute tentative visant à réconcilier ces deux disciplines.

Au sortir de la Seconde Guerre mondiale, beaucoup d'intellectuels chrétiens — notamment des théologiens français — bousculèrent les usages et la frilosité de l'Église, au risque d'être condamnés par celle-ci, dans son rapport avec la modernité. Si Karol Wojtyla dévora les écrits de Jacques Maritain pendant son séjour en France, en 1947, c'est parce que le Français était celui qui avait sans doute le mieux réussi la synthèse « néothomiste » de la foi et du monde moderne, jusqu'à y intégrer la démocratie politique — ce qui n'allait pas de soi pour beaucoup d'hommes d'Église. Il n'était pas loin le temps où le pape Pie X condamnait, dans l'encyclique *Pascendi* (1907), ces « modernistes » qui tentaient de relire l'enseignement de l'Église à la lumière des connaissances scientifiques acquises au XIXe siècle. Pour les jeunes générations de séminaristes, de « prêtres professeurs » — parmi lesquels Karol Wojtyla et ses collègues de Lublin — et d'intellectuels laïcs, la relecture de saint Thomas offrait une double clef : elle permettait de combler le fossé grandissant entre l'Église catholique et le monde moderne, scientifique et rationaliste, tout en évitant de sombrer dans l'« anarchie de la raison émancipée de la foi [6] ». L'aboutissement de ces retrouvailles agitées entre la foi et la pensée, au début des années soixante, ce fut le concile Vatican II, dont la principale préoccupation a été, précisément, de réconcilier l'Église et le monde moderne. Faut-il rappeler que Mgr Wojtyla se passionna, alors, pour le Schéma XIII qui allait devenir la constitution *Gaudium et spes* ? Quand le pape Jean-Paul II se réfère à Vatican II, ce n'est pas par simple déférence à l'égard de ses prédécesseurs. C'est parce qu'il fait remonter au concile cette nouvelle attitude — résolument optimiste — de l'Église face au savoir intellectuel et au progrès scientifique.

Jean-Paul II considère que la vérité est la vérité, et qu'il ne faut pas en avoir peur. Deux jours après son fameux discours sur Galilée, le 12 novembre 1979, il se rend personnellement à la Casina Pio IV, siège de l'Académie pontificale des sciences, pour y rencontrer les académiciens de façon moins formelle, et pour leur répéter « tout [son] attachement à la science comme recherche désintéressée de la vérité [7] ». Trois jours plus tard, le pape se rend à la piazza della Pilotta, dans le vieux Rome, à l'Université grégorienne, dont le recteur est le jésuite Carlo Maria Martini, un bibliste mondialement connu qu'il va promouvoir très vite. Le propos du pape est volontariste. De même que les jésuites ont établi jadis des passerelles entre théologie, arts et sciences, le nouveau pape engage la théologie à établir un dialogue avec la philosophie moderne : « N'ayez pas peur ! dit-il à son auditoire. *Examinez toutes choses, retenez ce qui est bon !* » La phrase est de saint Paul. Jean-Paul II, pape moderne, connaît ses classiques.

Une foi « raisonnable »

On se rappelle que le professeur Wojtyla souffrait, quand il enseignait à Lublin, de l'isolement des scientifiques polonais indépendants. En 1981, dans l'effervescence de l'éphémère libéralisation obtenue en Pologne par le mouvement Solidarité, deux de ses amis cracoviens, le philosophe Krzysztof Michalski et le théologien Jozef Tischner, lancèrent l'idée d'un nouvel institut scientifique, basé à l'Ouest, qui permettrait aux intellectuels polonais d'avoir davantage de contacts avec leurs homologues occidentaux. Avec le soutien du pape et l'aide du cardinal autrichien Franz König, les deux hommes ont créé, à Vienne, l'Institut für die Wissenschaften vom Menschen (IWM). C'est par le truchement de cet établissement que Jean-Paul II va renouer avec la tradition qu'il avait lui-même instituée, à Cracovie, de séminaires d'été réunissant autour de lui des intellectuels et des savants, croyants ou non, de disciplines différentes. Le 5 août 1983, à Castel Gandolfo, s'ouvre le premier séminaire du genre sur le thème « L'homme dans les sciences modernes ». Comme naguère à Cracovie, Jean-Paul II a demandé à Michalski d'inviter pour quelques jours une vingtaine de philosophes, de physiciens, de théologiens, qui seront regroupés par affinités linguistiques — le pape allant d'un groupe à l'autre — pour une discussion libre. En alternance se retrouveront à disserter en ces lieux enchanteurs — le lac d'Albano est décidément une pure merveille — des représentants des sciences exactes et, un an sur deux, des humanistes et des philosophes comme Czeslaw Milosz, Emmanuel Levinas ou Leszek Kolakowski. Ce dernier apprécie beaucoup Jean-Paul II, qui lui rend son admiration et sa sympathie. Un jour, pendant une séance un peu ennuyeuse, Kolakowski rédige une fausse « bulle » en latin prononçant l'excommunication de Levinas, qu'il n'aime pas. Au cours du dîner, il la passe discrètement au pape, qui part d'un formidable éclat de rire [8].

*

Jamais aucun pape contemporain n'aura autant fréquenté et respecté les scientifiques. Jean-Paul II est convaincu, depuis toujours, que l'usage des technologies modernes débouche nécessairement sur des choix politiques et moraux. De la condamnation solennelle de l'utilisation de l'arme nucléaire, dans les années quatre-vingt, à l'étude des risques présentés par les manipulations génétiques, dans les années quatre-vingt-dix, le pape n'a cessé de faire réfléchir ensemble les plus grands savants de l'époque et d'écouter leurs avis [9]. Certes, les membres de l'Académie pontificale des sciences ont souvent « calé » sur la frontière de la morale, notamment de la morale sexuelle, mais tous ont rendu hommage à l'ouverture d'un pape capable d'interroger la science sur la détermination du moment exact de la mort ou du moment où l'embryon peut être considéré comme un être humain. Jean-Paul II, contrairement à ses prédécesseurs, considère que la recherche scientifique, en soi, n'est ni bonne ni mauvaise, et qu'il n'existe pas une science « catholique ». C'est nouveau : jusqu'à Paul VI, l'Église considérait que la religion devait se servir de la science pour étayer ses fondements, mais qu'elle se réservait de juger le bien-fondé moral des hypothèses scientifiques. Ce temps-là est révolu.

Du 21 au 26 septembre 1987, à Castel Gandolfo, Jean-Paul II réunit une conférence internationale sur les relations entre les sciences, la philosophie et la théologie, pour le trois centième anniversaire des *Philosophae naturalis principia mathematica* de Newton — l'ouvrage dans lequel le savant britannique développa sa découverte de la gravitation universelle. Dans la lettre de présentation des actes de cette conférence, adressée le 1er juin 1988 au père George Coyne, directeur de l'Observatoire du Vatican, Jean-Paul II souligne que la religion et la science sont des dimensions distinctes de la culture humaine, qui doivent s'appuyer l'une l'autre : « La science, écrit le pape, peut purifier la religion de l'erreur et de la superstition ; la religion peut purifier la science de l'idolâtrie et des faux absolus. » Jean-Paul II n'est pas naïf. Il sait parfaitement que, dans l'avenir, la science bousculera encore certaines certitudes religieuses, et que l'Église devra bien en tenir compte. Comme pour donner l'exemple, à l'automne 1996, il adresse un message à l'assemblée plénière de l'Académie pontificale des sciences à propos de Darwin et de la doctrine de l'évolution, qui a si longtemps heurté le magistère de l'Église. Cette dernière doit admettre le bien-fondé de la doctrine de Darwin, écrit le pape, à condition de ne pas lui appliquer une lecture étroitement matérialiste qui serait « incompatible avec la vérité de l'homme ».

Symboliquement, comme pour souligner l'importance qu'il accorde à cette « concorde » qu'il voudrait voir s'instaurer entre la science et la religion, Jean-Paul II choisit de célébrer le vingtième anniversaire de son pontificat, le 15 octobre 1998, par une encyclique — la treizième — visant à réconcilier « la foi et la raison », et qu'il intitule, justement, *Fides et ratio*. Les premiers mots de l'encyclique résument bien le tournant que Jean-Paul II fait opérer à l'Église, à l'aube du IIIe millénaire : « La foi et la raison sont comme deux ailes sur lesquelles l'esprit humain s'élève vers la contemplation de la vérité. » Si foi et raison se séparent, pense le pape, elles s'appauvrissent l'une et l'autre. C'est parce que la raison a cédé du terrain que le XXe siècle a été si meurtrier. La foi, quant à elle, se dévoie quand elle sombre dans le fidéisme ou la superstition. « Si la foi ne pense pas, elle n'est rien », écrit l'auteur. Pour que le monde progresse dans la voie d'un nouvel humanisme, il faut que la philosophie reprenne le dessus et s'oriente à nouveau vers la transcendance, et que la foi fasse rempart aux tentations irrationnelles, sectaires ou intégristes. Et le pape de lancer, à nouveau, son cri de confiance dans l'avenir : « N'ayez pas peur de la vérité ! »

Le pape et les médias

Deux jours avant la sortie de l'encyclique *Fides et ratio*, la télévision italienne a choisi, elle aussi, de célébrer le vingtième anniversaire de l'élection de Jean-Paul II. Ce soir-là, sur le plateau de la RAI-Uno, le présentateur vedette Bruno Vespa, trente ans de métier, anime en direct une longue émission sur le pontificat. Les témoignages de personnalités se succèdent à l'écran — Kohl, Gorbatchev, Walesa, Pavarotti, Ronaldo, et même Ali Agça — lorsque, vers 22 heures, un appel retient l'attention des millions de téléspectateurs : « Je suis don Stanislaw, le secrétaire du pape. Bonsoir, je vous passe le Saint-Père qui veut vous saluer... » Un temps d'incrédulité. Applaudissements dans le studio, émotion du présentateur. Puis la voix du pape, cette voix si familière aux Italiens : « Monsieur Vespa, je veux vous remercier ainsi que tous les participants pour tout ce que vous avez préparé et dit sur ces vingt années de pontificat. Merci beaucoup ! » C'est un vrai scoop. Présent sur le plateau, le porte-parole Navarro-Valls est le premier étonné : « Ce n'était pas prévu, je vous l'assure ! Il devait regarder l'émission. Le pape est comme cela : il a voulu intervenir, il l'a fait ! »

Jean-Paul II, contrairement à la plupart des hommes d'Église, n'a pas peur des journalistes. Quelques jours après son élection, le 21 octobre 1978, il en donna une première preuve, magistrale et inattendue. À 11 heures, ce samedi-là, le nouveau pape recevait les journalistes présents à son élection. C'était son premier contact avec la presse. Environ mille cinq cents personnes se pressaient dans la salle des Bénédictions. Même les plus blasés des correspondants en poste à Rome étaient curieux de faire connaissance avec l'élu du conclave. Détendu, ouvert, Jean-Paul II remercia les « représentants des médias » qui venaient de couvrir, en quelques semaines, la mort de Paul VI, l'élection et la mort de Jean-Paul Ier, puis le conclave qui l'avait finalement élu. Dans son petit discours, il souligna la difficulté de « déchiffrer les événements » et l'attachement qui était le sien envers la liberté de la presse : « Estimez-vous heureux d'en disposer ! » dit le pape venu de l'Est. Il parla en italien, mais, en bon professionnel, il termina son petit discours par une phrase en anglais : il savait que c'était la seule image que diffuseraient les télévisions américaines. Puis, sans aucune étiquette, il s'écarta du micro, s'avança vers les journalistes et se mit à bavarder avec les uns et les autres. Du jamais vu. Pendant une heure, Jean-

Paul II se livra au jeu des petites phrases, improvisant toutes ses réponses. Avec une facilité déconcertante, il répondit à chacun dans sa langue : anglais, français, polonais, allemand. L'effet fut garanti : il séduisit tout le monde.

C'est avec la même décontraction qu'il répondra tranquillement, à chaque voyage en avion, aux questions des correspondants accrédités qui se bousculeront autour de lui, terrorisés à l'idée de manquer « la » petite phrase qui fera la une des journaux du lendemain. Le premier journaliste à avoir osé apostropher le Saint-Père, dans l'avion qui le mène au Mexique en janvier 1979, est le vaticaniste italien Domenico Del Rio :

— Très Saint Père, pensez-vous vous rendre aussi aux États-Unis ?

— Je crois que c'est nécessaire. Il reste à fixer la date.

Jusqu'alors, la règle était la même que pour la reine d'Angleterre : on ne pose pas de question au pape. Les journalistes, en s'engouffrant dans la brèche ouverte par Del Rio, mettent fin à ce principe et interrogent désormais Jean-Paul II comme ils le feraient avec un politicien ou une vedette de la chanson. Au Vatican, personne n'avait jamais imaginé qu'un pape pourrait se donner ainsi en pâture aux journalistes. Il ne manque pas de dignes *monsignori*, d'ailleurs, pour s'en inquiéter à mi-voix : le pape ne craint donc pas que ses propos soient mal utilisés ? Jean-Paul II fait confiance. C'est dans sa nature. Et lui-même, qui fut naguère le collaborateur d'un hebdomadaire dynamique et courageux, réalisé par une petite équipe de gens de qualité, a une sorte de tendresse pour les gens de plume. Il s'est tellement engagé, quand il était archevêque de Cracovie, pour la liberté de la presse[10] ! Même s'il estime, depuis toujours, que le fond d'un article ne doit jamais être sacrifié au profit de la forme. Même s'il sait aussi les dangers de la simplification, de la redondance, de la personnalisation, de la course au sensationnel.

Pour les médias du monde entier, il y a du neuf au Vatican. Voilà au moins un pape qui ne considère pas les journalistes comme des irresponsables, des gêneurs, voire des ennemis. Un pape qui respecte et facilite le travail des photographes de presse, qui sait parfaitement ce qu'est un rédacteur en chef, un pigiste, un bouclage, une *deadline*, un *scoop*, et qui se plie volontiers aux exigences de la technique. En octobre 1986, à la fin d'une célébration à Lyon, il s'interrompt : « Le pape doit obéir à ses supérieurs, parmi lesquels figure une institution qui s'appelle Eurovision ! » Une autre fois, en octobre 1994, place Saint-Pierre, il s'arrête soudain dans un discours : « Je dois parler vingt-cinq minutes, je ne sais pas si j'ai dépassé mon temps de parole. »

*

Jamais, au XXe siècle, un pape n'avait accordé d'interview[11]. D'où la divine surprise de Jerzy Turowicz, au retour d'un périple papal de douze jours au Brésil, en juillet 1980, quand le Saint-Père l'invite à Castel Gandolfo pour un entretien exclusif destiné aux lecteurs du *Tygodnik Powszechny*, où il tirera les leçons de son voyage. D'homme à homme, sans passer par les arcanes de la *Sala stampa* et de la Curie. Une vraie interview, en bonne et due forme. Turowicz ruminait cette idée, sans trop y croire, depuis le conclave. Quel journaliste, polonais ou non, croyant ou non, n'a jamais rêvé d'interviewer un jour le chef de l'Église catholique ? Magnétophone en bandoulière, il rejoint le Saint-Père à Castel Gandolfo, le mercredi 16 juillet, et enregistre son entretien. Par politesse et par prudence, il soumet ensuite son décryptage au pape avant de l'envoyer à Cracovie. Mais celui-ci le retouche à peine. Mieux, l'interviewé est si satisfait du texte qu'il demande personnellement qu'on le traduise en italien pour publication dans *L'Osservatore romano*. Pour le petit hebdo de Cracovie, qui est alors le seul journal indépendant de toute l'Europe de l'Est, c'est un sacré scoop. Vingt ans plus tard, à l'évocation de cet épisode, Turowicz en rougira encore de contentement[12].

La deuxième personne à connaître ce bonheur professionnel n'est pas polonaise. C'est le chroniqueur du *Figaro*, André Frossard, dont Karol Wojtyla avait beaucoup apprécié le livre *Dieu existe, je L'ai rencontré*, traduit en polonais par les éditions Znak, à Cracovie. Invité à Castel Gandolfo en juillet 1980, quelques semaines après le premier voyage en France du nouveau pape, Frossard laisse entendre, à la fin d'un repas, sans trop y croire, qu'il serait formidable de réaliser un entretien. « Posez-moi des questions ! » lui lance Jean-Paul II. Le Français n'en croit pas ses oreilles. Le soir même, il se met au travail. Des questions ? Il en suggérera soixante-dix, auxquelles le pape répondra, méthodiquement, au cours d'un programme de travail qui, interrompu par l'attentat de la place Saint-Pierre, va finalement durer deux ans. Le livre s'appellera « *N'ayez pas peur !* » et sera un best-seller mondial.

La troisième interview aurait dû être télévisée. En 1992, Jean-Paul II avait accepté le principe d'un entretien filmé par une équipe de la RAI-Uno à l'occasion du quinzième anniversaire de son pontificat (octobre 1993). Quatre heures de tournage, au minimum, avec un livre à la clef. Encore une première dans l'histoire de la papauté. Le patron de la RAI, désireux de mettre toutes les chances de son côté, avait demandé au journaliste italien Vittorio Messori de préparer et de réaliser l'interview. Messori, spécialiste des questions religieuses, est rompu à l'exercice : en 1985, il a déjà publié une série d'entretiens avec le cardinal Ratzinger, préfet de la Congrégation pour la doctrine de la foi [13]. En juillet 1993, Messori se rend à Castel Gandolfo avec, dans sa serviette, une vingtaine de questions. Il a carte blanche. Lui-même s'interroge cependant sur les risques courus par le pape en « se pliant ainsi au genre mineur de l'interview [14] » : mêler sa voix au bruit chaotique d'un monde où tout est banalisé, où toutes les opinions se valent ; utiliser l'expression « À mon avis... » comme n'importe quel quidam interrogé dans un micro-trottoir ; sans parler des coupes qui, au montage, ne pourront que réduire ou dénaturer le propos du Saint-Père... Las ! Le projet tombe à l'eau. Le calendrier du pape se révèle trop chargé pour réaliser cette série d'entretiens. Jean-Paul II, notamment, prépare avec minutie son premier voyage dans l'ex-URSS : en septembre, il doit visiter les pays Baltes. C'est un événement important, qui requiert toute son attention. Les dirigeants de la RAI s'arrachent les cheveux tandis que Messori regagne, un peu déçu, sa maison au bord du lac de Garde. C'est là, quelques mois plus tard, que Navarro-Valls le joint par téléphone : « Le pape a gardé vos questions sur son bureau, il n'a pas voulu les jeter au panier, et il a commencé à vous répondre par écrit. » Fin avril 1994, Navarro-Valls vient personnellement remettre à Messori le manuscrit de Jean-Paul II. Certains passages sont soigneusement soulignés par l'auteur. Le titre suggéré, *Entrez dans l'Espérance*, est tout simplement le titre qui figurait sur le dossier où le pape avait rassemblé ses réponses. Libre à l'éditeur d'en trouver un meilleur. Messori se plonge dans le texte, effectue quelques corrections formelles : traduction systématique des citations latines, amélioration de la ponctuation, rajout de questions intermédiaires. Des broutilles. Quelques semaines plus tard, le texte papal est prêt à être publié. L'éditeur italien — Mondadori — le vendra à neuf cent cinquante mille exemplaires en Italie. Mais c'est aux États-Unis que le livre fera un succès remarquable : 1,2 million d'exemplaires ! Combien d'Américains qui n'avaient jamais ouvert une seule encyclique papale ont lu ce petit livre accessible et personnel ? Celui-ci sera aussi vendu à trois cent mille exemplaires en Espagne, à deux cent cinquante mille en France, à deux cent mille en Allemagne. Un succès sans précédent.

Jean-Paul II donnera encore deux interviews à la presse écrite. En octobre 1993, il répondra aux questions du journaliste polono-italien Jas Gawronski, frère de Wanda Gawronska et fils de Luciana Frassati, dont Karol Wojtyla a fréquenté la famille depuis des lustres [15]. Le journaliste publiera son texte dans plusieurs grands quotidiens européens — dont le journal *Libération*, en France, ce qui ne manque pas de déclencher la colère de certains confrères moins anticléricaux [16]. Comme pour se rattraper, à la veille des JMJ de Paris, en juillet 1997, le pape accepte de répondre aux questions du quotidien français *La Croix*. Mais les années ont passé, le pape a vieilli, et le geste étonne moins. L'interview n'a pas la vivacité et la spontanéité des premiers scoops du pape. En fait d'entretien, Jean-Paul II se contente de recevoir les rédacteurs en chef du journal, Bruno Frappat et Michel Kubler, le 13 août, pour leur remettre des réponses écrites à leurs questions envoyées quelques mois plus tôt. L'attention, néanmoins, comble les dirigeants du quotidien catholique, propriété des assomptionnistes, lesquels ont parfois entretenu avec le Vatican, dans le passé, des relations tendues [17].

« John Paul II superstar ! »

D'emblée, en octobre 1978, le pape polonais a montré sa maîtrise des médias, qu'on appelait encore les *mass media*. Son rapport conflictuel avec la Pologne communiste lui en avait donné maintes occasions. Ainsi, le jour de l'inauguration solennelle du pontificat, sachant que la TV polonaise avait décidé — exceptionnellement — de consacrer trois heures d'antenne à la cérémonie, il exigea que celle-ci se terminât un peu avant l'heure, afin que la dernière image retransmise fût bien sa bénédiction *urbi et orbi*. Quelques mois plus tard, quand il retourna dans son pays pour sa première tournée polonaise, Jean-Paul II ne fit pas mystère de sa façon très politique d'utiliser les médias. Le 10 juin 1979, à Cracovie, il n'oublia pas de remercier la presse : « Merci d'avoir amené le monde entier en Pologne, en le plaçant à mes côtés et en le faisant participer à ces journées. »

Dix ans plus tard, le 21 avril 1989, le pape reçoit le leader de Solidarité, Lech Walesa, au palais apostolique. À la veille des premières élections législatives semi-démocratiques octroyées par le pouvoir communiste, le geste n'est pas anodin. Le leader syndical entre dans la bibliothèque privée, s'agenouille devant le pape qui le relève et l'embrasse affectueusement. Mais le pape se redresse soudain et l'invite à ressortir devant les photographes pour recommencer : « Il faut montrer comment M. Walesa me salue et comment je l'accueille[18]. » Pour le pape, il n'y a pas de doute : la vérité doit être proclamée avec les moyens de l'époque, et l'Église doit être *visible*. L'évêque Karol Wojtyla, quand il voyageait en Occident dans les années soixante et soixante-dix, s'étonnait de la discrétion postconciliaire des prêtres de France ou d'Allemagne fédérale : profil bas, col romain, liturgies dépouillées, décorum réduit au minimum, hantise du triomphalisme. Un effacement incompréhensible pour un catholique polonais.

À l'époque où Wojtyla devient pape, deux phénomènes sont venus modifier la donne, à commencer par une *personnalisation* croissante qui gagne tous les médias de la planète. Bien au-delà de la presse populaire spécialisée, l'ensemble des organes de presse, y compris les plus sérieux, ont sacrifié à la mode *people* : on ne donne plus à penser, on donne à voir ; on ne développe plus des idées, on raconte des histoires ; on ne cherche plus à dévoiler la vérité, mais à susciter l'émotion. La conséquence qui en résulte, pour l'Église, c'est que les seuls sujets religieux qui accèdent désormais aux écrans tournent autour de personnages dits « médiatiques » comme mère Teresa, don Helder Camara ou, en France, l'abbé Pierre. Jean-Paul II n'est pas gêné par ce phénomène. Il n'est pas timide, il n'ignore pas son charisme, il n'a aucun complexe. L'ancien acteur qu'il fut saura, le cas échéant, se comporter en « bête de scène ». Il sait parler, il sait bouger, il a le sens du geste, il a de l'humour. Qui ne se rappelle, lors d'une cérémonie en Sicile, le pape faisant tournoyer sa canne à la Charlie Chaplin, pour mieux se moquer de ses propres ennuis de santé ? On a souvent rapporté la rencontre de juillet 1986, à Bogota, entre un petit enfant colombien et le pape :

— Je sais qui tu es ! lance le gamin essoufflé.

— Et qui suis-je ? demande le pape.

— Tu es le pape, tu es comme à la télévision !

Jean-Paul II est bien conscient qu'une simple image vaut mieux, parfois, qu'une encyclique, et il ouvre largement ses portes aux caméras et aux photographes. Le pape estime qu'il se doit à tous, y compris dans son intimité. Ce n'est pas une lubie : la simplicité de Jean-Paul II, son ascétisme, son goût pour la prière, donneront de la papauté une image simple, dépouillée et fervente. De même, le pape soigne attentivement la mise en scène des grandes célébrations jalonnant ses voyages. Il s'attache à donner de la joie aux jeunes qui viennent le voir, comme naguère à Cracovie : jeux de scène, chant choral, dialogues au micro, gestes comiques, etc. À la fin de son premier voyage aux États-Unis, en octobre 1979, le magazine *Time* titrait : « *John Paul II Superstar* ».

Les deux exemples les plus spectaculaires de cette utilisation des médias furent peut-être la visite de la prison de Ribebbia, où Jean-Paul II rencontra longuement l'homme qui avait voulu le tuer (décembre 1983), et la scène du mur des Lamentations lors de son pèlerinage en Terre sainte (mars 2000). Pouvait-il mieux exprimer la force de la réconciliation que dans la première scène, même muette ? Et peut-on imaginer une condamnation plus définitive de toute forme d'antisémitisme que dans l'image de cette main qui glisse sa prière en tremblant dans la fente du mur sacré ?

Il est vrai que la médaille a son revers. La rançon de cette transparence médiatique, c'est le long calvaire de son déclin physique, diffusé en direct, dans les dernières années du pontificat, sur tous les écrans de la planète. Au cours de l'angélus du 25 décembre 1995, les téléspectateurs du monde entier voient avec effarement le pape s'interrompre, pris de nausée, et quitter l'embrasure de sa fenêtre dans un râle de douleur. Scène angoissante, humiliante. Combien de fois, par la suite, les souffrances endurées par le vieux pape seront la proie des caméras de la télévision ? Mais le pape joue le jeu. Il souffre ? Qu'on le voie souffrir. Que l'ancien « sportif de Dieu » soit perçu pour ce qu'il est devenu : un « serviteur souffrant ». Les jeunes générations garderont en mémoire cette image d'un vieux monsieur courbé sous le poids des ans et luttant contre la douleur. Un pape qui souffre, mais qui ne perd pas son humour. Quand ses ennuis de santé finissent par occulter toute sa « communication », Jean-Paul II ironise, comme dans l'avion qui l'emmène à Cuba, le 21 janvier 1998 : « Si je veux savoir quelque chose sur ma santé, surtout sur mes opérations, je lis la presse. » Jusqu'à son dernier souffle, le vieux pape malade aura été observé, épié, traqué par les médias du monde entier. Pour le meilleur et pour le pire. Les images pathétiques du souverain pontife peinant à articuler quelques mots de sa fenêtre de l'hôpital Gemelli, après sa trachéotomie, en mars 2005, resteront pour beaucoup de chrétiens un souvenir insoutenable.

*

Le second phénomène dont Jean-Paul II va tenir compte, c'est la *mondialisation* de l'information. Le temps est révolu d'une pastorale « romaine » diffusée par des biais compliqués aux quatre coins de la chrétienté. Une actualité, quelle qu'elle soit, d'où qu'elle vienne, est désormais diffusée instantanément dans le monde entier. Pourquoi l'annonce de l'Évangile se limiterait-elle aujourd'hui à la chaire des églises ? Pourquoi la diffusion de la Bonne Nouvelle resterait-elle le privilège de la paroisse et de la famille ?

Au début du second millénaire, dira Jean-Paul II, l'Église a contribué d'une façon décisive à la diffusion de l'Évangile et à l'édification des peuples grâce aux monastères, qui répercutaient les trésors de la civilisation. À l'occasion du troisième millénaire, où une véritable révolution technologique et télématique est en cours, la communauté chrétienne est appelée à prendre conscience des nouveaux défis et à les relever avec courage[19].

Jean-Paul II, là encore, montre l'exemple et paie de sa personne, quitte à déranger les habitudes de la Curie : voyages spectaculaires, rassemblements gigantesques, *shows* internationaux, bénédictions en soixante langues différentes, il n'y a pas de limites à la « médiatisation » du message papal. Le petit homme en blanc au sourire en coin, fendant la foule dans sa papamobile avant de célébrer l'eucharistie au pied d'autels géants, devient un personnage familier aux téléspectateurs du monde entier.

Dans l'avion qui l'emmène en Amérique latine, le 6 février 1985, le correspondant du *Figaro*, Joseph Vandrisse, lui demande :

— Cela ne vous gêne-t-il pas, Très Saint Père, de voir tant de caméras autour de vous ?

— Il est écrit dans l'Évangile que la Bonne Nouvelle doit être prêchée sur les toits. Que verrons-nous partout dans les villes et les villages que nous allons visiter, si ce n'est des antennes de télévision sur les toits [20] ?

Les médias sont faits pour être utilisés. À la veille de l'ouverture de l'année mariale, le samedi 6 juin 1987, le pape demande ainsi à tous les fidèles de réciter le chapelet en direct en sa compagnie, par le truchement d'une liaison satellite en mondovision avec dix-sept sanctuaires mariaux répartis sur les cinq continents. Des écrans géants ont été installés pour cette « vidéo-cérémonie » à la fin de laquelle Jean-Paul II invite tous les participants à accompagner du geste les Portugais de Fatima qui agitent traditionnellement, dans une procession des adieux, des mouchoirs blancs.

*

Un homme a aidé le pape à faire « passer le message » dans un monde en pleine évolution technique et éthique. Le 4 décembre 1984, Jean-Paul II nommait Joaquin Navarro-Valls porte parole pontifical et directeur du bureau de presse du Saint-Siège. Un laïc, non italien, membre de l'Opus Dei, voilà qui fit grincer des dents à la Curie. Certains membres de la Compagnie de Jésus, dont la tutelle sur Radio Vatican prédisposait depuis longtemps au monopole de la communication papale, prirent cette nomination comme un camouflet. Ancien psychiatre, Navarro-Valls était surtout un ancien journaliste : quand il fut nommé, il était le correspondant du quotidien madrilène *ABC* et présidait l'Association de la presse étrangère à Rome. Il n'est donc pas une émanation de tel ou tel dicastère. Il se tient notamment à l'écart des activités de la Commission pontificale pour les communications sociales, qu'ont dirigée Mgr Andrzej-Maria Deskur, l'ancien condisciple de Karol Wojtyla, puis, au départ de celui-ci, Mgr John Foley[21]. Lorsque Jean-Paul II aura parfois à passer outre les réserves de la Curie, Navarro-Valls sera de son côté. Jusqu'à devenir un de ses intimes.

Le Vatican n'avait attendu ni Navarro-Valls ni même Jean-Paul II pour se doter de moyens d'information efficaces. *L'Osservatore romano* n'a-t-il pas été fondé dès 1861 ? N'est-ce pas le savant Marconi en personne qui participa à l'inauguration de Radio Vatican par Pie XI en 1931 ? Mais l'exceptionnel réseau d'information et de diffusion qu'ont longtemps constitué *L'Osservatore romano* et Radio Vatican — qui fut si précieux pour l'*Ostpolitik* du Saint-Siège — ne suffit plus, dans les années quatre-vingt, à rivaliser avec les nouvelles technologies de l'information. Il faut s'adapter.

Sous la houlette de Joaquin Navarro-Valls, donc, le Vatican s'adapte. Un service d'informations « télématique » est mis en place en janvier 1991, le Vatican Information Service (VIS), qui permet de diffuser l'information vaticane par fax et bientôt par Internet, en trois langues (anglais, français, espagnol), à des centaines d'abonnés choisis (évêques, nonces, journaux, etc.). En 1996, le Centre télévisuel du Vatican (CTV), fondé douze ans plus tôt, se développe rapidement et s'installe dans un immeuble de la via del Pellegrino, à côté de *L'Osservatore romano*. Fonctionnant comme une banque d'images, le CTV, grâce au satellite Eutelsat II F4, diffuse les principales activités du Saint-Père (quelque cent trente événements par an) à toutes les télévisions locales qui le souhaitent, sur les cinq continents.

Depuis l'été 1995, un site web très sophistiqué (www.vatican.va), animé par une religieuse franciscaine américaine, Judith Zoebelein, permet à tous les catholiques « branchés » de la planète d'accéder, en six langues, à l'ensemble des activités papales, y compris sous les formes radio et vidéo : encycliques, discours, voyages, organes d'information, banque d'images, etc. Le Saint-Siège avait un peu d'avance sur le reste du monde, mais le premier message de Noël qu'il diffusa par le truchement d'Internet, en 1995, suscita la curiosité de 2,3 millions d'internautes en deux semaines. S'il ne tape pas encore directement sur son clavier, Jean-Paul II est « fasciné », dès cette époque, par Internet et par ses immenses possibilités de communications interactives de tous ordres[22]. Trois ordinateurs, baptisés du nom des archanges (Raphaël, Michel, Gabriel), assureront la présence du Vatican sur le Net, laquelle suscitera des milliers d'initiatives aux quatre coins du monde catholique. « L'Église aborde ce nouveau média avec réalisme et confiance », écrira Jean-Paul II, non sans déplorer « les façons dégradantes et nuisibles dont il est utilisé »[23].

Ces innovations projettent évidemment le Vatican dans la modernité. Mais, bousculant maintes réserves traditionnelles, Jean-Paul II va plus loin. Il laisse commercialiser des vidéocassettes tirées de ses voyages (la première fut réalisée à Lourdes en août 1983). En mars 1996, il n'hésite pas à faire de la publicité — un spot télé de quarante-cinq secondes — pour promouvoir un disque de récitation du rosaire ! Mieux encore, le 23 mars 1999, le pape bénit la sortie d'un CD réalisé à partir des archives de Radio Vatican, où il chante lui-même le *Pater noster*, et où il dit des textes de prière et de méditation, en plusieurs langues, sur une musique spécialement composée pour la circonstance, rythmée par de longues salves d'applaudissements. Le CD, intitulé *Abbà Pater*, est produit par le groupe de presse italien San Paolo et distribué par Sony. Mise en place : un million d'exemplaires. Un vidéoclip accompagne même la sortie du disque, sur lequel certains journaux ironisent en qualifiant Jean-Paul II de « *pope star* ». Réaction du père Borgomeo, directeur de Radio Vatican et maître d'œuvre du CD : « Il s'agit de toucher des publics que nous n'atteignons pas par nos canaux habituels. C'est un instrument d'évangélisation ! »

Et en même temps, ce pape très médiatique reste critique à l'égard des médias en général, et de la presse en particulier, dont il ne cesse de dénoncer les dérives. Les médias figurent toujours parmi les « merveilles de la technologie », assure ainsi le pape devant les responsables des médias catholiques, en mars 1988, encore faut-il « que ces moyens demeurent au service de la vérité, de la justice et de la moralité ». Au début du carême, le 10 mars 1996, lors d'un angélus récité de la fenêtre de son bureau, Jean-Paul II a créé la sensation en suggérant aux chrétiens d'observer un « jeûne télévisuel », sur le modèle du jeûne alimentaire traditionnel : « Les médias ont une utilité indiscutable mais ils ne doivent pas devenir les maîtres de notre vie. Dans combien de familles la télévision a remplacé le dialogue entre les personnes ! Un certain jeûne dans ce domaine aussi peut être salutaire. » La proposition a suscité quelques sarcasmes chez les journalistes. Surtout à la télévision.

En 2002, lorsqu'il s'est agi de confier à quelque personnalité nouvelle, comme chaque année, les méditations du vendredi saint, Jean-Paul II eut une idée originale et ô combien symbolique : il invita quatorze journalistes habitués du Vatican — parmi lesquels le chroniqueur religieux du *Monde* et la correspondante du *Figaro* — à conduire, en toute liberté, cette prière du chemin de croix. Comme si l'ancien chroniqueur du *Tygodnik Powszechny* avait voulu rappeler que les journalistes faisaient aussi partie de l'Église.

30

Le IIIe millénaire

« Messieurs les cardinaux... » Au matin du 13 juin 1994, lorsque le pape s'adresse aux cent quatorze cardinaux de l'Église catholique réunis à Rome pour leur cinquième consistoire extraordinaire, ceux-ci ne savent pas qu'ils vont inaugurer, ce jour-là, l'un des épisodes majeurs du pontificat. Ils ont tous reçu un document de vingt-trois feuillets intitulé *Réflexions sur le Grand Jubilé de l'an 2000*. Le texte contient une série de propositions pour célébrer ce lointain anniversaire : convocation de synodes continentaux, rencontres avec les juifs et les musulmans, mise à jour du martyrologe, etc. Rien de très original. Sauf, peut-être, dans un paragraphe intitulé *Reconciliatio et paenitentia*, la mention qu'à l'issue du deuxième millénaire de son histoire, l'Église devrait reconnaître « les erreurs commises par ses hommes et, d'une certaine manière, en son nom ». Ce document *pro memoria* n'est qu'un document de travail comme les cardinaux en reçoivent tant depuis l'élection de ce pape prolifique. Aucun de ses destinataires ne mesure la portée de ce septième paragraphe. Un observateur aussi attentif que le journaliste Vittorio Messori a même considéré, dans un article, ce passage comme « huit lignes » insérées par « un anonyme fonctionnaire de la Curie[1] ».

Or, dès l'ouverture du consistoire, les choses se

clarifient. Dans son discours, à trois reprises, le pape se réfère explicitement à ce qu'il a indiqué dans le fameux document *pro memoria*, comme pour en revendiquer pleinement l'origine. Les cardinaux comprennent le message : le papier qu'ils ont sous les yeux n'est pas un simple texte de circonstance rédigé par d'obscurs plumitifs irresponsables. « Le but principal de ce consistoire est la préparation du Jubilé de l'an 2000 », annonce d'emblée Jean-Paul II, qui évoque ensuite nombre de sujets d'actualité concernant la gestion de l'Église : réforme de la Curie, accueil réservé au nouveau catéchisme et à l'encyclique *Veritatis splendor*, état des lieux diplomatique, point sur les finances, etc. Quelques-uns des cardinaux remarquent, au passage, un discret coup de chapeau réservé au cardinal français Roger Etchegaray, président de Justice et Paix et de *Cor Unum*. La routine ? Pas tout à fait : dans sa conclusion, avant de donner la parole aux cardinaux, Jean-Paul II revient sur la « plus grande tâche » à réaliser « dans la perspective de l'an 2000 », à savoir le rapprochement entre « l'Occident catholique et l'Orient orthodoxe ». Le pape hausse le ton : « Nous ne pouvons nous présenter devant le Christ, Seigneur de l'histoire, divisés comme nous le sommes ! » C'est dans cet esprit que Jean-Paul II explique que « les blessures sur le chemin de l'unité des chrétiens doivent être cicatrisées », et que « l'Église a besoin de la *metanoïa*, c'est-à-dire du discernement des manquements historiques et des négligences de ses fils ». Le mot « repentance » n'est pas prononcé. Pas encore. L'emploi du terme grec *metanoïa* (qui se traduit par « conversion » ou « retournement ») est un clin d'œil aux orthodoxes. Dans son discours, le pape se situe clairement dans une démarche œcuménique. Alors, faut-il ou non envisager cette révision de l'histoire comme une simple condition du nécessaire rapprochement entre les diverses confessions chrétiennes ? Flottement dans les rangs des cardinaux. Si le sujet est évoqué dans le débat qui suit cette annonce, si des doutes et des objections s'expriment déjà, les éminences n'en font pas une affaire majeure. Le troisième millénaire, c'est encore loin ! Les deux textes officiels qu'ils voteront en conclusion de ce consistoire, le 14 juin, porteront sur la situation au Rwanda et sur la prochaine conférence des Nations unies sur la population et le développement.

Or il suffit de relire le tout premier discours du pape, son tout premier message adressé à l'Église et au monde, le 17 octobre 1978, pour y noter la référence à ce temps « qui nous rapproche de l'an 2000 ». Il suffit de relire les premiers mots du premier texte fondamental publié par le nouveau pape, l'encyclique *Redemptor hominis*, en mars 1979, pour se rappeler que cette affaire est, pour lui, essentielle. L'encyclique commence en effet par un paragraphe intitulé « Au terme du deuxième millénaire », où Jean-Paul II écrit :

> Le Rédempteur de l'homme, Jésus-Christ, est le centre du cosmos et de l'histoire. Vers Lui se tournent ma pensée et mon cœur en cette heure solennelle que l'Église et toute la famille de l'humanité contemporaine sont en train de vivre. En effet, le moment où, après mon très cher prédécesseur Jean-Paul Ier, Dieu m'a confié, dans son dessein mystérieux, le service universel lié au siège de Pierre à Rome, *est déjà bien proche de l'an 2000. Il est difficile de dire dès maintenant comment cette année-là marquera le déroulement de l'histoire humaine, et ce qu'elle sera pour chaque peuple, nation, pays et continent, bien que l'on essaie dès maintenant de prévoir certains événements*. Pour l'Église, pour le peuple de Dieu qui s'est étendu, de façon inégale il est vrai, jusqu'aux extrémités de la terre, *cette année-là sera une année de grand jubilé*.

Tout est dit. Vingt et un ans avant l'échéance, le pape a posé un jalon capital. Il a défini, sans aucune ambiguïté, ce qui sera l'horizon de son action.

À plusieurs reprises, Jean-Paul II reviendra sur cet objectif. Ainsi, dans l'encyclique *Dominum et vivificantem*, consacrée au Saint-Esprit et publiée le 18 mai 1986 :

> L'Église se sent appelée à cette mission d'annoncer l'Esprit *alors qu'avec la famille humaine, elle arrive au terme du second millénaire après le Christ*. Elle veut rappeler ces paroles [du Christ sur l'Esprit-Saint] aux croyants et à tous les hommes, *tandis qu'elle se prépare à célébrer — comme on le dira en son temps — le grand jubilé qui marquera le passage du deuxième au troisième millénaire chrétien*.

Peu de gens ont compris l'enjeu de cette proposition. Y compris dans les couloirs de la Curie. Nombre de prélats considèrent qu'elle est bien dans la manière d'un pape original, féru d'histoire, venu d'un pays où le passé a une valeur particulière et qui a redonné à l'Église le goût des célébrations anniversaires. Cet homme si attaché aux commémorations et aux jubilés ne pouvait pas ne pas appeler à célébrer tout particulièrement le bimillénaire de la naissance du Christ.

Les cardinaux auraient dû prêter davantage attention à la confidence faite publiquement par Jean-Paul II quelques jours avant le fameux consistoire, à l'occasion de la prière de l'angélus, le 29 juin 1994. Depuis son lit de la clinique Gemelli, où il se remettait difficilement de sa récente fracture au fémur, le pape avait révélé aux Romains massés sur la place Saint-Pierre que le vieux cardinal Wyszynski, à l'issue du conclave d'octobre 1978, lui avait dit qu'il devrait « faire entrer l'Église dans le IIIe millénaire ». Tous les journaux de l'époque commentent, à longueur de colonnes, les ennuis de santé du pape.

Aucun d'entre eux n'imagine que le vieil homme, affaibli par ses deux chutes récentes, tiendra jusqu'à l'an 2000. Au contraire, à l'approche de ses soixante-quinze ans, on commence à évoquer une éventuelle démission. Les journaux sont sur une mauvaise piste : l'injonction paternelle du défunt primat de Pologne n'a pas quitté la pensée du Saint-Père, lequel n'a jamais douté, lui, qu'il ferait franchir à l'Église ce cap historique[2].

Le Grand Jubilé de l'an 2000

La preuve en est donnée cinq mois plus tard. Le 10 novembre 1994, le pape revient sur le sujet en publiant la lettre apostolique *Tertio millenio adveniente*, un texte riche, complet, didactique, souvent exaltant, qui replace avec une grande précision le Jubilé de l'an 2000 dans la continuité de l'histoire des hommes et de l'Église. « Jamais je ne me suis senti aussi ému en présentant un texte du Saint-Père », avouera le cardinal Etchegaray, qui considère en effet que « la pensée du Jubilé de l'an 2000 est la poutre maîtresse de toute l'action pastorale de Jean-Paul II[3] ». À ceux qui en douteraient encore, le pape précise lui-même dans son encyclique que la préparation de ce Jubilé est « une des clefs d'interprétation » de son pontificat — pas moins ! — et que c'est vers ce but que tendaient implicitement les divers événements ayant jalonné les dernières années de ce siècle, notamment le concile Vatican II et les synodes qui l'ont suivi. Un peu comme le temps de l'Avent prépare à la fête de Noël.

Jean-Paul II manie avec maestria les symboles et les dates. Pour lui, « les deux mille ans écoulés depuis la naissance du Christ représentent un jubilé extraordinairement grand, non seulement pour les chrétiens, mais aussi pour l'humanité tout entière, étant donné le rôle de premier plan joué par le christianisme durant ces deux millénaires ». Le pape sait bien que de nombreuses cultures se réfèrent à d'autres dates, même si la plupart des pays concernés ont adopté la datation occidentale. Que les juifs font débuter le temps avec la création du monde, fixée il y a environ six mille ans. Que les musulmans prennent comme référence l'hégire, l'émigration de Mahomet à Médine, en 622. Que les bouddhistes font commencer l'histoire à la mort de Bouddha en 544 av. J.-C. Que les Japonais, les Indiens ont un double, voire un triple calendrier. Jean-Paul II sait bien, aussi, que la date exacte de la naissance du Christ fait problème. Que le moine Denys le Petit, l'homme qui fixa la date de la naissance de Jésus, c'est-à-dire le début de l'ère chrétienne, au 25 décembre de l'an 753 depuis la fondation de Rome, s'est trompé d'au moins quatre ans dans sa datation, et que le jubilé aurait donc dû être fêté en 1995 ou 1996. Il sait enfin que l'histoire de la chrétienté n'est pas homogène, et que nombre d'Églises locales n'en sont pas, loin de là, à fêter leur deuxième millénaire : au Brésil, la colonisation date de cinq cents ans ; au Japon, les premiers missionnaires sont arrivés il y a quatre cent cinquante ans ; en Afrique, il s'agit souvent de célébrer cent ans d'évangélisation. Mais, une fois de plus, Jean-Paul II transcende toutes ces contingences secondaires. Qu'importent l'imprécision statistique, le doute scientifique, les polémiques entre historiens — comme pour le saint suaire de Turin, les apparitions de Fatima ou le baptême de Clovis — lorsque l'essentiel est d'un ordre supérieur, celui de la foi ?

L'essentiel, il l'a souvent dit, c'est que, par son Incarnation, Dieu se soit inséré au sein de l'histoire des hommes. Jean-Paul II a souvent qualifié le Christ de « Seigneur du temps ». Pour le pape polonais,

« Jésus est le nouveau commencement de tout ». Pour lui, la notion de temps est fondamentale dans le christianisme, et il importe de la sanctifier — par des fêtes, des anniversaires, des canonisations, des commémorations, des jubilés. L'an 2000, au-delà du chiffre à trois zéros propre à enflammer les médias du monde entier, c'est donc l'anniversaire des anniversaires, celui de l'Incarnation par laquelle « l'éternité est entrée dans le temps ». Ceux qui y verraient une résurgence d'un quelconque millénarisme moyenâgeux se trompent. C'est même le contraire. Jean-Paul II ne développe pas une vision apocalyptique de son époque. À l'ONU, le 5 octobre 1995, il embrasse dans un vaste mouvement la fin du XXe siècle, « ce siècle de douleurs » où le monde s'est trouvé « dominé par la peur ». Mais c'est pour mieux dire sa confiance dans l'avenir. Jean-Paul II n'est pas naïf : il ne prêche pas l'optimisme, mais l'espérance. Une espérance tout entière fondée sur sa foi en l'homme. Le Jubilé de l'an 2000, en quelque sorte, c'est l'écho du « *N'ayez pas peur !* » d'octobre 1978.

*

L'idée du Grand Jubilé de l'an 2000, comme le pape le souligne dans *Tertio millenio adveniente*, s'inscrit dans une longue tradition qui remonte à la Bible. Le mot « jubilé », du reste, vient du mot *yobel*, la corne de bélier antique dont le son annonçait les années saintes — années sabbatiques (tous les sept ans) ou jubilaires (tous les cinquante ans) — à l'époque hébraïque. Dans son texte, Jean-Paul II s'étend sur ce qu'impliquaient les jubilés dans l'Ancien Testament[4] : affranchir les esclaves, laisser reposer la terre, remettre les dettes, etc. Et le pape de tirer de ces prescriptions bibliques les bases d'un engagement pour la paix, l'égalité et la justice sociale.

L'Église renoua avec cette pratique en 1300, lorsque le pape Boniface VIII convoqua le premier jubilé des temps modernes sous la pression populaire : des milliers de pèlerins — parmi lesquels Dante, Cimabue, Giotto, etc. — firent le voyage de Rome pour se faire remettre leurs péchés. La réconciliation, la conversion, la pénitence se sont inscrites au cœur de cette démarche dont les papes modifièrent l'échéance (tous les cent ans, puis tous les cinquante ans, trente-trois ans ou vingt-cinq ans selon les époques) mais non l'esprit. Au XXe siècle, Léon XIII en 1900, Pie XI en 1925 et 1933, Pie XII en 1950, Paul VI en 1975 perpétuèrent la tradition. Jean-Paul II lui-même convoqua une année sainte extraordinaire, en 1983, pour le mille neuf cent cinquantième anniversaire de la mort du Christ, c'est-à-dire de la Rédemption, ainsi qu'une année mariale, en 1987-1988, pour l'anniversaire présumé de la naissance de la Sainte Vierge.

C'est avec une précision méticuleuse que Jean-Paul II s'inscrit dans cette longue histoire et qu'il en dégage les axes de son propre projet. Une bulle d'« indiction » (c'est-à-dire de « convocation ») intitulée *Incarnationis mysterium*, le 29 novembre 1998, en donne tous les détails, à commencer par le rite solennel d'ouverture de la Porte sainte. Les trois principes autour desquels s'articule la démarche des chrétiens sont le pèlerinage, la remise d'indulgence, la remise de la dette. Ces trois « signes » censés « attester la foi et aider la piété » sont puisés dans un lointain passé, à la fois biblique et médiéval. Mais le pape n'a pas son pareil pour redonner du sens aux traditions anciennes. Y compris, au risque de choquer les protestants, lorsqu'il réhabilite le principe de l'« indulgence » — il emploie le mot au singulier — dont Dieu gratifie les pèlerins repentants : c'est précisément le commerce des indulgences, au XVIe siècle, qui provoqua la colère de Luther et déclencha la Réforme[5].

Cinq jours après la publication de l'encyclique *Tertio millenio adveniente*, en novembre 1994, Jean-Paul II met en place le dispositif destiné à faire entrer tout cela dans les faits, et à temps. Son expérience du *Millenium* polonais, en 1966, lui fait penser qu'une telle organisation ne s'improvise pas et qu'elle doit impliquer un maximum de gens. C'est donc une structure très ambitieuse qu'il installe : un comité central de vingt-deux membres, avec à sa tête un conseil de présidence composé de cinq prélats choisis parmi les plus importants collaborateurs de la Curie : les cardinaux Roger Etchegaray, Camillo Ruini, Francis Arinze, Edward Cassidy et Virgilio Noe, respectivement responsables de Justice et Paix, du diocèse de Rome, du dialogue interreligieux, de la promotion pour l'unité des chrétiens et... de la basilique Saint-Pierre, le lieu où se déroulera l'essentiel des cérémonies. Cette structure centrale — au sein de laquelle sont créés huit commissions thématiques et quatre comités spécialisés (dont celui qui s'occupera des médias) — aura pour tâche, *via* les quelque cent conférences épiscopales, d'animer et de coordonner les divers comités nationaux et autres comités diocésains chargés de transmettre l'impulsion jusque dans les communautés les plus modestes. Une revue multimédia, *Tertium Millenium*, est même fondée spécialement pour l'occasion, qui utilisera aussi bien CD-Rom, cassettes musicales et vidéos, le tout en trois langues. Le comité central — l'appellation fait sourire, tant elle rappelle le centralisme des bureaucraties communistes ! — du Grand Jubilé de l'an 2000 est placé sous la direction du cardinal Etchegaray, assisté d'un secrétaire général, le nonce Sergio Sebastiani. Le Français, ancien archevêque de Marseille, devient un des plus proches collaborateurs du pape. Appelé à Rome en 1984, il n'a cessé de remplir des missions particulières, notamment diplomatiques. À la fois homme de terrain et poète, comme Wojtyla, il est un des rares cardinaux à bénéficier de la confiance totale du Saint-Père. Il serait *papabile,* sans conteste, s'il n'avait déjà, à l'époque, soixante-dix-sept ans. Encore certains de ses proches, se souvenant qu'un certain Jean XXIII avait été élu à soixante-dix-huit ans, ont-ils surnommé Etchegaray « Jean XXIV ».

Le 4 juin 1996, tout est en place. En novembre, les journalistes sont invités à découvrir le logo officiel du jubilé, œuvre d'une étudiante de l'École des arts et de la médaille, qui a astucieusement mis en scène le slogan défini par le pape : « *Le Christ... Hier, aujourd'hui et à jamais* ». Enfin, un programme spécifique d'initiatives est lancé, en deux phases : une phase antépréparatoire (1994-1996), pour bien expliquer l'objectif à tous les chrétiens, et une phase préparatoire (1997-1999), orientée vers la célébration du mystère de la Trinité. 1997 sera donc une année de réflexion sur le Christ, 1998 sur le Saint-Esprit, et 1999 sur Dieu le Père. Tout est prévu. Tout a un sens.

Une impressionnante organisation. Un programme d'une grande richesse. Un homme remarquable pour piloter le tout. Qui ne souscrirait à cette formidable entreprise pastorale, destinée à redonner tonus et espérance à l'ensemble de l'Église ? Pourtant, une des pièces maîtresses du projet papal fait déchanter nombre de cardinaux, en cet automne 1994 : la confirmation de l'appel solennel lancé par Jean-Paul II à la purification de la mémoire, qui va déboucher sur le plus grand examen de conscience de tous les temps.

La « repentance » de l'Église

Au regard de l'histoire, c'est sans doute l'intuition la plus fondamentale et la plus prophétique du pape Jean-Paul II : si l'Église catholique veut poursuivre durablement sa mission au IIIe millénaire, elle doit saisir l'occasion du Jubilé de l'an 2000 pour se repentir solennellement de ses fautes passées.

Pendant longtemps, tout *mea culpa* de ce genre était inimaginable. Si les chrétiens étaient pécheurs, l'Église, elle, était « sainte ». Il n'était donc pas question, pour un pape, de confesser ses péchés. Grégoire XVI, en 1832, dans une encyclique intitulée *Mirari vos*, considérait cette prétention comme « le comble de l'absurdité et de l'outrage ». Voilà qui avait, au moins, le mérite de la clarté. Les premières remises en cause de cette présumée infaillibilité de l'Église sont récentes, et toujours motivées par le souci de réconciliation. En avril 1960, c'est Jean XXIII qui décida, à la surprise générale, d'abandonner la référence aux « juifs perfides » dans la liturgie du vendredi saint. En septembre 1963, c'est Paul VI qui, en ouvrant la deuxième session du concile, demanda pardon aux communautés chrétiennes « séparées » — non sans provoquer déjà la grogne de l'aile conservatrice de l'Église.

Jean-Paul II se réfère souvent à l'exemple de Paul VI qui l'a beaucoup marqué quand il était jeune évêque. Il se rappelle la fureur de certains de ses collègues polonais, dont l'évêque auxiliaire de Wroclaw, Mgr Pawlowski, accusant le pape d'« accabler excessivement l'Église latine » et le priant de faire preuve à son endroit de la « même charité irénique [6] » qu'il comptait témoigner à ceux qui s'en étaient séparés. Wojtyla ne partageait pas ce ressentiment frileux. Il était impressionné par la démarche. Quand

Paul VI cita curieusement le poète Horace (« *Veniam damus petimusque vicissim* »), on se rappelle qu'il nota la phrase. Les évêques polonais emploieront la formule, en 1965, dans leur lettre aux évêques allemands : « Ce pardon, nous le réclamons pour nous et nous l'accordons aux autres. »

En 1964-1965, dans les coulisses du concile finissant, Karol Wojtyla a beaucoup fréquenté le théologien Hans Urs von Balthasar[7] qui expliquait que l'Église devait « faire un aveu complet de ses péchés », car elle avait « fait ou laissé faire des choses qu'on ne pouvait plus approuver aujourd'hui ». « Ce qui paraissait licite, voire recommandé, sous des papes du Moyen Âge, clamait Balthasar, nous paraît absolument impardonnable et même gravement coupable, si nous le mettons en plein milieu entre le pur Évangile et notre conscience d'aujourd'hui. En tout cas, cela paraît directement contraire à l'esprit et au commandement du Christ. » On retrouvera cette idée, mot pour mot, dans certaines homélies de Jean-Paul II, trente ans plus tard.

Une autre référence, inattendue, doit être ici mentionnée. Le pape polonais, d'un naturel curieux, s'est évidemment intéressé à son lointain prédécesseur « non italien », Adrien VI, élu en 1522, que tout le monde avait oublié. Or ce fils de charpentier de marine d'Utrecht devenu précepteur à la cour de Marie de Bourgogne, cet intellectuel formé à Louvain dont la piété frappait les observateurs de l'époque, connaissait bien l'Allemagne et les raisons du succès de Martin Luther auprès des princes allemands. À peine fut-il élu pape qu'il dépêcha le nonce Francesco Chieregati à la diète de Nuremberg pour y reconnaître publiquement, au nom du pape, les fautes de la papauté — abus de biens sacrés, prévarication, etc. — qu'il qualifia de « faits abominables ». Sa démarche, qui indisposa une grande partie de la Curie romaine, allait rester vaine. Mais elle ne devait pas échapper à son lointain successeur polonais.

Jean-Paul II est allé beaucoup plus avant que ces pionniers dans l'ordre de la pénitence, proches ou lointains. Au grand dam de certains chrétiens. Encore faut-il observer que sa démarche a été progressive, et que lui-même, quand il l'a entreprise, ne savait pas qu'elle le mènerait si loin. Dès 1979, comme on l'a vu, il a entrepris de réhabiliter Galilée, condamné par l'Inquisition en 1633, non pas dans un but de pénitence, mais pour assainir les relations entre la science et la foi. C'était un premier geste, une sorte de ballon d'essai. Il en tira une méthode, bien à lui, qu'il devait appliquer à de nombreux autres sujets.

La méthode « wojtylienne » s'articule, en général, en trois étapes : d'abord, Jean-Paul II soulève le problème au cours d'un voyage effectué dans un pays concerné par le sujet ; ensuite, il convoque théologiens et historiens et leur demande d'éclairer le débat, dans une démarche « pluridisciplinaire » et un esprit de « sincère collaboration » ; enfin, lorsque les scientifiques ont rendu leur copie, il tire les conclusions et demande pardon pour les fautes qu'a pu commettre l'Église — il parle lui-même « d'erreurs, d'infidélités, d'incohérences ou de lenteurs[8] ». C'est cette démarche qui sera utilisée au fil des années, notamment, beaucoup plus tard, sur les deux dossiers les plus délicats que seront l'Inquisition et l'antisémitisme. C'est donc au fil de ses voyages, c'est-à-dire loin des réticences et des pressions de la Curie, que Jean-Paul II décide en général d'épurer tel ou tel vieux conflit, de réparer telle ou telle injustice ancienne, de réviser tel ou tel jugement excessif : à propos du « péché de division » entre Églises chrétiennes (Mayence, 1980) ; sur la participation des chrétiens aux guerres (Vienne, 1983) ; sur les tensions avec l'islam (Casablanca, 1985) ; sur l'épuration ethnique des aborigènes australiens (Alice Springs, 1986) ; sur la condamnation de Jan Hus (Prague, 1990) ; sur les conflits avec l'orthodoxie (Bialystok, 1991) ; sur les massacres d'Indiens d'Amérique (Saint-Domingue, 1992), etc. Jusqu'au fameux consistoire de juin 1994, le vaticaniste Luigi Accatoli a recensé quelque quarante textes où le pape demande pardon[9].

Mais à force de s'interroger sur les erreurs de l'Église, à force d'inviter les chrétiens à la pénitence, Jean-Paul II en est venu à transformer cette contrition multiple en une exigence globale. C'est ce qui apparaît en 1994, précisément, quand il lance l'idée du Jubilé de l'an 2000. Dans la lettre *Tertio millenio adveniente*, il annonce son souci de procéder à un examen de conscience général, ce qui modifie la nature même de ces contritions de plus en plus pressantes. Que ce souci d'un examen de conscience global soit venu à l'esprit du pape au fil des années ne fait aucun doute. Il suffit pour s'en convaincre de relire l'exhortation postsynodale *Reconciliatio et paenitentia*, publiée à l'issue du sixième synode des évêques, dix ans plus tôt, en 1984. Dans ce long texte, Jean-Paul II analyse en détail tous les aspects de la pénitence, il évoque déjà le concept de *metanoïa*, la relativité de la sainteté de l'Église — qui, pour être « indéfectiblement sainte », a besoin elle aussi de « se purifier », étant donné « que parfois, à cause de nos péchés, son visage resplendit moins aux yeux de ceux qui la regardent » —, et s'étend sur la double notion de péché personnel et de péché « social » engageant plus que la personne du pécheur. Mais à aucun moment, dans ce texte qui s'y prêtait admirablement, il ne laisse entendre que l'Église elle-même devrait faire acte de pénitence. En revanche, dans l'interview qu'il accorde à son ami Jas Gawronski et que publieront plusieurs grands journaux européens le 2 novembre 1993, Jean-Paul II montre le bout de l'oreille : « À la fin de ce IIe millénaire, nous devons nous livrer à un examen de conscience : où sommes-nous ? où le Christ nous a-t-il conduits ? où avons-nous dévié de l'Évangile ? » C'est juste après cette interview que Jean-Paul II rédige les vingt-trois feuillets du document préparant le consistoire de juin 1994.

Dès lors que l'idée d'un examen de conscience global est émise, le ton change quelque peu, mais pas la méthode. Après 1994, le pape continue de « demander pardon » ponctuellement, pour telle ou telle raison : sur les torts causés aux protestants (Olomouc, 1995) ; sur les torts causés aux femmes (1995) ; sur la passivité de l'Église face au nazisme (Berlin, 1996) ; et même, un jour qu'il recevait les évêques irlandais au lendemain d'un scandale survenu dans leurs rangs, pour les abus sexuels dont ont pu se rendre coupables les membres du clergé (juin 1999).

L'origine polonaise de Jean-Paul II l'a beaucoup aidé à affiner son projet. Notamment pour des raisons historiques. Faut-il rappeler qu'au XVe siècle, au concile de Constance, c'est le recteur cracovien Wlodkowic qui exigea que l'on renonçât à toute conversion par la force ? Que l'Église de Pologne, elle, un siècle avant Galilée, on l'a vu, ne condamna pas Copernic ? Les catholiques polonais n'ont participé ni aux Croisades, ni à l'Inquisition, ni à la traite des Noirs. La Contre-Réforme fut moins intolérante en Pologne que dans le reste de l'Europe. Il n'y a pas eu de bûchers dans ce pays. Enfin, plus près de nous, l'Église polonaise ne collabora ni avec le nazisme ni avec le communisme. Un pape italien, allemand ou espagnol aurait-il eu la même liberté d'esprit ?

Autre spécificité « polonaise » : le précédent de 1965, lorsque les évêques polonais, parmi lesquels un certain Karol Wojtyla, montrèrent l'exemple en proposant un pardon réciproque aux évêques allemands — non sans provoquer, comme on s'en souvient, de profonds remous dans la société polonaise — dans l'optique d'un autre jubilé, celui du millénaire de l'Église polonaise. À plusieurs reprises, Jean-Paul II se référera explicitement à ce précédent. Notamment dans des cas de réconciliation apparemment impossible : le 2 juin 1991, dans l'église du Sacré-Cœur de Przemysl, à l'extrême est de la Pologne, pour demander aux Polonais et aux Ukrainiens de se réconcilier ; ou le 8 septembre 1994, à Castel Gandolfo, dans l'homélie qu'il aurait dû prononcer ce jour-là à Sarajevo, et où il appelle à la réconciliation des peuples des Balkans.

Dès le débat engagé au consistoire en juin 1994, les oppositions au projet de Jean-Paul II n'ont pas manqué. L'habitude n'est pas, chez les cardinaux, de révéler les propos contradictoires tenus en secret, surtout quand ils remettent en cause l'autorité du pape. Mais on sait que quelques éminences n'ont pas caché leurs réserves, et qu'ils ont même émis deux contre-propositions : que l'an 2000 ait pour sujet le Christ et non l'Église ; et que celle-ci se concentre sur ses erreurs d'aujourd'hui plutôt que sur ses fautes d'hier. Significatif, le lapsus du cardinal brésilien Moreira Neves, qui, dans son compte rendu, déclare alors que « personne n'a exclu que l'on puisse examiner *quelques* épisodes douloureux du passé, semblables à l'affaire Galilée ». Révélateur, l'aveu du cardinal secrétaire d'État Sodano : « En ce qui concerne un réexamen global et général de l'histoire passée de l'Église, quelques éminents cardinaux ont invité à une grande prudence... » Dans une note publiée dans son diocèse, le cardinal Giovanni Biffi, archevêque de Bologne, résume ces réserves : risque de scandale auprès des gens simples, confusions possibles sur le péché de l'Église « sainte », nécessité d'enquêtes objectives sur les faits en question, appréciations anachroniques, etc. Mieux vaudrait éviter, à l'entendre, un tel examen de conscience qui sera inévitablement une « source d'ambiguïtés, voire de malaise spirituel [10] ».

Jean-Paul II écoute ces critiques. Il sait qu'il devra ménager, ici ou là, la susceptibilité ou la colère de certaines franges de l'Église, mais aussi de certains épiscopats locaux. Ceux de l'Est, qui ont été habitués à ne pas donner d'arguments aux pouvoirs qui les opprimaient. Ceux du tiers-monde, peu concernés par tous ces vieux débats « européens ». Ceux qui contestent le fait de juger de vieilles affaires avec les critères d'aujourd'hui. Et, plus généralement, tous les évêques qui considèrent que l'Église, une fois pour toutes, est « sans péché », et qui s'inquiètent de l'initiative du pape. À ceux, notamment, qui plaident pour la bonne foi des chrétiens de telle ou telle période (celle des Croisades, par exemple), le pape ne cède en rien sur les principes : comme l'avait expliqué naguère Urs von Balthasar, ce n'est pas parce que telle ou telle dérive était admise à une époque donnée, par le grand nombre ou même par l'Église, qu'elle n'est pas objectivement condamnable. Si le plan de Dieu pour les hommes s'inscrit dans une histoire en évolution, la Révélation, elle, n'a rien de relatif. À l'inverse, il ne faut pas sacrifier la vérité à l'objectif de repentance : ce n'est pas parce que l'Église a eu tort de condamner à mort le dominicain Giordano Bruno en 1600, précise un jour le cardinal secrétaire d'État Sodano, qu'elle devrait aujourd'hui en épouser les thèses. Enfin, à ceux qui se méfient des repentances excessives ou unilatérales, il donne des garanties scientifiques et en appelle à l'histoire : à aucun moment il ne faut transiger avec la vérité, quelle qu'elle soit. D'où le recours systématique aux historiens et aux savants, qui a permis de résoudre définitivement, après treize années de travail, l'encombrant dossier Galilée.

Les deux piliers symboliques de la démarche seront l'*antijudaïsme* et l'*Inquisition*. Sur ces deux dossiers terriblement conflictuels, deux commissions sont instituées, en 1997 et 1998, sous la houlette du père Georges Cottier, le « théologien du pape ». Ces deux sujets majeurs, qu'il n'est pas question de traiter à la légère, feront l'objet d'études historiques complètes. Pour faciliter ce travail, le pape Jean-Paul II et le cardinal Ratzinger annoncent même l'ouverture aux chercheurs des archives de la Congrégation pour la doctrine de la foi, l'ex-Saint-Office (appelé ainsi de 1908 à 1965), créé en 1542 par Paul III pour combattre les hérésies sous le nom de *Congrégation de l'Inquisition*, ou « *Sainte Inquisition* ». C'est évidemment une démarche inédite dans l'histoire de la papauté.

*

Plus que les protestants (limités dans l'histoire) et les orthodoxes (limités dans la géographie), les catholiques, parce qu'ils revendiquent l'universalité de l'Église, ont à assumer aussi ses déviations et ses erreurs de toujours. Sans cette démarche, qui demande un courage certain, comment poursuivre la « nouvelle évangélisation » auprès de populations échaudées par l'expérience du passé ? Et, surtout, comment promouvoir l'unité des chrétiens sans se donner les moyens de la réconciliation ? On ne peut construire l'avenir sur un passé refoulé ou mensonger — le pape venu de l'Europe communiste en sait quelque chose. C'est la seule façon, pour une Église deux fois millénaire, de prétendre assumer sa vocation pour les mille ans qui viennent.

C'est donc sous le signe de la repentance que l'année 2000 va se dérouler, comme un extraordinaire chapelet d'événements, de l'ouverture solennelle de la Porte sainte, le 24 décembre 1999, à sa clôture le 6 janvier 2001, jour de l'Épiphanie. Célébrations dans tous les rites de l'Église, pèlerinages thématiques, manifestations œcuméniques, congrès internationaux ont rythmé cette année jubilaire scandée par vingt et un jubilés consacrés à des groupes particuliers, des enfants aux malades en passant par les artisans, les journalistes, les artistes, les hommes politiques, etc. Quatre événements ont dominé tous les autres au cours de cette année jubilaire qui fut, soit dit en passant, une dure épreuve physique pour le vieux pontife : la cérémonie de « repentance » de l'Église, le 12 mars ; le pèlerinage en Terre sainte, du 20 au 26 mars ; la commémoration des « martyrs de la foi » — ces 12 962 chrétiens victimes des diverses tragédies du XXe siècle — que le pape a célébrés au cours d'une émouvante cérémonie au Colisée de Rome, le 7 mai ; et cette gigantesque fête romaine que furent les quinzièmes Journées mondiales de la jeunesse, du 15 au 20 août. Ce rassemblement de deux millions de jeunes aurait pu, à lui seul, résumer tout le projet papal concernant le IIIe millénaire.

Le pape qui aimait les jeunes

Dès son élection, le pape Jean-Paul II a annoncé la couleur. Il aime les jeunes, il croit en eux, il s'appuie sur eux. Le 22 octobre 1978, juste après la longue cérémonie d'intronisation, de la fenêtre de son appartement où il va dire son premier angélus, il improvise soudain un salut à la jeunesse : « Je veux m'adresser aux jeunes : vous êtes l'avenir du monde, l'espérance de l'Église, vous êtes mon espérance ! » Dans l'excitation des premiers jours, riches en propos plus « historiques » les uns que les autres, cette déclaration d'amour passe un peu inaperçue. Or son cri de confiance envers la jeunesse du monde, le pape le poussera à chacun de ses voyages. À commencer par sa visite en Irlande, en septembre 1979, au cours de laquelle on lui a ménagé une rencontre avec trois cent mille jeunes sur le champ de courses de Ballybrit, à Galway : « Je crois en vous de tout mon cœur ! Jeunes d'Irlande, je vous aime ! » Les quatorze minutes d'applaudissements qui suivent montrent que le message du Saint-Père a porté. Un message tout simple : « Il arrive parfois qu'on ait le sentiment, dit le pape, que l'amour a perdu son pouvoir. Et pourtant, à terme, l'amour apporte toujours la victoire, l'amour n'est jamais vaincu ! » Un message que les jeunes Irlandais, à l'évidence, n'ont pas l'habitude d'entendre.

Quelques jours plus tard, le 3 octobre, à New York où il vient de prononcer son premier discours à l'ONU, le programme américain du pape comporte, à nouveau, une rencontre avec les jeunes au Madison Square Garden. Ce qui se passe ce soir-là va convaincre l'entourage du pape que ce pontificat, au moins sur ce plan, ne ressemblera pas aux autres. Arrivé dans le stade à bord d'une Ford Bronco spécialement aménagée, c'est dans un vacarme indescriptible que Jean-Paul II fait le tour de ces lieux habitués à accueillir les plus grandes vedettes du show business. Il est clair que l'ancien acteur du Teatr Rapsodiczny sait se comporter, lui aussi, comme une *rock star*. Alors que les haut-parleurs diffusent le thème ultrapopulaire de *Star Wars* interprété par un orchestre local, le pape monte sur l'estrade et se met... à imiter le batteur. Puis il lève le pouce, à l'américaine, vers ces dizaines de milliers d'adolescents ravis. Les cadeaux se succèdent : un tee-shirt, une guitare, un blue-jean. Jean-Paul II arbore un large sourire. La foule est survoltée :

— *John Paul Two, we love you ! John Paul Two, we love you !*

Et le pape de répondre, la main posée sur le micro :

— *Wou-hou-wou, John Paul Two loves you !*

Les médias saluent la performance. C'est cette semaine-là que *Time* titre sur « *John Paul II Superstar* ». Les éditorialistes, dans leurs commentaires, doivent aussi constater qu'il n'y a aucune démagogie dans cette démarche. Ceux qui en doutent encore en ce début de pontificat — cette suspicion n'est pas illégitime en cette fin de siècle où les « jeunes » sont l'objet de toutes les sollicitations politiques et commerciales — seront bien obligés de l'admettre : le pape ne cessera de tenir à la jeunesse un discours exigeant, sans faire aucune concession sur les terrains sensibles que sont la morale, l'amour, la sexualité ou la famille.

Les jeunes comprennent que cet homme-là les aime vraiment, et qu'il leur parle avec son cœur, loin des calculs politiciens et de la démagogie ambiante. Le 1er juillet 1980, aux cinq cent mille jeunes rassemblés à Belo Horizonte (Brésil), le pape se laisse aller à la confidence : « Vous êtes décidés à construire une société juste, libre et prospère... Dans ma jeunesse, j'ai éprouvé ces convictions. Dieu a voulu qu'elles soient tempérées par une guerre... J'ai vu piétiner ces convictions de nombreuses manières... » Et le pape de lancer ce cri, parfaitement audible par tous les jeunes du monde : « Ne vous laissez pas instrumentaliser ! » Ce langage-là passe, en Amérique du Sud comme ailleurs. Il est d'actualité. Dans *Entrez dans l'Espérance*, le pape s'explique longuement sur son rapport particulier avec les jeunes, ancré dans un passé personnel houleux :

La génération à laquelle j'appartiens s'est formée en traversant les douloureuses épreuves de la guerre, des camps de concentration, du danger permanent. Ces jeunes — ceux du monde entier, pas seulement la jeunesse polonaise — ont fait preuve d'extraordinaires capacités d'héroïsme. [...] Les jeunes d'aujourd'hui grandissent dans un contexte tout à fait différent. Ils ne portent pas les stigmates de la guerre mondiale. Beaucoup d'entre eux, de surcroît, n'ont même pas ou peu connu les luttes contre le système communiste et le totalitarisme. Ils vivent dans la liberté que d'autres ont conquise pour eux et cèdent souvent aux attraits de la société de consommation. [...] Mais aujourd'hui comme hier, un certain idéalisme continue de caractériser cet âge, même s'il s'exprime plus aujourd'hui par la critique que par l'engagement.

Le pape se rappelle que ses contemporains baignaient dans le « romantisme » et qu'ils puisaient dans la religion « les forces intérieures qui leur permettaient de bâtir une vie qui ait un sens ». Bâtir une vie *qui ait un sens*. Voilà le cœur de son message aux jeunes, qu'il va répéter dans chacun de ses déplacements aux quatre coins du monde, y compris en Italie. Quand le Saint-Père prévoit de visiter, un dimanche, telle ou telle paroisse romaine, le curé du coin sait qu'il doit préparer, en fin de parcours, une rencontre avec les jeunes du quartier. Jean-Paul II, comme naguère l'archevêque Karol Wojtyla, éprouve un réel bonheur à ces rencontres qui dépassent régulièrement les horaires impartis. Tous ses proches l'ont vérifié : c'est au cours de ces échanges, sur la fin de sa vie, qu'il trouvera des forces insoupçonnées pour supporter la fatigue de ses voyages. « Plus j'avance en âge, plus les jeunes m'exhortent à rester jeune », explique-t-il encore à Vittorio Messori. À

Rome, en août 2000, il cite un proverbe polonais : « *Z jakim przestajesz, takim sie stajesz* ! » Ce qui veut dire : « Ceux que tu fréquentes, tu finis par leur ressembler. »

La conviction du pape est que, contrairement aux adultes, les jeunes n'esquivent pas les questions qui les dérangent. Surtout sur les sujets délicats. « Les jeunes ne demandent pas que tout leur soit permis ; ils sont prêts à accepter qu'on les guide ; ils attendent qu'on leur dise *oui ou non*[11]. » C'est cette certitude, à contre-courant des modes de pensée dominants, qui va pousser le pape à étonner son entourage et les médias du monde entier.

Il est vrai que le pari est risqué. Depuis les remous étudiants de l'année 1968, de Mexico à Rome en passant par Varsovie et le quartier Latin, les jeunes se sont massivement détournés de l'Église ; les mouvements catholiques sont paralysés par leurs divisions souvent idéologiques ; aucune communauté, aucune équipe ne se révèle capable, depuis, de monter de grandes manifestations ; en 1975, à Rome, un rassemblement international de jeunes avait tourné au fiasco, et la jeunesse a laissé un mauvais souvenir à la Curie.

L'intuition du pape va se conforter dans le pays qui a connu, justement, le « mai 68 » le plus chaud. Le dimanche 1er juin 1980, à Paris, le pape vient de morigéner la France, « fille aînée de l'Église ». Au Bourget, le premier rassemblement papal a été la déception que l'on sait. Avant de rejoindre le Parc des Princes, qui est à l'époque le plus grand stade français, Jean-Paul II dîne avec les évêques français au grand séminaire d'Issy-les-Moulineaux et ne parvient pas à cacher une légère appréhension. Paris est une métropole largement déchristianisée. En sus, il bruine sur la ville. Les jeunes Français seront-ils au rendez-vous ? « Vous chaufferez la salle », glisse-t-il à l'oreille du cardinal archevêque de Paris, Mgr François Marty. On croirait une *rock star* s'adressant gentiment à la vedette locale — un rôle que le cardinal Marty, d'ailleurs, jouera de façon magistrale. Or, non seulement les jeunes Parisiens ont envahi le célèbre stade, qui est comble, mais ils vont rester près de trois heures à chanter, prier, crier, danser, échanger avec leur invité, au cours d'une veillée inattendue et extraordinaire.

Aucun de ces échanges n'est gratuit pour le Saint-Père. À preuve cette anecdote qu'il rappellera à André Frossard : au Parc des Princes, alors que les questions étaient plus ou moins prévues à l'avance, voilà qu'un jeune homme monte à la tribune, un papier à la main, se déclare athée et pose une question au pape : « Saint-Père, en qui croyez-vous ? Pourquoi croyez-vous ? Qu'est-ce qui vaut le don de notre vie ? Quel est ce Dieu que vous adorez ? » Mais, dans le tumulte de cette soirée, le pape, qui écoute déjà, parmi bien d'autres, la question posée par une jeune handicapée, oublie de répondre au jeune homme. De retour à Rome, il y repense, s'en repent, et il écrit au cardinal Marty pour qu'il retrouve le jeune homme et lui transmette ses excuses. Des mois plus tard, il s'en veut encore. Et en parle longuement à Frossard : « Sa question ne figurait pas sur la liste qui m'avait été remise. Or le problème qu'il soulevait était fondamental [12]. »

Jean-Paul II « aime beaucoup les stades depuis la soirée parisienne du Parc des Princes », expliquera malicieusement Frossard [13]. De fait, à partir de cette soirée parisienne, on entendra le pape demander, avant tel ou tel voyage : « Est-ce qu'il y aura un Parc des Princes ? »

Les JMJ

Le pape avait fait de l'année 1983-1984 une « année sainte » pour célébrer le mille neuf cent cinquantième anniversaire de la Rédemption. En mars 1983, à Rome, le Centre international des jeunes San-Lorenzo émet l'idée d'un rassemblement de jeunes fixé au dimanche des Rameaux 1984 — idée aussitôt approuvée par le pape, qui confie le projet à Mgr Paul-Josef Cordes, un tout jeune évêque allemand qu'il a connu avant d'être élu pape, et qu'il a récemment nommé vice-président du Conseil pour les laïcs, où le jeune prélat est spécifiquement chargé de la jeunesse. Animée par le père Gianni Danzi, du mouvement Communion et Libération, une petite équipe — dix personnes — s'attelle à la tâche. Le scepticisme est général, notamment dans les médias. Mais l'idée fait son chemin et l'équipe s'étoffe. Le 14 avril 1984, veille des Rameaux, deux cent cinquante mille jeunes convergent vers la place Saint-Pierre « pour une rencontre de prière, de partage, de conversation, de joie ». Le succès est spectaculaire. Et le Saint-Père de doubler la mise : l'ONU ayant décrété que 1985 serait l'« Année internationale de la jeunesse », Jean-Paul II invite à un autre rassemblement de jeunes le 30 mars de cette année-là. À nouveau le scepticisme, à nouveau le succès : ils seront trois cent mille jeunes à répondre « présents ». Les incrédules doivent se rendre à l'évidence. Une semaine plus tard, dans son homélie de Pâques, le Saint-Père exprime son désir de célébrer chaque année, dorénavant, une « journée mondiale de la jeunesse ». Le 20 décembre suivant, devant les cardinaux, il annonce que les JMJ se tiendront une année sur deux au niveau local, dans tous les diocèses du monde, et en alternance, au niveau international, dans une grande capitale, en présence du Saint-Père. Cette fois, les JMJ sont vraiment lancées. « Personne n'a inventé ces journées, dira le pape lui-même : ce sont les jeunes eux-mêmes qui les ont créées. »

En ce dimanche des Rameaux 1985, le pape a aussi publié une lettre apostolique à la jeunesse du monde intitulée *Dilecti amici*, afin de marquer à sa façon l'Année internationale de la jeunesse annoncée par l'ONU. Cette communication-là, plus classique, est peu reprise par les médias, y compris les journaux qui s'adressent à la jeunesse. Nul doute que ce long texte, qui développe la parabole du « jeune homme riche » de l'Évangile, n'a pas atteint sa « cible » comme le feront les grands rassemblements à venir.

En avril 1987, c'est à Buenos Aires, en Argentine, que se déroulent les JMJ. Elles ne rassemblent encore que trois cent mille jeunes, presque tous venus d'Amérique du Sud. En août 1989, quelque six cent mille jeunes de toute l'Europe se retrouvent à Saint-Jacques-de-Compostelle, en Espagne. Beaucoup sont venus à pied par les chemins ancestraux de Compostelle, les *caminos*, qu'empruntaient déjà les pèlerins européens du Moyen Âge. À quelques mois de la chute du mur de Berlin, le pape tire la leçon de la faillite des idéologies et, déjà, met en garde les nouvelles générations contre l'hédonisme et la permissivité du monde moderne. C'est en découvrant l'ampleur inattendue de ce rassemblement inédit que les médias parlent pour la première fois d'un « Woodstock catho » — allusion à l'immense concert de pop music qui fit la une des journaux vingt ans auparavant et dont la tendance « *peace and love* » était, derrière les mots, à l'opposé exact du discours papal.

Le 15 août 1991, c'est à Czestochowa, en Pologne, que le pape réunit... un million de jeunes. Cette fois, le mur de Berlin n'est plus qu'un souvenir et il faut reconstruire une Europe nouvelle. À tous ces garçons et filles majoritairement des pays de l'Est, tout récemment débarrassés de l'emprise communiste — Tchèques, Lituaniens, Slovaques, Hongrois, etc. —, le pape venu de Cracovie propose de construire « la civilisation de l'amour » et lance : « Votre heure est arrivée [14] ! »

En 1993, contrairement à l'avis de ses conseillers, Jean-Paul II choisit d'organiser les JMJ à Denver (Colorado), probablement l'une des villes les plus déchristianisées et « modernistes » des États-Unis. La plupart des évêques américains, catastrophés, s'attendent au pire. Les obstacles se multiplient à l'approche du rendez-vous : le procureur local veut interdire l'accès du parc municipal Cherry Creek sous prétexte qu'ensuite on ne pourra pas l'interdire au Ku Klux Klan ; les écolos du coin mènent une campagne acharnée contre la tenue de la messe qui aurait un « impact négatif sur la faune de la région », et certains catholiques eux-mêmes convoquent une conférence de presse pour « désinviter » le pape. Les évêques américains avaient prévu soixante mille participants. Ils seront cinq cent mille à se rendre à l'invitation du pape, sac au dos, malgré la pluie qui tombait depuis la veille. La messe finale des JMJ de Denver, à Cherry Creek, est devenue le plus grand rassemblement de toute l'histoire du Colorado. Et, si la presse américaine consacra l'essentiel de ses articles aux éternelles questions de morale sexuelle — ce ne sera pas la dernière fois —, les jeunes Américains, eux, ont gardé du rassemblement du stade Mile High cet appel du Saint-Père : « N'ayez pas peur d'aller prêcher l'Évangile ! Ce n'est pas le moment d'en avoir honte, c'est le moment de le clamer du haut des toits ! »

En 1995, pour la première fois, les JMJ ont lieu

sur le continent asiatique. Le 14 janvier, ils sont trois millions de jeunes à se retrouver au Rizal Park de Manille, aux Philippines, ce qui constitue un record absolu. Ils seront davantage encore lorsqu'ils seront rejoints par des foules d'adultes — on parle de quatre à cinq millions de personnes — le lendemain, pour célébrer la messe finale au même endroit. À nouveau à contre-courant des modes, le pape en appelle à la responsabilité de chaque personne :

> Pourquoi tant de jeunes pensent-ils qu'ils sont libres de tout contrôle et de tout principe de responsabilité ? Pourquoi pensent-ils que, puisque certains types de comportement sont acceptés socialement, ils sont moralement licites ? Ils abusent du don merveilleux de la sexualité. Ils abusent de l'alcool et de la drogue. Les normes morales objectives sont abandonnées sous la pression et l'influence diffuse de modes et de tendances dictées par la publicité répandue par les médias. Des millions de jeunes dans le monde entier tombent dans des formes sournoises, mais bien réelles, d'esclavage moral.

En France, cette semaine-là, les médias sont pleins de l'affaire Gaillot [15] et sont pratiquement muets sur l'événement de Manille. Ils seront d'autant plus surpris, en août 1997, de voir les JMJ de Paris rassembler, sur l'hippodrome de Longchamp, plus d'un million de jeunes venant de cent soixante pays différents. Cette internationalisation des JMJ n'est pas seulement statistique : pour la première fois, avant les « journées » elles-mêmes, la population du pays hôte accueille la jeunesse du monde dans les diocèses, y compris loin de Paris, dans les provinces françaises, pour un temps de rencontre fraternel et solidaire. Lors de la cérémonie d'accueil au Champ-de-Mars, Jean-Paul II parle justement de l'engagement et de la solidarité à cette « génération JMJ » joyeuse et colorée qui le fête sous la tour Eiffel.

Les mêmes scènes, la même joie, la même ferveur

se retrouveront à Rome, sous la chaleur torride de l'été du Jubilé, du 15 au 20 août 2000. Une fête immense, à la fois colorée et recueillie, qui vit chanter, danser et prier quelque deux millions de jeunes venus du monde entier. Lors de la veillée qui précéda la grand-messe, sur l'esplanade de Tor Vergata, Jean-Paul II résuma ainsi sa confiance en la jeunesse :

> Chers amis, à l'aube du troisième millénaire, je vois en vous les « sentinelles du matin [16] ». Vous êtes venus ici pour affirmer que, dans le nouveau siècle, vous n'accepterez pas d'être des instruments de violence et de destruction ; que vous défendrez la paix, en payant de votre personne si nécessaire ; vous ne vous résignerez pas à un monde où d'autres hommes meurent de faim, restent analphabètes ou manquent de travail ; vous défendrez la vie à tous les instants de son développement ici-bas ; vous vous efforcerez de toute votre énergie de rendre cette terre toujours plus habitable pour tous.

Rythmé comme le décalogue, l'appel du pape ne cède en rien à la mode ou à la facilité. Jean-Paul II utilise les mots de son temps, mais sans jamais concéder à l'air du temps. En février 2001, il publie un nouveau message en vue de la Journée mondiale de la jeunesse qui doit être célébrée, cette année-là, dans les diocèses. Le thème, c'est la phrase du Christ rapportée par saint Luc : « Si quelqu'un veut me suivre, qu'il se renie lui-même, qu'il se charge de sa croix chaque jour [17]. » Tout le contraire d'une démarche démagogique ! Mais il explicite lui-même la démarche dans un langage d'une clarté prophétique :

> Une culture de l'éphémère voudrait faire croire que, pour être heureux, il faut évacuer la Croix. On présente comme idéal le succès facile, une carrière rapide, une sexualité disjointe du sens des responsabilités et, finalement, une existence centrée sur l'affirmation de soi, souvent sans respect pour les autres. Ouvrez bien les yeux, chers jeunes ! Cette route n'est pas celle qui fait vivre mais celle qui s'enfonce dans la mort.

Le secret de la vie authentique, conclut le pape, c'est le Christ. Il le redira en juillet 2002, à Toronto, au Canada, où 500 000 jeunes accueilleront avec enthousiasme le vieux pape invalide. Au début du IIIe millénaire, il semble que ce discours intéresse encore des millions de jeunes. C'est à eux qu'il s'adresse en priorité quand il lance un nouveau mot d'ordre, dans la lettre *Novo millenio ineunte* qui clôt le Grand Jubilé de l'an 2000 : « *Duc in altum !* » C'est ce que Jésus a dit à Simon, au bord du lac de Tibériade, pour l'inviter à jeter ses filets loin de la rive, du bruit et de la foule à laquelle il venait de prêcher. Trois mots qui ont la valeur d'un testament pour l'Église du IIIe millénaire : « Avance au large ! »

CONCLUSION

Quarante jours après la naissance de Jésus, respectant la loi juive, Joseph et Marie s'en allèrent présenter leur fils au temple de Jérusalem. Sur le seuil, un pieux vieillard nommé Siméon prit l'enfant des bras de sa jeune mère, qu'on imagine très émue, et, après avoir salué en lui la « gloire d'Israël » et la « lumière des nations », lança cet avertissement : « Ton enfant sera un signe de contradiction [1] ! » Lorsque Paul VI invita le cardinal Wojtyla à conduire la retraite de carême, à Rome, en 1976, le Polonais choisit comme « idée maîtresse » de ses méditations cette mystérieuse phrase de l'Évangile, « synthèse très concise de ce qui nous concerne tous [2] ». À l'époque, personne ne pensait que cet homme-là deviendrait pape. Comment ne pas rappeler cette prémonition au moment de conclure le récit de la vie d'un personnage aussi contradictoire, au bilan aussi contrasté ?

Passons rapidement sur la longueur de son pontificat qui accentue encore cette impression de contraste : ceux qui ont suivi en 1978 les premiers pas de ce pontife en pleine force de l'âge, dynamique, sportif et sans complexes, n'en garderont pas la même image que les jeunes générations qui n'auront connu que le pape des années 2000, affaibli, souffrant, presque impotent. C'est pourtant le même homme qui, à ses débuts, donna de l'Église une image rajeunie, vivante et confiante dans l'avenir, et qui incarna sur la fin une Église en apparence fatiguée, sclérosée, incapable de s'adapter à l'évolution du monde moderne.

Passons aussi sur l'originalité de ce pape qui aura été un homme d'exception : celui qui régna si longtemps sur la plus grande institution du monde fut aussi comédien, poète, journaliste, philosophe, alliant une vaste culture, une intelligence supérieure et un rare charisme, ce que tous ses interlocuteurs n'ont cessé de rapporter. Or ce même pape aura été le premier pontife romain à vivre comme ses semblables, à nager et à skier, à prendre des vacances, à cultiver la fidélité en amitié et le goût de la plaisanterie, à rire et à grimacer, à se faire soigner dans un hôpital, à vieillir sans rien cacher de son déclin physique.

Plus frappant, Jean-Paul II, le premier pape non italien depuis cinq siècles, fut surtout le premier Polonais à s'asseoir sur le trône de saint Pierre. Profondément attaché à sa nation d'origine et à sa culture slave, patriote sans complexes et résolument européen, il ne cessera de se référer à son pays et défendra la légitimité du sentiment national aux quatre coins du monde, comme aucun de ses prédécesseurs. Or ce pape-là aura été plus « universel » qu'aucun autre : il a définitivement « internationalisé » la Curie romaine, il a parcouru le monde en tous sens, il a symboliquement cultivé son don des langues comme pour souligner que le parole divine n'était italienne — ou même européenne — que par accident.

Plus frappant encore, Jean-Paul II aura d'abord été un homme de foi, passionné par la raison, amateur de réflexion intellectuelle et d'écriture. Combien de ses proches se sont étonnés de le voir plongé dans la prière plusieurs heures par jour ! Or cet homme au-dessus de la mêlée fut, quand les circonstances l'exigèrent, un vrai stratège politique qui s'est engagé, parfois avec ses tripes, contre le communisme, contre l'avortement, contre la « culture de mort », contre une certaine modernité, contre le relativisme éthique. Ce pontife contemplatif aura été, aussi, un pape de combat.

Sur le plan politique, on a longuement souligné, dans ce livre, que Jean-Paul II était assurément un conservateur — mais que tout pape est dépositaire d'une tradition deux fois millénaire et ne peut en disposer en fonction des modes. Ses positions sur la famille et sur la morale sexuelle, sur le rôle de la femme dans l'Église, sur la liturgie et la discipline ecclésiale l'ont souvent fait traiter de réactionnaire. Mais ce même pape aura aussi été un progressiste audacieux, voire provocateur, qui n'hésita pas à convoquer autour de lui toutes les religions du monde, à condamner fermement les méfaits du capitalisme et les dérives du libéralisme, à rejeter sans ambages l'héritage antisémite de ses prédécesseurs, à demander pardon pour les erreurs et les crimes de l'Église d'antan. Ce pape à la fois de gauche et de droite, au sens politicien de cette classification, aura été, au regard de l'Église, un continuateur *et* un novateur, assumant le double héritage de ses prédécesseurs immédiats : Jean XXIII pour l'audace, Paul VI pour la sagesse. C'est afin de manifester son admiration pour ces deux hommes qui ont successivement porté le concile Vatican II que Karol Wojtyla, marqué par sa propre expérience conciliaire, a choisi le prénom de Jean-Paul. Comme pour assumer à l'avance la principale contradiction de la fonction : faire avancer l'Église au rythme du monde sans altérer la Révélation qui en est le fondement.

Aura-t-il réussi dans cette tâche impossible ? À l'heure du bilan, on gardera de lui le souvenir d'un pontificat très contrasté, avec des réussites incontestables, des échecs flagrants et des succès mitigés. Parmi ses réussites, il en est qui défient l'Histoire, parfois de façon spectaculaire : son rôle dans la chute du communisme européen n'est pas contestable ; son action personnelle pour rapprocher les chrétiens et les juifs ne l'est pas davantage. Mais son succès le plus profond, le plus durable aussi, n'a jamais fait la une des journaux : en quelques années, Jean-Paul II a nettement résorbé la crise où le monde chrétien s'était enferré après le concile Vatican II, en opérant un impressionnant « recentrage » de l'Église. Son tout premier appel, « N'ayez pas peur ! », avait donné le ton. Son message d'espérance ne s'est jamais démenti ensuite, redonnant confiance à toute une génération de catholiques désemparés par les affrontements postconciliaires. Afin de conforter cet acquis, Jean-Paul II a ensuite redéfini, point par point, la doctrine catholique, dont il a fait ressortir avec force l'humanisme. Personne ne pourra désormais considérer le message de l'Église sans y voir, d'abord, la primauté de l'homme. Jean-Paul II aura été, avant tout, *le pape des droits de l'homme*. Sans hésiter à payer de sa personne, le pape Wojtyla a donné lui-même l'exemple d'une Église profondément humaine. Cela a contribué à renforcer sensiblement la présence sur la scène internationale d'une Église dont le seul souci était de défendre la vie et la dignité de l'homme. C'est cette humanité, incarnée par le chef de l'Église, qui a conquis des millions de jeunes, tous les deux ans, lors de rassemblements immenses, chaleureux et fervents. Que trouvaient-ils donc à ce pape, tous ces adolescents sollicités par tant d'autres tentations de la société moderne ?

« *John Paul Two, we love you !* » lui ont-ils crié, pendant un quart de siècle, sur les cinq continents. Ce ne fut pas le moindre de ses succès.

Jean-Paul II a aussi essuyé des échecs et subi des désillusions. Certains pays, comme la Chine, l'ont obstinément rejeté. Le dialogue avec certaines religions, comme l'islam, n'a pas vraiment avancé. La paix, pour laquelle le pape s'est battu jusqu'à son dernier souffle à l'occasion du conflit irakien, n'a pas progressé non plus. Le dialogue avec les autres confessions chrétiennes, malgré une volonté inébranlable et un travail acharné, s'est heurté à l'hostilité croissante de l'orthodoxie russe. D'une façon plus générale, Jean-Paul II pouvait-il prévoir que la chute du mur de Berlin, qui aurait dû restaurer l'identité de l'Europe chrétienne, poserait davantage de problèmes aux chrétiens — résurgences nationalistes, déchristianisation, banalisation des Églises — qu'au temps de l'immobilisme et de la répression ?

Il est beaucoup trop tôt, en vérité, pour dresser le bilan du pontificat de Jean-Paul II. Si l'on est tenté de critiquer aujourd'hui un certain immobilisme doctrinal et dogmatique, un blocage touchant le rôle des femmes dans l'Église, une trop grande intransigeance spirituelle et morale, ne faudra-t-il pas attendre quelques années pour en tirer des conclusions définitives ? Ne faudra-t-il pas attendre que Benoît XVI, le successeur élu le 19 avril 2005, se soit lui-même engagé dans sa propre aventure apostolique pour replacer le pontificat de Jean-Paul II dans une perspective à long terme ? La parole reviendra alors aux historiens. Lors du vingtième anniversaire de son pontificat, Jean-Paul II s'était lui-même interrogé publiquement : « As-tu assez fait ceci ou cela [3] ?... » Quel pape pourrait éluder ce type de question ? La fonction apostolique, par nature, est une tâche impossible, elle confie à un seul homme la charge d'une communauté d'un milliard de fidèles, le gouvernement d'une institution aussi centralisée que son objectif est universel et une responsabilité morale à nulle autre comparable. Les exceptionnelles qualités personnelles de Karol Wojtyla ont fini par faire oublier que le « métier de pape » est une tâche proprement surhumaine.

ANNEXES

La Pologne à travers les siècles

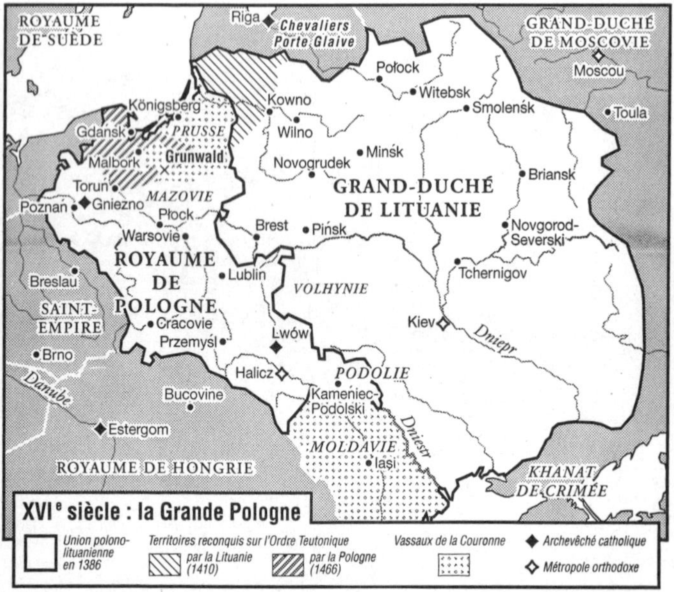

XVIe siècle : la Grande Pologne

Avant 1918 : la Pologne partagée entre les empires

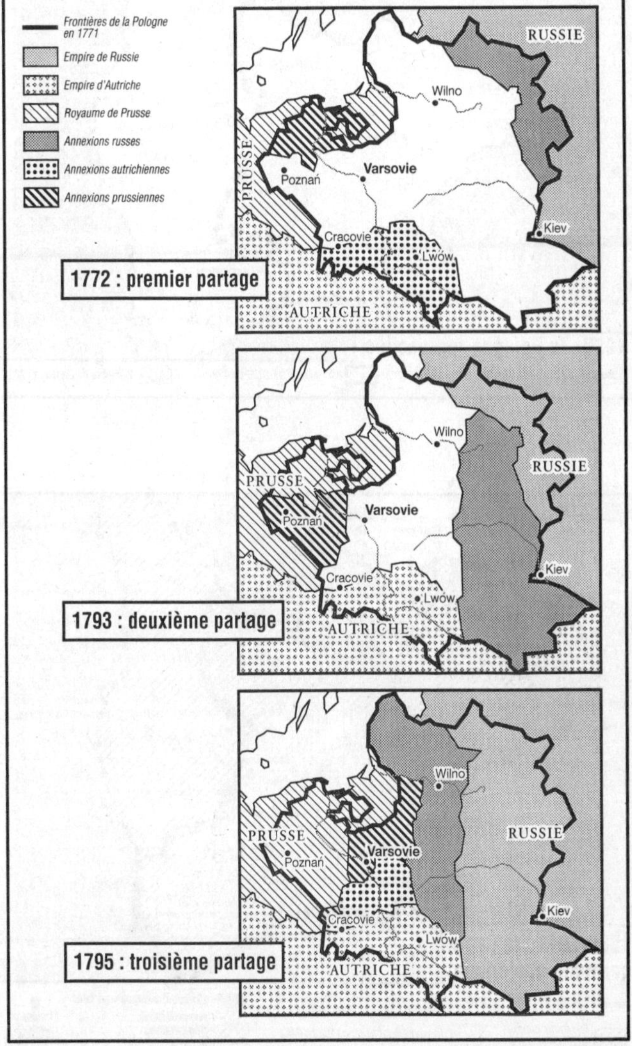

Mer Baltique
Memel
(Klaïpeda)
LITUANIE
Niémen
Dvina
Dantzig
(Gdańsk)
Kaunas
Wilno
Gdynia
PRUSSE
ORIENTALE
Grodno
Stettin
POLÉSIE
ALLEMAGNE
Toruń
Białystock
Vistule
Poznań
Pripet
Brześć
(Brest)
Varsovie
Oder
Pinsk
POZNANIE
Łódź
U.R.S.S.
VOLHYNIE
Breslau
(Wrocław)
Bug
Lublin
UKRAINE
SILÉSIE
Katowice
TCHÉCOSLOVAQUIE
Cracovie
Lwów
(Lemberg)
Cieszyn
Tarnopol
ORAVA
SPIŠ
GALICIE
Dniestr
1920 : la Pologne ressuscitée
Ligne Curzon (proposée en 1919)
La Pologne de 1923 à 1939
Ville libre de Dantzig (1920)

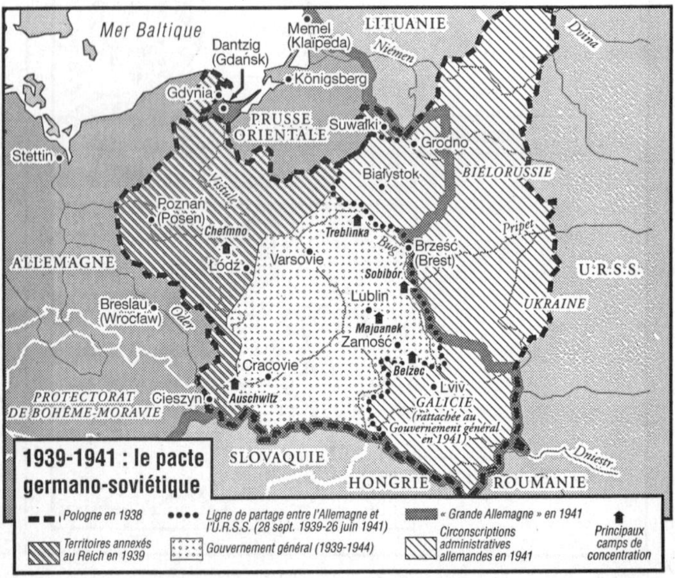
Mer Baltique
Memel
(Klaïpeda)
LITUANIE
Dvina
Dantzig
(Gdańsk)
Niémen
Königsberg
Gdynia
PRUSSE
ORIENTALE
Suwałki
Grodno
Stettin
Białystok
BIÉLORUSSIE
Vistule
Poznań
(Posen)
Chełmno
Treblinka
Pripet
Bug
Brześć
(Brest)
ALLEMAGNE
Łódź
Varsovie
U.R.S.S.
Sobibór
Lublin
UKRAINE
Breslau
(Wrocław)
Oder
Majdanek
Zamość
Bełżec
Cracovie
Lviv
PROTECTORAT
DE BOHÊME-MORAVIE
Cieszyn
Auschwitz
GALICIE
(rattachée au
Gouvernement général
en 1941)
1939-1941 : le pacte
germano-soviétique
SLOVAQUIE
Dniestr
HONGRIE
ROUMANIE
Pologne en 1938
Ligne de partage entre l'Allemagne et l'U.R.S.S. (28 sept. 1939-26 juin 1941)
« Grande Allemagne » en 1941
Principaux camps de concentration
Territoires annexés au Reich en 1939
Gouvernement général (1939-1944)
Circonscriptions administratives allemandes en 1941

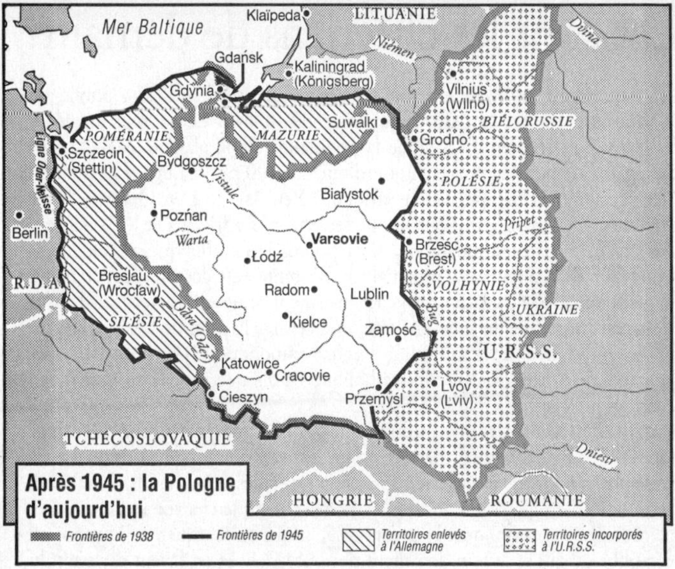
Après 1945 : la Pologne d'aujourd'hui
Mer Baltique
Klaïpeda
LITUANIE
Niémen
Dvina
Gdańsk
Kaliningrad
(Königsberg)
Gdynia
Vilnius
(Wilno)
Suwalki
BIÉLORUSSIE
POMÉRANIE
MAZURIE
Grodno
Ligne Oder-Neisse
Szczecin
(Stettin)
Bydgoszcz
Vistule
Białystok
POLÉSIE
Poznan
Berlin
Warta
Pripet
Varsovie
Brzesc
(Brest)
Łódź
R.D.A.
Breslau
(Wrocław)
Radom
Lublin
VOLHYNIE
Bug
UKRAINE
Odra (Oder)
SILÉSIE
Kielce
Zamość
U.R.S.S.
Katowice
Cracovie
Lvov
(Lviv)
Cieszyn
Przemysl
TCHÉCOSLOVAQUIE
Dniestr
HONGRIE
ROUMANIE
Frontières de 1938
Frontières de 1945
Territoires enlevés à l'Allemagne
Territoires incorporés à l'U.R.S.S.

Où sont les chrétiens de demain ?

L'Église catholique, si l'on en croit l'*Annuaire statistique de l'Église* publié par le Vatican, a franchi la barre symbolique du milliard de baptisés au début de 1997. Soit environ 17,3 % de la population de la planète. Mais l'Église change rapidement de visage. Aujourd'hui, sur 100 catholiques, 49 vivent en Amérique, 29 en Europe, 11 en Afrique, 10 en Asie et 1 en Océanie. Il y a vingt ans, 35 étaient européens, pour seulement 7 Africains et 7 Asiatiques ! Des chiffres qui expliquent que, si la population catholique augmente, la proportion de la population mondiale qu'elle représente décroît régulièrement. La grande faiblesse statistique du catholicisme se situe en Asie et Jean-Paul II soulignait lui-même un jour, en Inde, que l'évangélisation de l'Asie représentait le grand défi du futur pour l'Église catholique, 3 % seulement des habitants de l'Asie sont en effet catholiques, alors que c'est le continent qui recèle les plus grandes masses humaines.

Autre basculement, celui du Nord vers le Sud. La grande majorité des catholiques (87 %) vit désormais dans la moitié australe du monde, alors qu'il y a à peine plus d'un siècle ils étaient massivement installés dans l'hémisphère Nord. Cette nouvelle répartition aura très vite des conséquences sur le fonctionnement de l'Église catholique. D'ores et déjà, on peut remarquer, au Vatican, un rééquilibrage qui se fait au détriment des Européens et en faveur des pays du « Sud », notamment l'Amérique latine.

Amérique du Nord

Le catholicisme est devenu la première confession chrétienne aux États-Unis, en raison de l'immigration latino-américaine, mais aussi des réfugiés vietnamiens (en Californie, par exemple), alors que l'Église catholique américaine fut longtemps dominée par les Italiens et les Irlandais. La force des catholiques tient ici à leur unité, à côté du morcellement des protestants (qui constituent la majorité des chrétiens d'Amérique du Nord). Mais, comme en Europe, l'indifférence religieuse progresse.

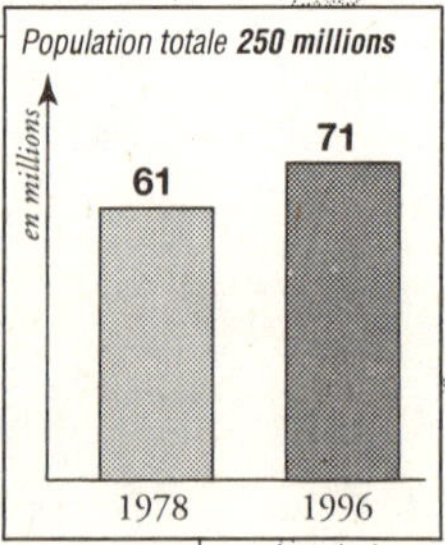

Amérique latine

L'Amérique latine est la nouvelle zone de force de l'implantation du catholicisme dans le monde ; 90 % de la population y est chrétienne, 80 % catholique. En même temps, ce continent est une sorte de laboratoire où l'enseignement de l'Église est confronté à des déséquilibres sociaux importants et aux injustices les plus criantes. C'est sur ce continent qu'est née la « théologie de la libération ». Aujourd'hui, cette Église fait face à une offensive des puissantes Églises pentecôtistes nord-américaines.

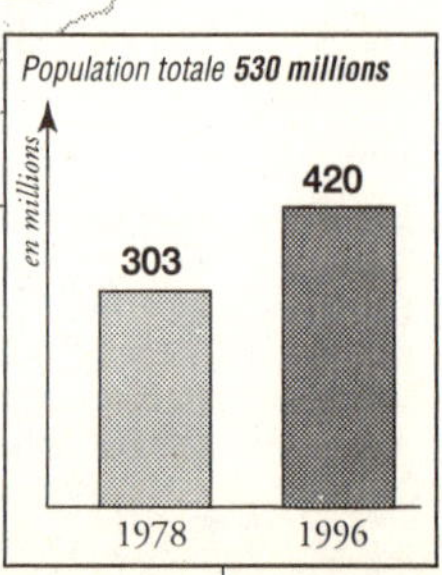

Europe

L'Europe, berceau du catholicisme, représente une proportion décroissante de l'ensemble des catholiques du monde. Le nombre de catholiques y reste élevé (puisqu'il s'agit des baptisés), mais la pratique régulière y est en forte baisse. Les vocations y sont devenues peu nombreuses. Pourtant, un mouvement semble se dessiner qui voit croître régulièrement le nombre de baptêmes d'adultes, même si les chiffres restent limités (environ 10 000 catéchumènes adultes en France en l'an 2000, par exemple).

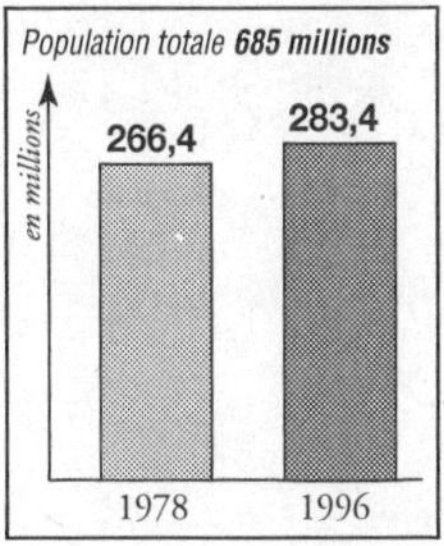

Asie

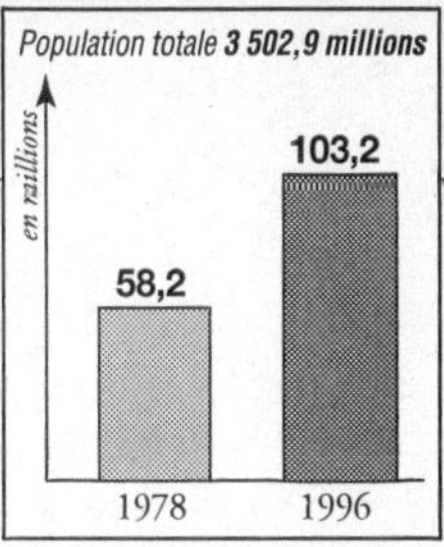

Malgré une progression du nombre de ses fidèles, l'Asie reste pour l'Église catholique une terre de mission. Le catholicisme y est ultra minoritaire, même s'il y est présent de très longue date : il y a des chrétiens en Inde du Sud depuis les premiers siècles ! On trouve de nombreux catholiques aux Philippines, en Corée et au Vietnam. En Chine, deux Églises cohabitent difficilement, l'une soumise au pouvoir communiste, et l'autre, clandestine, victime de la répression.

Océanie

Les catholiques constituent en Océanie la première Église chrétienne, mais ce sont les protestants qui sont majoritaires dans les îles du Pacifique. Les uns et les autres doivent d'ailleurs compter avec la prolifération de sectes, issues notamment des courants fondamentalistes évangéliques américains. Du fait de la faiblesse de la population concernée, les catholiques océaniens représentent moins de 1 % de l'ensemble des catholiques du monde. Mais ils sont eux aussi en augmentation.

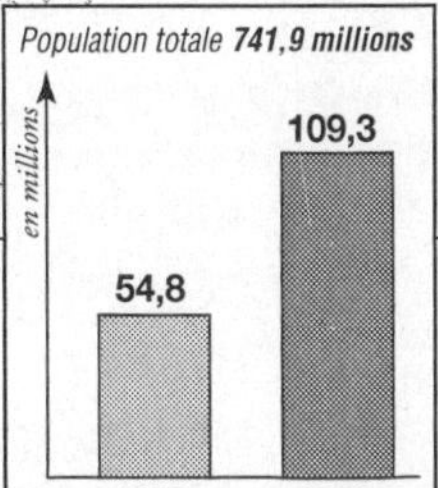

Afrique

Le nombre des catholiques africains a pratiquement doublé en vingt ans, surtout dans la moitié sud d'un continent dont le Nord est majoritairement musulman. Cette Église africaine est en pleine expansion, et les vocations sacerdotales y ont triplé en deux décennies. Si un évêque africain sur cinq est encore d'origine étrangère (le plus souvent européen), la proportion des missionnaires dans les Églises africaines est en baisse constante.

NOTES

Introduction

1. Pour les États-Unis : Jimmy Carter, Ronald Reagan, George Bush, Bill Clinton, George Bush Jr. Pour la Russie : Leonid Brejnev, Iouri Andropov, Konstantin Tchernenko, Mikhaïl Gorbatchev, Boris Eltsine, Vladimir Poutine.
2. Mais, en raison de l'accroissement démographique, le total des catholiques ne représente plus que 17,3 % de la population mondiale (contre 18 % en 1978). Source : *Annuaire statistique de l'Église* (édition 2002).

1. Les racines

1. Au XIXe siècle, le nom fut parfois orthographié « Woytyla ».
2. *Dekanat* : regroupement de dix paroisses.
3. Karol Wojtyla s'occupera personnellement de Marek Wiadrowski (fils de son cousin germain Adam Wiadrowski, le frère de Felicja), né en 1939 et marié à Kazimiera Passowicz, laquelle mourra en 1978 en laissant deux filles : Anna (née en 1972) et Maria (née en 1973).
4. Jean XXIII, *Lettres à sa famille*, Desclée de Brouwer-Lattès, 1995.
5. Cf. *La Croix* du 27 octobre 1978 : « Non, le pape n'est pas fils d'ouvrier. »
6. Feld-maréchal du XVIIIe siècle, le comte Daun fut vainqueur de Frédéric II, roi de Prusse, lors des guerres de Silésie.
7. Sur le registre paroissial de Wadowice, le nom est curieusement orthographié *Scholc*, comme si le rédacteur avait hésité entre l'orthographe allemande et l'orthographe polonaise (Szolc).

8. Georges Blazynski, *Jean-Paul II, un homme de Cracovie*, Stock, 1979.

9. Sur le même registre d'état civil, le curé Zacher a inscrit, en octobre 1978 : « *Diae 16-10-1978, summum pontificem electus imposuit, sibi nomen Joannes Paulus II PP* » (« Le 16 octobre 1978, a été élu souverain pontife et s'est appelé Jean-Paul II »).

10. André Frossard, « *N'ayez pas peur !* », Robert Laffont, 1982.

11. Trad. Jean Offredo, *in* Karol Wojtyla, *Poèmes, théâtre, écrits sur le théâtre*, Cana-Cerf, 1998.

12. Georges Blazynski, *op. cit.*

13. André Frossard, *op. cit.*

14. Le prince d'Oswiecim accorde alors à Wadowice un blason où figure le demi-aigle doré des Piast (sur fond bleu) et la tour blanche d'Oswiecim (sur fond rouge). Le roi de Pologne Sigismond y ajoutera la couronne.

15. C'est le même Jean de Luxembourg qui mourra à la bataille de Crécy, au côté de Philippe de Valois, au début de la guerre de Cent Ans.

16. Le lycée dont Karol Wojtyla fut l'élève portera successivement les deux noms. En 1948, les communistes préféreront au théologien l'écrivain sulfureux qui faisait enrager l'Église catholique par ses licences au point qu'il fut mis à l'Index. En 1981, sous la pression du syndicat Solidarité, le lycée reprendra son nom de Marcin Wadowita.

17. Jean-Paul II à Wadowice, le 16 juin 1999.

18. Après la prise du pouvoir par les communistes, le Rynek sera appelé « place de l'Armée-Rouge » et affublé d'un monument à la gloire des soldats soviétiques.

19. Mieczyslaw Malinski, *Mon ami Karol Wojtyla*, Le Centurion, 1980.

20. Les bernardins sont des franciscains disciples de saint Bernard de Sienne, à la bure marron, qui vinrent d'Italie en 1453.

2. Le temps des copains

1. Une réforme de l'enseignement, juste après sa classe, allait réduire le cycle secondaire à six années d'études.

2. Voir ci-dessus, chap. 1, n. 16.

3. Muszynski deviendra employé des postes et Bojes, qui rêvait d'être médecin, retournera à la mine et deviendra ingénieur.

4. À Zbigniew Silkowski, Karol insufflera à la fois son attirance pour le Christ et sa passion pour le théâtre. Son père sera le témoin de confirmation de Karol en mai 1938. Ce dernier, devenu cardinal, ira enterrer sa femme Anna Silkowska, à Wadowice, en 1978.

5. Jan Krolikiewicz, professeur de grec et de latin, a été nommé directeur du lycée de garçons en 1934 (Halina, alors âgée de treize ans, habite le lycée).

6. Halina Krolikiewicz, entretien avec l'auteur.

7. Karol Wojtyla ira voir le père Prochownik pendant son bannissement, en « visite privée », le 23 novembre 1958, quand il sera nommé évêque.

8. Témoignage de Figlewicz dans le *Tygodnyk Powszechny*, numéro spécial d'octobre 1978.

9. À André Frossard, *in* « *N'ayez pas peur* », *op. cit.*

10. Edward Zacher, entretien avec l'auteur.

11. Les carmes déchaux se réfèrent au prophète Élie et à saint Jean de la Croix. Ils ont hérité de la tradition des ermites du mont Carmel, chassés de Palestine par les musulmans au XIIIe siècle. « Déchaux » signifie que, au lieu de chaussures, ils portent de pauvres sandales.

12. Raphaël Kalinowski (mort en 1907) allait tant s'illustrer dans le service de Dieu que son procès en béatification serait ouvert dès 1934. C'est le pape Jean-Paul II, beaucoup plus tard, qui devait mener ce procès jusqu'à la béatification (22 juin 1983), puis la canonisation (17 novembre 1991).

13. La tradition du scapulaire est perpétuée par les carmes depuis qu'au XIIe siècle un de leurs lointains adeptes anglais implora et obtint la protection de la Vierge qui lui offrit, assura-t-il, un scapulaire marron : « Le scapulaire doit être porté jour et nuit, en témoignage de ta fidélité, lui dit, en substance, la Mère de Dieu. Celui qui portera ce scapulaire le jour de sa mort n'ira pas en Enfer. Mieux : le premier samedi après sa mort, il quittera le Purgatoire pour monter directement au Paradis. » Au début, le scapulaire devait être en laine, les deux pièces de tissu pendant l'un sur la poitrine, l'autre dans le dos — mais Pie X, en 1910, permit de le remplacer par une médaille.

14. Adam Mickiewicz (1798-1855) est l'auteur de *Pan Tadeusz*, une des œuvres les plus connues de la littérature polonaise. Juliusz Slowacki (1809-1849) est l'auteur du *Roi Esprit* et de *Kordian*. Cyprian Norwid (1821-1883) a écrit *Rhapsodie funèbre à la mémoire de Bem*.

15. Halina Krolikiewicz, entretien avec l'auteur.

16. On retrouvera ce thème sous la plume de Jean-Paul II, en 1981, dans l'encyclique *Laborem exercens.*

17. Aleksander Fredro (1793-1876) a également écrit *La vengeance* et *Le viager*.

18. Stanislaw Wyspianski (1869-1907), lui-même originaire de Cracovie, est l'auteur mythique des *Noces*. Il fut le grand réformateur du théâtre polonais.

19. Zygmunt Krasinski (1812-1859) est l'auteur de la *Non divine comédie* et *Irydion*.

20. Mieczyslaw Malinski, *op. cit.*

21. Jean-Paul II (avec la collaboration de Vittorio Messori), *Entrez dans l'Espérance*, Plon-Mame, 1994.

22. Jerzy Kluger se rappelle qu'il eut en cadeau une des premières motocyclettes, une *Lucznik*, qui n'intéressait pas son ami Karol, seul de ses copains à ne pas être fasciné par l'engin.

23. *Entrez dans l'Espérance, op. cit.*

24. Gian Franco Svidercoschi, *L'ami juif du pape*, Mame, 1995.

3. Bruits de bottes

1. Aujourd'hui, les nouveaux occupants de l'endroit sont peu accueillants. Probablement excédés par les milliers de gens qui viennent, en autocar, sur les traces de Jean-Paul II, ils ont affiché, sur la porte du jardin, un panneau : « *UWAGA ! ZLY PIES !* » (« Attention ! Chien méchant ! »)

2. C'est là, à Blonie, en juin 1979, que Jean-Paul II présidera le premier de ces rassemblements gigantesques auxquels il n'avait pas encore habitué le monde. Deux millions de personnes, à la barbe des autorités communistes : une première. Jean-Paul II rassemblera, à nouveau, plus de deux millions de pèlerins à Blonie, le dimanche 18 août 2002.

3. Notamment, Wojciech Zukrowski, Janina Garycka, Krystyna Zbijewska et Marian Pankowski.

4. Un demi-siècle plus tard, Jean-Paul II s'expliquera sur ses options universitaires : « Mon choix, écrit-il dans *Ma vocation, don et mystère* (Bayard Éditions-Cerf-Fleurus-Mame-Téqui, 1996), était d'abord motivé par un goût marqué pour la littérature. Mais, dès la première année, l'étude de la langue même retint mon attention. » Il écrit aussi dans *Entrez dans l'Espérance* (*op. cit.*) : « Je n'ai jamais eu de prédilection particulière pour les sciences de la nature. Mais l'homme m'a toujours passionné — d'abord pendant mes études à la faculté des let-

tres, en tant qu'auteur du langage et objet de l'entreprise littéraire. »

5. Halina Kwiatkowska, entretien avec l'auteur.

6. Wladyslaw Kluz, *Czas Siewu : Karol Jozef Wojtyla, Jan Pawel II*, KSJ, Katowice, 1995. L'auteur, qui était lui-même carme déchaux, est mort juste après la publication de son livre.

7. « Instinct, amour, mariage », article paru dans *Tygodnik Powszechny*, n° 42, 1952.

8. André Frossard, *op. cit.*

9. Stefan Wilkanowicz et la rédaction de Znak, *Pologne, année 39*, Cana, 1984. Lire aussi : Léon Noël, *L'agression allemande contre la Pologne*, Flammarion, 1946.

10. Stefan Wilkanowicz, *op. cit.*

11. Cf. le discours prononcé par Jean-Paul II à l'église Sainte-Anne de Cracovie pour le sixième centenaire de la création de la faculté de théologie (dimanche 8 juin 1997).

12. L'élite de la nation polonaise, à l'époque, ce sont les professeurs et les officiers. Ces derniers seront décimés par les Soviétiques à Katyn au printemps 1940. Quatorze professeurs de l'université Jagellon, rescapés de leur déportation à Sachsenhausen, seront plus tard victimes, comme officiers de réserve, des Soviétiques.

13. Les Allemands feront de Wadowice un important lieu de transfert de prisonniers polonais entre le Gouvernement général et la Silésie occupée. Environ cinq cents personnes y seront fusillées.

14. Adam Boniecki, *Kalendarium zycia Karola Wojtyly*, Znak, 1983.

15. Karol Wojtyla, *Ma vocation, op. cit.*

16. Rocco Buttiglione, *La pensée de Karol Wojtyla*, Communio-Fayard, 1984.

17. Lettres à Kotlarczyk, *in* Adam Boniecki, *Kalendarium, op. cit.*

4. La Pologne occupée

1. C'est là que le réalisateur Steven Spielberg tournera les scènes de camp de *La liste de Schindler*, après que la communauté juive lui eut interdit de tourner son film à Auschwitz.

2. Beaucoup de ces témoignages figurent dans un album de photos intitulé *Le nid d'où je suis sorti*, offert à l'archevêque Wojtyla par les ouvriers de Solvay en 1966, à l'occasion du millénaire de la Pologne.

3. Juliusz Kydrynski, *Tapima.*

4. « La carrière », traduction de Pierre Emmanuel et Constantin Jelenski, *in* Karol Wojtyla, *Poèmes*, Cana-Cerf, 1979.

5. Aujourd'hui un hypermarché de la chaîne Carrefour occupe l'endroit.

6. « *N'ayez pas peur !* », *op. cit.* Dans le récit autobiographique qu'il écrira sur sa propre vocation en 1995, Jean-Paul II aura ce mot : « Mon séminaire, ce fut aussi, plus tard, la carrière de pierre. »

7. Au cours d'un de ses nombreux voyages en Italie, le 19 mars 1982, Jean-Paul II a visité les ouvriers de l'usine Solvay. Il leur a dit : « J'ai partagé votre sort. »

8. Luigi Accattoli, *Karol Wojtyla, l'homme du siècle*, Bayard Éditions-Centurion, 1999.

9. « *N'ayez pas peur !* », *op. cit.*

10. C'est rue Szwedzka que Karol Wojtyla fera sa convalescence après son accident de 1944 (cf. *infra*, chap. 5), en sortant de l'hôpital de la rue Kopernik. Leon Szkocki mourra en 1968. Sa femme, qui aura tant compté pour Karol, s'éteindra en 1971, à l'âge de quatre-vingt-treize ans.

11. Halina Kwiatkowska, entretien avec l'auteur.

12. Mieczyslaw Kotlarczyk, *XXV lat Teatru Rapsodycznego w Krakowie 1941-1966*, Cracovie. En 1975, Kotlarczyk publiera *Sztuka Zywego Slowa* (« L'art de la parole vivante »), sous-titré *Dykcia-Ekspresja-Magia* (« Diction-Expression-Magie »), qui sera préfacé par le cardinal Wojtyla.

13. Jerzy Turowicz, entretien avec l'auteur.

14. Tadeusz Kantor (1915-1990), théoricien de théâtre et metteur en scène, créateur du « théâtre de la mort », a notamment monté *Je ne reviendrai jamais*.

15. Après la guerre, Karol Wojtyla garda le contact avec le Teatr Rapsodiczny qui s'installa de 1946 à 1951 rue Warszawska, à quelques mètres de l'église Saint-Florian. Quand il sera cardinal, le futur pape décidera d'enseigner les rudiments du théâtre aux séminaristes de son diocèse et confiera cet enseignement à Kotlarczyk — dont l'établissement, suspendu par le pouvoir de 1952 à 1957, fermera en 1967. Kotlarczyk mourra au printemps 1978, quelques mois trop tôt : il n'aura pas vu son élève monter sur la plus grande scène qu'on puisse imaginer.

16. Confirmé par Joseph L. Lichten, du B'nai Brith, *in* Georges Blazynski, *op. cit.*

17. Franciszek Macharski, entretien avec l'auteur.

18. Adam Boniecki, entretien avec l'auteur.

19. Marek Halter, entretien avec l'auteur.

20. Jerzy Turowicz, entretien avec l'auteur.
21. Jacek Wozniakowski, entretien avec l'auteur.
22. Halina Kwiatkowska, entretien avec l'auteur.
23. Ce qui sera à l'origine de l'affaire dite du « carmel », installé sur le lieu de ces exécutions, affaire qu'un certain pape Jean-Paul II sera amené à régler personnellement, plus de cinquante ans plus tard. Il faut rappeler que la « solution finale » à l'égard des juifs n'a été mise en œuvre par les nazis à Auschwitz qu'à partir de janvier 1942, dans le camp voisin de Birkenau (Brzezinka). Il faudra des années de recherches et de polémiques pour faire la part des choses. Pour admettre que les premiers essais de « gazage » au zyklon B, à la fin de 1941, ont eu pour victimes quelque trois cents résistants polonais et six cents prisonniers soviétiques. Et que plus d'un million de juifs (et non « quatre millions » de « victimes », comme disait la propagande soviétique) sont ensuite passés par les chambres à gaz de ce camp.
24. Stefan Wilkanowicz, entretien avec l'auteur.
25. Franciszek Macharski, entretien avec l'auteur.
26. Cf. Wladyslaw Bartoszewski, *Zegota — Juifs et Polonais dans la résistance 1939-1944*, Criterion, 1992, et Teresa Prekerowa, *Zegota — Commission d'aide aux Juifs*, Rocher, 1999.
27. Jerzy Turowicz, entretien avec l'auteur.
28. En outre, quand on parlait des « Belges », on ne précisait pas que c'étaient des juifs belges. Comme s'ils avaient été déportés et assassinés en tant que citoyens belges !
29. *Kalendarium, op. cit.*
30. *Ma vocation, op. cit.*
31. *Entrez dans l'Espérance, op. cit.*

5. *La vocation*

1. Mieczyslaw Malinski, *op. cit.*
2. Danuta Michalowska, entretien avec l'auteur.
3. Frère Albert (Adam Chmielowski), mort en 1916, sera béatifié à Cracovie en 1987 et canonisé à Rome en 1989. L'abbé Karol Wojtyla, quand il sera vicaire à Saint-Florian, écrira une pièce sur lui : *Frère de notre Dieu.*
4. « *N'ayez pas peur !* », *op. cit.*
5. *Ma vocation, op. cit.*
6. *Entrez dans l'Espérance, op. cit.*
7. André Frossard, *Dieu existe, je L'ai rencontré*, Fayard, 1969.
8. « *N'ayez pas peur !* », *op. cit.*
9. *Ibid.*

10. *Ma vocation, op. cit.*
11. *Ibid.*
12. « *N'ayez pas peur !* », *op. cit.*
13. Le rosaire est une très ancienne forme de prière mariale (le nom vient d'une antique tradition où l'on couronnait de roses les statues de la Vierge Marie). La prière du rosaire consiste à réciter trois chapelets de cinq dizaines chacun (une dizaine comprend un *Notre Père* et dix *Je vous salue, Marie*). Aux « mystères glorieux », « mystères joyeux » et « mystères douloureux » composant le rosaire, Jean-Paul II ajoutera les « mystères lumineux » dans une lettre apostolique consacrée à cette prière le 16 octobre 2002.
14. *Entrez dans l'Espérance, op. cit.*
15. *Ibid.*
16. « *N'ayez pas peur !* », *op. cit.*
17. *Ma vocation, op. cit.*
18. *Entrez dans l'Espérance, op. cit.*
19. « *N'ayez pas peur !* », *op. cit.*
20. *Ibid.*
21. Thomas d'Aquin (1225-1274), dominicain italien, philosophe et théologien, est la figure majeure de la philosophie scolastique et l'un des piliers de la théologie contemporaine. Il a fait la synthèse entre philosophie et Révélation, sens et intelligence, foi et raison. Canonisé en 1323, il est docteur de l'Église depuis 1567.
22. *Kalendarium, op. cit.*
23. En polonais, *koscielny* veut dire « de l'église ».
24. Pierre Buhler, *Histoire de la Pologne communiste*, Karthala, 1997.
25. *Ibid.*
26. Jean-Paul II évoquera la mémoire du cardinal Sapieha avec tendresse, à Cracovie, au soir du 16 juin 1999 : « J'ai encore en mémoire son visage, ses traits, ses paroles, ses expressions typiques : Ne dites pas de bêtises !... Qu'est-ce que vous fabriquez ?... »
27. *Ma vocation, op. cit.*
28. Karol touchera aussi une prime « de guerre » de trois cent soixante-dix zlotys.

6. L'abbé Karol

1. Cardinal Stefan Wyszynski, *Notes de prison*, Cerf, 1984.
2. Jean-Paul II a béatifié cent huit martyrs victimes des atrocités nazies pendant la Seconde Guerre mondiale. Le père

Alfons était du nombre. Ses reliques reposent à l'église Saint-Jozef de Wadowice.

3. Georges Blazynski, *op. cit.*

4. « *N'ayez pas peur !* », *op. cit.*

5. *Ma vocation, op. cit.*

6. *Tygodnik Powszechny*, n° 44, 1978.

7. Jan Tyranowski, de plus en plus malade, sera hospitalisé pendant l'hiver 1946-1947. Karol Wojtyla lui écrira souvent, de Rome, pendant cette période où tous ses visiteurs témoignent de la sérénité et de la dignité du petit homme, qui voulait que « sa souffrance contribuât à la rédemption du monde ». Il sera amputé d'un bras avant de mourir en mars 1947.

8. Après son ordination, l'ami Stanislaw Starowieyski partira comme missionnaire en Amérique du Sud. Il mourra au Brésil.

9. Il y côtoie notamment l'Argentin Jorge Mejia, futur cardinal de la Curie.

10. L'immeuble sera vendu par les Belges en 1972. Le collège sera transféré au 35, via Gian Battista Pagano, dans les locaux de la congrégation belge des Frères de la Charité. Aujourd'hui, la chapelle a été aménagée en salle de réunion.

11. Georges Blazynski, *op. cit.*, et Rotto Buttiglione, *La pensée de Karol Wojtyla*, Communio-Fayard, 1984.

12. *Ma vocation, op. cit.*

13. Padre Pio — de son vrai nom Francisco Forgione — était « stigmatisé », c'est-à-dire qu'il portait des marques de cicatrices rappelant les plaies du Christ en croix. Il sera béatifié par Jean-Paul II le 3 mai 1999 et canonisé le 16 juin 2002.

14. Karol Wojtyla l'écrit dans une lettre à Sophie Pozniak en juillet 1947.

15. Son diplôme (licence en théologie), daté du 3 juillet 1947, est conservé dans les archives de l'Angelicum. Note : 40/40. Mention : « *summa cum laude* » (félicitations).

16. Mieczyslaw Malinski, *op. cit. INRI* est l'inscription figurant sur la croix. Elle signifie « Jésus de Nazareth, roi des Juifs ».

17. Jacques Loew (1909-1999), ancien avocat niçois, ordonné prêtre en 1941, dominicain, a été le premier prêtre-ouvrier en France. Il a notamment publié *Le bonheur d'être homme*, Bayard-Centurion, 1988.

18. Cf. Cardinal Suhard, *Essor ou déclin de l'Église*, Lahure, 1947.

19. Georges Michonneau, *Paroisse, communauté missionnaire*, Cerf, 1946.

20. *Tygodnik Powszechny*, 6 mars 1949 (cf. *infra*, chap. 7).

21. Edward Gierek était membre du conseil général de la

très doctrinaire Union des patriotes polonais (*Zwiazek Patriotow Polskich*, ZPP) créée à Moscou en 1943 par Staline.

22. Mgr Francis Trochu, *Le curé d'Ars, saint Jean-Marie Vianney*, Résiac, 1925 ; une nouvelle édition est parue en 1996.

23. Un *starets*, dans la tradition orthodoxe, est un moine qui, après des années d'ascèse, reçoit et confesse les pèlerins.

24. Mieczyslaw Malinski, *op. cit.*

25. Wojtyla emploiera même un jeune homme, Stanislaw Wyporek, pour taper sa thèse à la machine — avec deux doigts, et en latin —, ce qui vaudra au malheureux de sérieux ennuis avec la police politique.

26. Mieczyslaw Malinski, *op. cit.*

27. *Tygodnik Powszechny*, 11 mars 1984.

28. Mieczyslaw Malinski, *op. cit.*

29. Le père Karol les fait jouer *L'hôte attendu*, une pièce de la grande résistante Zofia Kossak-Szczucka.

30. Mieczyslaw Kotlarczyk, après guerre, a réalisé son rêve. Il a trouvé une salle pour son théâtre, rue Warszawska (cf. *infra*).

31. En décembre1960 pour Noël, en octobre 1966 pour sa tournée du *Millenium*, en mars 1968 pour la fête de la Vierge, et en août 1974 pour le vingt-cinquième anniversaire de la nouvelle église.

32. *Kalendarium, op. cit.*

7. *Les jeunes et l'amour*

1. Danuta Michalowska, entretien avec l'auteur.

2. Sur le plan personnel, l'abbé Wojtyla — qui habite dans une grande pièce, au premier étage de la cure, donnant sur l'église — n'éprouve aucun intérêt pour les choses matérielles. Pauvre il est, pauvre il restera. Il a des chaussures usées jusqu'à la corde et une vieille soutane râpée. Sa tante Stefania, la sœur de son père, vient souvent le voir à Cracovie, elle l'aide à tenir son appartement, non sans pester contre ce qu'elle considère comme deux mauvaises habitudes de son vicaire de neveu : d'abord, sa maison est toujours ouverte, ce qui contribue à son désordre ; ensuite, pour un prêtre, Karol passe vraiment trop de temps au cinéma et au théâtre.

3. Durant son service à Saint-Florian (août 1949-août 1951), l'abbé Wojtyla bénira 160 mariages et baptisera 229 enfants.

4. Maja Wozniakowska, entretien avec l'auteur.

5. Non sans péripéties : l'étudiant Wojtyla n'avait pas eu les moyens de publier sa thèse à Rome, il a dû rendre à l'université

Jagellon, le 10 novembre, une thèse « élargie » selon les indications des professeurs Rozycki et Wicher, et dûment tapée à la machine, pour satisfaire au règlement. C'est cette thèse-là, assortie de « travaux » validés par ses professeurs, qu'il a soutenue avec succès le 16 décembre.

6. En polonais : *Zagadnienie wiary w dzielach sw. Jana od Krzyza*, in Ateneum Kaplanskie, a.42 (1950). La thèse sera publiée en plusieurs langues après l'accession de son auteur au trône de saint Pierre :

— Karol Wojtyla, *La fede secondo S. Giovanni della croce*, préface du cardinal Pierre-Paul Philippe, université pontificale Saint-Thomas/Herder, Rome, 1979.

— Karol Wojtyla, *La Fe segun San Juan de la Cruz*, trad. et introduction d'Alvaro Huerga, Libreria Editrice Vaticana/ Biblioteca de Autores Cristianos, Madrid, 1979.

— Karol Wojtyla, *La foi selon saint Jean de la Croix*, préface du cardinal Pierre-Paul Philippe, trad. française des carmélites de Muret et de sœur Geneviève, Cerf, 1980.

7. *Ocena mozliwosci zbudowania etyki chrzescijanskiej przy zalozeniach systemu Maksa Schelera*, Towarzystwo Naukowe KUL, Lublin, 1959. Lire sur ce sujet : Rocco Buttiglione, *op. cit.*

8. Jerzy Ciesielski, étudiant puis professeur à l'école polytechnique de Cracovie, mourra dans un accident de bateau sur le Nil pendant sa coopération au Soudan. Le cardinal Wojtyla lui rendra un hommage particulièrement vibrant dans un article du *Tygodnik Powszechny* (20 décembre 1970).

9. *Tygodnik Powszechny* (20 décembre 1970). Voir aussi Mieczyslaw Malinski, *op. cit.*

10. *Kalendarium*, *op. cit.*

11. Stanislaw Kozlowski, in Mieczyslaw Malinski, *op. cit.*

12. Cf. Danuta Ciesielska, *Zapis drogi*, Éd. Sw. Stanislaw, Cracovie, 1998.

13. *Entrez dans l'Espérance, op. cit.*

14. *Tygodnik Powszechny*, n° 6, 1953.

15. « Instinct, amour, mariage », article paru dans *Tygodnik Powszechny*, n° 42, 1952.

16. *Amour et responsabilité* paraîtra en français aux éditions du Dialogue en 1978, puis chez Stock en 1985 (préface d'André Frossard).

17. Cf. aussi « *N'ayez pas peur !* », *op. cit.*, où il cite Max Scheler à l'appui de cette thèse.

18. Il y a eu une adaptation de *La boutique de l'orfèvre* au cinéma, avec Burt Lancaster et Daniel Olbrychski, mise en scène de Michael Anderson, en 1988. Ce ne fut pas un succès.

19. Lorsqu'il reviendra sur cette période en compagnie

d'André Frossard, vingt ans plus tard, Karol Wojtyla avouera que « une fois acquise, cette maturité de la pensée et du cœur compense au centuple les efforts dont elle est le prix » (« *N'ayez pas peur !* », *op. cit.*).

8. Poète et professeur

1. Andrzej Bardecki, entretien avec l'auteur.
2. Cf. Karol Wojtyla, *Poèmes, théâtre, écrits sur le théâtre*, *op. cit.*
3. Jerzy Turowicz, entretien avec l'auteur.
4. Stefan Swiezawski, entretien avec l'auteur.
5. C'est ce qui explique que la thèse de Wojtyla ne sera publiée que six ans plus tard, à l'Université catholique de Lublin, là où il enseignera alors comme professeur.
6. Cardinal Stefan Wyszynski, *op. cit.* Un film sera réalisé en 2000 sur ces trois années de détention : *Le primat*, réalisé par Teresa Kotlarczyk, avec Andrzej Seweryn dans le rôle du cardinal Wyszynski.
7. Pour les quatrième et cinquième années. C'est à cette époque, un peu avant Noël 1954, qu'un étudiant de quatrième année de théologie, Tadeusz Styczen, se lie avec celui dont il sera, pendant vingt-cinq ans, l'un des plus proches disciples. Styczen, qui choisira de suivre son maître à la KUL, en philosophie, en sera même le successeur lorsque le professeur Wojtyla, en 1978, sera appelé à enseigner la terre entière.
8. Stefan Swiezawski, entretien avec l'auteur.
9. La répartition est la suivante : pour la première année, une heure de cours et deux heures d'animation de séminaire ; l'année suivante, deux heures de cours magistral et deux heures de séminaire.
10. Dès le mois de mars 1955, la nouvelle recrue devient « collaborateur » de la Société scientifique de la KUL. Karol Wojtyla en sera membre « correspondant » en décembre 1955 (et membre « actif » en avril 1959).
11. À l'époque, il y avait une série de baraquements en bois, ressemblant à des isbas, et abritant les services et associations liées à la KUL. Aujourd'hui, un énorme institut Jean-Paul II, sorti de terre en 1982, domine de ses dix étages le vieux bâtiment universitaire.
12. Adam Boniecki, entretien avec l'auteur (le père Boniecki fut étudiant à la KUL).
13. Le massacre de 15 000 officiers polonais à Katyn, en avril

1940, par le NKVD soviétique, est un des repères les plus tragiques de la mémoire polonaise contemporaine.

14. Mieczyslaw Malinski prépara de son côté, à la KUL, sous la direction d'Albert Krapiec, une thèse sur « La transcendance chez Gabriel Marcel ».

15. Sœur Teresa Bartnicka, entretien avec l'auteur.

16. Jerzy Kalinowski devait partir pour la France, où il fera toute sa carrière et où il rédigera ses mémoires près de quarante ans plus tard : *Poszerzone serca*, KUL, 1997.

17. Pendant toute la période où Karol Wojtyla enseigne à la KUL, les recteurs qui se succèdent auront été : Jozef Iwanicki (1951-1956), Marian Rechowicz (1956-1965), Wincenty Granat (1965-1970) et Mieczyslaw-Albert Krapiec (1970-1983).

18. Rocco Buttiglione, *op. cit.*

19. Stefan Swiezawski, entretien avec l'auteur. Trente ans plus tard, Jean-Paul II invitera plusieurs fois le petit groupe à Castel Gandolfo.

20. Cf. Jean Offredo, *Nous, chrétiens de Pologne*, Cana, 1979.

21. Karol Wojtyla, *Teksty poznanskie*, Ksiegarnia Sw.Wojciech, Poznan, 1997.

22. Cf. *Zapis drogi, op. cit.*

23. Soit deux heures de cours (théorie et pratique) et deux heures de travaux pratiques pour les étudiants de première et deuxième année, deux heures de cours (sur le thème « La norme et le bonheur ») et deux heures de séminaire pratique pour les troisième et quatrième années.

24. Quand il quittera définitivement la KUL en 1978, il sera remplacé par Tadeusz Styczen, auquel il a proposé depuis longtemps d'être « assistant bénévole » : Styczen « préparait » les élèves au doctorat, ébauchait les comptes rendus de thèse, etc.

25. *Kalendarium, op. cit.*

9. Le concile Vatican II

1. Le pape Pie XII a accepté cette nomination le 4 juillet, priant son secrétariat de communiquer cette décision au cardinal Wyszynski par lettre du 10 juillet. La lettre est arrivée à Varsovie le 24.

2. Témoignage du père Kluz cité dans Carl Bernstein et Marco Politi, *Sa Sainteté*, Plon, 1996. Dans son propre récit de l'épisode, Jean-Paul II raconte qu'il fit observer au primat qu'il était « trop jeune », et que Wyszynski lui répondit : « C'est une faiblesse dont vous vous libérerez très vite ! » (*Levez-vous ! Allons !* Plon-Mame, 2004).

3. Selon le droit canon, il faut avoir au minimum trente-cinq ans pour être créé évêque et être prêtre depuis au moins cinq ans. Karol Wojtyla ne fait donc pas partie des rares exceptions à cette règle : le cardinal nigérian Francis Arinze, créé évêque en 1965 à l'âge de trente-trois ans, ou le cardinal slovaque Jan Korec, créé évêque en 1951, onze mois seulement après son ordination.

4. C'est ce titre obsolète qui échut pourtant à Mgr Gaillot, en France, lorsque celui-ci fut dessaisi du diocèse d'Évreux dont il était l'évêque résidentiel pour devenir évêque de Parthenia, en Mauritanie. Cf. *infra*, chap. 24.

5. L'endroit s'appelle aujourd'hui Kom Ombo. Il est situé au sud de l'actuelle Louxor, en plein désert arabique.

6. Selon un autre témoignage, l'aube serait un cadeau du père Ferdinand Machaj et des amis du Teatr Rapsodiczny.

7. C'est là qu'on peut visiter aujourd'hui un petit musée à la gloire de Jean-Paul II. Mais, comme à Wadowice, l'endroit a été tellement restauré et aménagé qu'il n'a plus rien à voir avec ce qu'il était à l'époque.

8. *Kalendarium, op. cit.*

9. Les réponses de Mgr Wojtyla à la commission antépréparatoire de Vatican II figurent in *Acta et documenta concilio Vaticano II apparando* (series I, volumen II, pars II, p. 741-748).

10. Sergio Trasatti, *Vatican-Kremlin, les secrets d'un face-à-face*, Payot, 1995.

11. Si les prélats polonais et yougoslaves, pour des raisons différentes, sont les mieux représentés au concile (respectivement 17 sur 64 invités pour les premiers, et 24 sur 27 pour les seconds), il n'est venu que deux représentants hongrois et quatre tchécoslovaques. Et aucun évêque n'est venu d'Albanie, de RDA, de Lettonie ou de Lituanie. Pour toute cette partie, voir *Histoire du concile Vatican II — 1959-1965*, sous la direction de Giuseppe Alberigo, t. II : *La formation de la conscience conciliaire*, Cerf-Peeters, 1998.

12. Luigi Accattoli, *op. cit.*

13. La Suprême Congrégation du Saint-Office, lors de la réforme de la Curie, se verra retirer son titre de « suprême » et devra céder à la Secrétairerie d'État la première place parmi les dicastères.

14. *Entrez dans l'Espérance, op. cit.*

15. Ce qui n'empêchera pas la réforme liturgique d'être massivement adoptée par les pères conciliaires, le 7 décembre 1962, par 1 992 voix « pour » (*placet*) contre 11 « contre » (*non placet*) et 180 abstentions (*placet iuxta modum*).

16. La délégation polonaise était ainsi composée : le cardinal

Stefan Wyszynski (primat de Pologne), les archevêques Antoni Baraniak (Poznan), Boleslaw Kominek (Wroclaw), Zygmunt Choromanski (secrétaire de l'épiscopat) et les évêques Barda (Przemysl), Klepacz (Lodz), Kowalski (Chelm), Golinski (Czestochowa), Pawlowski (Wroclaw), Jop (Opole), Wilczynski (Olsztyn), Nowicki (Gdansk), Bednorz (Katowice), Wojtyla (Cracovie), Fondalinski (Lodz), Wojcik (Sandomierz) et Wronka (Wroclaw).

17. Mgr Pieronek, qui poursuivait alors ses études à Rome, assistait souvent à ces réunions, comme secrétaire de Mgr Wojtyla (entretien avec l'auteur).

18. L'endroit n'existe plus depuis l'édification de l'*Aula* Paul VI.

19. Cardinal Paul Poupard, entretien avec l'auteur.

20. Mieczyslaw Malinski, *op. cit.*

21. Vingt-quatre pères conciliaires sont plus jeunes que Wojtyla. Le benjamin est Mgr Alcides Mendoza Castro, évêque d'Abancay (Pérou), âgé de trente-quatre ans. Il avait pris l'habitude d'aller chercher lui-même, le matin, le vieil Alfonso Carinci, un évêque italien qui fêta ses cent ans le 9 novembre 1962 sous les applaudissements de l'assemblée conciliaire — et qui avait été, à l'âge de sept ans, enfant de chœur au concile Vatican I, en 1870.

22. *Acta Synodalia sacrosancti concili œcumenici Vaticani II*, Typis polyglottis Vaticanis, 1976.

23. *Ibid.*

24. Luigi Accattoli, *op. cit.*

25. *Acta Synodalia...*, *op. cit.*

26. Mieczyslaw Malinski, *op. cit.*

27. *Entrez dans l'Espérance*, *op. cit.*

28. Sur vingt et une interventions officielles de Mgr Wojtyla au concile, huit ont eu lieu par oral, en séance plénière, aux dates suivantes : 7 novembre 1962 (14e congrégation, sur la liturgie) ; 21 novembre 1962 (24e congrégation, sur les sources de la Révélation) ; 21 octobre 1963 (52e congrégation, sur le schéma *De Ecclesia*) ; 25 septembre 1964 (88e congrégation, sur la liberté religieuse) ; 8 octobre 1964 (97e congrégation, sur l'apostolat des laïcs) ; 21 octobre 1964 (106e congrégation, sur le schéma XIII) ; 22 septembre 1965 (133e congrégation, sur la liberté religieuse) ; 28 septembre 1965 (137e congrégation, sur le schéma XIII). Tous les textes figurent dans les *Acta Synodalia sacrosancti concili œcumenici Vaticani II*. (Encore faudrait-il citer aussi ses nombreuses interventions, d'ordre évidemment très inégal, en commission et sous-commission.)

29. Jan Grootaers, *Actes et acteurs à Vatican II*, Presses universitaires de Louvain, 1998.

30. Le cardinal ne décolère pas contre une partie de la presse française, notamment les *Informations catholiques internationales*, qui le présente comme un réactionnaire borné et peu fréquentable.

31. « Quand on parle du “monde”, dit-il, nous devons toujours avoir en vue l'homme — l'homme qui vit dans différents mondes et sous des systèmes économiques, sociaux et politiques très variés. »

32. *Acta Synodalia...*, *op. cit.*

33. Stefan Swiezawski, entretien avec l'auteur.

34. Les évêques yougoslaves, par exemple, n'ont pas été si offensifs.

35. *Acta Synodalia...*, *op. cit.*

36. Jan Grootaers, *op. cit.*

10. Archevêque de Cracovie

1. POUP : Parti ouvrier unifié polonais (en polonais : PZPR).

2. La bulle de nomination est datée du 13 janvier 1964.

3. *Kalendarium*, *op. cit.*

4. Cette étole sacrée (*racjonal*) est le symbole d'un privilège datant du Moyen Âge et réservé à quatre évêchés européens : Cracovie, Paderborn, Toul et Eichstätt.

5. En 1991, l'épiscopat définira trente diocèses de plus, dont un qui englobe dorénavant Bielsko-Biala et Zywiec (et qui comprend notamment Oswiecim et Wadowice).

6. Mgr Wojtyla, en retour, portera pour la première fois le pallium pour la messe « pontificale » qu'il dira un peu avant Noël à Cracovie.

7. Maximilien Kolbe, franciscain et prêtre catholique, est mort héroïquement à Auschwitz en août 1941. Il sera canonisé par Jean-Paul II le 10 octobre 1982.

8. Georges Blazynski, *op. cit.*

9. À des amis, il confie un jour : « Ici j'ai l'impression d'être enfermé dans une cage » (*ibid.*).

10. À Bienczyce, l'avenue qui passe devant l'église, anciennement « rue Maïakovski », s'appelle aujourd'hui « avenue des Défenseurs-de-la-Croix ».

11. Quand le pape revient à Nowa Huta, en 1983, la paroisse de Bienczyce compte cent mille fidèles et dix-huit prêtres qui bénissent sept cents mariages par an. La deuxième église, à Mistrzejowice, est achevée depuis un an. Trois autres églises

sont en construction dans les cités de Szklane Domy et Dywizjon-303 ainsi que sur la colline de Krzeslawice.

12. Le 14 novembre 1976, il posera la première pierre, en grande tenue, d'une autre église, dans le quartier de Mistrzejowice. Le chantier domine un immense terrain vague et le terminus des trams 1, 16 et 22. Surgi du néant, ce bâtiment-là, tout en bois clair et en brique, sera consacré à saint Maximilien Kolbe, lequel figurera après 1998 sur les vitraux de l'église, en compagnie des plus grands saints polonais : Adalbert, Stanislaw, Edwige, Jan Kanty, Kalinowski, Chmielowski, Kozal, etc. Sur le dernier vitrail, sans complexes, les artistes représenteront aussi... Mgr Wyszynski, l'abbé Popieluszko, mère Teresa et Jean-Paul II !

13. L'idée de la lettre a été discutée au concile avec le cardinal Döpfner, ainsi qu'avec les évêques allemands Franz Hengsbach, Josef Schröffer et Otto Spülbeck.

14. Environ 7,6 millions de Polonais sont morts ou disparus pendant la Seconde Guerre mondiale, dont 3 millions de juifs : le pays a perdu 30 % de sa population, soit, en proportion, davantage que n'importe quelle autre nation engagée dans le conflit.

15. La réponse des Allemands viendra le 5 décembre 1965. Elle fait état des millions d'Allemands qui ont été aussi chassés de leur terre natale (dans l'ouest de la Pologne), mais elle renonce implicitement à toute revendication agressive sur ces terres et donc au retour aux frontières de 1937 (avant la ligne Oder-Neisse).

16. Le texte paraîtra, en désespoir de cause, dans un journal confessionnel, *Dziennik Poslki*, le 13 janvier 1966. Une réponse complète à ces objections figurera dans une lettre pastorale de l'épiscopat datée du 10 février 1966, où l'on reconnaît la « patte » de Mgr Wojtyla, notamment lorsqu'il cite l'écrivain français Albert Camus.

17. Le 1er avril 1656, dans la cathédrale de Lwow, le roi Jan Kazimierz prêta le serment de tout faire pour « délivrer le peuple polonais de toute oppression ».

18. Dans son homélie, l'archevêque souligne, prémonitoire : « Nous avons à entrer *dans un nouveau millénaire...* »

11. Le cardinal Wojtyla

1. Tadeusz Pieronek, futur secrétaire général de l'épiscopat polonais, avait été l'élève de Karol Wojtyla au séminaire de Cracovie, puis, lorsque la faculté de théologie avait été fermée

par les communistes, l'avait retrouvé en 1955 à la KUL. En 1960, docteur en droit, il est *notariusz kurii* (chef de cabinet) de Mgr Wojtyla, vicaire général. Celui-ci lui conseille de passer à son tour l'*habilitacja* (en droit canon) : c'est pour préparer sa thèse que Pieronek est parti pour Rome en 1961.

2. Tadeusz Pieronek, entretien avec l'auteur.

3. Andrzej-Maria Deskur héritera de San Cesareo in Palatio quand il sera nommé cardinal par Jean-Paul II en 1985.

4. Paul VI remettait un saphir. Jean-Paul II, lui, remettra à « ses » cardinaux une bague en or en forme de croix.

5. Krzysztof Sliwinski, entretien avec l'auteur.

6. En 1978, Karol Wojtyla confiera à Pieronek, alors doyen de la chaire de théologie à Cracovie, qu'il y avait bien des divergences entre lui et Wyszynski sur l'enseignement catholique en Pologne.

7. Carl Bernstein et Marco Politi, *op. cit.*

8. Stefan Swiezawski, entretien avec l'auteur.

9. Stefan Wilkanowicz, entretien avec l'auteur.

10. Malheureusement pour les historiens, on risque de ne jamais connaître les premières fiches établies par la police politique sur Wojtyla : lorsqu'il a été nommé ministre de l'Intérieur, au printemps 1990, le journaliste cracovien Krzysztof Kozlowski, lui-même ami de l'ex-cardinal, a dû constater que ce dossier avait disparu. Son prédécesseur, le général Czeslaw Kiszczak, avait ordonné, quelques mois auparavant, de brûler toutes les archives du département IV chargé des affaires religieuses.

11. Tadeusz Pieronek, entretien avec l'auteur.

12. Sur la courte période qui va du 5 au 9 septembre 1967 et qui inclut cet épisode, curieusement, le *Kalendarium* (*op. cit.*) est muet.

13. Télégramme de Patrice de Beauvais, 5 mars 1968.

14. *Le Figaro*, 13 octobre 1998.

15. Tadeusz Pieronek, entretien avec l'auteur.

16. Adam Boniecki, entretien avec l'auteur.

17. Stefan Wilkanowicz, entretien avec l'auteur.

18. Mgr Agostino Casaroli, qui était alors le « ministre des Affaires étrangères » de Paul VI, a fait un long voyage en Pologne du 17 février au 24 mars 1967.

19. Jerzy Waszczuk, entretien avec l'auteur.

20. Mieczyslaw Malinski, *op. cit.*

21. Le pape gardera toute sa vie la détestable habitude de lire son courrier tout en conversant avec ses interlocuteurs. Un jour, son ami Jacek Wozniakowski s'en plaint à Mgr Deskur : « Nous, les Romains, on va lui apprendre de meilleures maniè-

res », assure celui-ci. En vain : toute sa vie, Karol Wojtyla continuera à annoter des papiers en recevant ses visiteurs.

22. *Kalendarium, op. cit.*

23. Témoignage d'Anna-Teresa Tymienicka, *in* Carl Bernstein et Marco Politi, *op. cit.*

24. Mieczyslaw Malinski, *op. cit.*

25. Tadeusz Pieronek, entretien avec l'auteur. .

26. Stefan Wilkanowicz, entretien avec l'auteur.

27. Membre de la commission centrale, Stefan Wilkanowicz présida aussi la sous-commission pour les laïcs. Quand Wojtyla sera devenu Jean-Paul II, il siégera pendant dix ans au Conseil pontifical pour les laïcs.

28. Édité en polonais par la Société théologique polonaise (Cracovie, 1972). Édition française : *Aux sources du renouveau, Étude sur la mise en œuvre du concile Vatican II*, trad. H. Louette, Le Centurion, 1981.

12. Les années Gierek

1. Jerzy Kloczowski, *Histoire religieuse de la Pologne*, préface de Jacques Le Goff, Le Centurion, 1987.

2. Tadeusz Styczen, entretien avec l'auteur.

3. Andrzej Szostek, entretien avec l'auteur.

4. La somme des interventions à cette longue séance, ainsi que des contributions écrites ultérieures, a été publiée dans les *Analecta Cracoviensia*.

5. Carl Bernstein et Marco Politi, *op. cit.*

6. *I gradi dell'essere nella fenomenologia e nella metafisica classica*, intervention mentionnée dans la *Chronica Universitatis* de l'Université grégorienne (année 1976-1977).

7. Jerzy Turowicz devra se faire remplacer par Jacek Wozniakowski pour la troisième session, à l'automne 1964, les autorités l'ayant interdit de visa.

8. Jas et Wanda Gawronski sont les enfants de Luciana Frassati, qui a épousé un diplomate polonais nommé Gawronski. Jas sera plus tard député européen et député de Rome, sous les couleurs de la Démocratie chrétienne.

9. Jacek Wozniakowski, entretien avec l'auteur.

10. Un recueil des principaux articles de Karol Wojtyla a été publié en français sous le titre *En esprit et en vérité*, trad. Gwendoline Jarczyk, Le Centurion, 1980. Par ailleurs, Karol Wojtyla a publié d'autres articles, de nature universitaire, dans des revues spécialisées — notamment sur la métaphysique et la phénoménologie. (Cf. l'impressionnante recension de tous ses

écrits publiés entre 1946 et 1978 dans le *Kalendarium, op. cit.*, p. 843-870.)

11. Jacek Wozniakowski, entretien avec l'auteur.

12. L'une de ses interventions sur Radio Vatican, le 18 février 1965, intitulée « La parole d'Auschwitz » (« *Wymowa Oswiecimia* »), portait sur le vingtième anniversaire de la libération du camp.

13. Les piliers du groupe Znak sont : Jerzy Turowicz, Stanislaw Stomma (qui partira bientôt pour Varsovie), Jacek Wozniakowski, Andrzej Bardecki, Antoni Golubiew. Les principaux collaborateurs : Bronislaw Mamon, Tadeusz Zychiewicz, Mieczyslaw Pszon, Jozefa Hennel, Zofia Morstin, Hanna Malewska, Maria Turowicz. Rejoindront l'équipe dans les années 1956-1957 : Stefan Wilkanowicz, Wladyslaw Strozewski, Krzysztof Kozlowski, Jerzy Kolontaj, Jacek Susul, souvent recrutés dans la mouvance de la KUL. Parmi les « plumes » extérieures au journal, outre Stefan Kisielewski, citons : Zygmunt Kubiak, Leopold Tyrmand (qui quittera le pays pour les États-Unis).

14. Sergio Trasatti, *op. cit.*

15. Jean Offredo, *Nous, chrétiens de Pologne, op. cit.*

16. Georges Blazynski, *op. cit.*

17. Stanislaw Kania, entretien avec l'auteur.

18. Liljana Sonik, entretien avec l'auteur.

19. Georges Blazynski, *op. cit.*, et Carl Bernstein et Marco Politi, *op. cit.*

20. *Ibid.*

21. Le livre est paru en français sous le titre *L'Église et la gauche : le dialogue polonais*, Seuil, 1979.

13. Sur les pas de Paul VI

1. Lettre citée dans le *Kalendarium, op. cit.*

2. Il aura accompli entre-temps un autre pèlerinage : en octobre 1965, pendant une interruption de la dernière session du concile, Wojtyla a fait un court voyage à Paray-le-Monial, en Bourgogne, où l'évêque d'Autun l'a invité à célébrer une messe pour la fête de sainte Marguerite-Marie. De Paray-le-Monial, il est allé visiter la communauté de Taizé, où l'a invité frère Roger Schutz (voir *infra*, chap. 26).

3. Mgr Szczepan Wesoly, entretien avec l'auteur.

4. Il est difficile de savoir ce qu'a dit Wojtyla, ici ou là, dans ses homélies (une centaine au total), car il improvisa la quasi-totalité de ses textes, prononcés sans notes. Les thèmes qu'il a

abordés partout sont, selon le témoignage de Mgr Wesoly : la nation, la culture, l'Église.

5. À New York, où il ne séjourne que quelques heures — le temps d'une messe à la cathédrale Saint-Patrick — il ne peut rencontrer le cardinal Cook, malade ce jour-là.

6. La Papouasie-Nouvelle-Guinée ne sera indépendante de l'Australie qu'un an plus tard.

7. La mauvaise orthographe du nom est d'origine.

8. Il reste de cette équipée une photo de Karol Wojtyla avec des kangourous, prise au parc Sanctuary de Melbourne, lors de la visite d'un camp de scouts polonais, le 23 février 1973.

9. Cité par Georges Blazynski, *op. cit.*

10. Hasard de l'Histoire : c'est Irina Alberti-Ilovoïskaïa, future directrice de *La Pensée russe* et traductrice de Soljenitsyne, qui prévint celui-ci que les Américains « ne lui pardonneraient pas » son discours de Harvard (source : A. Soljenitsyne, *Le grain tombé entre les meules*, Fayard, 1998). Or Irina Alberti allait devenir aussi, quelques années plus tard, une des meilleures amies du pape polonais.

11. Il y avait aussi Mgr Orszulik (porte-parole de l'épiscopat polonais), Mgr Wesoly (aumônier de la diaspora), Mgr Lubowiecki (vicaire général des Polonais d'Allemagne) et Mieczyslaw Pszon, journaliste au *Tygodnik Powszechny*.

12. Mgr Kozal sera béatifié par Jean-Paul II lors de son voyage à Varsovie en juin 1987.

13. *Motu proprio* du 15 septembre 1965 (*Apostolica sollicitudo*). Le décret conciliaire sera publié le 28 octobre 1965.

14. Rapporté par Mieczyslaw Malinski, *op. cit.*

15. Quatre Polonais y prennent part : Wyszynski, Wojtyla, Ablewicz et aussi Deskur, comme secrétaire de la Commission pontificale pour les communications sociales.

16. L'autre rapporteur final est le cardinal Cordeiro, du Pakistan.

17. Cf. Georges Blazynski, *op . cit.*

18. Stanislaw Rylko, entretien avec l'auteur.

19. Le texte paraîtra en polonais en 1976 sous le titre *Znak, ktoremu sprzeciwiac sie beda*, Ed. Pallotinum, Poznan-Varsovie. En italien, en 1977, sous le titre *Segno di contraddizione — Meditazioni*, Vita e Pensiero, Milan. En français, en 1979 : *Le signe de contradiction — Retraite au Vatican*, Communio-Fayard.

20. Georges Blazynski, *op. cit.*

14. « Habemus papam ! »

1. Sources personnelles.
2. Mieczyslaw Malinski, *op. cit.*
3. Selon l'assistant du cardinal Wyszynski, le père Kukolowicz.
4. Avant de se précipiter, directement de l'aéroport, chez le journaliste du *Tygodnik Powszechny* Antoni Golubiew, qui vient de perdre tragiquement son fils.
5. *Kalendarium, op. cit.*
6. Voir *supra*, chap. 13.
7. *Kalendarium, op. cit.*
8. David Yallop, *Au nom de Dieu*, Bourgois, 1984.
9. « Au nom de Dieu ou des États-Unis ? » *Temps nouveaux*, n° 18, Moscou, 1985. Victor Willi, *Au nom du diable*, Christiana Verlag, 1987.
10. Mgr Jacques Martin, *Mes six papes*, Mame, 1993.
11. John Cornwell, *Comme un voleur dans la nuit*, Robert Laffont, 1989.
12. En revanche, le père Stanislaw Rylko, qui venait d'être nommé par Wojtyla vice-recteur du séminaire de Cracovie, et qui assistait à cet office de la basilique, ne se rappelle pas avoir observé d'émotion chez l'officiant (entretien avec l'auteur).
13. Mgr Thu, entretien avec l'auteur.
14. C'est à son arrivée au pied de la basilique que le photographe italien Gianni Giansanti fait sa première photo de Karol Wojtyla — en noir et blanc, portant parapluie, le long d'un pilier de la place Saint-Pierre. Il en fera ensuite des milliers d'autres. Cf. son magnifique *Jean-Paul II, portrait d'un pape*, Gründ, 1996.
15. Selon Georges Blazynski, *op. cit.*
16. Rapporté par Mgr Thu, entretien avec l'auteur.
17. « *N'ayez pas peur !* », *op. cit.*
18. Mgr Wojtyla tenait quotidiennement son « journal d'activités d'évêque », une sorte d'agenda de format moyen, usé, où il notait tout, d'une écriture rapide mais lisible, avec beaucoup d'abréviations. Son journal se termine avec ces notes prises au moment de son élection :

    16 octobre : 7 h concélébr.
    fête de Ste-Hedwige. Conclave
    17 h 15 env. Jean-Paul II

19. Mgr Jacques Martin, *op. cit.*
20. Renato Boccardo, entretien avec l'auteur.
21. Mieczyslaw Malinski, *op. cit.*
22. Mgr Jacques Martin, *op. cit.*

15. Une journée dans la vie d'un pape

1. *Entrez dans l'Espérance, op. cit.*
2. Mgr Thu, entretien avec l'auteur.
3. La terrasse a été aménagée par Paul VI.
4. Interview accordée à *Famille chrétienne*, 31 mars 2001.
5. La chapelle a été restaurée par l'architecte Dandollo Bellini. La porte d'entrée en bronze a été dessinée par Enrico Manfrini. Le fauteuil du pape a été gravé par le sculpteur Mario Rudelli.
6. Cet ordre, fondé en Pologne en 1894, compte environ six cents religieuses.
7. L'abbé Diego Lorenzi, secrétaire de Jean-Paul Ier, n'a pas eu le temps de laisser un souvenir significatif.
8. Dans la constitution *Universi dominici gregis* (1996), Jean-Paul II a fait préciser que le secrétaire du pape, à la mort de celui-ci, pourrait rester dans les lieux jusqu'après l'enterrement (Pasquale Macchi, secrétaire de Paul VI, avait été prié de quitter son appartement dans les vingt-quatre heures).
9. C'est-à-dire *ad limina apostorum*, aux « limites » des tombeaux des apôtres Pierre et Paul.
10. La mantille est ce voile de dentelle noire porté naguère par toute femme approchant le Saint-Père, mais qui ne figure plus depuis longtemps dans le protocole des audiences papales. Cf. Jean Chelini, *Jean-Paul II au Vatican*, Hachette, 1995.
11. Ces verrières avaient explosé, le 23 décembre 1967, lorsque l'hélicoptère du président américain Lyndon Johnson avait voulu — en vain — atterrir directement dans la cour Saint-Damase pour éviter les manifestations romaines contre la guerre au Vietnam.
12. Voir *supra*, introduction, n. 1.
13. Mgr Boccardo, entretien avec l'auteur.
14. Mgr Thu, entretien avec l'auteur.

16. Le « sportif de Dieu »

1. Selon le journal *L'Espresso*, les services secrets italiens auraient pris une photo du pape nu au bord du bassin. La photo aurait été rachetée par Angelo Rizzoli, directeur du *Corriere della Sera*, qui en aurait fait cadeau au secrétariat du Saint-Père. Rapporté par Patrick Meney, *Le pape aussi a eu vingt ans*, Plon, 1995.

2. Spatules couleur bordeaux avec une rayure bleu ciel. Ces skis sont exposés au musée de Wadowice.
3. Georges Blazynski, *op. cit.*
4. Bruno Bartoloni, correspondant de l'Agence France Presse à Rome, entretien avec l'auteur.
5. Agence France Presse.
6. Rapporté par Jean Chelini, *op. cit.*
7. *L'Osservatore romano*, 27 juillet 1999.
8. Voir *infra*, chap. 19.
9. Mgr Boccardo, entretien avec l'auteur.
10. Le porte-parole Navarro-Valls, qui est aussi médecin, a parlé d'un « syndrome nerveux extrapyramidal » le 7 septembre 1996.
11. « La souffrance, acceptée en union avec le Christ souffrant, a une efficacité incomparable pour la réalisation du dessein divin du salut », avait dit Jean-Paul II à l'angélus du 24 mai 1981, juste après l'attentat. En février 1984, il avait tiré de son expérience une lettre apostolique intitulée *Salvifici doloris* (« De la douleur salvatrice »). « Je complète dans ma chair ce qui manque à la passion du Christ », avait-il dit un jour à son ami Frossard, en citant saint Paul.
12. Notamment *Le Monde diplomatique*, cité par Giancarlo Zizola, *Le successeur*, Desclée de Brouwer, 1995.
13. Renato Buzzonetti, né en 1926, a commencé sa carrière sous le court pontificat de Jean-Paul Ier, à la mort du docteur Mario Fontana, le médecin personnel de Paul VI, dont il était l'adjoint.

17. L'épopée polonaise

1. Antoine Wenger, *Le cardinal Villot (1905-1979)*, Desclée de Brouwer, 1989.
2. Stanislaw Kania, entretien avec l'auteur. On a repris dans ce chapitre plusieurs citations et développements figurant dans *La vérité l'emportera toujours sur le mensonge*, J.-C. Lattès, 1991.
3. Les dirigeants ont aussi biffé du programme souhaité par le pape les deux étapes les plus « prolétariennes » : Piekary (le fief du chef du Parti, Edward Gierek) et Nowa Huta (où l'ex-cardinal Wojtyla avait mené la fameuse bataille pour les églises).
4. Stanislaw Kania, entretien avec l'auteur.
5. Edward Gierek, *Przewana dekada*, entretiens avec Janusz Rolicki, Polska Oficyna Wydawnicza, 1990.

6. *Solidarnosc*, film de J. M. Meurice, K. Talczewski et G. Meteryk, Éd. Point du Jour, 1990.
7. Jerzy Waszczuk, entretien avec l'auteur.
8. George Weigel, *Jean-Paul II, témoin de l'espérance*, J.-C. Lattès, 1999.
9. Georges Blazynski, *op. cit.*
10. AFP, 22 août 1980.
11. Stanislaw Kania, entretien avec l'auteur.
12. Jerzy Waszczuk, entretien avec l'auteur.
13. *La Documentation catholique*, 15 février 1981.
14. Joseph Tischner, *Éthique de Solidarité*, préfaces d'André Bergeron et Jean Bornard, Critérion, Limoges, 1983.
15. Carl Bernstein et Marco Politi, *op. cit.*
16 On trouvera le texte de la lettre dans George Weigel, *op. cit.* Contrairement à une légende largement répandue, le pape n'a jamais menacé de s'envoler vers la Pologne en cas d'invasion.
17. Carl Bernstein et Marco Politi, *op. cit.*
18. *Ibid.*
19. AFP, 16 décembre 1981.
20. AFP, 20 décembre 1981.
21. AFP, 1er janvier 1982
22. *La Croix*, 19 juin 1983.
23. Jean Offredo et Dominique Le Corre, *Jean-Paul II en Pologne*, Cana, 1983.
24. Sur l'affaire Popieluszko, citons : Roger Boyes et John Moody, *Le prêtre qui devait mourir*, Albin Michel, 1987 ; Patrick Michel et Georges Mink, *Mort d'un prêtre*, Fayard, 1985 ; Grazyna Sikorska, *Vie et mort de Jerzy Popieluszko*, Cerf, 1985 ; Jerzy Popieluszko, *Carnets intimes*, présentés par Jean Offredo, Cana, 1985.
25. Andrzej Drawicz, « Zmiana klimatu » (« Changement de climat »), *Tygodnik Powszechny*, 12 octobre 1986.
26. Lech Walesa, *Les chemins de la démocratie*, Plon, 1991.
27. André Frossard, *Portrait de Jean-Paul II*, Robert Laffont, 1988.

18. La fin du communisme

1. Mieczyslaw Malinski, *op. cit.*
2. Antoine Wenger, *op. cit.*
3. Jean-Bernard Raimond : *Jean-Paul II, un pape au cœur de l'histoire*, Le Cherche-Midi, 1999.
4. Jean 8, 31.

5. Jean-Paul II adresse au cardinal Tomasek un message pour Noël 1978, puis cette lettre pour le 250e anniversaire de la canonisation de Jean Népomucène (2 mars 1979). Il le reçoit en février 1979, juillet 1979, mars 1980, octobre 1981, novembre 1982, octobre 1983, etc. Le cardinal tchèque, qui servit avec des Polonais dans l'armée autrichienne avant la guerre 1914-1918, parle couramment le polonais.

6. Sur l'action de Jean-Paul II dans chacun des pays d'Europe de l'Est, on renverra à notre ouvrage *La vérité l'emportera toujours sur le mensonge, op. cit.*

7. Selon George Weigel, *op. cit.*

8. Andreï Gromyko, *Mémoires*, Belfond, 1989.

9. Vladimir Zelinski, entretien avec l'auteur.

10. Rapport remis le 4 novembre 1978 au comité central du PCUS. À la même époque, aux États-Unis, les experts de la CIA rédigent une première estimation selon laquelle l'Union soviétique a tout à craindre de l'élection de ce pape qui va compliquer davantage ses efforts pour « contenir l'attraction de la Pologne vers l'Occident ». « L'avènement de l'archevêque de Cracovie [...] à la papauté va sans aucun doute s'avérer extrêmement préoccupant pour Moscou », est-il indiqué dans ce mémorandum secret daté du 19 octobre 1978 (soit trois jours après l'élection de Jean-Paul II), en soulignant aussi qu'elle va « contribuer à une augmentation du nationalisme en Europe de l'Est ». Ce document est aujourd'hui déclassifié (AFP, 12 mars 2001).

11. La résolution prévoit six angles d'attaque : une vaste campagne de propagande et de pressions contre le Vatican ; la mise dans le coup des partis communistes d'Occident et d'Amérique latine ; l'utilisation du Mouvement pour la paix (et notamment de ses composantes proches des Églises) ; l'« amélioration de la qualité de la lutte » du KGB contre la politique du Vatican ; des opérations de désinformation pour montrer aux chrétiens que la politique de Jean-Paul II est irresponsable ; un renforcement de la propagande « athéiste » (notamment par les divers départements de l'Académie des sciences). Cf. Tad Szulc, *Pope John Paul II*, Simon and Schuster, 1995.

12. Voir *supra*, chap. 12.

13. Irina Alberti, entretien avec l'auteur.

14. Cité par George Weigel, *op. cit.*

15. Ainsi, à l'automne 1986, Vadim Zagladine, adjoint au secrétaire du comité central pour les affaires internationales et fin connaisseur de l'Italie, a dîné avec Mgr Vincenzo Paglia (un des hommes de confiance de Jean-Paul II) au restaurant

Praga, à Moscou (Source : Vadim Zagladine, entretien avec l'auteur.)

16. André Frossard, *Portrait de Jean-Paul II*, *op. cit.*

17. Cité par Jacques Amalric, « Le patriarche aux mains sales », *Le Monde*, 5 mai 1990.

18. Cf. George Weigel, *op. cit.*

19. Jean-Paul II ne connaît pas assez le russe pour avoir une conversation dans cette langue. Le père Sloweniec, un Polonais ayant passé son enfance en Sibérie, lui tient lieu d'interprète officiel.

20. « Leur situation, dit le pape, est un sujet de vives préoccupations pour moi-même et pour le Saint-Siège. Tout au long des quarante années écoulées depuis la fin de la guerre, ils ont été privés du droit fondamental à la liberté religieuse et pratiquement mis hors la loi. »

21. Texte paru dans Mikhaïl Gorbatchev, *Avant-mémoires*, Odile Jacob, 1993.

22. *La Stampa* du 2 mars 1992 (l'article a été repris dans plusieurs autres grands journaux européens, parmi lesquels *El País* en Espagne et *Libération* en France).

23. Environ 4 000 journalistes, notamment américains, se sont accrédités pour couvrir ce voyage, ce qui constitua un record. Encore faut-il préciser qu'une partie de la presse américaine plia bagage à quelques heures de l'arrivée du pape pour rentrer précipitamment aux États-Unis où venait de se produire un rebondissement inattendu dans l'affaire Monica Lewinski.

24. Dans un livre d'entretiens publié en 1985.

19. « Une main a tiré... »

1. Portant le nom du religieux franciscain Agostino Gemelli (fondateur de l'Université catholique de Milan en 1921), la polyclinique a été fondée selon un vœu de Pie XI dans le quartier de Monte Mario, au nord de Rome. C'est Jean XXIII qui l'a inaugurée en 1961.

2. Confidence accordée à André Frossard, « *N'ayez pas peur !* », *op. cit.*

3. Lire le dossier publié en France par l'auteur, à l'époque, dans *La Croix* du 8 janvier 1983, « La filière bulgare : prudence ! »

4. Notamment la trop parfaite description de l'appartement d'Antonov, qui s'est révélé être celui du dessous, ainsi que la présence de la femme d'Antonov à l'un des rendez-vous, alors

qu'elle était partie inopinément à Sofia : deux « erreurs » qui tiennent, à l'évidence, à l'imperfection des fiches des services de renseignements qui ont colligé ces informations. De même, les informations concernant le camion bulgare qui devait exfiltrer les deux tueurs, le 13 mai au soir, ressemblent à s'y méprendre à une note des mêmes services de renseignements.

5. Notamment Francesco Pazienza, ex-espion et affairiste, les généraux Santovito et Musumeci, et les colonels Titta et Sportelli, tous dirigeants ou anciens dirigeants du SISMI (service secret militaire) aux relations multiples et entretenant des liens étroits avec la loge P2.

6. Selon une confidence faite par le pape à son vicaire romain, le cardinal Poletti, en 1985.

7. Agça sera gracié en 2000 — l'année du Jubilé — et extradé vers la Turquie où il retrouvera la prison d'où il s'était échappé vingt et un ans plus tôt.

8. Aura Miguel, *Le secret de Jean-Paul II*, Mame-Plon, 2000.

9. *Entrez dans l'Espérance, op. cit.*

10. Citation exacte in Aura Miguel, *op. cit.*

11. Stefan Swiezawski, entretien avec l'auteur.

12. Angélus du 7 octobre 1981.

13. De façon non moins imagée, Jean-Paul II se confiera aux évêques italiens, dans une méditation conduite depuis l'hôpital Gemelli le 13 mai 1994 : « Ce fut une main maternelle qui guida la trajectoire du projectile, et le pape agonisant s'arrêta au seuil de la mort. »

14. Discours prononcé à Fatima le 13 mai 1982.

15. Le 2 mai 1981 (dix jours avant l'attentat de la place Saint-Pierre), un pirate de l'air mystique nommé James Downey détourna un avion de la compagnie Air Lingus, entre Dublin et Londres, exigeant « la divulgation du troisième secret de Fatima ».

16. Aura Miguel, *op. cit.*

17. Angélus du 26 juillet 1987.

18. Le lundi 26 juin 2000, dans la salle de presse du Saint-Siège, une centaine de journalistes et quatorze caméras de télévision ont écouté le cardinal Ratzinger lire et commenter le fameux « troisième secret » de Fatima. Selon certains commentateurs, en décidant de le dévoiler ainsi, Jean-Paul II réglait, en quelque sorte, de vieilles affaires — le « secret » de Fatima appartenant au siècle finissant — au moment d'engager l'Église à s'élancer vers le IIIe millénaire.

19. Il faut aussi rappeler qu'en novembre 1970, déjà, un individu portant soutane s'était jeté sur Paul VI débarquant à Manille, aux Philippines, dans le dessein de le poignarder. Pro-

tégé par ses gardes du corps, le pape s'en tira miraculeusement avec une légère blessure à la main gauche.

20. Politiquement inclassable

1. Au journaliste français Jean Offredo (voir *supra*, chap. 12).
2. Lire notamment la contribution du père Carlos-Josaphat Pinto de Oliveira dans l'ouvrage collectif *Jean-Paul II et les droits de l'homme*, Éditions universitaires de Fribourg, 1980.
3. Cf. chap. 12 et Georges Blazynski, *op. cit.*
4. *Entrez dans l'Espérance, op. cit.*
5. Citons notamment, en sus de l'encyclique *Redemptor hominis*, en cette année 1979 : le discours aux membres de la Celam à Puebla (28 janvier) ; le discours aux membres du tribunal de la Rote (17 février) ; le discours aux présidents et représentants des organisations mondiales juives (12 mars) ; l'homélie prononcée à Auschwitz (9 juin) ; le discours devant l'Assemblée générale de l'ONU (2 octobre) ; le discours aux participants de la IXe conférence mondiale sur le droit (24 septembre) ; le message au secrétaire général des Nations unies pour le XXXe anniversaire de la Déclaration universelle des droits de l'homme (2 décembre).
6. Antoine Wenger, *op. cit.*
7. Rapporté par George Weigel, *op. cit.*
8. *Ibid.*
9. Comme elle le fut, la même année, en Pologne, lorsque le général Jaruzelski fut légalement écarté du pouvoir. L'un des artisans de la transition polonaise, l'ex-dissident Adam Michnik, s'opposera d'ailleurs, en 1999, à ce que le général Pinochet, arrêté à Londres, soit jugé en dehors de son pays.
10. Qui pensait, après le voyage papal en Amérique centrale en 1983, qu'un démocrate-chrétien serait régulièrement élu au Salvador, l'année suivante, contre le dictateur Robert d'Aubuisson ?
11. Cf. le document publié par la commission Justice et Paix le 27 décembre 1986, intitulé « Au service de la communauté humaine : approche éthique de la question de la dette internationale ».
12. Discours prononcé le 24 mars 1997, à l'occasion d'un congrès sur l'environnement et la santé organisé par le Rotary Club International en collaboration avec l'université catholique italienne du Sacré-Cœur.
13. Dans un entretien avec l'auteur publié par la revue *Commentaire*, Mikhaïl Gorbatchev disait : « Jean-Paul II est peut-

être l'homme le plus *à gauche* du monde : qui parle plus que lui des pauvres, des malades, des exclus, du Sud ? » (*Commentaire*, n° 80, hiver 1997-1998).

14. Discours devant quatre mille professeurs et étudiants venant de quatre cents universités du monde entier, rassemblés à Rome pour un congrès organisé par l'Opus Dei.

15. Le 25 décembre suivant, Mikhaïl Gorbatchev démissionnera de son poste de président de l'URSS et signifiera officiellement la fin du régime soviétique.

16. Dès son élection, Karol Wojtyla avait déconcerté en ouvrant le champ des options politiques : en mars 1979, il recevait dix mille jeunes du mouvement Communione e Liberazione, classé plutôt à droite ; mais en juillet 1979, à Castel Gandolfo, il encourageait clairement les animateurs de la communauté Sant' Egidio, classée plutôt à gauche, à poursuivre leur action. Même exemple vers la fin du pontificat, lorsque Jean-Paul II annonce en même temps la canonisation d'Escrivá de Balaguer, fondateur de l'Opus Dei, et l'ouverture du procès en béatification de Luigi Sturzo, fondateur de la Démocratie chrétienne en Italie en 1919 : un homme classé très « à droite » et un autre situé très « à gauche ». L'important, aux yeux du pape, est que les chrétiens laïcs participent aux débats pour améliorer la société, laissant aux prêtres le soin de maintenir le cap, au-delà des engagements partisans.

21. Le monde est sa paroisse

1. Sans compter plus de huit cents déplacements à Rome même — où il a visité sa trois centième paroisse, sur un total de 334, en mai 2002 — et à Castel Gandolfo.

2. Le record datant de sa tournée en Asie et en Océanie en 1986, au cours de laquelle Jean-Paul II a parcouru 48 974 km en treize jours.

3. Caroline Pigozzi, *Le pape en privé,* Nil Éditions, 2000.

4. *Kalendarium, op. cit.*

5. L'aréopage était le tribunal de la Grèce antique, ouvert à tous les débats, qui se tenait à Athènes sur une colline près de l'Acropole.

6. Lire par exemple *Le rêve de Compostelle (Vers la restauration d'une Europe chrétienne ?)*, ouvrage collectif sous la direction du sociologue René Luneau, Le Centurion, 1989.

7. *La diplomatie de Jean-Paul II,* sous la direction de Joël-Benoît d'Onorio, Cerf, 2000.

8. Discours à l'ONU, 4 octobre 1965.

9. Le Saint-Siège avait déjà joué ce rôle dans le passé, mais pas depuis 1885.

10. Rapporté par Mgr Gabriel Montalvo, l'un des négociateurs, entretien avec l'auteur.

11. Confidence au nonce Pio Laghi, rapportée par George Weigel, *op. cit.*

12. Le pape n'est pas un chef d'État comme les autres. Le Saint-Siège détient à l'ONU (donc à l'Unesco, à l'OMS, à l'Unicef, etc.) un poste d'observateur et à la CSCE un siège à part entière. Le pape n'y est pas représenté en tant que chef du micro-État nommé Cité du Vatican (qui n'est que le support territorial de l'Église), mais bien *en tant que chef de l'Église catholique.* C'est auprès de l'Église catholique, et non de la Cité du Vatican, que sont accrédités les ambassadeurs « auprès du Saint-Siège ». Lire sur ce sujet *Le Saint-Siège dans les relations internationales*, sous la direction de Joël-Benoît d'Onorio, Cerf, 1989.

13. Rapporté par Carl Bernstein et Marco Politi, *op. cit.*

14. Lettre à Mgr Michel Dubost, évêque aux armées françaises, 19 septembre 1996. Cf. Mgr Michel Dubost, *Ministre de la paix*, Cerf, 1996.

15. Cité par *La Croix* du 11 mai 1999.

16. L'Américain George Weigel (*op. cit.*) remarque que dans les 687 pages de mémoires rédigés par James Baker, le secrétaire d'État américain, le pape n'est pas mentionné une seule fois.

17. Card. Roger Etchegaray, entretien avec l'auteur.

18. *La crise en Yougoslavie. Position et action du Saint-Siège (1991-1992)*, cahiers de *L'Osservatore romano*, Librairie Éditrice Vaticane, 1992. Deux autres recueils seront publiés par la suite : *L'action du Saint-Siège dans le conflit bosniaque*, Librairie Éditrice Vaticane, 1994, et *L'engagement du Saint-Siège pour la paix dans les Balkans*, Librairie Éditrice Vaticane, 1996.

19. Christine de Montclos, *Le Vatican et l'éclatement de la Yougoslavie*, PUF, 1999.

20. Le 1er janvier 1992, dans la basilique Saint-Pierre, à l'issue de la messe célébrée en présence du corps diplomatique, le pape s'écrie : « Tous les peuples ont le droit d'être respectés dans leurs spécificités et dans leurs choix légitimes ! Tous les peuples ont le droit de pouvoir vivre en paix ! Agresser un peuple est toujours immoral ! »

21. Selon Mgr Vincenzo Paglia cité par George Weigel, *op. cit.*

22. Une certaine idée de la France

1. Voir *supra*, chap. 6.

2. À Lourdes, le 15 août 1983. « La France demeure un grand pays, à l'histoire prestigieuse, familière aux autres nations *et en particulier à ma Pologne natale* », dira aussi Jean-Paul II, à Lyon, le 4 octobre 1986.

3. Pie IX, élu sur une étiquette libérale en 1846, fut rétabli dans son pouvoir en avril 1850 par les troupes françaises, jusqu'à ce que la défaite de celles-ci en 1870 en fasse la principale victime de l'unité italienne. Dans le *Syllabus* annexé à l'encyclique *Quanta cura* (1864), il condamna la plupart des doctrines issues de la période révolutionnaire, y compris le libéralisme et le modernisme.

4. *Jean-Paul II. Voyage apostolique à Lyon, Taizé, Paray-le-Monial, Ars et Annecy (4-7 octobre 1986)*, « Documents des Églises », Cerf, 1986.

5. Stanislaw Dziwisz le confirmera personnellement à Jean-Marie Lustiger : « Vous êtes le fruit de la prière du pape. »

6. Cf. Jean-Marie Lustiger, *Le choix de Dieu*, entretiens avec Jean-Louis Missika et Dominique Wolton, Éd. de Fallois, 1987.

7. Le père Antoine Chevrier (1826-1879), fondateur de la Société du Prado, fut l'apôtre des quartiers miséreux de Lyon au milieu du XIXe siècle.

8. Mgr Jacques Martin, *op. cit.*

9. En dix ans (1980-1990), le pape a créé en France 50 nouveaux évêques (sur un total de 119).

10. Lire à ce sujet, *Les évêques de France et le marxisme*, de Jean Bourdarias, Fayard, 1991, et *David contre Goliath aujourd'hui*, de Mgr Elchinger, Fayard, 1991.

11. En fait, le Saint-Père a accordé de toute urgence, le 24 octobre, c'est-à-dire l'avant-veille de l'arrivée du président Giscard d'Estaing, une audience au président italien Sandro Pertini, pour que celui-ci soit le premier reçu.

12. *Le pouvoir et la vie*, t. I, Compagnie 12, 1988.

13. Claude-François Julien, *Le Nouvel Observateur*, 12 août 1983.

14. Lire sur ce point la réponse de Jean-Paul II à l'ambassadeur Jean Guéguinou venu lui présenter ses lettres de créance le 24 octobre 1998, *in L'Osservatore Romano* du 25 octobre 1998.

15. « Il n'y a pas de problème entre le Vatican et la France », déclare Roland Dumas, ministre des Affaires étrangères, en marge de son audience chez Jean-Paul II le 9 novembre 1985.

16. Propos rapportés par *La Croix*, 20 janvier 1996.
17. *L'Événement du Jeudi*, 19 septembre 1996.
18. Jean-Paul II voulait aussi aller prier sur celle de son autre ami André Frossard, mais le journaliste étant enterré à Lyon, il dut y renoncer.
19. Pie VI, farouche adversaire des Lumières et de la Révolution, mourut en exil forcé, à Valence, le 29 août 1799, où il fut enterré dans le cimetière local. Au cours d'une messe solennelle présidée par le cardinal Etchegaray, un message de Jean-Paul II fut lu, qui rappela les mérites de ceux qui ont défendu la liberté de l'Église face aux abus des pouvoirs civils.
20. Le ministre de la Défense doit, le même jour, nommer l'aumônier à un grade équivalent de celui de lieutenant-colonel : c'est cette procédure que le ministre a refusée.
21. Même le jubilé des hommes politiques, en octobre 2000, placé sous le patronage canonique de Thomas More, n'intéressa qu'une petite vingtaine d'élus français, auxquels les médias de leur pays n'accordèrent aucune importance.
22. Jean-Paul II déplorera régulièrement, et avec force, cette « marginalisation » des religions « qui ont contribué et contribuent encore à la culture et à l'humanisme dont l'Europe est légitimement fière » (discours au corps diplomatique, 10 janvier 2002). Il le répétera tout au long des travaux de la Convention, présidée par Valéry Giscard d'Estaing, chargée d'élaborer la future Constitution de l'Union d'ici la fin de l'année 2003.

23. Le gouvernement de l'Église

1. Encyclique *Ut unum sint*, 1995.
2. Antoine Wenger, *op. cit.*
3. Déjà, Paul VI s'était dégagé de sa souveraineté sur l'État du Vatican en la confiant à une commission composée de sept cardinaux, nommés pour cinq ans, et présidée par le secrétaire d'État (loi sur le gouvernement de l'État du Vatican, 24 juin 1969).
4. Jean-Paul II adoptera la même attitude quant à sa responsabilité d'évêque de Rome : s'il tient à son rôle de pasteur — il ira visiter une à une toutes les paroisses de son diocèse, comme il le faisait à Cracovie — il se dégage d'emblée de toutes les questions pratiques sur son « vicaire général » (le cardinal Poletti, puis le cardinal Ruini). De même en tant que primat d'Italie et président en titre de la conférence épiscopale italienne, Jean-Paul II a laissé les rênes aux chefs successifs de cette instance, les cardinaux Ballestrero et Ruini.

5. En fait, il y a quatre budgets distincts : le budget du Siège apostolique, qui couvre les « services centraux », la Curie, auxquels s'ajouteront après 1985 Radio Vatican et *L'Osservatore romano* ; le budget de la Cité du Vatican (vente des timbres, médailles, produits des musées) qui couvre près de 2 000 salariés, dont les gardes suisses (plus Radio Vatican jusqu'en 1985) ; le budget de la Congrégation pour l'évangélisation des peuples, qui couvre les missions (fondations et collectes) et l'Institut pour les œuvres de religion (IOR), où nombre d'ordres religieux ont leur compte, et qui gère patrimoine financier et immobilier (fabrique de Saint-Pierre, basilique). Le total du budget du Vatican s'élevait, en 1989, à 1 milliard de francs, soit l'équivalent du budget de l'Unesco.

6. Benedetto Argentieri, directeur de la section extraordinaire de l'Administration du patrimoine de 1970 à 1991, entretien avec l'auteur.

7. De 1981 à 1988, le déficit annuel oscillait entre 50 et 90 millions de dollars.

8. Cf. dossier paru dans *La Croix*, 9 avril 1991.

9. Comme il l'a exprimé en octobre 1986.

10. Le cardinal Szoka deviendra, en octobre 1997, président de la Commission pontificale de la Cité du Vatican. C'est de cette commission que dépend l'APSA — Administration du patrimoine du Siège apostolique — qui gère les investissements, les fonds de pension, les revenus immobiliers, les salaires des personnels, etc.

11. Traduit en français sous le titre *Le Vatican mis à nu*, Robert Laffont, 2000.

12. George Weigel, *op. cit.*

13. Jacek Wozniakowski, entretien avec l'auteur.

14. Mgr René Séjourné, entretien avec l'auteur.

15. Mgr Lorscheider, *La Croix*, 21 mai 2001.

16. Mgr Jacques Martin, *op. cit.*

17. Mgr René Séjourné, entretien avec l'auteur.

18. Il n'y a pas de cardinal à Moscou ni à Jérusalem.

19. Mgr René Séjourné, « Pourquoi un pape ? », *in* Michel Damien, *L'Église et les Français*, Robert Laffont, 1997.

20. Joël-Benoît d'Onorio, « Collégialité », *in* Philippe Levillain, *Dictionnaire historique de la papauté*, Fayard, 1994. On lira aussi, du même auteur, *Le pape et le gouvernement de l'Église*, Fleurus-Tardy, 1992.

21. Joël-Benoît d'Onorio, *Plaidoyer pour Jean-Paul II*, J.-C. Lattès, 1996.

22. Un synode extraordinaire réuni en 1985 pour les vingt

ans de la clôture de Vatican II débouchera, lui, sur le nouveau *Catéchisme de l'Église universelle.*

23. George Weigel, *op. cit.*

24. Le 11 décembre 1986, devant les évêques de Campanie, cité par d'Onorio, *op. cit.*

25. Un *motu proprio* est une lettre apostolique comprenant des dispositions d'ordre législatif.

26. George Weigel, *op. cit.*, et Luigi Accattoli, *op. cit.*

24. L'unité du troupeau

1. « *N'ayez pas peur !* », *op. cit.*

2. Selon Jacques Gaillot lui-même, « la métaphore était non seulement fraternelle, mais belle » (Cf. « *Je prends la liberté...* », entretiens avec Jean-Claude Raspiengeas, Flammarion, 1995).

3. Article 2 du Code de droit canonique de 1984, canons 190 et 191. Si Gaillot avait accepté de démissionner, il serait resté à Évreux en tant qu'« évêque émérite ».

4. En septembre 1989, dans un livre qui lui est consacré et dont il a rédigé la postface, Mgr Gaillot laisse qualifier son prédécesseur à Évreux, Mgr Honoré, d'évêque « manœuvrier, au mieux avec la bourgeoisie locale [...] avec laquelle il jouait au bridge en buvant du Chivas [...] en attendant d'être promu à un évêché moins crotté ». L'affaire a fait scandale lors d'une réunion de la conférence épiscopale.

5. Mgr Jacques Gaillot, entretien avec l'auteur.

6. Au 1er janvier 1990, la Compagnie de Jésus comptait 24 000 membres, dont près de 17 000 prêtres ainsi répartis : 6 500 en Europe, 4 200 en Amérique du Nord, 2 200 en Amérique latine, 4 000 en Afrique et Asie. Parmi eux, 81 sont évêques ou archevêques, dont sept sont cardinaux. Dans le monde, 665 institutions de la Compagnie scolarisent 1,5 million d'élèves, essentiellement dans le secondaire et le supérieur (21 000 en France).

7. Lire notamment le livre d'Alain Woodrow, *Les jésuites, histoire de pouvoirs*, J.-C. Lattès, 1984, et celui de Jean Lacouture, *Les jésuites*, Seuil, 1991.

8. Henri Madelin (jésuite), entretien avec l'auteur.

9. L'ordre a été rétabli par Pie VII en 1814.

10. À propos d'Henri de Lubac, membre de la Compagnie de Jésus, Jean-Paul II commenta ainsi son élévation à la pourpre : « Par son élévation au cardinalat, j'ai souhaité reconnaître les mérites du chercheur inlassable, du maître spirituel, du *jésuite* fidèle au milieu des difficultés diverses de la vie. Me

souvenant de son amour de Dieu, de l'Église et du Siège de Pierre, je désire exprimer la haute estime du Saint-Siège pour la personne de ce religieux et l'œuvre de ce *théologien éminent* » (5 septembre 1991).

11. Le 15 décembre 1979.

12. Après l'encyclique *Evangelium vitae*, en 1995, Hans Küng allait se déchaîner contre « le froid dogmatisme et le rigorisme implacable » de Jean-Paul II, qualifié de « dictateur spirituel ».

13. Eugen Drewermann, *Fonctionnaires de Dieu*, Albin Michel, 1993. Le titre original de l'édition allemande est *Kleriker, Psychogramm eines Ideals*.

14. Un seul théologien fut excommunié pendant le pontificat de Jean-Paul II, le très progressiste Tissa Balasuriya, du Sri Lanka.

15. C'est le 11 octobre 1992, jour du trentième anniversaire de l'ouverture du concile Vatican II, que Jean-Paul II a signé la constitution *Fidei depositum* promulguant le nouveau *Catéchisme de l'Église catholique*.

25. Hors de l'Église...

1. Non sans quelques raisons : en décembre 1981, le métropolite Basile, chef des orthodoxes polonais, sera la première personnalité à « bénir » (*sic*) l'état de guerre instauré par le général Jaruzelski.

2. Frère Roger lui-même se rendra deux fois à l'invitation de Mgr Wojtyla à Cracovie et au pèlerinage de Piekary (en 1973 et 1975). Il retournera en Pologne après le conclave, à l'invitation du nouvel archevêque de Cracovie, Mgr Macharski, en 1979 et 1981. Cette dernière visite prend une tournure inattendue : quand il atterrit à Varsovie, le cardinal Wyszynski vient de mourir. Après les cérémonies, frère Roger prend l'avion pour Rome et va directement rendre visite à Jean-Paul II, dans sa chambre de l'hôpital Gemelli, avec un bouquet de fleurs des champs de Pologne. Très ému et très affaibli, le pape dit dans un souffle à son visiteur : « Continuez, poursuivez. »

3. Voir *supra*, chap. 5.

4. On se reportera au discours prononcé en juin 1991 à Przemysl, en Pologne, devant la communauté byzantino-ukrainienne. Jean-Paul II, ce jour-là, alla jusqu'à exiger des catholiques latins de ce diocèse qu'ils abandonnent la grande église du Sacré-Cœur de Przemysl aux uniates locaux pour que ceux-ci en fassent leur cathédrale.

5. Selon un principe établi par Ignace d'Antioche au IIe siècle : « Un évêque, un diocèse ».
6. Selon George Weigel, *op. cit.*
7. Quelques jours plus tôt, Bartholomée Ier, âgé de 50 ans, a remplacé Dimitrios Ier, mort le 2 octobre 1991, comme patriarche de Constantinople.
8. En décembre 1993, les moines du mont Athos, dans une lettre à Bartholomée, avaient dénié à l'Église catholique le statut d'« Église sœur ».
9. Cf. « *La vérité vous rendra libres* », entretiens avec le patriarche œcuménique Bartholomée Ier, par Olivier Clément, J.-C. Lattès - Desclée de Brouwer, 1996.
10. Sergueï Yastrejemski, porte-parole de Boris Eltsine, entretien avec l'auteur.
11. Repris dans le journal *Corriere della Sera* du 12 décembre 1983, cité par Luigi Accattoli, *Quando il papa chiede perdono*, Mondadori, 1997.
12. Stefan Swiezawski, entretien avec l'auteur.
13. L'Église catholique se réfère toujours, à l'époque, à la déclaration *Inter insigniores* par laquelle la Congrégation pour la doctrine de la foi, en 1976, a réaffirmé que les femmes ne pouvaient devenir prêtres.
14. Voir *infra*, chap. 28.
15. Finalement, une « annexe » — approuvée par le pape — viendra compléter la déclaration qui sera signée à Augsbourg le 31 octobre 1999. Comme pour limiter les dégâts.
16. C'est un autre vieil ami du pape, l'Argentin Jorge Mejia, à la fois adjoint et voisin d'Etchegaray dans le palazzo San Calisto, qui sera chargé de rédiger l'article de présentation dans *L'Osservatore romano*.
17. *Entretiens sur la foi*, Fayard, 1985.
18. George Weigel, *op. cit.*
19. Rapporté par Luigi Accattoli, *Karol Wojtyla, l'homme du siècle*, *op. cit.*
20. La visite papale de février 1993 au Soudan, où sont durement persécutées les minorités chrétiennes, sera même très critiquée. Dans l'avion qui le mène à Khartoum, le pape répond à un journaliste qui se fait l'écho des remous provoqués par sa visite : « Il y a toujours un risque, partout où l'on va. »

26. L'ami des juifs

1. Henri Tincq, *L'Étoile et la Croix*, J.-C. Lattès, 1993.
2. Le texte de Mickiewicz est le *Symbole politique polonais*,

écrit à Rome le 29 mars 1848. Le poète y revendiquait pour les juifs, dans la future Pologne ressuscitée, les mêmes droits politiques et civiques que les autres nationalités.

3. Au cardinal français Albert Decourtray, cité par Henri Tincq, *op. cit.*

4. Gian Franco Svidercoschi, *op. cit.*

5. Avant guerre, le père Kolbe avait cédé à l'antisémitisme ambiant dans certains écrits de jeunesse, ce qui rendra sa béatification suspecte aux yeux des juifs.

6. Karol Wojtyla/Jean-Paul II, *Maximilien Kolbe, patron de notre siècle difficile*, Éd. Lethielleux, 1982.

7. Père Andrezj Bardecki, entretien avec l'auteur.

8. L'expression est d'un des principaux artisans du rapprochement judéo-chrétien, l'historien Jules Isaac.

9. Rencontre avec la communauté juive de Rome, 12 mars 1979.

10. *Entrez dans l'Espérance, op. cit.*

11. Voir *supra*, chap. 22.

12. Dans son livre *Le choix de Dieu, op. cit.*, Jean-Marie Lustiger explique : « Je suis une provocation vivante qui oblige à s'interroger sur la figure historique du Messie [...] qui dévoile de façon évidente la vraie nature de l'antisémitisme, [lequel] est une forme d'antichristianisme et un blasphème contre Dieu. » Au magazine *Tribune juive*, le nouvel archevêque a ainsi commenté le choix du pape : « C'est comme si tout à coup les crucifix s'étaient mis à porter l'étoile jaune. »

13. Jean-Paul II va plus loin : contrairement à l'avis de sa propre commission consultative, il décide que Kolbe sera aussi vénéré comme martyr. Mais, répondent ses détracteurs, est-ce bien pour sa foi qu'il a été assassiné ?

14. Le 11 octobre 1998, à la veille du vingtième anniversaire de son pontificat, Jean-Paul II procédera à la canonisation d'Edith Stein, qu'il qualifie d'« éminente fille d'Israël » et de « fidèle fille de l'Église », représentant une sorte de « synthèse » du XXe siècle.

15. Le 26 août 1989, à Czestochowa, Mgr Glemp prononce un discours aux accents antisémites, lançant au « cher peuple juif » : « Votre pouvoir réside dans les médias à votre disposition. Ne les laissez pas répandre un esprit antipolonais ! »

16. André Frossard, *Le monde de Jean-Paul II*, Fayard, 1991.

17. Marek Halter, entretien avec l'auteur.

18. Jean-Paul II avait déjà reçu en audience, en 1981, Farouk Kaddoumi, chargé des relations extérieures de l'OLP.

19. L'audience accordée à Kurt Waldheim faillit faire capoter le voyage de Jean-Paul II prévu aux États-Unis à la mi-septem-

bre. Il s'en est fallu de peu que la communauté juive de Miami ne boycotte la visite du Saint-Père.

20. En juin 1998, en Autriche, bien avant que l'on s'émeuve des résultats électoraux de Jorg Haider, Jean-Paul II avait expliqué aux chefs politiques et au corps diplomatique que la nouvelle Europe devait s'attaquer aux racines de l'antisémitisme. Ce discours-là n'avait eu aucun écho.

21. Le mieux documenté étant sans doute celui de Pierre Blet, *Pie XII et la Seconde Guerre mondiale d'après les archives du Vatican*, Perrin, 1997. En février 2002, le film *Amen*, de Costa-Gavras, a traité la question avec honnêteté, mais il fut desservi par la polémique née de l'affiche du film, un montage aguicheur assimilant la croix gammée et la croix chrétienne.

22. *Le Monde*, 25 août 2000.

23. Le 25 janvier 1904, Theodor Herzl est reçu par le pape Pie X qui lui tient — très courtoisement — des propos qui font frémir aujourd'hui : « Les juifs n'ont pas reconnu Notre Seigneur ; par conséquent nous ne pouvons pas reconnaître le peuple juif — *non possumus* ! »

24. Cf. Paul Giniewski, *L'antijudaïsme chrétien, la mutation*, Salvator, 2000.

25. En 1990, Mgr Andrea Cordero Lanza di Montezemolo, fils d'un noble italien qui fut victime des nazis, fut envoyé comme délégué apostolique à Jérusalem. Après l'accord du 30 décembre 1993, il deviendra, en juin 1994, le premier nonce apostolique auprès de l'État hébreu.

26. La polémique sur ce texte, en France, a manqué de sérénité. Le journal *Le Monde* ayant publié un long avant-papier à la veille de la parution de ce document, toutes les protestations qui ont agité les médias pendant quarante-huit heures l'ont été *alors que personne n'avait encore lu le texte*.

27. Le papier, qui porte le sceau du Vatican, figure aujourd'hui au musée de Yad Vashem. Le texte est en anglais. La signature est de la main tremblante du pape.

27. La lutte pour la vie

1. Lucienne Sallé, *Femme au Vatican*, Ramsay, 1997.

2. Carl Bernstein et Marco Politi, *op. cit.*

3. Interview au magazine *Oggi*, janvier 2001.

4. *Der Spiegel*, 26 janvier 1998.

5. C'est bien le certificat qui pose problème, et non le principe de l'accueil : le 22 mai 1998, devant le Mouvement italien pour la vie, le pape demande que les « centres d'aide à la vie »

qui accueillent en Italie les femmes désirant avorter puissent ouvrir des points d'accueil dans les hôpitaux publics.

6. Karol Wojtyla : *Amour et responsabilité, op. cit.*

7. Dans l'encyclique *Familiaris consortio* (1981) puis lors d'une session savante à Castel Gandolfo, le 20 septembre 1983.

8. En France, lors de la grande émission de télévision *Sidaction* du 7 avril 1994, l'abbé Pierre, fondateur de la communauté d'Emmaüs, se fit copieusement huer en faisant observer que la « fidélité » était « le meilleur préservatif ».

9. Lettre aux évêques, 30 octobre 1986.

10. *L'Osservatore romano*, 19 avril 2000.

11. C'est le cas de Mgr Javier Lozano Barragan, président du Conseil pontifical pour les questions de santé, lors d'une réunion de théologiens et de médecins à Rome, le 29 novembre 2000.

12. Tony Anatrella, *La Croix*, 29 novembre 1996. Cf. son livre, *L'amour et le préservatif*, Flammarion, 1995.

13. Le *Catéchisme* de 1992, dans son article 2266, reconnaît à l'« autorité publique légitime » le droit de sévir « sans exclure dans les cas d'extrême gravité la peine de mort ». L'article 2267 stipule : l'Église « n'exclut pas [...] le recours à la peine de mort si celle-ci est l'unique moyen praticable pour protéger efficacement de l'injuste agresseur la vie d'êtres humains ».

14. La nouvelle version de l'article 2267 stipule : « L'enseignement traditionnel de l'Église n'exclut pas le recours à la peine de mort, si celle-ci est l'unique moyen praticable pour protéger efficacement de l'injuste agresseur la vie d'êtres humains. Mais, si des moyens non sanglants suffisent à défendre et à protéger la sécurité des personnes, l'autorité publique s'en tiendra à ces moyens [...]. Aujourd'hui, étant donné les possibilités dont l'État dispose pour réprimer efficacement le crime, en rendant incapable de nuire celui qui l'a commis, les cas d'absolue nécessité de supprimer le coupable sont désormais assez rares, voire pratiquement inexistants. »

15. L'avant-veille, l'ambassadeur de Bulgarie venu lui remettre ses lettres de créance s'était étonné que le pape « se réjouisse de la décision prise récemment par les dirigeants de Sofia pour abolir la peine de mort ».

16. Au risque de s'ingérer dans la campagne électorale américaine, le pape interviendra quelques jours plus tard auprès de George Bush Jr, gouverneur du Texas, pour obtenir la grâce de Glen McGinnis, un meurtrier qui était mineur quand il a perpétré son crime. En vain.

28. Une Église à l'ancienne ?

1. Mgr Jacques Martin, *op. cit.*

2. Jean-Paul II ira se recueillir sur la tombe de Louis-Marie Grignion de Montfort à Saint-Laurent-sur-Sèvre (Vendée), en 1996.

3. René Laurentin, *Petite vie de L.-M. Grignion de Montfort*, Desclée de Brouwer, 1996.

4. Saint Bonaventure, né en Italie en 1221, fut un des principaux disciples de François d'Assise, et contemporain de Thomas d'Aquin. Il est mort pendant le concile de Lyon en 1274.

5. La citation complète de Grignion de Montfort, citant saint Bonaventure, est : « *Totus tuus ego sum et omnia mea tua sunt, o Virgo gloriosa, super omnia benedicta ; ponam te ut signaculum super cor meum quia fortis est ut mors dilectio tua* », ce qui veut dire : « Je suis tout à toi, et tout ce que j'ai est à toi, ô glorieuse Vierge, bénie par-dessus toutes choses créées. Que je te place comme un sceau sur mon cœur, parce que ta dilection est forte comme la mort. »

6. Au printemps 1994, alors qu'il est encore alité à l'hôpital Gemelli après sa fracture de la jambe droite, Jean-Paul II annonce sa décision d'installer dans les jardins du Vatican un monastère de stricte observance, où se succéderont des congrégations de contemplatives, vouées au silence et à la solitude (les premières seront des clarisses). Le monastère, inauguré le 13 mai 1994, jour anniversaire de la première apparition de Fatima, s'appellera *Mater Ecclesiae* (« Mère de l'Église »).

7. L'année mariale va exactement du 7 juin 1987 (fête de la Pentecôte) au 15 août 1988 (fête de l'Assomption).

8. Le calcul de la date de naissance de la Vierge est symbolique : la tradition veut que la jeune Myriam ait eu treize ans lors de l'Annonciation.

9. Le dimanche 8 décembre 1996, de la fenêtre du palais apostolique, Jean-Paul II bénit quelque deux cent cinquante « Vierges pèlerines », des icônes et des statues représentant la Mère de Dieu, rassemblées place Saint-Pierre à l'initiative d'un notaire français. Le pape les aurait bénies solennellement et publiquement lors de l'audience générale du mercredi suivant si la secrétairerie d'État, en liaison avec l'épiscopat français, peu favorable à cette initiative, n'avait exigé des pèlerins qu'ils y vinssent sans leurs statues et leurs icônes. Les « Vierges pèlerines » ont préféré se présenter à l'angélus du dimanche où le pape les bénit parmi d'autres « objets du culte », sans salut particulier, presque en catimini.

10. Jean-Paul II, *Le mystère et le culte de la sainte eucharistie (lettre aux évêques pour le jeudi saint 1980)*, Le Centurion, 1980.

11. « *N'ayez pas peur !* », *op. cit.*

12. Mgr Boccardo, entretien avec l'auteur.

13. Mgr Thu, entretien avec l'auteur.

14. Dont, en une seule fois, cent dix-huit martyrs vietnamiens (en 1988).

15. Jean-Paul II a beaucoup béatifié dans les pays de récente christianisation, en Asie et en Afrique. Il a souligné ainsi « une disproportion entre les Églises d'ancienne évangélisation, dont l'histoire se compte en millénaires, et les jeunes Églises », lesquelles « ont un besoin particulier du signe de la sainteté, afin de témoigner de leur maturité spirituelle à l'intérieur de la communauté universelle ».

16. Par la constitution apostolique *Divinus perfectionis magister*, du 25 janvier 1983, Jean-Paul II a réformé la procédure de béatification-canonisation. Il a notamment supprimé l'« avocat du diable » et a donné davantage la parole aux scientifiques chargés de vérifier l'authenticité des « bienfaits » (miracles) attribués aux futurs saints.

17. Jean-Paul II a toujours eu une certaine inclination pour l'Opus Dei, qu'il a érigé en prélature personnelle le 28 novembre 1982, malgré les polémiques suscitées par cet ordre de 80 000 membres réunis autour de l'idée de la sanctification du travail et de la vie ordinaire. Son fondateur, Mgr Escrivá de Balaguer, mort en 1975, a été béatifié dès le 17 mai 1992, soit dix-sept ans plus tard, ce qui constitue un délai exceptionnellement court. Il a été canonisé le 6 octobre 2002, à Rome, en présence de 250 000 personnes.

18. Le synode s'est tenu du 30 septembre au 28 octobre 1990. Il fut suivi, dix-huit mois plus tard, d'une exhortation postsynodale intitulée *Pastores dabo vobis* (datée du 25 mars 1992) et comportant 226 pages dans son texte original, ce qui constitue un record.

19. Les séminaires devront d'ailleurs se réformer, dans l'avenir, dans le sens d'une formation plus intense et davantage isolée du monde — ce qui est un retour en arrière par rapport à l'après-concile.

20. Concernant le sacrement de réconciliation, Jean-Paul II a réhabilité la notion — très décriée — de « péché mortel », et limité au minimum, dans un *motu prorio* daté du 2 mai 2002 et intitulé *Misericordia Dei*, la pratique de la confession collective (qui n'est toujours valable qu'« en cas de menace de mort ou de grave nécessité »).

21. Il l'a dit, notamment, devant les évêques irlandais reçus *ad limina* en juin 1999.

22. De 1978 à 2000, le nombre de prêtres est passé, dans le monde, de 420 971 à 405 178. Il a augmenté en Afrique (où il est passé de 16 926 à 27 165) et en Asie (de 27 700 à 43 566). Il reste stable sur le continent américain (de 120 271 à 120 841), et il diminue sensiblement en Europe (de 250 498 à 208 659). Source : *Annuaire statistique de l'Église*, édition 2002.

23. Le cas polonais est atypique : en l'an 2000, un prêtre sur vingt dans le monde et un étudiant en théologie sur quatre sont polonais. Depuis quelques années, la Pologne connaît le plus grand nombre de consécrations en Europe. Les prêtres polonais constituent 12 % du clergé européen. En 1998, la Pologne comptait 26 919 prêtres. Les prêtres polonais sont relativement jeunes (46,9 ans en moyenne), tandis que, par exemple, la moyenne d'âge des prêtres italiens est de 62 ans. En 1997, on comptait en Pologne, en moyenne, un prêtre diocésain pour 1 717 fidèles (*Gazeta Wyborcza*, 12 mai 2000).

24. Rapporté par Lucienne Sallé, *op. cit.*

25. Maria Antonietta Macciocchi, *La femme à la valise*, Grasset, 1988.

26. « Tout ce que j'ai écrit dans *Mulieris dignitatem*, je le portais en moi depuis très longtemps », dira Jean-Paul II dans *Entrez dans l'Espérance, op. cit.*

27. *Lettre aux femmes*, 29 juin 1995.

28. En 1995, pour l'année de la femme, Jean-Paul II consacre son message du 1er janvier au « grand processus de libération de la femme ». En février, il inaugure une série de quinze homélies dominicales sur le « féminisme », qui se prolongeront jusqu'à l'été.

29. Le chiffre varie avec les années : 181 femmes en 1990 (soit 28 % des effectifs), 213 en 1995 (soit 19 % des effectifs). Les laïques sont deux fois plus nombreuses que les religieuses (135 pour 78 en 1995). Cf. Joël-Benoît d'Onorio, *Le pape et le gouvernement de l'Église, op. cit.* Cf. aussi Lucienne Sallé, *op. cit.*

30. Déclaration *Inter insigniores* de la Congrégation romaine pour la doctrine de la foi (1976).

31. Jean-Paul II a beaucoup développé la réflexion sur le rôle des femmes dans l'Église, dans le cadre plus large de l'apostolat des laïcs. Cf. exhortation postsynodale *Christifideles laici* (30 décembre 1988).

29. De Galilée à Internet

1. Jean-Marie Lustiger, émission *Face aux chrétiens* sur Radio Notre-Dame et RCF, 15 octobre 1998.

2. L'œuvre de Copernic, dédiée au pape Paul III, ne sera mise à l'Index qu'à l'issue du premier procès de Galilée, à Rome, en 1616.

3. Le poème s'appelle « Vigile pascale 1966 ». Cf. Karol Wojtyla, *Poèmes, op. cit.*

4. Cf. la réponse de Jean-Paul II au rapport du cardinal Poupard. Cité par Luigo Accattoli, *Quand le pape demande pardon, op. cit.*

5. La *Somme théologique* de Thomas d'Aquin rend intelligible le dessein de Dieu — de la Création à l'Incarnation — et ses *Commentaires* (de saint Jean, de saint Paul, de la Bible) sont autant d'hommages rendus à l'intelligence au cœur de la foi.

6. L'expression est de Léon XIII. Elle sera souvent reprise par Jean-Paul II.

7. Cf. Régis Ladous, *Des Nobel au Vatican*, Cerf, 1994.

8. Leszek Kolakowski, entretien avec l'auteur.

9. Sur les manipulations génétiques, lire notamment le discours de Jean-Paul II à l'assemblée générale de l'Académie pontificale pour la Vie le 11 février 1994.

10. Cf. Georges Blazynski, *op. cit.*

11. Au XIXe siècle, Léon XIII s'entretint avec le journaliste Ernest Judet pour annoncer, dans *Le Petit Journal* du 17 février 1892, l'encyclique *Au milieu des sollicitudes* expliquant aux catholiques français que « la République est une forme de gouvernement aussi légitime que les autres ».

12. L'interview est parue dans le *Tygodnik Powszechny* du 3 août 1980.

13. Joseph Ratzinger, *Entretien sur la foi, op. cit.*

14. Introduction à *Entrez dans l'Espérance, op. cit.*

15. Jas Gawronski est aussi le neveu de Pier Giorgio Frassati (1901-1925), qui devait être béatifié par Jean-Paul II au début du Jubilé de l'an 2000.

16. L'interview de Jean-Paul II par Jas Gawronski est parue le 2 novembre 1993.

17. *La Croix*, 20 août 1997.

18. Rapporté par Luigi Accattoli, *Quand le pape demande pardon, op. cit.*

19. 16 février 1996.

20. Joseph Vandrisse, entretien avec l'auteur.

21. À partir du 1er mars 1989, la Commission pontificale pour

les communications sociales devient le Conseil pontifical pour les communications sociales, tandis que la salle de presse du Saint-Siège devient un « bureau spécial » dépendant de la première section de la Secrétairerie d'État.

22. Sources : Joaquin Navarro-Valls, directeur du bureau de presse, et Mgr Claudio Celli, président de la commission Internet du Saint-Siège.

23. Message du 23 janvier 2002.

30. Le IIIe millénaire

1. « Perché pentirsi di leggende anticlericali ? », *La Voce*, 14 mai 1994.

2. Lors d'un voyage en Pologne, à Gorzow Wielkopolski, en juin 1997, il évoque après l'homélie cette fameuse prédiction du cardinal Wyszynski. Déjà âgé, Jean-Paul II demande à la foule de « prier à genoux pour [qu'il soit] capable de relever ce défi ». La foule scande : « On va t'aider ! »

3. Texte de présentation de l'encyclique *Tertio millenio adveniente* in *Jean-Paul II : Un jubilé pour l'an 2000*, Bayard Éditions-Centurion, 1994.

4. Le pape cite notamment des passages tirés de l'Exode 23, 10-11, du Lévitique 21,10 et 25, 1-28, du Deutéronome 15, 1-6 et d'Isaïe 61, 1-2.

5. *Jubilé 2000*, préface du cardinal Etchegaray, Events & Memory, juillet 2000.

6. L'irénisme est une hérésie consistant à tolérer des erreurs théologiques essentielles dans un souci de conciliation.

7. Hans Urs von Balthasar (1905-1988) restera un des plus grands théologiens du siècle. Ex-jésuite, cofondateur de la revue *Communio*, il a reçu des mains de Jean-Paul II, en 1984, le Prix international Paul VI. Jean-Paul II a décidé d'élever Urs von Balthasar à la pourpre en juin 1988, mais le vieil homme est mort quelques jours avant la cérémonie.

8. *Tertio millenio adveniente, op. cit.*

9. Luigi Accattoli, *Quand le pape demande pardon, op. cit.*

10. *Ibid.*

11. *Entrez dans l'Espérance, op. cit.*

12. *« N'ayez pas peur ! », op. cit.*

13. Dans sa préface à l'édition française d'*Amour et responsabilité, op. cit.*

14. Cité par George Weigel, *op. cit.*

15. Voir *supra*, chap. 22.

16. Isaïe 21, 11.

17. Luc 9, 23.

Conclusion

1. Luc 2, 34.
2. Karol Wojtyla, *Le signe de contradiction (Retraite au Vatican)*, traduit du polonais par Thérèse Wilkanowicz, Fayard, 1979. Jean-Paul II reprendra ces méditations à l'occasion du Carême en 2003.
3. George Weigel, *op. cit.*

CHRONOLOGIE DE LA VIE DE KAROL WOJTYLA

(1920-1978)

1920

18 mai	Naissance de Karol Wojtyla à Wadowice.
20 juin	Baptême à l'église de Wadowice.
15 août	**Victoire de Pilsudski sur l'armée soviétique (« miracle de la Vistule »).**

1923

23 sept.	Mort de Maciej Wojtyla, grand-père paternel de Karol.

1926

15 sept.	Entrée à l'école primaire de Wadowice.

1929

13 avril	Décès d'Emilia Wojtyla, mère de Karol.

1930

28 mai	Edmund, frère aîné de Karol, devient docteur en médecine.
Sept.	Entrée de Karol au lycée Marcin Wadowita.

1932

5 déc.	Décès d'Edmund Wojtyla, frère aîné de Karol.

1933

30 janv.	**Arrivée d'Adolf Hitler au pouvoir en Allemagne.**

1936

26 avril	Karol est élu président des Enfants de Marie de son lycée.

1938

6 mai	Première rencontre, à Wadowice, avec Mgr Sapieha, archevêque de Cracovie.
14 mai	Épreuves du baccalauréat.
27 mai	Remise du diplôme du baccalauréat.
20 juin-17 juil.	Participation au camp de jeunesse paramilitaire Junacy.
28 sept.	**Accords de Munich.**
27 sept.-1er oct.	Préparation militaire dans la Légion académique.
2 oct.	Installation rue Tyniecka, à Cracovie.

1939

6 fév.	Entrée aux Enfants de Marie de l'université Jagellon.
Juillet-août	Nouvelle période militaire dans la Légion académique.
1er sept.	**Début de la Seconde Guerre mondiale.**
6 sept.	Les Allemands occupent Cracovie.
17 sept.	L'Armée rouge entre en Pologne.
2 nov.	Inscription en deuxième année de philologie à l'université Jagellon.

1940

Avril-mai	**Massacre des officiers polonais par le NKVD soviétique à Katyn.**
1er nov.	Employé comme ouvrier à la carrière de Zakrzowek.

1941

18 fév.	Mort de Karol Wojtyla, père de Karol.

1er nov.	Première représentation clandestine du Théâtre rapsodique.

1942

Oct.	Début des études de théologie (dans la clandestinité).

1944

29 fév.	Renversé par un camion, Karol est gravement blessé.
7 août	Karol échappe à une grande rafle des SS.
9 nov.	Tonsure au séminaire (dans la clandestinité).
17 déc.	Karol entre dans les premiers ordres mineurs.

1945

18 janv.	L'Armée rouge chasse les nazis de Cracovie.
11 fév.	**Signature des accords de Yalta.**
9 avril	Karol est élu vice-président de l'organisation étudiante Bratniak.

1946

13 oct.	Karol accède au sous-diaconat.
20 oct.	Karol accède au diaconat.
1er nov.	Ordination à la cathédrale de Wawel.
11 nov.	Premier baptême célébré par l'abbé Karol Wojtyla.
15 nov.	Départ pour Rome.
26 nov.	Inscription à l'Angelicum de Rome.

1947

3 juil.	Licencié en théologie.
Juil.-oct.	Voyage en France, en Belgique et en Hollande.

1948

14 juin	Examen pour l'admission en maîtrise de théologie.
19 juin	Soutenance de thèse sur saint Jean de la Croix.
8 juil.	Nommé vicaire à Niegowic.
28 juil.	Arrivée à Niegowic.

16 déc. Reconnu docteur en théologie par l'université Jagellon.

1949

6 mars Publication de l'article « Mission de France » dans le *Tygodnik Powszechny*.
4 août Karol Wojtyla est rappelé à Cracovie et affecté à la paroisse Saint-Florian.
17 août Karol Wojtyla fait ses adieux à Niegowic.

1950

13 mars Publication du poème « Chant de la lumière de l'eau » dans le *Tygodnik Powszechny*.
10 sept. Publication du poème « La mère » (« *Matka* ») dans le *Tygodnik Powszechny*.

1951

23 juil. Décès du cardinal Adam Sapieha.
1er sept. Karol Wojtyla est mis en disponibilité pour deux ans par l'archevêque Baziak.

1952

Avril Première excursion en montagne avec la « petite chorale » de Cracovie.

1953

5 mars **Mort de Staline.**
6 avril Premier pèlerinage à vélo à Czestochowa.
22 juin Fermeture du *Tygodnik Powszechny* par le pouvoir communiste.
27 sept. Arrestation du cardinal Wyszynski.
3 déc. Karol Wojtyla soutient sa thèse de doctorat sur Max Scheler.

1954

9 oct. Karol Wojtyla devient professeur adjoint à la KUL.

1956

28 juin	**Soulèvement populaire de Poznan.**
28 oct.	Libération du cardinal Wyszynski.
4 nov.	**L'Armée rouge brise l'insurrection de Budapest.**
1er déc.	Karol Wojtyla devient professeur titulaire de la chaire d'éthique à la KUL.

1957

3 mai	Lancement de la « Grande Neuvaine » préparant au *Millenium* de l'Église polonaise.

1958

4 juil.	Karol Wojtyla est créé évêque par Pie XII.
28 sept.	Consécration de Mgr Karol Wojtyla à Cracovie.
9 oct.	**Décès du pape Pie XII.**

1959

25 janv.	**Jean XXIII annonce la convocation du concile Vatican II.**

1960

Avril	Publication d'*Amour et responsabilité* dans le cadre de la KUL.
Déc.	Publication de *La boutique de l'orfèvre* dans la revue *Znak* (sous pseudonyme).

1961

13 août	**Érection du mur de Berlin.**

1962

16 juil.	Mgr Wojtyla est nommé vicaire capitulaire de Cracovie.
11 oct.-8 déc.	Participation à la première session du concile Vatican II.

1963

3 juin	**Mort de Jean XXIII.**
29 sept.-4 déc.	Participation à la deuxième session du concile.
5-15 déc.	Pèlerinage en Terre sainte.
30 déc.	Mgr Wojtyla est nommé archevêque métropolitain de Cracovie.

1964

8 mars	Installation officielle du nouvel archevêque métropolitain de Cracovie.
14 sept.-21 nov.	Participation à la troisième session du concile.
10 oct.	Paul VI remet le pallium à Mgr Wojtyla.

1965

31 janv.-6 avril	Participation aux travaux de la commission conciliaire *Gaudium et spes.*
28 sept.-8 déc.	Participation à la quatrième et dernière session du concile.
18 nov.	Lettre des évêques polonais aux évêques allemands.

1966

3 mai	Célébration du millénaire de l'Église polonaise.

1967

24 mars	Visite en Pologne de Mgr Casaroli.
28 juin	Mgr Wojtyla est fait cardinal lors d'un consistoire à Rome.
8 sept.	Rendez-vous manqué avec le général de Gaulle en visite à Cracovie.
29 sept.	Le premier synode des évêques s'ouvre sans Mgr Wojtyla, solidaire du cardinal Wyszynski.

1968

Mars-mai	**Manifestations étudiantes (Pologne, Mexique, France, Italie, etc.).**
25 juil.	Paul VI publie l'encyclique *Humanae vitae.*

1969

28 fév.	Visite de la synagogue de Cracovie.
15 mars	Mgr Wojtyla est élu vice-président de la conférence épiscopale polonaise.
28 août-1er oct.	Premier voyage en Amérique du Nord (Canada, États-Unis).
11-28 oct.	Participation au deuxième synode des évêques.
Déc.	Publication en polonais de *La personne et l'acte*.

1970

Déc.	**Émeutes ouvrières dans les ports de la Baltique.**

1971

30 sept.-5 nov.	Participation au troisième synode des évêques.
5 oct.	Élection au conseil permanent du secrétariat général du synode des évêques.
17 oct.	Messe de béatification, à Rome, de Maximilien Kolbe.

1972

8 mai	Début du synode archidiocésain de Cracovie.

1973

7 fév.-1er mars	Voyage aux Philippines, en Papouasie-Nouvelle-Guinée et en Australie.

1974

17-25 avril	Congrès philosophique pour le septième centenaire de saint Thomas d'Aquin (Naples).
27 sept.-16 oct.	Participation au quatrième synode des évêques.

1975

27 fév.	Congrès international de phénoménologie à Fribourg.
1er août	**Signature des accords d'Helsinki.**

1976

7-13 mars	Mgr Wojtyla prêche les méditations de carême pour le pape et la Curie.
Juin	Participation de Mgr Wojtyla au VIe congrès de philosophie d'Arezzo-Sienne.
Juin	**Soulèvement ouvrier de Radom et Ursus.**
23 juil.-5 sept.	Voyage pastoral aux États-Unis et au Canada.
10 déc.	Participation de Mgr Wojtyla au congrès philosophique de Gênes.

1977

15 mai	Consécration de l'église de Bienczyce à Nowa Huta.
24 oct.	Réélection au conseil permanent du secrétariat général du synode des évêques.

1978

11-12 août	Participation aux obsèques de Paul VI.
25 août	Ouverture du conclave.
26 août	Élection d'Albino Luciani (Jean-Paul Ier).
30 août	Audience privée auprès de Jean-Paul Ier.
19-25 sept.	Voyage en Allemagne de l'Ouest.
3-4 oct.	Participation aux obsèques de Jean-Paul Ier.
14 oct.	Ouverture du conclave.
16 oct.	Élection de Karol Wojtyla à la tête de l'Église (il prend le nom de Jean-Paul II).

CHRONOLOGIE GÉNÉRALE
DU PONTIFICAT DE JEAN-PAUL II

1978

16 oct.	Conclave : élection du cardinal Karol Wojtyla, 58 ans.
17 oct.	Premier message *urbi et orbi* de Jean-Paul II.
22 oct.	Cérémonie d'inauguration du pontificat (accolade avec Wyszynski) : « *N'ayez pas peur !* »
23 oct.	Réception pour les Polonais (deuxième accolade avec Wyszynski).
25 oct.	Première visite à Castel Gandolfo.
	Le pape confirme le secrétaire d'État Jean Villot dans ses fonctions.
26 oct.	Audience privée de Valéry Giscard d'Estaing.
29 oct.	Premier pèlerinage hors de Rome (sanctuaire de la Mentorella).
5 nov.	Visite aux deux saints patrons de l'Italie : François d'Assise (Assise) et Catherine (Santa Maria supra Minerva, à Rome).
12 nov.	Prise de possession de Saint-Jean-de-Latran (et rencontre avec le maire de Rome).
19 nov.	Le pape reçoit Mgr Lefebvre.
20 nov.	Le pape reçoit le cardinal ukrainien Jozef Slipyi.
24 nov.	Le pape met en garde les supérieurs des instituts religieux contre les tentations « sociopolitiques ».
5 déc.	Première visite pastorale à Rome (San Francesco Saverio, à Garbatella).
28 déc.	Audience de médecins catholiques : condamnation solennelle de l'avortement.
29 déc.	Le pape désigne Mgr Macharski pour lui succéder à Cracovie.

1979

3 janv.	Accords entre le Saint-Siège et le gouvernement espagnol.
24 janv.	Jean-Paul II accepte d'être médiateur dans le conflit du canal de Beagle. Audience accordée au ministre soviétique Andreï Gromyko.
25-31 janv.	Premier voyage à l'étranger : Saint-Domingue, Mexique (le 28 : Puebla).
9 mars	Décès du cardinal Villot.
15 mars	Publication de l'encyclique *Redemptor hominis* (sur les droits de l'homme).
1er avril	**Khomeyni proclame la République islamique en Iran.**
10 avril	Première « Lettre aux prêtres » (jeudi saint) qui réaffirme la règle du célibat des prêtres.
28 avril	Mgr Casaroli nommé pro-secrétaire d'État.
5 mai	Mgr Somalo nommé substitut. Mgr Silvestrini nommé secrétaire du Conseil pour les affaires publiques.
18 mai	Visite à Montecassino.
25 mai	Constitution apostolique *Sapientia christiana* (sur les universités catholiques).
2-10 juin	Premier voyage en Pologne (Varsovie, Gniezno, Czestochowa, Auschwitz, Cracovie).
16 juin	Message au cardinal Slipyi pour le respect de la liberté religieuse des uniates.
18 juin	Stanislaw Dziwisz devient second vicaire de Jean-Paul II.
30 juin	Premier consistoire : création de 14 nouveaux cardinaux (dont Casaroli, Etchegaray, Macharski et Rubin, ainsi qu'un Chinois *in pectore*).
14 août	Visite à Albano (près de Castel Gandolfo).
26 août	Visite pastorale dans le nord de l'Italie : Canale d'Agordo, la Marmolada, Belluno, Trévise.
1er sept.	Visite à Nettuno (près de Castel Gandolfo).
3 sept.	Visite à Albano (près de Castel Gandolfo).
8 sept.	Visite à Notre-Dame de Lorette et Ancône.
9 sept.	Visite à Grottaferrata (près de Castel Gandolfo).
13 sept.	Visite à Pomezia (près de Castel Gandolfo).
21 sept.	Avertissement au père Arrupe sur les « déficiences déplorables » de la Compagnie de Jésus.

29 sept. Voyage en Irlande (condamnation de la violence), sur la route des États-Unis.
2 oct. Discours à l'ONU (sur les droits de l'homme, Auschwitz et le Proche-Orient).
1er-8 oct. Voyage aux États-Unis : New York, Philadelphie (refus de l'ordination des femmes).
17 oct. Mère Teresa élue Prix Nobel de la Paix.
21 oct. Visite à Pompéi et Naples.
25 oct. Publication de l'exhortation postsynodale *Catechesi tradendae* (sur la catéchèse).
5-9 nov. Première assemblée plénière du Collège des cardinaux (sur la Curie, la culture, les finances).
9 nov. Appel pour la libération des otages américains en Iran.
12 nov. Discours devant la 20e session de la FAO (sur la faim dans le monde).
26 nov. Le terroriste turc Ali Agça menace d'assassiner Jean-Paul II à Istanbul.
28-30 nov. Voyage en Turquie.
30 nov. À Istanbul, première rencontre avec le patriarche orthodoxe Dimitrios Ier.
18 déc. Condamnation du théologien suisse Hans Küng.
27 déc. L'URSS envahit l'Afghanistan.

1980

14-31 janv. Synode extraordinaire des évêques néerlandais.
24 fév. Lettre aux évêques sur l'eucharistie (où il déplore les polémiques sur la liturgie).
23 mars Visite à Castel Santa Maria di Cascia et à Norcia (Ombrie).
24 mars Convocation d'un synode des évêques ukrainiens.
24 mars Assassinat de Mgr Romero à San Salvador.
2 avril Audience accordée au roi Hassan II du Maroc (au sujet de Jérusalem).
4 avril À l'occasion du vendredi saint, Jean-Paul II confesse à Saint-Pierre de Rome.
13 avril Visite pastorale à Turin.
26 avril Audience accordée à Jacques Chirac, maire de Paris.

2-12 mai	Premier voyage en Afrique : Zaïre (il y a 9 morts), Congo, Kenya, Ghana (rencontre avec Mgr Runcie), Haute-Volta, Côte-d'Ivoire.
30 mai-2 juin	Premier voyage en France (Paris, Lisieux).
2 juin	Discours à l'Unesco sur la culture.
21 juin	Audience accordée au président Jimmy Carter.
30 juin-12 juil.	Voyage au Brésil (sur la favela de Rio, sermon sur la justice sociale).
20 août	Premier commentaire du pape à propos des événements de Gdansk.
30 août	Visite pastorale à Assergi (tunnel du Gran Sasso) et à l'Aquila (Abruzzes).
31 août	**En Pologne, signature des accords de Gdansk.**
7 sept.	Visite à Velletri (près de Castel Gandolfo).
8 sept.	Visite à Frascati (près de Castel Gandolfo).
14 sept.	Visite pastorale à Sienne (ville de sainte Catherine de Sienne et saint Bernardin).
20 sept.	Nouvelle visite à Montecassino.
26 sept.-25 oct.	5e synode ordinaire des évêques (sur « la famille dans le monde moderne »).
28 sept.	Visite à Subiaco (monastère de Saint-Benoît) — rencontre avec les évêques européens.
5 oct.	Visite à Otrante (région des Pouilles) : appel aux Albanais.
9 oct.	Rencontre avec le dalaï-lama au Vatican.
17 oct.	Visite officielle de la reine Élisabeth d'Angleterre (et du prince Philip).
4 nov.	**Reagan élu président des États-Unis.**
15-19 nov.	Voyage en Allemagne de l'Ouest.
25 nov.	Visite dans la région de Naples : Potenza, Balvano, Avellino (après le tremblement de terre).
2 déc.	Encyclique *Dives in misericordia* (sur la miséricorde divine).
19 déc.	Visite officielle du président yougoslave Cvijetin Mijatovic.
30 déc.	Lettre apostolique proclamant Cyrille et Méthode, avec saint Benoît, « saints patrons de l'Europe ».

1981

15 janv.	Réception de Lech Walesa et d'une délégation du syndicat Solidarité.

2 fév.	Nomination de Jean-Marie Lustiger archevêque de Paris.
8 fév.	Visite à SS Carlo et Biagio in Catinari : rencontre avec le grand rabbin de Rome Elio Toaff.
15-27 fév.	Voyage en Asie : Pakistan, Philippines (appel aux Chinois), Guam, Japon (Hiroshima), retour par Anchorage (Alaska).
19 mars	Visite à Terni (Ombrie).
26 avril	Visite à Sotto il Monte et Bergame (Lombardie).
9 mai	Création du Conseil pontifical pour la famille.
10 mai	**En France, François Mitterrand est élu président de la République.**
13 mai	Attentat à Rome : le Turc Ali Agça tire sur le Saint-Père.
17 mai	Angélus à Gemelli : « Priez pour le frère qui m'a tiré dessus, je lui ai pardonné. »
28 mai	**À Varsovie, décès du cardinal Wyszynski.**
31 mai	Mise en place du Conseil des cardinaux pour l'organisation et les finances du Saint-Siège.
3 juin	Jean-Paul II quitte Gemelli après 22 jours d'hospitalisation.
20 juin	Nouvelle hospitalisation pour une infection virale.
17-23 juil.	Le pape n'assiste pas au congrès eucharistique de Lourdes.
27 juil.	Le pape reçoit Mgr Glemp, nouveau primat de Pologne.
5 août	Nouvelle opération à Gemelli.
14 août	Quitte définitivement l'hôpital pour une longue convalescence à Castel Gandolfo.
15 sept.	Encyclique *Laborem exercens* (sur le travail et les syndicats).
22 nov.	Visite à Collevalenza et Todi (Ombrie).
	Publication de l'exhortation postsynodale *Familiaris consortio* (sur la famille).
25 nov.	Le cardinal Joseph Ratzinger nommé préfet de la Congrégation pour la doctrine de la foi.
12 déc.	Campagne auprès des chefs d'État concernés sur le nucléaire.
13 déc.	État de guerre en Pologne : à l'angélus, Jean-Paul II invite à prier pour son pays.

1982

6 janv.	Lettre apostolique *Caritatis Christi* (sur l'Église de Chine).
4 fév.	Le pape reçoit Mgr Glemp accompagné des évêques de Cracovie et Wroclaw.
12-19 fév.	Deuxième voyage en Afrique : Nigeria, Bénin, Guinée-Équatoriale, Gabon.
27 fév.	Audience accordée au nouveau président français, François Mitterrand.
11 mars	Première visite *ad limina* des évêques tchèques.
12 mars	Deuxième visite à Assise.
19 mars	Visite pastorale en Toscane : usine Solvay de Rosignano, sanctuaire Notre-Dame de Montenero, Livourne.
21 mars	Messe à Saint-Pierre pour l'Église de Chine.
31 mars	Publication (après seize ans de travail) du rapport de la commission catholique-anglicane.
18 avril	Visite pastorale à Bologne (et à San Lazzaro di Savenna).
12-15 mai	Voyage au Portugal (le 13 mai, à Fatima, un an après l'attentat, pour le 65e anniversaire des apparitions). Renouvelle la consécration du monde à Marie. Nouvelle tentative d'attentat, perpétrée par Fernandez Krohn.
22 mai	Guerre des Malouines : messe à Saint-Pierre pour la paix entre l'Argentine et la Grande-Bretagne.
28 mai-2 juin	Voyage en Grande-Bretagne (œcuménisme, appel à la paix aux Malouines).
29 mai	Célébration œcuménique et déclaration commune avec l'archevêque de Canterbury, Robert Runcie.
7 juin	Première rencontre avec le président Ronald Reagan.
11 juin	Message aux Nations unies (l'équilibre nucléaire « moralement acceptable »).
11-12 juin	Voyage en Argentine (appel à la paix aux Malouines).
15 juin	Voyage en Suisse (à Genève, discours devant le BIT sur la liberté syndicale).
23 août	Élève l'Opus Dei au rang de « prélature personnelle ».
29 août	Voyage à la République de Saint-Marin et visite à Rimini.

5 sept.	Visite pastorale à Serra S. Abbondio et au monastère de Fonte Avellana (Marches).
12 sept.	Visite pastorale à Sarmeola di Rubano et Padoue (ville de saint Antoine).
15 sept.	Rencontre privée avec Yasser Arafat, chef de l'OLP. Au lendemain du meurtre de Bechir Gemayel, nouvel appel pour la paix au Liban.
19 sept.	Troisième visite à Albano (près de Castel Gandolfo).
29 sept.	Visite pastorale à Concesio et Brescia (Lombardie).
10 oct.	Canonisation du père Maximilien Kolbe.
19 oct.	À Castelporziano, rencontre avec le président italien Sandro Pertini.
21 oct.	Audience accordée au président du Liban Amine Gemayel.
28 oct.	Visite officielle du président ouest-allemand Karl Carstens.
31 oct.-9 nov.	Voyage en Espagne (4e centenaire de la mort de sainte Thérèse d'Avila). Au Pays basque, condamnation de la violence.
9 nov.	À Saint-Jacques-de-Compostelle, appel en faveur d'une réévangélisation de l'Europe.
20-21 nov.	Voyage pastoral en Sicile (à Palerme, condamnation de la mafia).
23-26 nov.	Deuxième session du Collège des cardinaux (réforme de la Curie, droit canon, finances).
26 nov.	Annonce de la prochaine Année sainte (carême 1983-Pâques 1984).

1983

2 janv.	Visite à Rieti et au monastère de Greccio (où saint François inventa la crèche).
6 janv.	Bulle *Aperite portas redemptori* annonçant le Jubilé pour le 1950[e] anniversaire de la Rédemption.
25 janv.	Constitution postconciliaire *Sacrae disciplinae leges* (nouveau Code de droit canon).
2 fév.	Deuxième consistoire : création de 18 cardinaux (dont Lustiger, de Lubac, Glemp, Vaïvods...).
2-9 mars	Voyage en Amérique centrale : Costa Rica, Nicaragua, Panama, Salvador (tombe de Mgr Romero), Guatemala, Honduras, Belize et Haïti (discours sur les droits de l'homme).
19 mars	Visite à San Salvo et Termoli (Abruzzes).

25 mars	Ouverture de l'année sainte (1950e anniversaire de la mort du Christ).
22 avril	Première visite *ad limina* d'évêques lituaniens.
20-22 mai	Visite à Milan et sa région (Monza).
16-23 juin	Deuxième voyage en Pologne (pendant l'« état de guerre »).
8 juil.	Nomination de Mgr Simonis à la tête de l'Église néerlandaise.
15-16 août	Pèlerinage à Lourdes (125e anniversaire des apparitions).
18 août	Visite à Palestrina (sur la route de la Montorella).
3 sept.	Visite à Anzio.
10-13 sept.	Voyage en Autriche (prêche l'hospitalité à l'égard des immigrés).
17 sept.	Au cours d'un colloque, le pape renouvelle sa condamnation de la contraception.
29 sept.-29 oct.	Sixième synode ordinaire des évêques (sur la pénitence et la réconciliation).
5 oct.	**Lech Walesa élu Prix Nobel de la Paix.**
16 oct.	Consécration du monde à la Vierge de Fatima (en marge du synode).
27 oct.	Appel à Reagan et Andropov sur le désarmement.
5 nov.	Lettre au cardinal Willebrands pour le 500e anniversaire de la naissance de Martin Luther.
24 nov.	Publication de la Charte des droits de la famille.
11 déc.	Rencontre avec la communauté luthérienne de Rome.
27 déc.	Visite à Ali Agça dans sa prison de Rebibbia.

1984

10 janv.	Annonce de l'établissement de relations diplomatiques entre le Saint-Siège et les États-Unis.
22 janv.	Première visite à une communauté tzigane (à Sainte-Rita de Rome).
11 fév.	Lettre pastorale *Salvifici doloris* (sur le sens de la souffrance).
18 fév.	Signature d'un nouveau concordat avec l'Italie.
19 fév.	Béatification des 99 martyrs d'Angers (tués sous la Révolution).
24 fév.	Visite pastorale à Bari et Bitonto (Pouilles).
3 mars	Lettre établissant une fondation pour le Sahel.

25 mars	Renouvellement de la consécration du monde à la Vierge de Fatima.
29 mars	Publication de l'exhortation apostolique *Redemptionis donum* (sur la vie religieuse).
9 avril	Train de nominations à la Curie (dicastères et commissions pontificales). Notamment : Gantin à la Congrégation pour les évêques, Etchegaray à la tête de Justice et Paix et de *Cor Unum*.
20 avril	Lettre apostolique *Redemptionis anno* sur la ville de Jérusalem.
22 avril	Clôture de l'Année sainte.
1er mai	Lettre apostolique *Les grands mystères* sur la question du Liban.
2-12 mai	21e voyage : Corée du Sud, Papouasie-Nouvelle-Guinée, îles Salomon, Thaïlande.
21 mai	Première visite officielle depuis douze ans d'un président italien.
27 mai	Visite pastorale à Viterbe (Latium).
2 juin	Visite officielle du pape auprès du président Pertini.
11 juin	Audience privée accordée au Premier ministre sud-africain Pieter Botha : condamnation de l'apartheid.
12-16 juin	Voyage en Suisse (le 12, à Genève, visite au Conseil œcuménique des Églises).
30 juin	Audience accordée au Premier ministre Pierre Mauroy : divergences sur l'enseignement privé.
16-17 juil.	Rencontre avec le président Pertini, skis aux pieds, en haut du massif de l'Adamello (Haut-Adige).
12 août	Visite à Fano (sur la côte adriatique).
19 août	Visite à Rocca di Papa (près de Castel Gandolfo).
2 sept.	Visite à Alatri (près de Castel Gandolfo).
3 sept.	Instruction de la Congrégation pour la doctrine de la foi sur la théologie de la libération.
9-20 sept.	Voyage au Canada (défense vigoureuse des droits des Indiens).
3 oct.	Autorisation sous réserves de la messe de saint Pie V.
5-7 oct.	Visite pastorale en Calabre (Catanzaro, Crotone, Cosenza, Reggio de Calabre).
10-13 oct.	24e voyage : Saint-Domingue, Porto Rico.
16 oct.	**Mgr Desmond Tutu élu Prix Nobel de la Paix.**
19 oct.	**En Pologne, assassinat du père Popieluszko.**
2-4 nov.	Pèlerinage à Milan, Varèse, Varallo, Arona, Pavie (sur les traces de saint Charles Borromée).

29 nov.	Signature au Vatican du traité de paix entre l'Argentine et le Chili.
10 déc.	Le père Fernando Cardenal, ministre nicaragayen, est exclu de la Compagnie de Jésus.
11 déc.	Exhortation postsynodale *Reconciliatio et poenitentia* (sur le sacrement de réconciliation).
29 déc.	Visite à Grottaferrata (près de Castel Gandolfo).

1985

26 janv.-6 fév.	25e voyage : Venezuela, Équateur, Pérou (terrorisme), Trinité-et-Tobago.
5 fév.	Le père Cardenal est suspendu *a divinis*.
19 fév.	Audience accordée au Premier ministre israélien Shimon Peres.
27 fév.	Visite officielle du Soviétique Andreï Gromyko.
11 mars	**Gorbatchev devient secrétaire général du PCUS.**
20 mars	Condamnation de Leonardo Boff, théologien de la libération.
24 mars	Visite à Fucino et Avezzano (Abruzzes).
26 mars	Lettre apostolique *Dilecti amici* pour l'année internationale de la jeunesse (décrétée par l'ONU).
30-31 mars	Première Rencontre internationale de la jeunesse à Rome.
11 avril	Deuxième visite à Lorette.
11-21 mai	Voyage aux Pays-Bas, Luxembourg, Belgique.
25 mai	Troisième consistoire : création de 28 cardinaux (dont Decourtray, Poupard et le Slovaque Tomko).
26 mai	Visite à Salerne (au sud de Naples).
15-17 juin	Visite pastorale à Venise et à sa région.
30 juin	Visite à Atri, Isola del Gran Sasso, Teramo (Abruzzes).
2 juil.	Encyclique *Slavorum apostoli* (sur l'unité de l'Église) pour le 11e centenaire de la mort de saint Méthode.
7 juil.	Messe commémorant Cyrille et Méthode, pour le peuple tchécoslovaque, dans la chapelle Pauline.
8-19 août	27e voyage : Togo, Côte-d'Ivoire, Cameroun, Centrafrique, Zaïre, Kenya.
19 août	Maroc : appel de Casablanca (sur le dialogue avec l'islam).
8 sept.	Voyage en Suisse et au Lichtenstein.

14 sept.	Visite à Albano (près de Castel Gandolfo).
21-22 sept.	Visite pastorale à Gênes (et au sanctuaire Madonna de la Guardia).
4 oct.	Visite officielle du président italien Francesco Cossiga.
18-20 oct.	Visite pastorale en Sardaigne.
17 nov.	Messages personnels à Reagan et à Gorbatchev (à l'occasion du sommet de Genève).
21-23 nov.	Troisième réunion plénière du Collège des cardinaux (réforme de la Curie, primauté du pape).
25 nov.-8 déc.	Synode extraordinaire pour le 20e anniversaire de la clôture de Vatican II (décision de rédiger un nouveau catéchisme universel).

1986

18 janv.	Visite officielle au président italien Francesco Cossiga.
1er-10 fév.	Voyage en Inde (visite au mausolée du Mahatma Gandhi).
19 fév.	Audience privée au président libanais Amine Gemayel.
6 mars	Visite officielle du gouverneur canadien Jeanne Sauvé.
13-15 mars	Visite *ad limina* des évêques du Brésil.
19 mars	Visite à Prato (près de Florence).
28 mars	Lettre aux prêtres (où le pape donne le curé d'Ars en exemple).
29 mars	Acquittement de Sergueï Antonov et des deux autres Bulgares accusés d'avoir tiré sur le pape.
5 avril	Instruction *Libertatis conscientia* sur les aspects positifs de la théologie de la libération.
13 avril	Visite du pape à la grande synagogue de Rome.
27 avril	Audience spéciale accordée aux Albanais de la diaspora.
27 avril	**Explosion de la centrale nucléaire de Tchernobyl.**
8-11 mai	Visite pastorale à Ravenne et alentour.
30 mai	Publication de l'encyclique *Dominum et vivificantem* (sur le Saint-Esprit).
1er-8 juil.	30e voyage : Colombie (3,2 millions de personnes à la messe) et Sainte-Lucie.

9 août	Visite à Rocca di Mezzo et Piani di Pezza (Abruzzes).
19 août	Mise au pas du théologien américain Charles Curran et de Mgr Hunthausen, archevêque de Seattle.
31 août	Visite à Anagni (près de Castel Gandolfo).
6-7 sept.	Expédition au mont Blanc (Courmayeur) : appel à l'unité de l'Europe.
14 sept.	Visite à Aprilia (près de Castel Gandolfo).
4-7 oct.	Voyage en France : Lyon, Taizé, Paray-le-Monial, Ars, Annecy.
18-19 oct.	Visite pastorale à Florence.
26 oct.	Visite pastorale à Pérouse.
27 oct.	Premier rassemblement panreligieux d'Assise (prière commune pour la paix).
30 oct.	Lettre de la Congrégation pour la doctrine de la foi condamnant l'homosexualité.
31 oct.	Visite officielle du président camerounais Paul Biya.
18 nov.-1er déc.	32e voyage : Bangladesh, Singapour, îles Fidji, Nouvelle-Zélande, Australie (mise en garde contre les manipulations génétiques, défense des Aborigènes) et Seychelles.

1987

13 janv.	Audience accordée au général Jaruzelski.
5 fév.	Déplore le nombre d'annulations de mariages prononcées par les tribunaux ecclésiastiques.
2 mars	Publication d'une instruction de la Congrégation pour la doctrine de la foi, *Donum vitae*, sur le respect de la vie humaine (condamnation de la procréation artificielle).
19 mars	Visite à Civitavecchia (près de Rome).
23-25 mars	Visite dans la région des Pouilles (Foggia, golfe de Manfredonia, Monte Sant'Angelo, etc.).
25 mars	Encyclique *Redemptoris Mater* (sur la Vierge Marie).
31 mars-13 avril	33e voyage : Uruguay, Chili (rencontre avec Pinochet, violentes émeutes), Argentine.
1er-5 mai	Voyage en Allemagne de l'Ouest (le 1er mai, à Cologne, béatification d'Edith Stein et de Rupert Mayer).
6 juin	Visite officielle du président américain Ronald Reagan.
7 juin	Ouverture solennelle de l'année mariale.

8-14 juin	Troisième voyage en Pologne (le 12 : à Gdansk, soutien à Solidarité).
25 juin	Audience accordée au président autrichien Kurt Waldheim.
28 juin	Célébration solennelle du 600e anniversaire de l'évangélisation de la Lituanie.
8-14 juil.	Premières vacances du pape à Lorenzago di Cadore (Dolomites).
2 sept.	Nouvelle visite à Rocca di Papa (près de Castel Gandolfo).
5 sept.	Nouvelle visite à Albano (près de Castel Gandolfo).
7 sept.	Nouvelle visite à Grottaferrata (près de Castel Gandolfo).
10-20 sept.	36e voyage : États-Unis (le 10, rencontre avec Reagan à Miami et, le 17, visite aux malades du sida à San Francisco) et Canada.
1er-30 oct.	Septième synode ordinaire des évêques sur la vocation et la mission des laïcs (non aux diaconesses).
3-7 déc.	Visite du patriarche œcuménique de Constantinople Dimitrios Ier.
11 déc.	Visite officielle du président argentin Alfonsin.
28 déc.	Nomination d'un Palestinien, Mgr Michel Sabbah, comme patriarche de Jérusalem.

1988

29 janv.	Audience accordée à Daniel Ortega, président du Nicaragua.
1er fév.	Audience accordée au roi Hussein de Jordanie (statut de Jérusalem, dialogue avec l'islam).
2 fév.	Document de Justice et Paix sur la multiplication des sans-abri.
14 fév.	Message aux uniates, *Magnum baptismi donum* (sur le baptême de la *Rus'*).
19 fév.	Publication de l'encyclique *Sollicitudo rei socialis* (sur la question sociale et le développement).
3 mars	Première publication du rapport financier et du budget prévisionnel du Saint-Siège.
22 mars	Publication de la lettre apostolique *Euntes in mundum* (sur le millénaire de la *Rus'*).
16-17 avril	Visite pastorale à Vérone.
1er mai	Visite à Nepi (Castel S. Elie) et Civita Castellana.
6 mai	Nouvelle audience accordée aux Albanais en exil.
7-19 mai	37e voyage : Uruguay, Bolivie, Paraguay et Pérou.

15 mai	**Début du retrait soviétique d'Afghanistan.**
21 mai	Inauguration d'un abri « Don de Marie », confié aux sœurs de la Charité de mère Teresa.
30 mai	Important remaniement de la Curie (nominations de Mgr Cassidy et de Mgr Sodano).
3-7 juin	Deuxième visite pastorale dans la région de Bologne (Piacenza, Modène, Parme, etc.).
11-12 juin	Visite à Messine (Sicile) et à Reggio de Calabre.
13 juin	Le cardinal Casaroli à Moscou pour le millénaire de la *Rus'* (message du pape à Gorbatchev).
18 juin	Visite officielle de la présidente philippine Corazón Aquino.
19 juin	Canonisation de 117 martyrs vietnamiens.
23-27 juin	Voyage en Autriche (rencontre avec Kurt Waldheim, visite à Mauthausen).
28 juin	Constitution apostolique *Pastor bonus* (sur la réforme de la Curie).
	Quatrième consistoire : création de 24 cardinaux (dont Jacques Martin et le Lituanien Sladkevicius).
30 juin	Excommunication de Mgr Lefebvre.
2 juil.	Motu proprio *Ecclesia Dei afflicta* sur l'accueil des fidèles ayant suivi Mgr Lefebvre.
10 juil.	Célébration solennelle du millénaire de la *Rus'* (à Saint-Pierre, en rite byzantin).
13-22 juil.	Vacances à Lorenzago di Cadore (Dolomites), avec escapade au mont Adamello.
15 août	Clôture solennelle de l'année mariale (à Saint-Pierre).
19 août	Visite à Albano (près de Castel Gandolfo).
21 août	Visite à Rocca di Papa (près de Castel Gandolfo).
2-4 sept.	Deuxième visite pastorale à Turin et sa région.
10-19 sept.	39e voyage : Zimbabwe, Botswana, Lesotho, Mozambique, Swaziland.
30 sept.	Publication de la lettre apostolique *Mulieris dignitatem* (sur la vocation de la femme).
4 oct.	Le pape crée évêque son conseiller lituanien Audrys Backis.
8-11 oct.	40e voyage : Conseil de l'Europe à Strasbourg, puis Metz et Nancy.
19 nov.	Rencontre avec le Premier ministre italien Ciriaco De Mita.
23 déc.	Deuxième entrevue avec Yasser Arafat.

30 déc.	Visite à Fermo et Porto S. Giorgio (sur l'Adriatique).

1989

25 janv.	Création d'un Bureau du travail au Saint-Siège.
26 janv.	163 théologiens européens dénoncent la « mise sous tutelle » de l'Église par le Vatican.
30 janv.	Publication de l'exhortation postsynodale *Christi fideles laici* (sur les laïcs).
6 fév.	Audience accordée à Andreï Sakharov.
8-11 mars	Rencontre avec les évêques américains sur le thème de l'évangélisation aux États-Unis.
10 mars	Réorganisation de l'épiscopat de Lituanie.
20 avril	Visite officielle du président irlandais Patrick Hillery.
28 avril-6 mai	41ᵉ voyage : Madagascar, Réunion, Zambie, Malawi.
21 mai	Visite à Grosseto (Toscane).
27 mai	Visite officielle du président américain George Bush.
1ᵉʳ-10 juin	Voyage dans les pays scandinaves : Norvège, Islande, Finlande, Danemark, Suède.
25 juin	Visite à Gaeta, Madonna di Civita et Formia (sud de Rome).
12-21 juil.	Premières vacances dans les Combes (Val d'Aoste).
25 juil.	Nomination de Mgr Kondrusiewicz en Biélorussie.
17 juil.	Reprise des relations diplomatiques avec la Pologne.
15 août	Exhortation apostolique *Redemptoris custos* (sur saint Joseph). À l'angélus, souhait personnel de se rendre au Liban.
19-20 août	Journées mondiales de la jeunesse à Saint-Jacques-de-Compostelle.
24 août	**En Pologne, Tadeusz Mazowiecki devient chef du gouvernement.**
1ᵉʳ sept.	Lettre apostolique pour le 50ᵉ anniversaire du début de la Seconde Guerre mondiale.
7 sept.	Lettre apostolique sur la situation au Liban. Journée internationale de prière pour la paix au Liban.
18 sept.	Visite à Orte et Trevignano (nord de Rome).

19 sept.	Le pape règle l'affaire du carmel d'Auschwitz (en confirmant les accords de Genève).
22-24 sept.	Visite pastorale à Pise (Toscane) et à sa région.
29 sept-2 oct.	Visite officielle de l'archevêque de Canterbury Robert Runcie (déclaration commune).
7-15 oct.	44e voyage : Corée du Sud, Indonésie, île Maurice.
28-29 oct.	Visite à Tarente (nouvel appel en faveur de l'Albanie) et Martina Franca (Pouilles).
9 nov.	**Chute du mur de Berlin.**
13-14 nov.	Rencontre avec les évêques de RFA sur « la foi pour les générations futures ».
1er déc.	Rencontre Jean-Paul II-Gorbatchev (au Vatican, en visite officielle).
21 déc.	Nomination de nouveaux évêques en Tchécoslovaquie.

1990

25 janv.-1er fév.	45e voyage : Cap-Vert, Guinée-Bissau, Mali, Burkina, Tchad.
15 mars	Échange de représentations diplomatiques entre le Vatican et l'URSS.
18-19 mars	Visite pastorale dans le Piémont (région de Turin : Ivrea, Chivasso, etc.).
21-22 avril	Voyage en Tchécoslovaquie.
22 avril	Annonce, à Velehrad, d'un prochain synode spécial des évêques d'Europe de l'Ouest et de l'Est.
27 avril	Visite officielle du président portugais Mario Soares.
6-13 mai	Voyage au Mexique et à Curaçao.
25-27 mai	Voyage à Malte.
17 juin	Visite à Orvieto (Ombrie).
2 juil.	Visite à Benevento (Campanie).
11-20 juil.	Deuxièmes vacances dans les Combes (Val d'Aoste), escapade au mont Blanc (le 17).
3 août	**Début de la guerre du Golfe.**
26 août	À l'angélus, appel pour la paix dans le Golfe (après l'invasion du Koweït par l'Irak).
1er-10 sept.	49e voyage : Tanzanie, Burundi, Rwanda, Côte-d'Ivoire.
20 sept.	Septième visite à Albano (près de Castel Gandolfo).

22-23 sept.	Visite pastorale à Ferrare (Émilie-Romagne) et alentour.
30 sept.-28 oct.	Huitième synode ordinaire des évêques (sur la formation des prêtres).
14 oct.	Deuxième visite pastorale à Gênes.
18 oct.	Promulgation du Code des canons des Églises orientales.
9-13 nov.	Deuxième visite à Naples et sa région (le 11 : Torre del Greco, au pied du Vésuve).
18 nov.	Nouvelle audience de Mikhaïl Gorbatchev.
24 nov.	Visite *ad limina* des évêques du Vietnam (pour la première fois au complet).
1er déc.	Le cardinal Casaroli est remplacé à la Secrétairerie d'État par Mgr Angelo Sodano.
25 déc.	Message *urbi et orbi* pour la paix dans le Golfe.

1991

15 janv.	Lettre à George Bush et Saddam Hussein pour éviter la guerre du Golfe.
22 janv.	Publication de l'encyclique *Redemptoris missio* (sur la nouvelle évangélisation).
5 fév.	Visite officielle du président polonais Lech Walesa.
4-5 mars	Synode extraordinaire des évêques d'Orient directement concernés par la guerre du Golfe.
8-9 mars	Rencontre (deuxième session) avec l'épiscopat du Brésil et les responsables de la Curie.
18-19 mars	Visite à San Severino, Camerino, Fabriano, Matelica (région d'Ancône, Marches).
4-7 avril	Quatrième réunion plénière du Collège des cardinaux (les menaces contre la vie et le défi des sectes).
8-9 avril	Réunion sur les finances du Saint-Siège avec les présidents des conférences épiscopales.
13 avril	Réorganisation de l'Église catholique en Biélorussie, Russie et Kazakhstan.
27-28 avril	Visite à Potenza, Matera et Pisticci Scalo (région de Basilicate).
29-30 avril	Réunion avec les évêques suisses et la Curie.
1er mai	Encyclique *Centesimus annus* (sur le socialisme et le capitalisme).
3 mai	Visite officielle du roi de Suède Charles XVI Gustave.

10-13 mai	Voyage au Portugal.
1-10 juin	Quatrième voyage en Pologne.
12 juin	Annonce d'un prochain synode spécial sur le Liban.
22-23 juin	Visite à Mantoue et Castiglione delle Stiviere (Lombardie).
25 juin	**La Slovénie et la Croatie proclament leur indépendance.**
28 juin	Cinquième consistoire : création de 22 cardinaux (et révélation sur un Chinois nommé *in pectore* depuis 1979).
10-19 juil.	Vacances dans les Combes (Val d'Aoste).
13-18 août	Voyage en Pologne (Journées mondiales de la jeunesse à Czestochowa) et en Hongrie.
19 août	**Tentative de putsch à Moscou.**
2 sept.	Visite à Carpineto (près de Rome).
7 sept.	Établissement de relations diplomatiques avec l'Albanie.
7-8 sept.	Visite à Vicence (Vénétie).
29 sept.	Centième visite en Italie : à Ferriere et Latina (près de Rome).
5 oct.	Office catholico-luthérien à Saint-Pierre pour le 6e centenaire de la canonisation de Brigitte de Suède.
12-21 oct.	Voyage au Brésil.
28 nov.-14 déc.	Synode extraordinaire des évêques d'Europe de l'Est et de l'Ouest (absence des orthodoxes).
7 déc.	Office œcuménique à Saint-Pierre à l'occasion de ce synode européen.
25 déc.	**Dissolution de l'URSS.**

1992

1er janv.	Le Saint-Siège reconnaît la Fédération de Russie.
13 janv.	Le Saint-Siège reconnaît la souveraineté de la Croatie et de la Slovénie.
8 fév.	Établissement de relations diplomatiques avec la Croatie, la Slovénie et l'Ukraine.
19-26 fév.	Huitième voyage en Afrique : Sénégal, Gambie, Guinée.
19 mars	Visite pastorale à Sorrente et Castellamare di Stabia (dans la baie de Naples).

7 avril	Exhortation postsynodale *Pastores dabo vobis* (sur la formation des prêtres).
30 avril-3 mai	Visite pastorale à Trieste et dans sa région (Udine, Gorizia, etc.).
17 mai	Béatification de José María Escrivá de Balaguer, fondateur de l'Opus Dei.
23-24 mai	Visite à Capoue (près de Naples).
4-10 juin	55e voyage : Angola, São Tomé et Príncipe.
19-21 juin	Visite à Caravaggio, Crema, Lodi (région de Milan).
12 juil.	Retour à l'hôpital Gemelli pour des tests.
15 juil.	Opération d'une tumeur à l'intestin.
17 août-2 sept.	Vacances et convalescence à Lorenzago di Cadore (Dolomites).
22 août	Appel dramatique, à l'angélus, pour la paix dans les Balkans.
21 sept.	Établissement de relations diplomatiques avec le Mexique.
9-13 oct.	Voyage à Saint-Domingue, pour le 5e centenaire de l'évangélisation de l'Amérique latine.
16 nov.	Constitution apostolique *Fidei depositum* (pour le nouveau catéchisme).
27 nov.	Visite officielle du président italien Luigi Scalfaro.
7 déc.	Présentation officielle du nouveau catéchisme.
25 déc.	Nomination d'évêques en Albanie.

1993

9-10 janv.	À Assise, prière spéciale pour la paix en Europe et particulièrement dans les Balkans.
21 janv.	Visite officielle du Premier ministre italien Giuliano Amato.
3-10 fév.	Dixième voyage en Afrique : Bénin, Ouganda (polémique sur le préservatif), Soudan.
19 fév.	Visite officielle du président slovène Milan Kucan.
19 mars	Visite pastorale à Magliano Sabina, Vescovio, Farfa, Monterotondo (région de Rome).
22 avril	Visite à Genazzano (près de Rome, route de la Montorella).
25 avril	Voyage en Albanie.
8-10 mai	Visite pastorale en Sicile (Trapani, Agrigente, Caltanissetta, etc.).
23 mai	Visite pastorale à Cortona et Arezzo (Toscane).

29 mai	Clôture du deuxième synode diocésain de Rome.
12-17 juin	Voyage en Espagne.
19-20 juin	Visite pastorale au centre de l'Italie : Macerata, Foligno, Gran Sasso.
7-16 juil.	Vacances à Lorenzago di Cadore (Dolomites).
9-15 août	60e voyage : Jamaïque, Mexique, puis JMJ à Denver.
4-10 sept.	Voyage dans les trois pays Baltes (discours de Riga sur le socialisme).
17 sept.	Visite à La Verna et Camaldoli (Toscane).
25-26 sept.	Visite à Asti (Piémont).
5 oct.	Publication de l'encyclique *Veritatis splendor* (sur les fondements de la morale).
11 nov.	Le pape chute à la fin d'une audience et se fracture l'épaule.
16 déc.	Visite officielle du président argentin Carlos Menem.
26 déc.	Ouverture de l'année internationale de la famille.
30 déc.	« Accord fondamental » entre le Vatican et Israël.

1994

1er janv.	Motu proprio *Socialium scientiarum* créant l'Académie pontificale des sciences sociales.
23 janv.	Messe à Saint-Pierre pour la paix dans les Balkans.
2 fév.	*Lettre aux familles* pour l'année internationale de la famille.
11 fév.	Motu proprio *Vitae mysterium* créant l'Académie pontificale pour la vie.
3 mars	Visite officielle du président allemand Richard von Weizsäcker.
	Établissement de relations diplomatiques avec la Jordanie.
5 mars	Établissement de relations diplomatiques avec l'Afrique du Sud.
7 mars	Visite officielle du président tchèque Václav Havel.
17 mars	Audience du Premier ministre israélien Yitzhak Rabin.
19 mars	Lettre aux responsables mondiaux avant la conférence sur la population du Caire.
7 avril	Concert au Vatican commémorant la Shoah en présence du pape et du rabbin Elio Taff.

10 avril-8 mai	Synode spécial des évêques d'Afrique (sur l'évangélisation à l'approche de l'an 2000).
28 avril	Le pape se casse le fémur (hospitalisation à Gemelli du 29 avril au 27 mai).
13 mai	Ouverture du monastère Mater Ecclesiae à l'intérieur de l'enceinte du Vatican.
22 mai	Lettre apostolique aux évêques *Ordinatio sacerdotalis* (contre l'ordination des femmes).
2 juin	Audience accordée au président Bill Clinton.
13-14 juin	Cinquième réunion plénière du Collège des cardinaux (sur le Jubilé de l'An 2000).
15 juin	Relations diplomatiques avec Israël au niveau des ambassades.
17-27 août	Vacances dans les Combes (Val d'Aoste).
8 sept.	Messe à Castel Gandolfo pour la Bosnie (après le renoncement à l'étape de Sarajevo).
10-11 sept.	Voyage en Croatie.
17-18 sept.	Visite à Lecce (au sud de la région des Pouilles).
2-29 oct.	Neuvième synode ordinaire des évêques (sur la vie consacrée).
8-9 oct.	Rencontre internationale des familles.
20 oct.	Parution du livre *Entrez dans l'Espérance* (entretien avec Vittorio Messori).
25 oct.	Début des « relations permanentes et officielles de travail » avec l'OLP.
4-6 nov.	Visite en Sicile : Catania et Siracuse.
14 nov.	Publication de la lettre apostolique *Tertio millenio adveniente*.
26 nov.	Sixième consistoire : création de 30 nouveaux cardinaux.
10 déc.	Nouvelle visite à Lorette.
13 déc.	*Lettre aux enfants* (pour l'année de la famille).

1995

11-21 janv.	63e voyage : Philippines (JMJ à Manille), Papouasie-Nouvelle-Guinée, Australie, Sri Lanka.
13 janv.	Révocation de Mgr Gaillot.
14 janv.	À Manille, lecture sur Radio Veritas d'un message aux catholiques chinois.
4 fév.	Visite officielle du président de Malte Ugo Bonnici.

6-12 mars	Délégation du Saint-Siège au 7e sommet de l'ONU sur le développement social (Copenhague).
19 mars	Visite à Monte Varaino, Castelpetroso, Agnone (région de Molise).
25 mars	Encyclique *Evangelium vitae* (sur le respect de la vie).
29-30 avril	Cent vingtième voyage en Italie : visite pastorale à Trente (Haut-Adige).
2 mai	Lettre apostolique *Orientale lumen* (pour le centenaire d'*Orientalium dignitas* de Léon XIII).
8 mai	Message pour le 50e anniversaire de la fin de la Seconde Guerre mondiale.
18 mai	Jean-Paul II fête ses soixante-quinze ans.
20-22 mai	Voyage en République tchèque (canonisation de Jan Sarkander).
25 mai	Encyclique *Ut unum sint* (sur l'unité des chrétiens).
3-4 juin	Voyage en Belgique (béatification de Damiann de Veuster).
11 juin	Messe commémorant la fin de la Seconde Guerre mondiale.
27-30 juin	Visite du patriarche de Constantinople Bartolomée Ier.
30 juin-3 juil.	Voyage en Slovaquie (canonisation de trois martyrs).
10 juil.	Publication d'une *Lettre aux femmes*.
12-22 juil.	Vacances dans les Combes (Val d'Aoste).
9-10 sept.	Nouvelle visite à Lorette pour le pèlerinage des jeunes d'Europe (en direct avec Sarajevo).
14-20 sept.	67e voyage : Cameroun, Afrique du Sud (rencontre avec Nelson Mandela), Kenya (fin du synode spécial africain).
15 sept.	Exhortation apostolique postsynodale *Ecclesia in Africa* (signée à Yaoundé).
4-8 oct.	Voyage aux États-Unis (Newark, Brooklyn, Baltimore).
5 oct.	Message à l'ONU pour son 50e anniversaire.
17 oct.	Réception des évêques de l'ex-Yougoslavie (moins les Slovènes).
27 oct.	Célébration du 30e anniversaire de *Presbyterorum ordinis*.
8 nov.	Célébration du 30e anniversaire de la constitution conciliaire *Gaudium et spes*.

16 nov.	Lettre apostolique pour le 400e anniversaire de l'Union de Brest (Biélorussie).
23 nov.	Deuxième visite pastorale à Palerme (Sicile).
26 nov.-14 déc.	Messe à Saint-Pierre pour le synode spécial des évêques sur le Liban.
8 déc.	Le pape confie à Rome l'accueil du Jubilé de l'an 2000.
15 déc.	*Lettre aux catholiques de France.*
21 déc.	Jean-Paul II reçoit Mgr Gaillot.
25 déc.	Le message *urbi et orbi* et la bénédiction papale sont retransmis sur Internet.

1996

20 janv.	Visite d'État du président Jacques Chirac.
1er fév.	Visite officielle du président du Mexique.
5-11 fév.	69e voyage : Guatemala, Nicaragua, Salvador, Venezuela.
22 fév.	Constitution *Universi dominici gregis* sur les règles d'élection d'un nouveau pape.
25 mars	Exhortation postsynodale *Vita consecrata* (sur la vie consacrée).
30 mars	Nouvelle visite pastorale à Sienne (Toscane).
5 avril	Chemin de croix au Colisée : les méditations sont de l'archevêque Pulic de Sarajevo.
14 avril	Voyage en Tunisie (appel au dialogue avec l'islam modéré).
18 avril	Lettre apostolique commémorant les 350 ans de l'Union d'Oujgorod (Ukraine).
4-5 mai	Visite à Côme (Lombardie).
17-19 mai	Voyage en Slovénie.
21-23 juin	Voyage en Allemagne réunifiée (discours à la porte de Brandebourg, annonce d'un synode).
4 juil.	Visite officielle du Premier ministre italien Romano Prodi.
7 juil.	Messe à Saint-Pierre (de rite uniate) pour le 400e anniversaire de l'Union de Brest.
10-23 juil.	Vacances à Lorenzago di Cadore (Dolomites).
14 août	Visite à Albano (près de Castel Gandolfo).
6-7 sept.	Voyage en Hongrie.

19-22 sept.	Voyage en France : Vendée, Sainte-Anne-d'Auray, Tours, Reims (1 500e anniversaire du baptême de Clovis).
8-15 oct.	Hospitalisation à Gemelli (opération de l'appendicite).
1er nov.	Messe à Saint-Pierre pour le 50e anniversaire de son ordination sacerdotale.
10 nov.	Concélébration solennelle avec tous les pasteurs ordonnés la même année que Jean-Paul II (1946).
13 nov.	Message pour le sommet de la FAO à Rome.
15 nov.	Présentation du livre *Ma vocation, don et mystère.*
19 nov.	Audience privée de Fidel Castro.
30 nov.	Lancement, à Saint-Pierre, des trois ans de préparation du Jubilé de l'an 2000.
3-6 déc.	Rencontre avec l'archevêque de Canterbury, primat de l'Église anglicane, George Carey.
10-14 déc.	Visite du patriarche et catholicos arménien Karekin Ier.
19 déc.	Visite du président de l'OLP Yasser Arafat.

1997

23-26 janv.	Visite à Rome du catholicos arménien de Sicile, Aram I Kechichian.
3 fév.	Audience du Premier ministre israélien Netanyahou.
14 fév.	Visite officielle du président brésilien Cardoso.
10 mars	Établissement de relations diplomatiques avec la Libye.
24 mars	Présentation et ouverture du site www.vatican.va
7 avril	Audience accordée au président polonais Alexander Kwasniewski.
12-13 avril	Voyage à Sarajevo.
25-27 avril	Voyage en République tchèque (millénaire de la mort de saint Adalbert).
4 mai	Béatification, à Saint-Pierre, du premier bienheureux tzigane Ceferino Gimenez.
10-11 mai	Voyage à Beyrouth (clôture du synode spécial sur le Liban).
10 mai	Publication de l'exhortation postsynodale *Un nouvel espoir pour le Liban*.
16 mai	Audience du président géorgien Edouard Chevardnadze.

31 mai-10 juin Septième voyage en Pologne (canonisation de la reine Edwige).

16 juin Deux lettres du pape à Netanyahou et Arafat sur le processus de paix au Proche-Orient.

24 juin Lettre au président russe Boris Eltsine sur la liberté religieuse en Russie.

9-19 juil. Vacances dans les Combes (Val d'Aoste).

15 août Lettre apostolique *Laetamur magnopere* approuvant le nouveau catéchisme en sa version latine.

21-24 août Journées mondiales de la jeunesse à Paris.

6 sept. Visite à Marino (près de Castel Gandolfo).

27-28 sept. Troisième visite à Bologne (23e congrès eucharistique national).

2-6 oct. Voyage à Rio de Janeiro (2e rencontre mondiale des familles).

19 oct. Sainte Thérèse de l'Enfant-Jésus est proclamée « docteur de l'Église ».

16 nov.-12 déc. Synode spécial des évêques d'Amérique (conversion, communion et solidarité).

30 nov. Messe inaugurant la deuxième année avant l'an 2000, consacrée à l'Esprit-Saint.

1998

1er janv. Constitution apostolique *Ecclesia in urbe* (sur le vicariat de Rome).

3 janv. Visite sur les lieux du tremblement de terre en Ombrie (Annifo, Cesi, Assise).

15 janv. Première visite au Capitole (rencontre avec le maire de Rome, Francesco Rutelli).

21-26 janv. Voyage à Cuba (rencontre avec Fidel Castro).

1er fév. Visite dans une famille romaine de la paroisse du Sacré-Cœur-de-Jésus.

21 fév. Septième consistoire : création de 20 cardinaux (plus 2 créés *in pectore*).

7 mars Audience de la secrétaire d'État américaine Madeleine Albright.

15 mars Publication d'un document sur la Shoah par le Conseil pontifical pour les relations avec le judaïsme.

21-23 mars Voyage au Nigeria.

25 mars	Échange des instruments de ratification du nouveau concordat avec la Pologne.
19 avril-17 mai	Synode spécial sur l'Asie (les Chinois n'ont pas reçu leur visa).
15 mai	Audience du roi des Belges Albert II (et de la reine Paola).
18 mai	Motu proprio *Ad tuendam fidem* sur le droit canon et la profession de la foi.
23-24 mai	Visite à Vercelli et Turin (le 24 : le pape va vénérer le Saint-Suaire).
30 mai	Rencontre à Saint-Pierre avec les « mouvements d'Église et nouvelles communautés ».
31 mai	Lettre apostolique *Dies Domini* (sur le « jour du Seigneur »).
9 juin	Rencontre avec les évêques de Cuba.
12 juin	Audience du président de l'Autorité nationale palestinienne Yasser Arafat.
19-21 juin	Voyage en Autriche (béatification de Jakob Kern).
8-21 juil.	Vacances à Lorenzago di Cadore (Dolomites).
18-20 sept.	Visite à Chiavari et Brescia (Lombardie).
3-4 oct.	Voyage en Croatie (béatification du cardinal Stepinac).
11 oct.	Canonisation d'Edith Stein.
15 oct.	Publication de l'encyclique *Fides et ratio* (sur la foi et la raison).
20 oct.	Visite d'État au Quirinal.
29-31 oct.	Symposium d'historiens sur l'Inquisition.
22 nov.-12 déc.	Synode des évêques d'Océanie.
29 nov.	Bulle d'indiction du Grand Jubilé de l'an 2000.

1999

8 janv.	Audience accordée à Massimo d'Alema, président du Conseil italien.
22-28 janv.	Voyage au Mexique. Exhortation apostolique post-synodale *Ecclesia in America.*
27 janv.	Escale à Saint Louis (États-Unis) : rencontre avec Bill Clinton.
19 fév.	Septième audience accordée à Yasser Arafat.

11 mars	Visite au Vatican du président iranien Mohammad Khatami.
23 avril	*Lettre aux artistes*.
2 mai	Béatification à Rome de padre Pio.
7-9 mai	Voyage en Roumanie.
18 mai	Audience accordée au nouveau chancelier allemand Gerhard Schröder.
5-17 juin	Huitième voyage en Pologne.
2 juil.	Annulation du voyage prévu en Arménie.
7-20 juil.	Vacances aux Combes (dans le Val d'Aoste).
19 sept.	Voyage en Slovénie (Maribor).
24-29 sept.	Nouvelle assemblée interreligieuse à Assise.
1er-23 oct.	Deuxième synode pour l'Europe.
5-9 nov.	Voyage en Inde et en Géorgie.
24 déc.	Grand Jubilé de l'an 2000 : ouverture de la Porte sainte.

2000

2 janv.	Jubilé des enfants.
11 fév.	Jubilé des malades.
18 fév.	Jubilé des artistes.
23 fév.	Pèlerinage « virtuel » en Irak.
24-26 fév.	Voyage en Égypte et au mont Sinaï.
12 mars	Cérémonie de la « repentance ».
20-26 mars	Pèlerinage en Terre sainte (Jérusalem : Yad Vashem et mur des Lamentations).
1er mai	Jubilé des travailleurs.
7 mai	Célébration des « martyrs du XXe siècle » au Colisée.
12-13 mai	Voyage à Fatima (béatification de deux des trois enfants).
21 mai	Canonisation de 27 Mexicains.
25 mai	Jubilé des scientifiques.
5 août	Veillée œcuménique à Sainte-Marie-Majeure.
15-20 août	Quinzièmes Journées mondiales de la jeunesse à Rome.
14-15 oct.	Jubilé des familles.
26 nov.	Jubilé des laïcs.
17 déc.	Jubilé du monde du spectacle.

2001

6 janv.	Clôture du Grand Jubilé de l'an 2000.
21 fév.	Huitième consistoire ordinaire.
11 mars	Béatification de 233 martyrs de la guerre d'Espagne.
4-9 mai	Voyage sur les pas de saint Paul : Grèce (pardon aux orthodoxes), Syrie, Malte.
21-24 mai	Consistoire extraordinaire.
23-27 juin	Voyage en Ukraine.
23 juil.	Visite de George W. Bush, président des États-Unis.
1er août	Millième audience générale.
11 sept.	**Attentats contre le World Trade Center à New York.**
23-27 sept.	Voyage au Kazakhstan et en Arménie.
22 oct.	Visite du patriarche Ignace IV d'Antioche (de Syrie).
27 oct.	Quinzième synode ordinaire des évêques.
5 nov.	Publication du motu proprio *Sacramentorum sanctitatis tutela* (condamnant la pédophilie).
22 nov.	Exhortation *Ecclesia in Oceania* (condamnation des abus sexuels des membres du clergé).
14 déc.	Journée de jeûne pour la paix.
16 déc.	Trois centième visite d'une paroisse romaine.

2002

24 janv.	Nouveau rassemblement d'Assise pour la paix.
28 janv.	Appel aux avocats pour lutter contre le divorce.
24 févr.-3 mars	Annulation de deux visites de paroisses romaines pour raison de santé.
12 mars	Première visite à Rome de dirigeants de l'Église orthodoxe grecque.
31 mars	Appel solennel pour la paix en Terre sainte.
23-24 avril	Réunion de treize évêques américains (sur la pédophilie).
22-26 mai	Voyage en Azerbaïdjan et en Bulgarie.
16 juin	Canonisation de padre Pio.
23-28 juil.	Voyage au Canada (JMJ de Toronto).
29-31 juil.	Voyage au Mexique (canonisation de Juan Diego).

1er-2 août	Voyage au Guatemala.
16-19 août	Voyage en Pologne (région de Cracovie).
6 oct.	Canonisation de Mgr Escrivá de Balaguer, fondateur de l'Opus Dei.
7-13 oct.	Visite au Vatican du patriarche Teoctist de Roumanie.
16 oct.	Lettre apostolique *Rosarium Virginis Mariae* sur le rosaire.
31 oct.	Audience accordée à Valéry Giscard d'Estaing, président de la Convention européenne.
14 nov.	Discours du pape devant le Parlement italien.
15 nov.	Message pour la 50e assemblée générale de l'épiscopat italien.

2003

3 janv.	Audience accordée à Patrick Cox, président du Parlement européen.
22-26 janv.	Quatrième Rencontre mondiale des familles à Manille.
3 fév.	Publication par le Vatican d'un document sur le « new age ».
6 mars	Présentation d'un nouveau recueil de poèmes du pape : *Triptyque romain.*
17 mars	Audience accordée au dirigeant irakien Tarek Aziz.
20 mars	**Déclenchement de la seconde guerre d'Irak.**
11 avril	Quarantième anniversaire de *Pacem in Terris.*
17 avril	Encyclique *Ecclesia in Eucharistia.*
3-4 mai	Voyage en Espagne.
24 mai	Célébration au Vatican d'une messe selon le rite de saint Pie V.
5-9 juin	Centième voyage à l'étranger : Croatie.
22 juin	Voyage en Bosnie-Herzégovine.
28 juin	Exhortation postsynodale *Ecclesia in Europa.*
11-14 sept.	Visite en Slovaquie.
7 oct.	Pèlerinage à Pompéi.
16 oct.	Exhortation apostolique *Pastores gregis* (sur le ministère épiscopal).
16 oct.	25e anniversaire de l'élection de Jean-Paul II.
19 oct.	Béatification de Mère Teresa.
21 oct.	Consistoire ordinaire (31 nouveaux cardinaux).

2004

1er janv.	Journée mondiale de la paix : message contre le terrorisme.
12 janv.	Au corps diplomatique : « La laïcité n'est pas le laïcisme. »
18 mai	Présentation du livre *Levez-vous ! Allons !*
5-6 juin	Voyage en Suisse (Berne).
29 juin	Nouvelle visite à Rome du patriarche Bartholomeos Ier.
14-15 août	Pèlerinage à Lourdes.
5 sept.	Visite à Lorette.
7 oct.	Lettre apostolique *Mane nobiscum Domine* pour l'Année de l'Eucharistie.

2005

24 janv.	Lettre apostolique *Le progrès rapide*.
1er fév.	Hospitalisation du pape à la suite d'une grippe.
12 fév.	Lettre aux évêques français sur la séparation de l'Église et de l'État.
22 fév.	Nouvelle hospitalisation pour une trachéotomie.
27 fév.	Message pour le 60e anniversaire de la libération des camps.
2 mars	Publication du livre *Mémoire et Identité*.
30 mars	Dernière apparition publique du pape.
2 avril	Mort de Jean-Paul II.

LES VOYAGES DU PAPE
(hors Italie)

1979

25-31 janv.	Saint-Domingue, Mexique (dont Puebla : pour une « libération intégrale »), Bahamas.
2-10 juin	Pologne (dont Gniezno et Auschwitz).
29 sept.-1er oct.	Irlande du Sud (appel contre la violence).
1er-8 oct.	États-Unis (dont Philadelphie : non aux femmes prêtres), New York (ONU).
28-30 nov.	Turquie (rencontre avec Dimitrios Ier).

1980

2-12 mai	Zaïre, Congo, Kenya, Ghana, Haute-Volta, Côte-d'Ivoire (pour une voie africaine du développement).
30 mai-2 juin	France (Lisieux, discours à l'Unesco).
30 juin-12 juil.	Brésil.
15-19 nov.	Allemagne de l'Ouest.

1981

15-27 fév.	Pakistan, Philippines, Guam, Japon (Hiroshima), Alaska (appel au désarmement).

1982

12- 19 fév.	Nigeria, Bénin, Gabon (non au matérialisme rampant), Guinée-Équatoriale.
12- 15 mai	Portugal (dont Fatima).
28 mai- 2 juin	Grande-Bretagne (guerre des Malouines).
11- 12 juin	Rio de Janeiro, puis Argentine (guerre des Malouines).
15 juin	Genève (discours au BIT).
29 août	Saint-Marin.
31 oct.- 9 nov.	Espagne (dont Avila, appel de Saint-Jacques-de-Compostelle).

1983

2-9 mars	Lisbonne, puis Costa Rica, Nicaragua (incidents), Panama, Salvador, Guatemala, Honduras, Belize, Haïti (droits de l'homme).
16- 23 juin	Pologne (état de guerre).
15- 16 août	Lourdes.
10- 13 sept.	Autriche.

1984

2-12 mai	Corée du Sud, Papouasie-Nouvelle-Guinée, îles Salomon, Thaïlande.
12- 16 juin	Suisse.
9- 20 sept.	Canada.
10- 13 oct.	Espagne (Saragosse), Saint-Domingue, Porto Rico.

1985

26 janv.- 6 fév.	Venezuela, Équateur, Pérou, Trinité-et-Tobago.
11- 21 mai	Pays-Bas (contestation), Luxembourg, Belgique.

8- 19 août	Togo, Côte-d'Ivoire, Cameroun, Centrafrique, Zaïre, Kenya, Maroc (appel de Casablanca : dialogue avec l'islam).
8 sept.	Lichtenstein.

1986

1er- 10 fév.	Inde (visite à mère Teresa).
1er- 8 juil.	Colombie (contre la drogue), Sainte-Lucie.
4-7 oct.	France (Lyon, Taizé, Paray-le-Monial, Ars, Annecy).
18 nov.- 1er déc.	Bangladesh, Singapour, Iles Fidji, Nouvelle-Zélande, Australie, Seychelles.

1987

31 mars- 13 avril	Uruguay, Chili (violences à Santiago), Argentine.
1er- 5 mai	Allemagne de l'Ouest.
8-14 juin	Pologne (dont Gdansk).
10- 20 sept.	États-Unis (dont San Francisco : non aux femmes prêtres) et Canada.

1988

7-19 mai	Uruguay, Bolivie, Pérou, Paraguay (rencontre avec le général Stroessner).
23- 27 juin	Autriche (dont Mauthausen).
10- 19 sept.	Zimbabwe, Botswana, Lesotho, Mozambique, Swaziland, plus Afrique du Sud (en raison de la météo).
8-11 oct.	France (Alsace-Lorraine) plus Conseil de l'Europe.

1989

28 avril- 6 mai	Madagascar, Réunion, Zambie, Malawi.
1er- 10 juin	Norvège, Islande, Finlande, Danemark, Suède (sur l'unité des chrétiens).
19- 20 août	Saint-Jacques-de-Compostelle (JMJ — pour la « nouvelle évangélisation » de l'Europe).
7-15 oct.	Corée du Sud, Indonésie (dont Timor), île Maurice.

1990

25 janv.-1er fév.	Cap-Vert, Guinée-Bissau, Mali, Burkina-Faso, Tchad (appel aux pays riches).
21-22 avril	Tchécoslovaquie (dont Velehrad).
6-13 mai	Mexique, Curaçao.
25-27 mai	Malte.
1er-10 sept.	Tanzanie, Burundi, Rwanda, Côte-d'Ivoire (Yamoussoukro).

1991

10-13 mai	Portugal (dont Fatima).
1er-10 juin	Pologne.
13-16 août	Czestochowa (JMJ).
16-18 août	Hongrie (salut aux Croates).
12-21 oct.	Brésil (contre les sectes).

1992

19-26 fév.	Sénégal (dont Gorée), Gambie, Guinée.
4-10 juin	Angola, São Tomé et Príncipe.
9-13 oct.	Saint-Domingue (500e anniversaire de la découverte de l'Amérique).

1993

3-10 fév.	Bénin, Ouganda, Soudan (Khartoum).
25 avril	Albanie.
12-17 juin	Espagne.
9-15 août	Jamaïque, Mexique, puis Denver (JMJ).
4-10 sept.	Lituanie (dont Siauliai), Lettonie, Estonie.

1994

10- 11 sept.	Croatie (Zagreb) (visite à Sarajevo annulée).

1995

11- 21 janv.	Philippines (dont JMJ à Manille), Papouasie-Nouvelle-Guinée, Australie, Sri Lanka.
20- 22 mai	République tchèque (étape en Pologne).
3-4 juin	Belgique (Bruxelles).
30 juin- 3 juil.	Slovaquie.
14- 20 sept.	Cameroun, Afrique du Sud, Kenya.
4-8 oct.	États-Unis (ONU : discours sur le droit des nations).

1996

5-11 fév.	Guatemala, Nicaragua, Salvador, Venezuela.
14 avril	Tunisie.
17- 19 mai	Slovénie.
21- 23 juin	Allemagne (dont Berlin, porte de Brandebourg).
6-7 sept.	Hongrie (dont Pannonhalma).
19- 22 sept.	France (Vendée, Sainte-Anne-d'Auray, Tours, Reims).

1997

12- 13 avril	Bosnie-Herzégovine (Sarajevo).
25- 27 avril	République tchèque.
10- 11 mai	Liban (Beyrouth).
31 mai- 10 juin	Pologne.
21- 24 août	Paris (JMJ).
2-6 oct.	Brésil (la famille).

1998

21- 26 janv.	Cuba.
21- 23 mars	Nigeria.
19- 21 juin	Autriche.
3-4 oct.	Croatie.

1999

22- 28 janv.	Mexico, États-Unis (Saint Louis).
7-9 mai	Roumanie.
5-17 juin	Pologne.
19 sept.	Slovénie (Maribor).
5-9 nov.	Inde, Géorgie.

2000

24- 26 fév.	Égypte (mont Sinaï).
20- 26 mars	Terre sainte (dont Jérusalem et Bethléem).
12- 13 mai	Portugal (Fatima).

2001

4-9 mai	Grèce, Syrie, Malte.
23- 27 juin	Ukraine (uniatisme et orthodoxie).
23- 27 sept.	Kazakhstan, Arménie.

2002

22- 26 mai	Azerbaïdjan, Bulgarie.
23 juil.- 2 août	Canada (JMJ de Toronto), Mexique, Guatemala.
16- 19 août	Pologne.

2003

3-4 mai	Espagne.
5-9 juin	Croatie (centième voyage).
22 juin	Bosnie-Herzégovine.
11-14 sept.	Slovaquie.

2004

5-6 juin	Suisse (Berne).
14-15 août	France (Lourdes).

BIBLIOGRAPHIE

Encycliques de S.S. le pape Jean-Paul II :

Redemptor hominis (14 mars 1979)
Dives in misericordia (2 décembre 1980)
Laborem exercens (15 septembre 1981)
Slavorum apostoli (2 juillet 1985)
Dominum et vivificantem (18 mai 1986)
Redemptoris mater (25 mars 1987)
Sollicitudo rei socialis (30 décembre 1987)
Redemptoris missio (7 décembre 1990)
Centesimus annus (1er mai 1991)
Veritatis splendor (6 août 1993)
Evangelium vitae (25 mars 1995)
Ut unum sint (25 mai 1995)
Fides et ratio (14 septembre 1998)
Ecclesia de Eucharistia (17 avril 2003)

Œuvres de Karol Wojtyla/Jean-Paul II (hors encycliques, lettres et textes apostoliques) :

WOJTYLA Karol : *Amour et responsabilité*, préface d'André Frossard, Stock, 1985.

WOJTYLA Karol : *La boutique de l'orfèvre*, préface de Jean-Louis Barrault, Cerf-Cana, 1988.

WOJTYLA Karol : *En esprit et en vérité (Recueil de textes 1949-1978)*, traduction de Gwendoline Jarczyk, Le Centurion, 1980.

WOJTYLA Karol : *La foi selon saint Jean de la Croix*, trad. française des carmélites de Muret et de sœur Geneviève, Cerf, Paris, 1980.

WOJTYLA Karol : *Poèmes*, préface de Pierre Emmanuel, Cana-Cerf, 1979.

WOJTYLA Karol : *Poèmes, théâtre : La boutique de l'orfèvre / Frère de notre Dieu, écrits sur le théâtre*, avant-propos de Jean Offredo, Cana-Cerf, 1998.

WOJTYLA Karol : *Le signe de contradiction*, trad. française de Thérèse Wilkanowicz, Fayard, 1979.

JEAN-PAUL II (avec la collaboration de Vittorio Messori) : *Entrez dans l'Espérance*, Plon-Mame, 1994.

JEAN-PAUL II : *Ma vocation, don et mystère*, Bayard Éditions-Cerf-Fleurus-Mame-Téqui, 1996.

JEAN-PAUL II : *Tryptique romain*, traduction de Agata Kalinowska-Bouvy, Cana-Cerf-Fidélité-Fides, 2003.

JEAN-PAUL II : *Homme et femme Il les créa (Une spiritualité du corps)*, Cerf, 2004.

JEAN-PAUL II : *Levez-vous ! Allons !*, traduction de François Donzy et Pierre-Marie Varennes, Plon-Mame, 2004.

JEAN-PAUL II : *Mémoire et Idendité*, trad. de François Donzy, Flammarion, 2005.

Livres parus sur Jean-Paul II :

ACCATTOLI Luigi : *Karol Wojtyla, l'homme du siècle.* Bayard Éditions-Centurion, 1999.

ACCATTOLI Luigi : *Quand le pape demande pardon*, préface de Mgr di Falco, Albin Michel, 1997.

ACCATTOLI Luigi, GALAZKA Grzegorz : *La vie au Vatican avec Jean-Paul II*, Médiaspaul, 1998.

BALAYN Bernard : *Jean-Paul II le Grand, prophète du IIIe millénaire*, préface du cardinal Frédéric Etsou, Éd. du Parvis, 2000.

BERNSTEIN Carl, POLITI Marco : *Sa Sainteté (Jean-Paul II et l'histoire cachée de notre époque)*, Plon, 1996.

BLAZYNSKI Georges : *Jean-Paul II, un homme de Cracovie*, Stock, 1979.

BONIECKI Adam (sous la direction de) : *Kalendarium zycia Karola Wojtyly*, Znak, 1983.

BUJAK Adam, ROZEK Michal : *Wojtyla*, Wydanictwo Dolnoslaskie, Wroclaw, 1998.

BUTTIGLIONE Rocco : *La pensée de Karol Wojtyla*, Communio-Fayard, 1984.

CASAROLI Agostino : *Il martirio della pazienza (La Sanda Sede ei paesi comunisti, 1963-1989)*, Einaudi, 2000.

CHELINI Jean : *Jean-Paul II au Vatican,* préface de Mgr Jacques Martin, coll. « La vie quotidienne », Hachette Référence, 1995.

CHIVOT Dominique : *Jean-Paul II,* coll. « Dominos », Flammarion, 2000.

COLONNA-CESARI Constance : *Urbi et Orbi (Enquête sur la géopolitique vaticane),* coll. « Enquêtes », La Découverte, 1992.

COLONNA-CESARI Constance : *Le pape, combien de divisions ?,* Dagorno, 1994.

COTTIER Georges : *Mémoire et repentance (Pourquoi l'Église demande pardon),* préface du cardinal Roger Etchegaray, Parole et Silence, 1998.

DANIEL-ANGE : *Jean-Paul II, don de Dieu,* Le Sarment/Fayard, 1994.

DECAUX Alain, DUQUESNE Jacques : *Les années Jean-Paul II,* préface de Lech Walesa, Éditions n ° 1, 1996.

DUSTIN Daniel, PIRE Charles : *La politique selon Jean-Paul II,* Mame-Éd. universitaires, 1993.

FROSSARD André : *Le monde de Jean-Paul II,* Fayard, 1991.

FROSSARD André : *« N'ayez pas peur ! » (Dialogue avec Jean-Paul II),* Robert Laffont, 1982.

FROSSARD André : *Portrait de Jean-Paul II,* Robert Laffont, 1988.

GIANSANTI Gianni : *Jean-Paul II, portrait d'un pape,* Gründ, 1996.

KARLOV Jurij : *Parlando con il Papa,* Spirali, 1998.

KLUZ Wladyslaw : *Czas Siewu : Karol Jozef Wojtyla, Jan Pawel II,* KSJ, Katowice, 1995.

KWITNY Jonathan : *Man of the Century,* Henry Holt and Co, New York, 1997.

LECLERC Gérard : *Jean-Paul II, le résistant,* Bartillat, 1996.

LECLERC Gérard : *Le pape et la France,* Bartillat, 1997.

LECOMTE Bernard : *La vérité l'emportera toujours sur le mensonge (Comment le pape a vaincu le communisme),* J.-C. Lattès, 1991.

MALINSKI Mieczyslaw : *Mon ami Karol Wojtyla,* Le Centurion, 1980.

MARTIN Jacques (cardinal) : *Mes six papes,* préface de Maurice Druon, Mame, 1993.

MARTIN Malachi : *The Keys of This Blood,* Touchstone-Simon and Schuster, 1990.

MENEY Patrick : *Le pape aussi a eu vingt ans,* Plon, 1995.

MIGUEL Aura : *Le secret de Jean-Paul II (Enquête sur un pontificat bouleversé par la révélation de Fatima),* Mame-Plon, 2000.

MONTCLOS Christine de : *Un pèlerin politique ? (Les voyages de Jean-Paul II)*, Bayard, 2000.
MONTCLOS Christine de : *Le Vatican et l'éclatement de la Yougoslavie*, PUF, 1999.
NAUDET Jean-Yves : *La liberté pour quoi faire ? (Centesimus annus et l'économie)*, Mame, 1992.
OFFREDO Jean : *Jean-Paul II, l'aventurier de Dieu*, Carrère-Lafon, 1986.
OFFREDO Jean : *Jean-Paul II en Pologne (8-14 juin 1987)*, textes et documents, Cana, 1987.
OFFREDO Jean : *Jean-Paul II ou le Rêve de Jérusalem*, Michel Lafon, 1998.
OFFREDO Jean, LE CORRE Dominique : *Jean-Paul II en Pologne (16-23 juin 1983)*, Cana, 1983.
ONORIO Joël-Benoît d' : *Plaidoyer pour Jean-Paul II*, J.-C. Lattès, 1996.
ONORIO Joël-Benoît d' (sous la direction de) : *Jean-Paul II et l'éthique politique*, préface d'André Frossard, Éd. universitaires, 1992.
ONORIO Joël-Benoît d' (sous la direction de) : *La diplomatie de Jean-Paul II*, Cerf, 2000.
PIGOZZI Caroline : *Le pape en privé*, Nil Éditions, 2000.
POUPARD Paul (cardinal) : *Le pape*, coll. « Que sais-je ? », n° 1878, PUF, 1997.
POUPARD Paul (cardinal) : *Ce pape est un don de Dieu !*, entretiens avec Marie-Joëlle Guillaume, Plon/Mame, 2001.
POUPARD Paul (cardinal) : *Au cœur du Vatican (De Jean XXIII à Jean-Paul II)*, Entretiens avec Marie-Joëlle Guillaume, Perrin-Mame, 2003.
RAIMOND Jean-Bernard : *Jean-Paul II, un pape au cœur de l'histoire*, Le Cherche-Midi, 2005.
RATZINGER Joseph : *Jean-Paul II, vingt ans dans l'Histoire*, photos de Giancarlo Giuliani, Bayard Éditions-Centurion, 1999.
ROULETTE Christian : *Jean-Paul II, Antonov, Agça : La filière*, Éd. du Sorbier, 1984.
ROULETTE Christian : *Jean-Paul II, Antonov, Agça : Le procès*, Éd. des Halles de Paris, 1985.
SEMEN Yves : *La sexualité selon Jean-Paul II*, Presses de la Renaissance, 2004.
STERLING Claire : *Le temps des assassins (L'attentat contre Jean-Paul II : Anatomie d'un complot)*, Mazarine, 1984.
STOERKEL Jean-Marie : *Les Loups de Saint-Pierre (Les secrets de l'attentat contre Jean-Paul II)*, Plon, 1996.
SVIDERCOSCHI Gian Franco : *L'ami juif du pape*, préface du cardinal Etchegaray, Mame, 1995.

SZULC Tad : *Pope John Paul II*, Simon and Schuster, 1995.
THOMAS Gordon, MORGAN-WITTS Max : *Dans les couloirs du Vatican*, Stock, 1983.
TINCQ Henri : *Défis au pape du IIIe millénaire*, J.-C. Lattès, 1997.
TINCQ Henri : *L'Étoile et la Croix (Jean-Paul II-Israël : L'explication)*, coll. « Le Monde en marche », J.-C. Lattès, 1993.
TOULAT Jean : *Le pape contre la guerre du Golfe (Jean-Paul II censuré)*, Œil, 1991.
TOURNY Bernard : *La rédemption d'octobre*, Téqui, 1996.
VANDRISSE Joseph : *Ce jour-là, Jean-Paul II... (50 dates qui ont marqué son pontificat)*, Perrin-Mame, 2003.
VIRCONDELET Alain : *La passion de Jean-Paul II*, Presses de la Renaissance, 2005.
VIRCONDELET Alain : *Jean-Paul II (Biographie)*, Julliard, 1994.
VIRCONDELET Alain : *Jean-Paul II*, coll. « Naissance d'un destin », Éd. Autrement, 1998.
WEIGEL George : *Jean-Paul II, témoin de l'espérance*, J.-C. Lattès, 2005.
ZIZOLA Giancarlo : *Le successeur*, Desclée de Brower, 1995.

Sur la Pologne de Karol Wojtyla :

BARTOSZEWSKI Wladyslaw : *Zegota — Juifs et Polonais dans la résistance, 1939-1944*, préface de Bronislaw Geremek, Criterion, 1992.
BEAUVOIS Daniel : *Histoire de la Pologne*, Hatier, 1995.
BUHLER Pierre : *Histoire de la Pologne communiste*, Karthala, 1997.
DAVIES Norman : *Histoire de la Pologne*, Fayard, 1986.
GAJCZAK Roman Antoni : *Wadowice, miasto papieskie*, Michalineurn, 1995.
JELENSKI Constantin : *Anthologie de la poésie polonaise*, préface de Czeslaw Milosz, L'Âge d'homme, 1981.
KLOCZOWSKI Jerzy (sous la direction de) : *Histoire religieuse de la Pologne*, préface de Jacques Le Goff, Le Centurion, 1987.
MILOSZ Czeslaw : *Histoire de la littérature polonaise*, Fayard, 1986.
NOËL Léon : *L'agression allemande contre la Pologne*, Flammarion, 1946.
OFFREDO Jean (sous la direction de) : *Nous, chrétiens de Pologne*, Cana, 1979.
SELLIER André et Jean : *Atlas des peuples d'Europe centrale*, La Découverte, 1991.

WILKANOWICZ Stefan (et la rédaction de *Znak*) : *Pologne, année 39*, préface de René Rémond, Cana, 1984.
WOLOWSKI Alexandre : *La vie quotidienne à Varsovie sous l'occupation nazie, 1939-1945*, Hachette, 1977.
WOJTYLA Karol/JEAN-PAUL II : *Maximilien Kolbe, patron de notre siècle difficile*, Éd. Lethielleux, 1982.
WYSZYNSKI Stefan (cardinal) : *Notes de prison*, Cerf, 1984.

Autres publications utiles :

ALBERIGO Giuseppe (sous la direction de) : *Histoire du concile Vatican II — 1959-1965*, 5 vol., Cerf-Peeters, 1997-2005.
ANATRELLA Tony : *L'amour et le préservatif*, Flammarion, 1995.
BENAZZI Natale, D'AMICO Matteo : *Le livre noir de l'Inquisition*, Bayard Éditions, 1998.
BLED Pierre : *Pie XII et la Seconde Guerre mondiale (D'après les archives du Vatican)*, Perrin, 1997.
BONNEFOUS Édouard, d'ONORIO Joël-Benoît et FOYER Jean (sous la direction de) : *La papauté au XXe siècle*, colloque de la Fondation Singer-Polignac, Cerf-Fondation Singer Polignac, 1999.
BOULARD Fernand (en collaboration avec A. Achard et H.-J. Émerard) : *Problèmes missionnaires de la France rurale*, Cerf, 1945.
COMMEAUX Charles : *Les conclaves contemporains*, France-Empire, 1985.
CORNWELL John : *Comme un voleur dans la nuit (Enquête sur la mort de Jean-Paul Ier)*, Robert Laffont, 1989.
DAVID François : *Les réseaux de l'anticléricalisme en France*, préface de Paul-Marie Coûteaux, Bartillat, 1997.
FELICI Icilio : *Fatima*, Clovis, 2000.
GODIN Henri, DANIEL Yvan : *La France, pays de mission ?*, Paris, 1943.
GRIGNION de MONTFORT Louis-Marie : *Traité de la vraie dévotion à la Sainte Vierge*, Seuil, 1966.
JEAN de la CROIX : *La montée du Carmel*, coll. « Livre de vie », Seuil, 1972.
KALINOWSKI Jerzy, SWIEZAWSKI Stefan : *La philosophie à l'heure du concile*, Société d'Éditions internationales, Paris, 1965.
KELLY J.N.D. : *Dictionnaire des papes*, Brepols, 1994.
KLEIN Théo : *L'affaire du carmel d'Auschwitz*, Jacques Bertoin, 1991.
LADOUS Régis : *Des Nobel au Vatican*, Cerf, 1994.
LANDERCY M. : *Le cardinal Stepinac, martyr des droits de*

l'homme, préface du cardinal Marty, Apostolat des éditions, 1981.

LAURENTIN René : *Petite vie de L.-M. Grignion de Montfort*, Desclée de Brouwer, 1996.

LECLERC Gérard : *Pourquoi veut-on tuer l'Église ?*, Fayard, 1996.

LECLERC Gérard : *Les dossiers brûlants de l'Église (Au soir de la vie de Jean-Paul II)*, Presses de la Renaissance, 2002.

LENSEL Denis : *Le levain de la liberté (Les totalitarismes et l'Église au XXe siècle)*, préface de Daniel Ange, Régnier, 1996.

LEVILLAIN Philippe (sous la direction de) : *Dictionnaire historique de la papauté*, Fayard, 1994.

LUNEAU René (sous la direction de) : *Le rêve de Compostelle (Vers la restauration d'une Europe chrétienne ?)*, Le Centurion, 1989.

LUNEAU René, MICHEL Patrick (sous la direction de) : *Tous les chemins ne mènent plus à Rome*, Albin Michel, 1995.

MICHONNEAU Georges : *Paroisse, communauté missionnaire*, Cerf, 1946.

MILLET Louis : *Thomas d'Aquin, saint et docteur*, Pierre Téqui, 1999.

MIRIBEL Élisabeth de : *Edith Stein, 1891-1942*, préface de Christian Chabanis, Perrin, 1984.

ONORIO Joël-Benoît d' (sous la direction de) : *La morale et la guerre*, actes du XIe colloque national des juristes catholiques (Paris, 23-24 novembre 1991), préface du cardinal Jean-Marie Lustiger, Téqui, 1992.

ONORIO Joël-Benoît d' (sous la direction de) : *Le Saint-Siège dans les relations internationales*, préface de Jean-Bernard Raimond, coll. « Éthique et société », Cerf-Cujas, 1989.

ONORIO Joël-Benoît d' (sous la direction de) : *Le Vatican et la politique européenne*, préface de Jean-François Deniau, Mame, 1994.

ONORIO Joël-Benoît d' : *Le pape et le gouvernement de l'Église*, Fleurus-Tardy, 1992.

POUPARD Paul : *Le concile Vatican II*, coll. « Que sais-je ? », PUF, 1997.

ROUXEL Jean-Yves : *Le Saint-Siège sur la scène internationale*, L'Harmattan, 1999.

SAINTE-MARIE François de : *Initiation à saint Jean de la Croix*, Seuil, 1945.

SALLÉ Lucienne : *Femme au Vatican*, Ramsay, 1997.

SUHARD Cardinal : *Essor ou déclin de l'Église*, Lahure, 1947.

THOMAS Joseph : *Le concile Vatican II*, coll. « Bref », Cerf-Fides, 1989.

TINCQ Henri : *Dieu en France (Mort et résurrection du catholicisme)*, Calmann-Levy, 2003.
TROCHU Francis (Mgr) : *Le curé d'Ars*, Résiac, 1925 ; nouvelle édition 1996.
WENGER Antoine : *Le cardinal Villot (1905-1979)*, préface de René Rémond, Desclée de Brouwer, 1989.
WINOWSKA Maria : *Le vrai visage de padre Pio (Vie et survie)*, Fayard, 1976.
WOODROW Alain (avec la collab. d'Albert Longchamp) : *Les jésuites*, coll. « Pluriel », Hachette, 1991.
WOODWARD Kenneth L. : *Comment l'Église fait les saints*, Grasset, 1992.

Documents divers :

L'action du Saint-Siège dans le conflit bosniaque, coll. « Cahiers de *L'Osservatore romano* », n° 25, Librairie Éditrice Vaticane, 1994.
Catéchisme de l'Église catholique, Mame-Plon, 1992.
Le christianisme, ferment d'unité (Une culture pour l'Europe de demain), colloque de Cracovie, septembre 1991, ACCE-Éd. universitaires, 1992.
La crise en Yougoslavie. Position et action du Saint-Siège (1991-1992), coll. « Cahiers de *L'Osservatore romano* », n° 18, Librairie Éditrice Vaticane, 1992.
Une culture pour l'Europe de demain : L'Appel de Royaumont, colloque des 27-28 avril 1990, ACCE, 1990.
Entrez dans le IIIe millénaire. Jubilé 2000 (sous la direction de Bernard Lecomte), Éd. Events & Memory, 2000.
Jean-Paul II, coll. « Chroniques de l'histoire », Éd. Chronique, 1998.
Jean-Paul II. Le Vatican. La papauté, coll. « L'histoire de... », Auzou, 1997.
L'Ouest accueille Jean-Paul II, supplément du journal *Ouest-France*, 1996.
Réalités du christianisme, La Revue des Deux Mondes, mai 2000.
La vérité vous rendra libres ! (Une culture pour l'Europe), préface de Mgr Vlk, colloque de Prague, septembre 1993, ACCE-Mame, 1994.
1978-1988 : La décennie Jean-Paul II, numéro spécial du journal *Le Monde*, octobre 1988.

Collections :

La Croix
La Documentation catholique
L'Osservatore romano

Films et DVD :

BEAULIEU-MATHIVET Véronick : *Jean-Paul II, pape et poète*, production CFRT, France 2 (2004.

COSTELLE Daniel et CLARKE Isabelle : *Jean-Paul II — L'empreinte d'un géant*, production France 3, INA, CC&C (2002).

HALLET Judith Dwan : *Jean-Paul II, témoin de l'Espérance*, d'après le livre de G. Weigel, prod. Commandant LLC, Wyler Rymland Productions Inc. (2001).

Jean-Paul II — Autobiographie, production NOVA-T, Centre de Télévision du Vatican (2003).

SALOU Jean-Claude : « *Venez et voyez* », *les JMJ de Paris 1997*, production CFRT, France 2 (1997).

TANANT Maurice : *Jean-Paul II, pèlerin sur les routes de France*, production CFRT, France 2 (2004).

WHITNEY Helen et BARNES Janes : *Jean-Paul II, pape du millénaire*, production Frontline, Helen Whitney prod. (1999).

ZANUSSI Krzyztof : *Jean-Paul II, histoire d'une vie*, production de World Film Servives Inc, Eurovideo Service Pool (1996).

PETIT GLOSSAIRE
DES TERMES RELIGIEUX
les plus utilisés dans cet ouvrage

ANGÉLUS : prière invoquant l'« ange du Seigneur » et ponctuée de plusieurs *Ave Maria*.

APOSTOLIQUE : adjectif désignant tout ce qui est lié au pape.

ARCHEVÊQUE : évêque titulaire d'un siège métropolitain (regroupant plusieurs diocèses).

AVENT : dans la liturgie, période précédant la fête de Noël.

BAPTÊME : cérémonie par laquelle on devient chrétien.

BULLE : lettre solennelle du pape.

CAMERLINGUE : cardinal responsable de l'administration du Saint-Siège en cas de mort du pape.

CARDINAL : la plus haute dignité dans l'Église (elle est conférée par le pape).

CARÊME : période de quarante jours précédant la fête de Pâques.

CARMEL : ordre contemplatif composé de carmes (masculin) et de carmélites (féminin).

CATÉCHÈSE : enseignement du catéchisme (*voir ce mot*).

CATÉCHISME : fondements essentiels du dogme, de la foi et de la morale.

CATHÉDRALE : église mère d'un diocèse, où siège l'évêque.

CLERGÉ : ensemble des fidèles engagés dans l'état ecclésiastique (prêtres, etc).

COMMUNION : réception par les fidèles de l'hostie représentant le corps du Christ.

CONCÉLÉBRATION : messe dite par plusieurs prêtres.

CONCILE : assemblée des évêques, convoquée par le pape, et représentant toute l'Église.

CONCLAVE : réunion des cardinaux pour élire le pape.

CONCORDAT : convention passée entre le Saint-Siège et un État.

CONFÉRENCE ÉPISCOPALE : assemblée des évêques d'un pays.

CONGRÉGATION : société de prêtres ou de laïcs vivant selon une règle communautaire.

CONSISTOIRE : réunion des cardinaux.

CREDO : prière par laquelle on proclame sa foi (« Je crois en Dieu... »).

CULTE : ensemble des manifestations par lesquelles on vénère Dieu.

CURIE ROMAINE : gouvernement de l'Église universelle.

DIACRE : clerc de l'Église n'ayant pas été ordonné prêtre.

DICASTÈRE : nom donné aux divers organes de la Curie (congrégation, tribunal, etc.).

DIOCÈSE : territoire dépendant d'un évêque (on dit aussi « évêché »).

ECCLÉSIASTIQUE : adjectif désignant tout ce qui est lié à l'Église.

ÉMINENCE : titre honorifique d'un cardinal.

ENCYCLIQUE : lettre solennelle du pape adressée à tous les chrétiens.

EUCHARISTIE : le pain et le vin représentant le corps et le sang du Christ.

ÉVANGILE : recueil, rédigé par quatre apôtres, des paroles et des gestes de Jésus.

EXARQUE : représentant d'un patriarche hors du territoire de celui-ci.

FÊTE-DIEU : fête du corps du Christ symbolisé dans le saint-sacrement.

GÉNÉRAL : supérieur général d'un ordre religieux.

HOMÉLIE : commentaire des lectures faites au début de la messe (ancien mot : sermon).

INDEX : liste d'ouvrages prohibés par le pape (tombé en désuétude en 1966).

IN PECTORE : « dans son cœur » (pour une décision prise en secret par le pape).

LAÏCS : ensemble des fidèles ne faisant pas partie du clergé (*voir ce mot*).

LITURGIE : ensemble des célébrations et des rites officiels de l'Église.

MÉTROPOLITE : évêque titulaire d'un siège métropolitain (dans les Églises orientales).

MITRE : coiffe liturgique de l'évêque.

MONASTÈRE : établissement abritant une communauté de moines.

NONCE APOSTOLIQUE : ambassadeur du pape auprès d'un gouvernement étranger.

ŒCUMÉNIQUE : qui concerne l'ensemble des confessions chrétiennes.

ŒCUMÉNISME : rapprochement des diverses confessions chrétiennes.

ORDINATION : cérémonie par laquelle un chrétien devient prêtre.

PAROISSE : cellule de base de l'Église.

PATRIARCHE : dignité suprême attribuée au responsable d'une Église chrétienne.

PENTECÔTE : commémoration du don de l'Esprit aux apôtres après la mort du Christ.

PRÉLAT : membre du clergé ayant une dignité (et appelé « monseigneur »).

PRESBYTÈRE : habitation du curé d'une paroisse.

PROVINCIAL : responsable d'un territoire (pour un ordre religieux).

REQUIEM : messe pour les défunts.

SACRÉ COLLÈGE : l'ensemble des cardinaux de l'Église.

SACREMENTS : rites fondamentaux de la foi chrétienne (baptême, eucharistie, réconciliation, mariage, etc.).

SAINT ESPRIT : troisième représentation de Dieu (avec le Père et le Fils).

SAINT SACREMENT : support de l'hostie sacrée symbolisant le corps du Christ.

SEMAINE SAINTE : semaine précédant la fête de Pâques, célébrant le calvaire, la mort puis la résurrection du Christ.

SYNODE : assemblée délibérante des évêques.

TIARE : coiffe d'apparat des papes (abandonnée sous Paul VI).

URBI ET ORBI : « À la ville et au monde » (se dit, par exemple, d'une bénédiction solennelle).

VICAIRE : toute fonction de suppléant ou d'adjoint (par exemple : d'un curé).

VISITE *AD LIMINA* : visite d'évêques « aux tombeaux des apôtres Pierre et Paul », c'est-à-dire au Vatican.

REMERCIEMENTS

À toutes les personnalités connues ou inconnues — cardinaux et chefs d'État, historiens et journalistes, anciens dissidents et chrétiens anonymes — qui m'ont reçu, soutenu ou aidé dans la réalisation de ce livre, je tiens à adresser un merci collectif et chaleureux. Leurs noms figurent, pour la plupart, tout au long de l'ouvrage, sous la mention « entretien avec l'auteur ».

Je voudrais néanmoins citer un homme, un seul, vers lequel vont mes pensées au moment d'achever ce livre : Jerzy Turowicz, rédacteur en chef du *Tygodnik Powszechny*, mort à Cracovie le 27 janvier 1999. C'est à travers son souvenir que je me permets d'associer dans une même reconnaissance tous les noms, tous les visages, tous les talents et toutes les bonnes volontés qui ont nourri mon travail pendant toutes ces années.

Journaliste exceptionnel, intellectuel hors pair, Jerzy Turowicz restera une haute figure morale de ce demi-siècle, un exemple pour la presse d'Europe centrale, un modèle pour les intellectuels occidentaux. Homme de culture et de dialogue, il a incarné, pendant toutes ces années, deux valeurs sans lesquelles toute pensée est vaine, quel que soit le régime politique en place : l'indépendance d'esprit et le respect d'autrui. À Cracovie, dans son bureau au vieux canapé de cuir et à l'odeur de craie, ou dans la pénombre de son appartement noyé sous les livres et les périodiques, Jerzy Turowicz n'a jamais refusé, jusqu'à quatre-vingts ans passés, de donner un témoignage ou prodiguer un conseil — sans jamais se départir d'une modestie et d'une discrétion qui faisaient l'admiration de ses visiteurs. C'est probablement lors de notre première rencontre, en février 1977, que j'ai commencé à m'intéresser à la Pologne, à son Église et à ses représentants — parmi lesquels un archevêque qui, l'année suivante, allait devenir pape. À l'heure de publier cet ouvrage, son amicale indulgence va me manquer.

B. L.

INDEX DES NOMS CITÉS

TABLE DES MATIÈRES

SECONDE PARTIE

LE PAPE DE L'AN 2000

ANNEXES

DU MÊME AUTEUR

Aux Éditions Gallimard

JEAN-PAUL II, *biographie,* 2003 (« N.R.F. Biographies » ; « Folio » n° 4335)

Aux Éditions J.-C. Lattès

LA VÉRITÉ L'EMPORTERA TOUJOURS SUR LE MENSONGE (Comment le pape a vaincu le communisme), *essai,* 1991

LE BUNKER (Vingt ans de relations franco-soviétiques), *essai,* 1993

REVUE DE PRESSE, *roman,* 1997

PARIS N'EST PAS LA FRANCE, *essai,* 2005

Aux Éditions le Pré-aux-Clercs

DICTIONNAIRE POLITIQUE DU XXe SIÈCLE, en collaboration avec Patrick Ulanowska, *document,* 2000

HISTOIRE ILLUSTRÉE DE LA DROITE FRANÇAISE, *document,* 2002

Chez d'autres éditeurs

LES GISCARDIENS, en collaboration avec Christian Sauvage, *essai,* Albin Michel, 1977

L'APRÈS-COMMUNISME DE L'ATLANTIQUE À L'OURAL, en collaboration avec Jacques Lesourne, *essai,* Robert Laffont, 1990

NADIA, *roman,* Éditions du Rocher, 1994

LE VATICAN ET LA POLITIQUE EUROPÉENNE, ouvrage collectif sous la direction de Jean-Benoît d'Onorio, *essai,* Mame, 1994

Composition IGS
Impression Bussière
à Saint-Amand Montrond, (Cher), le 17 janvier 2006
Dépôt légal : janvier 2006
Numéro d'imprimeur : 060205/1.
ISBN 2-07-032100-2./Imprimé en France.

16079